嫡谋

[1]

面北眉南
著

江苏凤凰文艺出版社
JIANGSU PHOENIX LITERATURE AND ART PUBLISHING

图书在版编目（CIP）数据

嫡谋：全 3 册 / 面北眉南著．-- 南京：江苏凤凰文艺出版社，2022.8（2025.4 重印）

ISBN 978-7-5594-6263-3

Ⅰ．①嫡… Ⅱ．①面… Ⅲ．①长篇小说 – 中国 – 当代 Ⅳ．① I247.5

中国版本图书馆 CIP 数据核字 (2021) 第 188106 号

嫡谋：全 3 册

面北眉南 著

策　　划	肖　恋
责任编辑	曹　波
特约编辑	张　甜
装帧设计	昆　词
出版发行	江苏凤凰文艺出版社
	南京市中央路 165 号，邮编：210009
网　　址	http://www.jswenyi.com
印　　刷	嘉业印刷（天津）有限公司
开　　本	690 毫米 ×960 毫米　1/16
印　　张	67.5
字　　数	734 千字
版　　次	2022 年 8 月第 1 版
印　　次	2025 年 4 月第 3 次印刷
书　　号	ISBN 978-7-5594-6263-3
定　　价	128.00 元

嫡谋

目录 1

第一章
回　府

承乾十七年的冬天来得要比往年早些。重阳节才过去几日，靠北的几个州县就迎来了今冬的第一场大雪。

前一日还是气爽天高，这日午时刚至，天际却突然被一片灰中带橙的翻滚幕布笼罩，短暂的预示过后，密密麻麻的雪花便迫不及待地席卷了整片天地。

不过一夜的工夫，燕州以北地区全都换了装扮，入目皆是银装素裹。

烧了地龙的厢房中，任瑶期闭着眼睛躺在热炕上，压在她身上的被子有些重。

她的额头和脖颈已经沁出了一层细细密密的汗珠子，脸颊也被炕上的热度烧得绯红，鼻息间充斥着薄荷脑的味道。

隔着内室厚重的棉布帘子，传来了两个丫鬟小声的交谈声。

“你这花样子真好看，不像是自己描的，哪儿来的？”

“这是我找方姨娘身边的金桔姐姐要的。听说是南边京都里最近时兴的花样子，连云阳城里都没有。”

“金桔姐姐？你竟能从她那里要到东西？”

“嘻嘻，我说是帮五小姐绣鞋面用的，她敢不给？”

“你个奸诈丫头，小心五小姐知道了，让方姨娘把你拉出去配小厮！”

“好啊你个坏蹄子……看我不撕了你这张烂嘴。”

帘子后响起两个丫鬟围着桌子追打的嬉闹声，桌上的茶具被撞得哗啦一响，声音蓦然一静，只不过顿了片刻就又闹将起来，总算是顾忌到内室的人，响动小了许多。

这时一个严厉的呵斥声突然插进来：“你们这是在做什么！”是一个年纪稍大的妇人的声音。

外头突然又安静下来。

“朱嬷嬷恕罪，奴婢……”两个小丫鬟急急辩解。

朱嬷嬷不耐烦地打断道：“小姐醒了没有？”

她的声音并没有刻意压低，还带着些焦躁，虽是这么问着，脚步却是没有停顿地往内室这边走来了。

“刚喝了药歇下，想必这会儿睡得正沉呢。”一个丫鬟急急回道，也连忙跟上来，似是要帮那嬷嬷打起内室的帘子。

“你们出去守着，别让人进来。”朱嬷嬷止住丫鬟的动作。

“是。”两个丫鬟脚步一顿，利索地退出去。

任瑶期闭着眼睛躺在那里没有动，似乎是睡着了。

隔开内室与明间的棉帘子被掀开，内室里闷热的空气被搅动，比内室里略凉的风流进来。

“小姐？小姐快醒醒，小姐……”

朱嬷嬷急急往炕边奔过来，喊了几声，见任瑶期没有动静，便伸手隔着被褥轻推她的胳膊。

任瑶期终于睁眼，却有些睡眼蒙眬。

“朱嬷嬷？”她的声音有些干涩，在高热的炕上久躺，需时不时进些茶水。

“是奴婢，小姐要不要喝水？”朱嬷嬷圆圆的脸上立即挤出一个笑容，眼中却显出焦急的神色。

任瑶期点了点头。

朱嬷嬷立即走到内室靠北墙放置着一整套粉彩茶壶茶盅的长条矮几旁，倒了一茶盅水回来。

她将茶盅搁在炕几上，再扶着任瑶期坐起身，一手撑着她的后背，一手将茶盅端到她唇边喂她。

只是她倾得有些急，任瑶期偏了偏头，茶盅里的水便滴到她盖着的棉被上，松花绿的缎面立即就湿了一块。

“咳咳……”

朱嬷嬷忙将茶盅放下，轻拍她的后背：“小姐，您没事吧？”

任瑶期彻底清醒了。她推开朱嬷嬷的手，斜睨一眼：“水是冷的……”

朱嬷嬷忙赔笑道：“哟，定是那两个当值的丫鬟耍滑偷懒，忘记换热茶了，老奴等会儿就去教训她们。”

说着，朱嬷嬷又将放在旁边的一件夹袄拿过来，披到任瑶期的肩头，一边道：“小姐，刚刚姨娘接到消息，三太太和三小姐正在回府的路上，虽然大雪来得突然，城外好几条路一夜之间被封，不过马车最迟也能在今日傍晚前进城。”

任瑶期身子一顿：“母亲和三姐回来了？”

她垂着眸子，让人看不清眼中的情绪，拢在襟口处的手指却忍不住有些发颤。

朱嬷嬷的语气终于不掩焦急：“是啊，昨日上午就从庄子上出发了，府里今日一早才接到消息。小姐，这下可怎么办？”

任瑶期迅速地眨了眨眼睛，掩去眸子里泛起的水光。她将披在身上的夹袄拿下来，想要穿在身上，朱嬷嬷立即上来帮忙，一边还在任瑶期耳边念叨：“五小姐，等三小姐回来，这紫薇院里哪儿还能有您的容身之地？”

任瑶期闻言淡淡瞥了一眼正低着头急急给她扣襟扣的朱嬷嬷，心里不由得冷笑，十几年前的任家果然有不少牛鬼蛇神。

这两日她都冷眼瞧着，想要认真瞧清楚这一张张浓墨重彩的画皮背后的龌龊。

朱嬷嬷并未察觉到任瑶期的异样，帮她扣好襟扣，抬起头接着道：“老太太向来喜欢三小姐多过您，三太太又什么事都依着她，咱们院子里的事无论大小都是她说了算，偏偏她又看您不顺眼，处处为难于您，让三太太也跟着不将您这个女儿放在心上，一心只信她的蛊惑……”

说到这里，朱嬷嬷拿眼悄悄觑了觑任瑶期，令她意外的是，任瑶期只是斜倚在炕头那大红底子方胜纹靠背上静静看着她，澄澈的眸子如上好的琉璃，静谧剔透。

任瑶期记得三姐任瑶华是在承乾十六年秋因为推六弟任益鸿跌入荷花池，被老太太罚去庄子上思过。

她们的母亲——任家三夫人去找老太太求情被拒之院外，最后便陪着三姐去了庄子上，九岁的她被留在任家。

母亲李氏，是个胆小懦弱的女子。

李氏的懦弱不仅仅来源于她幼时颠沛流离的经历。

她在庆隆四十七年嫁入任家，头两年无所出，第三年产下一女却在百日内夭折，第五年又生下一女。

这时候任家老太太对李氏已经十分不满，好在李氏生下次女第二年又有了身孕。

只可惜李氏命中无子，第三胎生的竟然还是女儿，这就是任家五小姐任瑶期。

任家老太太因此对李氏彻底冷了脸，在任瑶期出生三日之后就做主为任家三爷纳了自己娘家妹子的一个庶女为贵妾。

贵妾方氏进门半年便有了身孕，怀胎十月产下一对龙凤胎，奠定了自己在任家的地位。

而任瑶期的出生不仅让自己的母亲在任家的地位岌岌可危，更惹得祖母厌恶。

从李氏怀上任瑶期开始，任老太太就对她这一胎满怀希望。任老太太能找来验证的人都找过了，那些人众口一致地说这一胎是个男胎，所以她也坚信媳妇的第三胎怀的是个儿子。

于是任瑶期出生后，任老太太便认定新出生的孙女是个妖孽，将自己原本孙子的位置给挤走了，对她喜欢不起来。

倒是同为李氏所出的三小姐任瑶华，因为长得肖似年轻时候的任老太太，又伶俐聪慧，因而得到了老太太的另眼相待。

“五小姐？”朱嬷嬷见任瑶期盯着自己不说话，以为她是犯了困，便试着轻轻推了推任瑶期，想着要不要再给灌一杯冷水下去。

任瑶期扫了一眼朱嬷嬷放在自己胳膊上的手。

朱嬷嬷身子一僵，掩饰性地抬起那只手抚了抚鬓，一面笑道：“小姐，方姨娘说小姐您的病已经大有起色，还用原来的药方的话，她担心药效过于烈性，说晚些时候就请大夫进府重新给您把脉开方。”

任瑶期“嗯”了一声，没有反对。

朱嬷嬷却是在心中暗自嘀咕，怎么这两日五小姐瞧着有些不同了？不过是个才满十岁的孩子罢了，那双沉静的眸子里偶尔流露出来的神色却让人觉得瘆得慌！

对身边这些婆子丫鬟们，任瑶期大都已经没有什么印象了。因为她们在她身边伺候的时间并不长，过后不久就会被打发出去。

这个朱嬷嬷她倒是还记得。在她当年的印象里，朱嬷嬷似乎是个很和善、很贴心的婆子，会给她出谋划策，算是她的心腹。

她记得自己甚至为这朱嬷嬷跟三姐任瑶华吵了一架，最后还差点打起来。

可是以她如今的阅历来看，却不觉得这个朱嬷嬷有任何可取之处。

朱嬷嬷伺候她不够上心，对她院子里的丫鬟疏于管教，言辞之间看似全是为她这个主子打算，实则却是处处挑拨她与任瑶华的关系。

任瑶华性子霸道刚烈，幼时的她则倔强任性，这样的两个人在有心之人的教唆挑拨之下，紫薇院哪里还能得安宁？

这一次，她再也不会允许那些人利用她们姐妹之间的龃龉做文章，算计她们。

爹爹……母亲……

任瑶期在心中喃喃念道，这一次，你们定都要长命百岁才好。

正当这时，外头又响起了一阵匆忙的脚步声，接着帘子被掀开。

一个身穿深绿色缎面袄、石青色棉裙的清秀丫鬟走进来，匆匆行了一礼便急急道：“朱嬷嬷，三太太的马车已经到了大门口，大太太正安排人去二门迎接，姨娘让您赶紧安排人将紫薇院的正房和大小姐的东厢给收拾出来，地龙都给烧热了。另外，看看那被褥垫子有没有受潮，若是不能用就赶早换下来。”

朱嬷嬷原本是坐在炕前的小杌子上，年轻丫鬟话音未落，她已经慌张地跳了起来，连那张小杌子也被她的动作带倒，发出一声闷响：“什么？怎么会这么快？不是说要傍晚才到的吗？这才刚过晌午。”

“哎呀，您现在还问这些做什么？横竖人已经快到了，您就赶紧的吧。”

丫鬟说完就又转身匆匆跑走。

朱嬷嬷急得在屋子里乱转了两圈，终于还是跺了跺脚，转头对任瑶期交待了一句："奴婢先下去安排安排。"

朱嬷嬷掀帘子走了，屋子里瞬间安静下来。

任瑶期偏头看着窗外，眸子清亮若水。

可能是因为下雪的关系，隔着厚厚的玻璃纸只能看到外头灰蒙蒙的一片，虽说已过了午时，却像是天刚亮的时候。

任瑶期静静坐在炕头，等着外头的动静，母亲回来定会先去老太太的院子问安，然后才能回紫薇院。

可是任瑶期等了半日，也没有人回来，倒是外头来来往往回话、搬东西的声响依旧嘈杂。

任瑶期之前用的药里有安神的药物，等到后来竟支撑不住睡着了，只是心中依旧惦记着，掌灯时分便又醒来了。

她感觉到自己床边坐着一个人，便立即睁开眼。

屋子中央的桌子上已经点起一对烛台，烧了大约一寸的样子，甫一睁眼那昏黄的光线刺得她眼睛有些不舒服，她不由得偏了偏头。

"瑶期，你醒了？"一个温柔的声音响起，这个声音让任瑶期一愣。

那人似是注意到她的不适，起身去将烛台移到西面的矮几上，才又走回来。

"现在好些了吗？"

任瑶期点了点头，对眼前的女子道："姨娘是什么时候来的？"

虽然有些背光，她还是看清楚了旁边的女子。她穿着一件浅紫色绣兰草缎面的狐皮袄子，白色的挑线裙，乌黑的头发挽了一个堕马髻，只插着一对式样别致的金簪。

珍珠耳坠在她耳下轻轻晃动，在莹白的侧脸上投下小小一条阴影，瞧着有一种别样的婉约细腻。

这是方姨娘，江南女子。她的言行举止总是优雅温柔，似是古画上走出来的仕女。

任府上下都说她不仅人长得美，还有一副菩萨心肠。

紫薇院里曾有几个半大的丫鬟暗地里学方姨娘说话走路，被三姐任瑶华撞见了。三姐便命周嬷嬷找人用竹篾片将她们狠狠地抽了一顿，抽得小腿和脚背血肉模糊后关进了柴房。

因正当盛夏，关了三日后几个丫鬟膝盖以下都长了蛆。

在母亲和任瑶华去庄子上的这一年，老太太将紫薇院连同她一起交给了方姨娘照料。

在从前的印象里，这位方姨娘似乎对她百依百顺，极为照顾，甚至连方姨娘自己的亲生女儿，她的九妹妹任瑶英都因此而嫉恨于她。

“刚来不久，我瞧着你出了一身的汗，很热吗？”微凉的手掌放在她的额头上。

任瑶期没有动：“嗯。”

方姨娘轻叹：“热你怎么不说？你刚病那会儿一直喊冷，盖了三层被子还冷得直打战，我才让人将你移到炕上的。现在你不怕冷了，应当是病快好了。等会儿我让人将床收拾好，今晚还是睡到床上去吧，也宽敞些。”

任瑶期点了点头。

方姨娘看了她一会儿，斟酌着道：“瑶期，你母亲和三姐回来了，以后这院子里的事情姨娘怕是再插不上手了，你以后就多顺着你三姐一些。她气性大，又讨长辈们欢心，你若还是处处与她拧着干，吃亏的还是你。至于夫人那里……其实也不能怨夫人，你知道你出生那会儿……总之，夫人她不是不看重你的，毕竟你也是她的女儿，只是三小姐是长女，夫人难免会多仰仗她一些。”

方姨娘柔声细语地劝着，她的声音缓缓的，虽然说的是北方话，但仔细听还是能听出一些南边的口音，软糯悦耳。

任瑶期努力想象若是依着自己幼时的脾气，听着这番话会如何反应，面上却是不动声色。

方姨娘见她不说话，伸手替她整了整被子，又道：“等过几日身子好些了就去看看太太和三小姐吧。我刚探着你额头还烫着，夫人和三小姐那边车马劳顿才将将安顿，今日你就先歇着。我去吩咐人来给你换床铺？”

母亲和三姐已经回了院子？任瑶期点了点头。

方姨娘便起身出去，帘子外头传来她低柔的吩咐声。

过了一会儿，两个丫鬟便抱着被褥进来，走到北面的那张架子床旁开始铺床。

那架子床已经有一阵子没有睡过人，原本是有些潮的，好在屋子里烧着地龙，新换上的被褥也是干爽的。虽是如此，可是比起那热炕来，还是要冰冷不少。

身体先热而发汗，乍然又遇冷收汗，其实是极容易着凉的，不知道方姨娘知不知晓。

任瑶期让那个叫青梅的小丫鬟去弄几个小手炉来，放进被窝里焐着，又让她们去拿一套干净的贴身衣裳，先去熏炉上烘热。

青梅与另一个丫鬟雪梨小声嘀咕：“先是嫌热，这会儿又怕冷，五小姐与三小姐果真是亲姐妹，都会折腾人。”

“嘘——以后这话可千万别说，东厢的回来了……”

任瑶期没有听到丫鬟们的抱怨，等床上焐热乎了，她让丫鬟伺候她换了贴身的衣裳，扶着去床上睡。

被小炉子焐了这许久，床上的热度与炕上的温度相差无几。

才躺下不久，就有人端着药碗进来。

“五小姐，该喝药了。”一个年轻女子的声音，小声唤道。

任瑶期睁眼，便看到了之前来找朱嬷嬷的那个身穿深绿色缎面袄，石青色棉裙的清秀女子，她是方姨娘身边一个叫金桔的大丫鬟。

“不是说要换方子吗？”任瑶期被金桔扶着坐在床头，看了那药碗一眼。

金桔脸上带着笑：“吃了这一剂再换。姨娘原本请了大夫来，半路被周嬷嬷拦下去看三夫人和三小姐了。大夫去老太太那里回了话后，却被管事直接送走了。姨娘说明日再去给您请大夫来。”

“母亲她生病了？”

金桔闻言看了任瑶期一眼，笑道：“三夫人与三小姐赶了一日的路，外头又是冰天雪地的，想是担心受风寒吧。五小姐，药要凉了，快些喝吧？”

药碗凑到她嘴边，任瑶期的眉头不由得微微一蹙，这不是她之前吃的药方。

之前吃的那方子虽然不温不火，却也是对症的，这碗药却改了好几味药材。

她离开任家后曾跟着裴先生读了不少书，史书兵法这些不说，律法星相堪舆佛经这些都有涉猎，药典更是背熟了的。

世间万物皆是相生相克，药草性分阴阳平，疾病又分寒热湿燥。

对症下药不仅需要清楚药物的归经、走势、升降、浮沉，互相配伍，还需知道五行生克，七情和合。

而相恶、相反，都是用药大忌。

比如，她原来吃的药方中有一味乌头，乃药中下品，有毒。不过制成药之后配伍得当，也可成为良药。今日这碗药里除了有乌头，还有一味半夏。分开用都是无碍的，用到一起却是犯了药性相恶之大忌。

除此之外还有几味药材配伍得也极为不妥，所以这药她若是喝了，虽不至于立即伤了身体的根本，只是原本已经好得差不多的病又要拖延个几日了。

她依稀想起当年母亲和三姐回来的时候，自己因为病情加重，没有及时去给母亲请安，却在几日后父亲回府时，穿戴着父亲从京都带回来的衣裳首饰出门见客。

三姐任瑶华因此愈加看她不顺眼。

任瑶华恨她没有将母亲放在心上，薄情寡义。

她也怨母亲待姐姐比待她好上千百倍，愿意陪着姐姐去庄子上吃苦，却将她一人留在府里让姨娘照看，连她重病都不曾派人来瞧一瞧，还将过来给她看病的大夫打发去了什么毛病也没有的三姐那里。

任瑶期以为自己已经忘记的时候，过往却又渐渐清晰起来。这时候再来看当年那些事情，她自然瞧出了当中的猫腻。

有人在暗处捣鬼，处处挑拨她与任瑶华的关系。

“五小姐？再不喝的话，药就要凉了。”金桔见她瞧着药碗皱眉，忙赔着笑脸催促道。

任瑶期皱着眉头接过药碗，凑到唇边。金桔见她肯喝，刚要松一口气的时候，任瑶期却又将药碗移开，眉头皱得更紧："我怎么觉着今日的药瞧着更苦了些？"

金桔心中一跳，眼睛往那药碗中一扫，强笑道："怎么会？小姐，您都还没入口……"

任瑶期用眼角斜她一眼，傲慢道："本小姐久病成医，一闻就知道今日的药苦了！"

"这……"

金桔强忍着脾气挤出一个笑脸，想要继续劝，任瑶期又道："你去找方姨娘要一碟乌梅丝儿来，就是那种用薄荷叶和蜂蜜一起腌制，上面还洒了雪糖的。"

金桔嘴角抽了抽，原来今日这么难说话是因为贪嘴，心里松了一口气，起身道："奴婢这就去。"说着就转身出去。

任瑶期见她的身影消失在内室，便收起脸上的矜傲之色，披上厚厚的棉袄下了床，端着药碗走到内室的那架屏风后面，将药倒在恭桶里。

之后又回到床上倚坐好了，想了想将碗里剩下的几滴药汁点了些沾在自己的唇角处。

金桔很快就回来了，进来看见药碗空了不由得一愣，任瑶期有些不耐烦地道："怎么去了这么长时间！想要苦死我啊！"

金桔忙将手中的一碟乌梅丝儿递了上去，任瑶期用碟子旁的银钎子取了一块入口，之后满意地半眯了眼睛："好甜——"

金桔的眼睛却是偷偷地瞄那药碗，又看了看任瑶期，见到她嘴角还有残留的药汁的时候满意了，笑容也真诚多了："五小姐吃完药好好休息，姨娘那里还等着奴婢回话呢。"

金桔伺候任瑶期躺下，又闲话家常一般道："这乌梅丝儿可是姨娘用娘家的秘法制的，别的地方都吃不到。今年雨水多，北边好几个种着上好的青梅的园子都遭了涝，所以姨娘也只腌制了这么一坛子，上次九小姐说要吃，姨娘还不给呢，说是要留着给五小姐的。九小姐因此与我们姨娘置了好几日气呢。"

任瑶期见外头的帘子动了动，突然偏头朝金桔眨了眨眼，笑道："多谢你告诉我这些，原来九妹妹这么小家子气，你不告诉我，我还不晓得呢。不过你放心，我不会让她知道你与我说她的坏话的。”

金桔闻言脸上一白，她没有在背后说九小姐不好的意思。

“谁在外头？”任瑶期没有搭理金桔，任她行礼退下，扬声道。

一番窸窸窣窣的响动之后，青梅与雪梨两个丫鬟掀帘子进来。

“小姐，有何吩咐？”青梅殷勤地凑上前道。

任瑶期道：“你过来伺候我穿衣起身。”

青梅赔笑道：“小姐，您要做什么吩咐奴婢一声就是了，还是不要起身吧？”

任瑶期装作没有看见她的视线，似笑非笑道：“本小姐要如厕，你也能替？”

青梅忙道：“那，那将小袄披上就是了。”

任瑶期皱眉：“你想让我着凉，还是想要我如厕的时候衣衫不整有失体统？”

如厕还要什么体统？平日里不也是这样的吗？青梅汗颜。

一旁的雪梨忙上前道：“小姐别生气，奴婢伺候您穿衣就是了。”一边还冲着青梅使眼色，让她不要多话。

雪梨伺候着任瑶期穿上了一件厚袄，又套上了百褶裙。

“去把我那件猞猁皮的厚斗篷拿来。”任瑶期吩咐雪梨道。

雪梨一惊，这是要出门的装扮？

“小姐？您要出去吗？”青梅已经开口问道。

任瑶期不理她，只看了雪梨一眼。

雪梨被她拿眼神一扫，不得不起身：“奴婢这就去。”转身之前却是朝青梅使了个眼色。

青梅笑着道：“小姐，您要去哪里？您与奴婢说一声，奴婢好去安排。”

见任瑶期不理她，她眼珠子一转：“奴婢去给您准备个手炉，免得您出门着凉了。”说着转身就走。

“站着。”任瑶期淡声唤道，虽然只是轻轻的两个字，却是让青梅的脚步顿住了。

“去把我那条有二百五十六颗珠子的长链子找出来。”

“是，小姐。”青梅心里虽然极想去找朱嬷嬷报信，却不敢违拗任瑶期的话，忙去了梳妆台，不一会儿就找出一串由拇指盖儿大小的粉、白、金三色珍珠串成的长链子来了。

“小姐，奴婢给您戴上？”这链子太长，任瑶期戴的话要绕个三四圈才行，平日里她都是嫌累赘不戴的，今日不知怎么突然想起来了。

任瑶期却是摇头：“我嫌这链子土气，你给我改改。”

“啊？”青梅呆怔：“小姐要怎么改？”

任瑶期指着上头的珍珠道：“拆开来，一颗粉的，一颗白的，一颗金的这样夹杂着串。”

青梅又苦着脸去壁柜里找针线。

这时候雪梨已经将那件猞猁皮的鹤氅找了出来，见青梅还在屋子里没有离开，不由得皱眉。

任瑶期让雪梨给自己简单地梳了头，穿上鹤氅，就要出门。

“青梅留下串珠子，雪梨跟我来。”

与青梅对看一眼，雪梨犹豫了一瞬，还是赶上前去给任瑶期打帘子。

任瑶期这还是两天里头一次出门，外间的帘子一掀，寒风便裹挟着鹅毛大的雪花回旋着扑来，打得脸上生疼。

即便穿得厚实，身上也还是暖和的，脸上却是瞬间就冻冷了，睫毛上沾了雪花，眨眨眼化开了一朵，模糊了视线。

她已经多年没有见到北地的风雪了。

“小姐，外头冷，咱们还是回去吧？”雪梨小心地劝道。

任瑶期没有理会，她将头上的风帽往下拉了拉，遮住自己大半张脸，然后头也不回地朝正房走去，越往前走脚步越快，到后来竟是小跑了起来。

“五小姐，小心地滑——”雪梨在后面追着。

紫薇院不小，西厢离着正房还隔了一个穿堂和大大的庭院。

任瑶期沿着游廊一路飞奔而过，从连接抄手游廊的廊门筒子出来的时候，还差点儿踩到正房檐廊下半化的轻薄积雪滑倒，可是等真的站在正房门口的时候却是有些近乡情怯。

靛蓝色绣着金玉满堂的门帘下泄露出来了几丝亮光，任瑶期隐隐约约听到了正房里有人在说话。

“五小姐。”当值的丫鬟原本瞧见一个包裹得严严实实的人影沿着游廊跑了过来还有些纳闷，待借着廊下的防风灯看清楚是任瑶期后吓了一跳，连忙蹲身行了一礼就急急地进去禀报。

不一会儿那靛蓝色的帘子就从里面被掀开，一个身穿银红色绣牡丹花出锋毛皮袄，鹅黄色百褶裙，生得杏眼雪肤的美丽女孩子走了出来。

她长任瑶期两岁，身量生得又较同龄人高挑，站在门檐下居高临下地看着任瑶期，俏脸含冰，笼罩在她身上的橘红色灯笼光也无法让她看上去暖上半分。

任瑶期愣了愣，张了张嘴：“三……”

不想话还没有出口，那女孩子却突然抬起手朝着她脸上狠狠地扇来，清脆响亮的巴掌声让在场之人都愣怔住了。

“任瑶期，你还有脸来！”冷冷的声音带着些嘲讽在任瑶期嗡嗡作响的耳边响起。檐下是死一般的寂静，唯有落雪簌簌声可闻。

旁边站着的丫鬟婆子们都屏息静气不敢发出一点声响，只是小心地瞧着任瑶期和任瑶华两人的目光却都带了些紧张。

任瑶华冷厉的目光死死盯住任瑶期，见她挨了一耳光之后只是捂着脸颊抿紧嘴唇看着自己一言不发，没有扑过来要还一巴掌，心里虽然有些奇怪，可是这些日子以来受到的憋屈让心中的恨意占了上风，二话不说抬手又要扇。

这时候正房的门帘又是一动，一个四十来岁身材颀长，双鬓微白的嬷嬷走了出来。

她一瞧见廊下两人的对峙，脸色就是一变，见任瑶华还想要动手忙闪身过去一把将任瑶期搂在了怀里护住，面容严肃地对任瑶华道：“三小姐，我们今日才回府，你这又是做什么？别忘了太太还病着呢。”一面却是悄悄朝任瑶华使眼色。

任瑶华瞧见嬷嬷眼中的焦急和担忧，想着母亲还病着，咬了咬牙，将手放了下来，看着任瑶期的目光却依然冷冽。

任瑶期将她们两人的互动看在眼里，周嬷嬷明面上瞧着是护着她不被任瑶华打，紧紧搂着她却是将她的胳膊也一并抱住了，让她不能动弹，这是防着她扑上去找任瑶华报仇。

“五小姐，您也不要闹腾了好不好，太太正病着呢，您进去看看她吧。”周嬷嬷板着脸低头对任瑶期哄道。

任瑶期点了点头，示意周嬷嬷放开她。

周嬷嬷原本以为还要费上一番口舌才能劝住任瑶期，不想任瑶期却似轻易地就认了这次的亏，她不由得愣了愣，随即仔细打量了一下任瑶期的神色。

任瑶期捂着脸微微垂眸，面上没有过多的情绪。

周嬷嬷试着慢慢放开了手，任瑶期果然没有别的动作，只是绕开任瑶华掀帘子进了正房。

紫薇院的总体布局是开间短，纵深长，所以虽然算得上是个三进的大院子，正房却只有三间，好在房间都很宽敞。

正中的明间是正厅，东次间可以用来会客，临窗一个大炕摆上炕桌后是平日用饭的地方。西次间则是卧室，再往里还有一间小净房，净房有一扇小门朝北向开，方便从第三进的后院送热水进来。

任瑶期径直往西次间走去。西次间挨着北墙摆着一张千工满雕敞厅床，新换上去的红色绸帐挂在了床柱的铜钩上，床上正躺着一个三十来岁的妇人。

那妇人长了一张鹅蛋脸，头发浓密，面容非常秀美，脸色却是带了些病态的白，嘴唇也没有什么血色，可能因为习惯性地蹙眉，眉间有道淡淡的“川”字纹，使她原本年轻的面容增添了老态。

“母亲……”任瑶期轻轻走到床边，看着那即便是闭着眼睛也不敛愁容的妇人，哽咽着轻唤了一声。

她的声音不大，床上的妇人却是若有所觉地动了动眼睫，睁开眼睛。她长了一双妩媚的杏眼，任瑶华的眼睛与她像足了十分。

她似乎很困倦，可是在看清楚眼前的任瑶期的时候却是温柔地笑了，招手唤道：“期儿？过来让娘看看你长高了没有。”

任瑶期快步上前，扑到敞厅床外的围廊下跪着，将自己的脸埋进李氏胸前呜呜地哭了起来。

李氏见任瑶期哭得凄惨，不由得愣了愣。她将手放在任瑶期的头上摸了摸，柔声问道："这是怎么了？"

这时候帘子一掀，任瑶华和周嬷嬷走了进来。

任瑶华见任瑶期扑在李氏身上哭，怒火立马高涨，冷笑道："她能怎么了？不就是向您告状我又打了她吗？还以为她在府里待了一年，受了那个贱人的调教，能长进不少，不想还是这么不知所谓，只会冲人背后放冷箭！"

任瑶华说着就大步走上前来，一把扯住了任瑶期的手臂要将她拉出去。

任瑶期身体本就没有全好，被她这么突然地狠狠一扯，不小心摔倒在地，她的脸抬了起来，左脸上的五个手指印也赫然呈现在李氏眼中。

李氏惊呼一声，撑着身子想要坐起来，却是失了力气又倒下去。

"母亲——"任瑶期甩开任瑶华的手，上前去看李氏。

任瑶华也不管任瑶期了。她将任瑶期推开，自己上前扶李氏，见她要起身就扶她坐在床头，将床里边的一个软枕垫在李氏背后："娘，您刚喝了药，起来做什么？"

李氏却是一把拉了任瑶期过去，捧着她的脸仔细瞧了瞧，责备地看向任瑶华："华儿，你怎么能对妹妹下这么重的手！"

任瑶华瞥了任瑶期脸上的五指印一眼，冷冷道："若不是周嬷嬷拦着，我定要再赏她几个耳光。"

任瑶期的左脸已经有些红肿，李氏瞧着心疼得紧，任瑶华的话让她有些生气，她皱眉道："华儿！你快过来跟妹妹赔个不是！"

任瑶华闻言微微扬了扬下颌，轻蔑地道："我向她赔不是？下辈子吧！"

"华儿！"李氏无奈地轻叱一声。

转头看向已经收了泪，依旧跪在她床前的任瑶期，李氏左右为难道："期儿，你姐姐她不是有意的，你……"

可是看到任瑶期脸上触目惊心的红肿，李氏的话说不下去了，只能又去与大女儿商量："华儿，看在娘的分上，你就不能退一步吗？"

任瑶华见李氏满是疲惫的脸上焦急的神色，咬了咬唇。

她不想让娘伤心，可是让她放下自尊去与任瑶期道歉她又做不到，不由得有些僵硬。

“算了，母亲，不必了。”任瑶期轻叹一声，突然抬头看向李氏道。

李氏一愣，任瑶华也皱眉看了过来，似是不信这话是从她口中说出来的。

任瑶期撑着李氏的床沿站起来。

幼时总有人在她耳边说，因为她的出生才会让母亲在任家不被婆母所喜，不仅祖母不喜欢她，母亲对她也是厌恶的，不然也不会每次都偏袒姐姐，委屈她。

这种事情发生得多了，任瑶期便也信了，于是她与母亲李氏之间总有些隔阂。

任瑶华喊李氏喊的是“娘”，任瑶期却从来都是唤她“母亲”。

与庶出的九妹、六弟一样的称呼。

任瑶期抬头，便看见李氏一脸小心翼翼地看着自己。

见她看过去，李氏忙道：“期儿，你最乖，比你姐姐懂事多了。”一副安慰小孩子的语气。

一旁的周嬷嬷也适时笑着开口道：“奴婢就说刚刚一看到五小姐就觉着有些不同，原来是长大了，也懂事了，以后太太您就可以放心了。”

李氏点头，干巴巴地道：“是啊。”想着任瑶期脸上的伤，忙对周嬷嬷吩咐：“快去用热帕子给期儿敷敷，上了药，不然晚上肯定会疼。”

周嬷嬷看了看任瑶华，又看了看任瑶期，有些不放心让姐妹俩在一处，可是李氏又一直催促她，周嬷嬷也只能匆匆出去。

房里只剩下母女三人，却安静下来，最后还是李氏打破沉默。她拉着任瑶期坐在她床边，问道：“期儿，你这一年在府里过得好不好？有没有……有没有受委屈？”

任瑶期摇头：“我很好，没受委屈。”

“哦，你有你父亲在旁护着，她……她也不敢委屈你的。”李氏看着她讷讷地道。

“呵！”任瑶华在一旁嘲讽地冷哼。

任瑶期垂了垂眸：“母亲，你刚喝了药，今日还是先歇着吧，我明日再来看你。”说着就上前想扶着李氏躺下。

李氏没有拒绝她的好意，却在躺下后拉着任瑶期的手不放：“期儿，让周嬷嬷给你上了药再走，好不好？”

任瑶期点了点头，安静地坐在李氏床边。

任瑶华站在一边，目光带着审视冷冷地落在任瑶期身上。

李氏拉着任瑶期的手看着她笑：“期儿，你真的长大了。”

这时候原本出去的周嬷嬷又回来了。

“不是让你去要热水来吗？”李氏问道。

周嬷嬷连忙走过来：“太太，热水奴婢已经吩咐下去了。方姨娘来了，说是带着六少爷和九小姐来给您请安的。”

李氏皱眉，疲惫地道：“我累了，还是让他们回去吧。”

任瑶华冷哼一声：“您回来这么久，都没瞧见她来打个照面，这会儿来做什么。娘，你躺着，我出去见她！”说着转身就走。

“华儿——”李氏唤了一声，任瑶华却早已经掀帘子出了西次间，李氏也只能由着她去。

周嬷嬷对李氏道：“奴婢跟去看看。”

李氏点头，周嬷嬷便跟着任瑶华走了。

任瑶期陪着李氏坐了会儿，想了想，还是道：“母亲，我出去找人给我擦药，你先歇着吧。”

李氏想着周嬷嬷怕是一时回不来，忙点头：“那你快去吧。”

任瑶期帮李氏理了理被子，也退了出来。

才出西次间，任瑶期就听见东次间里有声音传出来。

走近了，便听到一个还有些稚嫩的声音边哭边骂：“立什么规矩？祖母也没有说要立规矩！你算什么东西？又凭什么骂我姨娘！”

“我是你嫡姐，是你姨娘的主子！你说我算什么东西？一年未见，你学的礼仪都喂狗去了？方姨娘，这就是你教养出来的结果？”任瑶华冷笑道。

“三小姐恕罪，是婢妾教管失职。”方姨娘声音低柔，姿态放得极低：“九小姐，快去给三小姐赔个不是。”

任瑶英像是被踩了尾巴的猫一样跳起来：“我才不要与这种恶毒的人赔不是，她要害死六哥，还打骂我们。姨娘，我们走！”

“任瑶英，你把你刚刚说的话再说一次。”任瑶华冷冷地道。

“说就说，你……唔……唔……”

“三小姐，求您饶了九小姐的口无遮拦，她还小，不懂事，一切都是婢妾的过错，婢妾给您跪下了。”方姨娘急急地恳求，一边捂住任瑶英的嘴不让她再激怒任瑶华。

“姨娘——”任瑶英哭叫，听起来场面有些凄惨。

任瑶期看了一眼门外，方姨娘带来的丫鬟和婆子应当还站在外头，她有些头疼。

想了想，她还是掀了帘子。

东次间里，方姨娘低垂着头直挺挺地跪在任瑶华面前，任瑶英在一旁拼命想要将方姨娘拉起来，被方姨娘甩开了。

任瑶华站在炕前冷眼看着。周嬷嬷看了看方姨娘，又看了看任瑶华，有些欲言又止。

六少爷任益鸿皱着眉站在帘子旁，似是想要上前又不知道自己能做什么，有些为难。

那边几人也注意到任瑶期进来了。

“五小姐，你的脸——”方姨娘一眼就看到了任瑶期脸上的伤，忍不住惊声低呼。

任瑶英也惊讶地盯着任瑶期左脸上的五指印，然后又扫了任瑶华一眼，对方姨娘道：“五姐定是被三姐打了！”

肯定的语气，怎么听怎么有些幸灾乐祸。

“你来做什么？”任瑶华冷着脸道。

任瑶期看了任瑶华一眼，走过去扶方姨娘起身：“母亲让我过来与方姨娘说，她刚喝了药，精神不足，不好见你们，六弟与九妹妹的孝心她已经知道，也心领了。今日雪大风寒，路面又滑，还请姨娘早些带六弟与九妹妹回去歇着，否则若因此着了凉，姨娘不心疼，她这个做母亲的却是要心疼的。”

方姨娘身子一僵，飞快地看了任瑶期一眼，又看向任瑶华。

任瑶期也顺着方姨娘的目光看向任瑶华，见任瑶华只冷笑着站在那里，又接着道：“不想姨娘这么诚心，还在这里给母亲跪下磕了头，我一定会转告给母亲的。”

任瑶英嚷嚷道：“我姨娘跪的不是……”

任瑶期迅速截断她的话：“姨娘跪的不是母亲还能是谁？这里只有三姐、六弟、九妹还有周嬷嬷。三姐、六弟、九妹你们虽然名义上是姨娘的主子，可是方姨娘毕竟是父亲正正经经抬进府里的妾室，还育嗣有功，算是半个长辈，跪你们哪一个都不合理也不合情。若是被外人知晓了，岂不是会说你们张狂？”

在场之人皆是面色一变。

方姨娘似是想要说话，任瑶期却不给她机会：“再说了，即便我们几人都是孩子，不懂这些道理，姨娘却是向来被祖母夸赞知书达理、蕙质兰心的，难道她也不懂这个道理吗？她若跪的是你们，岂不是故意陷你们于不义？我是不信姨娘会做这种事情的，是吧，姨娘？”

任瑶期放开扶着方姨娘的手，站起身，偏头朝着她笑，一副对她十分信任的样子。

方姨娘低下头，缓缓挪着膝盖转过身子，面朝着西次间李氏的卧房方向恭恭敬敬地磕了三个头。

磕完了头，方姨娘自己起身，轻轻扫了扫嫩黄色缎面皮裙上的灰尘，然后才抬头看着任瑶期柔声道：“五小姐说得对，婢妾跪的是太太，非是他人。”

方姨娘将自己眼中对任瑶期的探究之色隐藏得很好，任瑶期也装作没有看到，依旧是一副熟稔的模样轻快地道：“既如此，姨娘便与六弟、九妹妹回去吧。周嬷嬷，你快派几个婆子给方姨娘他们打灯，外面路滑，可要她们扶仔细了。”

周嬷嬷一愣，看了任瑶期一眼，又看了看冷着脸一言不发的任瑶华，最后还是低头应了一声“是”，对方姨娘躬身道：“姨娘、六少爷、九小姐请，奴婢让人送你们回去。”

方姨娘朝周嬷嬷点了点头，对任瑶华道：“三小姐，婢妾明日一早就过来伺候太太。”说完就毫不拖泥带水地带着一双儿女离开了。

周嬷嬷也跟了出去。

任瑶期目送方姨娘那柔美却挺直的背影走出正房，点漆的黑眸虽然还带着笑，却沉静得如同冬日的湖面，深邃无澜。

任瑶华的目光则从刚刚就一直盯在任瑶期脸上，似乎想要从她脸上看出一朵花儿来。

“任瑶期，你什么意思？”

任瑶期想了想，看着任瑶华认真地道：“三姐，你觉得我能有什么意思？刚刚我若是任由方姨娘跪下去，由着九妹妹闹下去，惊动了府里其他人，你以为吃亏的会是谁？”

任瑶华眼神莫测地盯着任瑶期半晌，却是扯了扯嘴角，笑得有些讽刺：“我以为你与方姨娘交往甚密，与六弟他们手足情深，因而见不得他们在我这里受委屈。难不成你忘了，当初是谁当着祖父祖母的面一口咬定是我推六弟落水的。”

任瑶期垂眸不语，这是她与任瑶华之间的死结，解释无益。

况且冰冻三尺非一日之寒，她不奢望今日就能改变两人之间的关系。

“就当我不希望母亲再受牵连吧。”

这时候，周嬷嬷带着四个分别捧了铜壶、铜盆、脸巾和药箱的丫鬟走进来，对两人躬身回道：“三小姐，五小姐，奴婢已经遣四个婆子送方姨娘回芳菲院。”

方姨娘虽然是她们父亲的姨娘，却不是住在紫薇院，而是带着一双儿女独自住了一个院落，虽只是一个一进的小院，也算是天大的脸面了。

任瑶期点了点头。周嬷嬷指挥着丫鬟将铜壶、铜盆等物放在一旁的梅花小几上，两个小丫鬟行礼退了出去，只留下李氏的两个大丫鬟在屋里：“五小姐，奴婢给您敷一敷脸吧，不然等会儿出去吹了风，晚上会不舒服。”

任瑶期点了点头，走回去坐到炕上。

大丫鬟喜儿将脸巾打湿拧干，周嬷嬷接过去轻轻给任瑶期敷脸，面巾上滚烫的热度让任瑶期忍不住偏了偏头。周嬷嬷忙道：“五小姐，敷一敷就好了，您别动。”

任瑶期便坐着没有动，毕竟不是任性的十岁孩子了，一点痛忍忍就过去了。

两个大丫鬟喜儿与鹊儿对视一眼，又垂下头，一个捧着药瓶候着，一个重新又拧干一条面巾等着周嬷嬷换取。

任瑶华也没有走，坐在炕上的另外一侧低声与周嬷嬷说起了李氏的病。

任瑶期默不作声地听着，这才得知李氏是路上染了风寒，偏偏回来后又在任老太太的院子外头跪了许久，因此病情加重。大夫来看过，给开了祛风寒的方子。

上一次任瑶期自己也病了，所以不知道李氏生病的事情，也没有人告诉她。好了之后去给母亲请安却被任瑶华两巴掌打了出来。

她当时病了四五日，好起来的时候李氏也病愈了，可见李氏这病应当不打紧。

任瑶期想着明日还是要找周嬷嬷要大夫开给李氏的方子看看。

周嬷嬷帮任瑶期热敷几次，又接过鹊儿手中的药膏给她轻轻地抹上一层。任瑶期坐着不动，任由她折腾。

“五小姐，您是不是病着？”周嬷嬷注意看了一下任瑶期的脸色，见她眼下有些浮肿，嘴唇也不若平日里水润，想着任瑶期并没有在李氏回来的时候出门迎接，便出口问道。

任瑶期顿了顿，点头：“病了些时日，不过这几日已经见好了，约莫再吃两剂药就能痊愈。”

周嬷嬷又气又急：“五小姐，生病了怎么能见风？您身边的婆子丫鬟们不知道拦着吗？”

说到这里，周嬷嬷的脸色又是一变：“您说您已经病了些时日？”她们在庄子上毫不知情，留在任府的人竟没有给她们递信。

“嗯，上个月时冷时热的时候病的。”秋老虎过后，北方气温急降，寒热交替，最易生病。

周嬷嬷皱眉看向任瑶华，任瑶华已经满脸寒冰：“看来这紫薇院的人都已经忘了自己姓什么！”

周嬷嬷叹气：“我们走了一年，老太太又将紫薇院交给她照管，自然是此一时彼一时。之前想着莺儿与朱儿两个丫鬟性子沉稳，又跟了太太多年，留下来看院子最为合适，府中若是有个什么事也能及时遣人给庄子上送个信儿，不想却让老太太给婚配了出去，如今她们连内院都难进，倒是可惜了。”

莺儿与朱儿配给外院的两个小厮，成了外院的普通仆妇。

任家外院与内院界限分明，有些人即便在任家当了一辈子差，想要踏入那一扇垂莲柱出挑屋檐的垂花门都是极难的。

“嬷嬷你应当说彼一时此一时！如今我们回来了，她还想着能把手伸得这么长不成？”任瑶华双目淬冰，冷声道：“明日我就将她安排进来的那些，和原本院子里风吹墙头倒的奴才都给撵出去。”

周嬷嬷劝道：“三小姐，我们才将将回来，这事儿还是先暂且放着吧？我们带回来的人终是少数，这紫薇院还需要人当差呢，就算是要重新挑人，或者另行采买，也要先禀了老太太和大太太那头。况且要撵人也需有个由头，不能平白无故地就将院子里的人赶走，这样做不仅下头的人寒了心，老太太那边也不好交差。”

任瑶华心里对方姨娘已是恨极，听了周嬷嬷的话便扬眉道：“祖母那边由我去说，至于由头嘛，那还不简单？懒散、碎嘴、偷窃、不敬主子……主子给她们定了罪，她们还能驳了不成？”

“三小姐……”

“三姐是要把这任家上下的人都给得罪完了才肯罢休？”任瑶期突然出声道。

任瑶华冷脸冷眼朝任瑶期看了过来，任瑶期对她的怒意视而不见，淡声道：“方姨娘是给紫薇院重新安排了不少人进来，只是除了我身边的朱嬷嬷以及两个贴身丫鬟外，大都并不是她自己的人。”

“不是她的人？”周嬷嬷想了想，沉吟道：“按理说不过年余时间，她确实也没有那么大本事……”

人脉是需要经营的，周嬷嬷帮李氏经营十几年也不过得了身边伺候的十几个心腹，还被打发走了两个。

任家的另外几个太太也都不是吃素的，怎么会任方姨娘太过坐大，骑到她们上头？

任瑶期点头：“现在紫薇院里的丫鬟婆子，大多是一年前新从各处庄子上选上来的。”

任瑶华冷笑着斜睨任瑶期一眼：“这院子是方姨娘管着，挑人不还是要经她的手？这些人即便之前与她没有什么干系，走了她的路子不也成了她的人了？”

任瑶华虽然性子刚烈，却不是一个愚钝的人。年纪虽然不大，却因自幼就帮着软弱的李氏拿主意而自有一番主见。

任瑶期听任瑶华这么一说也不否认，反而点头赞同道：“三姐说的没错，这些人走了方姨娘的路子，得了这么个闲差，所以都对她感恩戴德，这一年她在任府下人们口中的名声越发好了。”

李氏与任瑶华去了庄子上，紫薇院里主子少，份例却是照旧，方姨娘又从不克扣，所以紫薇院的差事便成了任家奴才们公认的油水多的闲差。

这一次任瑶华虽然脸色更为难看，却没有立即出言。

大丫鬟喜儿忍不住疑惑道：“可是开始五小姐不是说这些人不是方姨娘的人吗？现在又说是她的人……那到底是不是她的人？”

任瑶期想了想，轻声道：“这些人虽然都是方姨娘新从庄子上挑出来的家生子，却都与老太太、大太太、二太太、五太太院子里得力的婆子丫鬟们沾亲带故。就比如管我们院门钥匙的牛嫂子，她的小姑子是老太太院子里桂嬷嬷的大儿媳，管我们院子来客时茶水的那个柳儿是大太太身边一等大丫鬟秋分的亲妹妹，后院负责热水的刘婆子原本是任家外院的一个门房婆子，不过她的侄女现在在五太太院子里管着账……”

周嬷嬷也算是在后院里摸滚打爬过来的老人了，听了这么几句就听出当中的利害关系，心中更是掀起惊涛骇浪。

丫鬟鹊儿惊怒道：“她竟然拿我们紫薇院的差事来做人情，讨好任家其他主子！”

任瑶期摇了摇头，并看了任瑶华一眼。

任瑶华嘴唇紧紧抿着，让她冷然的脸上带了几分倔强的神色，眸子里却是怒火如炽。

“她这么做固然能讨好老太太和大太太身边的人，不过最主要的目的却不是这个。”

众人闻言，都将目光投向任瑶期。

任瑶期却看着任瑶华：“她的目的是三姐和母亲。”

无视几人错愕的眼神，任瑶期继续不急不缓地道：“她是算准了三姐的性子，知道你定是容不得她安排的人留在紫薇院，一回来就会着手清理内院。其实这些人与她没有丝毫干系，被打发到了哪里都碍不着她。她给出去的人情她照收，你却是因此而得罪了老太太、大太太、二太太、五太太的人。”

任瑶华怎么说也是任家的女儿，加上任老太太对她总有几分眷顾，所以她总会回到任家的。方姨娘自始至终都明白这一点，她也从未想过能将任瑶华和李氏彻底赶出任家。

她是妾室，即便生了儿子也不能扶正，所以她要的是三房后院的掌控权，是即便李氏与任瑶华回到任家也再不能撼动她的地位。

“这个卑鄙无耻的毒妇！”喜儿咬牙骂道。

任瑶华倒是因为怒极而渐渐平静下来，用冷漠的语调一字一句道：“她就等着瞧吧，我定会让她好看！”

任瑶期却是冷静地问道：“你要如何让她好看？让她来给母亲立规矩，然后趁机整治方姨娘？”

任瑶华抬目，沉着脸看着任瑶期。

周嬷嬷怕姐妹两人又吵起来，忙打圆场：“三小姐也是想着咱们走了一年，任家的人更是只知道有方姨娘，不知道有太太这个正经主子。想要借着给方姨娘立规矩的机会给太太立威。”

任瑶期也不想与任瑶华吵，遂点了点头：“想法没有错，时机却不对。”

“哦？怎么不对？”任瑶华挑眉，冷冷道。

任瑶期认真道：“我之前不是问了三姐要怎么给方姨娘好看？在你离府之前，确实是给过她几次好看，不过你有没有想过，为何你能给她好看，让她吃了瘪也无处申冤？”

任瑶华没有说话，喜儿却道：“当然是我们三小姐在老太太面前比方姨娘更得脸！有老太太撑腰，方姨娘见了三小姐自然不敢放肆。”

任老太太不喜欢李氏，对任瑶华这个孙女却是不错的。

当初任瑶华推了任益鸿落水，老太太也认为她是年少气盛，加之失手，并非蓄意陷害庶弟性命，帮着她在任老爷子那里说过好话。

“方姨娘也知道这一点。所以若是有一日老太太不再站到三姐这一方了，那又该如何？”

“这怎么可能，老太太向来疼爱三小姐，我们在庄子上的时候她还遣人给三小姐送过吃食。”鹊儿忙摇头。

任瑶华与周嬷嬷却是沉默不语。

老太太身边并不缺承欢的小辈，如今的任家是大太太嫡出的四小姐任瑶音与五太太嫡出的任瑶玉最为得宠，常常被老太太留宿在荣华院的东暖阁。

今日任瑶华与李氏去给老太太请安，老太太见了任瑶华虽然很是欢喜，可是在任瑶华给李氏求情的时候却还是冷着脸斥责了她一番。

以前在任家，任老太太是从不会对任瑶华说一句重话的。每次任老太太为难李氏的时候，有任瑶华在一旁打圆场，任老太太便会给孙女几分脸面。

“所以三姐现在最重要的不是想法子找方姨娘的麻烦，让自己刻薄霸道的名声被人有目的地大肆宣扬到人尽皆知的地步，而是努力巩固自己在老太太面前的地位。只要你还是老太太身边最得宠的孙女，以后想教训方姨娘，机会多的是。”任瑶期冷静又客观地指出。

没有人注意到她的这份冷静中所流露出来的对任老太太的冷漠。似乎在她心里，任老太太只是在内宅之中用来立足的工具，有利用价值，而非她嫡亲的祖母。

“三小姐，五小姐说的有道理。”周嬷嬷琢磨了一遍任瑶期的话，越想越是心惊。

方姨娘先是剪除了李氏留在紫薇院的旧人，一是可以切断李氏与任家主宅的联系，让任瑶期与李氏、任瑶华之间的隔阂加深；二是给她接下来要弄到紫薇院的那些人空地方。

她这么做，等任瑶华回府之后必定会暴怒，于是她的后招就来了。

让任瑶华彻底失宠于任老太太，并得罪任家上下的主子奴才们陷入孤立之境，这才是她的最终目的。

任瑶华这会儿也想明白了，不由得心中憋屈，想嘲讽地反问任瑶期一句：

"我失宠于祖母，不正好称了你的意？"

可是对上任瑶期那沉静的眸子，她还是将话咽了下去。

任瑶华虽然不置可否，可是周嬷嬷却是十分了解她的，知道她定是听进去了，便十分欣慰地对任瑶期笑道："五小姐果然是长大了，这些事情连夫人与老奴都没有想过呢。"

任瑶期垂眸不语，她前世师从帝师出身的裴之砚，这些内宅的弯弯绕绕在她现在看来就如同揭开了幕布与控台的皮影戏，掌控着人偶举手投足的那些密密麻麻的控线皆一目了然。

任瑶期见该说的都已经说了，便起身道："时候不早了，我先回去了。"

她最近因为有病在身，都是用了药就睡下，今日早过了她睡觉的时辰，又说了这么些话，已是累极。

周嬷嬷见她下盘有些虚浮，知道她定是不舒服，忙让喜儿上前去扶了："五小姐，让喜儿送您回房吧，今晚就让她给您值夜，您身边的嬷嬷和丫鬟都不可靠，还是防着些的好。"

任瑶期任周嬷嬷给她仔细整理身上的大氅与风帽："喜儿姐姐送我回去之后还是回母亲这里当差吧，你们才回来，紫薇院里又多了不少外人，人手捉襟见肘。我身边那两个丫鬟虽是方姨娘派给我的，却也不敢轻易违拗我的意思，她们已经伺候我一段时间了，没有出过大岔子。况且我的病也见好了，不比母亲正需要照料。"

周嬷嬷闻言，神情微暖："太太身边还有奴婢呢，五小姐尽管放心就是。"

任瑶期还是摇头："此时多一事不如少一事。就暂且如此吧，过几日我若还是没有好，嬷嬷再让喜儿姐姐去照料我。"

周嬷嬷是李氏身边最为倚仗的管事。喜儿、鹊儿，以及被配了人打发到外院的莺儿和朱儿，这四个大丫鬟是她为李氏精心调教出来的心腹。这样的人还是都留在李氏身边的好。

周嬷嬷见任瑶期坚持，也不好再劝，只亲自送她出门，直到看到她被几个丫鬟簇拥着消失在前一进过厅的角门处才又转身回了正房。

进了东次间，见任瑶华还坐在原本的位置上，手里拿着一把小银剪有一下没一下地拨弄着青花瓷烛台上的灯芯，烛影被拨弄得摇曳不定。

周嬷嬷轻叹一声，走上前去轻轻将任瑶华手中的剪子拿走：“三小姐，仔细烫到手。”

任瑶华对周嬷嬷这个母亲身边的老仆向来敬重，便也没有多言。

“三小姐，明日方姨娘来给夫人请安的时候若是提出要侍疾，就让太太推拒了吧。她性子狡诈，太太却秉性敦厚，别吃了她的暗亏都不知道。您虽然能制住她，但毕竟差了辈分。哪家也没有由嫡女出面教训父亲妾室的道理，传出去对您的名声也不好。”

任瑶华淡淡“嗯”了一声。

她虽然不怕自己的名声传出去不好听，任瑶期的话却也不是没有道理。她犯不着在这个时候落入那贱人的圈套，要收拾她，以后有的是机会。

“这个方姨娘当真打的好算盘，我竟然没有料到她能如此阴险恶毒。您若是中了她的计，坏了名声，不仅会失宠于老太太，还会得罪府里其他主子。紫薇院里若是没有你在老太太面前转圜，夫人以后的日子必定更为艰难，我们三房上上下下岂不就全捏在了她的手中，任她摆布？”

想到这里，周嬷嬷忍不住一身冷汗。方姨娘虽然只是设计让任瑶华得罪老太太、大太太、二太太和五太太身边的人，可是周嬷嬷知道这些在主子们眼前得力的丫鬟婆子们关键时刻能产生怎样的作用。

“这笔账，我会记下的！”任瑶华那还略显稚嫩的脸上，狠厉的神色一闪而逝。

周嬷嬷看着任瑶华那晦暗不明的神色，心中有些担忧：“三小姐，五小姐既然先向您示好了，以后你们姐妹两人就好好相处吧。”

任瑶华看了周嬷嬷一眼，冷声道：“她算计我被赶离任家这笔账就这么算了？”

周嬷嬷语塞，只能小心地劝道：“五小姐当时只有九岁，方姨娘又如此奸猾，她分不清是非被人利用也情有可原。您且看她今日说的那些，哪一句不是为着您好的？你们是嫡亲的姐妹，应当相互扶持同舟共济才是，否则岂不是正好称了那女人的意，却惹得你们母亲因你们不和而暗自垂泪？”

任瑶华面无表情地坐在那里一言不发。

周嬷嬷小心地觑着她的神色，还想再劝，任瑶华却已经站起身来：“赶了一日夜的路，大家都累了，今日早些歇下吧。我先回去了，明日一早再过来探望母亲。”

周嬷嬷见她如此，也只能按下心里的话暂时不表，想着等以后有机会再慢慢说合。这姐妹两人一个果决，一个聪慧。若是能同心，哪里还用担心那个方姨娘。

任瑶期前一夜吹了风，第二日醒来的时候便晚了，即便这样，还有些昏昏沉沉的。

可是想着李氏那边方姨娘早晨要去请安，不知道有没有出什么岔子，便有些躺不下去。正想要把丫鬟唤进来，伺候她起身，却听到外间有喜儿的声音。

“……现如今天冷了，这热茶要时刻放在炭炉子上温着，以备主子们随时解渴。只是你们也要知晓，饶是最上好的银丝炭，在内室中燃久了，也会令人胸闷不畅。所以这炭火炉子须得放在通风的厅里，而主子内室里摆放的茶水却是每过三刻钟就得一换。”

“我们进府之时姨娘要我们去大太太身边的严管家那里学过规矩，严管家可没有教过我们这些规矩。”青梅有些不服气地嘟囔。

喜儿冷声道：“我现在不是正教着吗？若是连这点儿规矩都学不会，就去与你们方姨娘说，让她再换个清楚些的丫鬟给我们五小姐使唤！你们当小姐身边每月八百钱二等丫鬟的月例是这么好拿的！”

两个丫鬟都没声了。

任瑶期朝外头轻唤了一声。

不多会儿，喜儿就掀帘子进来，赶紧走到床前朝任瑶期行了一礼，笑着道：“五小姐，您醒了？现在要起身用早饭吗？奴婢让她们领了饭在炉子上温着呢，等您用了早饭，药也应当煎好了。”

任家除了逢年过节之外，每日三餐都是各房各院按人数去大厨房按着饭点领饭食。除此以外，只有任老太太的荣华院里有小厨房，其余就连当家的大太太那里也是在大厨房用饭的。

当然，份例之外再给银子的话，大厨房也是可以开小灶的。

见任瑶期点头，喜儿就立即吩咐青梅与雪梨去打水进来，给任瑶期洗漱。自己则上前帮任瑶期穿上一件莲青色松江棉布面子的小袄。

这种小袄是冬日里不用出门见客的时候在内室里穿的，舒适轻巧又保暖。

“你怎么过来了？”任瑶期见屋子里只有自己与喜儿两人在，便出声问道。

喜儿一边给她扣襟扣，一边笑着道：“太太知道您病了，怎么也不放心，奴婢若是不过来看着您，太太就要自己下床来了。五小姐您就当心疼太太，可千万别赶奴婢走。”

任瑶期听闻是李氏让她来的，便也不好说让她回去的话。

“另外，周嬷嬷让奴婢跟五小姐说一声，方姨娘今儿一早过去给我们太太请安的时候非说要留下来侍疾，被太太好言劝回去了。周嬷嬷说让五小姐您安心养好病，不要让太太挂念就是您的孝顺了，太太身边有她瞧着，不会出大乱子的。”

这种话别人说不得，李氏身边的周嬷嬷却是敢说的。她性子刚直严厉，遇到小主子们有不对之处，也会不避讳地指出来，从不怕被记恨责骂。

任瑶期点了点头，表示自己知道了。

不多会儿，青梅和雪梨便领着小丫鬟们捧着铜盆、脸巾、痰盂等物进来了。

喜儿让青梅和雪梨在一旁看着，自己亲自示范了一次怎么伺候主子洗脸、擦牙。

喜儿是周嬷嬷亲自调教出来的，细心周到之处自然非青梅与雪梨可比。

洗漱事毕，喜儿又亲自动手伺候任瑶期吃早饭。

当药端上来的时候，任瑶期闻了闻，发现又换回了原来她吃的那个药方。

不知道是因为怕李氏等人回来发现药里有端倪，还是见阻止她去缓和与李氏、任瑶华的关系的伎俩失效，便索性收手。

到第三日的时候，任瑶期的身子已经差不多好全了。

这意味着，她要恢复每日对任老爷子与任老太太的晨昏定省。

时隔十几年，她又要再次面对那群所谓的血脉至亲了。

第二章

陷　害

任家以租赁煤矿经营煤窑起家，世代定居燕北幽州。

在幽燕十六州被辽人的铁骑践踏的那几十年时间里，尽管家产尽散，族人凋零，任家也没有离开这片土地随朝廷南迁。

之后第四任燕北王萧岐山不堕先祖威名，带领一干部众收复幽燕十六州，将辽人拦截在嘉靖关外，燕北地区重归大周治下。

在此百废待兴之际，当时的任家家主任宝明拿出妻子藏在马桶隔层下面的三根金条，不顾家小的反对孤注一掷买下了幽州云阳城外西山中几处无主的荒山山头。

许真是任家时来运转，这西山竟是出煤宝地，任家买下的那四五个山头挖出来的煤尤其质优，每年产量不仅能供应整个幽州地区，还能贩运到周边州城。

加上任家家主擅于经营，不过几年时间任家的煤栈便开遍了燕北。

财大气便粗，任家从此自诩为燕北豪族。燕北初定之后，燕北地区一夜之间如雨后春笋般冒出来的豪族不知凡几。

除了世代镇守燕北实为燕北无冕之王的燕北王府，战后北迁回来的一些老牌北方世家如云家，还有跟随燕北王在北伐之战中崭露头角而跻身名流的苏家，以及凭借各种运气手段大发了一笔横财的任家之流。

新旧贵族之间互不服气，新贵们看不惯老牌世家们明明穷酸得要命偏偏还眼高于顶，老牌世家们瞧不起新贵们根基尚浅缺少世家气度，双方人马明争暗斗，互相耍心机、使绊子。

直到燕北王从中调和，加上两派之首的云家与苏家首先把手言和，燕北局势才真正稳定下来。

几十年下来，新派与旧派家族之间虽还偶有争端，却大都已经能在燕北王府的强力施压之下和平共处，还有不少家族结为了儿女亲家。

任家现任家主任永和之妻出身于蓟州世家丘家，丘氏的父亲那一脉虽非丘家嫡支，却因丘家族长无子而将丘氏的哥哥过继了去，由此现任的丘氏族长实为任老太太丘氏的嫡亲兄长，丘氏也因这一层关系在任家愈加挺直了腰杆儿。任家主宅位于云阳城外九十多里的西山南麓白鹤镇上，白鹤镇虽然比不上燕北第一城云阳城的繁华，却因地处南北交通要塞之上而繁荣兴盛，历为兵家必争之所。

任家的这幢宅子占地极广，雕梁画栋，亭台楼阁之美丝毫不亚于南都园林。

据闻这里以前也曾是一户名门世家的祖宅，因举族南迁而将这宅子贱卖，后被任家家主购得，修缮一番之后搬了进来。

任瑶期自出生起就住在这里，在十六岁离开任家之前她极少走出这座虽然老迈腐朽蠹蚁滋生，却被添瓦漆墙修葺得富丽堂皇的地方。

病愈之后的任瑶期第一次走出紫薇院，走在九曲回廊下再一次打量这座宅邸的时候，却是另有一番心情。

平心而论，上一任任家家主也就是她的曾祖父在购置宅邸之时还算是有些眼光的，先撇开精致讲究的屋舍不谈，整座宅子的风水取势是极佳的。

它东南高，西北低，背靠西山，前有小白河，这是风水堪舆中所追求的“天地之势”。又因所依之西山来脉悠远、起伏蜿蜒，而成为宅邸的“生气”来源，使整座宅子成为藏风、聚气之地。

而楼阁如云，房舍高下，错落有致，大道小径八方呼应。家主所居的荣华院更是位于中心位置，布局似太极阴阳鱼图，内院加上外院一共八座院落形成八卦之势。

地善则苗盛，宅吉则人荣。

当初建这宅邸之人定是位不世出的堪舆高手。

只是这样的宅邸就算是住龙子凤孙也是住得的，而任家虽然能暂时借了它的运势，时间一久却终究无法压制它的贵气，怕是会被它的运势反噬。

也难怪她在离开任家几年后曾听人说起任家没落，这宅子又易了主。

至于这宅子里住着的其他人去了何处，她已经没有兴趣去打听了。

穿过荣华院那饰有琉璃瓦与壁墩的高大随墙门，首先映入眼帘的是庭院中央那置于浅水池中的巨型灵璧石，因石头形状神似山峦而取名为“苍山雄踞”。

据说这石头是前任家家主任宝明花费巨资从安徽千里迢迢运回来的，也算是任宅的一处奇景。

绕过灵璧石便是荣华院那三间广阔的花厅，平日里都是关着的，只在年节和宴客的时候全部打开，客人多的时候还有两旁的东西跨院可用。

穿堂而过，是荣华院正房前庭。

任家老太太丘氏有个怪癖，她不喜花木，嫌弃那些花红柳绿的玩意儿招虫蚁。所以整个庭院入目只有一水儿的接缝齐整的青石地，也只有春夏之际墙根处冷不防地冒出来一两棵小草儿，那会儿才能看到一点绿色，可惜一冒头就会被扫院子的粗使婆子给连根拔了。

大雪连下两日便放了晴，积雪还未化开又被北风吹成了硬冰，任瑶期这一路都是拣着廊下或是铺了棉地衣的地儿走。

荣华院的庭院却是干干净净的，没有一丁点儿冰雪的痕迹，早已经被打扫得只能看到那一片一成不变的青石地面。

此时，正房前庭的青石地上正趴跪着两个十二三岁的小丫头。

她们穿着任府二等丫鬟的靛蓝色冬服，以额抵地跪得端正虔诚，身子却抖得如同那寥寥挂在枝头的枯叶，也不知道是冻的还是吓的。

任瑶期从她们身旁走过，踩上连着正房台基的踏跺的时候，还能听到她们吸溜鼻涕水的声音。

“是八小姐跟前伺候的芳儿和卉儿。”原本落后一步的青梅打量了那两人一眼，忙赶上前两步，故作神秘地半掩着嘴在任瑶期耳边禀报，不难听出当中带着看好戏的兴奋。

任瑶期置若罔闻，站在帘子外头等婆子们朝里头禀报。

任家的规矩极大，尤其是任老太爷和任老夫人的荣华院，正房里头若是没有应声是不能进去的。李氏回来那日，就是因为任老太太没发令让她进屋而在这廊下跪了一个多时辰。

好在今日老太太没想折腾任瑶期，门口的婆子很快给任瑶期打起了帘子："五小姐您请。"

屋里的暖风迎面而来，任瑶期抬步走了进去。

荣华院正房坐北朝南五间，最中间一间为明厅，这时候却空荡荡的，只有两个丫鬟侍立在右边次间的雕花月洞门前。

见任瑶期进来，两个丫鬟屈膝行了一礼，将那福字纹的锦帘撩开，右次间里的轻微声响便传了出来，还夹杂着一股烙盒子的香味。

快到老太爷和老太太用早膳的时间了。

任家的晚辈们来请安都得是空腹，等伺候长辈用完早膳才能各自回院子进食。

任瑶期进去的时候便看见大太太王氏正领着她的长媳赵氏在布置炕桌。

靠着北墙一张大炕上已经摆上大大小小十几样早食，还有几个丫鬟提着几个没有开盖儿的食盒立在一旁。

大老爷任时中领着儿子和侄儿们坐在东西两边的楠木交椅上，三小姐任瑶华、四小姐任瑶音、九小姐任瑶英则立在南窗下。

任瑶华与任瑶期在同一个院子，来荣华院请安却从未同进同出过。之前任瑶华在任家的时候每月有一半的时间住在荣华院东梢间的暖阁里，住在紫薇院的时候每日也是来得比她早。

任瑶期扫了室内一圈，低头同长辈们见礼。

大太太转头看着她笑道："五丫头身子好全了？老太太昨日还说要你多休息几日，晨昏定省先不用急着过来呢。"

任瑶期低头道："已经全好了，再躲懒不来的话也说不过去。"

大太太笑着点了点头："好孩子。你能恢复得这么快可不要忘了你方姨娘的功劳才是，大伯母虽然掌着家，可这次给你请医问药之事全赖你姨娘在张罗。”

任瑶期看了大太太一眼，笑了笑，低头应了声“是”。

王氏这位当家太太在任家的名声还不错，处事公正，赏罚分明。

该管的管，不该管的就睁一只眼闭一只眼。

功劳她不揽，责任自然也不用她负。

任瑶期与大太太寒暄完了便走到南窗下与任瑶华她们站到一处，屈膝给比她大的三小姐任瑶华和四小姐任瑶音行了礼。

任瑶华一如既往地对她视而不见，四小姐任瑶音倒是朝她和善地笑了笑还还了礼。比她小的九小姐任瑶英撇了撇嘴，心不甘情不愿地朝她草草礼了礼，任瑶期只点了点头，便站到任瑶音身旁。

这边才刚一站定，就听到外头的丫鬟们齐声给老太爷老太太请安的声音。

任瑶期挺立的背脊一僵，随即缓缓吸吐一口气，强迫自己放松。

东次间里原本坐着的几个爷儿们都立即从座位上站起来，正亲自动手摆放碗碟的大太太也迅速将手中的一碟凉拌福禄豆腐放到炕桌偏东南的位置，急急迎到雕花月洞门处。

任瑶期与这屋子里所有的人一样，身体微微前倾立直，双手垂放在身侧，眼帘半敛。

大太太才迎了三四步，任老太爷与任老太太便走了进来。

任老太爷今年五十有六，却是高大威严，精神矍铄，目光如炬。站在他身边的任老太太比他小几岁，圆圆的脸盘，细眉细目，年纪虽然不小了，脸颊两侧却是各有一个酒窝，让她不笑的时候也像是笑着的，平白无故就添了几分慈祥。

任瑶期看着这两人走进来，一人一侧坐在炕上，低着头跟着大家一起上前给任老太爷与任老太太磕头。

她行礼问安的动作一步不错，听着上方任老太爷那如晨钟一般浑厚的声音。

“都起来吧。”

不知怎么的她就想起了从前离开任家之时，也是这个声音在她头顶上用不容置疑的威严语气说道："即便是离开了任家，你也要时时刻刻记住你是任家的人，记住是任家让你衣食无忧地长大成人。只有任家屹立不倒，你们这些任家女才能在外站稳脚跟！"

她不知道是不是每一个从任家出去的女子出门前都要受任家老太爷这样一番教导，她当时却只是想冷笑，那还是她第一次听到有人把无耻的话说得那么理直气壮，冠冕堂皇。

任老太爷似是忘记了，当时她这个正要出门的任家女并不是要出嫁。

她的一生被彻底毁了，他还能与她心平气和地交代要她为家族发挥最后一丝余热。

任瑶期的右胳膊被人轻轻撞了撞，让她迅速回过神来，转头便对上四小姐任瑶音那微微惊讶的面容。

原来大家都已经站起身，唯有她还依旧跪在那里一动不动。

任瑶期装作有些虚弱的样子站起身。任瑶音伸手扶了她一把："五妹妹，你是不是病还没好利索？"

众人的目光都被引了过来，大太太也忙走过来抬手摸了摸她的额头："怎么回事？不是已经好了吗？"

任瑶期不动声色地松开自己衣袖下紧紧攥着的拳头，低声道："今晨起身的时候吃了最后一剂药，想必是药效发出来的缘故，病确实是好全了。"

任老太太淡声道："既然不舒服还过来做什么？我这里还少了一两个人请安不成？"

大太太忙笑着打圆场："五丫头也是孝顺，这才一病愈就过来了。"

"好了，让孩子们都退下去用膳吧。"任老太爷的手在几上轻轻一顿，屋里立即安静下来。

任老太太便摆了摆手，眼睛在晚辈们当中一扫："华儿、音儿留下来在我屋里用，你们都下去吧。"

众人便都躬身要退，任瑶英撇撇嘴看了任瑶华和任瑶音一眼，有些不情不愿。

这时候外头突然响起一阵银铃般的笑声，接着帘子一掀，一名二十来岁的年轻妇人牵着一个满脸不情愿的小姑娘走进来。

这妇人穿了一件真紫色绣百蝶纹样锦缎面子的狐皮袄子，杏黄色百褶裙，头上挽了一个元宝髻，环佩叮当，长相甜美讨喜，脸颊上有一对与任老太太有些相像的酒窝。

“哟，我今儿来迟了？”那妇人惊讶地看了众人一圈，似是对自己的迟到十分意外，随即立刻换上了甜美的笑颜：“父亲母亲，还请饶了媳妇这一遭吧？您二老也知道，媳妇平日里来请安是再积极不过的了，极少有晚来的时候。媳妇给您二老磕头了。”

说着就赶紧拉着依着她站着的小姑娘一起在屋子当中正正经经地跪下，恭谨地磕了头。

等她起了身，任瑶期这些晚辈们便上前去行礼，唤了她一声“五婶”。

任老太太瞥了她一眼：“我还以为这府里的规矩要废了，一个两个的都要称病不来，正想要与老爷子商量将这早晚请安的规矩给免了，好合了你们的心意。”

五太太林氏闻言却不害怕，反而是捂着嘴笑，模样儿十分娇俏：“娘这是说的什么话？别人媳妇是不知道，媳妇自个儿若是每日里不来荣华院伺候您老人家，可是连饭也吃不香的。我家玉儿也是如此，是不是啊玉儿？”说完她还不忘轻轻拉了拉女儿的衣袖。

八小姐任瑶玉长得与她娘有七八分相似，闻言迅速抬眸看了老太太一眼，点了点头。

任老太太轻轻哼了一声，面色却是如常，并不见难看，显然并不真的生气。

“父亲、母亲，媳妇伺候你们用膳。”

林氏煞有介事地将自己手腕上的一对翡翠镯子摘下来，随手递给一旁立着的一个丫鬟收着，自己上前立在老太太身侧，拿起一双银箸准备布菜。

任老太太瞪了她一眼：“行了，这会儿来卖什么乖？碍手碍脚的！这里不用你，让你大嫂和侄儿媳妇来。”

林氏抿嘴一笑，也不坚持，将手中的银箸又递还给大太太，还笑着道了一句：“母亲嫌弃我粗笨不堪呢，大嫂总是比我得她老人家欢心。”

大太太谦和地笑了笑，也不与她辩。

任老太太看了看林氏，又看了看从进来就一直有些站立难安，还时不时向南窗外看的任瑶玉。

“去让人再支个桌子，就摆在隔壁梢间。老大带着哥儿们先回去，老大媳妇、老五媳妇和姐儿们暂且留下罢。”

这是老太太要留饭的意思。

任老太爷平日里对这种小事向来是不过问的。所以听了老太太的吩咐，大老爷任时中便带着儿子侄儿们退下，大太太躬身应了，便要去领着丫鬟们布置桌子。

林氏忙拦了大太太，笑道：“大嫂别忙了，还是我去吧。”

大太太看了老太太一眼，见她没有什么表示，便对林氏点头笑了笑：“劳烦五弟妹了。”

林氏斜了大太太一眼，嗔道：“大嫂这是什么话，倒像是我平日里什么活儿也不干似的。今儿这破天荒地勤快一回，还得当您这一回谢，您这是当着晚辈们的面儿埋汰我呢？”

她声音清脆，口齿伶俐，这话里的意思听着有些带刺儿，可是从她口里说出来却让人觉得是关系亲密之人间的玩笑话。

“别与这泼猴儿一般见识，她是向来黑的也要说成白的，你让她去就是。”任老太太发话了。

大太太笑着又立回了老太太身后。

林氏闻言却是像得了夸赞一般，掩嘴一笑，扭身去了。

任瑶期跟着林氏她们一起去了梢间，等任老爷子和老太太用完早膳，大太太也过来了才一起吃。

八小姐任瑶玉有些食不知味，拿着筷子翻来覆去地捡着自己碟子里的一只水晶蒸饺，就是不肯入口，还好几次偷偷往五太太那里瞧。

五太太却是吃得慢条斯理，还与大太太夸那道珍鲜冬笋十分可口。

如果说任家最得宠的姑娘是任瑶华和任瑶音的话，那么任老太太跟前最得脸的儿媳妇就是五太太林氏了，连当家的大太太也要靠边儿站。

不仅仅因为林氏嫁的是任老太太最小的儿子，还因为林氏的嫡亲祖母是任老太太的姑母。

任老太太的姑母当年嫁到燕北最大的粮商林家，林老太爷过世之后林家的当家便是任老太太姑母的嫡长子，也就是林氏的父亲。

林氏与任家五老爷任时茂两人青梅竹马，自幼就订了亲，成亲已逾十年，育有一子一女。虽然五老爷每年有三四个月的时间会跟着二房的老太爷在京城，夫妻之间的感情却一直很融洽。

只是林氏虽然得脸，任老太太对林氏所生的女儿任瑶玉态度却是平平，任瑶玉在任老太太跟前远远不及任瑶华和任瑶音两人得宠。

在任瑶华去庄子之前，荣华院的东暖阁可以算得上是任瑶华一个人的闺房，就连大太太所出的四小姐任瑶音也是没有住在这里的。

任瑶华走后，任瑶音与任瑶玉便相继搬进来，顶替任瑶华在任老太太面前的位置。

任瑶期依稀记得，在任瑶华回来之后不久，任瑶玉就被任瑶华设计赶出荣华院，可是任瑶华自己却也没有占到便宜。

最后顶替任瑶玉住进来的是她们的九妹任瑶英。

而任瑶华却因为这件事情彻底得罪了五太太林氏，让原本就与她们母亲李氏有些不对付的林氏越加看她们母女不顺眼，以致后来任瑶华彻底失宠于任老太太，得了那样一门不幸的婚姻。

任瑶华的结局少不了林氏当年在背后加柴添火，推波助澜。

只是那时候任瑶期正生着病，并没有目睹任瑶华是怎么设计任瑶玉的。

任瑶期想起外头跪着的那两个任瑶玉的丫鬟……难不成那件事情发生的时间就是今日？

想到这里，任瑶期看了任瑶华一眼。

任瑶华正端着一只精致的粉彩福山寿海碗，小口地喝着莲子桂圆粥。因两人正好相对而坐，所以任瑶期看过去的时候被刚好抬头的任瑶华看见了。

任瑶华见任瑶期突然皱眉打量她，不由得眉头一皱，瞪了回来。

任瑶期身边的任瑶音发现了任瑶华的视线，不由得转头看了任瑶期一眼。

任瑶期撇开眼，低头吃饭。任瑶音知道这姐妹两人向来不合，以为她们又在闹什么别扭，便笑了笑丢开。

等大太太和五太太都相继放下筷子，大家便也跟着停了箸。

这时候任老太太身边的大丫鬟金莲过来说，任老太太让太太小姐们用完早膳后便去明厅。

众人不敢耽搁，被丫鬟们伺候着漱口、净手，之后便跟着大太太一起去明厅。

荣华院正房的明厅十分宽敞，任老太太正坐在北面的那张紫檀木雕花大罗汉床上喝茶，没有见到任老爷子的身影，想必已经出门去了。

任家如今家大业大，任家的当家自然担子不轻。

行完礼之后，大家相继按辈分落座。

任老太太将手中的茶碗放下来，视线往下面一扫，最后定在任瑶玉的身上："玉儿，你过来。"

任瑶玉看了看任老太太，可是任老太太那张连不笑的时候也像是在笑着的脸实在是让她分辨不出什么来，她磨磨蹭蹭地起身，视线却是不停地瞄向坐在对面的林氏。

林氏虽然还在与大奶奶小声说着话，却是第一时间就接到了女儿的求助目光，便暗中朝她使了个眼色，示意她不要怕，快过去。

任瑶玉放了些心，慢吞吞地往前走了几步，在任老太太面前停下。

任老太太的声音还算是温和："外头跪着的那两个丫鬟是你身边伺候的？"

任瑶玉瞥了自己的母亲一眼，点了点头。

"你可知道她们为何被罚跪？"

任瑶玉下意识地又要往林氏那边看，任老太太却突然重重拍了一下罗汉床上的檀木矮几，提声道："我是在问你话！你往哪儿看？"

任瑶玉吓得一抖，差点就要哭出来。她平日里性子算是活泼，可是不知道为什么一见到祖父和祖母就像是老鼠见了猫，也不爱在老太太面前说话。她这毛病被她母亲林氏教训了许多次，却总也改不过来。

"娘，瑶玉她正是因为不知道那两个丫鬟犯了何事被罚跪，才会心里害怕偷偷跑回了蒹葭院。她向来胆儿小，您别为她这上不得台面的毛病气坏了自个儿。”林氏心疼女儿，忙为她打圆场。

任老太太面色微沉：“就是被你惯坏的!”

林氏自己倒是不怕挨骂，忙赔笑道：“媳妇知错了，这不才将她送到您跟前让您帮忙管教一番嘛。您教孩子教得好，如今云阳城里谁不知道我时佳表妹？媳妇每回回娘家，祖母和母亲都要比着表妹说教媳妇一番。”说到最后，林氏还委屈上了。

林氏口中的表妹是任老太太的小女儿任时佳，嫁给了林氏堂伯的独子。

任老太太脸色微缓：“既是如此，我教训她的时候你就不要在一旁心疼。”

林氏忙道：“媳妇哪里是心疼这丫头，媳妇这不是心疼娘您嘛!”

任老太太轻哼了一声，又转头看向任瑶玉：“今儿一早，有人看见你的那两个丫鬟鬼鬼祟祟地包了一包东西出院子。”

任瑶玉才要往林氏那边看，又堪堪忍住，结结巴巴地道：“祖母，我……我不知道……”把之前她娘教她说的话忘了个一干二净。

林氏恨铁不成钢地看了任瑶玉一眼，不得不又站出来道：“母亲，是谁看见的？能否把她叫来问问清楚？这大冬天的早上，乌漆抹黑的，看走眼了也是正常，又或者那两个丫鬟只是拿了玉儿换洗的衣服出去呢？”

一直沉默地听着的任瑶期却是突然记了起来，她病愈出来之后荣华院乃至整个任家虽然没有人敢就任瑶玉被赶出荣华院的事情多做议论，她却从朱嬷嬷那里听到过一件事情，且那件事情应该与任瑶玉被任老太太厌弃有直接的关系。

那时她刚病愈出来，听见朱嬷嬷与方姨娘身边的金桔说任瑶玉那两个被卖出府去的丫鬟的老子娘和嫂子找了来，正四处托人帮她们把两个丫鬟这些年存下来的私房捎出去，还承诺会分些抽成给帮忙之人。

不想那两个丫鬟的私房早就被老太太院子里的婆子们趁着去搜她们住处的机会搜刮走了，连个铜板儿都没有留下来。

当时府里的人传言，任瑶玉身边的那两个丫鬟之所以被卖，是因为她们偷了老太太房里的值钱物什，朱嬷嬷还感叹不知道有多少好东西被荣华院的那些人瞒下了。

金桔却是嗤笑道，那两个丫鬟根本不是因为偷东西被赶离出府，而是因为在老太太的屋子里弄了些不干净的玩意犯了主子的忌讳。

朱嬷嬷正要再问，外头却有人来报说任瑶华因触怒老太太被赶了出来。

当时她正因为被任瑶华打了两巴掌而感觉失了面子，装病不出，听到这消息的时候心里还暗暗高兴。

之后朱嬷嬷帮她打听到，任瑶华之所以会惹怒任老太太，是因为陷害任瑶玉的事情被五太太揭露出来。

只是任瑶玉也没有因此平反，直至她离开任家，老太太对这个孙女始终淡淡的。

现在想来，当年她无意中听到的那些也未必不是真事。方姨娘的那个丫鬟金桔有一个同胞姐姐叫作金莲，是任老太太房里的一等大丫鬟。

只是这件事情未必是任瑶华所为，任瑶华很有可能是被人当了枪使。

联想到之后在这件事情中唯一获利之人……

任瑶期正这么想着，任老太太已经在上头发话：“去让外头的两个丫鬟进来，另外去把之前的那个婆子也叫过来。”

任老太太身边的桂嬷嬷忙应声去了。

不多会儿，之前跪在外头的两个丫鬟便被四个粗使婆子搀进来。

许是在外头跪得久了，两个丫鬟都被冻得脸色青乌，站都站不起来。婆子们一放手，她们便扑倒在地。

“之前桂嬷嬷问你们话的时候，你们不肯说。如今跪了这么些时候，想必也清醒了些。”任老太太看着两人道。

五太太也板着脸训斥：“有人说瞧见你们早上从荣华院里悄悄顺了东西出去，现如今当着老太太的面，你们就说实话吧。别到最后带累得你们八小姐也落了责备。我的性子你们是知道的，最是容不得那欺主背主的奴才！若是你们瞧着老太太仁慈而执迷不悟，出了这荣华院我也不会轻饶了你们!”

林氏的话说得十分义正辞严，可是两个丫鬟闻言却更加埋下头，两条膝盖还不自觉地打着摆子。

任瑶期却是看了五太太一眼，难不成任瑶玉还真的做了什么会激怒老太太的事情？林氏这话分明是暗中警告两个丫鬟说话的时候要掂量掂量，若是她们敢把任瑶玉给牵扯进去，她绝不轻饶。

任老太太瞥了林氏一眼，又看向两个丫头："再与你们一次机会。"

"回……回老太太，奴婢们并未……并未从荣华院拿东西出去。"其中一个丫鬟结结巴巴地道。

任老太太便再也不看她们。

屋子里的气氛有些奇怪。地上跪着的两人一直发着抖，从她们僵硬的姿势就能看出来她们恐惧得很。任瑶玉也是极为不安地紧紧拽着自己的衣袖。

其余的人都感觉到了任老太太此时的不悦，不敢开口说话。

"娘……"五太太看了自己的女儿一眼，不得不出这个头。

正当这时候，桂嬷嬷掀帘子进来，身后还跟着一个穿着半新不旧的鸦青色棉袄子的婆子。

"回禀老太太，六安家的来了。"桂嬷嬷束手立在罗汉床边。

众人的视线便都转向那个正有些拘谨地磕头请安的婆子。

任瑶期等她起身的时候也仔细打量了她一眼，果然是一点印象也没有。

五太太则以十分挑剔的目光打量着六安家的，首先发难道："你是哪里的婆子？怎么瞧着这般眼生？"

六安家的闻言搓了搓手，看了桂嬷嬷一眼。

桂嬷嬷忙解释道："她原本是在外院回事处负责茶水的，因荣华院里扫庭院的两个婆子昨儿个清理院子的冻雪时摔坏了腰，老太太便让外头的管事新调了人进来暂代那两个婆子的活儿。"

"原来是外院的。"五太太林氏笑着对老太太道："娘，这外院的婆子第一回进二门，东西南北都分不清楚呢，加上这些小丫头们都是一水儿的靛蓝色棉袄子，看错了也是再正常不过了。"

老太太摆了摆手，止住林氏的话，问六安家的道："你今儿早上看到的那两人是不是在这里？"

六安家的左右看了看，目光定在跪在她右边不远处的两个丫鬟身上，用粗短的手指指着她们道："回老太太，在的。就是这两个姑娘。"

“你看清楚了？这可是八小姐身边伺候的。”林氏皱眉。

六安家的战战兢兢地看了林氏一眼，又挪过去一些近距离打量两个丫鬟几眼，冲着老太太点头：“奴婢肯定，就是这两个姑娘，当时奴婢正在用棍子敲廊檐下的冰凌，结果冰凌落到颈子里，奴婢便躲到旁边的茶水房想要清理清理。她们就是那个时候从茶水房门口走过的，其中一个姑娘右脸颊上有一颗黄豆大小的黑痣。”

跪在地上的两个丫鬟中的一个脸上果然有黑痣。

“她们手上拿的是什么你看清楚没有？”任老太太冷着脸发话。

六安家的搓了搓手，为难地摇头道：“是个秋香色缎子的包袱，被她们小心地抱在怀里，奴婢没有瞧见，只听到那个脸上有痣的姑娘让另外一个先往前去支开门房的婆子。奴婢听着觉得不对，就悄悄跟了上去，后来见她们把包袱提到花园子里。奴婢还听她们商量着主子们就要起身了，先将东西藏起来，等到上午得空的时候再来处理。”

此言一出，众人皆朝地上跪着的那两个丫鬟看去。

任老夫人皱眉：“你们可听清楚了？还不如实招来！”她的声音不算严厉，表情也不够冷厉，却让两个丫鬟牙齿都打起颤来。因为荣华院里的规矩向来极严，丫鬟们稍微逾矩就会受一番皮肉之苦，被发卖出去也是再正常不过的事情。

任五太太看了那六安家的一眼，眼眸微转，突然笑着问桂嬷嬷：“既如此，那包袱想必是被找到了？不如拿出来瞧瞧是什么东西吧。”

桂嬷嬷脸色有些为难。

任五太太微微扬眉：“怎么？找不着婆子说的那包袱？”

桂嬷嬷略低了头：“回五太太，奴婢正派人在寻，暂时还没有寻到。”

五太太面上怒气一现，转头有些委屈地对老太太道：“娘，媳妇知道您向来疼爱瑶华和瑶音甚于玉儿。媳妇也总教导玉儿，两位姐姐年长，理应多受些宠爱，我们玉儿一直很懂事，待姐妹们谦和有礼，从不嫉恨。媳妇知道她性子木讷不讨喜，可是也不能什么阿猫阿狗都欺负到她的头上来吧？这没影儿的事情，不过是被个老眼昏花的外院奴才添油加醋地渲染一番，想要借着混淆视听的机会来讨好主子讨赏罢了，怎么能轻信？这两个丫鬟虽然憨傻，可毕竟是我们玉儿身边贴身伺候的，这么无根无据地就给她们定下一个偷盗的名声，让我们玉儿以后在府里怎么做人，怎么在兄弟姐妹们面前抬起头来？”

五太太说着说着眼泪就来了，就跟她人是水做的似的。

任老太太见了面上有些不悦，轻叱道：“好了！我还没说什么呢！不过是喊丫鬟婆子们来问问话罢了！你当着晚辈们的面这么哭哭啼啼的像什么话！”

五太太掏出帕子揩了揩，语气却依旧有些不平：“您这还没问清楚呢，就先给我们玉儿的丫鬟定了罪，明显是信了这婆子的信口开河。您若是实在看不上玉儿这个孙女，我这就带她回去，将她打发去云阳城，扔给她外祖母得了！您这儿还是留了瑶华给您老人家做伴儿吧。她口齿伶俐，人又机灵，向来得您欢心。”

“娘……我不去外祖母家……”任瑶玉轻轻扯着五太太的衣摆，一脸委屈。

五太太轻轻推了女儿一把，骂道：“谁要你性子木讷不讨长辈欢心！”

任瑶玉委屈得直抹泪。

任老太太看着她们如此，额头上青筋一跳，怒得拍了炕几：“谁说要送瑶玉去云阳城了？她是我任家的孙女，哪儿也不许去！”

任家大太太眼见要闹得不成样子，这会儿她再不站出来，等会儿老太太下不来台就得找她算账了，便上前去拉了五太太母女，温和道：“谁说老太太不疼玉儿？若是不疼这个孙女，她老人家能将玉儿带在身边亲自管教？”又低头柔声安抚任瑶玉：“好孩子，你乖，不要听你母亲的气话。府里的长辈们谁不喜欢你谦和有礼，活泼可爱？快劝劝你母亲。”

五太太见大太太出来打圆场，知道见好就收的道理，便渐渐收了声。眼睛却是瞟向那当中站着的六安家的。

大太太与五太太做妯娌多年，素来知道她的脾气，便主动帮她对老太太道：“老太太，五弟妹说的也不是没有道理。大清早的，婆子年纪大看差了也不是不可能。要不让桂嬷嬷带人清点清点屋里值钱的玩意，看看有没有遗失的？若是没有丢什么重要东西，那想必就是个误会了。”

五太太这会儿也赞成道：“媳妇也赞成将这屋里的值钱玩意儿清点清点。看看到底是我们玉儿的丫鬟吃里扒外，还是这刁钻的婆子在信口开河！”

大太太询问地看着任老太太。

任老太太转头吩咐桂嬷嬷：“你带人去照着单子清点一下吧。”

桂嬷嬷应声去了。

差不多半个时辰过后，桂嬷嬷带着几个大丫鬟回来了。

“回老太太，屋里的东西都对着册子清点了一遍，并没有发现有东西遗失。”

五太太顿时怒火冲天，指着满脸不安的六安家的，骂道：“好你个目无主子的刁奴！是瞧着我们玉儿性子好好欺负是不是？别人的贴身丫鬟你不污蔑，偏偏要污蔑我们玉儿的！你这不是打我的脸吗！”

任老太太见折腾了这么久就折腾出这么个结果，脸上也是不好看，正要发话，那被五太太骂得就差要将头埋回脖子里的六安家的忙跪了下来，急急对任老太太辩解：“老太太明察，奴婢哪里敢扯这种谎来糊弄您？奴婢确实是看见了的，并不敢有半句虚言。”

桂嬷嬷皱眉小声道：“无凭无据的你要主子们怎么相信你？亏我还信了你，替你将事情报上来，现在连我都要被你连累了。”

六安家的闻言，似是突然想起了什么，急急道：“奴婢……奴婢有法子找到证据。”

五太太气得咬牙：“你又想糊弄主子们吗？”

六安家的将头摇得跟拨浪鼓似的：“不是，不是。是奴婢知道外院有个婆娘家里养了一条狗，鼻子极为灵验。前几日他们家男人出府之时被个扒儿扒走了钱袋，结果那狗儿领着人在五条街外的破弄堂里的一户人家找到了钱袋。”

众人闻言皆是惊奇。

任老太太道：“真有这么灵？”

“灵不灵您让奴婢去试试便知道了，奴婢这就去外院借了狗儿来。让它嗅一嗅两位姑娘身上的味道，再跟着它去园子里找准没错。”六安家的打着包票道。

“荒谬！那么多奴才都找不到，一条畜生能顶个什么用？难不成人还不如那畜生？”五太太不屑地反对。

六安家的忙道：“奴婢敢保证一定能成，若是最后真的找不出来，奴婢愿意领罪。”

“娘……”

五太太转头对着任老太太还想说什么，大太太往老太太那里看了一眼，却突然携了五太太温和地劝道：“既然这婆子敢这般断言，那便让她试试吧。找不到的话正好还两个丫鬟清白，这样玉儿的脸面也保住了。至于这说谎的婆子……到时候就打了板子卖出去，看以后还有谁敢随便在老太太面前信口开河。”

五太太闻言还想说什么，老太太却已经发话：“让她去！看她能翻出什么花样来。玉儿是我孙女，我自然会给她做主，谁也别想随便往她的丫鬟身上泼脏水！”

“多谢老太太。”六安家的大喜过望，磕了头谢了恩才出去。

“奴婢跟过去瞧瞧？”桂嬷嬷请示道。

任老太太点头让她去了。

又过了大概两刻钟，屋子里的人便听到外头传来狗叫声，听声音就知道是个大家伙。

屋子里的小辈们都有些好奇地转头往门帘处看，可惜有门帘挡住，什么也看不见。

任瑶玉脸上十分的惊惶不安。五太太脸色虽然也不好看，但还是忍住了，并往自己女儿那里使眼色让她少安毋躁。

不一会儿，桂嬷嬷就掀帘子进来了，这帘子一开一合间外头的狗吠声更为清晰可闻。

“老太太，还要请这两个丫鬟出去让那狗儿嗅上一嗅。”

两个丫鬟闻言花容失色，下意识地看向五太太。

任老太太点了点头，桂嬷嬷冲自己身后的两个婆子使了个眼色，两个婆子便迅速上前搀起了两个丫鬟。

见她们有些站不稳，桂嬷嬷便好心安慰一声：“别害怕，那狗儿虽然瞧着大，却是不咬人的。”

两个丫鬟几乎是在出正房门的那一刻就惊声尖叫起来，屋里的人听着吓了一跳，老太太捏着碗盖的手也抖了抖。

“怎么回事!”

桂嬷嬷已经匆忙跑进来回道：“没事，没事，那两个丫鬟胆儿小。不过主子们还是都不要出来的好，免得惊扰到。那狗儿身子有这么长呢。”桂嬷嬷用自己的手臂比画了一下，竟有六七岁的孩童那般的身长。

大太太忙吩咐道：“安排几个人把守住门，别让那狗儿闯进来。”

桂嬷嬷应声去了。

直到外头的狗吠声跑远，屋里的人才松一口气。

这一次不到一刻钟，桂嬷嬷就回来了。

她进来的时候手上提了一个秋香色的包袱，走在她身后的是两个被搀扶着的面若死灰的丫鬟和大松一口气的六安家的。

八小姐任瑶玉脸色一白，一把拽紧她娘的衣摆。五太太林氏立即牵住女儿的手，狠狠地瞪了两个丫鬟一眼。

可是两个丫鬟已经吓得魂不附体，感受不到她的眼风了。

“老太太，这是从假山下的石头缝里搜出来的。”桂嬷嬷低着头将包袱呈上去。

任老太太的眼风在五太太和任瑶玉面上扫过，示意桂嬷嬷将包袱打开。

桂嬷嬷将包袱放在炕桌上，背转身子解开包袱，突然屋子里响起了她惊惧的抽气声。

任老太太皱眉看了一眼，随即瞳孔猛然一缩，脸色变得铁青。

众人都好奇地朝炕几上看去，却见秋香色的包袱皮已经摊开，当中是一个白色的布偶。那成人两个巴掌大的布偶上竟被红色的朱砂画满了乱七八糟的符号，一眼看去触目惊心，也难怪向来沉稳的桂嬷嬷乍然一见也倒吸了一口冷气。

在座之人都能看出来，这是在后院妇人们当中流传的诅咒之术。

将风干的阴阳草包上白布制成人形，在上面缝上被诅咒之人的生辰八字，用狗血画上诅咒的咒语。

任老太太冷肃的目光看向那两个已经吓得扑通一声跪下来的丫鬟："你们竟然有胆子在府里行这种龌龊的勾当！"

两个丫鬟瑟瑟发抖地趴伏着求饶："老太太饶命，老太太饶命啊……"

大家族里最忌讳这种邪门歪道，尤其是当家的人，最不能饶恕这种行为。若是下人牵扯进去，送到官府里也会被当众廷杖一百。

衙门里的一百大板，其实就等于是要了人的性命。

大太太脸色也很难看，道："你们也太糊涂了，怎么能做出这种事情！我们任家最是不能容忍下人用这种阴私手段的！你们……哎……"

那面上有痣的丫鬟似是反应了过来，转头看向面无人色的任瑶玉，突然膝行了几步扑上去："八小姐救命，八小姐救命啊——"

五太太正当恼怒的时候，见状一脚踢到那丫鬟的心口上，骂道："给我住嘴！"

那丫鬟却是把心一横，不管不顾地嚷嚷道："这是八小姐的东西，奴婢只是奉命拿出去埋了，并不知晓当中内情啊！"

另一个只顾着哭的丫鬟也忙一边抽泣，一边道："老太太，奴婢们怎么敢用这种东西诅咒主子，奴婢们真的只是奉命行事啊。"

若是将八小姐拖下水，任家碍于颜面就不会将她们送到衙门去了。

任老太太冷眼看向任瑶玉："你怎么说？"

任瑶玉正腿软，见问"哇"的一声就大哭了起来。

五太太火冒三丈，上前就将两个丫鬟踹倒在地，再也不顾及自己的形象骂了起来："你们两个吃里扒外的东西！这种脏水也敢往自己的主子身上泼？活得不耐烦了！"

任瑶玉却已经被屋子里的氛围吓得快精神崩溃了："我只是好玩罢了，我……我……我用的不是狗血，是朱砂……三姐她不会死啊……"

这话是承认了这东西是她做的。

被点名提到的任瑶华脸色错愕，下意识地看向那炕几上的布偶。

五太太被自己的女儿气了个倒仰，真想甩她一巴掌骂她一声"蠢货"！可是这会儿她再骂人也晚了。

见屋子里的人都神情复杂地看向她们母女，五太太勉强忍下心头的火气，转头对老太太赔笑道："娘，玉儿她年纪小，不知道轻重。姐妹间的玩闹罢了，竟然扯上了这种东西。她不过是受到下面的人挑拨，其实根本就不明白自己在做什么。这次也是媳妇管教不严，还请您老人家宽恕这一次。"

诅咒之事被她三言两语就说成了姐妹间的小打小闹。

见任老太太沉着脸不作声，五太太把目光投向面色冷然的任瑶华，好声好气地道："瑶华，这次是你妹妹不懂事。你是姐姐，大人有大量，就不要与她计较了。她不过是孩子心性儿，对你没有恶意的。五婶婶亲自给你赔罪了。"

任瑶华却是不吃她这一套，面带讥诮地道："五婶婶这话瑶华就不明白了，我原谅八妹妹是大人大量，不原谅就是小肚鸡肠？您这个做长辈的纡尊降贵亲自来向我这个晚辈赔礼，我若是不顺从您的话就是目无尊长？这顶帽子可着实大了，恕瑶华脑袋太小，戴不下。"

五太太眼中闪过一丝恼羞成怒，可今日是她女儿理亏在先，她不得不忍住气，正想再说几句软话将场面稳住，那边桂嬷嬷却是"咦"了一声，将布偶背后那张写了生辰八字的布条抽出来，这一看竟是惊恐不已，下意识地往老太太那里看了一眼。

任老太太注意到她的动作，也往她手上的那张布条扫去，这一看竟是脸色大变，转头怒指着任瑶玉喝骂道："畜生！跪下！"

任瑶玉正抽噎着，见任老太太突然间勃然大怒，吓得身子一抖就跪倒在地。

原本还在与任瑶华说话的五太太一愣，回过头来："娘……"

"不要叫我娘！看看你养的什么好东西！"任老太太气得连连喘气，拿起那布偶就朝五太太摔来，正好摔在五太太的脸上。

五太太一愣，随即觉得有些屈辱，眼眶立马就红了。

这还是她嫁到任家以来第一次受到任老太太这种责难。

她在家做姑娘的时候就备受家中长辈的宠爱，从未受过丁点儿委屈。嫁到任家以后，任老太太也待她亲若闺女，从来都是在妯娌之间给她撑腰。

这次却是当着大太太和这么多晚辈的面摔了她一脸。

五太太委屈得眼泪像是掉金豆子一样。她抬袖拭了泪，正要表达自己的不满，可却在眼睛扫到地上那个布偶的时候身子一僵，半句话也说不出来。

屋里众人也看清楚了地上那张标着生辰八字的布偶，一瞬间鸦雀无声。

那生辰八字是用朱砂笔写上去的，触目惊心，可是上面却不是任瑶华的生辰八字。

任瑶华出生在庚午年八月初六未时，那上面写着的时辰是对的，却是庚寅年。

任府上下都知晓，任老太太之所以对三小姐任瑶华另眼相看，不仅仅因为任瑶华像她年轻的时候，还因为任瑶华的生辰与她是同一日，且是同一时辰。

这用来诅咒的布偶上的生辰八字，很明显是任老太太的。

任瑶期从头至尾看在眼里，五太太母女以及任瑶华脸上的惊讶都不似作假。

现在她终于明白为何从前五太太会一口咬定是任瑶华陷害任瑶玉了。

看任瑶玉的表现，这布偶应当确实是出自她手，可是她写的生辰八字是任瑶华的，却不知怎么的变成了任老太太的。

最后任瑶玉因此被任老太太厌弃，而任瑶华重新获得入住荣华院的资格，试问还有谁比任瑶华更有陷害任瑶玉的动机？

“这……这不是我家玉儿做的！”五太太瞪圆了眼睛，抬头道。

任老太太眼中是明显的失望之色：“是不是她做的，她自己都承认了，你还为她辩解什么？”

“祖母，真的不是我！”任瑶玉满脸是泪，委屈地道。

任老太太看也不看她，板着脸对桂嬷嬷吩咐道：“把八小姐关去祠堂，小小年纪这般目无尊长心思恶毒，这还得了？”

五太太吓得立即跪了下来，恳求道：“娘，天儿这么冷，祠堂里连个暖炉子也没有，玉儿冻病了怎么办？”

“我是让她去思过！又不是让她去享福！”任老太太不为所动。

五太太拭泪：“娘，上次玉儿病了，我祖母担心得吃不下睡不着，最后还亲自派身边的嬷嬷来看过才放心。媳妇不是心疼她受这皮肉之苦，只是不想长辈们担心。”

五太太的祖母是任老太太的姑母，每次五太太一搬出这位祖母，就会起到些作用。

果然，任老太太虽然脸色依旧不好，却是皱眉不语。

任瑶华见状，嘴角溢出一丝讽刺的冷笑，正要开口说上几句，站在她旁边的任瑶期眼疾手快地从后面拉了拉她的衣裳。

任瑶华怒而转头，任瑶期朝她使了个眼色要她少安毋躁。

原本任瑶华不想搭理她，却见大太太突然柔和地开口道："五弟妹这话不妥当。林老太君疼爱曾外孙女这是人尽皆知的，可是我们老太太对晚辈们也向来是宠爱有加。今儿罚玉儿也不过是出于长辈对晚辈的一片望子成龙的苦心，而非故意为难。"

任老太太脸色好看了些："还是老大媳妇脑子清楚。"

五太太看了大太太一眼，任家明面上虽然是大太太当家，但是凭着老太太的宠爱，她也掌了府里几项实权。大太太性子好，对她从来都是能让则让，遇到什么事情也向来是扮演和稀泥的角色。

只是今日不知道为何，没有帮她说话。

五太太正琢磨着，大太太已经快步走到她身边，小声劝道："老太太正在气头上，你就先服个软，要求情也要等她老人家气消了才好办，否则岂不弄巧成拙?"

她这话虽然说得小声，可是也能让周遭的人听到，既当众劝了五太太，似是偏向五太太，又不让老太太对她的行为反感。

五太太知道她这话说得有道理，勉强按捺了下来，想着等下另外想法子。

桂嬷嬷让丫鬟扶着泪如雨下的任瑶玉出去了。

因任老太太心情不好，大家也都暂且退了下去。

任瑶期带着丫鬟们回到紫薇院的时候，看见任瑶华正站在东厢的廊檐下，像是在看着她这边，又像是在欣赏门前石榴树上倒挂的冰钩。

任瑶期脚步一顿，没有往连接西厢的回廊走，却是拐向了东厢的方向。

等到她快走到任瑶华身边的时候，任瑶华撇头冷冷看了她一眼："给我进来。"说着转身就往自己房里去了。

任瑶期跟着进去。她身后的两个大丫鬟对视一眼也想跟上，却被任瑶华的大丫鬟香芹拦了下来。

“我们三小姐让你们进去了吗？”香芹斜眼看向她们，气势十足。

三小姐的厉害紫薇院里的丫鬟无人不知，两个丫鬟缩了缩脖子，半句话也不敢有地站在廊下。

任瑶华的屋子布置得与任瑶期的差不离，只是这里任瑶期很少来，因此还是十分陌生的。

任瑶华径直走到自己的内室，坐在炕上，也不招待任瑶期，只是用那种含着审视的目光打量着她。

任瑶期并不在意她的目光，自行坐在炕几的另外一侧。

“你在外院有人手吗？”任瑶期知道任瑶华在等她解释，可是她没有开门见山地说那件事情，反而先问了一个无关的问题。

任瑶华微微眯眼，目光锐利：“什么意思？”

“你若是不想别人将今日这件事情牵扯到你头上，就赶紧派人去查一查这个突然冒出来的六安家的，还有之前的那条狗。”

任瑶华听出来任瑶期话里有话，眉峰一蹙：“这件事情与我有什么干系？”

“现在是没有干系，不过可能马上就要有干系了。有人可不愿意放过这个可以一箭双雕的好机会。那布偶上面，老太太的八字根本就不是任瑶玉写上去的。”任瑶期不急不缓地轻声道。

任瑶华闻言一怔。她毕竟是个聪明人，仔细想了想就觉得这件事情确实有些蹊跷。

任瑶华是知道任瑶玉的性子的，她弄个诅咒来恶心自己还有可能，要说去害老太太，她还真没有那个胆儿，尽管她经常私下里抱怨老太太偏心自己和任瑶音。

“任瑶玉想要害的人是我，可是那生辰八字却让人做手脚改成了祖母的？”任瑶华得出结论。

她这个姐姐果然是极为聪明的，任瑶期微微一笑。

“若是有人让老太太和五太太误会这个手脚是你做的呢？”

任瑶华瞳孔一缩，转头瞪向任瑶期。

“以五太太的性子，我们紫薇院以后怕是没有好日子过了。”任瑶期叹道。

五太太林氏，什么都吃，就是不吃亏。

“芫菁！”任瑶华扬声唤她的大丫鬟。

一个与任瑶华年纪相当的女孩子走进来：“小姐有何吩咐？”

任瑶华道：“你联系上莺儿和朱儿了吗？”

莺儿和朱儿原本是她们母亲身边的两个大丫鬟，在任瑶华和李氏去庄子上的时候被方姨娘想法子配给了外院的小厮。

芫菁点头：“奴婢前日去找过她们，她们知道夫人与小姐回来了都十分高兴。”

任瑶华点了点头，正要交代芫菁，任瑶期却突然出声道：“除了她们没有别的可用之人了？”

任瑶华皱眉：“她们在紫薇院多年，是母亲的心腹。”

任瑶期没有反驳，只淡声道：“是啊，谁都知道她们是紫薇院的人，所以反而不好随便用了。另外换一个吧，小心为上。”

任瑶华看了任瑶期一会儿，才与芫菁道：“你进府的时候不是曾认过一个干娘吗？我记得你上次说她在外院的茶水房当差？”

芫菁忙点头：“是的，小姐。前年她儿子生病，求我和香芹借些银两与她，最后还是周嬷嬷求了夫人才凑齐银子。”

“你去找她打听些事情。”任瑶华细细嘱咐了芫菁几句。

任瑶期等她说完，又补充了几句，最后道：“在中午之前，我要知道消息，去吧。”

芫菁一一记下之后，便匆匆去了。

任瑶期与任瑶华两人没有别的什么好谈的，便一起去了李氏那里。

见她们两人一起过来，李氏和周嬷嬷十分高兴。两人也没有多说什么，只是有一句没一句地陪着李氏说了些话。

芫菁是紫薇院传午膳之前回来的，任瑶期与任瑶华把她叫到了东梢间里问话。

“小姐，那六安家的原本是外院回事处负责茶水的，奴婢的干娘正好认得她。还真让五小姐给猜对了，她与我们紫薇院当真是有些关系呢。且不单单是她，就连那条大狼狗的主人也与我们有关系！”

芜菁的话让任瑶华面色微冷。

“是什么人?”

“那六安家的是不久之前从庄子上来的，她与外院门房当值的徐婆子是妯娌。”

“门房的徐婆子?”任瑶华一愣，愕然道：“莺儿的婆婆?”

芜菁点头：“正是她。六安家的今日带进来的那条狗正是从徐婆子那里借来的。”

任瑶华闻言，脸上神色变幻莫测，突然转头瞪向任瑶期：“竟还真让你猜对了！如此一来，五婶婶想不怀疑我都难。”

“五婶婶很快就能查到这层关系。”任瑶期笑了笑，看向任瑶华。

任瑶华眼眸微眯，迈步在屋子里走了几步。

“莺儿与她婆婆关系如何?”任瑶期没有任瑶华那么焦虑，反而打探起了不相干的事情。

芜菁忙道：“奴婢那日听朱儿姐说莺儿姐运气不错，她公婆对她很看重，她家男人也是个老实本分的。莺儿姐在家中向来是说一不二的。”

“说一不二?”任瑶期微微挑眉，仔细咀嚼着这几个字。

“呵!”任瑶华冷笑：“好一个说一不二!”

任瑶期睇了任瑶华一眼，笑道：“若非如此，这赃要如何栽到你身上？定然是你暗中指使以前的侍女动员她的家人来为你出头。”

“现在要如何？总不能眼睁睁让那贱人得逞，躲在暗处渔翁得利吧?”任瑶华咬牙道。

“办法嘛……自然是有的。”任瑶期想了想，缓缓道。

任瑶华瞪过来。

任瑶期从正房出来之后，将朱嬷嬷叫了来。

在李氏和任瑶华去庄子上的时候，这紫薇院里最大的管事嬷嬷就是朱嬷嬷，这让她着实风光了一阵子。

可是自从任瑶华回来之后，这紫薇院里的事情她便是一点儿手脚也插不进来了。因此这几日，朱嬷嬷的日子也极为不好过。她甚至还想过要去求方姨娘。

只是方姨娘这几日不见人，听说是染了风寒，身子不适。

“嬷嬷怎么无精打采的？”任瑶期打量了朱嬷嬷几眼，皱眉道。

朱嬷嬷看了看左右，凑到任瑶期身边，一把鼻涕一把泪地道：“哎哟，小姐您是不知道啊！这几日奴婢的日子也不好过！三小姐看您不顺眼，对待咱们这些忠于您的奴才哪里会有好脸色？就说昨日吧，管事新从库房里搬了几个梅瓶出来，奴婢瞧着其中一个天青烟雨色的是您曾经想要摆到厅里，冬日里插梅枝用的。可是管事说这梅瓶是找出来给三小姐的。奴婢好声好气地求了几次，最后却被三小姐身边几个刁钻的丫鬟给羞辱了一顿！奴婢这张老脸哦……”

任瑶期火冒三丈：“岂有此理！任瑶华当真欺人太甚！”

朱嬷嬷偷偷看了任瑶期一眼，见她果然怒容满面，不由得松了一口气。

她听院子里的丫鬟说，这几日三小姐与五小姐的关系并不像以前那样剑拔弩张了。可是她最清楚任瑶期的性子了，尤其还是在挨了任瑶华一个巴掌的情况下，怎么也不可能咽下这口气。

“可不是嘛！您也是夫人嫡出的，可是到了三小姐那里，却连个庶妹都不如！”

任瑶期想了想，突然笑了。

朱嬷嬷一愣，有些莫名其妙：“小姐？”

任瑶期朝朱嬷嬷招了招手，朱嬷嬷将耳朵凑近了些。

“嬷嬷，你放心，我这就帮你出这口气！原本我还想看在母亲的面子上忍她一忍的，不想她才回来几日就这般嚣张，对我也是想打就打想骂就骂，我是不想再忍她了，定要将她再弄到庄子上去才能解我心头之恨！”

朱嬷嬷面上一喜，忙道：“那您有法子了吗？”难怪这几日都没有闹起来，原来五小姐是在找机会。

任瑶期点头：“这是自然。我今日发现任瑶华一个秘密！”

“什么秘密？”朱嬷嬷一愣。

任瑶期笑了：“你知道今日祖母院子里发生的事情吧？八妹妹被禁足了。”

朱嬷嬷想了想，小心道："听说是八小姐身边的两个丫鬟将脏东西带进了内院？"

"其实根本就不关八妹妹的事，这是任瑶华在背后捣鬼！"任瑶期一口咬定。

朱嬷嬷眼珠子一转："小姐此言当真？"

任瑶期斜了朱嬷嬷一眼："自然为真，我是听说今早那个污蔑八妹妹的婆子是任瑶华的人。只要我去将这事儿告诉五婶婶，你猜五婶婶会饶了她吗？她才回来就做出这种陷害姐妹的事情，肯定会再次被祖母打发到庄子上去！这一次她想再回府，那可就没有这么简单了。"

朱嬷嬷琢磨了一会儿，想着以五太太的性子，确实不会让任瑶华好过。

"小姐说得对，弄走了三小姐，这院子里还是您最大！"

于是，任瑶期带着朱嬷嬷去了五太太的院子。

五太太刚从祠堂偷偷看完任瑶玉回来，正在为怎么把女儿弄出来的事情发愁。听闻任瑶期过来的消息，还有些奇怪。

等任瑶期行礼完毕，五太太也懒得与她寒暄，直接道："你倒是稀客。"

任瑶期知道五太太自来就不喜欢她们，便开门见山地将自己之前对朱嬷嬷说的话又重复了一遍。

果然，五太太愣了愣之后，恨得咬牙切齿："任瑶华！她竟然敢！"

任瑶期与五太太同仇敌忾："她有何不敢的？您不知道，自从她回来之后，我可被她给欺负惨了！平白无故打了我一巴掌不说，今日又将我叫过去狠狠教训了一顿！我任瑶期与她势不两立！"

五太太见她比自己还激动，倒是冷静了些，看了她一眼道："可是，任瑶华为何要这么做？"

"自然是为了将八妹妹赶出荣华院，她自己住进去！"

五太太皱眉，摸着茶杯沉吟片刻："这些你是从哪里知道的？"

任瑶期闻言似是有些犹豫，悄悄往朱嬷嬷那里看了一眼，朱嬷嬷朝她鼓励地眨了眨眼。任瑶期轻咳一声道："哦，这个……这个是我自己从任瑶华的丫鬟那里听到的。"

她们主仆这番互动看在五太太眼里，却让她有了别的想法。

五太太想着，莫非任瑶期这话其实是从朱嬷嬷那里听来的？

“这是你身边的朱嬷嬷？”五太太的目光在朱嬷嬷身上转了几圈。

朱嬷嬷忙低头做恭谨状。

任瑶期点头，有些没心没肺：“五婶婶若是有什么话，尽管说，朱嬷嬷是我的心腹，平日里没少帮我的忙。”

五太太闻言却是笑了笑，低头喝了一口茶，不置可否。

这朱嬷嬷是谁的人，任瑶期不知道，她可是知道的。

“五婶婶，你什么时候去祖母面前揭露任瑶华呀？”任瑶期急切地道。

“哦，这个……先不急，我还得去查证一番。”五太太敷衍道。

任瑶期又看了朱嬷嬷一眼，然后道：“对对对，事关重大，确实是要自己去查一查才好。这个六安家的是莺儿的婶婶，莺儿又是我娘的人，以前在紫薇院的时候最是听任瑶华的话了，这事儿您随便一打听就能打听出来！”

五太太听着有些漫不经心，却问起了别的事情：“我许久没见到你姨娘了，她最近在忙什么？”

任瑶期道：“姨娘这几日病了，一直没有出门呢。”

五太太笑了笑，有些意味深长：“哦……又病了啊？这倒像是她的性子。”

五太太林氏与方姨娘其实自幼就认识，名义上，还算得上是表姐妹。

只是林氏作为正室，自恃身份，向来就不屑与方姨娘之流往来，平日里见到了也都是当作没看到。

任瑶期在林氏这里又磨蹭了一会儿，话里话外无非就是暗示任瑶华是陷害任瑶玉的幕后黑手。

等任瑶期走后，林氏便招来自己的心腹孙嬷嬷去外院查探此事。

孙嬷嬷在任家也是有头有脸的嬷嬷，很快就将这一层关系调查得一清二楚。

“太太，这三小姐性子也太狠毒了些，竟然使出这等手段！”孙嬷嬷气道。

林氏轻敲着小几琢磨了许久：“我倒是瞧着这事儿不像面上这么简单。”

“太太的意思是……”

林氏慢条斯理道：“我祖母曾经说过，上赶着的都不是买卖，人家巴不得想让你知道的消息多半不是真相。今日那朱嬷嬷不怂恿着五丫头来这一趟，我倒真的会信了也不一定。”

孙嬷嬷一惊：“太太的意思是，有人故意挑拨您与那边的关系？”

林氏皮笑肉不笑：“是故意挑拨还是想要借此机会一箭双雕，我们不妨再等等看。以那女人的心机，一出手绝对还会留有后招。”

孙嬷嬷琢磨了一会儿，恍然道：“太太说的是方……”

林氏漫不经心地用铜钎子拨弄着青铜三足刻梵文香炉子里的香灰：“做姑娘的时候，我就最厌恶她那副作态，明明是庶女的命，谱儿却摆得比谁都大。偏偏又喜欢玩阴的。你瞧瞧我那位表姑姑，也是个厉害的吧？一屋子的庶子庶女，哪一个不是被她收拾得俯首帖耳，到了她面前连屁也不敢放一个？偏偏就她们姐弟两人得了好，如今她兄弟可是已经做到正七品知县了。”

孙嬷嬷笑道：“奴婢倒是觉得这位姑太太是个慈和人儿，据说方家那位庶出的少爷也都是亏了她的上下打点才能谋到这份差。换作别家的主母，不变着法儿的打压就算不错了。”

林氏笑睨孙嬷嬷一眼：“你当我那表姑姑真是吃素的不成？她自己虽然只生了一个傻儿子，庶子可是有五六个的。你当她当年为何独独挑了方姨娘的兄弟好生栽培？”

“这是为何？”

林氏撇了撇嘴，极为不屑道：“还不是因为方雅茹跑到嫡母面前表忠心，上赶着来任家做了妾？要知道做妾就等于是将自己的身家性命交到了别人手里。我们老太太与方雅茹的嫡母可是嫡亲的姐妹。她这么做就是为了告诉嫡母，自己这一辈子都跑不出嫡母的手掌心。她这么一表态，果然正中嫡母的下怀，自己兄弟也因此在方家众多庶子之中脱颖而出。”

“这么说起来，这位方姨娘对自己兄弟倒是不错，肯为了兄弟的前程这般牺牲。”

林氏闻言一哂，拿着手中的铜钎子摇了摇：“你啊，还是不了解她。我表姑姑有六位庶女，却是个个嫁得寒碜，唯有一个嫁得高点儿的，那男人还是个痨病鬼！独独她，因为是到任家来做妾，表姑姑碍于情面给她的嫁妆比别的庶女多了十倍不止。且咱们老太太也看在表姑母的面儿上对她另眼相待。她兄弟因承了她的情，如今更是她在任家最大的后盾。你瞧瞧她的算计，你能算得她这么精吗？”

孙嬷嬷感叹着摇头：“奴婢不能，奴婢就是个奴才命。”

林氏冷笑：“她是个不认命的。非但不认命，还喜欢争，喜欢抢，偏偏又要将自己摘干净。用句糙话讲，就是既要当婊子，又要立牌坊！”

“那这事，咱们就先瞧着？”孙嬷嬷犹豫着道。

林氏皱了皱眉，眼中不掩忧虑：“玉儿那边，我都打点好了，只是不知道老太太什么时候才会气消。”

说到这里，林氏面色一狠：“我母亲再三叮嘱我不要轻易与她对上，说她心思太深，怕我吃亏。可是她若真的敢把主意打到我女儿头上，我一定要让她好看！你继续仔细盯着外院那边，若是有什么不对的地方，立即报与我知晓。”

“是，太太。”

下午，喜儿过来告诉任瑶期，已经照着她的吩咐安排好了。

任瑶期今儿一早就已经将喜儿打发回去伺候李氏，她这会儿过来是替任瑶华传话的。

说话之间，喜儿还不忘好奇地打量任瑶期，神色之间却是真正欢喜的。

对于姐妹两人如今的和睦，李氏身边的人没有不高兴的。

晚上，众人去荣华院昏省的时候，任老太太便当众说了让任瑶华搬去荣华院的话。

为自己女儿求情被老太太无视的五太太林氏，看了一眼任瑶华，心中对自己的怀疑又有些摇摆不定起来。

她问过任瑶玉，就连布偶上的生辰八字都是女儿亲手写的，仅仅被人改动了一个字，所以她想要给自己的女儿辩解都不成。

原本她怀疑方姨娘想要借她之手除去任瑶华，可若这件事真的是任瑶华闹出来为了让任瑶玉给自己让地儿的，也不是不可能。

谁都知道，任瑶华之所以能在任家横着走，靠的就是任老太太的疼爱。这次她一走一年，正是需要弥补祖孙情分的时候。

那边任瑶华高兴地应了。

林氏心中不悦，正想着要不要先把任瑶华拉下水再说，旁边的任瑶期却悄悄往她身边迈了半步，有些焦急地朝她使眼色，让她出头。

林氏心里转念一想，实在是不忿给方姨娘那种人当枪使，便索性撇过头去装作没有看到。

第二日一早，任瑶华的丫鬟婆子们就开始大张旗鼓地往荣华院里拾掇衣裳器具。那架势好像生怕府里的人不知道任家三小姐重得了老太太的青睐似的。

上午，外院的门房来报说肖大姑来了。

“大姑”算得上是一种尊称，指的大都是那种在特定的圈子中声望颇高，又有这样或者那样的本领的女子。这样的女子，往往不是过了适婚之龄未嫁，就是丧夫守寡。她们时常出没于富户人家的内院，被奉为座上宾。

这样的人，各户人家都不敢轻易得罪。不仅仅因为她们本领高，人缘广，还因为只要她说你一句不好的，保管第二日大街小巷都会知道。

就如同收生嬷嬷、媒婆这种职业的人往往都会划分自己的地盘一样：“大姑”们也有自己的“领地”。肖大姑在白鹤镇上是无人不知无人不晓。当然，这种有名的大姑向来只出没于豪门富户，寻常人家她们是不上门的。

“大姑今日怎么有空来了？”落座之后，任老太太笑容满面地招呼，态度十分客气热络。

肖大姑也算是任家的常客了。她不过三十多岁的年纪，面容清秀，衣着朴素整洁，身上不见半件配饰，一看就是十分端正的正派人。

“今日来给府上送明年的皇历。”肖大姑脸上挂着得体的笑容，语速适中，既不会让人感到她态度清高，又不会让人觉得卑躬屈膝，极容易博得上位之人的好感。

任老太太失笑着轻轻拍了拍自己额头：“瞧瞧我这记性！把这事儿给忘了。”

“倒也不是老太太记性不好，实是今年的皇历比往年要早了半月印出来。”肖大姑示意跟着自己进来的婆子将一个精致的红漆木盒子呈上去。

任老太太让桂嬷嬷上前接过来：“你这么一说，我倒是想起来了，往年你都是十月初才送来，今年怎么早了这么些时候？”

肖大姑道："往年的皇历都是由钦天监颁发了之后，我们燕北各书局照着印，今年却是有些特殊，是过了燕北王府的眼的。"

任老太太闻言一愣，笑道："我只听说朝廷颁发皇历，倒是没有……"说到这里，任老太太意识到这话说不得，便笑了笑，端起自己的茶杯让了让茶。

肖大姑当作没有听到任老太太的失言，只道："去年燕北的皇历错了几处，结果牵连好几个书局被抄。"

这件事情在燕北无人不知。

"出了去年那事儿，今年还有哪家敢沾这个？"任老太太奇道。

皇历向来是由朝廷的钦天监颁发后各个州县的书局照着印的，一般都不会有错。去年不知为何，燕北的历书比照钦天监颁发的那本错了多处，最后被人告到朝廷，不少人因此丢了性命。还有人弹劾燕北王府纵容此举，是想要改朝换代。

"听说今年燕北王府的那些书吏们校核了不下十次，所以断不会有错。"肖大姑笑道："且这次燕北几个州的历书都是由韩家承印的。"

"韩家？"任老太太想了想："可是去年才从蓟州迁到我们白鹤镇的那个韩家？"

"正是。"肖大姑点头应道。

任老太太有些惊讶："他们去年刚迁来的时候，我们老太爷还遣了管家送些贺仪过去，韩家也送了回礼。只是他们府上的女眷们都极少出门，所以我们两府虽然有些礼数往来，却从未见过面。难道韩家还与燕北王府有些渊源？"

肖大姑想了想，摇头道："这我倒是没有听说。我去过韩家两次，见到过韩家的老太太和太太。韩老太太是个慈祥人，韩太太也很能干。"

"听说韩家如今当家的这位韩老太爷是招赘的？"

任老太太对韩家也着实有些好奇。按理说，赘婿向来是被人瞧不起的，在妻子的家族也没有什么地位。偏偏韩家的这位老太爷在韩家前任当家去世之后接管了韩家，不是族长，却胜似族长。

白鹤镇关于韩家的传言有不少，有人说韩家原本只是蓟州的一户土财主，不过是稍有些资产罢了。是现任的这位韩老爷子眼光独到，说服岳父卖了几处田产做起生意，结果赚了个盆丰钵满。

可惜韩家人向来低调，男人们外出经商，女人们闭户不出，与镇上的人几乎没有什么往来。

肖大姑正想答话，东次间的帘子一掀，任瑶华走了出来。

“祖母，我都拾掇好了……咦？您有客人呐？”任瑶华在任老太太这里自幼就受宠，说起话来也比别的孙女要随便，话说到一半才看到肖大姑在。

任老太太瞪了她一眼，对肖大姑道：“这丫头被我惯坏了，没什么规矩，大姑别见怪。”

肖大姑忙道：“任家的姑娘们一个个的不是温婉亲和就是活泼可爱，这是大家都知道的。”

任瑶华笑嘻嘻地上来给肖大姑见礼，然后对任老太太道：“祖母，我还要回紫薇院一趟，就不打扰您待客了。”

任老太太点头：“你就在那边吃晌午饭吧，我今儿要与肖大姑吃素。”

任瑶华应了一声，便转身出去。

肖大姑笑着目送任瑶华离开：“这是府上的三小姐吧？有些时日不见，出落得越发水灵。”

任老太太哈哈笑道：“性子太跳脱，皮猴儿一个。”

“我瞧着是个知分寸的。”肖大姑说着，突然伸出右手掐算了一下，微微皱了皱眉，之后又将手收回去，不动声色地端起手边的茶小饮一口。

她的动作被任老太太看在眼里。

任老太太知道肖大姑会看风水和算命，还看得很准，不由得忙问道：“大姑刚刚是在……”

肖大姑见任老太太追问，犹豫了片刻，便道：“我记得府上三小姐是庚午年出生的？”

“大姑好记性，华儿正是庚午年八月生的，今年十二了。”任老太太点头道。

肖大姑仔细想了想，沉吟道：“那今年不恰好是本命年？”

任老太太眉头一皱：“可是有什么不妥的？我记得大姑你曾说华儿的命格与我的极为相宜。”

肖大姑摇头：“原本是这样没有错，任老太爷是丙戌年生，您是庚寅年生，丙庚原本相冲，而三小姐属虎，因寅午戌会成火局，恰恰合了这任家宅子的八卦运势，此乃大吉。可三小姐今年是本命年，犯了太岁，这吉兆就会变为凶兆。”

任老太太闻言大急：“那要如何才能破这局？还请大姑指点一二，我必当重谢。”

肖大姑忙道：“老太太言重了，我平日里没少承府上的照拂，这些都是应该的，当不得您的谢。要破这局也不难，让三小姐今年先暂时不要搬来荣华院，另外找个子时正刻出生的还未成年的姑娘来就是了。”

“子时出生？”任老太太皱眉细思。

“老太太，九小姐正好是子时正刻出生的。”桂嬷嬷出声提醒道。

“可是与六少爷双生的那位九小姐？”肖大姑问道。

“大姑记性真好，正是她。”任老太太点头。

肖大姑掐指算了算，微微一笑：“那就没有错了，九小姐的命格也是极好的。她又五行属木，这荣华院正好位于离位，离属火，木能旺火……正好相宜。”

任老太太松了一口气：“那就好。只是华儿若是过了本命之年……”

肖大姑忙道：“等三小姐过了本命年，自然一切无碍。”

任老太太想了想，转头吩咐桂嬷嬷道：“你去一趟紫薇院，就说让华儿暂时先别搬进来，等过了今年再说。另外再去芳菲院与方姨娘说一声，让她帮着英儿收拾收拾，以后就住里间的暖阁里。”

桂嬷嬷低头应了，转身出去。

消息传来的时候，任瑶期与任瑶华正在紫薇院的正房陪李氏说话。任瑶华脸色蓦然一沉，屋里的人见状都不敢出声了，气氛凝窒。

桂嬷嬷将任老太太的意思带到后，轻轻退了出去。

任瑶华突然从椅子上起身。

李氏忙劝道：“华儿，你祖母说让你明年再搬过去，你还是不要违拗她了。这风水命格之事，你祖母向来是极信的。”

任瑶华却看向任瑶期，冷着脸道：“你跟我来。”说着就往外走。

李氏急得冲她喊道：“华儿，这事与你妹妹又有什么干系，你不要将气撒到她身上。”

任瑶期笑着握了握李氏的手：“母亲，您别急。三姐她是有别的事情要与我说，不是要找我撒气。”

李氏有些不信，任瑶期便对一旁的周嬷嬷道：“周嬷嬷跟着一起来吧，这样母亲就放心了吧？”

周嬷嬷朝着李氏点了点头，李氏才将任瑶期的手松开，还是有些不放心：“如果你姐姐欺负你，你……你就跑。”

任瑶期忍不住扑哧一笑，起身眨了眨眼，顽皮道：“放心吧母亲，我跑得快，三姐追不上我的。”

任瑶期与周嬷嬷跟着任瑶华去了东次间。

“这就是那贱人原本的目的？让任瑶英住进荣华院？”任瑶华瞪着任瑶期道。

任瑶期走到炕桌的另一边坐下，沉静地道：“她布下这局，既可以让你与五婶母女结仇，又能让九妹妹提了身价。”

“现在五小姐这么做，不仅摘清了三小姐，还让方姨娘自食恶果与五太太对上。”周嬷嬷面上一喜。

五太太向来睚眦必报，她若是恨上了谁，绝对是不死不休的架势。

“只是，五小姐怎么知道这肖大姑会答应帮忙？且您让我派人过去的时候还说不要透露身份。要知道这肖大姑的名声向来是极好的，信口开河的事情她从来都不会做。”周嬷嬷疑惑道。

事实上，当年也是因为肖大姑来了任家一趟，任瑶英才得以搬入荣华院的。

只是当年肖大姑是在任瑶华被五太太揭穿之后搬离荣华院才出现的。那时候五太太已经与任瑶华掐上了。

任瑶期猜想，方姨娘可能早就与肖大姑达成了某种默契。于是她让周嬷嬷派人以方姨娘的名义吩咐肖大姑提前进府，这样方姨娘就别想置身事外了。

方姨娘不知道是因为性子谨慎还是出于什么考量，肖大姑竟然没有亲自与她身边亲近的丫鬟婆子私下接触，而这正好给了任瑶期可乘之机。

肖大姑接到消息之后，立即就出现了，还真的按照她的吩咐编了一套说辞。

只是这话却不能说出来，于是任瑶期只道是不小心听到了方姨娘与丫鬟的谈话，猜到一些。

任瑶华还是面色不佳："那任瑶英呢？就这么便宜她？"

任瑶英若是养在祖母膝下，会让她以后议亲之时提升不少的身价，这也是方姨娘打的好算盘。

任瑶期笑了笑："站得高确实能望得远些，不过势必也会成为别人的靶子。"

任瑶华想了想，不由得冷笑："以任瑶英那性子，怕是捧得越高，摔得越重。方姨娘聪明一世，偏偏生了这么个货色，亏她还在那里费尽心机。"

任瑶期闻言眸光一闪，忽而一笑："等着吧，或许你会看到些有意思的事情。"

任瑶华皱眉："什么意思？"

任瑶期笑了笑，没有回答，只转头吩咐周嬷嬷："今儿早上搬过去的东西，等会儿让人去搬回来。"

周嬷嬷低头应了，想了想又有些担心："可是现在三小姐离了老太太身边，以后会不会生分？"

任瑶华瞥了任瑶期一眼。

任瑶期知道任瑶华这一眼是什么意思，不由得苦笑。

想必任瑶华还是认为自己见不得她好吧。既对付方姨娘，也不想让她占到便宜。

想起从前的事情，任瑶期突然忍不住低声问道："你真的相信只要得了祖母的欢心，她就能事事为你考量？"

任瑶华冷笑着看向任瑶期："你想说什么？"

任瑶期心中轻叹，站起身往外走，掀帘子的时候才头也不回地轻轻说了一句："我只是觉得，求人不如求己。把所有希望都寄托到别人身上，最后说不定只剩下绝望。"

任瑶华一愣，看着那已经放下来的棉帘，抿唇不语。

原本“卧病在床”的方姨娘在听到桂嬷嬷的传话后，却是惊得猛然从床上坐了起来：“什么？你说肖大姑来了？老太太让英儿今日就搬去荣华院？”

桂嬷嬷笑道：“正是如此，奴婢恭喜姨娘，也恭喜九小姐。”

方姨娘却是面无喜色，愣怔着道：“她怎么会今日来？我明明……”

桂嬷嬷见状有些不解：“这不是好事吗？姨娘布下这么一局，不就是为了让九小姐出头？”

方姨娘苦笑：“是啊，可是时机不对啊……”

而五太太在得到消息的时候，气得直打哆嗦：“方雅茹！你好！你真好！”

第三章

韩　家

五太太自出生到现在，一直都是顺风顺水的，如今被个自己从未看上眼的妾给摆了一道，又怎么能咽下这口气？

当即便怒气冲冲地跑到荣华院，找任老太太告状。当时，任老太太正与肖大姑用午膳。

五太太可不管那么多，闯进来后就开始哭闹，控诉方姨娘包藏祸心，为了让自己的女儿出头，设计任瑶玉。最后还将静坐一旁的肖大姑也一并骂了进去。

任老太太当即就沉下脸："放肆！谁允许你没大没小随处撒泼的？任家的脸全给你丢尽了！给我滚回去！"

林氏还从未见过任老太太对她这般疾言厉色，愣了愣之后就开始哭。

这时候大太太得到消息赶了过来，将林氏拉到一边劝慰。

肖大姑面色尴尬地起身告辞。老太太十分恼火林氏的不识大体，在外人面前让她丢了脸面，说几句场面话挽留了肖大姑片刻，才朝桂嬷嬷使眼色，让桂嬷嬷送肖大姑出门。

桂嬷嬷看懂了老太太的意思，小声吩咐大丫鬟金莲去拿银子，然后赔着笑脸送肖大姑出去。

等人一走，任老太太就发作了："是我平日纵你太过才让你这般没了分寸！从今日起，你给我去祠堂里跟玉儿一同闭门思过！什么时候想明白了，什么时候出来！”

五太太委屈得不行，她之所以在任老太太面前这般放肆，是因为任老太太平日里待她跟女儿似的，偶尔她任性那么几次，任老太太还会为她在妯娌和晚辈们面前遮掩。

她母亲林大太太曾经提醒过她多次，让她长点心眼，婆婆再好都不可能是亲娘，让她在婆家谨慎些行事，她向来不以为然。

“娘，若不是方雅茹那个贱人设计我家玉儿，我又怎么会急？”五太太语气软了些，哭着道。

任老太太却是气得拍桌道：“什么贱人？就算她没有嫁到我任家来，也是你表姐！你说方氏陷害玉儿，可有人证或物证？玉儿已经自己承认那布偶出自她之手！”

五太太语塞，她确实拿不出证据。

可是她与方雅茹打了二十几年的交道，比长辈们更了解方雅茹的为人。若是说这次的事情方雅茹没有掺和，她是死也不信的。

凭什么别人都倒霉，就她得了好处？这种桥段在她方雅茹的生命中重复上演了无数次，她就是凭着不断地将别人踩下而上位的。

“让人将桌子撤下去，我不吃了！”任老太太见她不说话，认定她是胡搅蛮缠，十分火大。

大太太见那一桌子素菜基本上还未动过，便赔着小心劝了几句。

那边五太太却是不甘心道：“娘，你关我去祠堂我没有怨言。可是玉儿她身子骨弱，能不能先让她回来？至于您说的证据，我……我暂时还拿不出来，不过我会让人去我娘家，让我娘派个厉害的婆子过来。我就不信查不出来那布偶有没有被人动过手脚！”

任老太太额角青筋一跳：“老大媳妇！把她给我关到祠堂去！谁要是敢不经我的允许私自出府，一旦发现，乱棍打死！”

“娘——”

大太太忙上前拉住林氏，小声道：“五弟妹，你怎么这么糊涂？虽说你曾是林家女，如今却已为任家妇。有道是家丑不可外扬，这种事情怎么能让娘家人插手？这不是明摆着告诉娘家你在婆家受了委屈吗？”

大太太看了老太太一眼，又道："再说了，你娘家的长辈们自然都是千好万好，可是……那些婆子们却不见得个个儿都好。你还记得以前你身边的那个陈嬷嬷吗？"

林氏一愣，似是想起了什么，脸上一白。

林氏作为林家最受宠的女儿，出嫁的时候身边怎么会少得了厉害的陪嫁婆子和丫鬟？这个陈嬷嬷就是她娘当初千挑万挑给她挑出来的。

陈嬷嬷也着实是能干，她所知道的关于方姨娘的那些事情也都是从陈嬷嬷口中听来的。

可是几年前，这个陈嬷嬷却被发现偷汉子，还曾悄悄放男人进内院偷欢。这件事情差点连累她也名声扫地，最后还是任老太太使出铁血手段帮她善的后。也是因为那次，她身边的几个婆子和丫鬟死的死，卖的卖。

林家也因为这件事情理亏，而不敢再送人过来。

好在任老太太对她十分疼爱，让她在任家也没有吃过什么亏，所以林家便也放了心。

如今听大太太提起这桩事情，林氏自然是满身的不自在，也不敢再说要回娘家搬救兵的话了。

"还杵在这里做什么？我的话没听见吗？"任老太太冷着脸赶人。

"是，娘。我这就带五弟妹出去。"大太太恭顺地道，接着又拉憋屈的五太太往外走。

正当这时，桂嬷嬷匆匆跑了回来，满脸欢喜地道："老太太，三老爷和五老爷回来了！马车已经到了门口！"

任老太太脸色好看了许多："老三和老五回来了？不是说被大雪阻了路，要耽搁几日的吗？"

大周朝不禁商户出身的人参加科举，任家二老太爷年轻的时候曾想过要通过科举来光耀门楣，可惜屡试不第，最后也不过是中了个秀才。

好在到了他这一代，任家也不缺钱。任老太爷便使了不少钱让弟弟谋了个官身，虽然没有正经差事，却也让他成为燕北设在京城的一个大商会的会长。

二房老太爷的大儿子任时远在任家排行第二，留在白鹤镇伺候母亲，排行第四的小儿子任时序则与二老太爷一同在京，娶的是一个五品京官的嫡女，并在岳家的帮助下谋了一份内务府采办的差事。

大房的五老爷任时茂每年都有几个月跟着自己的叔父在京城，学一些官场上的应酬往来。

三老爷任时敏算是任家的一个异数。他不喜经商，也不爱做官，只对吟诗作画弹琴舞剑之类的高雅之事感兴趣，自比魏晋风流名士。他这次进京是去参加京城五年一次的画会，已经离家半年。

今日兄弟二人结伴而归。

五太太立即停下步子，眼中的惊喜之色让她瞬间就充满了活力，之前的怨气与委屈也消失不见。

“大嫂，你看看我眼睛肿不肿？”林氏忙扯了大太太的衣袖，有些娇羞地问道。

大太太还没有说话，老太太房里的婆子丫鬟们倒是捂嘴笑起来，刚刚紧张压抑的气氛也没有了。

老太太看了过来：“怎么还在这里？”

林氏满脸祈求地看向老太太：“娘，时茂回来了，我……”

任府的人都知道，五太太与五老爷是打小的交情，小两口自成亲之后虽也有过吵闹，却是床头吵架床尾和。只要五老爷在家，两人就好得跟一个人似的。

任老太太疼爱幼子，这媳妇又是娘家人，因此也就睁一只眼闭一只眼。

不过这次，林氏显然是将老太太得罪狠了，老太太板着脸呵斥：“你当我的话是耳边风？”

大太太拉了拉高兴过头的五太太，小声道：“五弟妹，你这眼睛肿得像个桃子，妆也花了……”

林氏伸手摸摸脸，急了：“娘，那我先回去洗脸。”说着就自个儿匆匆忙忙往外跑。压根儿忘了老太太要她去祠堂思过的话。

任老太太的火气又上来了，指着她的背影对大太太道：“你瞧瞧她，你瞧瞧她，哪里有半点儿规矩？都无法无天了！”

大太太低头一笑，上前指挥丫鬟们将桌子撤下去，才温和道：“五弟妹知道您向来疼她，这是与您亲近才会如此。”

任老太太冷哼一声："是我纵得她失了分寸，如今连我也不放在眼里！"

此言一出，外头就有个响亮的声音接道："谁敢不把娘您放在眼里？儿子第一个不饶他！"

紧接着帘子一掀，两个差不多高矮的男子走了进来。

走在前头的那个圆脸圆眼，双颊上两个深深的酒窝与任老夫人的如出一辙，让他显得有些孩子气，明明已经二十七八的年纪看上去却像是弱冠少年。

走在他后面的男子与他相比成熟了不少，长得俊眉修目，这么冷的天气身上只穿了件白色的广袖单袍，行动之间飘逸如仙，姿态高雅。

任老太太看了那娃娃脸的男子一眼，冷脸道："这话可是你说的！到时候可别不认账！"

刚刚随口接话的任时茂见了，知道情况不对，眼珠子一转，立即拉任时敏上前，笑嘻嘻地给任老太太磕头，将之前的话题揭过。

老太太的视线转到任时敏的衣服上，皱眉道："你穿的这是什么？身边伺候的人都死了吗？"

任时敏不慌不忙地抬头："回母亲，这叫望仙袍，是最近京中正时兴的，士林名士们人手一件。我这身还是京城巧手娘子慕英娘亲手缝制的。五弟也有一件相似的，只不过是蓝色云锦的。"

"回去给我换了！被你父亲看见，你又得去跪祠堂！都起来吧。"任老太太面带不悦。

任时敏也不争辩，姿势优雅地起身。一旁的丫鬟知道他讲究的性子，忙走过来跪在他脚边，给他整理微皱的袍摆。

那边任时茂已经坐到炕上，与老太太说起了路上的事情："……原本是要耽搁几日的，正好遇到了韩家父子，他们商队人多，有专门开道的，我跟三哥就跟在他们后头回来了。"

"既然承了人家的情，一会儿记得让管家备一份谢仪送过去。"任老太太交代。

任时敏走到一旁的椅子上坐了，接过丫鬟端上来的茶："我已经送了韩家公子一幅字画。"

"什么字画？"

“韩公子见了三哥的字画，十分喜欢。三哥就将自己近期的一幅得意之作送给了他。”任时茂朝任时敏眨了眨眼。

任老太太瞪了他们一眼：“那不过是小孩子的玩物，怎么能作数？你记得再让管家备上一份厚礼，若是得闲就亲自带人送到韩家去，或是让身边的贴身小厮陪着管家去一趟也可以。”

任时茂笑嘻嘻道一声知道了，任时敏却皱眉看他母亲一眼，终究还是摇了摇头自顾着喝茶。

母子三人说了会儿话，任老太太见任时茂虽然一直在凑着趣儿，心思却不在这里，心里明了，只装作不知道，反而对任时敏道：“李氏和华儿回来了，你回去见见吧。”

任时敏愣了愣，才点头道了声：“是，母亲。”

任时茂高兴地起身：“我与三哥一起走吧，先回去换身衣裳，晚些时候再过来陪娘说话。”

任老太太淡淡地瞥了他一眼：“我有让你走吗？你留下，我还有话交代你！”

任时茂有些失望，却是乖乖地坐了下来，笑道：“那好，我也想多陪陪母亲，只要您不嫌弃儿子风尘仆仆，衣裳脏污。”

任老太太闻言冷哼一声，不上他的当。

任时敏将茶碗放下，起身告退。离开之前却在给他奉茶的丫鬟面前顿了顿，缓声道：“水温不够，下次上这种武夷茶的时候记得用刚烧开的沸水。”

“奴婢记住了，三老爷。”丫鬟苦着脸低头应了。

任时敏洒脱地走了。

待快走到紫薇院的时候，任时敏远远看见院门口站着一个穿着厚厚的毛皮大氅，用风帽将自己遮得严严实实的身影。

走近了些，那人似乎也看见了他，急急地往前迎了两步，却差点因为踩空石阶而摔倒，风帽也因此滑落下来，露出一张精致的小脸。

任时敏见了哈哈大笑，快步走过去，愉悦清朗的声音在冰雪正消融着的庭院中回荡：“瑶瑶，你是在等爹爹吗？”

任瑶期看着朝自己大步走来的俊朗男子，飞扬的神采依旧，连行走都不忘讲究仪态。任瑶期泪水模糊了眼眶。

“爹爹……”

她曾经怪过自己的父亲，怪他一心只沉迷在书画里，对任家的事情毫不关心，对长辈的决策没有半分发言的权利。

可是最后，他却用自己的生命来为她抗争。

任瑶期猛地扑上去抱住任时敏，将满是泪水的脸埋在他胸口的衣襟上。

任时敏原本还很高兴，这会儿却是身子一僵，满脸纠结地瞪着自己小女儿的头顶，终于还是忍不住将双手按上她的肩膀，把人给扒拉开。

“瑶瑶，爹爹的衣裳被你弄脏了！”任时敏一脸嫌弃地看着胸口处那一团水渍，指责道。

任瑶期看着他那一脸嫌恶的模样，却是扑哧一笑，再也哭不出来：“爹爹，您还是这样……”她轻声道。

“什么？”

任时敏掏出手帕先将自己的衣裳擦干净，才用两根手指捏了帕子递给任瑶期。

“快把脸擦擦，脏得跟只小花猫儿似的。”

任瑶期无语地看了那帕子一眼，摇了摇头，从袖口掏出自己的：“没有，您回来了，我很开心。”

任时敏随手将帕子扔了，拍了拍任瑶期的头：“乖，爹爹记得你要的衣裳和首饰，给你买了两大箱子，等会儿让人送你屋里去。”

任瑶期正想说什么，却见任时敏将视线移到她身后，还愣了愣。

她跟着回头，便看见只穿一身胭脂色棉袄棉裙的任瑶华站在门后，正看着她与任时敏。

“啊，瑶华回来了？”任时敏面带笑意地朝着任瑶华点了点头。

任瑶华上前几步朝着任时敏屈膝行礼：“父亲。”她姿态端正，低着的头让她看上去少了几分平日的跋扈与矜傲。

任瑶期与任瑶华跟在任时敏身后往正房去。

任时敏时而转头与任瑶期说起他在京城参加画会的事情。

“……这次夺得魁首的是我们燕北王世子的《东庄秋居图》，不过为父最喜欢的还是陈景阳老前辈的那幅《过梅林》，当真是气骨古雅、神韵秀逸、使笔无痕、用墨精彩、布局变化、设色高华……”

任瑶期见他一说起画来就摇头晃脑激动不已的模样，忍不住莞尔：“爹爹这次不是也参加了吗？我记得是您最得意的那幅《西山四景》。”

任时敏话语一顿，有些羞赧：“这是为父第一次参加画会，进京之前还信心满满，以为即便不夺魁首，前三甲定是能进的。可是在见过陈老先生的画之后，为父深以为自己之前真是夜郎自大……”

任瑶期闻言摇头：“陈老先生已年过花甲，爹爹您却未到而立。他在您这个年纪的时候未必会强过您。我听人说画画虽然倚重于功底技巧，个人的人生阅历却也不容忽视。即便是同一个人，三十岁的时候眼中的秋景与他五十岁的时候眼中的秋景都是不同的。眼界不同，心态不同，笔下自然就不同。”

任时敏闻言惊愕，甚至停下步子仔细琢磨了一番，随即转头看着任瑶期大笑：“瑶瑶，你这话倒是新鲜，不过也极有些道理。不知是听哪位高人说的？为父一定要找他讨教一番。”

任瑶期低头一笑，思绪却有些飘远。

她爹爹这一幅《西山四景》没有参加今年的画会其实挺可惜的。这幅画是她当年离开任家时唯一带出府的东西。后来无意间被裴先生看见之后惊叹不已，直问她作画之人在何处。当得知是她亡父的时候，扼腕不已。

裴先生曾与他的一些友人品评过这幅画，都说作画之人极具灵气，只是稍稍欠缺一些火候，假以时日必定能名扬天下。灵气才是作画之人最为珍贵且不可或缺的灵魂。

“瑶瑶？”任时敏凑过来轻轻拍了拍她的头。

任瑶期不满道：“爹爹，说了多少次了，不要拍我的头！”语气中不自觉地带着小姑娘的娇嗔，让她自己也愣了愣。

任时敏却已经习惯了小女儿时不时地撒娇，哈哈大笑：“你小小年纪就能这么聪慧，说不定就是为父这每日一拍的功劳，这叫作当头棒喝！”

看着他自得的表情，任瑶期忍不住微笑。在任家所有人眼中都是任瑶华比任瑶期聪明懂事，她的母亲也不例外。

唯独她爹爹觉得，自己的小女儿比谁都好。

她自幼就对画画表现出异于同龄人的天赋，又为了与自己的姐姐别苗头，争取父亲的宠爱，肯在书画上头下足苦功。

虽然后来裴先生评价她的画是急功近利而太过匠气，永远成不了大家。但在她爹爹眼中，这个年纪小小就能与他谈论琴棋书画的女儿是最像他的。

也因此，他对自己的其他几个儿女都是淡淡的，唯独对她十分疼爱。

任瑶期往一旁的任瑶华看过去，任瑶华一路上十分沉默，事实上她在面对任时敏的时候向来是十分沉默的。对于父亲，她并不亲近。

说笑间已经到了正房。

周嬷嬷早就在门口探头探脑了，见他们三人走来，忙笑着上前行礼："老爷，您总算回来了，太太和两位小姐一直念叨着。听闻大雪封了城外好几条道，不少商旅都被阻在半道上，知道您已经从京中出发太太急得不得了，打发了好几拨人去探听消息……"

任时敏朝她微微颔首，带头进了正房。

李氏早得知任时敏回来的消息，已经让人梳好了头，换了身颜色鲜艳些的衣裳，坐靠在床头。听见外头说话声的时候就将目光定在了隔帘上。

等父女三人进来的时候，李氏忙坐直了身子，有些拘谨地看着任时敏道："你……你回来了。"

任时敏微微一笑，点了点头，然后找了离着床边较近的一张椅子坐下，温和道："听闻你病了，大夫来看过没有？吃的什么药？"

李氏一一认真地回答了。

夫妻两人一问一答，任时敏像是例行公事一般，虽然周到，却也淡漠。李氏每一句话都回答得小心翼翼，生怕哪个字用得不够妥帖。

等任时敏问完，夫妻两人便没有什么话说了。一个低头喝茶，另一个看着交握着的双手发愣。

周嬷嬷在一旁看着干着急，一个劲儿地朝李氏使眼色。

李氏见了，咬了咬唇，终于鼓起勇气主动捡起话题。

“我之前听说您要过几日才到，不想今日就回来了。”

周嬷嬷不由得暗自扶额，心中嘀咕：这话怎么听着像是不乐意人这么早回来一样？

好在任时敏也不介意，放下茶碗，点头道：“正好遇见了韩家的人，他们人多，开路也便利。”

李氏讷讷道：“哦，韩家呀。”

韩家是新搬来白鹤镇的，李氏之前就极少出门应酬，又去了庄子上一年，因此没有什么印象，这话就接不下去了。

周嬷嬷忙道：“那倒要备一份礼送去韩府道谢才是。”

李氏也立即点头：“对，对，对，周嬷嬷……”

任时敏微微皱眉，似是有些不悦地打断李氏的话：“这个你就不用操心了，我已经备过礼了。”

任时敏想到之前任老太太说他送人自己的画作是小孩子的玩物之事。当时他心中虽然极为不悦，却因为任老太太是长辈而不好反驳。

李氏一愣，有些不知所措地看向周嬷嬷。

周嬷嬷想要开口说什么，对任时敏十分了解的任瑶期却笑着插嘴道：“爹爹备了什么好东西给人家，能否说给我们听听？”

任时敏面色缓和下来，对任瑶期道：“韩公子在我那里看中一幅字画，临走之时我让小厮将那幅画送给了他。”

任瑶期眨了眨眼：“我猜那位韩公子看中的字画一定是爹爹您的画作！”

任时敏心中欢喜，面上却是不动声色道：“哦？何以见得？”

任瑶期一本正经地道：“他帮了咱们这么大的忙，若是随便挑了别人的什么字画不是亏大了嘛？”

任时敏哈哈大笑，屋里所有人都能感受到他发自心底的愉悦。

李氏瞧着父女两人的模样也高兴起来，任瑶华却只是低头把玩着自己手腕间的玛瑙手镯，似有些心不在焉。

“这韩家公子倒也是个风雅之人。若是韩家有小姐的话，倒是可以与我们三小姐和五小姐往来。”周嬷嬷趁着任时敏高兴在一边凑趣，实际却是拐着弯儿打探韩家的情况。

韩家是去年才搬来白鹤镇的，那时候她们还在庄子上，回来之后曾听人提及过韩家的事情，却没有过往来。

周嬷嬷这种在内宅里摸爬滚打惯了的老人，自然是知道有些事情是打听得越清楚明了越占优势的。

任时敏心情正好，便赏脸接了周嬷嬷的话："听韩老爷说他有一儿一女，韩公子今年十五岁，韩小姐就不知道了。我瞧着韩家的家教不错，那位韩公子年纪虽小，却是好学知礼，尤其是那一手颜体楷书，写得极为大气。"

任瑶期原本听闻任时敏提起韩家，一时没有反应过来是哪个韩家，现在听他夸赞韩家公子，突然想了起来。

在她母亲和任瑶华去庄子上的这一年，白鹤镇上新搬来一户韩姓大户。后来任时敏看中了韩家小公子的才华，给任瑶华定下了这门亲。任家见韩家虽然处事低调，却人脉甚广，家产颇丰，且只有一个独子，对这门亲事也乐见其成。

只是后来韩家公子不知何故突然退婚，任家原本不同意，最后却不知为何妥协了。

任瑶华深受打击，脾气越加暴躁，任家更视她为弃子。

最后在二房二太太苏氏的牵线搭桥之下，任瑶华嫁给了二太太娘家侄儿媳妇苏大奶奶的堂兄弟曾奎。

苏大奶奶是京城人士，她的堂叔是当时新继任的宁夏总兵曾潽，曾潽妻妾无数，却只有曾奎一个独子。

当时任家未嫁的姐妹都羡慕任瑶华命好，被人退了婚还能寻到这么一门打着灯笼也难找的好亲事。可是一直到任瑶华出嫁前几日她们才知道，这位曾家少爷年幼时曾被乳娘用滚水烫坏了半边脸，并瞎了一只眼。

任老太太纡尊降贵亲自前来紫薇院劝说任瑶华出嫁，过程中老太太晓之以理动之以情，任瑶期不知道当时任老太太是如何劝动她"平生最为疼爱"的、性子骄傲跋扈的孙女去欢欢喜喜地嫁给一个容貌丑如厉鬼之人的。

但是她成功了，任瑶华不吵不闹地嫁去了曾家。

半年后，任瑶华用自己的头发勒死新婚夫婿，被曾潽暴怒之下扔到了军营红帐。任瑶华在刮着西北风的当夜，一把火烧了军营，自己也葬身火海。

任家因此与曾家结仇，厄运接踵而来。

而与任瑶华退婚的韩家公子恰在这一年迎娶了云家大小姐云秋晨，郎才女貌，十里红妆，不知羡煞了燕北多少少年男女。

“瑶瑶？瑶瑶？”任时敏将手在任瑶期眼前晃了晃，皱眉唤她。

任瑶期回神，见屋子里的人都看着她，勉强笑了笑。

“瑶瑶你是不是不舒服？”任时敏伸手过来探她的额头。

李氏也道：“是不是病还没有好？你脸色怎么这么难看？”

任瑶期乖顺地由着任时敏毫无章法地摸她的脑门，也不提醒他才端过热茶的手心是探不出体热的，只低头道：“没有，我刚才不过是突然想起爹爹离家之时曾给我布置了不少画作和字帖临摹，我因为病了许久所以没有完成，怕爹爹等会儿检查课业的时候会责备我。”

任时敏闻言无奈地将手收回去，笑骂道：“爹爹什么时候责备过你？还把你吓成这样？”

李氏见任瑶期脸色已经好看了许多，不由得松了一口气：“没病就好。”

接下来任瑶期虽然一直都在充当任时敏与李氏之间沟通的桥梁，心里却始终忧心忡忡，她要如何才能在一切事情发生之前进行阻止？

“老爷、太太，方姨娘带着六少爷与九小姐来请安了。”大丫鬟珊瑚隔着帘子禀报道。

任时敏讶异地看向李氏：“方姨娘不是还病着吗？”

李氏以为这话是责备她，不安道：“我……我交代过让她不要来的。”

任时敏点了点头，示意让人进来。

不多会儿，方姨娘便带着一双儿女走了进来。

今日的方姨娘穿了一身浅蓝色的、面料普通的羊皮袄，挽了个圆髻，额间带着个昭君套，装扮素净，却不改端庄秀美。她一路行来，螓首微低，蜂腰盈盈，莲步轻点，自有一番风流姿态，又难得的不见轻浮。

也难怪任家的丫鬟们都喜欢暗地里学她。

任时敏看着方姨娘，眼中也不由得含了些欣赏之色。对于美的事物，他向来是不吝视线的。

方姨娘的眼波微微朝着任时敏的方向扫了过来，又立即避开，上前来给任时敏和李氏磕头行礼。

任时敏微笑点头："起来吧，太太不是让你歇着养病吗？"

方姨娘美目潋滟，笑容有些虚弱，欢喜之色却是从内而外地散发出来："是妾听闻老爷回来了，妾……妾是来请安的。"

任瑶华看着方姨娘的模样，气不打一处来，虽然极力克制，说出来的话却依旧十分冷硬："既然让你歇着就好好歇着，你这么一出来，万一吹了风病又重了，外头的人不知情，还以为是我母亲待你刻薄呢！"

方姨娘闻言面色一暗，嘴角的笑容带了些苦涩，却是十分柔顺地低头应道："三小姐教训的是，是妾思虑不周。"

任时敏皱着眉头看了任瑶华一眼，他这个一家之主还未发言，女儿就教训起父亲的妾来了，这在他看来是失礼的。

任瑶期朝方姨娘笑道："姨娘，您别见怪。三姐姐说话向来直来直去，一句好话经了她的口也会变得不好听，我平日也最不耐烦与她说话。不过我想她的本意并不是想要'教训'您，只是见您穿得太单薄了，因而担心您会吹风受凉。"

任时敏看了看方姨娘身上的衣服。

周嬷嬷也惊讶道："姨娘，您今日怎么穿得这么少？外头多冷啊！您这也太不爱惜自己了。前几日没这么冷的时候您还知道穿狐皮袄子厚披风呢，这不是存心让我们太太心疼嘛。"

方姨娘面上一红。

"是我与六哥急着想见父亲，吵着要快些过来的。姨娘只顾着我们身上穿的了，自己身上反而疏忽了。母亲，您不要责备我姨娘好不好？"任瑶英委屈地看着李氏道。

"你母亲并未责备谁，怎么你们一个个的就先委屈得不行了？"任时敏出声打断，声音和缓，将自己的不耐克制得很好。

屋里顿时静了一静。

任家上下都知道，任三老爷性子温和，平日里是很少发脾气的。

但是很少发脾气，不代表他没有脾气。

任时敏的书房曾有个伺候笔墨的小厮偷拿了他一方端砚出去换银子，这小厮自幼在他身边伺候，是他乳娘的侄儿，平日里这种小偷小摸的事情也做过几回，对于这种身外之物任时敏向来是不甚在意的，也就睁一只眼闭一只眼。

不想那一次任时敏却大发雷霆，丝毫不理会乳娘的哭求，当即命管事将小厮重打五十大板后抬去了官府，那小厮熬了三日最终死在狱中。

所以，尽管任时敏向来是一副如玉君子的谦和模样，任家的奴仆们也没有一个人敢在他面前放肆。

任时敏弹了弹衣摆起身：“我去书房，你们各自散了吧。”

众人都起身相送。任时敏走到任瑶期面前的时候，转头道：“瑶瑶也来吧，为父要瞧瞧你这半年到底偷了多少懒。”

“父亲。”任瑶英轻咬着下唇，小声地唤了一声。

任时敏偏头看向她，温和道：“何事？”

任瑶英鼓起勇气道：“父亲，女儿这半年也一直在练字画画。前几日刚好完成了一幅《雪景图》，想请父亲指点一番。女儿知道自己不如五姐姐有才华，可是……可是女儿也真心喜爱画画。”

方姨娘看着任瑶英，微笑道：“九小姐这半年来确实下了不少功夫在练字画画上头，说起来还要谢谢五小姐时不时地指点呢。”

“哦？”任时敏看了任瑶期一眼，想了想，点头道，“既然如此，你也一并来吧。”

任瑶期看了方姨娘一眼，低头一笑。

如果方姨娘将她同意把自己的画借给任瑶英算作是她对任瑶英的指点的话，她还真不得不接受这一功劳。

“爹爹，不如三姐和五弟也一起来？龙生龙，凤生凤，既然老鼠的儿子都会打洞，那你的孩子也应该都会画画！”任瑶期俏皮地冲着任时敏眨眼道。

任时敏哭笑不得：“你这都是打哪学来的乱七八糟的玩意？”

最后，儿女四人一起跟着任时敏去了书房。

紫薇院的第二进没有厢房，却有东西两个小跨院。西跨院做了李氏的库房，东跨院是任时敏的书房。

书房三间，满满的都是书和画，一进院子就能闻到一阵墨香。

跨院中有一口极小的池塘，水很浅却是墨黑色的，如今已经冻结成冰。上面的浮雪被铲去之后，那小池子如同一方莹亮深邃的墨玉。

这是任时敏平日里洗笔的池子，他命名为文翰池。

这里对任瑶期而言原本应该是最为熟悉的，可是进来之后，她却忍不住四下打量。推开书房的门，里面杂乱的模样让人几乎不敢相信这是一间书房。

任瑶期记得，任时敏的书房是她见过最乱的地方。

他不喜欢下人进来收拾，又喜欢将自己的书和画摆得到处都是。

只不过他自己可以很快找出每一幅画，并因此自得。

整个任家，能清楚记得任时敏书房的每一本书、每一幅字画放在什么位置的人，除了任时敏本人，就只有任瑶期。

任时敏回头看了看跟在自己身后的四个孩子，皱眉想了想，最后指着正对着门的檀木嵌云石的书案道："你们都坐到那里去吧，不要乱动。"

任瑶期知道，任时敏平日里写字画画并不在这张书案上，而喜欢用右边那间房里的矮几。这张书案是他平日里喝茶的地方，所以相对整洁一些。

几人小心翼翼地穿过满地狼藉，围着书案坐了一圈。

任瑶期伸手将书案中间那个倒扣着的如同平底罩钟一般的圆柱形竹筒拿过来，然后手不受控制地从书案下的抽屉里摸出几粒围棋放进去，正想要放到耳边摇一摇，却被坐在她旁边的任时敏夺了过去。

"爹爹说了很多次，这是爹爹喝茶用的，不是玩具，你又顽皮。"任时敏板着脸，不赞同道。

任瑶期回过神来，眨了眨眼，迅速将自己眼里的泪水眨了回去。

任时敏一愣，想着是不是自己的语气太过严厉了，最后只能将手中的竹杯又放回任瑶期手里，无奈道："算了，这个杯子已经半年没用过了，给你玩吧，爹爹明日再做一个就是。"

任瑶期看着手中做工粗糙的竹杯，破涕为笑。

这种杯子她床底下的小樟木箱子里还有两个，她小时候总喜欢趁爹爹没看见时，用他自己做的竹杯摇骰子玩，被抓到过两回并乐此不疲。

任瑶英眼中嫉妒的神色一闪，笑容却是七分天真三分好奇，就是瞧不见半分恶意：“五姐姐刚刚玩的是博戏吗？听说舅舅最擅长这个了，五姐姐是从舅舅那里学来的吧？”

任时敏面色猛然一沉。

任瑶华如利刃一般的目光冷冷看向任瑶英。任瑶英强撑着笑脸，却是忍不住瑟缩了一下。

能被任瑶英大张旗鼓地称呼为舅舅的只有嫡母的兄弟。

任瑶期把玩着手中的杯子，不以为意地莞尔一笑：“姨娘不是说妹妹博览群书吗？怎么不知道摇骰子其实是一种占卜之法？什么博戏？哪里听来的胡言乱语？”

养在闺中的小孩子哪里知道这些？何况任瑶英从未与她所谓的“舅舅”接触过。她知道的不过是从别人口中听来的。

任时敏勉强忍下怒气，对任瑶英淡声道：“不是说要我指点你画画吗？”

任瑶英吃了瘪，咬了咬唇，低头将自己一直拿在手里的一卷画卷拿出来，看了任时敏一眼，小心地摊开在书案上。

任时敏抬眼看去，面上的表情微微缓和，难得点头称赞道：“果然进步神速，看得出来你是下过一番苦功的。”

任瑶期也认真看了看，平心而论，以任瑶英的年纪能画出这种水平的画当真是不错的。她知道方姨娘对一双儿女要求极严，任瑶英这半年来确实没少费工夫。

只是以任时敏挑剔的眼光……

果然，接下来就听他道：“不过，画画除了讲究笔墨，尤其还要注意构图。阴阳、向背、纵横、起伏、开合、锁结、回抱、勾托、过接、映带，须得跌宕欹侧，舒卷自如，如此才能避免工而无韵。你的画缺少的就是这份构图的灵巧。”

其实依着任瑶期对任时敏的了解，这话算得上极高的评价了，因为依着他的性子，看不上的画他最多含蓄地来一句“尚可”，绝对不会费这么多的口水。

可是任瑶英不知道，因此笑容有些僵硬。

“爹爹常夸赞五姐姐画好，不如五姐姐帮我看看这画要怎么改才好？”任瑶英突然面带期盼地看向任瑶期。

任瑶期记起来从前任瑶英也曾这般请求，不过她那时候年纪小，无从动笔，加上对任瑶英的不喜，便当即拒绝了。任瑶英也不是真心要她帮忙，于是最后还是任时敏动笔帮她改了几处。

不过这一次任瑶期倒是大大方方地点头笑道：“既然妹妹的画都是跟我学的，帮你改也是理所应当。”一副当仁不让的模样。

任瑶英额头青筋一跳，对之前方姨娘那般抬高任瑶期十分不舒服。

任时敏笑睨了任瑶期一眼，带着明显看好戏的神色从右次间里拿了笔墨过来。女儿是他教的，有几分本事他清楚得很。任瑶期的水平或许比任瑶英要强上一些，不过终究还是有限。

任瑶期一边将墨化开，一边自己偏头看画，等墨磨好之后，便提笔在那幅雪景图上小添了几笔，最后还在上面加上被大雪压弯竹身的双竹。

虽然只是寥寥几笔，却让人感觉到了竹子被压弯之后那蓄势待发的力道，勃勃的生机立时从画面上显现出来。

任瑶英原本的画仿佛成了背景，整体上却又显得异常协调，丝毫不见突兀。整幅画的格调立即提高了好几个档次。

任时敏原本要看女儿笑话的表情也慢慢变得认真起来。

“意在笔先，画尽意在。”任时敏走近些，低头仔细看那幅经过任瑶期润色之后的画，面露惊喜地赞道：“瑶瑶，你这半年的进益真让人难以置信。”

半年吗？她画画何止半年……

任瑶期心下一叹，却只是抿嘴一笑。

“五姐姐画得真好。”任益鸿看着任瑶期，有些羞涩地道。

任益鸿是任时敏的独子。

方姨娘对这个儿子的期望很高，也从不让他掺和内院之事。在任瑶期的记忆里，这个庶出的弟弟性子腼腆，与她关系还算不错。

他现在与任家其他几位堂兄弟一起跟着府里请的一位老先生学经史，读书还尚可，喜欢画画，但是天分不高。

任瑶期记得从前任时敏死后，任益鸿在方姨娘的安排下去了方家，跟着方家子弟一起读书。至于他最后有没有如方姨娘期盼的那样出人头地，她就不知道了，反正在她有生之年没有在京城里听过任益鸿的名字。

任瑶期冲着他礼貌地笑了笑。

这时候，前院管事过来禀告道给韩家的谢礼已经备好了，五老爷问三老爷有没有空闲与他一起去韩家。

任瑶期扯了扯任时敏的衣袖，不满道：“爹爹，您还没有跟我们说画会上的事情呢。这次画会除了陈老先生、燕北王世子外，还有哪些名家参加了？他们都是哪一派的画风？”

任时敏看着几个孩子都一脸好奇地看着他，想了想，对管事道：“韩家的人也是今日方回，去太多人反而会给人家添麻烦。今日就让五弟一人先去吧，我改日再去登门拜访。”

管事应声退下。

任瑶期松了一口气。

任时敏这一下午便留在书房里与几个孩子谈论画会上的事情。

用完晚膳之后，任家人都去荣华院给任老爷子和任老太太请安。任瑶英正式入住荣华院。

任老太太为了安抚任瑶华，赏了她一对珠花，说话间也对她格外和蔼。

五太太倒是与五老爷一同出现了，不知道五老爷是怎么为五太太求情的，任老太太竟不罚她去祠堂思过了。夫妻两人连站在一处的时候，都是眉眼往来不断。

最后五老爷又涎着脸给女儿求情，任老太太勉强同意让任瑶玉从祠堂出来，在自己房里禁足。

从荣华院回来之后，任瑶期让人将任时敏带回来给她的那一箱子衣料首饰分拣了几份出来，分别给任瑶音、任瑶英以及二房的任瑶亭送去。然后带着给任瑶华的那一份去了对面的东厢。

见了任瑶期送来的衣裳首饰，任瑶华面无表情道：“这是父亲给你买的，你拿到我这里来做什么？”

任瑶期笑道：“四姐姐、七妹妹、八妹妹、九妹妹都有，自然也不能少了三姐你这一份。父亲说是给我们姐妹买的，我岂能独吞？”

任瑶华闻言，面色微缓。

任瑶期让喜儿将带来的东西交给任瑶华的大丫鬟芫菁收着。

有婆子进来找任瑶华回话，任瑶期见里面的案几上铺开了笔墨宣纸，便走过去随意瞧一眼，却发现是一幅画了一半的雪景图。

画上面的墨迹还未干，显然在她进来之前任瑶华正在画画。

任瑶华的画十分普通，还有些涂涂改改的痕迹，不过看得出来很用心。画画写字并不是任瑶华的专长，任瑶期知道她是最不喜欢这些东西的。

任瑶期以前一直觉得像任瑶华这么骄傲的人，应该不在意父亲对她的看法。她平日里对任时敏的态度也是淡淡的，甚至很少在他面前开口说话。

这时候，任瑶华走过来，看了任瑶期一眼，便将桌上那张才画了一半的雪景图扯过来，揉成一团，随意丢弃在地上。

任瑶期一愣。任瑶华冷淡道：“无事随便画画，画废了。时候不早了，你回去吧。”

任瑶期点了点头，也不多问：“那我先回去了。”走了两步，却又顿下道：“三姐不妨试试工笔画，且若是不能确定布局的话，可以用炭笔先构图。”

任瑶华看了任瑶期半晌，直到任瑶期走到门口，她才淡声道：“多谢费心。”

第二日，从荣华院请完安回来之后，任瑶期正在李氏的正房里说话，外院却有婆子进来道三老爷让三太太派人将他从京城带回来的那罐云雾茶送到前院去。

“可是来了什么客人？”任时敏对自己珍藏的茶叶向来是宝贝的，一般只用来招待他的至交好友，因此任瑶期才问了这么一句。

“是韩家的人来了。”管事婆子回道。

任瑶期脸色微变：“韩家来人了？”

“是啊，韩家太太带着韩公子和韩小姐来了。”管事婆子没有注意到任瑶期的脸色，笑着回道：“五老爷说要让韩公子品一品他新带回来的好茶。”

任瑶期已经不记得从前韩家的人有没有来过了，在韩家退婚之前她根本就没有关注过这一家子。

可是这回难道还要走从前的老路吗?

想到这里，任瑶期猛地站起身。

“期儿?”李氏讶异地唤道。

任瑶期回过神来才发现大家都朝她看过来。她努力平缓一下自己的呼吸，微笑道：“昨日听父亲夸韩家的家风好，我十分好奇韩家的小姐是什么模样的。娘，我去祖母院子里看看韩家小姐。”

李氏闻言更加惊讶。

任瑶期与任瑶华不同，她自幼不得任老太太的欢心，所以最不喜欢去荣华院。

平日里除了晨昏定省，她是能不去就不去。

任瑶期知道李氏在想什么：“我正好要去找四姐姐，所以不过是顺便去看上一眼罢了，母亲不用担心。”

李氏见她坚持，便也不好再说什么，只是对任瑶华道：“华儿也一起过去看看吧?”

若是以前，李氏绝对不会说这样的话，只是最近任瑶期与任瑶华姐妹两人的关系有所缓和，这是李氏与身边几个亲近之人有目共睹的。

“不用了，我去去就回，三姐姐留下来陪您说话吧。”任瑶期一边说着，一边往外走。

她心里有事，一路上只顾着带丫鬟们埋头往前走。绕过九曲回廊，正要从花园拐过去的时候，她听到花园里有几个男子的交谈声顺着风飘了过来。同时她还听到好几双靴子踩在雪地里的咯吱声越来越近。

“三叔带我们来园子不是说要亲自采梅花树上的雪煮茶吗?府里头梅树倒是种了几棵，竟没有一枝开了的……咳咳……”一个少年的声音不满地抱怨道。

“失策！失策！不过益均啊，不是三叔说你，你也应当多出来转转才是，总闷在房里，没病也会给憋出病来。”任时敏悠然道。

“三老爷，您没瞧见三少爷刚刚又咳嗽了吗?糟了糟了，他肯定是出来吹了风，着凉了。等会儿回去大太太定会揭了我的皮！少爷，既然没有梅花，咱还是回去吧？您得仔细着自己的身子！”一个带着哭腔的声音急急道。

“啰嗦！少爷去哪里还轮得到你管东管西？给我……咳咳……”少年不满地发作，却又被咳嗽声打断。

“少爷……”

任瑶期听到这里，便明白此时是她爹爹和三堂兄在园子里。

三堂兄任益均是大老爷的次子，有从娘胎里带来的不足之症，曾有相士断言他活不过十岁。这些年来，大太太四处寻找补身的秘方，每日给他炖补汤，一日三餐也只吃药膳，可以说她这位堂兄是在药罐子里泡大的。

如今任益均十六岁了，虽然小病不断，却也还活得好好的。

想着又是自己的爹爹将这位极少出门的堂兄拐了出来，还让他在雪地里吹冷风，任瑶期不由得一阵头疼。任益均若是真的因此得了什么伤风脑热的，大太太肯定又会将这笔账算到他头上。

任益均因为身体不好，总是被拘在自己的院子里，很少出门，加上家中上至老太太下到兄弟姐妹们都纵着让着他，让他养成了有些古怪孤僻的性子。他与同辈兄弟包括他的嫡亲兄长之间的关系都是淡淡的，唯独与任时敏这个三叔十分投缘。

任瑶期记得自己从前也不喜欢这个阴阳怪气，脸上从未有过笑容的三哥。

直到后来，爹爹死后，任家不敢将他的尸身抬回来。

六月的烈日下，她跪在荣华院的庭院里哭着恳求任老爷子和任老太太为爹爹收尸，最后差点中暑昏厥也没有让里面的人有半分动静。

就在那时候，任益均拄着拐杖阴沉着脸走了过来，拉起她就走。

她昏昏沉沉跌跌撞撞地被他拉到任家的“三省堂”。那里是供奉列祖列宗牌位的地方，是任家的祠堂。

“你哭有何用？他们的心是冷的，血也是冷的。你应该这样……”说着，任益均举起手中的拐杖将供桌上十几个牌位一股脑儿地扫了下来。

她当时吓得整个人都傻了，眼睁睁地看着他扔了手中的拐杖，疯了一般地踩踏地上的牌位，一边还破口大骂道：“吃着我们的供奉却任由子孙们遭罪，纵着任家那些龌龊的人作践我们，这样的香火断了也罢！”

她被他疯狂肆意的模样感染，想着父亲的死因，心中恨意升腾，爬起来捡起地上的牌位一个一个地狠狠砸到墙上。

等任家其他人闻讯赶来的时候，地上只剩下支离破碎的碎木头。祖宗的牌位被他们砸得一个不剩。

任老爷子气得差点昏厥。大老爷上前就给了任益均一个耳光，将他打倒在地。大太太也吓得瘫倒在地上。

他却冷笑着环顾一圈众人："全是我砸的！家法什么的也都冲着我来！反正任家的人命也不值什么钱！"

那是她第一次意识到这个自幼就被当作瓷娃娃一般对待的三哥，其实并没有他们想象得那么柔弱、不堪一击。

任瑶期转身又走回来，正想着要将他爹爹和任益均劝回去，却听到一个陌生少年的声音。

"没有梅花上的无根之水，用泉水煮茶也甚好，我那里正好有一坛新运回来的惠泉泉水，不如我现在让人回去取了来。"

任瑶期脚步一顿。

她透过前面几丛海桐的枝叶往花园里看过去，与任时敏和任益均并排走着一位十五六岁左右的少年。她离得不是很近，又有树木遮挡，看不清那少年的长相。只知道他身形颀长，身姿如临风玉树，不同于任时敏广袖宽袍的洒脱出尘，有一种少年人身上极其难得的内敛沉稳。

任瑶期大概猜到了他的身份。

这时候她身后又有脚步声响起，回过头去看见任瑶华正沿着回廊走过来，见她站在花园边的入口处欲进不进，不由得皱着眉头看过来。

那边任时敏正提议去花园当中的暖阁喝茶下棋，任瑶期又回转身往回走。

"你在那里站着做什么？"任瑶华往园子里看了一眼，显然她也隐隐听见花园里有人。

任瑶期朝着她一笑："没什么，刚刚好像听到爹爹和三哥的声音。原本想过去打声招呼的，却发现还有旁人与他们在一起。我还是不过去了。"

任瑶华便不再过问，带头往荣华院走。任瑶期又看了一眼花园的方向，才跟在任瑶华身后走了。

荣华院里，任老太太的正房里正热闹。任瑶华和任瑶期进去的时候便看见除了任老太太、任瑶音和任瑶英之外，还有一个三十来岁的妇人和一个十一二岁的女子。

那妇人长相清秀，面容却有不健康的蜡黄，身体好像带着病的样子。

靠着她坐的那位女子长相与她相似，只是一双眼眸不似妇人的大，而是斜长的单眼皮。她肤色极好，白皙剔透，衬得唇色不点而朱。

都说一白遮三丑，何况她本身就不丑，因此瞧着十分水灵。

“你们怎么过来了？”任老太太见任瑶华和任瑶期走进来，有些惊讶。

“我是来找四妹妹的。”任瑶华笑着走过去朝任老太太行礼。

任老太太闻言便也不再追问，至于任瑶期是为了什么来，她更不关心。

“这是老三家的两个女儿，”任老太太对韩太太道，然后又吩咐姐妹两人，“韩家太太和韩家小姐。你们以前没有见过，过去见个礼吧。”

任瑶华和任瑶期两人上前与韩家母女见礼。

“我听肖大姑提起过，任家的小姐个个出挑。今日一见，果然没错。”韩太太笑着一手一个将任瑶华和任瑶期拉起来，打量着道。

肖大姑这种人缘广、会来事的人，对别人提起她的那些主顾向来都是只说好话，不会说不好的。

任老太太笑道：“还是韩家姑娘有大家闺秀的样子。”

韩姑娘闻言，羞涩地将头埋下，看上去有些腼腆。

任瑶华朝任老太太扬起笑脸：“我瞧着韩家妹妹在这里坐着有些拘谨呢，不如让我们姐妹几个招呼她如何？”

任瑶华在任老太太面前不同于在任时敏面前的沉默寡言，而是一副活泼开朗的模样。

任老太太笑着道：“我看明明是你这小猴儿想交新玩伴吧？攸姐儿是个知道规矩的温和姑娘，你可别把人吓到了。”

攸姐儿应该是称呼韩家小姐的，于是任瑶华便将有些戏谑的目光投向韩攸。

韩攸忙道："我也很喜欢任家的姐妹，正想着要找机会亲近呢。"

韩太太含笑睇了女儿一眼，对任老太太道："她平日里不喜出门，搬来白鹤镇一年也没有交过几个同龄朋友。今日见了任家的几位姑娘，心里正高兴呢。"

任老太太哈哈笑道："既然如此，那就让她们小辈们一边玩去吧。音儿、华儿、英儿，你们好好招待攸姐儿，可别怠慢了客人。"

任老太太在客人面前大多数时候都是一副和蔼宽容的长辈形象。

任瑶华与任瑶音忙应了声。

任老太太看向站在一旁的任瑶期，当着客人的面还算温和地道："既然来了，就跟着两位姐姐一起招呼客人，切不可再顽劣胡闹。"

这话说得好像她刚刚忽略了她这个孙女，是因为她平日里太过"顽劣胡闹"。

若是从前，任瑶期定会觉得委屈难过，如今却是心下一哂，低头应了声是。

她教任瑶华不要失去任老太太的欢心，却没打算自己去讨她喜欢。

有些人你再如何努力讨好她，到最后该牺牲你的时候她还是会毫不手软。

重活一世，凭借所学要讨好任老太太得到她的重视并不难，只是任瑶期不乐意去白费这工夫！

几人一同去了东边的暖阁，这里如今是任瑶音与任瑶英的起居之处。

任瑶音自觉担起了主人的职责，遣派丫鬟婆子准备茶水点心，一应事务都做得有条不紊，很有她母亲大太太的做派。

"韩姑娘平日在家中喜欢做些什么消遣？"任瑶华无视东暖阁的另一位主人任瑶英，径直领着韩家小姐落座。她在这里住的时间比任瑶音还要长，对冬暖阁熟悉得很。

任瑶英掩饰住脸上的不满，坐到任瑶期下手。

韩攸看了看笑容明朗的任瑶华，又看了看强忍着不快的任瑶英，有些无措。

"我三姐姐喜欢下棋和女红，四姐姐喜欢弹琴看书，我和九妹妹喜欢写字画画。因此三姐姐才问韩姑娘你喜欢什么消遣。”任瑶期看着韩攸笑着道。

“韩家妹妹才来，你就将家中姐妹们的底都给露了。”任瑶音走过来，故作不满地轻轻拍了拍任瑶期的肩膀。

韩攸终于没有那么拘谨了，抿嘴笑道：“我喜欢读书，偶尔也跟着我哥哥学写字和画画，可惜资质不佳，画得不好。你们也别喊我韩姑娘了，不介意的话就唤我一声攸姐儿吧。”

任瑶期暗自打量她，见她言行还算大方，虽然瞧着有些腼腆，可能是平日里少与外头的人交往之故。

任瑶期对韩家好奇起来，瞧着韩太太和她的一双儿女都是修养不错的人，可她从前也仅仅听闻过韩公子是个才学出众、相貌堂堂的翩翩公子，因他大多数时候是在云阳城一家有名的书院里读书，所以几乎没有见过他的人。

而对于韩家其他的人，她竟是一点印象也没有。依稀记得韩太太过不了多久就会病逝，韩小姐因给母亲守孝开始足不出户。

“攸姐姐家中没有别的姐妹吗？”任瑶期一脸好奇地问：“我家就有好多姐妹，除了坐在这里的三姐姐、四姐姐、九妹妹，还有已经出嫁的大姐姐、二姐姐。隔壁东府还有叔祖家的七妹妹和跟着四叔在京城的六妹妹。哦，还有……”

“行了五妹妹，你那一溜长的姐姐妹妹把我都绕晕了，就别提攸姐儿了。”任瑶音失笑着摇头打断任瑶期的话。

韩攸羡慕地道：“你们有这么多姐妹真热闹，我家只有我和哥哥。”

任瑶音温柔地安慰道：“以后你经常来玩，把我们姐妹当作是你的姐妹就好。”

韩攸却是脸色一暗：“祖父和父亲不喜欢我们经常出门，我以后怕是不能常来了。”

“为何不让你出门？”任瑶英好奇道。

韩攸低头回答：“祖母说女子应当娴静自重，总是往外跑不好。我和母亲平日里都不出门的。今日祖母本也只让母亲来，是我求了好久，祖母才准我一同来的。”

众人闻言都有些不敢置信。

燕北曾被辽人统治，但燕北人从未真正地屈服在辽人的铁骑下，后在燕北王的领导下将辽人赶到长城以北。可能是因为有了这种历史背景，燕北人相较南人要开放不少，连男女之间的大防都没有南边那么森严，世家大户的小姐们平日里结交游玩十分正常。

如今怕是连南边的那些世家都没有像韩家这般严厉的家风。

“你平日里真的都不出门？跟着长辈们拜访亲友，去寺院拜佛……这些都没有过？”任瑶英问道。即便是身为庶女的她，平日里也有出门露脸的机会。

韩攸脸红地摇头：“在蓟州的时候还有族亲往来，到了白鹤镇之后……今日还是我第一次出门。”

任家姐妹便不好再说什么。

韩太太与任老太太和之后过来的大太太说了一会儿话，婉拒了任老太太的留饭，派人过来叫韩攸回去。

韩攸难得有这么多同龄人一起聊天，极为不舍，不过还是什么也没有说就起身了。

“你们以后去我家玩吧？”韩攸邀请道。

任家姐妹都笑着说好，一起送韩攸出门。

任瑶期见韩家母女离开，也不想再待在荣华院，与任老太太告了辞。任瑶华留下来陪着老太太说话。

任瑶期一面往回走，一面想着韩家的事情，走到花园的时候忍不住顿住脚步。

她思索了片刻，便吩咐自己身后的丫鬟道：“父亲之前吩咐我在午膳前去找他一趟，喜儿和雪梨跟着吧，青梅先带剩下的回院子。”

喜儿是李氏房里的大丫鬟，刚刚跟着她一起过来了。

青梅看了看雪梨，笑道：“奴婢还是留下来伺候小姐吧？您身边只跟着两个人，怕是不够用。”

喜儿冷声叱道：“小姐让你走就走，若是还学不会什么是上下尊卑，就先去周嬷嬷那里领一顿板子再说！”

青梅如今不敢对正房的大丫鬟放肆，只能讨好地看向任瑶期。

任瑶期已经径直转身走了。

喜儿和雪梨连忙跟上，青梅对着喜儿的背影无声地呸了一声，才扭身走了。

“小姐，这些小蹄子若是用着不顺，全打发出去就是了。您是任家的小姐，还缺使唤的人不成？”喜儿一边说着，一边意有所指地瞥雪梨一眼。

任瑶期也转头看雪梨一眼。雪梨忙将头低下，姿态越发恭敬。

任瑶期轻轻一笑，对喜儿道：“猫儿狗儿在身边久了都会有感情，何况是贴身伺候的亲近之人？我瞧着雪梨倒是个不错的，你以后得空就指点她一番，假以时日未必上不得台面。”

雪梨面上一喜，打蛇随棍上：“奴婢多谢小姐，多谢喜儿姐姐。奴婢定不辜负小姐提拔。”

喜儿轻哼一声，当着任瑶期的面也没有再说难听的。

之前听闻任时敏说要去园子里的暖阁中品茶下棋，任瑶期便径直从游廊中出来，朝通往花园的小径走去。

任家的花园亭台楼阁水榭飞檐，皆是南边的风格，虽然因为地利，花园里许多畏寒的花草不能成活，但时令花卉也是每季都换的。所以园子一年四季都少不了花团锦簇。

园子当中有一座湖心亭，是夏日乘凉的好去处。不过，因为那儿四周种的都是些春夏季的时令花草，秋冬时节的湖心亭入目不是枯荷残枝，就是白茫茫一片，且四面透风，寒风刺骨，所以秋天一到，任家的主子们便都舍了亭子，去西北角坐落于梅林中的暖阁。

暖阁虽然不大，却烧有地龙，且四面窗户贴的都是玻璃纸，能隐隐看见四周的疏影横斜，精致静雅。任时敏时常会来这里作画。

任瑶期走近暖阁的时候，里面寂静无声。任瑶期却依旧脚步不停。

“你们去那边亭子里候着吧，我与父亲说几句话就出来。”不远处的亭子里，两个丫鬟正围着一个炭盆烤火，看样子应该是分管这暖阁的丫鬟，被里面的主子遣了出来。

见这边来了人，两个丫鬟起身，其中一个正想要迎过来，喜儿不等她们过来就笑着快步走过去。雪梨原本想说什么，看任瑶期一眼，想了想，还是行了一礼，转身跟着喜儿去了。

任瑶期抬手掀开暖阁的帘子。

暖阁当中摆着一个矮几，任益均与一个陌生少年分坐两端。任时敏打横坐着，手里拿着个小茶壶一边啜饮，一边观战。三人不管是对局之人，还是观局之人，皆是全神贯注，连有人进来都没有察觉。

倒是蹲靠在一旁的任益均的小厮抬头看过来，见任瑶期轻轻朝他打手势，便又蹲回去。

这是任瑶期第一次正面看清楚这位传说中的韩家少爷。

只见他外头毛皮披风已经脱下，身上只穿了一件袖口与襟口皆绣有兰草的白色袍子，乌发修眉，鼻梁高挺，嘴唇薄成一抿，微微偏头思索的表情认真沉寂。从她的角度看去，能感觉到他微微垂下的眸子眼尾微扬。

这是一个相貌出众的男子，且气质沉稳。

似是察觉到任瑶期的目光，他抬眸看过来，狭长的眸子乌黑深沉如冬夜。

任瑶期不动声色地垂眼，朝着他的方向福了一礼，然后目不斜视地走到任时敏身边。

任时敏这才看见她，不由得面带惊愕，却还是轻轻朝她摆了摆手，示意她先不要出声，有话等棋局完了再说。观棋不语，且不可打扰下棋之人的思路，这是任时敏向来遵守的。

任益均皱眉朝她瞪过来，面色带着毫不掩饰的不快，又很快转过头，不再看她。

任瑶期便静静立在任时敏身后，无声地盯着面前的棋盘。

任益均与任时敏之所以投缘，是因为两人爱好相近。除了喜欢吟诗作对、弹琴画画之外，还酷爱下棋，且两人都算得上是高手。

可是，尽管如此，这盘棋任益均还是露了败势。

一刻钟之后，任益均长吁一口气，投子认输。

“我又输了！”任益均这么说着，语气却没有半分不快。然后他转向任时敏道：“三叔，这家伙当真厉害，我三战三败，还是换你上场吧？你一定得杀一杀这家伙的威风！”

韩公子低头一笑，默不作声地捡拾棋子。

任时敏观战半日，早就犯了棋瘾，有些跃跃欲试。他看向任瑶期，小声商量道："瑶瑶，有事情能否等爹爹下完棋再说？"

任瑶期点了点头，任时敏便立即高高兴兴地与任益均换了座位。

战局再次开始。

任瑶期依旧默不作声地看着，存在感极低。因此也没人觉得她站在这里碍事。

这次任时敏坚持的时间可能比任益均要久一些，可是最后依旧是铩羽而归，输了两个子。

任瑶期看着最后的棋局，若有所思。

再来一盘，结果也是一样，这一次任时敏输了三个子。

任益均哈哈大笑，伸长手去拍韩公子的肩膀，十分欣赏地道："你小子，真不错！"

任瑶期不由得微微一愣，这还是她第一次看见任益均笑，且还是开怀大笑。这一笑，他身上原本有些阴郁的气质立时消失不见，散发出少年人的活泼生气。

任时敏也目含欣赏地看着韩公子："云谦，我认输！"

任瑶期看着任家的两位男子，终于明白为何那时候从来不管后院之事的爹爹会突然心血来潮地操心起自己女儿的婚事。他是真心希望这位韩云谦给自己当女婿的。画好、字好、棋品好是他择友的标准，也是择婿的标准。

而几个女儿中，任瑶华的年纪与韩云谦最为合适。

"再来一盘？"任益均兴致勃勃地提议。

韩云谦却往外看了看，带着些歉意道："时候不早了，我母亲和妹妹怕是已经回去了。今日就到这里如何？下一次我做东道，请二位过府品茶下棋。"

任益均这人脾气很怪，他若是看你顺眼，就会对你十分容忍。相反，若是你惹了他的厌，他便处处与你过不去。

韩云谦对了他的胃口，所以拒绝他的提议他也不见着恼，反而点头道："如此也好，三叔您说呢？"

任时敏是个很好说话的人，也不强求，笑着道："那就下次再下，我今日得好好研究一下制胜之道才行。"

韩云谦起身告退。任时敏也起身道："我陪你出去。"

韩云谦忙道："您是长辈，云谦怎能劳您相送？云谦还要去一趟老太太那里，告辞一番。"

任时敏突然想起来女儿还在这里等着他，不由得有些犹豫地看了任瑶期一眼。

任益均却是摆摆手："计较这些虚礼做什么？云谦还能怪我们怠慢他不成？我让多宝送他过去吧。三叔你坐下来与我探讨一下之前的棋路如何？"竟是一点也不见外的模样。

韩云谦微笑着点点头，又向众人作了一揖。

"韩公子，多宝送您出去。"任益均的小厮上前道。

韩云谦跟着多宝走了，任瑶期静静地盯着他的背影消失在暖阁里，自始至终未发一言。

"三叔，我们来将之前的棋局再复盘如何？"任益均跃跃欲试，一边说着，一边着手恢复棋盘，正是上一局任时敏刚露败势的时候。

"瑶瑶，你找爹爹有事？"任时敏笑着问女儿。

"三叔，有事情等会儿再说也一样。"任益均不满地瞪向任瑶期，十分不耐。

任瑶期冲着任时敏眨了眨眼，然后蹲下身来帮着任益均复盘。

任益均看了她一眼，见她没有差错，便也随她去了。

任时敏哈哈笑着摸了摸任瑶期的头，坐到任益均对面。

"我记得，刚刚三叔就是在这里开始输的。云谦那一着下得极妙，顷刻间就定下半壁江山。"说着任益均落下一子，正是之前韩云谦的棋路："三叔，再给你一次机会反败为胜如何？"

任时敏托着小茶壶，摸着下巴琢磨了许久，正要落子，却见旁边突然伸出一只纤细白嫩的小手，拿过他手中的白子，往棋盘上一放。

任时敏一愣，没有反应过来。

任益均却是生气了，正想骂人，眼睛在棋盘上一扫，双眼立即瞪圆："妙……招！"

"那位韩公子当真那么厉害？"任瑶期撑着下巴做了个鬼脸，一脸不服气地道："我可不这么看。"

任益均愣了半晌后，轻哼一声："你这丫头不过是侥幸罢了。"说着，他便按着韩云谦之前的棋路又走了一着，斜睨着任瑶期："下面你该怎么下？"

任瑶期冲他皱了皱鼻子，又从棋罐里摸出一子，轻轻放下。

任益均眉头一皱，又走了一着。

两人你来我往，任益均皆是按照韩云谦之前的路数，任瑶期一一破解。到最后竟然奇迹般地将任时敏之前的败局扭转过来。

走到最后，任益均那一方竟倒输了三个子。

"这怎么可能？"任益均满脸不可置信地盯着任瑶期。

任时敏却是哈哈大笑，一脸与有荣焉的表情道："瑶瑶可算是帮爹爹报了仇！"

"哼！再来！"任益均又摆了一局，是任时敏与韩云谦第一次的对局棋局。

这一次他不再轻敌，还根据任瑶期的棋路做出一些变化，时而还会仔细思索一番。任瑶期却是下得极快，往往是任益均才落子她就跟上了，就像无论棋局如何变化，她都记在心里一样。

这一局，任益均输了两个子。

这么一来，连一直看热闹的任时敏也认真起来。

任益均看了任瑶期一眼，又默默将自己之前与韩云谦的对局摆上。只是他走的是韩云谦的棋，任瑶期走的是他之前的路数。

暖阁中，两个男子皆是全神贯注，任瑶期也是托腮落子，一言不发。

时间一点一点地过去，任益均将今日所对之局都摆了个遍。令人惊奇的是，他原本输给韩云谦几个子，任瑶期最后就赢他几个子，且一个不多一个不少。

一开始还好，越下到后面，任益均脸色越臭，到最后一局尘埃落定的时候，任益均突然间发了脾气，拍桌而起，瞪着任瑶期道："你这是什么意思！"

任时敏也察觉出不妥，不赞同地对任瑶期皱眉道："瑶瑶，爹爹没有发现你下棋也这么有天分。只是爹爹之前可能忘了教你，下棋最重要的是棋品。棋品如人品，无论何时，尊重你的对手是你最起码要做到的。如若不能做到这点，即便你棋艺再好，也会被人看不起。你既然可以赢得更漂亮，为何偏偏要愚弄你三哥？"

任瑶期闻言一脸惊讶地看着他们，然后满脸委屈地对任时敏说："爹爹，女儿不是在与三哥复盘吗？我以为是要按照之前韩公子的路数走。我……我不是要戏耍三哥……"

任时敏看着任瑶期泫然欲泣的模样，忙道："瑶瑶，爹爹并不是责备你。爹爹只是担心……"

"等等，你说你是按照云谦的棋路在走？"任益均惊愕地打断任时敏的话。

任时敏也愣了愣："云谦是这么下的？"

任瑶期肯定地点头，一脸无辜："是啊，你们没发现韩公子每次都是赢你们一点点吗？最多不会多于五个子。我见你们输得很开心，还以为这是最近流行的下法。"

任益均脸色铁青："这怎么可能！"

任瑶期见他不信，便将棋盘上的棋子移动几个，一边比画，一边道："你看，你们下到这里的时候，他明明可以这样……干脆利落地赢了你。"

棋盘上任益均那一方形势急转直下，再也不是之前势均力敌的胶着状态。

"可是他偏偏没有这么做，"任瑶期同情地看了一眼任益均："韩公子可能是好心，怕你们输得太难看。毕竟两家以后还要往来，这样给你留了些脸面。"

见任益均还是不肯相信自己之前倾力对敌却是被对手耍了，任瑶期摇了摇头，又将之前的对局一一复原，只是到了后面棋风大变，每一次都让任益均的棋失了大半壁江山。

任益均到最后脸色简直可以用黑如锅底来形容。

任时敏目瞪口呆地看完对局，最后轻叹一声，摸了摸任瑶期的头："好了瑶瑶，别气你三哥了。他最恨别人在下棋的时候不尊重对手。"

"哼！"任益均冷哼一声，撇过头去，气得着实不轻。

任瑶期状似不经意地道："爹爹曾说从一个人下棋的路数就能看出那人的性情。韩公子此人棋艺甚高，可是却喜欢隐藏自己的真正实力，明明能赢得漂亮却又不够爽利，总觉得有些过于……世故。"

任时敏闻言不由若有所思。

任瑶期缓缓将棋盘上的棋子拾起，一粒一粒认真地放回到细白瓷的棋罐里。

“原本我瞧着他很投缘，还想以后能结交一番。如今瞧着，这种性子的人，实在让人不喜！”任益均冷着脸道，他本身就性子诡异，常常翻脸如同翻书，这会儿面上又恢复他往日的阴沉。

任时敏叹气：“这世上人无完人，才德兼备的终究还是极少数。韩公子也是出身商贾之家，韩家在他这一辈只有他一个男丁，听他所言，他平日里除了在云阳城的书院，就是跟着家中长辈们走南闯北，会沾上一些商人谨慎的性子也是再正常不过的事情。”说起来任家也是商家，任时敏对商贾却是一直有些轻视的。

这种分析倒也合理，任瑶期一边将棋罐子盖上，一边愉悦地想。

她对“棋品如人品”这句话倒是不怎么在意，那位韩公子是真的故意让棋，还是他原本的棋艺的确与任时敏任益均差不多，她也不关心。

她只是不想眼前两个男人对韩云谦的印象太好，好到不把他拐到家中当女婿和妹夫就不甘心的程度。

虽然她不知道从前任家没落，韩家有没有插过一脚，但是与韩家的人保持距离是再稳妥不过的做法。

她丝毫不为自己这样暗中诋毁一个男子的品德而自责。一个在婚约上背信弃义的男人，不管他有什么理由，她都是厌恶的。

男子退了婚，依旧还可以娶他的美娇娘。女子却因此被毁了一生。从前任瑶华的悲剧就是韩家和任家一同造成的。

这件事之后，又过了两日。韩家派人送来帖子邀请任时敏和任益均去韩府做客，任时敏当时正忙着裱画，便婉言拒绝。任益均干脆称病，连人也没见。

之后韩家又相继请过两次，任时敏和任益均都没有去，倒是任五爷任时茂和大少爷任益延去了一次。

转眼就快到年尾，今年的冬天特别冷。人们都是能不出门就不出门，冬日里的应酬少了不少，韩家也没有再送帖子过来。

任瑶玉的禁足终于免了，只是她也不能再回到老太太的院子里。从那以后，她与任瑶英就成了冤家对头。对于原本她视为敌人的任瑶华的态度倒是缓和不少。

还有一个变化就是任家那个脾气古怪，与自己的所有兄弟姐妹们都关系冷淡的三少爷任益均，突然间对五小姐态度和蔼起来。他还常常冒着风雪，拄着拐杖来紫薇院找五小姐任瑶期下棋，这让任家所有人都大跌眼镜，只有三老爷见怪不怪，淡定如初。

第四章

渊　源

李氏的病已经全好了，却依旧不爱出门。她每日除了给荣华院的长辈们请安，基本上足不出户。

这一日，任瑶期与任瑶华都在李氏的正房里跟着李氏和周嬷嬷做针线。

任瑶期与李氏等人说了个笑话，大家都乐得不行，屋子里的气氛正欢快着，突然听见站在内室通往净房门口的丫鬟鹊儿皱着眉头转身往净房那边轻呵一声：“谁在外头！”

众人都吓了一跳，李氏还一不小心被绣花针扎了手。

“你做什么呢！一惊一乍的！”周嬷嬷立即起身走过去。

鹊儿忙道了声罪：“奴婢刚刚听到净房里有动静，好像是有人不小心踢到了净房的木马扎。”

李氏正房西次间的内室里有一间小净房。净房开了个北门，以便从后院朝净房里送水。

周嬷嬷忙走进净房里去查看一番，没有发现人影，只看到一个放在北门帘子旁的马扎被踢倒了，证明刚刚确实有人进来过。

任瑶华放下手中的绣绷，也起身走过去，目光四下打量一番，最后停在那扇隔着后院的帘子上面，面色微冷：“刚刚来偷听的是后院的人！”

喜儿气道：“这帮人当真是无法无天，晚上来偷听也就罢了，白日里居然也这么明目张胆！真是可恶！”

任瑶华看向喜儿且惊且怒：“什么！她们之前也来偷听过？你怎么没有告诉我？”

喜儿闻言看了李氏一眼，红着脸低下头。

李氏叹气道：“是我不让她们告诉你的，反正也没有被她们听去什么，还是算了吧。我也听说了，咱们院子里后院住着的那些人都各有来头，得罪哪个都不好。”

“娘！”任瑶华气急。

周嬷嬷忙道：“夫人也是想着多一事不如少一事，三小姐别生夫人的气。”

任瑶华自然不会生李氏的气，只是有些不满李氏息事宁人的态度。正是因为李氏怕这怕那的性子，那些人才会骑到她们头上作威作福。

“这些人，你若是不给她们一些颜色瞧瞧，她们就会得寸进尺。现在连偷听主子说话的事情都能做出来，以后指不定干出些什么呢！娘您这是姑息养奸！”

说到这里，任瑶华转头看向任瑶期，带着三分挑衅斜睨着她道：“你说那些人动不得，难不成我们就这样忍着她们，什么也不做？”

任瑶期想着那帮人的大胆，心下也有些不快，闻言却是摇头道：“我并没有说那些人都不能动，只是要收拾她们不能经过你的手。”

任瑶华抬了抬下巴，冷着脸道：“这么说你要帮忙？我不管你要做什么，反正若是在过年之前你不能把她们的事情解决了，我就要用我的法子赶人！我只要想到我和娘每日都活在那些人鬼鬼祟祟的目光中，就咽不下这口气。”

“好端端的怎么又吵起来了？”李氏在一边急得不行，生怕两个女儿一言不合又大打出手。这两人的关系最近好不容易才缓和一些。

任瑶期却没有如同大家预料的那样生气，只是略微沉吟了片刻，就冷静地点了点头：“我知道了，会在过年之前处理掉这些人。”

众人松了一口气，尤其是李氏，再一次感叹小女儿长大了。

见任瑶期态度良好，而且这件事情也不能说是任瑶期的错，任瑶华反而沉默了。她有些不自在，又不愿放下身段为自己之前的语气道歉，只点了点头冷声道：“若是需要帮忙，你就让人去找我身边的芜菁，她会帮你的。”

任瑶期朝她笑了笑：“我知道了。”

这一笑又是让众人惊讶不已，任瑶华便没有再说什么。

“五小姐……”

任瑶期顿住脚步，回头看去。

周嬷嬷站在明间与左次间的门口轻声唤住她。

看了一眼左次间的内室，任瑶期朝着周嬷嬷打了个手势，周嬷嬷会意，轻手轻脚地跟着任瑶期走到西次间。

“母亲她向来浅眠，醒了一次就再难睡着。嬷嬷有话不妨就在这里说吧。”任瑶期道。

周嬷嬷看着任瑶期感叹地一笑：“五小姐，您……真的变了许多。太太很高兴，奴婢也很高兴。”

任瑶期笑了笑，由此可见她小时候是多么让人头疼的存在？幼时的记忆已经很模糊，因为承载了太多的痛苦，她总是避免让自己想起。

“嬷嬷可是有什么话想要与我说？”任瑶华已经先行回去，任瑶期想着周嬷嬷可能是有什么话想要单独与她说。这可是破天荒的头一遭。

周嬷嬷想了想，说道：“之前奴婢去净房查看的时候，在外头的雪地上发现了几行脚印。”

“嬷嬷能分辨出来是谁的脚印？我记得中午的时候母亲曾要过两次热水。”任瑶期问道。

周嬷嬷点头：“原本是不好分辨的，后院的粗使婆子们为了保暖穿的都是厚底的棉鞋，尺寸也比较大。丫鬟们大多爱好看，不喜欢那粗笨的厚底棉鞋，又常在屋里伺候，所以宁愿受一些冻穿绣花棉鞋。可是刚刚奴婢在那些脚印中看到了一双靴子的鞋印。”

任瑶期闻言感兴趣地笑道：“嬷嬷观察得倒是仔细。那您可知道靴子的主人是谁？”

周嬷嬷肯定地点了点头：“管着柴火的关婆子今日穿了一双鹿皮小靴子，因那靴子小了，不合她的脚，她走路的时候有些……丫鬟们暗地里笑话她的时候被奴婢听见了。”

“关婆子？”任瑶期偏头想了想，依稀记得是个长得高壮的婆子，平日里与她房里的朱嬷嬷有些往来。

“她女儿是九小姐房里的二等丫鬟。”周嬷嬷回来以后经过任瑶期的提醒，很快就将院子里各路人马的底细都摸清楚了。

“九妹妹吗？”任瑶期沉吟道。

原本她就猜到今日来偷听的人定是与方姨娘那边脱不了干系，毕竟别的房里的人不会对她们母女之间的闲聊感兴趣。只是依着她对方姨娘的了解，方姨娘应该不会派个这么粗心的婆子过来明目张胆地听人墙角，八成是这个婆子想要讨好那边自作主张的。

“嬷嬷之前怎么不说？”任瑶期问道。

周嬷嬷闻言犹豫了一下，继而一叹：“五小姐，三小姐的脾气您是知道的。若是让她知道偷听的人是谁，她定会闹出来。奴婢……奴婢还是怕她中了他人的圈套，所以想着还是暂时闭口不提。五小姐您虽然年纪小，却是知道轻重缓急的，加上您刚刚说要动手处理那些人，奴婢就想着要告诉您这些，也方便您以后行事。”

任瑶期点了点头：“我知道了，那便先不说吧。”接着又问道：“嬷嬷可知道这位关婆子平日里与谁不合？”

周嬷嬷有些惊讶地看了任瑶期一眼，见她只淡淡笑着，也看不出什么别的意味，便没有急着多问，想了想，点头道：“倒是有一个，就是后院管热水的刘婆子。”

任瑶期原本只是随便问问，毕竟周嬷嬷跟着李氏回来也没有几日，问她这些她不一定知晓，不过现在看来自己还是低估了周嬷嬷。

“是侄女在五太太那里管账的刘婆子？”

“对，正是她。这管热水的婆子平日里还能用热水从大方的丫鬟手上换些钱。管柴火炭火的婆子却因为府中对普通的柴火炭火都供应得足，上好的银丝炭管得极严，且下人房里都是禁用明火的，所以捞不到太多好处。关婆子极为不满刘婆子这个从外院调进来的得到的差事比她的好，经常在刘婆子找她要柴火的时候为难，两人互相看不顺眼。虽然两人一直没有大闹，但是院子里的人都知道她们两人不合。”

任瑶期沉吟片刻，对周嬷嬷点头道：“我知道了，多谢嬷嬷告知我这些。”

见任瑶期说着话已经站起身，周嬷嬷不由得问道：“五小姐，眼看着年关就要来了，您可有想好法子？若是到时候任三小姐闹的话，我们紫薇院怕是会吃大亏。”周嬷嬷始终记得上次任瑶期分析的那些，不然她也不会任由那些人在紫薇院里杵着。

任瑶期冲周嬷嬷一笑：“嬷嬷别急，说不定很快就需要您帮忙了。”

周嬷嬷忙道：“小姐说的哪里话，有什么需要奴婢的地方，尽管吩咐一声就是了。”

任瑶期从李氏的正房出来，路过西跨院的时候发现里面传来舞剑的破风声，以及极有韵律的轻喝声。

任瑶期的身子不由得一顿，在西跨院的门外立了许久，直到身后的丫鬟冷得打了一个大喷嚏才回过神来。

“我去看看爹爹。”她轻声说了一句，似是自言自语。

一走进西跨院，任瑶期便看见任时敏手中拿了一把三尺长剑，正在庭院中的雪地里舞得剑声如唳，宛若蛟龙。纯白的宽袖袍子随着他的剑姿飒飒翩飞，剑刃偶尔反出一道刺眼的雪光。瞧起来似乎是煞有介事。

见任瑶期走进来，任时敏挽了一个剑花收住剑势，有些自得地冲着任瑶期道：“瑶瑶，爹爹的剑术是不是又有进步？”

若是以前，任瑶期一定会顺着他的意思夸奖一番。

可是现在，任瑶期却仅仅是面无表情地看着他手中的剑，轻声道：“是很好看，可惜全是花架子。”

任时敏不以为然：“小孩子懂什么？这次进京，连那些镖师见了我的剑术都只有夸的，与我对局了几次，都败在我手上。”

任瑶期看着自己的爹爹，闭了闭眼，肯定地道：“爹爹，女儿不是骗你的。你的剑术只是一个花架子罢了，到了真正会武之人面前，不堪一击。”

任时敏脸上一僵，瞪着任瑶期。

任瑶期毫不妥协地瞪回去，父女两人就立在寒风中大眼瞪小眼。

最后，任时敏觉得自己这样与一个小孩子较真实在有失身份，便轻咳一声，自己找了一个台阶下，好言道：“爹爹舞剑不过是为了强身健体，感慕一下古人风采，又不是为了与人逞凶斗勇。”

任瑶期看着他手中那一把银质剑柄上缀了琥珀和玛瑙，并已经开了剑刃的贵重长剑，突然伸手过去想要将之拿过来。

任时敏忙后退一步，惊讶道：“瑶瑶，爹爹这把剑是真剑，你别碰，会划伤手的。”

她自然知道这把是真剑，并且还知道自己的父亲不知在外头听信了谁的谗言，觉得自己练剑的天赋极佳，练了几年之后就认为自己是绝世高手。

所以，那一年她去任时敏面前哭诉任家要将她送给卢监军之时，任时敏在去了任老太爷和任老太太那里理论未果后，就从书房右次间的墙上取下了这柄剑。

“瑶瑶别怕，爹爹这就去找那个曾潽。”他摸着她的头安慰，然后就自信满满地提剑冲了出去。

再回来却已经是天人两隔。

任瑶期往前迈了一步，异常坚决地握住剑柄：“爹爹，既然您练剑仅仅是为了强身健体和效仿古代名士，那就不要用这把剑了。”

任时敏被任瑶期严肃的表情唬得愣了愣，不由得放了手：“为何？”

剑落在任瑶期手上，很沉，拿着有些吃力，不过她还是紧紧地握在手里，嫌恶地道：“因为这把剑瞧着俗气得不行。古代圣贤们仙风道骨，怎么会用这种饰有金玉的剑？况且强身健体根本就用不上这种开了剑刃的。”

任时敏仔细打量任瑶期手上那把剑几眼，之前还没有觉得，可是经过任瑶期这么一说，还真感觉那把剑有些俗气，不由得无奈道：“这把剑是五弟给我找的，还花了不少银子，不过瞧着也确实是花哨了一些。要不我明日让管事去给我再寻一把外表普通些的？”

任瑶期摇头：“爹爹，您为何不考虑自己削一把竹剑？‘有节骨乃坚，无心品自端。几经狂风骤雨，宁折不易弯。依旧四季翠绿，不与群芳争艳。’这才是名士风采！爹爹自己不也常说，无肉使人瘦，无竹使人俗吗？”

任时敏闻言摸了摸下巴：“竹剑？会不会太儿戏了些？”

任瑶期认真地摇头，语气中带着些批评：“您练剑又不是与那些野蛮武夫一样喜欢逞凶斗殴！在俗人眼中或许有些儿戏，可是他们怎么看我们，与我们自己又有何相干？难不成爹爹因为在意别人的目光，所以一定要用这种俗物不成?”

任时敏瞪了任瑶期一眼：“自然不会。”

想了想，他笑着点头赞同道：“你说的也有些道理，等爹爹有空的时候自己削一把。”

任瑶期松了一口气，许多人冲动都是因为觉得自己有利刃在手，有所依恃，武器能给人壮胆，以后她会好好督促爹爹练那种只能强身健体的竹剑！

“这把剑我替你丢了吧。”任瑶期将手中的剑递给自己身后的丫鬟，也不管任时敏答应不答应。

好在任时敏大多数时候是个脾气很好的软柿子，不在意地摆了摆手。

任瑶期满意地拿着任时敏的剑走了，走之前还不忘将书房里伺候的丫鬟都敲打一番，让她们以后一定要多夸夸三老爷舞竹剑的时候比舞真剑更有气质！

眼见着就到了腊月，紫薇院里原本的外事管事简嬷嬷因年纪大了，晚上起夜的时候不小心摔伤了腿，被送到外头的庄子上休养。

外事管事的权力不小，尤其她还负责一些采买事宜。

年关将至，任家采买年货等等事务自然有大太太派人打点。只是这紫薇院里要置办些什么难免不方便。按理说任家还未分家，各房需要什么物品大多可以从公中领，可是还有一些东西是需要自己花银子置办的。

比方说，今日三老爷心血来潮，嫌自己院子里摆的那些石榴花盆景俗气，要换成金边瑞香，他老人家脾气来了说要换，那就必须立刻换，所以紫薇院的人就得去寻几盆金边瑞香回来。

又比如这日三老爷在画画时，突然想起“�笼带雨摘初残，粟粟生寒鹤顶殷。众口但便甜似蜜，宁知奇处是微酸”这类诗句，就代表着紫薇院的人要四处给他找杨梅了。

这种突发状况在紫薇院里是很常见的，尤其年关将至的时候，状况会更多。

三老爷挑剔、要求高，这是任家的人都知道的。

可是三老爷出手大方！只要你能给他找来他想要的东西，他不在乎你花了多少钱。

再加上院子里其他主子丫鬟们私下里要置办什么衣裳首饰、针头线脑……这外事管事的油水是很足的。当然，你也必须要有些门路和人脉才能胜任。

如此一来，紫薇院里那些婆子们心思便涌动起来。

三太太李氏身边如今得用的老资格的嬷嬷只有一个周嬷嬷，其余的能得重用的就是几个大丫鬟，且临近年关，周嬷嬷的事情也多，这外事管事最终还是得从院子里的那些婆子媳妇当中挑选。

果然第二日就听主子放出消息，要从紫薇院的二等嬷嬷们当中挑一个出来暂代外事嬷嬷一职。

一时间紫薇院的二等嬷嬷们便开始想尽法子打探消息。这些婆子们大多数都有些子侄在外院做事，若是领了这份差，以后能借机在三老爷面前得了脸，那就是再好不过的事情。

原本那位简嬷嬷的小儿子就因为给三老爷办了几回差，最后三老爷觉得他机灵会办事，将他留在身边做了个贴身长随，专门跟着他出门。

连任瑶期房里的朱嬷嬷也都拐着弯儿找任瑶期打听起消息。

“怎么？嬷嬷你不愿意在我房里伺候了，想另谋出路？”任瑶期单手托腮，斜睨着朱嬷嬷道。

“不是不是，奴婢是帮着后院的关嬷嬷打听的。”朱嬷嬷在任府没有别的亲人，那关嬷嬷却有个侄儿住在外院的群房，也没有领到正经的差事，只平日里等着府里指派些闲差。关嬷嬷许了朱嬷嬷些尺头，让她帮忙打听一下。

任瑶期想了想：“我好像听周嬷嬷提过一两句，说是母亲看上了茶水房的魏嬷嬷和管我们院门钥匙的牛嫂子。”

朱嬷嬷闻言，眼珠子一转，转头就将这消息告诉给了关嬷嬷，另外又将这事儿当作一桩喜事说给了魏嬷嬷和牛嫂子，想要借机卖个人情。

不到一日，紫薇院里的婆子丫鬟们就都知道魏嬷嬷或者牛嫂子要接任外事管事一职了。

晚上，任瑶期从正房出来，李氏吩咐自己的贴身丫鬟喜儿亲自给任瑶期打灯，送她回来。

喜儿最近经常到任瑶期的西厢，屋里的丫鬟们都被她教训了个遍，因此都很怕她。

这日她又将屋里的丫鬟们都支使了个团团转，自己扶着任瑶期回内室，伺候她换上室内的常服。

丫鬟青梅和雪梨捧着铜盆进来的时候，喜儿正凑在任瑶期耳边小声说着什么，见两个丫鬟进来，喜儿若无其事地站直身子，皱眉训斥道："进来之前都不会先吱个声儿的吗？这么冒冒失失的，惊扰了主子怎么办？"

雪梨低下头，乖顺地应了声"是"。青梅面上原本还有些不服，最后勉强忍住，没有说话。

任瑶期这时候已经收回原本有些惊讶的表情，轻咳一声："我困了，伺候洗漱吧。"

喜儿招两个丫鬟上前，亲自伺候任瑶期洗漱完，然后才行礼退出去。

青梅与雪梨两个丫鬟跟着退出去不久，朱嬷嬷就进来了。

见任瑶期正斜倚在床头，就着床头柜上的烛台翻着一本什么书，朱嬷嬷脸上绽开一个慈爱的微笑，走上前去福了一礼："小姐，夜都深了，您怎么还看书？可要仔细您的眼睛。"

任瑶期抬头看朱嬷嬷一眼，右手掩嘴打了个小小的呵欠，手中的书却没有放下，懒洋洋地道："爹爹今日考了我一个典故，我一时没有答上，依稀记得好像是这本什么《琼林传》上头的。"

"哟——小姐，您这是要考状元呢！"

朱嬷嬷说完自己先掩嘴笑了，见任瑶期精神萎靡，没有搭理她，便又凑上前去道："要说为何我们院子三位小主子就小姐您能得三老爷的欢心，别人不晓得，奴婢伺候这么些日子是再清楚不过的了。这半夜用功的事情，小姐您可没少做！这一点就连六少爷都比不上您呢。"

任瑶期闻言倒是顿了顿。她其实已经料到朱嬷嬷会过来，因此随便拿了本书等着朱嬷嬷，差点忘了自己小时候似乎也有很多次这种半夜读书写字用功的事情。

为了获得父亲的喜欢，为了与自己的姐姐别苗头，她小时候没少努力上进。任瑶期失笑着摇了摇头。

“小姐，奴婢说得不对吗？”朱嬷嬷以为任瑶期是不赞同自己的话，察言观色道。

任瑶期抬头看了她一眼，微微一笑：“嗯，嬷嬷说得对。时候不早了。我该歇下了，不然明日起来晚了，又是最后一个去给祖父和祖母请安的。”

朱嬷嬷接过她递过来的书，赔笑道：“奴婢伺候您歇下吧？”

见任瑶期点头，朱嬷嬷连忙先将自己手里的书放在一旁，亲自上前去给任瑶期宽衣。

“之前是太太房里的喜儿送小姐回来的？”朱嬷嬷笑着问。

“唔。”任瑶期随意地点头。

“可见太太也是疼小姐的，喜儿都快成小姐您的贴身丫鬟了。”朱嬷嬷一面帮任瑶期将衣服宽了，轻手轻脚地扶着她躺下，一面笑着道。

“小姐要奴婢陪着您说说话吗？”朱嬷嬷帮她掖好被角，躬身站在床头。

任瑶期闭着眼点点头：“也好，嬷嬷坐下与我说话吧，说着说着我就睡着了。”小孩子睡觉喜欢有人陪着，任瑶期小时候也有这个毛病。

“诶！”朱嬷嬷爽快地应了一声，在任瑶期床边坐下。

“小姐与喜儿姑娘的关系很好？”朱嬷嬷继续道。

“还行。喜儿姐姐人很好。”任瑶期翻了个身，将脸朝着床的外侧，闭着眼睛回道。

“那她有没有跟你说过什么？”朱嬷嬷凑近些问道。

任瑶期懒懒地抬眼看朱嬷嬷一眼，又闭上了。

朱嬷嬷赔着笑脸，小心道：“小姐，老奴就是随便问问。毕竟这正房里伺候的丫鬟知道的事情远比咱们多，奴婢有些好奇罢了。”

任瑶期又打了个呵欠，嘟囔道：“有什么好奇的。总不过是那外事嬷嬷的事情罢了，没劲儿。”

朱嬷嬷却是心中一动，脸上的笑更加和蔼，也不管闭着眼睛的任瑶期能不能看到：“那确实是没劲儿，这人选不是说已经定了吗？不是魏嬷嬷，就是牛嫂子啊！”

任瑶期撇了撇嘴："那可没准儿。"

朱嬷嬷又往前凑了凑："小姐，您的意思是，夫人那边换了人选？"

任瑶期皱了皱眉，索性睁眼："换了又怎的？反正不关我们的事情。"

朱嬷嬷忙道："怎么会不关我们的事情？以后我们也少不了与外事嬷嬷打交道，早些知道也有些准备。"

任瑶期想了想："喜儿说她是听母亲说的，虽然告诉了我，却不让我声张。"

"奴婢不会说出去的！"朱嬷嬷连忙打包票。

任瑶期似是被她缠得有些烦了："听说因为过年忙，我们院子里要暂时安排两个嬷嬷，等年节过后，看谁比较合适谁再正式接任。母亲和父亲商量，定下了牛嫂子和后院小厨房管热水的刘嬷嬷。"

朱嬷嬷一愣："不是魏嬷嬷吗？怎么又换成了刘嬷嬷了？"

任瑶期不耐烦道："我怎么知道？想必是觉得刘嬷嬷更合适。"

朱嬷嬷心思转了半晌，小心地问道："小姐，您这消息可靠吗？"

任瑶期瞪了朱嬷嬷一眼："这是喜儿从我母亲那里听来的！大概明日上午就会公布消息。不信的话，你还问我做什么？"

朱嬷嬷此时已经是信了，一边赔着笑脸道了声罪，一边琢磨着怎么为自己捞些好处。

任瑶期又翻个身，面朝内侧道："这刘嬷嬷倒是个好运气的，原本都已经定下魏嬷嬷了，她倒是半路杀了出来。到时候人家还以为她走了什么门路呢。"

朱嬷嬷闻言心中一动，往床里侧探了探头："怎么刘嬷嬷没走路子？"

任瑶期不耐道："走什么路子？是母亲与爹爹商量的时候，爹爹随便点的名儿，外头都不知道呢。她还有本事走我爹爹的路子不成？"

朱嬷嬷恍然大悟，这种事情三老爷可没少做，他做的决定理由也是五花八门让人看不透，比方说名字好听、手指甲好看……

而且任瑶期的话也提醒了她，说不定她还真能趁机捞上一笔。

"小姐，奴婢还是不打扰您休息了，这就把青梅叫进来守着。"朱嬷嬷迫不及待地起身道。她得赶在明日之前将事情给办了。

任瑶期似是正困，不在意地摆手："出去吧，让青梅在外间候着就行，不用进来。”

朱嬷嬷忙应声退下。

任瑶期听见她的脚步声消失在房外，眼睛虽然没有睁开，嘴角却是微微一勾。

想要别人按照你定下的路子走，就得先知道那个人在想什么，以及想要什么。

她这些日子仔细观察过朱嬷嬷这个人，知道朱嬷嬷爱财如命，不会放过任何一个可以捞钱的机会。

总想着从她身上得到好处，就得付出些代价才行。

朱嬷嬷从任瑶期房里出来之后，见青梅和雪梨两个丫鬟正站在不远处的廊下，似乎在小声争吵。

朱嬷嬷眉头一皱，走了过去，压低声音训斥道：“你们做什么呢！半点儿用处也没有，尽会胡闹！明儿我就禀了姨娘将你们卖出去！”

青梅斜斜看了雪梨一眼，冷笑道：“就怕有人得了新主子几句好话，就不将旧主放在眼里了！人家可早就另攀高枝儿了。”

朱嬷嬷闻言狐疑地看雪梨一眼。

雪梨急得眼泪都要掉了：“嬷嬷您别听她胡说，奴婢没有……”

“没有？没有怎么这些日子小姐去哪里都让你跟着，却独独将我遣开？人人都说你雪梨与太太房里的喜儿一样都成了小姐的心腹！刚才喜儿走的时候还特意将你拉到一边说悄悄话，我来问你，你却不肯说！你们早就是一伙的了！”青梅咬牙，略略提高了些声音。

雪梨急急辩解：“喜儿不过是夸我之前送她的那只荷包绣工好，想……”

“呵，总算露马脚了吧？你好端端地送她什么荷包？我整日与你在一块儿怎么就不晓得？你不就是背着我偷偷讨好那边吗？亏得我是个实诚人，被你这般要弄。”青梅撇嘴嚷道。

“大晚上的，你鬼叫什么！”朱嬷嬷伸手在青梅胳膊上拧了一拧，青梅吃疼想喊，一对上朱嬷嬷那瞪过来的目光，忍痛将呻吟咽了下去。

见青梅老实了，朱嬷嬷皱眉看向雪梨。雪梨咬着下唇，想要说什么，却又说不出来。

朱嬷嬷原本想要问问，可是想着还有事情要赶紧去办，便暂且按捺住，只瞪着两个丫鬟道：“明日再找你们算账！还不快进去伺候小姐！”

两个丫鬟都低头应了一声“是”。

朱嬷嬷刚刚转过身去，又掉转头来问：“你们之前去后院要水，见到刘嬷嬷了没有？”

雪梨低声道：“之前魏嬷嬷请诸位嬷嬷们喝酒，刘嬷嬷多喝了几杯被小丫鬟扶回房休息了。”

朱嬷嬷这才想起来，魏嬷嬷认为自己比那牛嫂子资历老，又有个成器的大儿子在煤栈里当二管事，以为自己当这个外事嬷嬷已经是十拿九稳，因此下午的时候就给院子里的人通了声气儿，晚上要请大伙儿吃酒。

她今日因为要去外头办些事情就推脱了没有去，只接了魏嬷嬷一个三分的银锞子做茶钱。

朱嬷嬷不由得在心里叹气：这魏嬷嬷怕是要白欢喜一场了。

虽是这么想着，可这事儿毕竟与朱嬷嬷干系不大，反正她茶钱也收了，且是魏嬷嬷自己主动给她的，万没有再吐出来的理儿。

于是朱嬷嬷半点犹豫也没有就朝后院里刘嬷嬷的住处去了。

路过后院一个供婆子丫鬟们当值的时候歇息的耳房时，隔着帘子有些许亮光和笑声从棉布帘子下的空隙里泄露出来，应当是魏嬷嬷她们吃了酒后在一起说话。

紫薇院里并不严禁丫鬟婆子们私下里设宴席，毕竟谁都会有喜事。只是不允许因此而误了差事。喝酒也只允许喝不怎么会醉人的果酒，且还是限量的。刘嬷嬷估计是个酒量十分浅的，才会饮几杯果酒也上头。

朱嬷嬷只站在耳房外的帘子边上侧耳听了一会儿，然后便看了看左右，抬步往刘嬷嬷的住处走去。

刘嬷嬷此刻靠坐在床头被一个小丫鬟伺候着茶水，听见有人推门进来的声音抬头一看，先是一愣，然后忙笑道：“是朱嬷嬷啊？什么风把你给吹来了？”

朱嬷嬷平日里与刘嬷嬷的死对头关嬷嬷走得近，因此刘嬷嬷与她的关系不过是一般。见她今晚不请自来，实在是有些纳闷儿。

朱嬷嬷脸上挂着热络的笑，看了一旁伺候的小丫鬟一眼："有些事情想要与你说说，便自个儿过来了，你可别怪我不请自来。"

"哪能啊。"刘嬷嬷客气地笑了笑，对小丫鬟道，"你去小厨房看着灶台，今儿三老爷在正房留宿，晚些时候说不定会要热水。"

小丫鬟应声下去。

朱嬷嬷转头看着丫鬟轻轻将房门带上，才笑吟吟地上前："我今儿过来是有桩好事。"

"好事？"刘嬷嬷不解地道。

朱嬷嬷点了点头，越发凑近了些："听说你之前也想要外事嬷嬷的差事？"

刘嬷嬷闻言似笑非笑："朱嬷嬷的消息倒是灵通。"

朱嬷嬷摇头笑道："你可别与我怪声怪气的，我今儿只问你一句，这差事你还想不想要了？"

刘嬷嬷闻言狐疑地道："朱嬷嬷这话是何意？不是说已经定了魏嬷嬷或是牛嫂子吗？魏嬷嬷的赢面当要大一些。"

朱嬷嬷撇了撇嘴："实话与你说了吧，太太打算先定两个外事嬷嬷下来，等年后再从这两个嬷嬷中挑一个正式接任。这牛嫂子是一个，另外一个……另外一个还未定。"

刘嬷嬷一惊，微微坐直身子道："此话当真？那魏嬷嬷……"

"嗨，你管她那么多做什么？你只要告诉我你想不想当这份差。"朱嬷嬷摆了摆手，微微一笑，一脸的高深莫测，好像谁要这差事不过是她一句话的事情。

刘嬷嬷琢磨了一会儿，有些怀疑道："你有门路？"

朱嬷嬷又是一笑，没有说话，却是一副默认的样子。

刘嬷嬷这下考虑的时间更久了些，说实在的，新空出来的这个位子院子里的二等嬷嬷们谁不眼红？可是如今三太太回来了，这事儿最终还是得三太太定，偏偏她们与三太太的人都没有什么交情，就算是想要走走门路都没有法子。

只是……

“这话你怎么不与关嬷嬷说去？我记得你们两人关系向来不错。”刘嬷嬷也不是个笨的，仔细想了想就觉得有些不对。

朱嬷嬷似是早就料到她有这么一问，不慌不忙地笑着道：“我即便是有些门路也是需要为主子考量的，关嬷嬷是与我有些私交，可惜她家那侄儿实在是个扶不上墙的烂泥。你想必也知道，这外事嬷嬷的差事虽然很有些油水，偏偏我们三老爷是个求精的，到时候若是差事出了漏子，我这个举荐之人可是要担责的，一般人我可不敢举荐。我瞧着满院子，除了魏嬷嬷的大儿子，也就是你刘嬷嬷的二儿子有出息。”

这话刘嬷嬷听着心里舒坦极了，对朱嬷嬷的防备也没有那么深了：“那魏嬷嬷……”

朱嬷嬷但笑不语。

刘嬷嬷想起来今日魏嬷嬷请大伙儿喝酒，朱嬷嬷没有去，想着是不是两人之间有什么过节？又或者是朱嬷嬷的主子方姨娘对魏嬷嬷不甚满意？

朱嬷嬷一直注意着刘嬷嬷的表情，见她有些动摇，又好像有些疑虑，眼珠子转了转，突然拍了拍自己的大腿：“哎！罢了，我便与你露些底吧。你来我们紫薇院也有些时日了，应当知道我们五小姐在三老爷面前是最得宠的！而这后院之事虽说是太太做主，可是谁都知道只要三老爷一句话，太太从来不会说一个不字。”

刘嬷嬷琢磨着朱嬷嬷这一番话，似是有些了悟：“你是说让五小姐在三老爷那里……”

“嘘——”朱嬷嬷装模作样地看了看四周：“你心里清楚就行了，不必说出来。”

刘嬷嬷沉吟片刻：“我知道院子里的规矩，想必嬷嬷你也需要打点一番，不知道需要多少……”刘嬷嬷做了个手势。

朱嬷嬷十分欢喜刘嬷嬷的上道，故作迟疑一番：“按理说我不应当开这个口，可是如你所料……这事儿我还需要打点打点。这个数如何？”朱嬷嬷比了个二十的手势，意思是要二十两银子。

刘嬷嬷又沉默许久，二十两银子不算少数，不过她也不是拿不出来，何况若是真能谋到这份差事，给三老爷办几回事儿，钱就能回来了，连带着还能让家里的小儿子露一露脸。

只是，这事儿万一不成……银子……

朱嬷嬷似是刘嬷嬷肚子里的蛔虫，当即笑道：“这样吧，你先给五两的定钱，等明日我办妥了这件事儿，你再付余下的。这五两我也给你立个收据。”朱嬷嬷是空手套白狼，因此自信满满。

刘嬷嬷一愣，觉得若是这样的话自然是没有什么好担心的了，若是最后事情不成，她手里有收据，就连五两银子也能要回来。

这便宜若是她还不占的话，那就白活了这么些岁数。于是刘嬷嬷立马笑道：“朱嬷嬷心诚，我自然也是个爽快的，那就这么说定了。”

朱嬷嬷掩嘴一笑，心下却是得意不已。

刘嬷嬷下床从自己的衣柜底层翻出五两银子。朱嬷嬷去唤了丫鬟取纸笔印泥来。她不会写字，不过她们这些内宅婆子丫鬟之间暗地里银钱往来的字据自有一番术语符号，只要数字对上号，最后按下手印就成。

两人最后分开之时，皆大欢喜。

第二日上午，周嬷嬷当着紫薇院众人的面，将外事嬷嬷的人选定了下来。

果然是牛嫂子与刘嬷嬷两人。

原本满脸笑意的魏嬷嬷笑容僵在脸上，众人也都有些惊讶地看着她，当然也有一些不满她昨日的张狂姿态，因此而幸灾乐祸的。

有那好事的还特意上前去问周嬷嬷：“昨日不是还说定了魏嬷嬷吗？怎么突然又换成了刘嬷嬷？”

周嬷嬷拢着衣袖，面无表情地瞥了那人一眼：“谁人在外头语言乱语，妄自揣测主子的心思？我不记得哪位主子曾经许过别人差事。”说完这一句就转身走了，留下小声私语的众人。

魏嬷嬷脸上一阵红一阵白，看了一阵被众人团团围住的刘嬷嬷和牛嫂子，冷哼一声，拂袖而去。

等到众人热络劲儿都散去，朱嬷嬷朝着刘嬷嬷使一个眼色，径直回了自己的房里。刘嬷嬷见状，与大家又寒暄几句，等到大家都散去了，才悄悄跟上去。到了朱嬷嬷房里，刘嬷嬷喜不自胜地上前朝着她福了一礼：“朱嬷嬷果真是个有本事的，此次全亏了你为妹子周旋。”

朱嬷嬷微微一笑，摆了摆手：“我虽出了力，却也要你能上得了台面。要知道我们上头那位爷可不是好糊弄的。”说着朱嬷嬷又瞧了刘嬷嬷一眼：“既然已经成了，那字条不知道你……”这是在提醒刘嬷嬷兑现二十两银子。

刘嬷嬷拍了拍脑门：“瞧我，光顾着高兴了。”说着就从自己的袖袋里掏出一个荷包，从里面掏出昨日朱嬷嬷写的条子递过去。朱嬷嬷但笑不语地继续盯着刘嬷嬷的动作。

刘嬷嬷在掏钱的时候犹豫了一下，然后却是笑着掏出两个大约五两重的元宝，恭谨地递上去。

朱嬷嬷看着却是不接，似笑非笑地睨着刘嬷嬷，也不言语。

刘嬷嬷赔笑道：“身上没有多的现银……”

朱嬷嬷皮笑肉不笑地看了刘嬷嬷的荷包一眼，却将刘嬷嬷的手挡了回去：“昨日我便说了，帮你全是看在你人实在，是个爽快的，如今瞧着……罢了，这银子我还是不要了，不过……你可别忘了，这人选最终定下来还需要到过年以后呢，即便想要过河拆桥，是不是还早了点儿？”

刘嬷嬷闻言心中一咯噔，转眼便像是想起了什么似的双手一击掌：“看我这记性。”说着就在自己腰间摸了摸，最后也不知怎么的就摸出了几个一两重的银锞子来，然后与之前掏出来的十两银子一起双手捧到朱嬷嬷面前。

“这是我之前藏在腰带里的压惊银子，竟是忘了，正好是五两呢。”

朱嬷嬷微微一笑，这才接了：“我果然没看错人……”

这时候门边突然有些响动，朱嬷嬷眉头一皱，一边将银子拢到袖子里，一边几步上前，拉开门往外看，却什么也没有。

“怎么了？有人在外头？”刘嬷嬷也走过来。

朱嬷嬷想了想，摇头：“应当是风吹的，没事。你先回去吧。”

刘嬷嬷应了一声，临走之前还不忘笑着道：“到时候还有需要仰仗老姐姐之处，还请老姐姐别忘了妹子。”

朱嬷嬷矜持地笑着，送刘嬷嬷出门。

等人走了，她才拿出自己刚刚得来的银子仔细看了看，嘴角的笑意有些不屑，又有些满足："还想与我玩招数，呵——"

那边任瑶期坐在正房的西次间慢条斯理地饮茶，见周嬷嬷进来，抬眸睇了她一眼："如何？"

周嬷嬷上前低首道："已经照着小姐的吩咐安排好了。"说完她有些犹豫地看着任瑶期道："小姐，这么做真的有用吗？"

任瑶期看着周嬷嬷一笑，难得有些顽皮地眨了眨眼："嬷嬷不妨走着瞧。"

"可是方姨娘塞进来的人不少……"

"人多有人多的妙处。"任瑶期说完这一句，就端起茶杯饮茶。周嬷嬷虽然心中还有疑虑，却也没有再问。

到了下午，不知怎么的，刘嬷嬷私下买通朱嬷嬷，两人不知用了什么手段合谋将魏嬷嬷挤下来的消息竟然不胫而走。

虽然不知道消息的真假，魏嬷嬷却是气得不轻。晚上乘着主子们都去荣华院请安的时候，就叉着腰站在后院的庭院里破口大骂起来。

刘嬷嬷终究还是有些心虚的，虽然心中恼怒自己被骂，却也不敢出去辩解，只闭门不出。

朱嬷嬷或许是脸皮厚，又或许是明白这件事情其实还是主子的意思，自己不过是顺手捞一笔，因此并没有怎么放在心上，反正最后要查的话，也查不到她头上来。

好在魏嬷嬷也知道些厉害，听闻主子们回来就闭了嘴，临走前还朝着刘嬷嬷的门上吐了一口唾沫。

可是到了晚上，却又有那好事之人唯恐天下不乱，将这泄露消息之人偷偷告诉给刘嬷嬷。

原来正是她的死对头关嬷嬷，不知从哪里打听到了这件事情，然后添油加醋地告诉给后院的婆子们。

刘嬷嬷闻言，心中对关嬷嬷更加恼怒。第二日一早，看见关嬷嬷那幸灾乐祸的笑脸，刘嬷嬷咬牙操起灶台上的滚水就朝关嬷嬷泼去。

关嬷嬷杀猪一般地号叫着跳开，好在天气冷，刘嬷嬷又没有泼准，只将水泼到关嬷嬷的靴子上一些。

关嬷嬷反应过来之后火冒三丈，尖叫着扑了上去。两人就在烧热水的小厨房里打了起来。最后动静太大，惊动了李氏。李氏派周嬷嬷过来看发生了什么事。

周嬷嬷冷着脸训斥刘嬷嬷与关嬷嬷一顿，之后又将刘嬷嬷单独训了许久，然后罚了两人半个月的月例。

关嬷嬷与刘嬷嬷的梁子却是结得更大了。

眼见着到了腊月，各家各户越加忙起来。任家各房也开始忙着换庭前内室的摆设。像是内室的花瓶、摆件，主子们看了一年看烦了的，就要收入库房一些，再从库房里寻了新鲜样子的摆出来。紫薇院里的石榴盆景也被三老爷要求换成君子兰和水仙。

新上任的两位外事管事刘嬷嬷和牛嫂子新官上任三把火，自然也忙碌起来。

新盆景搬进来当日，三老爷任时敏见了十分满意，还夸了刘嬷嬷几句。

可是到了第二日，不过一夜之间，那十几盆君子兰竟然被发现从根部开始烂掉了。

“刘嬷嬷，这是怎么回事？”周嬷嬷指着丫鬟搬进来的那一丛君子兰，沉着脸问道。

刘嬷嬷大冬天里出了一身冷汗，见只有自己一个人过来，便赔笑道：“周嬷嬷，这事儿……奴婢也不十分清楚。不过，您是不是也一起问问牛嫂子她们？”

周嬷嬷拉下来脸道：“问别人做什么？牛嫂子说她只负责水仙，是你负责的君子兰。”

刘嬷嬷原本也不过是见自己一人在这里被指责有些紧张，下意识地想要拉人一起分担责任，这会儿听着周嬷嬷的话，心里却有些不舒坦了，不由得抬头辩解道：“周嬷嬷，这些君子兰是奴婢挑的没有错，可是挑选的时候，奴婢是与牛嫂子一起去的。且那卖花的花农还是牛嫂子家当家的介绍的。”

周嬷嬷不悦道：“那为何牛嫂子说君子兰是你与你家小儿子精挑细选出来的?”

刘嬷嬷闻言一愣，随即气得冷笑道：“您听她放屁！我还说为何镇外那么多养花的花农，他们夫妇偏偏就挑了一家地儿那么偏的！后来我听隔壁的花农议论才晓得，原来是他们夫妇收了那家花农五两银子。现在想来定是那些花本来就有问题，他们合伙来整我呢!”

牛嫂子与原本的外事嬷嬷候选魏嬷嬷私交甚好，听说双方还有结成儿女亲家的意思。

不想最后刘嬷嬷这一匹黑马杀出来，让魏嬷嬷对她起了不小的成见，于是连带着牛嫂子对刘嬷嬷也有些爱答不理的。加上两个外事嬷嬷之间也有竞争关系存在，所以两人的关系实在说不上好。

其实采买管事收回扣这种事情是很常见的，就连刘嬷嬷自己每一盆花也都有油水可捞。甚至在她知道那五两银子的事情之后，牛嫂子还给了她二两银子。她虽然不满牛嫂子捞得比她多，可是想到来日方长，便也没有说什么。

如今她却觉得自己是落到了人家的圈套里，说不定是牛嫂子为了替魏嬷嬷出头，所以给她下了绊子。

周嬷嬷闻言一脸惊讶：“竟会有这种事!”说着她便气急地指着一旁的喜儿吩咐道：“去将牛嫂子给我叫进来!”

刘嬷嬷见周嬷嬷的样子，突然有些后悔自己将这事情给捅了出来。虽然管事嬷嬷吃商家回敬是常事，可是这种事儿是无论如何也不能摆到明面上来的。她张嘴想要说些什么，喜儿已经领命出去。

不一会儿牛嫂子就被叫了进来。

周嬷嬷劈头盖脸就道：“亏我之前还想着你只负责那些水仙花儿，君子兰是刘嬷嬷的责任，因此只叫了她过来问话。不想却听说那花农是你找的？还收了人家五两银子的孝敬？牛嫂子，你还有什么好说的!”

牛嫂子闻言惊怒地瞪向刘嬷嬷，见她眼神闪烁，不敢看自己，立刻就明白了是刘嬷嬷将自己给出卖了。

她朝着刘嬷嬷那边呸了一声，转头对周嬷嬷道：“您可别信那些两面三刀的老货！我今儿算是明白什么叫作‘端起碗来吃肉，放下碗就骂娘’了！拿银子的时候怎么就不嫌银子扎手？如今出了问题倒是忙着将自己给撇干净，跟她自个儿手有多干净似的！又不用去花楼里卖，装什么黄花闺女儿啊！”

牛嫂子年轻的时候是出了名的泼辣，还有个外号叫“辣子”，如今儿女大了，脾气收敛不少，却也是个不肯吃亏、一点就着的脾气，脾气一上来什么话都能说出口。

刘嬷嬷听这话，也被气得不轻，抬头就顶了回去：“我是拿了银子，可是我拿的不就是你给我封口的银子吗？那花农却是你与你家当家的接的头！如今出了事，自然要从你们夫妇那里讨要说法！”

牛嫂子原本收了五两银子，最后被刘嬷嬷硬是要了二两过去，还不得不答应下次让她拿大头。到嘴的肉飞了，她心里正不顺，不想刘嬷嬷却是这种有好处就占，出了事情让别人顶的不要脸货色，她当即便气得火冒三丈。

“你个死不要脸的！有种你把银子给吐出来啊！就会在人背后玩阴的！谁还不知道你这管事是怎么当上的？不就是给了朱嬷嬷二十两吗！”牛嫂子指着刘嬷嬷的鼻子骂。

刘嬷嬷恼羞成怒：“呵，你这管事就当得清白吗？当初还不是你家小姑子求了老太太房里的桂嬷嬷？最后给方姨娘身边的人塞了多少银子当别人是瞎的？”

一直坐在一旁袖手旁观的周嬷嬷瞥了一眼窗外。牛嫂子嗓门大，已经引了不少的人在外头探头探脑。

见时机差不多了，周嬷嬷拍着案几起身：“你们好大的胆子！竟然还扯到老太太身上去了！还有刚刚你说的朱嬷嬷收了二十两银子是怎么回事！”

刘嬷嬷脸色不好看，牛嫂子的事情因为牵涉到老太太房里的人，自然是没有人敢多说什么，她那二十两的贿赂却是不好说的。

牛嫂子哂笑：“满院子的人都知道，在您宣布外事嬷嬷人选的前一日晚上，刘嬷嬷给了朱嬷嬷二十两银子，让她走的五小姐的路子，谋了这外事嬷嬷的差事。”

周嬷嬷脸色一变：“放肆！还敢攀扯上五小姐！这外事管事的人选是在那日前一个下午老爷就与太太商量好的，与五小姐有什么关系！”

刘嬷嬷闻言一愣，惊愕道：“下午就商量好了？”

牛嫂子见刘嬷嬷的表情，眼珠子一转已经明白了一些，不由得幸灾乐祸地捂嘴笑道：“我这下算是明白何为臭味相投了！”

刘嬷嬷脸色铁青。

周嬷嬷也是气得不轻，一边吩咐丫鬟去将朱嬷嬷叫过来，一边掀帘子出了耳房，去正房向李氏禀报今日的事情。

周嬷嬷从李氏正房回来之后，朱嬷嬷已经来了，经过一番对质，朱嬷嬷利用从五小姐那里听来的消息故意骗刘嬷嬷二十两银子的事情彻底败露。

只是牛嫂子与刘嬷嬷因为收取贿赂的事情也没有落到什么好。

不想对这三人的具体处置还没有下来，三老爷任时敏就发怒了，原因是他发现那十几盆濒死的君子兰不是病死的，而是被人从根部浇了热水烫死的。

三老爷是风雅之人，这种“杀花”的事情在他看来是极度不能忍受的。他当即命令李氏彻查。

这一查就查到了魏嬷嬷头上。

原来魏嬷嬷一直对刘嬷嬷替代自己成为外事嬷嬷的事情耿耿于怀，又从牛嫂子那里得知刘嬷嬷这第一次办差就捞了好几两银子的好处，心中恼怒非常。便趁着晚上的时候，将刘嬷嬷买回来的君子兰一株株淋死了。

三老爷知道之后，当即下令要将魏嬷嬷杖责五十大板，然后赶出任家。五小姐知道之后忙跑过去找三老爷求情，终于将魏嬷嬷的命保了下来。

只是另外几个嬷嬷的事情也是同时发生，三老爷心中不耐，让李氏将院子里的人都清一清，上不得台面的都给赶出去，不要在他面前碍眼。

李氏虽然也落了几句不是，心里却是欢喜的，因为这些人全是方姨娘弄进来的。

这几个嬷嬷原本都是方姨娘从庄子上找来的，或多或少与各房主子们院子里得用的嬷嬷丫鬟们有些沾亲带故的关系，原本就是方姨娘针对任瑶华下的套，最后在任瑶期的劝说下留了下来。

如今她们自己出了这么大的纰漏，证据确凿，又是三老爷开口要赶人，自然扯不到李氏母女身上。

这几位嬷嬷一开始还不愿意坐以待毙，四处去托关系。可是任家上下都很清楚任三老爷的脾气，他不管事儿的时候，你闹翻了天，他也视而不见，可是一旦惹得他动了怒，谁的账他也不会买。

比如牛嫂子就托人给自家小姑子带过信儿，让小姑子去求求她婆婆桂嬷嬷。可是偏偏之前牛嫂子与刘嬷嬷争执的时候，刘嬷嬷说她是托了桂嬷嬷贿赂了方姨娘身边的人，这一句话就将好些人牵连进去，且传扬得府里的下人都知道了。

所以牛嫂子的小姑子还没有开口，就被桂嬷嬷给骂了个狗血淋头，说她娘家人上不得台面，并不准她再插手娘家的事情。

偏偏这几个婆子在托关系的时候还不忘互相拆台，生怕对头留下来，自己被赶走，日后被报复，结果可想而知。

李氏的正房里，大丫鬟鹊儿正满脸笑意地小声与李氏说着自己刚刚打听来的消息："……老爷因此也对方姨娘生了气，在方姨娘拖着'病体'去请罪的时候说她识人不明，什么人都往紫薇院里放。还说现在太太回来了，让她顾好自己的身子和六少爷与九小姐就好，不要再胡乱插手我们紫薇院的事情。"

"父亲真的这么指责方姨娘？"任瑶华看了鹊儿一眼，皱眉道。

鹊儿有些不好意思地笑了笑："老爷神仙般的人，说话自然比奴婢要好听一些。"

事实上任时敏在妻妾面前大多数时候都是彬彬有礼的，很少口出斥责之语，所以这次任时敏对方姨娘的几句指责丫鬟们听着也十分高兴。

果然李氏听了也面容微亮。

她是一个善良又懦弱的女子，因此没少在方姨娘手中吃亏，要妻妾和睦那是不可能的事情。偏偏因为方姨娘的嫡母是任老太太的同母姐妹，她又没有生下儿子，所以这些年在方姨娘面前难免少了底气。

任瑶华看了坐在李氏身边微笑不语的任瑶期一眼："方姨娘那里来日方长，以后总有她吃苦头的一日。现如今那几位婆子是不是可以立即派人送回庄子上去了？还得在过年之前重新挑人来。"说到这里，任瑶华冷笑一声："按着我的脾气，我倒是想将她们都提脚卖了！"

任瑶期微微摇头，说起来那几个婆子，除了那个偷听的关嬷嬷，其余的都算不上是方姨娘的人。她之所以将人赶走，不过是为了彻底打破方姨娘这一年来的布局，并让紫薇院的人都认清形势，巩固李氏的地位。

至于嬷嬷们收受贿赂之事，根本就算不上是什么事。是不是错处，端看主子心思罢了。

所以任瑶华的意气在她看来毫无必要，并不是什么人都有资格被她们当对手的。

于是她沉吟着，温声道：“今儿已经晚了，明日一早再送吧。左右大伯母那边已经知会过一声了。母亲，我们院子里是不是要再挑些丫鬟进来？”

原本李氏身边的两个大丫鬟都被方氏弄出去了，周嬷嬷又从二等丫鬟中挑了两个出来好生调教，只是李氏说要把新调教出来的两个丫鬟给任瑶期用，她自己身边就还需要再添几个。

另外，任瑶期和任瑶华身边也要添几个年纪略小一些的，先让大丫鬟们带两年。等几个年纪较大的大丫鬟都配出去，她们就能顶上来了。

“我已经与周嬷嬷说了，让她这次一并挑些小丫鬟进来给你和华儿用。”李氏捋了捋任瑶期的一缕碎发，笑着道。

任瑶期点了点头，转头对周嬷嬷道：“嬷嬷等会儿去与那几个被送回去的嬷嬷说，母亲怜惜她们家中生计，所以她们虽然不能再留在府里，每一户却可以送一个小丫头进来当差。她们家中如果有女儿、孙女，或者侄女儿的，先挑几个出来，再让你从中挑选。”

周嬷嬷闻言一愣，任瑶华却差点忍不住跳脚：“你这是什么意思？好不容易赶出去又要弄回来？你是不是还嫌府里的牛鬼蛇神不够多？”

任瑶期耐心地与她解释道：“我们挑丫鬟本就挑的是任家家生子，就算不给她们这个恩典，最后从庄子上送来的人不还是与她们沾亲带故？且大部分还是势大的那几家陪房家中出来的？既然如此，这个人情为何不卖？”

因势利导在任瑶期看来是再正常不过的事情了。

李氏当年嫁进任家的时候，除了周嬷嬷以外，根本就没有她自己的陪房，就连之后留在身边的四个大丫鬟也是周嬷嬷一手调教出来的。所以很多时候、很多事情，李氏总是被孤立在任家之外，以致到最后被人吃得连骨头都不剩了，都还不知道问题出在何处。

任家的形势复杂，任家的家生子并非不能用。

恰恰相反，如果用得当了，绝对会比外头买来的丫鬟要顺手得多。将那几个老奸巨猾的嬷嬷送回去，换了她们自己的亲眷来紫薇院里当差，益处绝对大于害处。

任瑶华闻言仔细想了想，虽然脸上依旧十分不快，却也没有再出言反驳。

周嬷嬷这个段数的自然是一下子就明白了任瑶期的用意，不由得拍了拍自己的大腿，高兴地道："五小姐这一招，奴婢瞧着可行。"说着她又转头抚慰任瑶华："三小姐，您应当信得过老奴才对。您放心，老奴挑人的眼光还是有的。就算胚子长歪了，老奴最后也能将她扭过来！"

对于这一点，周嬷嬷还是十分自信的。小丫头到了她手里，就如同是一张白纸，她想怎么画就怎么画。

李氏对周嬷嬷十分信赖，对任瑶华点头道："周嬷嬷以前是跟着我母……母亲见过不少大风大浪的。她说可行，就不会有问题。"

说到这里，李氏似是想起了什么，目光有些黯淡地低下头。

周嬷嬷看了她一眼，心中不由得一叹，忙笑着看向任瑶华："三小姐？"

任瑶华将头撇向一旁，冷冷道："不要送到我房里就成！"

这就是不反对了。

任瑶期笑着点头："到时候人来了，让嬷嬷调教好了以后，任三姐先选。"

任瑶华却觉得这话怎么有些像是安慰小孩子的？还显得她这个当姐姐的小气？她不由得瞪向任瑶期。

任瑶期却已经转头去与周嬷嬷说话："那位关嬷嬷就不用给恩典了，直接送回去，并放话下去，只要是与她有干系的人，紫薇院以后都不用。"

让那些站错队的人引以为鉴。

周嬷嬷想了想，点头赞同："五小姐说得极是。我们太太性子好，可不代表就是软柿子，能任由人拿捏。"

那几个嬷嬷原本正提心吊胆，等到周嬷嬷过去把任瑶期交代的话说与她们听之后，个个都惊喜不已，对李氏更是感激涕零，直夸她为人宽厚，有一副菩萨心肠。

谁都知道，大宅门内的奴才，除了管事嬷嬷以外，就属女主子们身边近身伺候的丫鬟们身价最高。

紫薇院里的两位姑娘都是嫡女，这个时候挑选出来的小丫鬟若是出色的话，会被留着做陪嫁丫鬟。即便是最后不能陪嫁，等到她们谈婚论嫁的时候，也比一般的丫鬟要尊贵，主家也会给不少的添妆银子。

而且她们被送回去原本就不光彩，若是家里又有人进府，说明她们以后翻身还有望，别的家仆也不会对她们捧高踩低。

对于关嬷嬷为何没有这个恩典，几人不过略略思索就明白过来了，不由得开始盘算回去之后一定要好好叮嘱自家的丫头。

也因此，第二日她们被送走的时候，没有一人对李氏怀有怨气，还求着周嬷嬷要去李氏面前磕头。

任瑶期没有再插手这件事情，挑丫鬟、调教丫鬟都不用她操心，自有周嬷嬷去忙。

方姨娘又病了，李氏免了她请安，她便开始闭门不出。

任时敏倒是忙碌起来，开始忙着写春联和制桃符。当然，任三老爷的对联和桃符极为讲究，从选纸到刻符都不经他人之手，产量不高，也因此千金难求。

这一日上午，任瑶期从任益均那里回来。

任益均喜欢找任瑶期下棋，偏偏外头天气极冷，他身体又不好。

任瑶期念着从前的事情，对任益均的古怪脾气也多了几分包容，因此，每隔几日就主动送上门去与他切磋一番，省得他冒着风雪去紫薇院。

脚步轻缓地走在九曲回廊上，任瑶期手中捂着一只小巧的青花花纹手炉。

这只不过巴掌大小的暖手炉是她临走的时候任益均硬塞给她的。

她瞧着是个贵重物件不想要，任益均阴沉着一张脸拿过手炉就要往地上砸，吓得她忙扑上去夺了过来。

她也是第一次知道，原来有人可以将一番好意表达得那么……别扭。

想到这里，她忍不住嘴角微勾。

任瑶期抬头的时候，却看见外院的大管家杨成侧身弯腰姿态恭谨地领着两个人往这边走来。任瑶期脚步不由得一顿。

走在杨成身后的是两个十二三岁的少年。右边的一个少年穿着一件黛青色宝相花纹面子的红狐披风，相貌算得上清秀端正，一看就是富贵人家教养良好的公子。

左边的少年穿着一身窄袖的出风毛紫貂皮长袍，右手还握着一根马鞭。他身材修长，剑眉星眸，五官分明，极其俊朗。他笑起来的时候嘴角微微往一边勾，这个表情如果别人做起来像是有些不怀好意，偏偏在他脸上就让人瞧着赏心悦目。

两个原本优哉游哉边走边谈笑的少年，看见任瑶期走过来，也是一愣。

任瑶期回过神的时候，忙收回自己眼中那一抹复杂的神色。

“五小姐。”大管家向任瑶期叉手行了一礼。见任瑶期没有动，他回头看了那两位少年一眼，忙道：“五小姐，是丘家表少爷来了。另一位是他的同窗文公子。”

任瑶期闻言微微垂眸低下头，缓缓朝着他们福了一礼。

她记得他们，且记忆深刻。

丘家表少爷丘韫是她祖母任老太太兄长的嫡孙，如今在云阳城的书院读书，因为从云阳城回蓟州丘家要经过白鹤镇，所以丘韫也算是任家的常客。

而他身边的那位并不是什么文公子，而是云阳城云家的二少爷云文放。

她之所以记得云文放这个不相干的外人，是因为他们曾经是死对头。

她听说有些人天生八字不合，想必她与云文放就属于这一类。两人从第一次见面开始互掐，到最后她离开任家的时候还被他狠狠摆了一道，让她记忆深刻，想忘记都难。

她已经记不清他们初次相遇的确切时间，好像也是在这个回廊。因为与任瑶华吵架，她从荣华院里气呼呼地跑了出来，因跑得有些急，结果不小心撞到了云文放身上，然后云文放当着众人的面轻佻地吹了一声口哨。

这一声口哨让在场之人都扑哧一声笑了，也让她颜面无存。

她当时委屈得不行，气急败坏，抬手就给了他一个响亮的耳光，然后抛下众人哭着跑走了。

那时候年幼，任性冲动，没有想过后果，结果就是她被任老太太关了半个月的祠堂，年节也是在那冰冷的祠堂里过的。

大年三十的晚上，外面一片欢声笑语，她连被人探视都不允许。因外头的婆子忘了给她送饭，她又冷又饿又害怕，缩在供桌下哭。

云文放不知从哪里溜了进来，扯着她的发辫，挑起一边的嘴角，笑得恶劣如恶魔：“给爷磕三个头，叫三声‘好哥哥’，爷就与丘韫去给你求情，放你出去如何？”

她当时恨他恨得要死，听了这话想也没想，跳起来就去挠他的脸，结果在他脖子上挠出了四条血痕。

最后，暴怒的他被丘韫拖走了。

她这才觉得害怕，以为自己又要被罚。好在当晚她爹就求了任老太太，把她接了出去。

又过了几日，她偶然听丘韫的小厮说，云家二少爷之所以化名在白鹤镇住这么久，连过年也没有回家，是因为他在云阳城里惹了大祸，将一个朝廷官员的小舅子揍成了傻子，被云老太太偷偷藏了起来。

云家老太太与任老太太是远房堂姐妹。云老太太的父亲原本是丘氏一族的族长，因丘老族长只有一个女儿，没有儿子，最后过继了任老太太的兄长，丘氏的老族长去世之后，就由任老太太的兄长丘新民接任了族长的位置。

丘新民是快二十岁的时候才被老族长过继的，那时候云老太太已经嫁到了云阳城。任老太太这一房原本就是丘氏旁支，因此两边的关系不过泛泛。任老太太与云老太太的关系就更远了，平日里也几乎没有往来。所以云家二少爷会来任家避风头也是别人没有想到的。

她知道这个消息之后，悄悄将云文放在任家的事情透露了出去。

没过几日，云家大少爷就过来将云文放带走了。

她以为她做得很小心，没有人会知道，不想云文放临走之前却突然凑到她耳边冷笑道：“任瑶期，你会后悔的！咱们走着瞧！”

她被任老太太下令禁足，不能出紫薇院半步。

之后几年她几乎足不出户，因此与云文放相安无事。

后来爹爹去世，任家要将她送给卢监军，母亲病重之际让周嬷嬷收拾了细软，偷偷助她逃离任家，去云阳城里找外祖父一家。

不想逃到半路的时候遇见了打马出城的云文放，她跪下来求他放自己一条生路，却还是被他敲晕扔到了马背上。

许久之后，当她再次醒来的时候已经躺在任家派来找她的马车上了，而云文放不见了踪影。

她当时万念俱灰，心里只有一个想法：有生之年若是再遇见云文放，她定要他不得好死！

如今时过境迁，他又站到她面前。

依然俊美的五官，坏坏的笑脸，漆黑的眸子晶亮得如同夏夜星子，却是再也激不起她半分情绪。

年少时的仇恨，在她现在看来已是幼稚至极。

这一次，她不想与云文放再有任何牵扯。

“五表妹是刚从姑祖母院子里出来吗？”丘韫带着些疏离的微笑问道。

丘家是燕北的老牌世家，如今丘韫的祖父这一房已经是丘家的嫡脉，丘韫虽然在孙辈中排行第三，他的父亲却是丘家族长的嫡长子，他又是长房的独子，可谓地位尊贵。

因此无论在丘家还是在任家，丘韫都是众星捧月般的人物，在同辈的兄弟姐妹们当中备受推崇。

任瑶期之前就不喜欢丘韫。他在人前是一副儒雅贵公子的模样，背着人的时候却总是站在一边笑眯眯地看云文放找她的乐子，而自己则负责望风。

对云文放，她是恨不能踩上一脚的痛恨，对丘韫，却是不屑与之为伍的厌恶。

“是的，三表哥。祖母知道你来，定会很高兴。”任瑶期回了他一笑，安静地回道，笑容比他还要完美，姿态比他还要规矩。

说完这一句，她就低头侧了侧身，客气地让他们先过去。

丘韫似是有些惊讶地看了她一眼。

站在他身边的云文放轻笑一声，将手搭到丘韫的肩膀上，斜了半个身子，眼睛却戏谑地打量着任瑶期：“晋元，这就是你之前说的那个性子古怪的表妹？瞧着不像啊。”

他这副模样不像是世家公子，倒像是游戏人间的浪荡子。好在他年纪小，相貌也长得好，因此瞧着并不是太讨厌。

丘韫有些尴尬地用手握拳，抵着唇轻咳一声："子舒，你记错了，那是元会说他家表妹的话。"

云文放笑睨丘韫一眼，又去看任瑶期，想看看她是不是像丘韫说的那样容易生气，却见她姿势不变地低头站在那里，连眼睛都没有抬一下，似是完全没有听到他的调侃。

态度客气又疏离，倒显得他们有些无聊。

云文放眉头微挑，不知道怎么的，任瑶期的表情让他觉得十分不舒服。

虽然他们这才是第一次见面，任瑶期也没有丝毫做得不对的地方，他就是觉得不爽快。

或许真如任瑶期想的那样，有些人就是天生的合不来。

于是他转头对丘韫眨眼道："既然遇到你表妹，那就不用他带路了吧？"他指的是领他们进来的外院管事杨成。

云文放在云家的时候就是个万事任着自己性子来的人，如今到了别人的地盘，也没有意识到要收敛。

管事杨成抬头看了任瑶期一眼，又看了看丘韫，最后老老实实地将头低下，表示自己只是个奴才，一切听从主子们的安排。

丘韫看到云文放脸上的笑容，就知道他那爱捉弄人的坏毛病又来了，不由得有些无奈。他们两人是同窗。他对云文放的了解还是挺多的，知道云文放想要找人麻烦的时候，十头牛也拉不回来。

只是……他看了看任瑶期，不知道为什么他觉得今日的五表妹与以前有些不一样了。

任瑶期这才抬头，面不改色地对杨成点了点头："杨管事回去吧。客人既然让我遇上了，理应由我领到长辈那里见礼。"

她如今已经明白，有些人不能与他们硬碰硬，而是要顺毛捋。

她无意再与云文放和丘韫结仇。这两个不过是不相干的人，不值得她花费太多的力气和心思。她要做的事情太多了。

杨成本就不想掺和到主子们的纠纷中去，这会儿不由得松了一口气，行礼退下。反正荣华院那边已经先一步派人禀过了，并不会因此失礼。

任瑶期又朝丘韫点了点头，然后转身领着两人继续往荣华院去。

丘韫见她这么好说话，倒不好再为难她，转头与云文放说起了白鹤镇附近能游玩的地方。

任瑶期不紧不慢地低头走着，并不插话。云文放却总是时不时地往她身上看上一两眼。因为他看得频繁又无所顾忌，连丘韫也注意到了。

丘韫朝他悄悄使眼色，问他何事。云文放却只是摸着下巴眨眼笑，并不言语。

“咳，表妹最近在忙什么?”丘韫无奈，开始与任瑶期搭讪。

任瑶期轻声回道：“与姐妹们一样，做做女红，聊天说话。”

“五表妹不是喜欢读书写字画画吗?”丘韫笑容温和地问道。

任瑶期微微一笑：“无聊时的消遣而已，比不得表哥与哥哥们是真正做学问。”

“你还会画画?”云文放悠然插嘴道：“明儿画一幅送给小爷瞧瞧。”

他这话语气倒是挺大的，任瑶期不想与他计较，不过是笑了笑，并不搭腔。

倒是丘韫双手一合，笑着看了看两人道：“子舒兄的画技确是不错。不过……我这位五表妹别的不敢说，画画嘛……子舒你未必及得上。”

任瑶期微微皱眉。

果然下一句就听云文放道：“那我就真要见识一番了。”

好在离着荣华院并不远，任瑶期很快就领着人到了荣华院。

任老太太应该之前就已经得了消息，知道云文放的真正身份，因此在看到云文放的时候对他的态度十分慈爱。

任瑶期将人带到之后，就行礼告退了。

云文放在任家住下了。

丘韫作为任老太太的侄孙，又经常来任家小住，因此在任家有一座独立的院落。云文放这个初来任家的少年并没有住外院的客房，而是与丘韫一起住在内院他的院子里。任老太太对外宣称这位“文公子”是她娘家至亲的孩子。

因任老太太的态度，除了少数几个知情人，任家众人对云文放的身份都好奇起来。

作为知情人之一的五太太林氏对云文放十分热情，除了交代自己的儿子任益健多与丘韫和云文放亲近之外，对自己的女儿任瑶玉也交代了一番。

大太太倒是淡定得多，除了对丘韫和云文放住的锦绣院多加照顾外，并没有特别的举动。

不过不知情的人也都猜到了这位“文公子”的身份定然不低。

任瑶英就将事情告诉给了方姨娘。

方姨娘想了想后，将儿子任益鸿叫去，细细问了一番。只是任益鸿与云文放接触不多，又不是那喜欢嚼舌之人，只知道那位文公子除了丘韫之外，只与五少爷任益健走得稍近一些，几人在一起谈的都是些云阳城里的事情，还有冬天的白鹤镇哪里可以游玩，等等。

方姨娘倒是没有对儿子的不知情有什么不满，反而好好夸赞了他一番，又交代他好好用功读书，便让他回去了。她转头又吩咐自己的心腹去五太太从云阳城陪嫁过来的陪房那里打听。

最后又叮嘱女儿道：“按照之前我交代你的去做，不要受她们影响。林氏向来喜欢上蹿下跳，那是因为她命好。即便犯了错，也总有人给她收拾烂摊子。”方姨娘温和的语气中含着一丝不屑和嘲弄。

“娘说了会为你谋一个好前程，就一定会做到。”

在外人面前性子冲动易怒的任瑶玉低头轻缓地应了一声：“是，女儿知道了。”

荣华院里，五太太林氏对任老太太又格外殷勤起来。

晚上，一边给她捏肩捶腿，一边含蓄地打听一番云家老太太对云文放婚事的态度。

任老太太眯着眼睛淡声道：“这事以后再说。”

五太太赔笑道：“娘，云家大少爷今年十五了，虽然也是一表人才，可是与玉儿隔的年岁大，媳妇也觉得不太妥当。不过这位二少爷……媳妇今日瞧着与我家玉儿那就是一对金童玉女。”

任老太太一把拍开林氏的手，皱眉道："你这是什么混账话！传出去以后玉儿的名声就毁了！"

林氏撇了撇嘴："娘，云老太太这个时候将孙儿托付给我们任家，难道就没有那个意思？现在的燕北王可是云老当家的亲外甥，那位云太夫人虽然不是老燕北王正妃，却是有正式诰封的，加上有燕北王在，燕北王府还有谁比她尊贵？云家也因此成为我们燕北的第一世家。我们任家若是能与云家结亲，好处多了。您与云老太太是堂姐妹，是她的娘家人。若是您向她老人家开这个口，她定是不好回绝的。"

任老太太沉默了一会儿，摆手道："这事儿以后再说。"

林氏还想再劝，对上任老太太瞪来的目光，还是摸摸鼻子住了口，心里却想着一定要让自己的女儿与云家二少爷多亲近亲近。

也不能怪林氏"开放"。她与任五老爷就是因为自幼感情好，青梅竹马，所以最后才嫁到任家来的，林氏也想为自己的女儿找一个好姻缘。

任瑶期对家里的这些暗涌毫不在意，一如既往地每日早晚两次去荣华院请安，然后就回自己的院子。她不是待在李氏房里陪李氏说话、做女红，就是去西跨院的书房陪着任时敏写对联、制桃符。她很荣幸地得到了任时敏"施舍"给她的磨墨、递茶和用砂纸打磨桃符的权利。

任瑶期晚上去给李氏请安的时候，正好听见周嬷嬷在向李氏禀报家事。

"……两只火腿、四坛金华酒、一对活羊、六只风鸡、两张狐皮、一张猞猁皮，还有六匹锦缎……"

李氏在一旁听着点头："家中人少，这些也足够过年了。另外再给两百两银子，全都换成十两和五两重的小锭子。"顿了顿，她有些无奈地强调道："记得把银子交到母亲手上。"

周嬷嬷叹气："奴婢省得的。"

听见身后帘子有响动，两人立即回头。

看见是任瑶期，李氏松了一口气，随即又有些窘迫地笑了笑："期儿，你来了？"

任瑶期一无所察地回了一笑："母亲在与周嬷嬷商量事情吗？我先去西次间等着吧。"

李氏忙道："那你先去坐坐，我与周嬷嬷处理完了事情就过去。"

任瑶期从东次间退出来，去了西次间。

不多会儿周嬷嬷便出来了，对任瑶期笑道："太太还在更衣，五小姐今日来得倒是早些，三小姐还在老太太院子里没有回来吗？"

任瑶期点了点头："三姐姐过会儿就来。"想了想，她突然问道："外祖和舅舅那里……还好吗？"

周嬷嬷一愣，想起来之前任瑶期可能是听到了她与李氏的对话，忙道："好着呢，好着呢。"

看了任瑶期一眼，周嬷嬷赔笑道："舅爷捎了年节礼来，太太便让奴婢明日送些回礼回去。"

任瑶期笑着点了点头："这是应该的。"并没有过问她舅舅让人捎了什么年节礼来。

周嬷嬷松了一口气，正要说话，任瑶华掀了帘子进来，随口问道："什么年节礼？"

看了一眼面色紧张的周嬷嬷，任瑶期笑着接话："我之前在问嬷嬷亲戚间的人情往来。三姐之前不是在与表哥他们陪祖母打叶子牌吗？谁赢了？"

"你不是不喜欢玩吗？谁赢了与你又有什么相干？"任瑶华走到炕上坐下，周嬷嬷借口要去请李氏，就退了出去。

任瑶期也不与她争辩，笑了笑，提起手边的小茶壶给她倒了一杯茶水。

面对任瑶期友好的态度，任瑶华也不好再伸手打笑面人。自从她这次回来，就感觉到任瑶期与之前判若两人。以前两人动不动就针锋相对，现在任瑶期总是避免与她争执。吵架这种事情果然是一个巴掌拍不响，所以两人一直相安无事。

"三表兄和文公子说要办一场冰嬉比赛，祖母已经应了。"任瑶华端起茶喝了一口，突然道。

任瑶期虽然有些惊讶任瑶华主动对她开口说这些，却还是装作有些兴趣的样子道："哦？什么时候？家中的兄弟都参加吗？"

"嗯，就在镇外的小白河上。到时我们也都要去。"任瑶华难得友好地赏脸回应道。

任瑶期愣了愣：“我……不会。”

任瑶华转头瞪向她：“那又如何？又不用你上场比。到时候自然会安排府中仆从们上去，我们不过是在一旁看热闹。”

任瑶期轻咳一声：“哦，这样啊。我最近容易着凉，外头太冷了，我就不去了。”

“祖母交代了家中的兄弟姐妹都要去，东府的人也去。三表兄今日还特意问了你一句。”任瑶华说到这里，皱眉打量任瑶期一眼。

任瑶期一脸惊讶地看向任瑶华：“三表兄？他找我有事？”

任瑶华见任瑶期的表情，似是真不知情的样子，便转开视线：“我怎么晓得。想必是见你很少出现在祖母的院子，随口问一句吧。”

任瑶期闻言微笑道：“三表哥向来礼仪周到。”

任瑶华摩挲着茶杯，低头想了想，又看了任瑶期一眼，微皱着的眉头似是在思考着什么。

“怎么了，三姐？”难得遇到任瑶华软和的时候，任瑶期笑着伸出手掌在她眼前晃了晃。

任瑶华一愣，不由得瞪向任瑶期。

这还是任瑶期第一次在她面前做这么亲密的动作，她有些不适应。

任瑶期笑容不变，偏头看着她：“想什么了，想得出神？”

任瑶华原本想说“干你何事”，可是不知道为何，话到嘴边竟然变成一句：“祖母似乎有意把四妹妹嫁到丘家。”

此话一出口，她自己先愣住，不由自主地伸出手指碰了碰自己的嘴唇。

按理这种没头没尾没根没据的话，又是关系到姑娘家的婚姻大事，她即便是知道了也不应该说出来，而且还是说给向来与自己不合的妹妹知道。

任瑶期也有些惊讶，没想到会从任瑶华口中听到这种事情。

不过任家想与丘家亲上加亲的事情从前就有，任老太爷和任老太太也确实打算将大老爷嫡出的四小姐任瑶音嫁给丘氏一族下一任族长的嫡长子丘韫。

只是两人的婚事不知为何到最后终究还是没有成，任家没落后，丘家为丘韫另娶名门淑媛，而任瑶音好像是给云家大公子云文廷当了贵妾。

只是原本任家给丘韫的未婚妻人选有两个，一个是四小姐任瑶音，另一个是任瑶华。因为两人都是嫡出，且在任家诸女中年纪与丘韫最为相配，又是任老太太最喜欢的两个孙女。

据她所知，当初任老太太似乎更中意任瑶华一些。

关键时刻偏偏半路杀出来韩云谦这个程咬金。任时敏对韩云谦十分喜欢，不等与任家的长辈商量，就先向韩家提出了结亲。任家最后觉得将任瑶华嫁给韩家独子韩云谦也没有吃亏，便同意了。而任瑶音就被定给了丘韫。

现在韩家的婚事根本还没有影，任家给丘韫的未婚妻人选就定了任瑶音吗？按照排行的话，不是应该先提任瑶华的婚事吗？

想到这里，任瑶期看向任瑶华道："怎么突然提起四姐姐的亲事？"

任瑶华这才想到两人私下里谈论这些事情有些尴尬，脸上也带了些不自在的神色，偏偏看到任瑶期一脸正经的镇静模样，任瑶华不想在这个做妹妹的面前矮了阵仗。

于是她勉强镇定神色，装作若无其事地道："上午二伯母过府来了，提起二哥的亲事。大伯母正好也在，便与祖母商量要给三哥说亲。之后不知怎么的大伯母又绕到四妹妹头上。祖母说四妹妹的事先别急，她心里有数。这时候二伯母就提到一句丘家。我原本是与四妹妹在暖阁里的，出来的时候正好听到这些话。后来见四妹妹也出来了，不好再听下去，便与她一起离开。不过当时没有听到祖母和大伯母反驳的话，想必二伯母说的并没有错。"

他们的祖父任永和与叔祖父任永祥这一支是任家的嫡支，分住任家主宅。

任永和与任永祥还有几个庶出的兄弟，已经分出府单过。那些堂叔伯所出的兄弟姐妹与他们不走一个排行，每年也就是过年和中元节祭祖的时候会见到。

二伯母是一墙之隔的东府当家太太，是她们叔祖的长媳，出身云阳城苏家。

二哥任益林是二伯父的庶子，二伯母苏氏没有儿子，只生了在任家排行第七的任瑶亭这个女儿。不过苏氏是个大方人，给二伯父纳了好几房美妾，有两个庶出的儿子。

苏氏家世显赫，又有贤惠的名声在外，因此虽然没有儿子，却比同样无子的三太太李氏处境要好得多。

“二哥的未婚妻不是还在孝期吗？”任瑶期随口问道。

她记得任益林的亲事两年前就定下了，定的是蓟州一个姓刘的举人的次女，按理说也算是一门好亲。

原本婚期定在今年的四月，偏偏才出了正月，任益林未婚妻的祖父就去世了，要守一年孝，而刘举人之前正好花银子补了莫州一个通判的缺，因为父亲去世，上任还没有两个月就回家丁忧了。

祸不单行，前阵子蓟州传来消息，父亲孝期未过，刘举人就出去与人喝花酒，最后为躲避熟人，慌不择路，不知怎么的掉到河里淹死了。

刘小姐一年孝期还未过，三年重孝又要来了。

任益林今年已经十七，那位刘小姐今年也十六了。

“奴婢听说东府里已经闹翻天了，袁姨娘天天跑到二老爷和二太太面前哭诉。说那位刘小姐命不好，还没嫁进任家就克死了自己的祖父和父亲，是个扫把星，吵着要退婚为二爷另聘呢。”

答话的是任瑶华身边的丫鬟芜菁，对这些事情，她知道得比两位主子都清楚，忍不住插嘴答了。

芜菁说完之后又有些紧张地看任瑶华一眼，生怕她怪罪自己多话没规矩。

任瑶华眉头虽然皱了皱，却没有说什么，只低头喝茶。

任瑶期朝着芜菁微微一笑。

芜菁松了一口气，知道任瑶华这是不阻止她继续说话，五小姐也想要听的样子，有些高兴地继续道：“二太太向来对二少爷和四少爷视如己出，如今自然也是急了。我们任家虽然分了东西两府，但是大事也都是我们西府老太爷和老太太做主，所以东府的二老太太便遣二太太来向老太太讨主意。”

任瑶期闻言，不过低头一笑。

其实东府的老太太廖氏与西府的老太太丘氏年轻的时候就不合，别的事情廖氏是巴不得自己做主，与西府分得清清楚楚最好。可是这种需要违背信义的事情，她自然希望西府帮她拿主意，所以让二太太来找丘氏。

这个时候，任家上下应该都是希望与刘家退婚的。原本任家看上刘家的姑娘，也不过是因为刘小姐父亲的举人身份。刘举人之前能谋到通判的位置，任家是出了不少力的。

任家是经商起家，投入多少都是要收到回报的。

如今刘举人这个“可造之才”死了，刘家又没有别的可利用之处，这门亲事也就失去了它的价值。

任瑶期记得刘家的亲事最终还是退了，只是那位刘小姐也是个性烈的女子，被退婚之后不久就悬梁自尽了。

想到这里，任瑶期不由得看向任瑶华。

任家将别人家的女子视为物什，想弃就弃，最后还不是报应到了她们这些无辜的任家女子身上吗？

“怎么了？”任瑶华见任瑶期看着自己发愣，不由得皱眉。

任瑶期回过神来：“哦，我在想那位刘家小姐真可怜。”

任瑶华闻言沉默了一会儿，淡声道：“这世上可怜的女子又何止刘家小姐一人？端看命数罢了。命若是不好又能如何？”

任瑶华的声音中隐隐有些惆怅，也不知道是想起了自己的母亲李氏这些年在任家内院的艰难挣扎，还是想到了自己将来未知的命运。

任瑶期看着任瑶华，神色有些复杂。

她原本也是信命的，可是重来一回，她不想信了，也不能信。

第五章

泼粪

任瑶期没有过多地纠结去不去冰嬉比赛的事情。

这些天她不过是借口天冷很少出紫薇院，丘韫就当着众人的面提了她一句，若是刻意避开云文放和丘韫，反而会引人注意。

冰嬉是燕北人在冬日里常玩的一项活动，任瑶期虽然没有自己玩过，却也看过几回。

她们这些女子不过是坐在岸边临时搭建的暖棚里观看。男子们则分成几队穿着冰鞋在结有一尺来厚冰层的河面上竞技。

当然观看之人也会各自出些彩头，赌某一队的输赢，只不过出的都是些碎银子，且即便是押对了，那些银钱也只用来打赏上场的仆从，没有真靠这个赢钱的。否则就不是风雅，而是有辱斯文了。

这日出门之前，任瑶期先去了李氏那里，原本想着等与任瑶华一起请安之后再去乘车，不想任瑶华已经先一步去了荣华院。

李氏让周嬷嬷拿一个绣花钱袋出来，递给任瑶期道："这里面是些碎银子，给你当彩头和打赏用的。你交给丫鬟收好了。"

任瑶期接在手里，抬头冲着李氏笑道："知道了，母亲。"

出来的时候，任瑶期却又把钱袋给了周嬷嬷："我的月例银子一直在箱子里没动呢，加上年节收到的打赏，少说也有两百来两。前几日父亲又给了我两张一百两的银票，让我添置自己喜欢的书籍和笔墨。这银子还是嬷嬷收着吧。"

周嬷嬷忙道："这是太太让奴婢给小姐备的，三小姐也有呢，您还是收下吧。"

任瑶期还是将袋子递了回去，温和地道："我知道母亲是不想委屈我和三姐，我也不想辜负她的心意，所以之前当着她的面收下了。不过嬷嬷您是一直替母亲管着账的，紫薇院的情形您比我要清楚。母亲她要用钱的地方多着呢。"

李氏嫁进任家的时候几乎没有什么嫁妆，每个月也不过是领着任家三十两的月例。

好在李氏回府之后，任时敏每个月三十两的月例银子又发到了她手里，而任时敏是不在意这点银子的，从来没有问李氏要过。

任家不缺钱。任家的几位爷每年可以从外院的账房支取两千以内的银子作为应酬费用。已经成亲的大少爷任益延每年也能支取一千两。

只不过超过两千两，就需要从任老太爷那里拿到盖有他印章的批条。除了在京城的二房老太爷和四老爷，其他几位爷很少有需要任老太爷批条的时候，毕竟两千两银子不是小数目。

李氏的每月六十两银子，除了要打赏下人，还要时不时地补贴娘家，经常捉襟见肘。

"五小姐……"周嬷嬷愣愣地看着任瑶期，眼睛不由得微红。

这次回来之后，任瑶期的表现太出乎她的意料了。

从正房出来之后，经过西跨院的时候，任瑶期想了想，还是去了一趟书房。

任时敏正坐在他的大书案后，一边喝茶，一边鉴赏新买的几方砚台。

见任瑶期推门进来，他放下茶杯招手笑道："瑶瑶快来看看，这几方澄泥砚是爹爹新得的，都是出自名家之手。"

任时敏的笑容带着些小孩子的纯粹欢快，每次得了好东西的时候都是这么毫不掩饰他的喜悦心情。

以前任瑶期会暗自腹诽她这个爹爹太过洒脱淡薄，不通庶务，现在却不会如此。

任瑶期上前与任时敏好好赏玩一番砚台后，问道："今日我们府里有冰嬉比赛，爹爹不去吗？"

任时敏一副缺乏兴趣的样子，道："冰嬉有什么好看的？一群莽汉推来撞去的，有辱斯文！你要去？”

任瑶期点头：“好久没有出门了，姐妹们都去。”

任时敏从书案下的抽屉里翻出来一个檀木盒子，从里面拿出两张一百两面额的银票递给任瑶期：“去找你母亲换成银锞子，拿去当彩头吧，随便帮爹爹选一队。”

任瑶期笑眯眯地接了，收到自己的荷包里，道：“那我押红色腰带的那队好不好？”

任时敏偏头认真想了想道：“红色忒俗气，还是选白队吧。”

任瑶期鄙视道：“就快过年了，谁家系白腰带啊？也不嫌晦气！”

“那就蓝队？”

任瑶期做了个鬼脸：“偏要押红队！我就喜欢红色！”说完就得意地起身走人。

“小孩子就是任性，输了又要哭。”任时敏摇了摇头，满脸无奈地叹气道。

出门的时候，任瑶期与四小姐任瑶音同乘一辆马车。

前后几辆马车坐的都是任家的几位小姐。任瑶期还能听到后面那一辆马车里隐隐传来的任瑶玉叽叽喳喳的声音，以及嬷嬷小声劝她放下帘子的声音。

相比之下，任瑶期这辆马车就安静多了。

任瑶音坐在马车上的小几后沏茶，动作熟练优雅，笑容沉静，摇摇晃晃的马车也没有让她的手有丝毫不稳。

任瑶期撑着下颌坐在她对面，欣赏她的动作。

“之前表哥还特意问了一句五妹妹会不会去呢。”任瑶音用紫砂杯倒了一小杯茶递给任瑶期，微笑着道。

任瑶期稳稳地接过，笑着朝她道了一声谢。

任瑶音的表情温和，与平日无异，任瑶期感觉不到她的话语里有半分不悦。

任瑶期不知道任瑶音知不知道任家有将她作为与丘家联姻的人选的意思，

也不知道她对这件事情持有的态度。

她从前与家中的几个姐妹来往都不算密切。相比任家其他几个姐妹，任瑶音要好相处得多。她虽然在老太太那里受宠，也没有因此在其他姐妹面前摆姿态，对谁都是一副好脾气的样子，因此任瑶期与她算是走得比较近的。

但是，任瑶音也因此在任家没有特别要好的姐妹。

“哦？这倒是难得，让我有些受宠若惊了。”任瑶期冲着任瑶音眨了眨眼，调侃一句。

任瑶音扑哧一声，笑嗔道：“你就爱顽皮。表哥想必是很少见你出来，以为你身体不适才特意问的。他这也是出于关心之意，你等会儿见了他，还是道一声谢。”

任瑶期撇了撇嘴：“知道了。”

任瑶音摇了摇头，收敛神色小声道：“五妹妹，别说三表哥在丘家身份尊贵，就是在我们任家也是备受长辈们看重，祖母更是对他如同自家孙儿一般。你与他交好，他待你友善，以后若是有事，他替你在祖母面前说一句好话，抵得过别人说十句。”

任瑶期有些不好意思地笑道：“多谢四姐姐提点，我知道了。”

任瑶音笑着点了点头，将任瑶期面前的茶杯端回去，又把里面的温水倒在小瓮里，换了一杯热的放回去。

任瑶期端起茶杯抿了一口，心里却在想任瑶音与她说这话的意思。

任瑶音这是在鼓励她与丘韫多接触，以得到任家老太太或者任家的重视？

前一世她这么大岁数的时候，确实是每日都在想着怎么让任老太太喜欢她这个孙女，也与任家其他同辈一样想与丘韫搞好关系。

任瑶音这话搔到了痒处。

只是任瑶音这个时候与她说这些话……

是因为她当真关心自己这个妹妹，还是有其他什么心思？

小白河位于白鹤镇南郊，任家的马车驶抵时，岸边的暖棚已经于前一日搭好，任家也已经派人在河面上竖起了无数彩旗，围出来一个广阔的空间，将闲杂人等隔离在外。

任瑶期等女眷下马车时，看到外头已经围了许多看热闹的民众。还有一些半大的孩子用粗麻绳拖着木板拼成的平底小板车，在没有被围起来的冰面上来回跑，或是穿着自制的冰鞋呼啸着来回，大声笑闹。

任家的管家嫌他们太吵，派家丁去驱赶了几次，可是人一离开，别的孩子又跑了回来，怎么也驱赶不尽。最后还是任家大少爷任益延发话，说今日出府本就是为了玩乐，热闹些更好，才作罢。

今日来的除了五老爷任时茂和五太太林氏，其余都是任家的小辈。五老爷夫妇在众人出行前说有事情要先去办，不与他们同路，所以暂时由大少爷任益延与大少奶奶赵氏做主。

任瑶期与任家众姐妹都跟着赵氏去了暖棚，才一落座便见又有一行人走了进来，竟是那位轻易不出门的韩家小姐。

任瑶期往外看去，果然看见韩家少爷韩云谦正与任益延、丘韫几人一边说笑，一边朝这里走来。

“咦？这位是……”东府的七小姐任瑶亭看着朝她们走来的韩家小姐，疑惑地问道，她之前并未见过韩攸。

任瑶音笑道：“这是韩家小姐。她的兄长与三表哥他们是云阳书院的同窗好友，所以表哥给韩家送了帖子。”

韩攸笑着上前见礼。大少奶奶赵氏安排她在任瑶音和任瑶期身边坐下。

“那日听表哥与大哥商量要给韩家送帖子的时候，我还担心你来不了呢。还好你来了。”任瑶音朝韩攸友好地笑道。

韩攸眼睛亮亮地打量着四周，听到任瑶音的话，有些羞怯地小声道：“上月接到你们的帖子，我……我母亲正好病了，所以……这次是母亲与哥哥说动了祖母，我才能来的。”

韩攸的解释有些前言不搭后语，不过韩家的情况她们之前听韩攸提过，所以心里明白是怎么一回事，不由得对她又多了几分同情。

韩攸虽然因很少出门性子有些腼腆，却温顺知礼，任家的几个姐妹与她接触之后都不排斥她。

众人坐着喝茶吃点心，外头的比赛却迟迟没有开始，大少奶奶赵氏解释说要等五老爷和五太太来。

又等了许久，大少爷任益延一边派人去外头寻五老爷和林氏，一边宣布这边的比赛开始。

这时候，云文放、韩云谦、丘韫和任家的五少爷任益健四人穿着单衣出来了，几个婆子正往他们腿上绑绑腿和冰履。

冰履是用铁制成的，以带子绑覆在脚上。

“五弟他们要上场？”大少奶奶赵氏一愣，看向任家姐妹，显然她之前不知情。

任家姐妹几个都面面相觑，倒是韩家小姐道：“在路上的时候，我听丘公子与哥哥说，他们几人每人带一队家丁。”

果然众人看到他们腰上绑了四种不同颜色的腰带。

任家几位少爷以前也玩过这个，不过从未亲自上场比赛，只是看个热闹罢了。

赵氏闻言有些着急，五太太和五老爷没来，这里就是她与大少爷做主。她很害怕若是出了什么事情，没有办法与任老太太和大太太交代。于是她急急起身，找大少爷任益延商量去了。

任瑶玉撇了撇嘴，抱怨道：“大嫂就是胆小，什么事情都不敢做主。若是我娘在场，就不用这么麻烦了。”

任瑶音皱了皱眉，轻声为自己的嫂子辩护：“大嫂也是担心表哥他们的安危，听说去年就有人因为冰嬉比赛摔断了脖子。”

大少奶奶赵氏也是出身名门望族，性子温婉，循规蹈矩。她与大少爷任益延新婚第二日去给任家的长辈敬茶，因外头下雨路滑，在上台阶的时候，任益延不经意地当着众人的面扶了她一把，结果羞得她差点从台阶上摔下来，脸红了整整一日，半个月都不好意思出房门。

赵氏成亲两年，肚子一直没有动静，让她在任家更加谨小慎微。好在任益延性子温和，夫妻两人一直琴瑟和谐。

片刻后，赵氏有些沮丧地回来了，显然那边几位少爷不肯听劝，一定要上场。

任益健还穿着他那身行头跑了过来挤眉弄眼地拱手道：“各位嫂嫂、姐姐妹妹们，一会儿给彩头的时候一定要认准了我这条红色的腰封啊！都大方些，任家可就只有我出场了。”

任益健说完，还得意扬扬地在众人面前转了一圈，让大家看清楚他系在腰上的红色腰带。

丘韫在一旁笑话他：“技不如人，认输就好。照你这般做法，今日坐在这里的可大都是任家人。”

众人不由得都笑了，任益健脸上一红，做了个鬼脸跑走了。

丘韫冲云文放眨眼：“我们要不要也学学那小子上去攀攀关系？不然待会儿没人捧场可如何是好？”

云文放往女眷的方向看了一眼，视线在任瑶期身上微微一顿才又转开，扯了扯嘴角打趣道：“好啊，输了你还要学他哭鼻子？”

丘韫扑哧一笑，想起来他之前打趣任益健小时候下棋输给他，哭鼻子耍赖的事情。

外头响起敲锣声，这是比赛要开始了。几人都往外头走。冰面上已经列好了四队人，每队八人。

首先是“抢等”，这一项比赛是不分队的。鼓鸣三声后，所有人穿着冰鞋在河面上疾驰一个来回，最先抵达的那一人获胜。

听到外头的欢呼声，暖棚里的人也都坐不住了，纷纷涌到棚口处观看。今日没有长辈在场，连赵氏也轻松许多，被任瑶玉强拉着去了。

任瑶音见韩攸也很想去看，便主动邀请她一起。两人问任瑶期要不要去外头看，任瑶期摇头：“你们先去，我再坐会儿。”

见任瑶华也没有走，任瑶期笑问：“三姐不去看看吗？管家已经派好些矿上的壮丁将外头围了，暖棚外还守着不少婆子，闲杂人等进不来的。”

任瑶华平日里不是很好相处，任家的姐妹们三三两两地出去，并没有人招呼她。

任瑶华不知在想什么，闻言抬头。她还没来得及回话，就听见外头响起一阵敲锣打鼓声，接着几个丫鬟每人捧着个笸箩来回穿梭着找众人讨要彩头。她们腰上分别系着红、黄、蓝、青四色腰带，代表着那四位少爷的队伍。

在任益延和赵氏的带头下，众人纷纷解囊捧场。

任瑶期转头吩咐雪梨道：“拿一角银子给那个系红腰带的小丫鬟。”又问任瑶华道：“三姐呢？要选谁？”

任瑶华对自己的丫鬟芜菁吩咐："给五弟那个红腰带的。"

雪梨与芜菁两人高高兴兴地去了。

任瑶期见自己身后另外两个丫鬟都探头探脑，蠢蠢欲动的样子，便笑着道："你们也去吧，这里有香芹她们伺候。"丫鬟婆子们也可以给些彩头，就当是讨个吉利。

香芹是任瑶华的丫鬟，不过任瑶期身边的那几个丫鬟玩心重，闻言便兴高采烈地退下了。

"你太纵着她们了！"任瑶华看不过去，皱眉道。

任瑶期笑了笑。她身边的丫鬟暂时还是方姨娘给的那些，性子比较跳脱，以后大都要换出去的。

这时候，一个系着青色腰带的丫鬟往这边来了，捧着手中的笸箩端正地行了一礼，目光在任瑶期和任瑶华两人身上一扫，之后看着任瑶期笑吟吟道："奴婢是来给文公子讨彩头的。"

任瑶期微愕，给谁彩头和给多少都是各人自愿的，怎么还有主动讨要的？

一旁的任瑶华看了那丫鬟一眼，又皱眉看向任瑶期。

任瑶期笑了笑："我身边的丫鬟都看热闹去了，等下一场我让人给你送去。你是哪个院子的？我以前怎么没有见过？"

那丫鬟抿嘴笑道："奴婢是我家老夫人打发来伺候我家公子的，不是任府的人，因此五小姐才不认得奴婢。"

想了想，那丫鬟又道："彩头不过是讨个吉利，并不拘银钱，五小姐给别的也是一样……"

她话还没有说完，任瑶华就沉着脸道："即便你不是我们任家的丫鬟，难道府上没有教过你规矩吗？主子打赏用得着你来指手画脚？"

那丫鬟闻言脸上一红，僵立当场。

任瑶期笑着对任瑶华道："她不是我们白鹤镇的人，怕是不知道冰嬉比赛的规矩。三姐借我一角银子吧？就当讨个彩头。"

任瑶华冷眼瞪了那丫鬟半晌，最后还是吩咐香芹拿出一角银子给那丫鬟。丫鬟如蒙大赦般行礼退下。

"香芹留下，你们都去那边玩吧。"任瑶华将自己身后的人都打发走之后，打量了任瑶期几眼，皱眉道：“你认得那位文公子？”

任瑶期摇头：“他与表哥进府的时候，我在回廊遇见过他们一次，打了声招呼，与他们一起去祖母那里请安。之后我很少出院门，远远见了也没有再说话。”

任瑶华看着任瑶期，似是在判断她的话的真实性：“我见他之前有朝你那边看了几次，原本还不知道他在看谁。”

任瑶期微讶，没想到任瑶华这么细心。

她之前感觉到了云文放的视线，心里还暗暗奇怪，也不太确定云文放是在看谁。这一回她明明没有招惹过他，平日甚至没有刻意地避开过有他的场合，自认表现得十分自然，实在想不通什么地方惹他注意了。

“以后离那人远些！”任瑶华板着脸道。

任瑶期不由得苦笑，她也想离他越远越好。

任瑶华却以为任瑶期那是不以为然的表情，冷笑道：“他不是什么文公子，是云家二少爷。我是之前听了八妹妹几句话才刻意让人去打听的。这府里知道他身份的人可不少。你没有瞧见五婶对他的态度？她打的什么主意，大家都心知肚明。除了五婶外，盯着这位云公子的人也不少。五婶娘家林家和二伯母娘家苏家与云家都在云阳城，苏家与云家更是姻亲。”

任瑶期点头：“嗯，我知道了。”

任瑶华对任瑶期的乖顺始终有些不习惯，继续教训道：“云家是什么样的人家你也知道，燕北王府还有一位郡主尚在闺中呢。这位云公子未必能做得了自己的主。”

任瑶期朝着任瑶华真诚地笑道：“我明白了。三姐，谢谢你。”

任瑶华一愣，然后不自在地撇开脸，冷哼一声道：“我不想日后母亲为你的不懂事伤心发愁。”

这时候外头又响起喧天的锣鼓声。雪梨和芜菁跑过来，面容有些沮丧地道：“那位文公子赢了，五少爷得了个第五。”

任瑶期有些惊讶：“怎么是第五？不是第四吗？”

任家那些随从哪里敢跟主子们争名次？跑在前四的应该是那几位少爷才对。

芜菁像是想到了什么好笑的事情："一个大块头跑得很快，之前还与文公子一起领先众人许多，到对岸的时候不知怎么的被人绊了一下，摔了个跟头滑出去老远。不想他爬起来之后竟又追上来，最后还跑了个第二。"

任瑶期微微一笑，也没有在意。

"接下来要比冰球了，三小姐、五小姐，我们这次选哪一队？"芜菁兴致勃勃地问道。

冰球就是几个队争夺一个彩球，最后得球的一组胜出，会有好几个回合，也算是冰嬉比赛的高潮部分，之前的抢等是热身。

任瑶期想了想，与任瑶华商量："三姐，我们还是选五哥那一队？"

几个丫鬟闻言有些失望，显然她们觉得任益健赢面不大。

与众人一起回来的青梅忙对任瑶期道："小姐，八小姐给了文公子那一队一个金锭子呢，奴婢瞧着少说有三两重。九小姐也给了文公子和丘公子那两队五两的银锞子。"

显然，她对自家主子只给一角银子当彩头的事情很不满意，且押的还是五少爷那支一看就不可能会赢的队。

任瑶期想了想，问雪梨："其他人都给了多少？"

"除了三小姐与您一样，大少奶奶每队都给五两银子，四小姐每队给一两银子，七小姐给韩公子那队二两银子，韩小姐给每队一两银子。几位少爷那边，大少爷以五老爷的名义给五少爷那队二十两，他自己给丘少爷那队十五两。三少爷……只有三少爷没有给银子，另外几位少爷都给的比大少爷少。"

任瑶期点了点头，问任瑶华道："如此，咱们给一角银子确实是少了些。三姐你看这一场咱们给多少合适？"

任瑶华想了想，吩咐芜菁："那就与四妹妹她们一样，每队给一两。"

任瑶期对雪梨点了点头，让她跟着照做。

任瑶华看了任瑶期一眼，起身道："我过去看看。"

以前长辈们都在的时候，给银子的数目都是按辈分来的。长辈们给大钱，她们不过给个小钱应应景，一般而言数目差不了太多，所以之前任瑶华与任瑶期也没怎么在意。不想今日长辈们不在，有些人乱了规矩。

任瑶期知道任瑶华虽然不想在今日这样的情形下出头，却也因为生性好强不愿意丢了面子。想着她之前教训自己的话，任瑶期知道她是个心里有数的，不会乱来，便点头道："三姐先去吧，我去更衣。"

任家临时用作更衣的地方是河岸边不远处一个茅草屋，里面被收拾得很整洁，还熏了熏香，铺了地衣。

任瑶期更完衣出来的时候，见冰面上几十个人战成一团，彩旗外的围观之人声嘶力竭地加油助威，气氛十分热烈。

任瑶期站在河岸高处看了一会儿，大概看清楚场中央抢球抢得威武霸气的几人，还看到任益健因为挤不进去中心而摔了个四脚朝天。

她带着周嬷嬷安排来的几个孔武有力的婆子和雪梨在河岸上走了一会儿，正打算从暖棚后面绕过去，却突然听见不知哪里隐隐传来窸窸窣窣的声响，然后有人压低声音喝骂道："……祝若梅！你再不放手，我的胳膊就要断了！"

任瑶期身后的几个婆子大惊。任瑶期却是立即摆手止住了她们的呼喝。

"袁大勇你个龟孙子！要不是你绊了我一脚，抢等的时候我就赢了。你知道那些彩头有多少银子吗？"一个男子喘着粗气愤怒道。

袁大勇疼得龇牙咧嘴："要不是我绊了你一脚，今儿一回去你就要被管事给赶出煤窑！你以为那些银子还能到你手里？"

"我赢的怎么就不能到我手里？谁敢来抢试试！"

"是啊，你厉害！可是你娘和你妹子怎么办？跟着你卷铺盖跑路？你娘已经病得下不来床了！"

"你也知道我娘她……她病得厉害……你以为我这么拼命是为了什么？"祝若梅粗哑的声音里带了些哽咽。

袁大勇叹气，小声安抚道："我就是知道才求了我爹让你替别人来。你知道因为赢了比赛赏赐丰厚，很多人是求都求不来的。你们煤窑的人只能在外围把守，能进来的大都是任家的家仆。所以大家都懂规矩，知道只要有主子在场，抢等的时候就不能赢，就你这个愣头青……哎！若不是我爹与大管家熟识，你我就不是被赶出来这么简单了。"

那边两人说着，已经从河岸下的灌木丛里爬了上来，还没起身就看到站在不远处的任瑶期一行人。

任瑶期也看到了他们。那是两个穿着任家家丁服的男子，腰上分别系一根红腰带和一根黄腰带。

系红腰带的男子长得白白净净的，看着很斯文。系着黄腰带的那位身材十分高壮，面庞黝黑，长相却极为端正。

长相白净的男子明显被吓了一跳，脸色有些发白，忙一把拉着身边的人跪在地上，将头埋低，不敢再往这边看。

高壮男子也老老实实地跪在白净男子身边。

“五小姐，您看……”挡在任瑶期身前的婆子转头，轻声询问了一声，意思是要不要叫人过来将这不守规矩，胡乱跑到被列为“闲人免入”的地方来的两人拖下去责罚。

任瑶期摇了摇头：“让他们快些离开，不要被人看见了。”说着就抬步走了过去。

婆子跑到两人面前，打发他们走。

任瑶期这时候已经想起来为何在听到“祝若梅”这个名字的时候，觉得耳熟了。

三年前她曾听说过这个人，因为“祝若梅”这个名字有些特殊，所以就记下了。

三年前裴先生刚被朝廷贬到梧州，她随侍在旁。

裴先生每日都有看邸报的习惯。尽管邸报到他手里的时候大多已经是几日前的了。

她第一次见到祝若梅这个名字，就是在几份已经延迟了几日的邸报上面。

那一年太皇太后千秋，燕北王府二公子萧靖西代表燕北王府进京为太后贺寿。

据传这位燕北王二公子不仅容颜如画，且还聪慧过人。

裴先生评价这位曾见过一面的萧家二公子，用了八个字：钟灵毓秀，惊才绝世。

从自视甚高的裴先生口中听到他对别人这么高的评价，让任瑶期惊叹不已。毕竟她在燕北生活了十六年，对这位萧二公子的事情知道得并不多。他的兄长，在京为质的燕北王世子倒是听她父亲提过几次，因为世子的画画得不错。

可惜的是萧二公子身患重病，据说连多走几步路都会咳血，身体比她那自幼体弱的三哥任益均还差，可谓是天妒英才。

萧二公子的南行让众人担心不已，生怕马车一个颠簸，就让他在路上见了阎王。好在最后萧二公子还是平安抵京。

颜太后见了萧靖西，十分喜欢。颜太后的亲侄女，颜家大小姐更是对他一见钟情，发誓非君不嫁。最后，太后下旨将颜大小姐赐婚给因为身体不好一直未娶妻的萧二公子。

原本也是一桩美事，偏偏天公不爱作美。

燕北王世子萧靖康在这个时候暴毙而亡。同时，邢州、相州和徐州突发大规模悍匪叛乱，震惊朝野。

“祝若梅”这个名字就是在这个时候频频出现在各个州县的邸报中的。他是这次悍匪叛乱的大头目。

等朝廷勉强将叛乱镇压下去，刚要松一口气的时候，原本应该代替已故世子留京，并将与颜大小姐成亲的萧家二公子突然消失在京城。

有传言说萧二公子害怕落得跟萧世子一样的下场，已经趁乱秘密回了燕北。

也有人说那悍匪“祝若梅”其实是燕北煤窑的矿工出身，因得到慧眼识珠的萧二公子赏识而成为燕北王府帐下的一员猛将。燕北王府早有造反之心，萧家其心可诛。

反正在萧靖西脱身之后，祝若梅也销声匿迹了。

之后颜家大小姐带着自己的陪嫁大张旗鼓地离京奔赴燕北寻夫，至于结果如何，传言太多，真假难以分辨。

任瑶期也没有太大的兴趣去打听这种事情，因为她看到的不是什么凄美感人的爱情故事，而是明明白白的尔虞我诈的政治阴谋。

燕北王府与朝廷有一本算不清的账。在任瑶期一觉醒来回到任家之前，这笔账也没有算清楚。

不过祝若梅这个名字她却是记住了。

这个祝若梅是否就是那个祝若梅，任瑶期虽然没有办法查证，但是当年也曾与裴先生探讨过那些传言，确实有不少是谣传，可也不尽是谣传。

回到暖棚的时候，外头的比赛正是热闹之时，连平日里温婉贤淑的小姐们都忍不住握拳惊呼，出声助威。

任瑶期打发雪梨拿银子去给那捧着笸箩来回穿梭要彩头的丫鬟，又让身边的几个嬷嬷各自去耍，只招手留下一个母亲李氏的心腹嬷嬷。

"五小姐，有何吩咐？"嬷嬷恭谨道。

暖棚里只有任瑶期还坐在角落里，大家都在关注外头的赛事，并未注意到她。任瑶期从自己腰间的荷包里拿出一张之前任时敏给她的面值一百两的银票，递给那位嬷嬷。

"出门之前爹爹曾交代要我替他打赏。你把这个送去给之前碰到的那个叫'祝若梅'的矿工，就说他技艺不错，这是三老爷赏他的。"

嬷嬷低头看了一眼银票，面上一惊："五小姐，这……会不会太多了？"

任瑶期一脸无奈："我也觉得多了些，不过这是爹爹的意思，说要我找个有真本事的人打赏。我总不能偷偷将他给的赏银瞒下来吧？"

嬷嬷一听这话，立即没话了。三老爷向来不按常理出牌，她们更没有胆子敢违背。

"对了，你悄悄地送去，让祝若梅也不要声张，不然这银子他可要上缴大部分出去。"

之前祝若梅与袁大勇的对话嬷嬷也听见了，闻言立即道："五小姐请放心，奴婢省得的。"

任瑶期点了点头，那嬷嬷就躬身退下了。

在外头的冰球比赛结束之前，嬷嬷回来了。

"小姐，他收了您的银子，感激得不得了，说要给您和三老爷立长生牌位呢。"做好事谁都喜欢，嬷嬷回话也回得十分高兴。

任瑶期一愣，苦笑道："我要他立什么牌位？胡闹！"

嬷嬷掩嘴一笑："乡下有这样的习俗，要给救命的大恩人立个长生牌位。不过奴婢也觉得这样不妥当，毕竟您还是个姑娘家，我们也不兴这个，便替您回绝了。他便非要跪下给您和老爷磕几个头。这人也特实在，磕的还真是‘响头’。只是……只是那个叫袁大勇的好像听到了奴婢与祝若梅的对话。”嬷嬷有些不安地看向任瑶期。

任瑶期想了想，摇头道：“无妨。你可知道这个袁大勇是什么人？听着他爹好像是我们府里的管事？”

嬷嬷忙道：“奴婢刚刚就去打听了，袁大勇是我们任府外院一个管事的儿子。袁管事主要管着外院的一些人情往来。因袁管事是识字的，所以袁大勇也跟着他爹学了认字写字，现在在云阳城的一个煤栈里当个账房先生。”

果然是李氏身边得用的嬷嬷，不用交代就将情况打探清楚了。任瑶期笑着道：“辛苦嬷嬷了。”

嬷嬷忙道不敢。

这时候外头的欢呼声震天响，任瑶期也忍不住抬头往门口看去。

任瑶玉高兴得有些忘形，拍着手掌道：“赢了，赢了，我们赢了！”

任瑶英轻笑道：“八姐姐，你说的‘我们’是谁们？我们可没见你上场比赛。”

任瑶玉看着周围向她投过去的鄙夷的、忍笑的目光，脸色一红，咬牙低声道：“任瑶英，你不也押的青队吗！哼！不过是个庶出的贱种，简直是痴心妄想！”

任瑶英闻言震惊地看向任瑶玉，眼泪在眼眶里打转，随即转头看向任瑶华：“三姐！八姐姐她这是什么话？她骂我，骂我是……”

任瑶华沉下脸，厌恶地打断：“都给我闭嘴！你们是想丢人现眼吗？”

大少奶奶瞧见不对，也来打圆场。

好在外头的欢呼声太大，将她们不算太大的争吵声压了下去。加上她们身边除了几个主子就是贴身伺候的人，所以也没有引人注意。

自从上次任瑶玉被罚禁足，任瑶英代替任瑶玉入住荣华院后，任瑶玉就视任瑶英为自己的头号仇敌。连原本与她不合的任瑶华，在任瑶玉眼中也变得不那么讨厌了。

这些日子来，任瑶玉没少给任瑶英使绊子。偏偏任瑶英不上当，反而暗地里让任瑶玉吃了几次暗亏，让任瑶玉恨得牙痒。

两人的争吵终于暂时告一段落。任瑶玉视线一转，突然面色一喜，出声喊道："爹爹、娘，这里。"

众人跟着转头，便看见一直没有露面的五老爷任时茂和五太太林氏朝这边走过来。

正好那边几位少爷也正说笑着往这边来，林氏拉了拉任时茂的衣袖，指了指满头大汗一脸郁郁地走下场来的儿子，两人便又转头朝任益健几人走去。

任瑶玉见了，转头瞪任瑶英一眼，一边喊着"爹爹、娘"，一边快步迎出去。

任瑶英嘴角露出带着些微讽刺的弧度，偏过头与旁边正和东府的任瑶亭相谈甚欢的韩攸说话。

外面寒风有些刺骨，之前有热闹可看的时候，大家受场中的气氛感染，又都捧着小暖手炉，因此并没有觉得冷。如今赛事告一段落，这些平日里养尊处优的千金小姐们便都受不得寒，纷纷回了暖棚。

任瑶期看到任瑶英、任瑶亭与韩攸三人似是相处得十分融洽，正朝这边走来，而原本与韩攸一起出去的任瑶音却与任瑶华走在一起说话。

"……你平日里都有些什么消遣？我早就听说过你了，只是一直无缘得见，今日见了觉得就跟自己的姐妹一般投缘。"任瑶亭挽着韩攸的手臂亲密地道。

"咦？七姐姐你是从哪里听说的攸姐儿？我也是上次她来我们西府的时候才见过她一次呢。"任瑶英语带疑惑地问。

任瑶亭看了任瑶英一眼："今年春天去外祖家贺寿的时候听我大表姐说的，想必我大表姐也是听韩公子提过攸姐儿这个妹妹。我记得外祖父寿辰的时候，韩公子还去贺过寿。他与我二表哥也是同窗。"

任瑶亭的母亲苏氏是苏家现任家主的嫡长女。

韩攸点头高兴道："我哥哥他在云阳城的时候去过苏家几次。"

任瑶英若有所悟般地点了点头："难怪之前你与攸姐儿一样都是打赏黄腰

带的小丫鬟彩头，原来还有这缘故。”

任瑶亭“嗯”了一声，便又小声与韩攸说起话来。

任瑶英却没有表现出被忽视的不快，反而自己离了那两人，笑着走到离任瑶期两个座位远的地方坐下。

几位少爷也被簇拥着走进来。任瑶玉正缠着任益健问这问那，适时发出银铃般的笑声。任益健却被问得有些烦了，最后实在忍无可忍，吼道：“任瑶玉，既然你连东西南北都分不清楚要来问我，想必也不知道日头是从东边出来的喽？如此你难道还不会抬头看天吗？”

任瑶玉面上的笑容一僵，脸色憋得通红，忍了忍看到前头云文放和丘韫瞥过来的目光，眼泪涌了出来，最后狠狠剐了自己哥哥一眼，羞愤地跑走了。

林氏暗地里瞪儿子一眼，笑着为女儿解围道：“这兄妹两人平日里关系好，闹习惯了，现在到了外头也闹腾起来。”

任益健吐着舌头，悄悄做鬼脸。

几位少爷下去换衣裳。任瑶期几人见五老爷夫妇走过来，忙起身行礼。

大少奶奶道：“五叔、五婶你们可算来了，相公还想等着你们来了再开始呢，最后见益健他们都已经换上了单衣，才先让开赛了。”

任时茂哈哈一笑：“路上马车出了点问题，所以耽搁了。”

马车出问题能出这么一上午？难道不会让人过来或回任家叫人驾马车去接人吗？众人有些疑惑。

林氏接道：“哦，我们路上还恰巧遇上燕北王府的车队。他们正好要在白鹤镇稍作休息再赶回云阳城。我娘家与燕北王府也有些交情，既然遇上了，便上去打了声招呼，还安排人招待了一下。”

“咦？燕北王府这会儿还有谁回来？还有几日就要过年了，难不成是世子爷从京城回来了？”燕北人对燕北王府始终怀着几分敬畏，并且燕北王府平日里非常低调，也让大家越加对燕北王府的事情感兴趣。

林氏微微一笑：“世子自从进京，有多少年没回来了？若是今日回来，咱们怎么可能听不到动静？是二公子回来了。”

林氏此言一出，周围便是此起彼伏的惊讶呼声。林氏瞧着便有些满意。

“二公子回来了？他不是出海去南洋寻仙问药了吗？怎么今日突然回来

了？他的病治好没有？”

“娘，那你有没有看见那位二公子的真容？是不是真如大家传言的那样貌比潘安，美玉无瑕？”原本还在生气的任瑶玉也被吸引住注意力，轻轻摇着林氏的胳膊问道。

林氏闻言叹气：“二公子这次出远门好像没有找到什么神仙，听他身边的侍卫说，药倒是找到了些。我瞧着还带了好几马车的树枝草药回来，远远地就闻到了浓浓的药味。他若是好着的话，定然会见我和相公的。偏偏他如今的状况……哎！”

任瑶期在一旁听着，微微一笑。

林氏说她娘家与燕北王府有交情，说得她跟燕北王府的人多熟似的。事实上，从前林氏就一直撺掇着五老爷攀上燕北王府，可惜到最后也没有成。

萧二公子怕连他们是谁都弄不清楚。

五老爷和五太太一早就离了队，想必是之前就接到了萧二公子要回来的消息，专程要去会一会的，可惜传说中的萧二公子哪里是那么容易能让他们见到的，自然没能如愿。

至于那位病恹恹的萧二公子，这次应当确实寻了好药回来。

他前两年离开燕北的时候，据说病重得快要死了，为了安慰自己的母亲和祖母，才谎称要去南洋寻仙问医，其实是不想让她们白发人送黑发人。

想必这次他也有些奇遇，之后虽然还是病恹恹的，但是情形好了不少，至少当年她离开的时候，他还好端端地活着。

那边之前上场的几位少爷换了衣裳出来。

林氏笑着冲与丘韫一同走在前面的云文放道：“子舒，听说你连着赢了好几局，得了不少彩头，怕是要做东请一回客才好。”

众人闻言都看着云文放笑，丘韫还故意用手肘撞了他一下。

林氏不过是仗着自己与云文放认识，故意开他的玩笑。云文放得的彩头他自己肯定是不会要的，都赏给了队里的人。

云文放却是一本正经地回道："确实是得了诸位小姐不少赏钱，您不说让我请客，我还心里不踏实。"

他的话逗得众人大乐。

几位小姐在这里待了一上午，也用了不少茶水，这会儿便都让婆子带着去更衣。

任瑶期之前去过了，便留下来，等林氏她们回来。

那边任家的几位少爷在与丘韫、云文放、韩云谦说话。

不知道说到了什么，三少爷任益均突然不屑地来一句："等他赢了五妹妹，你们再封他个魁首也不迟！"

几人的目光便齐刷刷地朝这头坐着的任瑶期看来。

任瑶期有些莫名其妙。

任益延摇了摇头，轻拍任益均的肩膀，语气带了些温和的责备："三弟，我们是在说云谦的棋艺，你怎么扯到五妹头上了？你之前不是还与云谦对弈过吗？"

任益均皱眉，侧身避开任益延的手，不知想到了什么，脸色有些不快，斜睨韩云谦一眼，然后轻哼一声便将头撇向一侧，也不回答任益延的话。

任益延有些无奈，只能歉意地朝韩云谦笑了笑。

韩云谦沉静黝黑的眸子从任瑶期身上收回来，笑着对任益言点了点头，想了想，问任益均道："益均兄，云谦可是有什么地方做得不对，不小心开罪了你？云谦愿意为自己不妥当的言行道歉。"

这些日子以来，他自然察觉出任益均对自己的态度与之前大相径庭。他早就听说任家三少爷脾气古怪，喜怒无常，所以之前也没有特别在意。如今瞧着，似是任益均因为什么事情对他心生芥蒂了。

任益均还未说话，任益延便替他道："云谦你别误会，我三弟就是这副脾气，不过他并无恶意，还请你不要介意才是。"

任益均看了任益延一眼，虽然有些不快，却也没有再说什么。

丘韫摸着下巴对任益均笑道："三表兄之前的意思是，五表妹下棋下得比云谦还要好？"

任益延疑惑地看了看任益均，见他依旧是一副爱答不理的样子，只能继续替他回答："三弟最近常与五妹对弈，想必是吃了几次败仗。他就是这性子，谁赢了他，他就高兴。五妹妹的琴棋书画是我三叔亲自教的，比之一般的闺阁女子强不少。说她棋艺比云谦还好，不过是益均这个当哥哥的偏袒自家妹子罢了。"

任益延的话虽然听起来合情合理，可是清楚任益均性子的人都知道，他可不是那种知道兄友弟恭手足和睦的人。他赞同一个人，必定是那人在某些他在意的方面强过他。

连与任益均只有寥寥几次接触的韩云谦都若有所思地又朝任瑶期那边看了一眼。

丘韫看向云文放，突然拊掌笑道："那我可得去问问五表妹，为何她只与三表兄对弈？我还不知道她原来不止画画得好。子舒，你与我一同去。"

说着丘韫便在众人讶异的目光下，一把拉了云文放，大步往任瑶期那边走。

任益延想要说什么，可是突然想到之前听父亲说到云家、丘家和任家联姻的事情。他看着丘韫和云文放的背影，最终还是将阻止的话咽了下去。

韩云谦也看了丘韫和云文放一眼，虽留在原地没有动，却琢磨起任益均和任时敏对他态度大变的事情。

那边任瑶期看着丘韫和云文放朝她这里走来，微微皱了皱眉。

女眷这边虽然只有她一人坐在角落，可是暖棚里还有不少侍候的婆子丫鬟，大庭广众，周围又大多是至亲世交，所以也没有人觉得丘韫和云文放的行为有失礼之处。

"五表妹。"丘韫笑容亲和地唤道。

任瑶期起身行了一礼，叫了声："表哥，文公子。"

丘韫与任瑶期寒暄了一会儿，却没有再提下棋的事情。

他之后索性走几步去一旁小几上的果盘那里挑起了点心果子，还笑容温和地指使任瑶期身后的两个丫鬟去帮他沏茶、嗑松子儿。

他选的距离恰到好处，这边若是小声说话他们听不清楚，又能让别人以为他们对这边的情形一清二楚。

任瑶期在他使唤走她的丫鬟的时候就有些警觉，觉得这情形有些似曾相识。可是外人看不出这里有什么不妥，她又不好反应太过。

看了看站在自己面前一直没有说话的云文放，任瑶期正想着要把站得稍远一些的两个伺候茶水的丫鬟叫过来，云文放却开口说话了：“多谢你给的彩头。”

这话听着很平和，没有前世两人在一起时的剑拔弩张，似乎算不错的开始，于是任瑶期笑着点头：“还没恭喜文公子在之前的赛事上拔得头筹。”

“你怕我？”

云文放突然有些不确定地低声问了这么一句与之前两人谈的话题离了八千里的话。

任瑶期微微一愣，随即笑着摇头否认：“怎么会？”

云文放浓眉微蹙，晶亮的星眸盯在任瑶期身上，认真而困惑。

任瑶期不喜欢他的目光，虽然当中并没有恶意，甚至可以说是有些纯稚的，可是她总感觉这目光中带着一种与生俱来的侵略气息。可能是因为他年纪还不大，容貌又极为俊俏，所以给人的这种感觉还不是很明显。

任瑶期心里却有些发毛。

“我之前说要看你的画，你有没有给我画？”云文放理直气壮地道。

任瑶期忍住脾气，抬头看着云文放，平和又认真地道：“文公子，虽说你我两家是世交，可是毕竟男女有别。你应该知道，私相授受对于女子的品行具有多大的伤害。所以，请恕我不能无故给你我的东西。”

任瑶期跟他讲道理，从前两人闹成那样，她也有责任，这一回她不想与一个十三四岁的孩子结仇。她试着把他当晚辈对待，这样能对他多几分容忍。

“你是因为这个原因才不与我说话的？”出乎任瑶期意料的是，云文放并没有因她的拒绝而生气，反倒露出了笑容。

任瑶期觉得这个人的心思还真让人不好琢磨，正想要点头答“是”，云文放脸上的笑容却又淡了下去。

“你果然不记得我了……”

这句话虽然是他的喃喃自语，却让任瑶期听了个明白。

她不由得脸色一变，差点就要以为云文放与她一样是经历过从前的。可是仔细一想又觉得不对，于是她问道：“文公子这话是什么意思？我们以前……

见过面？”

她一直以为任家大宅的回廊下是他们第一次见面。任瑶期不由得仔细回想从前的记忆，可是时隔久远，她实在是想不起来了。

云文放看着她困惑的表情，抿了抿唇，似是有些不满。

当他正要开口的时候，之前陪着任瑶华去更衣的婆子急急跑进来，环顾了四周后立即抬步朝任瑶期而来。

在快靠近任瑶期的时候，却被一直在专心品尝茶点的丘韫悠悠然地叫住：“哪里的婆子，横冲直撞的不知规矩？”

任瑶期认得她是周嬷嬷手下得用的一个婆子，便笑看丘韫一眼：“这是我母亲身边的婆子，想必是见我身边没人伺候有些着急，这才急忙跑过来。还请表哥不要责怪。”

这话说得站在丘韫身边殷切伺候的两个丫鬟面上一红，低着头慢吞吞移了过来。

丘韫微微挑眉，轻咳一声后面不改色地低头品了一口茶，却也不再挑那婆子的规矩。

任瑶期起身对那嬷嬷道：“三婶、大嫂她们怎么还没回来？你随我出去迎一迎。”说着朝云文放笑着点了点头，便径直往外头走去。

这时候又有一个嬷嬷跑进来，差点与任瑶期撞上，匆匆行了一礼告一声罪后就往大少爷任益延那里跑去，任瑶期认得她是大嫂身边的管事嬷嬷，不由得心下微疑。

等避开众人，任瑶期才看向身后的婆子道：“出了什么事？三姐她们怎么还没回来？”

那婆子闻言，凑了过来，以只有两人能听见的声音小声道：“五小姐，三小姐还在那边净房，五太太她们刚刚也返回去了。是九小姐出事了。”

任瑶期心中一惊，那婆子已经自顾着接下去回道：“九小姐如厕的时候不习惯身边的人跟着，今日也是屏退众人自己去了净房。”

婆子的面色有些古怪，似是想笑，又要拼命忍住：“众人在外头候了一会子，突然听到净房里传来一声惊叫。外头的丫鬟婆子便急急冲进去，在隔壁外间净手的大少奶奶、韩姑娘等人也都过来了。却是看到……看到九小姐不知怎么地坐倒在净房的地上，闭着眼睛惊叫不止，还弄翻了恭桶，全身……全身都污秽不堪。”

怎么会这样？任瑶期不由得惊愕。

她们平日里就算是外出，净房也都是干净整洁，少有异味的，就是因为除了有熏香外，恭桶都是时刻有人清理还会装上细沙，讲究排场的时候甚至会注入水银，所以恭桶一般都是很沉的，任瑶英怎么可能会打得翻？且还是一个装满了污秽的恭桶。

“九妹妹因何这般模样？”任瑶期问道。

那婆子闻言也面露困惑：“大少夫人进去之后忙吩咐九小姐身边的婆子丫鬟将她扶出来，这时候大家才听到九小姐口中似是在嚷嚷‘有蛇’，大少夫人忙令人将净房上上下下都搜了一遍，却什么也没有。”

“这么冷的天怎么会有蛇？”任瑶期皱眉。

婆子也点头道：“就是啊，大家都找遍了，连屋顶和犄角旮旯都没有放过，别说是蛇了，就连个像蛇的绳子都没有看到。所以大家都说九小姐是魔怔了，要么就是犯了哪路神仙，不仅看到了不该看到的，还将粪水往自己身上浇。”

任瑶期对魔怔一说不置可否：“五婶婶她们不是先出来了吗？”

“五太太是先带着八小姐她们出来了，说要在河岸上走走，透透气，之后听到净房的动静又都回去了，现在还在帮着大少夫人善后。”婆子口中虽然说着五太太是回去善后的，表情却不以为然，林氏对方姨娘母女已经是恨极，不添柴加火就算不错了。

“五小姐，您要过去看看吗？”婆子问道，语气有些幸灾乐祸。紫薇院李氏身边的人对方姨娘那边的人都看不顺眼，见任瑶英吃亏，心里都忍不住痛快。

任瑶期想了想，摇头：“我不过去了，三姐她们应该也快回来了。”

想着自己之前说了要出来迎大嫂她们的，任瑶期便随意地在外头转了转。

走到仆妇们休息的棚子的时候，有两人快步朝她走过来。

任瑶期转头一看，便看到之前与祝若梅在一起的那个叫袁大勇的年轻男子，暗中拽他一把的是一个四十来岁的中年男子，看到那中年男子的容貌，任瑶期便了悟他可能是袁大勇的父亲，在任府外院回事处当差的袁管事。

“小的袁志见过五小姐。”袁管事朝任瑶期行礼，袁大勇虽然没有说话，也跟在他父亲身后恭恭敬敬地行了一礼。

任瑶期看着袁志，笑着点了点头。

袁志相貌儒雅，留着短短的山羊须，虽然只是一个小管事，却有几分书生秀才的派头。

任瑶期想着，他愿意搭上自己的人情冒险帮助祝若梅，想必是个品行端正的。

“小的是带犬子来道罪的。”袁志看了儿子一眼，朝着任瑶期又作一揖：“之前是犬子无状，惊扰了五小姐。好在五小姐大人大量不与他计较。孽障，还不过来磕头。”后一句话是对袁大勇说的。

任瑶期抬手止住袁大勇的动作，笑着对袁志道：“他不过是碰巧走错了路罢了，最后也及时避开了，并未冲撞到我，不是什么大事。袁管事这般倒是有些小题大做了。”

袁志看了任瑶期一眼，又看了看儿子，最终还是让他退到自己身后。

“多谢五小姐。”袁志想了想，犹豫着又道：“那位祝……”

任瑶期不等他说完，就温声打断道：“我说了，不过是走岔了路，不算什么大事。”

袁志闻言这才松了一口气，他刚刚听到儿子说他与祝若梅两人闯到禁止男仆进入的地方争执，还遇上了任家五小姐，虽然儿子说五小姐并未怪罪，他还是心中不安。

要知道祝若梅的身份是不应该参加冰嬉比赛的，因儿子过来求他，他又见祝若梅的娘病重，实在是需要不少银子，这才求了与他私交甚好的大管家，让祝若梅代替另外一个碰巧伤了腿的护院。

这事可大可小，若是被上头追究起来，不单祝若梅和他儿子会丢了差事，连给他行方便的大管事也吃不了兜着走。

于是他赶紧低头欢喜地道：“是是是，小的明白了，多谢五小姐。”

任瑶期明白了，袁大勇虽然告诉他父亲他们争执被她撞见的事情，却隐瞒了她打赏祝若梅一百两银子的事情。

任瑶期打量父子两人一眼，忽而一笑道："只是，这种事情可一不可二。我知道袁管事心善，才管了一回闲事，可是若遇上个较真儿的，怕是会牵连不少人。我不是多事之人，但是不代表就没有多事之人。"

袁志擦了擦额头上的汗，低头应道："小的明白了，多谢五小姐提点。"

任瑶期点了点头，突然道："我想起来了，你是外院回事处的那个袁管事？我曾听父亲说你的草书写得极好。"

袁志有些受宠若惊地抬头："三老爷还记得小的？"

任瑶期看着他，微笑不语。

这时候身后的婆子提醒任瑶期道："五小姐，三小姐她们回来了。"

任瑶期抬头，果然看见任瑶华、任瑶音、任瑶玉、任瑶亭和韩攸几人跟在五太太林氏身后往这边来了。大嫂赵氏和任瑶英却不见身影，想必赵氏还留在那里安抚任瑶英。

任瑶期对袁志和袁大勇道："你们先退下吧。"

袁志父子忙又行了一礼，躬身退下。

这边父子两人走远了，袁大勇突然有些疑惑地问他父亲道："爹，三老爷什么时候看过你写的草书？"

袁志瞥了儿子一眼，淡声道："我在回事处写得最多的是请帖和回执函。这些都是规定要用楷书的，你说三老爷从哪里看到我的草书？"

袁大勇皱眉："那五小姐她说……"

袁志轻叹一声："三老爷不知道，五小姐可以提醒他知道。你啊，聪明是聪明，终究还是少了几分历练啊。"

三老爷在任家虽然不怎么管事，但是提拔一两个人的权力还是有的。名义上他还分管着任家在燕北和南边的三个煤栈以及西山的一个煤矿。

当然，三老爷自己是从来不过问这些俗物的，他都交给了手下几个信任的掌柜在管。他完全能自己做主任免小掌柜，至于任免大掌柜、二掌柜，虽然还要与大老爷商量，让大老爷帮着掌眼，但大老爷对几个弟弟还算宽和，只要要求不太过分，都不会驳了弟弟的面子。

袁大勇仔细琢磨了一番父亲的话，有些惊愕："父亲，是不是你想多了？五小姐才多大？"

话一说完，他想起之前他与祝若梅出来碰见她时对上的那双沉静的眼眸，以及之后她让身边的嬷嬷给祝若梅送来一百两银票时交代的那些话，又有些不确定了。

袁大勇在这边纠结任瑶期是一个怎么样的人，那边任瑶期已经迎上五太太林氏几人。

“五姐姐，你刚刚没看到，九妹妹之前的模样可真可怜。哎！她是不是得了癔症？以后可要怎么出来见人？”任瑶玉一看到任瑶期就大声道，语气虽然怜悯，表情却是忍不住的幸灾乐祸。

任瑶期看了嘴角微勾的林氏一眼，暗自摇头。任瑶英这次怕是被人给整治了。

几人进暖棚的时候，暖棚里的人都看了过来。任瑶期看着他们的目光，又看了看在后面窃窃私语的几个婆子和丫鬟，便知道有人已经将任瑶英的事情传出来了。

林氏和任瑶玉进来之后，却没有再大声嚷嚷，只是任瑶玉时不时故作神秘地与任瑶音和韩攸小声谈，脸上挂上一副万分同情的面孔。不过任瑶音和韩攸都低着头，没有什么反应。

倒是林氏叹息一声，交代任瑶华道：“瑶华、瑶期，你们等会儿多多开解一下瑶英。不过是……咳……也没有什么。我已经交代下去，不许她们传扬出去。五婶知道你们姐妹素来不合，但是瑶英毕竟是你们的亲姐妹，姐妹之间哪里有什么隔夜仇？”

林氏声音不大不小，正好能让暖棚那边的人也听个大概。这话既间接承认了任瑶英的遭遇，又借机踩了任瑶华和任瑶期姐妹两人一脚。

任瑶华当即微微讽笑道：“原来五婶还交代了不让人外传啊？之前八妹妹大声嚷嚷到人尽皆知的时候，你怎么不拦着？”

林氏脸色微变，任瑶玉已经不满地瞪向任瑶华道：“你这话什么意思？我什么时候嚷嚷了？”

任瑶华往暖棚另一侧几个窃窃私语的丫鬟婆子那里看了一眼，冷笑不语。

众人顺着她的眼神看去，便发现那几个丫鬟婆子当中有两个是之前陪着任瑶玉去净房的。

任瑶玉正要跳起来与任瑶华理论，林氏忙一把按住她，瞥了一眼暖棚另一侧的爷们，抑制着脾气对任瑶华道："瑶华，没有根据的话就不要乱说。你当姐姐的要有当姐姐的样子，怎么能随便往妹妹身上扣帽子？"

任瑶华有些嫌恶地道："至少我不会因为一些小龃龉，就下狠手把自家姐妹往死里整！"

林氏闻言眼神一闪，冷哼一声："我说一句，你能顶十句，这是哪里学来的规矩？"

任瑶华还要顶嘴，任瑶期在她手臂上掐了一把，示意她看看周围的环境。

任瑶期知道任瑶华是怀疑林氏母女两人整了任瑶英，对她们这种做了坏事还要倒打一耙的行径十分不齿。

可是林氏是长辈，她是晚辈。即便她有天大的理由，也轮不到她来指责林氏。即便吵赢了又能如何，她还是输家。

任瑶华也怕林氏最后借口她没规矩而牵连到母亲身上，只能深吸一口气忍住气，撇过头去不看林氏。

过了会儿，韩攸有些坐立难安地站起来："我……我出来的时候，祖母交代了要早些回去，我与哥哥先走了。"

众人便看到韩云谦已经朝这边走过来。

林氏脸上露出一个慈爱的笑，摸了摸韩攸的头发："好孩子，你最懂事听话了，也知道尊重长辈，不像有些……哎！今日你与云谦先回去，改日来我们府上玩。我们玉儿很喜欢你。"

任瑶亭亲热地拉着韩攸的手，还凑过来在她耳边说了一句悄悄话，逗得韩攸扑哧一笑，又赶紧忍住了。

林氏有些奇怪，性子向来有些高傲的任瑶亭怎么会与韩攸这种腼腆性子的姑娘这么投缘，待瞥见任瑶亭偷偷看向韩云谦的目光的时候，她不由得恍然大悟，嘴角微微一勾。

韩攸与任瑶亭告了别，走到韩云谦身边，兄妹两人一起向林氏几人行礼告辞。

任瑶期起身回礼，抬头的时候却对上韩云谦那双沉静深邃的眸子。韩云谦的目光里含着一分之前不曾有过的探究。

任瑶期与他对视一瞬，便若无其事地撇开目光。

韩云谦也转身离开。

这时候大少夫人赵氏回来了，林氏忙面带焦急地起身问赵氏道：“延哥儿媳妇，瑶英她好些了没有？还有之前的事情查清楚没有？”

赵氏眉头紧紧皱着，心里有些发愁，她怕回去之后会被老太太和自己的婆婆责备。见林氏问话，她往自己的丈夫那边看了一眼，摇了摇头：“五婶，我们还是回去再说吧。”

林氏面露诧异：“到底查到了没有？你还是说说吧，不然怕是有人会诬陷好人呢。”林氏若有似无地瞥了任瑶华一眼。

赵氏犹豫了一会儿，最后想到林氏是长辈，见问不答不妥当，便凑到林氏耳边小声说了几句。

林氏一脸惊讶，瞪大眼睛道：“怎么会是她？”

赵氏点了点头，含糊地道：“也不能确定，还是等回去以后再请老太太定夺。毕竟不是我们府上的人，不好随意处置。”

众人在一旁听了个只字片语，也有些惊讶，怎么还真有人下手害任瑶英掉进粪水里？还不是任家的人？

任瑶华有些狐疑地看了看任瑶玉和林氏，她始终觉得任瑶英的遭遇与这对母女脱不了干系，她们之前跑回去看热闹的架势太过于巧合了。

任瑶玉却趾高气扬地瞪了任瑶华一眼。

“既然如此，那便先回府吧？”林氏对赵氏道。

赵氏点了点头，吩咐身后的嬷嬷去与那边的五老爷、大少爷等人说一声。

原本之后应该还有几项冰嬉表演，也都取消了。

任家诸人开始打道回府。

回去的时候，任瑶期与任瑶华上了同一辆马车。

马车快驶动的时候，任瑶华招手叫来自己身边的丫鬟香芹，让她去大少夫人身边的人那里打探一下。

香芹与大少夫人赵氏身边的一个姓冯的嬷嬷有些亲戚关系。

“我不信这件事情与五婶婶她们没有干系。任瑶玉之前赶过去的时候那表情就像是知情的样子。”任瑶华皱眉道。

任瑶期没有阻拦她，只是笑着道："我之前很担心你与五婶真的吵起来。话说回来，她们两方对上不是我们之前所乐见的吗？"

虽然对于林氏的这种手段，她实在不敢恭维，林氏不去对付方姨娘，反倒找任瑶英这么个孩子撒气。

任瑶华沉默了一会儿："你也觉得是五婶捣的鬼？"

任瑶期却没有直接回答任瑶华的话，偏头想了想，忽而一笑："三姐，我早就想要告诉你一件事了。"

任瑶华狐疑地看向任瑶期。

任瑶期慢条斯理地道："以后在决定与人吵架之前，你要先想一想对方是不是蛮不讲理的泼妇，若对方是的话，你就适时打住，让自己平静下来，不要与她吵了。因为与泼妇吵架，无论输赢与否，你都是输家。吵输了，泼妇得理不饶人，你丢了面子，白费力气；吵赢了，别人会说你比泼妇还要泼辣，不讲道理。左右不是人。"

任瑶华闻言，呆怔地看着任瑶期："你……"

马车里伺候的丫鬟婆子却都忍不住扑哧笑出声。

任瑶期朝任瑶华眨了眨眼："三姐，你说是不是这个道理？"

马车里的气氛一下子就欢快起来。

任瑶华虽然没有回答，眼中却也染上了些许笑意，尽管她的脸还是板着的。

这是自任瑶华回来之后，姐妹两人在一起时气氛最为融洽的一次。

马车一路驶回任府。任瑶英从马车里出来的时候，虽然已经换了一身衣裳，也洗了一次头脸，全身从头到脚用一件大大的披风包裹住，可是立在风中还是会散发出一股臊臭的味道。

虽然看不见她脸上的表情，却能听见她压抑着的抽泣声。

这次她脸丢得大了，这件事情又是在外头发生的，要传出去很容易，以后别人一提起任家九小姐，就会想到她打翻恭桶的事情，她会成为别人的笑柄，这将会成为她与人交往的障碍。

大少奶奶与林氏带着任瑶英去老太太的荣华院，任瑶期等人则被打发回了自己的院子。

任瑶期与任瑶华两人先去李氏那里，等问了安，任瑶华立即招香芹到东次间问话。任瑶期也一并过去了。

“打听到了什么消息没有？大嫂之前查到的人是谁？”任瑶华问道。

香芹点了点头：“在三小姐、九小姐去净房之前，五太太她们是先去的。不过九小姐用的那间净房因为正在打扫和熏香，五太太她们都没有用过。”

之前河岸上的净房是隔开成三间的。

“难不成还是那负责打扫净房的人捣的鬼？”任瑶华皱眉。

香芹摇了摇头：“在九小姐进去之前，还有一人进去过。当时负责打扫净房的婆子拦住她，说那里是给主子们用的，不让她进去。可是她嫌弃丫鬟们用的净房太过简陋，又说已经没有空地儿了，便塞了些钱给净房的几个看守嬷嬷。那几个嬷嬷便睁一只眼闭一只眼，让她赶紧方便完出来。她出去后没多久，九小姐就来了。”

“她是哪个院子伺候的？”任瑶华皱眉问道，她们家还有这么胆大的丫鬟婆子？

香芹还是摇头：“她不是我们府上的，是前些日子刚被送过来伺候文公子的那两个丫鬟中的一个。”

此言一出，出乎众人意料。

任瑶期不由得想起来之前在暖棚的时候，那个为云文放向她讨要彩头的丫鬟。

“怎么会是文公子的丫鬟？她与任瑶英又没有什么过节，何苦做这种事情？”

香芹闻言，脸上有些不自在的红晕，看了任瑶华一眼，又看了看任瑶期，似是有些不好启齿。

任瑶华瞪着她道：“有话就说，这里又没有外人！”

此言一出，不仅屋子里的人惊讶，连她自己也愣住了。

以前在任瑶华眼里，任瑶期这个亲妹妹与外人无异。她们商量什么事情的时候都是要背着任瑶期的，生怕被她知晓了。

可是今日她却脱口而出这里没有外人。

任瑶期微微垂下的眸子也有些难以言喻的复杂。

香芹轻咳了一声，小声央求道：“小姐，那你可别与周嬷嬷说是奴婢说的这些话。”见任瑶华又瞪了过来，香芹连忙道：“之前有人听到九小姐私底下对身边的人说，文公子身边的两个丫鬟长相太过美貌，定是文家给文公子准备的通房丫鬟。又说九小姐扬言，若她是主母，这种妖媚的丫鬟一定要早早撵出去，以免将来成为祸害。那个叫玉珠的丫鬟知道之后就对九小姐怀恨在心，故意在九小姐要去的净房里动了手脚。”

任瑶华听了这话，脸上也是一红，不由得啐了香芹一口：“哪里听来的胡言乱语!”

香芹有些不好意思，尴尬着喏喏道：“奴婢也是从外面听来的，不是小姐要奴婢说的嘛。”

任瑶华语塞。

“九小姐说的这些话是谁传出来的?”任瑶期挑眉问道。

她不相信任瑶英会让别人听到她说这种话。

任瑶英再如何也还是个小姑娘，这种话不是她可以说得出口的，即便她心里是这么想的，也不太可能宣之于口。

“是文公子身边另外一个叫金珠的丫鬟说的，她说她与玉珠两人听到有人在说话，提到了文公子什么的，她们就悄悄上前去听，然后就听到了两个人在议论九小姐说的那几句话。不过她们没有看到说话的人是谁，只知道是两个婆子。之后大少夫人便将九小姐身边的几个婆子都招了去，让她们在金珠面前说话。金珠说有两个婆子的声音与她之前听到的有些像，但是她毕竟没有见到那俩人的脸，所以也不敢肯定到底是不是那两个。”

“哼！如果这件事情真是五婶在装神弄鬼，我倒还真要佩服她了。做了缺德事，还能将自己撇得干干净净的。也难怪她之前陪嫁来的那几个厉害的婆子丫鬟都被剪除了，不然这府里不是谁都要看她的脸色!”任瑶华讽刺道。

“三小姐……”芜菁小声唤了她一声，又看了任瑶期一眼，有些犹豫。

显然刚刚任瑶华说的这件事情在之前是被定为不能泄漏出去给“别人”知

道的秘密。

而任瑶期想了想便明白任瑶华说的是什么事情了。

听说五太太林氏嫁进任家的时候，原本身边有几个很厉害的陪房，后来不知因何都被卖了出去，一个也不剩，奇怪的是林家对于这件事情并没表示出不满，甚至也没有再借机往林氏身边派过帮手。

林氏的母亲是个十分溺爱女儿的人，这一点看林氏的性子就知道。她都不为林氏出头，显然这件事情在当年是有隐情的。

听任瑶华的意思，林氏身边的人却是被人动手剪除的，且还让林氏和林家吃了个哑巴亏。

任瑶期不知道任瑶华是如何得知这件事情的，她从前却是不知情的，只知道如今林氏身边伺候的人大都是任家的家生子，很少有她从娘家带来的人。

如果任瑶华说的没有错的话，那么，最有理由对林氏动手的人是大太太王氏，甚至老太太丘氏也有可能。

这倒真是有意思了。

原来任家与林家也并不像表面上看起来这么亲如一家。

尽管林家的老太君是任老太太的亲姑母，而任老太太唯一的女儿也嫁给了林老太君的侄孙。

任瑶期明白了，自己从前也同她们的爹爹一样，是个不管事的，所以很多事情，别人知道，她却不知道。

“你再去打听一下这件事情的后续，看看祖母打算如何处置。”任瑶华吩咐香芹道，说完她又皱眉：“不过祖父祖母不喜欢别人乱打听……”

任瑶期抬头笑道：“无妨，你就去外头看看别的院子的人都是如何做的。若是她们也都派了人去打听，你就凑过去听听。若是她们安安静静的，你也安安静静的，就当出去转了一圈。”

香芹笑嘻嘻地应一声“知道了”，还挽了芜菁的手臂：“那我与芜菁去问问厨房下午有没有备些小食。两位小姐中午饭就用了些点心呢。”

香芹与芜菁挽着手大大方方地出去，出了院门，香芹小声对芜菁道：“哎，你有没有觉得现在三小姐和五小姐关系好了不少？以前那种事情，三小姐是不可能当着五小姐的面说的。五小姐也变了好多，就算三小姐对她不客气，她也都是笑脸相迎，从来不会发火。”

芜菁瞪向她道：“怎么？小姐们和好了，你还不高兴？”

“哪能啊！我只是想着……之前两人都闹成那样了，在庄子上的时候，三小姐每次一听到五小姐的名字就咬牙切齿。太太和周嬷嬷都不敢当着她的面提起五小姐。我还以为她们两人这一辈子都是仇人了。”香芹嘟哝道。

芜菁沉默了一会儿，叹气：“三小姐和五小姐毕竟是亲生姐妹，同一个爹娘生的。只是以后我们切不可再在三小姐面前提过去那些事情。我觉得现在这样，我们这些当奴婢的也自在不少。”

香芹连忙点头：“这还要你说！周嬷嬷早就敲打过我们了！”

到了晚上的时候，荣华院那边就传来消息，老太太将文家的两个丫鬟叫去问过后，什么举措也没有就揭过此事，只让身边的婆子说教了她们一番，并叮嘱她们好好伺候云二少爷。

“什么？祖母还让她们留在任家？”任瑶华惊愕道。

香芹点头：“说是玉珠进去的时间太短，又只有她一人，不太可能会做得了手脚。”

任瑶华皱眉：“即便如此，也应该把人送回去才对！那个丫鬟瞧着也不是个省事的。”

按正常的处理手法，害任瑶英的人没有找到，任家就会给最有嫌疑的玉珠定罪，以安抚任瑶英。

现在任老太太不过是让人说教了她们一番就放过，也没有将人送回云家去，那么任瑶英受的罪只能被定位为自作自受。

“祖母难道真的打算与云家……”任瑶华低头沉吟着道。

任老太太不想因为这件事情让云家老太太和云夫人心里留下疙瘩，任家很有可能真的打算与云家联姻。或者说任家单方面有这个意向。

任瑶期却对任老太太的决定没有半分意外，为了任家的利益，牺牲几个孙女的一生他们都能毫不犹豫，如今只不过是让一个庶出的孙女受些委屈罢了。

方姨娘看着躺在床上将自己全身都用被子蒙起来的女儿，一阵心疼。任瑶英从回来之后就一直哭着要沐浴，已经沐浴了四次，还吐了两次。若非最后方姨娘竭力阻止，任瑶英怕是要将自己身上的皮都洗去一层才会罢休。

“娘，我身上好臭，会不会一直这么臭下去？”任瑶英的声音隔着被子传出来。

方姨娘轻轻拍了拍她，柔声安慰道：“不会的，娘闻着你身上是香的。”

被子下传来任瑶英抽泣的声音：“可是别人都知道我打翻了恭桶，我……我以后不要出去见人了……”

方姨娘闭了闭眼，因为太过用力握紧拳头，指甲已经将她的手心刺破。她睁开眼睛的时候，眼中有锋利的冷芒一闪，可是语气还是柔和的：“别人不会记着这件事情很久的，等过些日子，大家就都忘记了。”

“娘，我恨她们！她们让我丢了这么大一个丑！”任瑶英突然掀开被子，哭得红肿的眼睛中满是羞愤。

方姨娘摸摸她的头，温和地安慰道：“娘知道，娘不会让害你的人好过。”

任瑶英抱着方姨娘的手睡着了，眼睫上还挂了一滴泪珠。

方姨娘伸手帮她揩去，守了她一会儿，才起身出来。

“去把于嬷嬷叫来，我有事吩咐她。”方姨娘对自己的丫鬟交代道。

丫鬟躬身退下，方姨娘去了隔壁的书房。

方姨娘是识字的，一手簪花小楷写得还挺不错。任时敏出入的地方都备有书房，所以方姨娘的院子里也有一个小书房。

等于嬷嬷被唤进来的时候，方姨娘早已经写好一封信，吹干墨渍后装进信封。

“你明日出发，回一趟江宁。”方姨娘的娘家在江宁。

于嬷嬷低头应了一声“是”，也没有对大冷天要出远门而表示出任何不满。

林氏母女此时却是心情正好。

从任老太太对云文放两个丫鬟的处置可以看出来，任家对与云家结亲一事也不是没有想法的。

林氏认为只要任家有这个意思，凭着自己在任老太太面前的地位，又有自己的娘家在后面支持，她若是想为自己的女儿谋到这门亲事，易如反掌。

任瑶玉却觉得终于扬眉吐气了。

被方姨娘母女设计赶出荣华院的事情，让她这些日子一想起来就恨极。今日终于出了口恶气。

林氏忍了许多年终究还是忘记了她母亲再三交代的，让她不要轻易与方姨娘为敌的话。

任瑶英自冰嬉比赛那次回来之后就暂时搬回芳菲院，不愿意出门见人。

林氏与任老太太提了几次想让任瑶玉搬回荣华院，任老太太都装聋作哑当作没有听见。

第六章

比　试

春节很快就来了，燕北的冬天很冷，但是依旧没有阻挡住人们串门拜年的热情。

此时，嫁得离娘家近的妇人有大年初二回娘家拜年的习俗。

任家大太太王氏的娘家在更偏北一些的武州，平日里离着白鹤镇有一日夜的车程，如今大雪封路，往北行更加不易，加之年节事忙，她自嫁到任家以来几乎没有回娘家拜过年。

五太太林氏却在大年初一就开始准备去云阳城的事宜。云阳城离着白鹤镇不过两个多时辰的车程，一日就能一个来回。

任老太太的嫡女任时佳去年初二回来过，今年因为怀了身孕要养胎，所以早早就递信回来说，今年不回白鹤镇了。任时佳也子嗣艰难，怀了两次都没有保住，第三胎倒是生下来了，却是个死胎。她这次好不容易又怀上，林家自然十分重视，毕竟任时佳也快三十了，等年纪大了更难生产。

大年初二，任瑶期姐妹去李氏那里问安的时候，大太太正好派人过来问李氏要不要准备马车出门，李氏谢绝了。

“母亲，今年还是不去外祖家拜年吗？你已经有好几年没有去了。”等大太太的人出去之后，任瑶期笑问道。

李氏摇了摇头，还未答话，任瑶华就嗤笑一声道：“回去做什么？喝西北风吗？今年还不知道房子被他们当掉没有！到时候还要娘去赎回来……”

“给我住嘴！”李氏猛然喝道。

任瑶华看向李氏，不由得刹住话头。

李氏脸上涨得通红，眼眶泛红，带着既难堪又屈辱的神色。李氏很少对女儿发脾气，平日里甚至可以说是言听计从。

可是她也有逆鳞，不能容忍任何一个人对她的娘家出言不逊。李氏之所以不讨任老太太的欢心，除了她生不出儿子外，还有一个原因是当初任老太太骂她的时候捎带着影射了她的母亲，而李氏顶嘴了。

见李氏气得浑身发抖，任瑶期扯了扯任瑶华，拉着她一起跪在李氏面前。这次任瑶华很顺从地跟着任瑶期跪下，因为她看得出来她的话是真的伤了自己母亲的心。

“你们记住了！李家的血脉不容许任何人侮辱，因为谁也不配！”李氏深吸一口气，缓缓道。

她的声音里带着一种平日里从未有过的骄傲和凌驾于众人之上的优越感。尽管她的父兄都已落魄，她自己也过得并不如意，却无法抹去她这种与生俱来的刻在骨子里的优越感。

“女儿记住了。”任瑶期轻轻扯了扯任瑶华，任瑶华低头闷声重复了一句。

“都出去吧，华儿今日闭门思过！”李氏难得强硬地道。

任瑶期拉任瑶华起身，两人应声退出去。

等女儿都走后，李氏愣怔了片刻，捂着脸倒在炕上。

周嬷嬷上前欲劝，待看到从李氏指缝里流出来的眼泪后，也湿了眼眶，最后竟是陪着她无声地流泪。

主仆两人哭了一场，周嬷嬷见李氏好些了，便上前去帮她擦眼泪。

“奴婢让人打热水来给您净脸。”周嬷嬷轻叹道：“三小姐她是无心的，您不要太难过。”

李氏哽咽着道：“她是我生出来的，身上也流着李家的血，别人看不起他们便罢了，她……”

周嬷嬷走上前去，将哽咽难言的李氏抱在怀里，轻轻拍着她的背安抚她。李氏收了眼泪，有些不好意思道：“嬷嬷，我不是小孩子了。”

周嬷嬷笑叹道：“嬷嬷看着郡主长大，在嬷嬷眼里你与三小姐、五小姐她们是一样的。”

出了正房的任瑶期看着沉着脸闷闷不乐的任瑶华，低声道：“三姐，你明明知道母亲是听不得那些的，以后千万别再说了。”

任瑶华斜睨任瑶期一眼，轻哼一声。

任瑶期摇了摇头，正要再说些什么，任瑶华开口道：“不是父亲喜欢什么你就喜欢什么，父亲讨厌什么你就讨厌什么吗？父亲不喜欢舅舅，你要是为外祖家说好话，就不怕父亲生气？”

任瑶期想了想，看着任瑶华揶揄道：“难不成在三姐眼里，父亲就是这么一个不讲道理的人？连我们喜欢什么人他都要干预？”

任瑶华气道：“你……油嘴滑舌，巧言令色！”

任瑶期做了个鬼脸：“你……语无伦次！”

任瑶华嘴角一抽：“你幼稚！”

任瑶期轻笑出声，随即才收敛了笑，认真道：“父亲并没有看不起外祖父和舅舅，只是……”

“只是舅舅巧言令色，夸父亲的画好，骗他作了一幅古画的仿品，最后却把他的画当真画抵押给了赌坊！”任瑶华接口道。

任瑶期默然。

任瑶华说的没错，任时敏就是因为这件事生气，最后扬言要与她们的舅舅断交。

“我不想看不起外祖父和舅舅，可是我不能理解他们在家里都揭不开锅的情况下还能将房子抵押了，只为了买一只蛐蛐儿，最后要不是母亲将房子赎回来，连带着外祖母也要跟着他们露宿街头！我更不能理解他们连丫鬟婆子随从都养不起了，却还要在家里养一个戏班子！家里能当的都当了，早就一贫如洗，他们还能乐呵呵地遛鸟斗狗唱大戏！他们还当自己是凤子龙孙，却没发现外头早就换了天了！”

任瑶期又是默然。

她没有办法反驳，因为任瑶华说的是事实。

有些人一辈子当惯了人上人，根本就不知道普通人是怎么生活的，因为没有人教过他们。

她们的外祖父姓李名乾，李是国姓。在被贬至燕北之前，他是真正的天潢贵胄，是先皇亲自册封的献王。

现在却只是燕北的一介庶民，子子孙孙未经传召永世不得入京。

任瑶期不姓李，因此从前她也不能理解外祖父和舅舅的作为。

但是她记得，当年在她爹爹死后，包括任家在内的所有亲眷都不肯为他收尸，唯独舅舅敢带着他养的那个戏班子里的武生去将爹爹的尸身扛回去，卖了外祖父看作命根子的“常胜将军”为他安葬。

也是那个不着调的舅舅，在她被任家抛弃后奉她母亲的遗命，冒着被杀头的危险追着她回了京城，想要把她从裴家偷出去。

最后是她婉拒了他，把他劝回燕北的。那是她第一次知道，一个三十多岁的大男人也能哭得眼泪鼻涕乱飞，完全不顾形象。

俗话说逆境逢知己，患难见真情。

任瑶期无法对任瑶华说这些，只能叹息一声，转身往自己的西厢去了。

很多人情冷暖，只有经历过才能明白。

云文放过年这段时间都不见人影，丘韫说他回云阳城给长辈拜年去了，也不知道真假。

元宵节那一日，白鹤镇上很热闹，几户大户人家筹资办了庙会。东府的任瑶亭约了韩攸晚上去逛灯会，韩家破天荒地应了。二太太过来邀任瑶期几个姐妹一起去。

李氏希望任瑶华和任瑶期姐妹能多出去见见人，因为任瑶华已快到谈婚论嫁的年纪了。

最后任瑶期与任瑶华还有任瑶玉一起去了，任瑶音和任瑶英两人没有出门。

任瑶期与任瑶华坐同一辆马车。

出府的时候，候在二门的除了几个跟车婆子外，还有一个眼生的中年妇人，看穿着比一般的婆子要强一些，五官生得也很清秀。

任瑶华多看了她一眼："你是哪里当差的？我怎么没见过你？"

任家派出来的一个跟车婆子忙赔笑道："这位是袁嫂子，是在我们任家的西山煤窑管吃食的管事。今日进府来是给管事回事的，出来遇见几位小姐要出门，就候在这里想给小姐们请个安。"

"袁嫂子？"任瑶期步子一顿，转头打量那妇人一眼，笑着道，"外院回事处的袁管事是你什么人？"

那妇人低头恭谨地回道："正是奴婢的当家的。"

任瑶期点了点头，对她道："你平日里是在西山煤矿管事？"

"回五小姐，正是。"

"我最烦坐马车了，一路上乏味得紧。你上来与我说说西山煤矿的事情解解闷吧。"任瑶期笑着朝她招手道，说完想起自己是要与任瑶华共乘一辆车，便转头讨好地笑道："三姐，反正咱们的马车宽敞得很，多一个人不打紧吧？"

任瑶华看了袁嫂子一眼，见她衣裳整洁，手脸都干净，便也没有说什么。

任瑶期笑着道："三姐看什么呢？难不成在煤窑管事的，身上就都是黑的不成？"听得周围的婆子丫鬟们都笑了。

任瑶华瞪了任瑶期一眼，转身上了马车。

任瑶期朝袁嫂子示意一下，也跟在任瑶华身后上了马车。

袁嫂子小心地与两个丫鬟跪坐在一处，看了看任瑶华，又看向任瑶期："五小姐想要听什么？"

任瑶期作势想了想，等马车驶动起来时才笑着道："袁嫂子想说什么就说什么，你刚才是刻意在二门等我吗？"

任瑶华听了这话，立即看过来，目光带了些审视地打量着袁嫂子。

"这……奴婢……"

袁嫂子被任瑶华盯得有些不自在，尽管她没有在任家内宅里当差，也听说过这位三小姐的脾气，之前打听到五小姐与三小姐一起出来，又听说这姐妹两人有些不合，她还有些打退堂鼓。

任瑶期朝她笑道："没事，她是我三姐，有话你就说吧。"

任瑶华闻言看了任瑶期一眼，将头撇开。

袁嫂子这才试探着道："不知道五小姐还记不记得祝家的人。"心想着若是见五小姐表情有什么不对，就赶紧打住不说。

不想任瑶期却毫不犹豫地点头道："记得，祝若梅是在你们西山煤矿干活吗？他母亲病好了没有？"

袁嫂子松了一口气，说话也放开一些："多谢五小姐记挂，祝家嫂子好在有了您给的赏钱看病抓药，又有她家闺女在身边伺候，比之前要好些了。"

看来袁家人也知道了她给祝若梅银子的事情。

"那就好。你今日来找我是祝家看病的钱不够吗？"

"不，不，不，钱够了。就是……"袁嫂子有些犹豫，不知道该不该开口。

"袁嫂子有话但说无妨。"任瑶期温和道。

"就是镇上的大夫给祝家嫂子开的方子终究还是治标不治本，若梅和我家大勇打听到云阳城里有个老大夫对诊治祝嫂子的病症十分拿手，所以若梅想带他母亲去云阳城求医。"

"云阳城啊……"任瑶期偏头若有所思。

"对，那个大夫在云阳城里。大勇曾去找过他一次，将祝嫂子的病情说给他听了，他说他有把握能治，可是需要每日都去看诊，还需要针灸。可是大夫却不能每日往返白鹤镇与云阳城，只能若梅带着他娘去云阳城求医。若梅有个妹妹是可以照顾他们的母亲，可是那孩子也才十岁，又是个姑娘，若梅不放心她们，想要也跟过去照顾。只是他之前为了给母亲筹钱看病，已经与矿上签了死契，没有主家允许是不能随意离开煤矿的。"

任瑶期沉吟着道："祝若梅想要离开煤窑？"

"不是不是，他没有想走。"袁嫂子忙摆手。与主家签了死契的矿工是不能随意离开的，生死都要在窑里。敢逃走的，被抓住了是可以乱棍打死的。

"他只是想先把他娘的病治好，之后一定还会回来的。可是他这一走，少说也要好几个月，煤窑的大管事怕他一去不回，又要找人来替他干活，就不想担这个责。我们没办法，只能求到您这里来了。"

"她能有什么办法？你怎么不去求我们祖母和大伯母？"任瑶华皱眉打断道。

"奴婢只是外头煤窑里的一个小管事，老太太和大太太哪里是奴婢想见就能见的。”袁嫂子苦笑着道。

任瑶期想了想，对袁嫂子道：“这样吧，你先回去，过两日再来找我，到时候就跟守门的婆子说你要找……找香芹。”任瑶期将手指向一旁伺候的香芹：“我到时候再给你答复。”

袁嫂子一听任瑶期真的肯帮忙，忙满脸欢喜地应了：“奴婢替祝家嫂子、若梅和若菊多谢五小姐了。”

任瑶期看着袁嫂子脸上真诚的欢喜，笑着道：“你与他们也是非亲非故，却愿意为他们这般奔走，他们也当好好谢你才对。”

袁嫂子叹道：“两个孩子都是好孩子，听话又懂事。若梅平日里也没少帮我干活……我们也是尽力而为，能帮些就帮些罢了。”

马车停下来，袁嫂子行礼退了下去。

袁嫂子一走，任瑶华就瞪着任瑶期道：“你真要管这些闲事？”

任瑶期想了想，对任瑶华认真道：“不是说好人都有好报吗？我想为自己和亲人积点福。”

“随便你，只是别到时候让人空欢喜一场。”任瑶华沉默了一会儿，撇过头去道。

任瑶期但笑不语。

白鹤镇的庙会开在镇西的关公庙附近，马车行驶到关公庙的时候，外面那一整条街灯火通明。

街道两旁挂满各式各样的灯，摆满各种小摊位。

许多年轻男女成群结伴地来逛庙会，到处都是欢声笑语。元宵节的灯会，是难得的可以走出宅门不必谨守规矩大防的时候。

任家几个小姐加上韩攸也下了马车，任瑶亭与韩攸早就凑到一块，指着街上各色小摊位说个不停。

韩攸似是从来没有逛过庙会，看见什么都感觉新奇，不由得暂时抛掉平日里的拘谨和文静，满脸的兴致盎然。

“瑶亭，真的要谢谢你，若不是你跑去我家去求我祖母，我肯定不能出来。呀——那个是什么？好长的灯啊！”

“噗——那是在耍杂耍，喷火蛇，才不是灯呢！你连这个也没有见过啊？”任瑶玉笑道。

韩攸有些不好意思地红了脸，任瑶亭握了握她的手，对任瑶玉道：“你以为人人都像你一样，一点大家小姐的规矩都没有，平日里就喜欢乱跑乱疯的？没见过杂耍的人多了！”

任瑶玉闻言有些不快，还是韩攸打圆场道：“其实是我孤陋寡闻，我真的很少出门的，也从来没有见过杂耍。”

几人在婆子的簇拥下走到一个卖走马灯宫灯的地方，见韩攸很喜欢一个画着嫦娥奔月故事的走马灯，任瑶亭便买下来送给她。

韩攸谢了任瑶亭，仔细打量手里的灯，笑着对众人道：“我就是觉得这故事画得有趣儿，其实画功真的不算好。我哥哥就画得好多了。”说到这里，她有些不好意思地对任瑶亭道：“我不是说这灯不好，我只是……”

任瑶亭丝毫不介意地笑道：“我知道，画这灯的不过是画匠，怎么能与……与他们比？不过是应个景儿看个热闹罢了。”

韩攸点了点头，又转头对任瑶期和任瑶华道：“任三伯父的画画得比我哥哥还要好很多呢，我曾经在哥哥的书房里见过一幅。”

任瑶期想起来任时敏曾经送了一幅自己的画作给韩云谦当谢礼，不由得笑着道：“家父平日里就是喜欢画画。”

韩攸点头：“听哥哥说伯父那里有不少他自己画的佳作，他送给我哥哥的是一幅《秋菊图》……”

任瑶期脸上的笑容却猛然顿住，愣愣地看着韩攸道：“父亲送给你哥哥的是一幅《秋菊图》？”

韩攸见任瑶期的表情有些奇怪，不解地道：“是啊，就是《秋菊图》。据说画的是傍晚时分京都浙江附近的菊花花会。三伯父的用色十分大胆，整条浔江都用红色渲染，却又那么自然，一点也不显突兀。”

任瑶期听着韩攸的话，心却渐渐下沉，脸上的笑意也全部消失。

不笑的时候的任瑶期，看上去有一种无法言喻的清冷。

本朝开国初，曾经发生过一次大叛乱。

与太祖皇帝一起打下大周江山的大将军夏韦明，在太祖皇帝死后率领十万大军逼近京都，企图推翻继位的明孝帝自立为帝。

夏韦明率叛军与驻守京都的五万禁军大战半个月，最终杀入皇宫，诛杀才登基不到三个月的明孝帝，第二日就昭告天下，建立新朝。

可惜夏韦明终究只是一介武夫，打江山在行，政治权谋却是一窍不通。夏氏新朝不过维持了百日，夏韦明就被莫名其妙毒杀在龙床上。

夏韦明死后，李氏宗室子弟李珉联合几位年轻武将乘机发动宫变，杀了夏韦明的两个儿子，控制住皇宫。

因太祖皇帝一脉已经被夏氏屠戮殆尽，百官推举宗室子李珉继任皇帝位，恢复大周国号，李珉就是后来的高祖皇帝。

尽管李氏皇族一直拒绝承认夏氏建立的那个不到一百日的新朝的存在，但是李氏曾被人抄了老巢、毁了宗庙，这是铁板钉钉的事实。所以这件事情对李氏皇族来说是一段不堪回首的耻辱。

大周朝的人对夏氏夺位这段历史都或多或少知道一些，但是因为李氏不愿意听人提起这件事情，很多细节都被刻意淡忘了。

因此很多人不知道，夏韦明发动叛乱的那一日正是九月初京都菊花花会的时候。当年的金戈铁马捻碎了满地黄金甲，唯留下京都城墙外的沂河里满目的鲜红。传说当年沂河半月之间水位涨了六七尺，那是五万禁军的血和尸身入河所致。

任时敏画这幅菊花图可能只是他在晚霞满天的时候所画，因此河里才会是艳红色，并无隐射当年夏氏叛乱之意。

可是当年，在任时敏去世后，这幅画却成为曾潜威胁任家的把柄。说任家的“反画”是支持燕北王效仿夏氏，起兵谋反之意。

任瑶期一直以为这幅《秋菊图》是曾潜捏造的，因为她从来没有在任时敏的画作中见过这幅，如今看来，任时敏确实画过这么一幅画，只不过是在去京城的路上画的，又恰巧在回燕北的路上送给了韩云谦，她才没有见过。

只是这幅画最后又怎么会到了曾潜手上，甚至成为他威胁任家的把柄，这当中韩家到底起了什么作用？

任瑶期想着想着，瞪着韩攸的眼神不由得有些飘忽。

韩攸被看得有些手足无措，不由得后退一步。

任瑶亭皱眉站到韩攸前面："五姐姐，你这是做什么？"

任瑶华也有些奇怪，不由得用手推了她一下。

任瑶期回过神来，看着众人惊讶的脸色，勉强笑了笑："没事，我突然想到一个梦境。"说着她又重新将视线投向站在任瑶亭身后的韩攸身上，只停留了一瞬，便又露出一个温和的笑容："对不起，我刚才想到了别的事情，没有吓到你吧？"

韩攸松了一口气，露出一个释然的笑容："吓了我一跳，我还以为自己说错什么话冒犯了你，不是就好。你刚刚想到了什么梦境？要不要说出来？我娘说做了噩梦说出来就不吓人了。"

对上韩攸那微带着担心的纯净眼眸，任瑶期心下复杂："那个梦啊……我站在高高的崖顶上，周围一个人也没有，唯一的路就是一条通往不见底的崖底的陡峭山阶，稍不留意就会粉身碎骨。"

这个梦并不是她虚构出来的，当年离开任家之后她经常做那个梦。无论她怎么顺着山阶往下走，都没有尽头，也看不见出路，最后总是以失足跌下山崖惊醒而告终。

任瑶玉却是嗤笑一声道："这算什么可怕的梦境，我还以为有什么厉鬼猛兽呢！"

任瑶期微微一笑，也不辩解。

小孩子总是觉得厉鬼猛兽这些才是最可怕的，她们还不明白这世上最令人恐惧的是绝望和无望。

"我虽然没有做过这种梦，但是也觉得挺可怕的。"韩攸好心地安慰道。

"少胡思乱想就不会做这些乱七八糟的梦了！"任瑶华不以为然道。

任瑶期轻轻呼出一口气，脸上带了些轻松的笑意："好了，接下来我们要去哪里？"

任瑶玉立即抢先道："我们去关公庙后面那条街吧，听说有舞长龙和'九曲龙门灯阵'呢。"

任瑶期和任瑶华都无所谓，任瑶亭看向韩攸，韩攸笑着点头："好啊，我早就听说今年镇上会摆‘九曲龙门灯阵’，听说这种灯阵颇费工夫，又需要懂八卦和阵法的高手来制图，所以五年才摆这么一次。我正想来见识一番呢。”

“那就去看看吧。”任瑶亭点头赞同。

“我们把马车留在这里，走过去吧？反正这里离那里也不远，且路上这么多行人，多热闹啊。”任瑶玉提议道。

此言一出，韩攸也是眼色一亮。她极少有机会能出门，更别说是这么大大方方地与友人一起走在大街上了。

看着街上那些三三两两的逛着灯会的少年少女，她不由得十分艳羡。只是她性子腼腆，这种提议是不会说出口的。

任瑶亭却是察言观色，立即同意，然后问任瑶期和任瑶华两人：“三姐姐和五姐姐呢？要不要与我们同去？”

她这话问得客气，意思却是不管任瑶期和任瑶华两人同不同意，她们已经决定要走着去了。

任瑶华看了一下大街上的行人，也有些意动，便看了任瑶期一眼。

任瑶期对这种事情向来是不在意的，便点头道：“那便走着去吧，只是每个人身边的婆子丫鬟都不要跟丢了。虽说白鹤镇治安不算坏，但是毕竟也是人来人往。”

任瑶玉欢喜又不耐地打断：“这还要你说！这些人也不敢跟丢我们！”

于是几人便带着一堆婆子丫鬟往关公庙后面那条街走。

任瑶亭和韩攸相携走在前面，任瑶玉带着自己的丫鬟婆子们一边走，还一边逛路边的小摊，兴奋之下买了十几盏灯，让后面的人提着要带回去。

任瑶期与任瑶华走在一起。

“三姐不买灯吗？”任瑶期问道。

“你想要就自己买，我可不要。提回去挂哪里？”任瑶华不过是看看热闹，对灯不感兴趣。

任瑶期只是随口一问，心里还在想那幅画的事情，想着无论如何一定要想个法子把那幅画拿回来才行。

两人便这么一路无言地走着。快到后街的时候遇上了舞长龙的队伍，人群全都朝这边涌过来，任瑶期和任瑶华便驻足在人群外头看了一会儿。

“咦？七妹妹她们呢？”任瑶华探头看了看，突然问道。

任瑶期也四处看了看，满目都是人，却没有那三人的身影。

“想必是挤到前面去了。”任瑶期不确定道。

任瑶华又探头找了找，只是她们前面人太多了，哪里还能看见谁是谁。

“算了，她们肯定要去看那个九曲龙门灯阵，我们去那里等她们吧。”

任瑶期点了点头，没有意见。

两人便绕过热闹的人群，往摆阵的地方走。

九曲龙门灯阵摆在关公庙后面一个平地上，大概有两亩宽广，用水浇筑成七尺左右的冰墙，内有三百六十盏灯。整个灯阵只有一个入口和一个出口。不懂阵法的人进去，不管怎么绕最后都是从入口再绕出来，这就是九曲龙门灯阵的奇特之处。

摆这种灯阵，费时、费力又费银子。

任瑶期与任瑶华走到入口处的时候，见已经有了些看热闹的人，不过真敢进去试的人却没有几个，大家都怕绕不出来。

“这个灯阵真好看！”丫鬟们欢喜地道。

冰灯阵被灯火映照得宛若水晶般美轮美奂，任瑶华和任瑶期两人也不由得看得愣住了。

“那不是韩家公子吗？”香芹突然指着不远处道。

“咦？三公子也在？”香芹后知后觉地补充道。

任瑶期抬头，果然看见韩云谦和任益均站在灯阵外说话。也难怪香芹一眼看去先只看到韩云谦，他年纪虽不大，却气质沉静、风姿出众。任益均清秀的相貌和阴沉的气质自然被他比下去了。

任瑶期不由得皱眉，任益均不是与韩云谦不对盘吗？两人怎么会一同出现在这里？

想了想，任瑶期对任瑶华道：“既然遇见了，当去打声招呼才是。”

任瑶华没有反对，两人便行到任益均和韩云谦面前。

正好听到任益均道：“你若是能在一刻钟内走出来，我便信你，如何？”

韩云谦正要说话，抬眼便看到了任瑶期姐妹两人。

“瑶期，你也来了？”任益均对任瑶华视而不见，只与任瑶期打招呼，态度还十分友好。

任瑶期和任瑶华屈身行礼，韩云谦拱手还礼。

任瑶期笑着与任益均道：“之前还想邀三哥一起来看灯的，却听说你已经出门了，原来是与韩公子一起？”

任益均翻了个白眼：“谁跟他一起来着？不过是在友人的聚会上碰巧遇上了。我说要来看九曲龙门灯阵，他也想来看，就同路来了。”

任瑶期看向韩云谦。

沉稳少年漆黑的眸子在冰灯的映照下有些黑不见底。任瑶期看人喜欢看眼睛，因为一个人的眼神是不容易伪装的，能说明很多东西。

她就有些好奇，为何韩云谦这个十几岁的少年会有着成年人才有的眼神。沉寂中总觉得背负了太多的东西。

韩云谦也在看任瑶期，是一种正视的打量。

突然他开口说道：“听闻任五小姐棋艺了得。”他只说了这么一句，却没有下文。

任瑶期闻言，却斜睨了一旁站着的任益均一眼，想着是不是自己背后说人坏话的事情让人家知道了。

不过因为前世任瑶华和《秋菊图》的事情，她对韩云谦没有什么好感，所以即便他知道自己说他坏话，她也没有丝毫愧疚。

任益均在这个时候打了个喷嚏。

任瑶期皱眉道：“这里很冷，三哥还是去车上吧？”

任益均轻哼一声，撇过头去，当作没有听到，只自顾自地道：“到底有没有人要进阵啊！你们不去，爷去了！”

任瑶期深知他的脾气，也不好再劝，只转头吩咐他身后的小厮去取一件厚一些的披风过来。任益均出门时，马车上的行头向来都是配备得很齐全的。

“怎么样？你能不能一刻钟之内出来？”任益均看向韩云谦，语带挑衅地道。

韩云谦打量了一下灯阵，想了想，有些含蓄地回道：“还要走一走才知道，听闻今年的灯阵是燕北王二公子制的图，与往年相比有些不同。”

“萧二公子？”任瑶期有些惊讶，这她倒是没有听说过。

韩云谦点头，有礼地道："我是之前听子舒说的，外头知道的人不多。"子舒是云文放的字。

任瑶期也不由得饶有兴致地打量起灯阵来，萧家二公子萧靖西一直是个传说般的存在，自他进京给太后贺寿之后，他在京城的名气比在燕北的还要大。见过他的人都说他是个极其雅致又绝顶聪明的人物。

任益均突然摸着下巴对任瑶期道："五妹妹要不要去试试？我倒是想进去，偏偏出门的时候答应了我母亲不进阵。可是都到这里了，不进去看看的话，实在不甘心。如果你进去的话，出来后还能与我说道说道里头是什么门路。"

"万一进去出不来怎么办！"任瑶华皱眉反驳道。

任益均瞥了她一眼，嗤笑道："只有走进去原路出来的，没有走进去出不来的。你放心好了，若是五妹妹进去半个时辰还不出来，我就让人将这灯阵敲了如何？"

说着，任益均又打量任瑶期和韩云谦一番："这样吧，你们都进去一次，看谁走出阵来用的时间短。"

任瑶期原本是不会理会任益均这种突发奇想的无聊提议的，不过她拒绝的话才到嘴边突然灵机一动。

"我原本就想进去走一次的，三哥的提议也不是不可。只是，若要比试，输赢总要有个说法才好。"任瑶期看着韩云谦，微笑道。

韩云谦不由得一愣。

任益均却拊掌道："五妹妹此言极妙，确实要有个说法。韩公子觉得呢？"

"三哥！你怎么也跟着她胡闹！"任瑶华低声阻止。

任益均又是一个白眼："我向来就是个胡闹的！看不惯就滚远些！"

"你——"

任瑶期笑着对任瑶华道："三姐，不过是玩乐罢了，别担心。"

任瑶华想要发作，可是韩云谦这个外人正在眼前，让她发作不得，只能干瞪眼。

"五小姐想比什么？"一直没表态的韩云谦突然开口了，竟是不反对任益均的话。

任瑶期没有想到他还真的应了。

时下男子与女子的地位不等，男子向来耻于与女子比试。他们觉得赢了胜之不武，输了里子面子丢尽。也只有任益均这种性子乖僻又不羁的人才会三番几次地拿她与韩云谦作比。

任瑶期故作沉吟道："赢了的人可以向输了的人提一个要求，当然为了怕到时候提出来对方却办不到，这个要求可以现在就先提出来。韩公子意下如何？"

韩云谦不过思考片刻便点头道："如此，任五小姐可以先提。"

任瑶期也不客气，当即笑着道："我记得我父亲曾送给你一幅画？若是我赢了，你就把画给我如何？"

韩云谦漆黑的眸子中闪过一丝惊讶，被任瑶期捕捉到了。任瑶期心下一紧，难不成韩云谦在拿到父亲的画的时候就已经有了要借着那幅画生事的打算？如此一来，他定是会拒绝她的提议。

"那幅画是任三伯父赠给云谦的，云谦也极为爱惜……"韩云谦斟酌着道："我若是再将画给你，怕是对任三伯父不太尊敬。"

任瑶期闻言，叹气道："这幅画原本就是我要求父亲画了，送给我做生辰礼的。我从未到过京都，很想知道一年一度的菊花会是什么样子的。不想父亲却将画给了你。我……我之后问爹爹要的时候，他也很为难呢。他只说画已经送给了你，再讨要的话怕是不妥当，你也不一定会同意。"说着还抬头看了韩云谦一眼，含着一丝不甘愿。

韩云谦不由得有些头疼，君子不夺人所好。任瑶期已经将话说得这么明白了，他再拒绝的话终究是有失风度。而且人家说的是比试赢了后再找他要，并非强要回去。

于是，韩云谦只能道："如果你赢了，我便去问一问任三伯父的意思。若是他不介意的话，我再将画给你。不然你可以提任何一个别的要求。"

话虽然是这么说，也不过是为了让任瑶期面子上好看罢了。韩云谦不认为自己会输给任瑶期。

任瑶期莞尔一笑："那就这么说定了！韩公子赢了又有什么要求？"

韩云谦摇头道："不需要。"

任瑶期笑道：“这怎么行？既然是比试，那就要公平一些才好！”免得到时候你要赖。

韩云谦想了想道：“听说五小姐棋艺了得，若是云谦赢了，还请五小姐能赏脸与云谦对局一次。”

这倒让任瑶期有些意外，比了一次，还想比第二次？到底她的棋艺被任益均传扬到如何神乎其技的地步？任瑶期瞪向看热闹的任益均。

任益均眨了眨眼，转过头去看灯。

任瑶期只能点头：“好。韩公子先请！”

任益均慢条斯理地从自己的袖口中摸出来一个鎏金怀表，朝着两人扬了扬：“正好我带了这个，就为你们计一计时吧。”

韩云谦点了点头。

任益均为了公平起见，将怀表给韩云谦，让他看了眼时辰。

又让韩云谦的随从与他站在一处，等韩云谦出来。

韩云谦步伐沉稳又闲适地走进灯阵。

任益均这才转头对任瑶期道：“五妹妹，你有几分把握能赢？”

任瑶期老老实实地摇头：“这要等我出来才知道。”

几人在外头等了一刻多钟，韩云谦果然不负所望从另一边的出口出来了。

看着已经走到面前来了的韩云谦，又低头看了看怀表，任益均不由得有些忧心地对任瑶期道：“一刻两个字。”

韩云谦朝他们点了点头，犹豫了一会儿才对任瑶期道：“萧二公子的阵法果然与一般的灯阵有些不同。因是冰铸的，里面有些冷，五小姐还是别进去了。”

任瑶期摇头认真道：“言而无信不是君子所为，我虽不是君子，却也不想失信于人。”说着任瑶期点了任瑶华身后的香芹和一个嬷嬷与她一起进去。她是女子，身边不能离了人，带人进去并不算违规。

“五小姐，这里好看是好看，不过真的很冷啊。”香芹一进去就打了个哆嗦。

任瑶期停在离入口不远的地方打量了一下几条岔路，一面笑着道：“四处都是冰墙，怎么可能会不冷？没事，我们很快就能出去。”

说着，任瑶期便抬步往自己选定的岔路走。

香芹连忙跟上："五小姐，我们真的能赢那位韩公子？三少爷不是说他很厉害吗？"

任瑶期点了点头，没有说话，因为她正在心里快速地算计阵点。

萧靖西的阵法果然精妙。他定是一位堪舆高手。只是这种灯阵摆出来是与民同乐的，所以并不会难到无人能走的程度，不然就失了它的本意。只是普通人不懂诀窍，想要误打误撞的话，怕是要费上不少的时间。

任瑶期跟着裴先生所学甚杂，堪舆和九宫阵甚至算术都学过，算不上精，走这种阵却也是驾轻就熟。

平心而论，韩云谦一刻来钟就走了出去，真的算是很好了。

任瑶期静心计算着阵点，脚下步子不停。等终于看到出口的时候，她不由得展颜一笑。

任益均和韩云谦已经候在灯阵出口不远处，与他们站在一起的还有之前走散了的韩攸和任瑶亭两人。

任瑶期走过去的时候，正好听见任瑶亭道："三哥、韩公子，我们要不要去入口处等着？五姐姐应该是走不出来的。"

任益均却已经看到任瑶期，不由得瞪大眼睛，然后低头去看手中的怀表，接着不可置信地冲任瑶期喊道："一刻钟一个字。"

众人回头，正好看到任瑶期走过来。

任瑶期停在任益均面前，从他手中接过怀表看了一眼，松了一口气，之后转头对看着她微微愣忡的韩云谦微笑有礼地道："韩公子，承让了。"

任益均哈哈大笑："五妹妹你出阵用了一刻钟一个字，韩公子用了一刻钟两个字。你快了他一个字！韩公子，你输了！"

韩云谦看着任瑶期没有说话。任瑶亭却满面狐疑地道："不可能！五姐姐怎么可能能赢韩公子！"

任益均瞪着眼睛不快地反驳："五妹妹怎么就不能赢！"

任瑶亭张嘴，发现众人都在看她，不由得脸色一红，再也说不出辩驳的话。

韩云谦收回定在任瑶期脸上的目光，微微垂眸，淡声道："是我输了。"

任瑶期谦虚道："我也是运气好，误打误撞出来的。"

任瑶亭对着韩攸露出一个"果然如此"的表情，不知为什么心里感觉舒坦了些。

韩云谦却知道，进到刚刚那个九曲龙门宫灯阵里，仅仅凭借运气好就能这么快转出来的可能性有多小。

任瑶期看了看周围，疑惑道："三姐姐她人呢？"

"瑶华姐姐说她有些冷，要去马车上等你们，才走了不久。"回答任瑶期的是韩攸。

任瑶期想着任瑶华定是还在生气，觉得她会丢人现眼，索性来个眼不见为净。

想着自己进阵的目的，任瑶期转头看向韩云谦："韩公子，家父的那幅画……"

韩云谦沉默片刻，点头道："明日我就去府上，先问过任三伯父的意思。若是他没有意见的话，我便将画转赠给你。"

任益均却是唯恐天下不乱道："要不你们再比一次围棋？"

任瑶期闻言，似笑非笑地看了他一眼："三哥，要不要我去考一个状元回来给你争脸面？"

韩攸在一旁扑哧一笑，笑完又觉得有些失礼，忙低头用衣袖掩了自己的唇。

若是别人这么跟任益均说话，他一准儿翻脸。听任瑶期这么说，他却轻咳一声，低头摸了摸鼻子。

"八妹妹没有与你们一起吗？"任瑶期不再搭理任益均，转身去与任瑶亭说话。

任瑶亭有些漫不经心道："我一直与攸姐儿在一起，没有看到八妹妹。"

"要不我们回去寻一寻她？"韩攸有些担忧地问。

任瑶亭正要说什么，韩攸又说了一句："哥哥你陪我们一起去寻瑶玉妹妹吧？"任瑶亭便不再说话，也将视线投到韩云谦身上。

韩云谦点了点头："好。"

任瑶亭却对任瑶期和任益均道："我们去寻八妹妹，三哥和五姐姐还是留在这里等着吧？免得等会儿八妹妹来了找不到我们。一个时辰之后我们在这里见如何？”

任益均自然不想跟着他们走，他只想问任瑶期灯阵的事情，闻言不过是“嗯”了一声。

任瑶期点了点头，又吩咐香芹道：“你去与三姐说一声，我已经出来了，若是她不愿意出来，就在马车里等我们，半个时辰后我再去找她。”

香芹应声退下，韩云谦朝着任益均和任瑶期两人行了一礼。任瑶期的目光与他在半空中对上，微微一笑，便自然地撇开。

等他们三人离去之后，任益均便迫不及待地道：“五妹妹，与我说说你是怎么出的九宫八卦灯阵吧？”

任益均身上穿着厚重的毛皮披风，露出的鼻头还是被冻得通红，任瑶期想着走动一下会让身体更暖和一些，便故意撒娇道：“说给你听也可以，不过三哥要送我一盏兔子灯！”

任益均翻了个白眼：“只要一盏？送你十盏八盏也可以。”

任瑶期伸手帮他把风帽戴上，惹来任益均的不满瞪视。

见他想把帽子放下，任瑶期将自己披风上的帽子也戴上了，一边道：“我们去那边买灯，你别把帽子放下了，你这么大的人了还买兔子灯不怕被人笑话？”

任益均撇嘴不屑道：“谁敢笑话爷！”话虽这么说，却也没有再动他的风帽。

任瑶期忍着笑，吩咐两个婆子在原地等着，就招呼他往关公庙旁边的侧巷走，那边有个卖花灯的摊子。

灯市上有荷花灯、牡丹灯、狮子灯、菊花灯、兔子灯，等等，让人看得目不暇接。任瑶期本来只是想要让任益均走动走动，活络一下筋骨，因此一边细挑慢选，一边与他说灯阵的事情。

两人一路逛下来，任益均没有注意到自己手里被塞了一盏充满童趣的兔子灯，还拿着走了一路。

最后见周围的人都朝他投来善意的打趣的目光，任益均瞪大了眼睛，理直气壮又凶悍地看了回去。他阴郁的表情成功将围观路人都吓跑了。

任瑶期在一旁笑得开怀。她从来不知道这个在她眼中总是阴沉的三哥还有这么可爱幼稚的一面。

任益均将自己手里的兔子灯往任瑶期手里一塞，气呼呼地掉头就走。

“三哥，等等……”任瑶期一边笑着，一边追上去，不过任益均步子迈得很快，转眼就消失在侧巷里。

任瑶期将兔子灯交给身后的婆子拿着，笑着嘀咕道：“真小气。”一边漫步跟上去。

走到之前的那个灯阵出口时，任瑶期步子突然一顿。

她注意到旁边不远处的角落里停了一辆马车，那辆马车是停在阴影处的，周围也没有人，只能隐隐看出来一个车厢轮廓，连拉车的马匹也是静静地立在那里没有动静，丝毫不会引人注意。

之前任瑶期从它面前经过了两次，居然都没有注意到它的存在，难道是在她离开的时候停过来的？可是她一路上都没有看到有马车驶过。

“五小姐？”婆子见她不走了，便轻声唤了一句。

任瑶期回过神来后不由得失笑，她怎么对一辆马车这么在意起来了。

想要继续前行的时候，却听到了一阵脚步声。

任瑶期鬼使神差地立在原地，没有移步。

这种感觉很神奇，仿佛整个世界的喧嚣、嘈杂，芸芸众生的嬉笑怒骂都在你眼前、你耳边呈现，偏偏你却只能注意到那点轻微的脚步声。它抓住了你全部的心神，让你无法忽略。

一个颀长的身影出现在对面，若不是任瑶期觉得自己听到了脚步声，她甚至觉得这个人是凭空出现在自己眼前的。

冰灯在他身体的一侧投下炫彩琉璃的光影，却又刺目到让人看不清晰。

他全身都裹在一件黑色大氅里，衣领处的狐裘将他的下颌完全遮住。任瑶期一眼看去，只感觉到这个人周身散发出一种很微妙的、十分吸引人的气质。她说不出是一种什么感觉，只觉得似乎无法集中视线去看清他的长相。

突然她对上了一双极清极暗、黑如墨玉般的眸子。

任瑶期感觉到自己的心一阵急跳，想要再看清一些的时候，他的身影已经从光影中走过，进入马车旁的暗影里。

他在马车旁停住步子，并没有立即上车，微微偏头看了过来。任瑶期似是能感觉到他的目光停留在自己身上，竟有些紧张。

这时候有人为他掀开车帘子，他上了马车。

马车缓缓驶动，与任瑶期擦身而过。等车轮声也消失之后，任瑶期感觉自己终于能动了。她感觉自己刚刚似乎是进入了一个梦魇。

“五小姐，你怎么了？”婆子小声问道。

任瑶期摇了摇头，低声道：“好像鬼压床。”

“五小姐，你说什么？”任瑶期的声音太低了，婆子没听见。

“哦，刚才那个人，你们看清楚他的长相没有？”任瑶期问道。

几个婆子面面相觑，最后纷纷摇头。

“奴婢没看清，马车停的地方太暗了。”

任瑶期点了点头，将这件事情放下继续前行，去寻任益均。

找到任益均后，任瑶期以陪他下棋为诱饵哄得他转怒为喜。

任瑶期在心里默默又加了一条关于任益均的标注：生气了也好哄。

之后，任瑶亭和韩氏兄妹果然将任瑶玉找了回来，时辰也已经不早，众人便打算打道回府。

只有任瑶玉还嚷嚷着要走一次九曲八卦灯阵，不肯回去，被任益均不留情面地讽刺了几句。任瑶玉羞愤不已。好不容易劝住了任瑶玉，几人便回到停马车的地方找任瑶华。

因为香芹已经将任瑶期赢韩云谦的事情告诉给任瑶华了，所以任瑶期上马车后，任瑶华虽然依旧冷着一张脸不与她说话，却也没有对她冷嘲热讽。

韩家离得近一些，任瑶亭又非要送韩攸，任家的马车便与韩家的一同走。待马车在韩家门口停下后，韩云谦特意走到任瑶期的马车外低声道：“明日云谦会去任家拜访。”

虽然只有这一句，任瑶期却知道他是说那幅画的事情，不由得隔着帘子与他道了一声谢。

第二日，任瑶期一早就找上了任时敏。

彼时任时敏正在西跨院里用他自己削的竹剑舞剑，等他舞完之后，任瑶期亲手奉上茶水和汗巾，然后与他说了自己想要他给韩云谦的那幅画的事情。

任时敏听了皱眉："送出去的东西怎么有要回来的道理？瑶瑶若是喜欢，爹爹再给你画一幅就是了。"

任瑶期理直气壮："再画一幅也不是那一幅了！我就喜欢那一幅！"

任时敏有些头疼地试图与她讲道理："可是那一幅已经送给韩云谦了，再要回来有失君子风度。"

"那是他输给我的！不给我，他才有失君子风度！"

任时敏一愣："他输给你的？"

任瑶期便将昨夜她与韩云谦走灯阵，韩云谦输给她的事情说了。

任时敏听了，先是哈哈大笑，笑完回过神来，突然瞪着任瑶期怒道："你们竟然拿我的画做赌注！"

任瑶期赶紧道："是三哥非要我们比的！我又非常想要您那一幅画，所以就应了。若不是想要将您的画拿回来，我才不与他比呢！而且他既然肯拿您的画与我做赌，就说明他并非真的珍惜您的画。良马思壮士，宝剑赠英雄，那幅画应该归我才不辱没它！"

任瑶期耍起无赖来脸不红心不跳，节操全数喂了狗。

任时敏脸上好看了一些，有些犹豫道："你真这么想要那幅画？可是你都没有见过那幅画。"

"不是有一个词叫作'神交已久'吗？我就是想要那幅《秋菊图》，想要到知道它落在别人手里连觉也睡不着。"任瑶期最后一句话倒是真话，她这一回若是还让任时敏的把柄落到韩家手里，就真的要每日睡不着觉了。

任时敏算是怕了她的胡搅蛮缠，只能妥协道："等他来了再说吧。"

任瑶期终于满意了，跟着任时敏进书房。

任时敏看着跟在自己身后的尾巴，无奈道："他来还画，我接了就是，你不用跟着我。"

“我还有事要和爹爹商量。”任瑶期笑眯眯地跟着任时敏坐到书案旁。

任时敏轻笑着瞪她一眼：“商量什么？又看上爹爹送出去的什么东西？你再顽皮，我就罚你……罚你抄《女诫》!”

说完之后，任时敏还自认为这个法子不错，有些得意。

任瑶期一脸无奈，想了想正色道：“我上一次生病，病得很重，每天都很难受。病愈之后，我在菩萨面前许愿，让她保佑我和家人都身体健康，我每一年至少做一件善事帮助需要帮助的人。”

任时敏倒是认真听着。

任瑶期便将自己遇见祝若梅以及他母亲生病的事情说了出来：“……救人一命胜造七级浮屠。何况我也希望自己的亲人平安健康，因此就很同情祝若梅。”

任瑶期说到这里的时候，眼眶有些发红。她愿意帮助祝若梅并不仅仅是因为这个人有利用价值，还因为祝若梅让她想到自己从前对至亲的命运无能为力时候的绝望。

她愿意在她力所能及的范围内去帮助他，只求这一世能给她一个改变至亲命运的机会。

任时敏叹气，掏出自己的帕子递给任瑶期，摸了摸她的头道：“别哭了，不就是放个人吗？我去找你大伯父商量就是。”

任瑶期抬头看着任时敏，破涕为笑：“谢谢爹爹。”

任时敏失笑：“小孩子就是爱哭。”说着，他想了想，又道：“只是这种事情爹爹向来是不过问的，一次两次还行，次数多了怕是会惊动你祖父，那就不好办了。好在你也一年只做一次善事，想必还不至于会害为父挨你祖父的板子。”

看着任时敏紧皱的眉头，任瑶期扑哧笑出了声。

“爹爹什么时候挨过老太爷的板子？”

任时敏脸上的表情一僵，正要搪塞过去，外头有人禀报说韩家少爷来了。

任时敏交代外头领人进来，任瑶期也站起身来，规规矩矩地立到任时敏身后。

韩云谦进来后，眼神在任瑶期身上轻掠而过，便上前去给任时敏行礼。

任时敏点了点头，让他坐下。

韩云谦却没有坐下。他将自己今日来找任时敏的来意说了，对于自己输给任瑶期的事情，他倒是承认得大大方方的，没有扭捏。只是对自己将任时敏的画输了出去表示歉意。

任时敏看了任瑶期一眼，也没有再为难韩云谦，只道："瑶期被我惯坏了，还请你多担待一些。"在外人面前，任时敏向来是个极有风度的君子。

韩云谦忙道："是我技不如人，还狂妄轻敌。"

任时敏想了想："这样吧，我送给你的画是谢礼。既然你还了回来，我当另外再送你一样才好。"

一直低头作乖顺状的任瑶期连忙抬头："爹爹，你不是新收藏了一块好砚台吗？就把那块砚台送给韩公子吧。"

可千万别说再画一幅画给他了。

任时敏想到自己才到手不久的心爱砚台，有些肉疼，可是任瑶期都说出口了，他也只能点头："那你去里间把为父那块砚台拿出来给云谦。"

韩云谦自然看出来任时敏的不舍，沉静地拱手道："伯父，云谦能否用砚台换一次与五小姐的对局？"

任瑶期一愣，看向韩云谦。难不成这人还真是棋痴？

任时敏回头看了任瑶期一眼。

任瑶期想了想，还是点了头。

于是在任时敏的书房里，任瑶期和韩云谦相对而坐，摆起了棋局。观战的任时敏打横而坐。

对局的两人都是气定神闲，落子无声。

这一局一下就是一个时辰，最后棋局尚未完，韩云谦就投子认输。

任瑶期看了看棋局，抬眸道："韩公子，胜负还未分。"

韩云谦却笑了。任瑶期还从未看到他笑过，不想他这一笑倒是如春暖花开般带了一股恣意和悠然，让人目不能移。

平心而论，韩云谦是个名副其实的美男子。

"不，已经分了，云谦技不如人。"

高手下棋，走一步看三步。

任时敏在一旁哈哈一笑："下棋总是有输有赢，一局怎么能定胜负？"

韩云谦又看了任瑶期一眼，起身朝任时敏行了一礼："云谦告辞。五小姐能否遣个人去跟我取画？"

任瑶期点了点头，也站起身。

任时敏正在低头研究之前的棋局，随意摆手道："你们去吧。"

两人从书房出来，韩云谦突然开口道："我今日并未将画带来。"

任瑶期脚步一顿，皱眉看向韩云谦，声音微恼："韩公子这是何意？"

韩云谦转过头看了她一会儿，又是一笑："所以我让五小姐派人跟我回去取。"

"……"

"云谦有一事不明。"看着面上无甚表情的任瑶期，韩云谦嘴角微勾，放低声音缓缓问道。

"韩公子但说无妨。"任瑶期非常客气。

"云谦可是在什么时候得罪过五小姐，以致五小姐对云谦这般不喜？"韩云谦顿住脚步，转过头来，漆黑不见底的眸子对上任瑶期的眼睛。

少年的眼眸深如月夜下的深潭，仔细看去总有一股水雾笼罩着驱之不散。

任瑶期与他对视一瞬，继而不解地偏头道："韩公子何出此言？"

韩云谦依旧看着她不说话。

任瑶期面色不变，坦然笑道："韩公子怕是想多了吧？我与你总共没有见过几次面，与你根本说不上熟悉。何来'不喜'之说？"

韩云谦终于缓缓移开目光，沉默半晌才道："如此甚好。"

两人从西跨院走出来，正要分道扬镳，却见任瑶华正好从正房里出来。

她的目光在任瑶期和韩云谦两人身上停了一瞬，眉头微蹙。

韩云谦朝着任瑶华遥遥作了一揖，转身走了。任瑶期随手招了个西跨院的丫鬟过来，让她跟着韩云谦去取画。

等任瑶期再转身回看的时候，任瑶华已经穿过庭院往自己房里去了。

差不多过了一个时辰，派去韩家的丫鬟给任瑶期送画来了。

"小姐，奴婢回来的时候遇到了东府七小姐身边的杜鹃，她缠着奴婢问了许多莫名其妙的话，还问奴婢去韩府是去做什么的。"

任瑶期接过画，挑眉看了丫鬟一眼：“那你是怎么回答的？”

丫鬟道：“奴婢实话实说，说三老爷吩咐奴婢去韩府取一幅画回来。见她问得没完没了，奴婢又急着回来复命，便随便应付几句就走了。”

任瑶期点了点头：“辛苦你了，去雪梨那里领赏钱吧。”

丫鬟欢喜地应了，想了想，又笑着道：“五小姐，奴婢在韩家的时候还遇到一件怪事呢。”

任瑶期闻言心下一动：“哦？什么怪事？”

丫鬟道：“韩公子去书房取画，奴婢在二门候着。只是韩公子去了许久还不来，奴婢又内急，就叫住一个韩家的丫鬟让她领着奴婢去净房，因那里离着内院的一个净房很近，那丫鬟就带奴婢去了内院。奴婢从净房出来的时候，正好看见韩公子和一位五十来岁的老者从奴婢前面的岔道走过去，那位老者似是正在训斥韩公子，不过他说话带了我们幽州的口音呢。我正要问那丫鬟老者是谁，那丫鬟却是吓了一跳，连忙扯着我从另外一条小道跑了，说是韩家规矩大，让人看见我不好。之后那丫鬟走了，过了不久韩公子和那位老者又走出来，可是这次奴婢听那老者说话却是蓟州那边的口音了。这时候奴婢才晓得那位老者是韩公子的祖父，小姐，您说这事儿怪不怪？不是都说韩家的人是土生土长的蓟州人吗？韩公子的爷爷怎么会说我们白鹤镇的方言？”

任瑶期笑道：“或许是韩老爷子年轻的时候曾来过白鹤镇吧。”

“可是奴婢听说韩老爷子是从南边逃荒去的蓟州啊，因得了韩家前任家主的喜欢才招赘进的韩家。”

任瑶期想了想，嘱咐丫鬟道：“这件事情你先不要对别人提起，毕竟你私入人家的内院，不小心听到了别人的对话，这样十分不妥当。”

丫鬟忙点头道：“奴婢知道了，奴婢只跟五小姐说这件事情。”

任瑶期点了点头，打发丫鬟下去。

在炕上坐下来，任瑶期将手中的那幅画卷摊开在炕桌上，果然是韩攸描述的那一幅《秋菊图》，画上面还有任时敏的私章。任瑶期仔细辨认一番，终于松了一口气。

然后她又想到刚刚丫鬟对她说的那件事情。

丫鬟听到韩老爷子说带着白鹤镇地方特色的方言，是丫鬟听错了？还是韩老爷子适应能力太快？抑或是有其他不疼不痒的理由？

丫鬟听到韩老爷子在训斥韩云谦，是因为什么事情训斥他？与她手中这幅画有没有关系？

任瑶期想着想着，有些头疼。

这个韩家太让人摸不着头绪。

转眼到了春暖花开的时候，云文放又来了任府。听说被他打得半死不活的那人冬天的时候得了一场大病，死了。

那人的父亲是个六品官员，跑到燕北王府喊冤，要求燕北王严惩云文放。

云文放被他祖母勒令在事情了结前老老实实待在任家，哪里也不许去。

云文放便开始跟着任家的子弟在外院读书。

这一日，任瑶期正在屋里看书，新进府的丫鬟苹果进来禀报，说姑奶奶回来了，人已经往荣华院去了。

任瑶期愣了半晌才反应过来，丫鬟口中的姑奶奶是她的姑母，已经嫁到云阳城林家二房的任时佳。

可是她记得任时佳还怀着身孕，现在离产期只有三个来月，怎么会在这个时候回来？

“姑奶奶是一个人回来的吗？”任瑶期问道。

苹果点头：“姑爷没有来，只有姑奶奶回来了。”

任瑶期想了想，起身去了李氏正房。

周嬷嬷正好在跟李氏禀报任时佳的事情。

“……听说是与林二爷生了些口角，回娘家待产来了。在路上的时候，长房那边的老太太就派了两拨人来劝姑奶奶回去，姑奶奶还是执意要回来。”

李氏不由得惊讶：“姑奶奶与姑爷两人的关系不是向来和睦吗？怎么这次姑奶奶怀了身子，反而还闹腾起来了？出了什么事情？”

周嬷嬷小声道：“听说是林二爷在姑奶奶怀了身子、身体不便的时候收用了她身边的一个丫鬟，还没有与姑奶奶说。姑奶奶知道后大发雷霆，收拾东西就走了。”

李氏一愣：“林二爷这些年身边连个通房丫鬟都没有，只有姑奶奶这个正妻。怎么这会儿……”

周嬷嬷摇了摇头：“这就不知晓了。只是天下哪有不爱偷腥的猫儿？林二爷……”周嬷嬷说到这里，才看到任瑶期不知什么时候已经进来了，站在一旁听她们说话听得津津有味。

周嬷嬷及时打住话头，笑着起身向任瑶期行了一礼。

任瑶期没有一丝偷听被抓住的尴尬，笑着道：“听说姑母回来了，我想着母亲要不要过去呢。”

这时候任瑶华也掀帘子进来了，她也是听说任时佳回来了才过来的。

李氏点头道：“你们都来得正好，我正要去荣华院呢，你们与我一起去见见你们的姑母吧。”

任瑶期和任瑶华两人跟着李氏去了荣华院。

几人在外头就听到了里面传来的五太太林氏的笑声。

丫鬟进去通禀后，李氏母女三人进了正房。任瑶期便看见挨着任老太太右手边坐着的是一位身怀六甲的女子，那就是她的姑姑任时佳。

任时佳是任老太太唯一的女儿，在这一辈的任家子弟中排行老小，她的长相与五老爷任时茂最为相似，只是脸型要比任时茂秀气几分，据说在她未出阁前，这两兄妹的关系也是最好的。

任瑶期对这位姑姑已经没有什么印象了，从前好像没有任时佳回娘家待产的事情。

“三嫂。”任时佳想要起身对李氏行礼，被坐在她旁边的林氏给按住了。

“自家人，你弄这一套虚礼做什么？三嫂她不会介意的，对吧三嫂？”林氏笑容甜甜地道。

李氏忙道：“快别起身了，你是双身子的人，要注意一些。”

任老太太让李氏在椅子上坐下。

任时佳又看向任瑶期和任瑶华，惊讶道：“年余未见，你们长高了不少。”

林氏笑道：“你怕是不止一年未见瑶华了吧？她去庄子上一年……养病，年前才回来的。前年你回来拜年的时候她还未回来呢。”

任时佳仔细想了想，笑着点头："瞧我这记性。"

说着她又笑着朝任瑶期和任瑶华招了招手。

姐妹两人便走到任时佳面前，任时佳将自己手上的一对玛瑙镯子褪下来，给任瑶期和任瑶华一人一个，和蔼地笑道："好孩子，给你们戴着玩。"

林氏瞥了那对镯子一眼："哟，姑奶奶你这出手可真大方。今日行头备齐了没有啊？你可不止这两个侄女。"

任时佳笑着瞪向林氏："这还用说？我什么时候厚此薄彼了？"

林氏闻言，却是带了些酸意道："娘最疼你，给的嫁妆全是好东西。"

任老太太听了，皱眉训斥林氏道："哪家姑奶奶用嫁妆打赏侄女的？也就你这憨货说得出来这种话！快别给我丢人现眼了。"

林氏却被她骂笑了，忙道："媳妇这不是与时佳玩笑吗？这不是娘家的，自然就是婆家的了。都是在林家，我做姑娘的时候，祖母和娘就没对我这么大方过。可见我祖母和娘是真心疼我们姑奶奶的。"

任老太太顿了顿，淡声道："你出嫁前是长房的姑娘，时佳是二房的媳妇。隔了房的，你与她攀比什么？要比也是与林家长房的姑娘媳妇们比。等以后林家分了府，就更无从比起了。"

林氏闻言，不由得一愣："分府？为何要分府？"林氏不解地看向任时佳："祖母不是说过'独木难成林'，林家不会分府吗？"

任时佳沉默了一瞬，才抬头对林氏搪塞道："娘不过这么一说罢了，哪里是说分就分的？"

林氏又看了任老太太一眼，任老太太微微眯着眼睛靠在罗汉床上，似是没有听她们说话。

任瑶期在一旁注意着面前这三人的表情，不由得若有所思。

林家是燕北最大的粮商。

林家如今的当家是林家长房大老爷，也就是五太太林氏的父亲。

几十年前在林氏父亲的爷爷去世的时候，林家曾经分过一次家。林家的粮铺被平分给了林氏两兄弟，也就是林氏的祖父和叔祖父。林家的粮铺在这兄弟两人的努力经营下扩张了两倍。

只可惜林氏的叔祖父及堂叔在一次出远门的时候遇上了贼人，被劫杀了，林家二房这一脉只留下了堂叔身怀六甲的妻子。

林氏的这位堂婶当时怀孕已经八个月，突闻夫君和公公噩耗之后受不得打击早产，在勉力生下遗腹子后死在了产床上。

之后林家长房顺理成章地接手了二房的生意，将二房的这名早产的侄孙接到府里照料，并给他起名为林琨。

林琨因是八个月早产，生下来只有两斤多重（注：一斤16两），所有人都以为养不大。偏偏这孩子生命力十分顽强，竟是平平安安地长大成人。

林琨自小被养在长房老太太丘氏身边，情同亲生祖孙。在林琨十七岁的时候，他恳求林老太太为他求娶任家的姑娘任时佳。

任时佳是林老太太娘家侄女的女儿，她自然是乐见其成。任家当年也是出于某种考量，没有拒绝林家的求亲，将任时佳嫁给了林家二房的林琨。

当年林家长房接手二房的生意也是权宜之计，按理在林琨长大成人之后林家二房的生意应该归还给二房。可是这么多年过去了，林家长房一直没有将生意归还的意思，只将林琨当作长房的孙辈对待。

偏偏林家长房子孙众多，林琨是二房的人还是大房的人，等到将来继承家产的时候差别巨大。

这时候大太太王氏进来了，任时佳笑着唤了一声“大嫂”。

大太太温声道：“我已经派人将你的暖香阁收拾好了，要不要现在过去看看？”

老太太这时候睁开眼，却是对林氏道：“你与时佳向来要好，知道她的喜好，便同你大嫂一起去暖香阁帮她看看吧。你瞧着好了，时佳想必也会满意。她才回来，身子又重，还是在我这里再歇一歇的好。”

林氏忙笑着起身，对任时佳道：“那我就去帮你看看，有什么需要置换的就顺手给你置换了，你可别到时候又说不喜欢啊。”

任时佳嗔道：“五嫂喜欢的，我必定是喜欢的。多谢大嫂和五嫂，让你们劳累了。”

“这是什么话？你能回来，我们都高兴呢。”

林氏拍了拍任时佳的手，与大太太一同行礼退下，一边走，还一边如数家珍地说着任时佳做姑娘时候喜欢的陈设。

李氏看了看老太太和任时佳母女，老太太微微闭目靠在罗汉床上不说话，任时佳则低头垂眸细数裙摆上的花纹，瞧着有些神游天外。李氏有些坐立难安，便也起身道："既然姑奶奶要休息，我便带着孩子们先下去了。"

她看得出来，任时佳这会儿回来定是有什么事情，只是之前一直没有机会与任老太太单独说话，便识相地要离开。

老太太终于睁眼点了点头："你们先下去吧。"

任时佳也友好地笑着道："改明儿三嫂若是得空了，记得带瑶华和瑶期去我院子玩。暖香阁一年难得住一次人，怪冷清的。"

李氏回了她一个笑容，点了点头。

任时佳对李氏的态度还算友善，尤其是她嫁入林家一直没能生下孩子，因此也格外能体会到李氏没有儿子的苦楚。

李氏带着任瑶期和任瑶华姐妹两人退下了。

任老太太这才屏退身边伺候的人，坐起身子道："怎么这会儿回来了？出了什么事？"

任时佳闻言，突然红了眼眶，最后低头啜泣起来。

任老太太眉头一皱，却是一叹："你哭什么？小心伤了身子，对孩子不好。"

任时佳哭声立即一顿，连忙掏出帕子擦了擦眼泪，吸着鼻子道："娘，我好害怕，我……我不敢再在林家待了。"

任老太太原本还以为任时佳回来是因为夫妻两人闹了什么别扭，如今却冷不丁地听到她这么一句，不由得一惊："到底出了什么事？"

任时佳突然扑到任老太太怀里，脸色有些发白："我有了身孕后，林家给我安排了一个小厨房。我之前给姨母去信，求她帮我寻个江南的厨子。前些日子姨母给我送来两个厨子，一个擅长做江淮菜，一个擅长做药膳。"

任时佳口中的姨母是任老太太的亲姐姐，江宁方家的当家老太太，也就是方姨娘的嫡母。

任老太太轻轻地拍了拍任时佳的背："这件事我听你姨母来信提过，怎么那两个厨子出了什么问题不成？"

任时佳摇了摇头："不是厨子有问题，是……是林家有问题。那个会做药膳的厨子还会治些妇人的顽疾，那次我让她给我看看腹中胎儿是否健康，她竟然看出来我之前的几次小产是……是被人做了手脚！”

“什么！”任老太太惊得差点跳起来，她一把按住任时佳的肩膀，厉声道：“佳儿，你可知道自己在说什么？”

任时佳心有余悸地点了点头：“女儿知道。女儿一开始听到这话的时候也吓了一跳，还不敢置信。这些年女儿在林家，老太太和大夫人待我很好，老太太还让我跟着大夫人管家，长房的那几个妯娌都没有我风光。我一直没有为相公生下孩子，老太太也没有让相公纳妾，还让大太太她们开解我，我当时还觉得自己是个幸运的媳妇。可是……可是这次我把厨子告诉我的事情告诉相公，相公为我悄悄找来了个医术高明的大夫，那大夫说我与相公都身体健康，按理说不应该频繁小产，子嗣艰难。”

任老太太皱眉怀疑道：“你之前看的大夫就没有看出来不对？我不是还给你送了几个经验丰富的稳婆？她们也没看出来？”

任时佳道：“我之后又将那两个稳婆找来问话，她们说只是觉得我体虚血气不足，因此平日里也注意帮我补血健气，只是她们看不出来我身体不好是天生如此，还是被人所害。至于平日里为我请脉的那几个大夫，都是老太太用惯了的人。我……娘，我该怎么办？我害怕这个孩子也会被人给害没了。再过一年我就三十岁了，稳婆说到时候要怀上孩子，生产就更艰难了。娘你救救我，救救我……”

任老太太听得心惊肉跳，忙轻拍着女儿的背安慰道：“别怕，别怕，有娘在，谁也不能伤了你。娘这就让人去请大夫进府给你把脉，一定帮你保住腹中胎儿。你就安心在家里住下，林家先别回去了。”

“我这次是借口与相公起了争执回娘家来的，路上老太太和大太太就派人来劝了我两回。她们定还会派人过来的。”任时佳担心道。

任老太太皱着眉头想了想：“我会给你挡回去，你什么也别管，只管安心养胎。”

任时佳从任老太太怀里坐直了身：“娘，若这件事情是真的，女儿要怎么办？若是真的，她们……她们也太狠毒了。老太太可是我的亲姑祖母啊！”

任老太太皱着眉头在心里想事情，没有回答任时佳的话，只道：“等你父亲回来，我会与他商量，你先装作什么也不知道。”说着任老太太招了丫鬟进来，让她去请平日里相熟的一个大夫进府，为任时佳把脉。

等丫鬟出去了，任老太太又交代任时佳道：“刚刚你说的话，切记不要与你五哥和五嫂说起，也不要让他们看出什么端倪。对外你要一口咬定是因为对姑爷不满才回来的，知道吗？”

“是，娘，女儿知道了。”任时佳忙保证道。

之后不久，五太太林氏过来说，任时佳的暖香阁她已经去看过了，添换了几样小物件。

任老太太便让任时佳回自己院子休息。

等大夫进府，老太太先找了大夫去自己院子里交代一番，才让他去暖香阁给任时佳诊脉。

中午，任老爷子回来的时候，老太太又屏退旁人与任老爷子说起了任时佳的怀疑。

“……说起来，我也早觉得有些不对劲了，所以这次佳儿怀上后，我多了个心眼儿，特意给她送了两个信得过的稳婆。前几年，林家还说要佳儿在长房的孙儿中挑一个男孩过继过去。可是人家的孩子，亲生爹娘还没死呢，以后长大了还不是跟自己的亲生爹娘亲？长房的算盘打得倒是响。”

“礼生怎么说？”缓缓踱了几步的任老太爷，停下步子语气冷静地问道。

他口中的礼生是任时佳夫婿林琨的字。

任老太太道：“姑爷的性子你还不知道？那是最好拿捏的！我当初也是看中他这一点，才同意将女儿嫁过去的，不想却是这么个结果。林家当初来求娶佳儿的时候说得好好的，我那姑母也说是为他家二房的侄儿求亲，可如今这二房成了长房的了。佳儿若是真的有个什么不好，他们林家也别想好过！真是岂有此理！我将他们林家的姑娘当女儿供着，他们却这么作践我的女儿。”

任老太太越说越气，有些控制不住自己的声音。

“行了，我自会为他们打算。”任老太爷淡声打断任老太太道：“大夫怎么说？”

任老太太收了脾气，声音放低了些：“也说有可能是人为的滑胎，因前几次小产已经伤了根本，大夫要佳儿好好养着。还说若是这一胎再保不住，以后再想要生就难了。”

任老太爷想了想：“我之前听说，时佳是因为礼生收用了她身边一个丫鬟，与礼生闹脾气才回来的。”

任老太太摇头：“那不过是障眼法罢了，姑爷是个正派人。”说到这里，任老太太微微冷笑：“我任家的女儿嫁过去受了这么大的委屈，他还想纳妾不成？想也不要想！”任老太太这次是真的被气到了。

任老爷子闻言，却是冷声叱道：“胡闹！”

任老太太一愣，抬头看向任老爷子。

任老爷子踱到暖炕旁撩袍坐下，缓声道：“时佳的身体你也知道，孩子能不能安全生下来还是未知。且就算生下来了，是男是女能否养大也不知道，可是大夫说时佳以后也不太可能再生产了。你是她的母亲，难道不知道该如何做才是真为她打算？这般意气用事又能有什么好处！”

“你的意思是……”任老太太看着丈夫皱眉。

任老太爷看了任老太太一眼，淡声道：“你是该劝时佳张罗着给姑爷纳一门妾了。”

任老太太闻言，心中十分不痛快。

她嫁给任老太爷这么些年，任老爷子不是贪鲜好色之人，所以后宅只有她一人，这些年过得十分顺遂。

不想唯一的女儿却要吃她不曾吃过的苦楚。亏她当初还觉得林家是一门好亲，将女儿巴巴地嫁了过去。

任老爷子与任老太太夫妻多年，自然看出了她的不快，缓声劝道：“时佳若是实在不愿，那就纳个通房吧，等通房生了孩子，再远远地打发出去就是。任家二房子嗣太过单薄，就算以后分府出来，也撑不起门面！”

“分府？”任老太太惊讶地看向任老爷子：“你有法子能让林家答应分府？”

任老爷子沉吟片刻：“等孩子生下来再说吧，此事须得从长计议。不过若是时佳膝下没有子嗣，就算分出来又能如何？最后还不照样被长房捏在手里？”

任老太太这会儿也回过味儿来了：“老爷子，你说得不错，之前是我短视了。不过是个通房丫鬟罢了，那就是个奴才！等生了孩子卖出去就是。等等，那我得给佳儿准备两个才行……”

“这些事情你看着办就是了。从外头买也行，从任家的家生子里挑也可以。”任老爷子皱眉道：“你若是早些时候为她做这打算，也不至于如今手忙脚乱。”

“之前不是想着孩子还年轻，能生吗？再如何是在自己身边养大的，妾生的和亲生的怎么能一样？”任老太太撇嘴辩驳道。

任老爷子也懒得跟老太太分辩这些，只又交代了几句便吩咐摆饭。

下午，任老太太没有午休，亲自带人去了任时佳的暖香阁。

任老太太将任老爷子希望她帮林琨纳妾的话说了一遍，任时佳呆愣了半晌，立即反对。

任老太太便为她细细分析林府的形势，告诫她任家就算是想要为她出头，她没有儿子也是竹篮打水一场空。

“谁说我没儿子？我肚子里的就是。我让好几个有经验的稳婆摸过，都说是儿子！”任时佳坚持道。

任老太太皱眉，她不好跟女儿解释是她爹怕她就算生了儿子也不一定能养大。且一个孩子太过单薄，最后只能强硬地教训了她一顿。

任老太太好好说教了女儿一顿，晓之以理。最后任时佳还是妥协了。

任老太太这才让她好好养胎，满意地离开暖香阁。

她一走，任时佳就哭倒在炕上，丫鬟婆子们怎么劝都没有用。

第七章

失　踪

第二日一大早，林家果然又派了人来，来的是林家大太太身边的一个很有脸面的管事嬷嬷。

五太太林氏欢欢喜喜地领人去荣华院见老太太。

任时佳推说身子不适，没有出现。

“娘，这是我母亲身边的荣嬷嬷。她是奉了我祖母和母亲的命令来接时佳回去的。”林氏坐到任老太太身边，抱着她一边的胳膊笑道，看上去与任老太太一副母女相处的模样。

任老太太看了林氏一眼，脸上露出一个和蔼的笑，拍了拍她的手，转头对那嬷嬷道：“辛苦你来这一趟了。”

林氏冲着荣嬷嬷一笑，有些得意的样子。家中姐妹无不羡慕她能嫁到任家来，相公与她青梅竹马，对她浓情蜜意，婆婆待她女儿一般。每次林氏回娘家，没少在娘家姐妹们面前炫耀。

那嬷嬷是林氏母亲的心腹，看着林氏长大的，见她如此，脸上也露出了笑，然后对任老太太回道：“我们老太太和大太太都很担心六少夫人，六少夫人昨日要回来的时候，大太太就亲自去劝过，最后还是没有拦住人。”说到这里，那嬷嬷凑近了些小声道：“六少爷也很懊悔，将那个不知道深浅的贱婢交给我们老太太处置。老太太当即就让人提脚卖了出去，还狠狠教训了我们六少爷一回。”

任时佳的夫婿林琨若是按照林家大房的排行走，是排在第六，所以林家都称呼林琨为六少爷。

任老太太闻言点了点头：“时佳不懂事，多谢你们老太太宽厚待她。”

嬷嬷笑看林氏一眼道：“您这是哪里话。我们小姐还不是总说您待她跟亲闺女似的？再说老太太也是六少夫人的嫡亲姑祖母，自然是时时想着为她打算的。”

任老太太垂了垂眸子，扯了扯嘴角，没有说话。

嬷嬷并没有注意她的异样，只道：“六少夫人还是不肯回去吗？能否容奴婢去劝她一劝？”

任老太太叹气：“多谢你了，你要去看望她自然是可以的。只是昨日她脸色不好，我请大夫来给她诊过脉，大夫说她身子底子弱。她昨日被气了一场，又赶了几个时辰的路，最好还是好好休养，万不可再奔波劳累了。这白鹤镇离着云阳城虽然不远，却也有两个多时辰的车程，我担心她这时候回去会受不住。劳烦你回去之后帮我与你们老太太说一声，就说我打算留着时佳在娘家生产。左右也不过三个来月。”

嬷嬷闻言一顿，有些犹豫：“您的意思是想让六少夫人在娘家待产？”

任老太太瞥了她一眼：“怎么？不妥？”

嬷嬷忙赔笑道：“没有，没有。这里是六少夫人的娘家，哪里会不妥？奴婢回去后会转达您的意思。”

任老太太笑了笑，对坐在她身边的林氏道：“你陪着这位荣嬷嬷去时佳院子里吧。老太太和大夫人这么关心她，也要让她知晓才是。”

林氏闻言笑着起身：“是，媳妇知道了。”

林氏陪着嬷嬷离了荣华院。她们一走，任老太太就冷笑出声。

任时佳院子里伺候的婆子见林氏与那嬷嬷来了，拦着道姑奶奶才吃了药睡下。

所以最后荣嬷嬷也没能见到任时佳，只将任时佳带回娘家来的两个贴身丫鬟叫出来，嘱咐了一番。

等出了任时佳的暖香阁，荣嬷嬷就悄悄问林氏：“六少奶奶回来的时候有没有说什么？”

林氏一愣，疑惑道："说什么？"

嬷嬷提示道："就是她离府回娘家的原因。"

林氏不解："不就是六弟将个丫鬟收房，没有经过她的同意吗？"

嬷嬷叹气，不再说什么了。

林氏以为她在为不能将任时佳请回去的事情担心，便道："你回去与祖母和母亲说，我会好好劝时佳与六弟和好的。娘那边，我也会为六弟说说好话。"

嬷嬷却道："奴婢来的时候，太太特意嘱咐了奴婢告诉您，不要掺和到六少奶奶的事情里去。一切都有老太太和大太太呢，您只管跟姑爷好好过日子。"

林氏撇嘴："我娘她总是小瞧我，觉得我什么事都办不好。"

嬷嬷看着她慈爱地道："太太她只是想您过得好，不想您夹在婆家和娘家之间左右为难。"

林氏不以为然："不过是些小事情罢了，什么为难不为难的？时佳她现在不过是使性子罢了，我最是知道她，过不了多久就能好的。"

嬷嬷欲言又止，可到最后还是将话咽下，只再三嘱咐林氏不要掺和娘家的事情。

不想到了晚上任家的晚辈一起去荣华院请安的时候，任时佳也在，林氏便拉着自己的丈夫五老爷任时茂一起当着老太太的面劝任时佳："……夫妻哪有隔夜的仇？六弟以后保证不会再干这种糊涂事了，你就别与他生气了。就当是为了自己肚子里的孩子着想……"

不想她话还没有说完，任老太太就大发雷霆，将手里一个茶碗往她身上砸去，热茶烫得林氏尖叫一声，跳出去老远。

"我还没死呢！你们就容不下她这个妹子了！我若是死了，你们还打算怎么作践她！"任老太太气得有些发抖地道。

林氏吓得呆住，连呼疼都忘记了。

倒是五老爷林时茂反应过来，忙走到林氏面前焦急地问道："有没有烫到哪里？"又转头对老太太道："娘，惠君她也是好意，不想看到妹妹与妹夫闹僵罢了。你怎么能用热茶泼她？"

任老太太气得指着他的鼻子骂道："你也是个白眼狼！吃里扒外的东西，我白养了你这么些年！滚！都给我滚出去！"

五老爷因为是老太太最小的儿子，也是娇惯着长大的，还从未被他娘这么指着鼻子骂过这种狠话，当即也吓得有些不知所措。

其他儿辈孙辈也都被老太太突如其来的脾气惊到了，不知道该做什么反应。

任瑶期远远地站在父母身后，暗中打量着场中神色各异的众人。

直到任时佳站出来，小声劝说任老太太："娘，五嫂和五哥也是为我好。不关他们的事。"

任老太太环顾一眼众人，最后终究还是给了身怀六甲的女儿脸面，深吸一口气，有些疲倦地道："你们都下去吧。"

众人都躬身给老太太行礼，而林氏终于回过神来，捂着脸哭着跑出去了。

五老爷想要追出去，但是看到自己母亲冷冰冰的脸色，怕自己不顾仪态追出去会让自己的妻子更难做人。只能跟着众人一起慢慢出了房门，等一出来，他便抓了个婆子问明林氏的去向，提起袍角就跑。

他这副模样逗得任家几个孩子都笑起来。大老爷任时中轻咳一声，扫了一眼儿子侄儿们，让他们都噤了声。

第二日，五太太林氏在老太太面前吃了排头的事情就被任家上下都知道了，也不知道是谁将这件事情宣扬出去的。

初春的燕北虽然早晚还很寒冷，却也处处有了春的气息。墙角处、树枝上都开始萌发绿意，生机勃发。

袁嫂子又进了一次府，捎来两双春鞋，说是祝家小妹给任瑶期做的。

元宵节后又过了两日，袁嫂子按任瑶期吩咐的进府来，任瑶期让丫鬟转告她，已经让三老爷去矿上打了招呼，等再过几日就能放祝若梅走了。令袁嫂子惊喜不已。

果然，袁嫂子回去第二日，煤矿的管事就将祝若梅的卖身契还给了他，给他结工钱的时候还多结了一份，说是三老爷和五小姐的恩典。

祝家人感激不已，祝若梅当日便带着母亲和妹妹去了云阳城寻医。

这段时日，每次袁嫂子来任府，都会带些祝家捎来的东西，有时候是一些新鲜的野味、毛皮，甚至还有祝家自己做的酱菜。

任瑶期都收下了，有时候还会给些回礼，并过问一下祝嫂子的病情。

祝家小妹做的两双绣鞋料子虽然普通，在做工上却花了不少的心思，针脚十分细密。任瑶期在脚上试了试，发现十分合脚，走路很舒适。上次袁嫂子来的时候问香芹要了她的鞋尺寸。

任瑶期吩咐丫鬟苹果将两双鞋收好，等天气暖和些了再拿出来穿，又唤来丫鬟雪梨伺候自己更衣，她今日想要去任时佳的暖香阁看看。

不想才换好了衣裳出来，就听到了苹果小声的啜泣声，和青梅的训斥声。

任瑶期唤了她们两人过来。

青梅先声夺人道："小姐，这新来的小丫鬟好不知道规矩。你将四季衣裳交给她管着，她却将丝料衣裳和皮毛衣裳收到一起。刚刚奴婢将您的几身春衫找出来的时候，发现上面都沾上了毛絮。"

"不是奴婢，奴婢接手的时候就是这么收的。"苹果抽泣着道。

"你还敢狡辩！"青梅叱道。

春节过后，任瑶期的房里来了四个新丫鬟，将原本方姨娘安排来的几个小丫鬟都替换了出去。在观察一阵后，任瑶期让周嬷嬷将其中一个叫苹果的和一个叫桑葚的丫鬟提了二等。

如今任瑶期房里只有雪梨和青梅两人是之前方姨娘留下来的人。

面对这种变故，雪梨的性子相对沉稳，只平日里对任瑶期越加恭谨，做事也更加勤快。而青梅却十分不安，因此这些日子一直在找新来的几个丫鬟的麻烦，以凸显自己的能干。新提上来的二等丫鬟苹果因性子憨厚，没少被她挑刺。

任瑶期看在眼里，却也没有刻意干涉。她身边缺少可用之人，这样对今后行事很不方便。至于谁可堪大用，她需要观察后再做决定。

她留了雪梨下来，是因为觉得这丫鬟很识时务，脑筋也够灵活，只要能够将她拿捏住，也不失为一个助力。

至于青梅，留下她来其实是为了磨砺一下新来的几个丫鬟。且对于青梅，她还有别的安排。

既要忠心又要能当大用，这是可遇而不可求的。可用和忠心，能取其一就已经不错了。

“雪梨。”任瑶期唤了一声。

“奴婢在。”

“周嬷嬷还在给我找管房嬷嬷，在管房嬷嬷找来之前，屋里的事情暂且交由你掌管，包括处理丫鬟之间的争端。”任瑶期摆手道。

雪梨低头应了一声“是”，看向青梅和苹果。

“在苹果来之前，是谁掌管小姐的四季衣裳的？”话虽然是这么问，雪梨的眼睛却盯在青梅身上。

青梅一阵咬牙。

任瑶期对于这两个原本方姨娘派来的丫鬟，采取的是打压一个，捧高一个的办法。因此原本两个关系融洽的人，现在已经矛盾重重。

“青梅？”见青梅不说话，雪梨又唤了她一声。

看了一眼任瑶期，青梅一字一顿咬牙道：“是、奴、婢！”

“我记得今年新做的春衫针线房还没有送过来，箱子里的春衫应该还是去年的旧衣裳。你也是不久前才将箱笼的钥匙交给苹果，清点箱笼的时候我也在场，这些旧的衣裳她还没有动过。”

青梅瞪着雪梨，气恨地将头转到一旁，嘴唇嚅动着，不知道暗中在骂什么。

雪梨当作没有看见，继续道：“青梅弄坏了小姐的衣裳，还推卸责任，罚半个月月例。如若再犯，就交由周嬷嬷处置。你可服气？”

青梅自然是不服气的，不过又怕雪梨真的将她交给周嬷嬷处置，周嬷嬷的严厉是紫薇院里众所周知的，她也只能咬牙忍了。

任瑶期这才站起身问道：“处理完了？”

雪梨低头躬身道：“是的，小姐，已经处理完了。”

任瑶期点了点头，往外走：“我要去姑母的院子，你们准备一下，我先去一趟母亲那里。”

丫鬟们齐齐应了一声“是”。

任瑶期才去了李氏房里坐下，外头的嬷嬷却来禀报，表少爷和文少爷来了。

李氏闻言十分惊讶，表少爷指的是老太太的侄孙丘韫，他来任家是从来不来紫薇院请安的，今日不知道怎么来了。至于文少爷云文放那更是稀客。

“快请进来。”李氏忙道。

任瑶期暗自皱眉，这两人今日过来不知要做什么？

丘韫和云文放是来请安的。

瞧丘韫场面话说的：“……时常过来任家叨扰，竟是少有来三叔三婶这里请安，还请原谅侄儿的无礼。”

云文放在李氏面前说话也很有礼貌，只是在无人注意的时候却将目光投向了任瑶期。

任瑶期低着头，眼观鼻鼻观心，装作什么也不知道。

只听丘韫道：“……春光正好，侄儿想邀请几位表兄弟、表姐妹一起去郊外踏青，顺便去城外的白龙寺吃斋菜。若是三婶有空闲的话，能一起来那就更好了。”

李氏虽然有些惊讶，可还是笑着道：“你们兄弟姐妹几个去就是了，三婶就不去了。”

丘韫抬头欢快地道：“那三婶是答应五妹妹和三妹妹去了？”

李氏看向任瑶期，笑容慈爱道：“既然大家都去，你和你三姐也一起去吧？”

李氏自然希望任瑶期姐妹能与丘韫和这位云家未来的接班人交好。她们姐妹两人没有亲兄弟，若是以后能得到丘韫这个表兄的照顾，那就再好不过了。

任瑶期却看向丘韫问道：“我三哥、四姐、七妹和八妹也去？”

丘韫笑眯眯地点头：“自然会同去，我已经与他们说好了。”

任瑶期无言，李氏已经替她应了，她还能如何？

丘韫的目的已经达到，便有礼地起身告辞。

李氏对任瑶期道：“你之前不是说要去看你姑姑吗？这便也一起出去吧。母亲今日就不去暖香阁了。”

任瑶期便也起身告辞。

出了李氏正房，任瑶期笑着对丘韫和云文放道：“表兄和文公子慢走，我还要回房去收拾一下。”

云文放却挑了挑眉：“我与晋元也正要去给任家姑母请安，一起去吧？”

任瑶期总觉得今日的云文放有些怪怪的。她清楚他不达目的誓不罢休的性子，只能勉强点了点头，回自己房里收拾不提。

任瑶期再出来的时候，丘韫和云文放果然还在外头等着。

丘韫抬头看了看天色，不知从哪里摸出来一把折扇，往左手上一敲，冲任瑶期道：“五妹妹动作倒是挺快，我还以为你会让我们等上一个时辰。”

他这话倒不是反话，任瑶期说要回去收拾，并没有刻意拖延时间。因为她知道，以云文放的性子，她就算是拖到晚上再出来，他还是会在外面等着。

她不想因为这么点小事惹怒这两位爷。

对于丘韫的打趣，任瑶期不过是笑了笑，也不说什么。

任瑶期这才发现丘韫是个话很多的人。三人走在路上，他也不等任瑶期问他，便自顾自地介绍起手中的扇子：“……是云文廷让人从京都带回来的，上面的字是他自己提的。都说云家大少爷的字写得好，五表妹你觉得如何？”

任瑶期偏头看了一眼，云家大少爷云文廷在云阳城里是个十分有名的才子，从前在云文放被云家接回去的时候，她曾经见过他一面，长相也是风流倜傥。若是说云文廷字如其人，倒也不为过。

“嗯，好。”任瑶期点了点头，言简意赅地表示赞同。

丘韫得意地将扇子往云文放面前扬了扬：“瞧，五表妹也说好。就你说他的字难看！可见你是嫉妒！”

云文放看了任瑶期一眼，冷声道：“大冷天的，小心着凉。”

丘韫却越发摇了摇扇子，慢条斯理道：“这你就不懂了吧？京都人从年头到年尾都是人手一把扇子的。人家拿扇子不是为了扇风，而是为了这样……”说着丘韫用扇子遮住自己的大半张脸，只留一双眼睛在外眨了眨。

“这样将脸挡住。告诉别人，我现在不想跟你打招呼，您请便！京都人管这个叫‘便面’。”

任瑶期低头一笑，她在京都生活过多年，知道这个习惯。丘韫所言倒是不虚。原本还只是在女子之间流行，后来外头的士子大夫们也开始用了，不过女子用的是团扇。

丘韫这么一打岔，气氛倒是自然了些。

云文放这时候突然对任瑶期道："听说韩云谦输了你一幅画？"

任瑶期已经懒得去追究是谁将这件事情说出去的了，坦然地点了点头。

"那你也与我赌一回。"云文放一顿，继而又面无表情地硬邦邦道。

任瑶期终于明白自己从前为何会与云文放对上了，就算是如今的她，有时候也忍不住想要教训他一顿。

"你想赌什么？"任瑶期随意地接口。

云文放表情略缓，想了想道："随便赌什么。只不过你若是输了，就得送我一幅画，我若是输了……我若是输了，条件也任你提！"

任瑶期一脸为难："不赌行不行？"

"不行！"云文放斩钉截铁地回道。

任瑶期顿住步子，转身看向他，随即眼中掠过一丝狡黠，面上却是勉为其难地点头："那好吧。"

云文放眼中闪过些许疑惑。

这时候他们已经快走到暖香阁了，任瑶期偏头想了想，转眸正好看到暖香阁院墙后面斜伸出来的几条竹枝，那里有一片小竹林。

任瑶期朝着云文放和丘韫招了招手，脚步轻快地带头从暖香阁右侧往小竹林绕过去。

云文放与丘韫对视一眼，丘韫摸着下巴微微一笑，云文放跟在任瑶期身后，丘韫也随后跟了上来。

任瑶期停在竹林最外头，竹林里面的土有些松，她只想速战速决，不想弄坏自己的新鹿皮靴子。

"露涤铅粉节，风摇青玉枝。依依似君子，无地不相宜。"丘韫摇着扇子，摇头晃脑地念道："难怪古人说'宁可食无肉，不可居无竹。'这里倒真是个好地方！"

任瑶期对丘韫文绉绉的拽文视而不见，一边打量竹子，一边来回走着，然后转头对云文放道："你确定赌什么由我说了算？"

云文放看着任瑶期点了点头。丘韫也走过来饶有兴致地看着任瑶期，想要看她能出什么题。

任瑶期莞尔一笑，眼眸生动："那好，我说我能辨识竹子的公母，你们信吗？"

丘韫先是一愣，然后轻笑出声："我从未听闻竹子也能分出公母，表妹这话倒还真是有些意思。"

云文放却定定地看着任瑶期，许久才摇了摇头："不信。"

任瑶期转身抚了抚旁边的一根修竹，偏头笑道："那好吧，我们就赌这个。我若是能辨别出来竹子的公母，那就是我赢了。若是不能或是辨别错了，就算文公子赢。"

云文放还未答话，丘韫却先叫了起来："等等，等等。这算什么赌局？我虽然是你表哥，也不能偏帮。照你这种赌法，是输是赢还不就是你一句话的事情？竹子又不能站出来争辩。"

任瑶期胸有成竹道："到时候我自然能拿出让你们信服的证据来，就让表哥你做个见证，到时候谁输谁赢就由你说了算如何？"

丘韫合起扇子，轻轻敲了敲自己的下颌，想了想，点头笑道："那成！只是到时候表妹可别怪我帮理不帮亲。"

任瑶期微微一笑，又看向云文放。云文放抱臂倚在一棵成竹旁，修长的身影似与林中修竹融为一体，同样挺拔清俊。

"我没意见。"

任瑶期满意地点了点头："我若是输了，就给你一幅画。我若是赢了……"任瑶期眼眸微转，笑颜单纯无害："你以后不准再找我麻烦。"

丘韫一愣，然后狂笑出声。

云文放脸色一黑，咬牙低吼道："我什么时候找你麻烦了！"

任瑶期无辜地眨了眨眼，一脸的为难："怎么办？我们两人好像对'麻烦'这件事情的理解不同。那这样好了，以后若是我拒绝了你什么事情，拒绝了就是拒绝了，你不准生气，也不准事后报复！"

丘韫笑声更大，上气不接下气地弯腰抱着根竹子，全无形象可言。

云文放脸色很难看，眼睛微眯看向任瑶期。

任瑶期一脸害怕的样子，指着他道："看，这就是你生气时候的样子！"

云文放："……"

“到底赌不赌？不赌我走了。”任瑶期微笑着道，恢复了平日里温顺乖巧的模样。

“赌。”云文放这个字说得怎么听怎么有些咬牙切齿，却又像是刻意收敛了自己的脾气。

任瑶期点了点头，指着云文放身后倚着的那棵竹子肯定道：“这棵就是母的！”

云文放皱眉去看自己身后的竹子，一脸的郁闷，不由得又转过头瞪向任瑶期。

丘韫跑到云文放身边，摸着下巴仔细端详了那棵与别的竹子没有两样的竹子半天，嗤笑一声，斜睨着任瑶期慢条斯理道：“表妹，表哥说了帮理不帮亲的。”

任瑶期摇了摇手指，缓缓道：“《本草纲目》有云，‘竹有雌雄，但看根上第一枝，双生者必雌也，乃有笋。’简而言之就是，从竹子根部往上数，第一节发笋者为雌竹。”

两人顺着任瑶期指的去看，果然看到有新笋发出来。

丘韫面色怪异地看向任瑶期，怪叫道：“《本草纲目》？你居然看《本草纲目》！”

任瑶期一本正经道：“有一阵子睡不着，就让丫鬟去拿了本书房里积了灰尘最多的书来看。这一招果然有用，还能顺便学一学想不到的东西。表哥也可以试一试。”

丘韫扑哧一笑。

任瑶期看向抿唇不语的云文放：“文公子不相信的话，可以回去翻书看看。”

云文放轻哼一声，撇过头去。

任瑶期一边微笑着往外走，一边道：“时候不早了，去姑姑那儿吧。”

丘韫忍笑着上前与云文放小声说话：“输了就输了，没什么丢人的，反正韩云谦也没有赢。”

云文放心里好受了些。

任时佳看到三人来了她的院子，十分高兴，忙吩咐丫鬟将她从云阳城带来的点心拿出来。

她是认得云文放的，也从任老太太那里得知了云文放来任家的原因，因此也只与丘韫一样唤他“子舒”。

丘韫与云文放并没有久坐，只请了安，略坐了会儿就告辞了。

丘韫临走之时还不忘提醒任瑶期：“记得明日要出门，我们给老太太请完安就走，傍晚的时候回来。”

丘韫对熟悉的人并不会摆出一副高傲的姿态，反而很健谈风趣，如今他对任瑶期的态度要比从前好上不少。

“这些点心都不喜欢吗？”任时佳与任瑶期对坐在炕上，见任瑶期只尝了一颗松子糖便停了手，就笑着问道。

任瑶期摇了摇头：“刚在自己房里用过了，怕吃多了积食。”

任时佳正要说什么，见门口有一个丫鬟领着一个婆子进来了，便暂且停住了话。

“少奶奶，该用药了。”丫鬟上前来道。

她身后的婆子将手中的小食盒捧过来。

任时佳皱了皱眉，轻叱道：“还有客人在呢，你们就让药上桌?”

任瑶期忙道：“姑姑，我不是客人，您千万别见外。”

捧着食盒的婆子笑着道：“是啊，少奶奶。这里是您的娘家，五小姐是您亲侄女，又何必见外。这药得按时喝才行。”

任时佳便也不再坚持，示意婆子将药端出来。

任时佳喝药的空当，任瑶期将视线投向那个个头有些矮小的婆子：“嬷嬷说话带着江南口音，不像是我们燕北人。”

那婆子的长相看着就透着一股子机灵劲儿，闻言忙笑道：“五小姐好眼力，奴婢是江宁人。”

“江宁？那倒是个好地方。”任瑶期笑着道：“我姨祖母就在江宁。”

任时佳闭着眼睛将药一口喝尽，接过丫鬟递过来的茶盅漱了口，闻言接口道：“她就是你姨祖母帮我找来的灶上婆子，擅长做药膳。”

“哦?”任瑶期又看了那婆子一眼：“难怪嬷嬷瞧着十分能干，怪不得了。”

任时佳对孩子十分宽容，好脾气地对任瑶期道：“她确实是个能干的，不仅能做药膳，还会些医术，把脉看病也十分精准，我喝的药都是她煎的。对了，我还有个会做江南点心的厨娘，你若是想要吃江南风味的点心，就过来与我说。”

任瑶期忙道了声谢。

那婆子收拾了药碗，行礼退下。

任瑶期一边给任时佳挑了一颗去核的蜜饯，一边道：“我今日原本想找八妹妹一起来的，她以前最喜欢来你院子玩了。不过今日她乳娘说她不舒服，所以就我自己来了。”

任时佳闻言不知道该说什么。

她与五哥任时茂及林氏的关系最好，因此几个侄女中，任瑶玉与她最为熟悉。不过昨日老太太在众人面前因为她的事情教训了林氏，之后听说林氏对追上去找她的任时茂说了很多不好听的话，还闹着要回娘家。最后不知怎么的，夫妻两人还吵起了架，任时茂被林氏抓伤了脖子，气愤地离了府。

她也不知道该说什么好，毕竟林家对她做的事情太过分了，连带着她与林氏的关系也有了些变化。想到这里，任时佳不由得有些怅然。

任瑶期一直在注意任时佳的表情。

林氏被任老太太当众泼热茶的事情，她觉得并不简单。这一次，老太太居然连给林家起码的情面都没有留，还是在林家少奶奶在场的情况下。

是什么事情让任家与林家的矛盾突然激化？任瑶期觉得应该从突然回府的任时佳身上找答案。

任瑶期正要再说什么，却有一个丫鬟急急忙忙跑了进来：“小姐，姑爷来了。”

听这称呼，应当是任时佳的陪嫁丫鬟。

任时佳面上一喜，连忙要起身，丫鬟赶忙上前去扶：“小姐你当心些，姑爷被老太爷叫去问话了。”

任时佳这才慢下动作，不由得又看了看窗外，忙吩咐丫鬟道：“你去吩咐厨房，备些热饭菜，相公这会儿过来，想必还没有好好用饭。”

丫鬟忙应了，唤另一个丫鬟过来伺候，自己赶紧往厨房去。

任瑶期在一旁看着，越发肯定任时佳不是因为外头传的与林琨闹矛盾才回娘家来的。她瞧着任时佳的举止，对林琨没有半分怨怼的样子。

任瑶期不好再待下去："既然姑父来了，瑶期便下次再来叨扰姑姑。"说着，任瑶期又有些腼腆地扯了扯任时佳的衣袖："姑父是来接姑姑回云阳城的吗？瑶期还想尝尝姑姑这里的江南点心呢。"

任时佳心情愉悦，摸了摸任瑶期的头："你尽管来就是，姑姑还要在这里住上好几个月呢，不会回云阳城。姑姑嫌这里清净，巴不得你们能常常过来坐。"

任瑶期有些好奇："可是姑父都亲自来接您了，您不跟他回去，他不会生气吗？"

任时佳面带微笑，十分肯定道："自然不会，你姑父脾气最好了。"可能是因为在年纪尚小的侄女面前，任时佳防备心不重，语气里满是对丈夫的信赖和依恋。

任瑶期大概得到了自己想要的答案，起身告辞。

在要出院门的时候，任瑶期遇见了之前给任时佳送药的那个婆子。任瑶期顿住步子，笑着道："听说你会做甘草话梅，我姨娘做这个也很拿手。哦，我姨娘姓方，是江宁方家出来的。你既然也是方家出来的，我姨娘的手艺是跟你学的吗？她说是未出阁前跟着一个灶上的婆子学的。"

那婆子对任瑶期这样也能将她与方姨娘联系在一起有些愕然，忙撇清关系似的道："奴婢并未在方家当过差，不认得您说的那位方家出来的姨娘。奴婢早年是在一户姓杨的大户人家家里做事。后来方家的老太太要为林少夫人找会做药膳的厨娘，杨家的太太便举荐了奴婢。"

任瑶期皱眉道："是吗？那倒是可惜了，我原本还想着请你常去姨娘的院子坐坐，与她说说方家的事情呢。"

那嬷嬷只在一旁赔笑不语。

任瑶期微微一笑，从她面前走过去。

出了门，却正好与一个三十岁左右的男子撞上。

这男子中等身材，相貌端正，有一个十分方正的下巴。他身上穿了一件藏青色缎面的薄袄，一路走来步履沉稳，发现任瑶期一行人后，抬头来看，双眸十分有神。

任瑶期微愣，反应过来此人是她姑姑任时佳的夫婿，林家二房的林琨。

任瑶期屈膝行了一礼，喊了一声姑父。

林琨步子一顿，打量任瑶期一眼，语气温和地笑道："你是三哥家的女儿，叫瑶期是吧？听你姑姑说你画画得极好。"

任瑶期心中微微惊讶。

她从前对这个姑父没有什么印象，不过任家所有人都说他是个性子软和极好相处的人。说直接一点，就是没有什么大抱负，人云亦云的人。

可是他却能只看一眼就知道她是任家三房的任瑶期，还知道她擅长画画。任家的姑娘不少，名字十分相似，任瑶期与他见面的次数绝对五个手指就能数清。就连她姑姑在见到她的时候也说她一年未见，快长得不认识了，他却一眼就能断定她的身份。

这个人有着十分敏锐的观察能力，且很细心。尽管他很小心，但是小心观察应该已经成为他的一种习惯。

任瑶期不太相信他是个如大家口中所说的那种性子软绵，没有抱负的人。

林琨不知道眼前的小姑娘已经将他从头到脚琢磨了一遍，笑着朝任瑶期点了点头，与她道别，又往暖香阁走去。

任瑶期转过头去看了一眼他的背影，眼中露出一抹疑思。

林家的水，比她想象得还要深。

那边，林琨与任时佳夫妻两人正好会面。

任时佳屏退左右，被林琨抱在怀里。

甜蜜的温存之后，任时佳抬头有些紧张地看向林琨道："相公，爹爹他找你过去交代了什么事？"

林琨扶着妻子坐到炕上，自己也在她身边坐了，将手放到她的腹部，温声道："没什么，不过是问了些话而已。"

任时佳低下头，拉着林琨的手，有些涩然道："相公，我……我为你纳两个通房吧。"

林琨失笑，低头看着任时佳道："你这又是怎么了？我不是答应过你的吗？只有我们和我们的孩子，没有其他人。"

任时佳闻言又是甜蜜又是忧伤，红着眼眶低头道："我知道相公的心意。可是我爹娘考虑的也没错，我不能这么自私。林家二房本就只剩下你这么一根独苗，我肚子又不争气。若是……若是……我将来哪里有脸去见地底下的公婆。"

林琨眼神一闪，抱着任时佳没有说话。

任时佳又试着说服林琨："即便我这一胎生的是儿子，只他一人也无法撑起二房家业。我娘说等通房生了孩子就打发出去，到时候……到时候还是只有我们和我们的孩子。"顿了顿，她又补充道："你的孩子就是我的孩子，我会好好教养他们，让他们成才的。"

林琨看着怀中妻子一脸下定了决心的模样，脑海中却浮现之前任老太爷说的话。

"……我任家不是那等不通情理的人家，佳儿嫁入你林家为妇多年，却始终无所出。她本就年长你三岁，如今已经虚岁二十有九，大夫说她即便是平安生下这一胎，今后也不大可能再怀子嗣。我们任家也不能看着你们林家二房一脉单传到你这一辈香火难继……等你有了几个子嗣，任家也好替你出面与林家交涉。到那时，林家大房的人也不能以你这一房子嗣单薄为由作难……"

林琨垂下的眼帘掩住他若有所思的神色。

突然任时佳惊叫一声，林琨猛地回过神来，忙低头问道："怎么了？哪里不舒服？"

任时佳握了他的手掌贴到自己的腹部，一脸喜悦地道："相公，他在动，孩子在动。"

果然，林琨感觉到贴放在任时佳腹部的手掌像是被什么轻轻踢了一记。他不由得也露出了笑："嗯，他在动，还踢了我一脚。"

任时佳感动得泪眼婆娑，急急抓住丈夫的手求证似的问道："这次是个健康的孩子对不对？他一定会平平安安地降世吧？"

林琨闻言，摊开的掌心不由得微微蜷缩一下。他闭了闭眼，再次睁开的时候却已经是一片温和宁静："嗯，他会平平安安的。"

任时佳松了一口气，将自己的手放到林琨的手背上，并一起贴到自己的腹部，窝到林琨的怀里，嘴角泛出一丝满足的笑意。

林琨在任时佳院子里用了饭，便打算回云阳城。

他这次来任家，对外说是接妻子回云阳城的，结果任时佳还在生气，坚决要留在娘家生产。林琨苦劝无果，只能独自先回云阳城。

背着旁人，夫妻两人却约好了过两个来月，任时佳快生产的时候，林琨再过来。

林琨从暖香阁出来的时候，那位擅做药膳的婆子正好从门口走过。

林琨的脚步在她面前一顿，用别人听不到的声音十分冷淡地道："等孩子生下来，你就离开。"

那婆子闻言微笑着低头，也以几不可闻的声音道："林六爷放心，奴婢不会赖着不走的。奴婢恭祝林六爷心想事成！"

林琨最后又看了她一眼："告诉你主子，好自为之！"说完便提步而去。

等他走后，婆子便直起了腰，不以为然地微微撇嘴。

下午，任老太太又来了暖香阁，这次她带了四个十几岁的丫鬟过来给任时佳过目。

四个丫鬟都是任家的家生子。任老太太打算，若是在任家挑不到合适的，再去外头采买，毕竟家生子出生的丫鬟大都乖巧好拿捏。

几个丫鬟皆是长相端正又不太出挑的，瞧着言行举止也十分规矩。其中一个叫金莲的还是任老太太跟前伺候的。

任时佳虽然还是有些心下涩然，但是已经想通了不少，尤其在见到丈夫的时候越发有些内疚。所以她看到老太太领着人来，也没有那么排斥了。

勉强打量那几个丫鬟几眼，等任老太太将人打发下去的时候，她才道："娘看着哪个好，就挑哪个吧。只是相公说要等孩子生下来我回了府再做打算，所以还是先留着教一教规矩的好。"

任老太太也不是逼着任时佳立马就将人送到姑爷榻上去，见她如今想通了，就已经满意了。

于是她听任时佳这样说，只轻叹一声道："那就依你们。"

第二日，是与丘韫和云文放约好去白龙寺吃斋菜的日子。

任瑶华前一日也得到了李氏的嘱咐，因此早上起来去荣华院请安的时候，也已经做好了出门的打扮。

正是小青缀树，花信始传的时候，大多数人都脱下了厚重的皮毛衣裳，换成较为轻便的薄袄，尤其是十几岁的姑娘，爱美之心使然，早早地就换上了新做的春衫。

美则美矣，只早晚风寒之时都会冻得如同树枝上的鹌鹑，偏偏这还成为世人的一种风尚，也不知道是从哪里传来的。

任瑶期终究没有她这个年纪的小姑娘该有的小性子，虽然脱下了皮毛衣裳，身上的袄子却比别人要厚上许多，唯一能与大好春光搭上边的大概就是那浅翡翠色的布料颜色和发髻上的绢做的浅黄色杏花。

不过她肤色白皙，容貌姣好，气质轻灵，穿得虽然不同于别的姑娘那样婷婷袅袅，看起来倒也端庄文静。

任瑶华穿了一身杨妃色的裙袄。她极喜欢红色的衣裳，倒与她的性子极为相配。

任瑶期原本以为这次踏青就是他们几个小辈，不想到了出发的时候，才发现原来大太太王氏和大少夫人赵氏也同他们一道去。

对此任瑶期倒是无所谓，反而觉得若是有长辈在场的话，那些喜欢胡乱蹦跳的人也会消停一些。

除了任瑶期和任瑶华姐妹、大太太婆媳、丘韫和云文放，还有三少爷任益均、五少爷任益健、六少爷任益鸿以及任瑶玉、任瑶亭。

马车上，任瑶期看了一眼外头几个骑马而行的少年，三哥任益均没有在马上，而是被大太太拉到前面那辆马车上坐了。

任瑶期与任瑶华闲聊着："我之前以为三哥说会来，不过是随口应承一声，不想他还真的来了。他以前最不喜欢与大家一起出门游玩了。"

因为任家别的男孩子都可以骑马，唯独他要与姐妹们一起坐马车。

任瑶华瞥了任瑶期一眼，顿了顿才道："他原本确实是不想来的，不过大伯母发脾气下了死命令，他不得不来。”

任瑶期一听这话，就知道任瑶华还有话没有说完。

任瑶华虽然不在荣华院住，但是因为她得老太太欢心，所以每日在荣华院待的时间比在紫薇院还要多。荣华院的丫鬟婆子们，她也能使唤得动，因此荣华院发生的事情她多半都能知道。

任瑶期极有兴趣地凑过去，问道：“难不成有什么事情是我不知道的？”

任瑶华最近已经习惯了任瑶期的自来熟，见她问起，也没有隐瞒：“我昨日听大伯母和祖母说，今日云阳城的刘家二太太会带自己的一双女儿去白龙寺吃斋菜。”

“刘家二太太？”任瑶期微愣，一时没有反应过来是谁。

“在云阳城里开油坊的刘家，我们府里用的油都是自他们家作坊买的。”见任瑶期不解，任瑶华含蓄地加了一句：“刘家两位姑娘，皆是端庄淑娴。”

任瑶期明白了，今日是给三哥任益均相看姑娘去的。

位于白鹤镇与云阳城中段的白龙寺不能算是幽州最大的寺庙，却绝对算得上幽州最为精致的一座寺庙。寺内殿堂辉煌，景致宜人，斋菜尤其出名。

因它离着幽州第一城云阳城不过一个时辰的车程，所以平日往来于白龙寺的富贵人家极多，尤其是佛教几个大日子，香客更是不知凡几。

好在今日并不是佛诞日这样的大日子，虽说如此，任家的马车在行到白龙寺山门的时候，还是看到不少的马车往来。

下了马车，大太太与媳妇赵氏走在前面，两人在低声交谈。小辈们则跟在她们二人身后。

一进白龙寺寺门不远，在广场当中的白色引路上，横卧一座南北向的单孔桥。整座桥约三四丈长，一丈来宽，并丈许深。不过桥下并无水，而是由青砖砌成一条金水河道。在单孔桥东西两侧的桥洞中各挂一个圆形方孔的钱形钟。

任瑶期一行人走在离着桥两丈不到的正对着桥孔右侧的白石栏杆外，任益健忙对跟在身后的婆子道：“快给少爷几枚钱。”一边还对任益鸿显摆道：“每回小爷从这里走过，都是百发百中。”

原来那桥洞中的钱形钟是用来给香客们敲的，站在这栏杆外往那钟上扔铜钱，若是能听到“叮”的一声，就能得到福运。

孩子们最喜欢这个游戏，往往没有听到钟响不肯走。栏杆上已经围了些人，时而能听到“叮”的一声响和欢呼声。

大太太却转过头来，对跃跃欲试的任益健道：“健哥儿，我们先进去给佛祖上炷香，之后你们就可以在白龙寺里游玩了。”

任益健看了看一脸慈祥模样的大太太，无奈地将手中的两枚钱收回去。

虽然大太太对任家的小辈们说话向来和蔼，不过她当家久了，身上自有一股威仪，所以晚辈们在她面前都规规矩矩的，不大敢放肆。

跟着大太太去了殿中上完香，大太太便对几人交代道：“我与你们大嫂要去求签，你们就在这寺里四处走走，用饭的时候再过来。只是切记你们身边万不能离了人，尤其是几个姐儿。晋元、瑶华，你们两人年长又性子沉稳，就多担待一些，看顾好几个弟妹。”

众人都应了。任益健立即就要拉着任益鸿走，并且还问云文放和丘韫：“表哥你们要不要与我们一同去？”

丘韫手中的折扇开开合合，摇头笑道：“我们不是小孩子，不玩那个。”

任益健翻了个白眼，跑远了。

任益均看了看他母亲，偷偷往任瑶期这边走。大太太皱眉道：“益均，你过来，跟我和你大嫂一起去求签。”

任益均这会儿还是比较听他母亲的话的，因此，虽然满脸的不甘愿，但终究停了步子，又走回他母亲身边，只是脸上的郁卒模样能让人退避三尺。

大太太又对轻靠在婆子身上，脸色有些不好看的任瑶音说：“我让知客僧准备了一间休息用的房间，你跟我去歇一歇。”

任瑶音受不得马车的颠簸，有些不舒服。她不能坐马车行远路，五太太就曾开玩笑说任瑶音是得了娇气病，以后只能往近处找婆家，嫁不了太远。

任瑶玉见大太太她们走了，立即对丘韫道：“表哥，我们去哪里？”

丘韫看了云文放一眼，又看了看任家姐妹。

“不然我们先去后山的杏花林吧。即便杏花没有开，看看后山的山景也不错。我们原本不就是打算来踏青的吗？这寺庙里只有泥塑的菩萨，雕梁的大殿，可看不见分毫鲜活之景。”

几人都没有意见。

丘韫对白龙寺不陌生，也不用寺里的和尚领路，打头就带着几人往后山走。一路上，他还妙语连珠地与大家介绍白龙寺的起源，以及寺里一些建筑的典故。

今年的早春，白龙寺后面的杏花果然还没有来得及全开，不过也有些杏树的枝条上开了些零星的小花苞。

“我们去那个亭子里坐坐？”丘韫一副好向导的模样，指着掩映在杏林中的一个八角亭对几人说道。

几人走近，却发现那亭子里已经坐了人，两个少年、两个少女，都是十三四岁的模样。

丘韫脚步一顿，微微皱眉对云文放小声道：“糟了，是认识的。你要不要回避一下？”

云文放微微挑眉看了亭中之人一眼，扯了扯嘴角：“不用，难不成我还怕他去告我一状？”

正好亭中的一个穿着蓝色春衫的少年也往这边看了过来，待视线与丘韫和云文放两人对上，微微一愣，随即站起身来朗声招呼道：“子舒、晋元，你们怎么在这里？”

丘韫笑着走上前去：“苏兄，没想到会在这里遇见你。”

任瑶期也朝亭中的人看去，与丘韫、云文放认识的那个少年长相清秀，身上流露出淡淡的书卷气，举手投足也是十分稳妥，一看就是出身不差。

丘韫称呼他为“苏兄”，难不成是云阳城苏家的人？

亭中另外一个少年长相普通，身上的穿着却是不俗。两个少女，一个勉强能称为清秀，脸上还长了几颗雀斑。另外一个年纪小一些的少女长得倒是不错，可惜一双眼睛过于灵活，让人看了不喜。

那边，姓苏的少年正十分友好地冲云文放道：“……许久不见你了，听你哥哥说你出了远门？”

云文放倚着亭柱，一副懒散的模样，闻言不过是“嗯”一声当作回答，似是对姓苏的少年的友好搭讪不以为然。

丘韫及时上前打岔，拍着额头道：“对了，瞧我失礼了。苏兄，这是我任家三位表妹。三表妹、五表妹、八表妹，这位是苏家二少爷苏允琛。东府的二表婶是他亲姑姑，说起来他也算是你们的表兄。”

原来还真是苏家的人。

任瑶期几人忙屈膝与他见礼。

苏允琛十分有礼地作揖还礼，又朝任瑶期一行人介绍亭中另外三位。

“这是唐家大少爷，子舒、晋元，你们应当见过才是，他去年才进的我们书院。这两位姑娘是他表妹，云阳城桂东坊刘家的两位姑娘。”

云阳城桂东坊刘家的姑娘？

任瑶期闻言心中一动，往身边的任瑶华看去。

任瑶华虽然没有看任瑶期，却好像知道任瑶期在看她，几不可见地点了点头。

任瑶期心下明了，今日大太太来为任益均相看的就是这两位中的一位。只是不知道确切是哪一位。

那两位姑娘一听她们是任家的人，也好奇地看过来，想必也知道今日的事情。

只是任瑶期觉得这两位姑娘都不太妥当。那位年纪较小稍有几分姿色的看人的眼神明晃晃的，毫不避讳，尤其是盯着云文放的时候，不过十二三岁的年纪，竟然就含了三分媚态。

年长的那一位倒是规矩一些，只是那张勉强堪称清秀的脸上，表情冷冰冰的，只与她身边的那位唐姓表哥说话，连她们向她打招呼，都爱答不理的。

以大太太看人的眼光，这两个姑娘都过不了她那一关，所以今日的事情怕是要黄了。

任瑶期正想着任益均的事情，不想苏允琛下一句话立即就将她的注意力尽数吸引了过去。

“下个月初八是我兄长娶亲的日子，到时候你们可要到场观礼。”

苏允琛的兄长，苏家长房大少爷苏允瑜，任瑶期记得他。

他即将娶进门的妻子姓曾，是西昌侯世子夫人的远房侄女，三年后将任宁夏总兵的曾潽是她的亲叔叔。

即便是重来一回，再听到与曾家有关的人和事的时候，任瑶期还是忍不住全身发冷。

现在的曾潽，应该还在京都顶着一个从六品忠显校尉的散官虚衔，靠着家族荫庇度日。谁能想得到，仅仅三年的时间，他就能靠着不断钻营得到权臣颜鼎的赏识，最后被朝廷派来作为牵制燕北王府的一枚大棋子。

现在的人们还无法理解，为何苏家会让长房嫡长孙娶一个没落勋贵家族的关系远得八竿子打不着的远房亲戚。

因苏家家主现任妻子是续弦，长房大老爷苏克勤以及嫁到任家的姑奶奶苏怡是原配所出，大家就猜测是这位苏老太太故意为原配留下来的长孙寻了这么一门不伦不类的姻亲。

这时候有婆子跑过来，凑到刘家大小姐耳边小声说了几句，那位刘家小姐虽然依旧是冷冰冰的表情，脸上却染上一丝红霞。

“知道了，我与妹妹就去。”

“芸儿表妹，可是姨母唤你和珠儿表妹过去？”唐家大少爷低声问道。

刘芸点了点头，对刘珠道：“母亲在找方丈解签文，让我们也过去求一支签。我们这便过去吧，不要让母亲久等。”

刘珠收回在云文放身上的视线，笑容娇俏地应了一声，跟在姐姐的身后。

刘家两姐妹朝着众人福了一礼，便离开亭子。

任瑶期见刘氏姐妹两人的作态，有些不放心任益均。不知道这两姐妹是不是就是那个任益均命中的煞星。

站在那里犹豫了许久，任瑶期还是决定跟过去看看。万一发生什么事情，她也能及时劝住任益均，不让他再闯祸，毕竟牵连上了一条人命。

“三姐，我想去更衣。”任瑶期小声与任瑶华道。

任瑶华闻言皱眉看了看四周：“这附近怕是没有地方能让你更衣，还要回到寺里去。”

“那我先回去，晚些时候再过来找你们。”

任瑶华点了点头，没有说什么。

任瑶期也朝着众人屈膝行了一礼，然后带着自己的丫鬟婆子走了。

不想才走了一段距离，任瑶期就感觉到有人跟上来，回头便看见云文放闲适地往这边走来。

任瑶期停了步子，朝他微微一笑：“文公子先请。”

云文放没搭理她，走到她身边就停住了。

任瑶期叹气，正视他道："文公子，我要去更衣。"

云文放看了她一眼："嗯。"却依旧不动。

任瑶期没办法，只有对他视而不见，继续前行。云文放不紧不慢地跟着。在她派婆子去问明任瑶音休息的房间后，转头终于发现云文放走了。

任瑶期当即掉头往大太太她们求签的地方去。

可惜到了那里，大太太她们早已经离开。问了一个和尚才知道，大太太与刘太太去了旁边一个供身份尊贵的香客们休息的配殿。

任瑶期又往和尚说的配殿去寻。

才走出大殿，转了个弯儿就看到了任益均的身影。

只是，好像不只任益均在，他对面还站着刘家两姐妹。

任瑶期正好听到那个叫刘珠的姑娘冷笑着道："……我大姐姐不过是看不上你，所以提前告知你一声罢了，你竟敢骂我大姐姐丑八怪？你才是个病秧子，痨病鬼！一看就是短命的相，谁若是嫁给你，定是要守活寡！"

任瑶期心里咯噔一声，连忙朝任益均看去，果然任益均已经是满脸阴寒。

而那个叫刘珠的姑娘，不知是从哪里学来的泼妇姿态，继续道："就你这样的人，就该早些让家里准备一副棺材，早死早超生！为何还要出来祸害好人家的姑娘……"

"住口！"

这话实在是太过分了，任瑶期听不下去了，冷声制止刘珠，朝任益均走过去。

"你是刚才亭子里的那个任家小姐？"刘珠被打断了话，心中不悦，斜睨着任瑶期道。

任瑶期却看也不看她，只转头看向任益均，温和责备他道："三哥，我们找了你多时，你怎么到这里来了？这寺院鱼龙混杂，什么上不得台面的破落户都有，万一不小心遇上，是不能理论的。"

接着不等众人反应过来，任瑶期就转头吩咐婆子道："去，给挡道的那两个，每人赏个五两的银锞子。我们任家对唱戏唱得好的角儿打赏向来丰厚，也不埋没她那副好嗓子。"

“你……你骂我是……是戏子？”刘珠儿反应过来后，指着任瑶期道。

不想她的手才抬起来，就被飞来的东西给砸到了，疼得她当即一声尖叫。

一枚铜钱咚的一声落地，在她脚边滚了滚。

任瑶期回头，便看到云文放不知什么时候过来了，嘴角微扬地站在那里，一副要凑热闹的模样。

“云二少爷，你什么意思！”一直站在旁边看着妹妹闹腾的刘家大小姐刘芸冷着脸道。

云文放挑了挑嘴角，懒懒地道：“见你们唱得好，给赏钱。你继续唱，本少爷继续赏。”

刘芸一张脸涨得通红，说话也不是，不说话也不是。

她身边的刘珠“哇”地哭出声，嗓音确实清亮得很。

任瑶期怕被两姐妹引来人围观，她可不想丢人现眼，拉着任益均就走。

等终于听不到那两姐妹声音的时候，任瑶期才看向一言不发的任益均。

任益均面无表情，任瑶期正想引他说话，散散他的怒火，不想任益均却毫无预警地爆笑出声。

任瑶期目瞪口呆地看着他笑得毫无形象的模样，一阵无语。

等任益均终于笑够了，任瑶期才无奈道：“三哥，你别这样吓人好不好。”

任益均打量她半晌：“我还以为你最近脾气变好了，不想还是这么……”

见任益均心情好了许多，任瑶期松了一口气，顺着他的话道：“还是这么什么？”

任益均皱着眉头想了想，最后摇了摇头，不说了。

任瑶期也不追问，以前的任瑶期肯定是与任益均相看两厌的。

“三哥，你还生气吗？还要不要出气？”任瑶期试探地问，只要任益均不出狠招，不闹出人命，他想小小地教训一下刘家姐妹的话，她是不会阻止的。

不想任益均却意兴阑珊地道：“算了吧，我也骂回去了。”

任瑶期问了才知道，刚刚是刘家姐妹偷偷将任益均叫到一边，让他不要妄想娶刘家的姑娘，任益均随口来了一句“我才不要娶丑八怪”，然后就吵起来了。

两人正说着话，一个略带打趣和失望的声音插进来：“我也带了赏钱赶来看热闹，怎么这么快就散场了？”

丘韫和刚刚没有跟上来的云文放一起出现在两人面前。

跟在他们身后的还有任瑶华和任瑶玉。

显然都是听到消息过来的。

任瑶玉道：“那个刘家二小姐，我一瞧就知道不是个好的，打听了才知道原来不过是个出身不清白的妾生的。”

之前刘珠看着云文放的目光让任瑶玉极其不爽快，又见她们与苏二少爷相识，而对她们有些顾忌，因此刘家姐妹一离开，她就遣人去探听刘氏姐妹的底细。

年纪较长容貌普通的刘芸是刘家的嫡长女，年纪较小的刘珠却是刘老爷从青楼里赎回来的一个清倌所生。刘家不过是近年才发家的富户，没有名门世家里的那些大讲究。

任瑶玉正让之前去打探消息的丫鬟说着刘家两位小姐的事情，大太太就打发了婆子过来，让任益均过去。

见那婆子的表情，应当是大太太知晓了之前发生的事情。

任益均撇了撇嘴，对任瑶期道：“我去见母亲，这件事情本就是因我而起，与你们无关。”

任瑶期倒是不担心任益均被大太太责备，终究是母子，大太太再如何，对任益均这个儿子还是心疼多于责怪。用不着她这个“外人”多管闲事去蹚浑水。

而且这次事情并没有像上次那样闹大，与刘家的矛盾，大太太自己应该就能解决。

于是任瑶期笑着对任益均眨了眨眼，道：“祝三哥好运！”

任益均闻言气笑，瞪了她一眼，才做足气势背着手趾高气扬地走了。

等任益均走了，任瑶期才发现任瑶华有些奇怪，她竟没有站出来教训自己多管闲事？

任瑶期不由得看向一旁的任瑶华，却发现任瑶华心思根本就不在这里。她微微皱着眉头，一副若有所思的模样。

任瑶期正想与她说话，任瑶玉却走过来道：“五姐姐之前不是说要去更衣吗？这会儿还去不去了？”

任瑶期想着自己之前确实是借口要去更衣的，便点了点头：“刚刚因遇见刘家姐妹耽搁了。”

“那正好我也想去，与你一起吧。”任瑶玉道。

任瑶期倒是无所谓，便问任瑶华：“三姐要不要与我们一道？”

任瑶华摇头：“你们去吧，我在这寺里走一走。”

任瑶期想着等会儿周围没人的时候再与任瑶华说话，便与任瑶玉两人先离开了。

路上，任瑶玉破天荒的态度十分亲密地靠过来，携了任瑶期的手臂。

任瑶期讶异地看向她，却听见她故作神秘地小声道：“五姐姐，你觉得文公子这个人如何？”

任瑶期暗自挑眉，嘴上却是道：“文公子？既是表哥的朋友，应该是好的吧？我与他并不熟悉，八妹妹怎么问起这个？”

任瑶玉捂嘴一笑，斜睨着任瑶期嗔怪道：“五姐姐当真不熟悉？你可别哄我。刚刚你走了之后，他便也跟着你过来。还有昨日，听说他去紫薇院找你，之后又与你一起去了姑姑的暖香阁。”

任瑶期止步，皱眉正色道：“八妹妹，这种没根没据的话以后还是不要乱说了。你就算不为我的闺誉考量，也要防着别人说文家少爷不知轻重举止轻浮。刚刚文公子不过也正好想要找个地方更衣罢了，至于昨日，他是与表哥一起去给我父亲和母亲请安的，一同去暖香阁也不过是顺路罢了。你若是不信，可以去问问表哥，他昨日也一直都在的。”

任瑶玉认真地打量任瑶期半晌，最后将她的胳膊甩开，突然又换上一副傲慢的嘴脸，轻哼一声道：“如此那便最好了！若是让我发现你行为不检点，我就告诉祖母。免得你做出什么不知廉耻之事，败坏了我们任家的门风，让我们这些姐妹也跟着你受牵连。”

任瑶期看着她那副嘚瑟的模样，怒极反笑：“那就多谢八妹妹你提醒了。”

任瑶玉又是一声冷哼，抛下任瑶期径直走了。

一路上，两人再也没有说过一句话。

等从净房出来，任瑶玉已经不知去向。任瑶期去找任瑶华，得知云文放和丘韫两人被任益健派人叫走了，任瑶玉出来后也跟了去。任瑶华却说自己要再去杏花林那边走走，就独自走了。

只是任瑶期将后山的杏花林都寻遍了，还是没有看到任瑶华的身影。

任瑶期也没有在意，随意逛了寺中几个大殿，也不管殿里供奉的是什么菩萨，反正见佛就拜。

她从前不信佛，如今也没有来得及信。

从供奉着无量寿佛、观音菩萨和大势至菩萨的无量寿佛殿出来的时候，任瑶期听到一棵大银杏树后不知道谁家的婆子在小声说话。

"……作死喔！你说的都是真的？"

"若是有假，让我天打雷劈！听说那男子从附近的白云庵出来的时候还衣衫不整，被那姑子的俗家亲戚追得满山逃，还逃进了白龙寺！"

"真是道德败坏！那尼姑也当真不知羞耻！既然凡心不死，就不要出家。如今弄得佛门清净之地也清净不起来了，就不怕举头三尺有神灵，将来降下个雷把她劈死！"

"嗨！你不知道，听说这个梁姑子当家的还没死的时候就不安分，又偏偏不是个省油的灯，厉害得很。她夫家族里的亲戚如今提起她来，都没有一句好话！她家相公死后，她勾搭上了一个什么贵人，最后带着夫家的财产进了庵堂，有庙宇庇佑，连她夫家的人都没有办法。如今她还不自在？有钱傍身，还养着年轻男子做面首！日子过得逍遥似神仙，哪里还顾忌什么举头三尺有神灵？佛祖姓啥她怕是都忘了！"

"那白云庵里的庵主不管吗？就任由她这般在佛祖面前放肆不成？"

"嗨！你没有听过有钱能使鬼推磨？何况尼姑还都是凡人呢。"

……

任瑶期虽然没有刻意偷听，也还是将那两人说的话听了个大概。

身后跟着的几个年轻丫鬟脸色绯红，又满眼的好奇。

那两个躲在树后面的婆子发现有人过来，忙收了声，不再说话。

任瑶期正想到后面的龙王堂看看，却看见任瑶华身边的大丫鬟香芹一边走，一边四处张望，似是在寻什么人。

任瑶期的丫鬟苹果是个眼尖的，又与香芹关系好，便朝那边招手。正好香芹也看到了任瑶期一行人，忙快步走过来。

任瑶期惊讶地问她：“你怎么一人在这里？三姐呢？”

香芹看了看她身后的那些丫鬟婆子，道：“三小姐在四小姐那里休息，要奴婢来找五小姐说点小事。”

她口中说是小事，却在说了这一句之后便不再说话，只悄悄朝任瑶期使眼色。

任瑶期知道定是有什么事情，便点了点头道：“这前面几座大殿人多了些，我正要去后面新修的龙王堂看看，你与我一道来吧。”

香芹低头应了一声“是”，上前来扶着任瑶期一边的手臂。

龙王堂的地势较高，位置也靠近后山，因此比较偏僻，加上是新修建的，往这里来的人并不多。

任瑶期见龙王堂侧面的塘边有个小亭子，就打发身边的丫鬟婆子们去上香的上香，解手的解手，自己则带着香芹往亭子那边走。

不想才走了几步，便看见三四个女人匆匆忙忙往这边来。那几个女人有老有少，皆是边走边四下里看，气喘吁吁，像是在寻什么。

“……四婶，会不会不是躲在庙里？都找遍了也没有找到那个奸夫。”一个年纪稍轻些的媳妇问带头的中年女人道。

中年女人脸上虽然也带了些不确定，但还是摇头道：“我家当家的瞧见他是朝山上跑的，他们又在山下守着，他逃不出去的。这山上能藏人的也就是白龙寺了……应该错不了！我们再仔细找找看，等找到人，回去定要将那小娼妇沉了塘！”

“四嫂说得对，我还没见过有这么不知道廉耻的女人！我们老张家的脸全被这个贱人丢尽了！若是找到了奸夫，看她还如何抵赖！”另一个中年女人一脸愤怒又有些兴奋地道。

那几人看见任瑶期主仆，只打量她们一眼就匆匆往龙王堂那边去了。

香芹愣了愣，一头雾水地看向任瑶期：“五小姐，她们这是做什么？”

任瑶期想起之前听到的银杏树后面两个婆子说的话，知道可能是来寻那个风流尼姑的奸夫的，便摇头道：“不管这些，你来找我，是三姐要你过来的吗？她真的在四姐那里？”

两人已经走到塘前亭边，香芹摇了摇头，正要说话，却突然看到从旁边的岔道上又走出来一个人。

当时任瑶期想，这世上很多事情果然是没有公平可言的。

有人生而富贵，有人天赋异禀，有人才华出众，也有人一出现就能吸引住所有人的视线，如天边明月，如绝世美玉，如雪岭之花。

漫步行来的是一位少年，墨黑的发在阳光下有些暗紫，衬得优美的面部轮廓发出一种柔和如玉石般的光泽。他迈的步伐明明不慢，却让人感觉到闲庭信步的优雅和高贵。

这种理所当然的优雅和漫不经心的高贵，让他这么一路走来，周遭的一切都只能淡化成为布景。

一双漆黑温润的眸子与任瑶期在半空中对上。

任瑶期不知怎么的，感觉到心中某处似是被重重地敲了一下。

任瑶期曾听那些名士品评美人，说一个人美不美，最重要的不是容貌，而是气质。很多人坐在那里不说不动还可以称得上美，一动作一开口就会像是一幅传世之画被毁，破坏了那一份美感。

而这个少年却连袍角微微晃动的弧度都能让人觉得恰到好处。

白玉无瑕，绝世无双，就是形容这种人的。

这是任瑶期第一次给一个男子的容貌这么高的评价。

只是等这少年走得越发近了，她才发现他的唇色有些浅，身材虽然修长匀称，却微偏瘦削，让容色逼人的他多了几分柔和。

他身上那一件白色衣袍周边绣着黑色云纹图案，精致高雅，偏偏右边的袍袖似是被人扯掉了一块镶边，看着有些突兀。

香芹靠过来，面色古怪地凑到任瑶期耳边小声道："小姐，你说这位公子就是之前那几个妇人在找的那个姑子的相好吗？"

任瑶期闻言一愣，又认真看了那少年一眼。

那少年的目光淡淡往香芹那里一扫，视线虽然让人看不出什么情绪，却让香芹下意识地埋下了头。

说实在的，任瑶期实在无法把这样一个少年与之前听到的那个面首想象到一起。但他恰好就出现在这里，还是一副"衣衫不整"的模样。

任瑶期轻咳一声，撇开视线，若无其事地轻声对香芹道："我们去亭子里坐坐。"说着便往亭子那边走。

不想还没有走几步，就看到之前跑到龙王堂后面去寻人的几个妇人又冲了出来。她们应该是还没有找到人，又折了回来。

任瑶期脚步一顿，想要转头去看那少年，头才稍稍一动，终究还是忍住了。这种事情还是避得越远越好。

不想那少年却朝她走过来，站到她的左手边，与她只隔了半臂距离，算得上是并肩而行。

任瑶期又是一愣，转头看向他。那少年表情闲适、步伐舒雅，好像他原本就是站在她身侧，与她一起散步似的。

还带着些寒意的春风吹过，带来一股极清极淡的药香，闻着让人心绪安宁。

香芹眼睛睁得极大，像是见了鬼似的，猛朝任瑶期使眼色。

任瑶期转过头，步调不变地走到亭子里的木凳上坐下，那少年则姿势优雅地坐到她对面。

香芹苦着脸站到任瑶期身后，眼睛却时而瞟向那少年，时而偷偷去看往这边越走越近的几个妇人。

"怪事！那贱人的姘头躲到哪里去了？"

"四婶、四叔会不会看错了？我们这一路寻来，都没有看到四叔说的形容狼狈的白衣男子啊？"

香芹眼角一抽，瞥了对面那少年白色的衣袍一眼，偷偷伸手去扯任瑶期的衣袖。

那少年嘴角浮现一抹淡淡的笑容，如月下流水，清风拂面。他抬眼看了对面的主仆一眼。

香芹呆怔过后脸色一红，放下手，深深地埋下头，再也没有了动作。

任瑶期神色清浅，既不看外面，也不看那少年，只是偏头看向依着亭子长在塘边的一棵玉兰花树，似开非开的白色花朵吸引了她全部的注意。

那几个妇人已经走到亭外，看到亭子里有人便驻足看过来。

白衣少年的右手中不知什么时候多了一串檀木手串。他有一下没一下闲适地拨弄着手串，手串上的珠子有规律地互相轻轻撞击着，竟发出金石之音。

任瑶期这才转过头来，有些好奇地看了那手串一眼，原来那手串似是檀木，却又不是檀木。

那少年朝着任瑶期浅浅一笑，将手串递向任瑶期，缓声道："这是'金石木'，瞧着与檀木极为相似，还有檀香味，其实不然。上面的佛珠刻了整篇的金刚经，字小如尘，需要借助一种特殊的镜子才能看得见。"

他的声音低沉柔哑，似带着一种特殊的魔力。任瑶期不自觉地接过他递来的手串，入手微沉，冰凉刺肤。

用拇指摩挲，那一粒一粒的珠子上果然有些微的凹凸不平，用眼睛看去，只能看到上面像是布满了无规律的花纹，看不出来是有字的。

那几个妇人朝着亭子里看了几眼便转开视线，一边低声交谈着，一边离去。

少年缓缓站起身来。任瑶期正要将手串递回去，他却已经转身走出亭子离开了。也不见他步子如何得快，却顷刻间就消失在视线里，那一丝清冽的药香也随之消失。

香芹这才反应过来，小声叫道："呀，五小姐，他没拿走佛珠手串。"

任瑶期静静地看了手中的手串一眼，若有所思。

香芹看着他离去的那一条岔道，十分惋惜地叹一口气："真是可惜，这样一个人物竟然会是人家的面首。"

见任瑶期不说话，香芹又有些疑惑地道："小姐，他刚刚是在利用我们摆脱那些人吗？这珠子是他送给你的谢礼？"

任瑶期没有回答，只将那珠子递给香芹："你先收着，就当是捡到的。以后若是有机会遇上，再还回去。"

香芹忙应了，将那手串接过用自己的手帕包了，小心地收到腰间的荷包里。

任瑶期这才问道："之前你要与我说什么事情？"

香芹闻言忙道："五小姐，之前芜菁说她在去给太太添香油钱的时候，好像看到舅老爷身边那个叫冬生的武生。"

"冬生？"任瑶期微微一愣，随即猛地抬头："你说芜菁看到了冬生？不是夏生?”

香芹不解又疑惑地道：“芜菁说是冬生没错啊，应该不会看错吧？冬生的名字虽然和夏生只差了一个字，长相却差了十万八千里。五小姐，三小姐说冬生和夏生两人向来是舅老爷走到哪里，他们跟到哪里，他在这里出现，那舅老爷必定也在附近，便带着芜菁和两个婆子寻去了。”

任瑶期皱着眉头坐在那里，思绪飘远。

这些年来，她外祖家连奴仆都养不起，却养了一帮唱戏的。

生、旦、净、末、丑，样样齐全，都可以开堂会了。每当外祖父和舅舅兴致来了，那间狭窄破旧的二进院子里便会响起铜锣丝竹声，父子两人有时还会登台亮亮嗓子，关起门来热闹得不行。

人人都说废献王父子两人皆是醉生梦死的昏庸之辈。也有人悄悄鄙视道，幸好当年先皇没有来得及立下太子就病逝了，不然大周朝的江山令人堪虞。

只是任瑶期后来进了京，舅舅偷偷带人潜入京中，她才知道外祖府上那些个唱武生、武丑、老生、小生的戏子一个个都是深藏不露的武学高手。

他们有些是先皇当初赐给献王的暗卫或者护卫，有些是献王生母宛贵妃的心腹。在献王一家被贬斥到燕北后，悄悄尾随而来，掩人耳目化身为戏子，跟在献王父子身边。他们算得上是献王府的死士。

春生、夏生、秋生和冬生四人是经常跟在舅舅李天佑身边的。春生、夏生和秋生这三个因为当初跟着舅舅进京，所以任瑶期记得。尤其是夏生，在舅舅被她劝走之后还暗中跟在她身边半年，确定她真的平安无事才离京回燕北。

只是她对冬生却没有什么印象了。听夏生说，冬生有一年跟着舅舅出门，突然就失踪了，之后无论他们怎么寻找也没有寻到人。他再也没有回去，生不见人死不见尸。

这会儿任瑶期突然听到冬生这个名字，不由得有些愣怔。

这个时候的冬生还没有失踪。

因为从前的经历，任瑶期对外祖献王一家的人有不同于外人的认识，也产生了发自肺腑的亲情。

锦上添花易，雪中送炭难。

如果有人在你对人世绝望的情形下站出来，毫无目的地帮助你，你就能明白这种心情了。

任瑶期收敛下心中的纷杂情绪，站起身，问香芹道：“她们去了何处？走了多久？”

香芹忙道：“您与八小姐去净房后，三小姐就走了。原本她想要与您说一声的。不过三小姐性子急，她怕……怕舅老爷又遇上什么麻烦，所以就先去寻人了。还说若是她过了三四刻钟还没回来，就让奴婢来告诉您，让您帮忙在其他主子面前遮掩一下。”

任瑶期闻言不由得苦笑，任瑶华不是怕她们舅舅遇上什么麻烦才去找人的，是怕舅舅给她们添麻烦。上次舅舅为买下一只蛐蛐儿卖房子的事情，让任瑶华十分火大，生怕他这次又荒唐一回。因为每次李天佑出门准没好事。

而且任瑶华也不想任家其他人看到李天佑，在她心里，这个舅舅不但不能给母亲当后盾，还尽会给她们扯后腿，有些耻于与之为伍的意思。

从前任瑶华就对献王府的那些人没有一点好脸色，甚至有一次她跟着周嬷嬷去给外祖家送钱，还带了几个牙婆去与外祖父叫板，说不将那帮“戏子”卖出去，以后就再也不会给他们钱救济。

从来跟个面人儿似的没有脾气的外祖父那次却发了火，把银子砸到任瑶华脚下，操起一根唱戏用的马鞭将她给抽了出来，说以后再也不许她进李家的门，他不认这个外孙女。

后来李氏再往娘家送银子的时候，外祖父依旧没心没肺地收了，但是对任瑶华却始终很冷淡。

只是任瑶华这一去，将近一个时辰都没有回来。眼看着就要到用午膳的时候了，任瑶期只有悄悄遣几个信得过的婆子去寻她，自己则去见大太太王氏。

好在大太太要与大少奶奶商量刘家的事情，对用膳的事情并不在意，只让她们自己去寺里安排的房间用膳。

因没有在一起用膳，任瑶期便对大太太说任瑶华去了远一些的迦陵舍利塔那边，要过些时候才能回来，因觉得任瑶华身边有丫鬟婆子们跟着，大太太便没有在意。她正与大少夫人商量下一次帮任益均相看的事情，任益均的亲事是她的一块心病。

不想正吃着饭的时候，外头竟然下起了大雨。大太太打发人过来说，让她们用完饭在房里休息一下，等雨停了再启程回府。

打发出去寻任瑶华的人还没有回来，任瑶期只能再去大太太那里一次，说任瑶华打发了丫鬟回来说她半路上遇见了舅舅的仆从，想要过去给舅舅请安，因此还没有回来。

虽然李天佑这个人是人人皆知的不靠谱，不过毕竟是任瑶期姐妹母亲娘家的兄弟，正正经经的长辈，大太太便也没有说什么，只道若是任瑶华回来了，就过去与她说一声。

任瑶期一回到房里就交代香芹去给她找一件斗笠和蓑衣来，安排苹果在房里守着，自己带着香芹、桑葚两个丫鬟并两个婆子出了院子，交代她们若是谁过来问，就说她去找任瑶华了。

她只是个十一岁的孩子，贪玩一些再正常不过了。且燕北的规矩，并不像南边的京都那么严。

任瑶期带着人朝着香芹说的地方一路找去，都没有看到任瑶华的身影。

雨一下，白龙寺里的人反倒都不见了，一路走来，只感觉偌大的古寺空空荡荡，连脚步都会留下回音。冰冷的雨落到平坦的石路上，再溅到任瑶期的绣花鞋上，鞋子没过多久就湿了。

寺里能找到蓑衣和斗笠，却找不到合适的木屐。

任瑶期的心里不安起来。

从前，她与任瑶华并没有在这个时候来过白龙寺，所以任瑶华也没有遇到过冬生。可是冬生从前失踪了。

任瑶期不知道冬生从前是什么时候失踪的，可是任瑶华这么久还不回来，让她总感觉有些不对劲。

白龙寺主要建筑占地大约一百来亩，在它周围还有不少外围房屋，有些院落出租给了来寺里烧香或者求医的香客，有些则租给了想要一处清净地读书的读书人。附近的白云庵用的就是白龙寺的地，所以白云庵每年都要交一些香火银子给白龙寺。

如果李天佑来了白龙寺，那他很有可能在附近白龙寺名下的某一座院落里。

租住白龙寺院子的有许多读书人，而读书人有不少是喜欢博戏的。虽然他们斗鸡和逗蛐蛐儿大都不赌钱，却会赌一些古画和古董，可以说只要不是真金白银，其他值钱玩意他们都会拿出来赌，还自认风雅。

而李天佑不在乎什么风雅不风雅，也不在乎赌的是银子还是房子，就赌一个乐意。

“五小姐，你鞋子都湿了，还是回去吧，让奴婢们去找就行了。”一个婆子上前小声道。

任瑶期看了看自己裙摆下那双簇新的粉色绣鞋，正想着要不要多派些人出来找，香芹却突然指着前面道：“小姐，您看，是舅老爷。”

任瑶期立即抬头，果然看见不远处有两人冒着雨朝这边来了，走在前面的是个二十五六岁个子不太高的男人，头上戴着个不知道从哪里找来的破旧斗笠，却没有穿蓑衣，所以脖子以下都淋湿了。只是那件看不出颜色的大褂子穿在他身上十分不合身，袖子往上挽了好几挽，看着就像小孩子顽皮偷偷穿了大人的衣服似的。

跟在他身后的是一个长得像个铁塔似的面目普通的黑脸男人，李天佑经常打趣他扮武生真是浪费，应该扮黑脸包公。

走在后面的男子先看到了任瑶期，忙上前小声在前面那人的耳边说了几句。前面的男子抬头便也看到了任瑶期。他微愣之后突然以袖子遮脸转身想跑，偏偏他的袖子都捞上去了，又手忙脚乱地将袖子往下撸，模样狼狈又滑稽。

一旁的香芹捂着嘴直乐。

任瑶期无奈地唤住正拖着自己的随从打算逃跑的人：“舅舅，我已经看到你了！”

李天佑十分郁闷地停下步子。任瑶期走过去的时候还听到他背转着身在教训自己的随从：“……叫你平日里少吃点！你看看你长了这么大的块头，害爷每次想优雅地转身跑都会被人认出来，你就是个活靶子！以后每餐只能吃两碗……不……一碗饭！听见没有！”

向来逆来顺受的汉子无奈地低头应了一声“是”。

李天佑翻了个白眼，更加小声了：“你看看是我哪个外甥女？是很凶的那个，还是跟她爹一样喜欢两眼看天的那个？”

任瑶期哭笑不得地看那黑脸汉子当真又认真地看了她一眼，然后回道："爷，是'喜欢两眼看天的那个'。"

李天佑却松了一口气，转过身来，待看到任瑶期就站在他身后的时候吓了一跳，又去瞪自己的随从："就在爷后头，你怎么也不提醒一句！"

任瑶期见还下着雨，也不与他计较这些，只问道："舅舅有没有看到我三姐？"虽然她从主仆两人的对话中听出来，李天佑见过任瑶华的可能性不大。

果然，李天佑摇了摇脑袋，斗笠上的水甩了任瑶期一脸："没看到，看到也逃了。"

任瑶期无奈地抹了抹脸上的水珠："那你身边的冬生呢？你今日只带了冬生和夏生出门吗？"

李天佑正忙着将自己的长袖子撸上去，闻言随口道："不知道，冬生之前去帮我引开……冬生去办事了。那小子长得灵活，却是个笨的，这么久了还不回来，害爷在这里淋雨！等他回来了，看爷怎么教训他！"

任瑶期闻言脸色却是一白，愣愣地说不出话来。

若冬生是这次失踪的，那去寻他而未归的任瑶华会不会也跟着失踪？

李天佑也发现任瑶期脸色不对，狐疑地问道："你怎么了？"

任瑶期抬头，看了李天佑身后的夏生一眼，想了想，说道："我姐姐说看到了冬生，所以追了上去，可是她都走一个多时辰了还没有回来。"

李天佑吓了一跳："什么？小夜叉去追冬生了？她……她……她……她不会被那些人抓走吧？"后一句问的是他身边的夏生。

任瑶期却抓住了他的话头，急急问道："你说的是什么人？他们为什么要抓我姐姐？"

李天佑闻言有些纠结地将自己头上的破斗笠扒拉下来，吞吞吐吐地说不出个所以然来。

任瑶期正色道："舅舅，你不告诉我，万一我姐姐出了什么事情，你怎么跟我母亲交代！"

李天佑面上一抽，有些牙疼。想了想，他斜看了夏生一眼："你来说……"

夏生正要开口，李天佑忙又补充了一句："挑要紧的说，不要紧的就别说了。"

夏生沉默了一会儿才道："爷原本正在……"

"停！"李天佑大吼一声，制止了夏生的话，瞪着他道："爷说了，挑要紧的说！"

夏生常年面无表情的脸上依旧面无表情，心里却在咆哮：我还什么都没说！

"算了，还是我说吧。让你说，不知道会被歪曲成什么样子！"李天佑有些嫌弃地看了夏生一眼，对任瑶期道："我原本与人有要紧的事，便将冬生和夏生两人打发走了。不想与我有要紧事的那人之前得罪了一些人，然后……然后他们在关键时刻闯进来，我就从后门跑了。不想那群人却追着爷来了！"

说到这里，李天佑脸上有些愤愤："他们追着爷不放，还好冬生没有听我的话走远。所以他换上我的衣裳将人引开了。再然后夏生找到了我。我们又一起来找冬生。小夜叉定是之前看到了扮成我的样子逃跑的冬生，所以追着去了。"

任瑶期听着，面色有些古怪起来，不由得打量李天佑几眼，突然问道："舅舅你之前穿的是一件什么衣裳？"

李天佑想了想："一件白色褂子，倚红绣了只大白鹤在上面，爷穿着还挺威武霸气。这衣裳爷还是头一回上身呢。啧，回去肯定又要被倚红念叨一番。"李天佑有些郁闷。

任瑶期却越加无语了，她觉得自己好像知道了点什么。

几人在这里说话的工夫，雨已经停了下来。

任瑶期吩咐自己身后跟来的两个婆子道："你们去一趟白云庵，一个在里面探探消息，一个在那附近找一找。"

她话还没说完，李天佑就炸了毛般跳起来："你……你……你……你怎么知道白云……那个庵？"

任瑶期波澜不惊地吩咐婆子下去，才转头看向李天佑："猜的。"

"那……那……那……那你还猜到了什么？"李天佑不死心地道。

任瑶期还没有说话，一直站在她身后的香芹却突然惊呼一声，用手捂着自己的嘴，瞪大眼睛看着李天佑："那个面……面……面首？"

李天佑闻言一愣，莫名其妙道："学爷说话做什么？什么面首？"

香芹看了看任瑶期，然后低下头闭紧自己的嘴，再也不肯说话，只是那眼角却总是忍不住偷偷地往李天佑身上看。

夏生却像是知道了些什么，凑过来在李天佑耳边说了几句。

李天佑的脸瞬间涨得通红，然后怪叫道："哪个浑蛋在背后诋毁爷？去他爷爷的面首！爷不过是偷个香，窃个玉！"

香芹和桑葚两个丫鬟听着，脸也红透了。

任瑶期摇了摇头，转移话题道："雨已经停了，我大伯母过会儿就会吩咐启程回去，还是先找到我三姐要紧。不然就麻烦了。"

李天佑垂头丧气地道："那就去找找吧。"

几人便又往白龙寺回转。

第八章

献　策

才走了没有多远，就看到几个婆子匆匆往外走，香芹忙道：“五小姐，是大太太身边的婆子。”

那几个婆子也看到了任瑶期，几步跑过来，行礼道：“五小姐，总算找到您了。刚刚大太太让奴婢几个过去找您，您房里的丫鬟说您出来了。大太太忙打发奴婢寻出来。怎么三小姐没有与您一起吗？”说着她有些惊讶地看了李天佑一眼，暗自判断他的身份。

任瑶期道：“三姐她在找地方避雨，我已经打发人去找她了。我出来的时候正好遇见过来找我的舅舅。”

那婆子松了一口气，忙向李天佑行了一礼，叫一声舅老爷，又对任瑶期道：“既然五小姐是遇到了舅老爷，那太太就能放心了。之前太太让奴婢来找五小姐，就是想要告知您一声，因为下雨前头的山道上发了山洪，有几辆马车翻到了山沟里，刚才还派人来找寺里的和尚去帮忙捞车救人。大太太说，我们延迟些时候再回去，免得这么急急忙忙地往回赶遇上什么事儿。”

任瑶期点了点头：“那就多谢嬷嬷走这一趟了，等我回去再亲自给大伯母请罪。”

那婆子便又回去复命了。

现在王氏不急着回去，那时间就充裕了一些。

任瑶华不见了，她宁愿自己找，也不愿意惊动大太太，让任家的人帮忙找。她不信任任家的人。

万一任瑶华出了点什么事情，她还能试着瞒下来。而让任家的人知道了，指不定会有什么样的后果。

任瑶期和李天佑正打算分头去找，才各自走出没多远就听到李天佑在后面喊：“瑶期，瑶期，快过来。冬生他们回来了！”

任瑶期忙转头疾步走过去。

果然看到全身淋湿的任瑶华，在任瑶华身后是一个肤色白皙却面容普通的中等个头的男子，应该就是那个叫冬生的武生。

任瑶期看着一言不发的任瑶华，皱眉问道：“三姐，你去了哪里？你身边的婆子丫鬟呢？”她记得任瑶华出去的时候身边是跟着几个人的。现在却只有她自己和冬生回来了。

任瑶华闻言脸色十分不善地转头看了冬生一眼，冷哼一声：“你问他都干了什么好事！”

李天佑偷偷问冬生：“你做什么了？”却发现冬生面若死灰地站在那里，闻言张了张嘴，终究什么话也没有说。任瑶期一见他们的样子就知道之前一定发生了什么事情，便出声道：“舅舅你们在哪里落脚？离这里近不近？”

李天佑看了看四周：“应该不远吧？从我歇着的地方也能看到这个山头。”他指着前面那座雨雾朦胧的远山道。

任瑶期顺着李天佑的手看去，只能叹气，想着要不要提醒一下他这一点不能证明两个地方离得近。

好在夏生出声道：“离这里大概有两刻钟的路程。”

任瑶期看了看自己，再看了看一身狼狈的任瑶华，对身后的香芹和桑葚道：“你们回去替我和三姐寻两套干净的衣裳和鞋过来。”

两个丫鬟应声去了，任瑶华又对夏生道：“我记得之前看到前面不远处有租驴车的，你去雇一辆来。这路上泥泞不堪，不好走。”

夏生看向李天佑。

李天佑摆了摆手，让夏生去了。

见当场只剩下自己、李天佑、任瑶华和冬生四人，任瑶期就仔细打量着任瑶华和李天佑。

只见任瑶华那一身妃色的衣裙从头到脚都已湿透，变成了极深的绛红色。尤其是那一双莲青色的绣花鞋，上面沾满了泥浆和干枯的草叶，已经看不出来原来的颜色。她全身上下可以用狼狈不堪来形容。

她的发丝有几绺垂下来贴在额面上，脸色有些白，嘴唇却红得发乌。也不知道她是冻的，还是气的。

这还是任瑶期第一次看到任瑶华在人前这般模样。

不过这倒让她多了几分脆弱和平易近人，如果忽视她脸上那能冻死人的冷漠表情的话。

冬生的样子比任瑶华也好不了多少，他衣裳的颜色深，倒看不出来是湿了后的颜色，还是原本就是深褐色。半新不旧的粗布鞋上与任瑶华一样，沾满了泥浆和枯草。尤其是他的脸色，不是任瑶华那样的气怒之色，倒更像是惊惧和不安。

任瑶期心里有些担忧。

任瑶华出门的时候带了几个婆子和丫鬟，现在包括芜菁在内的下人全都不见了。只有他们两人一身狼藉地回来，不知道遇上了什么事情。

不过看他们现在的模样，这里明显不是说话的地方。

任瑶期只能将之前脱下来的蓑衣和斗笠给任瑶华穿戴上，以遮掩她身上的狼狈。

不多会儿，夏生就将驴车租了回来。李天佑摸着下巴绕着那辆驴车打量了半天，一脸新奇地问任瑶期道："你坐过这玩意没有？它拉得动这么大的车吗？看起来没什么力气的样子。"说着还伸出手掌，拍了拍那驴子的头，惹来赶驴的车夫不悦的视线。

燕北因为有马场，所以马匹要比南边多，不过平民百姓们还是喜欢用驴车，养活一头驴所需要的草料远比养活一匹马少得多。且驴子耐力极好，也没有马那么容易生病，老了死了还能吃肉。但是世家大族出行就没有用驴车的，因为驴车不够排场。

李天佑这么问，是因为他从来没有坐过驴车，即便是年幼之时在少马的京都，他也只吃过驴肉。

任瑶期吩咐夏生让他在这里等着香芹和桑葚两个丫鬟来，再带她们雇车回去。

自己则和任瑶华上了驴车，随后李天佑也坐了上来，冬生则与车夫一起坐在驴车外头的车辕上。

没过多久，驴车就在一处一进的小院落前停下来。

白云寺租赁出去的院落外头瞧着都是十分简陋的，还有些小院子用的是黄色的土砖。

李天佑落脚的院子倒是青砖黑瓦。且进去了之后便发现，院子被收拾得很干净，显然平日里有人专门负责修缮和打扫。

与租赁田亩雇佣佃农一样，房屋租赁也是寺院的一项重要收入来源。

“舅舅，你来白龙寺多久了？”任瑶期一边跟在他身后进了院子，一边问道。

“昨日来的，有人约我过来斗鸡。不想半夜里鸡被人偷了。好在我这次不过来随便看看，带的是只普通货色，丢了就丢了吧。本打算今日就走的，不想却遇上了……咳，嗯……一个熟人。”李天佑摸了摸鼻子，左顾右盼地道。

任瑶期便也不再多问。

等进了屋，各自坐下，任瑶期才看向脸色一直不太好的冬生，直接问道：“我三姐身边跟着的那些人呢？”

任瑶华眼睛像利刃一样刺在冬生脸上，却抿紧了唇不发一言，显然是被气过头了。

冬生看了任瑶期一眼，低头小声道：“都被我敲晕了。”

“……”

“你怎么不干脆把我也敲晕了扔到山洞里？”任瑶华讥诮地道，还狠狠地瞥了在一旁坐着看热闹的李天佑一眼。

李天佑立即苦着脸喊冤道：“可不是我让他这么做的。而且冬生向来乖巧听话，说不定是你身边的人做了什么过分的事情，才惹得他发火！是不是，冬生？”李天佑悄悄朝冬生使眼色。

冬生却老实摇头道：“是属下鲁莽了。”

任瑶华冷哼道：“不过是个戏子，称什么属下？主子没规矩，惯得下头的人也一个一个的都没了规矩！”

这话李天佑却不爱听了，他将手搭在冬生的肩头，斜睨了任瑶华一眼道：“他是爷的人，爷说他是属下，他就是属下，爷说他是爷哥，他就是爷哥！你又不姓李，关你什么事？”

冬生吓了一跳，忙道：“爷，属下不敢当……”

李天佑用手掌重重推了他的头一下：“也对，爷应该说你是爷弟。让你当爷哥，你也没那个胆。”

任瑶华看着主仆两人在那里闹，忍无可忍：“你们到底要不要把我的丫鬟弄回来！若是她们有个什么差池，你们以为你们能脱得了干系！”

李天佑这才想起来，轻咳一声小声问冬生道：“你把人藏哪里了？还是还给她吧？好男不与女斗。”

冬生低头道：“就在一个山洞里，我敲晕她们的时候有注意力道，这会儿应该快醒了。”

任瑶期皱眉：“还是赶紧派人去一趟看看吧，免得她们醒过来后不见三姐，回去报了大太太知道，那就麻烦了。”

冬生点头道：“是我疏忽了，我这就去将人弄过来。”

这会儿外头又有人进来，任瑶期听到了香芹的声音，便对冬生道：“夏生知不知道那个山洞？如果他知道的话，让他带着我的两个丫鬟去吧。免得她们瞧见你又起了争执。”

她其实还有很多话想要问冬生。

这时候夏生正好与两个提着包袱的丫鬟走进来。

任瑶期让冬生去与他们交代，自己则携了任瑶华一起去将身上湿了的衣衫和鞋子换下来。

她们出行都会预备几身衣裳，以备不时之需。

一般而言，为了应急，这些衣裳大都是花色和式样相似的。这样若是衣裳脏了，换下来也免了一些不必要的尴尬。

任瑶期换上的一条翡翠色的裙子就与她之前身上那件极其相似，脚上的绣花鞋虽然花色有些不同，式样和颜色却是一样的，不仔细看看不出来。

任瑶华也换了一身湘妃色的衣裙。

两人出来的时候，夏生已经帮任瑶华去寻她的人去了。

任瑶期这才问冬生，他从白云庵出来后到底遇见了什么事情。

冬生却摇头闷声道：“不过是被人追了一路罢了，然后发现三小姐的人在跟踪我，我还以为是他们追上来了，就想着先下手为强，将人敲晕了。”

任瑶华却在一旁冷笑道：“别人也就算了，可别与我说你不认得我身边的芜菁。在主子面前鬼话连篇，你是跟谁学的规矩？还是根本就没有人教过你规矩！”

芜菁跟在任瑶华身边有些年头了，跟着她去过云阳城的外祖家好几次。冬生应该是认得的。

连李天佑都不相信地偷偷觑了冬生一眼，不过他很聪明地没有开口搅和，而是认真盯着自己手中的一个普通白瓷茶碗，好像在看一件古董，明摆着不想管事。

冬生听了任瑶华的反驳便将头低下，一副认错的模样，却也不肯再开口解释之前的事情。

任瑶华越加认定李天佑是故意报复她，毕竟她曾提过很多次要将外祖家的那个戏班子的人撵走。

任瑶期却有别的想法，她知道冬生的话没有说完。可是这里明明就只有他们四个人在，没有外人，冬生为何还是不肯说？

他是只想之后与李天佑一个人说，还是打算对谁都不说？如果是后者的话，那这件事情肯定是一件大事。

想起从前，冬生很有可能就是因为这件事情失踪的，任瑶期心里有些担心。

她仔细回想今日遇到的那些事情，努力想要将事情串联起来。可是想来想去，总像是少了些什么。

最后，她只能看着冬生认真地道：“我有事情想要与你说，你跟我来。”说完，任瑶期便站起身，指了指旁边的屋子。

李天佑还以为任瑶期是想要教训冬生，纠结半晌，拍了拍他的肩膀，小声安慰道：“还好，这个不是很凶，你忍忍就过去了。”

虽然说的是悄悄话，不过很显然在他李爷那里，没有所谓悄悄话的概念，所以任瑶期还是听到了，也只能装作没有听到。

那边任瑶华却狠狠地瞪了过来。

冬生不敢违背主子的意思，跟着任瑶期去了隔壁的屋子。

任瑶期缓步走进屋子，没有找地方坐下，而是走到窗边，推开一扇窗户。一股混合着湿润泥土的青草香涌进屋子里，原本窒闷的空气立即就鲜活清新起来，让人的精神也跟着不那么紧绷了。

想了想，任瑶期开门见山道："我知道你这次一定是遇上了一件大事，且这件大事并不算是件好事。我想你不打算与我们说，是因为不想将我们牵连进去。我说的可对？"

冬生惊讶地看着任瑶期："表小姐，您……"

任瑶期转过头来，温声打断他道："我明白你对我舅舅的忠心，甚至因此而爱屋及乌对我们也多了几分容忍。不过你有没有想过，如果你真的遇到了什么不好的事情，你却已经与我三姐、舅舅还有我接触过了。你真的不会牵连到我们身上吗？若是你当时立即就离开了，或许还可以不将麻烦带回来。可是你将我姐姐送了回来，还遇上了我们。你的好心或许会带来不好的结果……"

冬生闻言，脸上的神色更加苍白了些，没有血色的嘴唇也跟着抖了抖。

任瑶期见他已经有些松动，继续慢声道："反正事已至此，你就算是告诉别人我们没有牵扯，别人也不会相信。与其如此，你还不如告知我真相。我们想办法将事情解决了。"

不想冬生闻言却是面带苦笑地摇了摇头，神色之间带着些极深的无奈："没有用的，我惹上大麻烦了。表小姐，您说得没错，我原本应该不声不响地离开。"

任瑶期静静听着，摇头道："你敲晕那些仆妇是因为她们看到了什么？而你送我三姐回来，是怕她身边没人，遇上危险？"

冬生不好意思地笑了笑："她们应该没有看到，我只是以防万一罢了。"

任瑶期看着他不说话。

冬生看着任瑶期沉静的面容，想到她之前说的那些话有理有据，不知怎么的竟然鬼使神差地从衣袖里拿出一封信："我之前为了引开追爷的那些人，抄了山上的小道。不想却看到山道上躺着一个人。我走过去一看，那人竟然已经断了气。我瞧见他旁边的地上有这样一封信，便拾起来看了看，见上头没有落款，心知有些蹊跷。"

顿了顿，他接着道："我正打算将信放回去，却听到有人过来了。犹豫片刻，我还是将信收了起来，然后上前去查看，便见到是三小姐带着几个人往这边寻来。我怕她们看到地上的那个人，便偷偷引着她们往别处去了，好不容易离着那地儿远了，我正要现身，三小姐却突然想到我刚刚带着她们胡乱绕圈子是为了掩护别人走，于是她命令那几个婆子丫鬟往原路去。我见此便寻着机会将三小姐引开，然后将那几个婆子丫鬟敲晕藏了起来。

“然后我想要将三小姐送回来。不想三小姐她却对我有些敌视，以为我有什么目的，她……我放在衣襟的信笺被三小姐不小心扯出来，掉到地上，我吓了一跳，想要将信收回去，三小姐却抢先一步将信的封口撕开了。”

说到这里，冬生抿了抿唇：“我只能说那信是我写给自己喜欢的一个姑娘的，三小姐便将信还给了我。我见那信的封口已经拆开，索性将信打开看了一遍。这一看就吓了一跳。那信封上面没有任何标记，但是里面的信却是……却是不能见光的……”

当信被任瑶华抢去的时候，他才知道为什么夏生他们总是说他武功太弱。

他与夏生他们不同，不是暗卫或者侍卫出身，他原本只是一个普通的小厮，学武不过是形势所迫，以防万一，在关键时刻不给主子们拖后腿。

正因为如此，他武功虽然很一般，跑跳功夫却是一流，连夏生都跑不过他。

“哦？”任瑶期皱眉沉吟。

若是可以，她觉得自己不应该再问下去，可是现在这件事情恐怕没有那么简单。掩耳盗铃并不是好办法，不管怎么样，任瑶华已经被牵连了。

冬生沉默许久，突然低声道：“那是朝廷写给督军赵鸣的一封密报。”

冬生还是说了出来。

他也是没有办法，如若刚刚没有遇上李天佑，他什么也不会说。

偏偏他已经将自己的主子卷进去了，却想不出办法来解决。他也不知道有没有人在暗中跟踪他。

这件事情他不知道要与谁说，在场的三位主子，另外的两位却是不适合的。

他终究也只是一个小厮，没有办法做太多。

任瑶期没有急着问朝廷给赵督军的信里说了什么，她想了想，沉默片刻，突然看向冬生：“你是不是还有什么事情没有告诉我？若是只发生了这些，不会耽搁这么久。”

冬生闻言将头低下，脸上有些难堪。

任瑶期微微一笑，看向他的目光却有些淡漠：“如果我没有猜错，你之所以拖了这么久才将我姐姐送回来，是因为你在想着要不要杀她灭口？免得她拖累我母亲和外祖一家。”

这是她在听到冬生说那封信是朝廷密报的时候想到的。

她不会怀疑这一群人对献王府的忠诚程度。

冬生面白如纸，突然双腿一软跪倒在任瑶期面前，他没有辩驳，也没什么可以辩驳的。

他之前确实在心里挣扎了许久，若是将任瑶华杀了，他再离开，就不会牵连到献王一脉。

于是他带着任瑶华绕了许久的圈，犹豫着要在哪里杀人，但他终究还是下不了决心灭口，因为任瑶华是献王爷的亲外孙女，也算他的半个主子。

他从记事起就被教导着要对献王府忠心，为自己的主子送命也毫不犹豫。他没有办法做出弑主之事。

最终不知怎么的，他带着人走到离白龙寺寺门不远的地方，然后遇见了正在寻找任瑶华的李天佑和任瑶期。

当时他脑中唯一想的是，他的一时心软若是害了自己的主子，他百死也难辞其咎。

即便是现在，如若再给他一次机会，他一定会毫不犹豫地杀了任瑶华。

任瑶期看着他的神色，轻叹一声：“起来吧，你并没有错。你是李家的奴才，不是任家的，自然要以李家人的利益为先，就这一点而言，谁也指责不了你。”

冬生面色灰败地站起身，却始终不敢抬头。尽管他知道自己做得没有错，可是却没有办法面对任瑶期清澈了然的目光。

“你之后是不是还返回过捡到信的地方？”任瑶期问道。

冬生点了点头。

“然后人不见了？”

冬生震惊地抬头，讷讷道：“表小姐，您怎么知道？”

任瑶期叹气：“若是他在，你不会这么担心害怕。”

那人不在了，说明在冬生之后有人出现过，也就是说或许有人一直在暗处关注着那个人。这也说明冬生有暴露的危险。不然他去将那人埋了，毁尸灭迹，麻烦也就小多了。

“我之前瞧着他倒下的周围并无打斗痕迹，应该是之前在别处受了伤，被人追到那一处。在我拿了信离开之后，有人找到他，并将人带走了。所以我之前的一举一动可能已经落入别人的眼里。我听秋生他们提起过，朝廷办事向来不问因由，只求结果。那封信极为机密，接触过的人怕是都会……”

任瑶期也有些心情沉重，她不由得想着，当年冬生失踪是因为他怕连累舅舅他们，所以偷偷离开了，还是被人灭口？

任瑶期望着窗外沉吟不语。

雨后的空气还很湿润，不知从哪里飞出来一只燕子，从院子里低空掠过，又突然掉落在地上，发出几声细微叫声。

李天佑不知从哪里晃荡出来，背着手走到燕子掉落的地方蹲下，然后一边用右手手指头轻戳那只不停蹦跶却总也飞不起来的可怜小鸟，一边仰着头四处寻找什么，待看到屋檐下的时候，他将那只燕子抓到了手里。

“冬生，这院子里有没有梯子？一只笨鸟从鸟窝里掉出来了。”李天佑愉快的声音在院子里响起。

冬生对任瑶期告罪了一声，忙跑出去走到李天佑身边小声回话。

李天佑便将手里不断扑腾的小家伙递到冬生手里，摆手道：“那你把它放回去吧。”

冬生低头小心接过，又跑了回来。

任瑶期就看到李天佑背着手站在院子中间不停地瞎指挥，眉飞色舞的样子。

过了会儿，冬生回来了，手里还拿着一块刚擦过手的粗布帕子。

外头的屋檐下又响起任瑶华和李天佑不知为了什么事情拌嘴的声音，热闹得很。

“拦截朝廷密信的是什么人？”任瑶期轻声问道。

白云寺位于白鹤镇和云阳城中段，正好在南北必经的官道附近。

冬生又站到任瑶期下手边，低头细声道：“我没有见到打斗的过程，不好妄下判断。不过那封信是关于朝廷将要下令削减燕北军军饷的。”

任瑶期闻言一惊。

与燕北王府有关？

燕北军名义上虽然是大周朝的军队，但实际上他们是燕北王的直系军队，也可以说是“萧家军”。

任瑶期曾经听裴先生提过，燕北的赋税多半要上缴朝廷，但是燕北军的军饷朝廷每年只发放极少的一部分，实际上大部分的军饷都是燕北王府自行承担的。

她想起从前燕北曾经发生过一次军队哗变，当时有些燕北军下层士兵因为不满朝廷削减军饷，便结群到城中抢劫富户商铺，引起了骚乱。

最后有人上奏弹劾说燕北军数目过于庞大，庙小和尚多，这才是动乱发生的根源，要求燕北军裁减军队。

不久，党项族为抢夺牧草资源丰厚的马场而在宁夏境内引发了小规模的边境之争，燕北王府应宁夏总兵吴萧和所请调派燕北军入宁夏助吴萧和平乱。之后几年，那一部分燕北军就一直驻扎在宁夏，朝廷关于削减燕北军的计划也就不了了之。

不过当时的宁夏总兵吴萧和是老燕北王的女婿，现任燕北王萧衍的妹夫。

所以很多人认为燕北军入宁夏其实是燕北王为了保全燕北军队，转移朝廷注意力的一种策略，可惜三年后，宁夏总兵吴萧和死了，朝廷派来了曾潜，给燕北王府来了一招釜底抽薪。

当时的曾潜还名不见经传，燕北王府也认为他不过是凭着本家西昌侯府与太后娘家颜家的裙带关系才得了这一职位，只将注意力放在与曾潜一同上任的监军卢德新身上。

可是最后曾潜的表现却大大出乎众人意料，吴萧和的军队被他收编大半，打了燕北王府一个措手不及。

而曾潜的崛起，是任家灾难的开始。

任瑶期想到这里微微垂眸。

怎么样才能阻止曾潜继任宁夏总兵，或者怎么样才能让曾潜即便是当上了宁夏总兵也只能有名无实？

任瑶期的心怦怦直跳。

“表小姐？”冬生见任瑶期脸色不好，轻声唤道。

任瑶期深吸一口气，让自己的心跳平复下来，她提醒自己不要着急，慢慢来。她不信自己重来一回就是为了重蹈从前的覆辙，总会有办法的。

“表小姐，那拦截朝廷密报之人很有可能是燕北王府派出来的。密报中提到，让接信之人在朝廷下令削减军饷之时，挑动燕北军底层将士们闹事。听闻燕北王府的二公子正在这附近的一个别庄里养病，您看会不会是他派人……”冬生小声道。

任瑶期闻言抬头皱眉道：“你说的是燕北王府二公子萧靖西？他在白龙寺附近？”

冬生点了点头。

任瑶期猛然想起之前在白龙寺龙王堂前遇到的那个男子。她和香芹误认为他是那几个妇人正在寻找的尼姑的相好。

可是之后任瑶期却对他的身份产生了怀疑，从他的风姿气度来看，怎么也不像是会当人面首的人。尤其是当他给她那串金石木珠串的时候，她心中越加犹疑。

她也是见过好东西的，那串珠子绝对算得上一件难得的宝贝，可是他随手就给了她，仅仅为了报答她帮的一个不算很大的忙。

后来李天佑出现，李天佑承认自己就是那个被人追的尼姑的相好，那么那个男子又是谁？

他为何想要避开那几个妇人？

他也穿着白衣，是不是曾经被追着冬生去的那些人误认为是李天佑？而他当时在白龙寺附近做什么？还弄破了自己的衣袖？

想着传说中的燕北王府二公子的容貌，任瑶期忍不住怀疑他就是萧靖西。难道派人拦截朝廷信使的人是他？

这么想着，不知为何，任瑶期却还是凭着自己的直觉摇了摇头：“我听闻燕北王府二公子聪明过人，惊才绝艳。他即便想要拦下朝廷的密报，也不会采用这种极端手段。这种重大事情，朝廷派来燕北送信的信使应当不止这一路。萧靖西就算是拦下了这一个信使又能如何？信最终还是会被送到该送到的人手上，而燕北王府却是打草惊蛇了。”

任瑶期能想到的事情，她不信那个被裴先生赞誉过的萧靖西会想不到。

冬生想了想，也没了主意：“那又会是谁？”

“我说不是萧二公子，又没说不是燕北王府的人。”任瑶期也不是很肯定地道，这一切不过是她的猜测罢了。

掌握的信息太少，她也没有办法判断。何况如果她遇见的那个人就是萧靖西的话，他出现的时机未免太巧合了。

这边，任瑶期正与冬生猜测那截杀朝廷信使并最后收拾尸体之人的身份，那边也有人在追查这封密信的去向。

已经换上了一身蓝色广袖袍的少年同样站在窗边，听着单膝跪地的黑衣男子禀报，漆黑如墨的眸子静静地看着窗外连绵不断的雨丝渐渐变小变细，眼中似也笼罩着让人看不清的雾气。

屋瓦的缝隙间还有雨滴断断续续地滴落下来，滴答滴答地落进檐下放着的一对有些陈旧的花岗岩三面开光莲花纹鱼缸里，鱼缸里的水溢了出来。

少年低柔喑哑的声音舒缓地在屋里响起，声音明明不大，却掩过了外面的水滴声："把尸体送去给萧靖岳，问他怎么处理，我只是来白龙寺养病的。"

跪着的属下一愣，小心地抬头瞟主子一眼，试探着问："那三公子到时候否认是自己派来的人怎么办？"

少年闻言偏了偏头，似笑非笑地看了自己的属下一眼，有些讶异地道："他还能否认？"

那属下立即低头："属下明白了。只是三公子要截下的那封信还落在他人手中，属下要不要派人去……"

少年收回落在窗外的视线，似是想了想，淡声问道："你确定那人是李家的人？"

"属下确定，那人是前献王世子李天佑身边的随从，当时与他在一起的还有一个女子，是白鹤镇上任家的小姐。"

"任家？"少年的语调依旧舒缓平和，眉间却有些思虑之色，不过一瞬他便淡笑着点头道："知道了，你去吧。"

黑衣属下一愣，主子这是不想管了？

可是以三公子的为人和手段，恐怕将会有不少人被牵连，以致性命不保，就连李家那位世子都会……

"对于燕北王府的事情，你知道多少？"看了看窗外的天色，任瑶期问冬生道。

她从前对燕北王府的事情知道得就不多，如今也没有刻意去打听过，所知道的也不过是大家都知道的那些。

不过冬生是作为李天佑的贴身小厮培养的，他的师父是她外祖父身边那位厉害的跟班郑国良，也算是李家的管家。

她以前总觉得郑管家说话的声音有些奇特，后来才明白郑管家应该是宫里出来的太监。

李天佑的小厮不用知道太多的应酬往来，但是他一定要知道如何帮着主子趋利避害，所以冬生对云阳城里各个家族的情形应该知道得很清楚。

“已故老燕北王萧行简的正妃是先皇次女，乃当年的张贵嫔所出，十五岁时被先帝赐封常德公主，嫁入燕北王府。不过老燕北王在被赐婚之前与云家的嫡长女云瑶定过亲，当时燕北王的祖父第四任燕北王萧岐山还在世，曾请旨向先皇陈情。

“先皇考虑再三后，为堵悠悠众口并安抚萧岐山，便允许燕北王府在公主进门之后迎娶云家长女云瑶为侧室，同时允诺等萧行简继承燕北王之位后，云瑶若是有子，就给她侧妃之位，因此萧行简的正妃常德公主和侧妃云氏是相隔一日先后进门的。

“只是常德公主自进萧家门后只生了一个女儿萧微，此后就再无动静，而云太夫人则生了老燕北王萧行简的长子萧衍。之后公主又为老燕北王纳了一门出身苏家旁支的贵妾，老王爷的次子萧衡就是这个苏贵妾所出。苏贵妾身子不好，在萧衡出生不久就过世了，萧衡自幼被养在常德公主膝下。”

冬生对这些世家的弯弯绕绕果然知道得很清楚，细细道来，如数家珍。

“第四任燕北王萧岐山活到了六十来岁，所以老燕北王继位之时已经三十五岁了。当时为了立世子的事情，燕北王府曾经闹过一阵。常德公主要立自已养的庶子萧衡，而老燕北王则更加属意长子萧衍。听说常德公主还曾经瞒着老燕北王写密折入京，求先皇为她做主。

“偏偏当时正值先太子病故，先皇发病，康王与荣王两人争储最厉害的时候，公主悄悄送到京城的信如同石沉大海。而老燕北王则以萧岐山留有遗命为由亲自入京请旨为长子请封，当时监国的康王和荣王正争得难分胜负，谁也不想在那个时候开罪燕北王府，因此萧衍顺理成章成为世子。又过了两年，先皇突然病愈，康王与荣王因忤逆的罪名先后被诛，不久后老燕北王萧行简也暴毙，萧衍则继位为燕北王，并请封嫡长子萧靖康为世子。

“因为康王与荣王引发的‘两王之乱’，先皇病愈后一开始还没有精力来管燕北的事情，所以萧衍继位并为长子请封之事都很顺利，只是先皇要求燕北王世子入京中的国子监读书，实则是作为质子。燕北王世子自幼就在京中长大，并在幼时就被先皇下旨与长安公主之女赵英娥定亲。听说这位世子文章极好，画画也出色，就是骑射荒废了。”

任瑶期一直沉默地听着，冬生说的这些事情，有些她知道，有些她不知道。

燕北王府水深她能想到，但是如今听冬生这么细细说来，还是有些让人惊心。

“现任燕北王萧衍的正妃是他生母云太夫人的亲侄女，即云家现任当家云盛已故兄长的嫡长女云初雪，这位王妃生了两个儿子和一个女儿，即在京的世子萧靖康、二公子萧靖西，以及郡主萧靖琳。燕北王的弟弟萧衡娶妻苏氏，生三公子萧靖岳和萧二小姐萧靖媛，还有几个庶子庶女。常德公主唯一的女儿萧微则嫁给了现任宁夏总兵吴萧和，生有一女。”

任瑶期心中一动：“燕北王萧衍与他弟弟萧衡关系如何？”

冬生想了想，如实道：“外人瞧着还算是兄友弟恭，不过……您看他们各自的外家云家和苏家的关系就能明白，事情并不像表面上看着这么简单。从萧岐山当燕北王开始，云家与苏家明面上看已经握手言和，亲如一家，其实私底下却依旧争端不断。苏家手里握有西北的几个大马场，燕北军骑兵所有的马匹都是供自苏家西北的马场。云家是老牌世家，底蕴不是苏家可以比的，但是经营上却比不过苏家。这两年，两家正在争夺庆州附近的几个大盐场，闹得燕北王也很头疼。”

西北马场……宁夏总兵……与大周争夺马场的党项族……云家与萧家，老王妃与燕北王的矛盾……

任瑶期感觉隐隐有一条线将自己从前所知道的那些和冬生刚刚所说的话串联到一起，让她眼前亮起一道曙光……

当年，朝廷下令裁减燕北军的命令一下来，西北就发生了党项族马场之争，然后燕北军队被分化，一部分归入宁夏总兵吴萧和麾下，助他对抗党项族。

她原本也以为这是燕北王为了保存实力的两全之策，可是现在看来，吴萧和是老王妃常德公主的女婿，他难道真的能与燕北王一条心？燕北王真的就心甘情愿地将自己的军队分给妹夫？恐怕未必吧？瞧着更像是两害相较取其轻的意思。

虽然后来因为有燕北王二公子萧靖西的介入，那些燕北军被收编回了大半,未曾伤了元气，可终究还是有损失的。

而曾潸当年能很快坐稳宁夏总兵的位置，还与他在萧靖西收编回燕北军之前成功策反一批原本就持观望态度的燕北军中下层将领有关。那一小部分人最后成为他晋升的资本。

所以，如果能想办法不让燕北王府的军队入宁夏，也就断了曾潸的一条高升捷径。

这时候，院子外头又走进来几个人，是夏生、香芹、桑葚他们领着任瑶华的丫鬟进来了。

芜菁她们几个身上十分狼狈，有两个丫鬟脸上还满是泪痕，进了院子仍抽噎不断，可见之前是吃了苦头的。

待看到站在屋檐下的任瑶华，她们一窝蜂地拥过来，你一言我一语，委屈地告起状来，小小的院子立即变得嘈杂起来。

还是芜菁看不下去了，将她们训斥住。

任瑶期只听任瑶华冷冷的声音在院子里响起："我自会给你们一个交代!"

原本在一边看热闹的李天佑翻了个白眼，带着夏生背着手进了屋。

任瑶期沉静的声音一字一句地在屋子里响起："有一个办法，不过你需要冒风险。或许大家都要冒风险，你愿不愿意做?"

冬生一愣，有些犹豫地问："表小姐说的大家是指谁？主子他们也要冒险吗?"

任瑶期看着冬生波澜不惊道："你以为现在舅舅就没被牵连？与其等着灾难来临，不如反戈一击。"

献王李乾一家在燕北的处境本就十分尴尬。

李乾的生母宛贵妃是先皇宠妃，是先皇早年从宫外带回来的平民之女，入宫不过六个月就生下了李乾。

所以，虽然先皇承认李乾这个皇子的身份，可是在先皇死后，李乾的出生时间成为了他的污点。

京中隐有谣言，宛贵妃在进宫之前其实是个卖唱的歌女，早就与人珠胎暗结。后来虽然得幸于先皇，其实怀的并不是先皇的种。只是宛贵妃手段了得，让先皇认下了这个便宜儿子，并封为献王。

先皇已死，这个谣言无从证实，不过在议立新帝之时，朝臣中的大部分人还是选择拥立当时还只是个婴孩的颜妃之子。

宛贵妃绝望之下先下手为强，拿出先皇遗诏，率先将自己的亲生儿子献王贬为庶民，流放到颜氏一族无法插手进来的燕北，令他子子孙孙永世不得入京。

献王一家抵达燕北当日，宛贵妃饮下鸩毒自尽而亡。

其实这些年来，献王一家都是托庇于燕北王府的。否则他不可能平安活到今日。他虽然窝囊，但终究还是活着。

裴先生在与任瑶期说起这段宫闱秘闻的时候还曾感叹道，当年的宛贵妃确实是个人物。

她不仅容貌倾城，多才多艺，还能屈能伸，果断狠绝，并且输得起。

可惜终究红颜薄命。

任瑶期没有见过这位曾外祖母，但是她在京城的时候曾见过一些悄悄流传在士林才子们手中的宛贵妃画像和先王令人为她写的诗词。

裴先生曾笑言，他当初之所以问卢德新讨要她，是因为第一眼见到她时觉得她长得像他收藏的一幅画中的女子。

她原本以为他是说笑，后来她看到那幅画时才知道裴先生说的是她的曾外祖母——宛贵妃。

而她也是那时候才明白，为何裴先生不过与卢德新说了几句话，卢德新就将她送了人。

卢德新是朝廷派去宁夏的监军，而大周朝皇室一向喜欢用近侍做监军，卢德新其实是个太监，他的全部荣宠都来自上头的主子。

而他的主子颜太后与当年的宛贵妃是死对头，任瑶期与宛贵妃相似的容貌会给他带来麻烦。

冬生被任瑶期那似乎能看透世情的淡然声音镇住。

他们跟着献王的人都明白献王一脉在燕北如履薄冰的处境。他们不但要时刻担心京城里的颜氏会突然派人来暗杀，还要担心哪一日燕北王府会将他们交给颜氏处置，甚至代替颜氏悄无声息地处置了他们。

只要颜太后和她的儿子还在位，只要颜氏一族还把持朝政，他的主子们就永无真正可以安心的时刻。

“属下要怎么做，请表小姐提点。”冬生咬了咬牙，恭敬地问道。

……

任瑶华派人叫任瑶期出去的时候，任瑶期已经与冬生交代清楚了。

冬生呆立在那里半晌没有动静，脸色惨白如纸，让走进来的丫鬟吓了一跳，还以为五小姐刚刚怎么狠狠教训了冬生一顿。

任瑶期轻叹一声，走出去之前道：“你仔细想想，也可以与夏生他们商量，若是有事，就打发人给我送信。”

任瑶华见任瑶期出来，皱眉道：“怎么这么久？时候不早了，人也回来了，我们回去吧。”

任瑶期该交代的也交代了，便点点头应了一声“好”。

任瑶华却没有立即移步，还往任瑶期身后看去，似是想要等冬生出来。

任瑶期笑道：“我已经教训过他了，他再也不敢了，而且我还交代了他一些事情去做，这次不如就算了吧？”

任瑶华有些不满：“什么事情需要他去做？我们任家没人了吗？”

任瑶期无法，只能软语央求道：“三姐，就当是我欠你一个人情？我刚教训他的时候已经说了会为他向你求情的。”

这时候冬生从里间走出来，他脸色依旧很不好看，任瑶华瞥见便有些信了任瑶期教训过他的话。

任瑶期又赶紧道：“而且我们也不好越过外祖父、外祖母和舅舅，私自罚李家的人，我们毕竟姓任，若是被别人知道了，怕是要说三道四。至于今日你身边的那些丫鬟婆子，赏她们每人一两银子的压惊钱。”

说着任瑶期又走近了些，小声道：“现在我们还跟着大伯母在外头，不好生事。想要教训他，以后多的是机会，不必急于一时。”

任瑶华这才轻哼一声，转身就走。

任瑶期看了冬生一眼，缓步跟着任瑶华出门。

李天佑背着手站在门口，笑眯眯地看着她们离开，口里喊着：“下次再来玩啊。”转身就朝着站在他身后的夏生小声抱怨：“瑶华那丫头越来越凶悍了！”

任瑶期和任瑶华出来的时候，任家的马车已经在外头候着了。原本跟着任瑶华的人被夏生找到后，几个丫鬟跟着他过来，剩下的几个婆子被打发回去叫车。

这时候虽然不算太晚，天色却暗了下来。任瑶期抬头看了看天，发现不远处有乌云翻腾，似是又有一场大雨要下。

乘车回到白龙寺之后，姐妹两人去见大太太王氏。

王氏见她们回来也没有说什么，只礼貌性地问了两人外祖家几句，任瑶期都妥帖地回答了。

王氏道：“我原本刚想打发人去接你们的，眼看着时候不早了，可是瞧着外头的天色似是还有一场大雨要下。我派出去的婆子说前头的低一些的路上积了不少的水，若是半路上再遇见大雨就不好了……”

王氏正这么说着，众人就听到外头突然响起一声闷雷，似是震得地都动了一下，然后就听到外头好像有人奔跑着喊：“下雨了。”

王氏无奈地回头看了赵氏一眼：“有些事情还真是不经念叨。”

赵氏苦笑着摇摇头，走到窗边，将窗户推开，果然外头又下起了大雨，还夹杂着电闪雷鸣。

“母亲，让您说对了，今日怕还真是回不去了。”

大太太点了点头：“让人去与知客僧说一声，我们今日借住在他们的客院。”

白龙寺有一些专门为上山的女眷准备的客院，与寺里僧侣的住处是断隔开的，却又能让寺里照应得到，不会有安全之虑，十分稳妥，所以大太太对要留宿一事并未觉得为难。

赵氏下去安排了，大太太又让人将任瑶玉、任益均、丘韫他们几个都叫过来。

那几人在下雨的时候就已经回来了，任瑶玉进来的时候还凑到丘韫和云文放那儿捂着嘴小声说着什么，一副熟稔的样子，任瑶音也一起过来了。

云文放一进来，视线就在任瑶期身上扫了扫，一副有些不满的模样，走近了还道：“我下午让人找你好几次都不见人。原本还想带你们去山下逛逛。”

看着任瑶玉在一旁虎视眈眈的视线，任瑶期礼貌地点了点头：“我和三姐遇见了舅舅，便过去拜望。”

任瑶玉撇了撇嘴，笑道：“就是你那个王孙公子的舅舅啊？听说他会唱戏？什么时候给我们唱唱呗。”

李天佑是会唱戏，不过向来自娱自乐，而任瑶玉这话听着就有些轻视的意味。

任瑶华就皮笑肉不笑地看了任瑶玉一眼：“你也配？”

任瑶玉脸色一沉，就要反讽回去，坐在上首的大太太见了，喝止道：“你们这是做什么？还有没有规矩！谁再胡闹，回去之后就禁足！”

任瑶音拉着任瑶玉小声劝道：“八妹妹不该这么说三姐姐和五妹妹的长辈。”

任瑶期一直有些走神，她没有心思理会这些斗嘴，仍在担心冬生那边的事情，也不知道他去了没有。

等雨稍微小一些，大太太便带着任家的小辈们搬到白龙寺准备的客院。

客院与之前李天佑住的那一个有些相似，不过一个在山上，一个在山下。

任瑶期和任瑶华住在西厢第一间，任瑶玉和任瑶音住在西厢第二间。丘韫、云文放、任益均、任益健和任益鸿几人则分住在东厢。大太太和大少夫人住在正房。

萧靖西安静地坐在炕桌前打着棋谱，外头嘈杂的雨声并没有干扰他分毫，他平静柔和的面孔闲适而专注。

守在外头的小厮同贺突然走进来，却没有立即说话，只低头束手站在榻前候着。

“何事？”萧靖西没有抬头，手中随意把玩着一粒黑子。墨玉棋子在他修长的手指间流露出温润的光泽，不过一个小小的动作就能吸引别人全部的视线。

同贺低头小声道：“公子，李天佑的随从冬生求见，说是替主子来拜访您。”同贺的声音很轻，像是怕惊扰什么，却吐字清晰。

萧靖西的手一顿，然后缓缓落在棋盘上，面色不变地淡声道：“不见。”

同贺没有惊讶也没有犹豫地低头应一声“是”，然后转身出去。

同贺走后，萧靖西看着棋盘若有所思。

外头的雨下得依旧很急，一个闪电在空中炸开，瞬间亮如白昼。萧靖西的面色在这道亮光的映照下一如既往的平和安逸，不动如山。

过了许久，同贺又轻手轻脚地推门走进来。

“公子。”

萧靖西抬眸：“何事？”

同贺回道：“小的已经回了说您不见客，那人也没有说什么，只纹丝不动地立在我们院子门口。小的让人去劝了他几次，他不说话，也不走。倒是有些从我们院门口路过的人指指点点，甚至还有人认出来他是李天佑身边的随从。小的怕……”

他怕李天佑虽然已经是废献王世子，可终究还是姓李，若是有人硬要给他们公子扣上藐视皇室的帽子，那就憋屈了。

萧靖西闻言没有任何表示，依旧低头打他的棋谱，仿佛没有听见一般，同贺有些不安地站在那里，主子没让他出去，他又不敢走。

不知过了多久，萧靖西将手中的棋子放到棋罐里，淡声道：“让他进来。”

同贺如蒙大赦地松一口气，躬身退下去。

冬生被湿淋淋地带上来，站到萧靖西面前的时候身上还不停地往地上滴水，将屋子中间铺了地衣的地面弄湿一大片。同贺往他脚下瞥了好几次。

冬生一言不发地给萧靖西行礼，礼仪周到细致，让人挑不出错来。

萧靖西神情淡定安适地由着他行礼，微笑着点了点头：“也替我向你家主子问好。”

说着便端起手边的青花茶盏，示意同贺送客。

同贺看向冬生，等他走人。

冬生却置若罔闻般地从自己衣襟里摸出一封已经拆开的信，自顾自地放到萧靖西炕桌上。

萧靖西有些惊讶，看着自己面前那封被冬生藏在怀里没有淋湿的信笺，脸上的笑容变得极淡。

不知为何，冬生觉得屋子里有一瞬间的窒闷，连呼吸也有些不顺畅起来。

“你家主子这是何意？”萧靖西突然轻笑一声，悠然地问道。

冬生舔了舔有些干裂的嘴唇：“小的是来求萧二公子帮忙的。”

萧靖西不再看那信笺一眼，盯着冬生的目光虽然依旧带着笑，笑容却十分的淡漠。他语调柔和地缓缓道：“这就是你们求人帮忙的态度？也不管别人愿意与否？”

冬生不知为何，心神一震，却还是硬着头皮道：“我家主子说了，有时候明明是不想帮的，但是人家非得自己凑上来，脸皮薄一些的也就顺水推舟帮了，总不过是举手之劳，何必要见死不救？说不定还能给自己结一个善缘，让救助之人知恩图报，关键时刻也救自己一命。”

萧靖西不由得愕然，不知想到了什么，面色有些古怪。突然，他哂然一笑，摇了摇头温声道：“你家主子到底是谁？姓李的，还是姓任的？”

见他猜中，冬生有些惊讶，更多的是汗颜，却又有些松一口气的感觉，毕竟萧靖西肯与他接话了：“有姓李的，也有姓任的。”

萧靖西似笑非笑：“你家主子有没有说，若是那人不知道知恩图报又如何？”

冬生控制不住想要去抹额角的汗，顶着压力老实地摇了摇头：“主子没说，只说‘己所不欲，勿施于人’。不能只许州官放火，不许百姓点灯。”

萧靖西闻言沉默片刻，伸手将那封开封的信拿在手中：“这封信里说了什么？”

冬生吞咽了一下，低头将信上的内容背出来，没有半分迟疑。

萧靖西看了他一眼，将信扔回炕桌上，淡声道：“你先回去吧。”

萧靖西并没有给他任何承诺，这让冬生心里有些没底，不由得道：“萧二公子，这件事情与我家主子没有干系，他也不知道这信的内容，他什么都不知道。若是有事情，小的愿意一力承担。”

萧靖西偏了偏头，温和又淡漠地道：“哦？你要如何一力承担？”

冬生张了张嘴，顿了顿，才低声道：“朝廷削减燕北军军饷，之后又预谋派人在燕北军内部引起骚乱，并引发民愤，不过是为了撼动军心，挑起事端，好借机达到削减燕北军军队战斗力的目的。燕北军一直是朝廷的一块心病，而颜氏一族认为，经过十几年的经营，朝中时局已经稳定，削弱萧家的时机也已经成熟了。”

萧靖西笑了，有些漫不经心地轻抚青花茶碗的碗沿：“若是我没记错，你的主子是姓李吧？”

冬生点头，面不改色道：“公子说得没错，小的的主子姓李，可是却不姓颜，况且小的的主子更想活命。若是燕北军败给颜家把持的朝廷，那第一个身受其害的就是小的的主子。所以小的比任何人都希望燕北军队强盛。”

萧靖西嘴角噙着一抹意义不明的笑，声线低沉悦耳：“这话又是你哪个主子让你说的？”

冬生低头不语。

萧靖西也不在意，笑着温声道：“自古君要臣死，臣不得不死。不然你家主子当年也不会远避燕北。朝廷若是要裁军，燕北也只有顺行君意。”

萧靖西这话，冬生自然半个字也不会信，于是他沉声道：“可是将在外军令有所不受，难道燕北还想再重蹈几十年前的那一场浩劫吗？小的虽然不才，可是也知道，尽管辽人被燕北军赶出燕北几十年了，却依然虎视眈眈，时刻想着卷土重来，而西北边境又有党项族滋扰百姓。若是没有燕北军坐镇燕北，燕北的民众又当如何？如当年那般在辽人的铁骑下苟延残喘，过得连猪狗都不如？所以燕北军不能败，也绝不能退。”

萧靖西这才将视线投注到冬生身上，认真看了他几眼，突然笑道：“那你有什么法子能解决朝廷针对燕北的裁军令？”

冬生闻言看了萧靖西身旁站着的小厮同贺一眼。

同贺不等萧靖西下令，就低头退出去，并将门带上。

萧靖西目光温和地看着冬生，微笑着等他说下去。

冬生道：“主子喜欢听戏，小的们便会唱几句。小的记得有一段戏文唱的是‘明修栈道，暗度陈仓’的故事。”

萧靖西坐在上首，深沉的眸光微微一闪，没有说话。

“小的知道现任宁夏总兵吴萧和是燕北王的妹夫。当年老燕北王让郡主与吴家结亲，或许也有让萧吴两家在关键时刻守望相助的意思在里头。所以，有朝一日朝廷若是下令裁军，燕北王府最有可能做的应该就是想办法将一部分燕北军调入宁夏，以分散朝廷的注意力，保全燕北军实力。”

萧靖西闻言眼中的讶异一闪而逝。这是已故老燕北王在世之时布置的一步棋，他虽然并不以为然，但是他的父王是赞同的。

可是眼前之人又是如何猜到的？

献王当年被发配燕北之时，他身边那些人就已经被燕北王府一一查了一遍。所以萧靖西知道如今献王养的那一个戏班子中其实藏龙卧虎。

不过因为献王与燕北王府没有什么利益冲突，那些人也掀不起什么大风浪，燕北王府便也睁一只眼闭一只眼了。且当时他的祖父认为，献王留在燕北对他们今后未必就没有用处。

虽是如此，献王和献王世子却都是无争的闲散性子，即便这种闲散只是个表象，他也不认为他们能猜出来老燕北王的布局。

外头的雨声越发急了，室内却静谧而沉闷。

冬生的声音也渐渐沉稳自信起来：“可是小的不认为这是一个好办法。只有握在自己手里的才是自己的，换了手就是换了姓，‘一朝天子一朝臣’说的就是这个。说句不好听的话，吴萧和即便是燕北王府的女婿，可是他并不姓萧，任萧家与吴家的交情再好，最终也拗不过一个‘利’字当头。时间久了，谁又能说得清？退一万步说，即便吴家与萧家一直同进同退，吴家自始至终都以萧家马首是瞻，但万一吴家到了身不由己的时候，又会如何？我朝武职虽然可以世袭，吴萧和的总兵一职就是承袭自他的父亲吴侯淳，可是天有不测风云，人也有旦夕祸福。世袭的位子并不代表就能一直固若金汤。与其将希望寄托在盟友身上，倒不如将力量掌握在自己手里。”

萧靖西的眼神莫测中带着一抹深意，嘴角却依旧挂着浅浅的笑，不说话，也不表态。

冬生说到这里，暗自打量萧靖西的神色，却什么也看不出来，不由得又有些不安起来。

这时候一阵风从开着的窗户吹进来，并带来湿润的水汽，萧靖西蹙眉轻咳起来。

萧靖西咳了一会儿，候在外头的同贺隔着门急急问道："公子，要小的进来伺候吗?"

萧靖西的咳嗽声渐渐平息，他收了帕子，淡声道："不必了。"

外头便没了声音。

冬生见窗户还开着，不由得道："我帮您将窗户关了吧？有雨水吹进来。"

萧靖西神色淡然安宁地看了看窗外，目光静谧如深流之水，他笑着摇头："不必，闷着更不舒服。"

冬生便又退回去站好。

萧靖西又将视线投向他，温和地道："抱歉，你继续。"

冬生想了想，便又接着道："所以小的以为，燕北的军队只有待在燕北才能发挥它最大的威力。分而化之是极其冒险的举措。"

萧靖西看了一下冬生，微笑道："或许你说的没错，可是我还是那句话，君命不可违。"

冬生想了想，直言道："公子的意思是燕北暂时还没有与朝廷正面对抗的打算吗?"这句话就极为直白了，将萧靖西那冠冕堂皇的理由揭露了个彻底。

萧靖西却也没有生气，笑而不语。

冬生也微笑道："这就是小的今日来见公子的目的。小的虽然想求公子庇佑小的，可是小的也不会白受您的恩惠。这就跟吃饭都要花钱一个道理。"

萧靖西轻笑出声，声音依旧低柔喑哑："不妨一言，若是能说动我，我就保你与你家主子安然无恙。"

他语气亲和随便，像是玩笑话，却给人一种笃定的安心感。

冬生不由得一喜，他自然听说过萧靖西这个人，但凡萧靖西允诺的话必定不会食言，很有一言九鼎的君子之风。

他说了那么一大堆话，不过就是为了听他这么一句承诺。

于是冬生毫不犹豫地道："公子说得对，朝廷要裁军，燕北不应该与之硬碰硬，否则就会站在天下那些整日将礼义廉耻挂在嘴边的读书人的对立面。虽说书生造反三年不成，但是这些书生加在一起饶起舌来，谁也抗不住。所以燕北应该顺势而为。”

不等萧靖西问，冬生就自觉道：“公子您看，如今我们燕北最富有的是谁?”

萧靖西闻言微微一愣。

冬生笑道：“小的觉得不是苏家、任家、林家、云家，等等任何一家世家，而是……”冬生说着指了指自己脚下之地，又指了指天：“而是这佛门清净之地。百姓常言，世间财富十分，佛占七分。”

萧靖西略微偏头想了想，微微一笑，显然他并不反对这个说法。

“整个燕北的大小寺庙大约有八百来座，就拿这白龙寺来说，它名下记录在册的田产，香客信徒的捐地，加上开垦出来没有上报的荒地，每年就能养活至少两三千口人，这还不包括其他收入。而整个燕北与白龙寺一般大小的寺院大概有二十来座。”

冬生原本就是当作主子的贴身小厮培养的，这种人都很机灵，口才也好。

这么说着说着，他原本站在萧靖西面前的莫名紧张感便消退了许多，口齿也越发灵敏起来：“……小的以为，燕北王府倒不如在朝廷裁军令正式颁布之前，率先将军队整顿一遍，让一部分人‘卸甲归田’。反正我们燕北有这么多的寺庙在，也不怕养不起这些能挑能扛的将士。”

萧靖西有些玩味地看着他道：“你就不怕佛祖降罪?”

冬生闻言，正色道：“都是佛祖座下信徒，他老人家不会厚此薄彼!”

萧靖西不由得轻笑出声。

冬生看着他，目光中又带了些紧张：“萧二公子，您看可行吗?”

萧靖西微微敛眸，修长白净的手指在面前的棋盘上轻轻敲了敲，冬生的心也跟着七上八下。

只见萧靖西忽而淡淡一笑：“虽然有些异想天开……不过认真部署一番，倒也不是完全不可行。”

冬生眼前一亮。

“这是你自己想出来的?”萧靖西漫不经心地问。

冬生看了萧靖西一眼，低头道：“是小的想的。”

他总不能把表小姐牵连进来。

萧靖西微微偏头，玩味的视线在他身上扫了一遍，柔和的笑容如同冬日暖阳，又似乎带了些让人无法看透的意味，他慢悠悠地道："如此的话，那你今后怕是不能再回你主子身边伺候了。"

冬生闻言脸色先是一白，看了萧靖西一眼，又有些不确定地道："萧二公子的意思是？"

萧靖西莞尔一笑，淡然道："你既然有胆量来向我献策，那以后自然就是我身边的人了。'忠臣不侍二主'不就是这个道理？"

冬生沉默了片刻，然后果决地低头，单膝跪在萧靖西面前恭谨道："小的冬生，见过主子。"

他原本就抱了必死的决心，如今这样的结果已经是最好的，至少主子不会再受他牵连，而他的命也没有丢。只是想到自己伺候了这么些年的主子李天佑，他心下还是有些黯然。

萧靖西倒是对他的果断惊讶了一下，随即微微一笑，柔和地道："回去与你家主子道个别吧，明日过来找我身边的同贺。"

冬生顺从地应了一声"是"，然后恭谨地退下去。

窗外雷雨交加，空气里充斥着泥土和青草的清香。

冬生毫不犹豫地走进雨中，雨打在他的头上和脸上，他似无所察，并不算强健的背影坚定果决，很快便消失在雨里。

"来人。"萧靖西淡声道。

他的声音不大，很容易就被外头的雨声淹没，可是不过片刻，同贺就推门走进来："公子，有何吩咐？"

萧靖西拿起冬生之前放到炕桌上的那封信，看也不看就递给同贺，同贺忙躬身接过。

"交给同德，让他处理了。"萧靖西随意的声音在屋子里响起。

"是。"同贺应了一声，见萧靖西没有别的吩咐，便又退出去。

萧靖西转头静静地看向窗外，漆黑如同墨玉一般的眸子里是旁人看不懂的情绪。

冬生从萧靖西别院里出来之后，并没有立即回去，而是先去了一趟白龙寺。

任瑶期当时正好用完晚膳，与任瑶华两人坐在西厢的房里沉默喝茶。

听见大太太派去守门的婆子回禀舅老爷派人来找五小姐的时候，任瑶期立即想到可能是冬生那里有消息了。

她放下茶碗，吩咐那进来通报的婆子道："领他去前面的南房，我片刻后就到。"

任瑶华看向任瑶期道："你托他给你办什么事？你自己身边没人了吗？"

任瑶期摇头："也不是什么大事，我只是想要他帮我寻些小玩意罢了，他在外头方便，家里的那些人未必能买到我想要的。我去去就回。"

任瑶华便也不再管她。

任瑶期带着两个丫鬟沿着回廊走去南房，这里原本还坐着几个当值的婆子，见任瑶期进来忙起身行了一礼，退下去。

尽管全身都湿透了，冬生却浑不在意，上前给任瑶期行礼的时候，还差点把袖子上的水溅到任瑶期身上。

任瑶期打发苹果和桑葚两人去门口守着，示意冬生跟她去里间说话。

出门在外，人也带得少，便也没有那么多的烦琐规矩。

"你去见过萧靖西了？"任瑶期看着他那一身狼狈，直言问道。

冬生点了点头道："属下照着您说的话说了一遍，他已经答应助我们遮掩这件事情。"

任瑶期高悬着的心终于落地，面上也不由得带了些喜色："他觉得可行？"

任瑶期将自己的想法告诉冬生的时候，也不确定计策能否可行，她不过是赌一把罢了。

冬生点了点头："萧二公子说，仔细部署的话，并非不可行。"

任瑶期心中大石放下之余也发现冬生的神情有些不对，她敏锐地道："还有什么不顺利的？"

冬生摇头，神色黯然道："没有什么不顺利的，不过……我以后不能在爷身边伺候了，萧二公子要我以后跟着他。"

任瑶期闻言一愣，有些奇怪地道：“你要当萧靖西身边的随从？”

冬生依旧点头，说：“他好像是这个意思。他问我那计策是谁想出来的，我按照我们之前说好的回答，说是我自己想的，他便说我以后不能再在主子身边伺候了。”

任瑶期想了想，轻叹道：“那也总比丢了性命好。舅舅那边……”

冬生抿了抿唇：“这件事情本就是我自己惹出来的，如今既然已经解决了，我不想再让主子劳神。五小姐，这件事情能否不要对主子们提起？就让他们当我死了吧。我原本也只是爷身边的一个小厮，只会些伺候人的活计，功夫也差，少了我，对主子也不会有什么影响。”

任瑶期闻言沉默。

从前冬生就是一声不响地离开，这一回他是到了萧靖西身边，却不知上一回是什么样的境遇。

她知道外祖家的这些人其实大多数是没有签卖身契的，所以去留随意，只是他们不会轻易背离。

“你要回去与他们道别吗？”任瑶期问道。

冬生点了点头：“我还要去给主子磕头。以后不能在他身边伺候了，我总要……总要说一声。”这么说着，冬生这个大老爷们就突然哽咽起来。

他也有些不好意思，用自己湿淋淋的袖子遮住脸，好一会儿才平复。

任瑶期不知道说什么好，按理说能在燕北王二公子跟前伺候，肯定要比跟着李天佑好。不过冬生这一群人是不一样的，他们很多人从一出生就是为了献王府而活。

只是任瑶期想不明白，萧靖西为何非要将冬生要到他身边。他不可能不清楚这些人对献王府的忠心程度。

冬生双手揉了一把脸：“表小姐保重，属下告退。”

任瑶期点了点头，本来她还想说，若是萧靖西那边关于寺庙藏军之事有什么进展的话，来与她说一声，可是想到冬生以后是萧靖西的人了，而主子最忌讳的就是下面的人对自己不忠，她便没有说出口。

若是萧靖西真的采纳她的意见，她总会发现动静。

毕竟那个法子只是障眼法而已，并不可能真的瞒过所有人。

冬生退了出去。

任瑶期也从南房里走出来，正好遇见从檐下走过的丘韫和云文放。

冬生出来的时候与他们打了个照面，匆匆行了一礼便又冲进雨里，走远了。

丘韫看着冬生的背影，摸着下巴笑道："这是哪里来的小厮？"

任瑶期道："是我舅舅有话要我转告给我母亲，让他身边的人过来传话。表哥和文公子这是要去哪里？"

丘韫看了云文放一眼，笑眯眯回道："听闻萧家二公子在这附近养病，子舒正要带我去拜访。哦，三表哥也去，我们正在这里等他。"

这么说着，果然看着任益均从东厢的廊檐下往这边来了，后面还跟着一个拿了一件厚披风追着他边跑边劝说的小厮。

对于萧靖西这样的人，大多数人都是想要结识的，就连任益均也不例外。

"不过他一向很少见外客，你们也别抱太大希望。说起来，我也没见过他几次。"云文放懒懒道。

目送三人出去后，任瑶期也转身回房。

路上却忍不住回想自己今天见到的那个少年的模样。

因为冬生的事情，她大概能确定他就是萧家二公子了。

别的暂时无从考究，但是单单凭着容貌气质，确实是个极其出色的人物。

不知道萧靖西能否真的成功施行她的谋划，若是事情朝着她希望的那样发展，不知道曾潽还会不会被朝廷派来燕北。

这么想着，任瑶期进了自己与任瑶华的屋子，正好看见香芹与芜菁两人站在门口不远处说悄悄话。

看见任瑶期进来，两人连忙行礼。

任瑶期笑道："说什么呢，这么热闹？三姐呢？"

香芹现在与任瑶期熟悉了，觉得她是个好说话好脾气的主子，也不怎么怕她了："三小姐嫌屋子闷，去找大少奶奶要花样子去了，留奴婢两人收拾床铺。三小姐嫌弃府里准备的被褥有樟脑味儿，要奴婢们将我们自己马车上的被褥换上来。"说着便又凑过来了些，小声道："奴婢们在说白云庵的事情。五小姐，听说之前那个男人下午被抓到了。"

任瑶期微愣，香芹说的那个男人应该指的是白云庵那个姑子的相好，可是李天佑应该还好好地待在山下的小院子里才对。

芜菁脸上一红，在香芹腰间的软肉上拧了一记："你怎么能跟五小姐说这些，也不怕污了小姐的耳朵！若是被周嬷嬷知道，非揭了你的皮不可！"

香芹惊呼一声，立即躲到任瑶期身后："五小姐这不是问了吗，我也不能扯谎啊！再说这里也没有旁人，周嬷嬷怎么会知道？她若是知道了，定是你告状！"

芜菁还要教训她，任瑶期笑道："算了，香芹就是个猴儿性子，你就别与她一般见识了。"

"五小姐，您就护着她吧！"芜菁跺了跺脚，瞪了香芹一眼转身就走。

香芹对着她的背影做个鬼脸，见任瑶期看过来，忙又讨好地笑。

任瑶期见她耍宝，也忍不住微笑。

"被抓住的是什么人？"任瑶期想了想，还是问道。毕竟是与李天佑有关的。

香芹见她问，忙道："听说是每日给白云庵掏粪的一个佃农，就住在山下。是被那个姑子出家前夫家的一个族叔五花大绑绑上来的，闹得白云庵鸡飞狗跳。不过奴婢听隔壁客院一个去看过热闹的婆子说，那姑子长得白白净净，姿态婀娜，是个难得的美人儿，那个佃农却已经四十来岁了，满脸褶子丑得不行。那姑子虽然是个出家人，却十分泼辣，将她夫家的那些亲戚骂了个狗血淋头，并挥棒子赶了出去。那些个亲戚便赖在白云寺旁边的一个小院子里不肯走，说如果白云寺不给他们一个交代，明儿就让人去报官。因为下雨，那边才暂时消停下来，不过明儿肯定又是一场闹腾。"

任瑶期一听李天佑没有扯上关系，暂时放了心，想着之前那几个满寺院找人的妇人的言行，那个佃农定是被临时抓来要给那姑子定罪的。

心里想着，明日离开之前一定要让李天佑离开这里，免得他到时候稀里糊涂地被牵扯进别人家的夺产之争中。

人为财死，鸟为食亡。这世上有些人为了那些黄白之物，什么肮脏缺德的事情都能做出来。

这一晚，任瑶期与任瑶华同榻而眠。

姐妹两人睡着都有些不习惯，前半夜任瑶期一直感觉睡在床外侧的任瑶华不停地翻来覆去。

她也有些不习惯与人同睡，不过她躺在那里心里想的事情多了，倒忽略了这种不习惯。最后她迷迷糊糊地睡了过去。

第二日起身的时候，任瑶期便瞧见任瑶华眼下有些青色。

用完早膳，两人出门的时候，任瑶期见她打了个呵欠便笑问道："三姐昨晚没睡好？"

任瑶华转头看着她精神好像还不错的样子，有些郁闷地瞪着她道："你睡得倒是好，打了一整晚的呼噜，我哪里睡得着！"

任瑶期愕然，她不记得自己有打呼噜的习惯啊，这不是血口喷人吗？

正要反驳，却听到身后有人道："谁打了一整晚的呼噜？"

两人回头，便看到任瑶玉和任瑶音两人也正好从隔壁走出来，正满脸兴味地看着她们。

任瑶华顿了顿，抿了抿嘴唇指着自己身边的香芹淡声道："我在说这个丫鬟呢。平日里没事，换了个地方就爱打呼噜。"

香芹看了自己的主子一眼，默默地低头看脚。

芜菁看着香芹郁闷的模样，在一旁闷笑。

今日早上雨已经停了，经过雨水洗涤后的天色格外明澈，还微微染了些晨光，仿佛天地之间也换了一番气象，变得灵净起来。

任家人快到午时才离开白龙寺。任瑶期坐在马车里，听外头任益健正在问丘韫昨日去见萧二公子的事情。

可能因为他们昨日是冒雨前去拜会的，盛情难却下萧靖西还真的见了他们一回，甚至还与任益均下了一盘棋。

萧靖西这人很温和，棋风却极为犀利，杀了任益均一个片甲不留。任益均反而因此对萧靖西印象极好。

第九章

婚　约

自白龙寺回来之后，好几日都是晴空万里。

这一日在请完早安之后，任老爷子和任老太太将儿子媳妇都留下来，孙辈们都打发了出去。

任瑶华原本都是在老太太院子里用早膳的，这会儿便与任瑶期一起回了紫薇院。

“不知祖父祖母今日要与父亲、叔伯他们商量何事？”路上，任瑶华随口说道。

任瑶期偏头想了想：“上一次将人都留下来是商量什么事情？”

任瑶华道：“去年年末，叔祖父来信说要在京城周围增开四家煤栈。”

“最近家里可又有什么大生意？”

任瑶华想了想：“前日祖母与大伯母提起，好像韩家得了几口好盐井，想要与我们任家合伙。”

“韩家？”任瑶期一听到韩家就皱眉，她总觉得韩家怪怪的。

“韩家有何不对？”任瑶华挑眉看向任瑶期。

任瑶期摇了摇头：“我只是没有想到韩家还想要开盐场，我只听说做这个虽然一本万利，却也不是谁都能做起来的。”

“所以韩家才会想要与我们任家合伙。”任瑶华不以为意地道。

任瑶期却在想，从前有没有发生过这件事。可是不知是她想不起来了，还是从前根本不关心这些，竟没有印象了，最后也只能作罢。

姐妹两人等着任时敏和李氏回来一同用早膳，倒是等了半个多时辰，任时敏和李氏才回来。

任瑶期注意到任时敏虽然没有什么表示，可是李氏脸上却洋溢着淡淡的喜悦，有时候又会突然皱一会儿眉头，不知道在想什么。

等一家人用完早膳，任瑶期闲聊般地问道："祖父和祖母今日说什么要紧事了吗？"

任时敏慢条斯理地漱完口，不在意地道："是任家与韩家一同开盐井的事情。"

任瑶期看了李氏一眼，笑道："只为了这件事情吗？那为何母亲、婶婶也都留下来了？"

李氏见任瑶期打破砂锅问到底，嗔怪道："你问这么多做什么？你平日里好好做做针线，跟着周嬷嬷学学管家管账之类的才是正经。尤其是瑶华，你针线活儿倒是马马虎虎，管账却还要再多学学。明日开始，你每日早膳后要花半个时辰跟着周嬷嬷学。"

任瑶期听李氏突然提起这些，突然心中一动，难道任老爷子和任老太太今日提到了任瑶华的亲事？

任时敏要出门，李氏拉着任瑶华在一旁小声交代什么，任瑶期与李氏说了一声便连忙跟着任时敏出去。

任时敏走了几步后发现任瑶期跟了上来，回头道："你怎么不在你母亲那里听教？跟着我出来做什么？"

任瑶期笑吟吟地快走几步，走到任时敏右手边："我来送爹爹出门。"

任时敏闻言失笑，斜睨任瑶期一眼："到底何事？说吧，爹爹赶着出门呢。"

任瑶期想了想，小声道："今日祖父母除了说盐井的事情，还提到什么没有？"

"你问这些做什么？"任时敏挑眉道。

任瑶期讨好地笑："爹爹就告诉我吧？不然我今日一直想着，做什么都没有心情。"

任时敏看了她一眼，又回过头自顾自地走路。

任瑶期又凑近了些，越加小声道："爹爹，祖父母是不是有提到三姐的亲事？"

任时敏闻言突然被自己的口水呛了一呛，轻咳起来，任瑶期忙上去给他拍背。

"瑶瑶，你怎么什么都敢问？这些事情哪里是你该管的？"任时敏瞪着任瑶期责备道。

任瑶期小声道："我就是见母亲提起要让三姐学管家的事情突然想到了，所以问一问。爹爹，到底祖父祖母是不是提到了这个？"

任时敏有些无奈，见任瑶期一副他不回答就要跟他到底的架势，他只能含含糊糊地道："是提了这么一句。"

"是哪一家？"任瑶期忙问。

任时敏皱眉，有些不悦："瑶瑶！不该你问的不要问。"

任瑶期低头，却依旧死皮赖脸地跟着任时敏走。

眼见就要出二门，任时敏轻叹一声："韩家。"

他的声音不大，吐出的两个字却让任瑶期怔愣当场。

韩家？

又是韩家？

难道这一回依旧还是没有办法摆脱从前的结局？

任时敏见任瑶期步子是止住了，却一脸呆怔的模样立在那里，便也停下脚步，皱眉道："你今日到底是怎么了？"

任瑶期抿了抿嘴唇，突然道："三姐不能与韩云谦定亲！"

任时敏一愣，随即眉头皱得更紧，他打量了任瑶期一会儿，突然像是想到了什么。

他轻叹一声，板着脸道："你跟我到书房来。"

说着任时敏又回转身往西跨院的书房走。

任瑶期默不作声地跟在他身后，去了书房。

等到了书房，只剩下父女二人的时候，任时敏才一脸严肃地问任瑶期："瑶瑶，你今日问这么多不该问的，是为了韩云谦？"

任瑶期闻言抬头，看着任时敏的神情，他好像是误会了什么。

可是任瑶期没有办法与任时敏解释，难道她能说韩云谦与任瑶华订婚会在婚期前又将婚事退了吗？还没有发生的事情，她说了也没有人信。

而韩家和韩云谦不管从哪一方面来看，都算得上是一门极好的亲事。

于是任瑶期抿了抿唇，没有说话。

任时敏却以为她默认了，不由得又是重重一叹：“瑶瑶，你年纪还小……虽说韩家提出要与我们任家结亲，而你祖父、祖母以及大伯父都乐见其成，不过按照年纪，他们属意的是瑶华和瑶音。”

任瑶期听到这里，原来人选还没有最终敲定吗？只是要在任瑶华和任瑶音两人之间选？

任瑶华和任瑶音原本也是老太太想要嫁到丘家的人选，如今多了一个韩家，那么最有可能的是到时候一个与韩家结亲，另一个成为丘韫的未婚妻。

任时敏见女儿的脸色不好，只能一脸别扭地劝道：“韩云谦虽然各方面瞧着都不错，可是你不是嫌弃他棋品不好吗？而且……而且你还连着赢了他两次，是个男人都会心里不痛快！”

任瑶期原本还在一旁绞尽脑汁，听见任时敏这么神来一句却有些哭笑不得了。

“爹爹，你别乱想，我不是那个意思！”

任时敏看了女儿一眼，有些不信。

谁没有青春年少的时候啊？想他当年也曾默默想着要找个可以时时入他的画的佳人。

当年，原本任老太太还一心想要与姨母所在的方家结亲，想要给他讨方家的嫡女方雅慧。

他见过那个表妹几次，觉得她侧脸入画还行，正脸的话，那个长得有些宽阔的鼻子就显得不够好看了。

当时他还是有些忧愁的，想着自己总不能以后只画她的侧脸吧？那是他青春年少时最为困扰的一件事情。

后来任家和方家的亲事告吹，任老爷子为他聘了才被贬到燕北的献王之女，他对困扰了他好几年的方雅慧鼻子的问题迎刃而解的事情却并没有太多的感触，虽然李氏的容貌出挑，很难挑出什么瑕疵，绝对是入画的好素材，但那时任时敏已经不喜欢人物画了，改迷上了山水画，并一直沉迷至今。

所以，其实他老人家当年所谓的少年情怀与他女儿的其实是不一样的。

看着任时敏一脸莫名其妙地感怀，任瑶期忙打断道："爹爹，不是说棋品如人品吗？韩云谦棋品不好，人品肯定好不到哪里去！这门亲事咱还是不结为好！"

任时敏回过神来，摇头道："这都是你祖父和祖母的意思，我做不得主。"

任家的大事虽然都有叫任家的成年男子参加，但是最终做决定的都不是他们，而是任老爷子。儿女们的婚事也是如此。

任瑶期也想到了这一点，叹了一口气。

任时敏又以自己的方式劝慰了女儿一番，然后就出门去了。

任瑶期从西跨院出来的时候心里只有一个念头，就是怎样才能阻止任瑶华和韩云谦订婚。

任瑶期心事重重地回到正房，李氏还与任瑶华坐在炕上，周嬷嬷则站在一旁禀报事情，可能是因为李氏交代了让她教任瑶华家务事，所以今日她禀报得详细了些。

"……丫鬟婆子们的夏衫也开始做了，用的是自己府里的针线班子，主子们的衣裳则交给云阳城里的谭记裁缝铺，主子们去年的冬衣就有许多是谭记做的，老太太夸她们的手工好。原本这些事情都是五太太分管的，但是最近五太太不舒服，不方便管事，大太太便将家里衣裳换季的事情交给了大少奶奶。正好前年入秋的时候府里购置了一批夏布，料子是极好的，就是花色主子们怕是不爱了，正好用来给丫鬟们做夏衣。"

"大嫂到底是个能干的，这样能为府里节省不少开支吧？"任瑶华听了，转头对李氏说道。

不想周嬷嬷却道："大少奶奶确实是顶顶能干的，就是……年纪还小，经的事儿也少……"

任瑶华听着周嬷嬷像是话里有话的样子，有些不解地看向她，等她下文。

周嬷嬷小声道："大少奶奶这样做，府里上了年纪的媳妇婆子们倒是没有话说，但是那些年轻一些的丫鬟，以往都是跟着主子们新挑选当季的料子做衣裳，料子虽然远远没有府里的好，但是颜色花色都是当年时兴的，她们穿着便高兴。所以大少奶奶这样做虽说好心，到最后未必能讨得了好。人就是这样，占了便宜就都当是应得的，感觉到吃了一点点亏就会归咎在当事人身上。”

“若是如此，大伯母管了这么多年的家，她难道不知道？为何不提点大嫂一句，反而任由她这样做？”任瑶华有些不解。

周嬷嬷闻言看了李氏一眼，若是平日里她也不会再说什么，可是如今任瑶华年纪不小了，有些事情再不教以后就晚了，这也是李氏让她给任瑶华说这些家务琐事的原因。

于是她叹息一声道：“这婆婆再好，毕竟不是亲娘。”

想了想，周嬷嬷接着道：“大太太对大少奶奶未必就不看重，可是她也有她的考量。世家大族向来都是嫡长子继承家业，这任家以后终究会让大少爷当家。可是如今大老爷和大太太正当壮年，大少奶奶以后还要在大太太手下过活多年。若是让大少奶奶初接触家事就顺风顺水，长辈们就可能看重隔了一辈的孙媳妇多过儿媳妇，如此等到以后婆婆当家的时候，就会在媳妇面前少几分威势。”

见任瑶华听着有些愣怔，周嬷嬷有些语重心长地说：“所以一开始婆婆总要给媳妇几个下马威。你想想，若是大少奶奶这次做得不好，上至老太太，下至丫鬟婆子，都对她有微词，等这时候大太太再出面护着大少奶奶，并给她收拾残局，大少奶奶以后会如何？”

任瑶华皱眉：“以后大嫂对大伯母会更加尊敬，不敢轻易违背她的意思？”

周嬷嬷满意地点了点头：“大太太只需要大少奶奶对自己这个婆婆乖顺，与她一条心，而不需要大少奶奶越过她这个婆婆去老太太面前得脸。如此，她自然会护着大少奶奶，不让她吃大亏。”

任瑶华听了，不由得沉默片刻，叹息一声道：“这宅院之内的弯弯绕绕可真多。”

李氏掩嘴一笑，与周嬷嬷对视一眼，轻轻拍了拍任瑶华的手：“你慢慢跟着周嬷嬷学，每日都学一些，等到……就差不多能出师了。”

任瑶华原本还没在意李氏今日的反常，这会儿听了这么一句，又看到她脸上的表情，突然意识到了什么，不由得脸上微红。

她张了张嘴想要问，终究还是不好意思问出口。

任瑶期静静站在一旁看了一会儿，李氏抬头看到她，朝她招手：“期儿，你站在那里做什么？你也过来。”

任瑶期顺从地走过去，与任瑶华坐在一起，听周嬷嬷继续说家务事。

之后李氏与周嬷嬷出去处理院子里的事情，任瑶华才问任瑶期：“你之前出去，父亲有没有提到过什么事情？”

任瑶期见任瑶华强装自然的脸色，知道她定是猜到了什么，便点了点头：“嗯。”

任瑶华低头沉默半晌，还是忍不住问道：“是哪一家？”

虽然话语并不直白，任瑶期还是听明白了她问的是什么。

“韩家。不过长辈们还未确定人选。”任瑶期看着任瑶华的神色，说道。

任瑶华又是一阵愣怔。

任瑶期也不再说话，姐妹两人之间一阵沉默。

又过了两日，韩家人再次登门，这次来的是韩老爷、韩太太，还有韩家兄妹。韩老爷与任大老爷去了外院，韩云谦则被大少爷叫去喝茶。

对于韩家这一次登门的意思，任家人都心知肚明，也因此更加热情。

老太太遣人过来叫李氏和任瑶华去荣华院，李氏连忙打发任瑶华回去梳妆。

任瑶华看了任瑶期一眼，转身与周嬷嬷一起出去。

李氏也叫来屋子里的丫鬟给自己收拾一下。

任瑶期看李氏在那里梳头，走到李氏身边，给她挑簪子。

李氏摸了摸她的头，交代道：“我与你姐姐去祖母那里，你就在院子里好好做针线。”

任瑶期点了点头，将手里的一对富贵庄重的金累丝寿桃蝠蝠嵌玉珊瑚对簪递给正为李氏梳头的喜儿。

不多会儿，任瑶华回来了。

她穿了一件银红色银线撒花的对襟袄，银色月华裙，头上挽了个活泼的元宝双髻，戴着攒珍珠的流苏簪子，看上去俏丽讨喜。

李氏将她打量一遍，点了点头，带着她往荣华院去了。

任瑶期目送着她们离开，片刻后自己也出了院子。

她还是有些不放心，想要去荣华院看看。

走到花园旁边的游廊附近，不经意地一瞥，便看到园子里的假山那里似是站着一个人。

任瑶期停住脚步，顿了顿之后，缓步往园子里走去。

初春的季节，任家的花园也渐渐生机勃勃起来，满院子的绿衣冒了头，就连太湖石堆砌而成的假山里也间或长出来一些青草。原本整理院子的婆子是要将那些草拔掉的，却被任时敏拦下来，说这样更好，多了几分野趣。

三老爷的品位没有人敢置喙，所以也就由着那些草疯长。

任瑶期一路的脚步轻缓，她出来得随意，身后只跟着两个贴身丫鬟苹果和桑葚。两个丫鬟谁也不敢说什么，只默默跟在任瑶期身后，低头走路。

假山那里站着的人却十分警觉，在任瑶期几人靠近前就察觉到了，转过头来。

清俊的容颜，沉静幽深的眼神，带着少年人少有的安静沉淀，是韩云谦。

韩云谦静静地看着她。

任瑶期穿了一件鹅黄色的素面小袄，下身长长的同样素色的裙摆露出真紫色的绣花襕边，初春的淡金色阳光均匀地洒在她身上，柔和温暖，少女白皙的肌肤仿佛吹弹可破。

“韩公子。”任瑶期在他五步开外停下，屈膝行了一礼。

韩云谦收回目光，垂眸还一礼，喊了一声“五小姐”。

“韩公子怎么独自在这里？”任瑶期看了看周围，见除了韩云谦以外，只有不远处的一个总角小厮，见了她忙跑过来行礼。

“益延兄刚刚有事情暂时走开了，要我在这里等他。”韩云谦温和有理地回道。

任瑶期的视线越过他的肩头，去看他之前盯着看的假山。

听说因为这座宅子的风水布局极好，所以任家住进来之后对这宅子上下基本上没有做过大的改动。

这座太湖石假山应该是有些年头了，嶙峋怪状的石头被堆砌成各种飞禽走兽的模样，只是任瑶期感觉假山右上方一个有些像苍鹰的石头好像断了一边翅膀，独翅的苍鹰立在那儿，总觉得有些奇怪。

“这里的风水极好，你说对吗？”韩云谦也转过头去，看着那假山笑着道：“益延兄说，这座假山正好在五行八卦的一个阵眼之上，如果要修整，非得高人不可。”

因上次两人走过灯阵，韩云谦知道任瑶期是懂这些的。

“地善则苗盛，宅吉则人荣。我曾祖父在世的时候，极信这些风水之术。”任瑶期淡声回道。

“哦？难道五小姐也信这些？”韩云谦微微一笑，侧了侧脸。

“韩公子不信吗？”

韩云谦沉默片刻，似是在思索。

任瑶期从后面看着他的背影，韩云谦身如修竹，腰背挺直，不说话的时候身上有一种沉寂厚重的气质。

半晌，他缓缓道：“我祖父倒是不信这些。记得几年前蓟州的祖宅要翻修，族里的叔伯都说要找个风水先生去看看，好旺后人，被我祖父拒绝了。”

“我也不太信这些。”任瑶期微微一笑：“这宅子并非任家祖宅，是我曾祖父从当时一户富户手里买来的，宅子原本的主人因躲辽人南迁了。若是这风水真的灵验的话，他们不是应该坐在家中也平安无事吗？何必要举家南迁。”

韩云谦看向任瑶期，因为他的脸背着光，任瑶期看不见他的表情。

片刻后他笑了，点头赞同道：“五小姐说得有道理。”

“听说韩家世代定居蓟州？”任瑶期随口问道。

“韩家的家谱上是这么记载的。”韩云谦温和地回道。

“我没去过蓟州，不知道蓟州人与我们燕州人生活习惯差得远不远。不过我见你和攸姐儿倒是与我们燕州人差别不大。你家中有燕州出生的人吗？”

韩云谦闻言，低头想了想，微笑回道：“没有。不过我祖父的外家祖籍好像是燕州这附近的，只是时隔几十年，当年燕州这边的亲戚早就找不到了。可能也南迁了吧。听闻当年燕北乱的时候，燕州也是十室九空。”

任瑶期却在想，韩云谦这回答还真是没有任何破绽，甚至连他祖父说话偶尔不小心带出来些燕州口音也能解释得通了。

“五小姐是来逛花园的吗?”韩云谦看着任瑶期笑问。

任瑶期随口道:“我从游廊里经过,见这园子里有人,看背影有些像我东府的二堂兄。我原本是想来打声招呼的,不想却是你。”

东府二老爷的庶子任益林与韩云谦差不多高矮,从背影来看还真的有些相似。

韩云谦失笑,看着任瑶期道:“原来如此,倒是云谦唐突了,还请五小姐恕罪。”

这时候,后面似是传来几个人的脚步声,任瑶期回头,便看到任益延和任益鸿两人正朝这边来,而他们身后还跟着任瑶华、任瑶亭和韩攸。

“五妹妹,你什么时候来的?我正想让人去叫你和八妹妹一起过来呢。”任益延看见任瑶期和韩云谦微微一愣,随即笑道。

任瑶华、任瑶亭和韩攸三人也看到了任瑶期,任瑶亭的目光在任瑶期和韩云谦身上停了许久,忽而有些似笑非笑地道:“五姐姐是出来逛园子的?真巧。”

任瑶华对任瑶期淡淡道:“不是让丫鬟与你说了,让你在前面的亭子里等吗?”

这话的意思是她让人叫任瑶期来的。

任瑶亭疑惑地看了任瑶华一眼,又看了看一脸磊落的任瑶期,脸色好看了一些。

韩云谦微笑道:“是我听见有人来了,还以为是益延兄,便过来打招呼,不想却遇到了五小姐。是我失礼了。”

任瑶华看了任瑶期一眼,微微撇过头去,不知道在想什么。

任瑶期走到她们身边,笑着问任瑶亭:“七妹妹是什么时候过来的?”

“我听说攸姐儿来了,我母亲又因为二哥的婚事去了蓟州,我便也过来瞧瞧。”任瑶亭转头冲着韩攸一笑。

“二伯母去了蓟州?”任瑶期微讶。

“嗯,今日一早去的,估计要过两日才能回来。”任瑶亭随口道。

任瑶亭说二太太是为了庶子任益林的婚事去了蓟州,不过任瑶期知道二太太其实是去退婚的。

二太太苏氏在外人眼中是个十分完美的主母，她治家有方，为人温和谦逊、不嫉妒。东府二老爷的几个妾都规规矩矩的，很少出什么乱子，两个庶子任益林和任益信对这个嫡母也十分尊敬。

所以她会为了庶子的婚事奔走也不奇怪。

不过任瑶期想的却是，不知道这一回那位刘举人家的姑娘还会不会因为被退婚的事情想不开而自尽。

“如今春色正好，不如去那亭中坐坐如何？”任益延建议道。

“亭姐姐说要给我们弹琴呢，去亭中正好。”韩攸高兴地道。

任瑶亭抿嘴一笑：“我是来献丑的，你何必大声嚷嚷到人尽皆知？”

韩攸眨了眨眼：“反正等会儿就都听到了。”

“如此甚好，我这就让人回去取琴。”任益延笑道。

“我已经让丫鬟回去取了。”任瑶亭忙道。

她倒是有备而来。

几人一同往亭中而坐。

任瑶期发现原本应该来的任瑶音没有来，便问了一句。

任益延道：“四妹妹着了凉，嗓子有些哑，说下次再与韩公子和韩小姐道罪。”

任瑶亭的琴果然很快就取了来，她焚香净手，当庭而坐，素手弹瑶琴。

平心而论，任瑶亭的琴弹得还算不错，也难怪她敢献丑。众人或坐或站，安静地听着。

韩云谦原本面向荷花池站着，突然铮的一声，让他皱眉回头看过来，却正好对上弹琴的任瑶亭那含情的眼神。

韩攸突然扑哧一笑，见众人都看向她，她有些不好意思地道：“是我与亭姐姐说，我哥哥耳力极厉害，只要琴音有一点点错，他都能听出来。亭姐姐听了不信，刚刚便试了一试。你们看，我说得没错吧？你弹得好，他不会注意，你要是错了音，他就会皱眉看过来。”

在场精通音律的便回想起，刚刚任瑶亭好像真的是弹错了一个音，虽然并不明显，可是韩云谦还真的立即就察觉到了。

不过这却让人不由得想到一句话：曲有误，周郎顾。

传说中，这位周郎也与韩云谦一样精通音律，即便是喝得醉醺醺，弹琴之人弹错了，他也能立即察觉出来，然后朝着弹错之人看去，对她微微一笑。曾经就有不少心仪于他的女子故意弹错音，只为引得周郎一顾。

任瑶亭这算是明目张胆地暗示她对韩云谦有意吗？

韩攸心性单纯，原本没有想到这么多，不过她见众人的脸色有些奇怪，仔细想了想便明白过来，脸上不由得有些尴尬。

还是任益延温和笑着为韩攸解围：“原来韩兄也有这毛病？我三弟也喜欢音律，改日他听琴的时候，我定然也要试上一试。若是他听不出来，我就笑话他是附庸风雅。”

任益延这个长兄平日里很有些兄长的风范，在姐妹兄弟当中也比较有人缘，因此大家都很给面子地笑了。

韩云谦似是什么也没有察觉，他淡淡地笑着，温和有礼，眼神却无波无澜。

正说着话，有个丫鬟跑过来，行完礼之后对任瑶期道：“五小姐，三老爷说让您去一趟暖阁。”

丫鬟说的暖阁就是上一次韩云谦与任时敏、任益均对弈的地方。就在这园子的西北角，离湖心亭并不算太远。

“三叔什么时候回来的？”任益延讶异地问道。

那丫鬟道：“三老爷刚来暖阁不久，听说几位少爷小姐在这里，便让奴婢过来请五小姐过去。”

任瑶期起身，对众人告罪一声，跟着丫鬟往西北的暖阁去了。

任瑶期一进去就看到任时敏背着手站在窗前，见她进来便转头看来：“过来陪爹爹下几盘棋。”

任瑶期跟在任时敏身后，坐在棋盘前才挑眉问道：“爹爹叫我来就是为了下棋？”

任时敏看了任瑶期一眼，突然叹息一声，有些无奈地道：“我刚从外院回来，你祖父正与韩云谦的父亲谈任韩两家联姻之事。”

任瑶期一惊，怎么这么快？

任时敏见任瑶期的神情，不由得摇了摇头："听说盐井之事两家谈得很顺利，无论是任家，还是韩家，都投入不少，所以……"

所以结一门亲事来稳固两家关系？

任瑶期皱眉。

或许是她对韩家有偏见，她怎么就觉得是韩家急需一门亲事来取得任家的信任？

"你祖父刚才叫我过去，听他话里的意思，两家定下的人应该是你姐姐瑶华。"

任瑶期的脸色越加难看。

这个婚约来得太快，她根本就没有来得及想办法阻止。原本以为这一回没有了任时敏和任益均的搅和，韩家和任家就算是想要结亲，也得过一阵子，毕竟韩家今日才算是为了这件事第一次登门。

难道这就是所谓的命中注定？

"你祖父的决定没有人能更改，我之前有试探地问一句，别的任家女儿行不行？他说他都有安排，然后就打发我出来了。"

都有安排？任瑶期忍不住冷笑。

真要听他的安排，她们没一个有好下场。

"事已至此，你以后还是离韩云谦远一些吧。"任时敏突然严肃地道。

任时敏始终认为任瑶期对韩云谦有些不同。他想的其实也没有错，只是想错了方向。

任瑶期摇了摇头："爹爹，我之所以对韩家如此关注，不过是因为我觉得韩家行事有些怪异罢了。"

"怪异？韩家怎么怪异了？"任时敏疑惑道。

任瑶期对任时敏正色道："在韩云谦外祖父那一辈，韩家只不过是一个稍有些家底的地主。直到韩云谦的父亲出现，说服韩家的当家利用韩家积累的资产做成几笔买卖，韩家才渐渐开始在蓟州立足。按理说，蓟州也算是燕北最为繁华的几个州城之一，韩家人又是在当地土生土长，无论是从人脉还是地利而言，他们都没有必要自刚刚在豪门大户中间站稳脚跟的蓟州迁来我们燕州的白鹤镇。而且韩家也算不上什么世家大族，规矩却比谁家都大，韩家女子连出门一趟都不易，可是瞧韩云谦和韩小姐的谈吐，却并不似那见识浅薄之人。反常即为妖，韩家让我感觉到不安。”

任时敏闻言皱眉想了想，却摇头笑了：“你整日里想这些没根没据的事情做什么？或许韩家搬迁是因为有什么不得已的原因，门风严谨也不过是长辈们对子孙过于关爱。且韩家又不是凭空冒出来的，人家也是知根知底的人家。我们与韩家远日无怨近日无仇，他们为何要处心积虑地算计我们？而且就算是他们想要算计，有你祖父在，你还怕任家吃亏？”

任时敏这话倒是十分直白，对他父亲的精明性子清楚得很。

任瑶期却有些无力，连任时敏都不相信她的话，任家又还有谁会相信一个十岁出头的小姑娘的“胡乱猜测”？

即便是她，如果没有从前的经历的话，别人跑来告诉她韩家的人都是大奸大恶不安好心的，她也不会相信。这么些年，韩家做事虽然低调，却也是本本分分的商人，韩家出来的人也都个个谦逊知礼、修养极佳。

她总不能将从前的经历告诉别人。若是任家人听了，首先想到的不是一把火将她这个“妖孽”烧了，就是将她送进疯人塔，任瑶期无不讽刺地想。

知道多说无益，任瑶期便也不再试图辩驳，坐下来陪着任时敏下了一局棋，然后告辞离开暖阁。

任时敏还不忘叮嘱她：“既然讨厌那个韩云谦，就离着远一些啊，不要去找他麻烦。你就想想他连着输给你两次，里子面子也都丢得差不多了，得饶人处且饶人。”

从暖阁出来之后，亭子里只有任瑶华在，她站在亭中向着荷花池的围栏边，手里拿着一个小小的胭脂红底青花八仙文碗在喂鱼。

春风吹拂在她的脸上，发丝微扬，裙裾流动，完美的侧脸轮廓十分美丽精致，像一幅赏心悦目的美景。

不过下一刻，任瑶期就看到任瑶华随意地一扬手，将碗里的鱼食一股脑儿地全倒进荷花池里，然后看着荷塘中的某处发呆。

任旁边的丫鬟香芹在那里跳脚：“呀，小姐，哪里有您这样子喂鱼的！您这样，池子里的鱼怕是全都要撑死了。”

任瑶期缓步走过去，站在她旁边，微微探出头去看水里争食的鱼。

任瑶华转头看了她一眼，又转回去，依旧盯着荷塘不语。

两人在亭中无言相立许久，芜菁、香芹两个丫鬟朝着亭子里的丫鬟婆子悄悄努嘴，让她们都退出去，远远守着。

“你是不是与七妹妹一样的心思？”任瑶华突然开口问道。

任瑶期侧身倚在栏杆上，仔细打量着任瑶华。任瑶华没有看她，只是抿唇看着池面，仿佛刚刚那句没头没尾的话并不是出自她的口。

“若我是呢？”任瑶期在对任瑶华与任时敏不谋而合的想法啼笑皆非之余，竟来了这么一句。

任瑶华却似被她惊到了，瞪了任瑶期半晌，想要叱骂她两句，终究还是没有骂出口，最后她皱眉道：“你……将不该有的心思都收起来，这些事情不是你想要如何就能如何的。你一个女孩子家，怎么能……”

“姐姐，如果我说我以后阻挠了你是为你好，你信不信我？”任瑶期淡淡打断她道。

这还是她第一次喊任瑶华姐姐，任瑶华一愣，半晌她撇过头去冷哼一声道：“我只希望你知道自己在做什么，至于我的事情自有长辈做主，还用不着你来给我操心！”说完这一句，她便头也不回地转身走了。

任瑶期轻叹一声，没有回头，依旧低头看着池子里已经渐渐平息下来的鱼群。

不知道过了多久，又有脚步声往这边来了。

任瑶期偏头便看到缓步行来的韩云谦。

“五小姐怎么一人在此？益延兄他们呢？”韩云谦对任瑶期微微一笑，有礼地问道。

“我回来的时候，他们就不在这里了。韩公子没有与哥哥他们一起吗？”任瑶期笑问。

韩云谦走过来，站到任瑶期旁边，与她一起面向池塘，温和地笑道：“没有，我是……”

正当这时候，与亭子隔着一方池塘的对面小径上传来一阵爽朗的笑声：“任老哥过奖了，我瞧着益延就很好，不但稳重知礼，还谈吐不俗。”

任瑶期听这个声音有些陌生，转头看过去，便看到任老爷子和一个五十岁上下的男子正并肩往这边走来。

那男子虽然年纪不小，却依旧精神矍铄，腰背笔直，额头宽阔，面貌端正，红光满面。瞧着一副爽朗又平易近人的样子，很容易博得别人的好感。

任瑶期正想着这人是谁，却见站在她身边的韩云谦脸色微变，不着痕迹地从任瑶期身边走开。

虽然他的脸色很快就恢复平常的温和，动作也并不明显，任瑶期还是察觉到了。她心中微讶。

“是我祖父来了。”韩云谦朝任瑶期点点头，说了这一句，就转身迎出去。他步子沉稳，不慌不忙，一如既往。

这位就是韩老爷子韩东山？任瑶期愈加惊讶。

韩东山并不姓韩，韩是他妻族的姓氏，他本身的姓没有人在意，韩东山自己也没有在人前提起。

任瑶期凭着自己的猜测和上次从去韩家取画的丫鬟口中听来的话，一直以为韩东山是个眼神阴鸷，表情严肃的老人，不想他竟是这般磊落爽朗的模样。

心中虽然惊讶万分，任瑶期还是立即走了出去。

那边说笑着的任老爷子和韩老爷子也看到了他们。

“谦儿，你怎么还在这里？”等他们走近，韩老爷子笑呵呵地道。他的目光在任瑶期身上停了一瞬，带着长辈对晚辈的那种打量，并不让人讨厌。

任瑶期上前给任老爷子和韩东山行礼。

任老爷子点了点头，见韩老爷子在打量任瑶期，便随口提了一句：“这是我家老三的小女儿。”

韩老爷子闻言，又上上下下打量了任瑶期一会儿，忽然笑了，对她慈和地道：“你是叫瑶华？”

任瑶期一听就知道韩东山误会任老爷子的话，将她误认作任瑶华了。任老爷子也及时更正道：“瑶华是老三的长女，这是我排行第五的孙女。”

韩老爷子依旧笑着，往韩云谦那里看了一眼。虽然他很快就转开视线，却还是让一直注意他的任瑶期发现了。

任瑶期说不准韩东山刚刚那一眼是什么意思，总觉得有些意味深长。

韩云谦低头站到韩东山身后。

韩东山笑着对任老爷子道："不是说要我帮你看看这园子里的风水吗？我们继续？"

任老爷子摸着胡须道了一声"请"。

任瑶期笑着问一脸和善的韩东山："韩老爷子会瞧风水？"

韩东山但笑不语，任老爷子道："韩老爷子年轻的时候因缘巧合得过一位玄学高人的指点。"

任瑶期闻言，挑眉瞥了韩云谦一眼。

韩云谦前不久还与她说，他祖父不信风水之术，这会儿怎么就成了风水大师？

韩云谦依旧微微低着头，面色不变，似没有听到一般。

"我们要去假山那边看看，你先回自己的院子吧。"任老爷子对任瑶期交代道，在外人面前，任老爷子对孙辈们还都是很和蔼可亲的。

任瑶期屈膝行礼，道了一声"是"，停住脚步。

她静静地看着那三人走远，垂眸思索片刻，便转身往紫薇院走。

紫薇院正房，李氏正坐在炕上与周嬷嬷说话，也不知道谈到了什么，李氏心情十分不错的样子。

任瑶华没有回来，可能是去了荣华院。

任瑶期笑着走过去，行了一礼，在李氏下手边坐下："母亲，我有事情要与您商量。"

李氏有些讶异地看了任瑶期一眼："什么事？"

周嬷嬷已经从马扎上起身，将在一旁伺候的几个小丫鬟打发出去，并安排喜儿和鹊儿守在门口。

见周嬷嬷也要出去，任瑶期忙叫住她："嬷嬷也留下吧。"

周嬷嬷应了一声，束手站到南炕一侧。

任瑶期这才对李氏道："母亲，我刚刚在院子里看到祖父和韩家老爷子了。"

李氏闻言与周嬷嬷对视一眼，微微坐直身子："云谦的祖父也来了？"

想必李氏是真的很满意韩云谦，这会儿就连称呼都换了。

"由此可见韩家对这件事情也是极为重视的。"李氏欢喜地对周嬷嬷道。

"韩家只有韩公子这一根独苗，自然是重视的。"周嬷嬷也笑着点头附和。

任瑶期看着她们的神色，继续道："刚刚父亲说，祖父已经定下了三姐。"

李氏嗔怪地瞪向任瑶期："这种事情你怎么好去打听？小小年纪操的什么心！"言语间似是对任瑶期的话并不太惊讶，想必之前就已经从老太太那里听到了什么。不过她脸上的喜悦却是毫不掩饰的。

韩云谦相貌好，性子谦和，聪慧好学，还是韩家的独子。这样的亲事在谁看来都会说一声好。

李氏这个一心为女儿着想的母亲，并没有错。

就连任瑶期也找不出这门亲事有什么不好的地方，如果她不知晓结局的话。

"母亲，我之前听到攸姐儿身边的一个嬷嬷在悄悄打探三姐的性情。"任瑶期低头道。

李氏一愣，微微皱眉："都打听些什么？"

任瑶期想了想："性情，为人处世，还有前年被送到庄子上是因为何事。"

"是向谁打听的？那人怎么回答的？"李氏有些紧张道。

"是向我身边的一个小丫鬟，母亲放心，她没有乱说话。"任瑶期安慰道。

李氏不由得松了一口气："那就好，那就好。"她也担心女儿脾气不好的事情被人添油加醋地说给韩家知道。

"母亲，攸姐儿不像是胡乱打听的人，她也不会问这些。想必是韩家的老太太或是太太让那婆子来探听的。"

周嬷嬷点头赞同："这是当然的。"

任瑶期看向李氏："母亲，韩家是娶妇，任家是嫁女。韩家都在这个关头来探听我们任家的情况了，我们是不是也应该派人去韩家探一探情况？"

"这……"李氏皱眉看向周嬷嬷。

任瑶期又道："母亲，听说韩家这一脉在韩氏一族中说话极有分量。韩家又只有韩云谦这一个男子，将来他的妻子肯定要担负很多。依三姐的性子，您觉得如果她没有早做准备，能应付得过来吗？"

这次周嬷嬷也点头："五小姐说得有道理。这家族中的琐事其实是最容易被人钻空子的。三小姐若是能早做准备也好，以免以后被人看轻了。"

李氏犹豫着道："可是韩家家风极严，我们贸然派人过去打听被韩家人察觉了怎么好？”

任瑶期笑着道：“母亲，韩家才搬来我们白鹤镇多久？您即便是派人到韩家去问情况，又能探出个什么来？就如我们的丫鬟对着韩家的人也都是挑好的说一样。倒是蓟州那边，韩家人在蓟州生活这么多年，亲戚朋友街坊邻居也都相互知根知底。我们能派人去蓟州打听就再好不过了。”

“去蓟州？”李氏看了看任瑶期，又看了看周嬷嬷：“会不会太谨慎了些？我瞧着韩家人口简单，上上下下也都和顺，应该不会有什么好打探的。”

任瑶期闻言却不赞同地道：“娘，韩家人口简单吗？那是因为您只看到白鹤镇上的这个韩家，韩氏一族您了解多少？”

“这……”李氏语塞。

任瑶期又接着道：“我们不知道，不代表没有问题。就像韩家在韩氏一族中明明就有着举足轻重的地位，可是他们为何要离了蓟州搬来我们燕州？你对此知道多少？韩家对女眷管那么严，可见当家人是个严肃的，可是我今日瞧见的韩老太爷却像是个性子爽朗的人，还十分可亲。那么韩家现在真正的当家人又是谁？还是韩老爷子的真正性情与他面上表现出来的大相径庭？若真是如此，我们不打听清楚了好早做准备，三姐以后不会寸步难行吗？”

被任瑶期这么一连串的问题问下来，李氏不由得有些脸红。

这些事情她还真的完全没有想过。

想到自己这些年在任家若是没有周嬷嬷看顾，不知道现在还能不能坐在这里。这么想着，李氏觉得果然还是自己想得太少。

“可是我们要派什么人去蓟州？”李氏松了口，想了想：“要不要与老爷商量，或者让老太爷和老太太派人去一趟？”

“爹爹那边打声招呼就好，他应该不会有意见。至于祖父母那边……我觉得还是我们自己派人去吧，暂时先不劳两位老人家了。否则任家若是真的查出来韩家有什么问题，我们也不会知道。”

只要是对任家有帮助，就算韩家再不堪，任家也会让任瑶华嫁过去。

李氏沉默片刻，也没有再反驳，只道：“那派谁去比较好？”

任瑶期笑着眨了眨眼：“母亲，您是不是已经许久没有跟外祖母写信了？”

李氏一愣，随即眼中一亮：“对了，可以找母亲帮忙。李家与韩家素无往来，这样即便以后被韩家发现了也可以推脱。”

周嬷嬷笑道：“那太太不如现在就去写一封信？奴婢好尽早让人送到云阳城去。这件事情宜早不宜迟。”

李氏点了点头，欲起身，任瑶期忙将她按下：“我去准备笔墨，母亲您说，我替您写。”

李氏见她这模样，不由得失笑：“那你去吧。”

任瑶期便出门去唤丫鬟。

李氏看着她的背影，笑容满足地道：“她们两姐妹能如此，我就放心了。”

周嬷嬷也笑：“毕竟是亲姐妹，太太您有什么不放心的？前几年不过是两位小姐年纪小，性子拧罢了。”

不多会儿，任瑶期就带捧着笔墨纸砚的丫鬟进来了。

任瑶期坐在桌旁拿起笔蘸了墨，笑吟吟地问李氏：“母亲，您说我写。”

李氏便将请求自己母亲帮忙查韩家的事情说了一遍，任瑶期端正地坐在那里，稳稳地书写。只是除了李氏说的那些，她自己也加了一些话在上头。

毕竟李氏想要查的侧重点与她的不同。

任瑶期写完之后自己看一遍，又让李氏也来看看，看有没有什么需要添加的。李氏看后直点头：“如此就好了，如此就好了。”

任瑶期便吹干墨装封，递给周嬷嬷：“嬷嬷快让人送去外祖家吧。”

周嬷嬷不敢耽搁，应声接信去了。

任瑶期总算放下心里的一块大石，松了一口气。

她其实最想要查的是韩东山的底细。

韩家以前祖祖辈辈都是蓟州的地主，家境富裕，但也仅止于富裕。韩东山的出现，是韩家的变数。

而韩家祖孙从任家回去之后，两人间也有过一段对话。

韩家的书房里，韩东山坐在书案后面无表情地打量着站在前面的孙子，手心里缓缓转着一对幼儿拳头大小的白玉圆球。

韩云谦微微低头，似是看着自己眼前的方寸之地，又像是什么也没有看。虽然他的头是低着的，姿态恭敬，背脊却是挺直的。

“任家已经同意与我们结亲。”韩东山淡淡地道，嘴角微扬，瞧着却是十足的嘲讽之色。

韩云谦像是没有听到，又像是这件事情与他无关，眼皮子都没有抬一下。

“今日那个任五小姐就是上次从你手中将画要回去的人？”韩东山出其不意地道。

“是的，祖父。”韩云谦低声应道。

韩东山手中的两颗玉石球转得快了些，似是在沉吟：“任家的意思是让你和任三小姐定亲。不过我瞧着你与那位五小姐好像比较投缘。现在亲事也还没有最终定下来，我就为你求娶任家五小姐如何？”

韩云谦脸色一变，立即抬头，然后就对上韩东山那双冷厉中隐含着精光的眼眸。

韩云谦暗自深吸一口气，让自己定下心来，他听到自己冷静的声音缓缓道：“定的是谁结果都一样，何必多此一举在这个时候惹任家人不快。”

韩东山看了韩云谦良久，仰头靠在背后的楠木交椅里，语气也放轻缓许多，又是一副通情达理的好长辈模样：“你心里有数就好。”

韩云谦行了一礼：“孙儿先退下了。”

“嗯。叫你父亲进来，我有事情要交代他。”韩东山淡声道。

韩云谦应声退了出来。

春日午后的日头少了几分冬日的懒洋洋，兢兢业业地将万物都镀上一层均匀的金丝釉，韩云谦从廊下缓步走出来，走在铺了满堂阳光的庭院里，让他整个人看起来温暖又和煦。

在来往的仆妇们眼中，少爷依旧温雅沉稳，淡然高华。

可是韩云谦现在脑中只回响着祖父之前的那一句：“我就为你求娶任家五小姐如何？”

他并没有感觉到高兴、喜悦、欢快之类的情绪，只是莫名地就汗湿了衣背。

又过了几日，任瑶期刚从西跨院的书房出来，丫鬟桑葚就禀报她道：“小姐，您外祖家来人了，太太正招人在正房说话呢。”

任瑶期闻言转身就往正房走，一边还问道：“什么时候来的？怎么不禀报我一声？”

“进来还不到一刻钟。您当时正在书房，老爷他不许奴婢们随便进出书房，奴婢不敢进去。”桑葚一边急急跟上任瑶期的脚步，一边回道。

任瑶期便也不多说什么，径直往正房去了。

李氏的两个大丫鬟喜儿和鹊儿都守在门口，周围没有其他的婆子丫鬟，任瑶期一看就知道是周嬷嬷吩咐了不准闲杂人等近前来的。

喜儿和鹊儿见任瑶期走过来，对视一眼。喜儿正想要进去禀报一声，任瑶期已经摆了摆手自己掀帘子进去。

喜儿和鹊儿又互相看一眼，最后还是老老实实地束手立着没动。

任瑶期进去的时候，明间没有人，右手边的东次间传来细微的说话声。她走到帘子下，听到里面一个女声道：“……夏生还打听到韩家的那位老太太原本也是个能干的，因为韩建平只生了她一个女儿，发妻又死得早，家中大大小小的事情都是她做主。不过在嫁给韩东山之后，她就极少出来走动了，每日只在内宅相夫教子……”

任瑶期站在那里听了片刻，没有进去，却又转身出来。

示意喜儿跟着她到一旁去，任瑶期问道：“来的是倚红姑娘？她不是一个人来的吧？”

喜儿虽然有些惊讶任瑶期这么快就出来了，而且还像是没有进去的样子，不过还是极快地轻声回道：“来的是倚红姑娘，与她一起来的还有那个叫夏生的武生。不过他是男子，进不得内院，周嬷嬷就安排人领着他在外院喝茶。”

任瑶期点了点头：“里面在说话，我就不进去了。”说着便转身离开。

走到紫薇院院门前的时候，任瑶期招手叫来一个婆子：“你去一趟外院，把我外祖府上来的那个叫夏生的人带到二门外的怡然亭。”

怡然亭虽然不在内院，却离二门极近。平日里婆子丫鬟们要见外院的人大都在那里，因亭子周围视野极好，附近又有人走动，所以不怕有什么阴私。主子们要出门，若是轿子或者马车还没有来的话，也会在亭子里等上片刻，所以任瑶期去那里也不会让人觉得有什么不合宜。

任瑶期回房换了身外出的衣裳，然后带着两个丫鬟和两个婆子往二门去了。

夏生已经被人领着在怡然亭等着了。

见是任瑶期出来，夏生还有些惊讶，他还以为是周嬷嬷叫他来的。

“表小姐。”夏生低头行了一礼。

任瑶期点了点头：“这次是你去的蓟州吗？”

夏生拱手回道：“回表小姐，是小的。”

“我有几个问题想要问问你，倚红转述的怕没有你清楚。”任瑶期看着夏生，笑着道。

“表小姐请问。”

“韩家前任族长韩建平只生了一个女儿，韩东山不能接任族长之位，那现任族长是何人？”

“韩家现在的族长是韩建平的一个远房堂弟韩建新。他年纪小了韩建平近二十岁，与韩东山的年纪差不多，不过他的辈分大，所以韩东山就推举他为族长。韩建新虽然是族长，却对韩东山十分倚重，族中的大小事务都会与韩东山商量之后才做决定。前几年，韩家要办族学，也都是韩东山提议的，族学所耗费用都由韩东山负责，因此，韩东山在族里的威望还在韩建新这个族长之上。”

“哦？那族里就没有说他不好的？”任瑶期微微挑眉道。

夏生想了想，却道：“那倒没有。韩建平其实还有一两个关系稍近一些的堂兄弟，他们对韩东山的态度倒还比不上那些关系远一些的。有个叫韩建民的，是韩建平的堂兄，听说当年韩建平曾有打算过继他最小的一个儿子继承家业，后来不知道何故韩建平打消了这个念头，不但将家中全数产业都交给女婿韩东山打理，让韩东山入了韩家的祠堂，还处心积虑地为韩东山在族中的威望做打算。

“后来韩建平去世，韩建民原本打算和几个族兄弟联合起来驱逐韩东山，却被韩东山先发制人惩治了一番，过了几年韩建民去世，韩家的族人也没有人带头挑事了，毕竟韩东山对韩家的那些族人还是很照顾的。小的这次去蓟州，韩氏族里的人几乎一面倒地说韩东山的好话，几个近支的也不敢明目张胆地说韩东山不好，只有韩建民的小儿子韩祖望似是对韩东山十分不满，说了许多不好听的。不过他说的那些话，小的也去查证过，大多数是污蔑之言。”

夏生说到这里有些不以为然，颇有些瞧不起韩祖望的意思。

任瑶期却不由得若有所思。韩祖望的人品如何并不关她的事情，她只想搅和掉韩家和任家的亲事。

“这个韩祖望家里是个什么情形?”

因为韩祖望是韩家少有的肯说韩东山不好的人，因此夏生还真的认真查过这人的事情，见问便答道：“韩祖望的父亲韩建民有三个儿子，他原本一心想着将小儿子过继给韩建平。韩建民死后，韩祖望这个本来最为受宠的小儿子反而没有得到多少家产。兄弟三人分家之后，他还带着一家老小赖在老大分到的祖屋里不肯走，仰赖着两个兄长时不时地接济。他醉酒之后总是逢人便说，韩东山如今的一切本该都是他的，一个外姓人没有资格得到韩家的家产。他对韩东山不满应该也是因为这个原因。”

“哦？韩东山就由着他这么胡言乱语?”任瑶期笑问。

韩东山本事这么大，能将韩氏一族的人都摆平，怎么就摆平不了一个韩祖望?

夏生摇了摇头：“韩祖望一心认为韩东山的财产是他的，又豁得出去脸面，可谓是软硬不吃，他的两个兄弟对他也十分头疼。此人是个刺儿头。他曾经放话说，他爹当年因为反对韩东山，结果死了个不明不白，若是他哪一日出了什么意外，那一定是韩东山下的黑手。如此倒是真没人敢动他了。”

任瑶期闻言，倒是对此人有了些兴趣，瞧着不像是个完全没有脑子的。

“上次的信中除了提到让你查韩家的这些亲戚关系，还让你查一查韩东山的底细，你查出来什么没有?”任瑶期又问道。

之前夏生的回答让她很满意，她从前与夏生接触过一段时日，对他的办事方法还算有些了解，知道他瞧着虽然粗犷，却是个十分细致的性子。因此她上次的信里是指名让夏生去蓟州的。

“小的问过一个以前在韩家做事的老人，韩东山当年确实是从南边逃难来的。庆隆三十二年，南方发生旱灾，之后又是蝗灾，饿死了不少人。很多人逃到受灾程度相对较轻的燕北。韩东山就是这个时候与一帮人一起逃到蓟州去的。有一次韩建平外出，遇上了几个快要饿死了便铤而走险出来劫财的灾民，被韩东山所救，之后就被韩建平带回韩家。依韩东山所言，他的家人都死了，在燕北还有一些母亲那边的远房亲戚，所以前来投靠，不过时日久远，又经历了辽人入侵，已经找不到他的那些远亲了，于是就留在了韩家。之后他得了韩建平的欣赏，招了他入赘。”

“除了这些，别的什么都查不到吗？”任瑶期皱眉：“他自己也没有提他以前的家人？”

是个人都会有出身来历，她就不相信韩东山会是从石头里蹦出来的，也不信这么多年他一点破绽也没有留下。

夏生想了想，摇头道：“在蓟州，关于韩东山就只能查到庆隆三十二年以后的事情。他来蓟州之前是怎么样的一个人，无从查起。可能是他从来未曾与人提起过。”

见任瑶期面露失望之色，夏生又道：“不过兴许去江南能查到。韩东山来燕北的时候已经十六岁了，十六岁之前他肯定与人接触过，只要找到那些人就能打听到。”

夏生说得容易，任瑶期知道其实并不容易。韩东山既然不想让人知道他的来历，必定会有所准备，何况已经隔了这么多年，期间又遇上灾年逃难，要找到以前认识韩东山的人谈何容易？

最重要的是韩家和任家联姻之事已经迫在眉睫，她没有时间了。或许只能另辟蹊径？

任瑶期这么想着，脸上带了些沉思。

夏生见任瑶期不语，犹豫片刻，主动开口道：“小的愿意去一趟江南查一查这个韩东山。”

任瑶期不由得一愣，抬头看向夏生：“去一趟江南来回起码要一个月的时间。”

夏生并不是她任家的人，没有为任家奔忙的责任。

“小的新带了两个徒弟，按照我们师门的规矩，在出师之前必须要历练一番，所以小的原本也要离开燕北一阵的，小的想或许正好可以利用这段时日查韩东山的事情，也当是给两个徒弟布置的任务。而且……小的也觉得这个韩东山不简单，毕竟一般人不会这么忌讳自己的过去，查一查更安心些。”

若是如此，那便更好了。

任瑶期点头笑道：“那就辛苦你了。”

“表小姐言重了，只是小的不明白表小姐为何对这个韩东山这么顾忌？小的怀疑他的来路，是因为小的这次在查探的过程中感觉他太过于神秘了。五小姐因何怀疑他？”夏生有些不解地问。

“我就是觉得韩家有些古怪，好像凭空就冒了出来，而且有刻意与任家接近的意思，所以还是查清楚些的好。”任瑶期笑着道。

夏生点了点头，便就不再问了。

任瑶期却半开玩笑般地说：“你还要带徒弟？以后若是有空的话，能否为我带几个会拳脚功夫的丫鬟出来？”

夏生一愣，有些不好意思地摸了摸头：“小的……小的还没有带过女徒弟……”

任瑶期忍不住笑了：“我就是想着身边有一两个会拳脚的丫鬟，以后出门的时候也能安心一些，若是实在为难，那便罢了。”

夏生见任瑶期是说真的，反而想了想，点头道：“那我回去问问主子，若是他允许的话，小的就给表小姐带两个出来。只是学武不是一朝一夕就能成的，若想要有所成，须得从幼时就开始练，资质好的话，也至少要三四年才能小有所成，不知道表小姐等不等得？”

见他应了，任瑶期笑着点头：“我也不是急着现在就要。”

三四年的话她还是等得的，从前任家接二连三地出事是在五年后。说不定真的会用得着。

“我不需要她们会那些花拳绣腿，我要你教她们实用的东西。夏生，你既然已经允诺了我，那就要教她们真本事。至少要保证，若是有一日我被人掳走，她们有能力将我救出来。”任瑶期看着夏生正色道。

她是见过夏生的真本事的，不怕他教不出好徒弟。

虽然任瑶期的假设让夏生感到有些奇怪，他还是认真道：“表小姐放心，要想从我这里出师，没有些本事也出不了。”

任瑶期知道夏生是个刻板认真的人，便也不再说什么。

这时候，一个女子从二门走出来。

这女子二十四五岁的模样，五官仅仅算是清秀，虽然行止十分端庄，却并不是一个一眼看去就让人难忘的人。

任瑶期已经记不得这一张脸，但是她还记得自己曾经见过她唱戏时候的扮相。当真是千娇百媚，一笑倾城，让她在之后的好多年一看见旦角唱戏就会不自觉地将人拿出来与她作比，然后总觉得别人身上少了些什么。

“表小姐。”她看到任瑶期和夏生的时候有些惊讶，很快反应过来，上前行礼。

任瑶期还了半礼，并笑着唤了一声：“倚红姑姑。”

倚红有些惊讶，不由得又仔细打量任瑶期几眼。

之前她就听李氏说任瑶期长大了，变了许多。现在看起来，眼前的少女笑容恬淡亲和，眼神清澈平和，与她以前认识的那个骄傲的表小姐确实是有些不同。

任瑶期之所以唤她姑姑，是因为倚红的身份有些特殊。

她舅舅李天佑一直没有娶亲，倚红是他的房里人，伺候他起居，并管着他房里的事情。

按理说在一般人家家里，倚红这种身份也不过是个稍微有些头脸的奴婢罢了，但是任瑶期知道，这些忠心追随献王一家的人是不同的。

李氏曾经让她和任瑶华叫倚红一声姑姑，但两人都是阳奉阴违，从来不肯这么叫。

“表小姐怎么在这里？”倚红看了夏生一眼，有些疑惑地问。

任瑶期道：“我想问夏生一些事情，便让人带他过来。倚红姑姑已经和母亲说完话了？”

倚红笑着点头：“奴婢已经禀报完了，这就要回云阳城去。”

任瑶期知道她有事情要忙，也不留她，只吩咐丫鬟让人将李家的马车赶到二门这里来，免得他们多走一段路。

在等马车的工夫，任瑶期又与倚红说了些话。

不多会儿，马车就过来了，倚红向任瑶期行礼告辞上了车。夏生也行了一礼，跟上去。

任瑶期招手让苹果过来小声道：“我之前不是将一些银票交给你保管的

吗？有没有带在身上？”她给过苹果一百两银票和一些碎银子，让苹果带在身上，就是为了应付不时之需。

苹果也小声回道：“奴婢带着呢。”

“你去把一百两银票给刚刚与我说话的那个叫夏生的，说是我给的盘缠以及买丫鬟的钱。若是不够，让他再来找我。”

苹果什么也没有问，就应声去了。

任瑶期点了点头，几个新来的丫鬟当中她最满意苹果。

苹果平日里话虽然很少，也没有多聪明，但是本分听话。有一次苹果奉了她的命令去办事，路上遇见任瑶玉，任瑶玉指使苹果去自己院子给自己拿东西，苹果当场没有拒绝，等任瑶玉走了之后就把任瑶玉的吩咐交给其他人，自己依旧去办她交代的那件并不算要紧的事情。

苹果很快就回来了。

“小姐，他不肯要。”苹果皱眉道。

任瑶期正要说什么，苹果又道：“所以我硬塞给他了。”

任瑶期闻言转头往正要驶出去的马车看，夏生坐在车辕上正瞪着这边苹果的背影，一脸郁闷。

任瑶期不由得笑出声。

回到紫薇院后，李氏将任瑶期叫去，一脸高兴地对她道：“刚刚倚红过来将韩家的事情与我细细说了，等晚些时候我就让周嬷嬷教给华儿，定不会让华儿以后吃亏的。”

李氏并不觉得韩家有什么问题，依然期待着韩家和任家的婚事。

任瑶期也不能说什么，只能另作打算。

第二日门房那边有人来报，说祝若梅来了。

祝若梅是来谢恩的，他母亲的病已经好了许多，大夫说再等月余就不需要每日看诊了，只要每月一次针灸就行。

祝若梅想着自己上次离开矿上虽然是因为任三老爷特别开恩，但是他当初确实签了卖身契给任家，离开矿上不过是为了方便给母亲治病。如今他母亲病情稳定了，他自然还是要回来继续给任家干活。对于任家已经将卖身契给了他的事情，他并没有放在心上。

任瑶期听了香芹的禀报，想了想，决定去见祝若梅一面。

因为袁嫂子每次进来都是找的香芹，所以祝若梅这次来也是通过香芹将话递进来的。

任瑶期依旧让人将祝若梅带到二门外的怡然亭，她出去之前还让人去与任三老爷说了一声。

祝若梅穿了一身靛蓝色的裋褐，看上去比上一次任瑶期见到他的时候消瘦了不少，不过身体却依旧精壮，双目也十分有神。

“小的见过五小姐。”祝若梅远远地就给任瑶期行礼。

任瑶期笑着让他起身：“听说你母亲的病已经渐愈了？是否还需要什么药材？若是外头买不到，可以让袁嫂子与我说，我帮你们想想办法。”

祝若梅闻言十分感激：“多谢五小姐记挂，药材什么的都不缺。小的这次来是想问五小姐和三老爷，小的的母亲下个月就能大好了，以后每月复诊一次就行，小的可以继续回矿上去做工。”他语气恭谨又诚恳地道。

“既然每月还要去云阳城复诊，你再回矿上岂不是不便？”任瑶期笑问。

祝若梅抓了抓头，然后突然意识到这个动作有些不雅，又立即将手放下来：“我可以跟矿上的管事求情，平日里我多干些活儿……”

任瑶期摇了摇头：“你还是专心伺候你母亲吧，你妹妹虽然是个能干的，却也仅有十岁，怕是照应不过来。且上次我父亲已经嘱咐管事将卖身契还给你，以你的能力，要在云阳城里找一份好一些的活儿并非难事。不如你就带着你母亲和妹妹在云阳城住下来，这样看诊更方便一些。”

任瑶期知道，主动卖身在煤矿的人不是逃难来的外地人，就是家境十分贫寒又需要用钱的人。祝若梅会在任家煤窑里做工，也是因为急需银子给自己的母亲治病。像祝若梅这样体格健壮的青年男子，任家会一次性给二十到三十两的银子，当作买断他的劳力。

若是有选择，很少有人真的愿意在矿上干活。任家的煤矿还曾经发生过几起逃工事件，让任家的主子们十分伤神。

祝若梅沉默片刻，抬头道：“小的以后一定会还任家当初给我的三十两银子。”

任瑶期偏头想了想：“不如这样吧。我正想找个人帮我办一件重要的事情，而且这件事情我不好交给别人。你若是心里觉得过意不去，就替我把这件事情办妥，就当是还了那三十两银子如何？”

祝若梅闻言立即道：“五小姐有事情要办，吩咐小的一声就是，小的哪里能问您要银子，这事儿不能混为一谈。”

任瑶期面露失望之色：“若是如此，那我也不好让你帮我办事，我还是再找别人吧。只是这事情有些急，也不知道能不能找到合适又可靠的人。”

祝若梅想了片刻，还是妥协道：“那就请五小姐吩咐吧，小的一定帮您将事情办妥当，也必会守口如瓶。”

任瑶期见他应下，不由得微微一笑。

这一日午后，任瑶期和任瑶华两人都在李氏屋里听周嬷嬷跟她们讲治家之道，李氏坐在旁边地炕上给任时敏做软靴，喜儿突然从外面跑进来。

周嬷嬷眉头一皱，板着脸训斥：“你这么急慌慌的做什么？规矩都学哪里去了？”

喜儿忙道：“奴婢刚刚听门房的婆子说韩家，韩家吵起来了。”

李氏一听是韩家的事情立即抬头，惊讶地问道：“什么？韩家？韩家因何事吵起来了？”

周嬷嬷知道李氏对韩家这门亲事很满意，顾不得教训丫鬟规矩，也看着喜儿等待下文。

“今儿中午蓟州那边来了近二十个人，直直往韩家的宅子去。韩家搬来我们镇上也有一年了，行事向来低调，也没有来过什么客人，所以大家都有些奇怪，且那些人一路上还吵吵嚷嚷的，有些好事之人便跟上去看热闹。

“那些人被韩家的管家请进韩府，并对外说他们是蓟州的亲戚。不想这些亲戚进去没多会儿，里面就有吵闹声传出来，动静还挺大。后来连外出的韩家老太爷和韩公子都被人急急叫了回去。”

因李氏并没有让任瑶期和任瑶华姐妹两人出去，两人便也坐在那里听着。

任瑶华听到这里，皱着眉头问：“既然是蓟州老家来的人，又被韩家的管家请进去，那就必定真是亲戚。韩家因何事与老家的亲戚闹得这般厉害？”

喜儿道：“有人说，听之前那几个蓟州人嚷嚷出来的话里的意思，好像是韩老爷子偷偷变卖了韩家的什么财物，韩家的族人之前都被蒙在鼓里。这会儿知道了，便过来闹事。”

李氏将手中纳到一半的鞋底放到旁边的绣篮子里，有些惊讶道：“这怎么会？”

“韩家族里有多少财产韩家的人自己不知道吗？被人卖了才站出来说道？”周嬷嬷也有些奇怪。

“好像是说许多年前韩家有一位姑奶奶早年嫁给一个海商，因为她丈夫儿子都在一场海难中死了，便回韩家投亲。据说这位姑奶奶攒了不少价值连城的宝贝，因为她没有儿女，死后就将自己的财产送给了为她养老的族人，算是韩家族里的公产。只是不久之后辽人入侵我们燕北，那些价值不菲的宝贝都被辽人搜刮了去，所以之后的韩家族人都没有真正见过那些宝贝，只有韩氏族里的一些老人还偶尔给小辈们说一些这位姑奶奶当初怎么怎么有钱，身边又有些什么价值连城的宝贝的事情。大家伙儿原本也都当故事听，并没有当真。”

周嬷嬷摇头失笑：“这话本来就不能当真。我曾经还听说有个什么破落户与人吹嘘，说他们家祖先当年是用金砖铺路，甚至连出恭用的马桶都是用赤金打造的，可惜最后都被辽人劫走了。这话说出来也没有人信，可是家里的小辈们却都爱听，到最后也就越传越邪乎。”

喜儿却摇了摇头：“韩家人原本也都是当作笑话听的，没有当真，可是前几日韩家有人得知一件原本只在传说中出现的什么宝贝不久前被韩老爷子偷偷卖给了一位外乡人。韩氏一族这才闹开了，说原来那个传说是真的，只是那位姑奶奶的财物并没有被辽人夺去，而是被韩家的族长借机藏起来占为已有，最后还被上一任族长韩建平传给了自己的女儿和女婿。”

众人闻言，不由得面面相觑。李氏道：“这…… 这不大可能吧？”

“哦，他们在路上还议论说难怪韩老爷子短短几十年就积累了这么多的家产，原本还以为是韩老爷子自己够本事打拼出来的，现在看来应该是沾了韩家老祖宗的光。他们这次来，是来找韩老爷子讨要说法的。”喜儿将声音放低了些道。

“你怎么看?”任瑶华沉默片刻，突然转头问坐在一旁听得津津有味、没有发表意见的任瑶期。

任瑶期回了任瑶华一笑，摇头道：“隔了这么些年，不管有没有这回事，都说不清楚了。毕竟并没有人真的见过那位姑奶奶的财物……嗯，或许除了少数几个人?”

任瑶华听了，不由得微微皱眉：“你也相信?”

任瑶期当然不信，她信了就怪了。

不过她还是回道：“我信不信，我们信不信，根本不重要，重要的是韩家族里的某些人信了。”

或许那某些人也不是都相信，只是信了会让他们得到不少好处，所以他们就不约而同地选择相信。

“而且，不知道祖父祖母他们信不信。”任瑶期偏了偏头补充道。

“祖父祖母他们信不信与韩家那些人又有什么关系?”任瑶华不解。

任瑶期叹气，耐心引导道：“别的或许没有关系，但若这件事情是真的，那韩家为何会在这个时候冒险将见不得光的宝物出售？他们急急离了蓟州来我们白鹤镇是不是也有什么不得已的?”

任瑶华想了想，突然明白了过来，惊讶道：“因为韩家急需要钱？可是韩家不是很有钱吗？还正要与我们任家合伙开盐场，我听说要开一个盐场光是打通上上下下的关系就需要不少银子……难不成……他们想要空手套白狼?”

任瑶期摇了摇头，不轻易下定论：“这我就不知道了，毕竟韩家平日里都不显山露水。”

李氏在一旁听着姐妹两人的对话，不由得道：“希望这件事情快些过去，若是拖得久了，怕是……”

任瑶期听了便知道李氏还是对韩家这门亲事抱有幻想，她正色道：“母亲，我倒希望这件事情拖得越久越好，也正好借着这件事情看清楚韩家人的人品。若他们真的是韩氏族人说的那种人，这门亲事您觉得还能结下去吗？这种唯利是图、卑鄙无耻的人，就应该退避三舍才好!”

她这话说得有些重，李氏和任瑶华都有些惊讶地看向她。

李氏忙解释道：“我只是觉得若这件事是误会，耽误了可惜……”

“真金不怕火炼，他们若是真的问心无愧，总有获得清白的一日。”任瑶期缓声安慰道。

只是她心里却不由得冷笑，别的事情或许能说清楚，这钱财之事你就是说清楚了，也要看人愿不愿意相信。

事关利益的时候，人就只会相信对自己有利的，这就是人性。

走着瞧吧！她就不信依着任家老太爷那精明的性子，这婚事还能顺顺利利地结成。

任家早已经派人去外头悄悄注意韩家那边的动向。

这个时候的韩家，虽然因为韩老爷子和韩云谦回来，没有再像之前那样乱成一团，所有人都被韩老爷子叫到花厅里坐着，但气氛还是很僵。

在韩老爷子回来之前，韩氏族里来的那些青壮年已经被人挑拨得热血沸腾，正要闯进内院搜韩家的院子，韩老爷子进来就看到他们每个人手里都操着棍棒，和韩家的家丁们一边争吵，一边对峙。

韩老爷子的视线在众人面上扫过，最后停留在跷着二郎腿坐在左边最前面那张梨花木交椅上的四十岁左右的男子身上。

他哈哈一笑，笑容依旧爽朗亲和：“大家来我府上做客，怎么也不先打声招呼？也好让我在家待客。我今日正好外头有事出了门，回来倒是吓了一跳。”

那四十岁左右的男子闻言扯了扯嘴角，并不买账：“韩东山，你少跟咱们扯犊子，今儿我们来不是来做客的，是来算账的。”

韩东山不动如山：“哦？祖望兄弟你与我有什么账可算？”

韩祖望猛地站起身，指着韩东山道：“你现在还想抵赖？赶紧将我们韩家的祖产交出来！”

他上上下下打量了韩东山几眼，眼中的不屑十分明显：“你一个大老爷们靠着媳妇发家也就罢了，现在还霸着媳妇娘家的族产不放，你这张脸到底要往哪里放啊？老子都替你臊得慌！原本咱还敬你几分，现在看来，你那些本事不过是靠了我们韩家祖宗的家底。有本钱垫底，任谁都会赚钱！这年头都是有钱的越有钱，没钱的越没钱。咱们整个韩家村的人都被你坑了，完了你扔几根吃剩的骨头，咱们还得对你感恩戴德！”

他这话说得，使与他同来的那些人也不忿起来。

他们刚刚一路进来，瞧着韩家面上虽然不显，但也是有好东西的。不说别的，就是这花厅里摆着的两排十六张清一色儿的梨花木交椅，也不是寻常人家用得起的，更别说花厅里摆着的那些大大小小的摆件了。

一想到这些都是韩家的族产，他们个个儿原本都是有份的，他们心里就一阵抓心挠肝的疼。

若是别人听了这种话，定会被气得面红耳赤，可是韩东山的脸色却丝毫不变。他心平气和地问道：“我确实不知道韩家有什么族产，当年我岳父去世后，韩家原本的田产我都给族里做了祭田，就连那祖屋我都是给了族里足够的银子买下来的，这是大家有目共睹的，契约还在族长手里收着。我实在不知道祖望兄弟这话是从哪里听来的？”

韩祖望忍不住呸了一声：“韩家现在的族长还不就是你跟前的一条狗？你让他往西，试试他往不往东？而且就那点田产，不过是我们韩家族产的九牛一毛，你拿出来只是为了堵我们的口，哪里比得上我们老祖宗留下来的那些价值连城的财物？至于我们是从哪里听来的……”

韩祖望撇了撇嘴，冷笑道：“你上次将我们曾祖姑母那对据说是上古宝物的血玉手镯拿出去卖的时候，不小心走漏了风声，让某个爱宝之人寻上门来，说什么愿意出三倍的价钱买你手上那条鲛珠颈链。你知道三倍的价钱是多少吗？那是三千两金子！”

韩祖望急得眼睛都红了。

就算韩东山再有城府，听到这里也忍不住轻叱道：“荒谬！”

他皱眉环视一眼众人：“这种无稽之言你们也信？什么血玉手镯、鲛珠颈链，这世上哪有这些东西！”

可是众人却都看着他不说话，眼神有漠然，有嫉妒，有凶狠……什么都有，就是没有信任。

韩东山不由得摇头，扯了扯嘴角，露出一丝嘲讽之色，很快又收敛神色，正色道：“我并没有见过你们说的那些东西，既然你们说有人从我这里买过什么血玉手镯，那就将人带过来与我对质！”

韩祖望嗤笑一声：“那人后来知道我是套他的话，手里没有他要的那玩意，他害怕坏了自己主子的事，已经连夜逃走了，我从哪里给你找人去？难不成还有人故意要骗我们不成？人家骗我们又有什么好处？倒是你，无缘无故地搬来燕州，定是为了方便将手里的财宝卖出去，不被我们发觉。可惜人算不如天算，有人慕名而来，却找错了地方！那一日我正好在你们家祖宅附近，那人错将我认成你，不然我们还被蒙在鼓里呢！”

韩东山微微皱眉，低头沉吟。

韩云谦看了众人一眼，道：“祖父，诸位叔祖叔伯们赶了一上午的路也累了，现在已经是午时，这事情怕一时半会儿也说不清，不如先让下面摆饭吧？等用过午膳再计议也不迟。”

说着他微微一笑，玩笑般地道：“反正我们也是跑得了和尚跑不了庙。”

韩东山点头：“那就先用午膳吧。”

韩家诸人也都腹中空空，闻言便没有再发表什么意见。韩云谦说得对，他们已经在这里了，也不怕韩东山跑掉。

韩云谦吩咐管家将人都请到一旁宴客用的饭厅去。

等人都出去，花厅里只剩下祖孙两人的时候，韩东山的脸色已经一片阴沉。

“依你所见，这是谁在捣鬼？”

韩云谦想了想：“最有理由这么做的应该是韩祖望，他一直将您视为对头。这次将族人都煽动起来，最有可能得到好处的也是他。”

韩东山点头冷笑：“若真的是他，我倒是小瞧了他，他比他父亲能干！”

似是想到了什么，他话语一顿，脸上的讽刺更甚：“韩家的族产？呵，这些蠢货居然还信韩家有留下什么族产！这些年若不是我养着这些废物，他们连一顿饱饭都吃不上！现在倒好，把他们养壮了，倒来反咬我一口。”

韩云谦低头不语。

韩东山看了他一眼，淡声道：“看到了吧，谦儿。这就是祖父平日与你说的人性！为了钱财，这世上的人都会把自己的良心拿去喂狗！好人只能是做给别人看的，自己千万别当真，不然总有一日你会悔得肠子都青了。”

“是，祖父。”韩云谦低头应道，并没有反驳。

韩东山却挑眉问道：“你在想什么？”

韩云谦摇了摇头，笑道：“没有，我只是觉得这件事情好像总有些地方说不通。”

“那就派人去查！韩祖望口中那人是谁，挖地三尺也要给我找出来！人找出来了，这麻烦也就解决了！”韩东山沉声道。

“是，祖父。”韩云谦又应道。

“先去将那些人稳住吧。虽然没一个能成事的，可是乌合之众聚到一起也够令人头疼的。”

“我先去内院看看祖母和母亲她们，刚才肯定惊到她们了。”韩云谦低声道。

韩东山点了点头，让韩云谦去了。

而此刻的任家，任老爷子和任大老爷也正好听完打听到的消息，父子两人在书房议事。

“父亲，韩家这是闹的哪一出？”等将打探消息的人打发出去之后，任时中问道。

任永和坐在书房的太师椅上，沉吟片刻：“韩氏一族怀疑韩东山利用他们的族产发了家，如今这么闹腾无非是想分一杯羹罢了。”

任时中脸上带了些忧色：“原本还想着韩家的情形简单，不想却是这样……”

任永和轻轻摆了摆手打断道：“韩家的水是深还是浅，都与我们无关，现在我只考虑盐场之事还能不能再进行下去。若是韩家真的在这当口偷偷摸摸变卖起家中财物，那他们就不像在我们面前表现出来的那般家底丰厚。韩东山屡次在我们面前有意无意地显露他们韩家的实力，原本我还以为他是想给我们吃一枚定心丸，现在想想，却觉得未免有些过于刻意。”

任时中不由得皱眉：“父亲，您是说韩家想要骗我们？”

任永和不答反问：“上次让你派人去查证盐场的事情，结果如何？消息可信与否？”

任时中点头：“与韩家说的情况大致相符，不像是有诈的样子。”

任永和想了想，微微一笑：“既然摆明了让你查的，明面上自然不会出错。”

“难怪我总觉得韩家好像有些刻意与我们任家接近，这与他们平日里的行事作风颇为不同。”任时中若有所思。

“这件事情也不好下定论，且看着吧。”任永和淡声道。

“那任家和韩家结亲的事情……是不是也要缓一缓，等形势明朗了再说?”

“那是自然。韩家如今定会有一番忙乱，儿女婚事怕是暂且顾不上，等他们处理好了自家的家务事再来我们任家求亲不迟。”任永和轻描淡写地道。

而韩家这次是真的头疼了。

一群人用了午膳之后，依旧没有找出解决问题的办法。韩氏族人要韩东山将侵吞的族产吐出来，而韩东山根本就没有见过那些传说中的玩意，自然就没有办法让韩家族人如愿。

最后韩家那些人商定，留下一部分人在韩府住下，其余的人先回蓟州。而韩家则开始去找韩祖望口中那个来找他买鲛珠颈链之人。双方打起了持久战。

第十章
相　见

韩家的事情，紫薇院这边也一直在关注着，周嬷嬷还特意打发婆子专门负责探听韩府的消息。

虽然无法知道具体的细节，但事情的发展还是令任瑶期十分满意。

只是有一件事情让任瑶期有些担心，那就是祝若梅还没有与她联系。

原本她与他交代，无论这件事情成功与否，祝若梅回到云阳城之后就尽快拜托袁嫂子来一趟任家，告诉她一声。

可是祝若梅那边一直没有消息过来，她原本还有些担心他出了什么岔子，没有将她交代的事情办好，不想今日韩家就已经闹了起来。

这说明祝若梅已经按照她说的，成功利用韩家那个莫须有的传说将韩东山和韩氏族人的矛盾挑了起来。

可是祝若梅为何没有与她递消息过来？

晚上从正房出来之后，任瑶期正想让人去将香芹唤过来问问，西跨院的丫鬟却过来说任时敏叫她去一趟西跨院的书房。

任时敏这个人怪癖很多，不光有洁癖，还喜欢独睡。有时候晚上在书房里看书作画入了迷，就索性住在西跨院。

他虽然有妻有妾，妻妾在他眼里却还没有他喜爱的那些书画亲切讨喜。

紫薇院的正房，他一个月顶多能住上七八日，方姨娘的芳菲院就更别说了，一个月能去一次就算不错了。

方姨娘刚入任家门的时候用尽百般手段争宠，一开始倒起到了些效果，毕竟任时敏也是正常男子。不过时间一长，就什么办法也不管用了。等方姨娘有了孩子，能在任家立足之后，她也歇了心思。

她不怕跟女人争宠，可若是跟任时敏的爱好争宠，她根本没有赢面。

任瑶期进书房的时候，任时敏正散着头发靠坐在里间的软榻上看书，可能正看到入神处，任瑶期走到他近前了，他还没发现。

任瑶期转头看了看桌上的烛台，坏心一起，悄悄挪步挡住烛光。光线突然暗下来，任时敏眨了眨眼，片刻后才意识到什么，抬起头来。

“爹爹在看什么，这么出神？”无视任时敏气怒的神情，任瑶期笑眯眯地问。

见是任瑶期来了，任时敏脸色稍微好看些，责备道：“怎么进来也不说一声？”

任瑶期无辜地道：“我喊了啊，您都没有听到。”

任时敏无奈地将书放到一旁：“好吧。快站开些，光都给你挡住了。”

“爹爹这时候找我来有何事？”任瑶期决定不与他计较，自己找了旁边一个小杌子坐。

任时敏闻言，想了想才道：“晚上你祖父把我叫去，说要将你三姐的事情暂且放下，等以后再说。”

任瑶期心下一喜：“亲事结不成了？”

任时敏看着任瑶期喜形于色的模样，又面带严肃地道：“你祖父只是说暂时放下，等韩家这件事情过去后，还是有可能重提的。”

任瑶期回了任时敏一个大大的假笑，心下却不以为然。

都走到这一步了，她还会让任瑶华和韩云谦结成亲事，还不如再死一次。

任时敏不知道女儿的心思，依旧在那里絮叨：“……韩云谦这个人除了长相好些，学问好些，人聪明稳重一些……也没什么优点。”

任瑶期瞥了任时敏放在榻上的那本书一眼，见是本《古镜记》，便道：“爹爹，‘首红额白，身作青黄间色。无鳞有涎，蛇形龙角，嘴尖，状如鲟鱼，动而有光。在于泥水，因而不能远去。’说的是个什么东西？”

任时敏一愣，将自己放到一旁的书拿起来仔细翻看。

任瑶期轻咳一声，站起身来："爹爹，我先出去了。您晚上看书不要看太久，会伤眼睛。眼睛若是伤了，以后您作画的时候就要趴到桌上，不太雅观。"

任时敏一边翻书，一边点头："知道了，等会儿就睡。"

任瑶期便转身出去，还吩咐丫鬟进去再多点一支蜡烛，并交代她以后将蜡烛剪成小段，好提醒任时敏晚上不要看书太久。

第二日，东府的任瑶亭来了。

任瑶亭是来打探消息的。她显然听说了一些事情，只是还不敢确定，因此来了西府，而且难得来了紫薇院。

来者是客，任瑶华和任瑶期姐妹两人一起陪着她在正房的西次间说话。

一开始她还忍着没有问任瑶华的亲事，而说起了任益林退婚的事情。

上次东府的二太太苏氏去蓟州就是为了帮任益林退婚。

"……我母亲许了刘家不少好处，刘家老太太便答应将二哥的庚帖还给我母亲。"

"刘家那位小姐呢？"任瑶期难得多嘴问了一句。

任瑶亭摇头："这就不清楚了，我是听我母亲身边的一个嬷嬷说的。她们只见了刘家的老太太，刘家小姐没有出来见客。"

说着，她话锋一转，看向任瑶华："今年好像诸事不顺，先是我二哥的亲事不成了，听闻三姐姐你……"

任瑶华一听她这开头，就知道她想要说什么，一点面子也不给地当即站起身，冷冷道："我想起来还有些事情未做，五妹妹好好招待七妹妹吧。"说完不等任瑶亭反应过来就走了。

任瑶亭的脸色一阵红一阵白，很下不来台。

任瑶期笑着给任瑶亭斟了一杯茶："七妹妹别介意，三姐姐她去去就来。"

任瑶亭在任家诸位姐妹当中算是性子比较傲的，若不是急于知道任瑶华和韩云谦的亲事到底如何了，她不会这样上赶着来找任瑶华说话。

"五姐姐，你看三姐姐她太过分了！我还什么都没说，她就这样给我气受！"任瑶亭最后还是忍住了，没有拂袖而去，反而与任瑶期诉起苦。

"难怪你以前那么讨厌她，八妹妹也不喜欢她。"

任瑶期笑了笑，等任瑶亭铺垫以后说下文。

“我之前也是关心她，才想要问一句。我昨日听说韩家出了些事情，我们任家和韩家的亲事要结不成了。”任瑶亭说着看向任瑶期，试探地问，“五姐姐有没有听说？”

任瑶期闻言微微皱眉：“你是听谁说的？”

“怎么？难道不是吗？”

任瑶期犹豫了一会儿，才小声道：“我只听说祖父要等韩家的事情平息之后再议，并没有说不与韩家结亲。韩家和任家都是有头有脸的大家，结亲之事关系到方方面面，非同儿戏，怎么会说不结就不结了。”

“我二哥还不是与刘家小姐解除了婚约？何况三姐姐和韩公子还未正式议婚呢。”任瑶亭辩解道。

任瑶期笑着摇了摇头：“你这是什么比方？任家为何会与刘家解除婚约？”

任家要和刘家解除婚约，是因为刘家已经没有了利用价值，这门亲事对任家没有好处了。任瑶亭虽然并不如任瑶期看得透彻，可是之前也听袁姨娘到她母亲面前哭诉过，所以心里也是明白的。

而任家和韩家结亲，据说是因为两家打算一同办盐场。那么只要任家和韩家还有合作的打算，任瑶华和韩云谦的婚事就极有可能再议。任瑶亭这么想着，脸色便有些颓败。

“我上次听祖母和大伯母她们聊起，说你外祖苏家正想要买下西宁的一个盐场？”任瑶期随口问道。

任瑶亭也曾听她母亲和身边的嬷嬷说起过这件事情，便点了点头：“听说是原来的那个盐场主孙家犯了什么事，所以想要将盐场卖出去。不过云家也想将这孙家盐场买下来。我大舅舅已经与那边交涉了几次，都没有结果。”

任瑶期若有所思地道：“我好像听说韩家手中的那个盐井也在西宁附近？其实我们任家这次若是真的反悔不想与韩家合作，怕是会将韩家给得罪了。我知道七妹妹你与韩家小姐交情很好，不知道到时候会不会影响你们来往。”

任瑶亭闻言心中一动。

她刚刚一直想着要是韩家和任家合作不成才好，这样任瑶华和韩云谦的婚事也就不成了。可是她忘记了她也是任家人，若是任家和韩家闹翻，不仅仅是任瑶华的婚事会告吹，连她想要嫁到韩家都没有机会。

任瑶期想了想，突然像是玩笑般地偏头笑道：“其实这次韩家还不知道要闹到什么时候，又没有了任家的入伙，他们手里的盐场能不能办成还是个问题，还不如卖给别人呢，比方说卖给……苏家？若是韩家不想卖，想要与苏家合伙也成啊。”

任瑶亭闻言微愣，琢磨了许久，越想越觉得这个办法不错。

若是韩家和任家合伙，她肯定占不了便宜。可若是她能想办法在韩家和苏家之间牵桥搭线，不但能帮助韩家渡过这一次危机，还能让韩家人对她刮目相看。

而苏家现在的老太太虽然不是她的亲外祖母，外祖父和大舅舅以及大舅母却对她疼爱有加。

可以说韩家和苏家合伙比韩家和任家合伙对她要有利一些。

一想到这里，任瑶亭觉得这段时间一直笼罩在她眼前的乌云都消散了。

“五姐姐说的有道理！咱们与韩家是低头不见抬头见的关系，闹僵了的话可怎么好？我这就去与母亲说。”任瑶亭坐不住了，起身道。

任瑶期似是吓了一跳，忙道：“七妹妹，我不过是说笑罢了。这是长辈们的大事，我们不好插手的，你可别当真。若是让二伯母她们知道是我在这边胡说八道，定会责怪的。”

任瑶亭笑道：“我不与人说是你说的就是了。”她还想要卖韩家一个好呢，任瑶期不愿意担责最好不过。

任瑶期松了一口气，有些好奇地道：“七妹妹真的打算和二伯母说吗？这种大事你要怎么说服二伯母？我有时候想要与母亲商量什么的时候，母亲总嫌弃我年纪小，不懂事，不愿意相信呢。”

任瑶亭闻言，一边想着，一边又坐下来。

“我就说韩家和任家不能因为这点事情闹僵，偏偏叔祖父他们又是谨慎的性子，所以若是有苏家插手，就皆大欢喜？”任瑶亭沉吟着道。

任瑶期摇了摇头，细声引导她道：“你是要求苏家插手，说的却是让韩家和任家得好处？其实韩家和任家合伙是双方互利的事情。对韩家而言，苏家比任家更有人脉，又有燕北王府的背景，这盐场办起来也会更为顺利。而对苏家而言……苏家不是正与云家争夺西宁的孙家盐场吗？韩家的盐井也在西宁附近，若是能将这个盐井开起来，苏家要买下孙家的盐场也多了不少的便利和底气。说不定燕北王府经过考量后会更加站在苏家这一方。”

任瑶亭闻言眼睛大亮：“这个说法好！若是我母亲不同意，我就与大舅舅说去。五姐姐你真聪明!”

任瑶期微笑着眨了眨眼：“怎么是我聪明了？这种大事我可不敢掺和，明明是七妹妹你自己想到的，到时候可别赖在我身上，让我受祖父祖母责骂。”

任瑶亭会意，也眨了眨眼：“五姐姐说的对，这是我自己想的，与你没有关系。”这么说着，她觉得自己和任瑶期的关系也亲近起来。

不过她心里想着这件事情，害怕任家又立即改主意，便起身笑道：“五姐姐，我要先回去了，今日多谢你。”

任瑶期起身相送：“七妹妹说的哪里话，三姐姐她性子耿直，还请你不要与她计较。”

任瑶亭这时候哪里还在意任瑶华的那几句冷言冷语，十分大度地说了声“没事”，就匆匆走了。

任瑶期看着她急匆匆的背影消失在院子里，微微一笑。

任瑶亭再得苏家人的疼爱，苏家也不会为了她而罔顾家族利益，所以要想将苏家拉进局，只能用利益引诱。

如今苏家正与云家争夺西宁盐场这一块肥肉，韩家的盐井其实是很让人眼红的，并不仅仅是任家会心动。

从苏家以往的行事作风来看，他们不会像任家这么谨慎行事。因为以苏家的实力，根本就不怕韩家背后捣鬼。

只是希望去传话的任瑶亭能争气一些，别把事情搞砸了。

任瑶期才回屋坐下，任瑶华就回来了。

“你与她说了什么，她走的时候那么高兴？”任瑶华径直在任瑶期对面坐下，看着任瑶期皱眉道。

任瑶期一脸无辜：“她正与我说着韩家和任家的事情，说到一半突然想到了什么，然后急匆匆地走了。”

任瑶华眉头皱得更紧，有些怀疑地打量着任瑶期：“你真不知道是什么事情?”

任瑶期轻叹一声："三姐姐，你何必那么在意她？只要她不想着与你作对，不暗中算计你就好。"

任瑶华抿了抿唇："你确信她不是在算计我？"

任瑶期摇头："她现在没空算计你，你以后也不要去招惹她。本就不是一路人，她折腾她的，我们过我们的，并不相干。"

任瑶期语气很柔和，话意却极为冷漠。

任瑶华沉默片刻，终究还是没有再问。

任瑶亭回到东府之后，径直就往她母亲的正房去。

东府的二太太苏氏正在听身边的嬷嬷汇报后院的事。

"……上个月老爷在兰姨娘房里歇了十五日，在夏姨娘房里歇了八日，在袁姨娘房里歇了五日，还有两日是歇在正房。太太，兰姨娘那里要不要……"

苏氏正坐在桌案后看账本，听得有些漫不经心，最后只头也不抬地淡淡道："不用了。这府里的孩子都长大了，老太太前几日还抱怨说府里太冷清，没有西府热闹，也该给她添上一两个孙儿孙女了。"

见苏氏说得这么痛快，嬷嬷有些难受："太太，其实您还年轻，奴婢问过稳婆，您自己也还能生育，何必便宜那些个狐媚子？"

苏氏闻言从账本中抬头，露出一张十分平凡的脸。她眼睛不大，鼻梁不挺，嘴唇也略厚，好在皮肤白皙，给她添了些颜色。

"夏姨娘的药也停了吧。"苏氏没有理会嬷嬷的话，反而交代她道："怎么说也伺候了老爷这么些年，没有功劳，也有苦劳。谁能先怀上，就看她们的运气了。"

苏氏的声音极淡，脸上的神色也是平和安然，出众的气质与她平凡的容貌很不相符。

嬷嬷闻言还想再劝，苏氏已经又低下头去看账本。

这时候外头有婆子禀报："小姐过来了。"

苏氏这才又抬起头来。

任瑶亭走进来，见苏氏在看账本，抱怨道："娘，您每日就待在府里管家、看账本，反倒让那些认不清身份的人四处招摇。我刚瞧见兰姨娘又陪着父亲出门了，说是去参加个什么宴席。不过是一个上不得台面的妾，她有什么资格跟着主子同进同出！”

苏氏皱眉轻叱道：“这话也是你该说的？”

任瑶亭看了苏氏一眼，将剩下的话咽回去。

苏氏见女儿不说话，放缓神色，微笑道：“刚想让人叫你过来，听说你又去西府了？”

任瑶亭原本想要说的话没有立即说出口，反而走到苏氏身边坐下，顺着她的话道：“女儿去找西府的姐妹们说话。母亲找我有什么事情吗？”

“后日你大表哥要娶亲，我们明日去云阳城。”苏氏温和地道。

任瑶亭这才想起这件事情来。最近她一直在为韩云谦和任瑶华的婚约伤神，差点将这件事情给忘了。

苏家大公子苏允瑜是苏氏同母兄长苏家大老爷苏克勤的嫡长子，对她这个表妹向来十分疼爱。

对于自己忘记表兄成亲之事，任瑶亭有些内疚，便凑趣道：“未来的大表嫂是京城人，我还没有见过呢。不知道是个什么样的人。”

苏氏说起侄儿的亲事，心情也十分愉悦，便笑答：“我也没有见过，不过听你舅母说是个性情极好的，你后日见了就知道了。”

任瑶亭却是心中一动。

既然明日就要去云阳城，那她原本打算要和苏氏说的事情，还不如直接和舅舅说。苏氏虽然是她母亲，可是任瑶亭知道苏氏不是个好糊弄的，没有大舅舅好说话。

而且她说的事情既然是对苏家有利的，那直接和舅舅说，成功的机会要更大一些。

这么想着，任瑶亭便将原本想要说出口的话又暂且咽下去，只向苏氏问起未来大表嫂曾氏的事情。

任瑶期也是在这一日想起了苏家大公子即将要迎娶曾家女的事情。因为不仅苏氏要去云阳城，连任家大老爷和五老爷也要去云阳城观礼。

曾家也要登场了……

这一晚，任瑶期又是久久不能寐。

第二日，任瑶期想着要找人去打探一下各处寺庙里有没有什么不寻常的动静，好判断萧靖西把那件事情进行到什么程度了。虽然知道那件事情施行起来肯定不会这么快，但任瑶期还是忍不住有些心急。

因为必须要在曾潽来燕北之前将事情部署好。

原本让祝若梅去打探这件事情最好不过，偏偏祝若梅再也没有音讯传来。任瑶期心里不由得有些担心。

下午的时候，任瑶期正打算让人去把袁嫂子叫进府里问一番，香芹却跑过来说袁嫂子来了，还带了个十岁左右的小姑娘进府。

任瑶期不知为何，心下一沉。

听香芹所言，她隐隐猜到这个小姑娘可能是祝若梅的妹妹祝若菊。

可是祝若菊为何会来任家找她?

莫非祝若梅真的出了什么事?

“去与周嬷嬷打声招呼，再将人带进来。”任瑶期平复了一下心绪，交代香芹道。

没过多久，香芹便领着袁嫂子和那个十岁左右的小姑娘进来，并带到婆子丫鬟们歇息用的南房。

任瑶期过去的时候，袁嫂子忙拉着那小姑娘行礼，并道：“五小姐，这是祝家的闺女，若菊。”

任瑶期朝着行完礼起身的祝若菊看去。

眼前的小姑娘长得浓眉大眼，虽然与时下流行的那种纤细秀美相差甚远，却也看着挺舒服。尤其她那双眼睛，瞧着十分灵动，想来平日应该是个活泼的性子。

不过今日这双灵动的眸子却含着几分焦急和担忧。

见任瑶期身边还跟着几个婆子和丫鬟，祝若菊没有冒冒失失地开口说话，她起身后就规规矩矩地站在袁嫂子身后，想必在进府之前就已经受了袁嫂子的教导。

等到任瑶期将身边的丫鬟和婆子都打发出去，祝若菊才憋不住急急道：

“五小姐，您知不知道我哥哥的下落？”

任瑶期听到这一句，心下也凉了半截。

“你哥哥多久没有回去了？”

祝若菊脸上一白，抖着嘴唇喃喃道：“五小姐，您也不知道他的下落吗？那日他从白鹤镇回去之后，就交代我和母亲说他有事情要去办，需要出门几日。原本说好最迟三日就会回来的，不想这都第六日了，还是不见人影。”

祝若梅果然是那次去蓟州后就没有回来？可是他去了哪里？任瑶期皱眉思索着，实在是不得要领。

“五小姐，您知不知道他去办什么事情？我们怕祝家嫂子担心，只对她说若梅接了一份短差，上工去了，要过些时日才能回去。可是纸包不住火，要是若梅总是不见回来，这，我们该怎么与祝嫂子说？她病才刚好一些啊。”袁嫂子也是满脸愁云。

任瑶期轻叹一声，还是对袁嫂子和祝若菊道：“祝若梅是去帮我办事，原本确实应当两三日就回来的，我也不知道为何……这样吧，我这就派人去寻他，必定会给你们一个交代。”

袁嫂子道：“要不就让我家大勇去找找看？他与若梅相识多年，对若梅很熟悉。若若梅是在路上遇上了难事，说不定会留下什么标记。”

任瑶期正想着派去寻人的人选，见袁嫂子提起袁大勇，就在心里回忆了一下袁大勇的模样。袁大勇上次既然能被选去参加冰嬉比赛，就不会是个文弱的，于是她点头道：“若是如此就更好了，你让袁大勇进府一趟，我交代他一番。”

“我这就让我家当家的叫他过来。”袁嫂子行了礼，匆匆去了。

任瑶期见祝若菊立在那里发愣，便走过去轻声道：“我很抱歉。我原本以为他做完事回云阳城了，这几日我见他一直没有消息递过来，才觉得有些不对，正要派人去云阳城问问。”

因为从前祝若梅的经历让任瑶期太过深刻，她总想着祝若梅是个能干可靠的，所以在祝若梅没有立即就过来向她禀报的时候，她也觉得他是家中有什么事情耽误了，并不曾真的相信他会出事。

可是她忘了，从前让她印象深刻的祝若梅，并不是这个年纪的祝若梅，他还没有经历过从前所经历过的种种磨砺。

等外头又进来禀报说袁嫂子已经带袁大勇在怡然亭候着的时候，任瑶期立即起身往外走，祝若菊也跟在她身后。

等到了二门外的怡然亭，袁嫂子和袁大勇果然已经在了。

任瑶期将丫鬟婆子都打发走，对袁大勇道："祝若梅这次是为了帮我办一件私事，去了蓟州。你往蓟州方向找一找他的下落。"

"五小姐，请问这件事情……有没有危险？"袁大勇犹豫片刻，试探地问："哦，我这么问您并不是贪生怕死，祝若梅与我是兄弟情义，他失踪了，我是必定要去找他的。只是如果这件事情有危险的话，我就会小心防范一些。"

任瑶期想了想，摇头道："我让他做的事情虽然有些隐秘，需要保守秘密，但是并没有什么危险。而且看情形，他应该是完成了我的托付。"

袁大勇若有所思地点了点头："小的知道了，那小的去找他的这一路也会不暴露自己。"

任瑶期摇头："找到他才是最主要的。到时候你自己掂量着办，如果遇到什么困难也不要逞强，立即回来告诉我，我会想办法。"

袁大勇闻言看了任瑶期一眼，更加恭谨地行礼道："是的，五小姐，小的明白了。不知五小姐还有没有别的吩咐？"

任瑶期又与他说了些线索，才让他出府寻人。

到了第三日，袁大勇终于回来了，任瑶期一听到消息就往外走。

等任瑶期快走到怡然亭的时候，却见袁大勇抱着手臂低头在亭子里来回走动，似有些焦躁不安。

任瑶期忙走过去，依旧将丫鬟打发到亭外。

袁大勇忙上前行礼。

"有消息吗？"任瑶期单刀直入地问。

袁大勇有些沮丧地摇摇头，可是想了想，他又点点头，一副十分为难的模样。

任瑶期皱眉："这是何意？"

袁大勇道："小的听从五小姐的交代，一直往蓟州寻过去，沿途并未发现祝若梅的身影。直到到了蓟州，您说的那个韩家村附近的时候，小的发现有人也与我一样在寻找祝若梅。虽然他们手中的那个画像上祝若梅的样子改了不少，别人或许认不出来，小的与他多年交情，看过他的乔装模样，因此一眼便看出来他们在找的人是祝若梅。小的想法子套了那几人的话，得知他们是韩家派出来的人，正在寻找的人是从他们村子里偷过东西的一个小贼。”

任瑶期听了这话也不意外。

韩家这会儿定是想方设法要找出那个挑起韩家这次争端的人，不然韩东山就是跳进黄河也洗不清。

如此也可以见得，祝若梅并没有落到韩家人手里。

“然后小的觉得不对，便没有继续问下去，而是打道回府想要听听五小姐的意思。”袁大勇道：“可是不知道为什么，在小的快要进镇子的时候，发现后面似有人跟踪。小的当时吓了一跳，故意带着那人在镇子的小街小巷里转了不少的弯路，才摆脱了他。”

任瑶期皱眉，想着袁大勇口中的跟踪之人莫非是韩家的？因为袁大勇之前问过祝若梅的事情，所以暴露了？

这时候袁大勇继续道：“可是在小的摆脱了人，打算进任家的时候，不知道从哪里扔出这个玩意儿，正好掉落在小的脚边。”

说着，袁大勇就从自己的袖口里拿出来一根男子系头发用的普通的褐色发绳，上面系着一张三寸宽的字条。

这褐色发带瞧着与上次祝若梅来的时候身上那身褐色裋褐有些相似，任瑶期脸色也有些不好看了。

会这么做的人肯定不是祝若梅自己。

看来袁大勇真的被人跟踪了，而且祝若梅的失踪很有可能与这人有关系。这人难道不是韩家的？

“字条上写着什么？”任瑶期十分冷静地问。

事已至此，只有兵来将挡了。

只要祝若梅还活着，那一切就还留有余地。

袁大勇小心地将发绳解开，拿出字条，一边打开，一边回道：“小的刚刚吓了一跳，怕有人在旁边看着，捡起这东西就跑了，并没有打开看。”

说着，袁大勇已经将字条展开，递给任瑶期之前，自己也顺便看了一眼：

“咦？是一句诗？”袁大勇惊讶地对任瑶期道。

任瑶期皱眉，伸手接过。

果然那张普普通通的像是从宣纸上随便裁剪下来的字条上，用工整的楷书写了一句诗：“君今在罗网。”

任瑶期不由得轻声念出来。

“君今在罗网？五小姐，这是何意？”袁大勇虽然跟着他父亲认了些字，念过几本书，见了这没头没尾的诗句却还是一头雾水。

“死别已吞声，生别常恻恻。江南瘴疠地，逐客无消息。故人入我梦，明我长相忆。君今在罗网，何以有羽翼？恐非平生魂，路远不可测。魂来枫叶青，魂返关塞黑。落月满屋梁，犹疑照颜色。水深波浪阔，无使蛟龙得。”袁大勇不愧是读过些书的，一边思索着，一边将这首诗轻声念了出来。

然后他脸色一变：“死别已吞声，生别常恻恻。难道是说若梅已经遭到不测？”

任瑶期也在琢磨这首诗，听到袁大勇的猜测却摇了摇头，沉吟道：“那人费了这么大的劲儿跟着你走这么远的路，应该不只是为了告诉你你要找的人已经死了。”

“那这句诗想要表达什么意思？”袁大勇万分不解：“这人也真是奇怪，有什么话不能好好说，还打起了哑谜！”

任瑶期闻言心中一动：“‘君今在罗网’难道是要猜谜？”

“猜谜？”袁大勇表情有些古怪。他觉得若那人这么大费周章真是为了让他们猜谜，也太闲了吧。

“那这谜底是什么？”袁大勇心里虽然有些不以为然，可是他实在想不到这句话是什么意思，只能死马当作活马来医。

任瑶期偏头思索片刻，忽然面上一愣，抬头道：“白龙鱼服？”

“白龙鱼服？五小姐说的是谜底吗？”袁大勇皱眉思索片刻：“‘君今在罗网’……白龙鱼服……也说得通，可他想说明什么？”

任瑶期摇头，轻声道：“不是想要说明什么，只是想要告诉我们一个地名罢了。”

“地名？”袁大勇也是一愣，仔细琢磨许久，突然眼中一亮道：“白龙……

白龙寺？谜底是白龙寺？”

白龙寺建在白龙山上，据说此地名的来历就与白龙鱼服的故事有关系。若“君今在落网”暗示的是“白龙鱼服”的话，那真的很有可能说的就是白龙寺。

任瑶期点了点头：“若是祝若梅真的在别人手里，那么他们找上门来最有可能是为了告诉我们一个地点。”

袁大勇闻言不由得苦笑：“那这人还真是……万一我们猜不到又如何？不是白费他一番苦心？”袁大勇始终觉得这个人有些古怪。

任瑶期并不是十分拿得准，这只是她的猜测罢了。

“那……小的去一趟白龙寺探一探情况？”袁大勇问道。

任瑶期点头：“你小心一些，最好带些人一起去。”

任瑶期总觉得从这人的行事来看，不像是有恶意的样子。袁大勇应声退下去。

任瑶期一回到紫薇院，喜儿就从正房跑过来。

“五小姐，太太让您去一趟正房。”喜儿行了一礼，恭谨地道。

任瑶期便没有回自己的西厢，径直跟着喜儿往正房走。

李氏和周嬷嬷正在东次间说话，任瑶期掀帘子进去，笑着问道：“母亲，您找我何事？”

李氏招了招手，让任瑶期在她身边坐下，才微皱着眉头问道：“期儿，听说你最近经常出二门见人？”

任瑶期来的时候就想到李氏可能会过问她这件事情，最近她出去的次数确实多了些。

任瑶期便将祝家的事情简短地与李氏说了。

李氏听了，点头道：“我知道你心善，广结善缘是好事。之前祝家送东西进来的事情，周嬷嬷也与我提过，我并未阻止。不过他们终究是外头的人，你一个未出阁的女子总是外出见客不好。以后他们再来，若是女子，可以让人带进来回话，若是男子，你打发个婆子去见见就成。”

任瑶期原本还想说什么，可是见李氏皱着眉头担忧地看着她，也不好再说什么，只有先点头应下。

这时候，任瑶华也掀帘子进来。

李氏见姐妹两人都来了，便笑着道：“今日叫你们过来，是因为管房嬷嬷的事情。周嬷嬷已经为你们姐妹两人各挑了一位管房嬷嬷，一会儿就会进府。”

周嬷嬷也笑道：“三小姐和五小姐今日先见一见，若是觉得不合心意，奴婢再去挑。这管房嬷嬷定是要你们合意才好，以后等你们离府，她们也是要跟着去的。”

这就是挑陪房的意思。

李氏十分信任地道：“周嬷嬷挑选这么久，这两个必定是好的。”

任瑶期却想起一件事情，从前她没有要李氏给她挑的管房嬷嬷。

任瑶华的管房嬷嬷徐嬷嬷倒听说确实是个能干的，后来在任瑶华出嫁的时候，这位徐嬷嬷不知道使了什么手段，让自己的女儿顶替原本任瑶华身边的一个大丫鬟成为任瑶华的陪嫁丫鬟，去了曾家。

之后任瑶华杀曾奎，她身边的陪嫁丫鬟都与她一起遭殃，唯独徐嬷嬷的女儿安然无恙，因为就是她去曾潸面前告的密。

卖主求荣的人她听过不少，可是这一个却最让她寒心。

鹊儿掀帘子进来禀报，说徐嬷嬷和高嬷嬷已经来了，正在外头候着。

李氏点了点头，让鹊儿领着人进来说话。

任瑶期坐在炕上默不作声地等着。

不多会儿，鹊儿就带着两个年纪大概三十多岁的妇人走进来。

走在前头的一个穿着整齐，头发挽得一丝不苟，表情虽然有些严肃，但五官生得十分秀气，这么乍一看去，倒是与周嬷嬷的做派有些相似。

后面那个穿得比较朴素，脸庞略圆，嘴角一直挂着适当的和气笑容，看着脾气很不错的样子。

两位妇人都上前给李氏和两位小姐磕头行礼。周嬷嬷指着那个面容严肃的嬷嬷道：“这是徐嬷嬷，是给三小姐挑的。”又指着圆脸的那个介绍道：“这是高嬷嬷，是给五小姐的。”

任瑶期打量着那两人，任瑶华看了给她挑选的徐嬷嬷一眼，对李氏点了点头，表示自己没有意见，她对周嬷嬷也向来极为信任。

李氏便看向任瑶期，等她表态。

任瑶期却突然看向任瑶华，笑嘻嘻道："三姐姐，我们换个管房嬷嬷好不好？我瞧着徐嬷嬷好像有些似曾相识呢。"

众人皆是一愣，李氏瞪了任瑶期一眼，嗔怪地道："期儿，你又顽皮！"

周嬷嬷瞧着也有些为难，徐嬷嬷是特意给任瑶华挑的，因为任瑶华出阁会比任瑶期早几年，将来需要一个能在婆家独当一面的人，这位徐嬷嬷她考校过几次，都十分合适。

任瑶期做了个鬼脸，拉了拉任瑶华的衣袖，纠缠道："三姐姐，我们换吧，换吧，换吧……"

任瑶华皱着眉头看了任瑶期一眼，又看了看那两个嬷嬷，将任瑶期的手扒拉开，有些不耐烦地道："那就换吧。只是你要想清楚，以后若是心血来潮再想换回来，我可不搭理你！"

任瑶期莞尔一笑："谢谢三姐。"

李氏和周嬷嬷对视一眼，皆是满脸无奈。

不过说到底李氏心里还是欢喜的，姐妹两人如今相处得融洽，再也不像当初那般见面就跟仇敌似的，她这个做母亲的看在眼里，心里别提多欣慰了。

周嬷嬷也不想姐妹两人因为这件事情闹翻，因此也没有说什么。

高嬷嬷也是她用心挑选出来的，就算有什么不足，她带在身边再教一阵子总是个能上得了台面的。

于是给任瑶期和任瑶华两人准备的管房嬷嬷就这么调换了过来。

徐嬷嬷和高嬷嬷皆是面色不变地上前，给新主磕头行礼。

李氏对她们温和地道："你们就各自住东西厢的小耳房，今日才第一日进府，先下去收拾收拾，熟悉一下府里的情形，明日再正式当差吧。"

两位嬷嬷又谢过李氏，起身退下。

任瑶期静静看着徐嬷嬷的背影，眼中的神色让人猜不透。

虽然李氏安排两位管房嬷嬷第二日再当值，不过徐嬷嬷在傍晚的时候就到任瑶期跟前伺候了。

再出现的时候，徐嬷嬷已经换了一身任家发下去的春服，头发依旧挽成一丝不苟的圆髻，只别了一把银把梳，很是干练沉稳。

任瑶期让雪梨将自己屋里的大小八个丫鬟都叫来，介绍她们与徐嬷嬷认识。

晚上就寝时，徐嬷嬷亲自伺候任瑶期洗漱。

任瑶期不动声色地暗中观察，不得不承认周嬷嬷的眼光确实不错，这位徐嬷嬷言行举止恰到好处，让人挑不出一丝错处。

“徐嬷嬷家里还有些什么人？”在徐嬷嬷弯身给任瑶期盖毯子的时候，任瑶期闭着眼睛随意地问道。

徐嬷嬷恭谨又不失温和地道：“奴婢当家的已经不在了，家中只有一个小子，今年十四岁，如今正跟着任家在云阳城开的那家煤栈的二掌柜学本事。”

任瑶期不由得睁眼：“你只有一个儿子？”

徐嬷嬷点头：“奴婢只有一个儿子。”

任瑶期重新闭上眼睛，没有再出声。

徐嬷嬷在床头等了许久，见任瑶期不再说话，以为她睡着了，便帮她将帐子放下来，拿起小几上的烛台轻轻退出去。

房里一寸一寸地暗下来，任瑶期缓缓松开了握紧的手指。

第二日上午，任瑶期正在西跨院的书房里看书，任瑶华的丫鬟香芹求见。

“五小姐，刚刚那个姓袁的账房小哥求见您，不过太太派了周嬷嬷去见他，见他只是来替祝小妹给您送鞋垫，就替您接了东西将人给打发了。”香芹走近，凑到任瑶期耳边小声地道。

任瑶期一惊，忙问：“他人呢？已经走了吗？走了多久？”

香芹点了点头，又摇了摇头：“奴婢刚刚正好出去办事，回来的时候在外院遇见他。他认得奴婢，还以为奴婢是您身边的丫鬟，便拦着奴婢让奴婢来告诉您。奴婢告诉他，若是有事情禀报，就派个妇人进来，他一个外院的男子总是求见内院的小姐，会让太太不喜的。他就说去找他娘进来给您回话。”

任瑶期松了一口气，对香芹笑道："好丫头，多谢你。"

香芹咧嘴一笑，露出两个酒窝："奴婢先回去了，等会儿三小姐要找奴婢了。"

任瑶期点了点头，让她走了。

她想了想，又立即叫苹果过来，吩咐她道："你去二门附近守着，若是看到袁嫂子来了，就带她来见我。"

苹果忙应声去了。

任瑶期正因想着袁大勇那边的消息，便将书房收拾一下后回了自己的西厢。

内室里，徐嬷嬷正带着雪梨和桑葚几个人清理箱笼。

任瑶期进去的时候听到徐嬷嬷道："五小姐的衣裳倒是很少有大红大紫的。"

桑葚道："三小姐喜欢穿红色，我们小姐甚少穿红的。不过我们小姐穿什么都好看。"

徐嬷嬷道："五小姐肤色白净，确实穿什么都好看。"

徐嬷嬷是新来的，想要知道主子的喜好也很正常，任瑶期只停顿一瞬，便进了屋。

徐嬷嬷和两个丫鬟忙屈膝行礼。

任瑶期点了点头，吩咐道："我还有些东西放在东跨院的库房，徐嬷嬷若是得空，也一并理一理，以后屋里换摆设的时候也有些底。册子在周嬷嬷那里，你到时候与她说一声就是。"

徐嬷嬷忙道："小姐这是要回来休息吗？那奴婢还是等晚些时候再清点屋里的东西吧？奴婢这就去找周嬷嬷要册子。"

任瑶期笑允道："如此也好，你们去吧。"

徐嬷嬷便带着雪梨和桑葚行礼退下，出去之前还轻声吩咐两个小丫鬟留在外间伺候。

任瑶期随手拿了一本游记，靠坐在南窗下翻看，等着苹果带袁嫂子进来。

等了不短的时间，苹果终于回来。

"小姐，奴婢将袁嫂子带来了，她就在外头候着呢，您要现在见她吗？"

任瑶期缓缓坐直身子：“让她进来吧，你去外头守着，若是有人来了，不管是谁都记得要早些通报。”

苹果郑重地点头：“奴婢晓得的，小姐您就放心好了。”

苹果很快就将袁嫂子带进来，自己轻手轻脚地退出去。

袁嫂子行了礼，擦了擦自己额角的汗，想必是刚刚赶得有些急。

“五小姐，让您久等了。”

任瑶期带着歉意地道：“是我劳烦你们了。”

袁嫂子笑道：“奴婢知道是五小姐心善，不然也不会管这些事情。”

任瑶期摇了摇头，也不再说什么，直接问道：“袁大勇去白云寺找到祝若梅没有？”

袁嫂子轻叹一声，摇了摇头：“没有。”

任瑶期不由得皱眉，难不成是她猜错了？那句诗并不是暗示白龙寺？

袁嫂子接着道：“大勇说他把白龙寺里里外外都找了一遍，并没有发现有什么不对的地方。不过在他正要离开的时候，有人将一张字条扔到他脚边。”

说着，袁嫂子从自己的袖袋里拿出来一个与上次袁大勇给她看的差不多的东西，被黑褐色发带绑起来的纸条。

袁嫂子怕那东西不干净，主动帮任瑶期展开，放到任瑶期眼前的炕几上。

果然是与上一次一样的字迹，还是用工整的楷书写的，只是这一次这张纸上只有一个字：“哓。”

任瑶期不由得苦笑，这人还有完没完！猜谜还猜上瘾了不成？

袁嫂子见任瑶期无奈的表情，不由得也将那个字上上下下看了一遍，一边好奇道：“大勇在捡到字条的时候先拆开看过，不过他不知道这个‘哓’字表示的是何意，只能拿回来让五小姐看看。大勇说您上次猜的‘白龙鱼服’应该是对的，这一次说不定也能猜到。”

是啊，她确实是不难猜到谜底，可是照不照那人说的做却是有些为难。

任瑶期沉默片刻，叹道：“我知道了，袁嫂子先回去吧。晚些时候我再给你们递消息。”

袁嫂子见任瑶期这样说，也不知道她是猜出来了，还是没有猜出来，不过她又不好问，只能起身行礼：“那奴婢就先出去，小姐若是有什么吩咐就打发人去外院与我家当家的说一声。”

任瑶期点了点头，端茶让袁嫂子退下。

只是袁嫂子才走到门口，任瑶期就听到外头苹果的说话声：“你干什么？小姐说了不要人伺候。”

“嬷嬷没有教过你吗，客人来了要上茶。我只是进去送茶水，马上就会出来，你瞎嚷嚷什么？”这是青梅的声音。

袁嫂子站在门口出去也不是，进来也不是。

任瑶期微微皱眉。

这时候又有一个刻意压低的声音斥道：“你们在这里吵嚷什么？惊扰了小姐怎么办？”是徐嬷嬷回来了。

任瑶期朝袁嫂子摆摆手，示意她不必在意。袁嫂子便将门吱呀一声拉开。

外头的说话声顿时都停住了。

袁嫂子与她们打一声招呼，便走了。

不多会儿，徐嬷嬷带着苹果和青梅两人进来，见任瑶期坐在炕上看书，徐嬷嬷忙告罪一声：“五小姐恕罪，是奴婢管教不严，惊扰到小姐。”

任瑶期抬头，淡淡扫了青梅一眼：“该干什么干什么去。”

“小姐，奴婢只是来上茶的……”青梅听出来任瑶期语气中的不悦，咬了咬唇辩解道，可是一抬头对上任瑶期的眼神，却又吓得立即将头低下去，不敢再说什么。

徐嬷嬷也被任瑶期眼中那一闪而逝的利芒惊了一惊，低下头，垂手肃立。

上次在正房里，任瑶期一句玩笑话就将她和高嬷嬷换了过来，她以为任瑶期是个被娇惯坏的任性孩子，可是在任瑶期身边伺候了一日，她发现这位五小姐身上并没有一丝半点儿的刁蛮习性，待人接物十分温和有礼，几个丫鬟中，除了青梅这个姨娘派来的丫鬟外，其余的几个无一不说任瑶期是个脾气好又好伺候的主子。

可是刚刚任瑶期的那个眼神……虽然并不凶恶，甚至可以说没有流露出太多心绪，却让她这个经历不少的成年妇人都有些发怵。

徐嬷嬷不由得暗暗提醒自己，以后行事定要更加稳妥严谨。

苹果和青梅都退出去，徐嬷嬷给任瑶期倒了一杯茶，放到任瑶期面前的小几上。

“嬷嬷有话要说？”任瑶期翻过一页书，没有抬头，随口道。

徐嬷嬷想了想：“小姐，青梅是不是并不适合留在您身边？”

任瑶期闻言手中一顿，挑眉看了徐嬷嬷一眼，眼中带着温和的笑意：“徐嬷嬷的意思是……”

徐嬷嬷不知道为何，竟感到有些拘谨，她定了定神才道：“奴婢虽然才来紫薇院一日，本不应该说这些。不过奴婢既然已经是小姐的管房嬷嬷，那管教小姐身边的丫鬟就是奴婢的本职。奴婢瞧着这个青梅的心思似是并不在紫薇院里，如果再留着，怕是哪一日会出变故。”

才来一日就摸清了丫鬟们的底细……这个徐嬷嬷果然不是个庸人。任瑶期心里不由得一笑。

“那依嬷嬷所见应当如何？”任瑶期笑问：“说起来青梅和雪梨都是姨娘接管紫薇院的时候送给我的，除了她们，还有其他的几个丫鬟婆子。不过那几个我用着不满意，已经让周嬷嬷打发走了。只是全都打发掉的话，未免有些不近人情，便留下了两个。说起来，雪梨做事稳妥，也还算本分，青梅性子跳脱，却也没有出过什么大错。”

徐嬷嬷想了想：“奴婢瞧着雪梨是好的，小姐要留下来用也不错，这个青梅怕是不妥当。”

任瑶期点了点头：“既然这屋里的事情已经交给你了，那你就看着办吧，只要不将场面闹得难看就好。”

“是，奴婢知道了。”徐嬷嬷低声应道。

任瑶期便又低头去看书。

徐嬷嬷悄悄退出去。

等徐嬷嬷一走，任瑶期便将手中的书放下来，满目沉思之色。

刚刚那个“哓”字是个字谜，哓字加“一”是个“晓”，所以谜底是“一见便知”。

这是让她去白龙寺一见？

任瑶期不由得苦笑，这人还真是……

对于这人的身份，任瑶期已经有了几分猜测。

而若真是他的话，对于此人肯如此费尽心思地邀约，她是不是应该受宠若惊并感激涕零？

去，还是不去？

任瑶期缓缓靠在炕头的引枕上，闭目沉思。

无论是现在的韩家，还是以后的曾家，以她自己的力量，想要撼动都是极难的，她到目前为止能想到的办法也仅仅是制衡。

这样，不小心还是会重蹈从前的覆辙。

轻叹一声，任瑶期又睁开眼。

第二日，任瑶期去正房请安的时候对李氏道："母亲，我想再去白龙寺烧香。"

李氏有些讶异："之前不是去过一次吗？"

任瑶期有些忧虑地道："女儿上一次许愿，希望自己和家人都平平顺顺的。可是接连两晚女儿都梦见自己周身爬满蚂蚁，每次都被惊醒。我问了几个年老的嬷嬷，都说这并非吉兆，最好能诚心拜一拜佛祖，消灾避祸。"

李氏闻言一惊："连着做了两次？"

任瑶期点了点头。

周嬷嬷也皱眉道："听说若是行商之人梦见蚂蚁会生意兴隆，不过五小姐一个闺阁女子梦见被蚂蚁环绕，还真不是吉兆。"

李氏对周嬷嬷的话十分信服："那可怎么是好？"

任瑶期道："听说白龙寺的方丈大师化解恶兆十分灵验，女儿才想要再去一趟白龙寺。"

周嬷嬷想了想，对李氏道："佛祖面前，什么鬼怪污秽都会被灭于无形，五小姐去白龙寺烧香倒也是个法子。太太您也许久未去寺里烧香，不如趁着这次机会与五小姐一同前去如何？"

李氏点头应允："既如此，我这就去与母亲请示。若是赶得及，今日就去吧。"

看着李氏担心的模样，任瑶期心里有些内疚。

见李氏要去荣华院请示老太太，任瑶期也跟着去了。

荣华院里，大太太正带着大少夫人向老太太回话。

大少夫人赵氏一脸不安地站在大太太身后，听着大太太替她在老太太面前开脱。

“……这也是我没有好好教导之故，再加上底下有几个婆子丫鬟太过油滑，见她少不更事，便欺负上来。好在发现及时，并没有出什么大岔子。还请老太太再给她一次机会。”

任瑶期和李氏进来，见这边正说着话，便无声行了一礼，然后束手退到一边。

大太太朝她们笑着点了点头，老太太不过往她们这里看了一眼，便又有些不悦地与大太太说话：“你查一查是哪些婆子丫鬟这么大胆！不合用的就给我赶出去！我们任家可容不得欺上瞒下的奴才！”

大太太忙道：“是的，母亲，媳妇知道了。”

任瑶期看着她们婆媳几人，想起来自己听下面的丫鬟说，大少夫人因为上次春衫的事得罪了府里的几个小管事和年轻媳妇，所以这一阵子赵氏办的几件事情都不顺利。

周嬷嬷曾说，大太太明明知道大少夫人那件事情办得不好，却没有及时阻止，而是任由她错下去，是想借这个机会拿捏住儿媳妇。

如今大太太果然在事情不可收拾和老太太生气之前站出来护着赵氏，瞧赵氏的模样，应该是真的感激大太太。

周嬷嬷所料不错。

不过任瑶期今日见着，才不得不佩服大太太果然是好手段。

敢对大少夫人阳奉阴违的那些人肯定不是大太太的，最有可能是五太太林氏的。大太太这一招不仅仅拉拢了儿媳妇的心，还趁机将林氏的人都收拾掉。

这些年，虽然当家的一直都是大太太，可是五太太林氏仗着老太太的宠爱，没少争夺大太太的当家权，大太太对林氏向来都是让着的，也顺着老太太的意思让林氏管着府里几项重要的开支。

不过一山不容二虎，大太太表面上宽宏，并不代表她心里就真的无怨。

现在林氏失宠于老太太，大太太此时不出手更待何时？

看着大太太姿态恭谨地站在老太太下手温和回话，任瑶期不由得一笑。大伯母这些年当家还真不是白当的。

等大太太回完话，老太太才来过问一直站在一旁的李氏和任瑶期："你们有何事？"

李氏上前将自己想带任瑶期去白云寺一趟的话说了。

老太太看了任瑶期一眼："不过是小孩子做噩梦罢了，哪里值得你大惊小怪？她前一阵子不是才去过白云寺吗？你大嫂和侄儿媳妇今日怕是忙不过来，你实在要去的话，就缓两日吧。"

李氏张了张嘴，还没出声，那边赵氏就赶紧道："没事的，没事的，只是准备马车和随从罢了，不会忙不过来。"

赵氏刚才在下人那里吃瘪，实在不想为了这点小事得罪三房的人。

大太太也帮着讲话："今日去的话也不是来不及，只是套车安排人手还需要些时候，三弟妹怕是要等些时辰。"

老太太看了大太太和大少夫人一眼，哼道："好了，你们都要做好人，就我是不通情理的坏人！"

大太太闻言笑着道："母亲您这是说的哪里话？您一是担心媳妇忙不过来，二是怕三弟妹她们受委屈，您这还是不通情理的坏人？那这世上就没有通情达理的长辈了。三弟妹你说是不是？"大太太朝李氏使眼色。

李氏忙道："是啊，母亲。媳妇知道您是好意。"

老太太这才脸色好看些："你们非得今日去，那就去吧。"

李氏和任瑶期忙低头道谢。

与大太太她们一起退出来，李氏向大太太和赵氏道谢。

大太太笑道："都是一家人，三弟妹客气了。只是今日确实是事儿多，怕是要晚些时候才能出门。"

"没事，我们等等就是。"李氏客气地道。

任瑶期与李氏回了紫薇院，没过多久下面就有人来禀报，说大太太那边正在整治一些刁钻油滑的奴才，不少婆子丫鬟都要被大太太发卖出去。

好在紫薇院的人并不沾惹任家那些家务事，所以李氏的人并没有被波及。

想也能想到，这次真正吃亏的会是谁。对于大太太的手段，府里的人又多了几分了解。

直到正午时分，大太太那边才有空派人过来，告诉李氏出行的车马和随从都已经准备好，来的是大太太身边的管事嬷嬷曹嬷嬷，十分礼貌恭谨，面子上做得很足。

“大太太说现在时候已经不早，三太太可以在寺里留宿一晚，明日再回府，她会与老太太说的。”

李氏忙又谢过大太太，还让周嬷嬷送曹嬷嬷出门，并打赏她一个上等封红。

曹嬷嬷回去之后向大太太回了话，大太太点了点头，又吩咐道：“那边让延儿媳妇安排就是，你还是去看着那些人，不要让她们离府之前再生事端。”

曹嬷嬷应了一声“是”，面带笑容道：“这些年五太太什么事情都喜欢横插一脚，这一次她的人全被太太给打发了，等她‘病愈’出来后，想要再翻什么风浪都有心无力了。”说到这里，曹嬷嬷又皱了皱眉：“不过，她向来得老太太的欢喜，若是到时候反应过来，去老太太面前告您一状，那……”

大太太闻言，面不改色地抿一口茶，淡声道：“自我嫁进任家，这么些年，我从未做过一件违背长辈心意的事情，这次亦然。”

曹嬷嬷仔细琢磨大太太这句话，难不成大太太将五太太的人都赶出去也是符合老太太心意的？

紫薇院里，李氏带着任瑶期出门乘车。

任瑶华对去白龙寺之事兴致缺缺，上一次在白龙寺实在没有遇到什么好事。李氏也不勉强她一起去，只细细交代她一番，便让她留下来。

任瑶期这次去白龙寺的目的并不简单，她也不希望带太多人。

因周嬷嬷要跟着李氏一起去，任瑶期便提议将新来的徐嬷嬷留下来，让她看护院子。李氏和周嬷嬷并没有什么意见，所以徐嬷嬷这次没有跟任瑶期一起去。

在出行之前，任瑶期让苹果去了一趟外院，将自己要去白龙寺的事情告诉袁掌柜，让他转告袁大勇。

袁大勇得知之后也跟在任家车马后面，一同往白龙寺去。

一个多时辰之后，任家的马车顺利进入白龙寺的山门。

从马车上下来的时候，任瑶期再一次看到白龙寺并不算陌生的景色。

依旧香客不少，与平日无异。

任瑶期却在琢磨，她人已经到了，要如何联系那人？

虽然她觉得自己的猜测已经八九不离十，可万一猜错了呢？

祝若梅真的在这里吗？

“你去帮我捐些香油钱，并问问方丈大师今日是否有空，我想带期儿去拜见。”李氏低声交代周嬷嬷道。

周嬷嬷应声去了，李氏带着任瑶期去上香。

跪在大雄宝殿一丈多高的佛祖塑像前，李氏双手合十，闭着双眼虔诚祈祷。

李氏祈祷的无非是一家老小身体康健，两个孩子平平安安，一生顺遂，最后还希望佛祖能帮任瑶期祛除邪祟，免她噩梦缠身。

任瑶期在一旁跪得有模有样，见李氏起身上香，也跟在李氏身后学着她的样子照做。

等母女两人都烧完香，周嬷嬷回来了。

“太太，净尘大师正在与一位贵客谈论佛法，我们怕是还要等些时候。”周嬷嬷走过来小声道：“知客僧已经为我们安排一处休息的院落，要不要过去歇息片刻？”

白龙寺每日接待的客人不少，会有一两个贵客也是正常。

坐了一个多时辰的马车，李氏也有些乏，便点了点头，对任瑶期道：“方丈大师暂时不得空，我们去歇息片刻。”

任瑶期自然没有什么意见。

这一次白龙寺准备给李氏休息的院子恰好是上一次任瑶期等人住的那一座。

李氏和任瑶期才坐下喝两口茶，净尘大师那边就派了个小和尚来，说他得空了。

周嬷嬷问那和尚："刚才不是说方丈在接待贵客吗？"

小和尚念了一声佛号，回道："那位公子是来与我们方丈下棋的。听闻施主有事求见，那位公子已经告辞。"

周嬷嬷看向李氏，李氏点了点头，周嬷嬷便笑着道："那麻烦小师父去回净尘大师，我们太太这就过去。"

小和尚回了个佛礼，退下去。

李氏便又带着任瑶期去了方丈待客之处。

净尘方丈是个六十来岁的老和尚，有些清瘦，却慈眉善目。

任瑶期跟着李氏进到禅房的时候，发现靠窗的炕桌上摆着一个棋盘，棋盘上的黑子和白子正厮杀得难分难解。

白色棋子是上好的蛤碁石"雪印"，通体洁白，圆润如玉，花纹精美，一看就不是凡品。棋子的好坏向来以白子区分，所以这一副棋子十分难得。

"小施主也擅下棋？"老和尚年纪不小，目光却极为敏锐，见任瑶期的视线停留在南窗下的炕桌上，语气和善地问道。

任瑶期回过头来，对上老和尚平和宽容的目光，微笑地回道："只是会而已，说不上擅。"

老和尚呵呵一笑，请李氏和任瑶期坐下。

李氏将任瑶期做噩梦的事情与老和尚说了，问他有没有什么应对的法子。

净尘大师打量任瑶期几眼，温和地问："老衲为小施主把一把脉吧。"

李氏一愣："大师的意思是她生病了才会做噩梦？"

净尘和尚摇了摇头，平和地道："梦由心生，老衲只是想要确定一下而已。"

任瑶期顺从地伸手过去让他把脉。

净尘闭目把了一会儿脉，然后问道："小施主这噩梦做了多久？最近可有经常出冷汗，食欲不振，难以入眠的症状？"

"没有。"任瑶期如实道。

净尘又认真看了看任瑶期的脸色，点了点头："那就不是身体不适。等会儿我给你开一副压惊的方子，可吃可不吃。"说着老和尚轻轻一叹："人生在世短短几十年，若是事事操心，则事事烦心。”

“那就是没事？”李氏没有注意到老和尚的感叹，不放心地问道：“需不需要做什么法事，去去秽气？”

净尘大师摇了摇头，笑呵呵道：“若是不放心，就每日睡前念一遍《金刚经》吧。”

因净尘大师名声不错，李氏便也安了些心。

接着老和尚便与李氏讲起佛经，知道任瑶期对这些不感兴趣，李氏让任瑶期先去休息。

任瑶期正想找机会去办自己的事情，因此十分乐意地出来了。

才走到白龙寺中轴的大雄宝殿外不远，任瑶期突然发现袁大勇的身影一闪而逝。

任瑶期想了想，便提步往外走。

“小姐，您不回去歇息吗？这是要去哪里？”身后的婆子小心问道。

任瑶期一边缓步前行，一边随意道：“我去外头单孔桥的福钟那儿，听说能敲中的话会有好运气。”

婆子们闻言以为任瑶期是玩心来了，想去敲钟，便也不说什么。

从大雄宝殿到单孔桥并不远，任瑶期快走近的时候发现桥周围围了许多人，还有不少人在那里鼓掌欢呼，热闹极了。

还离着五六丈的距离，任瑶期就听到一声声“铛铛铛”的击钟声，此起彼伏，且力道十足。

“咦？谁这么厉害？”桑葚小声道：“那口钟我可是从未击中过呢。”

一个婆子却不以为然道：“这是寺庙的福钟，又不是街头杂耍！谁家的孩子这么淘气？”

任瑶期驻足听了一会儿，心下摇头。

这人不单单眼力准，力道也掌握得很好，并不像是哪家的孩子顽皮，怕是个会武的。

“小姐，我们还过去吗？”婆子请示道。

任瑶期摇了摇头：“算了，下次再去吧。”她不想惹什么麻烦，也没有那么多的好奇心。

正打算从另外一条路绕过去，却看到一个小和尚领着个老和尚往这边来了。

小和尚一边走，一边与老和尚说话，老和尚大概五十来岁，神态倒是很悠闲平静。

走得近了，任瑶期听到那小和尚道：“……郡主已经敲小半个时辰了，香客都围在那里看热闹，连外头进来的施主们也被堵在那里进不来。您去看看能不能劝一劝？实在不成，就只有去请萧二公子出面……”

“莫急，莫急，郡主不是那不讲道理之人，你好好与她说，她会听的。”老和尚面不改色地道。

任瑶期心中一动。

郡主？整个燕北能被称为郡主的就只有燕北王的女儿。而且和尚还提到萧家二公子，难道这敲钟之人是燕北王府的郡主萧靖琳？

她曾听说这位郡主不爱红装爱戎装，一年有大部分时候不在燕北王府，而是跟着燕北王的家将们镇守嘉靖关。

任瑶期从前也没有见过这位郡主，倒曾经听说朝廷想要将她赐婚给郑国公的幼子，最后被她干脆地一口拒绝。

萧靖琳拒绝的理由足以让整个大周的男子都汗颜，她说：“北疆未定，何以为家。”

还说她的夫君必须在成亲之前与她打上一架，也不是非得要那人赢了她，只要在一战之后的一个月以内那人能起身下床就算合格，风一吹就倒的男子在她眼里与废物无异。然后就有人将萧靖琳曾单挑燕北王十大黑骑的事情说了出来。

结果郑国公夫人哭哭啼啼地跑到太后面前，求太后开恩，饶了她小儿子一命。其他宗室勋贵之家若是有适龄的儿郎，也都赶紧定亲的定亲，成亲的成亲，生怕摊上燕北王家的这位郡主。

最后这桩婚事就不了了之了。当时任瑶期听着觉得很好笑。

这会儿萧靖琳应该比她大不了太多吧？瞧着武艺倒是已经不错的样子。

说起来，燕北王府这一代的几位主子，在京为质的世子只爱文墨，二公子虽然有些不知根底，但是身体不好，只有这位郡主还有些萧家先祖的风采。

这么想着，任瑶期倒是改变了主意，往单孔桥那边走去。

丫鬟婆子们听说是郡主，也有些好奇，一言不发地跟上来。

那两个和尚过去之后，小和尚将周围观看的人都请离。

任瑶期这才看清楚那栏杆旁站着一个身量高挑的少女。

那少女十三四岁的模样，并不像任瑶期猜想的那种戏文里说的女扮男装雌雄莫辨的模样。她穿着一身很普通的湖绿色衣裙，头上梳着双髻，五官十分精致。

只是任瑶期注意到她的站姿比一般女子要笔挺。

老和尚念了一句佛号，上前与她说了几句。萧靖琳静静地听着，然后什么也没有说，只点点头就下来了。

正好她是往任瑶期这边行来，走得近了，任瑶期才发现萧靖琳有一双眉形很好的剑眉，比寻常女子的眉毛要黑一些。只是因为她的五官生得十分柔和，所以眉毛并没有让她看起来有一丝粗鲁，反而给她一种一般女子身上没有的特殊气质。

察觉到任瑶期的视线，萧靖琳往这边看过来，她的目光在任瑶期身上停留片刻，然后抬步走过来。

“你是哪家的？”萧靖琳面无表情地问道，语气绝对算不上亲切，不过也听不出恶意。

“白鹤镇任家，任瑶期。”任瑶期微笑着回道。

萧靖琳似是偏头想了想，点了点头。

然后在所有人惊讶的目光下，她拉住任瑶期的手：“跟我来，我请你喝茶。”

说着拉着任瑶期就走。

任瑶期身后的丫鬟婆子们愣了一会儿，赶紧跟上来。

因为顾忌着萧靖琳的身份，又见任瑶期没有挣扎，她们也不敢开口说什么。

萧靖琳的步子迈得并不算大，可是任瑶期要跟上她的步伐却是有些吃力。

“郡主，能否慢一点儿？”任瑶期的手被她拉着，只能跟着她的步调走，不由得无奈地道。

萧靖琳脚步一顿，转头看了任瑶期一眼，放慢步子。

一路上，两人都无言。

萧靖琳拉着任瑶期往白龙寺的客院走，等快走到一座比较大的独立院落时，萧靖琳对任瑶期道：“留一两个人在身边，其余的都在外头候着，我不喜欢太多闲杂人。”

萧靖琳这话说得十分理直气壮。不过难怪她身边一个随从也没有，就她这身装扮，这点排场，走在外头，别人肯定认不出来她是燕北王府的郡主。

任瑶期十分好脾气地顺从她的意思，对跟在自己身后的丫鬟婆子们道：“雪梨，你去与周嬷嬷说一声，我在郡主这里喝茶，苹果跟来伺候吧。其余的人都在外头候着。”

众人应了一声“是”。萧靖琳继续拉着任瑶期往前走，苹果赶紧跟上来。

这座客院与任瑶期上次住的那座相比，不仅仅看着宽广些，进门便是庭院，院子里种着些花花草草，有的开了花，有的只有几片叶子，看不出品种。

靠左边的墙角还搭着个葡萄架子，架子下有一个树根做成的小桌子，桌上有个茶盘，茶盘里面摆着一个紫砂茶壶和几个小茶杯，桌子边上还摆着一把竹摇椅。

萧靖琳拉着任瑶期径直往里走，走到正房的时候却没有停下，而是穿过左边的小洞门，往后院去。

从洞门里出来，任瑶期发现视野一下子宽阔了。后院并无房舍，而是一个类似花园的地方，只是这“花园”似乎并无人精心打理，长着些叫不出名儿的野花和野草，名贵的花草一根也无。

“咩——”一声奇怪的叫声让任瑶期愕然转头。

只见这后花园右面有一副用很粗糙的石头做成的圆桌和圆凳，一只小山羊正在那圆凳旁低头吃草。

而那石凳子上，侧对着她们坐着一个白衣少年。

少年垂眸看着山羊吃草，脸上神情似是十分专注，春日柔和的阳光打在他半张侧脸上，完美的脸部轮廓美好得让人不忍心惊动他，破坏他这一刻的安然闲适。

听到这边的动静，他转头看过来，见是任瑶期和萧靖琳，眼中并没有惊讶，只看着她们微微一笑，突如其来的笑容让任瑶期心下微跳。

萧靖琳放开任瑶期的手，自己往少年那边走，见小山羊用头轻轻抵着一旁的石凳，似是在角力，萧靖琳弯腰将山羊角抓在手里，往外拽了拽，把它拽开了。

“咩——”山羊跑到一边，转头低叫。

“这是抓来给你吃的，别喂太饱。”萧靖琳拍了拍手，似要撩袍坐下，只可惜她穿的是裙子，这动作无法完成。

任瑶期瞧着萧靖琳的言行，似乎与之前有些差异。她走过去，冲看着她的少年屈膝行了一礼：“萧二公子。”

萧靖西笑着点了点头，神态温和地指着自己对面的凳子：“任五小姐，请坐。”

任瑶期低头道谢，坐下来。

这时候，一个小厮打扮的少年端着茶盘过来，一言不发地将茶水轻轻放到每个人面前，然后又悄无声息地退下。

萧靖西右手拇指轻轻摩挲着手中的茶盏，嘴角挂着浅笑，静静地看着任瑶期。

见他不说话，任瑶期也不说话，对他的目光似是毫无察觉，只自顾自地低头饮一口茶，其实也不过是稍稍沾唇罢了。

手中的茶盏是黑釉底白剔花牡丹纹的，看上去十分素雅，可是任瑶期知道这样的茶具大多是前朝古物，价值千金。这院落看起来简朴无半分雕饰，眼前的两位也是穿着简单，姿态闲适，但随便拿出来一套待客用的茶盏却名贵奢华。

似是受不了这里沉闷的气氛，萧靖琳拍了拍裙摆站起身，皱着浓淡适宜的好看剑眉，看了看萧靖西，又看了看任瑶期，淡声道：“我去前院走走。”

萧靖西转眸看了她一眼，并没有出声阻止。

萧靖琳走了几步，又突然顿住，转头看向木头桩子一样杵在任瑶期身后的苹果："你也跟我来。"

苹果看了她一眼，又低头去看自己的脚尖，没有动静。

萧靖琳皱眉，又看向任瑶期。

"下去吧。"任瑶期吩咐道。

苹果这才低着头跟着萧靖琳走了。

一时之间，后院只剩下萧靖西和任瑶期两人，连伺候的人也不见一个。这原本是不合时宜的，不过也不会有人站出来说不对。

"我一直很好奇……"萧靖西率先打破沉默，声音低沉柔哑，不急不缓，特殊的韵律能毫不费力地吸引别人的注意。

任瑶期将茶盏放下，迎向他的目光。晶亮纯粹的眸子坦然剔透，如同明媚春光下一眼见底的浅溪。

萧靖西顿了顿，嘴角的笑意略深："任五小姐除了擅长走灯阵、下棋、猜谜之外……还会什么？"

萧靖西说到灯阵，让任瑶期想起元宵节那晚看到的那辆马车和那个脸都没有看清楚的黑衣男子。

她不由得仔细打量起萧靖西来，两人身量差不多，那人穿得多，所以看着没有萧靖西瘦，不过若是萧靖西披上厚披风……两人看起来有些像，又有些不像。

不过任瑶期没有问出"除了上一次在白龙寺外，我们是不是还曾经见过"这种话，原本就是萍水相逢，擦肩而过，算不上什么交情。

"祝若梅还好吗？"于是任瑶期直接问道。

萧靖西看着任瑶期微微一笑，却是不言。

任瑶期想了想，再次开口："我还会写字和画画，都是我父亲教的。"

萧靖西轻笑一声，低声道："他很好，就是受了些伤，右腿胫骨断了。"

这还很好？任瑶期不由得无语。不过总算有了祝若梅的确切消息，她还是松了一口气。

"多谢萧二公子救了他。"任瑶期诚恳地道谢。

萧靖西不置可否，却问道：“你遣他去蓟州所为何事？”

任瑶期闻言，不由得语塞。

萧靖西带着笑意的眸子定定地看着任瑶期，不急不躁地耐心等候。

“抱歉，这是我的家务事。”任瑶期低头道。

萧靖西想了想，沉吟着道：“这样吧，我们来下棋。你若赢了，我就不问，祝若梅跟你走。你若是输了，就要告诉我原因，且祝若梅以后就是我的人，生死与你无关。”

他声音依然不急不缓，温和悠然，说出来的话却让任瑶期目瞪口呆。

可是萧靖西嘴角的弧度虽然优雅完美，那话却不像是玩笑。

任瑶期心下微怒，脸上的笑容更温和三分：“萧二公子，您这样未免有些强人所难吧？”

萧靖西莞尔，和气地反问：“哪里是强人所难？祝若梅是我救回来的，不然他早已摔下悬崖死了。至于你所说的家务事……”

萧靖西似笑非笑地看了任瑶期一眼。

任瑶期又是语塞。

她自从重来一回就没有在谁那里吃过瘪。可是这个人是萧靖西。

别人提到他总是用“惊才绝艳，聪敏过人”来形容，而现在的任瑶期却觉得这人定是千年狐狸修成的精。

任瑶期暗自咬唇，萧靖西似是知道任瑶期已经应下，笑着说了一声：“把我的棋拿来。”

他声音并不大，不过之前送茶水来的那个小厮还是听到了，不多会儿就捧了一副棋盘出来，走在他身后的与他穿着相似的还有一个中等身材的男子，任瑶期抬头看了一眼，不由得微愣。

手里捧着两个棋罐跟在那小厮后面走来的是冬生。

冬生和那个小厮两人皆目不斜视地将手中的东西轻轻摆在石桌上，然后又悄声退下。只是冬生在走之前还是忍不住抬了抬眼，往任瑶期这里看了一眼。

萧靖西注意到任瑶期的视线，带着些玩味地道：“我的小厮同喜与任五小姐也是有些渊源呢。”

同喜？他还给冬生改名儿了？

任瑶期拿起几粒白色棋子在手中端详一会儿，发现与她之前在方丈大师那里看到的那副蛤碁石“雪印”十分相似。

“那还真是小女子的荣幸。”任瑶期不咸不淡地回道。

萧靖西并不以为忤，微微一笑：“让你执黑可好？”竟带着哄小孩子的纵容。

任瑶期回了他一笑：“不了，猜子吧。”

他的便宜她可不敢占，祝若梅就是前车之鉴。

萧靖西无所谓，浅笑着示意任瑶期开始。

任瑶期随手又抓起几粒白子，看了萧靖西一眼。

“双。”他慢悠悠地低头饮一口茶，看也不看地道。

任瑶期张手数了数：“是单数。”她执黑。

裴先生是棋痴，从前任瑶期陪着裴先生下了无数局，还曾与他研究过一些孤本上记载的残局，棋艺就是这么一朝一夕磨练出来的。

所以韩云谦也不是她的对手。

不过才走了几招，任瑶期就感觉到萧靖西与她以往遇到过的所有对手都不同。

他每一次落子都让任瑶期感觉到一种威势，并不咄咄逼人，却让人闪避不及。

任瑶期手里拿着一枚黑子将落不落，偏头沉吟。

萧靖西十分有耐性，也不催促，轮到任瑶期下的时候，他就静静饮茶。

任瑶期暗自判断眼下的形势，萧靖西棋风很稳，可是关键时刻却妙招频出。任瑶期的棋风其实与他有些相似，不过她是靠着后天练出来的，而萧靖西是天分极佳。

现在这样虽然看着像是两人平分秋色，可是任瑶期怕萧靖西若是再剑走偏锋，她恐怕会输。

“一局定胜负吗？”任瑶期手中黑子落下后问了一句。

萧靖西出手极快，任瑶期的黑子才放下，他的白子就落在棋盘上。

“任五小姐认为呢？”萧靖西带着笑意温和地问道。

任瑶期想了想，点头：“还是速战速决的好，我若是出来久了，我母亲会担心的。”

“那就一局吧。”萧靖西从善如流。

任瑶期看他一眼，手中的黑子突然转了向，下到另一处。

萧靖西挑眉看任瑶期一眼，手中白子落下。

接下来，任瑶期像换了一个人似的，开始不计后果地攻城略地，只攻不守。

一般而言，一个人的棋风是固定的，这就是为何都说从一个人的棋风可以大致看出那人的性情。对局之人要想下一步看三步，也需要了解对手的大概路数，才能做出准确判断。

可是任瑶期这会儿的棋路与她的性子大相径庭，竟带着两军对垒时大将前锋的凛然威势，萧靖西不由得惊讶万分。

他下棋从来都是难逢对手，任瑶期的表现大大出乎他的意料，她看起来东打一棒子，西敲一棍子，毫无章法，其实却在暗中结网。萧靖西看着棋盘，眼中不由得又多了几分兴味，落子也锋利起来。

不过因为任瑶期的不按常理出牌，萧靖西落子也没有之前那么迅速了。

倒是任瑶期，她的节奏忽然快起来，每次下子就像是不假思索一样。

若是遇上的是别的对手，怕是早就被她打乱了步调。只有萧靖西，依旧不慌不忙，且任瑶期的爆发力让萧靖西有一种想要与她痛痛快快战上一局的热血冲动。

时间就这样一分一秒地过去，期间苹果悄悄跑回来过一次，见任瑶期在与萧靖西下棋，便又悄悄地退出去。

两人正战得难分难解，兴致激昂，萧靖西突然手下一顿，皱眉看着眼下的棋局微微沉吟。

任瑶期不动声色地低头饮茶。

片刻后，萧靖西手中白子落下，抬头看任瑶期一眼，脸上有些似笑非笑：“任五小姐果然厉害，竟是醉翁之意不在酒吗？”

任瑶期轻叹一声，果然还是被他发现了。

不过她这一局布置精妙，萧靖西现在就算发现，也为时已晚。

片刻之后，任瑶期拈着手中的棋子，笑问道："还有下下去的必要吗？"

萧靖西看着任瑶期的眼中含着笑意："你从未想过要赢，却做出一副咄咄逼人的姿态。"

他又低头看了看棋盘，点头道："这一'劫争'之局布置果然精妙，我竟从未见过这种局面，一时片刻也想不出化解之道，倒真的是平局了。"

见萧靖西承认是平局，任瑶期松了一口气。

论棋艺，她比不上萧靖西，所以只能投机取巧。

"我也是曾经在一本残破的棋谱上见过，今日不过拿出来用用。"任瑶期笑道。

"可是之前已经说了一局定胜负，这下可要如何是好？"萧靖西修养极佳，被任瑶期摆了一道依旧不生气，笑吟吟地问道。

任瑶期本就不想与萧靖西分出什么胜负，祝若梅不是她的人，她决定不了他的去留，一切全看他自己。而韩家的事情是她心里的一根刺，在真相大白之前她不想说什么，因为说出来也没人会相信。

任瑶期正要说话，那边萧靖琳回来了，手里还端着一个没有上漆的原木托盘，托盘上是一只龙泉窑莲瓣纹碗，等她走得近了，任瑶期闻到一股浓烈的药香。

萧靖琳将托盘直接搁到还未收起来的棋盘上："该喝药了。"

萧靖西看着那药碗，无奈道："怎么是你送来？"

"因为他们送来，你不会喝。"萧靖琳直接将药碗端起来，递到萧靖西唇边，实话实说地拆台。

萧靖西偏了偏头，想要避过。萧靖琳皱眉："你怎么还跟小时候一样难伺候，吃个药都扭扭捏捏！一口就下去了！"

萧靖西抽了抽嘴角，看向对面忍着笑偏过头去的任瑶期。

萧靖琳不管这根本就不是想不想喝药的问题，而是失礼不失礼的问题。

知道萧靖琳固执的性子，萧靖西接过药碗，缓缓饮尽。

萧靖琳接过空碗，放回托盘，转身又像是想起了什么，不知道从哪里找出来一个小纸包放到桌上："松子糖。"说完，她也不看萧靖西是什么脸色，径直就走。

萧靖西看着眼前的那包糖一阵无语。

抬头看见任瑶期嘴角的弧度，萧靖西不由得摇头失笑。

他大大方方地将那包糖解开，递给任瑶期："你别见怪，靖琳很小的时候就被送去嘉靖关，已经许多年没有回来了。"

在萧靖琳眼中，萧靖西的样子还停留在许多年前，而她这个妹妹反而成了姐姐。兄妹多年未来往，萧靖琳也是想要与萧靖西搞好关系，才从云阳城来了白龙寺。

只是她常年在军中，除了身边几个近侍以外，很少接触女子，所以她缺少一般女子的细腻。

任瑶期反而不好说什么，捏起一小块松子糖放进口中，缓缓咀嚼。

萧靖西将松子糖放到任瑶期面前，自己并没有吃。

只是被萧靖琳这么一打岔，任瑶期突然觉得萧靖西这个人亲切起来。

当然，萧靖西一直都表现得平易近人，温和宽容。不过任瑶期还是觉得萧靖西有些像镜中花水中月一般，虽然美好得让人忍不住心生仰慕，却总少了些有血有肉的真实。

有风吹来，淡淡的药香飘过来。难怪上一次遇见他的时候，他身上也有药香味。

不过萧靖西有一种魅力，能让别人在与他接触的过程中忽视他身体不好的事实，只被他的风采倾倒。

任瑶期也差点要忘记萧靖西是个病人，因为他身上掌控者的气势太强。

这时候，又有响动往后院这边来了。

任瑶期抬眸，正好看见一个身形高大的男子一步一跳地往这边来。

任瑶期眨了眨眼，看清楚之后不由得一愣，是祝若梅……

祝若梅因为断了一只脚的胫骨无法正常走路，双手是支在一个铜的三角支架上，以支架代替拐杖来的。

他可能因为出来得急，头发只用一根不知道从哪里扯来的绳子马马虎虎地绑上，满脸是汗，“走”得却是极快。

萧靖西也顺着任瑶期的目光望过去，不过一眼，他便转回来，淡淡地笑道：“你的腿是不想要了？”听着像是打趣之言，却让人不敢接话。

跟在祝若梅后面的是萧靖西的两个小厮，两人似是想要拉住他，却总被他不知道用什么法子给避过了。明明是伤患，身手却灵敏得很，一点也不显得笨拙。

祝若梅很快就“走”了过来，任瑶期发现他头脸、脖子上都是汗，连衣襟处也湿了一圈，想必是极难受的。

“你不好好养伤，跑出来做什么？”任瑶期也不由得皱眉，轻声责备道。

祝若梅虽然疼得冷汗直冒，却还是露齿一笑，尽管看起来有些狰狞：“就是断了根骨头，并无大碍。让您担心了。”

任瑶期看了恍若未闻只顾低头捡棋子的萧靖西一眼，轻叹一声道：“你还是先好好养伤，我会派人给你的家人报一声平安。”

“多谢五小姐。”祝若梅道：“我给您添麻烦了。”

祝若梅诚恳道歉，他刚刚听同喜说任家五小姐过来了的时候，就知道任小姐定是因为他的事情来的，他便赶紧过来了，生怕她在萧家二公子面前为难。

任瑶期摇了摇头：“我并没有做什么，倒是袁家为了寻你花了不少工夫。”

两人寒暄一会儿，任瑶期见祝若梅面上有些发白，便对他温声道：“我过会儿便回去，你还是回去歇着吧。”

祝若梅点头应允，人却不走。他犹豫片刻，道：“五小姐，这次是萧二公子救了我。他要我在他身边十年，为他干活儿。我……”

原来萧靖西已经与祝若梅说了？祝若梅也没有不愿意的意思。

任瑶期看了萧靖西一眼，对祝若梅笑着道：“我之前便说过，你与我任家已经各不相欠。既然你能得萧二公子的赏识，那等你好了以后便尽心为他做事吧。”

以萧靖西的背景和名声，能被他看上自然是一件值得高兴的事情。祝若梅虽然曾因生活所迫在任家当过矿工，但他骨子里还是希望能有机会干出一番事业，否则这些年也不会起早贪黑地练武，还死皮赖脸地去袁家求袁管事教他读书识字。

如今机会摆在面前，他又确确实实欠了萧靖西一条命，为萧靖西卖命十年实在不为过。

可是任瑶期和任三老爷也对他有恩，这次任瑶期让他办的事情，虽然他并不知道因由，但猜也能猜得到任瑶期可能是与韩家有些恩怨。

他曾暗中打探过韩家的事情，知道韩老爷子和韩云谦都不是简单之辈，任瑶期设计韩家家乱，若是被韩家人知道了，她以后可就难做了。

若是自己留在她身边，虽然大忙帮不上，帮一些像这次一样跑腿的小忙还是可以的。

任瑶期自然看到了祝若梅脸上的挣扎。

虽然接触不多，但任瑶期知道祝若梅是一个讲义气知好歹的人。她当初决意帮他，其实也并非想要将他收拢在身边以供驱使。毕竟以她的身份地位，祝若梅再如何，将来也最多是她某个嫁妆铺子的大管事，可是从前的祝若梅却是燕北王二公子手下一员猛将。

她当初所想的其实是，如果有一日祝若梅能有从前的造化，关键时刻能看在她这点恩情的分上对她施以援手。

现在祝若梅愿意为萧靖西做事，她又有什么理由阻拦？

“正好我之前就说让你去云阳城找一份工，也好就近照料你的母亲和妹妹。”任瑶期笑睨萧靖西一眼：“现在萧二公子慧眼识英才，依着萧二公子往日和善待人的好口碑，定会好好安排你的家人，让你无后顾之忧。这样一来我也放心了。”

萧靖西一愣，随即似笑非笑地看了任瑶期一眼，从善如流地点头：“任五小姐说得在理。”

“你回去歇着吧，我也该走了。”任瑶期看了看天色，对祝若梅道。

祝若梅实在不知道该说什么好，犹豫半晌，知道有些话也不好当着萧靖西的面说，还是挣扎着行了一礼，然后在萧靖西一个小厮的搀扶下回去了。

萧靖西突然转眸看了也想跟着一起下去的冬生一眼，眼神有些意味深长。

冬生低着头不敢抬起来。

刚刚确实是因为他担心任瑶期，所以才状似无意地提醒祝若梅，说任瑶期来了。他现在已经是萧靖西的随从，心里却还挂念旧主，这是主子们的忌讳，所以有些心虚，不敢与萧靖西洞察入微的眼神对上。

好在萧靖西仅仅是看了他一眼，就抬手让他下去。

冬生转过身去，发现自己湿了衣背。

等冬生下去，任瑶期想了想，对萧靖西诚恳地道："萧二公子，若是一个人跟了你之后就对旧主的安危无动于衷，这种人你敢用吗？"根据刚刚冬生的表情，以及祝若梅的突然出现，她自然猜到了原因。

萧靖西微微一笑："那任五小姐告诉我，若是有一日他的新主与旧主反目，他应该站在谁的阵营才算是忠心？"

任瑶期想了想，也是一笑："所以一般人都不敢用别人的人，只有萧二公子您有这魄力，想必也是胸有成竹，并不担心这种事情，您说是吧？"

萧靖西琢磨一遍任瑶期的话，不由得笑出声，看着任瑶期的目光有些深邃难猜："任五小姐又来挖坑让我跳？"

任瑶期话里隐藏的意思就是萧靖西既然已经用了人家献王的人，那就没有想过要与献王撕破脸，以后也不会与献王为敌。不然他的做法就是自己打自己的脸。

她这是在借机要他表态。

萧靖西不上这个当，微笑着转移话题："那今日就算是平局？"

任瑶期见好就收，并不纠缠，点头笑道："还请萧二公子见谅，您棋艺太高明，我若不使诈就赢不了您。"她坦诚自己棋艺不如萧靖西，不能输，却认输。

"我三哥就常说，棋场如战场，能不输就要想尽办法不输。所以兵不厌诈。"任瑶期玩笑般地道。

萧靖西闻言不禁一笑："你三哥曾与我对战过一局，棋艺嘛……咳，还可以。"

任瑶期忍笑不语，任益均虽然爱下棋，与一般人对局也还能赢多输少，可是到了萧靖西这种高手面前，那就是惨不忍睹。

“时候不早了，我母亲应该也快出来了，我先告辞。”任瑶期又看了看天色道。

萧靖西也不留人，微笑着起身相送。

任瑶期才转身要走，却听见萧靖西说：“韩家与你有恩怨？”

嫡谋

［2］

面北眉南 著

江苏凤凰文艺出版社
JIANGSU PHOENIX LITERATURE AND ART PUBLISHING

嫡谋

目录 ②

第十一章

韩　府

任瑶期脚步一顿，却没有转身回来。

依着祝若梅的性子，即便是投靠了萧靖西，也不可能将韩家的事情说出来。所以萧靖西这么说，可能仅仅是猜测。结合祝若梅的动向，以及蓟州韩家最近发生的事情得出的结论。

“算是吧。”沉默片刻，任瑶期还是转过身来回道。

萧靖西对她的坦然承认有些意外，想了想，皱眉道：“韩家与任家有什么恩怨？”

任瑶期闻言心中一动，看着萧靖西摇头叹息一声：“有些事情我不好多言，韩家与任家并无恩怨，但是韩家的老爷子就……”

萧靖西想了想：“你让献王的人去江南，就是去查韩东山的底细？”

任瑶期微愕，萧靖西连这个都知道？

也是，燕北王府表面上对献王一家并不在意，可是依着献王的敏感身份，他们不可能真的对献王一家人不闻不问。

既然已经说开，任瑶期便点头道：“没错，是我拜托夏生去查韩东山的。”现在她明白了，她不说并不代表萧靖西会查不到、猜不到。

“原来如此。”萧靖西恍然大悟地点了点头，接着他又是微微一笑，眨了眨眼轻声道，“我之所以会过问这件事情，是因为燕北王府要用韩家。”

任瑶期听到这一句不由得大惊，瞪着萧靖西重复道：“燕北王府要用韩家？”

萧靖西淡笑不语。

任瑶期突然想起来上一次韩家承印燕北皇历之事，因为前年皇历错印之事，燕北的书局去年都不敢承印，偏偏一个名不见经传的韩家敢去做。若是萧靖西所说不差，韩家怕是早就与燕北王府搭上了关系，且很得主子的赏识。

任瑶期的脸色有些白，难怪韩家能在短短的时间里出头，原来是有燕北王府的背景。若真是如此，她还怎么与韩家对抗？燕北王府在燕北的地位就如同李氏皇族在江南的地位。

察觉到任瑶期脸色不对，萧靖西轻叹一声，想了想道：“既然我们今日是平局，你自然可以不告诉我这些，这件事情我就当作不知道。”

任瑶期看着萧靖西道：“是韩东山请求燕北王府查探韩家被暗算的事情？”

萧靖西看着任瑶期不语。

任瑶期却明白了。

燕北王府是韩家的主子，奴才吃了暗亏，自己又查不出来，所以就求到主子面前。

也因此，萧靖西才会约她来此。

萧靖西并不是因为无聊或者故意捉弄。

“任五小姐，你好自为之。”萧靖西微笑着善意提点。

这次他无意中救了祝若梅，又恰好知道燕北王府有人在查这件事情，所以才会插上这一手。

任瑶期沉默片刻，敏锐地道：“刚刚萧二公子说韩家是燕北王府要用的人，但是韩家并非公子的人对吗？”

萧靖西挑眉：“这有何差别？我也是燕北王府的人。”

任瑶期笑了笑：“这样想，我会觉得轻松一些。”说着任瑶期朝着萧靖西屈膝行了一礼，“今日是我失礼了，多谢萧二公子。”

说着，任瑶期转身走了。

她并没有求萧靖西放弃韩家。

萧靖西说的对，他也是燕北王府的人，自然是以燕北王府的利益为重。她与他不过见过两次面，并无多大交情，凭什么要他为了她的小恩小怨而做出与家族决策相违背的事情？这是强人所难。

不过燕北王府之所以会用韩家，是因为韩家有利用价值。若是能弄清楚这件事情，也不是没有扳倒韩家的机会。

韩家为燕北王府所用这件事情是今日才从萧靖西这里知道的，甚至从前她都不知道，这说明韩家很有可能是要做燕北王府的暗棋，或者韩家要做的事情是隐秘的，所以萧靖西肯定不会透露给她。

她不断地提醒自己要冷静，不要因为这个消息而乱了自己的阵脚。

不过今日萧靖西愿意为她遮掩，说明韩家和燕北王府的利益纠葛还不太深，燕北王府只是“要用韩家”。

想到这里她不由得感激起萧靖西来，之前对他的那点不满也烟消云散。若不是萧靖西提点她，说不定她以后怎么败的都不知道。

萧靖西看着任瑶期缓缓步出庭院，漆黑漂亮的眸子里依旧含着轻轻浅浅的笑意，却有一抹沉思之色悄然浮现。

他转过身缓缓走回石凳上坐下，修长的两指捻起已经收回棋罐的圆润棋子，一颗一颗地将之前的棋局复盘，动作专注又闲适。

安静的庭院里只剩下一人一羊，构成一幅沉默的风景。

不知什么时候，一个身穿灰色布衫的男子悄无声息地站到萧靖西身后，一言不发，垂手伺立。

萧靖西没有回头，一直等到棋盘上的棋子都摆好了才开口，低沉柔哑的嗓音如同上古乐章：“韩氏的事情是韩家的家务事，让他们不必插手。”

灰色布衫的男子先是无意识地应了一声“是”，应完才又道：“韩东山是去求了王爷身边的顾总管，顾总管派人去查的。”

萧靖西闻言微微偏头，皱起好看的眉峰：“怎么王府最近这么闲了？”

灰衣男子低头，不敢接话。

萧靖西看向棋盘，手指轻动变换着棋盘上的棋局，一边悠闲道：“你去与顾总管说，连自己的家务事都处理不好，燕北王府还能指望他们什么？”他语气虽然轻柔，说出来的话却是极重的。

“是，公子，属下明白了。”灰衣男子忙低头应道。

萧靖西继续摆弄棋局，时而退回去重走，落子无声，只有风吹草动的声音。

就在灰衣男子以为萧靖西没有话再吩咐的时候，却听见他又开了口：“去查一查韩东山。”

灰衣男子虽然有些奇怪主子为何突然关注起韩家，却还是在第一时间低头应命。

“军中现在如何？”萧靖西随即将韩家的事情丢下，问起另外的事情。

“回公子，吴夫人带着吴小姐回府了，与之同行的还有吴萧和身边的一个老谋士周和。这几日，周和求见王爷三次，王爷见了他两次。”

他口中的吴夫人是现任宁夏总兵吴萧和的妻子，也是燕北王府的郡主萧微、萧靖西的姑母。

萧靖西闻言，眉眼没有变动分毫：“我问的是军中之事，并非王府之事。”

灰衣人一顿，埋头道：“自上回朝廷要裁军的消息被人宣扬出来之后，在几个别有用心之人的挑拨下，燕北军中已经发生了好几次骚乱。属下按照公子的吩咐暂时按兵不动，暗中记下那几个挑事之人。今日听人上报说，他们近期打算聚集更多人闹事，还打算在劫掠云阳城几个大商铺后带着钱财躲进山中，占山为王。”

萧靖西闻言并没有说话，盯着棋盘的目光略带深思，也不知道是在想棋路，还是在想属下禀报的事情。

半晌，他将棋盘上渐渐分出胜负的棋子又一颗一颗地捡回棋罐：“让同贺准备马车，今日回云阳城。”

“那白龙寺这边……”

萧靖西淡淡道：“同德会留下来。”

他话音才落，不知道从哪里又走出来一个面容普通的中等身材男子，对着萧靖西恭敬地行了一礼。

“给你一个月的时间，把白龙寺与各大寺院的事情解决。”萧靖西看了刚走出来的同德一眼，轻声吩咐道。

“是，公子。”同德低头应道。

萧靖西起身，往外走去，修长的身影很快就消失在洞门处。

任瑶期出来的时候没有看到萧靖琳，苹果蹲在厢房前的屋檐下，见任瑶期出来忙跑过来，跟在任瑶期身后。

一路上没有再遇到什么人，主仆两人出了院子。

院子门口，李氏身边的大丫鬟喜儿正将两个婆子叫到一边问话，见任瑶期出来忙迎上来："小姐，您还好吧？"

喜儿担心地打量着任瑶期。

"我很好，郡主只是请我喝一杯茶罢了。"任瑶期温声安慰喜儿，"你怎么过来了？"

"太太听说您被燕北王府的郡主拉走了，有些不放心，就打发奴婢过来看着。"喜儿说着有些好奇地问道，"五小姐，您怎么认得郡主？"

任瑶期一边走，一边摇了摇头："我今日也是第一次见到郡主，以前并不认识。"

"那她为何无缘无故地要请你喝茶？"喜儿并不是不信任瑶期，只是十分好奇与不解。

"郡主只说想要找个人陪她喝茶，至于为何是我，我也不知道。"任瑶期耐心解释道。

不仅仅是几个丫鬟婆子对萧靖琳拖任瑶期去喝茶的事情感到奇怪，等回到休息的院子时，已经等候多时正要出来找人的李氏也十分不解。

任瑶期按照刚才的回答又说了一遍，李氏想半天还是想不出个所以然。

周嬷嬷安慰李氏道："既然郡主并无恶意，那太太您就不用担心了。且郡主喜欢我们五小姐，这是好事。这位郡主虽然不常回燕北王府，却极得燕北王的喜欢。"

李氏点了点头："你说得对。虽然这位郡主的性子有些古怪，不过也没有听说做过什么恶事。"

任瑶期不知道萧靖西在她离开之后不久就回了云阳城，她和李氏是在第二日清早启程回白鹤镇的。

马车沿着山道下山的时候，风吹开帘子，任瑶期随意往外看了一眼，正好瞧见两个身穿浅灰色道袍的尼姑一边说话，一边沿着山道上山。

任瑶期不由得多看了那个年纪较长的尼姑一眼，只见她皮肤白皙，相貌娇媚，与人说笑时眼中带着几分媚态，从耳侧的帽子边缘还能看到乌黑的发际线，她没有剃头。

任瑶期正想着这个尼姑的身份，尼姑却若有所感般地微微转头，看了这边一眼，见是大户人家女眷用的马车，便又转过头去，继续与那个年纪小一些的尼姑说笑。

任瑶期坐在马车里，还能听到她毫不避讳的清脆笑声。倒是同行的小尼姑见路人都往她们那里看，小声提醒那带发尼姑小声一些。

带发尼姑却恍若未闻，依旧高声说笑。

周嬷嬷往外看一眼，皱眉道："这女子哪里像是出家人？"

任瑶期想起上次来白龙寺时听到的关于附近白云庵中一个女尼姑的事情，这位带发尼姑想必就是姓梁的那位姑子吧。

上次白龙寺这边派人去调解白云庵的事情时，她们下山回白鹤镇了，并没有看到这件事情的后续。不过后来听香芹说，梁姑子夫家的人说要去报官，可是这种家务事清官也难断，而那位梁嫂子与佃农苟且之事实在不宜声张，且他们又没有证据证明是梁姑子捣的鬼，最后这件事情不了了之。

梁姑子夫家吃了个闷亏，女眷们中再没有人敢上山寻事，而男人们也被守山门的和尚拦在山下，再不能上山。

今日瞧着，这梁姑子是个肆意的性子。上次发生那种事情，她还依旧能待在这佛门清净之地，面上也没有受到什么影响，这个女子应该不是一个简单的人。

马车与两个尼姑擦肩而过，任瑶期缓缓收回视线。

下了山，从环山小径转入官道，才走没有多远，就见从云阳城方向行来几辆马车，瞧着马车的样式竟是与任瑶期和李氏所乘的十分相似。

"太太，二太太的马车在我们后面，是从云阳城方向来的。"外头有人禀报道。

"二嫂之前说回云阳城参加她侄儿的婚宴，应该是从娘家来的。叫前面停车，让二嫂的马车先行吧。"李氏轻声吩咐道。

于是李氏一行的马车便缓缓停下来，后面的马车很快就赶上来，停在李氏马车的旁边。二太太苏氏掀了帘子，露出一张平凡又温和的脸。

李氏也将车帘子掀开，微笑着唤了一声“二嫂”。

苏氏温和地点了点头：“刚刚见前面有任家的马车，就想到是府里哪位主子到白龙寺烧香去了，原来是三弟妹。”

任瑶期喊了一声“二伯母”。

“咦？五姐姐也在？”任瑶亭的声音在苏氏的马车里响起，随即便见任瑶亭的脸也在帘子边出现。

苏氏皱眉轻叱女儿：“亭儿，见到三婶也不先问好？没规矩。”

任瑶亭忙唤了一声“三婶”，眼睛却往李氏的马车里瞟。

李氏笑着为任瑶亭说话：“她们姐妹几日没见，亲近些也理所应当。”

“娘，我想要和五姐姐坐一起。上次与五姐姐说起大表嫂，五姐姐说京城的女子大多娇纵，不好说话。可我大表嫂不是，女儿要去与她说说大表嫂的事。”任瑶亭求道。

苏氏闻言也未阻止，点了点头，温和地道：“你问问你五姐姐的意思，若是她愿意，你们姐妹就去后面的马车坐吧。”

任瑶期在马车上听见任瑶亭的话，心下想着任瑶亭应该是要与她说盐场的事。

李氏也希望任瑶期能与任家的姐妹们亲近，便对任瑶期道：“你去与你七妹妹坐一辆车吧。”

任瑶期顺水推舟地应了，下了马车。

任瑶亭早就在外头等着了，见任瑶期下车，忙走过来，挽住任瑶期的手，笑得十分亲近：“五姐姐，这一路上马车坐得乏味极了，幸好遇见了你，咱们姐妹两人坐一起，好好说说话。”

原本为了在云阳城出行方便，任瑶亭单独有一辆马车，只是她喜欢与苏氏一起坐，所以自己那一辆车是空着的。任瑶期跟着任瑶亭上了她的马车。

任瑶亭一上车，就将丫鬟们都打发去外头坐着，车厢里只留了她自己和任瑶期两人。

“七妹妹，我听丫鬟婆子们私下里议论，这次苏家的婚仪很热闹呢。”任瑶期笑着道。

任瑶亭闻言矜傲地一笑：“我大表哥是苏家的嫡长孙，他的婚礼自然比一般人家的要热闹一些。不过……”

任瑶期有些好奇地追问：“不过什么？”

任瑶亭看了任瑶期一眼，原本她是不会与任瑶期说这些的，不过现在看着任瑶期，觉得她顺眼多了，便小声道：“我大表嫂的嫁妆挺寒碜的，虽说瞧着也有三十二抬，不过我听我娘身边的嬷嬷说，那些嫁妆箱子里只有上面一层是些稍微值钱的东西，下面全是些滥竽充数的玩意。几匹稍微拿得出手的衣料子还是京中去年时兴的花样子。因此，我二舅母和三舅母她们院子里的下人没少在一边说风凉话。”任瑶亭撇了撇嘴。

苏家大老爷苏克勤和任瑶亭的母亲苏怡是苏老太爷的原配所出，二老爷苏克俭和三老爷苏克己则是继室所出。

任瑶期知道，从前曾氏嫁进苏家的时候就曾惹过许多非议。这个时候的曾潽只是一个徒有虚职的从六品忠显校尉，他的这个侄女无父无母，自幼养在他府中。

大家便猜测是苏老太爷的继室算计了原配嫡孙的婚事，苏家大少爷是给人坑了，才找了这么一门亲。

直到后来曾潽在燕北崛起，所有人才知道原来是苏老爷子独具慧眼。

任瑶期不由得冷笑，什么独具慧眼。苏家应该早就与曾家暗度陈仓了。

这位曾氏不管是不是真的没有家底，她的嫁妆也不过是一个障眼法，让人对曾家放松警惕。

“……不过我大表嫂人是极好的，相貌姣美，知书达理。”说着，任瑶亭从自己腰间扯下一个小小的荷包递给任瑶期看，“这是她送给我的见面礼，听说上面的花样是她自己绣的。你瞧瞧绣工如何？”

任瑶期接过来看了一眼，粉色的荷包上绣的是两个踢毽子的少女，画面栩栩如生，活灵活现。

任瑶期将荷包递还回去，笑着点头：“嗯，绣工很不错。”

任瑶亭抿嘴一笑，看样子她很喜欢这个荷包，对自己的大表嫂也很满意。

其实依着任瑶亭高傲的性子，她应该看不起嫁妆单薄的曾氏。可是才相处短短几日，她就对曾氏喜欢起来，由此可见这位曾氏是个不简单的女子。

“好了，你要听我大表嫂的事情，我以后再与你慢慢说。我叫你过来，其实是想要告诉你上一次我们说的那件事情。”任瑶亭放低声音道。

任瑶期故作不解：“七妹妹说的是哪件事？”

“韩家的盐场……”任瑶亭小声提醒。

“哦，原来是这件事情啊。七妹妹，你还当真与长辈提了？”任瑶期睁大眼睛。

任瑶亭捂嘴一笑：“你还当我说了是好玩的不成？”

“那结果如何？”任瑶期笑问。

任瑶亭坐得离任瑶期近了些：“我原本是要与我母亲提的，不过我怕被我母亲瞧出来什么。正好因为我大表哥大婚，我母亲要带我去云阳城，我就想着干脆直接与外祖家的人说，这样更好。所以我找了个机会叫住我大表哥，让他去与舅舅说，不想正好被大舅母撞见。大舅母问了我许多话，还问我说的那些是从哪里听来的，我就说有些是自己想的，有些是去西府的时候无意间听几个管事闲聊听到的。不想我大舅母将这件事情直接告诉了我祖父和舅舅。”

说到这里，任瑶亭停住了，看向任瑶期笑道：“你猜猜结果如何？”

“你外祖父和舅舅认为这件事情可行？”任瑶期笑问。

任瑶亭摇了摇头，一副高深的样子：“这件事情哪里是那么简单的？不过我外祖父已经让我大舅舅派人去西宁，说要先探一探虚实再做打算。”

做生意的人自然不相信空穴来风，任家当初决定与韩家合作的时候也是派人去西宁实地查探过的，所以任瑶期并不意外。苏家既然肯派人去探消息，那就说明苏家对这件事情有兴趣。

任瑶期之前以为韩家口中的盐场只是用来引任家上钩的空架子，不然以韩家如今的实力能弄到上好的盐井是极难的。

不过后来她又想到，以任家的谨慎，若真的是空穴来风，任老太爷不会半点也查不出来。

现在她知道韩家与燕北王府有牵连，那这盐井之事应该是真的。只是不知道韩家手中的盐井与燕北王府用韩家的事情有什么联系。

若是能用苏家来试探，也未必不是一个好法子。

“你在想什么？到底有没有听我说话啊！”任瑶亭见任瑶期似乎在想事情，不由得嗔怒道。

任瑶期看向任瑶亭微微一笑：“嗯，我听着呢，只是在想从云阳城到西宁打探消息应该需要些时日。”

任瑶亭这才转怒为喜：“这是当然。不过我外祖家一直有人守在西宁，所以应该会便利不少。”

任瑶期点了点头：“那就方便多了。”

有人说着话，时间就过得比较快，任家的马车很快就进了白鹤镇。

东府的马车和西府的马车要进的门不同，所以马车在行到街口的时候停了下来。李氏那边派来的婆子隔着车帘子道：“五小姐，到府门口了，太太让您下来。”

任瑶期从任瑶亭这里得到了所有想要知道的，因此就爽快地告辞。

任瑶亭眨了眨眼道：“等那边有了消息，我就说给你听。”成功的喜悦自然要找人分享，任瑶亭觉得目前为止这件事情与任瑶期说最合适。

任瑶期点了点头：“好，那我就先祝七妹妹心想事成。”

任瑶亭脸上一红，想到任瑶期可能只是随便说说，这话的意思并不是她心中所想的那样，才平复心跳。这个时候任瑶期已经下了车。

那边，任瑶亭身边伺候的一个大丫鬟被苏氏身边的嬷嬷叫了过去。

在苏氏面前，嬷嬷问任瑶亭的丫鬟道：“小姐和西府的五小姐说了什么？”

丫鬟想了想，如实道：“开始说的是苏大少爷的婚事和苏家的大少奶奶。后来小姐将话音放低，奴婢就听不清楚了。”

嬷嬷又问了几句，才打发丫鬟下去。

“太太，您觉得小姐那日与舅老爷说的那些事情与西府的五小姐有关？”嬷嬷轻声问道。

闭着眼靠坐着的苏氏缓缓睁开眼睛：“我只是不相信亭儿能想到那些罢了，至于是谁跟她说的……我并不清楚。”

苏氏的眼神如古井般无波无澜：“三房的任瑶期……她若能有这般头脑，之前就不会被一个姨娘算计。说她知情倒是极有可能。”

“那您说会不会是那位手伸得太长的方姨娘？”嬷嬷见苏氏不信是任瑶期，

便又问道。

这回苏氏沉默的时间有些久，半晌才淡声道："并非没有可能。若真的是她借助任瑶期的口将这件事情告诉亭儿，那她的目的应该是阻挠任瑶华嫁进韩家。"

嬷嬷闻言有些不屑地撇嘴："不过是个姨娘，这么做对她又能有什么好处？"

苏氏微微一笑："她虽说是个姨娘，手段却了得，你没见连大嫂都从不招惹她吗？光脚的不怕穿鞋的。她敢的，别人未必敢。至于好处么……李氏的女儿若是有了得力的婆家，那她以后就更没有机会从李氏手中接过三房内宅的权力了，依着我那大伯父的性子，只要任家与韩家有婚约在，他就会给李氏留几分面子。"

"这次若真是方姨娘暗中撺掇我们小姐，那她未免也太不将我们西府和苏家放在眼里了。"嬷嬷皱眉道。

"或许她觉得自己是卖了苏家一个人情也说不定。"苏氏淡声道，"不过这个人情倒真的轮不到她来卖，方姨娘这次越界了。"

苏氏的声音平淡如水，听不出来什么不好的情绪，不过在她身边伺候多年的嬷嬷却感觉到自己主子心里有些不快。

无论方姨娘是出于什么目的这么做，也无论她这么做是不是给苏家带来了好处，她毕竟是利用了任瑶亭。

能利用一次，就能利用第二次。这次是美酒，下一次就有可能是毒药。

这个道理，嬷嬷知道，苏氏更知道。

任瑶期回到府里没几日就听说韩家那边又吵了一架，韩氏族人对韩东山迟迟不给他们一个交代很恼火，又有人煽风点火说韩东山是在故意拖延时间，好妥善处理那些宝物，并找机会开脱。

这一次，愤怒的韩氏族人差点冲进韩府后院。

原本身体就不好的韩太太被惊得引发哮症，若非韩云谦及时赶过去，韩太太怕已经救不回来了。

这一次韩家人也发了怒，将那些原本赖在韩家不走的人全都赶了出去。

开始那些人还硬赖着不肯走，最后韩老爷威胁说若是他们还要在韩家闹，就要将族里原本属于他们这一房的土地房产全要回来，每年也不再给族里钱。

韩东山私吞族产的事情他们并没有凭证，连原本唯一的人证也说消失就消失了，而韩家给族里的银子却是实实在在的。

这一次不少靠着族里救济，或者家中有孩子在韩家族学里读书的人都沉默了。

最后韩家族长赶来当了和事佬，并与韩东山约定，族里人都先跟他回蓟州，但是韩东山必须在三个月之内给族里一个交代。

任瑶期听了这件事情后，想起从前韩太太就去世得很早，好像就是在这一两年。只是具体什么时候，她就不知道了。

韩家的那些人、韩老太太和韩老爷她没有见过，韩东山和韩云谦都是不简单的。倒是韩太太和韩攸，在接触了几次之后，发现都是和缓的好性子，且知书达理。

又过了些日子，听说韩太太的病一直不见好，任瑶亭来西府找任瑶期几个姐妹一起去探望韩太太。

其实以任瑶亭的心思，她是想自己去的，可是如果只有她自己的话，又怕别人说闲话，所以就想找任瑶期一起去。既然叫了任瑶期，那任家别的人自然也都知道了。

任老太太想着“买卖不成仁义在”，便让几个孙女都过去探一探病。

原本是要大少奶奶带头一起去的，不过大少奶奶那边说身子不舒服，便由大太太带着几个晚辈过去。

临出门的时候，周嬷嬷追上来，暗自嘱咐任瑶期和任瑶华姐妹两人道：“你们虽说是过去探病的，但是远远看上一眼尽了意思就行，千万不要在韩太太的屋子里待久了。”

“这是为何？”任瑶华惊讶地问。

周嬷嬷小声道：“你们年纪小，不懂这些也是寻常的。听说韩太太这几日经常咯血，我怕是‘女儿咳’。若是沾染上这个病，一辈子也就完了。所以你们千万要仔细，不要碰韩太太那里的东西，也不要用她们府里的吃食。”

任瑶华闻言笑道：“嬷嬷您也太小心了些，不是说是哮症吗？”

周嬷嬷严肃道：“三小姐，您是不知道，因为有些人家为了避免出嫁的姑娘将来遭婆家嫌弃，所以有些病是不会对外头说实情的。您就听嬷嬷一句，千万小心，不要大意。”

任瑶华见周嬷嬷是真的担心，便点头应承道：“我知道了，我不靠近就是。”

周嬷嬷又看向任瑶期。

任瑶期也点头表示自己听明白了。

周嬷嬷这才放姐妹两人出门。

虽说韩家也在镇上，两家离着并不远，可是任家的女眷们出门仍要乘马车。

上车之后，任瑶华问任瑶期：“大嫂是不是也因为周嬷嬷说的这个才不去韩家的？”

任瑶期想了想，摇头道：“大嫂禀性忠厚，就算是知道，也不会因为这个不来。想必是大伯母心疼大嫂，所以替她去。”

大少奶奶赵氏确实是个忠厚老实的性子，没有什么花花肠子。她应该不会自己避了，让婆婆替她去。

只是最近赵氏每日都在吃药，听说是想要快些怀上身子，大太太可能是因为这个才不让她去的。万一赵氏在这个时候有了身子，染上病就不好了。

任家来之前是递过帖子的，不然即便是好心去探病，也会被人说成不知礼仪，所以韩家一早就派人在韩府门前候着。

任家的马车被直接引到二门。

这还是任瑶期第一次来韩家。韩家的宅子虽然在布局上比不上任家的，府里的各类建筑也没有任家的富丽堂皇，不过明眼人从细节上却能看出些不同来。

比方说韩东山和韩老太太的院子进门处的那一座高大的影壁石，丝毫不比任家荣华院那座被称为“苍山雄踞”的灵璧石逊色。

路过的一个小花园里也有不少珍贵的花草。

不过韩家的家底展现得十分含蓄，若不是明眼人，只会觉得韩家的宅子粗犷宽阔。

任家的女眷先是被引着去见韩家的当家老太太韩氏。

只是众人在看到韩老太太的时候都吃了一惊。

倒并不是因为韩老太太长得不堪入目，恰恰相反，这位与韩老爷子差不多岁数的老太太眼神明亮，脸上皱纹极少，头发乌黑，看上去就像四十来岁的夫人，甚至比她儿媳妇韩太太还多了几分精神气。

任家人便都有些奇怪。

包括大太太在内，这是任家的女眷第一次见到韩老太太。因为韩老太太经常称病不出，出门应酬的都是身体也不怎么好的韩太太，所以大家理所当然地以为韩老太太是个老态龙钟，身体虚弱的。

不想却是这样一副面容。

看到众人眼中的惊讶，韩老太太笑着道："我的腿脚不好，所以不太爱出门，平日里都是我媳妇代我出门走动。"

众人这才发现，韩老太太的腿虽然明面上看不出什么问题，不过她走路速度不快，还时刻让自己的孙女韩攸在一旁扶着，众人这才信了几分。

任瑶期也在暗中打量韩老太太，她发现韩老太太脸上几乎没有什么皱纹，可是说话的时候嘴边却有些笑纹时隐时现，想必年轻的时候是个爱笑的性子。如今瞧着，虽然语气和善，却显得有些庄重。

任瑶期正默不作声地打量，突然一个眼神朝她射过来。这个眼神十分敏锐。

任瑶期不由得一愣，对上韩老太太的眼神。

任瑶期露出一个腼腆的微笑，有些不好意思地低下头，就像偷看别人被当场抓住的样子。

韩老太太收回视线，请大太太上座，并吩咐丫鬟奉茶。

任家来的几个晚辈们也按照排行坐在大太太下手。

寒暄几句之后，任瑶亭忍不住开口问道："老太太，韩家伯母的病好些了吗？我们今日是专程来探病的。"

她这话一出，任家大太太就忍不住皱眉。

任家来探病是一早就告知韩家的，先跟府里的长辈寒暄也是规矩。任瑶亭这一番话就好像是说她这个长辈不知道轻重一样。

在外人面前，大太太尽管不悦，也不会表现出来，更不会当众训斥任瑶亭这个侄女。她对韩老太太点了点头，笑着接口："若是方便的话，我们想探望一下韩太太。我们家老太太听闻韩太太病了，也十分挂心呢。她老人家一直很喜欢知书达理的韩太太，常在我们几个媳妇面前提及。"

伺立在韩老太太身边的韩攸闻言眼眶一红："我娘她时好时坏……"

韩老太太轻轻拍了拍韩攸的手，语气柔和地打断道："好孩子，别急。今日大夫不是还说你母亲病情有所缓解吗？会慢慢好的。你去你母亲院子里看看，告诉她任家大太太带着任家几位小姐来探病了，问问她今日精神如何。"

韩攸低声应了一声"是"，告退出去。

不多会儿，韩攸那边就派人过来说韩太太今日好多了，可以见客。

韩家老太太便对任家大太太道："既然如此，我陪你们过去看一看她吧。这孩子与我一样不怎么爱出门，认识的人也少，你们能来看她，她是极高兴的。"

王氏笑着点头："那就有劳您了。"

按理说韩家老太太是长辈，不应该由她陪着客人去媳妇的院子。她主动提出，让王氏觉得韩家老太太是个好相处，没有架子的。

加上韩老太太十分健谈，言语之间十分有亲和力，让王氏对她印象很好。原本王氏还想着韩家对女眷的规矩极严，韩家的老太太只是出身乡绅家庭，肯定是个没什么见识的老妇人，不想真正的韩老太太让人见了不由得十分吃惊。

任瑶期想起来上一次打听到的，韩家老太太在她那一房是独女，又年幼丧母，所以年轻的时候也是个能干的姑娘，家中一应大小事务全是她一把抓。只是嫁给韩东山之后就专心待在内宅相夫教子，不肯轻易出门。

今日见了韩老太太的模样，任瑶期相信此言不虚。这位韩老太太的确是个厉害的。只是为何她嫁给韩东山以后就开始约束自己的言行，甚至对媳妇和孙女的管教也极为严厉？

这个韩家还真是迷雾重重。

任瑶期与任家的几个姐妹跟在任大太太和韩老太太身后，去韩太太的院子。

韩家的内院与外院一样，也都是方方正正的，除了有些树木花草点缀其间，表面上看不出任何的富丽堂皇。

只是走到韩太太院落前的时候，周围连花草树木也都不见了。甚至在院门前靠墙边还看见好几个被砍掉的小树桩子，已经分不出来原本是什么树木。

看见众人的视线都停在那几个小树桩子上，韩老太太道："那里原本种着几棵构桃树，大夫说那种树可能会引发哮症，所以谦儿就让人将树都砍下来。不仅仅是这几棵树，院子里原本种的花草也让这孩子带人给拔了个干净。"

果然，一走进韩太太的院子，只看见四四方方的光秃院墙，其余什么也没有。这倒是与任老太太的院子有些像。任老太太也不喜欢花花草草，说是讨厌那些花草夏日里招虫蚁。

众人跟着韩老太太进屋的时候，韩太太已经起身。不过她终究还是顾忌着自己是一副病体，不好见人，便将拔步床前面的纱帘放下来，韩攸在她床前伺候。

任家的晚辈们上前见礼，韩太太带着歉意道："是我失礼了，还望诸位莫怪。"

任大太太笑道："你这话就见外了，你是病人，还顾忌什么失礼不失礼？养好病才是正经。"

韩太太隔着帘子轻叹一声，转头看到女儿担忧的眼神，却笑着顺着任大太太的话讲："承你吉言。"

韩太太屋子里的家具是一水儿的红木，式样十分简单，瞧着也有些年头了，却油光黑亮。屋里摆设并不算多，只是明眼人一看博古架上那座一尺多高的珊瑚树，就知道不是凡品。

任家的姑娘们在家的时候都是受过长辈们的教导的，所以一个个都规规矩矩地坐在外间，十分乖顺。

大太太与韩太太说了几句话，见意思到了，便道："瞧着你也累了，还是先休息休息吧，我们便不打扰了。"

韩太太也知道自己的病体不好怠慢客人，连忙道罪，也没有留客，只对自己的女儿交代让她好好待客。

韩老太太也起身笑道："我们还是去花厅喝茶吧，难得来我们府里一趟，今日一定要用了饭再走。"

任家晚辈们行礼，跟着任家大太太告退。

任大太太笑道："用饭就不必了，我们也不是大老远来的，任家离着韩府就几步路远，想什么时候来不成？您还真别与我们客气。何况我还要回去将韩太太的病情报与我们老太太知晓，她老人家总是惦记着呢。不过府上的茶水我们还是想要再叨扰一碗。"

韩老太太哈哈一笑，也不强留，只道："瞧大太太这一张巧嘴。我若是硬要留客，倒显得我见外了。那就去花厅用些茶点吧。"

任瑶亭这次总算是逮着机会，拉着韩攸去一边说了几句悄悄话。两人形容亲密，落在稍微后面一些交头接耳。

很快韩老太太便注意到了，转头笑道："攸儿，说什么呢？怎么落到客人后面了？"

韩攸对自己的祖母并不惧怕，倒很亲密的样子："亭姐姐很关心娘的病情，所以问了些话。"

韩老太太看了任瑶亭一眼，任瑶亭有些羞涩地低下头，小声道："伯母人很好，我希望她能早日康复。"

韩老太太那双经历过风霜的眼睛却带着些了然，笑容温和道："你是任家七小姐吧？难怪攸儿总是与我们提及你，果然是个好孩子。"

任瑶亭眼中一喜，面上更加羞怯。

韩攸趁机道："祖母，我去任家的时候，任家的姐姐们都带着我逛了任家的花园子。现在她们来我们家做客，孙女也带她们看看我们的园子吧。"

韩老太太摇头失笑："任家的宅子在整个燕北都是有名的，我们的园子有什么好看的？"

她说任家的宅子在整个燕北都闻名是有些夸张，不过在白鹤镇上倒是数得上号。

任家的人听了，都感觉脸上有光。

任瑶亭笑着道："任家的宅子是精致，不过韩家的宅子却是大气。我们确实想要看一看呢。"

任瑶期注意到韩老太太眼中闪过一丝犹豫，不过她很快就宽和地一笑，说道：“既然你们想看，那就去看看吧。只是我们家的园子确实枯燥得很。”

韩攸闻言很高兴，拉着任瑶亭的手冲她一笑。

任家的几个小姑娘对韩家确实有几分好奇，因此也都欣然同意。

任大太太叮嘱女儿侄女们几句，便跟着韩老太太去花厅喝茶。

韩老太太在临走之前，却刻意转头对自己的孙女说了一句：“攸儿，好好招呼客人，园子大，可别让人迷路了。逛累了就来花厅喝茶。”

任瑶期不知道是不是因为自己对韩家始终含着几分戒心的缘故，听着总觉得韩老太太的话里含着几分警告。

难道韩家还有什么见不得人的秘密，不想让人撞见？任瑶期暗自琢磨。

韩攸难得当一次主人，十分高兴，听了韩老太太的话也并不怎么在意，只点头应了一声“是”。

韩老太太转头吩咐自己的两个丫鬟留下来照应几位小姐，这才领着任家大太太去花厅。

韩攸边带着人往内院的小花园走，一边像上一次她到任家的时候任家姐妹对她介绍任宅一样，说着一些院子里的典故。

不过韩家毕竟是新搬到白鹤镇的，韩攸绞尽脑汁也只有干巴巴的几句，她自己先不好意思起来。

韩家的园子确实没有任家的园子精巧，不过地方却是极大的，当中的奇花异草也确实不少。

只是任家姐妹见惯了任家的花园，对韩家的花园除了一开始进来的时候还有几分新鲜好奇，之后见除了花木就是山石，还远远没有任家的精致，便也失了兴致。

因为韩攸兴致勃勃地与她们介绍园子里的花草，如数家珍，她们便只能强打起精神来。

倒是任瑶亭还真的是一副很有兴致的样子。

“咦，你们府里竟然种了‘小五保’？”任瑶音指着不远处一株茶花惊讶地问道。

小五保是一种珍贵的茶花品种，又名“十八学士”。

韩攸抬眼看去，抿嘴一笑："是啊，不过还没有开花。"

任瑶音走过去仔细打量几眼，摇头惋惜道："能养活就不错了，应当是开不了花的。我们这里极冷，并不适宜这种花生长。原本我也养过一次，还让母亲给我请了个极有经验的花农照看，不想还是没有成活。"

韩攸笑道："我也说养不活，可是哥哥偏说要养。我母亲极喜欢茶花，有一次做梦梦见一院子的'十八学士'，哥哥便让人找了几株来。最后只有这一株活了下来，只是没有开花。哥哥说明年一定要让它开花，也不知道可不可以。"

"自然是可以的。"韩攸话音才落，任瑶亭就接口道，一副深信不疑的模样。

众人有些古怪地看她一眼，任瑶亭已经弯下腰去仔细打量那株茶花。

任瑶音轻咳一声，转开话题："由此可见，韩公子果然是一位难得的孝子。"

在园子里转了一圈，快走到西北角的时候，之前韩老太太派过来的两个丫鬟中的一个忙上前对韩攸道："小姐，任家几位小姐逛这么久也累了，不如去里面的凉亭里坐坐？奴婢让人准备些茶点来，主子们坐在亭子里赏花岂不是更舒坦？"

丫鬟手指着的方向是她们来的方向，刚刚她们确实在一条花径中隐隐约约看到过一个小小的凉亭突出来的檐角。

韩攸闻言看了看前路，有些犹豫地看向任瑶亭几人。

任家姐妹走得也有些累了，不过任瑶亭其实还想要再逛一逛韩家。

任瑶玉随口问道："前面是什么地方？"

大家似乎在拐角处看到了红色木门的一角，像是通往某个小院子或者屋子的。

之前说话的那个丫鬟抢先道："那里是我们府里的一座废院，听说以前是藏书阁。后来老太爷在内院又新建一座书房，那里便废弃不用了。那里许久没有打扫，前些日子有园子里照看花木的婆子说看到了这么大的老鼠呢。"

丫鬟伸手比画一下，竟然有家猫那么大。

几位小姐闻言吓了一跳，赶紧后退几步。

任瑶音狐疑地问道："我记得韩家是去年才搬过来的吧？怎么这么快就新建书房？"

韩攸似是有些不悦，不着痕迹地瞪了丫鬟一眼，抢在她之前说："虽然我们家才搬来不久，不过这座宅子却是我祖父早就买下的，还专门派人来照看打理。所以在我们搬进来之前，已经将宅子整修过一遍。"

"难怪我瞧着之前那座游廊上的漆还是很新的。"任瑶音了然地点点头，笑道。

两个丫鬟见几位小姐没说要继续往前走，也没说要去亭子里，不由得交换一下眼神，之前说话的丫鬟正要再说些什么，任瑶玉却表态道："还是去亭子里休息吧，万一真的撞见什么大老鼠就不好了。"

任瑶音没有意见，点了点头："休息休息也好。我母亲说不定一会儿就派人过来叫咱们回去了。"

任瑶期往前面的转角处看了一眼，虽然心里隐隐觉得有些不对，也并没有反对。

任瑶亭见众人的意思都是要去亭子里休息，便也不好再说什么。

两个丫鬟暗自松了一口气，热情地引着几人往亭子里去。

不想还未走到亭子，任瑶亭就突然指着远处一株开着硕大白花的树惊呼道："那是什么树啊？我从未见过呢。"

韩攸顺着任瑶亭手指之处看了一眼，笑道："那是鸽子花，虽然花很大又好看，不过却是没有香气的。"

见任瑶亭不住地往那边看，韩攸想了想，道："要不我陪你去那边瞧瞧？"说完不等丫鬟开口，就对任瑶期几人道："我带亭姐姐去看看鸽子花，几位姐姐若是累了，就先去歇着吧，我们一会儿就过来。"

任瑶亭看到的鸽子花在偏东北的方向，与之前看到的那个废弃书阁还有些距离，两个丫鬟便没有阻止。

任家姐妹对看花的兴趣不大，并不跟去。韩攸便只拉着任瑶亭走了。

韩老太太派来的两个丫鬟，其中一个笑着道："奴婢想起来那边还种着几棵刺槐，奴婢得过去提醒我家小姐一声，可别刮到手了。琴儿，你陪着任家小姐去亭子里休息，我去去就回。"

那个叫琴儿的丫鬟点了点头：“扇儿姐姐，你去吧，我会招呼好几位小姐的。”

扇儿追着韩攸和任瑶亭去了。

琴儿带着任家姐妹去了凉亭，又交代小丫鬟去准备茶水糕点。不多会儿，小丫鬟们便捧着茶水点心过来了。

突然园子东北方向似是传出来一声惊呼，好像是扇儿发出来的。

正带着小丫鬟给任家小姐们布筷的琴儿手下一顿，任家姐妹也都有些惊讶地转头回看。

琴儿赶紧笑道：“定是扇儿姐姐又被那株刺槐勾住了头发，她每次打那儿过都很不小心，所以才这么急着想去提醒小姐。”

那边再没有什么奇怪声音传来，众人便也信了琴儿的说辞，笑着打趣几句。

倒是琴儿将手里的筷子交给韩家的一个小丫鬟：“我去看看扇儿姐姐，不然她头发若是乱了，一时也找不到地儿打理，若是被府里的婆子瞧见，就会多几桩事由。”

说着她行了一礼，也离开了。

亭子里只剩下任家姐妹和韩家的几个小丫鬟。

任瑶期笑着小声问自己身后伺候的韩家小丫鬟道：“这附近有没有净房？我想更衣。”

韩家小丫鬟忙点头：“园子东边儿有个净房，奴婢陪小姐去吧。”

任瑶期与任瑶华几人打了招呼，带着自己的丫鬟苹果和韩家的小丫鬟出了亭子。

“你叫什么名儿？”路上，任瑶期问那丫鬟道。

小丫鬟见任瑶期态度温和，受宠若惊：“奴婢画儿。”

“画儿？瞧你年纪还小，进府多久了？”任瑶期继续与丫鬟闲聊。

小丫鬟伸出手指认真数了数，然后才道：“奴婢来韩家已经八个月了。”

“这么说你不是从蓟州跟过来的？”

“不是，奴婢是几个月前由牙婆卖进来的。”

任瑶期点了点头，有些犹豫地道：“西北方那个小院子里真的有老鼠吗？”

不想小丫鬟闻言却是一呆，不解道："老鼠？怎么会有老鼠？那里不是每日都有哑婆洒扫？"

原来这个小丫鬟之前并没有听到扇儿的话，她是送茶水的时候才被管事派来的。

任瑶期不动声色："哦，可能是我听错了。哑婆是谁？我进园里来没有见过。"

小丫鬟道："哑婆是个哑巴，专门看管那个小院子的。"说着她又有些不确定道，"不过您说有老鼠也不是不可能，毕竟那里只有哑婆一人照看，别的丫鬟婆子都是不能入内的。"

任瑶期闻言心中一动："不让入内？你没有进去过？"

丫鬟忙摇头："奴婢只是个小丫鬟，哪里敢进去？就是老太太身边的琴儿姐姐和扇儿姐姐都不敢进去的。"

原来这座隐藏在花园深处的小院子竟是韩家的禁地？

琴儿和扇儿应该是韩老太太的心腹大丫鬟。连韩老太太的心腹都不允许到那个院子去……任瑶期真的很好奇院子里隐藏着什么样的秘密。

等任瑶期更衣出来，画儿正要带着任瑶期原路回去，任瑶期却道："刚刚我们就是从这条路来的，这园子我还只逛了半个呢，不如我们从北面绕过去吧。正好也看看园子里的景色。"

净房在东面，那个神秘的院子在背面偏西方向。若是贴着院墙从北面绕过去，就能经过那座院子。

原本任瑶期以为自己还需要多费一些口舌才能说服画儿，不想画儿很爽快地应了，当即转方向领着任瑶期往园子北面走。

画儿虽然从进韩府开始就被教导不得闯入韩家的一些禁地，不过她不觉得连禁地前面的路也是不让人走的。因为平日里那里也有一些丫鬟婆子们路过，还有厨房的人每日都会去那边给看院子的哑婆送饭。

等快走到那座院子的门口时，任瑶期眼尖地看到前面有人影一闪而过。

任瑶期一愣，看了画儿一眼，画儿却毫无所觉，一副并没有发现刚刚的人影的样子。

刚刚那人虽然动作极快，任瑶期还是认出来是个女子，且那一身衣服与自己的七妹妹任瑶亭今日所穿极为相似。

那人是任瑶亭？

任瑶亭不是随韩攸去看花了吗？怎么会独自出现在这里？那人消失的地方正好是神秘院墙的门口。那院子不是说有人看守吗？任瑶亭是怎么进去的？她进去是为了什么事？

神秘院落的大门终于完全呈现在任瑶期面前。说实话，只是极为普通的两扇红色木门，真的没有什么特别之处。

门是虚掩着的，任瑶期可以看到没有关严的门缝。不过大门里的事物都被厚重的红木门挡在里面，从外头无法窥视。

任瑶期的步子在院门前停住。

正在这时候，从西北角那边有脚步声往这边来了。任瑶期听到有人在说："……任七小姐与我们小姐闹着玩，让小姐去寻她。可是奴婢两个一直没有瞧见七小姐的人影。"

另一人急急道："少爷，老太太那边吩咐奴婢好好照看几位小姐，不要让她们乱跑。可是现在任七小姐她……"

说话之人正好从转角处转出来，与任瑶期对上脸。

正在说话的扇儿看到她们，立即停住话头。与两个丫鬟一起来的竟是一直没有出现的韩云谦。

韩云谦突然撞见任瑶期，也是一愣。扇儿首先反应过来，狐疑地打量着任瑶期问道："任五小姐？您怎么会在这里？"

任瑶期上前与韩云谦见礼，微笑着喊了一声"韩公子"。

画儿行礼之后忙上前与扇儿小声说了几句，似是在解释任瑶期出现在这里的原因。

韩老太太身边的大丫鬟果然是个厉害的，闻言视线还在任瑶期身上不着痕迹地转了几圈，才笑着屈膝行礼，赔罪道："是奴婢怠慢了客人，还请五小姐见谅。"

韩云谦冲着任瑶期点了点头，深邃的目光让人看不出端倪。

这时候又有人往这边来了，不多会儿就出现在众人视线中，原来是韩攸。

"哥哥，你们找到亭姐姐没有？祖父回来了，若是……"韩攸一看到韩云谦就急急道，甚至没有看到任瑶期也在场，等突然意识到的时候忙住了口，有些不好意思地朝着任瑶期点头笑了笑，眼中的焦急却让人能感觉到。她不是一个擅长掩饰情绪的人。

“我七妹妹不见了？”任瑶期似是现在才反应过来，惊愕地问道。

韩攸忙道：“之前亭姐姐与我玩闹，跑到假山后躲着让我寻，可是我将假山那里找遍了都没有找到她，喊她也不应声，我便让扇儿她们帮忙找找，正好哥哥也回来了，就一起来寻。”韩攸说到这里，还好心地安慰任瑶期道，“亭姐姐只是与我闹着玩，躲起来了，你别担心。”

任瑶期摇了摇头，有些歉意地道：“是我七妹妹顽皮，给你们添麻烦了。”

“任五小姐刚刚一路过来有没有碰到七小姐？”扇儿问任瑶期道，视线却停在任瑶期身边的画儿身上。

任瑶期想了想，摇头道：“我们并没有遇见其他人。”

画儿感觉到扇儿的视线，忙点了点头。

韩云谦若有所思，转头将视线停留在几步开外的那扇红色木门前，眼神一凝。

琴儿和扇儿虽然强装镇静，可是有些苍白的脸色却出卖了她们的真实情绪。她们在害怕？

“去把哑婆叫出来，问问她见过七小姐没有。”韩云谦说这一句话的时候，脸上已经恢复正常的从容神色。

扇儿低头应了一声“是”，匆匆走到红色木门前，将虚掩着的门推开一些，闪身进去，进去之后又回身将院门关上。

任瑶期瞧着在场众人各异的神色，站在原地没有动。

“五小姐要不要先去亭子里歇息？”韩云谦对任瑶期温和地道，语气只有关心，并无强迫。

任瑶期摇头：“我想先找到我七妹妹。”

韩云谦顿了一瞬，然后点了点头，并没有再说什么。

“哥哥……”韩攸小声唤了韩云谦一句，一副想说什么又说不出口的样子。

韩云谦看了韩攸一眼，虽然没有说话，可是他沉静温和的眼神却让韩攸渐渐镇定下来。

任瑶期装作没有注意到韩攸的异样，只看着那扇没有任何雕饰的红漆木门。

“听说这里以前是书房？”任瑶期随意问道。

“宅子原先的主人在这里建了这座小书房，我们搬进来的时候发现里面的书架受潮，长了虫蚁。因担心将书放到这里会霉坏，便弃了这里不用。”韩云谦点了点头，平和地道。

这时候红漆木门吱呀一响，扇儿从里面闪身出来，跟在她身后出来的还有一个佝偻矮小的身影。

任瑶期定睛一看，发现是个年纪有些大的婆子。那婆子老态龙钟，瞧着至少有六十来岁。看见主子站在外头，便走过来行礼，行动之间有些迟缓。

“少爷，哑婆说她之前正在……正在打扫堂屋，所以没有看见什么人。奴婢也四处看了看，没有发现任家七小姐。”扇儿上前对韩云谦回道。

哑婆应该并不聋，听了扇儿的话，她赶紧用手比画了几句。

虽然哑婆是背着任瑶期站的，不过任瑶期还是注意到她的几个动作。从前住在京城的时候，裴家有个厨子虽然厨艺很好，却是既聋且哑。任瑶期曾与她接触过，所以也能猜出来一些手势。

哑婆似是提到她之前在烧香？

任瑶期不由得心中一动。

她原本以为这个院子是不是藏了个与韩家秘密有关系的人，因为害怕秘密泄露出去，所以只找了个不会说话的哑婆服侍，且要每日给里面送饭。

可是哑婆似乎并没有提及什么人，而是提到烧香。

什么地方需要烧香？佛堂？祠堂？

任瑶期感觉真相似乎越来越近了，可是她却一时抓不住头绪。

刚刚她看到的那个人如果是任瑶亭的话，那任瑶亭现在还在这个院子里，并躲开了扇儿和哑婆。

韩云谦对哑婆的态度很温和，还用手势与她比画了几句，好像是安慰她的话。

正在这时，一个陌生婆子匆匆跑出来：“少爷、小姐，老太爷往这边来了。”

韩攸闻言下意识地看了那院子一眼，脸色又紧张起来。

韩云谦低头对她道：“我们去迎一迎祖父。”然后又对哑婆道，“这里没什么事了，你先进去吧。”

扇儿道：“少爷，奴婢还是继续去找任七小姐吧。这园子说大不大，说小不小的，万一七小姐迷了路就不好了。”

韩云谦淡淡颔首，没有说什么。

哑婆躬身退下，扇儿忙追上去，低声在她耳边说了几句。哑婆点点头，进了院子，扇儿没有跟着进去。

那扇红漆木门又一次关上，任瑶期还听到门匙落下的声音。

“瑶期姐姐，你与我们一起走吧。”韩攸忙对任瑶期道，她似是在忌惮什么，不想让任瑶期留在这里。

任瑶期点了点头，与韩攸一起跟在韩云谦身后。

韩攸还在小声喃喃道：“亭姐姐究竟去了哪里？怎么会找不到？”

任瑶期回头看了一眼，发现扇儿说是要去找任瑶亭，却没有走远，只在那扇门周围徘徊。

任瑶期不由得有些担心任瑶亭要怎么出来。若是从正门出来，拉动门闸的声音就算不会惊动那个年老的哑婆，怕也会被堵在门口的扇儿抓个正着。何况哑婆进院子之后怕是会将院子四处都查找一遍。

几人并未走多远，就听到有脚步匆匆往这边来。

不一会儿，韩东山就出现在转角处。

任瑶期抬头一看，不由得微惊。

此时的韩东山脚步匆匆，眉目之间满是阴冷之色，与上一次任瑶期在任家花园里看到的那个爽朗慈祥的长者大相径庭。让人不敢置信同一个人竟然会有这样两张面孔。

难道这个样子的韩东山才是他的本性？也因此作为孙儿孙女的韩云谦和韩攸才会对他如此忌惮？

任瑶期下意识地撇开头，装作四下打量周围景致的模样。

直到韩云谦和韩东山喊了一句“祖父”，任瑶期才“后知后觉”地转过头来。

再一次看向韩东山的时候，他的脸上虽然还有些僵硬，不过之前那突兀的阴冷神色已经收敛下来。

“韩老太爷。”任瑶期低头屈膝行礼。

韩东山换脸换得飞快，说话的时候已经是一片和煦慈爱：“哦，你是任家的闺女？”

任瑶期低声应了一声“是”。

韩东山的目光在任瑶期身上停留一瞬，又看向韩云谦和韩攸，眼中有一丝利芒闪过。

韩云谦低头恭顺地站着，韩攸却忍不住打了个寒噤。

“你先陪着任五小姐去亭子里坐。”韩云谦虽然没有看韩攸，却像知道她对祖父的害怕，轻声为她解围。

韩攸看了韩东山一眼。可能因为顾忌着任瑶期在场，韩东山点头让韩攸退下。

韩攸松了一口气的同时，又有些担心地看了自己的哥哥一眼，有些犹豫不决。

韩云谦对她温和地一笑：“去吧，好好招待客人。”

韩攸这才低头拉着任瑶期离开。

等任瑶期和韩攸一走，韩东山的脸就立即冷下来，且二话不说撇下韩云谦继续向前疾行。

韩云谦低头跟上去。

韩东山径直来到那间院子门口，守在一旁的扇儿见是韩东山来了，忙跑过来行礼。

“有没有找到人？”韩东山淡声问道。

扇儿摇了摇头，有些紧张道：“可能并没有进去，而是去了别处。哑婆已经将门锁上。”

韩东山抬手敲了敲那扇红漆木门，不多会儿门又被打开，哑婆伸头出来，一看见是韩东山和去而复返的韩云谦，忙将门拉开些，退到一旁。

韩东山迈步走进去。韩云谦也跟上去。

等院门再关上，韩东山就冷冷地瞥向韩云谦发难道：“谁允许你们将人带进来的！”

韩云谦低头道：“进门是客，总不能连园子也不让客人进。”

韩云谦又看了哑婆一眼：“哑婆一直守在这里，并未见人进来。那间屋子又是从外头落了锁，就算有人误闯，也进不去。”

哑婆闻言抬头似是想要比画什么，可是一对上韩云谦那平和温润的目光，便又将稍稍抬起来的手放下。

韩东山的脸色总算好看一些，冷冷道：“如此，她也算是捡了一条命！”

他的声音寒冷阴狠，让人听了忍不住心里发怵。

“去开门。谦儿跟我进来！”韩东山对哑婆示意。

他说的开门并不是开院门，而是这座院子后一进的堂屋。

哑婆从自己的腰间掏出一把铜钥匙，走在韩家祖孙两人前头，往后院去了。

等三人的身影消失在前院，从前庭北房房檐下的一个柱础后面突然小心翼翼地探出一颗头。

因为这个柱础一进门就能看到，算是在人的眼皮子底下，且并不算大，所以之前哑婆满院子找人的时候不由得忽略了这个地方。

而这个探出头来的人不是任瑶亭，还能有谁？好在她身子纤细，能藏得住，不然就被人抓住了。

任瑶亭似是也知道自己闯了祸，脸色苍白，面色焦急。她往院门的方向看了看，之前她听到门闸落下的声音，知道自己就算现在趁着人去了后院跑过去，说不定会惊动里面的人。而且她也不知道门口还有没有人守着，刚刚还听到有女子说话的声音。

现在她无比后悔自己因为好奇，用计骗了韩攸，偷偷闯进来。刚才韩老爷子的话让她忍不住发抖，虽然她不明白为何韩云谦那么温文儒雅的翩翩君子会有这样一个脾气暴躁的爷爷。

此时的任瑶亭虽然意识到自己闯了祸，却没有想到自己闯的祸是致命的。所以她只认为韩东山是个脾气暴躁的人，对于他之前说的那句“如此，她也算是捡了一条命”的话也不过认为是韩老爷子发泄脾气的话，并未当真。

她此时担心自己会给韩家长辈留下一个不好的印象，甚至多于担心自己的生命。

那边，韩攸跟着任瑶期走了一会儿，突然停下来摸着自己的手腕惊呼一声道：“咦？我的手镯不见了？”

她提了提袖子，果然右手手腕上是空的。

“这可怎么办？这镯子是祖母送给我辟邪的。”韩攸满脸焦急。

她身边的丫鬟也吓了一跳：“小姐，您的手镯怎么会不见？若是掉到地上的话，应该也有声响啊。”

韩攸皱眉想了想：“那只镯子原本就大了些，容易脱落。应该是之前我与亭姐姐在鸽子花树那里的时候不小心被什么枝叶挂下来了。那里的草丛比较厚，镯子就算是掉到地上，也听不见声音。”

说着，韩攸对自己身后的丫鬟吩咐道：“你们快去那里给我找找，肖大姑说我今年运道不佳，祖母才给我这只她以前戴过的让高僧开过光的玉镯。若是丢了，就辜负了祖母一番心意。”

韩攸身后的几个丫鬟忙应声去了。见琴儿还在原地站着，韩攸焦急道：“琴儿姐姐，你也去帮我找啊。她们几个都笨手笨脚的！”

琴儿闻言有些犹豫道：“小姐您身边不用人伺候吗？”说着还看了任瑶期一眼。

“前面就是亭子，婆子丫鬟都在那里，我还短了人伺候不成？你快去帮我找找看。对了，看看在假山那里有没有，我之前寻亭姐姐的时候在那里逗留过。”

琴儿看了看不远处的亭子，想着韩老太爷定是往那院子去了，小姐不会故意犯老太爷的忌讳再往那里去，便点头应下来：“奴婢这就去找，小姐别担心，总在哪里不会跑的。”

韩攸点了点头：“快去快去。”

琴儿忙往东边的岔道去了。

等人一走，韩攸一把拉住任瑶期的手，一脸的凝重：“瑶期姐姐，你跟我来。”

“攸姐儿？”任瑶期惊讶地看向韩攸。

韩攸也不管任瑶期同不同意，拉着她转身就往回走，一面小声解释道：“我是故意支开她们的，亭姐姐……”她话语一顿，转头看了任瑶期身后的苹果一眼，又询问般地看向任瑶期。

任瑶期笑道：“无妨，她不会说出去的。”

韩攸这才叹道：“你们身边都有能信任的人，我若是做了什么，身边的人定会告诉祖父祖母。就连哥哥……”说到这里，她惊觉自己又失言了，忙将话头打住。

任瑶期将她的话在心里一琢磨。韩攸的意思是她和韩云谦身边并没有心腹？伺候他们的人都是忠于韩老爷子和韩老太太的？

只听韩攸的声音越发压低了些：“瑶期姐姐，你听我说，亭姐姐刚刚一定是悄悄跑到那个院子里去了。不过我祖父也去了，她这会儿想要出来肯定是出不来的。若是被我祖父知道了，后果不堪设想。我们一定要在她被发现之前将她带出来。”

韩攸的小脸上一片严峻之色。

任瑶期也与她小声道：“为何被发现了后果会不堪设想？不就是一个废弃的书房吗？”

韩攸摇了摇头：“你不明白，我祖父他……他不允许人进那个院子的。只有我祖父、祖母、父亲和哥哥可以进去，我母亲和我也不被允许。信得过的丫鬟们若是进去，也只能在第一进的庭院里候着，只有守院子的哑婆能在里面四处走动。刚搬来的时候，我曾经因为好奇进去过一次，正好祖父进来，我就躲在一个柱础后面。不过我从蓟州带来的贴身丫鬟铃儿却被祖父发现了。后来……后来哥哥进来悄悄带我出去，不过铃儿却因为犯了祖父的忌讳，被打了板子卖掉。”

韩攸眼神有些黯淡：“铃儿自小就服侍我，也只有她是只向着我一个人的。”

那个院子的事情连韩攸这个韩家人也不知道？任瑶期不由得讶异。

“刚才亭姐姐与我打听过那个院子的事情，我也与她说了这些。她还说要我带她进去看看，我说我不敢，她也就没有说什么。不过现在满园子找不到她，我觉得她肯定是自己偷偷进那院子里去了。”

任瑶期疑惑道："既然她出不来，我们又怎么进去找她？扇儿好像一直在门口守着，且门也可能是关着的。"

韩攸闻言却眨了眨眼："你跟我来就是了，我有办法偷偷将人带出来。"

任瑶期虽然有些将信将疑，不过对韩家秘密的好奇让她继续跟着韩攸走。

扇儿果然还在院子门口守着。韩攸对任瑶期道："能让你的丫鬟等在这里吗？"

任瑶期想了想，点头吩咐苹果："你在这里等着，若是有人问起来，你就说是来帮韩小姐找镯子的。"

苹果小声应了。

韩攸拉着任瑶期穿进园子里的一条岔路。

等再钻出来的时候，任瑶期才发现韩攸带着她从扇儿面前绕了过去，最后停在一个院墙前。

任瑶期仔细打量一下周围，发现这里应该是那座神秘院子的侧墙。

韩攸又拉着任瑶期从狭窄的甬道里穿过，一边走，一边低头看墙砖。不久之后停下脚步："是这里。"

她放下牵着任瑶期的手，自顾自地蹲下身去敲墙砖。

任瑶期站在一边好奇地看着，只见韩攸找准一块大青砖，也不知道她是怎么动作的，那块大青砖竟被她推着往里面移动半寸，露出一根铁丝。韩攸拉住铁丝往外使劲，砖头又被拉了出来。任瑶期知道这块砖是可以移动的，便也蹲下身帮韩攸用力。

两人一起将砖头拉出来，韩攸又去移挨着的另外一块。第一块砖出来之后，接下来的就轻松多了。一连移走四块砖头，韩攸指着下面让任瑶期看。

原来有一个洞，下面的土也被人挖空一块，竟能容得下一个人，就像一个狗洞一般。

任瑶期不由得惊讶。

韩攸小声解释道："这个宅子原本的主人有个小儿子十分顽劣，那主人就在园子里建了这个书房，将人拘在这里读书。不想那个小儿子也有几分聪明，就偷偷挖了这个洞，时不时偷溜出来。我是无意间发现那人留下来的一本手记才知道这个秘密的。那次我也是从这里进去的。瑶期姐姐，你在这里帮我望风，我自己进去找人，你还是不要与我一起进去了，人多了反而会不方便。”

任瑶期看了那个“狗洞”一眼，点了点头：“你进去的时候小心些，别让人看见了。”

韩攸将自己外头的罩衫脱下来，交给任瑶期拿着，这样等她出来的时候将外衫穿上，别人就不会发现她里面的衣服是脏的。

“从这里进去有个鱼缸挡着，我小心一些应该不会被发现。我祖父他们现在应该不在前院。”

韩攸怎么知道韩老爷子不在前院？任瑶期不由得想。

想必韩攸其实还是知道一些什么，只是没有说出来吧。

不过从韩攸肯冒着被自己祖父责备的危险来找任瑶亭，又肯对她这个不熟悉的人解释这么多，可见为人还是很善良的。

韩攸很快就从底下那个小墙洞爬进去，平日里极为淑女的一个人竟然爬得还不慢，任瑶期不由得有些想笑。

这个洞并不算大，想必之前那位贪玩的少爷也是个身材瘦小的孩子，因为一个成年男子要爬出来的话，定会被卡在墙洞里。

任瑶期突然意识到她对韩攸是不是太信任了些？若是换成任家的哪位姐妹邀她只身前来，她也不会就这么应约。为何她会相信韩攸对她没有恶意？

她抬眼看了看四周，这里极为偏僻，还是别人家的地盘，若是别人有什么不轨之心，她连求救都无门。

第十二章

暗　潮

韩攸并没有离开太久，任瑶期只等了片刻就听到墙洞里传来窸窸窣窣的声响。她没有出声发问，而是站得远了些。

不一会儿，韩攸的头就又露了出来。

韩攸很快爬出来，又转身将另外一人也拉出来。

跟在韩攸身后出来的真的是任瑶亭。

两人现下都有些狼狈，衣袖、膝下，还有头发都脏了，任瑶亭脖子上还被什么挂出一道红色痕迹。

“五姐姐，你……”任瑶亭一爬起身就看到了任瑶期，不由得惊讶。

“嘘——”韩攸忙拉了拉她的衣袖，小声告诫道，“亭姐姐，你小声些，别让人听到了，有什么事情等下再说。”

韩攸接过任瑶期手中那件自己之前脱下来的衣服，麻利地穿上。果然，她身上脏乱的地方大部分被遮住了，只有头发还有些乱。

“我怎么办？”任瑶亭这才发现自己身上已经脏得不行，不由得有些焦急。若是要她这样去见人，她还不如刚刚主动站出来，到韩老太爷面前认错！

韩攸穿好衣服，又蹲下身子将砖头搬回去堵上洞，任瑶期上前帮忙。

等两人合力做好这些，韩攸示意任瑶期和任瑶亭跟她走。

“先出去再说，或者去我院子里换一身新的。我的衣裳亭姐姐你应该能穿得下。”韩攸还不忘小声安慰任瑶亭。

任瑶亭这才闭嘴，老实跟在韩攸身后。

等三人都跑出来，且离着那院子远了，韩攸终于松了一口气，腿一软，差点摔倒在地。任瑶期赶紧伸手扶住她，韩攸回了任瑶期一个腼腆的微笑，又恢复成往常淑女的模样。

“总算是出来了，好险！”

任瑶亭却有些不开心地抱怨：“可是衣裳都脏了。”

若是她这模样让他看到，她死的心都有了。

“快带我去你院子换衣裳吧。”

任瑶期看了她身上一眼，不由得皱眉道：“可是这个样子让人看见了怕是会有麻烦。”她想起来之前韩攸说她身边没有一个是自己的心腹，任瑶亭这模样，明眼人一看就知道是从什么地方爬出来的。

任瑶亭皱眉：“什么麻烦？我就说自己不小心弄脏了衣裳。”

任瑶期知道任瑶亭可能并没有意识到自己的行为会惹得韩家多大的反感，便正色道：“七妹妹，你当别人都是傻的吗？你失踪这么会儿，突然这样子出现在人前，别人肯定会猜测你做什么去了。刚才是攸姐儿冒着被人发现的危险去找你的，万一被人知道了，她会受到长辈责骂。而且……据说韩老爷子最讨厌别人无视他的命令，擅闯他下过禁令之处！你这样会让韩家长辈们心中不喜。”

“那要怎么办？”想起之前韩老太爷的模样，任瑶亭也担心起来。她不想因为这件事情被韩家长辈讨厌，不然刚刚就不会纡尊降贵跟着人爬狗洞。

韩攸道：“不然这样，你可以装作真的摔倒了并扭伤了脚。这样就能解释为何你这么久不见人影了。因为衣服脏了，行走又不便，你也不好意思大声喊叫，让韩家丫鬟看见你的狼狈，只好坐在原地等自己府里的人找过去。然后被我和瑶期姐姐找到了。”

任瑶亭不好反驳韩攸的意思，只能勉强点头：“这样也行。”

任瑶期也没有再说什么，先将这件事情遮掩过去离开韩家再说。

最后韩攸和任瑶期两人扶着“脚受了伤”的任瑶亭从园子里转出来。

苹果因为一直注意着园子里的动静，听见声响后立即跑过来，看到任瑶亭一副伤了右脚的样子，吓了一跳。

“小姐，七小姐她怎么了？”

“她扭伤了。你去与大伯母说一声，我要先陪七妹妹回去。她前不久因为伤风吃过几剂药，所以要用药的话，还是找之前用惯了的大夫好。另外，将我那件薄绸披风拿过来。”

她出门的时候，徐嬷嬷给她备了披风，正好可以借给任瑶亭遮挡身上的狼狈，也免得任瑶亭去韩攸院子里换衣服。

不想那边任大太太已经与韩老太太喝完茶，正要叫任瑶期她们回府。所以等苹果匆匆送披风过来的时候，任大太太也一起赶了过来，与任大太太一起的还有韩老太太。

两人看到任瑶亭被任瑶期和韩攸两人搀扶着走，都吓了一跳。

任大太太忙上前来打量任瑶亭：“怎么好端端的摔倒了？脚如何？严重不严重？”不管她喜欢不喜欢这个侄女，人是跟着她出来的，要是出什么事情，她没有办法跟东府那边交代。

韩老太太也在打量任瑶亭。好在之前任瑶期和韩攸为了让任瑶亭摔倒的谎言看起来真实一些，帮她整理了一下身上。

“刚刚五姐姐和攸姐儿给我看过了，只是有些红，并没有肿，应该只是扭到筋，并没有伤到骨头。我因为害怕，所以不敢自己走路，只等着攸姐儿过来找我。”任瑶亭按照之前想好的说法道。

不得不说，任瑶亭其实极有说谎的天赋，这几句话说得十分顺口，并没有紧张。

任大太太还是有些不放心，非要让自己身边的婆子去帮任瑶亭看一看：“若是伤了骨头，就不好移动，需要等大夫进府来瞧了再说。若是真的没有大碍，才能去坐车。”任大太太怕担责。

任瑶亭同意了，大太太叫自己一个心腹嬷嬷过来给任瑶亭看看。

因为顾忌到任瑶亭是个未出阁的女子，所以那个婆子很注意地寻了个别人看不见的地方帮任瑶亭查看。

不过任瑶亭并没有真的受伤，只在嬷嬷伸手去按压的时候装模作样地喊几声。

嬷嬷心里有些不以为然，觉得是七小姐太娇气，不过去回话的时候，她还是保守地道："太太，七小姐只是扭伤筋，并没有伤到骨头。"

大太太松了一口气，这才与韩老太太告辞。

韩老太太有些歉意地道："是我们招呼不周，还请见谅。"

一直守在那个院子门口的扇儿听到消息也跑过来，看到任瑶亭的时候终于真正松了一口气。

因为她一直守着门，期间除了韩氏祖孙，并没有看到其他人进出，所以她信了任瑶亭是摔了一跤。见韩老太太看向她，扇儿不着痕迹地点点头。

任瑶期扶着任瑶亭上了马车，任瑶期道："七妹妹，我与你坐一辆车吧，也好半途照料。"

任瑶亭最近对任瑶期好感大增，自然不会反对。任瑶期让丫鬟去与任瑶华说一声。任瑶华没有说什么。

于是回去的路上，任瑶期与任瑶亭同乘一车。

任瑶亭也有话想要与任瑶期说，因此还将自己身边的丫鬟打发去外面坐。

等马车里只剩下两人的时候，任瑶亭终于不用装伤患了，放松地靠倒在车上。

"七妹妹，你之前进去那个院子无人阻挠，是不是因为那个守院子的婆子正在后院烧香？"任瑶期给任瑶亭倒了一杯温茶水，小声问道。

任瑶亭端起杯子喝一大口，这才道："你怎么知道？"

任瑶期微笑着斟酌道："我是听说那个院子里好像供奉着一些……"

任瑶亭心有余悸地拍了拍自己的胸口："原来你知道啊，早知道那里是供奉牌位的祠堂，我就不进去了，阴森森的，怪吓人的！你是如何得知的？攸姐儿告诉你的？我问她，她怎么不告诉我……"

无视任瑶亭带着吃味的嘀咕，任瑶期心中急转。

真的是祠堂？

"韩家的祠堂不是在蓟州吗？这里怎么会有祠堂？"

时人对祖宗牌位敬畏尊重得很，新搬了住处，请祖先牌位的时候是需要请和尚道士做道场热闹一番的，也算是告诉周围的阴邻。越是大家族，越会大张旗鼓。

而韩东山是赘婿，他的岳父韩建平只有一个女儿，无法继承香火，按理他的牌位现在应该还在蓟州的韩家祠堂，要请回来的话，须得等到他的儿子韩云谦当家，并请示族中长辈后大肆操办一番，才能请过来。

所以韩家小心供奉的牌位应该不是韩家的祖先。

“我当时只是吓了一跳，还没注意，现在想起来也觉得有些奇怪。”任瑶亭偏头想了想，“而且那几排牌位好像不是韩家的。”

“几排？”任瑶期微愣，“你是说那里供奉的牌位不止一个？”

任瑶亭回想了一下：“我偷偷进去后院的时候，正好看见后院堂屋的门是开着的。走近一看，发现有个老婆子在焚香。因为害怕被她发现，我也不敢近前，只隐隐约约看到香案上方供奉着两三排牌位。”

“你说不是韩家的牌位？你看清楚牌位上的字了吗？”听到这里，任瑶期觉得，若是能知道是哪一家的牌位，或许就能知道韩东山的底细。

任瑶亭皱着眉头回忆：“那间堂屋虽然点了蜡烛，可还是有些暗，我正要仔细看的时候，那个婆子好像听到了什么动静，突然转头看过来，吓得我赶紧躲在后厢的柱子后面，所以只看到一个……‘瞿’字……对，牌位上的姓氏是‘瞿’！”说到这里，任瑶亭有些疑惑地问道，“韩家怎么会供奉瞿家的牌位？韩家有什么亲戚姓瞿？还是这个宅子原本的主人姓瞿？可是这也说不通啊，原主人怎么可能把自己祖宗的牌位给别人供奉？韩家也不必如此啊。”

“瞿？”任瑶期暗自沉吟，韩东山自然不会供奉别人家的牌位，所以瞿很有可能就是他的本姓。

据她所知，近几十年燕州附近似乎并没有什么姓瞿的大户。

韩东山今年似乎是五十岁，所以他若是姓瞿，且是燕北人的话，那五十年前的燕北应该会有瞿家的消息。又或者韩东山只是出身于寒门小户？

任瑶亭在一边抱怨：“你说我这脚伤什么时候才能‘好’啊？而且我母亲肯定会问起。”

任瑶期暂且收回自己的思绪：“不是说伤得不重吗？休息几日就可以了。至于今日你闯入韩家祠堂的事情，可千万不要说出去让别人知道。长辈们若是知晓，定会觉得你不稳重，难堪大任。”

这个罪名就重了，一般大户人家给家中长子长孙娶媳妇，端庄稳重是最为重要的一点。

任瑶亭年纪虽然不大，对这种事情却也是敏感得很，闻言一琢磨就明白了，点头道："我不会告诉别人的，五姐姐，你不会说出去吧？"

任瑶期笑道："我若是会说出去，又怎么会提醒你？"

任瑶亭十分满意，亲密地挽住任瑶期的胳膊："五姐姐，你人真好。"

任家与韩家离着并不远，马车很快就到了任家。任二太太之前接到先一步回来的婆子的报信，担心任瑶亭真的伤到哪里，早就遣心腹嬷嬷迎了出来。

任瑶亭被簇拥着回东府，走之前还不忘对任瑶期道："五姐姐，这几日我在家中养伤，出不了门，你得空就来东府看看我啊。"

任瑶期笑着应了，与任瑶华几人一起回了西府。

到了紫薇院，任瑶华有些奇怪地问："你最近怎么与她走得近？还有她好好的怎么会在人家府里把脚扭伤？"

任瑶华知道任瑶亭的心思，抱着这种心思难道不应该在人家府上争取表现，给长辈们留个好印象？任瑶华觉得自己有些弄不懂任瑶亭的所作所为。

任瑶期笑道："七妹妹平日虽然有些不好相处，不过也是很好哄的。就是上一回她来我们院子的时候，我好好安慰了她一番，她不知怎么的就与我亲密起来。"

任瑶华有些不信，斜睨着任瑶期道："你是怎么安慰她的？"

任瑶期眨了眨眼，一本正经道："自然是跟她一起说她讨厌的人的坏话。"

任瑶华一愣，随即想起来当时任瑶亭最讨厌的人好像是她……

想明白过来后的任瑶华正要骂人，任瑶期已经机灵地从她身边退开好几步，一边对她做鬼脸："谁要你给上门来的客人脸色看？我是帮你们缓和关系。而且我已经告诉你了，所以这不是背后说坏话，只能算是婉转迂回之策！你要有做姐姐的气度，不能发脾气骂我！"

说着，任瑶期非常明智地带着自己的人跑路。

任瑶华看着任瑶期远远跑开的背影，气得咬牙切齿。

她身后的丫鬟见任瑶华生气，不知为何却没有以前看到姐妹两人针锋相对时候的紧张，只觉得五小姐如今总是这样故意欺负三小姐有些好笑，所以一个个的都憋着笑低头看脚。

任瑶华虽然觉得自己有些生气，却也不是以前那种看到任瑶期就想甩她两巴掌的生气，只是有些有气无处发的憋屈和无奈。

任瑶期回到自己房里换了一身衣裳之后，就去正房找周嬷嬷。她想要向周嬷嬷打听一下燕州瞿姓人家的事情。

周嬷嬷虽然是十几年前跟着她外祖一家从京城来的燕北，不过在来了燕北之后，献王府的人一定细致地打探过燕北各个世家的情形。日子越是过得艰难，就越需要小心翼翼。

“瞿家？”周嬷嬷在脑中将自己知道的燕北大户人家一一过滤，一时片刻似是想不起来有这么一号人家。

任瑶期在一旁提醒道：“大概四五十年前燕州的大户，后来可能因为遇到过什么灾祸，家里遭了难。”

周嬷嬷又仔细想了想，摇头道：“奴婢不记得有这样一户人家。不过奴婢知道的大多是现在还是燕北大户的人家，一些已经没落的家族，奴婢未必清楚。要知道四五十年前的燕北正是辽贼横行的时候，不少来不及躲回南边的大户人家都遭了罪，被辽人灭族的也不在少数。现在的云家、丘家这些世家，也都是在老燕北王将辽人赶出燕北后才迁回来的。比方说这一阵子外头正在议论的刚从睦州迁到燕州的雷家。雷家以前也是与云家齐名的大家族，是比丘家的家史还要悠久的老牌世家。不过雷家这几十年都没有露面，是最近才听说要迁回来的。还有许多当年不肯走的人家，已经连祖坟都没有了。”

雷家？任瑶期仔细想了想，好像并没有什么印象，想必当年的老世家经过这么多年的颠沛迁徙，已经大不如以前，所以她才没有什么印象吧。

任瑶期也就放下，想了想，又小声问道：“嬷嬷，那您知不知道任家几十年前有没有得罪过什么人家，或者与什么人结过怨？”

周嬷嬷闻言一惊，看向任瑶期道：“五小姐，您为何会突然问及这些？可是出了什么事情？”

任瑶期摇了摇头：“我就是不小心听闻一户姓瞿的人家的一些事情，瞿家一个后人好像说了我们任家几句不好的话，所以才好奇问问。”

周嬷嬷闻言却不以为然："若是说对任家心存不满的人家，那应该不算少。任家不是慈善堂，而是以开矿起家的。每年死在任家煤窑的人就不少，若是这些人的家人，定然会对任家有些微词，这也不奇怪。"

任瑶期觉得瞿家的事情应该并不这么简单。韩东山若是真与任家有仇，那必定是不共戴天的大仇。任瑶亭提到的那些瞿家的牌位让任瑶期心里十分不安。

周嬷嬷见任瑶期满脸思索，知道她还在想瞿家的事情，便道："奴婢记得庄子上有个七十来岁的老嬷嬷，是早年就卖身在任家的，听说她是土生土长的白鹤镇人，因为家人都被辽人杀了，所以卖身为奴。奴婢当年与太太住在庄子上的时候，时常听到她与庄子上的一些小丫头说些几十年前的旧事。如果五小姐您说的瞿家真的存在，这位老嬷嬷说不定会知道。"

任瑶期闻言眼中一亮："这位嬷嬷身体如何？可以请进府里来吗？"

"她年轻的时候是干粗活的，现在年纪大了，虽然只负责些轻省差事，不过身体却还是极好的，一顿饭还能吃下五六个大白馒头。如果五小姐想要请她进府来，应该是可以的。"

任瑶期想了想，对周嬷嬷道："那您想法子帮我将她请进来吧。我有些事情想要问她。"

周嬷嬷点头应下："奴婢明日就派人去庄子上，大太太那边应该不会计较这些小事情。"

"多谢嬷嬷。"任瑶期欢喜道。

周嬷嬷忙道："不敢。"

两人正说着话，喜儿匆匆忙忙撩了帘子进来，见周嬷嬷和任瑶期在这里，连忙走过来小声道："嬷嬷，外头闹起来了。"

周嬷嬷皱眉："没头没尾的，什么事情闹起来了？"

喜儿看了任瑶期一眼，越加小声道："是五老爷和五太太那里闹起来了。刚刚府外来了一顶青幄小轿，里面坐着一位女子。跟轿的婆子声称是来找五老爷的，轿子里坐的是五老爷的……外室。"

周嬷嬷闻言一愣，任瑶期也是微愕。

五老爷任时茂怎么会有外室？

任时茂与林氏是青梅竹马，两人自小就十分要好。成年之后，任时茂求娶林氏，任林两家都乐见其成。

这些年，任时茂不说身边没有半个通房侍妾，就是每年在京城的那几个月，身边伺候的人都是林氏派给他的小厮，连个贴身丫鬟都没有。

任老太太对这件事情也一直是睁一只眼闭一只眼，毕竟小夫妻两人一个愿打一个愿挨，任时茂自己并没有什么不满，任老太太因着自己女儿任时佳的缘故，也不会因这种事情为难林氏。

所以，虽然林氏的脾气和性情让人不敢恭维，不过不可否认的是，在任家的几个媳妇里，她是最幸运的一个。

任瑶期记得从前这对夫妻虽然也偶尔小打小闹，不过感情却一直不错，也没有听说任时茂有过什么外室。

周嬷嬷不好当着任瑶期的面问喜儿，便将她叫到一边去问了几句，然后严肃地吩咐道："去把我们院子里看热闹的人都叫回来，这是五房的事情，自有五太太和老夫人处理。"

林氏的脾气任家的人无人不知无人不晓，这次的事情怕会有一阵子闹腾，周嬷嬷不想紫薇院的人搅和进去，被人当了出气筒。

喜儿忙应声下去。

"五小姐，奴婢要去与太太商量些事情。"周嬷嬷过来对任瑶期道。

任瑶期点头起身："庄子上那位嬷嬷的事情就劳烦嬷嬷了，若是这几日不太方便，缓几日也是可以的。"

周嬷嬷一口答应，将任瑶期送出去，又赶紧去找李氏。

任瑶期回到自己的房间，见几个小丫鬟还围在一起小声交谈，应该是在谈论五老爷的事情，见任瑶期回来，几个丫鬟忙住了口。

人都是有好奇心的，就连任瑶期自己也十分好奇这位找上门来的所谓外室是何方神圣，所以对于丫鬟的行为她宽容得很，只提醒道："周嬷嬷吩咐了不许出去打探消息，你们可不要犯了忌讳。"

小丫鬟们忙应了，规规矩矩地退下。

任瑶期不由得想，五太太林氏接二连三地倒霉，到底是她自己背，还是被人设计？

至于会设计五太太的人……难道是方姨娘？

若真的是方姨娘的话，任瑶期不由得摇了摇头。她果然手段了得！

任时佳回来待产的事，她已经打听到不少消息，林家的家产之争和任时佳接二连三滑胎之事才是林氏在任老太太面前真正失宠的原因。

先是利用林家的矛盾让林氏失宠，之后又挑起五老爷和林氏夫妻不合，给林氏最致命的一击。

当然这些还是任瑶期根据两世发生的事情做出对比，从而得出的猜测，她也希望这些并不是方姨娘的手笔。

毕竟方姨娘和李氏之间有无法妥协的利益之争，被一个这样的敌人虎视眈眈地注视着，是一件十分恐怖的事情。

五太太林氏那里正闹得不可开交。

林氏指着任时茂的鼻子大骂一顿，任时茂却低着头，一脸羞愧地任她骂。

任时茂这个样子更让林氏怒火大盛，扑上来就连扇任时茂两个巴掌，见任时茂想躲，便伸手去抓他的脸和脖子，一副要拼命的架势。

“任时茂，你个负心汉！当初是怎么答应我的？原来你说的那些话全是放屁！”这一句林氏是用吼的，最后那一声吼得声嘶力竭，嗓子都破了。

一旁的丫鬟婆子们还从未见过这种打架的架势，都吓傻了。

平日里这对夫妻若是闹腾，任时茂上前轻言细语地哄上两句，林氏就会破涕为笑，然后两人就像是什么事情也没有发生过一样和好如初。

林氏再生气，也从来不舍得真的对任时茂动手。

如今林氏这架势哪里像是大户人家的太太，连外头那些个泼妇都没有她大胆，敢往自己夫君脸上下手。

偏偏被打的任时茂还是一言不发。

这边的大动静终于将任老太太招来，任老太太丘氏被大太太扶着进屋，第一眼看到的就是撒泼的林氏被反应过来的婆子死命拉住的情形。

而任时茂脸上有两个明显的指印，且半张脸到脖子上有四道整整齐齐的指甲印。

“这是做什么！”任老太太看着儿子狼狈的模样火冒三丈。

气林氏是个泼妇之余，又恨自己的小儿子太过窝囊。

林氏见任老太太来了，也不收敛，反而崩溃般地哭诉道：“娘，他竟然给我在外头养了外室，现在那个贱人都找上门来了！这不是欺负我是什么？接下来是不是要让我老老实实让出正室之位，让他迎娶那个贱人进门？”

老太太忍着气冷哼一声：“你这是什么话？你是我任家八抬大轿正正经经娶回来的，谁敢让你让位？我们任家不是那等没有规矩的人家！”

林氏以为老太太还是站在自己这一方的，心里好受了些，不想任老太太接下来却道：“别的女人就算是进门，也只能做妾！正室之位她也配？”

林氏闻言一呆，连哭泣都忘记了，抬头呆愣愣地看着任老太太道：“娘？您说什么？谁要进门做妾？”

跟在老太太身后眼观鼻鼻观心的大太太抬头，朝着屋子里的一干婆子丫鬟使眼色，之前劝架的婆子丫鬟们争先恐后地跑出去。

大太太扶着老太太丘氏在正房首座上坐下，自己低头站到她身后，依旧是一副眼观鼻鼻观心的模样，半句话也不插。

“娘？您刚才说什么？”林氏忍不住又问一次，眼里充满不敢置信。

任老太太这会儿倒是一脸平和，又恢复林氏心目中那个慈爱和气的好婆婆形象，可是从她嘴里说出来的话却让林氏心里一阵发冷。

“毕竟是任家的家务事，让外人瞧热闹，丢的是我们任家的面子。所以我刚刚已经吩咐人将那个女人的轿子先抬进来。出了这件事情，我也很生气，原本以为那个女人定是出身于什么肮脏的地方，刚刚还派婆子去骂了她一顿，想着给她一笔钱让她滚。不想问了之后才晓得，她虽然只是出身普通人家，也是正经良民，家世也是清清白白。”

任老太太顿了顿，叹息道：“她这次找上门来，是因为她已经怀了茂儿的骨肉。”

“什么？”任时茂首先跳起来。

林氏眼前一阵发黑，差点站不住。任时茂下意识地上前去扶她，被她一把推来，却因为用力过猛，自己摔倒在地。

任时茂见她脸色苍白，满脸绝望，还想要去扶她。

林氏突然尖声哭喊出来：“滚！给我滚！不要碰我！”

任老太太瞧着林氏撒泼，语气温和地劝道：“我已经请大夫进府，若是她所言不虚，无论大人如何不对，我们任家都不能让自己的子孙流落在外。不过你放心，你的委屈，娘是知道的。她就算是生了孩子，也最多是个妾。”

“最多是个妾？”林氏重复任老太太的话，尖声道，“什么叫作最多是个妾？”

任时茂看了妻子一眼，正要对任老太太说什么，任老太太已经开口道：“茂儿，你跟我过来，我还有几句话要问你。”

然后又对大太太王氏吩咐道：“去扶你弟妹起身，叫人来给她擦一把脸。别让人看了笑话，有什么事情不能好好商量？非要弄得鸡飞狗跳天下皆知！”

大太太低声应了，走到林氏身边劝说。老太太已经径直去了内室。

任时茂看了泣不成声的林氏一眼，低头跟着老太太去了。

母子两人去了内室，老太太板着脸斥责道：“到底是怎么一回事？那个女人说的话我半信半疑，娘知道你不是个轻浮的性子，怎么会做出这种事情？”

任时茂吞吞吐吐：“上次因为您当众骂了惠君，我回来劝她，却被她骂了一顿。当时我也生气，就跑出去找朋友喝酒。后来……后来不知怎么的就睡到了酒楼的客房……我喝得太醉，走错房间，将她当成了……当成了惠君。”

任老太太皱眉：“你确定是自己走错房间的？而不是中了什么人的圈套？”

任时茂想了想：“应该不是吧？她是要去蓟州走亲戚的，临时借宿在酒楼后面的客栈。我醒来之后发现闯了祸，怕是被人设计，还找人特意查过，她是齐州人，随父亲去蓟州叔父家参加寿宴，不想父亲却在半路生了病，便打发人去蓟州让叔父那边派人来接，自己和父亲在客栈里等。她家是齐州的普通农户，她叔父家我也查过，开着一个小南货铺子，并无不妥。”

“你怎么不早些与家里说？如今可好，人家找上门来了。”任老太太指着任时茂的头，有些恨铁不成钢地说。

她自然不是怪儿子酒后胡来，而是怪他没有早些让家里插手摆平这件事情，失了先机。

任时茂脸上的红晕一直未退：“她醒来后一心要寻死，我害怕真的闹出人命，答应会给她补偿，见她渐渐安静下来，我还以为她对我承诺的银子动了心。不想我才出房门，她就找剪子要自尽，幸好我出门后听到响动不对，及时回转拦下来。”

任老太太听儿子这么一说，叹气道：“竟还真是个烈性子。”

“后来她父亲知道这件事情后昏倒，病情越发严重。大夫是我请过来的，证实她父亲的病并不是装的。这时候我才信了真是自己的过失，而非是被人设计。等他父亲醒来，我答应给他们在齐州买一栋宅子，并每月给他们五十两银子。他父亲这才认了这个亏，并劝住她。”

任老太太点头，理所当然道：“他们一家不过是普通农户，这样的人家一辈子也未必能攒下五十两银子。你答应每月给他们五十两，他们自然无话可说。你大嫂去见了那女子一面，听她说，因为你给他们房契和银子的时候说过不许他们来任家，后来她有了身孕，家中哥嫂怕惹出麻烦，怕你变卦不给银子，就想要逼着她偷偷将孩子给落了。她知道后就偷了家里的银子，带着你给她的婆子逃了出来。”

“竟有此事？她的兄嫂未免欺人太甚！”任时茂愣愣地道。

任老太太见他说这话，就知道他对那女子并无恶感，心里有了些底：“你是男子，不懂这些家长里短的琐事。说起来也是她的家人没什么见识，眼皮子浅。我任家的子孙即便是个庶出的，也不可能让他流落在外。”

任时茂闻言，立即结巴了：“娘，您……您是说真要让他们进门？”

任老太太冷哼一声：“你的意思是要把人再送回去自生自灭？”

“我……那……”任时茂很挣扎，回头看了身后的帘子一眼，小声道，“能不能不让她进府，就在外头买座宅子养着？再多派些人伺候？您也看见了，惠君她……她不会同意的！”

任老太太一听这话就来气，指着儿子的鼻子就骂：“你一个爷们说出这种气短的话，让我们任家的脸往哪里搁！你娶的难不成还是一只母老虎？连自己的亲骨肉也保不住？惠君的性子我知道，不过是小孩子闹一闹脾气，等她想通了，还是很通情达理的！”

任时茂觉得自己母亲的话不太对，可是现在他心里乱得很，任老太太又表现出前所未有的强硬态度，让他说不出话来反驳。

任老太太看了儿子一眼，稍稍放缓语气：“无论如何，先等孩子生下来，以后你若实在不喜她，就再打发出去也是使得的。”

任时茂这才松了口气："如此，也好。"

"惠君正在气头上，你暂且不要与她硬碰，我让你大嫂好好劝劝她，你先跟我去荣华院，将脸上的伤处理一下。"

任老太太听见外头林氏还在哭闹，又见儿子脸上的伤势不轻，心里愈加恼火，想要先将任时茂支开，以免再到林氏面前受气。

任时茂虽然有些心疼妻子，不过他想着林氏这会儿肯定不愿意听他说话，让大嫂劝一劝或许会让她好受一些，便点头应了。

任老太太满意地带着任时茂从屋里出来，没有再去管那边的林氏。

不过出来后，任时茂才想起来自己这时候的模样实在有些狼狈，不由得有些踌躇。好在任老太太也担心儿子的面子受损，先打发人去开路，让闲杂人等回避，这才将任时茂带回自己的荣华院。

林氏哭得没力气之后，才知道自己的好夫君早跟着婆婆走了，连看都没有来看她一眼，气得将一屋子能砸的都给砸了。

大太太尽职尽责地劝了半天，见林氏还要撒泼，便也就远远地避在一边，任由林氏将屋里的东西砸个稀巴烂。

知道林氏失了力气坐倒在一张还没有被掀翻的椅子上，大太太才隔着一地的狼藉，温和地道："既然出了气，就好好休息休息，你放心，有母亲在，不会让你吃亏的。我晚些时候再过来看你。"

说完，也不管林氏有没有听进去，大太太四平八稳地转身离开。

"你们扶五太太进去休息。"大太太淡定和气地吩咐五太太身边的丫鬟婆子，等她们都战战兢兢地应声去了，又对自己身边的曹嬷嬷道，"让人将屋子里收拾收拾，等会儿你亲自去一趟府里的库房，给五太太的院子再挑一套好的摆设过来。"

"是，太太。"

这一下午，任瑶期老老实实地在西跨院书房里练字，没有管外头那些乱七八糟的事情。

到了晚上，老太太那里派人来说免了今日的请安。任瑶期去紫薇院正房的时候听任瑶华身边的丫鬟香芹说，老太太已经做主让那个找上门来的外室进了府，且没有安排在五房的琉璃院，而是另外安排住在较为偏僻安静的文雅阁，并派了几个丫鬟婆子去伺候。

府里的人这才知道，那名女子姓康，真的是五老爷之前养在外头的外室，老太太之所以什么也没说就让人进府，还安排伺候的人，是因为康氏怀了五老爷的骨血。

虽然听说康氏只是出身于普通的农户家庭，不过也算家世清白，且如今又有了任家骨血，以后定然前途光明。府里一些不安分的丫鬟们都红了眼。

在府里的都知道五太太的脾气，也知道五太太林氏在老太太面前十分得宠，又与五老爷好得蜜里调油，所以尽管任时茂年纪轻，相貌不差，也没有多少丫鬟敢打他的主意。如今却让一个不知道哪里冒出来的外人给摘了桃子。

任瑶期在这位康氏进府第二日就见到了她的人。

韩府派人来给任家送回谢礼，韩攸顺便让人捎了些式样新颖的团扇过来给任家姐妹，任瑶华打发香芹回来叫任瑶期过去挑一把。

就在任瑶期拿了扇子要出来的时候，康氏被老太太院子里的桂嬷嬷扶了进来。

这位闹得五房鸡飞狗跳的康氏十六七岁的模样，肤色白皙，长相干净乖巧，不惊艳，却让人看了觉得舒服。

她身上穿着一件干净又素净的月白色右衽小袄，浅蓝色长裙，头发简单挽起，只插了一根包银的梅花形铜簪。只是现在她的裙脚处有些水渍，还沾了几片泡开的茶叶，样子有些狼狈。

桂嬷嬷走上来小声说，她奉命过去的时候康氏已经在琉璃院外跪了一刻多钟，身上的茶水是八小姐任瑶玉泼的，因被身边伺候的婆子挡了不少，所以只湿了裙摆。

任老太太叹气道："不是与你说了，暂时不要去琉璃院请安吗？"语气虽然说不上多慈爱，却也还算温和。

康氏规规矩矩给任老太太行了礼，才低头道："既然老太太已经允我进门，那给主母请安就是我的本分。丽娘明白自己的身份，既然已经走了这条路，主子心里不痛快的时候给两句打骂并不算什么。”

“怎么？她还让人打你了？”任老太太皱眉道。

康氏摇了摇头，低着头不肯再说。

因为还有孙女在场，任老太太也没有多问，只吩咐桂嬷嬷道：“你扶她回去换身衣裳，好好在院子里歇着。琉璃院那边先不要去了。”

康氏没有再争辩，乖巧地应了。任老太太让桂嬷嬷将她带出去。

不想康氏才走出门不久，任瑶期几人就听到外头传来惊呼声。之后就是桂嬷嬷的劝阻声还有任瑶玉的咒骂声。

“你这个不要脸的狐狸精，抢了我爹，害我娘哭了一晚上，现在我娘还要丢下我和哥哥回娘家。我打死你！”

原来是任瑶玉不知何故又追过来，还当众在任老太太的院子里打人。

任老太太的脸色一下子就不好看起来，这大的小的都恃宠而骄，将她的话当成耳旁风。

任老太太站起身往外走，早有丫鬟去帮她将帘子掀开。

任瑶华之前坐在南窗下，见任老太太出去，就轻轻将窗户支开了些。

坐在她身边的任瑶期也看到了庭院中的情形，被桂嬷嬷拉住的任瑶玉一边咒骂，一边抬腿去踢康氏，且每一次都是冲着她的小腹去的。

“快给我拖下去！小小年纪就这般恶毒，这是谁教唆的！”任老太太一出去看到这情形，更是气得不轻，指着任瑶玉吩咐身后的丫鬟道。

任老太太房里的丫鬟忙上前拖住任瑶玉，让桂嬷嬷空出手来。

桂嬷嬷拉着伸手护着自己的腹部、脸色有些发白的康氏避开一些。

任瑶玉见任老太太出来还帮着康氏，气得直哭：“祖母，您怎么能这样！我娘就要被她气走了，您还帮着她来欺负我们！”

任老太太见她冥顽不灵，已经懒得对她说教，挥手让丫鬟们将任瑶玉拉出去。

康氏也在桂嬷嬷的搀扶下出去了。

任老太太冷着脸回了屋。屋里只有任瑶期、任瑶华和任瑶音三姐妹在，三人都识相地没有开口说话。

见任老太太招了大丫鬟金莲进来要交代什么话，任瑶音邀任瑶华和任瑶期去她住的暖阁说话，任老太太摆手让她们去了。

任瑶期跟着任瑶音进去不久，就听到外头有人匆匆进来，接着是任时佳的声音在外间响起。

任时佳已经有九个月的身孕，不到一个月就要生产。因为这一胎来之不易，任时佳平日十分注意，一般只在自己的院子待着，不轻易出来。任老太太心疼女儿，也不用她来请安，反倒隔两日就自己过去看她。

现在任时佳挺着大肚子过来，定是为着任时茂和林氏的事情。任时佳与任时茂两人年纪最为接近，自幼就要好，后来林氏嫁进任家，她又嫁到林家，三人关系更加亲密。

任老太太见她挺着大肚子这么过来，忙让丫鬟扶着她坐下，责备道："你这会儿急匆匆地跑来做什么！仔细别动胎气！"

果然，就听任时佳道："我是为了五哥和五嫂的事情来的。昨日五哥喝得醉醺醺地跑去我那里，我派两个婆子将他送回去，不想却被五嫂拒之门外。"

任老太太轻哼一声，这事儿她自然是知道的。原本她还想着，生一下午加一晚上的气，林氏的脑子应该能转过来了，不想还是这么不着调。最后还是她让人去将任时茂叫到荣华院的厢房里住下的。

"我打发了个丫鬟去五嫂那里看她，听说她哭了一晚上，眼睛肿得像核桃，今日也没有进食。我有些担心，刚才便过去看了看。不想正好看到她指挥身边的婆子丫鬟们收拾东西，说要回娘家。"任时佳有些为兄嫂的事情忧心。

任老太太闻言却是无动于衷，只淡然道："你能回娘家来住，她自然也可以回娘家，不然不是显得我们家对媳妇刻薄？我们劝她，她听不进去，让林家的人劝一劝，兴许就想通了。"

"可是这件事终究还是五哥的错，五嫂若是就这么回去了，林家怕是会对任家有意见。"任时佳终究还是林家妇，无论如何，现在大房和二房还未分家，她最不愿意看到林家和任家在这时候闹僵了。

任老太太明白女儿的担心，安慰道："这件事情你别管，我自有安排。林家那里，我今日一早就派人递了消息过去，还说过两日会让时茂过去请罪。不过依着林家大太太的性子，晚些时候大概就会派人过来，说不定还正好与你五嫂遇上。"

任时佳一愣："娘，您已经派人去林家了？我还以为您……"

任时佳以为任老太太因为她的事情对林家和林氏有了意见，所以故意给林氏和林家没脸。

"无论如何，这场面还是要做足的。"任老太太道。

也就是说，她可以暗地里给林氏气受，不过林家和任家两家之间这些年也有不少的利益牵扯，现在要翻脸是不现实的，所以明面上一定要让林家面子过得去。这也是任老太爷再三嘱咐过她的。

任瑶期、任瑶华和任瑶音三人安安静静地在暖阁坐着。因为快到夏日，天气也暖和起来，为了通风，屋里秋冬日用的厚重棉帘子都已撤下，换上了浅色的薄纱帘，所以里面要听见那边母女两人的说话声并不困难。

任老太太没有想起要将里面的几个孙女打发走，所以她们也就心安理得地悄悄听着外头的交谈声隐隐传进来。

任时佳道："娘，您真的要让那个康氏进门？"

任老太太不悦道："你管这些做什么？就算她留下，也不过是个妾，于谁都无碍！"

任时佳看了自己的母亲一眼，她不相信老太太年轻的时候自己没有计较过这些事情。她们家不就没有姨娘？

任老太太不知道女儿的腹诽，只道："你与其操别人那份闲心，不如想想自己的事情。我与你说的那几个人选，你考虑得如何了？"

任时佳知道任老太太问的是她给林琨挑通房的事情，脸色果然就垮了下来。这些时日，因为她快要临产，任老太太也没有再提那件事情让她糟心。不过她还是闷闷地道："不是说了让您帮我挑嘛，娘的眼光向来是好的。"

任老太太点了点头："我身边的金莲就不错，长相端正又不出挑，性子也温和。她老子娘都是本分人，还有个弟弟在通州煤栈当伙计。过个几年，你若是觉得她还信得过，就以你的名义将她弟弟从通州调回来，到云阳城当个二管事，他们一家的前途都巴望着你，你就相当于是她的娘家，她自然会对你服服帖帖的。再就是，年纪更小一些的青柳，今年十四岁。她亲娘年轻的时候是我院子里的一个二等丫鬟，不过去得早，她爹又续娶一个。因为她后娘是个厉害的，所以她与将自己带大的兄嫂更亲近些。"

任时佳静静听着，反反复复还是那句话："娘觉得哪个好？"

任老太太叹息："两个都好，不过还要看你这一胎生的是男，还是女。"

任时佳摸着腹部，抬头不解道："这与我的孩子有什么关系？"

任老太太瞪了她一眼："怎么没有关系？你以为我花这么多工夫给你挑丫头，是故意给你添堵的不成！我还不是为了你和你肚子里的孩子！你若生的是女孩，那就挑金莲，她今年十七岁，进门就能怀上，可以尽快给你和姑爷生个男丁，好堵住别人的嘴。你若是生了男孩，那就挑年纪小些的青柳，先在身边带个几年，暂且不要让她怀上，等自己的孩子大些才让她生孩子，以后成为你儿子的助力！"

原来挑个通房丫鬟还有这么多弯弯绕绕？任时佳不由得有些不好意思，也体会到了任老太太的用心良苦。也只有亲生母亲才会为自己的女儿这般打算。

里间的任瑶期却不由得有些感叹。

因为从前任老太太和任老爷子的所作所为，她以为他们心里只有利益，对子孙半分感情也没有，不过今日听了任老太太为任时佳的打算才发现，任老太太对自己的儿女或许并非完全冷血，在不触犯任家利益的情形下，她还是会尽量为自己的孩子打算。

外头任老太太和任时佳又说了几句，似是突然想起来暖阁里还有三个孙女，便停住话头，唤桂嬷嬷进来，将任瑶期几个领出来。

任瑶期三人出来的时候，任时佳脸上有些不好意思，任老太太却面色不变，吩咐桂嬷嬷送她们出去。

等侄女一走，任时佳就小声抱怨道："娘，孩子们都还在呢，我们说的那些话不是全让她们听到了？"

任老太太淡淡道："什么小孩子？都不小了。三丫头和四丫头就快要说婆家了，这些事情她们也该要慢慢学着了。"

说着，任老太太瞪了任时佳一眼，点着她的额头道："我现在就十分后悔当年将你娇惯坏了，这也不让你知道，那也不让你知道，总以为你还小，有些事情知道得太早不好，最后却养出你这样一副性子！我算是明白了，这养女儿的时候啊，事事不舍得她操心，嫁女儿后就得事事为她操心！我哪还有那么长的命好活？"

原来任老太太之前并不是真的忘记还有三个孙女在里间的暖阁，她之所以没有打发她们出去，是因为想着任瑶音和任瑶华年纪大了，应该学一学这些内宅手段。

有些东西现在不好明着教，让她们耳濡目染也未必不是一个好法子。

任瑶期三姐妹从荣华院出来的时候，就听到外头有婆子和丫鬟悄悄议论说，五太太已经命人准备好马车，正要带着八小姐一起回娘家。

林氏的儿子因为要在外院读书，任老爷子对孙子们要求比较严格，所以她没有带儿子走。

“……五老爷真是个好性子的，大庭广众的就软语求五太太留下来，五太太却指着五老爷的鼻子一顿骂，一点情面也不留。哎，老太太这边不发话，别人也不敢上去拦五太太……”

说话的婆子抬头见几位小姐走出来，吓得立即闭嘴，束手站到一边。

任瑶华轻叱道：“你们都不用当差的吗？都闲到出来碎嘴了？”

几个婆子丫鬟慌忙告罪退下。

与任瑶音分别后，任瑶华才道：“祖母也不拦着五婶婶一些？她就这么回去，林家真的不会有意见？”

任瑶期笑了笑：“有什么意见？祖母不是让我们任家先以身作则了？任家为林家的子嗣打算得那般周到，林家怎么好意思帮着自己嫁出去的女儿无理取闹？”

这也是任老太太这会儿将任家给林琨姑爷准备的通房拿出来说的原因。为的就是堵林家的嘴。这会儿就算是林家派人来，任老太太也没什么好心虚的。

凭什么她女儿能忍得，别人的女儿忍不得？她自动忽略林氏已经生了一双儿女的事情。

想必那个康氏能这么顺利进任家，也是因为她出现的时机正好的缘故。任老太太对林家是有气的，自己的女儿这么吃亏，怎么也要给林家添添堵。

若是连这些也是被人算计好的话，那背后设计整治林氏的人真的太可怕了。

任瑶期将自己想到的这些细细与任瑶华说了，任瑶华不由得有些无法置信：“你是说这些很有可能是方姨娘设计的？这怎么可能？你未免太高看她了吧？”

高看了吗？任瑶期不由得苦笑。

高没高看方姨娘她不知道，她只知道从前任家的人都倒了霉，方姨娘却及时弃了任家这条破船，为自己和一双儿女寻到生路。光凭着这一点，方姨娘就是个不容小觑的存在。

任瑶华还是不信：“不过是个姨娘罢了，她若是真有这么了得，怎么落得个为人妾的下场？”

任瑶期想着，若是想要今后不吃方姨娘的暗亏，让任瑶华意识到自己轻视的敌人有多可怕是一件十分必要的事情。

“今日天气不错，三姐，我们去院子里走走如何？”任瑶期笑着提议。

任瑶华虽然不明白任瑶期今日怎么这么有闲情要散步，还是点了点头，没有拒绝。

任瑶期吩咐身后道：“你们先回去吧，只留香芹和苹果两人跟着就是。自己家院子里散个步，身后还拖拖拉拉一堆的人，坏了兴致。”

于是除了两个丫鬟，其余的婆子丫鬟们都给打发走了。

“三姐，你刚刚说若是方姨娘真的如我所说的那般厉害，就不会给人做妾了，那是因为你颠倒了因果。”站在荷塘边的时候，任瑶期才轻声道。

这个时节，荷塘里虽然还没有荷花，荷叶却已经亭亭如盖。微暖的风吹过，眼前是一片此起彼伏的绿浪，让人心情也跟着舒爽起来。

任瑶华心情还算不错，听了这话，只转头看任瑶期一眼，让她继续说下去。

“方姨娘如今的形势已经是当年以她的力量能够谋到的最好结局。你应该听说过姨祖母其他几位庶女的下场。”

任瑶华想了想，不以为然道：“我知道姨祖母的几个庶女嫁得都不好，不过也有嫁给人做正室的吧？不比给我们家当妾强？”

任瑶期闻言失笑，眨眼道：“三姐，你这算是……以君子之心度小人之腹吗？”

任瑶华瞪她：“什么乱七八糟的！”

任瑶期摇头：“这世上的女子，有你这样觉得名分最为重要的，也有方姨娘那样觉得得到实惠才是最重要的。”

这句话任瑶华没有办法反驳，嫁给穷人或者不堪的人当正妻，与嫁给体面富裕的人为妾，不同的人有不同的选择。

“方姨娘她之所以这么如鱼得水，是因为她有一个靠得住的兄弟。她的弟弟方雅存听说前一阵子刚升了楚州从六品的州同，且十分得上司赏识，近两年还有望再次擢升。”

“我也听说是升官了，只不过是个地方上的副职，且还是南边的，与我们有何相干？”

任瑶期知道方家的事情，有些是她找周嬷嬷问的，有些是从前记得的事情。

“可是你忘了方家与任家的关系。且现在任家要在南边开煤栈，少不了与地方上打交道，州同虽然不是一州主官，却是有实权的。这个方雅存也不是无能之辈，怕是再过个几年，方家就是他说了算了。姨祖母年纪大了，亲生儿子又是个神志不清的。别看现在方家还是她做主，等再过个几年，你且看看。”

任瑶华闻言，也仔细将这之间的关系想了想，发现任瑶期说的不无道理。

“而方雅存当初能被姨祖母挑中，是因为方姨娘的关系。若不是她主动嫁到任家为妾，故意让姨祖母将她这个当姐姐的捏在手里，姨祖母怎么会放心为方雅存谋划？当年的方姨娘虽然也擅长钻营，可是迫于身份，他们姐弟也只能仰嫡母鼻息而活。

“可以说没有方姨娘就没有今日的方雅存，而今日的方雅存就是方姨娘最大的靠山。想必祖父祖母也看清楚了方家未来的形势，才会对方姨娘诸般宽容，让她在任家拥有超然地位。将来的方家，很大可能是方姨娘亲弟弟当家。我们任家在南边的那些煤栈，可都是与方家有些牵连的。”

任瑶期当年也想不通为何方姨娘一个姨娘却能独占一个院落，还能代替李氏管理他们三房的事务，逢年过节也能在宾客们面前露一露脸，后来她才想明白，并不是他们祖父祖母昏了头，也不是方姨娘讨人喜欢，而是任家和方家的利益牵扯使然。

只要方家不倒，方雅存顺利接管方家，那方姨娘在任家就不会倒。

任瑶华慢慢想着，也渐渐想明白，难得的额头冒汗，喃喃道：“竟是这样吗？”

任瑶期叹息："这让我想起'割肉喂鹰'的故事。一个少年在乱世里挣扎求生的时候捡了一只雏鹰，原本连他自己都是勉强活命，根本没有多余的口粮喂鹰，所以每日都割自己的肉给雏鹰吃。后来这只鹰渐渐长大，竟成为一只神鹰，不仅数次救少年于虎口，还成为他出兵作战时的必胜法宝。"

看着远处蔚蓝的天际，任瑶期缓缓道："敢舍就能得，可是这世上之人又有多少能有这个少年这样割肉喂鹰的勇气？"

"方姨娘……"任瑶华皱眉吐出一个名字。

沉默许久，任瑶华才道："她若是如此心性，任家三房一个普通的妾就能让她满足吗？"

任瑶期没有回答。

从前方姨娘成为他们三房实际上的内院之主，可惜不久后任家就倒了霉，方姨娘也没有机会再从任家得到什么。

她知道，一个有野心的人，她的欲望是没有止境的。这个欲望会驱使着她不断去争去抢，所有障碍都会被她扫开。

任瑶期原本以为将林氏拉进局，让林氏和方姨娘对上，或许能转移方姨娘的视线，不想林氏对上方姨娘后，竟这么快就被她解决了。

这也从侧面反映了方姨娘的心计和行动力。想必方雅存对这个姐姐始终是心存愧疚和感激的，这当中定是少不了他的鼎力相助。

"以前是我想得太简单了。"任瑶华轻声道，"五婶倒霉的时候，我还幸灾乐祸来着，现在想想，我们不能让五婶就这么败了。"

任瑶期闻言不由得有些讶异。任瑶华虽然并不笨，可是行事喜欢按照自己的喜好，吃不得亏，受不得委屈。这次她竟然会想到帮助她讨厌的林氏，以达到遏制方姨娘的目的。

不得不说这是任瑶华的进步，也不枉她特意叫任瑶华来这里，对她说这么多。

"那你想怎么帮五婶？"任瑶期笑问。

任瑶华想了想，摇头："哪里是说帮就能帮的？而且我也不算是帮她，我是在帮我们自己。"

任瑶华能想明白这点，任瑶期就放心了，这也是她今日特意与任瑶华说这些的目的。

任瑶期道："这件事情先不急，不光是祖母和五婶，林家和任家也需要一个缓冲和冷静的时期。毕竟这其中还牵涉到两家的利益。"

"那岂不是更复杂?"

任瑶期却是摇头："一旦涉及利益，万事都可以变得很复杂，也可以变得很简单。反倒若是单纯的喜好问题，会难办得多。"

这话任瑶华就有些不明白了,不过她听出来这意思应该是并非没有办法，不知怎么的就安了些心。

任瑶期也不多说，只道："五婶不是要回娘家吗？那就让她先回去。依着她的性子，这时候留在府里，只会给人可乘之机。"

五太太林氏最终还是回了娘家，五老爷任时茂没有拦住。

到了快傍晚的时候，云阳城林家来人了。

这次来的还是林家大太太身边的荣嬷嬷。只是上一次荣嬷嬷是为了任时佳的事情来的，这一次却是为了林氏。

荣嬷嬷来到任府，任家的门房有认识她的，对她一如既往的热情周到。荣嬷嬷首先求见任老太太，却是大太太王氏接待的。大太太也没说任老太太不见客，只一边亲自领着人往荣华院走，一边说道："今儿一早，五弟妹闹着要回娘家，五弟拦着不让她走，结果被五弟妹当着下人的面骂了回来，听说还动了手。原本昨日老太太见五弟脸上带伤，还只当是夫妻间的小打小闹，还说是五弟不对在先，让我们不要大惊小怪。要说我们老太太对五弟妹向来就是当亲闺女看待的，我们这些当媳妇的说不羡慕是假的。"

荣嬷嬷赔笑道："我们老太太和大太太也时常与我们说，大小姐能嫁到任家，是她几辈子修来的福气。大小姐每次回娘家，也总说自己在任家如何如何。只是大小姐是我们太太的独女，自小娇惯，性子难免有些要强。今日上午，任家派人过去与我们说起那件事情的时候，我们太太还帮着劝了老太太几句，说相信姑爷不是那等胡来之人，这当中定是有些误会。所以今儿中午瞧见大小姐自己跑回来，我们太太首先就教训了她一顿。”

两人这么边走边寒暄，到了荣华院的时候，却见老太太身边的桂嬷嬷端了个药碗从正房里悄悄退出来。

“老太太这是……”荣嬷嬷看着那碗喝了大半的黑色药汁，惊讶道。

桂嬷嬷小声道：“早上五太太闹着要回娘家，且又与五爷动起手，我们老太太急得不行，正要赶过去劝，不想却差点一头栽倒在地上。”

“那有没有请大夫来看？大夫怎么说？”荣嬷嬷焦急地道。

大太太回道：“请过大夫了，大夫也说不出个所以然，只说是年纪大了，怒急攻心所致。老太太自己也说没事，还交代我们，说林家来人了就带过来见她。”说着大太太又问桂嬷嬷，“现在如何？老太太能见客吗？”

桂嬷嬷有些为难：“昨儿晚上老太太一宿没睡，刚才喝了药后，奴婢见她有些困意，就服侍她睡下了。”

大太太皱眉想了想，对桂嬷嬷道：“要不还是进去禀报一声吧？”

荣嬷嬷一听这话，连忙摆手道：“使不得，使不得。还是让老太太歇着吧，她还病着呢。我家太太打发我来，也只是想要问清楚情况，然后好劝我家大姑娘。”

大太太道：“若是如此，那就我来与你说吧。这件事情的始末我也是清楚的。”

荣嬷嬷忙道：“大太太您贵人事忙，这怎么好。”

大太太和气地道：“什么忙不忙的，你还是跟我去我的院子吧。”又吩咐桂嬷嬷：“若是老太太醒了，就遣人来告诉我们一声。”

于是林家派来的人并没有见到老太太，而是让大太太接待了。

大太太将康氏的事情一五一十地告诉荣嬷嬷，包括康氏的家世。与今日任家派去林家的人所说并无二致。其实林家派人来，最主要还是想要探听任家的态度。

大太太心里也是明白的，这也是为何老太太打发她来接待林家人的原因。

所以一来二往，荣嬷嬷就明白了任家的意思。

任家想让康氏进门。荣嬷嬷想着自己家小姐的脾气，只能在心里叹息。

任老太太这一睡就是两个多时辰，天色暗下来之后她才醒。

荣嬷嬷今日住在任家，任老太太醒来后没多久，她就又去了荣华院请安。

这次荣嬷嬷顺利见到了任老太太，且任时佳也正好在任老太太房里。

任时佳这次回娘家已经住了两个月，一开始林家还打发人来接过几次，后来见任时佳打定主意不回去，林老太太便隔几日就打发个嬷嬷过来探望，送一些药材和补品。

荣嬷嬷忙上前去给任老太太和任时佳请安。

"听说你下午就来了，正好我睡了过去。刚刚醒过来听说了，正想让人去领你过来，佳儿却正好有事情来找我。"任老太太靠坐在炕上，对荣嬷嬷和气地道。

荣嬷嬷关切道："奴婢一来就听说您病了，急得不得了。老太太，您可要注意身体啊。这儿孙的福气还有得您享呢。"

任老太太叹气："享什么福啊，儿女债儿女债，儿女都是来讨债的。他们一个个的不气我，我就满意了。"

荣嬷嬷一听这话，想着任老太太可能是在说林氏闹腾的事，正想着要怎么接话好，任老太太却指着任时佳道："我像你这么大年纪的时候，都已经掌家了，任家上上下下大大小小的事情都要顾。你嫁进林家这么多年，却半点长进都没有，连这点小事都要求到我头上来。说起来还是经事少，缺历练！"

荣嬷嬷这才明白，原来任老太太是在说任时佳。她忙帮着说话："老太太您这话就冤枉我们六少奶奶了。老奴说句公道话，六少奶奶在我们林家，谁不是见了她就夸？我们老太太将她看得眼珠子似的。"

任老太太闻言倒是点了点头："这倒是真话，她在娘家被我娇惯着养，嫁到林家也让婆家当姑娘养，难怪一点长进都没有！改明儿我就得求了你们家老太太，将你放养出去！"

荣嬷嬷闻言心里一动，想着任老太太这话难道是暗指什么？她不由得抬头看了看任老太太，却见她依旧在小声教训任时佳，口中还说道："刚才那两个丫鬟就随便你挑吧，我瞧着都不错，也不委屈姑爷。现在我还活着，还能让你将主意打到我身上来，哪一日我若是不在了，你当如何？与你说了多少遍，不要仗着长辈的宠爱恃宠而骄，该自己拿主意的就要自己拿主意……"

任老太太在荣嬷嬷面前教训起任时佳来，也没给她留面子，任时佳只低着头不说话，似是有些难堪。

等任老太太教训得差不多了，在一旁听着惊讶万分的荣嬷嬷才出声小心问道："老太太给六少奶奶挑了两个丫鬟使唤？"

任老太太淡声道："你不是外人，我也不说两家话。佳儿是在给我们姑爷挑通房丫头，她自己身边没合适的，就将主意打到娘家来了。"

荣嬷嬷一愣，又看向任时佳，觉得有些难以理解。

六少奶奶膝下空虚这么多年，都没说要给六少爷纳妾安排通房。这会儿怀上就要生了，怎么会想着要给六少爷找通房？还求到自己母亲这里？

荣嬷嬷欲言又止。她想要问，但是迫于身份又不好开口。

任老太太道："以前想着自己年轻，万事不急，这会儿不急也不成了。对于这一点，佳儿倒是没有辜负我们的教导，既然嫁到夫家，就要万事以夫家为重。"任老太太语气隐隐含着些骄傲。

荣嬷嬷闻言却是心里有些打鼓，任老太太虽然一直是在说任时佳，可是却让人不由自主地猜测她是不是在影射林氏。任时佳怀着身孕，还张罗着给夫君安排通房，林氏却因为姑爷在外头的一笔糊涂账就对姑爷动手，还一气之下回了娘家。

可是任时佳当初回娘家的原因，不就是因为六少爷背着她与她的丫鬟眉来眼去吗？怎么回一趟娘家就转性了？难道老太太还是在暗示，女儿不懂事都是当娘的没有好好教？想要她回去后劝大太太教导大小姐要大方一些？

荣嬷嬷实在有些摸不透老太太的意思，心里不由得有些七上八下。

原本还想着因为六少夫人的原因，任老太太对康氏的事情或许会有转圜的机会，可是今日任老太太这态度，竟是支持女儿给女婿找通房，广开枝叶。林家若是还一味护着林氏，是不是就显得太过霸道不讲理了？

荣嬷嬷这么想着，已经是一脑门子的汗。

任老太太一直在教训女儿，荣嬷嬷也没机会开口问林氏的事情，而且现在也不好问。她自然也感觉到任老太太的态度有些奇怪，可是她又说不出个所以然。

只想着自己还是赶紧回去一趟，将这些都告诉大太太，以大太太的聪慧，想必能明白任老太太葫芦里卖的是什么药。

直到任老太太打了个呵欠，任时佳问她是不是累了，荣嬷嬷便也明白自己得告退了，虽然她还什么话都没有说。

荣嬷嬷第二日一早就匆匆告辞回去，甚至连康氏都没有见。原本她还想要探一探这位突然冒出来的外室的底，现在却觉得任家老太太的态度更为要紧。

荣嬷嬷回去之后暂时没有再来，只是每隔几日，林家就会派人来给任时佳或者任老太太送些补药。

任老太太也打发过几拨人去接林氏，但林氏依旧不肯回来。倒是五老爷自五太太离开后，出乎意料地没有去云阳城接人。

原来在林氏走后，任时茂是想要过去的，偏偏任老太太气病了，任时茂没去成。后来任老太太教训儿子说："你若是这么上赶着找上门去，就不要想她回来。你且好好在家里待着，不出半个月，她自己就会回来。"

任时茂虽然对自己母亲的话半信半疑，可是想到林氏的态度，他也不想自己的面子在自己家里丢尽，还要继续丢到岳家去。这么想着，任时茂对林氏也不是没有一点怨怼的。

在林氏回娘家的这段时间，康氏倒是会时不时地照顾一下任时茂。她现在的身份在任家是过了明面儿的，所以这也算是正常。正妻自己走了，还不允许小妾上来照顾夫主？

于是眼见着林氏离家的日子越来越久，任时茂非但没有去找人，反而与康氏越发融洽起来。

这样过了半个月，林氏带着女儿回来了。

当时任时茂正与康氏用饭，原本康氏是要站着伺候的，任时茂怜惜她有身孕，便让她一并坐下。

听到林氏自己回来的消息，任时茂立即起身，想要跑出去接林氏，却被康氏拉住："爷，您这么跑出去，那我们这半个月的努力不就白费了？您应该稳稳地在这里坐着，等太太来找您。否则太太能走一次，以后也能走第二次、第三次。您希望如此吗？"

任时茂想了想，觉得康氏说得也有些道理，毕竟林氏果然如她所料自己回来了，于是任时茂又坐下来："那我就听你的，在这里等她。"任时茂感激道，"丽娘，这次多谢你，若不是你帮我想法子，她肯定还是不肯回来。"

康氏微笑着摸了摸自己的小腹："丽娘也想看到爷和太太两人和睦，这样我和孩子也能好过一些。”

任时茂看向她还很平坦的腹部，有些愧疚：“丽娘，我虽然给不了你那种感情，不过我会好好照顾你和孩子的。惠君自小就脾气不好，你以后多忍忍她，实在忍不了就躲开，可千万别惹她。”

康氏看着任时茂，静静地应了一声“好”。

任时茂越发觉得康氏通情达理，是个难得的好女子。

五太太林氏刚一回来还很乖巧，先去老太太的院子请安。老太太也没有说她什么，只打发她回自己院子歇着。

不想五太太一回去就看到康氏果然如下人禀报的那样在她的院子里，且身上还穿着她的衣服。而任时茂则坐在那里与康氏有说有笑，连她回院子进屋子都没有发现。

这还得了？

原本林氏在娘家的时候被母亲说教这么久，心气儿也平和不少，这一下却是立即又给点着了。

她当即命令自己的婆子丫鬟上去逮住康氏，剥光扔出去。对于康氏解释说，她是因为不小心将茶水洒到身上，弄湿衣裳，五爷才让人去找了林氏早前已经吩咐要打赏给下人的旧衣裳给她穿的解释充耳不闻。

让人意外的是，当丫鬟婆子们按住康氏剥她衣服的时候，在五太太面前向来不会大声说话的五老爷却突然发了火。他上前将那些制住康氏的丫鬟婆子一个个全拉开，并指着五太太骂了一声：“泼妇！”

五老爷以前与五太太夫妻两人耍花枪打闹的时候，也不是没有骂过林氏“泼妇”。不过他这一次却捅了马蜂窝。林氏气得将自己母亲这些日子的教诲不知道抛到了哪里，上来就与五老爷扭打，导致五老爷脸上再次挂彩。

最后五老爷带着康氏去了康氏的院子，这还是康氏进府后五老爷第一次进康氏的院子。

第十三章

来　访

这样过了几日，府里倒是难得的一片风平浪静，就连五房那边，五太太林氏在任时茂真的搬去康氏院子后闹过两次，之后似是因为心灰意冷，安静了不少。在离开任家回娘家的时候，林氏恨不得让人给她将任家的事情每日报个三四次，事无巨细。

现在回了任家，她却下令不要再让她听到康氏那边的半点消息。

这一日下午，任瑶期依旧窝在西跨院的书房里练字看书，却听到书房外头几个丫鬟叽叽喳喳说得正欢，似是发生了什么事情。

“出什么事了？”任瑶期问几个满脸兴奋的丫鬟道。

桑葚忙回道：“小姐，是刚刚姑太太那边传来消息，说姑太太午时过后就开始发作。老太太已经吩咐稳婆去姑太太的院子候命，她和大太太也赶过去了。我们三太太正要去呢。”

任时佳要生产了？

任瑶期想了想：“是提前几日吗？”

雪梨道：“说是提前了两日发作。”雪梨看了看周围，压低声音道，“听说上午的时候姑太太去看了五太太，出来的时候有些不高兴。然后中午就感觉到肚子疼，之后身边的婆子一看，才知道是要生了。”

又扯上林氏？任瑶期摇了摇头。

这时候任瑶期看到西跨院的院子外头，有一行人匆匆走过，好像是她母亲带着人出门了。母亲应该是去任时佳那里。

三太太一直守在那里没有回来。任瑶华在老太太的院子也没有回来，任瑶期晚饭是自己用的。

晚上，任瑶期一开始没有睡着，好不容易有了睡意正要睡去，却又听到紫薇院的院门被打开的声音，然后是有人进来了。

灯笼昏黄的光线从任瑶期蒙了白色细纱的南窗下映过，由远而近，由近复远，任瑶期听到周嬷嬷小声吩咐丫鬟婆子的声音，知道定是李氏回来了。

穿鞋下床，任瑶期迅速穿好罩衫，跑了出去。李氏那时候已经走到正房。

“母亲，姑姑她还好吗？孩子还好吗？”任瑶期问道。

李氏回头，看到跑出来的任瑶期，笑容温和。她点了点头：“嗯，你添了一个表弟。明日就可以过去看看他。”

任时佳生了儿子。

任瑶期对任时佳这个姑姑的印象还算不错，闻言也替她高兴。

第二日，任瑶期和任瑶华一起过去看望新出生的孩子。

任时佳这次生产还算顺利，并没有出现什么凶险，所以身体除了脱力之外并无什么毛病，任老太太终于放了心。

因还未出月，无论是大人还是小孩都不好移动，所以任时佳理所应当地又可以在娘家多住一个月。

这次姑爷林琨也留了下来。

任瑶期和任瑶华走的是一条平日里没有什么人的小道，因为走小道去任时佳的院子近一些。

不想在走到任时佳院子后面小竹林外的一条小径的时候，发现有两个人躲在竹林里说话。因那竹林算不上茂密，林子又不大，所以两个人的身影走近的话就能看出来。

可是，在听到这边有人过来后，那两人竟慌慌张张地立即分开，然后一个往东跑，另一个直接钻进竹林子的另外一侧，一眨眼就不见了。

“什么人！”任瑶期身后的徐嬷嬷觉得不对，首先出声叫道。

众人抬头，只来得及看到一黄一青两个身影一闪而过。

“小姐，奴婢带几个人去看看，这两人鬼鬼祟祟地在这里说话。他们一听到有人过来就逃跑，肯定在谋划什么见不得人的事。”徐嬷嬷皱眉道。

任瑶期之前也看到了林子里的人影，不过因为离着也有些距离，且还有竹影遮掩，所以并没有看得分明。见徐嬷嬷说要追过去看看，任瑶期点了点头，让她去了。任瑶华让芜菁也跟着一起去。

“刚刚会是什么人？”任瑶华皱眉喃喃自语道。她经常皱眉，所以小小年纪眉头处总有两道隆起的纹路，美丽的小脸带了些严肃。

任瑶期缓步往竹林那边走去，任瑶华想了想，也跟了上来。

这一片小竹林的土十分松软，踩上去会在土中留下不深不浅的脚印。

任瑶期低头打量着两行新近留下来的脚印，若有所思。

“这定是之前那两人留下来的。”任瑶华说道。

那两人的脚印一大一小，都是女子常用的绣花鞋圆尖头的式样，应该不是男子留下来的。既然不是男女偷偷见面相会，那为何会见到她们过来就跑？

“我们先去姑母院子吧，在这里猜也猜不出个结果来。”任瑶期摇了摇头道。

“小姐，这附近只有姑奶奶的院子，说不定那两人就是逃到姑奶奶的院子里去了，我们正好可以留意一下，看谁形迹可疑。”香芹靠过来，小声道。

香芹说的也十分有道理，任瑶华点了点头，带头匆匆往任时佳的院子走去。

有几个丫鬟婆子站在庭院里小声说笑，见任瑶期和任瑶华进来了，忙上前来行礼。任瑶期的目光在她们身上一扫，发现是任时佳从林家带回来的下人。

“刚才有没有什么人走进来？”任瑶华逐一看过她们的鞋，发现都是干干净净的，并无泥土痕迹，便问道。

几个丫鬟婆子闻言有些奇怪地互看一眼，一个年纪稍长的婆子道：“回三小姐，奴婢几人没有看到有谁进来。院子里只有我们几个。”

任瑶华有些失望。

“三小姐和五小姐这是……”那婆子试探地问。

任瑶期笑道：“没事，刚才看到有人走在我们前面过来，我们还以为是哪个姐妹先到了，所以问问。”

那婆子忙道：“早些时候就大少奶奶和四小姐一起来过，看过小少爷之后已经回去了。”

“那便是看错了。姑母她还在休息吗？现在能不能见客？”任瑶期问道。

婆子笑道：“太太那边怕是还在休息，奴婢领两位小姐去看看小少爷吧，长得可精神了。”

任瑶期和任瑶华过去的时候，一个奶娘、四个丫鬟、四个婆子全都守在房里，孩子还在睡，没有睁眼，巴掌大的小脸皱巴巴的，还是粉色的。孩子跟个小猴子似的，看不出来精神在哪里，也实在瞧不出来好看。

屋子里的人说话都轻言细语，任瑶期和任瑶华也十分小心，没有将孩子弄醒。

这时候，外头似乎又有人走进来，任瑶期转头正好看见一个中等身材，下巴方正的青年男子。

任瑶期和任瑶华看见来人忙上前去见礼，喊了一声：“姑父。”

原来是任时佳的夫婿林琨来了。

林琨笑着点了点头，往孩子那里看了一眼，然后轻声道：“小孩子刚生下来的时候会贪睡，等过一阵子，他就能与你们玩耍了。”言语间似是怕任瑶期和任瑶华嫌弃孩子无趣一般。

这时候孩子小脸皱成一团，细声细气地哭起来，好像是醒了。

林琨听见便大步往孩子那里走过去，弯腰将孩子轻轻抱在怀里。林琨抱孩子的姿势虽然并不熟练，却是十分正确的抱法，想必是得过乳娘的指点的。他低着头，微笑地看着怀里的孩子，面色十分柔和。

孩子似是认得父亲的气息，秀气地哭了几声后就不哭了，也没有睁眼，不知道是醒了，还是没有醒。

林琨将孩子抱到任瑶期姐妹俩面前，笑着耐心地解释道：“出生后只睁开过一次眼，之后就不肯睁眼了，不然也可以让你们看看。现在也只有那双眼睛长得好看些。”

林琨的话虽然是打趣儿子生下来后的样子有些丑，言语间却带着为人父亲的愉悦。

因为他语气温和又没有长辈的架子，任瑶华也忍不住附和他一句：“我听周嬷嬷说，孩子刚一生下来都是不怎么好看的，哭起来还跟猫叫一样。不过等过个几日，脸长开了，就好看了。”

林琨闻言嘴角微弯，点头道：“嗯，三姑娘说得对，那我就暂且不嫌弃他了。”

任瑶华忍不住扑哧一笑，不由得对这位极少见面的姑父好感大增。

有婆子欢欢喜喜地跑进来，行了礼道：“姑爷，我们小姐醒了，说的第一句话就是要看看小少爷。奴婢抱小少爷过去让小姐看看吧。”

原来是任时佳醒过来了。

林琨闻言笑问：“她进过食没有？老嬷嬷说醒来之后最好让她喝一碗药粥。”

婆子摇头：“小姐说要先看看小少爷。”

林琨将手里的孩子递给身后的奶娘，有些无奈地摇头道：“我去瞧瞧她，等她喝了粥，你再将孩子抱过去。”后面那一句话是对乳娘说的。

那婆子应该是任家老太太派来照看任时佳的人，见林琨这会儿还不忘关心妻子，心里也是欢喜，并不违背林琨的意思，反而赞成道：“姑爷说得是。”

林琨走之前温言对任瑶期和任瑶华道：“你们姑姑暂时还见不得风，所以屋子里不怎么透气，你们怕是会不适应。今日就不用见她了，我会将你们来的事情告诉她。”虽是拒绝的话，却让人听着觉得体贴。

任时佳这会儿醒来，是因为心里牵挂着才出生的儿子，任瑶期和任瑶华也不会不识趣地去打扰，便点头应了。

姐妹两人出来，任瑶华道：“姑父人很好。”任瑶华难得这么直白地用好话评价一个人。

任瑶期却是笑了笑，不置可否。

一个人的性情或许并不只一面，她只见过林琨几次，对这个人不好下判断。

两人出了院子之后，发现之前去追那两个可疑之人的徐嬷嬷和芜菁几人已经在院子外头候着了。

“如何？找到人没有？”任瑶华走过去，轻声道。

徐嬷嬷叹气，摇头道：“我们将四周都找了一遍，并未发现之前那两人的身影。”

任瑶期已经预料到这个结果，闻言也不失望，点了点头道："或许只是两个偷懒耍滑的人，既然找不到，那就算了吧。"

话虽是这么说，可是一回到紫薇院正房，任瑶期就将苹果叫过来："查到了吗？"

苹果走上前来，低声道："奴婢拿着那两双脚的尺寸去找了大少奶奶身边的刘嬷嬷，刘嬷嬷给奴婢找出来这次做夏衫的时候内院诸人报上去的尺寸。那双小一些的脚的尺码与府里许多丫鬟的尺码都一样，查不出来。大脚的那个，因为鞋的尺码偏大，且左右脚的尺寸还有些微差距，所以奴婢查到了。"

任瑶华惊讶地看了任瑶期一眼："你什么时候打发她去查这个的？两行鞋印也能查出人来？"

任瑶期笑道："我之前在看那脚印的时候用自己的脚大致量了一下，发现尺寸有些偏大，且两只脚好像长短不同，这才偷偷吩咐她去找大嫂的。你走在前面，没有听见罢了。"

任瑶华看了任瑶期一眼，转头问苹果："是什么人？"

苹果见任瑶期点头示意她说，便轻声道："府里大脚的婆子有二十来个，大多是外院的或者粗使婆子，内院里只有六个，与那双脚尺寸差不多的有三人。左右脚尺码不一样的只有姑奶奶院子里的那个被人称作温嫂子的厨娘。之后奴婢又去姑奶奶的院子一趟，那个温嫂子果然是等你们走了以后才回去的，且她今日穿的就是一件青色的褂子。"

"是姑母院子里的人？"任瑶华皱眉道。

任瑶期想起来那一次在任时佳院子里见到的那位做药膳的温嫂子。江南人，方家老太太帮任时佳找的。

任瑶期之前就怀疑这个温嫂子发现任时佳小产有蹊跷的时机太过于凑巧，又是方家举荐给任时佳的，现在看来，这个厨娘应该与方姨娘有些关系。

任瑶期让丫鬟们下去，任瑶华叫住芜菁，让她注意那个温嫂子的动向。

等人都下去，任瑶期将自己的一些猜测与任瑶华说了。

"她们到底想要做什么？"任瑶华冷着脸道。

任瑶期想了想，摇头："只能且看着了。"

就凭这些表面上的蛛丝马迹，她只能猜测那个姓温的厨娘有问题，很有可能是方姨娘为了设计林氏而让自己的娘家安排过来的。如今林氏一方已经毫无招架之力，方姨娘还想要利用那个厨娘达成什么目的，任瑶期还真的猜不到。

不过现在至少已经有了些头绪，总比两眼一抹黑要好得多。

这里姐妹两人还在猜测那个温嫂子，没有想到的是，过了两日，她们就听说温嫂子向任时佳请求要回江南。

任瑶期不由得有些意外，方姨娘辛辛苦苦地安排人去了林家，只是为了达到整倒林氏的目的？

这一日是任时佳孩子的洗三日，因为任时佳是在娘家坐月子，所以孩子的洗三也在娘家办了。

一大早，任瑶期和任瑶华跟着李氏一起去了任时佳的香暖阁。

任时佳的精神很好，任瑶期进去看她的时候，她正斜靠在床头，自己将睡熟的孩子抱在怀里，整个人都洋溢着喜悦幸福的光彩，一副有子万事足的样子。

见李氏带着任瑶期、任瑶华来看她，她还主动将孩子递给任瑶期和任瑶华，让她们抱，见任瑶期和任瑶华都是一副手足无措的模样，她看着咯咯直笑。

李氏道："还是让奶娘抱着吧？她们哪里会抱孩子？可别磕着碰着了。"

任时佳却撇了撇嘴，对李氏抱怨道："这话可别让他爹爹听见。昨儿玉儿过来看孩子，说要抱抱，我担心孩子磕着碰着没有答应，就被他爹给教训了。说是儿子就得要粗养，照我这样护着，以后长大了也成不了什么事。"

虽说是抱怨的语气，不过在场之人都能听出来这当中的娇嗔。任时佳和姑爷林琨的感情向来是极好的。

李氏就在一边看着她笑。

任时佳却看着怀里的孩子，突然叹息一声："我也不指望他成什么大事，只希望他平平安安地长大成人，娶妻生子，继承林家二房的香火。"

李氏见她如此，知道她可能是想起了之前没有保住的几个孩子，不由得也有些唏嘘。任时佳是任家人中难得待她亲近些的，所以她对任时佳也很有好感。她真诚地安慰任时佳道："你吃了那么多苦，如今定是苦尽甘来了。放心，孩子一定会健健康康长大成人的。"

任时佳闻言不由得一笑，看着李氏道："所有人都说我福气好，嫁到林家这么些年都是享福的，也只有三嫂你觉得我是吃了苦头……只有三嫂你明白我的难处。"任时佳虽说是笑着的，眼眶却红了。

李氏忙道："瞧我，好端端的说这些惹你伤神做什么。坐月子的人是不能落泪的。"

任瑶期凑过去看乳娘怀里的孩子，见他含着自己的拇指头睡得正香，脸上比刚出生第二日的时候已经好许多。她故意嘀咕道："姑父说表弟过几日就能睁眼看我们了，这都第三日了，还是这么好睡。"

任时佳在那边听到，忍不住笑了："你姑父没有骗你，他会睁眼了，只是刚吃了奶正在睡觉呢。"

李氏瞪了任瑶期一眼，轻叱道："没规矩。"

任时佳心情却好起来，对李氏道："这可不是瑶期没规矩，相公对孩子向来好脾气，在林家的时候，那些侄儿侄女就喜欢六叔长六叔短地叫，有什么事情也总是喜欢找他这个六叔。"

"姑姑，听说你那个会做江南点心的厨娘要回乡？"任瑶期坐到任时佳身边，问道。

任时佳点了点头："她过来的时候并未签卖身契，这次说是家里的母亲重病，要回去照料。我原本找她来是因为怀着孩子，需要个会做药膳的。现在孩子已经生了，她又是为了要尽孝道才提出要走，我也不好拦着。"

见任瑶期听着不说话，任时佳突然想起来什么，笑着道："你是喜欢吃江南的糕点吗？以后我再让姨母替我找个厨娘来就是。"

任时佳一直以为任瑶期对江南的糕点有兴趣，在任家的这几个月总会让自己的小厨房做一些糕点送给各房各院，还总是会主动派人去询问任瑶期想吃什么点心。

任瑶期不好意思地笑了笑："她的点心做得确实很好吃呢，姑姑之前不是说会将她留下来吗？她是突然提出要走的？"

李氏闻言却有些奇怪地看了任瑶期一眼，任瑶期表现得好像自己很喜欢吃任时佳送过去的点心，不过她自己的女儿她是知道的。任瑶期不爱吃太甜的糕点，而江南的点心都是偏甜的。

她没有当场拆穿任瑶期，只是坐在一边喝茶。

“是啊，原本我还问过她，她说愿意待在燕北。昨日却过来说想要离开，回江南去。”任时佳也有些遗憾地叹气道。

她对这个厨娘还是很满意的，药膳和点心都做得好，人也机灵。有这样懂一些药理的人在身边，她以后回林家也不怕别人暗中给她和孩子使坏。

任瑶期却在猜测温嫂子突然离开的原因，是与上次被她们撞见的事情有关系？听任时佳的意思，她原本并不打算这么快就离开。这是方姨娘的意思，还是谁的意思？

任瑶期不知道的是，这时候她暗中打听的温嫂子正在见林琨。

林琨看着端着托盘进来的妇人，暗自皱眉：“有何贵干？”

温嫂子将茶盘里的粉彩福寿盖碗放到林琨面前，皮笑肉不笑地道：“奴婢是奉太太的命来给爷送莲子羹的，爷慢用。”

林琨看也不看那盏所谓的莲子羹，只冷淡地点了点头：“放下就出去吧。”

温嫂子脸色也沉了下来：“林六爷，您当初是怎么答应我主子的？这会儿却要过河拆桥？”

林琨淡声道：“林某人不曾记得自己答应过什么人什么事，也不懂你在说什么，你的主子是谁？我若是没有记错，你是方家举荐给我们的厨娘。”

温嫂子皱眉道：“林六爷，不要将别人的好心当成驴肝肺！”

林琨微微一笑：“是好心还是驴肝肺，不用你提醒，我也知道。我林家的事情不想要一个莫名其妙冒出来的外人来横插一脚。至于你，原本说好了很快就会离开，我才睁一只眼闭一只眼，让你留在林家，并跟着太太来了任家。不想你主子却出尔反尔，想要你继续留在林家，好成为她以后的助力。你们主子也未免太高看我的涵养了！”

见温嫂子还想要说什么，林琨伸手打断：“这次的事情，我与你主子算是互不相欠，想必以后也不会再有什么牵涉。听说你已经与太太言明要离开，过两日我们林家有船去京都，你可以搭乘林家的船走。”

温嫂子见林琨油盐不进，心下气恼，不由得冷笑道：“多谢林六爷费心！”

林琨摆了摆手，示意温嫂子离开，温嫂子冷着脸转身走了。

温嫂子从林琨这里出来之后脸色十分不好看，虽然方姨娘那边对她并未责怪，反而应承给她一笔银子，让她回江宁，可是回去之后她能做什么？方夫人从娘家带出来的心腹不少，对她这种半路投靠的绝对不会真的全心全意地信任，她也是因为看出来这一点，才会主动请缨来燕北帮方家的姑奶奶。

从小径中快步转出来的时候，温嫂子差点撞到一行人。还好走在前面的一个小丫头反应十分灵敏，跳着闪开。

温嫂子之前心情就不好，这会儿正要出口质问，可是在看到丫鬟身后的人之后脸色一僵，迅速露出来一个笑脸，屈膝福了一礼，喊了一声："五小姐。"

任瑶期微笑看着温嫂子这一瞬间的变脸，瞥了一眼她之前转出来的那条小径："温嫂子这是从哪里来？"

温嫂子想着面前的不过是个乳臭未干的小姑娘，心下松乏了几分，回道："之前太太吩咐奴婢，每日这个时候给在书房看账册的林六爷送一盅甜点。"

任瑶期收回视线，点了点头："听说温嫂子要回乡了？你做的甜点很好吃，我很喜欢，以后怕是没有机会吃到了。"

温嫂子在人前是个性子活泼又开朗的妇人，闻言便笑道："五小姐喜欢吃什么？奴婢回去给五小姐做些送去。奴婢左右也要过两日才会离开任家，做些点心的时间还是有的。"

任瑶期闻言十分高兴："那样太辛苦温嫂子了，姑姑知道了怕是会笑话我嘴馋。"

"五小姐这是哪里话，我们六太太最疼几位小姐了，您爱吃她院子里的点心，她不知多欢喜呢。"

这个时候的温嫂子一副温良忠仆的模样，哪里有之前那种冷然的脸色。

任瑶期便随口说了两个点心的名字，温嫂子记好之后，恭敬地退下去。

从回廊里走出来之后，任瑶期往后头看了一眼，温嫂子已经从另外一条岔道离开。看着之前她走出来的那条小径，任瑶期不由得若有所思。

方姨娘和林琨之间有何牵扯？

而温嫂子之前的脸色那般难看，又是为了什么？是不是她离开任家并不是她自愿的？依着方姨娘的性子，即便只是一颗棋子，她也不会在棋子还没有发挥出大效用时就弃了，这并不是方姨娘的风格。

任瑶期觉得这当中定有什么不对，可是依旧隔着重重迷雾。这种感觉实在有些不好受。

知己知彼才能百战不殆，要想个什么法子才能将这件事情弄明白呢？走在园子里的任瑶期不由得迅速转起脑筋。

第二日上午，任瑶期正与任瑶华一起在李氏房里听周嬷嬷教她们家务之事，一个让任瑶期意想不到的人突然来访。

任瑶期听到门房的婆子急急忙忙跑过来，气喘吁吁地说燕北王府郡主来了，还是指名来找她的。任瑶期也是一脸惊讶。

看着李氏、任瑶华和周嬷嬷都疑惑地朝她看过来，任瑶期收回自己惊讶的表情，笑道："上次郡主说要来白鹤镇玩，我还只当她是说笑的，不想今日真的来了。"

李氏想了想，笑道："看来这位郡主是与你投缘。来者是客，你快拾掇拾掇去见见吧。"

萧靖琳这么一来，自然将任家上上下下的人都惊动了。老太太首先反应过来，忙带着大太太亲自出了荣华院去迎接。

老太太这么郑重也并不奇怪，萧靖琳虽然只是郡主，可是以萧家在燕北的地位，萧靖琳的地位其实等同于公主。燕北的女子都想要与她相交，可惜萧靖琳一年到头都不在府里，基本上没有参加过名门淑媛的各种聚会，所以这次她主动来到任家，让任家的女眷们惊讶之余，也不由得有些受宠若惊。

所以等任瑶期知道消息之后，萧靖琳已经被任家恭恭敬敬地请到了荣华院。

任瑶期和任瑶华过去的时候就看到面色淡然的萧靖琳安安静静地坐在上首，任老太太坐到下首。

大房的大太太、大少夫人、四小姐任瑶音都站在任老太太身后，甚至连正在与任时茂冷战并且看谁都不顺眼的五太太林氏也带着任瑶玉过来了，也只有她自以为熟稔地在与萧靖琳说话。虽然萧靖琳只是简单地点头，也没有打消五太太的热情。

见任瑶期和任瑶华进来，五太太对萧靖琳道：“郡主，我们家瑶期过来了。”

任瑶期和任瑶华上前去给萧靖琳行礼，老太太皱眉看了她们身后一眼：“你们的母亲呢？怎么不过来见郡主？”任老太太觉得连她都出门去迎萧靖琳了，三太太李氏却连面也不露，实在有些不成体统。

任瑶期是知道自己的母亲的，献王府虽然已经不在，可是她并没有向藩王的女儿卑躬屈膝的觉悟。李氏并不是故意端架子，她的骄傲是被自幼培养，融入骨子里的，所以她也不是故意不来，而是没有意识到自己要来。

任瑶期知道有些事情会触动母亲心里的某一根弦，让她难过，所以也没有提醒李氏。

“桂嬷嬷，你去请三太太过来。”任老太太朝桂嬷嬷吩咐道。

任瑶期眉头不由得微皱，坐在上首的萧靖琳却道：“不用了，我上次已经见过三太太了。今日我是来找任瑶期的。”

任老太太这才作罢，笑着问萧靖琳道：“郡主是上一次在白龙寺的时候见到期儿的？”

萧靖琳看了任瑶期一眼，颔首。

“难怪如此投缘。”任老太太笑眯眯地点了点头。

略坐了片刻，萧靖琳将手中的茶碗放下，起身道：“我想邀任瑶期出门一趟，白鹤镇我还是第一回来，想要她带我出去逛逛。”

萧靖琳将要出门逛逛说得十分顺口，好像对她而言是一件再稀松平常不过的事情。其实燕北虽然不像江南那边礼教森严，但不是一些与民同乐的重大节日，世家小姐们也很少出门闲逛，毕竟身份摆在那里。

时人相信养在深闺才能培养出温顺知礼的淑女，没有哪家的淑女是在市井中锻炼出来的。这一点，民风再开放也改变不了。

任老太太却想也没想就同意了，还笑着道：“不如让瑶华、瑶音也陪郡主一起去吧，人多热闹一些。”

五太太林氏忙将自己的女儿往前推了推道：“对，对，还有我们玉儿，也一起去。”

萧靖琳看了任家其他几位小姐一眼，淡声拒绝道：“不必了，我不喜欢人多，只要任瑶期就可以。”

任家能与燕北王府扯上关系是巴望不得的事情，任老太太恨不得萧靖琳与她几个孙女都能打成一片，这样有助于任家姑娘们身价的提高。

所以萧靖琳的拒绝让任老太太有些失望，不过她也不好强求，只有再三吩咐任瑶期，让她好好照顾郡主，尽一尽地主之谊。

任瑶期将任家众人各异的神色皆收眼底，她低头乖顺地跟在萧靖琳身后，出了荣华院。

不知道是不是任瑶期的错觉，萧靖琳出来以后似是长长地呼出一口气。虽然萧靖琳面上不动声色，站得离她极近的任瑶期还是感觉到了。

想必有些不习惯与这些内宅妇人周旋吧？任瑶期想起萧靖琳常年住在边城，很少回燕北王府。

才出了荣华院，任瑶期就看到任老太爷和大老爷疾步往荣华院这边走来。任大老爷最先看到任瑶期和萧靖琳，忙对任老太爷说了一句什么。

任老太爷也抬首看过来，然后脸上挂着恰到好处的笑容走过来，朝着萧靖琳行了一礼：“小人任永和见过郡主，郡主真是稀客啊！”

大老爷也跟在任老太爷身后行礼。

萧靖琳点了点头，淡声道：“叨扰了，我要与任瑶期出去逛一逛。”她的语气和神态与热络实在扯不上关系，倒是带着几分疏离，与之前在荣华院里见任家女眷的时候差不多。

不过任老太爷还是乐呵呵地道：“这白鹤镇虽小，却也有几个地方能看看。比方说灵隐泉和道门山，另外，镇上有一家叫作凤仙楼的酒楼，名字虽然不怎么起眼，楼里的凤仙包却堪称白鹤镇一绝。此外还有……”

说到这里，任老太爷看了任瑶期一眼，笑道：“不如让期儿的兄长也跟着一起去？也方便带你们四处游览。”

任瑶期低着头，当作迟钝地没有看到任老太爷投过来的眼神。

萧靖琳已经开口回绝了：“不必，我有随从带路。”

任老太爷便也没有再坚持，只笑着邀请道：“那还请郡主务必来寒舍小住几日，你既与期儿投缘，姐妹两人也多亲近亲近。”

任瑶期听了这话都觉得脸红，这关系攀得还真快。任老太爷还帮她与郡主攀上姐妹了。

萧靖琳没有答应，也没有回绝，只点了点头，便走了。

任瑶期看了任老太爷一眼，跟上去。

“郡主今日怎么会来白鹤镇。”等看不到任老太爷的身影，任瑶期试着打破沉默的气氛。

其实她与萧靖琳连认识都算不上，两人说过的话总共没有十句。而萧靖琳很显然并不是一个自来熟的人，所以这会儿单独相处，气氛便有些理所当然的僵硬。

“嗯，来看看。”萧靖琳的回答十分简短，显然并不多热衷于与任瑶期交流。

任瑶期便也不再说话。

两人如第一次见面的时候一样，默不作声地一路前行，只是这一次任瑶期不是被萧靖琳拉着走的。

奇怪的是，任瑶期觉得这样的沉默似乎更适合萧靖琳一些，气氛也不再那么僵硬。

任瑶期看了萧靖琳一眼，这一眼难得的带了些好奇。她突然有一种感觉，相比于豪门大院里花团锦簇奴仆成群的生活，这位少女似乎更适合独来独往。

等出了二门，到了萧靖琳的马车前，任瑶期才发现原来今日给萧靖琳赶车的人竟是冬生，任瑶期稍微意外之后就明白了。既然她与萧靖琳没有什么交情，那萧靖琳应该还是受萧靖西所托来找她的。

不过任瑶期没有在马车里看到萧靖西，萧靖琳的那一辆马车里最后只坐了她自己和任瑶期两人。任瑶期带出来的丫鬟婆子让任家另外派了一辆马车出来。萧靖琳倒也没有嫌麻烦，只安静地等着。

马车最后向镇外驶去，到了离白鹤镇不远的西山。

因为西山上有不少的煤矿煤窑，附近还有一些大大小小的瓷窑作坊，山路都被来来往往运送货物的车辆踏平了，所以山道十分宽敞平整，马车一路行来，如同行驶在平地上。

正在这时候，迎面行来一队长长的拉煤的车队，行进之间还能听到清脆的铃声。萧靖琳正掀开车帘子往外看，看到车队的时候“咦”了一声，“是骆驼？”

任瑶期转头看了一眼，认出来车队中任家的标志。任家的管事带着几个矿工驱赶着几十头单峰驼叮叮当当地行来。

“嗯，这里大多是山路，这一带在煤窑建成之前，附近还有不少的石灰窑，因为马车不好走山路便用的驼车。后来煤窑建成了，便也用骆驼运煤。经年累月下来，这条山路倒因为走的车多了，变平稳不少，所以任家现在的煤窑有马车，也有驼车。因为骆驼负重要比马多得多，且没有马那么精贵，所以煤窑运煤的话，还是喜欢用骆驼。”

萧靖琳点了点头：“我骑过骆驼，不过是有两个驼峰的那种。”顿了顿，“骆驼还救过我的命。”

萧靖琳突然来这么一句，让任瑶期有些意外。萧靖琳是在说她以前在边关的时候遇到的事情吗？

不过萧靖琳只说了这么一句便不再开口，只静静地看着那一队骆驼从她们面前过去，带起一片尘土。任瑶期眨了眨眼，沙粒进了眼，有些疼。她掏出手绢擦了擦，索性闭上眼睛等车队过去，萧靖琳不拉上车帘子，她也不好说什么。

萧靖琳察觉出任瑶期的不适，便将手里的窗帘放下来，四处飘飞的尘土被隔离在车外。

任瑶期这才睁开眼，有些抱歉地笑了笑。

萧靖琳看着任瑶期将手里的帕子收起来，才道：“这点尘土你也受不了？”她说这话倒没有轻视的意思，而是带着些好奇。

任瑶期看了萧靖琳一眼，半真半假地道：“嗯，郡主不怕，是因为郡主的眼睫毛比我的要浓密。”

萧靖琳一愣，随即却笑了一下：“这个说法倒是新鲜。”她的笑容来得快，去得也快，只在脸上稍稍浮现，任瑶期还没有看清楚便又消失不见了。

“我让萧靖西来试试。”萧靖琳又冒出这么一句。

任瑶期仔细想了想萧靖西的眼睫毛，好像也是浓密的，便也不由得笑出声：“那郡主可别说是因为听了我这一句才让萧二公子来试的。”

“为何？”萧靖琳随口问道。

为何？任瑶期无语，自然是怕他找她来算账。

经过这么一段对话，两人终于熟稔一些，气氛也好了不少。

“郡主以前那一头骆驼呢？带回来养了没有？”任瑶期试着找一个萧靖琳喜欢的话题。

不想萧靖琳闻言却觉得有些奇怪：“没有带回来，已经吃掉了。”

任瑶期：“……”

看到任瑶期的表情，萧靖琳想了想，还是开口解释道：“一般而言，将士们是十分爱惜自己的战马的，因为在战场上战马就是自己的一双腿，有时候还是最亲密的战友。不过若是到了粮食稀缺的时候，战马还是会被杀掉。在战场上，‘杀敌’和‘保命’总是最先要学会的。”

虽然口中谈论的是生死之事，萧靖琳语气依旧淡然：“……我的第一匹战马是我自己从小养到大的，名字叫雪鹰，它也是被吃掉的。视为战友的战马尚且如此，何况是骆驼。一头骆驼能让一个二十几人的精良队伍保持战斗力四五日。四五日足以撑到援兵找来。”

任瑶期听着萧靖琳的话，不由得对她这些年来的遭遇好奇起来。萧靖琳比她大不了两三岁，可是说起这些事情的时候却显得沉稳而沧桑，与稚嫩美丽的脸十分不协调。

萧靖琳注意到任瑶期在认真打量她，话语不由得一顿：“抱歉，你可能不喜欢听我说这些。”

任瑶期笑着道：“怎么会？还从未有人与我说起战场上的事情，我觉得很新奇。”

萧靖琳却认真地摇了摇头：“古来征战几人回，战场上的事情从来就只有残酷。”

见萧靖琳那张精致的小脸上表情有些沉重，任瑶期笑着转开话题：“郡主学过武吗？上次在白龙寺的时候你扔钱币敲福钟扔得挺准。我小时候每次去寺里上香，母亲也会让我扔几枚钱，可是从来没有中过呢。”

萧靖琳闻言点了点头：“嗯，我三岁开始跟着尉迟叔叔学骑射和近身功夫。”

“三岁？很苦吧？”任瑶期微愕，那是刚学会跑跑跳跳的年纪吧。

“苦？”萧靖琳眼中有些惊讶，似是从未想过这个问题，她下意识地伸出右手来低头看着自己的掌心。

任瑶期也低头去看她的手掌，却发现她原本应该纤细柔软的右手，关节处比一般女子要分明，手掌和指中处有厚厚的老茧，萧靖琳的手很显然比一般女子的手要粗糙。

萧靖琳缓缓握拢手心，复又抬起头，目光平静，摇了摇头：“不苦。”

任瑶期突然不知道该如何接这句话。

马车里又静了片刻，直到萧靖琳主动开口道：“你呢，小时候是怎么过的？”

任瑶期沉默一会儿，才道：“每日写字，画画，看书。”

她沉默倒不是因为不好回答，而是因为她有些记不起来自己小时候的事情了，不过应该不外乎就是这些事情吧。

萧靖琳闻言若有所思：“怎么与萧靖西一样？难怪你们能谈得来。”

任瑶期：“……”

“还有做针线和跟姐姐吵架。”任瑶期微笑着补充道。

萧靖琳一愣，皱眉想了想：“针线他肯定不会，吵架……”萧靖琳摇了摇头。

“你与你姐姐不和？”萧靖琳问道。

这个问题让任瑶期想了片刻：“可能是我嫉妒她在母亲面前比我受宠吧。”

萧靖琳理所当然地点了点头：“原来如此。萧靖西比我受长辈宠爱，不过我不会因为这个原因就揍他。”

任瑶期：“……”

这时候外面赶车的冬生一声吆喝，马车稳稳地停下来，萧靖琳揭开车帘子往外看了一眼，任瑶期的视线也投向车厢外。

这里还是城外，马车行驶在山道上，两旁是平缓起伏的山陵。不过这里应该是前不着村后不着店的地儿。

任瑶期想着自己好像还没有问过她们要去哪里，正想要开口问，萧靖琳却淡声道：“后面的马车没有再跟来？”

冬生的声音隔着帘子响起：“回郡主，已经甩开了。”

任瑶期不由得惊愕："有人跟踪我们？"

萧靖琳没有说话，任瑶期突然像是想到了什么："是任家的人吗？"

刚才她们出门的时候遇见任老太爷，任老太爷应该是听说郡主来了，刻意赶回来的，不过萧靖琳拒绝了他让任家人当向导的意思，任老太爷还是派了人跟上来？

萧靖琳点了点头："嗯，从我们出府就跟上来了，不过他们并不是悄悄跟来的。想必是不放心你的安危，所以让人远远跟在后面。"

任瑶期心下不以为然，任家上下现在想的定然全是怎么借着萧靖琳攀上燕北王府，哪里有工夫来担心她的安危。不过这种话她自然不会对着萧靖琳说出来。

反倒是萧靖琳略带歉意地解释道："我不喜欢有人跟着，所以一早就吩咐过小厮，只要有人跟上来，就想办法摆脱掉。"

任瑶期点了点头，笑道："我倒是忘记问了，我们这是要去哪里？"

萧靖琳倒是比任瑶期还要不解的样子："不是说了吗？去街上逛逛啊。"

这时候马车又动起来，任瑶期发现马车开始掉头。

难道她们出城跑这么远就是为了摆脱任家派出来的人明目张胆的跟踪？让人下去跟那些人说一声，不是更快一些？任瑶期觉得自己还是有些无法跟上萧靖琳的思路。

于是马车又开始回城。任瑶期注意看了一下马车外的景致，发现和她们出城的时候不是一条路，显然冬生对白鹤镇的地形也十分熟悉。

此时已临近中午，不少走官道路过白鹤镇的客商开始拥进镇子。白鹤镇虽然称为镇，却比一般小镇要大不少，且镇内主干道上商铺林立，十分繁华。当然，占铺面最多的还是各类酒楼和客店。

马车正从之前任老太爷提到过的那家"凤仙楼"驶过，萧靖琳看了一眼便收回视线，显然对这里不感兴趣。

"时候不早了，我们找个地方吃饭吧。"萧靖琳对任瑶期道。

任瑶期点了点头，前一世在离开任家之后她也与市井接触过，不过在任家的时候除了去寺里上香的时候会在寺里吃斋菜，她没有在外头用过饭。

白鹤镇上酒楼饭馆不少，但是一般都是接待来往商旅的，能上档次的却极少。“凤仙楼”算是白鹤镇里比较好的酒楼了。

马车缓缓行进一条胡同，离开镇上的主干街道。任瑶期发现周围的景物倒是熟悉起来，因为这里她来过几次。这里是关公庙附近的一条小巷。

萧靖琳对任瑶期道：“再往里走路比较窄，你带上一两个丫鬟，其余的人去那家茶楼里等吧。”

萧靖琳说的茶楼就在马车右面，看起来还是比较体面的。

任瑶期没有反对，让冬生去后面将苹果叫过来，并让其余的几个人跟着桑葚一起去茶楼里候着。

行了并不多久，马车终于停下来。萧靖琳率先下了车。

任瑶期发现她们进了一条比较狭窄的巷子，巷子纵深很长，却只能勉强驶进来一辆马车，也是冬生的技巧高超才能平平稳稳地进来。

任瑶期一下马车就闻到一股浓烈的卤味香气。

原来马车前面就是一家卖卤驴肉的店面，这间店面看上去不大，甚至连个正式的牌匾也没有，只用一根竹竿支起一块布幔，上面写着工工整整毫无特色的“卤驴肉”三个字。

萧靖琳下马车之后就径直进了这家店，才进门想起来任瑶期还在后面，便又掉头出来，朝任瑶期招手：“进来，就是这里。”

因为还没有到吃饭时间，这家店面又不怎么起眼，所以周围并没有什么人。见任瑶期走来，萧靖琳又回头走自己的，只是走得慢了一些。

任瑶期进去之后才发现，虽然这家小店不大，里面却很整洁干净，前面的门面只有四张木桌，桌上还摆着些用瓦罐装着的叫不出名字的野花野草，倒是添了几分生趣。

里间的帘子一掀，一个四十来岁的妇人走出来，见萧靖琳和任瑶期进来，忙笑着上前招呼。

萧靖琳对她道：“将桌子摆在后院。”

那妇人忙应了，转头朝里间唤了一声。

一个二十岁左右梳着妇人头的女子带着一个七八岁的男孩子走出来。

妇人交代年纪轻的少妇去后院摆桌子。

那男孩见到萧靖琳后眼睛一亮，立即跑过来："将军，您来了。我上午和嫂嫂去采花的时候还采到新鲜的蘑菇，等会儿我娘给你煮汤喝。"

任瑶期惊讶地看了萧靖琳一眼，萧靖琳认识的？

妇人走过来轻拍拍他的头，小声责备道："还不快跟你嫂嫂去摆桌子？别吓到客人。"

男孩这才看到萧靖琳身后的任瑶期，他倒是不认生，还冲着任瑶期咧嘴笑。

萧靖琳对他道："我不是说过了吗，我不是将军。"

男孩却执拗地道："您会是的！等您当了大将军，我也要与我爹一样跟着您上战场！"

妇人沉了脸，一把揪住男孩的耳朵将他揪到一边："莫小亮，你今日的字练完没有？难不成你也要学你爹大字也不认识一个？"

莫小亮龇牙咧嘴，想要喊疼，可是看到萧靖琳在这里，又生生忍住了，只小声嘀咕："认字有啥用？咱们的招牌不是请巷子口的算命先生写了吗？还要我认字做什么！咱店里也不需要十个八个的招牌。"

妇人闻言气得脸都绿了。

倒是萧靖琳突然开口道："我不收不认字的。"

"啊？"莫小亮小朋友闻言忘记了挣扎，呆怔当场。

不过小孩子也聪明，眼珠子一转，欢喜道："那我若是识字，您就收我？"

萧靖琳想了想，点头："嗯。"

莫小亮立即挣脱他母亲的手，欢欢喜喜地跑走，一边还嚷嚷："写字喽，写字喽……"

妇人看着儿子的身影眨眼就跑不见，满脸满眼的忧虑，看着萧靖琳欲言又止。

不过不待她开口，萧靖琳就淡声对那妇人点头道："你放心。"

那妇人闻言松了一口气。

萧靖琳又转头对任瑶期道："你先进去等我，我去去就来。"

萧靖琳又与那妇人交代几声，转身出去。

那妇人带任瑶期去后院。

任瑶期这才发现，这间铺子前面的铺面虽然很小，里面的院子却大了三倍不止。虽然只是一个普普通通的后院，却种着些花花草草，墙角边还开了地，竟种着三七、山蓟之类的草药。

感觉到有人进后院，任瑶期转头一看，是冬生进来了。

冬生走到离任瑶期四五步远的地方停下，行了一礼："小的见过任五小姐。"

任瑶期笑眯眯地打量他，冬生的模样并无变化，精神倒是不错，那双眼睛依旧清亮灵活。

"你怎么会在郡主身边？"

冬生低头恭谨道："二公子也在白鹤镇，小的是奉命给郡主驾车的。"

萧靖西果然来了。

任瑶期看着冬生沉吟道："你可是有话要与我说？"

冬生点了点头，说道："表小姐，白龙寺那边有动静了。"

任瑶期一愣，随即却是一喜，忙问道："你说的是萧家的军队……"

冬生点了点头："前日军中又发生冲突，死了人。听闻请求燕北裁减军队的折子已经摆满皇上的案牍，过不了几日，京中应该就有圣旨下来。燕北王府会赶在圣旨下达前，将几部人马化整为零，让他们以雇农的身份分散到燕北的一些大寺庙里。到时候京中来了人，就算看出端倪也无计可施。"

任瑶期心中不由得欢喜。萧家军队不入宁夏，以后曾潜就算是来了，也不会有从前的实力。他的升迁之路也不会那么顺畅。

对于萧靖西的行动力，任瑶期也不得不佩服。这件事情她想的时候容易，要真正实施起来却困难重重。可是萧靖西办到了，还只用了这么短的时间。

冬生见任瑶期脸上毫不掩饰的喜悦，不由得道："这件事情成了，对献王府有什么好处？"

任瑶期道："我只知道朝廷的势力若是渗透到燕北，对献王府不会是好事。"

冬生想了想，赞同地点头："小姐说得对。"

任瑶期见他还时时想着献王府，轻叹道："同喜，你告诉我这些，你家主子会不会责怪？"

冬生见她唤他现在的名字，明白任瑶期的意思，想了想，摇头道："应该不会，小的感觉二公子好像猜到了什么。昨日同德去向他禀报这件事情的时候，他并没有让小的退下，今日又特意命小的跟着郡主去任家……小的感觉他好像知道。"

知道提出这个方法的人是她吗？

"小姐不用为小的担心，小的知道分寸。"冬生对任瑶期道，"二公子待小的不薄，小的既然已经跟了他，自然会尽心为他卖命。只是献王府……献王府就像是小的的家，小的不会忘记自己的出身。"

冬生这样，若是献王府和燕北王府一直相安无事，那自然是没事，若是哪一日有了利益冲突，他怕就……

不过从前献王府与燕北王府到最后也是井水不犯河水，甚至在李天佑偷偷进京去找她的时候也是睁一只眼闭一只眼，这一回应该也不会突然产生矛盾。

"对了，你有没有听说过一户姓瞿的人家？应该是几十年前燕州的望族，后来不知道因为什么家道中落，族人也大多死了。"任瑶期突然想起韩家的事情，忙问道。

瞿家既然死了那么多人，那就是发生了大事。若是如此，冬生说不定会知道。他们虽然不是燕北人，可是燕北人不知道的事情他们也知道不少。

冬生闻言仔细想了想，却还是摇头："小姐，您确定瞿家是大族吗？为何小的没有印象？按理说，燕北的望族，即便是几十年前的，小的也应该知道。"

对于这一点，冬生还是很自信的。论武功，或许连倚红都比他好，可是论起人情往来、世家规矩，他是最精通的。而燕北那些大大小小的名门望族，他都是记过族谱的。

任瑶期不由得有些失望，连冬生也想不起来有个瞿家吗？

"或许不是什么望族。"任瑶期不确定。

"或许是几十年前那一段因为辽人横行，一些人家遭殃后彻底没了踪迹，也没有被人记下来。不过小的一时半会儿还真的记不起来，要不小的再回去好好想想？我记得二公子的书房里好像有一些记载燕州过往历史的本地志，小的回去翻翻看能不能找出什么。”冬生见任瑶期失望，不由安慰道。

任瑶期点了点头。一般这种地方志都会记载当地一些大大小小的事情，若是瞿家真的是燕北的，应该能找出蛛丝马迹。

这时候，又有人进了后院。任瑶期转眸一看，不由得一愣，竟是萧靖西走了进来。

见任瑶期和冬生在说话，萧靖西并没有惊讶，也没有不快。

他缓步走来，打量任瑶期一眼，朝着她浅浅一笑：“任五小姐。”

“萧二公子。”任瑶期忙屈膝行礼。

莫嫂子端了茶上来，恭恭敬敬地将茶水放在桌上，又忙行礼退下。

萧靖西走到一盆龙胆草面前，右手食指轻轻托起一片刚萌发出来不久的嫩叶弯腰细看。

任瑶期站在离他不远的一盆木珠兰前，默不作声地看着他的动作。

“苏家给韩家下了帖子，邀请韩家与苏家和另外几家一道筹备下月端阳节云阳城外的龙舟比赛。”萧靖西转头看向任瑶期，笑容清浅。

任瑶期微愣之后，脑筋转得飞快。

云阳城里每年的端阳节都会组织龙舟比赛，但是筹备这赛事的都是燕州几个首屈一指的大家族。可以说，这是一族家族实力的象征。任家去年就曾经争取过这一资格，最后还是没有成功。

苏家是首次龙舟赛的筹备方，算得上赛事的发起人，苏家的邀请是十分有分量的。

不管韩家真正的实力如何，韩家毕竟根基太浅，且行事低调，按理说这种事情不应该找上韩家才对。

那苏家这么做的目的其实是醉翁之意不在酒？

韩家的盐井……这是任瑶期想到的原因。

苏家决定出手了？

“任五小姐知道缘故吗？”萧靖西看着任瑶期，笑着问道。

任瑶期抬头看向萧靖西，她总觉得萧靖西的笑容里有些别的什么意味。

微暖的风吹动着庭院里的花草，蜂儿蝶儿在枝叶间翩飞，近夏的气息在这小小的庭院中扑面而来。

任瑶期听见萧靖西的这一句，心中微顿，不过她很快就开口道："韩家曾与任家商议合办盐场，之后由于种种原因并未办成。我听闻苏家与云家也正在争夺西宁的盐场，苏家这次对韩家表示亲近，难道是因为韩家手中的几个盐井？"

萧靖西缓步走到任瑶期面前，若有所思地看着她，忽而一叹："任五小姐，你可知道韩家手中的盐井是哪里来的？"

任瑶期闻言心中一动，皱眉道："难道是燕北王府……"

萧靖西看着任瑶期不言语。

任瑶期垂眸，手指从身边那一株木珠兰的枝叶间抚过，心下沉吟。

在得知韩家和燕北王府的关系之后，她也曾猜测韩家手中的盐场是与燕北王府有些关系的。

可是现在萧靖西刻意与她提及这件事情，难道韩家手中的盐井还有什么别的用途不成？

当初她设计将苏家牵扯进来，除了想要将韩家和任家的联姻搅和了之外，还想要借着苏家的介入探一下路，好弄明白韩家对燕北王府的用处何在，以思应对之策。

"我上次就曾对二公子坦言，我对韩家有所怀疑，所以对韩家和任家合作之事并不看好。"任瑶期倏而抬头，看着萧靖西坦言道。

萧靖西的视线从任瑶期映在鲜嫩枝叶间的洁白如玉的纤细手指中转开，对上她清澈的眼眸。

"所以任五小姐设计了苏家？"萧靖西目光中的欣赏并未掩饰。

任瑶期忽而一笑："若是我说这件事情只是巧合，我并未做什么，不知道二公子信不信？"

萧靖西闻言轻笑，继而一本正经地摇头："不信。"

他自然是不信的，这世上或许会有不少巧合，但是他觉得任瑶期不是一个会寄希望于巧合之人。

任瑶期淡笑不语，眼神依然纯净清澈。

萧靖西叹道："任五小姐好心思，好手段。只是你可曾想过，你的作为可能扰乱了燕北王府的谋划？"

任瑶期闻言蹙眉，有些不解道：“燕北王府的什么谋划？与苏家插手韩家的盐井有关？”

萧靖西沉吟片刻：“原本苏家与云家对西宁的盐场皆势在必得，你让苏家与韩家在这个时候合作，等于就是间接帮助了苏家，让云家提前出局。”

萧靖西提到了云家……

任瑶期的思绪继续在脑海中翻转。

关于云家和苏家的恩恩怨怨她也是知道的，她以为让代表着老牌世家的云家和代表着名门新贵的苏家不合，是当年老燕北王萧岐山定下来的燕北王府制衡燕北各方势力的一种手段。

燕北王府的两位老王妃正好让苏家和云家的矛盾变得愈加不可调和。

而被燕北王府隐藏在暗处的韩家……

突然之间，任瑶期产生了一种想法，不由得心下微惊。

难道燕北王府已经对云家和苏家相互牵制的结果不满意了，因此想要打破这种局面，而韩家就是燕北王府暗中培植打破两家制衡关系的棋子？

这么想着，任瑶期不由得冒了冷汗。若真是如此，韩家对燕北王府的用处就不小了。

可是燕北王府为何突然想要打破当年老燕北王爷为了稳定燕北局势而刻意布置的制衡之局？

任瑶期的思绪放远了一些，想到那时候燕北的局面，苏家大少爷娶了曾潽的侄女，苏家在曾家和燕北王府之间的态度也开始暧昧不明。

难道燕北王府其实已经对苏家的异动有了察觉？

任瑶期虽是这么想着，可是也仅仅是猜测，并不能肯定是正确的。

于是她对萧靖西道：“二公子之前说苏家和韩家在‘这个时候’合作，会让云家‘提前’出局，打乱云家和苏家的平衡，以致‘扰乱燕北王府的谋划’……难道苏家和韩家合作的时机不对？若是再晚些时候，燕北王府就不怕打破云家和苏家的平衡了？”难道是燕北王府还没有准备好后续的布局？这句话任瑶期没有明说，只是含蓄地暗示。

萧靖西闻言，不由得一脸错愕地看着任瑶期，还差点被自己呛着。

任瑶期是怎么从他的只字片语中得出这个结论的？他觉得实在是有些匪夷

所思。

站在他面前的少女今日穿着件浅紫色绣着淡雅兰草纹案的短襦，素净的鹅黄色长裙长及脚踝，遮住大半个鞋面，显得亭亭玉立。最奇特的是，她身上带着一种独特的气质，让人忍不住想要探究。

任瑶期或许不是萧靖西遇见过的最美丽的女子，也或许不是最聪明的，但她是最独特的那一个。

萧靖西还从未对哪个女子投入过这么多的关注。

任瑶期见萧靖西眼神幽深地看着自己，却不说话，不由得有些不安。她是不是说得太多了？若是真的看破了燕北王府的什么隐秘，她就真的遇上麻烦了。

难道是上一次萧靖西愿意帮助她，所以她就对这个少年有了莫名其妙的信任？这还真不像她的性格。

萧靖西轻咳一声，微微侧过身去。任瑶期没有发现，她感觉有着深不可测幽深眼神的少年，脸上正泛着淡淡的潮红。

不过萧靖西向来是一副谪仙般不可捉摸的出尘姿态，心思也从不会轻易外露，所以别人看到了这样的他也只会以为是太阳晒的，绝对不会另作他想。

“你接下来打算如何？”萧靖西语气淡然地问。

不过眨眼间，他便又恢复了萧二公子应有的风仪，哪里有半点窘迫少年的模样。

任瑶期却觉得萧靖西这话问得有些莫名，她能打算如何？

可是因为摸不透萧靖西的心思，她只能试探地道：“我只是一个深闺女子，能做的实在有限，以后的事情只能听天由命。”

顿了顿，她突然对着萧靖西屈膝一福，认真道：“多谢萧二公子的照顾。”

萧靖西看了她一眼，淡淡道：“你不必谢我，我并未帮你什么。”他并未透露太多消息，都是任瑶期自己猜到的。对于这一点，就连他也不得不服。

任瑶期笑着摇头：“出于你的立场，你能接二连三地出言提点，我已经很感激了。只是趋利避害是人的天性，有些事情即便是我不愿意，也不得不做。若是不小心得罪了您，还请您不要与我计较。”

萧靖西沉默片刻，却道：“与燕北王府的利益无碍之事，我可以不过问。

但是韩家……韩家目前对于燕北王府还是有用的，你若是想要动，怕是很难。”

任瑶期闻言不由得皱眉，萧靖西是提醒她若是一而再再而三地在暗处设计韩家，终究会惊动燕北王府，从而惹祸？

“我并无心与任何人作对，若是韩家并不针对任家人，我也乐意和睦友邻。”任瑶期正色道，“可如果韩家真的心怀不轨，我难道要坐以待毙？”

这句话说得有些尖锐，让萧靖西也沉默下来。

任瑶期想了想，又道：“萧二公子，韩家对于燕北王府真的是无可替代？”

萧靖西想了想，含蓄回答道：“目前而言，韩家是最合适的。”

最合适也就并非无可替代？任瑶期心思微转。

那如果有人能代替韩家呢？

萧靖西似是猜到了她的想法，挑眉道：“任五小姐难道想要让你们任家代替韩家？”

任瑶期闻言，却毫不犹豫地摇头：“不，任家不合适。”

萧靖西闻言再次感到讶异，若是任家能替代韩家，对于任家而言绝对是一件好事。

尽管他刚才只是随口而言，任瑶期却不假思索就否决了。这让他很意外。

任瑶期心下苦笑，让任家攀上燕北王府，任家的掌权者自然是千肯万肯的。

可是任家掌权者是什么样的人，她心里再清楚不过。是以，她并不愿意看到任家卷入这场角力，因为卷进去的最终结果可能就是她们这些任家的棋子遭殃。

两人正说着话，便看到萧靖琳走进来，手中拿着一根用灰布包裹起来的长形物件。

任瑶期看着她手中的长形物体，好奇道：“这是你的长枪？”

萧靖琳见她好奇地打量自己手中包裹好的枪，犹豫了一下，还是大方拉起任瑶期的手，将枪递到她手里，想要让她看一看。

对萧靖琳而言，自己的武器一般不会给别人看，所以她这么做也算得上是一种友好表示。

只是不想枪还没有递到任瑶期手中，一旁就伸出来一只手，将她的枪接过去。

萧靖琳转头看向萧靖西，皱眉不语。

萧靖西摇头，将枪还给萧靖琳，轻声教训道："她拿不动你的枪，你硬是递到她手里，她的手腕会受伤。"

萧靖琳接回自己的枪，看了看任瑶期，明白过来："抱歉。"

任瑶期伸出自己的手看了看，朝着萧靖琳眨眼："是我该抱歉才对，凡事应该量力而为，我确实对你的枪有些好奇。"

萧靖琳想了想，将自己用来包裹枪身的灰布解开，露出枪头给任瑶期看，还道："看看就好，不要用手摸，枪头刚刚打磨过，很锋利。"

银色的枪头在阳光下泛着刺眼白光，任瑶期点了点头，不伸手去碰，就着萧靖琳的手打量几眼："原来这就是枪，我只在书中的插画里看过。"

"你看的什么书？"萧靖西看着她们两人在那里说话，笑着插了一句嘴。

"《侠义英雄传》。"任瑶期下意识地回了一句。

在场三人皆是微愣，萧靖西忍不住轻笑出声，撇过头去。

任瑶期脸皮再厚，这会儿也有些脸红。

这种书不是闺阁女子看的，书里描绘的人物大多数出身市井，一身市井之人的脾气，所以这种书算是闺阁里的禁书。

从前任瑶期跟在裴先生身边的时候，因为裴先生本身是不拘小节之人，什么书都看，所以任瑶期也跟着什么都看，久而久之就忘了这些规矩。

见任瑶期窘迫，而萧靖西在一旁憋笑。萧靖琳骨子里那种喜欢保护弱者的英雄气概又出来作祟了。

于是她淡声安慰任瑶期道："这也没有什么，我以前发现萧靖西在偷看《金钗传》。"

任瑶期错愕地看向萧靖西，萧靖西虽然依旧表情淡然，微笑完美，可是任瑶期还是发现了他耳根处有些不自然的潮红。

任瑶期第一次怀疑，是不是自己以前被萧靖西的完美样子给骗了？这位少年身上的谪仙气质其实只是唬人的？

好在这时候萧靖西身边的一个小厮走了进来，见到萧靖西几人在这里说话，忙走过来凑到萧靖西耳边说了几句。

萧靖西轻轻地点头，挥手让他退下，然后对任瑶期和萧靖琳道：“我还有事，要先走一步。”

萧靖琳没有说什么，只“嗯”了一声。

萧靖西又朝任瑶期点了点头，然后转身走了。

萧靖琳突然想起什么，又转身对着萧靖西的背影道：“你喝药的时间快到了，别又忘记了。”

萧靖西的步子一顿，转身应了一声，这才掀帘子出去。

任瑶期觉得他应的那一声，怎么听怎么有些无奈。不知怎么的，她就笑了出来。

见任瑶期笑了，萧靖琳疑惑地转头看她。

任瑶期轻咳一声：“不知道的还以为你是姐姐，他是弟弟。”

不想萧靖琳却点了点头，毫不羞愧地承认道：“他自幼就娇气，容易伤风感冒，却还因为怕闷而死活不肯关窗。吃药还怕苦，我就曾看到他用自己的药去浇花。这次我回来后，将他房里的几个花盆全扔了。”

任瑶期闻言憋笑不已，萧靖琳眼中的萧靖西与他人眼中的萧靖西好像并不是同一个人。她实在无法将萧靖琳口中的任性孩子与高贵淡雅的萧靖西想到一起去。

之后莫嫂子婆媳两人上了饭菜，有这家店里的招牌菜卤驴肉、新鲜的蘑菇汤，还有几个家常小菜。

菜色十分简单，萧靖琳却吃得十分香甜。她的吃相还算斯文，速度却是很快，且食量不少，一筷子下去，又快又狠又准。

虽然盯着人家吃饭有些没礼貌，可任瑶期总是忍不住看萧靖琳吃饭，且不知因何缘故，她自己也比平日里多盛了小半碗饭。

到了最后，一桌子的菜几乎没有剩下。放下碗后，萧靖琳对上任瑶期微笑的目光，并未觉得窘迫。

曾几何时，京都的那些世家豪门里的夫人小姐当中兴起一股奇怪的作态，就是无论在自己家中，还是出门饮宴，碗中的米饭都必须要剩下一些，并盖过碗底。

自古以来大周各地的人都喜欢跟风京城，从衣饰到器具，再到言行。因此这种所谓的风尚也曾流行到了燕北。

萧靖琳吃饭却没有在碗里留下一粒米饭，碗底干干净净的。那些名门淑媛的无聊讲究，到了她这里一文不值。

不过这样的萧靖琳让任瑶期喜欢。

任瑶期从第一次见到萧靖琳到之后的接触，曾觉得萧靖琳是个不好接近、性格冷淡的人。不过今日与她出行，却让她对萧靖琳大为改观。

或许是从前受裴先生的影响，她更欣赏这种真性情的人。

“时候不早了，我送你回府？”两人漱口喝茶之后，萧靖琳问任瑶期道。

任瑶期点了点头。

两人出来的时候，莫小亮期期艾艾地靠过来，眼睛还间或瞄向萧靖琳手中那杆长枪。

萧靖琳视而不见，直到快要出门的时候才顿下步子，朝他招了招手。

莫小亮眼睛一亮，屁颠儿屁颠儿地跑上前来：“将军，有何吩咐？”

萧靖琳打量着他道：“好好识字念书，以后我会考你的。若是不能让我满意，我是不收的。”

小孩子精力十足，当场倒翻了个跟斗，兴冲冲地跑到他娘面前显摆：“娘，娘，将军说要我好好识字读书，她以后会收我当小将军！娘，你听到没有……”

任瑶期和萧靖琳走出小店还能听到小孩子的欢呼叫闹声。

任瑶期正想向萧靖琳问一问这一家人的来历，却看到萧靖琳那辆马车边上站着一个身材高大的人影，正与坐在马车车辕上的冬生说话。

那人转过头，正好看见萧靖琳和任瑶期出来，忙走过来行礼：“小的见过郡主、任五小姐。”

原来是祝若梅。

今日的祝若梅全无任瑶期上一次在白龙寺见到他时的狼狈。他穿着一身干干净净的深蓝色裋褐，用发带绑着的头发也梳得一丝不苟。全身上下清爽干净，精神头十足。

任瑶期打量一下他的腿，笑问道：“好全了？”

祝若梅闻言还原地跺了跺脚，咧嘴笑道：“多谢五小姐记挂，小的的伤无碍了。”

祝若梅身体精壮，恢复能力也比一般人要强，别人需要将养几个月的伤势，他一两个月就能好全。

萧靖琳应该知道他们之间的渊源，冲任瑶期点了点头，自己先往马车边走去，给任瑶期和祝若梅两人留出空间说话。

“你是跟着萧二公子一起来的吗？”任瑶期笑问。

祝若梅摇头：“我前几日伤大好后，公子就让我回云阳城看我娘，说过一阵子会有事情交给我办，这会儿无事就随我处理自己的事。我来白鹤镇看看袁大叔他们，还有就是想要问问五小姐，有没有什么事情需要我办的。”

“你不用跟在萧二公子身边？”任瑶期听他这么说，便问道。

祝若梅咧嘴一笑，摇头道：“我听公子的意思，以后会让我留在白鹤镇。”

见任瑶期有些惊讶，祝若梅便又压低声音道：“应该会让我留在白龙寺，不过具体要做什么，公子还未交代。”

白龙寺？任瑶期略微沉吟，结合之前从冬生那里听到的消息，猜测萧靖西让祝若梅留在白龙寺应该与寺庙藏兵之事有些关系。

祝若梅从前就有将才，所以这对他来说算得上是一件好事。

“虽然萧二公子并未让你跟他去燕北王府，但这么安排必定有他的用意。”任瑶期担心祝若梅以为萧靖西不重视他才会做此安排，小声劝道。

“五小姐放心，我省得的。”祝若梅点头道。

顿了顿，他又道：“以后五小姐若是有什么事情需要帮忙，就让袁家人与我说一声，只要是我祝若梅办得到的，绝不推辞。”

任瑶期不由得失笑，玩笑般地道：“要与萧二公子抢人，我可没有那个胆量。”

祝若梅闻言不好意思地笑了笑，然后认真道：“萧二公子说，只要我做好他交代我做的事情，不会给我太多的限制。所以五小姐您就放心好了。”

任瑶期闻言，不由得暗自挑眉，萧靖西这么大方？

不过若是这样的话，自然是再好不过了。

她现在最缺的就是外面的人手，内院的人手还能自己培养，外院的人手却很难找到信得过的。

于是她笑道："你有心了，若是有事情需要你帮忙，我会让人去找你的。"

祝若梅又是咧嘴一笑，任瑶期发现这个看上去高大精壮的汉子其实是个十分爱笑的人。

此时刚过正午，原本应该是用饭的时候，然而这个小巷子里除了萧靖琳堵在巷子正中的马车和他们几个人外，不见一个人影，她们之前进来的时候还能看到几个担着货担的卖货郎和行迹匆忙的路人，这会儿却冷冷清清的。

"这条巷子这么偏僻，莫嫂子家岂不是生意惨淡？"任瑶期这才注意到这个问题，不由得问道。

祝若梅闻言，扫了一眼四周，小声道："萧二公子之前走的时候曾交代他身边的同德几句，然后同德就离开了一小会儿，不久后这巷子就清净了。五小姐虽然看不到其他人，不过这条巷子其实有不少燕北王府的人守在暗处。想必同德还让人守住了外面的巷子口，没有放闲杂人等进来。"

任瑶期闻言不由得一愣，萧靖西走的时候吩咐了人清场？

是怕人闯进来惊扰萧靖琳？不过以萧靖琳的性子，应该不会计较这些事情才对。

任瑶期正胡乱猜测着，祝若梅道："五小姐，这里太阳晒，您还是先上车吧？我这几日会住在袁大勇家，您若是有事情，就让人去袁家找我。"

任瑶期见萧靖琳已经在车上等她，也不好让人家等太久，遂点头往马车处走去。

祝若梅目送她上了马车，等马车驶离巷子才转身离开。

任瑶期上车后，萧靖琳点了点头，吩咐外头的冬生赶车离开，并未过问任瑶期与祝若梅说了什么。

马车驶离巷子，任瑶期特意注意了巷子口，果然看到有两个护卫打扮的人守着。

马车在前面那条街道停下来，任瑶期吩咐苹果下车，将那几个留在茶楼里的丫鬟婆子们叫上，一起回任家。

"郡主与莫嫂子一家是认识的？"任瑶期随口与萧靖琳闲聊。

萧靖琳点了点头："莫开原本是驻守嘉靖关的一个老兵，几年前带人出城巡逻的时候遇上辽人的一小队骑兵。双方厮杀在一起，莫开发现那一队人掩护一个斥候让他逃走，便只身追了上去，不想却又遇上另一队辽骑。因寡不敌众，莫开怕那斥候身上会有对我军不利的情报，拉着他一起跳马滚下山崖。”

莫开应该是莫嫂子的丈夫，莫小亮的父亲。

任瑶期闻言沉默片刻：“莫小亮是不是还有一个兄长？”

萧靖琳淡淡点头：“嗯，莫开的长子莫小龙年纪虽小，却是一个十分优秀的斥候。不过前年冬，他在执行一次任务的时候失踪了。”

身为斥候，失踪通常代表他已经悄无声息地死在了哪里，很多斥候都找不到尸首，这在军中是再正常不过的事情。莫小龙失踪这么久，不可能还活着。

难怪……

萧靖琳虽然语气清淡，任瑶期听了，心里却有些沉重。

两人一路上没有再开口说话。

马车很快到了任家门口，萧靖琳掀开车帘子，看了一眼任家的大门，对任瑶期道：“我就不进去了。”

任瑶期知道萧靖琳可能不太习惯内院里的生活，也不太喜欢与闺阁里的那些太太小姐们聊天说笑，点头笑道：“那我先回去了。对了，郡主什么时候离开白鹤镇？”

萧靖琳想了想：“我这次是跟着萧靖西来的，不会久留。应该最迟明日就会回云阳城。”

“郡主若是还需要人陪着出游，就派人来找我。”任瑶期眨了眨眼道。

萧靖琳闻言勾了勾嘴角，微微颔首。

任瑶期下了马车，进了任府。

还未走到二门，就有婆子匆匆忙忙从里面跑出来，走到任瑶期面前笑道：“五小姐，您回来了？老太爷和老太太正在荣华院等您呢，吩咐奴婢一见您进府，就来唤您过去。”

任瑶期闻言，丝毫没有感到意外，点了点头，跟着那婆子去见任老太爷和任老太太。

原本这个时候，任老太太应该已经用完午膳要午睡了，今日却与任老太爷一起坐在右次间的南炕上说话。

见任瑶期进来，任老太爷首先笑着道：“五丫头回来了？用过饭没有？”

任老太太也看着任瑶期微笑，脸上的酒窝让她看上去格外和蔼：“小厨房里还热着芙蓉羹呢。”

任瑶期上前行礼：“多谢祖父祖母记挂，孙女已经用过饭了。”

任老太太便对她招了招手，指着自己身边的位置道：“快过来这里坐着说话。”

任瑶期看了看任老太太身边的“宝座”，想了想，低头上前，却在旁边的小锦杌上坐了。她有些羞怯地道：“孙女还是坐在这里吧，也好听祖父祖母教诲。”

任老爷子摸着胡子哈哈一笑。

任老太太嗔怪道：“你这孩子……”以为她害羞腼腆，却也不再勉强。

“今日与郡主去何处游玩？”任老爷子总算开始问话了。

“先是去城外转了一圈，发现城外没有什么好玩的，就回了城。因郡主不爱人多热闹的地方，便随意找了一家不起眼的小店用午膳。再之后便回来了。”任瑶期老老实实地道。

“哦？城外？是不是正好是我们任家煤窑附近？”任老太爷若有所思地道。

任瑶期心下暗转，任老太爷这是何意？难道以为萧靖琳找到任家来动机不纯，燕北王府对任家的煤窑有兴趣？

嘴上却没有停顿地道：“原本孙女还未曾注意，祖父这么一说，孙女倒是想起来了，我们路上还遇上了任家运煤的驼车队。想来应该是煤窑附近没错。”

任老太爷与任老太太对视一眼，两人眼中都有深思之色。

“那郡主与你都聊些什么？有没有提我们任家的事情？”任老太太问道。

任瑶期作势想了想：“也没有怎么说任家的事情，倒是与我聊了一会儿运煤的马和骆驼。”

任老太爷皱眉沉吟：“马和骆驼？”

任瑶期点了点头。

“还有没有别的？听说郡主让你将身边的人都打发了，只留了个丫头伺候？”老太太又问。

“郡主说她不喜欢身边有人跟着，所以让我将人都打发了。郡主都是与我说她在关外遇到的一些事情，还问我在闺中是怎么打发时间的。别的……不知老太太指的是什么？”任瑶期不解地问。

“郡主这次是一个人来的白鹤镇？”任老太爷问。

“好像说是与萧家二公子一起来的，萧二公子要办事，郡主就来找我了。”

任老太太笑容越加和蔼：“那他们要在白鹤镇待多久？你既与郡主相熟，那我们任家怎么也要尽一尽地主之谊，好好宴请一番。若是也能将萧二公子请来，那就更好不过了。”

任老爷子也笑容满面地点头：“你祖母说得没错，你看看能不能给郡主再下一个帖子？”

看着任老太爷和任老太太脸上慈祥亲和的表情，任瑶期微微垂眸。

这是她第二次被祖父祖母用这种重视的目光看待，从前在任家要将她送给卢监军的时候，他们也曾与她有过一次长谈。

说的无非就是要她以家族利益为重，好好侍奉那个位高权重的太监，并想方设法为任家牟利。

当时她的第一反应是恶心反胃，不明白怎么有人能无耻到那种地步。

重来一回，任瑶期再面对这样嘴脸的时候，已经没有那种愤世嫉俗的心情。她微微垂眸，声音依旧恭谨而顺从：“郡主说萧二公子是来办事的，明日就要回云阳城，她也会跟着一起回去。今日郡主还有别的地方要去，不得空闲，萧二公子那里……孙女更是不知道要怎么邀请。”

任老太太闻言眉头下意识地就是一皱，语气也带了些责备：“你今日怎么不将郡主留下？若是能将她留在我们府上住一晚上，那就什么事情都好办了。郡主难得对你表示亲近，你也不会好好把握机会？”

对于这种莫名其妙的指责，任瑶期只是愈加将头低下，有些不安道：“郡主说了不想进府，孙女也不能硬拖着她来啊。”

任老太太还想说什么，任老太爷却笑着为任瑶期打圆场：“好了，这次没有请到郡主和萧公子不代表下一次就没有机会。我瞧着五丫头是个聪慧的，不然也不会就她得了郡主的眼缘，你就不要对她太过苛责。”

任老太太便不好再说什么。

任老太爷和蔼地道："五丫头，你可要记住了，下一次若是能有机会将燕北王府的人请进来，那就一定要想办法请进来。你要知晓，若是我们任家能与燕北王府有往来，那对我们任家而言是可遇不可求的好机会。只有任家好了，你们这些托庇于任家而活的子孙们才能好。"

任瑶期低低应了一声"是"。

任老太爷对任瑶期的顺从十分满意，遂对任老太太交代道："我瞧着五丫头是个极好的，就是胆子小了一些。你以后多花些工夫在她身上，好好培养。这孩子我瞧着将来定会得一个好前程！"

任老太太看了任老太爷一眼，想着任老太爷难道是怪她平日里对这个孙女太过疏忽，才会让任瑶期养成这么一副懦弱的性子？

"是的，妾身知道了。"任老太太在任老太爷面前还是很恭谨的。

"你也累了，先回去歇着吧。"任老太爷对任瑶期慈爱地交代道。

任瑶期顺势起身，规规矩矩地行了一礼，正要退下，任老太爷又道："即便郡主回去了，你也要记得隔三差五给她去信问候一声，别让郡主忘记你。"

"是，祖父。"任瑶期自始至终都是一副乖巧听话的模样。

才掀开帘子出来，任瑶期就下意识地深吸一口气，屏息片刻，又缓缓吐出。

荣华院的庭院里没有绿茵，看不到半点春夏的气息，让人站在院子里就感觉到憋闷。尽管她很不喜欢这个地方，可是脚步还是缓慢而稳妥。

任瑶期出来之后，任老太太就问任老太爷道："你看这次郡主来我们任家真的只是来找五丫头的？"

今日，在任瑶期走后，任老太太特意将李氏和那日跟去白龙寺伺候的几个人找来问过话，都说郡主才一看到任瑶期就表现得与她十分投缘，拉着她去喝茶。

不过再如何投缘，也不至于只见了一次面喝了一次茶就关系亲密起来。

任老太太对于郡主来找任瑶期的事情还是有些怀疑的。

任老太爷原本正若有所思，听见任老太太的话，便道："虽说有些蹊跷，不过暂时还看不出来什么不妥。无论如何，燕北王府的人亲近我们任家都是好事，今日郡主来我们府上的事情已经有不少人知道了，来打探的也不少。”

燕北王府的郡主来白鹤镇哪里也没有去，首先来的就是他们任府，这是一件让任家十分有脸面的事情。

“五丫头那里，你以后可莫要再像以前那样轻视，能得贵人青睐，说明她是个有福气的，以后还指不定会有什么际遇。”任老太爷又叮嘱任老太太一遍。

任老太太却有些不以为然：“什么际遇？就算五丫头能得到郡主的欢心，难不成我们还能让她嫁进燕北王府？”

任老太太只是随口这么一说，不想任老太爷却摸着胡子沉吟不语。

任老太太与他夫妻多年，见他这模样就知道任老太爷心里肯定有了什么计较，不由得试探道：“老爷子，你还真有这想法？可是燕北王府这门亲事哪里是这么容易结的？”

任老太爷摸着胡子，沉吟道：“原本确实是不好结，不过也不是全然没有机会。”

“哦？”任老太太也来了些兴致，直起身子来听。

任老太爷道：“你应该知道萧二公子吧？”

任老太太点头：“萧家二公子萧靖西，我当然知道。”

“这位萧二公子自幼身体就不好，几年前还差一点就没了，虽然这次出了一趟远门，听说回来后病情好转不少，不过这从娘胎里带出来的病哪里真的能治好？药物能控制得了一时，也不能控制一世，总有一日身子会垮。”任老爷子笃定地道。

任老太太将任老太爷的话在心里琢磨了一遍，不愧是多年的夫妻，突然福至心田惊讶地看向任老太爷：“你的意思是……”

任老太爷语气淡然地道：“我们燕北自古就有‘冲喜’的习俗。凡是病入膏肓却还未成亲的男子，等到快油尽灯枯的时候，家族就会挑选一位家世低一些的女子抬进府冲喜。虽说礼仪上会从简，但只要身份不是太低的，一般也还是明媒正娶的正室身份。”

任老太太原本只猜到一点，这下任老太爷说得这么明白，她哪里还有不明白的？

“你是说等到燕北王府要为萧二公子冲喜的时候，我们任家……”

任老太爷摸着胡子不语。

西府目前待嫁的姑娘除了任瑶华、任瑶音，就是任瑶期、任瑶玉和任瑶英。

任老太爷已经决定把任瑶音定给丘家，至于任瑶华，先不说任老太太舍不得，在年纪上也大了几岁，怕等不起。任瑶英是庶出的，身份低了，怕燕北王府看不上，这个不考虑。而任瑶玉是林家当家的外孙女，林家老太太和大太太是个护短的，任家没有必要为了这件事情明着得罪林家。剩下的也就只有任瑶期最合适。

任老太太想了想，也明白了。对于任瑶期这个孙女，她从未上过心，所以对于任老太爷打算将她送给燕北王府冲喜的决定，任老太太并未觉得有什么不妥。婚姻大事自然是要听从长辈们的安排。

“不过即便是冲喜，燕北王府也是燕北王府，上赶着给他们送人的也不少。若是上不得台面，燕北王府也看不上。所以五丫头那里，你须得上一上心。你再如何不喜欢她，她将来出了门子，也是我们任家的姑奶奶。”

这是今日任老爷子第三次提醒任老太太不要轻视任瑶期了，任老太太知道任老太爷对这件事情真的上了心，不由得道：“你放心，我哪里是那种不知轻重的？我以后会上心教好五丫头的。”

任老太爷这才满意。

第十四章

小　产

到了第二日，任瑶期就明显发现任老太太对自己态度的变化。

原本每日能有幸得老太太留早饭的只有任瑶音和任瑶华两个孙女，从这日早上开始，任老太太也留下了任瑶期。

吃了饭之后，任老太太还留三个孙女在身边陪她说话，对任瑶期的态度也变得前所未有的和蔼。

这么明显的变化，不仅仅任瑶期感觉到了，任家的人也都感觉到了。任家上下也不由得猜测任老太太态度一百八十度转变的原因。

任瑶期虽然猜到应该与萧靖琳上门来找她的那件事情有关系，不过她还没有猜到任老太爷想要将她嫁给萧靖西冲喜的这个打算。

她与任瑶华、任瑶音一直待到快用午膳的时候才回紫薇院。

任瑶华对任瑶期突然受宠之事虽然也有些怀疑，不过也没有说什么。倒是李氏见两个女儿都得了家中长辈的欢心，高兴得不得了。特意将任瑶期和任瑶华两姐妹叫过去，交代了一番。交代任瑶期要听祖母的话，不可忤逆，又交代任瑶华要好好看顾妹妹，提点她不要惹了老太太的厌。

当着李氏的面，任瑶期顺从地应了，任瑶华也点头答应。李氏看着两个女儿，欣慰得很。

下午，任瑶期又去看望任时佳，正好遇到温嫂子来向任时佳辞行。

原来温嫂子明日一早就要赶去云阳城。明日林家有人要到江宁去，温嫂子与林家之人同行，这是林琨帮她安排好的。

当着任时佳的面，温嫂子的戏做得很足。先是表达了自己对任时佳这个老主顾的不舍，在任时佳给了她一些赏赐后又是千恩万谢。

任瑶期在一旁暗中观察，总感觉温嫂子眼里是有些不甘的。

她不想回江宁。任瑶期又一次肯定了这个想法。

任瑶期对林琨和方姨娘之间的牵连还是有些好奇的，想要知道这两人葫芦里卖的是什么药。

可是若让温嫂子就这么回了江宁，这条线怕是会断了。

从任时佳的院子出来之后，任瑶期想了一路，打算让正好还在白鹤镇的祝若梅帮一个忙。

任瑶期一回紫薇院就将苹果叫到身边，细细吩咐她一番，让她出二门去找袁家人，让袁家人安排她见祝若梅一面。

昨日从外面回来之后，任老太太特意将苹果叫过去问了一番话，因为这两次任瑶期见萧靖琳都只留了苹果在一旁伺候。

任瑶期想了想，还是让苹果去见了任老太太，原本她还有些担心，不想最后苹果的表现却让任瑶期十分满意。

不论桂嬷嬷软硬皆施使出多少手段，拐弯抹角地打探，即便是当着任老太太的面，苹果始终一口咬定任瑶期和萧靖琳只是喝茶聊天，说些无关紧要的趣事而已。她提都没有提起萧靖西这个人。

她又长着一副老实本分的模样，任老太太亲自问了几句，见实在问不出来什么，才打发她出来。

苹果这个丫头果然没有让任瑶期失望，是个能做大事的人。尽管她并不太机灵，可是忠心这一点却是毋庸置疑的。

所以今日任瑶期将联络祝若梅的事情交给苹果去办。

苹果这一去就是将近两个时辰，回来之后径直来见任瑶期。

“他怎么说？”任瑶期坐在炕上有一针没一针地绣花，技艺虽然平平，却也不至于拿不出手。且她的花样子都是自己画的，比外头买来的多了许多的别致意趣。

苹果上前来，低声禀报道：“奴婢将您的话一字不漏地交代给他，他说没有问题，定会将这件事情给您办好。明日就能给您交代。”

任瑶期闻言点了点头，心下却不无感叹。

她与祝若梅的接触并不多，对他的帮助也不过是举手之劳。可是祝若梅却是一个真正重情义的汉子。

她交代祝若梅做的两件事情，听起来都有些让人摸不着头脑，且还诡异。若是换了一般人，听她一个半大的孩子吩咐这种事情，定是会有狐疑。可是祝若梅两次都应了下来，并不曾因为她年纪小就敷衍了事。

任瑶期过问了几句后，就让苹果下去休息，安心等第二日祝若梅那边的回应。

到了第二日午后，袁嫂子那边来了消息。任瑶期知道定是她交代祝若梅办的那件事情有着落了。

不过自从上一次李氏吩咐任瑶期不要随便出门见人后，任瑶期就没有亲自见过外院的人。虽然她很想亲自过问祝若梅这件事情，却不想李氏因为这种事情为她担心。

所以，最后任瑶期还是对苹果嘱咐了几句，派了她去外院见袁嫂子。

袁嫂子则偷偷带着苹果去见祝若梅。

又过了半个多时辰，苹果才回来紫薇院。

任瑶期将丫鬟婆子们都打发出去：“之前交代你的那些，你都问了？”

苹果点了点头，不待任瑶期发问就开始禀报：“他说，他按照小姐您交代的蒙了面等在城外，等到温嫂子坐的驴车走到城外一个偏僻处，就用弹弓射晕车把式，爬上马车。温嫂子原本以为他是强盗，要劫财，便将手里的五十两银子和头上的两根金钗都拿出来给他。他装作对那些钱财不屑一顾，一心只想要杀人。温嫂子愣了片刻，突然像是明白了什么，开始破口大骂。”

任瑶期饶有兴致地问：“她骂的是谁？骂了些什么话？”

这就是她让祝若梅故意做出截杀温嫂子的行为的目的，想让温嫂子以为有人要暗中灭自己的口。

“温嫂子第一句就是质问是不是林六爷派他来杀她灭口的！”苹果摸了一把额头上因为之前赶回来走得太急而冒出来的细密汗珠，回答道。

林六爷林琨？

果然是他……

任瑶期对听到这个名字并不觉得意外。

“她见祝爷默不作声拿出绳索，便骂道：‘别以为你杀了我就没有人知道他的所作所为！林家害六太太几番小产，林六爷明明知情，却故作不知，只为了让任家和林家大房反目，在他与林家分家的时候，任家好站到他那一边！我呸！他还是不是个男人！他现在找你来杀我，不就是杀鸡儆猴，想要警告我家主子吗？’”

听到这么一句，任瑶期一愣，脸上有些怔忡。

林琨知道任时佳接二连三的小产是林家大房做的手脚？这怎么可能？

任瑶期下意识地不愿意相信，因为若是真的，这对任时佳而言也太过残忍了。

而且她这几次去任时佳的院子，见林琨对自己新出生的孩子十分疼爱，这种疼爱并不像是假的。所以即便她觉得林琨这个人有些复杂，可能并不简单，可是也很难相信林琨会这么漠视自己妻儿的性命。

任瑶期虽然十分惊异，不过还是压下情绪，继续问道：“温嫂子口中的主人是谁？”任瑶期这时候已经有了猜测，不过还想要证实。

苹果继续叙说。

当时，祝若梅听了温嫂子的话，就冷笑说：“你还是闭嘴受死吧，你家主子再能耐又能拿我们六爷如何？你死了以后，记得要睁开眼睛看清楚他到底敢不敢吭一声！”

温嫂子尖叫道：“你别过来！我家主子怎么不敢！我家主子怎么说也是个六品的朝廷命官，且前途不可限量！林六爷在他面前算个屁！你若是敢杀我，我家主子必定不会放过你！”

祝若梅不为所动：“我只不过奉命行事，你死了与我有什么干系？老子拿了钱就走人。”

温嫂子灵机一动，立即道：“这位兄弟，你可别被人给坑了！林六爷之所以杀我，就是因为我知道他为了夺得家财而设计自己的岳家和妻子。刚才我也将这件事情告诉了你，你以为他就能真的饶了你？你一回去，怕是拿不到钱就会被灭口！”

祝若梅一愣，嗤笑道："老子知道什么？老子又不会出去胡说！"

温嫂子见祝若梅就要扑过来，心里一急，又道："小兄弟，我没有骗你！我家主子派我来辅佐我们家姑奶奶，我家姑奶奶知道林家的事情之后就想要与林六爷合作，各取所需，因此我家姑奶奶还帮了他一把。不想林六爷这人心肠忒狠，表面一套，背地里一套，过完了河就拆桥。他非但不认前账，还想用这种法子震慑我家主子，让他不要插手林家的事情。你想想看，他这般小心谨慎之人，怎么会放过你这个有可能也知道他秘密的人？林家的家产一日不到手，他就一日不会安心。"

见祝若梅的身体明显一顿，似是有些被她说动了，温嫂子一面偷偷观察四周寻找脱身的机会，一面继续发挥三寸不烂之舌，绞尽脑汁要分散祝若梅的注意力："林家大房设计害死林六爷的娘，又害他年近三十还无子。兄弟，你说说这个仇是不是不共戴天？这些年来，他在林家大房的人和岳家面前都小心翼翼，伏低做小，为的就是有一日能夺回家产，报得母仇！这样的人心思不可谓不深沉！可是他利用林六太太争取岳家帮助的事情若是泄漏出去，不但他岳家会对他厌弃，就连林家大房的人也会对他心生警惕，他想要成事就越加困难了。所以这件事情他肯定不允许泄漏出去，你若是真的杀了我，我今日的下场就是你明日的下场！"

不得不说，这位温嫂子还真有几分能耐，这一番滔滔不绝，又全是些耸人听闻的机密之事，祝若梅也不由得有些听呆了，虽然很大程度上是他装出来的，但是这个妇人的口才真的很厉害。

温嫂子发现她若是要跳下驴车，必定需要从祝若梅身边钻出去，这一点还是很有难度的，而车窗虽然正在她身后，却无法让一个人跳出去。

她一边说着，一边急得全身冷汗直流，差点就要失禁。

也因为温嫂子是真的害怕，所以她没有留意为什么一个杀手会听她说这么多废话，且杀人的工具只是一根粗长的绳索。

"我若是放了你，又能有什么好处？"祝若梅把弄着手里的绳索，狠狠地盯着温嫂子，不让她有太多思考空间。

温嫂子被他凶狠的目光吓得一个激灵，害怕不已，果然没有工夫再去想有什么不对。不过眼前的人这话却暗示事情并不是没有转圜的余地，温嫂子的话不经大脑就脱口而出："自然是有好处的！你不杀我，我将我身上的财物都给你。我知道兄弟你可能看不上这点小钱，可是你也不要心急。只要你以后在我家主子有需要的时候站出来指证林六爷，我家主子定不会亏待你！要知道我家主子是做官的，林六爷不过是林家一个不掌权的泥菩萨，怎么可能斗得过我家主子？"

"以后的事情谁又能说得准？我们就谈当下！你家主子现在人不在燕北吧？远水救不了近火，我难道还能跑去江南找他要银子？你当我是傻的？"祝若梅眼睛里的凶光似饿狼一般，让人心惊胆战，温嫂子越加相信这人是个亡命之徒。

"这……要不你放我回去，我找我家姑奶奶要些银子？"

祝若梅一副不屑的模样："你所谓的姑奶奶不过是个妾吧？她能做得了什么主？既然要我反了林六爷的水，至少也要来个能让人靠得住的！不然林六爷到时候要找我麻烦，我也没处喊冤不是？"

温嫂子来不及细想，就立即道："那兄弟你就再等等，也用不了太久！我家主子的夫人过一阵子就会来燕北，到时候你就是想要谋个出身，我家夫人也是能做得了主的。你这么有本事的人当个贼岂不是太可惜了？投靠我家主子，至少能有个好的出身！"

"哦？你家夫人来燕北有何事？"祝若梅忍不住问道。

只是他这么一问，倒是让温嫂子丧失的警觉心又回来一些，不由得面露狐疑之色。

祝若梅暗叫糟糕，立即将手里的绳索一甩，不耐烦地道："算了，老子听你这娘们这么多废话作甚？说了这么多，全是些不着边际的，还不知道是不是真的！老子索性杀了你，回去林六爷那里复命完了！"

温嫂子见祝若梅的绳子不过眨眼间就套上了自己的脖子，哪里还能有空心生什么怀疑，立即尖叫道："我说的没有一句虚言啊！要不你留我一命等等看，看我家夫人会不会来燕北？我家姑奶奶前几日就写了信捎回江宁，让我家主子打发夫人来一趟，参加林六爷儿子的满月宴，除了给我家姑奶奶充门面之外，也因为我家姑奶奶要给自己的女儿谋一门好亲事。以我家主子对姑奶奶这个姐姐的重视，他一定会让夫人来这一趟的！"

见祝若梅的绳子紧紧贴在她的脖子上，只要稍微用一些力气，她的脖子就会断裂，温嫂子一边咳嗽，一边眼泪鼻涕横飞地道：“咳咳……而且我家主子以后说不准也会被派遣到燕北来任官。不光是你自己，你总还有家人朋友在燕北吧？得罪了我家主子，麻烦会很大！”

任瑶期听着苹果绘声绘色地说着当时的场景，听到这里的时候，不由得皱眉：“方雅存的夫人要来参加孩子的满月宴？方雅存打算来燕北？”

有些矛盾是没有办法调和的。

就比如方姨娘，她想要上位，就必须要让李氏在任家失去话语权。

所以任瑶期为了母亲、任瑶华和自己的利益，总有一日需要与方姨娘对上。

这也是为何任瑶期会这么关注方姨娘的事情。

苹果依旧低声对任瑶期禀报温嫂子的事情。

任瑶期吩咐了祝若梅，等知道了应该知道的事情，就放温嫂子离开。

就在祝若梅假装犹豫不决的时候，眼观六路耳听八方的温嫂子听到了外面有马嘶声和吆喝声，一队人马往这边来了，听动静，人还不少。

温嫂子趁着祝若梅愣神之际，使出吃奶的力气扑到车帘子边。祝若梅反应过来，立即眼露凶光，要上前阻拦。温嫂子一边往外面滚，一边大声凄厉地呼救。

最终温嫂子如愿以偿地惊动了迎面而来的那一队人马，祝若梅追上摔倒在地上的温嫂子，原本还想继续行凶，无奈前面那一队人竟是路经白鹤镇的商队，走在前方打头阵的是几个彪悍的镖师，这时候已经听到响动，策马奔了过来。

祝若梅犹豫片刻，最后还是弃了温嫂子，转身逃走。

最终温嫂子被人救下，有几个镖师还追了上来，想要抓住行凶的人，可惜将周围都搜遍了也只是无功而返。

原本温嫂子是要去云阳城林家的，现在吓得魂飞魄散，哪里还敢去林家的地盘，又因为林琨如今还在白鹤镇，她也不敢贸然回去，怕又碰上来杀人灭口的。碰巧救了她的那一队商队要去京城，途经江宁，于是温嫂子给了那领头之人十两银子，跟着商队的人回江宁了。

至于报官的事情，她还不敢。毕竟这件事情闹大了还会牵连上她主子，所以也只对人谎称之前那人是强盗，是为劫财而来。

而方姨娘这里是等到温嫂子离开白鹤镇许久之后才接到消息，彼时想要查证也查无可查了。

东府的任瑶亭的“伤势”终于全好了，开始时不时过来西府找任瑶期说话。任瑶期倒也没有冷待她，每次她来了，都会停下手中的事情接待。

这一日，任瑶亭又来西府，邀任瑶期去探望任时佳新出生不到一个月的儿子林岑。林岑是任老太爷为外孙取的名字。虽然任老太爷只说是给个小名儿，林琨在与妻子商议之后，却将林岑这个名字定了下来。

任老太爷嘴上没有说什么，却让任老太太给外孙准备了一对金麒麟的长命锁。

任瑶期与任瑶亭一边走着，一边说话。任瑶亭时而凑到任瑶期耳边说几句悄悄话，一副十分亲密的样子。任瑶期的话虽然极少，却让任瑶亭感觉到她听得十分专注。

两人看了任时佳和林岑之后从暖香阁出来，打算去荣华院。

走到五房的琉璃院附近的时候，任瑶亭看到一旁的草地上有不少色彩斑斓的蝴蝶，原来路旁有一棵两人合抱粗的大樟树，还有一些马玲豆藤，是蝴蝶喜欢的栖息之所。

任瑶亭心血来潮地道：“五姐姐，我们来扑蝶玩吧？”

任瑶期心理年纪已经不小，对这种孩子喜欢的游戏自然没有什么兴趣。不过看到任瑶亭一副跃跃欲试的模样，她也不好扫了别人的兴，便点头应了，并吩咐桑葚和雪梨回去拿几个扑网来，又让苹果去问问任瑶华、任瑶音她们几个要不要一起过来玩耍。

丫鬟们应声去了，任瑶亭便拉着任瑶期去附近的回廊里坐着聊天。

不多会儿，桑葚和雪梨拿着几个扑蝶用的扑网过来。任瑶亭挑了一个拿在手里，一副跃跃欲试的模样。

两人正要回到樟树下，苹果也回来了。不过任瑶华和任瑶音她们都说不过来了。

“八妹妹那里问过没有？”任瑶期一边拿了一个扑网在手里应景，一边随口问了一句。

苹果闻言却有些欲言又止，然后往自己的来路看了一眼。

任瑶期正觉得有些奇怪，不远处却有说话声越来越近，听着像是有人在吵架。

“……不要脸……狐狸精……滚出……”

虽然任瑶期只听清楚几个字句，却听出来说话之人正是任瑶玉。

任瑶玉明显在训斥什么人，任瑶期还听到一个低低柔柔的女声，不过那人的声音太小，听不清楚说话的内容。

任瑶期皱了皱眉，正想着要不要避开，那边正要去扑蝶的任瑶亭也听到了动静：“咦？是八妹妹的声音？她在与谁说话？”

任瑶期正想说两句，任瑶亭却拉了任瑶期的手，眼中带了些好奇道：“走，我们过去看看！”说着，不由分说地拉着任瑶期就走。

任瑶期原本正在猜测那边发生的事情，被她拖得一个踉跄。

不过也不用任瑶期走多几步路，前面就已经走出来两个人。

正是任瑶玉以及五房新进门的妾康氏。听说康氏如今已经得到任家的认可，任五老爷过几日还要摆几桌给康氏走走形式。

“……还想痴心妄想进我家的门，想都不要想！我娘不会准的！”任瑶玉像是一头小兽般吼道。

康氏似是往这边看了一眼，也不知道有没有发现任瑶期和任瑶亭，只见她语气十分柔和地道：“八小姐，妾身只是一个上不得台面的妾罢了，就算您不提点，婢妾也明白自己的身份，您又何苦每日都来训斥婢妾一番？八小姐，您不喜欢婢妾，婢妾以后会尽量少出现在您眼前，不过婢妾还是希望八小姐日后能喜欢婢妾肚子里的孩子。”

她一提孩子，任瑶玉越发火冒三丈：“我才不要喜欢你的孩子！他算个什么东西！不过是野种罢了！”

康氏闻言似是僵住了，继而抖着声道：“八小姐，您怎么能这么说？

您……”

“我偏要说！野种！野种！野种！他就不应该存在在这个世上！”任瑶玉说话不经过大脑，这些话不知道她是从何处学来的。哪一个大户人家也不会教自己家的闺女说这种话。

果然那边康氏受不住哭泣起来，一旁伺候她的丫鬟婆子忙上前来劝。

任瑶玉见状，却十分得意地哼了一声，绕过她走出来。

任瑶玉看到任瑶期和任瑶亭，先是一愣，似是没有料到她们也在，然后毫不在意地点了点头，径直走了，只留下个嘤嘤哭泣的康姨娘。

康姨娘身边的婆子丫鬟也发现了任瑶期和任瑶亭，忙劝着康姨娘。康姨娘抬头往这边看来，堪堪收住泪，拿出自己的帕子擦了擦脸，然后朝着这边屈膝行了一礼，带着人往回走了。

等人都走远了，看戏看完全程的任瑶亭才对任瑶期笑道：“八妹妹的脾气比我还坏呢。若是我这么对我家姨娘说话，我娘会第一个站出来骂我一顿。算了，我们还是去扑蝶吧。”

任瑶期与兴致依然很高的任瑶亭去扑蝴蝶，不过任瑶亭的兴致来得快，去得也快，也或许是体力跟不上，不多会儿就气喘吁吁地表示不玩了。

与任瑶期去荣华院请了安，任瑶亭才回东府，并约好过两日再过来找任瑶期一起做针线。

任瑶期送走任瑶亭，也从荣华院辞了出来。

在回紫薇院的路上，任瑶期发现苹果好几次欲言又止。

她不动声色，直到回了紫薇院后，命其他人退出去，找苹果上来问话。

只是不知道为何，苹果有些犹犹豫豫。

任瑶期安慰她道：“有什么话你就说吧，没事。”

苹果这才道：“小姐，奴婢觉得那个康姨娘有些奇怪。”

这话让任瑶期心中一动：“哦？怎么个怪法？”

苹果想了想，小声道：“之前您不是遇到八小姐在责骂康姨娘吗？”

任瑶期点了点头，苹果接着道：“奴婢去请了三小姐和四小姐之后回来，正好看到八小姐和康姨娘。当时为了赶时间，奴婢走了小径，因而她们没有看到奴婢。奴婢看到八小姐一开始遇到康姨娘的时候，虽然脸色不好看，不过也还是不想搭理的样子。然后康姨娘不知道说了几句什么，八小姐就突然发了怒，指着康姨娘就骂了起来。奴婢站在暗处看了会儿，发现康姨娘的话很少，也不过只说了几句，可是每说一句话都让八小姐越加生气。后来奴婢怕被发现，就悄悄走了，康姨娘和八小姐也往这边过来了。”

任瑶期听了苹果的话，沉吟片刻：“你是说康姨娘在故意惹八妹妹生气？”

“这……奴婢也不好判断……奴婢只是觉得，若是康姨娘什么话也不说的话，今日的冲突或许可以避免。”苹果低头道。

任瑶期点了点头，半侧身子斜靠在炕桌上没有说话，不知道在想什么。

还是苹果打破沉默，有些疑惑地喃喃道：“小姐，您说她这是为何啊？她还怀着身孕呢，万一真的激怒八小姐，八小姐动了手该怎么办？康姨娘身边每次最多也不过跟着两个丫鬟，且没有一个敢上前来劝……”

任瑶期闻言眨了眨眼，微笑着看了苹果一眼，正要说什么，外头有人轻轻敲门。

见任瑶期点头，苹果快步走出去开门，不多会儿又回来道：“小姐，是三小姐身边的香芹姐姐，三小姐问您现在得空没有，她在正房等您。”

任瑶期点了点头，缓缓起身下炕：“去正房吧。”苹果忙上前来蹲身服侍任瑶期穿鞋。

任瑶期到正房的时候，任瑶华正一个人坐在东次间里喝茶。

见任瑶期进来，任瑶华抬了抬眼：“你之前找我，没有什么事情吧？”

任瑶华问的是之前任瑶期让苹果找她去扑蝶那件事。

任瑶期摇了摇头，在任瑶华身边坐下：“没什么事，只是七妹妹突然心血来潮想要扑蝶玩，我便问问你和四姐姐要不要一起过来。”

任瑶华斜睨了任瑶期一眼，轻哼一声：“要我去听你们说我坏话？”

她是想起来上次任瑶期开玩笑说的话了，任瑶期但笑不语。

任瑶华瞥向她道：“我不喜欢她，以后若是这种事情，就不用来喊我了。”

她之前拒绝之后，又怕任瑶期是托了那个借口来找她有事，见任瑶期回来便找来问问。

任瑶期无奈地应了一声，又与她说起康姨娘和任瑶玉的冲突。

不想任瑶华听了却一点儿也不意外：“八妹妹刚从林家回来那会儿倒还

好，只是后来脾气就渐渐藏不住了，现在每次看见康姨娘，不骂上几句就不舒坦。”

任瑶玉在自己外祖家的时候应该是得了谁的告诫，让她不要与康姨娘起正面冲突。任瑶玉一开始还竭力克制，只是终究是忍不得的性子。

任瑶期将苹果看到的那些也与任瑶华说了，任瑶华闻言眉头就皱了起来：“若是如此，这个康姨娘究竟想要做什么？”

香芹进来，身后还跟着一个端着红漆雕花托盘的小丫头，托盘上是两个小盖碗。

“五小姐，太太唤人准备了杏仁露给您和三小姐。”香芹从托盘里捧出盖碗，轻轻放在任瑶期和任瑶华中间的炕几上，笑着道。

任瑶期将盖碗揭开，浓郁清香的杏仁和花香味溢了出来，不由得微微倾身闻了闻，随即笑弯了眉：“嗯，我最喜欢杏仁露了。”

香芹捂嘴笑，任瑶华略带鄙视地看了任瑶期一眼，慢条斯理地揭开自己面前的碗盖。

等端着托盘的小丫鬟又退下后，任瑶期将温度适宜的杏仁露端起来小小地饮了一口，眉眼舒展：“康姨娘像是要故意激怒八妹妹。”

任瑶华手一顿，将挨着唇边的碗又放下来：“这样做对她有什么好处？”

就如同之前苹果所说的那样，康姨娘现在怀着身孕，胎儿还不到三个月，她实在没有必要在这个时候惹上性子冲动的任瑶玉。

任瑶期也将手里的碗放下，兴许是真的渴了，碗里的杏仁露已经喝去大半。

“我暂时还不敢肯定她具体想要达到什么目的，不过应该是想要从八妹妹身上下手。”任瑶期漫不经心地说道。

其实任瑶期心里还是有些猜测的，比如说康姨娘对自己肚子里的孩子其实并没有那么在意。

但是这个想法实在有些匪夷所思。在康姨娘刚刚进府的时候，她还因为时机太过巧合怀疑康姨娘是不是真的怀孕。

只是后来她知道，老太太在康氏进任家后不久就叫了几个相熟的稳婆去看康氏，结果表明康氏是真的怀孕了，时间也与她遇见任时茂的时间大致能对上。

既然康姨娘怀孕是真事，她又怎么会对自己的孩子不在意？如果仅仅是为了帮助方姨娘，康氏付出的代价也未免太大了，方姨娘给了她什么好处？

任瑶期缓缓将自己碗里的杏仁露饮尽。任瑶华却深锁眉头，在那里琢磨这件事情，稍显稚嫩的面容上，眼里的忧虑和凝重让她看起来比同龄的孩子成熟不少。

任瑶期看着任瑶华，暗自摇头叹息，故意打断道："三姐，你喝不喝？"

任瑶期笑眯眯地指着任瑶华那碗还没有动过的杏仁露，一脸意犹未尽的模样。

香芹在一边看了捂嘴偷笑。

任瑶华回过神来看任瑶期，一看她的模样就猜到她是嘴馋了。她瞪了任瑶期一眼，在任瑶期失望的目光下，端起自己的碗喝了两口，爽滑香甜的滋味充斥在口腔中，让她的心情也好了不少。

任瑶期故意面露失望之色，小声抱怨道："我还以为你不想喝，想要帮你喝了。"

任瑶华瞥了任瑶期一眼："多谢好意！不劳驾了！"

任瑶华将杏仁露饮尽，香芹收拾了两人的碗，悄声退出去。

"你打算怎么做？"任瑶华想了想，还是问道。

任瑶期想了想才回答："我们现在还不能正面与方姨娘那边对上。"见任瑶华张口欲言，任瑶期忙接着道，"倒不是怕她。我打听到方姨娘弟弟的夫人过一阵子会来燕北，参加岑哥儿的满月宴，到时候怕是会有另外一些让我们措手不及的事情。所以现在还是暂时维持这种敌人在明我在暗的形势比较好。"

"方家会让方雅存的夫人来？"任瑶华一愣，问道。

任瑶期点了点头，沉吟道："方雅存官位虽然不高，却是个擅长钻营的人，办事也稳妥，因此很受上司器重。方家的情形你也知道，现在怕是由方雅存撑起了方家的门面……虽然方家老太太才是我们祖母的亲姐姐，但是依着祖父的性子，他绝不会与方雅存闹僵。所以我们真正的麻烦还在后面。"

任瑶华静静听着，并没有反驳任瑶期的话，尽管她的眉心皱出了一丝纹路。

见任瑶华的样子，任瑶期知道她心里定是觉得十分憋屈，于是又道："不过……我们自己不出手，不代表会眼睁睁看着敌人的阴谋诡计得逞。"

任瑶华闻言立即抬头看过来，虽然没有急急开口追问，却是一副想要听下文的神态。

任瑶期朝任瑶华招了招手，任瑶华犹豫一下就凑了过来。

姐妹两人隔着炕几说起悄悄话，任瑶华听完不由得一愣，想了想皱眉问任瑶期道："这样行得通吗？"

任瑶期倒也没有打包票，只笑着道："能不能行得通，试试就知道了。没有什么计谋能保证一定奏效。而且我刚才与你说的，也仅仅是基于我自己的猜测。"

任瑶华听了倒没有生气，反而在沉吟片刻之后道："嗯，你说得对。做任何事情也不能保证一定就能成功，尽人事听天命吧。实在不行，大不了正面对上，我反正是不怕她的，才不管她身后站着什么方家圆家扁家的！"任瑶华这话说到最后，虽然依旧有些杀气腾腾，却隐隐带着些安慰的意思。

任瑶期不由得莞尔一笑。

又过了几日，东府二太太苏氏带着任瑶亭来了。

还有不到十日，端阳节就要来了，苏氏是来给西府送苏家的帖子的。

每年的端阳节，云阳城都会准备一场龙舟赛，苏家是这场赛事的发起人和筹备方，因此每年快到端阳节的时候，苏家就会给云阳城，以及周边城镇的大户人家送邀请帖。

苏氏来的时候，任瑶期和任瑶华正好在荣华院。

自从上一次郡主拜访任家以后，任瑶期时常会被任老太太叫过去说话，在荣华院出入的频率明显高了不少。任瑶期向来是一副低眉顺眼，随传随到的模样。只是与任瑶华和任瑶音不一样的是，任瑶期在任老太太面前极少开口说话，也不怎么会讨好，向来是问一句答一句，显得有些木讷和懦弱。

所以，任老太太虽然有什么事情都会记得捎带上她，对她的态度也和蔼不少，但是比起在她身边长大的任瑶华和任瑶音，终究还是不同的。

也因此，她的突然“得宠”并未让大太太、五太太她们放在心上，任瑶音对她的态度也一如既往的友好，让她省心不少。

任老太太已经与苏氏说起了端阳节赛龙舟的事情。

任瑶亭与坐得离自己最近的任瑶期小声说话：“今年你也与我们一起去云阳城看赛龙舟吗？”

任家每年都会接到赛龙舟的邀请帖，自然是要去的。以往，任老太太去云阳城的时候会带两三个孙女在身边，任瑶华和任瑶音都已经去过几次，不过任瑶期这个不受宠的孙女向来是没有份的。

任瑶期微微一笑，低声回道：“到时候听长辈安排。”

任瑶亭便直接转头问任老太太：“伯祖母，今年您打算带哪几个姐妹去看龙舟赛啊？”

苏氏看了在场的几个晚辈一眼，轻声责备女儿：“时间还早，到时候你伯祖母自然会有计较。”

任老太太倒是不怎么介意的样子，视线也在在场的三个孙女之间扫视一眼，笑道：“前几年华儿和音儿都是跟着我去的，我带着她们在身边也习惯了，今年还是带着。”

最后，任老太太视线又落在任瑶期身上，缓声道：“期儿这几年倒是没有去过，今年期儿便跟着一起去吧。”她并未提及任瑶玉和任瑶英。

任瑶期闻言一愣，随即有些受宠若惊地道：“多谢祖母。”

任老太太又与苏氏说起别的事情。

任瑶亭觉得任瑶期能去是自己的功劳，对任瑶期偷偷眨了眨眼。

任瑶期如她所愿回了一个恰到好处的感激笑容。

外头有人禀报说八小姐任瑶玉来了。

任老太太正说着话，闻言话也没有停下来，只朝着外头轻轻摆了摆手。

不多会儿，任瑶玉就进来了，上前来给任老太太请安。

任老太太正好和苏氏说完话，对任瑶玉的态度淡淡的，只点了点头让她与几个姐妹一起去说话，便没有再搭理。

以前五太太林氏还未失宠的时候，任老太太对任瑶玉这个孙女就没有特别喜欢。上次“诅咒”事件后，任老太太对任瑶玉越加不喜，任时佳的事情以后，林氏母女的地位更加一落千丈。

任瑶玉在任老太太面前也是沉默寡言，远远没有在外头的时候那种跋扈和活泼。

见任瑶期和任瑶亭两人在那里小声说话，任瑶玉插口问了一句：“你们在说什么？”

任瑶亭心情不错，不避讳道：“我正与五姐姐说端阳节去云阳城的事情，我要带她去我外祖家看我表嫂从京城带来的一套皮影戏。”

任瑶玉闻言不由得来了些兴致：“京城里如今正流行的皮影戏吗？你表嫂还带了这个来？我也想见识一下，七姐姐也带我一起去吧。”

任瑶亭敷衍任瑶玉道：“等端阳节你若是也去云阳城的话再说吧。”

任瑶玉闻言皱眉，有些莫名其妙：“我自然是要去的，上次回来的时候就已经和表姐她们约好了。”

任瑶亭看了任老太太一眼，对任瑶玉道：“这个是长辈做主的，你先问问伯祖母呗。今年三姐姐、四姐姐和五姐姐都去，加上几位兄弟……任家的凉棚只有那么大……”

任瑶亭说这话其实并没有别的意思，只是之前任老太太并没有提到说今年要带任瑶玉一起去，她难得好心地提醒任瑶玉一下罢了。

不过显然任瑶玉不是这么想的，当即就不高兴了，声音也不再刻意压低：“七姐姐，你这话是什么意思？往年我娘和我都去的，今年怎么会因为多了一个我，凉棚就挤不下了！”

任瑶亭原本就不是个好脾气的，今日会回任瑶玉的话，也是因为心情还不错，见任瑶玉这么不识好歹也生了气，脸色冷了下来：“你冲着我发什么火？伯祖母没说今年要带你去，我只是提醒你一声而已。”

任老太太和苏氏见这边好端端的起了冲突，都看过来。任老太太皱着眉头看向任瑶玉，苏氏见是自己的女儿与任瑶玉起冲突，轻声斥责女儿：“亭儿，怎么这么没规矩，在长辈屋里喧哗？”

任瑶亭撇了撇嘴，终究还是没有回嘴。倒是任瑶玉有些委屈地问任老太太：“祖母，她说您不带我去看今年的赛龙舟。”

以往每年，不管任瑶玉是不是得宠，因为林家和林氏的原因，任老太太也从未薄待过她，出门走动、参加宴席都会带着，待遇与任瑶华和任瑶音没有什么区别，所以她觉得任老太太不带她反而带上任瑶期有些不可思议。

任老太太淡声道：“以往每年都带着你，今年你就和你母亲一起在家吧。一次不去也不打紧。”

任瑶玉一听这话，立刻委屈得流泪了：“祖母……”

任老太太不为所动，继续和苏氏说话。

任瑶玉对上任瑶亭不屑的目光，哪里还受得了这种气，当即从椅子上站起来，还用手狠狠推了任瑶亭一把。

任瑶亭没有料到她会出手，被她一推，就撞倒在左边的茶几角上，撞得茶几上的茶碗哗啦一声响，不由得“哎哟”一声。

坐在任瑶亭身边的任瑶期忙扶住她。

任瑶玉不等上面的任老太太发火，转身就跑了出去。

任老太太也愣住，反应过来后气得脸都白了，指着任瑶玉的背影骂道：“你个小孽障！这是跟谁学的泼妇作态！”

苏氏忙下来查看女儿有没有伤到，好在任瑶亭是坐着的，任瑶玉那一推力量终究有限，只是撞疼了，并未真的撞伤，苏氏不由得放了心。

任老太太顾不得任瑶玉，忙问任瑶亭怎么样了。苏氏反过来安慰任老太太道：“无事，小孩子闹别扭能有多大力气？您也别责备瑶玉。”

任老太太见任瑶亭没事，放了些心，脸色却依旧不好看：“岂有此理！这一个一个的如今都不将我放在眼里！”

苏氏忙劝任老太太不要生气。

任瑶期一边安慰任瑶亭，一边却看着任瑶玉消失的方向若有所思。

她一直觉得任瑶玉最近的表现有些奇怪，今日任瑶玉在荣华院发火让她心里这种奇怪的感觉越加明显。

因为任瑶玉在任老太太这里并不得宠，所以对于任老太太，她向来是有些畏惧的。不管她在外头如何跋扈，到了任老太太这里却是十分乖顺，从来不敢大声说话，这种在荣华院里当众发作的事情，原本是不会发生在任瑶玉身上，可是任瑶期却看见了两次。每次都是任瑶玉没有控制住自己的脾气，当着任老太太的面发作。

任瑶玉的脾气似乎越来越坏，尤其是在康姨娘进府之后。

原本任瑶期以为是任瑶玉被康姨娘的事情和自己母亲失宠的事情刺激了才会如此，可是今天她却隐隐觉得这当中会不会有什么蹊跷。

她曾经见药典中记载，有些药材配到一处是会引人狂躁的。具体表现就是脾气暴躁易怒，受不得半点委屈，发作起来无法控制，不计后果。

任瑶玉虽然表现得还不算太严重，可是与她以往的性情却是大为不同。

任瑶期又想起来自己刚醒那会儿，方姨娘为了让她的病拖着不那么快痊愈，偷偷换了她的药。

这说明方姨娘本身或者她身边有人是懂药理的。

而以任瑶期对方姨娘的了解，为了报上一次任瑶英被林氏母女捉弄的仇，这种事情她未必做不出来。

康姨娘每次见到任瑶玉的时候，那有意无意的挑拨行为也有了解释。康姨娘和方姨娘不管是因为什么事情结盟，她们之间定是有一种默契的。

若是她的猜测没有错，任瑶玉离着“闯大祸”的日子也近了。因为那些让人狂躁的药物用得久了，会让人变成疯子，这样就会有迹可循，方姨娘不会做这种冒险的事，所以她不会真的让任瑶玉疯掉。

苏氏在西府没有待太久，东府就有管事找过来禀事，苏氏告辞回去了。

任瑶亭不想这么快就随苏氏回去，加上任老太太留她用饭，便留了下来。

任瑶亭想起上次来西府扑蝶的事情，心下有些痒痒：“要不我们去扑蝴蝶玩吧？”

任瑶音笑话她道：“你不是怕热吗？瞧你才走几步路就跟红脸的关公似的，这外头日头这么大，也不怕晒着？”

任瑶亭对任瑶音的态度还算不错，闻言笑道：“所以我都不爱去我家的园子。上次我和五姐姐扑蝶那地儿很阴凉。”

任瑶音摇了摇头：“我还是不去了，昨儿答应帮嫂嫂描花样子的，说好了今日给她。要不你们先去玩着，我晚些时候再去找你们？”

任瑶音在任家几个姐妹当中，最为喜静不喜动，这是大家都知道的。

任瑶亭撇嘴道：“四姐姐又糊弄人，等你找我们来，我们早就不玩了。”

任瑶音也不辩解，反而捂嘴一笑，像是承认了那是自己的推脱之词一般。这样反倒让人恼不起来，就连性子骄傲的任瑶亭也只是瞪她一眼。

任家四小姐任瑶音就是这样，她并不跟哪个姐妹特别要好，可是从任瑶华到任瑶亭，再到任瑶玉，她从来不会惹哪个姐妹的讨厌。

任瑶亭也不问任瑶华，只拉了拉任瑶期的手："四姐姐不去，五姐姐陪我吧？"

任瑶期点了点头，应了下来，看了任瑶华一眼。

任瑶华径自转头与任瑶音道："我正想给祖母绣个抹额，你帮我挑挑看哪个花样子合适？"

任瑶音知道任瑶华是不想跟任瑶亭一起去小花园扑蝶，所以才会说要和她讨论花样子，闻言也不拆穿，笑容亲和地应了。

任瑶亭拉着任瑶期出了门。

等一出荣华院，任瑶亭就开始对任瑶期表达自己对任瑶玉的不满："……刚才我是见我母亲在场，所以不与她计较，不然我定是要让伯祖母好好教训她一番！"

任瑶期听着她的抱怨，适时劝上一两句，并不帮着她说任瑶玉的不是，任瑶亭也没有在意。

任瑶期出来的时候就打发自己的丫鬟回去拿扑网，两人依旧去了琉璃院附近的那个小花园。任家的姐妹们夏日里玩扑蝶的时候最喜欢来这里。

任瑶亭也不急着去扑蝶，而是拉着任瑶期在一旁的游廊里说话。

任瑶亭和任瑶期聊的是端阳节去云阳城的事情。任瑶亭告诉任瑶期，她让人给韩攸捎过信儿，问她到时候去不去，韩攸没有给出明确答复。任瑶亭便撺掇着任瑶期也给韩攸捎信儿。韩家的情形她们都知道，任瑶亭想着多些人去请韩攸，说不定韩家就愿意放人了。

这其实才是任瑶亭今儿叫任瑶期出来扑蝶的目的，有韩攸在，她与韩云谦接触的机会就会大不少。

任瑶期闻言正要说话，却发现园子里有人说话。

任瑶亭被人打断有些不悦，皱眉看过去，随即有些惊讶："咦？怎么又遇上她们？"

任瑶期也随着任瑶亭的目光看过去，也不知道是不是巧合，园子里僵持着的两人正是任瑶玉和康姨娘。与上一次遇见她们的情形一样，这两人之间依旧气氛紧张。

任瑶亭听了一会儿那边的动静，撇了撇嘴，拉着任瑶期小声道："走，我们看看去。这个七妹妹真是越来越不像话了。"

任瑶期被她拉着走了两步，突然"哎哟"一声，步子一顿，用没有被任瑶亭握住的那一只手揉起了眼睛，一副十分不适的样子。

"怎么了？"任瑶亭停步，狐疑地转头看任瑶期。

任瑶期一边掏出手帕揉眼睛，一边沮丧着道："好像是小虫子迷了眼睛，难受得紧。"

任瑶亭看了看任瑶期的眼睛，她的左眼还在不停眨着，似是想要将引起眼睛不适的东西眨出来，左眼也比右眼要红一些。

任瑶期身后的丫鬟忙围过来。苹果道："小姐，要不去廊下坐会儿，奴婢帮你吹一吹？"

任瑶期红着眼睛点了点头，对任瑶亭道："我眼睛不舒服，先去那边坐坐。"

任瑶亭因为之前记恨任瑶玉，所以想要过去看任瑶玉和康姨娘之间的纠纷，想着等会儿有话头在任老太太面前告任瑶玉一状。

"那你先坐会儿，我去那边看看？"任瑶亭道。

任瑶期摆了摆手，二话不说让自己的两个丫鬟扶着转身回了回廊坐下。

任瑶亭带着自己的丫鬟一路分花拂柳，往园子里去了。

因为任瑶华已经派人暗中盯着康姨娘，所以任瑶期其实知道康姨娘每天上午这个时候都会来琉璃院。

虽然上一次任老太太已经开口让康姨娘不用去给五太太林氏请安，以免给她添堵，不过现在康姨娘来琉璃院的目的很冠冕堂皇，她是来给五老爷做说客的。

五老爷这段日子一直没有回琉璃院，还与五太太冷战着。据说康氏劝了五老爷几次无果后，心里十分不安，所以每日都会来琉璃院一趟，除了跟主母汇报一下五老爷的生活起居以外，也会请求五太太不要将气撒在无辜的五老爷身上，她自己愿意接受五太太的责难。

总之，在任家上下眼中，这位新进门的康姨娘十分心善，且通情达理。

因为知道这个时候康氏会过来，任瑶期想着任瑶玉离开荣华院时的状况，就跟着任瑶亭一起来了。

不过她来这里并不是想要将自己搅和进这场纠纷，所以在听到康姨娘果然又与任瑶玉“遇上”的时候，她没有凑上去。

也不知道过了多久，那边突然传来一声惨叫，随后是一声惊呼。

任瑶期下意识地站起来。

她在这里虽然看不见园子里的情形，却能听清楚之前那一声尖锐的惨叫是康姨娘发出来的，而之后的那一声惊呼是任瑶亭。

任瑶期循着声音，快步往园子里走去。

其实任瑶期坐着的回廊离发出声音的地方并不远，只是因为当中隔着一圈树木，让人的视线受阻。

任瑶期绕过灌木和柳树的时候，即便早有心理准备，也还是被眼前的情形吓了一跳。

康姨娘正捂着自己的肚子倒在鹅卵石铺着的小径上，惨白着一张脸痛苦呻吟。

她今日穿着一身潞绸的青绿色衣裙，通身无纹饰，只在裙摆处镶里一层三寸宽的白色襕边。红中带黑的鲜血正沿着那白色的襕边不停地流出来，迅速渗进她身下鹅卵石之间的缝隙里，有两条细长的血路已经蔓延到一旁的草丛里。

康姨娘身边的两个丫鬟年纪都不大，见到这情形，早就吓得双腿发软，跪在康姨娘身边哭。

发出惊叫的任瑶亭似是被吓得不轻，将自己的脸埋在身后的大丫鬟怀里，发着抖哭泣。

而任瑶玉的脸色并没有比倒在血泊中的康姨娘好看。她站在距康姨娘两步远的地方，愣愣地看着康姨娘，直到任瑶期突然出现，她回过神来低头一看，康姨娘下身流出来的血不知道什么时候流到了她那双精致的粉红色绣花鞋鞋底。

任瑶玉眼中突然闪现出恐惧，踉跄着退后两步，转身就跑。

任瑶期猜到这边会有动静，可是也没有料到会这么严重。

她之前就算是猜到康姨娘可能会借自己肚子里的孩子生事，可是又如何能想到康姨娘会拿自己的性命做赌？

见场面完全失控，任瑶期迅速冷静下来，也不管跑走了的任瑶玉，她连忙吩咐身后的丫鬟赶紧去找任老太太和大太太来。随即她又快步走到康姨娘身边，仔细打量康姨娘的脸色，想了想还是不敢轻易移动她，只是借着蹲身呼唤康姨娘的时机不着痕迹地拉扯她身边的两个丫鬟一下，让她们改变一下抱着人的角度。

她从来没有遇到过这种状况，也不知道要如何处理，想了想又让自己的丫鬟去离着近一些的琉璃院搬救兵。

不管林氏愿不愿意派人过来，她也只能做到这一点了。

好在琉璃院还是来人了，来的是个老嬷嬷和两个丫鬟，比任老太太和任大太太的人来得还要快一些。

那个老嬷嬷见到康姨娘的情形后脸色大变，随即上前查看康姨娘的情况。任瑶期看她的模样以及听她吩咐两个丫鬟的话，知道这个嬷嬷是个懂生产之术的，便退到一旁，不去添乱。

没多久，大太太就带着人风风火火地跑来了。大太太确实是跑来的，额角还冒着细汗。和大太太一起过来的还有桂嬷嬷，也不知道是半路遇上的，还是一起过来的。

最后康姨娘被大太太发令抬着去了最近的琉璃院。

任瑶期和任瑶亭两人，大太太没有工夫过问，匆匆跟在已经晕厥过去的康姨娘身后，往琉璃院去了。

任瑶期走到任瑶亭身边，轻轻拍了拍她的肩："七妹妹？我陪你先去祖母那里歇着吧？"

任瑶亭这时候已经醒过神来，听到任瑶期的声音，有些恐惧地一把握住她的胳膊，白着脸色抖着嘴唇道："五姐姐，你没有看到刚才八妹妹有多可怕！她尖叫着'不能让你肚子里的东西生下来给我娘气受'，就低着头朝康姨娘撞过去。然后……然后康姨娘就摔倒在地上，流……血了……"

任瑶亭似是想起了之前充斥在自己眼前触目惊心的血色，声音有些不稳。

她不过是个十几岁的孩子，长到这么大从来没有见识过真正的流血，是真的被吓坏了。

任瑶期握住任瑶亭的手，却不知道该如何安慰。

她之前听到这里任瑶玉和康姨娘的动静就心中一动，见任瑶亭要过来，在心中稍微想了想就做了决定，任由任瑶亭独自过来。

任瑶期承认自己对任家的大部分人都没有感情，可是现在的任瑶亭不过是个小姑娘，让她看到这种场面，任瑶期虽然说不上有多内疚，可是心里的不适感还是有的。

任瑶期和任瑶亭回了任老太太的荣华院。

任老太太正面沉如水地听一个嬷嬷禀报什么，听着应该是禀报康姨娘那边的情形。

见任瑶期和任瑶亭回来，任老太太招手让她们过去。

“听说刚刚你们两人也在园子里？”任老太太皱眉问道。

任瑶期低头应道：“回祖母，我们原本是想要去园子外头的樟树下扑蝶。”

任老太太点了点头，冷着脸道：“那把你们看到的说出来。”

任瑶期闻言有些为难地看了任老太太一眼，吞吞吐吐道：“祖母，我当时坐在回廊里歇息。听到响动跑过去的时候，康姨娘已经倒在了地上……”

任老太太看了任瑶期一眼，又皱眉看向任瑶亭。

任瑶亭的情绪已经稳定下来不少，她深深吸一口气才缓缓将自己看到的说了出来。

任瑶亭走过去的时候，任瑶玉和康姨娘已经争吵起来，或者说任瑶玉已经开始用各种不好听的话数落康姨娘，且情绪越来越激动。

见康姨娘蹙着眉头摸着自己的小腹一副不适的模样，任瑶亭就关心地问了一句，还劝说任瑶玉：“瞧着康姨娘像是有些不舒服，你再骂下去，万一她伤了肚子里的孩子，你怎么与你父亲交代？你还是让她回去歇着吧。”

这是任瑶亭自己说的，她在这当中只是扮演了一个好心劝说者的角色。

不过任瑶期知道任瑶亭过去其实是想要看热闹，所以对她的劝架之说不置可否。任瑶亭当时有没有适时地挑拨几句，让任瑶玉闯祸，她就不清楚了。

任老太太听着任瑶玉的所作所为，脸色已经可以用冰寒入骨来形容。

即便是从未得过任老太太喜欢的任瑶期也没有见过任老太太对自己露出过这种表情。

任瑶期知道，任瑶玉现在已经彻底让任老太太厌恶了。

一个敢对怀有身孕的女子下狠手的人，任是谁都会觉得这人太心狠手辣。

过了不久，大太太回来了。

“情形如何？孩子能否保住？”任老太太皱眉道。

任大太太轻叹一声，摇了摇头：“摔得太重了，孩子已经……没了。大夫已经给看过了，康姨娘失血过多，好在身子底子还不错，不然……大夫说这种情况很可能就一尸两命了。”大太太语气十分唏嘘。

任老太太虽然料到孩子可能保不住，听大太太这么说，脸色还是有些不好：“造孽啊！”

任大太太跟着摇了摇头。

任老太太眉目一冷：“那个孽障呢？去给我把人绑过来！”

任大太太觑了一眼任老太太的眼色，试着给任瑶玉求情：“老太太，瑶玉想必也不是故意的。刚刚我去琉璃院的时候，瑶玉正躲在自己房里哭呢，五弟妹怎么敲门都敲不开。她心里也是后悔的。”

任老太太不为所动：“这是一条人命！不是什么阿猫阿狗！你先去把人给我绑过来再说！这个孽障！这个孽障……”

大太太最终还是叹一口气去了。

任瑶玉还没有绑过来，东府那边就来人了。原来是任瑶亭身边的丫鬟刚刚回去报信，苏氏知道后派自己身边的嬷嬷过来接任瑶亭回去。

任老太太见任瑶亭的脸色，知道她今日也被吓得不轻，脸色柔和了一些，让她跟着嬷嬷先回东府。

任瑶亭也巴不得离开这里，二话不说跟着嬷嬷走了。

任瑶期想了想，与老太太道：“祖母，我去送送七妹妹。”

任老太太这时候哪里有空顾及任瑶期，摆了摆手让她去了。

任瑶期行礼转身退出来，见任瑶亭被嬷嬷扶着走在前面，忙快走几步追上去，上前挽着任瑶亭另外一边的手臂，小声安慰道：“我没想到会遇见这种事情。七妹妹，你回去之后好好歇歇，千万不要胡思乱想。”

任瑶亭一张小脸依旧有些苍白，正被那位嬷嬷小心扶着朝外走，见任瑶期来了，便对着她勉强笑了笑：“五姐姐，刚才可真是吓到我了,我长这么大，还从未见过那么多血。”

任瑶期扯了扯任瑶亭的衣袖，附在她耳边小声道：“七妹妹，你当真看到八妹妹推了康姨娘吗?”

任瑶亭听了这话原本有些疑惑，想了想之后脸色却有些不好看了，甩开任瑶期的手，不悦道：“五姐姐这话是什么意思？难不成还怀疑是我胡说八道故意陷害八妹妹?”

任瑶玉之前在荣华院的时候才与任瑶亭产生矛盾，接着就让她瞧见任瑶玉推康姨娘，之前她去园子里的时候也确实抱着看热闹的心态，这会儿见任瑶期这么问，自然以为任瑶期是不相信她。

任瑶期也不恼，只笑着解释道：“七妹妹，我不是这个意思，我只是想到今日在园子里的时候，除了你以外，就只有康姨娘的两个丫鬟。刚刚祖母已经让人去把八妹妹找来……怕到时候还需要你来西府。”

任瑶亭闻言一愣，随即皱眉。

今日在场的除了康姨娘、任瑶玉、任瑶亭，以及几个丫鬟以外，并没有其他人在场。现在任老太太要追究任瑶玉的责任，任瑶玉见自己闯了这么大的祸，依着她的性子，怕是不会就这么痛痛快快地承认，偏偏任瑶亭刚才又在任老太太面前一口咬定是任瑶玉将康姨娘推倒在地导致小产的。

到时候任瑶玉争辩起来，西府会叫任瑶亭过来作证也是理所应当。可是她才与任瑶玉有了过节，任瑶玉可能会一口咬定是她污蔑。

想到这里，任瑶亭心里不由得有些懊恼。先别说任瑶玉那疯疯癫癫的性子，任五太太林氏又哪里是个能吃亏的角色，任瑶亭觉得自己接下来的日子怕不会很太平。

这个时候，她才有些后悔今日不应该因为好奇去蹚浑水。

这么想着，任瑶亭有些郁闷地看着任瑶期道：“原本应该拽着你一起去的，偏偏你那时候迷了眼，说起来五姐姐今日还算是走运，没与我一起倒霉。”任瑶亭不由得有些怀疑地看了任瑶期一眼，觉得这事儿也太巧合了。

任瑶期由着她看，坦然笑道：“我也后悔当时没有将七妹妹拉住，不过这种事情谁也不能未卜先知啊。”

任瑶亭也不过就那么一想，任瑶期说得不错，她不能未卜先知，怎么可能因为知道会出事就故意先避开？说到底还是自己今日运气不佳，才会碰上这种血腥之事。

“不管怎么样，我确实看到八妹妹推了康姨娘一把，将她推倒在地上，然后康姨娘就流血了。”任瑶亭虽然有些怵任瑶玉今日的疯样，但是对任瑶玉实在没有什么好感，根本没有立场为任瑶玉遮掩什么。她说的都是大实话。

任瑶期闻言轻叹一声，也不再说什么。

苏氏派来的嬷嬷一直低着头小心扶着任瑶亭，任瑶期和任瑶亭的对话她都一字不漏地听在耳里，却半句话也没有插。只是在任瑶期停住脚步，对任瑶亭说“你回去好好歇着，我就不送了”的时候抬眼看了任瑶期一眼。

任瑶期毫无所觉，目送她们离开。

任瑶亭的背影消失在荣华院的大门处，任瑶期也缓步往院外走，还没有走出回廊就看见桂嬷嬷带着任瑶玉过来了，她们后面还跟着一脸不安还强装镇静的五太太林氏。

任瑶期走近的时候，还听到林氏交代任瑶玉的话：“……你一定要告诉老太太，你不过是轻轻拨了她一下，好不让她挡了你的路，是她自己没有站稳倒下去的。你没有做过的事情，可千万不要乱认！”

林氏的声音没有压低，反而刻意加大声调，仿佛这样就能说服别人或者说服自己。任瑶玉一直低着头没有说话，也不知道在想什么。桂嬷嬷和几个丫鬟婆子都只是低头看着脚下的路，什么表示也没有。

几人听见脚步声抬眼，见是任瑶期过来了，桂嬷嬷屈膝行了一礼，礼仪周到。林氏话语一顿，没有将任瑶期放在心上，继续叮嘱任瑶玉。任瑶玉此刻好像有些神游天外，连对面来了人也没有抬头看上一下。

各自擦肩而过，任瑶期没有回去荣华院听消息的打算，自顾自回了紫薇院。

而任瑶玉和林氏到了任老太太房里，任老太太还没有来得及兴师问罪，林氏就开始帮着女儿诉起苦来。

看着林氏那张不断张合的嘴，任老太太眼里闪现一丝不易察觉的厌恶。

还没等林氏说完，任老太太就冷冷道："我有叫你一起过来？给我站一边儿去！"

林氏声音一顿，若是以往，她必定会红了眼圈觉得委屈，可是这段日子她已经渐渐习惯了任老太太对她的不假辞色，今日若不是为了自己的女儿，她也不会撞上来自取其辱。

"我还没老糊涂，事情的真相如何，就算她自己不认，当时还是有人看见的！她想要如何抵赖？"任老太太看着任瑶玉，声音冷凝。

林氏忍了忍，还是出声道："那要看您问谁了，我刚刚听到出事后也问了玉儿身边的几个丫鬟，都说是康姨娘故意挡了玉儿的去路，玉儿原本只是想要轻轻将她拨开，她自己没站稳，或者是……反正就是她自己不小心摔了的。至于康氏身边的几个丫鬟，谁知道她们是不是得了什么人的指使，要冤枉我女儿！"

任老太太见她还要强词夺理，冷哼道："当时瑶亭也在场，并看清楚了，确实是这个孽障去撞的人！"

林氏这时候也没有了面对任老太太时候的那种拘谨，抢白道："任瑶亭的话怎么能信！她才和玉儿吵了一架，故意胡说八道冤枉人也不是不可能。"

只是林氏不知道，当人看你顺眼的时候，你做什么事情都是值得原谅的。反之，当人看你不顺眼的时候，你的辩解只会让人愈加厌恶。

加上任老太太已经认定任瑶玉这个孙女心术不正，为人阴险狠毒，所以林氏为女儿的辩解只能起到反效果。

最终任老太太忍无可忍，大发雷霆，让人绑着任瑶玉去祠堂领受家法。

任何一个底蕴深厚的家族都是有家规的，有家规就免不了会有家法。任家的家族历史虽然不算太长，但是该有的门面在上一任家主任宝明在世的时候就已经确立好了。

任家的家法与燕北其他大家族的家法别无二致，是一根成人手腕粗细、扁圆形、长约四尺、不用刷漆也油光锃亮的铁木棍。这根棍子与祖先牌位一样，长年累月被供奉在祠堂，总的来说威慑意义大于实际意义，是一个令各家孩子闻风丧胆的存在，已经超越了一根普通木棍对于孩子的恐怖意义。

所以，当任瑶玉听说要请传说中的家法的时候，吓得当场腿就软了下去，看着高高在上的祖母那严正的态度，她甚至以为自己的小命要丢了。

林氏对于家法的恐惧当然与她女儿对于家法的恐惧是不一样的，不过她也知道请家法的严重性。自从上一任家主定下家法以来，那根木棍其实一直都没有用过，她不希望自己的女儿成为任家第一个吃螃蟹的人。

所以荣华院又开始闹得不可开交，直到任五老爷任时茂得到消息后，求了任大老爷去请任老太爷回来。

不得不说人的心都是偏的，康姨娘小产使得任五老爷失去子嗣，说不难过是假的。可是无论任时茂对着康姨娘如何柔情蜜意，承诺自己不会亏待她和她肚子里的孩子，到了紧要关头，亲疏远近还是立即就分了出来。

比起康姨娘肚子里那未出世的孩子，任五老爷更为担心的还是自己的长女。尽管所有人都说任瑶玉是害得康姨娘小产的罪魁祸首，任时茂也不愿意以恶意去揣测自己和林氏的爱女。他无条件相信林氏的说辞，任瑶玉是失手推倒了康姨娘。

而任老太爷在知道这件事情之后，想了想还是回了内院。任老太太因为任时佳的原因最近对林家很不满，因而将气撒在林氏身上，任老太爷不知道出于什么原因，一直睁一只眼闭一只眼，但是他自己代表的任家对于林家的态度是没有任何变化的。

最近燕北各个世家之间看上去平静无波，不过不少人都感觉到这种平静就像是冬日结了冰的河流，表面无波无澜，冰层下却暗流汹涌，等到春暖花开冰层一破，汛期就会来临。

所以在这种形势莫测的时期，任老太爷还不想与林家闹得太僵。

不过任老太爷向来不过问内院之事，这会儿也不好推翻任老太太的决定让她难堪，所以他回内院之后就径直去了荣华院的书房，无论任时茂如何请求，他都没有真正露面。

任老太太在接到任老太爷回来的消息时，任时佳正派了自己身边的婆子过来给任瑶玉和林氏求情。她现在还在坐月子，不方便出门，不过还是表现了自己对林氏母女的关怀。

任老太太原本不想搭理女儿的求情，在得知任老太爷回来之后，却想了片刻后就改了主意，命人将任瑶玉暂时关到祠堂去，不准探视，等今日的事情查清楚之后再惩罚。

林氏暂时禁足在自己的琉璃院。因为任瑶玉闯了大祸，而她这么做是不是受了林氏的指使还说不定，林氏被连坐了。

尽管如此，林氏母女还是暂时松了一口气。“家法”这两个字，因为用得少，所以令人十分恐惧。

表面上任老太太是卖了自己的女儿一个人情，让林氏对任时佳这个小姑子感恩戴德，实际上却是她和任老太爷夫妻之间的默契。她知道任老太爷不会无缘无故地回来，既然是被儿子请回来的，尽管没有来正房干涉这件事情，却暗示了他的意思。

不得不说，任老太太其实是个聪慧人，立即就摒弃了自己的喜恶，坚定地追随任老太爷的心意，还追随得让人不能轻易察觉，外加给了自己女儿一个大脸面。

而任五老爷在关键时刻的选择却让原本对他恨得牙痒痒的林氏态度有了松动。在任五老爷坚持要送她回琉璃院的时候，林氏没有像以往那样坚定地拒绝。甚至后来有琉璃院的丫鬟聊八卦的时候悄悄说，任五老爷陪着五太太去了禁足的正房，也没有被五太太赶出来，最后还有人听到五太太在屋里的哭声以及任五老爷小心宽慰的声音。

最后这一禁足，出乎意料地禁了夫妻两人的足，只是一个是被迫的，一个是心甘情愿的。

而这个时候，康姨娘正躺在琉璃院的西厢，几乎丢了半条命。只是五老爷和五太太都选择性地无视了这件事。

没有人知道康姨娘这个时候是抱着什么心情躺在琉璃院西厢的那张梨花木架子床上的，就如康姨娘自己算计了一切，却终究没有那个本事算计到男人的心。

而东府那边，任瑶亭回去之后，先去了自己母亲那里。

一见到苏氏，任瑶亭就红了眼眶，上前抱着苏氏不撒手。今日她是真的吓到了，在外面勉强镇定下来，不过是因为好面子硬撑，见了自己的母亲便越加觉得自己今日受了委屈。

严格意义上来说，苏氏性子冷淡，算不得慈母，可是那也是她本身的性情使然，对于自己唯一的女儿，苏氏还是从心底里疼爱的。

见任瑶亭如此，苏氏自是心疼，也不立即就问女儿当时的事情，反而耐心地抱着任瑶亭哄了许久，又让人去端之前就准备好的压惊茶，亲自喂任瑶亭喝下，最后哄着任瑶亭在自己正房的软榻上休息。

等安抚好女儿，苏氏示意之前去接女儿的心腹嬷嬷杨嬷嬷带着今日伺候在任瑶亭身边的两个贴身大丫鬟去了隔壁的梢间。

苏氏安静地听那两个丫鬟说了今日的事情，素来平淡的眉眼微微蹙起，无端就多了一丝冷厉和肃杀之色。她相貌十分普通，这样的神色倒是让她的脸上添了几分别致韵味，不同于一般的闺阁女子。只是苏氏极少在外人面前表露这种神情，可见在场的几人都是她的心腹。

“康氏每日那个时辰都会经过那个园子？”苏氏的语气平平淡淡，脸上已经恢复成以往的无波无澜。

杨嬷嬷低头道：“奴婢打听过，确实是这样的。不仅如此，八小姐也常常在那个时辰逛完园子回来，所以两人在那里碰上好几回了，争吵也是常有之事。一般都是八小姐心情不顺故意羞辱数落康姨娘一番。”

苏氏若有所思，随即将视线投向那两个束手立在一旁的两个丫鬟，淡声道：“亭儿也知道任瑶玉经常在那个时候出现在园子里？”

两个丫鬟对视一眼，年纪稍大的那个站出来斟酌道：“小姐她原本不知道，不想上一次与五小姐去琉璃院附近的园子外头扑蝶的时候，正好看到康氏和八小姐争吵，便留了意。因为发现康氏和八小姐的争吵似乎不止那一次，所以小姐还打听过。不过奴婢瞧着当时小姐只是因为好奇随口问那么几句，过后就没有再提起。”

苏氏眉头微挑：“亭儿可是因为今日在荣华院里受了任瑶玉的气，所以特意挑了那个时辰去琉璃院附近扑蝶的？”

“这……”丫鬟闻言抬眼看了苏氏一眼，踌躇道，“奴婢瞧着，小姐在听到园子里传来八小姐和康姨娘的争吵声时，确实是有些高兴的。”

事实上，任瑶亭当时当着任瑶玉的面，和康姨娘说的那些话是有些煽风点火唯恐天下不乱的意思在的。不过之前在任老太太面前的时候，任瑶亭没有将自己说的那几句挑拨之言交代出来，只含含糊糊地表示自己是去劝架的。

任瑶亭在任家极少吃亏，因此对今日任瑶玉挤对她的事情十分不满。她知道任瑶玉和康姨娘的矛盾闹大了的话会让任瑶玉受罚。

不过若是说任瑶亭当时抱着恶毒心思，那也还不至于，她只是想要看着任瑶玉被长辈责骂而已，带着些孩子气的算计，并未料到任瑶玉敢对康姨娘动手。

所以任瑶亭被吓成这样，其实是害怕这件事情自己也有责任。

丫鬟虽然不好直说，但是之前在与苏氏说明情形的时候是有过暗示的，所以苏氏才有这么一问。

苏氏哪里会不了解自己的女儿，所以才没有直接问任瑶亭，而是找丫鬟来问。这样有利于她做出正确的判断。

沉默了半晌，苏氏才淡声道："这件事情怕是没有这么简单。"

杨嬷嬷闻言也皱起眉头："太太是说我们小姐被人算计了？"

苏氏并未回答，神情莫测。杨嬷嬷琢磨了一会儿，想起了之前任瑶期送任瑶亭出来时说的话，不由得道："听太太这么一说，这事儿确实太过巧合了些。偏偏我们小姐目睹了八小姐推康姨娘的经过。若是当时没有我们小姐在场，只有八小姐和康姨娘在园子里，那这会儿公说公有理婆说婆有理，加上五太太那不肯吃亏的性子，这康姨娘怕是有理也说不清了。"

"有理？"苏氏听了杨嬷嬷的话，脸上似笑非笑。

杨嬷嬷见她神色，不由得一愣。苏氏正要说什么，却听到隔间传来细碎的说话声。苏氏听了一会儿，立即站起身往隔壁次间走去。杨嬷嬷和两个丫鬟也赶紧跟上。

隔壁次间里，任瑶亭正躺在软榻上睡觉。不过显然她现在睡得并不安稳，眼睛虽然闭着，眼珠却在眼帘下不安地转动，眼睫如蝶翼般轻颤，口中不断地说着梦话。

苏氏立即上前握住任瑶亭由于不安而紧紧拽住身上薄被的手，语气十分柔和地小声唤道："亭儿？做噩梦了吗？别怕……别怕……"

任瑶亭似是听到了苏氏的呼唤，立即睁开眼睛，先是愣怔片刻，等目光集聚到苏氏身上后，立即扑到她怀里，带着哭腔道："娘，好多血，好多血！八妹妹她还推了我一把，然后我也跟康姨娘一样流了好多血。娘，我害怕……"

苏氏闻言眉头一皱，语气却依旧温柔。她轻轻拍着任瑶亭的后背：“好孩子，别怕，只是做梦而已，醒了就好了。”

任瑶亭趴在苏氏怀里不肯动，苏氏也不说什么，只是轻柔地抱着她，小声哄着。

“娘，你别走，坐在这里陪我，我害怕。”任瑶亭想起来刚才那个令她毛骨悚然的噩梦，拉着苏氏的衣袖央求道。

苏氏点了点头，抚了抚她的发丝：“娘不走，娘在这里陪着你。”

任瑶亭这才暂时安下心来，躺下去，手却依旧拉着苏氏的袖口不放。苏氏知道女儿是真的吓到了，任由任瑶亭扯皱自己的衣袖。

不知道过了多久，任瑶亭的呼吸又渐渐平稳下来。苏氏确定任瑶亭真的睡着了之后，才朝任瑶亭的一个大丫鬟招了招手，将自己的手收回来，让丫鬟继续握着任瑶亭的手，让她睡得安稳一些。

做完这些，苏氏才又带着杨嬷嬷悄无声息地去了梢间。

“太太，小姐这次是真的被吓到了。”杨嬷嬷压低声音，担忧道。

苏氏没有作声，手指在炕几上轻敲，发出咚咚声，让人听了有些不安。

杨嬷嬷小心地看了苏氏一眼，苏氏依旧是一副云淡风轻的模样，杨嬷嬷凭借着伺候她多年的经验感觉到苏氏这会儿是生气的，所以很机敏地肃立在一旁，不再开口说话。

良久，苏氏的手指终于不再敲击炕几，屋里侍立的几个心腹都下意识地松了一口气。

“让人去查查康姨娘。”苏氏突然开口，语气十分平淡。

杨氏下意识地立即就应了声，然后想了想还是道：“太太，您觉得这个康姨娘有问题？只是她被西府承认身份之前，西府老太太那边已经找人查过她的底细，不然她也进不来任家。如今既然让她进来了，想必那边并未查到什么蛛丝马迹。”

苏氏冷淡道：“她的身份没有问题，去查她进任家之前身边亲近之人，另外……”苏氏顿了顿，接着道，“去查一查她与江宁有没有联系。”

“江宁？”杨嬷嬷琢磨片刻，立即就想到了，方姨娘就是江宁人，“太太，您是怀疑康姨娘与方姨娘有关系？”

苏氏嘴角微扯，笑意却未曾抵达眼底：“这种手法十分眼熟，让人不得不怀疑是出自那一位的手笔。”

杨嬷嬷对苏氏十分信服，闻言立即就有些气愤：“若真是与她有关，那方姨娘未免欺人太甚！竟然三番两次利用我们小姐。在她眼里，我们东府就这么好欺负吗？”

苏氏的神色依旧淡淡的：“这些年我从未插手西府的事情。上一次她利用亭儿，我没有作声，想必让她觉得一些无伤大雅的利用我会睁一只眼闭一只眼。”

杨嬷嬷皱眉：“利用我们小姐怎么会是无伤大雅？而且还将我们小姐吓成这样！”

“想必是这些年她过得太顺遂了。”苏氏低头轻抚着自己裙面上的银丝线。

“奴婢也听说了，方姨娘的嫡亲弟弟又升了官。虽然官位不大，任家在江南的生意却能仰仗他疏通一二。所以听闻西府的正经太太们有的，老太太都不会缺了她那一份。只是她在西府里折腾惯了，难不成还觉着我们东府也得见了她绕着走？”杨嬷嬷冷笑，“什么东西！我呸！”

相较于杨嬷嬷的怒形于色，苏氏面上倒是淡定多了。

“我向来欣赏聪明人，只是……她不该对亭儿下手。如今看来，我若是不适时提醒她一下，难保她不会将我女儿利用得更顺手。”

杨嬷嬷见苏氏这么说，便知道苏氏是真的对方姨娘生了气。她也很厌恶这个总是喜欢踩着别人往上爬的女人：“太太说得对，有些人就是喜欢得寸进尺，连捞过界了都不自觉。”

苏氏并未接杨嬷嬷的话，微微垂下的眼眸中不经意地闪现一缕深思。

方姨娘想要什么，她清楚得很。如今五太太林氏因何倒霉，联系到前因后果，也不难猜出原因。不过她们东府若是想要独善其身，那西府各房之间的势力还是暂时平衡一些的好，苏氏想着是不是不应该就这么看着林氏倒下去。

第十五章

暗　斗

任瑶期从荣华院回紫薇院之后，立即去了正房找周嬷嬷。

“帮我查一查最近八妹妹有没有喝过什么汤药，若是有的话，能弄到药渣就再好不过了。”任瑶期对周嬷嬷小声吩咐道。

任瑶玉的反常，任瑶期看在眼里，任瑶玉若是真的如她所料是被人下了那种药，依着任瑶玉的情绪和药的药性来看，这药肯定被下了不止一次，因为要让人发觉不到，必须要循序渐进。

周嬷嬷闻言虽然有些惊讶，不过还是立即就应了下来。

到了第二日，周嬷嬷派去查探任瑶玉吃药的事情就有了消息。

下午任瑶期刚刚小睡醒来，周嬷嬷便亲自来了任瑶期住的西厢。

“八小姐这段时日确实在吃药。说是五太太觉着八小姐有些虚胖，上次回娘家的时候从她娘家嫂子那里求了个方子，让八小姐吃着。八小姐已经吃了一阵子。只是因为八小姐面子薄，五太太怕她难为情，所以不让下面的人声张。”

在任家几个姐妹当中，数任瑶玉长得最为圆润，个子也最矮，这一点令万事喜欢攀比的五太太很不满意，就怕任瑶玉再长几岁还是这副模样。

虽然说起来长辈们都喜欢给自己的子孙挑长相富态些的媳妇，好生养，但是五太太林氏对这种标准却是嗤之以鼻，因为她清楚长辈们喜欢的，相公未必喜欢，所以尽管任瑶玉年纪还小，她已经开始注意任瑶玉的身段问题。

任瑶期听了挑了挑眉。她记得似乎从前林氏就曾偷偷给任瑶玉找了什么方子，说是吃了能让女子身形变苗条，任瑶玉到后来好像还真的瘦了不少。只是任瑶期知道这种药往往性凉，多吃其实于女子无益。

药方既然是从林家要来的，从前也没见任瑶玉吃出来什么毛病，那就一定是熬药的时候被人做了手脚，加了些不该加的东西。

“有没有找到药渣？”任瑶期沉吟着问道。

周嬷嬷面带遗憾地摇了摇头：“昨日八小姐被罚去了祠堂，今日没有用药。昨日的药渣已经被倒掉，找不回来了。”

任瑶期原本也只是抱着试一试的态度，听周嬷嬷这么说，虽然有些遗憾没有证据，不过也并不是太过失望。

见周嬷嬷似是对自己没有完成任务而感到有些自责，任瑶期正想要说几句安慰她的话，外间却突然有了响动。

“谁在外头？”见任瑶期皱眉，周嬷嬷二话不说就疾步上前去挑帘子。

任瑶期之前刚午睡起来，见周嬷嬷来了，就直接将伺候的人打发，让她进来了。这会儿两人单独在右边的次间里说话。

任瑶期坐在靠窗的炕上，垂着眸子不知道在想什么，并没有跟着周嬷嬷去查看是什么人。

“是你？”周嬷嬷的声音有些惊讶又似是松了一口气的感觉，然后转过头来看向任瑶期，“小姐，是……”

不等周嬷嬷说完，外头那人就已经出现在帘子边，手里端着个红漆茶盘，低着头规规矩矩地立着，看上去十分恭敬镇静，只是茶盘边缘的双手却有些紧绷。

周嬷嬷见她进来便住了口，任瑶期依旧坐在炕上，没有动，也没有说话，只是那一双晶莹透彻的眸子定定地看向来人。

任瑶期的眼睛很好看，若是笑起来就会弯成一弯弯月，柔和美丽，让人觉得无害。此时的任瑶期没有笑，也没有沉下脸，只是淡淡的，像是很普通的打量。

屋子里的气氛瞬间凝滞起来。

“徐嬷嬷？”任瑶期微微一笑，轻轻唤了一声。

徐嬷嬷这才低头上前，默默地将手中的茶盘放到炕桌上，然后在任瑶期面前跪下去，低头道：“奴婢该死。”

“该死？”任瑶期看着恭恭敬敬跪在自己面前的人，笑容里带了几分戏谑，“我们任家也不是这么不讲道理的人家吧？随随便便就让人去死？徐嬷嬷，你这是在吓唬我吗？”

徐嬷嬷不料向来温和好说话的任瑶期会突然抓住她这么一句平常的话不放，不由得微微愣住。“奴婢该死”这句话其实就是下人们做错了什么事情的时候跟主子讨饶时用的，谁也没有真的想要去死，否则应该说“主子饶命”。

徐嬷嬷心里虽然有些不安，不过还是很快就镇定下来：“奴婢是来送杏仁露的，奴婢不是有意……”

任瑶期看着她，耐心地听她解释，却没有让她起身。徐嬷嬷似是觉得自己怎么说都像是辩解，遂有些挫败地叹了一口气，转而道：“奴婢犯了错，还请小姐责罚。”

任瑶期的目光一直在徐嬷嬷身上，听她这么说，也没有立即答话，似是真的在想怎么责罚她。

倒是周嬷嬷看了看任瑶期，又看了看徐嬷嬷，忍不住开口道：“小姐，是奴婢进来的时候吩咐徐嬷嬷把太太给您准备的杏仁露端来，说起来这也是奴婢的疏忽。”

这些日子，周嬷嬷也在暗中观察徐嬷嬷，毕竟徐嬷嬷和高嬷嬷是她挑给任瑶期和任瑶华姐妹两人的，她想着若是不好，就提早换下来。

不过经过这段日子的观察，周嬷嬷对徐嬷嬷和高嬷嬷都很满意。高嬷嬷为人热心宽厚，正好与任瑶华严厉高傲的性子互补，主仆两人倒是出人意料的和谐。而任瑶期的管房嬷嬷徐嬷嬷沉稳严谨，为人处事四平八稳，是个能当大事的。

可是周嬷嬷感觉任瑶期对徐嬷嬷的态度有些让人摸不着头脑。虽然将自己房里的事情都交给了徐嬷嬷，徐嬷嬷也都完成得很好，不过周嬷嬷还是觉得任瑶期有些不信任徐嬷嬷，甚至对徐嬷嬷有些排斥。

任瑶期这一阵子也在不动声色地注意徐嬷嬷。不得不说，这位徐嬷嬷的确是一个能干的，若不是任瑶期有从前的经历，徐嬷嬷这种人才她是一定要想方设法拉拢过来，为自己所用的。她曾暗中让袁大勇查过徐嬷嬷，知道徐嬷嬷确实只有一个独子，背景完全没有让人怀疑之处。从前莫名其妙冒出来的女儿像是根本就没有存在过。

而且徐嬷嬷做事情向来勤勤恳恳，对屋里的丫鬟们该严厉的时候严厉，该宽容的时候也宽容。上一次她提醒任瑶期，青梅不能再留在身边了，任瑶期交给她处理，她不久之后就找了个很好的借口将青梅从任瑶期房里调了出去，且完全没有牵扯到任瑶期身上，反而让青梅觉得自己离了紫薇院更有前途，走的时候对徐嬷嬷甚至任瑶期都十分感激。

也难怪连周嬷嬷都对徐嬷嬷刮目相看，这会儿还想着要为徐嬷嬷求情。

任瑶期自己也有一种奇怪的感觉，似乎这位徐嬷嬷目前是没有问题的。

想了想，任瑶期微微弯腰，亲自扶了徐嬷嬷一把，语气十分的温和："起来吧，我之前是说笑的。"

徐嬷嬷松了一口气，道了一声谢才从地上爬起来。

任瑶期没有问徐嬷嬷什么时候来的，又听了多少，似是忘记自己刚才是在与周嬷嬷商量什么秘事一样，只顾着端起那碗微凉的杏仁露，小口小口喝了起来。

倒是徐嬷嬷见周嬷嬷给她使了个眼色，示意她退出去，便二话没说行礼退出去。

等徐嬷嬷一走，周嬷嬷便道："小姐，奴婢和太太都觉着徐嬷嬷不错，是个可用之人。您可以再试她一试，若是觉得没有什么问题，以后有什么事情可以吩咐她去办。从上一次青梅丫鬟的事情就能看出来，徐嬷嬷是个有手段的，有她在您身边辅佐，您以后做什么事情也方便不少。"

任瑶期知道周嬷嬷是真心为自己着想，见她这么说，也不反驳她，反而点了点头，笑道："我只是还不习惯罢了，等过一阵子我自会用她的，嬷嬷不用为我担心。"

周嬷嬷现在对任瑶期比对任瑶华还要放心，见她这么说，便将这事儿丢下不再提起，又与任瑶期说起任瑶玉的事情。

之后正房那边李氏派喜儿来找周嬷嬷，任瑶期吩咐了周嬷嬷几句，就让她回去了。

任瑶期对徐嬷嬷的事情还没有做出决断，打算过一阵子将这些杂七杂八的事情都处理完了再说。

只是，让任瑶期没有想到的是，到了第二日依旧是她午睡起来的那会儿，徐嬷嬷怀中揣着一包东西，主动找上了她。

看着眼前用一块靛蓝色粗布包裹起来的，摊开放在炕几上的那些已经半干燥了的，正散发着难闻药味的药渣，任瑶期轻垂下眼眸，掩饰住自己眼中的几分莫测。

李氏嫁到任家的时候，身边只有一个周嬷嬷。

献王身边虽然不缺人，但是在当时兵在其颈的环境下，适合跟着李氏来任家的只有原本伺候献王妃的周嬷嬷。如今跟在李氏母亲身边伺候的人都不是正正经经的丫鬟嬷嬷出身。

好在能跟来燕北的献王府旧人没有一个是绣花枕头，周嬷嬷算得上是一个以一当十的人物。单从她这些年来给李氏调教出来的那些丫鬟婆子就知道，没有心腹陪嫁不要紧，周嬷嬷有本事无中生有。

这也是为何李氏会这么信任周嬷嬷挑中的人。就连任瑶期也没有怀疑周嬷嬷挑人的本事。

眼前这个低头束手站在任瑶期面前的徐嬷嬷，就是周嬷嬷十分推崇的人。而她的手段，今日任瑶期又进一步领教了。

任瑶期缓缓伸手，从自己的发髻上拔下一根蝶恋花式样的累丝金簪，轻轻拨弄着炕几上的药渣，直到找到自己预料到的那种药材，才顿住手。

“哪里来的？”任瑶期看向徐嬷嬷，微笑着问。

徐嬷嬷头也不抬：“府里每日都会安排人清理这些秽物……”

任瑶期闻言不由得微愣，看了徐嬷嬷一眼：“你是在倾倒秽物的地方找回来的？”

徐嬷嬷忙道：“奴婢来的时候已经洗过澡，换过衣裳了。”想了想，她又解释道，“从我们府里出去的秽物，他们会摆放在一边，等一一挑拣过后再做处理。”

白鹤镇有专门处理这些日常秽物的地方，从任家这种大户人家家中运出去的东西，即便是一些废弃之物也会被人重点挑拣，看能不能找出来什么能换钱的玩意。毕竟对穷苦人民而言，从富户牙缝里流出去的东西，说不定都是好东西，因此有不少人依靠翻捡这些为生。

虽然自己没有去过那种地方，但是任瑶期仅凭着想象也能知道徐嬷嬷将这药渣从任家那么多的秽物中找出来是花了多少力气。

任瑶期看着已经清理过自己恢复一身整洁的徐嬷嬷，半晌无言。

见任瑶期不说话，徐嬷嬷琢磨了一会儿，才带着些小心翼翼地开口：“小姐，奴婢…… 奴婢昨日其实不小心听到了您与周嬷嬷说的话。虽然最后您大人大量没有追究奴婢的错，奴婢还是心中不安。”

徐嬷嬷看了任瑶期一眼：见任瑶期只是看着自己不说话，心里对这个表面上性子温和好说话的小主子有些拿不准，顿了顿又继续道：“奴婢听到您要找八小姐用药的药渣，便自作主张去找了。还请小姐不要怪罪奴婢自作主张多此一举。”

昨日任瑶期和周嬷嬷说话的时候，并不肯定徐嬷嬷听到了多少。按理说她装作一进来就被周嬷嬷发现才最好，不然怎么说也有偷听之嫌，会惹得主子不喜。

所以说徐嬷嬷今日这么做，其实是很冒险的。

这个时候的徐嬷嬷也的确有些不安。

她不是笨人，又怎么会不知道自己这么做一不小心就会惹得主子反感？所以她在赌。

徐嬷嬷进府也有一段日子了，感觉到任瑶期的性子很温和，是个很好伺候的。可是若是因为如此就以为这个小主子是个好糊弄的主儿，那就大错特错了。

相反，徐嬷嬷细心观察后发现任瑶期是个很有主意的人，从周嬷嬷对她言听计从的态度上就可见一斑。

她也感觉到了，任瑶期对她的态度虽然很好，表面上也将房里的事情都交给她，在她处理丫鬟和房里事的时候从不置喙，可是她总觉得任瑶期并没有真正信任她。

她进府之前，周嬷嬷在她身上使了不少手段，她心知肚明，却也认真配合。因为她感觉到了，周嬷嬷或者说三太太是在为小姐找心腹。

徐嬷嬷上半辈子虽然因为种种原因，过得并不算太如意，但是她是个聪明又有些野心的人，能进任家大宅辅佐小姐，将来跟着小姐去夫家，这对她来说是一个不可多得的机会，她想要把握这个或许是她这辈子唯一一次的机会。

最后，徐嬷嬷果然凭借自己的努力和聪慧从一堆候选婆子当中脱颖而出。原本她是要伺候三小姐的，后来又被五小姐要了来。平心而论，一开始徐嬷嬷更看好的人是任瑶华，所以换了主子，她心里说不失望是假的。不过，这种失望很快就被她自己压下去了。她明白有些事情自己没有办法决定，但是以后的路怎么走，她还可以拼一拼。

如今面对小主子暧昧不明的态度，徐嬷嬷觉得自己冒一次险也是值得的。她看出来以紫薇院现在的形势，任瑶期也确实需要一个能干的心腹嬷嬷。她不能选择装傻充愣，而要直接向主子证明自己的能力。

任瑶期虽然没有说话，但是徐嬷嬷的表情变化一直被她收于眼底，包括此时她眼中拼力一搏的决心和期待认同的渴望。

任瑶期这个时候已经可以判断出来，现在站在她面前的徐嬷嬷还只是一个具有野心，只想在主子面前表现自己，并希望得到重用的有几分本事的普通嬷嬷。她并不是哪一方势力派过来的人，至少目前而言还不是。

至于以后徐嬷嬷会不会被人收买，会不会临阵倒戈，还是很难说的。毕竟很多时候，野心这种东西不仅仅会成为人努力上进的动力，也会是引人走向弯路的导火线。

在短暂沉默的这一段时间里，主仆两人的心思都是转了好几转。

就在徐嬷嬷心里的不安渐渐大于笃定的时候，任瑶期终于开口说话了。

“辛苦嬷嬷跑这一趟。”

见任瑶期开口说话，不知为何徐嬷嬷感觉松了一口气，忙道：“为主子分忧，这本就是奴婢应该做的。”看了任瑶期一眼，徐嬷嬷还是试探着开口问道，“小姐，您下一步打算如何？若是有用得上奴婢的地方，请小姐开口便是。”

任瑶期用金簪挑起炕几上粗布的四角，将那些药渣掩盖住：“暂时无需做什么，这些你拿出去处理了吧。”

徐嬷嬷忙上前，将药渣收了回去。

任瑶期看着徐嬷嬷的动作，突然出声道："徐嬷嬷，我罚你三个月月例，你可有意见？"

徐嬷嬷闻言先是惊愕，等回过味儿来之后，脸上却带着掩饰不住的欢喜："奴婢没有意见，奴婢多谢小姐。"

她昨日听到主子和周嬷嬷说话，虽然不是刻意偷听，却是鬼使神差地没有立即就退出去，还不动声色地将主子要的东西找了来。

任瑶期从昨日到今日一直不动声色，也没有发作她的意思，却让她心里很不安。因为这说明任瑶期没有将她当作自己人，这般举重若轻的态度其实是一种防备。

现在在她自作主张做了这些之后，任瑶期非但没有给赏赐，还罚了她，这样不仅没有让她心中不忿，反而让她觉得主子今后怕是会重视她。

因为只有可有可无的弃子才需要安抚，而可用之人则需要适时受到敲打。

所以徐嬷嬷放心了。

等徐嬷嬷一脸轻松地退出去，任瑶期以手支腮，斜靠在炕几上想了会儿，终于微微一笑。

"林家来人了，这次是林家大太太亲自过来了，老太太让太太和几位小姐都过去见人。"李氏派喜儿过来对任瑶期道。

林家大太太是五太太的母亲，这次来任家定是为了任瑶玉的事情。

任瑶期换了一身见客的衣裳，和李氏以及任瑶华一起去了荣华院。

任瑶期不是第一次见林大太太，林家和任家关系亲厚，逢年过节总有往来，遇上哪家有红白喜事，也都会相互走动。

算起来林大太太和任老太太是一个辈分的，不过她比任老太太要年轻许多，长相和林氏有五分相像，只是更为圆润一些。任瑶玉倒是与她长得更像一些，也难怪林大太太向来对任瑶玉这个外孙女很疼爱。

任瑶期过去的时候，大太太和任瑶亭已经在了。

见李氏带着任瑶期姐妹两人来了，林大太太打住话头，看着任瑶期和任瑶华笑容亲切还带着几分戏谑地道：“哟，这两朵姐妹花儿真是一年一个样儿，三太太真是个有福气的。”

林大太太现如今是林家的当家太太，但是她和任家大太太比多了几分亲和，少了几分架子，见人总是三分笑，与谁都是一副熟稔的模样，在云阳城那些太太圈子里人缘极好。

李氏带着任瑶期和任瑶华上前去给她请安。她将姐妹两人一手一个给拉住了，等姐妹两人起了身，她还拉着她们的手不放，一副很喜欢两人的样子：“我总说任家出来的姑娘就是招人喜欢，不像我们林家那些皮猴儿，就差跟着小子们一样上房揭瓦了。”

好话谁都爱听，任老太太面色更好看了些，李氏谦逊了几句。

林大太太问了姐妹两人不少话，才让她们坐下。

任瑶期听着林大太太又跟任老太太拉起了家常，从李家和张家的亲事说到了开春后从关东来的老参价儿又涨了两成。她言语风趣，声音爽利，平常的一件事情从她嘴里说出来总是多了几分趣味，连任老太太也不由得听住了。

总而言之，林大太太是个很健谈的人。不过她说的都是云阳城近期的一些趣事，由始至终都没有提及自己的女儿和外孙女。似乎她这次来任家真的是过来串门的。

到最后茶过三盏，屋子里气氛融洽，任老太太也笑容满面的时候，林大太太才提及今日来的目的。

“我那闺女的性子我知道，也多亏她是嫁来任家，若是嫁的是别的人家……哎！亲家母，这些年真是对不住你！”

她一开口就是自己认错，任老太太语气软了下来，还不得不帮林氏说话：“老五媳妇是我看着长大的，跟自己的女儿一般。她只是性子率真，说她有坏心，我是不信的。”

林大太太闻言又是感叹又是感激：“亲家母，让你为难了。”

不得不说，林大太太是调节谈话气氛的高手，双方依旧气氛融洽。不等林大太太开口，任老太太就同意让她去探望林氏和任瑶玉。

倒是林大太太笑着道：“惠君那里就算了，她那性子，还是冷着她些让她得些教训的好，亲家母的责罚我看还算是轻了。玉儿那里我过去看看，也好回去跟老太太回话。”

林大太太既然接到消息赶过来，自然也知道任五老爷在任五太太那里守着。她是聪明人，自然不会这时候去打扰小两口和好。倒是外孙女那里，她实在不放心，想要去看看，并问问话。

任老太太点了点头，交代任大太太道：“你陪着亲家母过去看看玉儿。”

林大太太忙道：“大太太事儿忙，哪里需要她陪着。”说着看了任家几个姑娘一眼，笑着道，“要不亲家母打发个姑娘陪我，这几个丫头我瞧着就喜欢，你可别舍不得。”

任老太太哈哈一笑，看了几个孙女一眼，“那就华儿和期儿陪着你去？”

林大太太欢喜道：“这敢情好。”

于是任瑶期和任瑶华陪着林大太太出了门。

今日又是一个大晴天，阳光柔和得恰到好处，任瑶华带着几人往阴凉处走。

林大太太一路上都拉着姐妹两人说话，十分和煦。她的话不少，却有本事让人讨厌不起来。

等到坐北朝南的两进院子出现在众人视线里时，林大太太突然笑着道：“对了，你们姐妹今年也会去云阳城看龙舟吧？”

任瑶华点头：“嗯，我们会跟着祖母一起去。”

林大太太却笑着道：“我昨日听说你们外祖一家也接到了邀请函呢，还是燕北王府下的帖子。”

任瑶华和任瑶期闻言不由得微愣。

献王一家在燕北是一个很特殊的存在，身份比任何世家都要尊贵，可是平日里云阳城的各种交际场合，却总是被忽略。

大部分时候，他们不会被人想起。

献王来燕北十几年，从未参加过云阳城的龙舟赛，今年却收到请帖，还是从燕北王府发出来的，也不怪任瑶期和任瑶华姐妹两人听到这个消息会多想。

倒是林大太太说了这个消息之后就转到了别的话题，还是任瑶华忍不住开口问道：“燕北王府怎么会给我外祖一家发帖子？以往每年不是都没有吗？”

林大太太闻言一笑，也不怪任瑶华打断她的话，好脾气地道："听说是前几日燕北王妃外出的时候正好遇见你们外祖母，两人聊了几句。当时郡主也在，便随意问了一句你们外祖母是不是会去看今年的赛龙舟，燕北王妃回去之后就让人送了帖子。"

说着林大太太看了任瑶期一眼，有些意味深长地笑道："郡主虽然极少回云阳城，但毕竟王妃只有这么一个女儿，宠着点儿也是理所当然。"

燕北王府的一举一动向来都是民众们关注的焦点，因此郡主来白鹤镇找任家五小姐同游之事，云阳城里的人也都知道了。林大太太也认为是任瑶期和郡主交好，所以郡主才会故意在遇到献王妃的时候提那么一句。既然郡主已经提了，燕北王妃只有将帖子送过去。

任瑶华是高兴的，她觉得外祖一家能融入云阳城的世家圈子是一件好事。

而任瑶期却想得更多一些。

她想的是，献王一家接到龙舟赛的帖子真的只是因为郡主无心的一句话？

不知道为何，她面前突然浮现一张总像是带着仙气的脸。

与任瑶华相反，任瑶期不想看到献王府在这种形势不明的时候被拉出来，受到各方的牵连。相比于融入燕北的世家圈子，任瑶期宁愿献王府安安稳稳的，被所有人刻意遗忘。

若是献王府在燕北与世家贵族们走得太近，朝廷里有些人就会睡不着觉了。

任家的祠堂台基比别的院子高上不少，进门要上一个十几阶的长台阶。祠堂分前后两院，前院与普通的院子没有太大区别，男女都能进。后院却只有年节的时候才会开，且只有任家的男丁才有资格入内。

任瑶玉闭门思过的地儿就是前院的西厢，那里是一座小佛堂。

几人上了台阶，丫鬟上前去将闭合的门轻轻推开，广阔的青石庭院出现在众人面前。

任瑶期听到林大太太一声叹息，转头一看，便看到她微红的眼眶。

"八妹妹在这边西厢，大太太要我们陪着一起进去吗？"任瑶华指着西厢问道。

林大太太来找任瑶玉，肯定会有些话要私底下说，任瑶华对林大太太的印象还不错，所以也就卖她一个人情，不跟着去搅和了。

林大太太忙道："还是我自己进去吧，你们姐妹……"

任瑶期笑道："我们去东厢坐会儿，您出来了就让人去唤我们。"

林大太太谢了两人，便往西厢去了。

祠堂的前院平日里也很少有人来，东厢是个厅堂，里面只有些桌椅。任瑶期站在门口似乎就闻到了里面潮湿腐朽的气息，让她很不喜欢。

"我们在外头等吧。"任瑶期对任瑶华道。

任瑶华倒是无所谓，廊下就可以坐人。

于是两人就在廊下坐着，等林大太太出来。

姐妹两人闲着无事有一句没一句地聊天，任瑶华问任瑶期道："是你与郡主提了今年的龙舟赛？"任瑶华问的是献王府收到请帖的事。

任瑶期摇头："我没有提过。"

任瑶华不由得陷入沉思。

任瑶期对这件事情也暂时没有头绪，并未再言及。

这时候西厢那边传来哭声，一听就是任瑶玉的。东西厢中间隔着一个大庭院，任瑶玉的哭声还是清晰地传出来，撕心裂肺。

姐妹两人往西厢看了一眼，俱是无言。

林大太太在西厢待了大概小半个时辰才出来，任瑶期看到她的时候发现她眼眶比进去的时候更红了几分，面容虽然平静，却还是掩盖不住其中的担忧之色。

相比于任老太太这个祖母，林大太太对任瑶玉这个外孙女的感情更深一些。

任瑶期和任瑶华也没有多问，只领着林大太太出门。

回去的路上，林大太太的话明显少了不少。

回到荣华院之后，林大太太请求任老太太说要去一趟琉璃院。不过林大太太不是去探望女儿林氏，而是要去看看康姨娘。

任老太太也同意了，这一次还是任大太太陪着她去的，毕竟康姨娘那里任瑶期和任瑶华不方便过去。

任瑶期寻了个间隙，将任瑶华叫到一旁说悄悄话。

“派人去东府那边盯着，有什么动静立即报回来。”

两人还在荣华院正房的东次间里，任老太太正在隔壁明厅，听大丫鬟金莲细禀林大太太今日带来的礼单，并亲自交代等会儿回些什么礼，声音隔着镂空雕花的湘竹帘子传过来。

原本任瑶音也在东次间里拿着个小绣篮子绣鞋面，刚刚起身去了自己住的小暖阁找丝线。

任瑶期的声音很小，几乎是贴着任瑶华的耳朵说的。任瑶华闻言，警觉地往湘竹帘子那里瞄了一眼，虽然不是很习惯，可怕人听见，还是学着任瑶期的模样凑近她咬耳朵：“东府那边怎么了？能有什么动静？”

任瑶期正要说话，里面梢间就传来轻巧的脚步声，任瑶音从东梢间转了出来，手里还拿着一绺金丝线。

老太太交代姐妹几个待在正房，中午要留林大太太在荣华院用饭，让她们几个姐妹作陪。

这会儿说话不太方便，任瑶华低头想了想，将手里的茶杯放下来，缓缓起身对伺候在一旁的芜菁道：“去更衣。”

任瑶期依旧坐在原地喝茶，时而还凑过去问问任瑶音针法上的问题，任瑶音很有耐性地一一回她，时而还停下来拿出绣篮里不用的碎布，给她示范复杂的走针。

对于姐妹们的请教，无论是什么，只要任瑶音会的，她从来都是认真地回答，不敷衍、不藏私。不可否认，任家几个姐妹当中，任瑶音是最会做人的那一个。

没过多久，任瑶华就回来了，任瑶期抬头看她，任瑶华不着痕迹地点了点头。

等到快用午膳的时候，任老太太派人去琉璃院里请林大太太过来。

大太太没有来，是大少奶奶赵氏陪着林大太太一起过来的，大太太亲自去盯厨房了。姐妹几个出了东次间，大少奶奶赵氏又喊任瑶音出去，交代她什么事情。

正好任瑶华的大丫鬟香芹这会儿进来了，悄无声息地站到主子身旁。

见任老太太和林大太太正在一旁说话，并无暇顾及她们，任瑶华和任瑶期依旧回了东厢。

见没有外人盯着，香芹立即快速又小声地道："小姐，东府那边今日有几个婆子过来这边串门儿，还有一个一直在门房那里聊天。除此之外，倒是没有别的动静。"

东府和西府本就是一家，两边的仆从很多都是亲戚关系，所以有来往也是正常。虽然东府的老太太不喜欢两边的人有来往，二太太苏氏倒是对这些管得不太严。

任瑶期点了点头，交代道："暂时远远盯着那几个人就行了，不要让人发现了。"

任瑶期和香芹两人说话都是极小声的，任瑶华也刻意压低声音道："东府那边会有什么动作？"

任瑶期想了想："我倒是希望她能有动作，不然还得我费一番心思布置。"

任瑶期就是想拉东府下水，依着她对苏氏的了解，苏氏对方姨娘应该会有所怀疑。

上一次利用任瑶亭将苏家拉下来的时候，任瑶期故意没有将自己摘得太干净。依着苏氏的精明，肯定会将任瑶亭的反常和她们两人的接触联想起来。

任瑶期不怕苏氏想太多，就怕她不想太多。

不过苏氏会不会蹚这一趟浑水她也不能确定，她毕竟不是神仙。

"五小姐，那接下来要怎么做？还是只盯着就行了？"香芹似懂非懂。

任瑶期想了想，叮嘱道："先盯着就可以了，倘若东府的人与林大太太有什么接触，你想办法让别人撞见，随便什么人都可以，不过自己的人先摘干净了。"

香芹连忙点头："奴婢知道了，奴婢这就交代那两个婆子。"

任瑶期又小声交代几句，就打发她下去了。

任瑶华对任瑶期的这番布置也不太明白，但是这会儿不是说话的时候，所以她也没有再多问。

之后大少夫人赵氏带着任瑶音过来问任老太太是不是可以摆饭了，得了任老太太的吩咐，赵氏便带着任瑶音指挥丫鬟们摆桌子。

因赵氏和任瑶音跟任瑶期、任瑶华是平辈，她们两人在忙，任瑶期和任瑶华姐妹两人也不好看着，便也出去帮忙，虽然真正需要她们自己动手的时候并不多。

任家招待林大太太还是很慎重的，摆了八个冷盘，十六个热菜，外加八道粥品点心。

林大太太面上已经没有异样，虽然大家族都讲究食不言寝不语，一顿饭吃下来也是宾主尽欢。

用完饭之后，又略坐一会儿，喝了茶，林大太太提出告辞。从琉璃院出来以后，林大太太没有再与任老太太提起自己女儿和外孙女的事情，好像很放心将人交给任老太太处置。

任老太太留了林大太太几次，然后才起身亲自送她出门，并交代桂嬷嬷让人将任家准备的回礼搬到林家的马车上。

走在前头的两个老太太相互握着手，一番谦让客套，气氛和乐融融。

任老太太一直将林大太太送到二门才转身回荣华院。

任瑶期和任瑶华两人没有跟着任老太太回去，任老太太有午睡的习惯，姐妹两人径直回了紫薇院。

不久，香芹也回来了。任瑶华使了个眼色，两人带着丫鬟一起去了平日里说话喝茶的东次间。

香芹也不含糊，直接就禀道："林大太太在府里的时候，东府那边的人并没有凑上来。不过林家的马车驶出府的时候，原本在门房里聊天的那个东府来的婆子也借机出府了。我们派出去盯人的婆子也是个机灵的，当即就想法子指使两个门房婆子出去跑腿，另外一个婆子则悄悄从侧门出去看了一眼，正好看见在巷子口的时候，东府的婆子上了林大太太的马车。"

听到这里，任瑶期便放了心，对香芹道："很好，每人给一两银子的打赏。"

香芹眼珠子一转，开玩笑道："那是好几两银子呢！从五小姐账上走，还是从我们三小姐账上走？"

任瑶期看了任瑶华一眼，老神在在地道："自然是谁派的人谁负责给银子。"

香芹一噎。

任瑶华斜睨任瑶期一眼，轻哼一声，却也没有多说什么。

香芹吐着舌头下去。

“你打的什么主意？”任瑶华终于逮着机会问话。

任瑶期不再开玩笑，细声与任瑶华说了几句。

任瑶华听了不由得微微皱眉：“二伯母能有法子将康姨娘扳倒？”

任瑶期伸出一指摇了摇：“二伯母不是要扳倒康姨娘，只是想要给方姨娘一个警告。康姨娘和五婶婶谁输谁赢，与她有什么干系？你瞧着这位康姨娘是个有手段有心计的角儿是吧？可是任家谁也没有将她放在心上。”

任瑶华想了想：“是因为五叔对她的态度？”

任瑶期闻言不由得笑了：“那你觉得父亲对方姨娘的态度如何？”

任瑶华一怔。

她们的父亲任三老爷对方姨娘也并不太在意，一个月没有几日是在方姨娘院子过夜的。可是任家谁都知道，方姨娘不是个简单的角色，任家没有人敢小瞧她。

“这里是任家，你在任家的地位如何取决于你背后的家族。”任瑶期声音极淡，“康姨娘的背景，注定了她再如何心机深沉聪慧绝伦也不过是一枚随时可以丢弃的棋子罢了。”

“难怪林大太太在见完康姨娘之后反而安心不少。”任瑶华若有所悟。

“林大太太是个聪明人，所以她没有将康氏的事情放在心上，反而更为担心自己的女儿和外孙女有没有吃苦头。康氏的出现，唯一的作用只是打击五太太而已。”

当局者迷，旁观者清。只有五太太才会因为康姨娘这么个人乱了方寸。

“所以你一开始一直不让我插手五房的事……”任瑶华举一反三，沉吟道，“因为你知道，康姨娘掀不起太大的风浪，五太太和任瑶玉就算是失宠，真正的原因也不可能是康姨娘？”

任瑶期闻言并没有否认。

“二伯母也知道这一点，所以她插手也只是不疼不痒地警告一下方姨娘，而并没有真的与方姨娘为敌的打算？”

任瑶华性子虽然冲动，但也是个聪明人，所以渐渐就想了很远。

“如果是这样，二伯母的插手对我们也没有太大的帮助，甚至很有可能方姨娘因为顾忌二伯母而与她示好，两人走到一处。”

方姨娘向来是个聪明人，硬碰硬的事情她不会去做，对自己有益的事情，也不介意放低一下身段。

任瑶期看着任瑶华，露出一个赞赏的微笑：“原本确实是如此。”她没想到任瑶华能进步这么快。

任瑶华不由得皱眉，露出几分不解之色：“原本？”

任瑶期点了点头：“所以我们要做的，就是让二伯母插手得更深一些。”

任瑶华一愣：“二伯母会吗？”

苏氏是个精明人，自然不会刻意跟方家结仇，不过……

“不是还有个林大太太吗？”任瑶期冲着任瑶华眨了眨眼，显现出几分顽皮。

“二伯母想要及时抽身就那么容易？她既然插手了，那就别想独善其身了。”

这才是任瑶期的算计。

康姨娘和五太太的纷争只是五房的家务事，与她半点关系也没有，谁占风头谁吃亏，她根本就不在意。她只是一直在等一个机会，一个将苏氏拉下水的机会。

林家和任家因为任时佳夫妇的关系，将来如何还很难说，五太太林氏对上方姨娘，只有被动挨打的分儿。

所以说，方姨娘日子过得太闲了，她需要一个真正的对手。

“可是你也说了林大太太是个聪明人，她会蹚这趟浑水吗？”任瑶华有些不确定地道。

任瑶期笑了笑：“林大太太确实是聪明人，可也是一个母亲。康姨娘对她而言不算是个事儿，可是她知道康姨娘的存在对她女儿而言意味着什么。如果有机会，林大太太不会介意帮自己的女儿扫除这一障碍。”

任瑶华闻言不由得沉默。

半晌，她叹息一声，看着任瑶期的神色有些复杂：“你的算计果然精准，连人心也考虑进去了。”

任瑶华的语气难得带了些钦佩，可是任瑶期听了却并没有感到喜悦或自得。

她心里明白，她之所以能将一切算计得这么清楚，是因为她没有将这些人当作自己的家人。因为从前的经历，任瑶期很难对任家的人有好感。

从她和任瑶华被他们推出来牺牲的那一刻起，她就看明白了很多事情。

而任家倒霉之后，林家、丘家、方家这些平日里与任家来往密切互通有无的姻亲也都有多远就躲多远，别说是帮忙了，趁火打劫侵吞合伙生意的事倒是没少做。

又过了几日，康姨娘似是好了不少，主动提出回自己的小院，任老太太便让她搬回去，又多指派了几个丫鬟去伺候。

五老爷任时茂像是真的陪着五太太闭门思过了，自从进了房就没有再露过面，吃喝拉撒都在屋子里解决，只是每日都会派人去看望自己的女儿，或者将儿子叫进去考校功课。

任老太太对此有些不满，派了好几次人去叫任时茂。任时茂像是铁了心，就是不肯出来，不过他也没有撒娇耍赖去找任老太太为老婆女儿求情，反倒是很满意目前的状况。

任老太太管了他几次，最后也是没辙，只能由着他去了。

这一日上午，任瑶期正与任瑶华、任瑶音在荣华院里跟着任老太太身边的一个老嬷嬷学针线。门房那边有婆子来报，说康姨娘娘家的嫂子来找她了。

任老太太原本听了这话并不在意，以为是康姨娘娘家知道她小产后来探望的。

自从康姨娘小产之后，任老太太平日里虽然也安排了人去照料，但是任五老爷不闻不问，她老人家也不好对一个妾太过关注，免得别人以为她故意挑拨儿子媳妇的关系。

所以听说有人来找康姨娘，也只是吩咐下面的婆子去招待，毕竟只是个妾，娘家来人也算不得正经亲戚，她老人家这么过问一句，也算得上是很给面子了。

任瑶期和任瑶华两人在南窗下相对而坐，任瑶音正低声请教那位老嬷嬷针法。听到来人禀报之后，任瑶华眼皮子下意识地就是一跳，抬眼看了任瑶期一眼。

任瑶期正举起自己的小绣棚对着南窗细细打量，微微蹙起的眉头似是正在为上面那一只水鸭子旁边的小莲蓬用什么色来填而苦恼，并没有注意任瑶华的视线。

任瑶华也只是看了一眼，便又埋下头若无其事地继续手中的活儿。

没过多久，又有人进来禀报。

这次来的人不是门房，而是之前老太太打发出去的荣华院的那个婆子。

任老太太见她匆匆跑了回来，知道事情可能不太简单，皱眉道："怎么回来了？不是让你领着人去见康姨娘吗？"

那婆子连忙道："奴婢原本是想要领着人去见康姨娘的，不想康姨娘的嫂子说……说要求见您……"

任老太太闻言有些不悦："不用了，我现在不想见客。"任老太太没打算见一个妾的亲戚，以免有失身份。

那婆子的神色却有些不安，抬头看了任老太太一眼，犹豫道："康姨娘的嫂子不是一个人来的，她……带了一户姓刘的人家，说是有事情要求见您。"

就这么一会儿工夫，外头又有守院门的婆子进了院子。任瑶期坐在南窗下，听到来人在外头道："快帮我进去禀报，外头闹起来了。"

任老太太耳尖，听到外头说话，喝道："什么人在外头？进来回话！"

来人是守二门的婆子，听到任老太太说话，赶紧进来了。

"怎么回事，吵吵嚷嚷的，还有没有规矩。"老太太坐在上首，不怒自威。

婆子抹了一把额头上的冷汗："老太太恕罪，外头那几个人非要来见您，因没有您的命令，奴婢们不敢带人过来，可是他们不听劝，打算硬闯，拦都拦不住。"

"什么？"任老太太闻言一愣。

先前进来的那个婆子也有些惊讶："之前不是好好的吗？怎么突然闹起来了？"

原来康嫂子他们在府外的时候虽然一声不吭，进府以后，婆子刚说要带他们去康姨娘那里，康嫂子就说要来见老太太。

婆子见有些不对，忙跑来荣华院禀报，不想她离开没多久，外头竟闹了起来。

任老太太冷着脸道："多少人？"

二门的婆子回道："加上康家嫂子在内，三个女人，四个男人。那几个男子不方便进内院，已经安排去外院奉茶了，只有三个女子进了二门。刚刚大太太听说后已经赶了过去。"

听说大太太已经过去处理，任老太太面色好看了一些。

"跟康嫂子一起来的刘家人是什么来头？"任老太太也不是吃素的，很快就发现了不对劲的地方。

被她派出去接待的婆子道："康嫂子只说是康姨娘母亲那边的亲戚。"

任老太太想了想，吩咐道："去把康嫂子请过来说话，其余的什么刘家人都先去外院喝茶。"

婆子应了，正要出去，又被老太太叫住："在外院找个偏僻些的小院子，找人在院外看住了，别让他们乱走。"

婆子们都退下了，任老太太垂眸思索片刻，转眼见任瑶期、任瑶华和任瑶音三姐妹还坐在一旁，犹豫了一会儿，还是对她们道："祖母要见客，你们暂且去里间吧，其余的人先退下。"

这一段时间，任老太太对几个孙女的教育明显跟以往不同了。孙女们早上来请安，她会留饭，然后让她们上午都待在荣华院。一般都是找绣工出色的婆子来教她们裁衣绣花，平日里和大太太商量事情、处理家务的时候也让她们待在旁边听着，大部分的事情都不会避开她们。有时候还会问问她们意见，虽然不见得会采纳，但是也算是让她们参与了。

今日康家人来得有些蹊跷，任老太太也仅仅是让姐妹三个进了内间，并未打发她们离开。

任瑶期几人在东次间里坐下不久，就听到外头有人禀报说康家嫂子来了。

一阵细细碎碎的声音过后，一个年轻妇人的声音在隔壁响起："小妇人康氏给老太太请安，老太太万安。"

年轻妇人的声音不像康姨娘那样温软，带着市井女子的爽利泼辣。

任老太太并未立即回话，外间一阵安静，过了一阵子才听到任老太太淡淡地道：“当不起。”

康嫂子立即笑道：“当得起，当得起，您老人家是老祖宗，没有当不起的。”

这个康嫂子应该是个厉害角色，不过到了任老太太面前还是有些拘谨。任老太太是故意给她脸色看的，她说起话来也隐隐有些不安。

任老太太要的就是这种效果，当即淡声打断康嫂子道：“我这里等会儿还有客来，若是无事，你便先退下吧。桂嬷嬷，等会儿让厨房准备一桌席面，让康家来的人用了饭再走。”

任老太太这是要送客了。

康嫂子好不容易能进来见到主事的，哪里肯走，立即赔笑道：“老祖宗，小妇人是有事情求见您。”

“你有何事？”

“这……能否让您周围的人先退下？”康嫂子似是有些犹豫。

任老太太顿了顿：“不必了，你说吧。”

留在任老太太身边的婆子丫鬟都是她的心腹。

康嫂子见任老太太这么说，便也不再勉强，只道：“我家小姑子还好吗？”

任老太太没有说话，伺候在一边的桂嬷嬷道：“我们老太太对康姨娘好着呢，你若是不放心就过去看看。”

康嫂子忙道：“没有，没有，我没有不放心。任家是什么人家啊，怎么会苛待我家小姑子。”

“既然如此，康家嫂子为何而来？”依旧是桂嬷嬷代替任老太太问话。

康嫂子笑道：“我是来接我家小姑子回娘家的。”

此言一出，外屋就是一静。就连在内室的任瑶期几人穿针走线的手也都是微微一顿。

“康姨娘身子骨弱，这会儿不方便回去探亲。且她现在还是我们任家的妾室，要回去也应先得到我们老太太和她的主母五太太的允许，不然岂不是乱了规矩？”桂嬷嬷说道。

桂嬷嬷以为是康家觉得自己的闺女在任家受了委屈，所以才来这么一出，只为了给自家闺女出头。可是康姨娘不过是个妾，就算小产了，也跟康家没有关系，桂嬷嬷是提醒康嫂子认清康姨娘的身份。

任老太太也是这么想的。

不想康嫂子却道："我不是这个意思，我的意思是……我们小姑子既然没了孩子，那也不好意思再留在任家，我是来接她回家的。"

"荒唐！"任老太太发了脾气，呵斥道，"你当我们任家是什么人家？戏园子吗？想来就来，想走就走？"

桂嬷嬷忙上前安抚任老太太，端茶递水。

康嫂子不过是个普通的市井妇人，见任老太太发了火，还是有些害怕的，强笑道："老太太，您别发火，我其实也是为了你们任家好。"

任老太太一声冷哼。

康嫂子吞吞吐吐地道："原本我们家小姑子能进任家的门是她几世修来的福气，我们全家也都为她高兴着呢。可是……可是昨儿我婆婆娘家的人突然找来了。我婆婆人已经不在了，她娘家姓刘，也是蓟州人，是隔壁县的，因不算太远，所以平日里与我们家也都往来着。只是他们昨儿说出来意的时候，却把我们吓了一跳……"

康嫂子说到这里，外头又有人匆匆跑来，打断了她的话。

任老太太听康嫂子这么颠三倒四地说了半天，本就有些不耐，听到外头有人匆匆忙忙来回话，冷声道："又出了什么事！"

这回进来的还是那个婆子。

"老太太，外头那几个刘家的人又闹起来了，说我们任家和康家再不给他们一个交代，他们……他们就要去报官！"

此言一出，满室皆惊。

任老太太怒极反笑："交代？我们任家欠他们什么交代？八竿子打不着边儿的人家，还蹬鼻子上脸了！去，都给我赶出去！"

婆子正要应命，康嫂子忙拦道："老祖宗，您息怒，赶不得啊！万一他们真去报官，这……你们任家又有什么脸面？"

任老太太虽然还在气头上，但是她本身并不是个冲动的性子，听康嫂子这么一说，就感觉到事情可能有什么猫腻。最后她忍了忍气，还是将那婆子先赶了出去。

“说吧，到底是怎么一回事！”这会儿，任老太太说话反而平和下来不少。

康嫂子道：“我刚刚就想跟您说的，刘家昨儿找来，是来找我们要人的。”

“要什么人？”任老太太沉声问道。

“是……是来要我家小姑子和……和她肚子里的孩子。”康嫂子吞吞吐吐道。

饶是任老太太城府再深，这会儿也不由得有些惊怔。

任瑶期坐在里间，见一旁的任瑶音和任瑶华都不约而同地皱起眉头，似是有些坐立不安。她微微低头，看着自己怀中的绣篮子，一副呆愣不知道如何反应的模样。

外头康嫂子的话透过湘竹帘子断断续续地传进来。

“刘家是我们家的外家，也算是蓟州的一个富户。我婆婆还在世的时候，曾为我家小姑子定了个娃娃亲，定的就是刘家舅老爷的独子。不想等刘家老太太和我婆婆去世之后，刘家舅太太嫌弃我家小姑子没有什么嫁妆，便让人来我们家偷走了定亲时的信物。当年定亲的时候也没有什么文书，只是口头上约定，加上一对定亲玉佩。后来玉佩遗失，刘家又反口不肯承认亲事，这门亲事就结不成了。”

这种嫌贫爱富悔婚之事也算是平常，并没有什么好惊讶的。但是任家之前在查康姨娘的时候，并没有查到康姨娘曾定过亲的事情。

似是知道任老太太的怀疑，康嫂子解释道：“这事儿已经发生两三年了，因为怕让人知道后让我家小姑子名声受损，所以我公公严令禁止我们将这事儿宣扬出去。除了几户姻亲人家，外人都不知道我家小姑子曾与刘家公子定过亲。”

“既然是闹翻了，那你们两家怎么还有往来？”桂嬷嬷出声问道。

“我公公是个软和性子，加上刘家舅老爷说那事儿是舅太太瞒着他做的，所以事后好几次亲自上门赔罪，我公公看在我故去的婆婆的面子上，就忍下了。”

康嫂子说得好听，在座的人却明白这种事情哪里是说忍就能忍的，想必是刘家老舅爷来赔罪的时候给了不少赔礼，康家才善罢甘休，没有闹上门。

“原本这亲事已经退了，我们小姑子和刘家小少爷也就各自婚嫁，互不相干。不想前一阵子，刘家少爷与友人外出骑马，不慎从马上摔下来。这一摔就摔坏了一双腿，还成了傻子。”

康嫂子顿了顿，接着道：“我们家当家的听说了以后，还去探望过一次，回来后说……说刘少爷不仅摔坏了腿，以后怕是生不出娃儿了。”

“刘家舅爷生了三个女儿，只有刘少爷这么一个儿子，向来是当眼珠子在疼的，不想却出了这种事。”康嫂子重重叹了一口气，“我们虽然觉得可惜，不过这也是命不是？所以也没有多想。直到昨日，刘家找上门儿来，说要接我家小姑子进门。”

屋子里又是一阵安静，内室里三个姑娘连呼吸都不自觉地放轻了，面面相觑，有些尴尬。

“刘家人说，之前刘家少爷来我们家里给我公公祝寿的时候，与我小姑子两人……呃……走得很近，然后……然后……”刘嫂子豁出去一般地道，“然后他们说，我小姑子肚子里的孩子是他们刘家的种！”

话音刚落，隔壁就响起瓷器狠狠摔到地上的声音，康嫂子吓得惊叫起来。

“胡说八道！”任老太太气道。

任老太太听了这话有些下不来台，康姨娘是她做主纳进来的，如果真的如康嫂子所言，她哪里还有什么颜面可言？

任老太太主持任家中馈多年，自有一番威严，康嫂子着实被她吓了一跳。不过她还是鼓起勇气道：“我也觉得这事儿有些荒谬，不过刘家人一口咬定孩子是他们家少爷的。还找了刘少爷身边的一个贴身小厮作证，说我家小姑子与刘少爷私下相会过几次。我当时怕刘家将事情闹大，大家都不好看，还跟刘家的人说我们小姑子小产了，孩子没有保住。可是刘家的人不听，更是拿出了当初被他们偷走的定亲信物，说要是我们不把人交出来，他们就要去报官。我公公原本身子就不好，这会儿已经气得不省人事了。我也是没有办法了，才带着人找来。老祖宗，您说这事儿要怎么办？”

康嫂子竟将球踢给了任家。

任老太太这会儿是真的气到了，冷笑道：“你问我怎么办？我倒是想要问你们！当初是康氏自己找上门来，说怀了我们任家的种，这会儿又出现个莫名其妙的刘家。你们当初收礼金的时候怎么就没手软？不是要告官吗？告去！我倒是要看看，最后是谁家理亏！”

任老太太这话含着威胁的意思，这件事情无论如何都不是任家理亏，若是闹到衙门里，吃亏的还是康家和康氏。

不想康嫂子听了这话后虽然脸上有些尴尬的神色，回话却毫不含糊，尽管语气依旧恭谨谦卑：“老祖宗这话说得在理。我家小姑子自幼被我婆婆娇惯，平日里饭来张口衣来伸手，什么活儿也不干，在娘家目无尊长。我这个当嫂子的也不想与她计较，可是我没想到她最后竟然会做出这种没脸没皮的事情，我们老康家的脸都让她给丢尽了！事到如今，她就算是我当家的亲妹子，我也没脸护着她。等这事儿完结了，就算你们大人大量不追究她的错，我们康家也会将她带回去清理门户，给你们一个交代。”

她话头一顿，接着道：“至于报官……依小妇人所见还是算了吧。倒不是我们怕报官，反正我们康家也没打算放过那个小贱人，她死了也就死了，一了百了。只是在我们这些小户人家，爬墙偷汉子的事情虽然说出去让人不齿，也不过是被人戳着脊梁骨骂上一阵罢了，少不了一块肉，最后该怎么过日子还是怎么过日子。倒是你们大户人家……这个丑丢不起不是？”

康嫂子这一番伶牙俐齿，让屋子里的人都是一愣。

任老太太眼眸微眯，看着康嫂子沉声道：“你这话是何意？”

康嫂子见状，反倒是一笑：“老祖宗，您也甭生气，小妇人是市井小户人家出身，大字儿都不识得几个，所以小妇人说话也向来是直来直去，可能不怎么中听，还请您见谅。”

说着，康嫂子抬头看了面沉如水严厉威严的任老太太一眼，视线终究还是微偏，停留在一旁任老太太手边仅剩下的那只茶碗盖儿上：“小妇人这话真的没有别的意思，就是想着出了这事儿，你们任家可能不想将事情闹大。所以在路上的时候，我也是苦口婆心劝了刘家人一路，就是顾忌着大家的面子。这事儿要怎么处理，我们康家自然是听你们的。”

任瑶期在屋里听着不由得一笑，这个康嫂子倒真是个能说会道的，若非因为双方身份的差距，康嫂子对任老太太有些怵，想必她更无所顾忌了。

“刘家都来了些什么人？主事的是谁？”任老太太抬了抬眼皮子。毕竟掌家多年，任老太太也不会被康嫂子几句话就拿捏住，心中虽然恼怒，却依然镇静。

“今日跟我来的是刘家的老管家和刘家少爷的奶娘，还带着几个跑腿的后生。”康嫂子回道。

任老太太冷笑：“这是把我们任家当菜园子了？什么阿猫阿狗的都敢来撒泼不成？”刘家来的都是下人，没有一个能主事的主子。

康嫂子忙笑着解释道：“原本刘太太派了自己的弟弟过来，是个二十来岁的后生。我怕他年纪轻，性子冲动，所以劝着人在镇上的酒楼里暂时落脚。老祖宗若是想要见他，我这就让人去找他来。”

任老太太不由得看了康嫂子一眼，然后指了指一旁的客座，淡声道：“坐吧。”

康嫂子欢喜地坐下了。

“如你所说，孩子已经没了，这刘家人还来要什么人？”

任老太太虽然并不全信康嫂子的话，不过这时候她对康姨娘肚子里的孩子也产生了怀疑。

当初能容康姨娘进府，除了见她怀了身孕，还因为任老太太想要找个人恶心一下五太太，这个康姨娘来得正及时。否则的话，他们任家是没有这么好进的。

康嫂子一副与任老太太推心置腹的样子道：“刘家听说孩子没了，原本还以为是我们家搪塞他们，后来信了之后便说要找任家讨个公道。那位刘家舅爷说了，我家小姑子肚子里那个很可能是他们刘家唯一的香火，却说没了就没了……”康嫂子觑了任老太太一眼，“小妇人瞧着他们是心有不甘，所以过来找刺儿的。所以我才想法子将那刘家舅爷劝住了。”

任老太太闻言，心下冷笑，想着这刘家怕是趁机会来敲诈的。这刘家名不见经传，虽然康嫂子说是蓟州的一个富户，不过燕北有些什么样的大家族，任老太太心里清楚得很。刘家这种人家在她眼里不过是上不得台面的破落户，她还真没有放在心上。

不过康嫂子有一句话说对了，这事儿还真不能闹大，否则任家的脸面就要丢尽了，她儿子五老爷任时茂以后也没脸出去见人了。

任老太太正暗中思考着应对之策，外头却又起了一阵骚动。

“老太太，康姨娘求见。”隔着帘子，守房门的丫鬟禀报道。

任老太太如今听到康姨娘的名字，心里实在是有些腻味，不过她想了想，还是吩咐让人进来。

康姨娘是被人搀扶进来的，额头上还绑着白布带，一张小脸只剩下巴掌大，没有半点血色，看上去有一股我见犹怜的气质。虽然出身小户人家，长相也没有多美，可是平心而论，康姨娘给人的感觉还是不错的。

康姨娘一进来，视线先是在康嫂子脸上一扫，眼中的恨意一闪而逝，然后挣开婆子的搀扶，踉踉跄跄走到任老太太面前跪了，正好跪在之前任老太太摔的那个茶碗的旁边，也不知道膝盖下面有没有碎瓷片儿。

任老太太连看都没有看康姨娘一眼，康姨娘咬着唇给老太太磕头行礼。

康嫂子在一旁冷眼瞧着，这会儿露出一个嘲讽的笑容：“你倒是还敢来，我若是你，这会儿早已经扯了自己的裤腰带挂梁上了，康家的脸全让你丢尽了。”

康姨娘行完了礼，看了康嫂子一眼，目光中带着惧怕和恨意：“大嫂，您为何还不肯放过我？在家的时候，您就时时刻刻想着要用我换好处，如今我已经离开康家，您为何还要处处针对？”

康嫂子闻言忍不住“呸”了一声，火冒三丈地指着康姨娘骂：“你个张口谎话满嘴胡言的小娼妇，在家的时候就是个惹祸精。我针对你？老娘没那个闲工夫！你自己行为不端，先是勾引了刘家的小少爷想攀高枝儿，最后见人摔傻了，转头就算计上了任家五老爷。现在刘家找上门儿来了，你还想狡辩？”

康姨娘脸色又是一白，看上去像是个透明的水晶人。她泪盈于睫，转头看向任老太太：“老太太，您别信她的。她污蔑我，我没有。”

康嫂子不屑道：“我污蔑你？刘家还是我找来的？刘少爷身边的贴身小厮也是我花钱收买的？你跟刘少爷真的清清白白？你敢对着康家祖坟发誓？”

康姨娘一阵眩晕，膝盖都在抖，却是看着任老太太：“我没有……我……”

任老太太冷眼看着姑嫂两人，神色纹丝不动。

康姨娘闭了闭眼，看向康嫂子，眼泪流了下来："我爹呢？我要见爹爹，他会信我，给我一个公道的。哥哥呢？哥哥怎么没来？"

康嫂子冷笑："爹已经被气得只剩下半条命，现在还神志不清呢。至于你哥哥……他一个大老爷们，可丢不起这个人！"

康姨娘怔怔地看着康嫂子，又转头看向任老太太，眼中满是委屈和绝望。

半晌，她吸了吸鼻子，跪直身子，红着眼睛看着任老太太道："老太太，婢妾是冤枉的，婢妾……"

说着，她不知突然从哪里来了力气，迅速站起身，冲着右手边博古架旁的柱子就撞了上去。

任瑶期三姐妹正坐在东边的次间里不敢出声，还没反应过来是怎么回事，突然听到旁边的柱子砰的一声巨响。

博古架上一只琉璃麒麟摆件和一只青花瓷花瓶摔到了地上。

一旁伺候任瑶音的丫鬟"啊"的一声叫了出来。

倒是任瑶期、任瑶华和任瑶音三姐妹谁也没有出声。任瑶华反应快，一把拉住任瑶期的衣袖将人扯起来，往里退了几步。任瑶音自己站起身，也往后躲了躲。

与此同时，隔壁响起任老太太有些惊怒的声音："去看看人，请大夫进府来！"

这一场闹剧在康姨娘触柱之后暂时告一段落。

隔壁明间里兵荒马乱，桂嬷嬷指挥着一屋子的婆子丫鬟们收拾残局，从外头的动静和小丫鬟们压抑着的沉重呼吸声中也能听出来康姨娘这一撞撞得不轻。

倒是康姨娘的嫡亲嫂子见了这等惨状，非但没有同情，反而还在一边愤愤地嘟囔道："又来苦肉计这招，当别人都没见过戏班子唱戏的呢！丢人现眼的货！"

任老太太让人将康姨娘抬出去，又将康嫂子打发走，安排去了外院。

任老太太的大丫鬟珊瑚进了东次间，说老太太让任瑶期姐妹三人出去。

姐妹三人出来的时候，任老太太正斜坐在罗汉床上闭目养神，屋子里已经收拾得差不多了，摔碎的摆件和花瓶的碎片都扫了出去，只留下博古架上几处空地儿。

地面上干干净净的，还能看见未干的水渍。一个小丫鬟抖着手使劲擦那根柱子，脚边放着的铜盆里的水是红色的，旁人都各忙各的，视而不见。

任老太太抬了抬眼皮，面色淡然地对姐妹三人道："今儿你们先回自己的院子去吧。"

任瑶期姐妹什么话也没说，安安静静地行礼退下去。

出了荣华院，任瑶音向任瑶华和任瑶期告辞，分道而行。

任瑶华吁出一口气，怔怔地道："我刚刚看到湘竹帘子上还溅着几滴血迹，能溅那么远，康姨娘那一下撞得肯定极重，不知道能不能救过来。"

任瑶华现在年纪还小，经历的事情也不多，从未见识过生离死别。

任瑶期安慰她道："放心吧，命肯定能保住。"

相比于任瑶华的触动，任瑶期却平静得多。不是她没有同情心，而是她太了解康姨娘那种人。而且她已经经历过太多的生离死别，不管愿不愿意，心肠总比旁人冷硬许多。

任瑶华沉默了片刻："康家如今来这么一出，是林家的手笔？"

任瑶期想了想："插过手是肯定的，至于事情的真相是不是真的如刘家和康家所说，已经不重要了。"

任瑶华的眉头习惯性地皱起来："你是说……"

两人已经走到园子外头的回廊里。任瑶期停住脚步，转身走向回廊边上，面向着满园子的姹紫嫣红绿荫遮目："康姨娘当时能在那种情形下进门，除了她挑的时机好，还有就是我们任家与那些真正的名门世家相比，始终还是有些不一样。这事儿若是发生在云家那样的家族，康姨娘就算是跪死在大门口，也进不了门。"

燕北相比京都那样的地方，礼仪规矩上或多或少还是受到了周遭游牧民族的影响，只有云家那样真正的老牌世家在行事上还保留着自己的一套规矩。

就拿康姨娘这件事情来说，她与任五老爷算是无媒苟且，严格来说连进门做妾的资格都没有。因为世家大族都很注重血脉，康姨娘在外头珠胎暗结，这事儿其实根本就说不清。

"所以今儿康家和刘家闹这么一出，康姨娘不管是不是被冤枉的，她都完了?”任瑶华终于想明白了。

任瑶期点了点头，康姨娘再如何聪明终究还是出身太差，又自幼在燕北长大，对真正的世家里的规矩根本就不清楚。方姨娘是南边人，方家家底算是厚的，却也够不上世家的行列，且方姨娘幼时她嫡母也不可能教她这些。

任家这些年越发注重家族形象，努力想要向世家靠拢，依着任老爷子和任老太太的性子，是不可能为了康姨娘这么一个女人而坏了自己家族的名声的。任老太太让康姨娘进门的时候忽视了这一点，现在有人来点醒她了。

“这一局，康姨娘和方姨娘之所以会输给林大太太和苏氏，不是她们不够聪明警醒，也不是她们不够狠。她们是输在了出身上。”任瑶期淡然地下了结论。

而康姨娘肚子里的孩子到底是谁的，已经不重要了。

若是康姨娘真的如康嫂子和刘家所言与刘家少爷珠胎暗结在前，那么她自以为聪明地利用任瑶玉杀掉自己腹中胎儿的做法，现在反而成为她居心叵测斩草除根的罪证。

孩子已经没了，她如今怎么也说不清了。

任瑶期不用看任老太太接下来的处置，就已经明白康姨娘会有的下场。她对任家人处理问题的方式再熟悉不过。

“她们还真是……杀人不见血。”任瑶华心里说不震撼是不可能的。

她从来不知道，一个莫须有的罪名或者仅仅是谣言，就可以毁掉一个康姨娘那样的人。

从康姨娘在任家这些日子的所作作为，可以看出来这个女人绝对不是省油的灯。不说别的，就从她敢算计自己肚子里的孩子，今日又以那样惨烈的方式来证明自己的清白，就能看出来这个女人是个什么样的人。

可是现在，林家大太太或许只需要买通那个什么刘家少爷的一个贴身小厮，说几句似是而非的污蔑之言，这个厉害的女人就成了弃子。

内宅中女人之间的战争，虽然不见硝烟，却动辄见血。

任瑶华这还是第一次真正领悟到。

看着任瑶华惊怔的样子，任瑶期没有说话，让她自己想明白。有些事情只有经历过才能明白，她希望任瑶华能长大，能成熟，能明白在后宅里生存的规则。

康姨娘醒过来之后，派身边的丫鬟趁着夜色偷偷去了方姨娘的芳菲院。虽然她急，却也有顾忌，不敢明目张胆地去找人。

方姨娘这几日也过得很不顺，知道自己被人黑了。

至于黑她的人是何方神圣，以方姨娘的聪慧自然猜到了前几日才来过的林大太太身上。不过她是仔细人，又派人查了林大太太进府后的细节，然后从门房一个婆子口中得知，林大太太出门之后，东府的人曾上过林大太太的马车。

聪明如方姨娘，这会儿也有些摸不着头脑了。

她从未觉得自己这些年做的事情能瞒过任家某些聪明人，大家也都相安无事，所以她不知道为何东府会在这个时候插上这么一脚。

任家出了这种家丑，最生气的就是任老太爷。康家和刘家被摆平之后，任老太爷狠狠骂了任老太太一顿。只是顾及着任老太太在晚辈面前的颜面，任老太爷很有分寸地关起门来教训。

任老太太自嫁进任家以来就与任老太爷夫唱妇和，在外人面前十分和谐，配合了几十年，很少红脸。任老太太偶尔犯个小错，任老太爷也睁一只眼闭一只眼，可是这次丢脸实在是丢大发了。

任老太太也明白是自己做错了，挨了骂也还不了嘴，心里虽然气闷得不行，过了几日，还是照着任老太爷的指示将任瑶玉放了出来，并免除了五太太林氏的禁足。

任瑶玉终究只是个十几岁的小姑娘，这次的事情对她的打击是极大的。短短几日就瘦了一圈，被放出来的时候也蔫蔫儿的，没了这个年纪的小姑娘应有的精神气儿。

反倒是五太太林氏，出来的时候红光满面，看人都像是隔着两汪秋水，年轻了十几岁。

经过这件事情，五老爷因祸得福，重新获得五太太的接纳。两人如今就像是新婚燕尔的小夫妻，成天黏在一起，连女儿任瑶玉也要靠边站了。

至于那无关紧要的康姨娘之流，早已经被两人遗忘到天边了。

五月初一是东府老太太廖氏的生辰。

廖氏前年逢的五十，当时苏氏也为她大肆操办过。远在京城的东府二老太爷以及四老爷都回了白鹤镇一趟。廖氏的五十大寿算是过得风风光光。

今年只是散寿，二老太爷没有回来，四老爷是忙人，也没有回来，不过寿礼倒是提前半个月就送到了，大大方方地拉了两辆大车，从衣料到吃食应有尽有。

原本今年苏氏也想要给廖氏请个十几二十桌，再叫上个戏班子来家热闹热闹，不想廖氏上次让个来化缘的老尼姑算了算，说是今年年头不好，不宜铺张，会折寿。

最后苏氏只请了西府的人，一家人一起热闹热闹，外头的人一概未请。

东府和西府不过半墙之隔，两边来往连车马都省了。

廖氏再不喜欢与西府的人往来，东府和西府毕竟没有真正分家，这种面子情还是要有的。

任瑶期这些晚辈们跟着任老太太去了东府。方姨娘作为任家一个特殊的存在，与往年一样，也被任老太太允许出面。

除了恭恭敬敬跟在李氏身后的方姨娘，任瑶期还看到了许久未曾出现在众人面前的任瑶英。

自从年前任瑶英在众人面前丢了面子后，已经有大半年未曾露面了。这一次再看到她，任瑶期感觉到了任瑶英与以往的不同。

来给李氏见礼的时候，任瑶英一直低眉顺眼，说话的声音也比以往小了不少，看上去倒是文静许多。除了长高了一些，面容上倒是没有多大的变化，依旧白皙清秀。

若是以往，她的死对头任瑶玉见了她，必定会好一番的冷嘲热讽。可是最近任瑶玉也很倒霉，走到哪里都蔫蔫儿的，看上去还远远没有任瑶英气色好。加上这几日任老太太的脾气不怎么好，谁也不敢在这个时候招惹是非，任瑶英的重新出现，并未引起多大动静。

长辈们在东府的花厅里打叶子牌，任家姐妹几个则在偏厅里喝茶聊天。

今日难得任家的几个姐妹们又聚齐了，场面却说不上怎么热闹。

任瑶玉和任瑶英两人隔得远远的坐开，谁也不搭理谁，也不吭声。任瑶华是个清冷的性子，也难得开口。所以只有任瑶亭、任瑶音和任瑶期三人偶尔说上几句。

任瑶亭首先憋不住，朝着任瑶期道：“五姐姐，我去更衣，你要不要一起？”一边暗中朝任瑶期使眼色。

任瑶期点了点头，两人相携着出了偏厅。

路过花厅的时候，任瑶期往里头看了一眼，任家两位老太太加上大太太和二太太凑成一桌打叶子牌，方姨娘搬了个小杌子坐在任老太太身后，给她出谋划策。大少奶奶坐在大太太身后观摩，五太太林氏不在花厅，只有三太太一个人坐在一边喝茶。

任瑶期对这种情形已经习惯了，她母亲嫁到任家这些年，就从来没有真正融入过任家人的生活圈子。

任瑶期和任瑶亭两人更完衣出来，便看到任瑶英也来了。

任瑶英看到两人有些不太自然，点了点头就快步走远了。

等任瑶英的身影进了更衣的耳房，任瑶亭才扑哧一声笑出来，凑到任瑶期耳边小声道：“我猜九妹妹现在一听到更衣两个字就不舒服，我们出来的时候她不来，非得自己偷偷摸摸的。”

任瑶期不过一笑，就将话题扯开了。只是她注意到任瑶英身边除了她自己的几个丫鬟，还跟着方姨娘的大丫鬟金桔，上一次的事情让任瑶英心有余悸。

两人快走到花厅旁的回廊下时，任瑶期叫住了任瑶亭：“里面待着有些闷气，我们在这坐会儿吧。”

东院摆宴用的大花厅东西两侧不是厢房，而是不长不短的一段回廊，前面是四四方方的庭院，后面则种了一围灌木，绿荫浓密。冬日里若是不烧地龙，花厅会很冷，不过夏日里倒是很凉快。

任瑶亭笑道：“我也不爱进去看她们大眼瞪小眼，我瞧着这会儿离开席还早，坐会儿就坐会儿吧。”

说着，任瑶亭自己先在回廊的绿漆横栏上坐下了，任瑶期坐在她身旁。

这里环境清幽，间或还能听到几声鸟啼虫鸣，倒是比西府的大花厅要清雅。

两人有一搭没一搭地说话，任瑶亭问任瑶期上一次康姨娘小产的后续。她这一阵子都老老实实在东府待着，没有去西府串门。苏氏最近对她看得有些严，她自上次从西府回来之后接连做了好几日的噩梦，最后一个老尼姑给她喝了一碗香灰水后才好起来。

虽说被吓得不轻，不过好奇心依旧还是有的，这会儿见着任瑶期，便打听起来。她还做贼心虚地将自己的丫鬟婆子们都打发得远远的。

任瑶期正挑着无关紧要的说着，突然又不着痕迹地转移了话题："今儿府里没有前年热闹呢，我记得上一次叔祖母五十大寿的时候，云阳城里的客人一早就过来了，这边的花厅坐不下，还开了西府的荣锦堂。"

任瑶亭撇了撇嘴："原本我娘说要请云阳城的德馨班来唱大戏，早一个月就定好了的。前几日来了个老尼，东说一通西说一通的，我祖母就说今年不邀客也不唱戏了。"

"不过我听下面的婆子说，这几日来府上送礼的人也不少。"

任瑶亭不以为然道："除了京城里四叔派人送了两车礼，也就是各地管事们孝敬了。"想了想，任瑶亭又道，"云阳城里苏家和林家也派了管事来。"

任瑶亭这一阵子也跟在苏氏身边学些家务，所以对这些礼尚往来的也知道些。

"这次林家送的寿礼倒是比前年还要厚些。"任瑶亭随意道。

任瑶期偏头笑她道："你记性这么好？还记得前年各家送什么礼吗？"

任瑶亭瞪了任瑶期一眼："你不知道，这一阵子我娘正好将这几年府里的礼单都拿给了我，说是让我学一学这些礼尚往来。我记得上一次林家送的大件儿是一个红珊瑚座雕，这次送的是一尊白玉石的观音像。我前儿去我母亲正房的时候正好遇见林家来送礼的婆子，她顺手就给了我一个荷包，里面是两颗龙眼大的金色珍珠，说是林大太太给我压惊的。"

任瑶亭用手肘碰了碰任瑶期，挤眉弄眼："难怪五婶婶和八妹妹平日里不将你们放在眼里，这林家一出手就这么阔绰，可见家底厚实。"

任瑶期想了想，说道："林家不是与我们家亲厚吗？对你出手大方，你还有意见了？"

任瑶亭笑得得意："我自然是没有意见，我是受宠若惊行吗？那珠子被我娘收起来了，说是以后给我做头面用。不过以前也没见林家这么大方啊，我在五婶婶和八妹妹那里也没见着那种成色的珍珠。"

“那难道是林家和你外祖家比较交好的原因？”任瑶期疑惑地问。

任瑶亭偏头想了想，有些不确定：“这个我娘倒是没有与我说起，不过上一次我在云阳城的时候，曾跟着我大舅母去林家做客，我大舅母跟林家几个太太走得比较近。”

任瑶期点了点头，似有所悟地道：“难怪上次林大太太去我们西府的时候还提起了苏大太太和林三太太，好像两人私底下交往很不错的样子。”

任瑶亭对这事儿并不在意，并未把任瑶期的话放在心上。

林三太太还是林二太太在她心里都没有太多的区别，她也不懂这些，所以她的注意力很快就转移到了别处。

任瑶期却用眼角余光瞧见不远处有人转身从小径退了出去，不多会儿，任瑶英便带着几个丫鬟婆子从小径里走了出来。

几人从任瑶期和任瑶亭身边走过的时候，任瑶期的眼睛在金桔的裙裾上一扫，便又转开了。

之前她和任瑶亭说话的时候，有人站在灌木后面偷听，任瑶期一早就看到了，只是没有作声。

想必那人见任瑶亭将身边的人都远远地打发了，以为她们在说什么私密之事。

任瑶期刚才是故意提起林家三太太的。

燕北的名门大户相互之间通婚，几辈下来越是根深蒂固的家族，关系就越复杂，各家之间总是能扯上些关系。

方姨娘的娘家大嫂将要来燕北之事，让任瑶期终于想起来一件事情。

方雅存要来燕北做官，他太太这次来燕北并非只是参加任时佳儿子的满月宴那么简单，她是来给她丈夫打前锋的。云阳城作为燕北王府所在地，实质上是燕北各方的枢纽，自然要先打通关节。

方雅存想要争取燕北的官职，燕州的缺是最好的。不过任瑶期记起来当年方雅存没能留在燕州，倒是苏家的一个亲戚与方雅存是同一批被朝廷派来燕北的地方官，留在了燕州。

任瑶期之前已经打听过了，那人是已故那位苏老太太的娘家侄儿，与苏家大老爷以及任二太太是表兄妹关系，只是个同进士出身，想要借着苏家的关系来燕北做个小地方官。而林家三太太的叔父则是负责燕北官员调度的一个实权官，相当于朝廷吏部的官员。

朝廷虽然有权向燕北调遣官员，但是这些官员最终怎么个安排法，还是燕北王府说了算的。

而偷听两人谈话的丫鬟金桔，果然一回府就将自己听到的话转述给了方姨娘。

“林三太太？”方姨娘轻垂眸子细细思索，摇晃在耳边的那一对碧玉蝴蝶耳坠在灯下投射出轻巧的暗影。她总是喜欢戴这种小巧的流苏耳坠，让她看起来有一种江南女子别样的温柔。

半晌，方姨娘眉头微微皱起来，似是有些惊怔地抬起头来：“原来如此。”

“姨娘，林三太太怎么了？”金桔有些好奇地问。

方姨娘回过神来，对她安抚似的柔和一笑：“无事，我只是想起了一件事情。”

方姨娘有一点很好，就是从来不对身边伺候的人发脾气。

任何时候，她都是善意体贴的，如水一般温柔的女子，所以方姨娘身边的丫鬟婆子们对她都很尽心。

“伺候笔墨，我有封信要写。”方姨娘坐了片刻，终于还是起身往书房走去。

金桔劝道：“姨娘，已经很晚了，可要仔细您的眼睛。”

方姨娘摇头：“没关系。”

方姨娘知道自己的弟弟不久之后就要升迁，也希望他能来燕北，这样以后在任家，她的地位就能更稳。

官场上的事情方雅存来信与她提过几句，这次她弟媳来燕北，还是她事先打听的各路官员的住处和喜好。这次燕北几个富饶的州县空下来五六个缺，争这几个位子的却不只五六个人，方雅存上次来信曾和她提起过苏家的一个姻亲也有意来燕北。

方姨娘是个一点就透的聪明人，二太太苏氏这次无缘无故地就帮了林大太太一把，肯定是有缘由的。现在看来最大的缘由就是苏氏想要为自己生母的娘家侄儿搭上林家三太太这一条线。

方姨娘很庆幸现在获悉了此事，让事情还有转圜的余地。她需要尽快将苏家的意向告诉自己的弟弟，让他早一些做好准备。

事情终于朝着任瑶期希望的方向发展了，这还只是一个开头，而万事只要有了开头，一切就都好办了。

第十六章

崛　起

任家决定在端阳节当日启程去云阳城。横竖也就是一个多时辰的路程，算不得太远。

任时佳这次与任家人一起回云阳城。她正好坐完了月子，再在娘家躲着也不像回事。这次回去也顺便能赶上林家给小岑哥儿准备的满月宴。所以任老太太也会在林家多待上几日。

这次任大太太留在家中，任老太太带着孙辈们过去。原本任老太太打算冷着五太太，不带她和任瑶玉的，后来不知怎么的又改了主意。至于三太太李氏，任老太太向来是不肯带她出门的。

“今儿祖母说了，方姨娘和任瑶英也一起去。”晚上在给李氏请安出来的时候，任瑶华对任瑶期道。

“因为那位方夫人要来？”任瑶期微微挑眉，并不意外的样子。

“嗯。”任瑶华心情不怎么好，脸色冷冷的。

分别的时候，任瑶期听到她隐忍又不甘地道：“这三房到底谁是妾，谁才是正经的正房太太！这就是我们任家所谓的规矩？当真可笑！”

第二日就是端阳节，任家上下都在准备出行事宜。

李氏虽然不去，却也忙着给任瑶期和任瑶华姐妹两人收拾东西。

女儿为李氏打抱不平，李氏却早已经习惯，对自己被留在家中一事并不介怀，反而心情很不错的样子。

任瑶华这几日一直沉着脸，一副不痛快的模样，似是只要一点小事惹了她，她就能炸。

任瑶期担心任瑶华会控制不住自己的脾气，这一日终于还是将她拉到一边，笑着劝道："三姐，你在这边怄什么气呢？都怄了几日了，也该消停了。只要母亲她高兴不就行了？"

任瑶华一听就来火："什么只要母亲高兴！我不信她是真的高兴！我昨儿还去求祖母，才刚开了个口，就被祖母岔开了话题。"

任瑶华面上虽然是火气很大的样子，声音里却是带了委屈的。

任瑶期知道她的脾气，见她对着自己发火也不生气，反而笑道："我倒是觉得母亲不像是强颜欢笑的样子，因为……父亲这次不也不去吗？"

任瑶华一愣，暴怒的模样变成了愣怔。

"所以我觉得母亲这次不去也好啊，你知道父亲那性子，一画起画来，吃饭的事儿都能忘到天边，母亲就算是与我们一起去了云阳城，也会惦记着父亲。"说着任瑶期朝着任瑶华眨了眨眼，带了些揶揄的神色，"三姐，你都这么大了还离不开母亲，羞不羞啊！"

"我，我不是……"任瑶华下意识就要辩解，待看到任瑶期坏笑的模样，才反应过来是被妹妹打趣了。

"你尽会胡说八道！"任瑶华拂袖摆出长姐的架势，想了想，她又不确定地问，"父亲真的不去吗？"

任瑶期点头："当然，我问过了。不然你去问问母亲？"

见任瑶华脸色总算是好看了些，任瑶期不由得抿嘴一笑。

云阳城去不去，对李氏而言其实没有那么重要。难道李氏去了就能在方姨娘面前彰显正室的身份？李氏就算是觉得委屈，也只会是因为任时敏。

在任瑶华为这件事情大动肝火的时候，任瑶期偷偷让袁大勇帮她从一个潦倒书生那里买了一幅前朝旧画回来。

任时敏手里的每一幅心爱的画任瑶期都知道出处，原本这幅画是要在今年秋被任时敏手下一个管事买回来孝敬他的，现在任瑶期将这画提前买了回来。

任时敏有个爱好，每次得到一幅好画都会花上半个月的时间来仔细推敲琢磨，然后再临摹下来。

果然，任时敏一看到画脚都挪不动了，什么端阳节龙舟赛，在三老爷心里全是过眼烟云。他是不会为了烟云而冷落自己的心头好的。所以三老爷大手一摆，云阳城爷不去了，爷要在家闭关画画。

如此，李氏高兴了，方姨娘郁闷了。

方姨娘若是和任时敏携手去云阳城看龙舟赛，正室李氏反而被留在家里，外头对任家三房的妻妾地位自然会做一番猜测，李氏难免会被人轻看。而方姨娘揣着正室的待遇，在云阳城里串门子也方便一些。

现在任时敏撂挑子不去了，方姨娘行事就没那么方便了。

到了下午，任老太太还专门派人过来找任时敏，想让他跟着一起去云阳城，毕竟这也算是一年一度的盛事，燕州有头有脸的人家都会过去，男人们觥筹交错之间也能联系一下家族情谊。

可是三老爷是谁，三老爷说不去就不去，牛来拉也不去，谁也强迫不了，最后干脆赖在正房躺下装病。任老太太气得不行，却也拿他没有办法。

李氏配合着在三老爷床前伺候，渴了端水，饿了就端吃的，尽心尽力。

这下连任瑶华也高兴了，臭了几日的脸色终于放晴，弯着嘴角去看丫鬟们收拾东西。

任瑶期也在屋里看着丫鬟收拾东西，说是看着，其实是徐嬷嬷指挥丫鬟们，她歪炕上看书。

正当这会儿，周嬷嬷过来了。

见周嬷嬷这会儿过来，任瑶期还以为是任时敏和李氏那里又出了什么事情，不由得将手中的书放下，从炕上坐起来。

周嬷嬷上前行了一礼，小声道："五小姐，罗婆子来了。"

任瑶期听到这个人名，一时还没有反应过来："罗婆子？"

"就是前一阵子，您说要见的那位庄子上的老婆子。"周嬷嬷低声解释道。

任瑶期立即想了起来。

是那位住在庄子上的婆子，上次任瑶期问周嬷嬷瞿家的事情，周嬷嬷说庄子上住着一个年纪大的婆子，对白鹤镇上的事情知道得很清楚。

原本早就该请来的，不想这位姓罗的婆子前一阵子被庄子外头的一条野狗咬伤了脚，所以耽搁了下来。任瑶期也因为任家这些乱七八糟的事情暂时将这事儿搁下了。

罗婆子已经七十来岁，一直在庄子上做活儿，头发花白，面色是黄褐色的，脸上全是褶子，走路还一瘸一拐的，精神倒是还不错。

扶着她的是一个八九岁的小丫头，长相倒是清秀，就是肤色太黑，梳着个双髻冲天辫，穿着一身红色粗布衫，眼神灵动。

见任瑶期的视线停留在那个小丫头身上，周嬷嬷忙道：“这是罗婆子的孙女，祖孙两人相依为命，罗婆子不放心将她留在庄子上，就一起带过来了。”

虽然有些奇怪罗婆子这么大岁数孙女怎么还这么小，不过任瑶期也没有多问，笑着点了点头，免了罗婆子的礼，让桑葚去拿了个凳子给罗婆子坐。

罗婆子道了声谢，小心翼翼地挨着半个凳子坐下了，战战兢兢的，也不敢先开口说话。跟着她的小丫头对屋子里的事物有些好奇，见自己的祖母拘谨，却也不敢放肆，规规矩矩地站在罗婆子身后。

任瑶期对那小丫头温和地道：“你先跟着桑葚姐姐去吃点心好不好？”

小丫头用眼角瞟了一眼桌上装着百果墩、糖耳朵、豆面糕、蜜麻花、糖莲子、葵花子儿等各色点心果子的红漆镶螺钿八棱食盒，咽了一口口水，然后看了自己的祖母一眼，没有动。

罗婆子轻轻拍了拍她的手：“听主子的话，去吧。”

桑葚端起那个红漆镶螺钿八棱食盒，朝着小丫头招了招手，带着她往外头去了。

罗婆子看着孙女一步一回头地离开，摇了摇头，对任瑶期道：“小姐莫怪，小孩子乡下地方长大的，没见过什么世面。”

任瑶期微微一笑：“我瞧着倒是很好，身子骨也结实，她平日里跟着你一起下地干活？”

罗婆子脸上笑出了深深的褶子：“这孩子心地好，当年才刚学会走路就想着要帮我干活，平日里我干什么，她就跟在我后边帮忙。我无儿无女，临到老了捡了个宝，这一生也值了。”

任瑶期一愣，原来那小丫头不是罗婆子亲孙女。

罗婆子似是知道别人心里怎么想，说道：“这孩子是我七年前在田坎儿上捡到的，当时只有六七个月大的样子。”

周嬷嬷有些惊讶："这么说她只有七岁？我还以为有九岁了。"

小丫头身体长得结实，身量也高，瞧着也很机灵，跟八九岁的孩子差不多。

"可不是，饭量也大着呢！好在她自己能干活，不然我也养不大她。"罗婆子摇头笑道。

任瑶期在一边打量着罗婆子。罗婆子年纪很大，容貌也与一般常年在田间操劳的农妇没有什么两样，不过任瑶期却感觉到她说话动作并没有外头那些农妇们粗俗，就连她那个收养回来的孙女也知道分寸。

"罗嬷嬷一直在我们家庄子上吗？家是哪儿的？"任瑶期问道。

罗婆子眯着眼睛想了想，才道："奴婢是白鹤镇近郊的，父母在灾年的时候饿死了，所以自小就在庄子上干活儿，不过原本那庄子不是任家的。"

"哦？那庄子原本是哪一家的？"任瑶期问道。

任家的几个大庄子是在前任家主任宝明在的时候买下来的，与任家这座宅子差不多一起买的。

"在任家之前那庄子是一户唐姓人家的。"罗婆子道。

任瑶期想起来这座宅子好像也是从一户姓唐的人家那里买的，可能是这户人家卖祖宅的时候顺便将名下的庄子也一起卖给了任家，这是很常见的事情。

周嬷嬷见任瑶期在问罗婆子话，想了想，将屋子里的丫鬟婆子们都叫了出去，只她自己留在屋里守着。

"不知道罗嬷嬷记不记得一户姓瞿的人家？应该是几十年前白鹤镇上的富户，后来不知道因为什么原因家道败落了。"任瑶期看着罗婆子，轻声问道。

罗婆子又眯着眼睛想了想，这似乎是她想事情时候的惯用表情："奴婢倒是没有听说有这么一户富户。"

任瑶期不由得皱眉："真的没有吗？你再仔细想想？"

罗婆子果真又想了想，还是摇头："没有。小姐确定是我们白鹤镇附近的吗？会不会是别的地儿的？"

任瑶期不由得有些失望，点了点头："可能是我记错了。"想了想，她又问，"在我祖父那一辈，任家有没有跟哪一户人家不和过？"

罗婆子闻言看了任瑶期一眼，赔笑道："小姐这是什么话，任家向来和睦友邻……”

周嬷嬷站在任瑶期身边冷声打断道：“罗婆子，我们五小姐这么老远将你找来，不是为了听你说那些废话。问你什么，你就答什么，答好了，小姐自会给你赏银，再好好地送你和你孙女回去。”

罗婆子一顿，看了看周嬷嬷，又看了看淡笑不语的任瑶期，想了许久才斟酌着道：“要说不和嘛……也不是没有。当年任家买了西山几个山头，建了煤窑，曾经与临近的一个山主打过官司，因为那个山主写状子到县老爷那里，告任家将煤窑挖到了他家山头的地底。不过后来任家花高价将那山主的山头也给买下来了，两家便和解了。另外就是有一年有座煤窑塌了，埋了不少人。有一家人的儿子带头闹事，最后被官府抓了起来。不过听说那人在押解的途中逃跑了，临走还放言说要与任家势不两立，不过这么多年过去了也没见人出现，估计早成了黄土一堆。”

任瑶期静静听着，在心里做着判断。

罗婆子接着又说了几户人家，都是几十年前与任家有过大大小小过节的。最后罗婆子绞尽脑汁也想不出什么了，眼巴巴地看着任瑶期赔笑道：“小姐，奴婢就只记得这么多了。”

任瑶期看了看窗外，这时候已经过了掌灯时分，院子外头都点起了灯笼，屋子里也点了蜡烛。

“今日就先到这里吧，你先回去歇着。”任瑶期笑着端了端茶，示意周嬷嬷先将人送出去。

周嬷嬷将罗婆子送出去交给丫鬟，让丫鬟将人带去外院歇着，又转身回来了。

“小姐，这婆子还要留在府上吗？”

任瑶期正斜靠在炕上想事情，闻言抬头：“嗯，暂时先让她在府里待着吧，等我从云阳城回来再做打算。”

她总觉得还能从罗婆子口中问出什么来，不过明日一早就要启程去云阳城，今日没有时间细细盘问了。

“那奴婢先将她们祖孙俩安排在外院住着。小姐今日早些休息，明日卯时一到就要启程呢。”周嬷嬷嘱咐一声就退下了，交代丫鬟们进来伺候任瑶期洗漱。

第二日一早，天还未亮，任家的下人们就悄无声息地忙碌起来。主子们都要晚些时候才起，丫鬟婆子们要先将出行用的东西搬到马车上。

任瑶期醒得比较早，早早洗漱完毕换了衣裳，在自己房里坐了会儿，等到正房那边有了动静，才去给父母请安。

今日任老太太免了众人的请安，所以任瑶期和任瑶华是跟着李氏一起用的早膳。

等到外头有人过来请任瑶期和任瑶华出门的时候，李氏还拉着姐妹两人好生交代了几句，又让周嬷嬷给了她们一人一个沉沉的荷包。

"若是方便，你们记得去外祖家看看外祖父和外祖母。"李氏最后交代道。

任瑶华没有吭声，任瑶期笑眯眯地应了："知道了，听说外祖母也会去看龙舟赛呢，到时候说不定能遇上。母亲有没有什么要我转告外祖母的话？或者有什么东西要转交给外祖母的？"

李氏想了想，还是摇了摇头："你们好好跟外祖母说说话，她来信总是问起你们。"

任瑶期应了，然后和任瑶华一起出门，走到院门口转头还能看见李氏站在廊下看着她们。

今日出行的马车有二十几辆，二门前排了好长一排。

任瑶期和任瑶华两人被安排在同一辆车上。若是以前，两人肯定谁也不愿意，现在姐妹两人关系好了许多，又是亲生姐妹，所以出行的时候经常被安排在一起。

两人被管事领着出了二门。她们的马车与任家其他几位小姐的马车一样，都被安排在中间。

两人出来得比较早，除了五老爷五太太带着任瑶玉早早来了，一家人挤在一辆马车里和乐融融地说笑，别的人都还没有来，只有三三两两的婆子候在马车旁，等着伺候主子们上马车。

任瑶期和任瑶华正要上马车去等，不知道从哪里突然蹿出来个小丫头。

“五小姐……”

任瑶期惊讶地转头，发现竟然是罗婆子的孙女。

任瑶华也看过来，当即皱眉道：“你是哪里的小丫鬟？跟着哪位嬷嬷做事？”

那小姑娘今日换了一身府里三等小丫头的夏衫，任瑶华又见她眼生，便以为是新进府来的小丫鬟，不懂府里的规矩。

小姑娘看了任瑶华一眼，又看向任瑶期。

任瑶期对任瑶华道：“她是昨儿从庄子上来的。你先上马车，我等会儿就来。”

任瑶华狐疑地看了那小姑娘一眼，才转身走了。

任瑶期这才对那丫头温和地道：“你怎么来了？我不是让周嬷嬷安排你和你祖母在外院住下了吗？”

小丫头见凶巴巴的任瑶华走了，胆子才大了起来，脆生生道：“祖母说庄子上还有农活没做完，想要问问五小姐我们什么时候能走。不过内院的人不让我们进去，也不给我们禀报。我刚远远瞧着您出来了，就跑了过来。”

任瑶期这才发现，小丫头肤色虽然不怎么好，声音却很好听，不由得笑着问了句：“你叫什么名儿？”

小丫头眨着明亮的眼睛冲着任瑶期笑：“水艾，我叫水艾。是一种野菜，祖母说野菜最好了，饿了能果腹，还春风吹又生。”

此言一出，任瑶期身后两个大丫鬟都笑了。

任瑶期也笑了，抬头却看到罗婆子远远地追过来，看见这边的阵仗，想过来又不敢过来，站在远处有些担心地看着水艾。

任瑶期指了指水艾身后：“你祖母找你呢，过去扶着吧。慢慢走过去，府里不让跑，不然被教规矩的嬷嬷看见了，要抓了你去打手心。”

水艾冲着任瑶期顽皮地眨了眨眼：“她们可抓不住我。”虽是这样说，她还是低着头学着府里的丫鬟们走路的样子，转身走了。那步子倒是走得有模有样，让任瑶期挑不出错来。

任瑶期不由得失笑，想了想，还是交代了自己的丫鬟几句，然后带着苹果和桑葚两人朝着罗婆子那里走去。

罗婆子见任瑶期过来，忙拉着水艾行礼，口中还不安地道："小姐恕罪，小姐恕罪。水艾不懂规矩，冲撞了您。"

任瑶期见她颤巍巍的模样，忙让苹果上前扶着，微笑道："小孩子总是跳脱一些，无事。我要去云阳城几日，你们先在府里住着，若有什么事情，就让人去找周嬷嬷，我等会儿会交代一声的。庄子那边，我也会让人打一声招呼。"

"那每日都有点心吃吗？"或许是见任瑶期性子温和，水艾并不怕她，忍不住插嘴小声问道。

任瑶期还没说话，罗婆子立即板了脸，语气严厉地教训道："之前教你的规矩呢！谁准你这么没大没小了！"

水艾似是被祖母的样子吓了一跳，低着头不敢说话了。

任瑶期正要说两句话，通往大门口的回廊里却走来一人。

那人一身天青色潞绸直裰，普普通通的衣裳穿在他身上，却有一种不同于旁人的优雅持重。

任瑶期正要交代罗婆子祖孙两人先回给她们安排的住处，转头却见罗婆子瞪着眼睛直愣愣地看着来人，一脸惊异的模样。

任瑶期不由得皱眉，又看向来人。

来人也感觉到了这边的视线，脚步仅仅是一顿，就从廊下走了出来，一直走到任瑶期身前三四步远，然后沉静地作揖行礼："任五小姐。"

任瑶期屈膝回了一礼："韩公子。"

来人正是韩云谦。

韩云谦直起身子，视线在罗婆子祖孙脸上一扫，便又转开，似是并不相识。这时候罗婆子也早已经收起脸上的惊异之色，弯着腰低头站在一旁。

"韩公子今日不去云阳城？"任瑶期若无其事地笑问。

"家祖父让云谦过来问问任家什么时候启程，有多少车马。免得到时候在城门处堵了。"

白鹤镇里除了韩家和任家，还有几户人家出行，每户人家都有不少马车，往年被堵在城门处的事情也不是没有，或者被堵在通往城外的窄道上。所以一开始就商量好才好。

任瑶期点了点头，忙道：“我大伯母在那边的议事厅，出行的事情都是我大伯母安排的，你快过去吧，免得耽误了出行。”

韩云谦微微颔首，又看了任瑶期一眼，作了一揖才转身走了。

“那位公子……他姓韩？”一直垂手站在一旁没有出声的罗婆子，突然开口问道。

任瑶期看向她，不动声色道：“嗯，韩家是前年才从蓟州搬来的。您认得韩公子？”

罗婆子一愣，忙摇头：“不认识，不认识。我只是瞧着……瞧着有些眼熟。”

任瑶期微微一笑：“哦？那就是在哪里见过？”

“奴婢一直在庄子上没有出来，这位韩公子年纪又这么轻，奴婢不可能见过的。可能是我老眼昏花看差了。”罗婆子又是摇头。

“那或许是他与他哪位长辈长得像，您见过他的那位长辈也说不定。”任瑶期提示道。

罗婆子想了想，叹了一口气：“奴婢老了，想不起来了。”

“不急，这几日嬷嬷慢慢想，总会想起来的。”任瑶期回头看了一眼，见任瑶音和任瑶玉也出来了，意味深长地道。

“时候不早了，我先走了。嬷嬷安心在府里住下吧，若是有什么需要的，就去找周嬷嬷。”任瑶期点了点头，不等罗婆子再说什么，就转身走了。

任瑶期现在已经能够肯定，这位罗婆子是知道一些韩家的事情的，只是不知道出于什么原因，不愿意说。

既然已经找对了人，任瑶期倒是不急了。她总能想出法子让罗婆子开口。

罗婆子看着任瑶期的身影渐渐走远，摇了摇头，嘴角泛出一丝苦笑，让她那张长满皱纹的脸看上去更加沧桑。

“祖母？”水艾有些怯怯地扯了扯罗婆子的衣袖，小声唤了一声。

罗婆子回过神来，粗糙的大掌摸了摸孙女的头，怜爱地道：“不是交代过你很多次吗？进了府要乖乖的，不要乱说话，不要做错事。”

水艾见祖母恢复了往日的慈爱，不解地问道：“祖母，我瞧着这位五小姐人很好啊，为什么您宁愿让狗咬伤了自己，也不愿意进府来？”

罗婆子吓得一把捂住孙女的嘴，看了看左右，见只有祖孙两人才松了一口气，压低声音叱道："说了让你说话小心，你怎么就是不听，是要等我们祖孙丢了性命才后悔吗？"

水艾被骂得有些委屈，却还是低头认错："祖母，我错了，以后再也不敢了，您别气坏了身子。"

罗婆子却看着周围的景象，目光哀戚，口中喃喃道："该来的总会来的。"

云阳城的赛龙舟是燕州一年一度的盛事，每年端阳节燕州的世家大族都会集聚于此。

任家的马车从白鹤镇出来的时候，官道上已经有不少出行的马车。不过像任家这样出动二十几辆马车的人家还是少数。

抵达云阳城时已是巳时，天光虽已大亮，却也不至于热得让人受不住。

因天气渐热，任家的马车用的是透气的纱帘。从进城门开始，任瑶期的目光就一直投注在外。虽然只能看到影影绰绰的行人和车马，听到市井中各种嘈杂的声音，但她也能感觉到作为燕北第一大城的云阳城的繁荣。

当初辽人南侵之时，辽王曾力排众议想过要将辽国的京都南迁到云阳城，可惜还未达成就被第四任燕北王萧岐山赶出了燕云十六州，定都云阳城成为辽王的临终遗愿。

对于云阳城，任瑶期是很陌生的。从前只有年纪尚幼的时候随母亲来过几次，长大之后反而很少有机会出行。她与母亲李氏一样，在任家是被忽略的存在。

任家的马车缓缓穿过云阳城最宽敞的主干道路，进入内城。

"这是要去哪儿？"任瑶期问任瑶华道。

任瑶华有些奇怪地看任瑶期一眼，随即才想到任瑶期这还是第一回来看赛龙舟。

"龙舟需要先下水，正式的赛事要到下午才开始。我们这是要去任家在云阳城的别院，这几日都要住在别院里。"

任家在云阳城里有宅子，任瑶期倒是知道，也曾经去过。

前面的马车停了下来，任瑶华掀开帘子看了看："是姑母要回林家了，与我们走的不是一条道。"

果然，在几辆马车离队之后，任家的马车又动了起来，行了不到一刻钟的时间，最后停在一扇红漆蛮子门前。

因为在出行之前已经安排好了每个人的住处，所以任瑶期和任瑶华一下马车就被婆子领着去了第三进的西厢，姐妹两人一起住在西厢北面第一间。房间很宽敞，家具一应俱全，房里有一些用具还是任瑶期平日里用惯了的，可见是在她们进来之前布置过一遍。

任瑶华对这房间并不陌生，想必以前来云阳城住的也是这一间。任老太太住的是第三进的北房，所以第三进的西厢是条件比较好的地方。

才安置下来，五老爷就过来请示任老太太，然后带着五太太林氏和一双儿女去了老丈人家。五房的人来云阳城很少住在别院，大多数时候都住在林家。任老太太尽管心中对小儿子不满，也不想在这会儿闹出什么不愉快，在别人面前丢了任家的脸，摆了摆手就让他们走了。

这么一来，伺候在林老太太身边的正经媳妇倒是一个也没有了，只有方姨娘这么个妾室。

方姨娘换了一身衣裳就打算去老太太身边伺候着，不想任瑶华已经拉着任瑶期先一步去了任老太太面前。见方姨娘来了，硬是没有给她一个插手伺候的机会。

任老太太身边围着好几个孙女，还有个嫡长孙媳妇，又有一屋子丫鬟婆子鞍前马后，倒真的不用方姨娘做什么事。

最后任老太太看了看方姨娘，又看了看任瑶华，还是将方姨娘打发回去了。

其实任老太太精明得很，在任家内宅关起门来，她不介意给方姨娘多几分体面，甚至让她的风头压过李氏这个正室。可是到了外头，世家大族们聚集在一处，她还真不好意思把个妾当正经媳妇使唤。她可以不要这个脸面，任家却丢不起这个人。

所以说任老太太并不是不明白嫡庶之别，只是分场合罢了。

任瑶期听着姐妹几个围在任老太太身边欢欢喜喜地说着去年端阳节的趣事，依旧安安静静地坐在一边，没有插话。

气氛正一片和乐融融，却有婆子匆匆忙忙跑进来禀报道："老太太，燕北王府的马车来了。"

斜靠在炕上闭目养神的任老太太听了，立即睁眼坐直身子："来的是哪一位？"

婆子却看了坐在一旁的任瑶期一眼，回道："就来了一辆马车和一个丫鬟，说是郡主派来接五小姐的。"

屋子里瞬间就安静下来，一屋子人的目光都投到任瑶期身上。

任老太太也看向任瑶期，想了想，脸上带了慈爱的笑意对任瑶期道："既然是郡主来接你的，你就去吧。"

任瑶期没有料到萧靖琳会这么快就来找她，也有些惊讶。听了任老太太的话后，她轻声道了一声"是"，然后起身退出来。

燕北王府的马车停在门口，黑漆青幄，看上去很普通。任瑶期走近了发现马车檐下有燕北王府的标识，一只展翅的雄鹰。

任瑶期下意识地往马车车夫坐着的位置看了一眼，不由得有些失望，赶车的不是冬生，而是一个四十来岁的中年妇人。守在马车旁边的丫鬟迎了上来，将任瑶期扶上马车。

任瑶期出来的时候只带了苹果一人，说是郡主不喜欢太多人跟随，别人也不好干涉她。因郡主没有来，任瑶期让苹果也上了马车。

萧靖琳的丫鬟叫红缨，是个不爱说话的小姑娘，问一句答一句。任瑶期也不是个多话的人，问了两句后就不再问了。她相信这个丫鬟是萧靖琳身边的，主仆两人性子太像了。

马车行了近两刻钟，最后竟停在云阳城中的一个码头上。

溧阳河穿云阳而过，所以在云阳城中也有为数不多的几个码头。不过云阳城内的码头并不是作为民用或者商用而存在的，进城的河口有军队把守，所以大多数情况下城内的溧阳河是没有行船的，倒是有三三两两的妇人蹲在码头的石阶上洗菜洗衣，嬉笑怒骂，市井气息很浓。

今日的龙舟赛也不是在城内的这一段河域中进行，而是在城外。

红缨先一步跳下马车，又转身来扶任瑶期。

任瑶期下了马车就看到靠着河边停着一艘小小的画舫。这种画舫任瑶期在京都的时候曾经见过，富家公子们喜欢坐在里面喝酒听曲儿。燕北倒是很少见。

任瑶期正站在岸边打量画舫，前舱的推门却突然打开了，萧靖琳从里面走了出来。

看到任瑶期，萧靖琳脸上表情依旧淡淡的，问道：“你怕水吗？”

任瑶期摇了摇头，沿着岸上的石阶走下去。石阶上临近水面那一阶上有几片烂菜叶子，甚至还有些鱼鳞之类的污秽之物，走下去就能闻到一股水腥味，说不上好闻，也说不上难闻。

萧靖琳伸手拉了任瑶期一把，将她拉上画舫。画舫虽然不大，舫身却很稳，任瑶期踏上去的时候连晃都没有晃一下。

画舫里只有一个与红缨差不多打扮的丫鬟，并没有别人。

任瑶期有些好奇地打量了一下四周，里面还算宽敞，至少能容下八九个人，当中布置着几张矮几和软垫，还有一些日常用具。除此之外，倒也没有什么特别的。

萧靖琳这人面容虽然冷，却一直牵着任瑶期，引着她在软垫上坐下后才放开手，怕她在船上走不稳。

“这画舫是二哥让世子在京都买的，一共买了三艘。昨儿才第一次下水。我听说你来了，想着你可能没有坐过这玩意，便让人接了你过来。”萧靖琳看着任瑶期淡声道。

任瑶期正四下里打量，闻言冲着萧靖琳一笑：“多谢郡主，我还真没有坐过这个。”

萧靖琳打量任瑶期几眼，也笑了：“还好你上来没晕，昨儿我母妃一上来就吐了，吓得祖母她们都不愿意上船，所以二哥就将这座画舫给我了。”言语中竟是带着一丝少见的顽皮。

北方少河流，所以燕北人没有南人会水，大多数人也都坐不惯船。任瑶期虽然没有坐过画舫，却是坐过船的。

画舫在内城河道中缓缓驶过，河岸上有不少人驻足看过来，先不说这画舫在燕北难得一见，敢在内城行船的也没有几个。任瑶期今日沾了萧靖琳的光，被人指指点点了一路。

萧靖琳面不改色，对船外的动静并不在意。任瑶期也是个坐得住的，何况她坐的位置背光，外头的人很难看清楚她的真容，压力不大。

画舫在靠近一座横跨河道的大石桥的时候，砰的一声，有什么东西砸在了画舫上。

两人原本都没有在意，不想紧接着又是砰砰接连两声。

任瑶期看向萧靖琳，有人砸画舫？

萧靖琳看了一眼跪坐在一旁烧水沏茶的丫鬟。红缨立即就站起来，利落地起身走出画舫。

萧靖琳坐着没动，任瑶期也没动。

不多会儿红缨就回来了，正要开口禀报，外面却响起一个女子的声音："萧靖琳，城内河道不许行船你不知道吗？还是仗着自己的身份明知故犯？"

这声音听起来很年轻，应当与萧靖琳差不多大，语气带着不加掩饰的嘲讽和不悦。

显然外面的女孩子与萧靖琳是认识的，不过任瑶期有些好奇在燕北谁家的姑娘敢这么跟燕北王府的郡主说话。

萧靖琳听了这话表情不变，似乎也没有出面的打算，只淡声吩咐红缨道："吩咐船娘从北面的闸口出城。"

红缨半点犹豫也没有就又转身出去了，任瑶期坐在画舫中还能听到红缨跟船尾的船娘说话的声音。

另一个丫鬟将茶水沏好，给萧靖琳和任瑶期各倒了一杯。

站在桥上的那位被忽视的女子却很生气，声音也越加大了起来："萧靖琳，你有没有听到我的话！赶紧给我出来！城内两道水道闸口是给你随便游玩的吗？燕北王府的脸面都让你给丢尽了！萧靖岳，你还不快将她的船拦下来！"

萧靖岳？萧家三公子？

"表妹，你有所不知，这画舫是二哥特意让世子从京都运回来的。别看它小，一座画舫的价钱够买一座大宅子了。不是三哥不拦着，三哥是没胆子拦，坏了我可赔不起。”男子悠闲的声音缓缓响起，却是火上浇油。

“瞧你这点出息！你们去给我把船拦住，船坏了算我的！”女子有些骄横地道。

几个唯唯诺诺的声音响起，应该是女子转而吩咐自己的随从了。

这时候任瑶期已经能猜到这女孩子是谁了，公主出身的老燕北王妃只生了一个女儿萧微，嫁给了宁夏总兵吴萧和。萧微也只生了一个女儿。外头那位敢跟萧靖琳叫板的应该就是萧微的女儿，燕北王府的表小姐。

这位吴小姐瞧着也不是个省油的灯呢。

任瑶期正琢磨着这一家子复杂的关系，却听到船壁上又是几声磕磕碰碰的声响，然后船身竟然晃起来。

任瑶期没想到外头的人还真的敢动手，一时没有防备，身子撞到矮几上。

矮几上的茶碗被撞得一晃，刚刚沏好的滚烫茶水眼瞧着就要洒到任瑶期身上，坐在旁边的萧靖琳眼疾手快地一把将任瑶期拉过去，茶水顺着案几的边角流到船中的地衣上，洇湿一块，还冒着热气。

“小姐，您有没有烫到？”站在对面的苹果刚刚差点摔倒，站稳了之后忙扑过来，担心地问。

萧靖琳也关心地看过来。

任瑶期摇了摇头：“郡主及时将我拉开了，没有烫到。”

外头响起扑通一声落水声，有人惊呼。

“郡主，是他们用竹竿将我们的船娘打下水了。”红缨探头看了一眼，回头回道。

桥上的人不知从哪里找来了竹竿，将船娘打下水后，不让她上船，还用竹竿支着画舫外壁往一个方向使力。

任瑶期感觉原本船头对着桥洞的画舫突然打横起来，因为换了个方向，桥上的情形也能看清楚了。

一个身穿紫色衣裙身材高挑的女子立在桥栏边上，嘴角微微勾起，看着这边，似是对船上之人的狼狈十分满意。站在她身边的是个面容俊美的少年，摸着下巴懒洋洋地看着，一副看好戏不插手的模样。

还有三四个仆妇随从人手一根一丈来长的竹竿，正在往画舫上使着劲儿。

稍远一些的地方还站着些普通百姓，不明所以地凑热闹。不过瞧这阵势，谁也不敢胡乱出声。

画舫在河面上打转，任瑶期觉得自己的头被晃得有些晕。

萧靖琳终于站起了身："你们在这里看着任小姐。"说着就往舱外走去。

"郡主，小心别掉进河里。"任瑶期去拉萧靖琳，没有拉住。

萧靖琳点了点头，反过来安慰任瑶期："别担心，我会水。"

任瑶期欲哭无泪，这与会不会水又有什么干系？她一个女子，还是堂堂郡主，掉进了河里，难道还要当着众人的面自己游上岸吗？

萧靖琳却已经出了舱门。任瑶期发现即便是在画舫不稳的时候，萧靖琳的步子也没有受到影响，依旧稳稳当当的。任瑶期这才想起来萧靖琳与她们这些普通女子不一样，是会功夫的，不由得安了些心。

任瑶期也不管外头的人能不能看到她，忙坐到靠窗边，看着出了舱的萧靖琳。

萧靖琳一把抓住一根伸到自己面前的竹竿，狠狠地往自己胸前一带，也不见她怎么用力，竹竿那一头的一个膀大腰圆的中年婆子就横飞着被带离了桥，然后扑通一声掉进了水里。

另外几个婆子见状有些怕了，想要后退。那紫衣姑娘立即冷了脸，一把将靠近自己的一个婆子手中的竹竿拿到手上，然后朝着这边挥过来。她却不是跟那些婆子一样朝着船身招呼，而是直直地奔着萧靖琳来了。

萧靖琳抬手用自己手中的竹竿将她那一竿子给挥了回去，紫衣姑娘手腕一转避开了，然后又立即挥了过来。两人竟然一个站在桥上，一个站在船头，打了起来。

任瑶期看了一会儿也看出了些门道，桥上那位穿着紫色衣裙的表小姐竟然也是会拳脚功夫的，且因为她站在高处占了地利上的优势而暂时没有露出败绩。

任瑶期有些头疼，这算是什么事儿啊。

"表姐，你这是什么意思。"萧靖琳终于出声说话，声音依旧是淡淡的，这还是她从一开始到现在对桥上之人说的第一句话。

桥上的女子冷哼一声："既然你叫我一声表姐，我就要管管你，免得你不知道天高地厚，仗着燕北王府的势，到处丢人现眼！”

任瑶期以为依着萧靖琳的性子，她又会默不吭声，不想却听到萧靖琳淡声道：“既然你也说了我丢的是燕北王府的脸，那与你又有何干？你要改姓萧？”

任瑶期忍不住想笑，觉得自己还是不够了解萧靖琳……

“你……”紫衣姑娘被这么一句话气得脸色都有些扭曲了。

旁边却有人扑哧一声笑出来。

紫衣姑娘面色一冷，立即转头，却被萧靖琳一竿子打在了手臂上。

那一声响，任瑶期都忍不住疼了一下。

紫衣姑娘疼得脸色一白，却一时没有转过头来顾萧靖琳。

任瑶期朝桥上看去，也是一愣。

不知什么时候桥上又站了三人，其中勾唇斜靠在桥栏杆上那位身材修长剑眉星眸的少年正是云文放。

这一阵子云文放说是在任家，却总是神龙见首不见尾，也不知道在忙什么，自从丘韫回了书院，他自个儿在任家后院里厮混不太方便之后，更是连影子也难见，也不知道是什么时候回的云阳城。

云文放这时候也看到了窗边的任瑶期，不由得眼中一亮，站直身子，还朝着这边眨了眨眼。

“郡主，吴姑娘。”与云文放一起来的一个书生打扮的少年作了一揖，声音如泉水般清冽动听。

等他抬起身来的时候，任瑶期见到他的脸也不由得暗赞一声。

这位公子容貌十分出众，在任瑶期见过的男子当中，除去萧靖西这个不算人的谪仙以外，这名男子的容貌无疑是最好的。且他身上带着一股浓浓的书卷气，不似云文放身上那种咄咄逼人的霸道气质，让人如沐春风。

面对这样的男子，一般的女子都要自惭形秽。

于是紫衣姑娘悄悄将手中的竹竿放下，低头捂着自己刚刚被萧靖琳敲中的手臂，讷讷地唤了一声：“云公子。”脸上竟然有了些红晕。

刚刚那个挥着竹竿气势汹汹的姑娘立即就变了个人，恢复成了名门淑媛，还是个刚被人欺负了的名门淑媛。变脸神技令人叹为观止。

云文放看了看那书生打扮的少年，嘴角依旧挂着他的招牌笑容，却带了些揶揄的神色。

任瑶期反应过来，这声“云公子”叫的并不是云文放，而是这位书生模样的少年，云文放的哥哥云文廷。

任瑶期从前曾经见过云文廷，只是时日久远，有些记不清他的容貌了，依稀记得相貌很好。

从前任瑶音就是给云文廷做了妾，至于云文廷的正妻是谁，任瑶期没有印象。

萧靖琳看了突然出现的三位男子一眼，淡淡地点了点头，算是打了招呼。她没有像那位吴小姐一样将手中的竹竿藏起来湮灭罪证，反而伸到河水里将船娘捞了上来。

架是打不起来了，场面却有些尴尬，只能听到划水声和船娘喘气的声音。

还是一直站在桥上看热闹的萧靖岳的视线在云家两位公子脸上掠过，然后停留在另外一位瞧着面生的少年脸上，嘴角含笑：“你们怎么在这里？这位是……”

众人也将视线投到那位面生的少年身上，只见他面容清秀，举止带着一般贵族公子的优雅闲适，身上的衣饰虽称不上华丽，布料却是极好的。这应该是一位出身世家的公子哥。

不过云阳城里，甚至整个燕北名门世家里的公子们大都是相互认识的，这位与云家两兄弟一起出现的少年却没有谁见过。

那位少年见众人看他，脸上露出一个灿烂的笑，一对酒窝在他脸颊上微微显现。

“我是雷震，前不久才从江南来的。”

“雷？”萧靖岳打量着雷震，摸着下巴沉吟。

云文放嗤笑一声，斜睨着萧靖岳道：“他是雷霆的弟弟，萧三公子应当也认得他哥哥才对。”

萧靖岳恍然大悟，点头道：“我就说怎么瞧着有些眼熟，原来是雷家的小子。”

那少年见众人谈论自己，咧嘴一笑，朝着众人作了一揖。

“那个当年南迁的燕北老世家雷家？”吴小姐总算找到机会插话了。她打量了雷震几眼，有些好奇地道，“不是说雷家当年在南迁的时候遇到辽人军队，全族都被辽人杀了吗？怎么又冒出来一个雷家？”

她说话这么直接，雷震倒是没有介意，还好脾气地解释道：“我的曾祖父当年在南下的路途中正好生了病，所以没有跟着雷家众人走，而是比大家晚了两日的行程。等追上去的时候，雷家的人都已经……”毕竟是自己家族的血泪史，虽然年代已经久远，少年的眼中还是有些黯然。

云文廷伸手拍了拍他的肩膀，雷震点了点头，回他一笑，表示自己无事。

当年雷家是燕北最大最古老的世家之一，雷氏一族中曾出过无数的圣贤和朝廷高官，连现在号称燕北第一世家的云家都无法与之相较。

任瑶期也在琢磨这个雷家，不知道为何从前她对这个雷家似乎没有什么印象。原本她还以为是个已经落魄了的家族，这样她没听说过也是正常，可是今日瞧着雷家两兄弟能与这些人混在一起，雷家不像是落魄了的。

这边云文廷正站在桥上与萧靖琳说话。

“郡主下午会去看赛龙舟吗？”

萧靖琳将船娘打发进船舱换衣服，淡淡点了点头当作回答。

见她态度冷淡，云文廷似是已经习惯了，所以并不以为意，温声道：“我们有一艘大船，到时候可以跟在龙舟后面观看。靖西也会来，郡主要一起上船吗？”

萧靖琳还未说话，一直在旁边没走的吴小姐瞪了萧靖岳一眼，猛朝他使眼色，萧靖岳先是一愣，然后看了云文廷和萧靖琳一眼，猛然领悟。

“咳，我说云大少，你也不能太厚此薄彼吧？你光请了我二哥？对我们这些无关紧要之人就视而不见？”

正在等着萧靖琳表态的云文廷闻言一愣，他和萧靖西、萧靖琳兄妹算得上是表兄妹的关系，而萧靖岳与苏家的人走得更近些，与他们不过是面子情，很少能玩在一起，所以他才没有问萧靖岳要不要去。

不过云文廷这种大家公子是不会在大庭广众之下让人难堪的，所以他很快就冲着萧靖岳点头微笑：“若是萧三公子肯赏脸，自然是求之不得。”

说着，云文廷又看向吴小姐，礼貌地道：“吴小姐若是得空，也一起来吧。”

萧靖岳朝着吴小姐眨了眨眼。

吴小姐这会儿倒是矜持起来，低头扯着裙摆上的压裙轻声道："等我回去请示了外祖母再说。"

云文廷点了点头，遂又看向萧靖琳。

萧靖琳淡声道："等会儿我和瑶期坐画舫去，船上人太多。"

众人又将视线投向画舫内，任瑶期已经坐进去了，外头的人只能看到一个模糊的侧影，瞧着是一个年纪不大的少女，安安静静的样子。

任瑶期想了想，还是没有出舱门，不是她不礼貌。她不是萧靖琳，现在是在船上，与外头的人也大多不认识，实在不是一个与人相识见礼的好机会。而且站在船头万一没站稳摔到河里，后果得自负。

云文廷看着萧靖琳，似是张嘴想说什么，想了想还是作罢了，只温声交代道："那郡主要注意安全，尽可能跟在我们的船后吧，也好照应。"

萧靖琳瞥了桥上的女子一眼："画舫很稳，除非有人故意捣乱，否则绝不会出事。我会好好防范的。"

这时候船娘已经换了一身干爽的衣裳出来，只有头发还是湿的，用一块厚头巾包着。

萧靖琳朝她吩咐道："走吧。"

船娘应了一声，去了船尾掌舵。

萧靖琳对着桥上的人点了点头，转身就要回舱。

云文廷正想说话，斜倚在桥栏杆上的云文放却先一步开了口："郡主，过些日子的千金宴我祖母给你准备了些东西，你什么时候过府来看看？"

云文廷有些惊讶地看了云文放一眼，似是对他主动向萧靖琳搭话有些惊讶。萧靖琳性子冷淡，云文放少爷脾气，虽然说不上是相看两厌，但两人向来是谁也不搭理谁的。不过他没有说话，只看向萧靖琳。

萧靖琳脚步一顿，回头看了云文放一眼，也有些惊讶，想了想还是点头回道："过几日得空了就去。"

云文放挑眉一笑，看了船舱一眼："郡主不妨带着任家小姐一起来吧，我在白鹤镇的时候承蒙任家照顾，任三老爷还教过我下棋，我娘也想见见任家的小姐。"

萧靖琳点了点头："我会问问她的意思。"说着就进了船舱。

云文放的视线一直停留在画舫上，这回没有人捣乱，画舫顺利地通过了桥洞，渐渐驶远。

回头对上云文廷探究的目光，云文放面不改色，然后看向还没有走的吴小姐和萧靖岳，脸上带了些似笑非笑的表情："两位是要在这里看风景？"

一直看着云文廷的吴小姐脸上有些挂不住地一红，低头轻声道："我……我们也走了。"

两方人马相互告别，一个向东，一个向西。

过了桥洞之后，画舫一路上畅通无阻。

"抱歉，让你受惊了。我没有想到会遇上他们。"萧靖琳在画舫里坐下之后，对任瑶期道。

任瑶期摇头："我没事。"

萧靖琳想了想，还是对任瑶期道："刚刚那名女子名吴依玉，是我姑母的独女，素来与我不和。今日你与我在一起……以后你若是遇上她，就尽量避着些，别让自己吃亏。"

任瑶期失笑："你还担心她会殃及我这个池鱼？放心，我在云阳城待不了几日，也不怎么出门。过几日就跟着长辈们回白鹤镇了，怕是没有机会遇上这位吴小姐。"

萧靖琳觉着也对，便点了点头，不再说什么。

画舫沿着城内河道往北而行，行了大约一炷香的时辰就渐渐慢下来，外头传来船娘与人的说话声，应该是到出城的闸门处了。这里有人驻守。萧靖琳从衣袖里翻出来一张手谕一样的东西，给自己的丫鬟，让她拿出去。自己坐到窗边。

外头的守军自然知道能这样明目张胆走北闸门的肯定是王府的人，所以例行公事盘问的时候也很礼貌，等看到丫鬟拿出去的手谕之后，又一眼瞥到坐在窗边的萧靖琳的侧脸，立即行了个礼，吩咐手下将闸门打开放行。

画舫顺利从内城河道出了城，行船的河道也渐渐宽阔起来。阳光洒在宽广的河面上，就像是洒了一层细碎的金光，粼粼耀眼。从窗外吹进来的风带着些水腥味的湿气，说不上是好闻，却让人觉得神清气爽。

直到萧靖琳吩咐道："就停在这里吧。"

任瑶期收回视线，看向萧靖琳。

萧靖琳难得露出微笑："今日在你来之前，我钓了几条鱼，已经让酒楼的人给收拾好了，中午我们在这儿吃便锅吧？"不知为何，任瑶期觉得萧靖琳说起吃的来，眼睛亮亮的，虽然她语气依旧是淡淡的，任瑶期却感到她是高兴的。

"好啊。我已经好久没吃过这个了。"任瑶期笑着道。

便锅是一个中空的铜器，中空的部分用来放置炭火，外头那一圈大"肚子"用来装汤。汤烧开之后，就可以将生肉或者菜放到里面烫熟了吃。

燕北的平民百姓们冬天常吃这个，保暖又方便，一家人围坐一桌也热闹。世家贵族们也有偶尔吃这个的，动手的都是伺候的丫鬟们。若是用来摆宴的话，就是每人面前一口便锅，也可自己动手。

画舫停在岸边。红缨和另外一个丫鬟从外头陆续捧了东西进来，有铜锅、炭火，片好的鱼肉、羊肉，肉丸，还有些配菜。比起任瑶期以前在家里吃的要简便得多。

等汤锅一端进来，整个画舫里就充斥着让人食指大动的香味。

任瑶期的眼睛也亮了起来。

萧靖琳一边自己动手摆碟子，一边道："汤头是我让人去醉仙居弄来的。"

醉仙居的便锅是整个燕北闻名的，不过……

"我记得醉仙居好像不卖外食？"任瑶期好奇地问道。

萧靖琳无所谓地淡淡道："哦，我让护卫直接去他们后厨抢的。不过是一锅汤罢了，又不是不付银子。"

"……"

萧靖琳对众人的脸色毫无所觉，皱眉吩咐丫鬟道："我要辣椒酱，不要芝麻酱。"

任瑶期看着萧靖琳的样子，突然笑出了声，将自己面前的底料放到萧靖琳面前："这个给你，我们换。"

萧靖琳挥手让丫鬟们退下，不让她们帮忙布菜，自己动起手来。她今日穿的衣裳是箭袖的，所以行动起来很方便。她也不招呼任瑶期，自己将新鲜的鱼肉下到锅里，来回涮了两下就放到碗碟里吃起来。

任瑶期的衣袖却是阔袖的，动起来不是很方便。苹果凑上来道："小姐，奴婢伺候您。"

任瑶期摇了摇头，慢条斯理地夹了几片鱼片，跟平日里练字作画一样用左手捋起右手衣袖，烫起肉来。

她做起这个动作来就跟写字画画一样风雅，偏偏烫肉的动作却很熟练，十分的怡然自得。

萧靖琳不由得停下手中的动作，惊讶地看了任瑶期一眼。

任瑶期朝着她眨了眨眼，然后将鱼肉送进口中。

等到任瑶期再去夹肉的时候，萧靖琳反应过来，不甘落后地继续吃起来。

萧靖琳吃饭还是与上次一样，快得很，让看着的人也不由得食欲大增。

两人默不作声，埋头吃饭，吃得香汗淋漓，十分痛快。

等桌上的东西快吃完的时候，萧靖琳忍不住对任瑶期笑道："这次吃得真痛快。"

任瑶期笑："多谢郡主每次吃好吃的都想到我。"

上次两人见面，萧靖琳带着她去吃卤驴肉，这次又是吃抢来的便锅。都是特别的体验，让人很难忘怀。

萧靖琳心情不错，话也多了些："你和她们不一样。"

任瑶期不由得挑眉："怎么不一样？"

萧靖琳偏头想了想，有些孩子气地将眉头皱了起来："与你吃饭很舒服。还好今日我是叫了你来，若来的是萧靖西，定是比个娘儿们规矩还多！让人看他吃饭就能饱了。"

面对萧靖琳的吐槽，任瑶期只能装作没有听到，虽然她心里其实笑得不行。

不过她还真想象不出萧靖西满头大汗吃便锅的模样。她觉得他就应该不吃饭，不上茅厕，每日闻闻香火就行了。

两人吃完饭，东一句西一句地说了会儿话，任瑶期突然听到不远处的河面上似乎传来鞭炮和擂鼓的声音，不由得有些奇怪地往外看了看。

萧靖琳道："是赛龙舟要开始了，我们的船也过去吧？"

任瑶期点了点头："我还是第一次来，郡主做主就好。"

"萧靖琳。"萧靖琳挥手让丫鬟去吩咐船娘将船划过去，然后转头对任瑶期道。

任瑶期先是一愣，随即明白过来，笑着点头道："无人的时候我叫你靖琳，你唤我瑶期，可好？"

萧靖琳嘴角微勾，露出了一个淡淡的笑："好。"

龙舟赛的赛场每年都是一样的，起点和终点都在岸上搭了高台，上面装饰着红绸和灯笼，以及座椅案台。画舫再行了一刻钟后，任瑶期就看到了案上的高台。

萧靖琳让船娘将画舫停在靠着岸边的一个视野好的位置。任瑶期往窗外看去，能看到高台上韩老爷子和一个与他年纪相仿的老者正坐在上头相谈甚欢，那老者正是苏家老爷子。任老太爷也在上头，不过并不像韩老爷子一样坐在上首。

任瑶期在画舫上，不能听到高台上人的对话，不过看情形也知道苏家的老爷子和韩老爷子很投缘，之后苏老爷子还将韩老爷子引见给不少上前打招呼的人。

任老太爷虽然正与任大老爷说话，却也一直注意着那边的情形。然后任老太爷似是交代了任大老爷几句，任大老爷便走去与韩老爷子和苏老爷子说话。再之后苏老爷子和任大老爷似是说到了什么有趣的事情，哈哈大笑起来，还让人将任老太爷也请了过去。

任瑶期坐在画舫中一眼不眨地看着，眉头却不由得皱了起来。

之前任家出于谨慎，所以重新考量了任瑶华和韩云谦的婚事，可随着韩家在燕州越加站稳了脚跟，依着任老太爷的脾气，旧事重提也极有可能。任瑶华依然有可能重蹈覆辙。

这时候又有几人从岸边的台阶上了高台。高台上有不少人与走在前面的那人打招呼，另外有些人即便没有刻意上前去打招呼，视线也若有似无地往那人身上去，还有人交头接耳。

任瑶期下意识地去打量那个走在前面的男人。只见那人大概二十五六的年纪，面容英俊，身材与大多数燕北人一样十分挺拔，穿着一身藏青色的素面袍子，越发显得气质成熟稳重。

任瑶期正在猜测此人的身份，转眼却看到有一名少年紧跟在这名男子身侧，仔细一看，正是之前在内城河上看到的雷震。任瑶期不由得心中一动，想到此人有可能是雷震的兄长雷霆。

任瑶期不由得又将视线停留在那名男子身上，见他面容虽然严肃，但在应对众人时也是长袖善舞、游刃有余。任瑶期仅仅是远远看着，也能从这个男人极少的表情和举手投足之间看出他是一位掌控能力很好的人。看着他年纪虽然不大，却能给人一种稳重可信的感觉。

与诸家家主们所在的高台相邻着的是几个搭建得很稳妥的凉棚，右面的两个是诸家公子少爷们的，左边的两个则是各府的太太小姐们的。任瑶期看到任老太太带着任家几位小姐去了左边第一个凉棚。

任瑶期正一边看着，一边想事情，萧靖琳拍了拍任瑶期的肩膀。

任瑶期转头正好对上萧靖琳那双总是淡然无波的眸子。

“你要不要去见见你外祖母？”萧靖琳问道。

任瑶期一愣，顺着萧靖琳的目光看去，正好看到一位夫人带着两个丫鬟打扮的女子从停在河岸上的马车里下来，正往凉棚的方向走去。

任瑶期看着那位神态安详面带微笑，即便穿着朴素也无法掩饰高贵气质的夫人，一时之间愣怔无言。

那是她的外祖母，出身高贵的前献王妃。

献王妃原本已经经过第一个凉棚，往第二个凉棚走去了，她身后的丫鬟回头看了一眼，上前与献王妃说了几句话，献王妃便停住脚步，转身往第一个凉棚看过去。

任瑶期也转眼，正好看到了任老太太身边的桂嬷嬷正在凉棚外头交代一个丫鬟什么事情。

献王妃只回头看了一眼，便没有犹豫地往第一个凉棚走去。献王府的丫鬟叫住桂嬷嬷，然后桂嬷嬷领着献王妃进了凉棚。

任瑶期一看就明白了，献王妃是去见在第一个凉棚里的任老太太。依着献王妃以前的身份，其实应该任老太太来见她的。

其实相比于她母亲李氏那刻在自己骨子里的宗室郡主的矜持和骄傲，她的外祖母更看得开一些，也更能接受和融入普通人的生活。

可是任瑶期却觉得，皇室中人的风度，她母亲只学了个皮毛和形式，而外祖母身上的才是真正让普通人打从骨子里自惭形秽的宗室气度。生活上再如何拮据，也无法撼动分毫。

这其实也是任老太太不喜欢见献王妃的原因，明明坐在高位上趾高气扬的人是她，却怎么也无法在献王妃身上获得半点优越感。

任瑶期想了想，对萧靖琳道："等我外祖母出来，我再去见她。"当着任家那些人的面，任瑶期对外祖母也说不出什么话来，她也笃定献王妃在那里待不了太久。因为任老太太不欢迎她。

萧靖琳点了点头，低声吩咐丫鬟让船娘准备靠岸。

献王妃没有在第一个凉棚待太久，不多会儿又带着丫鬟出来了。献王妃的脸上如常，与来时无异，只是她身边跟着的丫鬟脸色有些不好看。

这时候画舫已经在岸边停下来，任瑶期起身道："我去见见外祖母。"

萧靖琳点头："我在画舫里等你。"

任瑶期笑着应了，然后扶着苹果的手下了画舫。

任瑶期带着丫鬟径直进了左边第二个凉棚，这时候已经来了不少的太太小姐，各自都在小声交谈。任瑶期一眼就看到了献王妃。

献王妃坐在一个不太起眼的角落，周围的人也没有主动上前与她说话。她脸上挂着恬淡的微笑，正端着茶碗优雅地品茶。

"外祖母。"任瑶期上前行礼。

很显然，任瑶期的突然出现让献王妃惊讶了一番，不过她很快就高兴起来，将手中的茶碗放下，微笑着看向任瑶期："是瑶期吗？都长这么高了？"

容氏上下打量着任瑶期，目光温柔又关切，不过她把握得很好，并未表现得很急切很热络，甚至没有主动将任瑶期招过去，像是别的长辈表达喜爱的那样摸摸头摸摸手之类的，只是这么温暖地看着。

任瑶期主动走到献王妃容氏身边站着，露出一个灿烂的笑容："外祖母，母亲要我向您问安，向外祖父问安。”

容氏示意任瑶期在自己身边的座位上坐下，笑着柔声道：“我们很好，都很好，你回去让她不要记挂，自己好好过日子。我刚才还瞧见你姐姐了，她也长高不少。”

任瑶期在容氏身边坐下，陪着容氏有一搭没一搭地说话。容氏虽然有些奇怪任瑶期现在比以前活泼了，却也很高兴看到外孙女的变化，与任瑶期说话的时候一直带着温柔的微笑，让人看着就觉得很温暖。

正说着话，任瑶期看到凉棚门口有人走过，随意看了一眼，却看到了韩云谦，而与他并排走着的是之前任瑶期猜测是雷家大少爷的那位男子。

见任瑶期看向外头，容氏也看了过去。那位青年男子十分敏锐，立即就朝这边看了过来，见是两位陌生的女眷，他点了点头。韩云谦也往这边看过来，见到任瑶期的时候，目光微顿，也礼貌地点了点头。

“那位身穿白衣的就是韩家少爷？”容氏问任瑶期。

容氏之所以会知道韩云谦，是因为任瑶华的亲事。李氏定是写信和容氏细细诉说了这件事情的始末。而容氏第一次看到韩云谦就能想起来，也必定是对韩家人有过一番注意。

任瑶期点了点头：“是的，外祖母。”

容氏瞧着两人离去的背影若有所思，沉吟片刻，似是想要开口说什么，最终却又咽下了。

倒是任瑶期开口问道：“他身边那个人又是谁？瞧着眼生。”

其实云阳城的人对任瑶期而言大多数都瞧着眼生，但是容氏没有计较任瑶期的话，反而很耐心地回道：“他姓雷，是雷家的当家。前阵子才搬回燕北。”

任瑶期点了点头：“原来如此。不过雷家的当家这么年轻吗？”任瑶期有些疑惑不解。

这次任瑶期倒不是装的，而是真的不解。对于雷家，她总感觉到有些奇怪。

不说别的，以雷家在燕北世家中的地位，以及雷霆这么年轻的当家人，即便她当时没有听说过，之后也应该能听到些风声，可是为何她对雷家没有半点印象？

容氏想了想，叹道：“雷家一脉如今只剩下雷氏兄弟两人，所以也只有雷霆能当这个家。”

因为周围没有旁人，容氏见外孙女对雷家的事情好奇，便与她说起了雷家的事情。

这位雷家家主算得上一位青年才俊，十八岁开始执掌雷家，短短几年间为雷家积攒了不少的家底，所以，如今回到云阳城也不再像十几年前那样寒酸。如今的雷家已经今非昔比。当年雷家才从南边迁回来的时候基本上是没有什么财力的。

雷家初回云阳城，原本要在这里重新立足是需要花费不少时间的，不过雷霆这位青年家主手段高超，能力出众，再加上雷家老牌世家的地位，雷家在极短的时间内就重新打进了燕北世家门阀内部。

容氏的言辞之间对雷家的前景十分看好。

任瑶期听着容氏的叙述，却总觉得有什么地方不对，不由得沉思起来。

外头又响起擂鼓声，有不少俊俏丫鬟手中捧着一个笸箩进来，挨个儿找各位小姐太太们要彩头。

与上一次的冰嬉比赛一样，依旧是押哪一队获胜。

只是下水的龙舟皆是云阳城各个家族派出的，就比如燕北王府、云家、苏家、林家等都有派自己的龙舟参赛。一般而言，各家族除了支持自己家族派出来的龙舟之外，也顺手打赏别人的船。

在这种场合，赛龙舟其实算得上是一种胜负不较的运动，真正的重在参与，谁家也不是真的奔着夺冠去的。因为不出意外的话，每年的冠军都是燕北王府。

所以尽管外头热闹，真正注意赛事的却没有几个，众人都在忙着联络感情。任瑶期对这个也不怎么感兴趣，只在那讨彩头的丫鬟过来的时候掏出原本准备好的银子当彩头。

守在外头的苹果跑了进来道：“小姐，郡主身边的红缨姑娘来了，说是郡主刚刚已经登了大船，若是您出去，就去大船上找她。”

萧靖琳所说的大船应该就是之前遇到云家兄弟的时候，云文廷提起的那艘。

任瑶期点了点头，示意苹果去回话说自己知道了。她并没有立即告辞，想要多在这里待会儿，听容氏和她说些云阳城里各家的典故。

倒是容氏问道：“你与燕北王府那位郡主很熟？”

任瑶期想了想，其实她与萧靖琳总共只见了三次面，实在是算不上很熟，不过两人相处又确实很融洽。见多了钩心斗角，任瑶期很喜欢萧靖琳这样的性格。

“我与郡主只见过几回，不过比较投缘。”任瑶期如实道。

容氏点了点头，也不惊讶：“难怪。既然郡主相邀，你就去吧。你在云阳城不是还要待上几日吗？若是得空了，就去看我和你外祖父。”容氏看着任瑶期，笑容慈祥。

任瑶期正想说什么，苹果又转了回来。

“小姐，郡主派人来邀请您去大船。”

任瑶期闻言不由得有些惊讶，之前红缨不是才来过吗？而且红缨也没说萧靖琳让她立即就过去。怎么红缨前脚才走，又派了人来？

“来的是谁？”任瑶期问道。

苹果道：“是郡主身边另外一位叫红绡的姑娘。”

容氏笑着道：“去吧，船上风景好，你头次来看龙舟赛，出去瞧瞧也好。”

任瑶期想了想，还是顺从地起身告辞。

“对了，夏生就快回来了，昨日你舅舅接到了他的信。”容氏在任瑶期出去之前，告诉她。

任瑶期闻言心下一喜，夏生这次南下是为她查韩老爷子去了，不知道有消息了没有。原本依照行程，夏生应该已经回来了，只是他临时传信回来说要耽搁一阵，所以推迟了回云阳城的日期。

任瑶期道别容氏出来之后就看到了等在外头的红绡。见到任瑶期，红绡行了一礼，然后二话不说就带着任瑶期往河边去。

在之前停着画舫的不远处的河岸上，停着一艘扎满了彩绸的船，与京都的那些个官船样子相仿，个头不小，有两层。

到了船边，上面就有人架了船梯过来。红绡扶着任瑶期上船。萧靖琳的丫鬟应该也都学过武，红绡下盘就很稳。因为船梯并不宽，所以她拉着任瑶期上船的时候是倒着走的。

任瑶期才一上到船的甲板上，就听到一个熟悉的声音。

“五小姐。”

给她们放船梯的人原来是冬生。

任瑶期朝着他点头笑了笑：“郡主在哪里？”

既然冬生在这里，那萧二公子应该也来了。

“任五小姐请随小的来。”冬生连忙给任瑶期引路。

这艘船中间的船舱部分原本是一间间的房间，如今中间那些格挡都被拆了，整个船舱便成了一个大大的花厅。

任瑶期一路走过来，听到从里面传来的说笑声，以及丝竹声，很热闹。

不过冬生并未带着任瑶期去那个大花厅，而是转了半圈后往上面一层去了。

“五小姐，小的这些日子翻了王府里的地方志。”冬生突然轻声说道。

任瑶期脚步一顿，然后继续前行：“有没有查到什么线索？”

冬生摇了摇头，面露疑惑：“小的将近百年的县志都翻了一遍，燕北姓瞿的人家倒是找到了几户，只是瞧着都不像是您说的那一家。”

任瑶期闻言有些失望，还是点头道：“辛苦你了。”

冬生瞥见任瑶期的神色，有些愧疚，觉得自己没有帮上忙。

不过这时候他也不好再多说什么，因为地方到了。

上面这一层没有第一层那么大，舱壁都是雕花镂空的，很透风。不过比起下面那一层，这里要安静一些。

冬生上前一步给任瑶期将珠帘掀开，珠子相撞的声音响起，很是悦耳。

任瑶期一进去就看到萧靖西和云文廷两人在对面的窗边相对而坐，正在下棋。

萧靖琳坐在角落的矮几旁，一边饮茶，一边望向窗外，对这边两人的对局漠不关心。

比起下面的热闹，这里很安静，似是隔绝了外头的一切喧嚣，自成一个世界。

似是有所觉，手中捏着一枚棋子的萧靖西首先抬头看过来。因为他半边脸逆着光，任瑶期看不清楚他的表情，只感觉到他往这边点了点头。引得那位云大少爷也偏了偏头。

“瑶期。”萧靖琳冲着任瑶期淡声叫道，示意任瑶期过去与她坐。

任瑶期冲着萧靖西和云文廷那一方屈膝行了一礼，然后才往萧靖琳坐着的矮几走去。

见任瑶期坐下之后打量四周，萧靖琳道：“我们来得早，等会儿这里人怕是会多起来，到时候我们就下船去。”

萧靖琳话音才落，就听到那边云大少爷温和的声音响起：“若是郡主不喜，我让旁人不要上来就是。”

“不必。”萧靖琳说话依旧言简意赅。

那边的云大少没有再说什么，专心棋局。

任瑶期才坐下，外头就有人进来在云大少爷耳边轻声说了几句，因为这里人少，再压低声音也能听到只字片语，所以任瑶期依稀听到了“吴大小姐”这几个字。

那边云大少爷面色平常，挥手让人退下，然后还心平气和地与萧靖西下了几手才道：“有几位客人来了，我下去安排一下。”

云文廷起身出去。

不多会儿，任瑶期又听到起身的声音，然后萧靖西走了过来。

此时，外头突然响起擂鼓之声，鼓声缓慢均匀，就像是在蓄力一般。

任瑶期下意识就往窗外看去，但见十几艇狭长的龙舟铺开在河面上，每一艇龙舟上坐着两排人，大约二十几个，服饰各异，每一艇后还有一人身前架着一鼓，鼓声就是从这上头发出来的。

萧靖琳也偏头看了一眼：“这是要开始了。”

这时候萧靖西正好在她们旁边坐下，闻言微笑道：“文廷下船就是为了开赛吧。”

任瑶期和萧靖琳回头。她们虽然在船舱中，视野却是极好，除了能看到河面上的景象，还能看到岸边的高台。

果然，云文廷这会儿正好已经上了高台，站在云老太爷身后。此外，苏家、任家、韩家的家主也都站在那里，他们齐齐看向某处，姿态十分恭敬，似是在等什么人。

任瑶期心中不由得一动，然后就看到一位身材挺拔的中年男子在几人的簇拥下上了高台。那人面容严肃沉稳，五官温润中带着一股久居上位之人的威严，身上穿着一件墨黑色的绣着四爪螭龙纹的袍子。看到这身衣服，任瑶期就已经猜到此人的身份了——这是燕北王萧衍。

任瑶期第一次见到传说中的燕北王，便多看了两眼。萧靖西和萧靖琳与他并不十分相像，想必是更为肖母。

“哥哥，你不下去吗？”萧靖琳看了萧靖西一眼，问道。

“我不是在这里上的船，他们都不知道我来了。”萧靖西嘴角含着笑意，回道。

高台上都是男子，任瑶期在看向燕北王身后的时候目光微微一顿。跟着燕北王一起来的还有几人，其中一个是萧靖岳。而站在萧靖岳身边的却是一位面容秀丽，个头稍矮的少年。不过任瑶期却认出来那少年是一位女扮男装的姑娘，这位姑娘正好是那位有过一面之缘的吴家小姐吴依玉。

吴依玉跟着燕北王府的人一起上了高台，目光带着些傲然地注视着河面，嘴角泛起的微笑十分矜持。

萧靖西和萧靖琳兄妹两人肯定也看到了吴依玉，不过他们没有任何表示，就跟任瑶期或者这条船上的任何一个人一样，仅仅是在看热闹。

苏家老太爷苏承元双手奉上一个被红绸包裹着的棍子，燕北王右手接过，在手中随意地掂了掂。

萧靖西和萧靖琳两人站了起来，任瑶期虽然没有参加过龙舟赛，不过也二话不说地跟着站起了身。而外头的人皆是目带恭谨地注视着燕北王，不管之前场面如何喧闹，这会儿却都安静下来。

燕北王走到挂在高台前面的一面铜锣前，抬起手在上面猛地一敲。响亮的锣鼓声带着回音轰然一响，似是有着实质一般地一圈圈荡漾开来，整个河面都能清楚地听到。

几乎就在同时，河面上的十几条龙舟动了起来，龙舟上的鼓点也从缓慢变得急切，龙舟和着鼓声箭一般地射出去，争流而上。震天的欢呼声也在这时候响起来。

高台上，众人簇拥着燕北王坐到主位上。

萧靖西和萧靖琳两人又坐下来，任瑶期也入座。她正好看到高台上，原本要下来的云大公子被女扮男装的吴依玉拦了下来。任瑶期装作什么也没有看到地转头看向河面。

这艘大船也动了起来，不过速度却慢了前面的龙舟不少，远远地吊在后面。船一动，河面上带着湿气的微暖的风就明显起来，让人十分舒畅。

萧靖西见任瑶期看得认真，不由得笑问道："谁赢了？"

龙舟与大船的距离已经拉远，任瑶期即便是竭力去看，终究是目力难及，正要摇头说不知，萧靖琳却开口道："目前瞧着第二是雷家和苏家，第三是云家。"

"雷家也有船？"任瑶期不由得一愣。

她这么问并不是看不起雷家，不说任家因为本家不在云阳城，所以每次只是象征性地与别家共用一条龙舟，就连韩家，虽然被苏家邀请筹备这次的龙舟赛，可是因为韩家来燕州不到一年，根本来不及准备自己的龙舟，也只是和一个姓李的人家共用一艘船。

她之前虽然没有看过龙舟赛，却也知道燕北人对龙舟十分讲究，正式下水之前需要不少的工序，没个一年两年是不会真正下水的。所以她才会十分惊讶。

萧靖西看了任瑶期一眼，微笑道："燕北的龙舟制作起来之所以复杂，其实都是因为龙头的工序太过繁复。每一家的龙舟舟身虽然都是放在城外的城隍庙，龙头却由各家自行保管。雷家当年在南迁之时是带着龙头走的，这几十年来保养得很好，所以今年才能下水。"

任瑶期闻言一愣，也看了萧靖西一眼，正对上他漆黑的含着笑意的眼睛。河面上的粼粼波光似是都投影在他的双目中，看久了能晃花人的眼睛。

任瑶期下意识地将目光转移到窗外，立即就感觉到有什么地方很奇怪。她下意识地微微偏了偏头，目光似是落在河面上，外头的擂鼓声又由远及近，那十几条龙舟返了回来。

突然，任瑶期就想到了哪里不对，雷家当年是南下逃命的，带着祖宗牌位家财宝物倒是也说得过去，为何连赛龙舟的龙头也要带上？要知道这玩意着实不小，还十分笨重，怕是要专门空出一辆马车来装。

总感觉雷家这时候拿出龙头是想要证明什么，证明什么？证明自己这一房是名正言顺的嫡脉传承吗？

任瑶期瞧着怎么有些虚张声势的感觉。

“这雷家……势头倒是挺足。”萧靖琳的声音将任瑶期的注意力拉了回来。

任瑶期闻言一怔，下意识地看向萧靖西。萧靖西嘴角含笑看向窗外。这时候那十几条龙舟正好进入他们视线范围之内，除了竖着燕北王府旗帜的龙舟领先之外，在它身后还有三艘龙舟你追我赶，形势胶着。

不知怎么的，任瑶期心中一动，下意识地出口道：“你想用雷家？”

任瑶期话一出口，自己就先愣住了。

从前自己是什么样子她已经快忘记了，可是现在她的性子肯定算不得冒失。

明明萧靖西是一个危险人物，而且即便是两人现在还未有冲突，以后如何却还是很难说的。可是为何她还会这么冲动地当着萧靖西的面说出这么没头没脑的话？

萧靖西也愣住了。

两人就这么愣愣地你看我我看你，谁也不说话。

“咳。”萧靖琳轻咳一声，看了两人一眼，见两人回过神来，就又事不关己地转头去关注外面的赛事，仿佛丝毫没有受到之前的气氛影响。

任瑶期是恼怒的，萧靖西的心情却有些复杂。

两人各怀心思，以致即便回过神来了，也都是一时无言。

“用或者不用，端看有用或者无用。”许久的沉默之后，就在任瑶期以为萧靖西不会想再与她继续这个话题的时候，萧靖西忽然开口道。

任瑶期将萧靖西这句像是绕口令一样的话在心中微微一转，突然就有了一种拨开云雾见月明的感觉。

她之前一直以为燕北王府想要用韩家，如今出了个雷家，实力势头皆不在韩家之下，且因为雷家的当家十分年轻，完全没有其他世家身上那种垂垂老矣的颓势。联想起萧靖西这句话，燕北王府背后可能不止一手。像韩家和雷家这样的人家并不止一家，只是最后比较起来，只有韩家和雷家脱颖而出。背后的其他家族就开始转为暗线。

但是一山不容二虎，燕北王府最终还是需要在韩家和雷家之间做出选择，最后胜出的那一家才会真正成为燕北王府手中的一把刀。

这就可以解释为何从前任瑶期对雷家没有印象了。从前很有可能，在雷家和韩家最后的较量中，雷家才冒出一个头就落败了，笑到最后的就只有韩家。

“燕北王府是不是不会出手？”任瑶期看着萧靖西问道。

她问的是在韩家和雷家的较量中，是不是燕北王府不会出手。虽然她问得含糊，不过她相信萧靖西能听懂。

果然，萧靖西听懂了，他不仅听懂了，连心中那点惊讶也收起来了。

任瑶期的聪慧敏锐和举一反三他不是今日才见识到，再惊讶就显得大惊小怪了。

明明这种事情不应该从他口中透露出去，可是不知道为何，萧靖西没有半分懊恼。

“不会。”他喝了一口茶，斩钉截铁地回道。

意料中的答案。

任瑶期忍不住叹息一声。

萧靖西却笑了，睨着任瑶期道：“雷家也不见得就会输。”

他自然知道，任瑶期不希望燕北王府最后挑中韩家。所以在韩家和新冒出来的雷家之间，任瑶期更希望雷家能胜出。

任瑶期忍不住苦笑，因为她知道雷家一定会输，且在两家还未真正对垒之前就输了个一败涂地。

第十七章

心　意

这时候河岸上传来一阵欢呼，还有震天的擂鼓声。

第一局已经结束。

“第二云家，第三苏家。”萧靖琳自顾自地报结果，也不管另外两人的心思有没有在这上头。

她不报第一是哪一家，因为所有人都知道第一肯定是燕北王府。

不过这还是第一局，十六艇参赛龙舟留下八艇。下一局则是八选四。

第二局敲锣的就不是燕北王了，而是苏家的老爷子。自燕北重建之后，苏家重新组织起了龙舟赛，所以往年的第二声锣都是苏家人敲的。

外面依旧热闹，任瑶期却有些漫不经心，在这喧杂的热闹声中，她轻声道：“这个雷家真的是那个雷家吗？”

她声音很轻，几乎就要淹没在外面的欢呼声和擂鼓声中，可是萧靖西还是听见了，听得很清楚。

虽然他已经让自己不为任瑶期惊讶了，却还是忍不住一次比一次地惊讶，看向任瑶期的目光十分复杂，就连一直注视着窗外的萧靖琳也转头看了她一眼。

“何出此言？”萧靖西问道。

“我猜的。”任瑶期十分坦然地看着萧靖西。

她确实是猜的，无凭无据。

雷家在十几年间迅速积累财富，这当中肯定少不了燕北王府的助力，就如同韩家一样。不过之前在与外祖母容氏的聊天中，任瑶期感觉到雷家与韩家不同。雷家虽然也有不少的商铺，但是它最重要的还是保持了一个古老世家的习性。雷家的主子并不像韩家的主子们那样“勤奋”，他们不亲自掌管商铺田产，尽管那位雷家家主看上去是个十分有手段的。或许是他暗中下的决策，但是明面上是管事们管事。

任瑶期敢打赌，雷家两兄弟一定都精通所谓的“君子六艺”，尽管这些东西大多学了也没有什么用处。

雷家给她的感觉就是，他们想要好好利用自己古老世家的名头。以雷家的家族历史，想要取代云家成为燕北第一世家只是时间问题。

打蛇打七寸，任瑶期对韩家也说不上怎么熟悉，但是她就是知道韩家对付对手的手段。

所以韩家要想轻而易举解决掉雷家这个威胁，只有让雷家“名不正，言不顺”。

“可惜这个雷家就是那个雷家。”萧靖西意味不明地缓缓道。

任瑶期闻言不由得皱眉。

难道她猜错了？

“不过……你也不算是全错。”萧靖西慢条斯理地道，脸上又恢复了他从容温和的笑容，不过这个笑容却让任瑶期忍不住想要给他一拳。

虽然任瑶期面上依旧温婉柔和，可是萧靖西却听到了任瑶期磨牙的声音，不知为何他心下就有了些舒坦愉悦，嘴角的笑容也不由得带了些戏谑。

不过萧靖西莫名其妙的得意没有维持多久，萧靖琳突然插嘴道：“雷霆的祖母只是个外室。”

萧靖琳依旧注视着外头，只拿个后脑勺对着两人，话语也是平平淡淡。

仿佛她说的只是“河面风太大”，丝毫没有觉得自己说了一件多么了不起的事情，也不觉得自己拆兄长的台有什么不对。

萧靖西的笑就僵在了脸上。

任瑶期缓缓地眨了眨眼，转头看向头也不回淡定揭穿谜底的萧靖琳，又看了萧靖西一眼，然后很不合时宜地扑哧一声笑了出来。

然后她惊讶地发现，神仙一般高不可攀清雅绝伦气质斐然的萧二公子，从耳根处慢慢浮现出淡淡的红霞。

任瑶期的笑也僵在了那里。

此时的萧二公子顶着一张秀雅绝伦的脸，面上的表情一如既往的淡定，就是晕染了层粉色，怎么看怎么诡异。

任瑶期轻咳一声，低下头，仔细打量自己手边的茶碗，仿佛那上面突然开出了一朵花。

不看萧靖西，任瑶期努力让自己脸上不带笑，将心思放在雷家的事情上，好让萧二公子掩饰尴尬。

她可不想真的惹到这位。

萧靖琳说雷家家主的祖母只是一个外室。

越是名门世家，越注重血脉延续，最不能忍受血脉混淆的事情。所以真正的名门世家一般都不会承认外室所生的孩子，因为是不是血脉根本无法证明。

何况根底深厚的世家一般都枝繁叶茂，子嗣众多，根本就不会缺那一两个来历不明的继承人。哪一房即便真的子嗣单薄，也还有宗族在。这个时候宗族子嗣也比来历不明的野种要可靠。

任家惹出的那种笑话只会暴露任家浅薄的根底，说出去让人笑掉大牙。

雷家家主的父亲就算是个丫头所生的庶子，那也算是雷家嫡脉一系名正言顺的继承人，毕竟是生在二门内的。可惜，偏偏是外室生的。

现在任瑶期知道雷家是怎么一败涂地的了。

而燕北王府对雷家是知根知底的，但是萧靖西也说了，燕北王府不会插手。

河面上依旧锣鼓喧天，瞧着动静应该第二回合也快要结束了，船上三人各看各的，谁也没有说话。

眼瞧着燕北王府的龙舟到达了终点，第二艇龙舟紧跟着就要出线，变故就在这个时候发生了。

任瑶期只听到一声地动山摇的巨响，水面震起好几丈的水帘，然后水雾铺天盖地地扑过来，任瑶期没有时间感觉自己身上凉了没有，因为她所在的这一艘大船大幅度地摇晃起来。

船上的所有摆设都往另外一边倾斜，任瑶期感觉自己就要被甩出去了，不由得惊呼一声，然后就被一只有力的手臂拦腰抱住。不过他们面前只有一张摆着茶具点心的矮几，且并未固定在船上，根本找不到东西稳住身体，所以任瑶期随着那人一起摔到地上。

矮几上的茶水、点心果子一股脑儿地砸下来，任瑶期下意识地闭眼，却感觉到那些东西并未落到自己身上。她睁开眼睛，正对上一双深邃沉静如点漆般的眸子。

任瑶期此时根本就来不及做出反应，因为船突然朝一边倾斜过去，此起彼伏的尖叫声几乎能让人两耳失聪。她只感觉到一阵天旋地转，萧靖西拉着她滚到一边，避开了随着船身倾斜滑过来的矮几等重物。

一只原本摆在角落的花瓶摔碎了，碎片朝着两人所在的地方飞过来，任瑶期的头埋在身前之人的胸前，原本清淡的药香突然浓烈起来，让她有些失神，直到她听到一声轻哼，一滴温热的液体溅到她的脸颊上，烫了她一下。

任瑶期立即抬眼，目光正好落在身前之人的侧颈，上头有一条血痕，不算太深，却有些触目惊心。伤口正往外冒着血珠，应该是被飞溅过来的瓷器碎片刮伤的。

“有没有受伤。”萧靖西一边打量着她，一边低头问道。

船身虽然依旧不稳，但是他们已经避到了开阔的地方，周围没有什么杂物。

任瑶期摇头：“我没事，你流血了……”

萧靖西伸手将她拉着坐起，温和地一笑，似是带了些安抚：“没关系。”

“这是怎么回事？”把着窗棂立在不远处的萧靖琳冷声道。

萧靖琳身手很好，在萧靖西拉开任瑶期的同时，她也已经稳稳地避开了。在船上伺候的丫鬟们也都躲到了角落，除了两三个人被东西砸到，并未有人受重伤。

船身摇晃的弧度已经渐渐小了，萧靖西站起身望向船外，眉头微微蹙起来：“有人用了炸药。”

任瑶期也爬起来，因船还有些不稳，萧靖西下意识地扶了她一把，等手碰到了人才觉得不对，却还是等人站稳才放开手。

任瑶期装作若无其事地看向河面，眉头却忍不住皱了起来。

他们的大船停在距离终点不远的地方，所以离着龙舟也近。而那几条龙舟基本上都被炸得翻了过来，甚至还有两三条靠近终点的被炸散了或者炸断了，水面到处都是浮木，还有扑腾叫喊的人，看到河水里淡淡的红，便能猜到有人被炸伤了，也不知道有没有人被炸死。

他们这艘大船虽然受到了波及，但是好在有惊无险，不过还是能听到下一层的那些少爷小姐们高昂的尖叫和呼救声。

高台上的人也闹成一团，场面一片混乱。

他们所在的这一艘大船离着岸边并不远，下面已经有人放下船板，受了惊吓的少爷小姐们因为害怕都急匆匆地想要上岸。还能听到有人扑通落水的声音。

萧靖西和萧靖琳兄妹两人十分沉静，并未急着下船，看着外头乱哄哄的景象，不知道在想什么。

任瑶期刚才被吓了一跳，现在冷静下来后，也不由得仔细思考今日这儿闹的到底是哪一出。

过去她从来没有来看过龙舟赛，也没有印象哪一年的龙舟赛出现过这种突发状况。

看着河面上被炸翻的龙舟，任瑶期心中是十分诧异的。

动静这么大，还动用了火药，可是遭殃的竟然只是龙舟。

任瑶期知道，虽然从名义上说龙舟是各家的，可是舟上坐着卖力划船的人却都是各家派来的随扈或者干脆是花钱雇来的青壮年劳力。

若说今日这件事情是有什么阴谋，那么这些炸药就应该放到岸上的高台上或者他们所在的这一艘大船上才对。炸龙舟能得到什么好处？

任瑶期正在低头琢磨，有一个人影从外头闪进来，任瑶期抬眼一看，见是曾经见过的萧靖西身边的一个随从。

那人见到船中的狼藉，面上也不见有什么焦急担心的神色，面不改色地闪身来到萧靖西身侧，在他耳边小声说了几句话。

任瑶期离着萧靖西很近，却也只听到“王爷”“安排”等字眼。

萧靖琳也看过来，没有出声询问。

萧靖西听完随从的禀报，只点了点头，沉吟片刻后对任瑶期和萧靖琳道："我需要下去处理些事情，你们与我一起下船。"

萧靖琳点了点头，任瑶期自然没有什么异议。

冬生也候在外头，见主子们出来，忙与那个随从一起走在前面开路。船虽然还有些起伏，但是几人行走已经无碍。

他们并未走其他人挤着上岸的两道搭板，而是从面向河面的那一侧上了不知什么时候停在船边上的画舫。

画舫绕得稍微远了一些，避开河边混乱的人群，才开始靠岸。

坐在画舫上的时候，任瑶期忍不住又朝江面上看去，已经有船划过去帮着救下那些落水受伤的人。任瑶期的视线停留在几个脱离了船身浮浮沉沉地留在河面上的五彩缤纷的龙头上，突然间想到了什么。

不过她没有出声，只是若无其事地转开头，不想才移开视线就看到萧靖西若有所思的目光。萧靖西对上她的视线，微微一笑便移开了眼，低声与萧靖琳说话。

任瑶期看了他几眼，终究还是低下了头。

上了岸，早有燕北王府的人等在岸上，见到萧靖西和萧靖琳，连忙迎上来。

萧靖西看了萧靖琳一眼，又看向任瑶期，微笑道："这里有些乱，你们不如先行回府吧，我让人送你们回去。"

萧靖琳想了想，摇头道："我与你一起去见父亲。"又看向任瑶期道，"瑶期，我们让人送你回家。"

任瑶期笑道："你们有事就都去忙吧，我外祖母还在那边，我要去与她打一声招呼，以免她老人家担心。今日任家也有马车过来，我与家人一起回去便是，不用担心我。"

目送萧靖西和萧靖琳兄妹两人走远，任瑶期对留下来送她的冬生点了点头："我们去看看外祖母。"

容氏果然很担心任瑶期，带着个丫鬟等在岸边，见任瑶期出现，不由得松了一口气，握着她的手打量道："你没有上船吧？我让楚楚去船上找你了。"楚楚是跟着容氏来的那个丫鬟，年纪已经不小，会些拳脚。

任瑶期摇头："我没事。"她回过头，发现送她过来的冬生已经悄悄退开，想必是觉得无颜与旧主见面。

这时候香芹找了过来："五小姐，您没事就好，三小姐到处寻您呢。任家的马车要回去了。"

容氏道："既然如此，你便与你祖母她们一起回去吧。"

任瑶期因心中有事，沉吟片刻便点头应了："外祖母也回去吧，我在云阳城还要待上几日，等得空了就与姐姐去看您和外祖父。"

虽然已经有燕北王府和苏家的人出来主持场面，但河堤附近还是有些乱。不少人家都担心接下来会有更危险的事情发生，所以急匆匆地想要回去，不少受到惊吓的妇人们还在哭哭啼啼。

任瑶期去与任老太太打了声招呼，任老太太现在也正是心浮气躁的时候，没有时间好好过问任瑶期，摆了摆手就让她上了任瑶华的马车。

任瑶华一见她就皱眉道："你去了哪里？找你半天了！"

任瑶期带着歉意地笑了笑："我之前在船上，因为人太多了，一时半会儿下不来，让三姐担心了。"

任瑶华见她这般态度，便也不好再说什么。

任瑶期在马车中间的矮几旁坐下，吩咐香芹将笔墨拿出来。

香芹虽然疑惑她这个时候要笔墨，但还是老老实实听命去了。她们出行的马车里一般都会备上日常用品，从衣裳脂粉、茶水点心到笔墨纸砚都不会缺。

马车上除了任瑶期和任瑶华姐妹两人，就只有香芹和苹果伺候在旁，任瑶期挑了一张普通的宣纸，用左手提起笔在上面写了几个字。

任瑶华就坐在她对面，见她这时候要写字就有些奇怪，又见她特意用了左手，心中更是有些惊疑，不由得有些好奇地瞥了一眼。

只见那裁减好了的纸上，用正楷端端正正地写了两个字"龙头"。

任瑶华不由得一愣，又看了任瑶期一眼，见到她不慌不忙的从容模样，实在有些费解。她以为任瑶期还要写什么，不想任瑶期只写了这两个字就搁下了笔，然后将纸上的墨迹吹干，又将纸折叠好。

马车里安安静静的，只有纸张被折叠起来的轻微声音。虽然对任瑶期的行为感到摸不着头脑，却也没有人出声说话。

任瑶期将纸折好之后，对着苹果招了招手，苹果立即挪膝移过来："小姐有何吩咐？"

任瑶期凑到她耳边，小声交代了几句，苹果面容严肃地点了点头。任瑶期交代完毕，便将手中的字条交给苹果。苹果二话不说就下了车。

任瑶华一直看着任瑶期，等苹果离开之后她出声道："你这又是要做什么？"

任瑶期掀开车帘，见苹果的身影如同泥鳅一般迅速消失在她的视线中，然后回头冲着任瑶华笑道："今日的事情有些古怪，我给某人一些提醒。"

任瑶华听得一知半解，回想起之前的事情以及刚刚看到的两个字，想到任瑶期的意思应该是怀疑今日的事情与龙头有关。至于任瑶期说要提醒的某人，任瑶华以为任瑶期说的是燕北王府的那位郡主。

任瑶华问了这么一句就撇开头去，这件事情终究还是与她们没有什么关系，她也没有什么好过问的。她觉得任瑶期仅仅是因为与郡主交好才会关注这些，且任瑶期应该也只是猜测罢了。

见任瑶华不问，任瑶期也不急着解释，这种事情不是三言两语就能说得清楚的。

她刚刚是让苹果将那张字条偷偷交给雷家家主。

她猜测当年韩家就是用雷家并非名正言顺的雷家嫡系，而将雷家彻底赶离燕北的。她总有一种感觉，今日的事情不是针对别人，而是针对雷家来的。

除了时机吻合，韩家还参与这一次龙舟赛的准备，而雷家这一阵子在云阳城里风头正盛。

刚刚她一直在想，为何炸药会炸那几条龙舟，后来在看到断裂在河中的龙头时突然想了起来。各家的龙头因为工序的原因，需要一两年才能下水，一只下过好多年水的龙头跟一只新赶制出来的龙头或许表面上看不出来什么差距，可是里面总是不同的，制作龙头的老手艺人肯定能看出来。

雷家说自己的那一只龙头是当年从燕北带到江南的，想要以此来证明自己的正统地位，任瑶期却觉得有些过犹不及。

若是被人从中抓住把柄，雷家的麻烦就来了。

当然龙头之事，雷家最后可以推说是自己一时好面子才会这么做，但对于世家大族而言，名声却是不好听的。而且这件事情很有可能仅仅是一个由头，韩家绝对还会有后招。

任瑶期提醒雷家龙头的事情，除了让雷家将炸断的龙头暗中处理了，还为了给他们提一个醒，雷家的来历已经被人知道了，应及早做防范。

她从船上下来的时候就想到了这些，却没有对萧靖西他们说出来。

萧靖西已经明说燕北王府不会插手了，所以她不知道自己通风报信的行为是不是会被阻止。

“呀，五小姐，您受伤了？”香芹突然一声惊呼。

任瑶期回过神来，有些莫名：“没有。”

香芹指着任瑶期的衣领道：“你看，那里有血迹。”说着还立即从案几下的抽屉里翻出来一面靶镜，递给任瑶期。

任瑶期接过靶镜一瞧，原来她的右侧衣领处有一滴绿豆大小的红色印记，因为之前被头发挡住，所以没人看见，也亏着香芹眼尖。

任瑶期愣了愣，想起来可能是之前萧靖西侧颈流下来的血溅到的。她脸上那一滴已经拭掉了，没想到衣领上也沾了一滴。

“不是我的血。”任瑶期看了几眼，复又用自己的头发将血迹遮掩住。

香芹和任瑶华虽然感觉到有些奇怪，可是任瑶期瞧着也的确没有受伤，便也不好再说什么。

任瑶期不由得想到那人在船上护住她的情景，她身上似乎还有那人留下来的温热触感，以及萦绕在鼻尖的冷冽药香。

若她是一位怀春少女，此时必定红霞满颊，羞怯不已，可惜她早已经过了那个懵懵懂懂的年纪。

尽管如此，她想起当时的场景和那人的温度，还是会有片刻的怔然。

雷家这次有几人受了重伤，雷霆正忙着处理这些事情。突然身后传来声响，他瞳孔猛然一缩，动作敏锐地微微一闪，耳边一声破风声响，一样东西擦着他的耳边飞过，掉到前面不远处的地面上。

雷霆微微眯眼，立即转身往后看，却只看到几个与他一样留下来处理场面的各家族负责人，以及跑来跑去的随从，竟没有一个可疑之人，心中不由得微凛。

旁边伺候的管事将地上之物拾起：“老爷，这是……”

雷霆这才转头，发现原来是一个龙眼大的石头，只是石头上绑了一圈薄纸，刚刚就是这东西朝他袭来。

雷霆只盯了管事的手一瞬，便将东西接过来，不动声色地将那张薄纸拆开，不想在看到上面的字的时候却是猛然一惊。

不过雷霆早已经不是初出茅庐的毛头小伙子了，这么些年的阅历让他很快就平复了心绪，面上的表情更是一点变化也没有。

“叫刘贵来，我有事情吩咐他。”雷霆沉声吩咐管事道。

管事立即领命去了。

雷霆望向河面，如雕刻般沉肃的脸上晦暗莫测。

躲在暗处的苹果见冬生走了过来，立即看向他。

冬生朝她点了点头，走近了才道：“你去跟小姐说，已经给他了。”

苹果闻言二话不说，干脆利落地转身就走。

冬生一愣，摸了摸鼻子。

任瑶期想要神不知鬼不觉地通风报信，苹果自然是做不到的，所以她让苹果去找了冬生，并交代他，若是萧靖西过问的话，不必隐瞒。

她想到这件事情的时候虽然没有直接与萧靖西说，但是也没想要刻意隐瞒自己的所作所为。以萧靖西的精明，事后肯定会想到。

苹果完成了使命就立即回去复命。

任家的马车停在河堤上，前面几家人家的车辆已经开始动了，任家的管事也在吆喝着让车把式做好准备。

苹果回来后，任瑶期就将这件事情暂且放下，靠坐在马车壁上闭目养神。这时，听到外头有人说话的声音，她原本没有在意，不想过了片刻，却有人在她的车壁上轻轻敲了敲。因为正好敲在她靠着的地方，让任瑶期不由得惊了惊。

在任瑶期的示意下，苹果掀开了车帘子。

剑眉星眸的少年出现在车窗外。

云文放见任瑶期看过来，目光在她脸上一转，不知怎么的声音竟带了些紧张道："听说船上有不少人下来的时候受了伤，你……还好吧？"

任瑶期看着这位过去的冤家对头，见他努力掩饰自己眼中的担心，用一如既往的骄傲武装自己，目光有些复杂。

任瑶期表面上只是一个十一二岁的少女，可是她毕竟不是。

经过为数不多的几次接触，若说她完全没有察觉出云文放对她不正常的态度，那就是自欺欺人了，可是她还是觉得有些无法理解。

没有了过去因一个耳光而引发的结怨，她以为这一世两人应该形同陌路才是正常的。她不想招惹云文放这种人，因为实在招惹不起。

云文放见任瑶期不回答他的话，皱眉向马车内看去，因为角度的关系，他只能看到任瑶期显露在阳光下的半张侧脸，不由得有些烦躁："问你话呢，到底有没有伤到？"

任瑶期轻叹一声，心平气和地道："我一直跟着郡主，并没有受伤，多谢云二公子关心。"云文放的身份现在已经没有掩饰的必要了，所以任瑶期没有再叫他文公子。

云文放脸色好看了些，嘴角带了些笑的模样，口里却是道："知道是关心就好，不过你以后也要小心些，别什么事情人家拽着你去你就去，没一点眼力见的，平白无故地就受到池鱼之殃。"

云文放说的应该是今日她和萧靖琳被吴依玉拦在桥下的事情，任瑶期听着没有回话。

云文放以为任瑶期没有听进去，眉头一扬，声音却放低了些："原本就想找机会提点你一句，燕北王府的水深着呢，萧靖琳和吴依玉那些乱七八糟的事情，你别跟着瞎掺和，最好是有多远躲多远。"

这时候那边有人唤了一声"云公子"，好像是任老太太发现他过来了，派人请他过去说话。

云文放忍不住"啧"了一声，然后问任瑶期："你听明白了没有？"

任瑶期从善如流地敷衍道："嗯，多谢云公子提点。"

云文放满意了："我先走了，过几日萧靖琳去云家，你也跟着来，自然是有好处的。"说着不等任瑶期说话，转身就走了。

任瑶期微微皱了皱眉，感觉今日这位云二少爷的话似乎是多了些。虽然以前两人见了面也会搭上几句，不过因为她的态度，云二少爷也没有机会一下子讲这么多的话，还是带着这么明显的关怀。

任瑶期不知道，云文放这阵子突然从任家销声匿迹，其实是因为听到消息，云家有意为他说亲，他家老太太和母亲这阵子没少为他相看人家。

可是云二少爷是那种任人摆布的性子吗？听到这个消息之后，他就回来搅局了。不得不说，云文放这人也是蔫儿坏的，他也不在长辈面前说自己不乐意，他祖母试探地问他几句的时候，这厮很乖顺地说一切听从长辈做主，他没意见，哄得他祖母眉开眼笑。

可是偏偏就怪了，他祖母和母亲无论是看上了哪家的姑娘，最后总能打听出来那家的姑娘一些不为人知的不好来，就跟邪了门似的。最后总算是挑出一位家世、相貌、脾性、才干都无可挑剔的，云家长辈也相看了那姑娘，确实是样样都好。他祖母还让他悄悄地看了人，云文放表示自己没有意见。

不想这桩婚事还没正式提上议程，却突然传出那位小姐与自己的表哥之间有些不清不楚的关系。

云文放不知道从哪里得知这件事，当即就发了脾气。他祖母和母亲因为这件事情，心里对云文放都有了些愧疚。云老太太面对孙儿阴沉的脸色，最后也不知怎么的就给出了保证，说以后在云文放的亲事上面会给云文放一些自主权。不过短时期之内，云家再没人敢提起二少爷的亲事。

云文放也算是处心积虑，已经做好了铺垫，所以之后就只剩下慢慢行动了。

说起来云家和任家也是沾亲带故的，不过云家这个老牌世家骨子里带着些清高，有些看不上任家这样没什么规矩的暴发户。所以无论任家如何想要结云家这门亲事，云家的长辈在为云二少爷择妻的时候都没有将任家考虑其中。云家也没有大张旗鼓，因此任家这边并没有得到消息。

所以任瑶期不懂云文放突如其来的诡异态度，不过她也没有怎么放在心上。对于那些古老世家的讲究，她比任家的所有人看得都透彻，没觉得任家能和云家结上亲，一切不过是任家老太爷和任老太太异想天开一厢情愿罢了。

一直在一旁默不作声地听着的任瑶华心里一阵惊异，她怎么不知道任瑶期和这位云二少爷的关系已经这么好了？

“你们是怎么回事？”任瑶华忍不住低声道。

虽然这些日子以来，在姐妹两人的相处中，不知不觉的，任瑶期开始占着主导地位。不过任瑶华始终还是姐姐，有些事情她无法放着不管。

任瑶期有些无奈，可是她也无法对任瑶华解释，只能道：“我与他确实没有什么交情，想必是看在我们家上次收留了他的分上提点我这么几句吧。至于邀请我去云家，其实是今日我与郡主在一起的时候，他邀请郡主的时候顺便提的。”

任瑶华闻言明显有些不信，不过任瑶期却有些迟疑地问道：“三姐，云文放来我们家那次是我与他第一次碰面吗？以前有没有见过？”

任瑶华以为任瑶期是在转移话题，心中不满，不过还是忍气道：“以前自然是从未碰面，你在胡思乱想些什么！”

任瑶期笑了笑：“没事，我就是随口一问。”心中却是有些狐疑的。

回到任家别院之后，众人因为受了些惊吓，也都累得够呛，各自回院休息不提。

到了快傍晚的时候，任家的几个男人们才回来，也带回一个让人惊讶的消息。今日被炸毁的几条龙舟，那几个龙头原本被打捞上岸后要找工匠修补。不过在运送进城的途中，被一群看热闹的群众莫名其妙地拦下来围观，因为他们听说今日的龙舟赛上有一条龙舟突然活了，变成了龙，却在飞升的时候被一道雷给劈死了，所以这帮人是来看死龙的。

等众人哭笑不得地将人群驱散，那载着龙头的车却空了。

原本运载龙头的车也没有几个人看守，因为谁也想不到会有人来偷这个。可是偏偏就丢了。

人们更兴奋了，更加相信那是一条活龙，还有人信誓旦旦地说，自己之前注意到车上有金光一闪，应该是那条龙升天了。

这种一听就不怎么靠谱的事情，偏偏就在吃饱了撑着的老百姓当中极有市场，如今整个云阳城都热闹了。

目睹了整个事件经过的老爷夫人们自然是不相信这种流言，不过也都在猜测这龙头为何会突然失踪，是不是与今日的龙舟突然被炸有关，还有人猜测是哪一家的龙头里藏了祖宗留下来的宝藏，惹人眼红了，才会出现今儿这么一出。更有人说是雷家那个龙头里有雷家先祖当年南下的时候留在燕北的藏宝图。

任家人也因为这件怪异的事情闹得很热闹，倒是任瑶华在听到这件事情的时候没有发表什么意见，只是若有所思地看了任瑶期一眼。

这件事情闹得再如何大，都不关任瑶期什么事情，她知道应该是雷家人自己动的手，为的是不想将这个大把柄交到敌人的手上。

这一夜任瑶期睡得也不怎么好，换了个陌生的环境，又与任瑶华同床，总归是有些不习惯。

到了第二日去老太太那里请安，任瑶期正想着与任瑶华商量一下趁着空闲去外祖家走走，白鹤镇老宅那边来人了，是大太太派来的。

康姨娘跑了。

听到这个消息，众人惊异不已，任老太太更是大发雷霆，直呼欺人太甚。

原本这次任老太太带着任家大部分人出来，是交代过大太太让她趁机将康姨娘处理了，家里头人少，处理起来也方便一些。等任家的人都回去了，就可以宣布康姨娘生病去了庄子上休养。

可是康姨娘却在任家还来不及下手的时候神不知鬼不觉地跑了。

大太太派人将任家大大小小的院子，甚至整个白鹤镇都翻了一个遍，也没有找到人。康姨娘就像是凭空消失了一样。

“查！给我查！我就不信她能长翅膀飞了！”任老太太无法忍受这种事情，被人耍了丢了脸面也就算了，偏偏那人还从眼皮子底下逃了，这简直就是对任家的挑衅。

大太太派来通风报信的老嬷嬷也是苦不堪言，头埋得极低。不仅仅是她，连大太太都有些兜不住了。万一这个康姨娘出去胡乱嚷嚷，任家的面子里子就全丢了。

任大太太这些年在任家当家，虽然算不上从未出错，可是大的错误从来没犯过，平日里大事小事都会听从任老太太的意思，从来不敢自专，所以任老太太对这个大儿媳总体上是满意的，才会放心将这种事情交给她去处理。

偏偏这次大太太无法交差了。

不过任老太太也不会在这个时候改变计划回白鹤镇处理此事，只能交代大太太继续找人，并派人去康家一趟。

与任老太太一样意外的还有方姨娘。

“你说人跑了？”方姨娘看着跑来云阳城禀报的婆子，一向温软的语调难得有些上扬。

那婆子不知怎么的，额头上就出了汗：“是的，姨娘。我们照着您的吩咐先将人弄出了宅子，可是这人太过奸猾，最后还是让她跑掉了。”

方姨娘看着窗外的树影浮动，眼神有些莫测，周围的人都不敢出声。

半晌，才听到她极轻地叹了一声：“是我疏忽了。她原本就不是个轻易让人摆布的。偷偷去找吧，定要比大太太的人先找到。”

婆子见方姨娘没有追究她们的失职，狠狠松了一口气，十分感激地道：“是，是，是，奴婢这就去。”

见婆子退下去，方姨娘那双好看的柳眉才紧紧蹙起。

康氏竟然失踪了！这群成事不足的废物！

并非是她不会惩罚下属，只是她不比其他名正言顺的主子，身边能派上用场的可信之人本就不多，大都是她从娘家那边带来的。她现在正是需要人的时候，与其挨个儿惩罚，还不如让她们将功补过。

不过方姨娘心中还是埋下了阴影，她救康氏出任家，康氏还是选择逃跑，这就是不信任她，以后不知道还会惹出什么变故。

萧靖西听到属下禀报说那几个龙头失踪了的时候，愣了愣，然后嘴角微扬，似笑非笑，眼神却依旧深邃难测。

这个时候他脑中浮现的是从大船上下来，坐在画舫中时，任瑶期看着河中那几个龙头若有所思的表情。

“应该是雷家人自己动的手。”同德见主子没有继续追问，尽职地又禀了一句。

萧靖西微微挑眉："你们就那么看着？"语气听不出喜怒。

同德一丝不苟地回道："主子之前说了不插手这些事。若是主子想要追究雷家，小的这就派人去。他们的行踪，小的一直让人偷偷掌控着。"

萧靖西微微偏了偏头，叹了一口气，嘴角却是笑着的："算了，随她去吧。"

同德听出来主子这句话有些微妙的复杂，不由得抬了抬头，不明白主子口中"他"是指什么人。或者是指雷家？

"同喜在哪里？"不给同德胡乱琢磨的机会，萧靖西似是随口问了一句。

同德没说话，站在旁边的同贺立即回道："同喜在打扫书阁，主子现在要召见他吗？"顿了顿，同贺斟酌着道，"他这几日去书阁去得很勤。"

萧靖西闻言，若有所思地挑了挑眉，却没有说什么。

同喜，或者说冬生，这时候确实在燕北王府外书房的书阁里。燕北王府的书阁很大，整整五间宽敞的房里摆满了书架，书架上面摆着满满当当的书籍。

冬生后颈的衣服里插着根鸡毛担子，人却倚在最里间的一个书架下面，手里捧着一本厚厚的册子，皱着眉头认真翻着。

虽然跟任瑶期说他没有查到关于瞿家的事情，不过冬生是个认真谨慎的人，想起来任瑶期当时那微微有些失望的目光，总觉得心里不踏实。

所以回来之后，他还是借口打扫来到了书阁，查这几十年来燕州的地方志，怕自己前几次疏忽了。

燕北王府设在外院的这座书阁虽然规模不小，书籍繁多，不过里面也真的只有书籍而已，是平日里供住在外院的那些王府谋士们看的，并没有什么机密。所以冬生才能进来得这么容易，也才敢这么频繁地进来。

"还是没有，怎么会没有小姐说的那个瞿家呢？"冬生用右手食指点了些唾沫，不停翻着手里的册子，喃喃自语。

他声音很轻，基本上就是嘴皮子动了动，就算有人在旁边也听不见他在说什么。

不想正在这时候，一个温和的声音道："你在找什么？"

冬生吓了一跳，立即转头，看到萧靖西站在他身旁，而他竟然没有发现有人靠近。

只呆愣了一瞬，冬生立即将手里的册子放到旁边最近的木梯上，向萧靖西行礼："见过公子。小的是来打扫的，随手翻了翻书。"

萧靖西随意地将那本册子拿在手里，微微一笑，看向冬生："地方志？"

冬生低下了头。

萧靖西将册子递回给冬生，也没有为难他。

"公子来这里是为了找什么书吗？小的帮您找。"冬生立即道。

萧靖西却是道："正好经过此处，知道你在这里，顺便找来了。"

冬生立即低头："公子恕罪，小的不应该擅离职守。"

萧靖西没有接他这个话，而是沉吟着问道："给雷家递消息的是她？"

萧靖西没有指明她是谁，冬生却是明白的，想起任瑶期的嘱咐，也没有隐瞒，十分爽快地应了："是的，公子。"

见他承认得这么爽快，萧靖西倒是没话说了。

萧靖西真的像是随口问问的，问完了这么一句就走到旁边的一个书架旁，自顾自地找书。

倒是一直注意着他的动作和神色的冬生，犹豫了许久，终于还是走过去问道："公子，您有没有听说一个姓瞿的人家？听说几十年前是燕北的望族。"

萧靖西闻言有些惊讶地看了冬生一眼，似是没有想到冬生会问他，他并没有立即回答。

冬生老老实实地道："小的是帮五小姐查的，可是查了许久都没有头绪，不知道这地方志是不是齐全。"

冬生这会儿会直接问萧靖西，是因为任瑶期交代过他，对待萧靖西这样的主子最好直来直往，不要耍心眼，有什么说什么，不要隐瞒，否则会很惨。他感觉到萧靖西对任瑶期的态度还算不错，至少目前而言并没有什么利益冲突。

而且传说这位新主子聪慧绝伦，无所不知，于是冬生便问了。虽然伺候的时间不太长，但是冬生有一种感觉，若是连萧靖西也不知道的事情，那就没有什么人能知道了。

所有伺候萧靖西的人都会在与他相处的过程中或多或少产生这种盲目崇拜。这也算得上是萧二公子的一种人格魅力。

萧靖西沉默片刻，似是在想问题，其实这沉默也没有太久。

"这里的地方志若是还不全的话，你怕是找不到全的了。"萧靖西的声音里依旧带了些慵懒的笑意。

冬生闻言，有些欲言又止地看了萧靖西一眼，想要问清楚一些，又不知道该如何问起。

萧靖西面色平常，想了想，微微挑眉道："你确定你要查的是瞿家？"

此言一出，冬生不由得愣住了，看着萧靖西。

萧靖西的目光在那一排摆满燕州县治的地方停留一瞬，意有所指地道："我不记得有个什么瞿家，会不会是你记错了？比如会不会是……翟家？"

冬生一惊："翟？翟家？"

萧靖西没有再回答冬生的话，悠闲地找了两本书出来，带着同贺自顾自地转身出去。

冬生看着萧靖西的背影消失在书房，突然反应过来，忙转身趴在书架上急切地寻找，最后抽出好几本册子出来，索性盘腿坐到地上翻找。

"翟家……翟家……我好像有些印象……"他一边翻着册子，一边喃喃自语。

突然，他的视线停留在某一页上，手也瞬间停下来。

"还真的有个翟家……"

这一日任时佳派人来任家别院。因第二日就是任家小外孙林岑的满月宴，任老太太先派人去了一趟林家，问女儿需不需要人帮衬。任时佳索性打发了个心腹婆子来回话，顺便给任老太太送些南边运送来的荔枝。

荔枝千里迢迢运到燕北十分不易，因此价格也翻了几番，一般还买不到。不过荔枝食用多了容易上火，老太太虽然爱吃，却也不敢多吃，便着人将那一篓子荔枝挑出一碟，留给任老爷子，再给儿子孙子们每人送一碟，见还剩下不少，又将几个孙女都叫过去。

任瑶期在老太太房里尝了几颗便放下了，吃多了容易口舌生疮。那边老太太正和任时佳派来的婆子说话。

听到外头禀报说燕北王府的郡主又派人过来的时候，任瑶期很惊讶。

萧靖琳来找她的次数也太频繁了，不知道今日是为了什么事情。

任老太太那边虽说还在与人说事情，对燕北王府却不敢怠慢，还不待任瑶期开口说话，就摆了摆手让任瑶期自去。

任瑶期退了出来，回去换了一身出门的衣裳，才带着苹果出门。

徐嬷嬷迎上来道："小姐，只带一个丫鬟怕是不方便吧？"

任瑶期装作一脸无奈的模样："这也没有法子，郡主说她很不喜欢让太多人跟着，若非我请求，怕是连苹果都不让带，反正郡主身边也不缺人伺候。"

徐嬷嬷也只有作罢。

任瑶期出门便看到门口停着上一次过来接她的那辆马车，让她惊讶的是今日赶车的竟然是冬生。

冬生看到任瑶期出来，跳下马车喊了一声"任五小姐"，只是在抬头的时候朝她看了一眼。

任瑶期看到他的眼神，意识到冬生似乎有话想要跟她说。

不过任家门口实在不是个说话的地方，任瑶期点了点头，上了马车。

她原本以为跟上次一样，马车是过来接她去见萧靖琳的，上去之后才发现今日萧靖琳竟然也坐在马车上。

任瑶期惊讶道："郡主今日找我是有什么事吗？"

萧靖琳示意任瑶期坐下，然后才点头道："云家老太太派人让我去一趟，还提起了你，我便顺便过来接你一起去。"

任瑶期闻言一愣。

她很想转身下马车，可是都已经出来了，实在找不到理由再回去。虽然云文放邀请了她两次，可是她真的没打算过去。

任瑶期的沉默让萧靖琳不由得看了她一眼，皱眉道："怎么了？你不想去？"

萧靖琳其实也没有多想，云家的长辈对她向来亲厚，又是她祖母的娘家。云家已经多次派人让她过去，所以今日云老太太再派人叫她过去的时候，她应了下来。

她和任瑶期相处得很愉快，想着要去应付后院那些妇人，她便很干脆地来叫任瑶期一起去。虽然她自己不喜欢这些应酬，可是她也知道这些事情对任瑶期而言不算坏事。她倒是忘了先问一句任瑶期愿不愿意去了。

萧靖琳不由得有些懊恼。

任瑶期注意到萧靖琳的情绪，摇头道：“没有，我还没有去过云家呢，云家老太太和太太们也都不认识我。”已经出门了，再回去的话，被人知道了反而奇怪。

萧靖琳以为任瑶期是紧张，便安慰她道：“没事，我们去打声招呼就走。我知道一个地方的豆花很好吃，我们去吃了再去云府。等回来的时候，我再带你去吃谭记的烤鸭。”

萧靖琳认真的模样让任瑶期不由得失笑。萧靖琳对吃倒是情有独钟，每次与她见面，都要带着她吃一顿。好像去吃豆花和烤鸭才是正事，去云家只是顺便的。

尽管任瑶期不想去云家，可是对着萧靖琳，她实在恼不起来。

萧靖琳出行向来很低调，这次也只有一辆马车。等马车停下来的时候，任瑶期掀开车帘子看了一眼，发现外面是一条很普通的小巷子，巷子的入口处有一对老夫妇推着一辆独轮车在卖豆花。

“你在这里等我，我下去买。”萧靖琳拍了拍任瑶期的肩膀就要下车。

任瑶期忙道：“郡主，让苹果去买就行。”

萧靖琳却头也不回地摆手道：“她不知道要加什么料才好吃。”说完就跳下了马车。

任瑶期看着晃荡的车帘子，十分无奈。萧靖琳是她见过的最奇怪的闺秀，没有之一。虽是这么想着，任瑶期面上却忍不住带了笑。

她正要掀开帘子看看萧靖琳怎么折腾，却听到外头冬生小声道：“五小姐，小的查到一些事情，不过不是什么瞿家的，而是翟家。”

冬生的话让任瑶期的手不由得顿住，脸上也难得露出几分讶异。不过她很快就冷静下来，甚至有了一丝原来如此的感叹。

难怪查了这么久都没有查出什么，原来是找错了目标。

想必当时任瑶亭在看到那些牌位的时候情绪紧张，加上光线晦暗，所以看错了。瞿和翟两个字本来就很相近。

“说说这个……翟家。”任瑶期轻声道。

隔着一道帘子，冬生沉稳的声音传过来。

“这个翟家在几十年前也算是燕州的大户，就住在白鹤镇上。不过燕州姓翟的人家不多，这一户也是多年前从南边迁过来的，人丁虽然算不上繁盛，做派倒是极不错的，听说还是哪一族大世家的分支。可惜后来辽人入侵，翟家来不及离开燕北，最后全族都遭了难，一百多口人，无一活口。”

当年辽人在燕北肆掠的时候，与翟家一样遭殃的人家不在少数。

“被辽人灭了族？”任瑶期似是自言自语地问道。

“是的，小姐，地方志上是这么记载的。”

“翟家与韩家有什么联系？”任瑶期问道。

冬生有些遗憾地道：“当年与翟家一样遭遇的人家不知凡几，地方志上只是简略提了这么几句，再具体的就没有了。”

这也是意料之中的，任瑶期明白。不过总算是有了目标，以后查起来也容易不少。

“不过……”冬生像是又想起了什么。

任瑶期知道冬生不是个喜欢卖关子的，所以也没有催促，只是认真听他说。

果然，冬生仅仅是顿了一顿就继续道：“地方志上关于翟家的事情记载得不多，不过翟家人的住处与现在的任府离得好像不远。”

任瑶期闻言心中一动，地方志上记载翟家的位置肯定也只是记载个大概，冬生说不远，会不会其实任家的宅子原本就是翟家的？任家的宅子是在她曾祖父那一辈从别人手里买回来的，与翟家落难的时期也接近。

翟家既然是断送在辽人的手里，与任家又有什么干系？虽然任家总是自称世家，任瑶期却是知道的，几十年前任家只是燕北的一户普通人家，翟家却已经是当地望族。任家又有什么立场与翟家结仇？

难道说仅仅是为了那一座房子？

任瑶期想了会儿，暂时也想不出个所以然来。

不过也多亏了冬生这么上心帮她查，于是她诚恳地道了声谢。

冬生却道：“其实这次还多亏了萧二公子。”

任瑶期闻言一愣，冬生便将自己向萧靖西提问，萧靖西提点自己的事情说了出来。

任瑶期闻言半晌无言。

冬生有些担心任瑶期是在怪他随意向萧靖西说这些，正要道歉，任瑶期已经出声道：“等见到萧二公子，记得帮我道一声谢。另外，既然你已经跟了他，自然不应该有事情瞒着他。他不问你便罢了，若是问起，万万不可说谎。”

冬生松了一口气，忙出声应了。

冬生已经是萧靖西的人，任瑶期让冬生给她办事跑腿，其实是借了他的人。萧靖西不与她计较是他大度，任瑶期不想不知好歹。所以她让冬生办的事情，都是不惧萧靖西知道的，为难的事情她不会找冬生。

任瑶期和冬生两人在马车上说话，萧靖琳很快就端着两只小碗回来了。

那是两只粉彩细瓷碗，瞧着就不是那家摊子上的东西，也不知道萧靖琳是什么时候揣出去的。

苹果上前去接过碗，让萧靖琳上了马车。

任瑶期有些好奇地看着案几上的豆花，上面有些红红绿绿的调料。

豆花她也吃过，在京都算得上一道风味小点心，滑嫩可口，不过她吃过的都是甜的。这么奇怪的豆花倒是第一次见。

苹果拿出一把银勺子给任瑶期，任瑶期看了看萧靖琳。

萧靖琳却已经端起自己手里那一碗，一边吹着，一边小口喝起来，连勺子都没有要。

任瑶期认出了上面的一层辣椒油，不敢像她一样直接这么喝，便挖了一勺入口。

毫无疑问，味道果然是很好的。即便对于萧靖琳这个人说不上太了解，不过她对食物的欣赏水准倒真的不错。

萧靖琳喝出一头汗，任瑶期用勺子慢慢将碗里的东西吃完。

“怎么样？好不好吃？”萧靖琳看着任瑶期，眼睛里是难得的笑意。

任瑶期放下手中的银勺，点了点头：“嗯，很好吃。”

萧靖琳眼中的笑意愈发深了：“我就知道你会喜欢。”

她们在马车上吃东西的时候，马车是停着没有动的，这会儿等里面吃完了，便徐徐前行。

“你怎么知道这个好吃？”任瑶期笑着问，她不信萧靖琳整日里没事就揣着自己的嘴和鼻子走街串巷，连这种隐蔽的地方都能找到。

不想萧靖琳淡声道：“身边亲近之人都知道我爱吃，所以会与我聊一些。这里的豆花好吃是我手下一个小兵告诉我的。那对卖豆花的老夫妇是他的邻居。”

原来如此。

萧靖琳虽然贵为郡主，不过她手底下那些人大多数都是普通百姓。这也从侧面说明，萧靖琳在军队里过得还不错，至少没有人排斥她。

“郡主、小姐，到云府二门了。”冬生爽朗的声音在外头响起。

云家到了。

两人相继下了马车，然后就看见几个婆子丫鬟匆匆从二门门口迎上来，脸上都笑得跟朵花似的。

“郡主，您可来了。我们老太太和太太盼星星盼月亮，总算是把您盼来了。”

“恭嬷嬷。”萧靖琳沉稳冷淡地朝那位嬷嬷点了点头，打了声招呼。

那婆子却是一副习惯了萧靖琳态度的模样，脸上笑容依旧，又将视线停留在任瑶期身上：“这位是任家小姐吧？”

任瑶期一眼就看出来这位嬷嬷定是云家老太太或者云家太太身边得用的，按理她应当行个半礼。

不过刚刚萧靖琳只是点了点头，她这会儿行礼的话，别人会以为她刻意讨好或者谄媚。所以任瑶期只让自己脸上挂上了亲切温和的笑，唤了一声“恭嬷嬷”。

云家与韩家的建筑风格有些像，不见华丽，只见庄重。任瑶期只是随意地看了几眼，就对云家大宅的布局有个大致的了解，实在是看不出来什么惊喜。就连点缀宅子的植物也是花少树多。

云老太太住的院子在整个云家的中轴线上，瞧着比任瑶期一路走来见到的任何一座院子都要大。越是古老的世家，越讲究一个长幼尊卑，这一点从房屋布局上就能看出来。

任瑶期跟着萧靖琳径直往云老太太的院子去，恭嬷嬷是一个很健谈的人，很有亲和力，所以尽管她一路上话就没有停过，也不让人觉得讨厌，反倒是向来冷淡的萧靖琳还接了她几句话。

才走到屋子外头，就能听到里面的谈笑声，听声音判断，屋子里的人还真不少，且谈性正浓。

老远就有人瞧见她们过来了，门口候着的人立即进去禀报。等任瑶期随着萧靖琳走到门口，外头候着的小丫鬟还来不及打帘子，帘子就从里头被挑开了，接着一位额头饱满、长相富态的老妇人走出来，一看见萧靖琳，脸上便露出温和慈爱的笑，并先一步握住了萧靖琳的手。

“琳姐儿，让舅祖母来瞧瞧瘦了没有。”

萧靖琳被人这么亲密地一拉，身子有些不易察觉的僵硬，却还是忍着没有将人甩开，还抿着嘴笑了笑：“舅祖母。”

老太太哈哈一笑，又在萧靖琳手上拍了拍才将手放下，然后视线又转到任瑶期脸上，打量了一下才笑道：“这是任家的丫头?”

任瑶期低头行了一礼，低声唤了一声“姨祖母”。

云家老太太与任老太太一样，出身丘家，原本是出了五服的远亲，素无往来。不过云老太太的父亲，也就是丘氏一族的上任族长，在晚年的时候过继了任老太太的兄长。

有了这层关系，云老太太和任老太太虽然算不上是亲姐妹，不过也不至于八竿子打不着了，加上都是出身丘家，任瑶期唤云老太太一声姨祖母是完全说得过去的。

云老太太笑得很慈爱，夸道：“好孩子，长得真水灵。”

这时候一个声音在云老太太身后笑道：“娘，您见郡主来了欢喜，我们是明白的，只是一直将人堵在门外不让进来也不太好吧?”

任瑶期循着声音看去，便看到一个气质端庄的中年妇人，年纪虽然不小了，面容却极为出色，瞧着与云文放和云文廷兄弟两人面容有些相似。

云老太太这才反应过来，拍了拍自己的额头，笑着摇头：“瞧我，老糊涂了。”

于是众人一起移步进屋。

等进了屋子，任瑶期才发现，原来刚刚云老太太身后不只跟了云大太太，还跟着不少人，只是因为门口不够宽敞，还有一架屏风挡着，所以没有看见。

云老太太瞧着很高兴，想要拉着萧靖琳往屋子北面的罗汉床上坐，被萧靖琳拒绝了。

老太太半真半假地道："郡主不肯陪老身坐，老身就只能请郡主一人上座了。"

萧靖琳脸上带着得体的笑，语调比平日里微缓："哪里有什么郡主，我今日是来看望舅祖母和诸位叔伯的，要论礼，也是论家礼。"说着还当真朝着云老太太屈膝行了一礼。

云老太太一愣，回过神来的时候看着萧靖琳的目光就更加慈爱了，摇头失笑："你这孩子！"

任瑶期有些惊讶地看了萧靖琳一眼。她以为萧靖琳不喜欢与内宅的妇人们交往，所以也不屑这种你来我往的交锋试探，事实证明她又错了。萧靖琳是讨厌内宅的这些应酬，不过并不代表她不会。她不仅会，还做得很得体。

不过任瑶期也明白了萧靖琳不喜欢与内宅妇人们交往的原因。

就像刚才她们进来的时候，如果按照身份，云家的人，包括云老太太，都是要向萧靖琳行礼的。而云老太太先行迎了出来，在外人看来是一副等不及要见自己喜欢的小辈的样子，却也因此免了行礼。

等进了屋子，任老太太说要请萧靖琳一个人坐上座，若是萧靖琳真的坐了，那云老太太一定会立即带着云家老小给萧靖琳行礼。不过萧靖琳拒绝了，一句按家礼来给足了云老太太面子。

云大太太给萧靖琳和任瑶期介绍在座的人，对于云二太太和云三太太，萧靖琳都是与任瑶期一样行了晚辈礼。

当云大太太让云家大小姐云秋晨上来与萧靖琳和她见礼的时候，任瑶期不由得多打量了这位云大小姐一眼，记忆里云秋晨嫁给了韩云谦。

眉如远黛，眼似秋水，花为容，雪为肤。云秋晨是一位难得的美人，气质娴雅，真正的大家闺秀。

云二小姐和云三小姐的相貌其实也不错，不过在云秋晨的映衬下，全都黯然失色了。

除了云家的人，云老太太屋里还有几位太太小姐，是今日来云家拜访云老太太的，也都是云阳城里的名门大户出身。

难怪她们来之前听到屋里那么热闹，也难怪萧靖琳配合着云老太太给了云家脸面。越是云家这样的人家，越是面子大过天。就像任家利益大过天一样。

一番见礼之后，萧靖琳和任瑶期一起坐到客座上。

任瑶期虽然也跟着来了，不过她知道萧靖琳才是主角，所以言行十分低调。萧靖琳虽然不怎么爱说话，云家长辈们的问话也都一一礼貌地回了，气氛还算融洽。至少萧靖琳没有冷场，任瑶期没有受冷落。

不过萧靖琳原本就没有打算在云家多待，所以聊了小半个时辰，瞧着时间差不多了，就提出要走。

云老太太不肯放人，非要留萧靖琳吃饭。

正僵持着，云家大小姐温软地开口道："郡主，祖母给我们姐妹准备了几身衣裳和首饰，您要不要先试试？京都请来的针线班子还在府里，若是哪里有不合身的，也能改改。"

云老太太拍了拍额头："瞧我这记性，若不是晨丫头提醒，都要忘了。琳姐儿，听舅祖母的，先去试试衣裳。"

云三小姐云秋芳笑嘻嘻道："是啊，郡主，您可一定要试试，不然祖母可不让我们先挑呢。您挑剩下的，我们再挑。"

云三小姐笑得没心没肺的样子，却让别人脸色不好看了。云老太太手中的茶碗往案几上一顿，磕出的声响不算重，却成功地让在场之人都收起了那些个小心思，场面一静。

云老太太似是浑然不觉的样子，依旧笑着与萧靖琳说话："好孩子，跟你表妹们一起去。"

萧靖琳自然是不缺那几身衣裳的，可是就因为不缺，反而不好拒绝了。

你缺某样东西，别人送给你，送的是东西；你不缺某样东西，别人送你，送的是心意。萧靖琳不好拒绝长辈的心意。

所以萧靖琳顺从地站起来，道了一声谢。趁着别人不注意，却给任瑶期一个抱歉的眼神。

云老太太眉开眼笑，还对任瑶期和蔼地道："任家丫头也去挑两身合适的衣裳首饰，在过些日子的千金宴上穿。"

云老太太口中的千金宴任瑶期是知道的，其实就是每两年一次由云家举办的茶会。邀请的都是燕北各家的名门闺秀和世家公子。

千金宴的由来其实是云家和苏家互别苗头的结果。当年苏家为了提高自己的影响力，接过组织创办端阳节龙舟赛的棒子。云家晚一步下手，失了先机，最后便搞出来一个千金宴。

当年云家想出这么个名头的时候，并没有别的意思，只是与苏家暗中叫板罢了，不想这么几十年下来，云家的千金宴倒是在燕北打响了名头。因为参加的都是家世良好的小姐公子，所以千金宴渐渐成为燕北上层贵族之间的相亲宴。

任瑶期从前没有参加过，因为参加的女子除了出身名门之外，还需要满足两个条件：及笄，且没有婚配。也有例外的，那就需要云家特意发来请帖了。

云家的请帖不是那么容易拿的，在岁数不够的情况下，任家当年也只有任瑶音拿到了云家的请帖。

现在云老太太这么说，其实就是给任瑶期发了个口头请帖。

任瑶期不由得想起云文放之前的话。

这就是他所说的来云家的好处?

说起来，能在未达到要求的情况下参加云家的千金宴，确实是一件荣幸的事情，因为平日里能有这个殊荣的，不是与云家交好的一流世家贵女，就是那些才貌双全名声极好的姑娘。

不过对于云老太太说要送自己几件衣裳的事情，任瑶期就不好收了。很明显，云家从京都请来针线班子给云家小姐们和萧靖琳做衣裳，是想要她们在千金宴上出风头，个人的衣裳也都是有数的。她拿一件，有人就要少一件。她犯不着为了这个和云家哪位小姐结怨。

果然，听了云老太太的话，云家的几位小姐都朝任瑶期看过来。

任瑶期笑道：“多谢姨祖母，不过衣裳我就不拿了，免得回去之后祖母责备我跑来您这里跟表姐妹们抢衣裳穿。”

云三小姐打量了一下任瑶期，扑哧一声捂嘴笑了：“任家表姐，你就是要抢衣裳穿也不打紧，瞧你的身形跟我大姐姐和二姐姐差不多。”

云三小姐身量稍微矮了任瑶期一些。而云家大小姐和二小姐倒是跟任瑶期差不多高矮。云秋芳的意思是，反正抢不到她头上，她不介意。

云二小姐云秋苹皱了皱眉。

倒是云秋晨闻言打量了任瑶期几眼，笑着对云老太太道："我瞧着任家表妹与我的身形最像，从我的份例里挑吧。正巧母亲私下里给我多做了两身，现在瞧着倒是巧了。"

云家三位小姐虽然高矮稍微有些差距，不过身材其实差不多，互相间的衣裳是可以换着穿的。云秋晨这么几句，倒是显出了她大方识大体的性子。

云老太太闻言笑看了云秋晨一眼，宠溺之情溢于言表："那就从你那里挑吧，不过祖母也不会让你吃亏的。"

云老太太这么一句，却让另外两个孙女变了脸色。云秋芳嘴角勾勒出一丝冷笑，寡言少语的云秋苹低头玩自己的衣袖。

任瑶期下意识地看向萧靖琳，两人交换了一下眼色。萧靖琳从任瑶期眼中看到了无奈，任瑶期也从萧靖琳眼中看出了一些不耐。

果然争宠之战哪里都有，云家也不太平。

不过到了这会儿，任瑶期想要拒绝云老太太的好意也不行了。一两件衣裳而已，萧靖琳不缺，任瑶期也不缺。所以只能算是心意，不能算施舍。

最后云秋晨带着云家姐妹、任瑶期和萧靖琳一起去她那里挑衣裳。

云秋晨的住处是云老太太院子旁边的一座两层的阁楼，虽然离着老太太院子很近，却也是独门独院，算得上是整个云家独一份了。云二小姐和云三小姐都是跟着自己的父母亲住。由此可见，云秋晨在云家的地位也是比较特殊的。

云秋晨招待她们在堂屋坐了，吩咐丫鬟去把衣裳首饰取来。

茶点陆续端上来，茶算不上顶尖的，却也是好茶，点心种类不算太多，却是样样精巧，味道也很独特，应该不是外头点心铺子随便买来的。

云家从家具摆设到吃穿用度都不奢靡，但是在细节上又处处彰显自己老牌世家的底蕴和风貌。

丫鬟们抬着一个箱笼进来，云秋晨放下茶碗，对萧靖琳笑道："郡主年长，请先挑吧。"

云秋晨一直称呼萧靖琳"郡主"，无论是当着人，还是私下。她比她祖母和母亲都要守规矩。

她若是说因为身份让萧靖琳先挑，萧靖琳还会谦让。她说按年纪来，萧靖琳倒真的不好推辞，恰好她也不是扭捏的性子，便点头起身。

丫鬟们将箱笼里的衣裳一件件拿出来展开，好让主子们看得清楚一些。十几件颜色款式各异的衣裳花花绿绿地排展开来，精巧的布料，精美的绣工，让人目不暇接。

萧靖琳只看了几眼，便随手指了一件湖水绿交领金色滚边绣飞凤纹的长袄和同色百褶裙。

云秋晨让她再挑，萧靖琳摇了摇头："够了，多了我也穿不了。"她并不注重穿着，在边关的时候没条件注重，回了云阳城，自有她母亲和屋子里的婆子丫鬟给她打理，所以她有穿的就穿，从不在意。何况她说不准什么时候就要回嘉靖关，穿不了实属浪费。

云秋晨摇头笑道："祖母原本为郡主准备了四身，郡主若是嫌麻烦就挑两身吧，总归是长辈的一番心意。"

萧靖琳不好说什么，便又挑了一件烟霞色绣襴边翟纹的薄绸长袄。

萧靖琳挑完了，云秋晨又看向任瑶期："序齿而论，郡主挑完了应当我挑才对，所以既然任家表妹是从我的份例里走，那就当是为我挑两身吧。"

这理由似乎也无懈可击。

任瑶期其实一早就猜到云秋晨会让她在萧靖琳后面挑，也一直注意几位云家小姐的视线，所以让她挑的时候，她略微推辞了一下，就选了别人注意较少的一件桃红底子白色镶边折枝桃花纹的短袄和白绫裙，想必是云家的姑娘都注重端庄大气，嫌桃红色太艳丽，所以不喜。

反正任瑶期也不是真的贪图她们几件衣裳，只不过是过来凑个趣儿罢了，乐得不得罪人。

然后又挑了一件真紫色绣水墨荷塘花纹的长袄。这件衣裳瞧着很贵气精致，不过因为颜色和衣料的关系，显得有些厚，不太适合在盛夏时举办的千金宴上穿，云家几位小姐不过看了几眼，就移开了视线。

萧靖琳悄悄朝着任瑶期眨了眨眼，似是明白她的良苦用心。任瑶期也眨了眨眼，但笑不语。

云秋晨看了任瑶期一眼，眼中的讶异一闪而逝，不过很快就收敛了神色，对云秋苹和云秋芳道："既然任家表妹替我挑过了，接下来二妹妹和三妹妹去挑吧。"然后又转头对任瑶期和萧靖琳道，"我们去里间试试，若是有不合身的，就让裁缝改一改。"

其实各家做衣裳一般都是各人先挑选布料，再挑选款式，然后让裁缝照做。像云家这样将衣裳做好了再挑是不方便的。云家这么做，无非是想要萧靖琳感觉到云家对她的关心和重视罢了。

萧靖琳挑选的衣裳看起来是随意挑的，不过那两件飞凤纹和翟纹正好与她的身份相符合。虽然现在朝廷对百姓衣饰的管制已经不如开国之时那般严厉，且如今的朝廷也管不了燕北的这些琐碎之事，但是云家这样的世家还是很讲究这一套规矩的。

否则萧靖琳长得比她们都要高挑，万一挑选的不合身就不好了。很明显萧靖琳挑的其实正好是云家为她准备的。

至于云家几位小姐，身材都差不多，就算有一点不合身的地方，也可以改。

云秋晨让两个妹妹去挑衣裳，自己领着萧靖琳和任瑶期去里间试穿。果然萧靖琳选的那两件正好合身。

任瑶期盛情难却，试穿了那一身桃红色的，不想出来之后却让云秋晨瞧着愣了愣，随即笑道："任家表妹肤色白，穿这一身倒真是好看的紧。"

任瑶期这一身当时其实是云秋晨挑的，因为瞧着颜色鲜嫩好看。不过她也知道自己可能穿不上，因为祖母会嫌弃这色儿轻浮，不符合她云家大小姐的形象。只是她母亲见她实在喜欢，就让针线班子多做了这一身，说是在家的时候穿穿也不打紧。

倒是没想到穿到任瑶期身上的时候，硬是将那点轻浮之色给压下去了，只显得人活泼靓丽，人比花娇。

萧靖琳打量了任瑶期几眼，也点了点头："不错。"萧郡主极少夸人，所以夸出来的话也是干巴巴的，像是敷衍。

任瑶期抿嘴一笑，顺从云秋晨的意思，将那身真紫色的也试了试。不得不说，任瑶期的眼光还是很准的，她挑的两身衣裳都是云秋晨挑的，且还都不是为了千金宴准备的。

紫色的衣裳穿了显得贵气，不过对穿着之人的气质也极为挑剔，否则压不住色儿。

任瑶期长得好，气质出众，人也沉稳，所以向来只有她挑衣裳，没有衣裳挑她的。

云秋晨走过来，帮她看了看腰身："你与我身量相似，应该不需要修改。你觉得呢？"

任瑶期点了点头，然后笑道："谢谢表姐。"

云秋晨温婉一笑："不用谢，这也算是缘分吧。我瞧着，千金宴的时候，你穿那身桃红色的好。"

任瑶期正要答话，一个面容沉稳的丫鬟走进来，对云秋晨禀报道："大小姐，大少爷和二少爷来了。"

云秋晨一怔，往萧靖琳那里看了一眼，然后不动声色地点头："知道了，领着大哥和二哥先去偏厅坐坐，我稍后就来。"

任瑶期和萧靖琳将衣裳换下来，然后跟着云秋晨一起出去。

云秋苹和云秋芳已经挑完衣裳，正在看那些首饰。

云秋晨也不看挑剩下的几身，只吩咐丫鬟将衣裳收进箱子里收好。然后她看了一眼那几只都被打开的首饰盒子道："头面和首饰都是祖母之前为我们挑好了的，每人一份，任家表妹拿我的那份吧。"

任瑶期摇头笑道："衣裳我收下了，头面和首饰就不必了。等我回去，祖母和母亲也会为我准备的。"

这次云秋晨没有再勉强，本来她说的也不过是客套话。头面首饰都只有一套，是云老太太和大太太亲自挑选的，重新再打很费时间。

倒是云秋芳睁着一双圆眼睛一脸无辜地道："大姐，我喜欢你那支红宝石牡丹花式样的顶簪，我拿我的梅花式样的与你换好不好？"

云秋晨不以为意，很大度地道："你喜欢就换过去吧，二妹妹呢？有没有想要换的？"

云秋苹看了云秋晨一眼，摇了摇头，依旧是一副寡言少语的模样。

云秋晨点了点头，吩咐丫鬟道："将衣裳和首饰都送到两位小姐的住处，郡主和任家表妹的送到马车上。"

想了想，云秋晨对云秋苹和云秋芳道："两位妹妹是跟我们一起去见大哥和二哥，还是先回去试试衣裳和首饰？"

云秋芳年纪小，很爱美，一心想着要在千金宴上艳压群芳，闻言立即道："我和二姐还是先回去试试衣裳吧。"顺便将云秋苹也拉上了。

云秋晨颔首："那我们在偏厅等你们。"

就这样，姐妹两人被不着痕迹地支走了，倒是云秋苹走的时候稍稍抬了抬眼，往云秋晨和萧靖琳那里看了一眼。

任瑶期她们三人走进偏厅的时候，云文廷和云文放正坐着喝茶聊天。云文廷的目光在萧靖琳身上一顿，脸上的笑容温润谦和，起身作揖见礼。云文放也起身行礼，眼睛却毫无顾忌地放在任瑶期身上，见任瑶期看过去，还挑了挑眉。

任瑶期给他们两人屈膝行礼，然后在云秋晨的招待下和萧靖琳在他们对面落了座。

对于云家两兄弟的突然出现，任瑶期只能装作什么也不知道地低头喝茶。萧靖琳也不怎么爱说话，所以几人一坐下，就只有云秋晨和云文廷两人在聊一些琐事。云文放则是一边喝茶，一边打量任瑶期，目光很是坦率。

他看得久了，任瑶期只能按捺住不悦，暗自皱眉。

正想着暗示萧靖琳找个什么理由离开这里，云秋晨开口道："郡主和瑶期表妹不说话，倒是显得我和哥哥聒噪烦人了。这里只有我们几个兄弟姐妹，并无外人，郡主和瑶期表妹不要拘束才好。"

云秋晨说着往任瑶期这里看了一眼，比之前云秋芳和云秋苹在的时候更加亲切友善，连称呼都亲近了些。

她的"并无外人"让任瑶期心中一动，猜不准云大小姐是不是在暗示什么。

任瑶期不经意地看了看周围，发现伺候的只有四个大丫鬟和一个中年嬷嬷，皆是目不斜视。

任瑶期想起来，云秋苹和云秋芳是云家二房和三房的人，云秋晨和云大少爷、云二少爷则是长房所出，且一母同胞。

"任瑶期，你之前忽悠本少爷打赌认输的时候不是挺得意吗？今儿怎么跟哑巴了似的？”云二少爷斜睨着任瑶期，说出的话虽然是抱怨，语气却带着些戏谑。

云文廷和云秋晨也被转移了视线，看过来。

云大少爷来了些兴致：“哦？你们还打过赌？赌的什么？”

任瑶期头皮有些发麻。

对于云文放突然提起这件事情，让她有些无奈，她没想到云二少爷还记着这件事，且当众提起，她以为他至少还顾忌着些脸面。

见众人都带了些好奇看着自己，云文放挑了挑嘴角，却是淡淡地哼了一声，不再言语。

云文廷若有所思地看了任瑶期一眼，不知道在想些什么。

萧靖琳似是听到了任瑶期心里的求援，开口道：“时候不早了，我们去老太太那里打声招呼，然后回去吧。”

云文廷一愣，下意识地开口：“郡主不留下用饭吗？”

云秋晨笑道：“是啊，郡主难得来一趟。我们姐妹也甚少有机会相聚，要走也用完饭再走。祖母知道您要来，一早就吩咐了厨房做几道您喜欢的菜。”

云文廷很快恢复了他的优雅风度：“我记得有一道乌鱼蛋汤是郡主喜欢的。”

“乌鱼蛋还是哥哥特意让人去寻的，连厨子都是特意从山东找来的。”云秋晨看了云文廷一眼，似是漫不经心地笑道。

萧靖琳爱吃，知道的人还不少。若是萧靖琳要留下来，任瑶期也不好自己离开。

不过萧靖琳还是摇了摇头：“今日我还有事，改日再上门。”说着就起了身。

云秋晨和云文廷对视一眼，都有些无奈。

这位郡主的性子他们是知道的，如果连吃的都没有办法让她改变主意，那就不会再改变主意了。

云文廷的失望神色在眼中一闪而逝，却还是起身极有风度地笑道：“既然郡主今日有事，那只能改日再约了。”

萧靖琳微微颔首，算是应了。

云文放走到任瑶期身侧，看了萧靖琳一眼，对任瑶期道："云家又不是龙潭虎穴，你怕什么？"

任瑶期垂眸淡声道："云二公子说笑了。"

云文放轻嗤一声，然后道："任瑶期，我有话与你说，你过来一下。"

任瑶期皱了皱眉，看了看在一旁说话似是没有注意到这边的云大少爷和云大小姐一眼，不知道这是要演哪一出。

萧靖琳淡淡瞥了云文放一眼，然后在众人惊讶的目光下，拉着任瑶期就往外走。

云文放一愣，脸色十分难看地冷声道："萧靖琳，你什么意思！"

萧靖琳充耳不闻，完全无视云文放的叫嚣。

云秋晨意识到不对，立即走过来，看了云文放一眼之后，跟上萧靖琳。

"郡主，您这是……"

萧靖琳对云秋晨的态度还可以，闻言点头道："我们去与老太太辞行。"脚步未停。

云秋晨暗叹一声，面上却是笑道："郡主慢走几步，我陪你们过去。"

然后她又对任瑶期友善地道："我二哥脾气不好，不过他自幼就是如此，因为这性子，不知道被我祖父和父亲动了多少次家法，有一次差点将腿都打折了，却还是我行我素。不过他也就是这种直脾气，要说坏心，是绝对没有的。前几日我还听他在祖母面前说，在任家的时候多亏了任家的长辈照顾，与你们几个表兄妹也相处得极好。他也是因为熟了，说话才没遮没拦的，瑶期表妹，你看在我这个表姐的面子上，不要与他一般见识。"

这段话虽然长，云秋晨的语速却很缓慢，让人听了并不觉得咄咄逼人。

任瑶期刚刚一直没有说话，说不上跟云文放"一般见识"。所以云秋晨这话其实还是对萧靖琳解释的。不过她也知道，萧靖琳可能听不进去，所以对着任瑶期说。只要任瑶期说不在意，那萧靖琳这莫名其妙的脾气也就发不下去了。

任瑶期自然是知道的，云大小姐这么耐心地跟她解释，是看在萧靖琳的面子上。她不是不懂人情世故的孩子，因此，虽然没有说什么，却朝着云秋晨笑了笑，摇了摇头。

云文廷若有所思地盯着脸色十分不好看的弟弟："你前一阵子那么闹腾，是因为任家五小姐？"这句话虽然是疑问句，却带着几分了然的笃定。

云文放斜睨哥哥一眼，脸上的怒气收敛几分，满不在乎道："怎么？你要去祖母那里告我一状？"

云文廷闻言却是笑了，甚至伸手去摸弟弟的头，只是他的手还没有碰到就被云文放闪开了。

"说很多次了，不要动我的头，否则不客气！"云文放瞪着眼睛低吼道。

云文廷看了看奓毛的弟弟，也不生气："我若是要告状，你现在怕是连婚期都定下了。"

云文放的脸色总算是好看了些。

"只是我们云家与任家结亲的可能性不大。"云文廷看着云文放，沉吟着道，"任家在燕州虽然也算得上是大户人家，可惜终究是商户出身。现任当家任永和有能力有手段，可惜眼界实在是差了些，功利心太重。这也是为何祖母和任家的老太太虽然有着明面上的姐妹关系，这些年来云家与任家却极少往来。这次祖母让你躲到任家去，也不过是个偶然。你说动了祖母让任家五小姐参加千金宴，祖母或许会念在任家对你照料的情分上，给任家五小姐物色一门不错的亲事，但是绝对不会同意让你娶她。即便祖母同意了，祖父那一关也过不了。"

云文放向来不耐烦听兄长的各种劝诫，但是这次忍耐着听完了。虽然这话的内容不怎么好听，不过云文放也知道云文廷说的是实情。他冷哼了一声："你若是不帮忙，也不用给我泼冷水，我总会有法子的。"

深知弟弟秉性的云文廷微微一笑："哦？什么法子？"

云文放瞥了云文廷一眼，没有说话。其实具体要怎么做，他还没有设计好。

云文廷缓缓收了笑容，轻叹一口气，看着自小到大总是任性妄为的唯一胞弟，眼中浮现一抹担忧："你到底是怎么想的？若你只是对这位任小姐起了猎奇之心，想要纳进门来做妾，即便因为她是任家嫡出的小姐而有些难度，却也不是不可能的。"

云文放闻言，下意识地皱了皱眉："我自然是想娶她的！"

云文廷听了也不生气："哦？真是如此？"

云文放瞥了他一眼，连回答都懒得回答了。

云文廷正色道："可是按着你的法子来，这位任五小姐怕是只能进云家为妾了。"

"什么意思！"

"听闻上次龙舟赛之后你去找过她？大庭广众之下，你对她表示亲近之心，还想要她对你做出回应，否则你就发脾气。你有没有想过，若是她当真对你的亲近做出表示会如何？云家会允许这样的女子进门？"

云文放好看的剑眉拢了起来。他向来我行我素横行霸道惯了，除了面对家中长辈的时候会收敛些，在外头的时候哪里会想这些，自然是怎么高兴怎么来。面对任瑶期，他的脾气已经够好了。

云文廷看着云文放这副模样，只能叹息："所以我问你心里是怎么想的，若只是想要这个人的话，我也不管你怎么胡闹。只是你若是认真的，我也不想你最后后悔。"

云文放有些烦躁地扒了扒头发："那你说怎么办？可别想要我像你这般窝囊，忍了这么些年，连自己的心意都不敢让人知晓。"

云文廷垂了垂眸子，嘴角泛出一丝苦笑，低声道："我与她不同……燕北王府……算了，我只是想提醒你要适当学会忍耐。若是没有把握，就不要做会让自己后悔的事情。"

云文放知道自己又戳了哥哥的伤疤，抿了抿嘴没有说话。虽然他很不耐烦比他大不了多少的云文廷总是喜欢管着他，但是好意和坏意他还是分得清楚的。

见云文廷还要说什么，云文放摆了摆手："我知道了，以后会注意的。"说完，有些不耐烦地转身要走，却在转过身的时候停顿了一下，"你还是担心你自己吧，我与你不同，没那么多顾忌。实在不行，做妾就做妾吧。"

第十八章

底　细

云秋晨领着萧靖琳和任瑶期去跟云老太太辞别，云老太太自然是极力挽留，不过萧靖琳坚持要走，云家也不好太过强留，最终也只能让萧靖琳和任瑶期离开云家。

云家大太太和云秋晨正要送两人出二门，门房的婆子进来报说大姑奶奶回来了。

任瑶期琢磨着这位大姑奶奶是哪位，然后回想起来云老太太的嫡长女云淑和嫁给了苏家大老爷苏克勤，这位大姑奶奶应该是苏家大太太。

云家和苏家近年来因为各种利益暗中纠纷不断，不过在老燕北王在世的时候，两个家族之间也曾为了稳定燕北局势相互做出过妥协，苏家和云家的联姻就是双方把手言和的一个信号。

任瑶期下意识地往云大太太那里看了一眼，云大太太在听闻大姑奶奶来了的消息时先是一愣，眉头微皱，然后很快又平复了自己的情绪，转头吩咐丫鬟赶紧去禀报云老太太。

萧靖琳道：“这里离着二门也不远，大太太有事就先回去吧。”

云大太太和蔼地一笑：“哪里有什么事，也不差这几步，老太太交代了让我送郡主出门。对了，郡主见过我们家大姑奶奶吧？”

云秋晨笑着插嘴：“娘，郡主极少来串门，大姑姑一年到头也难得回来一趟，怕是没有见过。”

萧靖琳想了想："苏家大太太吗？在别的场合遇到过几次，倒是没有在云家见过。"

正这么说着，几人就看到前面通往前一进院子的洞门处走出来几个人，打头的是一位与云大太太年纪差不多的中年妇人，面容姣好，不过比起出身江南的云大太太，瞧着多了几分威严。尽管此刻她正嘴角含笑微微偏头与落后她半步远的一位女子说话，但有一种暗藏在眉眼间的威严。

那名妇人显然也看到了她们，脸上的笑意越发明显，脚步加快，迎了上来。

"大嫂……咦？郡主也在？"

说着，那妇人十分爽快地给萧靖琳和云大太太行礼，跟在她身后的那名小个子女子也低着头行礼。

"大姑奶奶回来了？"云大太太笑容和煦地与她打招呼，"郡主正要回去，母亲让我替她送郡主出门。哟，这是苏家的大少奶奶？"云大太太将视线移到那名年轻女子身上。

"对，这是瑜哥儿媳妇。这孩子前一阵子水土不服，好一番折腾，所以也没怎么出来露面。这会儿身子好了，我领着来拜见一下娘家的长辈。"苏大太太看了身后的儿媳一眼，满脸的满意神色。

任瑶期闻言抬头，也看向那名女子。

苏家大少奶奶？她没见过苏家的大少奶奶，但是她知道这位从京都嫁来苏家的女子姓曾，是曾潽的侄女。曾潽后来能与苏家暗通款曲，这位曾氏起了绝大部分作用。

曾氏嫁来苏家不久，虽然是一副妇人打扮，面容却还有些青涩。她生得比燕北的女子要娇小，或许由于年纪不大，脸还未长开，面容只能称得上清秀。此时在婆婆的招呼下，她低眉顺眼含羞带怯地上前与人说话，真是说不出的乖巧。

任瑶期看着曾氏，藏在衣袖下的手握成拳，连指甲扎进手心都未曾察觉。

曾氏似乎是察觉了任瑶期的视线，稍微有些疑惑地看过来，待看清楚是一个年纪不大的小姑娘正盯着她看的时候顿了顿，然后朝着任瑶期露出一个羞怯的微笑。

苏大太太与云大太太以及萧靖琳寒暄了几句，也注意到了任瑶期，不由得有些疑惑：“这位是……”

云大太太忙道：“这是任家五小姐，今日是与郡主一起来做客的。”

苏大太太反应很快，立即就明白了任瑶期的身份，朝她点了点头，微笑道：“原来是任家的姑娘。”

曾氏看了看任瑶期，红着脸羞涩地道：“任家妹妹以前见过我？为何这么看着我？”

曾氏的话让众人不由得看向任瑶期。

任瑶期自然不会让人看出来她的心绪，闻言只是微微一笑：“未曾见过。不过我曾从我家七妹妹口中听说过她有一位十分心灵手巧的大嫂，所以难免有些好奇。还请曾姐姐不要见怪。”

苏大太太反应过来，笑道：“原来是亭丫头回去学舌了。”

见曾氏还有些疑惑，苏大太太知道媳妇没有想起来这层关系，便提醒她道：“我们家亭丫头与这位任五小姐是堂姐妹，亭丫头在家中对她的姐妹提起过你这个大嫂。”

曾氏这下脸色更红了。

苏大太太却笑出声，十分愉悦的样子。

任瑶期看着曾氏，也笑了。

瞧着苏大太太对这位新进门的长媳十分满意。一位动不动就脸红羞怯小家碧玉模样的嫡长媳？任瑶期冷笑，苏家挑选媳妇的标准还真奇特。

她还真不信这位曾氏是一只温和无害的小白兔。

几人站在廊檐下说话，相谈甚欢。这时候内院又出来两个婆子，是云老太太身边的。

云大太太一看就知道是云老太太派来接大姑奶奶的，便笑着道：“母亲已经知道大姑奶奶回来了，怕是等不及要见你了，还是先进去吧。”

苏大太太今日带着媳妇过来，本来就是找老太太有事，闻言很爽快地应了，带着媳妇走了。

两方人马擦肩而过，云秋晨领着苏大太太婆媳去见老太太，云大太太送萧靖琳和任瑶期出了二门。

等到两人坐到马车上，萧靖琳突然呼出一口气，似是瞬间放松了的模样。

原本还沉浸在自己思绪中的任瑶期被萧靖琳的模样逗笑，忍不住打趣道："郡主，我怎么觉得你不是来做客的，反而像是来受刑的？"

萧靖琳闻言倒是不避讳："我最烦与这些内院妇人打交道了，明明是一句简单的话，非要拐弯抹角地说出来，真是浪费时间。"

任瑶期十分诚恳地道："可是我觉得，郡主做得很好啊。"

萧靖琳摇了摇头，却道："你认得那位苏家大少奶奶？"

任瑶期一愣，她以为这个问题她之前已经解释过了。

萧靖琳像是明白她在想什么，看着她微微一笑："那么你那位堂妹就是在你面前说了这位曾氏的坏话？不然为何你看着她的眼神……有杀气？"

任瑶期不由得皱眉，杀气？她以为她已经掩饰得很好了，至少能骗过刚才那些人，难道她的敌意有这么明显？这可不是一件好事。

萧靖琳看着任瑶期皱眉的模样，嘴角一勾："放心好了，只有我感觉到了，别人看不出来。"说着话语一顿，"不过曾氏是从江南嫁过来的，你应该没有见过她才对，怎么会……"

任瑶期低头不语，似是在想如何回答这个问题。萧靖琳也不急，她本来就是随口一问，任瑶期若是不想回答的话，她也不会勉强。

半晌，任瑶期轻声道："这位苏家大少奶奶的模样性情不太符合她的身份，我只是不喜欢表里不一的人罢了。这样的人会让我想起一些不好的事情。"

萧靖琳似是没有想到会从任瑶期口中说出这样的话。她从未从任瑶期那里听到关于别人的负面评价，可是对于这个本应该第一次见面的曾氏，任瑶期却没有掩饰她的厌恶。萧靖琳不由得回想起曾氏的一举一动，想着想着也觉出一些违和来。

任瑶期单手撑着自己的下巴，视线落在被风吹开一角的帘子上："就像是郡主之前察觉出我所谓'杀气'那样的感觉，我就是觉得这个女子不是个好人。"任瑶期难得有些任性地给人下了这么一个无凭无据的结论。

萧靖琳却不以为意，反而点了点头："我明白。这种感觉虽然无凭无据，却准得很。在战场上遇敌的时候，它曾救过我的命。所以你也不必怀疑自己的判断，这个曾氏可能真的不是什么好东西。"

任瑶期不由得扑哧一笑，刚刚由于见到曾氏而引起的不好情绪被萧靖琳的话赶跑了大半。

她想，这或许就是她与萧靖琳投缘的原因吧。换作其他任何一个人，都会觉得她诋毁一个第一次见面的女子十分不厚道。

从云家出来，萧靖琳原本想要与任瑶期去吃烤鸭，不想半路上燕北王府的人找了来，说是萧靖琳的姑母萧微从宁夏来了。原来吴依玉与萧微母女两人不是一同来的燕北王府。

尽管萧靖琳十分不情愿，但是老王妃派人来寻她回府，她也只能与任瑶期分开。

因两人是同乘一辆马车，萧靖琳便将马车给了任瑶期，自己直接上了王府来人的坐骑。

看着萧靖琳利落地上了马背，打马扬鞭，矫健的身姿消失在视线里，连极少发表自己看法的苹果也惊呼出声。

冬生留下来给任瑶期驾车，马车载着任瑶期主仆两人回了任家别院。

任瑶期才进门，正想着先回西厢还是去北房给老太太交代一声，就看到任家的大少奶奶赵氏与大太太身边的一位老嬷嬷一边说着话，一边往这边来了。

任瑶期停下步子，等赵氏过来，打了声招呼。

“大嫂这是去哪里？”

赵氏看见任瑶期，忙笑道：“五姑娘回来了？方家表婶今日到了，正在祖母那里，刚刚我新拟了几道菜式，现下正要去厨房。家里的姑娘们都在祖母那里呢，五姑娘若是无事，也去打一声招呼的好。”

方家表婶……任瑶期低头沉吟。

赵氏口中的方家表婶应该是她们姨祖母的儿媳妇，也就是方姨娘的弟媳。

前一阵子说要来参加任时佳儿子的满月宴，明日就是正日子了，今日抵达也是正常。

这么想着，任瑶期朝着赵氏笑着点了点头：“知道了，大嫂，我这就过去。”

赵氏回了任瑶期一笑，然后引领婆子往厨房去了。

任瑶期走到任老太太屋外，果然听到老太太屋子里十分热闹，与之前在云家老太太屋门前听到的热闹十分相像。

等门口的丫鬟进去通禀了一声，任瑶期才进了屋子。

挨着任老太太的那张椅子上坐着一位二十五六岁的妇人，五官平淡，长了一张四四方方的脸，尽管看上去精心打扮过一番，却依旧与美貌无缘。好在她气质比较恬淡，所以也说不上丑。

方太太刘氏，出身江南富庶之家。

刘氏身后立着一位比任瑶期年纪要小些的少年，少年的模样随了母亲，瞧着很普通，唯独一双眼睛长得比较有神，想必眼睛像父亲。

任瑶期虽然没有见过这少年，却知道他是方雅存的独子，比任瑶英小一岁的方曙舟。当年任家落败之后，方姨娘带着任瑶英回了娘家，并将任瑶英嫁给了方曙舟。

只是现在，方曙舟老老实实地站在自己母亲身后，任瑶英坐在任老太太身前的小马扎上给老太太捶腿，两人之间连个眼神交汇都没有。

原本方姨娘给任瑶英定的目标也不是方曙舟，最后走那一步，纯属无奈之举。

“这是我们五小姐。”方姨娘温软的声音道，她这话是对刘氏说的。

原本方姨娘是没有资格坐在这里待客的，不过现在她却正儿八经地坐在刘氏下手。

任老太太今日也十分和蔼，对任瑶期招了招手道：“期儿，来见见你表婶。”

任瑶期顺从地上前，给刘氏行礼，唤了一声“表婶”。

刘氏笑了笑，从丫鬟手里接过一只粉色的荷包，递给任瑶期：“这是表婶的见面礼。”

任瑶期知道这是礼节，因此道了一声谢就接过了。然后她便退到一边，与任瑶华、任瑶音坐到一起。

任瑶期进来之前，任老太太和方姨娘正在与刘氏说端阳节那一日龙舟赛的事情，这会儿便又接着说起来。任瑶期依旧是一副话不多的木讷模样。

等几人的话题到一段落，刘氏却主动开口与任瑶期道：“听说五小姐与燕北王府的郡主关系很要好？今日也是一同出行？”

任瑶期看了刘氏一眼：“见过几次面，郡主……郡主人很好。”

刘氏打量任瑶期片刻，然后转头与方姨娘道：“难怪你常说五小姐是个有福气的，有福气的人总能遇上贵人。我瞧着应该让英姐儿与五小姐这位姐姐多多相处，沾些福气。”

方姨娘正要说什么，任瑶期轻声道：“听说曾祖父在的时候曾找人给我们任家算过命，说任家的列祖列宗在世之时积的福泽多，因此会惠及子孙后人。所以瑶期与任家姐妹一样，都是有福气的。”

刘氏看了任瑶期一眼，笑道：“五小姐说的是，是表婶嘴笨。”

任瑶期姐妹从任老太太那里出来的时候，任益健、任益信几个兄弟正在商量去哪里逛，方曙舟和任益鸿两人老老实实地站在一边，不插嘴说话。这两人的性子倒是有些像，比起其他的兄弟来有些木讷。

任瑶期、任瑶华和任瑶音走在他们后面，等那几个兄弟都走了之后，任瑶音突然问道：“五妹妹，听说你今日去云家了？”

任瑶期闻言一愣，看了任瑶音一眼。任瑶音回了任瑶期一个温和的笑容。

“嗯，原本我也不知道是去云家的，上了郡主的马车才知道。”任瑶期点了点头。

任瑶期不知道任瑶音为何会突然提起这个，以前她与萧靖琳出门，任瑶音是从来不会问什么的，甚至连好奇都没有表现出来。那么任瑶音现在问她这个，重点是云家？

正这么想着，任瑶期就听到任瑶音道：“那你有没有见到云家大小姐云秋晨？”

任瑶期点了点头：“见到了。”

任瑶音笑看了任瑶期一眼：“云家大小姐如何？是不是一位倾国倾城的美人？”

任瑶期不知道任瑶音葫芦里卖的是什么药，依旧点了点头，顺着她的话道：“云大小姐是个美人，为人处事也极为稳妥。”

任瑶音漫不经心地道："这是自然，因为云家之前一直是将她当作未来的燕北王正妃培养的。"

任瑶期一愣，任瑶华却是问道："你说之前？那现在呢？"

任瑶音看了任瑶华一眼，笑道："现在……远在京城的燕北王世子不是已经成亲了吗？娶的是长安公主的女儿。我曾经见过云大小姐一次，觉得以她的傲气，不会甘于为妾。"

任瑶华挑眉："难道云家要将她嫁给萧二公子？"

任瑶期也看了任瑶音一眼，任瑶音却没有立即回答，而是略微思索了一会儿，然后才看着任瑶期和任瑶华笑道："这也不一定，不是还有两位云少爷吗？"

任瑶音看着任瑶期的目光有些意味深长，任瑶华也不由得看了任瑶期一眼，然后微微皱了皱眉。

"云家要与燕北王府亲上加亲，也不是非得嫁女不可。只要云大少爷或者云二少爷娶了郡主，那也是一样的。"

任瑶期面上不动声色，心里却知道云文廷确实对萧靖琳有意，只是这种有意是他自己真心，还是因为云家的意向，就不得而知了。不过她最奇怪的就是，为什么任瑶音会突然与她们说起这些。

若是别人说起也就罢了，任瑶音却是一个谨言慎行的人，极少会说人是非。

任瑶华看了任瑶期一眼："就算云家要娶郡主，那也是云大少爷吧？"

任瑶音却笑了笑："那倒不一定。云大少爷……诚然优秀，但是云大少爷擅长的是文。燕北王府却是连郡主都是习武的，想必燕北王喜欢能领兵打仗的人。听闻云二少爷不仅仅拳脚功夫好，还自幼熟读兵书。"

若是任瑶期是一位无知的闺阁弱质，或许会信了任瑶音的这番说辞，可惜现在任瑶期更好奇的是为什么任瑶音会与她说这些，于是装作有些生气的模样："四姐姐，你与我们说这些做什么！"

任瑶音轻叹一声，看着任瑶期的目光含着十足的善意："五妹妹，你别怪四姐多事，四姐只是不想看到……听说赛龙舟那日，云二公子曾特意跑来找过你……我只是想给你提个醒，你与郡主投缘，这是你们的缘分，到时候可别为了别的什么事情伤了和气才好。”

任瑶音的话才落下，任瑶华却冷笑道：“我原本以为四妹妹是个难得的明白人，不会与某些见识浅薄的妇人一般，成日里尽做些嚼舌根的事情，唯恐天下不乱。今日瞧着，倒是我高看你了。”

任瑶华的话让任瑶期和任瑶音都愣住了。

要说任家几个姐妹的关系，真要算起来的话，其实任瑶华和任瑶音的关系要比任瑶华和任瑶期这对一母同胞的亲姐妹要好得多。任瑶华的性子虽然不怎么好相处，但是她与任瑶音一同养在任老太太膝下，任瑶音又不是难相处的性子，任瑶华在面对任瑶音的时候，态度还是很不错的。

所以不仅仅是任瑶音，就连任瑶期本人也没有想到任瑶华会为了这些话对任瑶音冷言冷语。

不过任瑶音毕竟是个沉稳的性子，很快就笑着道：“三姐姐，你误会我了……”

任瑶华冷着脸打断道：“没有什么误会不误会的，我骂你不是因为你不应该给姐妹提醒，而是你只凭着些道听途说就跟着人云亦云，不想着阻止那些嚼舌根的在外头胡乱败坏姐妹闺誉，还顺着那些话到我们面前来施舍你所谓的好意。那日那个云二少爷过来的时候，我和任瑶期一起坐在马车上，连车帘子都没有掀开过，云二少爷也不过随便逮着个外头随车的婆子问话，问问祖母她们有没有受惊罢了，毕竟他在我们府上住了些日子，这是起码的礼貌。你刚才说那么多，却是口口声声怀疑任瑶期和云文放之间有什么首尾。四妹妹，你这是当着我的面骂我爹娘不会教女儿，还是骂我这个当姐姐的管不好妹妹？”

任瑶华板着一张俏脸冷着声音的模样很有几分威严。

任瑶期不由得看了她一眼，却被任瑶华狠狠地瞪了回来，有些等到秋后再找她算账的意思。任瑶期却想着，她以前怎么没发现任瑶华有睁着眼睛说瞎话的本事？

不过虽然被瞪了，任瑶期心中还是觉得暖暖的，不管任瑶华是为了她的声誉，还是为了父母的面子，都确实是在护着她。

任瑶音垂了垂眼帘，掩去刚刚被质问的几分尴尬，随后无奈地笑了笑：“三姐姐这么说，倒真的是我的不是了。我向五妹妹和你赔罪如何？”任瑶音这会儿也知道自己再怎么辩解，任瑶华都听不进去，以任瑶华的性子到时候肯定会闹得不欢而散，所以任瑶音什么辩解都省了，直接道歉。

任瑶华这才脸色稍缓。

任瑶音又看向任瑶期，欲言又止了一会儿，还是叹了一口气：“罢了，五妹妹就当我什么也没说吧，这次确实是我鲁莽了，姐姐给你赔罪了。”说着任瑶音当真朝着任瑶期福了福。

任瑶期连忙一把拉住任瑶音，装作强笑的模样：“四姐姐，使不得。”

任瑶音摇了摇头，轻轻拍了拍任瑶期的手，又抱歉地看任瑶华一眼，然后带着自己的丫鬟婆子转身走了。

任瑶音一走，任瑶华也转身就走。

任瑶期赶紧跟上去：“三姐。”

任瑶华脚步一顿，忍了忍，最后还是没有忍住，一脸怒火地转过身指着任瑶期骂道：“我之前说什么了？要你离那人远一点，别去招惹！你以为他是个什么香饽饽，上赶着就去争！你当家里那些吃饱了撑着的人都是吃素的？别到最后什么都没捞到，还惹得自己一身腥！到时候有你哭的！这次是因为那一日周围只有我们自己的人，她们想传出个什么也没有依据，若是还有下次，保不准什么难听的就来了！”

任瑶期虽然很想喊一声冤枉，不过看到正在气头上的任瑶华，她还是把话咽下去了，老老实实地站在那里听训。

直到任瑶华把火气撒完了，任瑶期才有些委屈地道：“三姐，我已经尽量避开他了。可是他硬要上门来给我添麻烦，我能怎么办？”经验告诉任瑶期，在任瑶华面前服软要比针锋相对明智，适当的示弱是极有必要的。

任瑶华哼了一声：“你问我怎么办？你没惹他，他怎么会注意你！”

任瑶期一脸郁闷：“我真的不知道，上次我不是问你，我以前有没有见过他吗？你说没有。”

任瑶华冷冷地盯了任瑶期半晌，发现她不像是在说谎的样子，沉默片刻才道：“以后离他远一点，若是遇到了绕着走，自己别落单！”语气虽然还是不怎么好，却也不像之前那么咄咄逼人。

任瑶期忙应了。任瑶华抿了抿嘴，这才转身往西厢走。

等到两人快走到西厢的廊下时，任瑶华才顿住脚步：“任瑶音今天说这些是想做什么？”虽然她今天骂了任瑶音一顿，不过并不认为任瑶音真的是那种乱嚼舌根的人。

当然，任瑶期也不认为任瑶音是这种肤浅的人。

“难道任瑶音对云文放……”任瑶华皱着眉头自言自语，不过话还没说完，她自己就否定了，摇头道，“不对，我在荣华院见任瑶音和云文放接触过几次，她既不像别的姐妹那样往前凑，对云文放也没有过多的关注，云二少爷怕是都不记得我们任家有她这一号人。”

任瑶期回想了一下，有几次她们与云文放在荣华院遇到的情形，也看不出来任瑶音有什么不对。所以任瑶期想得要远一些。

“四姐姐……有没有见过云家大公子？”任瑶期沉吟着问道。

任瑶华闻言回过头来：“云家大公子？云文廷？”云文廷在燕北的名头很响，是不少闺阁女子梦寐以求的良人。

任瑶期点了点头。

任瑶华皱眉：“这与云家大公子有什么关系？她提的明明是云文放。”

任瑶期偏头想了想，然后道：“你说若是有一日云家要与任家结亲，云家会不会让他们家两位少爷都娶任家女？”

“这怎么可能！”任瑶华瞪了任瑶期一眼。

大家族结亲，结的是两姓之好，没有哪一家会接二连三地娶同一家的闺女。

“你的意思是……”任瑶华很快反应过来，有些愣愣地道，“你是说任瑶音看上的是云文廷，又怕云文放看上了你，说动云家长辈娶你进门，这样一来，她就什么机会也没有了？”

任瑶期想起从前任瑶音的选择，点了点头。从前任瑶音怎么给云文廷做妾的她并不知晓，不过任瑶音并不是什么退路也没有。至少大太太的娘家曾派人来接任瑶音，可是任瑶音没有回自己的外祖家。刚刚任瑶音虽然很少提及云文廷，可是在她偶然提起的时候，语气稍微有些不同。

任家想要与任老太太的娘家丘家联姻，属意的人选就是任瑶音。任瑶期记得曾经有一次，任瑶音也是莫名其妙地与她说了些话，话里话外的意思却是让她接近丘韫。

当时任瑶期不知道任瑶音葫芦里卖的是什么药，现在想想，应该是她自己不愿意嫁到丘家，所以动员任家的姐妹打主意。

任瑶华习惯性地蹙起眉头想了片刻：“这么说……也不是没有可能。之前我与任瑶音一起跟着祖母来云阳城的时候，曾经见过云家的人，也见过云大小姐和云大少爷。前年林家老太爷生辰的时候，任瑶音曾经在林家的大园子里扭伤了脚，正好遇见云大公子，还是云大公子打发自己的小厮去请的大夫，想必是那一次他们有过接触。”

说到这里，任瑶华冷笑一声：“我说她怎么突然改了自己的菩萨性子，原来是沉不住气了！她自己行为不检点，还要将屎盆子往别人脑袋上扣，果然会叫的狗不咬人，平日里不叫唤使起坏来才要命。”

任瑶期见她生气，忙道：“这些不过是我们的猜测，真相如何还未可知。”

任瑶华瞥了任瑶期一眼：“我瞧着是八九不离十了，你不是向来一猜一个准吗？怎么突然谦逊起来了？”

任瑶期不认为这是任瑶华在表扬她，只能无语。

关系到一个女子的名节，她还真不好意思信口开河，当然对着正在气头上的任瑶华，这话她不敢说。

任瑶华没有注意任瑶期的脸色，狠狠道：“一个一个的全都是不让人省心的。”

任瑶期对此倒是没有什么感触，她的那些姐妹是什么样的人，她早有心理准备。

“不过任她怎么算计，若是萧二公子没有娶云秋晨，云家肯定会想方设法娶郡主进门。至于是云二少爷，还是云大少爷……对于燕北王府而言，一个不会带兵打仗的女婿才更让人放心吧。她还有本事让萧二公子一定娶了云秋晨不成？只会窝里横罢了！”任瑶华也不蠢，想通了之后，不由得讥讽道。

第二日，是任时佳新生儿子的满月酒。

任老爷子和任老太太领着任家一干儿孙去了林府，代表方家远道而来的刘氏带着儿子同行。

香芹在马车上兴致勃勃地说起了任老太太给小外孙准备的满月礼，“……一对赤金麒麟手镯、一对赤金长命富贵锁、一对和田玉双兽长命锁、六大箱子衣帽鞋袜，还有一封大封红，听说老太太原本还嫌弃这些东西寒碜，想要再多准备些，被老太爷劝住了，所以老太太那封红包怕是至少得这个数。”香芹伸出手指比画了个数。

任瑶华瞥了她一眼：“你是不是整日闲得慌？”

香芹缩了缩脖子，往任瑶期那边靠了靠，面上带了些委屈道：“奴婢只是想着，咱们出来的时候太太只准备了一只项圈、一只金算盘，外加六百两的银子，是不是少了点？万一另外几房瞧着老太太疼爱外孙的架势给得多了，那我们三房不是……”

任瑶华轻哼道：“你以为谁是傻的？”

香芹赔笑道：“自然只有奴婢是傻的。”

任瑶华漫不经心道：“像这种礼单，都是大家事先商量好的，各房都差不了多少。”任瑶华最近跟着周嬷嬷学家务，其中也包括这些人情往来。

像林家满月酒这种状况，任家几房人早在离开白鹤镇的时候就都商量好了，要不就是家族对于这种人情往来都有个大概的标准，每次遇见这种红白喜事的时候都按着家里定下来的惯例来，也不会出错。所以任瑶华不担心自己母亲会在这件事情上惹任老太太不快。

香芹摸了摸鼻子，不敢聒噪了。车厢里立刻就安静不少。

林家这次给林岑办的满月酒还挺隆重，任家的马车抵达林府的时候，就看到门口已经停了好几辆马车。

林家的祖宅很大，任老太爷和任家的男丁们被得到消息候在门口的姑爷林琨迎走了，等到女眷们下车的时候，也早有婆子丫鬟翘首以盼在门前候着了。

任瑶期与任家的姐妹们一起跟在任老太太身后，被人迎进二门，直接去了任时佳的院子。

原本任老太太还客套地表示，是不是要先去见一见林老太太，却被林家的婆子告知，林老太太和林大太太都已经去了六太太的院子。

果然，林老太太正坐在任时佳屋里靠窗的南炕上，抱着小林岑逗趣儿。任时佳坐在旁边陪着，林大太太和林家其他几位女眷也都在一旁落座，宽敞的明间和隔壁的梢间都十分热闹。

任老太太一进屋，林大太太就带着先一步回娘家来的任五太太林氏起身迎了上来：“哟，亲家来了，赶快上座，上座。”

林大太太热情又不惹人反感的声音在屋子里响起，一时间屋子里比林大太太辈分小的都站了起来，跟着林大太太上前迎人。任五太太虽然前一阵子跟任老太太之间有了些摩擦，可是在自己母亲的不断暗示下，还是先一步上前去给老太太行了礼，然后乖巧地扶住任老太太的手。

坐在炕上的任时佳见娘家人来了，也十分高兴，旁边的丫鬟忙上前给她套鞋。坐在她对边的林老太太依旧抱着孩子不撒手，笑着对进来的任老太太道：“怎么这时候才来？我们岑哥儿都等老半天了，是不是啊岑哥儿？”后面那一句问的是她手中才满月的孩子，语气十分宠溺亲昵。

林家是个大家族，跟着林大太太迎上来的女眷有十来个。任时佳下了炕后，上前扶住任老太太的另一只手臂，周围相互招呼的声音不断，一屋子的人都十分亲近的样子。

任老太太在任时佳和林氏的扶持下上前去给林老太太行礼，林老太太是任老太太的姑母，受任老太太的礼受得理所应当。不过她还是将手里的孩子交给了乳娘，扶了任老太太一把，笑道：“行了，你年纪也大了，还折腾什么！”

任瑶期也跟着几个姐妹上前去见礼，林老太太的目光在她们脸上一一扫过，拉着任老太太在上首坐了，笑问道：“瞧这一个一个的，长得跟水葱儿似的，哪位是你们家的五丫头？”

林老太太的年纪比任老太太要大上十来岁，不过保养得倒是极好，尽管缀着祖母绿宝石的抹额边露出了一些银丝，却依然没有让她显得苍老。因为眉骨较高，眉毛略细，长得有几分威严，只是现在笑眯眯的样子让她看起来很和蔼可亲。

任瑶期听见自己被点名，抬了抬头，林老太太的视线立即就停在她脸上，“你是五丫头？”

任瑶期福了一礼，低声道：“是的，姑太祖母。”

屋子里的人不少，顿时就有不少目光朝任瑶期看过来。

林老太太却没有再说什么，只是夸了任瑶期几句，然后又问了任瑶音和任瑶华。

倒是林家一位性子活泼的姑娘扯了扯任瑶玉的衣袖，低声道："表妹，这就是你家那位与郡主私交甚好，还一同坐画舫游内城河的五姐？"

她的声音虽然不大，但是也不是说的悄悄话，在场不少人都听到了，林家其他几位小姐也都好奇地朝任瑶期看过来。

作为燕北王和王妃的独女，萧靖琳在燕北还是很受关注的，所以萧靖琳与任家五小姐交好的事情，云阳城里的太太小姐们都有所耳闻。更别提端阳节郡主邀请任瑶期游内城河的事情，郡主和吴依玉大打出手还在其次，云阳城的内城河基本上就没有行驶过私船，从这一点来说，在燕北的世家小姐当中，任瑶期也算得上头一份。

任瑶玉这几日回到外祖母家，精神已经好了不少，恢复了些往日的活泼，不过她现在对任老太太还是有些怕，闻言只是微微撇了撇嘴，不敢在任老太太面前乱说话。

倒是五太太林氏笑着对娘家侄女们道："我们家五丫头与郡主的交情那是真好，前一阵子郡主还特意去白鹤镇找五丫头呢。等下次郡主要去划船，让五丫头也叫上你们一起去。"

五太太前一阵子吃了大亏，可是最近因为与五老爷重修旧好，日子正过得春风得意。她平素又好面子，最喜欢到娘家嫂子姐妹们面前逞威风，说这话原本也是为了让自己在娘家人面前有光，又想着这话也是为婆家挣了面子，不至于让婆婆不高兴。

不想她随口这么许诺，让刚刚问话的小姑娘惦记上了，上前挽着任瑶期的手臂摇了摇，问道："五表姐，真的吗？我还没坐过画舫呢。"

任瑶期对五太太的自说自话十分不快，不过也不好发作，正想要说几句将话题揭过去，倒是林氏的母亲林大太太主动站出来给任瑶期解围。

她轻轻拍了拍那小姑娘的头，笑骂道："你姑姑与你说笑呢，画舫又不是你五表姐的，哪里是想请客就请客的？而且内城河不让行船，听说上次郡主回去后还被王妃说教了一番。"

小姑娘吐了吐舌头，冲着五太太皱了皱鼻子："姑姑就是喜欢逗我们玩儿。”天真活泼的模样倒是逗得大家都笑了。

林大太太朝着任瑶期笑了笑，慈爱的笑容中还带着些安抚的意思。

这事儿算是揭过了，任老太太和林老太太正坐在上头亲密交谈，似是并没有注意到这边的插曲。

陆陆续续又有不少跟林家关系亲近的女眷来了，从这时候就能看出来林家给任时佳的院子是极为宽敞的，这么多的人竟然也不会让人感觉到拥挤。

林家的几位小姐都对任瑶期十分热情，之前说自己没坐过画舫的那个姑娘尤其好奇任瑶期和萧靖琳相处的事情，只是小姑娘一脸的坦荡和好奇，快人快语的模样让人不好意思真的讨厌她。这名小姑娘是林家三房的小姐林宝玲。

林宝玲这一代，林家只有四个女孩子，其中两个还是庶出，比起十几个男丁，算得上真正的阳盛阴衰。物以稀为贵，所以林家的小姐比少爷还要受宠些。

任瑶期正与任家的姐妹陪着林家三位小姐应酬，外头有婆子进来禀报说“宝瓶胡同的那位老夫人”来了。

这一声禀报让屋子里静了一静，原本的笑语寒暄就像是突然被人掐断了一样，显得十分诡异。

任瑶期也是微微一愣，她知道“宝瓶胡同的那位老夫人”这个称呼其实指的是她的外祖母废献王正妃。因为身份尴尬，云阳城里的女眷们便用“宝瓶胡同的那位老夫人”来称呼她。

很快，屋子里又恢复了说话，自然得好像刚刚大家不约而同的沉默并不存在一般。

献王妃平日基本上不参加云阳城里太太们的应酬，上次端阳节的龙舟赛，若不是萧靖琳当面相邀，她也不会出现。即使当日她去了，也没有与人说过话，所以对于她今日的到来，在场之人各有想法。

还是林大太太反应得快，笑着道：“是李夫人来了，这倒是稀客。”说着便往林老太太那里看了一眼。

别人称呼容氏为“宝瓶胡同的那位夫人”难免有些孤立的意味在里面，若是当面称呼的话就有些不太尊敬。而林大太太称容氏为李夫人却是稳妥的，云阳城里能被人叫一声夫人的毕竟不多，李氏既避开了容氏身份带来的尴尬，又没有让在场的任瑶期和任瑶华难堪。

且她虽然是这么说，却没有自作主张立即让人去迎了容氏进来，而是先看向林老太太，等婆婆做主。林大太太是谁也不得罪。

不等林老太太开口，任时佳就连忙道："还真是稀客……还是我亲自去迎一迎吧。"任时佳没有林大太太的城府和圆滑，愣了一瞬后就觉得有些不安，对于容氏的身份，她是有些顾忌的。

任老太太看了女儿一眼，眉头微微一皱。

林老太太看在眼里，哈哈一笑，朝着任时佳道："你才刚出月子，还是好好坐着吧。"说着，目光在自己的几个媳妇当中看了看，心中却是有几分犹疑，不知道该让哪个媳妇去迎人。

林家这次打算为林岑大办满月酒，所以云阳城里不少人家都接到了请帖，宝瓶胡同那边可能也有收到，不过也只是个礼数而已，容氏从来不会赴宴，因为她明白邀请的人也不是真心相邀，去了反而让双方都尴尬。

所以林老太太摸不清容氏来的目的，对于该以什么态度请人进府，也没想好。

"姑姑还要照看岑哥儿，走不开，还是我和三姐姐替姑姑去接外祖母吧？"任瑶期似是没有发现场中众人的异样，一脸单纯地开口道。

任瑶期替林家去接人说不过去，但是替嫡亲姑姑去接自己的外祖母，倒是没人觉得有什么不对。

任时佳闻言，朝任瑶期微笑："这样也好。"

这次任老太太只是看了任瑶期一眼，没有开口阻止，林老太太便笑着点头道："那就让玲丫头跟你们一起去。"

林宝玲立即跳了出来："好啊，我陪三表姐和五表姐。"

几人走到二门的时候便看到容氏刚刚从外面进来，任瑶期拉着任瑶华上前："外祖母。"

任瑶华对容氏的态度比对外祖父和舅舅要好多了，也跟着任瑶期行礼。

林宝玲还是第一次见到这位传闻中的"宝瓶胡同的那位夫人"，尽管她已经极力掩饰了，还是让人看出了她眼中的那几分好奇。不过她也没有失了礼数，上前去给容氏行了晚辈礼。

容氏朝着林宝玲点头笑了笑，又看向两位外孙女："我来看看你们姑姑和孩子。"

林宝玲甜甜一笑："夫人请跟我们来，六婶婶身体好着呢，十四弟长得虎头虎脑的，可好看了。"

容氏微笑着点了点头，任瑶期上去扶着容氏的手臂，容氏轻轻拍了拍任瑶期的手背。任瑶华看了任瑶期一眼，虽然没有上来搀扶，却也站到容氏的另外一边。

林宝玲走在前面。她年纪虽小，却不怕生，与谁都是一副自来熟的样子，一边在前头领路，还一边与任瑶期几人说笑，十分活泼。

任瑶期正走着路，发现自己的衣袖被人在后头轻轻扯了扯，转过头去一看，是容氏的丫鬟楚楚。

楚楚是平日里照顾容氏起居的，年纪大概二十出头，却还是梳着在室姑娘的头，容貌仅是中等。

不等任瑶期开口，楚楚便稍稍上前一步，凑到任瑶期耳边道："夏生回来了。"

她的声音极轻，说完就立即退回去，继续低头走路。

任瑶期眼睛一亮，看了容氏一眼。容氏朝她温和地一笑，又轻轻拍了拍她的手，什么也没有说。

容氏出现在众人面前的时候，众人已经没有了之前的失态，林老太太虽然没有表现得多热络，也起身叫了一声"李夫人"。任老太太这个亲家朝着容氏点了点头。

容氏的礼仪周到，让楚楚将自己带来的贺礼交给任时佳的丫鬟，笑着道："恭喜你喜添麟儿。"

任时佳很高兴，还让丫鬟将孩子抱过来让容氏看。

容氏的到来，虽然表面上没有引起什么风浪，大家说话的时候却不知不觉地带了几分顾忌，所以没有之前热闹了。

容氏也知道自己大概是不受欢迎的，所以在与林家老太太以及亲家母任老太太聊了几句之后就提出告辞。

林家人还没有弄懂容氏今日过来的原因，林老太太心中也有些狐疑，难道真的是看在任家这门亲家的分上过来送礼看看孩子的？

不过林老太太和林大太太还是很客套地出面挽留，最后容氏执意要走，她们才表示了一句“欢迎日后再来”，而任老太太这个亲家从头到尾一直表现得很冷淡。

林大太太表示要送容氏出门，容氏婉拒了，提出让任瑶期这个外孙女送。于是最后，还是任瑶期陪着容氏出的门。

任瑶期一直陪着容氏出了二门，到了容氏的马车旁。

任瑶期一眼就看到坐在车辕上的汉子，正是几个月不见的夏生。

夏生瞧着比几个月前黑了些，他本就长得比冬生高壮，这么一个大块头缩手缩脚地窝在马车车辕上，十分有存在感，就是怎么也不像是谁家的车夫，倒是比较像打手。见主子从二门出来，他连忙从车辕上跳下来，站在马车旁。

容氏朝着那几个跟任瑶期一起送她出门的林家的婆子丫鬟道：“我交代孩子几句话，你们先退下吧。”

容氏语气和神态都很温和，不过她毕竟是当过亲王妃的，一句话让几个丫鬟婆子二话不说连忙行礼退了下去。

容氏这才对任瑶期道：“夏生是昨日半夜回来的。”

任瑶期心中一动，昨日半夜回来，今日容氏就带着夏生过来找她了？原本她与容氏说过会找机会去探望她，若是有话，为何不等到那时候再说？毕竟依着容氏平日的作风，是不会来林家的。

难道是有重要的事情要交代她？

任瑶期不由得看了一眼夏生，不过夏生还是那张万年不变的没有表情的脸，实在看不出个所以然。

容氏摸了摸任瑶期的头，脸上的神色渐渐变得严肃：“韩家怕是并不像表面上那么简单。”

任瑶期闻言一惊，立即道：“夏生这次查到了什么？”

容氏看向夏生，夏生低着头道：“韩东山确实是在江南待过，不过他不是江南人，当年是跟着南下躲辽人的燕北人一起离开燕州的，离开时还不到十岁，在江南的楚州一直长到十七岁才因为躲避灾荒回了燕北。韩东山对外说自己是楚州朱桥镇上庄村人。小的这次去了朱桥镇，发现当年那场灾荒过后，楚州附近发了瘟疫，上庄村因为有不少人染了病，被当时的州官下令封了村，最后全村无人生还。”

“那你是从谁那里证实了韩东山的身份？”任瑶期挑眉问道。

“当年的上庄村虽然没了，但是在发瘟疫之前，并不是只有韩东山一人逃了出来。小的原本也以为没法再往下查证了，不想在路过上庄村原址的一座新修的石桥时看到了桥上的铭文，原来那座桥是一位商人修的，为了缅怀自己的先祖。他的父亲是上庄村人，当年在旱灾和蝗灾之后瘟疫之前，他父亲跟着做卖货郎的舅舅离了家。小的之后去找了这位商人，他父亲还健在。”

夏生顿了顿，接着道：“那位老者与韩东山差不多年岁，小的向他大致形容了一下韩东山的相貌，问他认不认识当年从燕北来的人，不想他一口咬定小的口中说的那人是他幼时的伙伴，名字不是什么东山西山，而是祖哥儿。”

“祖哥儿？”任瑶期皱了皱眉，“姓什么？”

夏生摇了摇头：“这个祖哥儿当年跟着一位叫作丽娘的妇人在上庄村落脚，丽娘就叫他祖哥儿。那位老人也不知道他们姓什么。丽娘靠着在农忙时给人帮闲赚些钱，日子过得很拮据。后来祖哥儿大些了，就给人放牛。丽娘对外称祖哥儿是他儿子，不过那位老人说，有一次他去找祖哥儿的时候，听到丽娘叫祖哥儿‘少爷’。”

“这么多年了，他还能记得清楚这些？”

“他说若是别人的话他记不住，不过这对母子当年有些特别。除了他们的燕州口音外，祖哥儿长大之后虽然也跟村里的孩子一样干些活儿，不过他身上总是干干净净的，不打架，也不跟人一起去河里洗澡摸鱼。因为长相秀气，还有人怀疑他是女娃娃。更让人奇怪的是，他们有时候穷得连锅都揭不开了，丽娘却还坚持让祖哥儿上私塾，交不上束修的时候，丽娘就去给教书先生洗衣做饭，缝缝补补，惹出不少闲言碎语也依旧如故，后来村里有不少女人拿着扫把要赶他们走。不过丽娘后来生了一场病去世了，之后不久楚州受灾，祖哥儿独自逃离上庄村。他走后，有人偷偷去了他们之前住着的屋子，想要试试运气，看能不能翻出些吃的，不想却从丽娘生前住的那张床的床板下翻出来一个染了血的草偶，奇怪的是草偶上的名字并不是上庄村的人。”

任瑶期看着夏生：“草偶上的名字是谁的？”

扎草偶诅咒仇人是燕北地区民间流传的咒术，有没有用先不提，燕北出生的人却是都知道的，之前连在深闺中长大的任瑶玉都用过。

不过除非是血海深仇，否则没有人会往草偶上用血，顶多是用针来扎扎。因为血祭会让施咒之人被反噬，相当于同仇人以命抵命。

夏生道："那时候正是灾年，饭都吃不饱，所以发现草偶的村民被吓了一跳，之后村里也无人在意了。倒是村里几个胆大的少年，因为好奇跑去看了。那人也正好跟着去了。当时有识字的认出了那些字，只是可惜过了这么些年，那人记不太清楚了。"说到这里，夏生抬头看了任瑶期一眼，"小的没有法子，就试探着问了问那上面的人名是不是姓任，那人想了半天才想起来，好像真的是个姓任的人。"

夏生当时也是出于谨慎才会那么一问，得到肯定回答后，自己反而被吓了一跳。

"不过这也做不得准，那人年纪也不小了，记错了也是有的。"夏生见任瑶期不说话，以为是吓到她了。

想了想，他又犹豫着道："小的这次见到那座桥，并顺藤摸瓜找到修桥之人，实属巧合，除此之外，竟是再无人知道韩东山的底。听说当年与韩东山一起离开上庄村北上之人还有几个，可是最后都没有在燕北留下过半点痕迹。"韩东山在楚州生活了那么些年，竟然没有人知道他的根底，这本身就是一件诡异的事情。

夏生这一段话说完，便无人开口说话。他们站在一棵槐树的树荫下，斑驳摇曳的光点投射在任瑶期脸上，让她的神色忽明忽暗，让人看不清楚。

容氏温和的声音让任瑶期从沉思中回过神来："要结儿女亲家，最忌讳的就是不知道根底。韩家祖祖辈辈都生长在蓟州，这一点倒是没有什么问题，只是韩东山这个人……并不简单，他真正的出身来历怕是有些问题。我今日过来就是想给你提一个醒，那一日端阳节，我见任家与韩家走得极近，听说两家还是有结亲的意思。"说到这里，容氏叹了一口气，"可惜这话我不能在你祖父母面前说，不过我会给你母亲去一封信。"

容氏若是在任家面前说起这些，任家老太太首先想的就是献王府居心叵测，插手任家子女的婚事，还会牵连上任三太太。并且容氏说的话，任家非但不会相信，说不定还会将献王府的人随意离开燕北的事情说出去，让献王府陷入危险。

任瑶期明白容氏的意思，点了点头：“我知道了，外祖母，您不用太担心。”

容氏又摸了摸任瑶期的头，慈爱地道：“期儿，你是个聪明的好孩子。”容氏知道，查韩东山的事情是任瑶期让夏生去做的，不想还真查出了些苗头。

任瑶期冲着容氏一笑，又看了夏生一眼：“这次的事情辛苦夏生了。”

夏生依旧束手站在一旁。他是个性子木讷不怎么多话的人，面对任瑶期的表扬，不知道要怎么回应，只有一声不吭。

容氏拍了拍任瑶期的手，叹道：“若是遇到什么事情，就送信过来，你年纪小，许多事情靠自己是解决不了的。”

任瑶期乖巧地点了点头。容氏见事情交代得差不多了，便与任瑶期道别。任瑶期亲自扶着容氏上马车。

等车帘子放下来的时候，夏生突然道：“表小姐，我这次给你带了两个人回来，只是今日不方便带过来。”

任瑶期一愣，想起来夏生离开之前她说要夏生给她教出来几个会武的丫鬟的事情。

夏生拿着马鞭挠了挠头：“这两丫头，小的是从一个街头杂耍班子手里买下来的，因为她们从小就要练基本功，学起来会快一些，不然找更小一些的孩子从小开始练，怕来不及。您若是觉得行，小的就开始教，若是嫌弃她们出身不好，小的就再找找。”

任瑶期笑着道：“你既然带她们回来，就说明她们资质好，再让楚楚姐姐她们帮我看看人如何。出身的话……只要以后没有什么麻烦就行。”

楚楚站在一旁还没有上车，闻言朝着任瑶期一笑，点了点头：“表小姐放心。”

任瑶期便真的放了心。

目送着容氏的马车出了府，任瑶期才返回内院。

夏生的话一直在任瑶期耳边回响，尽管她表面上依旧平静，心里却轻松不起来。

如果韩东山真的是当年翟家的后人，翟家与任家又有什么仇怨，能让一个当时只有几岁的孩子记这么些年，并且想方设法要让任家家破人亡。

任瑶期感觉，如果自己的这些猜测都是真的，或许当年的真相不会是一件令人愉快的事情。

内院的太太小姐们又恢复了容氏不在时的谈笑风生，任瑶期却有些心不在焉了。

“你怎么了？”坐在任瑶期身边的任瑶华问道。

虽然姐妹两人自幼不合，任瑶华还是能感觉到任瑶期有些不对。

任瑶期笑了笑：“祖母有没有说什么时候回白鹤镇？”她现在很想回去问问罗婆子当年到底发生了什么事。她有种感觉，罗婆子肯定知道些什么。

只差一点点，笼罩在眼前的迷雾就要揭开了，沉稳如任瑶期，也有一种急切的心情。

任瑶华皱了皱眉：“大概要后日吧，祖母那里怕是还有些事情要与姑母交代。”

任瑶期点了点头，正要说话，外头就有丫鬟牵着一个蹦蹦跳跳的女娃娃走进来。那孩子瞧着只有三四岁，生得玉雪可爱，一双大眼睛扑闪扑闪的，十分好奇地看着屋里的人，众人这才发现是她拖着牵着她的小丫鬟走进来的，被她牵着的小丫鬟吓得脸都白了。

“哟，这是哪家的孩子，生得真好。”一位二十来岁的妇人笑着道。

她话音刚落，就有一位老妇人走进来，看到孩子之后，十分无奈地道：“盼儿，你又顽皮了。”老妇人身后一个奶娘模样的女子忙上前去，将那女娃娃抱到怀里。

女娃娃不满意地踢了踢腿，可是奶娘哪里还敢放她下来，只低声哄着她。女娃娃将脸转向那妇人，眼中含泪，泫然欲泣：“曾祖母，曾祖母，自己走，盼儿自己走……”

林家老太太哈哈大笑，招手道：“雷家的宝贝疙瘩来了啊，快过来这边坐。”

那老妇人摇了摇头，无奈道："见笑了，这孩子……"

任瑶期听到林老太太的称呼，朝那刚进门的老妇人看去。

这位就是雷家的太夫人？

雷太夫人是雷家家主的祖母，年纪少说也有六七十岁，面上却不见老态，瞧着与任老太太的岁数差不多。比起任老太太、林老太太等几位老妇人，这位雷太夫人身上有一种从容优越的气质，刚刚她的曾孙女进来的时候明明有些失礼，她面上却只有些无奈，而不见尴尬窘迫，与众人打招呼的时候也依旧十分从容。

这是一位见过世面阅历丰富的老太太，任瑶期给她下了个结论。

不过上次从萧靖琳那里得到的消息却是，这位雷太夫人实际上是一位外室，并不是雷家那位早已作古的太老爷明媒正娶的正房夫人。

雷家倒真是一个有趣的人家，任瑶期低头一笑。

"姐姐，你在笑什么？"一个稚嫩的声音在耳边响起，让任瑶期惊讶地抬头。

只见雷家的那位小娃娃正站在任瑶期面前，咬着手指好奇地看着她，一双大眼睛几乎占据半张脸，长长的睫毛一闪一闪的，模样十分讨喜。

雷盼儿的奶娘忙在一旁道歉，想要抱她走，小姑娘身子一扭避开了，皱着眉头一本正经道："我要和姐姐们坐的，你乖，不要捣乱。"

任瑶期忍不住笑了，连她身边的任瑶华也有些忍俊不禁。

雷盼儿看了看任瑶期，又看了看任瑶华，大眼睛中有些不解，不过她很快就咧嘴笑了，然后从小几上的果盘里抓了一把花生，十分讨好地递给任瑶华，然后眨着眼睛看她。

任瑶华一愣，看了看手中的花生，又看向孩子："呃……谢谢。"

她正想说她不吃，小孩子却理所当然地道："姐姐剥，盼儿吃。"然后十分自来熟地爬到任瑶期怀里，坐到她腿上，继续看着任瑶华。

任瑶华："……"

任瑶期看着自来熟坐到自己怀里的孩子，哭笑不得。

雷盼儿不忘抽空抬头看向任瑶期，讨好道："姐姐身上香香，盼儿喜欢。"说着还用小脸在她脖子上蹭了蹭。

奶娘在一旁快哭了，忙道：“小姐，奴婢给你剥花生，你快下来。”

任瑶期忍不住捏了捏孩子软绵绵的小脸蛋，笑着对奶娘道：“没关系的。”

这时候雷太夫人走了过来，歉意地道：“打扰了，这孩子总是顽皮。”然后从任瑶期手里将孩子接过去。

见是曾祖母来了，雷盼儿立马老实了，眼睛却还盯着任瑶华手里的花生。

雷太夫人将孩子交给奶娘：“抱好了，别让她下来。”

奶娘立即应了。

雷太夫人朝任瑶期姐妹两人笑着点了点头，带着奶娘和孩子往几位上了年纪的老太太那边去了。

雷盼儿朝任瑶期和任瑶华摇手：“姐姐再见。”

任瑶华皱眉看了看手中的花生，放到身边的小几上。

隔着个柱子和屏风，有两位年轻的妇人在聊天。

“雷家的女娃娃生得真好。”

“可不是，可惜是个命苦的，生下来没多久娘就没了，又没有祖父祖母，是跟着曾祖母长大的。说起来雷家大爷也二十出头了，只有一个闺女。”

“怎么没续弦？哎，我倒是有个侄女……”妇人听了，不由得有些兴致勃勃。

另外一人闻言，扑哧笑了，戏谑着打断道：“行了，以雷家的家世和雷大爷的人才，你以为没人打这个主意？可惜雷大爷是个重情义的，说要给结发妻子守足三年，连雷太夫人都没有办法，只能由着他。听说雷大太太是两年前去的，还差一年呢。”

“哟，倒是个痴情人。”

这时候又有人插了嘴：“我倒是觉着你有侄女也不用这么着急嫁到雷家，是好是坏还说不准呢。”

这新加入谈话的人明显是话里有话。

“这话怎么说？雷家那家世，在燕北除了燕北王府和云家，也没人能及得上了，这还不算好人家？再说雷家大爷，长相才干都是打着灯笼也难找，就算是续弦，也有得是姑娘愿意嫁。”

“就是，我家姑母之前也跟我打听过雷家大爷的情况。”又有人加入谈话，雷家的话题吸引了不少人。

任瑶期坐在那里喝茶，偶尔抬眼看一下任瑶华，却见她在剥花生，果肉都挑出来放在丝帕上。

屏风后面的那几个妇人还在聊天。

“我听说雷家的来历可能有点问题。”

这么一句话让几个妇人都惊了一跳。

“这不能吧？”

“怎么可能？”

任瑶期的手指在小几上轻轻敲着，垂下眸子遮住眼中的若有所思。

“我也是听人说的，就是刚刚那位雷太夫人，不是说出身华阴柳家吗？”

“是啊，怎么？柳家现在虽然是没落了，几十年前也是整个大周数一数二的大家族。”有人迫不及待地发出疑问。

那妇人却是迟疑了一下，含含糊糊道：“我也是听别人说的，具体什么情况也不太了解。”

有人嗤笑：“你尽是胡说八道吧？”有人敷衍，不是很相信的样子。

那妇人却不辩解，反而赔笑道：“就当我胡说八道，等会儿我多喝两杯赔罪如何。”

她这么一说，倒是有人怀疑了。

“哎，我说你这些话都是从哪里听来的？”

那妇人笑了笑：“不少人在传呢，反正你们以后就知道了。”说完这句，她便怎么也不肯开口，找个借口就离开了。

任瑶期抬眸看了香芹一眼，香芹会意，悄悄地转身退下。

任瑶华剥完一把花生，用手帕包好，招手叫来一个丫鬟，交代她把花生仁交给雷家的那个小姑娘。

任瑶期看了任瑶华一眼，眼中含了些笑意。

过了会儿，香芹又悄无声息地回来了：“小姐，是云阳城里一个中等商户人家的太太，奴婢刚刚瞧着她往花厅那边去了，然后又与其他人说起雷家的事情。”

任瑶华看向任瑶期：“有人故意传不利于雷家的传言？”

任瑶期点了点头，心里却在想着韩家果然是不死心，一计不成，又生一计。雷家就算有所警觉，也阻止不了别人的算计针对。

若是雷家太夫人的出身真的能让人挑出毛病，雷家的声誉肯定会受损，被人扒出现任当家并非正统也是迟早的事情。

现在还只是散播流言，接下来会做些什么小动作?

任瑶期一边想着，一边往隔壁屋里雷太夫人那边看去。雷太夫人正与几个上了年纪的太太说话，一脸和煦的笑意，带着些世家出身的夫人身上才有的高雅淡定。这样的老太太很难让人相信是一个上不得台面的外室。

这时候有个婆子走进来，一直走到雷太夫人身边，躬身在她耳边说了几句。

任瑶期看到雷太夫人眼中迅速闪过一丝惊愕，然后挥手让婆子退下了。她一直等到与几位老太太的谈话告一段落，才起身去了林老太太那里。林老太太与她说了几句，然后让人找来了林大太太。

雷太夫人又对和林大太太一起走过来的任时佳说了几句话，然后在林大太太的陪同下出来了。

看样子雷太夫人是要先走。

任瑶期一直注意着雷太夫人的神色，尽管她隐藏得很好，任瑶期还是感觉到了她的忧虑。

雷盼儿趴在奶娘怀里晃悠着小腿，对上任瑶期和任瑶华的视线时，咯咯笑着向这边挥手，一副天真无忧的模样。

任瑶期轻轻一叹，移开了目光。

任老太太派人过来叫任瑶期和任瑶华过去，姐妹两人去了之后，看见任老太太和任时佳正与一位太太说话，任瑶音扶着任老太太的手侍立在旁。走近了一看，任瑶期才发现原来那位太太正是有过一面之缘的云家大太太。

云老太太今日没有来，只有云大太太和云三太太两人来了。

“华儿、期儿，来见见你们云家表婶。”任老太太朝着姐妹两人十分和蔼地招手。

任瑶期和任瑶华走过去给云大太太行礼，云大太太和气地应了，视线落在任瑶期脸上的时候笑意更深了些：“昨儿瑶期跟郡主一起去了云家，我们老太太还念叨着呢。”

任老太太看了任瑶期一眼，嘴里却道：“这孩子听话是听话的，就是性子敦厚，不爱说话，若是有什么不对的地方，你做长辈的就给她指出来才好。”

云大太太笑道：“哪里，我们老太太就喜欢乖乖巧巧的姑娘，还当面邀请她参加今年的千金宴呢。”

任老太太有些惊讶。她昨日因为有事情，所以并未将任瑶期叫过去问细节，只知道她跟着郡主去了一趟云家，并得了几件衣服，没想到还被云家邀请参加今年的千金宴了。

不过任老太太的惊讶仅仅是一闪而逝，马上道谢。

任瑶音在一旁笑道：“恭喜五妹妹，云家的千金宴可不是谁都能去的，等你去了回来可要与姐妹们好好说道说道。”

任老太太笑瞪了任瑶音一眼：“你这孩子。”

云大太太笑着打趣：“这不会是在怪我们厚此薄彼吧？罢了，等我回去回禀老太太，多给你们几张请帖。”云大太太念在任家之前照顾云文放的事情上，对任家比以前亲近了些，想借这机会还任家人情。

任瑶音脸上染上了红霞，讷讷道：“表婶，我不是这意思……”

任老太太在云大太太这里得了面子，心里也高兴，忙让任瑶音和任瑶华道谢。

任瑶音道：“表婶，秋晨表姐最近好吗？我许久不曾见到她，上次与她谈论诗文还是前年的事情。最近我新得了本诗集，想必她也会喜欢，不知道什么时候能有机会与她探讨呢。”

任瑶华看了任瑶期一眼，嘴角微微往上勾了勾，笑容里含着说不出的嘲讽，好在因为角度关系，只有任瑶期看到了。

任瑶期微微一笑，低头捋了捋衣袖。任瑶音这是想要让云大太太开口邀请她去云家做客？

云大太太正要说话，旁边来了一位妇人，笑道：“你在这儿呢？可让我好找。”听口气是与云大太太相熟的哪家太太。

“你找我有事？”云大太太转头一笑，语气随意地道，应该与这妇人关系不错。

那妇人性子瞧着很爽朗："你不是交代了让我给你看人吗？快跟我来，我……"说到一半才意识到旁边还有别人。

云大太太忙笑着给两边介绍，那妇人是云阳城里某官员的夫人。

云大太太想必是有事情，便与任老太太说了几句就跟着那妇人走了。

任瑶音目送着云大太太离开，向来淡然冷静的眸子里闪现一丝懊恼。

临走的时候，任瑶期姐妹几个跟着任老太太去与任时佳道别。

今日的主角林岑已经在奶娘手中呼呼大睡，任老太太还有些体己话要交代任时佳，任时佳便让丫鬟带着任瑶期姐妹几个先去外间玩。

领着她们出来的丫鬟有些面熟，原来是曾经在任老太太院子里伺候的青柳，虽然比不上几个最得看重的大丫鬟，却也因为办事稳妥渐渐在荣华院里熬出了头。

任瑶期几个也都知道，这次任时佳回林家的时候，青柳跟着她一起回来了，是给林家姑爷做屋里人的。

所以虽然面上不说什么，任家几位小姐对这个被任老太太亲自挑选出来的未来姨娘还是有些好奇的。

青柳依旧不怎么爱说话，一直低着头，还留着姑娘家的发式，好像并未开脸。

里屋里，任时佳和任老太太也正在谈论青柳的事情。

任时佳红着脸撇嘴，脸上有了些不在外人面前表现出来的娇憨："才回来没几日，相公说……说他没心思。而且我现在生了岑儿，您不是说可以缓几年等孩子长大一些再给青柳开脸吗？"

任老太太看了她一眼，对这个女儿还是十分了解的："我是说可以晚几年才让她怀孩子。"

任时佳低头："可是您让我给相公纳妾，不就是为了孩子吗？相公他又不是贪鲜好色之人，他……"

任老太太叹了口气，也不想再为难女儿，只道："你自己心里有数就好，我总归是为你好的。"

任时佳松了一口气，笑道："我当然知道娘是为了我好。对了，娘，您什么时候走？"

任老太太闻言气笑了："怎么？赶人了？"

任时佳忙道："怎么会，我只是舍不得你们走。娘，您在云阳城里的时候我心里也安着，不怕别人暗中捣鬼。您走了，我心里不踏实。"

任老太太轻哼一声："我总不能围着你一个人转。"说完便低头喝茶不语。

任时佳看了看自己的母亲，想了想，说道："娘，要不您留下几个侄女陪我？你不知道，这林家我现在住着瘆得慌，瞧谁都像不怀好意。有娘家人在的话，也给我壮壮胆。"

任老太太闻言哭笑不得，指着任时佳骂道："你就这点子出息！"

任时佳却越想越觉得这法子好，走到任老太太面前去磨。

任老太太原本不想搭理她，不过后来想着几个孙女就要参加云家的千金宴，而且五丫头又与燕北王府的郡主交好，还在云家人面前留下了印象，若是留下与云阳城里的人多交往交往，也未必不是好事。

于是她松了些口："你想让你哪个侄女留下？"

任时佳想了想："瑶期和瑶音吧？这两个丫头性子好，之前我怀着岑哥儿的时候，她们还经常来陪我说话，挺讨人喜欢。我也可以带着她们都见一见云阳城里的太太小姐们。"

任老太太没有立即答应："我再想想，到时候再说吧。"

任时佳见任老太太没有拒绝，知道她可能需要回去安排一下，便没有再说什么。

母女两人又说了些话，任老太太才带着几个孙女离开。

任家的男人在满月酒第二日就启程回白鹤镇了，倒是任老太太带着孙女孙媳妇多留了一日。

任瑶期与任老太太说了一声，想要去宝瓶胡同看看外祖一家。任老太太却喝着茶淡声道："这个不急，反正你和音儿还要在云阳城里多待些日子。"

任瑶期一愣，任瑶音显然也是才知道这事儿，任家其他几个姐妹则都看向任老太太。

任老太太道："你们姑母想留你们在云阳城住些日子，你们不愿意？"

任瑶音忙道："哪里会不愿意，姑姑待我们极好，岑哥儿又生得可爱，孙女愿意留下来陪姑姑。"她还怕想留下来没有借口，真是一瞌睡就有人递枕头，心里高兴极了。

任瑶期原本也不介意在云阳城里多待些日子，不过她心里惦记着韩家的事情，想要去探一探罗婆子的底。只是任老太太本就不是想要听孙女们的意见，连问都没有问任瑶期的意思。

从老太太屋里出来之后回了自己的房间，任瑶华对任瑶期道："你自己注意一些，不要再见云家二少爷。"想了想，又皱眉道，"我得把香芹留下来看着你。"

任瑶期闻言微愣："三姐，我知道的，你不必……"

任瑶华在任老太太身边长大，别的不说，任老太太说一不二的性子倒是学得极像，根本就不过问任瑶期的意见，说出来的话就是她的决定。

"听说方家那位太太也要在云阳城里多留几日，我原本还不放心，既然你也要留下，那倒正好。香芹这丫头笨是笨点，但是跑跑腿的活儿还是能做的，若是有事情，也可以让她往家里送信。"任瑶华说着自己的打算。

方家太太要在云阳城多待些时候，任瑶期并不觉得奇怪，本来方太太就不仅仅是来参加满月酒这么简单的，她还需要些时间给自己的丈夫活动活动，探一探路。

原本方姨娘也想要留下来陪方太太的，不想话还没说出来就被任老太太拒绝了。任老太太虽然不在乎在适当的时候打压一下李氏，给方姨娘脸面，但是也没有糊涂到让一个姨娘独自留在云阳城里抛头露面，尤其是在发生了康氏的事情之后，这种脸面她丢不起。

第二日，任老太太带着几个任家女眷启程回白鹤镇。

东府的苏氏也与任老太太她们一起离开，倒是任瑶亭会在外祖家住些日子，得知任瑶期也会留在云阳城后，还打发丫鬟过来与任瑶期说，要与她一起玩。

任瑶期想了想，最后还是拉着任瑶华到一边道："三姐，你回去之后交代周嬷嬷，让她将留在府上的那个罗婆子和她孙女送来云阳城。先送到外祖父家，我到时候想法子过去。”

任瑶华看了任瑶期一会儿：“你最近有些奇怪，到底在忙些什么？”

任瑶期想了想：“是与韩家有关，他们的底细并不简单……我还没弄明白，等弄清楚了再告诉你。”

任瑶华想着任瑶期与韩家那位少爷的事情，皱了皱眉，虽然她心里也不觉得任瑶期是一个轻浮的人，可总归还是有些不放心，正想再交代几句，任老太太那边派人过来了。

任瑶华只能暂时作罢，只道：“你别乱惹麻烦。”

任时佳对两个侄女的到来很高兴，亲自带着她们去看住的地方。

任瑶期和任瑶音两人住到任时佳院子里的西厢，三间厢房两边的房间分别为两人的卧房，中间作为共用的会客厅。

任时佳虽然也姓任，却是个很好相处的性子，有时候还带着些与她的年纪极不相符的孩子气。

林家其他主子们也都表达了一番对任瑶期和任瑶音的欢迎，林老太太邀请姐妹两人去她那里用晚饭，林大太太特意过来一趟，问她们还有没有什么需要。林宝玲和林家另外一个庶出的姐妹则带着任瑶期和任瑶音两人分两次逛完了整个林家大宅。

倒是任时佳在院子落钥之后特意过来找了她们一次，交代她们没事的时候就在院子里待着，与林家人的接触不要太多，若是非去不可的话，一定要与她先交代好，并且回来之后也要立即向她禀报。

任时佳在说这些的时候，脸上带着她极力掩饰的忧虑和不安。

任瑶期和任瑶音两人都很乖巧地应下了，见她们如此，任时佳反倒是安慰她们般地笑了笑：“没事，姑姑知道你们向来都很乖巧，只是怕你们人生地不熟的吃了什么人的亏，并没有别的意思。等过几日空闲的时候，姑姑带你们去云阳城里各处走走。”

第十九章

较　量

第二日，任瑶期和任瑶音收拾好了之后，一起去任时佳屋里用早膳。

姑父林琨不在屋里，像是一早就出门了，不知道是因为她们在这里，还是以前也不在内院用早膳。

任时佳不是林老太太的正经儿媳妇，又因为才生了孩子，林老太太就免了她的晨昏定省。所以任瑶期和任瑶音也不用同林家的人那样一早去给林老太太请安。

从某种程度上而言，任时佳在林家的地位是超然的。不过这种超然更像是林家对她的一种补偿。

以前的任时佳对于自己在林家的特殊地位还有些不安，自从她知道自己一直没有孩子可能与林家大房有关系之后便想通了许多。

上午，任时佳正让青柳拿了银子让厨房加上几道任瑶期和任瑶华喜欢吃的菜，一个消息传到了林家的内院。

雷家太夫人死了。

当时任瑶期也在任时佳屋里，与任瑶音逗着吃完了奶正精神着的小林岑。

这个消息让任瑶期惊了一惊，拿着拨浪鼓的手顿在半空中。

“怎么突然就……前日不还好好的吗？”任时佳也吓了一跳，问那个进来报信的丫鬟。

前日林家为林岑办满月酒的时候，雷太夫人还来过，当时的她完全看不出来有什么不好。

“不清楚，说是昨儿半夜突然得了急病去的。”丫鬟也是听外头说的，雷家的人天一亮就派人出门买白布，然后云阳城的人家陆续接到雷家的报丧，林家也是刚刚接到的。

任时佳有些唏嘘，不过想到雷太夫人年近古稀，虽然瞧着并不怎么显老，毕竟年纪在那里，便也释然了。

任瑶期却想得多了些。她想到的是，雷太夫人的猝死与她的身份是不是有关系？若是死因真的不那么简单，那动手的人是谁？

毕竟雷老夫人死的这个时间点实在有些巧合，正在别人想要利用她的身份攻击雷家的时候。

她的死到底是会将自己身份的秘密带进棺材，还是会将雷家推向一个更加进退两难的地步？

之后不久林大太太派了个嬷嬷过来，林家下午要过去雷府吊唁，林老太太的意思是让任时佳跟着林大太太一起去。

那位嬷嬷想必是林大太太面前得用的，任时佳对她十分客气，还与她聊了会儿天。

任时佳在林家的下人们那里人缘倒是十分好，因为她打赏大方，又没有什么架子。

说起雷老太太的事情，那位嬷嬷也是一脸唏嘘：“前日还好端端的，从我们这里离开的时候，奴婢还跟着大太太一起将她送到二门。现在说没就没了，真是……”

任时佳叹道：“毕竟是年纪大了。听说雷老夫人当年在南边的时候，雷家艰难，她娘家也倒了，吃了不少的苦。那时候落下了什么病根也说不准。”

那位嬷嬷闻言沉默片刻，压低声音道：“现在外头有些传闻。”

任时佳有些惊讶，不由得问道：“什么传闻？”

“听说雷太夫人死得有些蹊跷，她其实不是发急病死的，而是被人害死的！”

任时佳闻言愣住，脸色也有些发白，“这……不可能吧？什么人要害她？雷家才来燕北多久，哪里来的仇家？”

“这个就不清楚了，奴婢也是听外头传言。您想啊，这位太夫人听说平日里极注重保养，一年到头连个小病也没有，什么病根呀的听都没有听过，哪一次出现在人面前的时候不是面容红润，气派十足？至于是什么仇家……这就说不准了，或许是冲着雷家来的，或许是冲着雷太夫人来的，可能是外头的人，也可能是他们自己府里的人。”

说到这里，大太太那里派人来找这位嬷嬷了，嬷嬷便起身与任时佳告辞。

在隔壁坐着的任瑶期和任瑶音将之前任时佳和那位嬷嬷的谈话听了个十之八九。

任瑶音对雷家的事情不怎么感兴趣，正在帮任时佳给小林岑绣一双老虎鞋，认真地穿针走线。

任瑶期一边拿着小钳子剥松子儿，一边看着任瑶音做活儿，思绪却早已经飞走了十万八千里。

刚刚那位嬷嬷口中的传言，让任瑶期不由得想到岑哥儿满月酒那日刻意传播出来的谣言。

有人在暗中传播不利于雷家的流言。

只是为何要传出雷太夫人是他杀的言论？背后之人的目的是什么？

像雷家这样的人家，这样的处境，内院里的人，尤其是主子们身边贴身伺候的人绝对是可靠的。

而且，若说是韩家这样的对手动的手，其实雷老太太活着比就这样死了对他们的好处更大。因为她的身份本身就是一处破绽。

外头的天色依旧有些阴沉，从昨日夜里开始一直在断断续续下雨，让人的心情也跟着低沉起来。

任瑶期感觉有些压抑，这种压抑甚至让她觉得连呼吸都需要用上力气。

将手中剥好的松子仁放到碟子里，推给任瑶音，任瑶期站起了身：“坐得久了，我起身走走。”

任瑶音抬首看了看任瑶期剥好的松子仁，将手中的线咬断，笑道：“你剥了这么大半天，倒是便宜我了？”

任瑶期也笑：“四姐向来心疼我，我也心疼一下四姐。”

任瑶音一愣，随即温柔地一笑。

任瑶期只是在廊下走走，任时佳没有阻拦，让她小心地滑，不要淋雨。

外头的空气果然好了许多，还带着泥土和植物的清香。

任瑶期原本打算沿着院子的廊下走一圈，透一透气，顺便理清楚思绪，不想还没走到自己的厢房门口，就看到香芹从外头进来，手里还拿了个四四方方的小盒子。

“下着雨，出门怎么不带伞？”任瑶期见香芹头发上都是细细密密的小水珠，肩膀也湿了，责备道。

香芹看到任瑶期的时候立即跑了过来，见她出言责备，便吐了吐舌头：“一时心急，忘记了。”

任瑶期挑了挑眉：“什么事情这么急？”

香芹闻言指了指手中的盒子，一脸灿烂的笑：“有人要给小姐递东西进来，奴婢特意跑去看了，这才知道原来是郡主让人送来的。”

香芹被任瑶华下了死命令，不准任瑶期接近某些莫名其妙的人。所以一听到外头有人要给任瑶期递东西进来，忠心耿耿的小丫鬟二话不说先跑了出去，不想来人不是她严加防范的云家人，而是燕北王府郡主身边的一个丫鬟，是来给任瑶期送东西的。

似是害怕任瑶期怪罪自己自作主张，香芹一边讨好地笑，一边小心留意任瑶期的脸色。她心里想着，若是五小姐当场发了脾气，自己要怎么办。

任瑶期不动声色地欣赏了一下香芹的面部表情，然后笑了，接过那个只有巴掌大的小盒子：“嗯，多谢你跑一趟，快进屋把衣裳换了。”

香芹脸上立即多云转晴，笑得眼睛亮晶晶的：“哎，奴婢这就去。”

看着香芹欢快的背影，任瑶期忍不住笑了笑，连之前那种憋闷的感觉也消散不少。香芹这丫鬟，性子虽然欢脱了些，关键时刻却从来不会让主子失望。

而且任瑶华交代香芹这件事情本是好心，任瑶期自然不会为这种事情生气。

任瑶期看了看手里的盒子，想了想，还是先回到了自己屋里。

盒子是紫檀木的，上面雕刻着福如东海的图案，十分精巧。任瑶期打开一看，却愣了愣，里面是一枚八仙过海的核桃雕。

任瑶期将那枚小巧的核桃雕拿出来，放在手心上细细打量。她发现核桃中间被掏空了，是镂雕，雕工很出色。

不过萧靖琳无缘无故送她这个做什么？礼物？

正这么想着，任瑶期拿着核桃对着光一看，却是心中一动，核桃中空的部分有东西。

任瑶期看不清楚核桃中间的到底是什么，抬手在耳边摇了摇，很轻。

她对着窗户仔细看过之后，发现当中果然有一圈很细的纹路，便试着掰开。

很细微的咔嚓声后，那枚核桃果然被分成了两半，所幸由于质地坚硬，并没有碎裂。

其中半枚核桃壳中有个被折成两个成人指甲大小的纸团。任瑶期将之打开之后，上面熟悉的字迹让她愣了愣。

纸条上只有几个字：明日巳时，谭记烤鸭。

上一次萧靖琳说要与她一起去吃烤鸭，可惜半途被王府的人叫走了。不过这张纸上熟悉的字迹却让她想起上一次祝若梅失踪的时候，萧靖西让她猜谜那张纸上的字迹。

邀她的人是萧靖琳，还是萧靖西？如果是萧靖西的话，那么找她可能不是吃烤鸭这么简单了。

任瑶期想起冬生说他查到翟家是萧靖西给他的提点，又想到雷家太夫人的暴毙。这两件事情都与韩家有关系。

吃过午饭，小雨终于渐渐停下来。

任时佳要和林大太太跟着林老太太一起去雷家吊唁，临走之前将任瑶期和任瑶音两人都叫了过去。

任时佳不能带林岑去，又不放心把他留在林家，便交代两个侄女帮她照看孩子。

“不要让岑哥儿离开你们的视线，乳娘和几个丫鬟虽然是我和娘精挑细选出来的人，但我还是有些不放心，怕她们有什么疏漏。”将睡着的儿子抱在怀里，任时佳的眼神温柔中含着担忧。

单纯如任时佳，在面对自己儿子的安全问题的时候也精明了起来。吃过的教训让她不得不长心眼，这个孩子是她的命。

任瑶期和任瑶音认真地应下了。任瑶音道："姑姑放心吧，有我和五妹妹在呢。"

任时佳将孩子递给自己的大丫鬟抱着，摸了摸两个侄女的头，笑容温柔："姑姑会尽快回来的。"

任时佳之所以选任瑶期和任瑶音两人留在身边，是因为在她眼中，这两个侄女性格最温顺又十分乖巧懂事，即便年纪不大也很让人放心，所以她很放心将孩子交给两个侄女照看，何况还有乳娘和丫鬟在。

"你也留在家里吧，禄嬷嬷要处理院子里的事情，屋里的事就交给你了，我带杜鹃她们几个去就行。"任时佳又交代抱着孩子的大丫鬟春兰道。

等到实在没有什么可交代的时候，任时佳才去换衣服梳头，准备出门。

任瑶期跟着任时佳去了里间，一边帮忙给任时佳挑选与素净的簪子相配的耳坠，一边道："姑姑，郡主之前找人捎信过来，约我明日出门。"

任时佳从镜子里看了任瑶期一眼，笑道："好啊，那你就去。本来我还想带你和音儿去云阳城里四处转转的，不过近几日怕是没有空闲了。"

任瑶期将一副珍珠耳坠挑出来给任时佳，任时佳点了点头，交给丫鬟给她戴上。

"我还想去看看我外祖父和外祖母。"

任时佳闻言也不在意，点头道："好，你想什么时候去？我让禄嬷嬷给你安排马车。"

任瑶期从前与任时佳的接触并不多，虽然觉得她应该不是个太厉害的，不过这么好说话还是让任瑶期松了一口气。

"那就后日吧。"任瑶期道。

任时佳收拾完之后，正好老太太那边派人过来。任时佳又对屋里的一干丫鬟婆子们好好交代一番才出门。

任瑶期和任瑶音两人留在任时佳房里，和乳娘丫鬟们一起看着小林岑。

孩子才一个来月，平日里很乖巧，吃完就睡，不哭不闹，就是睡觉的时候多了些。

林岑睡在东次间的那只大摇床里，任瑶期和任瑶音就坐在东次间的炕上。任瑶音在做她的虎头鞋，任瑶期则拿了一卷任时佳让丫鬟帮她从林家的书房里拿出来的书看，是一本有些枯燥的道家经典，聊胜于无。

不多会儿，林岑醒了，发出软绵绵的哭声，乳娘立即过来在摇篮里摸了摸，笑着道："哟，小少爷尿了。"

于是几个丫鬟有条不紊地忙碌起来，任瑶期和任瑶音虽然被交代来看着孩子，不过也真的只是看着，她们插不上手，也不需要她们插手。丫鬟们被悉心教导过，照顾起孩子来驾轻就熟。

等孩子换了尿布和褥子后，又开始呼呼大睡。

任瑶音放下手中的针线，饶有兴致地道："岑哥儿真乖巧。"

乳娘笑着道："可不是，小少爷是奴婢见过的最好带的孩子，晚上也不哭闹。"

任瑶音有些好奇道："可是他也太能睡了，小孩子都这样？"任家的几个兄弟姐妹都大了，大少爷任益延虽然成亲了，却没有生育，所以任瑶音也没有见过林岑这么小的孩子。

乳娘道："孩子要长身体，所以才睡得久。"她心里也觉得这位小少爷每日睡的时间比别人要多，不过睡觉也不是什么坏事，至少孩子一直健健康康的，所以乳娘也没有在意。

不多会儿，有丫鬟端了一个红漆托盘进来，托盘当中放着一个很大的青花盖碗，隐隐还能闻到些食物的香味。

乳娘吸了吸鼻子，笑着道："我猜今日是猪脚花生汤？"

为了保证奶水充足，乳娘每日除了三餐之外，还需要加餐，任瑶期和任瑶音第一次在任时佳这里见识到乳娘的食量的时候都被吓了一跳。乳娘一餐吃的东西比她们一日吃的还多。

进门的丫鬟将手中的托盘放到桌上，朝着任瑶期和任瑶音行了礼后才抿嘴一笑："你这鼻子倒真灵。"

乳娘笑着起身道："多谢姑娘亲自端来。"

端托盘进来的丫鬟是青柳。院子里的人都知道，青柳是任时佳的娘家给林琨准备的屋里人，虽然还没有正式被收房，林家上下也都唤她一声姑娘。

青柳笑了笑，又行礼退下。

乳娘告了一声罪，端着那一大碗猪脚花生汤去一边吃。

虽然乳娘没有当着主子的面吃，不过毕竟在一个屋里，香味还是若有若无地飘了过来。

任瑶期偏了偏头，从书中抬头，往乳娘那边看了一眼。

“汤里加了药材？”等乳娘吃完，碗盘撤了下去，任瑶期开口问道。

乳娘一愣，然后道：“是加了些催奶的药材在里面，不过府里的厨娘手艺好，基本上吃不到药味，表小姐鼻子真灵。”

任瑶音也惊讶地看了任瑶期一眼：“我也没有闻到药味。”

任瑶期笑了笑：“我之前病了许久，每日都要按三餐吃药，所以对药材的味道记忆深刻。”

这个解释很合理，所以没有人表示诧异。

任瑶期继续低头翻书，心里却总觉得有些奇怪。

这一下午平平静静地过去了，任瑶期却觉得这平静的表象之下隐藏着看不见的暗潮汹涌。

任时佳酉时不到就回来了，一进屋就急匆匆地跑来看儿子，见儿子好端端地睡在摇篮里，顿时安了心。

等她换了衣裳净了手脸又过来的时候，却看着摇篮里的孩子发了很长时间的呆。

“姑姑，你怎么了？”任瑶音也察觉出任时佳有些不对。

任时佳苦笑一声，摇了摇头，也坐到炕上来：“我今日去雷家，看到雷家那孩子，觉得实在可怜。”

任瑶期想起来在林家看到的那个古灵精怪的小姑娘雷盼儿。

“她生下来没多久，娘就没了，一直跟着曾祖母，现在连她曾祖母也去了，也不知道以后怎么办。今儿在雷家，她跑过来问我曾祖母去了哪里，我当时眼睛就红了。”任时佳作为一位母亲，对别人的孩子也有一副慈母心肠。

丫鬟在一边安慰道：“太太也不要太难过，雷家大爷总会再娶妻的，到时候就有人管了。”

任时佳摇了摇头："雷家家主要守孝，娶妻怕是还要缓缓。而且就算是有了新妇进门，毕竟不是自己肚子里出来的，终究还是隔了一层。万一遇上个厉害的，那就更……"

任时佳顿了顿，又看向摇篮里的儿子："所以就算是为了孩子，我也要健健康康的，没娘的孩子不容易。"

任瑶期和任瑶音对视一眼，不知道怎么安慰多愁善感的姑姑。

好在这时候林岑醒了过来，又到了吃奶的时候。任时佳手忙脚乱地去抱儿子，瞬间忘了之前的忧心忡忡。

乳娘接过孩子，解开衣扣给孩子喂奶。

又说了一会儿话，任瑶期和任瑶音起身告辞，任时佳回来了，她们也可以"功成身退"了。

出门之前，任瑶期不经意地回头看了一眼，正好看到乳娘喂完孩子，一边合拢衣襟，一边以手掩嘴精神不济地打了一个呵欠。

走出了门，还能听到屋里传来任时佳高高兴兴哄孩子的声音，任瑶期的脚步不由得又顿住了。

原本与她并排走的任瑶音回头看了她一眼："五妹妹？"

任瑶期想了想："后日我要去一趟外祖家，想起来还有些事情要与姑姑商量，四姐姐先回去吧。"

任瑶音点了点头，径自走了。

见任瑶期去而复返，任时佳有些惊讶："期儿？还有事？"

任瑶期想了想，还是点头道："嗯，我想与姑姑商量一些事情。"

任时佳看了一眼喝饱吃足正在打呵欠的儿子，笑着拍了拍炕，让任瑶期过去坐："好啊，你们先退下。"

任时佳见任瑶期的神情，以为她有什么事情想要请自己帮忙或者遇到了什么问题，便将丫鬟婆子以及孩子的乳娘都先遣了下去，只留一个心腹丫鬟在一边抱着孩子。

"有什么事情需要我帮忙吗？"任时佳笑容诚挚，看着任瑶期的目光很温暖。

任瑶期先随意与任时佳说了些明后日出门的人员安排，以及让她帮自己斟酌一下去外祖家准备的礼物合适不合适。

任时佳都一一答了。

直到最后，任瑶期道：“姑姑，还有一件事。”

任时佳点了点头，耐心地等她说。

任瑶期却有些犹豫，其实她仅仅是觉得有些不对，所以产生怀疑，并不能肯定，也没有什么拿得出手的依据，可是对于一个不能自保的孩子而言，一个小小的疏忽就可能会致命。

任时佳对这个儿子的重视，任瑶期看在眼里。而且任时佳与任家人不同，她是一位单纯善良的人。任瑶期即便是不喜欢任家大部分人，憎恶自己的祖父祖母，也不会迁怒无辜的人。

“乳娘说岑哥儿晚上也很乖巧，从来不会半夜惊醒。”

任时佳一愣，似是没想到任瑶期是要与她说儿子的问题，不过她现在最喜欢的就是与人谈论孩子，闻言点头，看着孩子的目光满是爱怜：“刚生下来的时候也吵，不过最近倒是越来越乖巧了，总是能一觉睡到天亮。”

任瑶期不由得皱了皱眉：“这么大的孩子都这么爱睡吗？”

任时佳想了想，有些不确定起来：“说起来，好像别人家的孩子没他这么能睡。不过听说孩子睡觉是因为要长身体。”

任瑶期点了点头，沉吟道：“我以前听我家嬷嬷说，喂奶之人所用的食物会影响乳汁，进而影响到孩子。会不会是乳娘吃的食物里有让人犯困的东西？”

任时佳愣了愣，然后直觉地否认：“这不可能吧？乳娘每日吃的食谱都是我规定的，那些东西都是按着方子来的，而那方子是娘抄给我的……”

说到这里，任时佳突然又想到一种可能，不由得住了口。任老太太给她的方子没有问题，可是不代表乳娘进口的食物没有问题。若是有人在乳娘的吃食中动手脚呢？

想到这里，任时佳的脸色有些发白，立即起身过去看丫鬟手中抱着的孩子。林岑刚吃完了奶，又睡着了，呼吸平稳，睡相十分乖巧。

“他今日睡了多久？”任时佳有些急。

那丫鬟是今日留下来照看孩子的大丫鬟春兰，闻言道：“一直在睡，除了中途因为尿床醒来一次。”春兰这时候也有些害怕，声音都有些抖。

任时佳连忙将孩子抱起来，小声唤他：“岑哥儿？岑哥儿？”声音也渐渐大了，可是孩子依旧睡得很沉。

任瑶期忙走过去：“姑姑，您别急。这只是猜测，您别自己乱了阵脚。”

任时佳却吓得眼睛都红了，正在这时候，帘子一掀，有人走了进来。

任时佳抬眼一看，像是找到了主心骨一样，立即抱着儿子走过去：“相公，你看看儿子，他怎么总是睡觉，是不是有什么问题？”

林琨接过孩子，然后往任瑶期这里看了一眼，安慰手足无措的妻子：“别担心，我会查清楚的。孩子他……不会有事的。”

任瑶期因为林琨看过来的那一眼皱了皱眉。对于这个姑父，她是戒备的。林琨藏得太深，且有时候为达目的不择手段。

而且看他这反应，或许之前已经听到了她与任时佳说的话。

任时佳在林琨的不停安慰下总算冷静下来，任瑶期看着她这模样，心中不由得叹气。

“期儿，你为何觉得乳娘的饮食有问题？”林琨也不掩饰自己听到了她们的话，按照任时佳对她的称呼唤她。

任瑶期低头道：“我之前见岑哥儿总是睡觉，就问了一句，乳娘说孩子都嗜睡。后来又见乳娘吃的食物里加了些药材，而乳娘的精神好像也不怎么好，我就觉得有些奇怪。”

春兰也道：“表小姐这么一说，我也想起来了，乳娘这几日总有些睡不醒的样子。我之前还怀疑她晚上偷偷跑去跟门房的婆子赌钱，盯了她几日，后来发现她每日都睡得很早，不应该犯困的。”

任时佳也顾不得任瑶期这个晚辈在场，抱着孩子靠在林琨怀里，抖着唇道：“快去请大夫，请大夫进府来瞧瞧。若是……若是真的有人下药……都怪我，我防着外人对孩子下手，却忘了防她们从乳娘这里下手。”

林琨的脸色虽然也很不好看，任瑶期甚至看到他放在身侧的手攥成了拳头，上面青筋毕露，不过他面上还是冷静的。

“好了，相信我，不会有事的。都交给我，我会给你和孩子一个交代。”林琨的声音有些暗哑，当中的沉稳笃定让任时佳又安静下来。

任瑶期知道自己该做的已经做了，没必要再留在这里，剩下的交给林琨这个做父亲的就好。

“姑姑、姑父，那我先回屋了。”任瑶期道。

林琨看了过来，放柔表情道：“好，多谢你了，期儿。”

任时佳红着眼睛道：“好孩子，你先回去吧。”

任瑶期抿了抿唇：“这些也只是猜测，若是猜错了，希望姑父和姑母不要怪我。”任瑶期行礼退下。

外面，雨已经彻底停下来。任时佳的院子虽然大，但是头顶上那四四方方的天空也依旧被束缚得逼仄而压抑，与别处所有内院里的院子一般无二。

任瑶期回到自己房里之后一直安静待着，没有出去，她想着任时佳和林琨那边不知道会采取什么举动，她一个外人还是能避着就避着吧。

不过一直到天色暗了下来，院子里都没有什么大的动静。只是听香芹说，下午她从正房出来后不久，林琨请了大夫进府。

大太太那边知道了，还遣人过来问，任时佳只是回说今日出门的时候不小心淋了些雨，有些不舒服，并没有说是给林岑诊脉的。

到了晚上，任瑶期和任瑶音去与任时佳用晚膳的时候，任瑶期打量了任时佳一下。发现她看上去心事重重，精神却不是很差，脸上也没有太大的异样。任瑶期不由得松了一口气，看样子岑哥儿没有什么大碍。

任瑶期从来都觉得，家族争斗争个你死我活或许无法避免，但是祸及子嗣实在有损阴德。

林岑难得的没有再睡觉，而是被春兰抱在一边坐着，睁着一双大眼睛看着她们用饭。乳娘也站在一边，时而不安地搓着双手，看向任时佳的目光有些惴惴的。

任时佳即便是在吃饭的时候，目光也没有离开过儿子。

任瑶音似是意识到气氛有些古怪，用完晚膳之后就说要回去休息。任瑶期原本也想离开，却被任时佳叫住，问她明日出门的话一辆马车够不够。任瑶音便自己先回去了。

等任瑶音走之后，任时佳把任瑶期叫到里间，乳娘和抱着孩子的春兰也一起进来了。

任瑶期瞬间意识到她之前以为的任时佳并没有什么异样的判断是错误的，因为握住她的那只手冰凉且正不住颤抖着。

任瑶期一惊："姑姑……"

任时佳眼睛立即就红了，声音有些哽咽："期儿，这次多亏了你，多亏了有你。若不是你发现不对劲，我的岑哥儿怕是要遭人毒手了。"

任瑶期松了一口气，看了一眼站在一旁的乳娘。

任时佳注意到她的视线，吸了吸鼻子解释道："没关系，乳娘这次也是着了别人的道，她是娘给我找的人，没有问题。"

听她这么一说，一直有些不安的乳娘感激道："太太，多谢您肯信任奴婢，是奴婢疏忽大意了才……"

任时佳摆了摆手，止住她的话。

任瑶期问道："今日大夫来了？他是怎么说的？"

一提起这个，任时佳眼睛又红了，不过却多了一股平日里没有的冷厉之气："岑哥儿这一阵子总是嗜睡，确实是中了毒，好在这毒不是直接给孩子下的，下毒的人为了神不知鬼不觉，用的药药性很慢，要奏效至少得下足半年。大夫说，还好发现得早，只要药断了，以后就不会有影响。我的岑哥儿差点就要变成傻子了，大夫说这药虽不会致命，孩子的生长却会受到影响。"

任瑶期闻言皱眉，这下手之人当真狠毒。

"期儿，姑姑不知道该怎么谢你，是你的警觉救了岑哥儿。"

任瑶期摇了摇头："岑哥儿是我弟弟，您是我姑姑，一家人用不着说谢。"

任时佳摸了摸任瑶期的头，面容复杂又悲愤："是啊，一家人。可是有些人怎么就能那么狠呢？岑哥儿还这么小，从未害过人。我真恨啊……"她顿了顿，低声道，"还好岑哥儿没事，否则我定要……定要……"

定要怎么样？任时佳终究还是没有说出口，不过也因为她没有说出口，任瑶期明白了她作为一个母亲的恨意和决心。任瑶期丝毫不怀疑林岑若是真的出事，任时佳会找人拼命，尽管这个女子向来善良温柔。

任瑶期忍不住问道："姑姑，背后下毒的人找出来了吗？"其实任瑶期有些怀疑林琨打算继续忍下去，只是不知道他是如何说服任时佳的。

任时佳顿了顿，道："相公说，他会处理，会给我和孩子一个交代。"任时佳抓住孩子不老实挥舞的小手，盯着他稚嫩的小脸有些愣怔，微微垂下去的眸子掩盖住了眼中真实的情绪。

任瑶期看着这样的任时佳，心中微叹。想必任时佳对林琨也是有些怨的吧。

"姑姑，那我明日还是不出门了，我在家里陪你。"任瑶期终究还是同情这个善良女子的。

任时佳闻言摇了摇头，看着任瑶期的目光十分柔和："你已经约了郡主，怎么能爽约？而且相公说不要打草惊蛇，我们该做什么就做什么。你放心，我以后会十二万分的小心，绝对不会再给人机会害我的孩子。"

第二日，任时佳一早就吩咐嬷嬷给任瑶期准备出行事宜。

不过在出门之前，任瑶期接到了任瑶华派人给她捎来的信。昨日罗婆子说要带着孙女去外头买些东西，好带回庄子上，不想一直到天都黑了也没有回来。

罗婆子和孙女水艾一起失踪了。

周嬷嬷派人寻了一晚上，最后还是没有找到人。

任瑶期接到信的时候愣了好一会儿，然后才皱着眉头担心，罗婆子是自己逃了，还是被人给抓去了？

若是她自己走的，原因肯定是她知道翟家和任家的恩怨，却不想告诉她，所以偷偷溜了。若是被人抓走了，那抓她的人定与韩家有关系，可能是韩家认出了她。

两者相比较，她宁愿是第一种可能。

毕竟，如果罗婆子是自己走的，她不会有生命危险。而她若是被韩家的人带走了，很有可能就回不来了。

罗婆子的失踪让任瑶期担心不已，立即捎信回去让周嬷嬷继续找人，不过不能大张旗鼓地找。

直到约好的巳时快到了，任瑶期才匆匆坐马车离开林家。只是一路上，她仍有些心不在焉。

从林家到谭记需要绕大半个云阳城，有些远。途中还经过了雷家所在的那条街。不过因为雷家在办白事，所以车夫是绕道而行的。

在马车靠近雷家那一条街道的时候，任瑶期总算暂时收拾好了自己的心情，掀开马车帘子往外远远看了一眼。街道上停着好几辆马车，挡住了大部分视线，她只能看到一点白色。

这时一名年轻男子从巷子里走出来。他身上戴着的重孝让任瑶期欲放下帘子的手一顿。

男子大约二十来岁，一张轮廓硬朗的脸上满是冷肃之色，他的背脊挺得笔直，步履也沉稳不迫，任瑶期却感觉这人似乎有些疲惫。

他一个人从巷子里快步出来，身边没有任何随从，走到路口的时候却不由自主地停住步子，看着眼前的路一动不动。

直到他身后有人追了出来，他才垂眸冷静地转过头，目光正好掠过任瑶期的马车，蹙眉停留了一瞬。

任瑶期此刻已经将车帘子放下。

是雷家家主雷霆。

任瑶期靠在车壁上，若有所思。

雷家肯定是遇上麻烦了。

糟糕的是，如果雷家过不去这一道坎，结局已经是可以预料的了。

上一次她在端阳节提醒雷家龙头的事情，或许帮了他们一把，可是雷太夫人的身份到底是一道硬伤，只要韩家咬住不放，雷家就有危机，即便雷太夫人现在已经死了。

若是雷家这么容易就倒下，韩家就要如愿以偿了。而雷太夫人的死则让雷韩两家的矛盾无法再调和。

她需要给韩家留住这个敌人。

所以，在这个节骨眼上，她要不要再帮雷家一把？

雷霆转头的时候感觉到有一道视线在打量自己，却只看到一辆从自己面前行驶而过的马车，看马车上的装饰应该是女眷用的。他皱了皱眉就移开了视线。

刘贵从他身后追过来，停在离他一步远的地方，小声道："爷，柳家的人昨日已经过了河间府，照脚程明日就到了，您看要不要先一步派人去接？"

雷霆冷硬的脸上没有任何表情，"他们有派人来让我们接人？"

刘贵看了主子一眼，小心道："没有。"

雷霆扯了扯嘴角，却让人感觉不到半点笑意。刘贵忍不住低下了头。

"既然客人没有给我们打招呼，你就算是派了人去，也没有人会领情。"雷霆的声音不带分毫的感情。

"是。"刘贵不敢再说什么，甚至有些后悔自己刚才的话。

别人不知道太夫人是怎么去的，他作为雷霆的心腹却清楚得很。

柳家受人指使悄悄派人来了燕北，想要当众揭穿太夫人的身份。太夫人明面上的身份是几十年前因为牵扯到宫廷斗争而被先皇迁怒，以致没落了的大世家柳家的嫡出之女。

原本以为柳家的人早已经死的死逃的逃，不想却还有几个漏网之鱼。这次来的人，据说就有太夫人那一辈的同宗姐妹。

好在雷家提前得到了消息，没有让人打个措手不及，只是太夫人为了保住雷家却……

太夫人性情果决坚毅，等雷霆觉得不对赶去阻止的时候已经晚了。

"盼儿现在在哪里？"雷霆突然出声问道，声音里总算带了些感情。

刘贵赶紧道："小姐在二爷院子里，二爷不在院子的时候就由乳娘和二爷屋里的几个大丫鬟照顾，爷请放心。"

雷霆点了点头。

雷霆只有雷盼儿一个女儿，父女两人平日里却并不太亲近。雷家家主每日要忙的事情太多，而且就算他不忙，照顾女儿的事情也不是他可以做的。

所以相较于雷霆这个严肃的父亲，雷盼儿倒是与肯陪着她玩耍的二叔雷震关系更亲近。

而雷震虽然性情开朗，却是个十分心细的少年。雷太夫人去世之后，他第一时间将侄女接过去亲自照顾，比雷霆这个生父要称职得多。

任瑶期的马车到达谭记的时候正好是巳时。因为突然接到任瑶华的消息，她出发的时间有些晚。

红缨得了萧靖琳的吩咐，早已等在门口。任瑶期的马车一到，她就引着马车从侧巷驶进酒楼的后门。

尽管燕北的礼教不如京都严苛，内宅妇人们出行在外进入酒楼商铺也很常见，不过也只会走专门为妇人准备的门，好与前庭的男客们分开。

不过很显然，今日的谭记酒楼是不接待外客的。任瑶期被红缨领着往二楼包间走，一路上没有遇见半个人影，就连堂倌也没有。

这一间包房很宽敞，分为前厅和后厅，任瑶期进去的时候就想到这么张扬的排场不像是萧靖琳的风格。

果然走到里面的后厅的时候，任瑶期看到萧靖琳和萧靖西兄妹两人正坐在屋子当中的八仙桌旁下棋。

萧靖西似乎很喜欢下棋，每次遇见他的时候都能看到棋盘。

至于任瑶期为何认为是萧靖西喜欢下棋而不是萧靖琳，那是因为现在的萧靖琳坐在那里眉头紧锁，眉心简直能夹死苍蝇。

见任瑶期走进来，萧靖琳眼睛一亮，然后面无表情看似漫不经心地将手中捏着的一枚棋子往棋盘上一扔，黑多白少工工整整的一盘棋瞬间就被砸得面目全非。

萧靖西额角一跳，却依旧笑容完美地朝任瑶期点头打招呼。

任瑶期突然觉得，其实当个谪仙也挺累的。

任瑶期当作什么也没有看见，上前与兄妹两人见礼，然后被萧靖琳拉着在身边坐下。

“棋局还没完。”萧靖西慢条斯理地伸手去给棋盘复位，尽管所有的棋子都脱离了原位，萧二少爷也能将之分毫不差地复原。

萧靖琳皱眉沉默了一瞬，然后二话不说，不分黑白抓着棋盘上的棋子就往自己手边的棋罐里塞，然后面无表情地将整罐递给红缨：“埋了。”

任瑶期默默转过头去，欣赏墙边那一对美人瓶。

最终棋子还是被救下了，因为那一副棋子是萧二少爷带来的私人收藏。

棋自然是下不下去了，萧靖琳低头喝茶，茶碗掩住了她微微上扬的嘴角。

一阵寂静之后，萧靖西首先开口。

“时间还早，你们若是不饿的话，半个时辰之后再上菜？”

萧靖琳刚刚来之前在外头吃了些小吃，并不太饿，便看向任瑶期。任瑶期点头，没有异议。她这一路上心思转个不停，没有什么胃口。

这是任瑶期第四次与萧靖琳和萧靖西兄妹一起碰面，任瑶期自己也不明白，怎么就与这两位有了这么多交集。

“你知道雷家的事情？”萧靖西突然开口问任瑶期。

果然是因为雷家的事情，不过她的立场从未隐瞒，不知道萧靖西这时候与她谈论雷家有何用意。

“你是指雷太夫人去世之事？”任瑶期保守地回道。

萧靖西看着任瑶期，少女的表情带着与年龄不符的从容与温和，漆黑透亮的眸子不闪不避地回视他。

“柳家的人正在路上，在雷太夫人暴毙之前就启程了。”萧靖西也没有移开视线，说这句话的时候还微微笑了笑，似是有些好奇她的反应。

任瑶期先是一愣，然后一惊，只消片刻就明白了这一句话中包含的所有信息。

“她是自尽的？”

萧靖西没有说话，不过已经算是默认。

虽然之前就有猜测，不过任瑶期还是忍不住皱眉。

“雷老太爷的结发妻子确实是柳家嫡女，只不过早在二十年前就病故了，所出唯一嫡子也死于天花。云阳城的这位雷太夫人原本只是一位歌姬，被雷老太爷养为外室。”萧靖西叹道。

只要柳家的人出面指认这位雷太夫人是冒名顶替，那么雷家就完了。所以雷老夫人在柳家人抵达云阳城之前就自尽了。

等等……

“她当真是自尽？”雷家为了掩盖这件事情，杀了雷太夫人也有可能。

其实雷太夫人是自尽，还是被自己的亲人当作弃子，与任瑶期的计划都没有关系，不过想起见到的那位雷家家主，任瑶期还是忍不住问了一声。

萧靖西微微挑眉，摇头道：“雷霆这个人虽然算不上什么正人君子，却也不是人品卑劣之辈。”

听到萧靖西的评价，任瑶期心里好过了些。尽管雷霆的人品很难影响她之后的决定，毕竟她早已经过了意气用事的年纪。但是帮人还是帮畜生是有区别的。

“雷家要输了。”

萧靖西事不关己的一句话，打断了任瑶期的思绪。

任瑶期下意识地抬头反驳道：“那可不一定。”

萧靖西闻言一笑，饶有兴致地看着任瑶期：“哦？”

“即便柳家来了人又如何，雷太夫人已经过世了，有一句话叫作死无对证。”不得不承认，雷太夫人的死确实给了雷家喘息的机会。

可惜……也仅仅是喘息的机会而已。

果然，萧靖西挑眉：“你真的以为韩东山千里迢迢把柳家人找来，会因为雷太夫人的死而善罢甘休？”

自然不会。

任瑶期心里也明白，雷太夫人的死只是暂时打乱了韩家的部署而已。柳家人来闹上一闹，让雷家的流言满天飞，等到日后韩家再找到机会给雷家来上一击，雷家就真的完了。

不过任瑶期没有说话，打量了萧靖西一眼，不太确定今日他坐在这里的目的为何。

萧靖西注意到她的目光，看着她微微一笑。

任瑶期愣了愣，下意识转开眼。

“我们来打个赌如何？”萧靖西突然慢吞吞道。

“打赌？”任瑶期有些惊讶，“萧公子想赌什么？”

萧靖西闻言，转过头似笑非笑地看了坐在一旁默不作声喝茶的萧靖琳一眼：“原本是想与你下一局的，不过现在看来……那就只能换个赌法了。”

任瑶期也不由得转过头去看萧靖琳。

萧靖琳面不改色：“你下棋从来没有输过，赌局不公平。我不能眼睁睁看着你鱼肉百姓。”

所以最讨厌下棋的萧郡主纡尊降贵地表示可以先跟萧靖西来一局，热一热身，然后找机会把棋子埋了。

任瑶期看着两人的模样，大概明白了是怎么一回事，不由得看着萧靖琳笑。

“如果你能赢了这一局，我便让雷家代替韩家如何？”萧靖西漫不经心地抛出大诱饵。

果然，这个条件让任瑶期一惊，这一惊不是惊吓，而是惊喜。

不过很快任瑶期就冷静下来，然后沉默了。

这个赌局着实诱人，若是燕北王府在韩家和雷家之间选择了雷家，无疑是对她有利的。曾潽还没来燕北，她必须在他来之前将韩家的事情解决。

韩家与雷家斗个不死不休，且在雷家占上风的情形下，韩家想要利用曾家对付任家就要有些难度了。

可是萧靖西的赌局是好接的吗？

上一次两人对局，她也是靠着剑走偏锋才堪堪与他打成平局。如果今日还是下棋的话，她实在没有把握能胜萧靖西。

尽管因为萧靖琳的搅局下不了棋，可是换成另外的赌局她就能赢？她从来不妄自菲薄，可对手若是萧靖西的话，她确实没有赢的把握。

就连裴先生，也承认曾经在萧靖西手里吃过亏。

似是注意到了任瑶期的犹豫，萧靖西作势想了想，然后语气温和地安慰道：“这样吧，你若是输了，我不插手韩家和雷家的事情，让他们两家自行分出胜负。而你……你就答应替我做一件事情吧，在你力所能及的范围之内，且若是你办不到的话，我允许你拒绝。仔细想想，即便是输了，你也并未有大的损失。”

任瑶期想了想，觉得萧靖西的话也有道理。

本来萧靖西就不打算插手韩家和雷家的事情，她输了，结果也不会变得更坏。至于让她办什么事情，任瑶期不觉得萧二少爷会缺为他办事的人，所以对萧靖西而言，只是一个可有可无的彩头而已，她相信他不至于为难她一个弱女子。

“若是我输了，你也可以差遣我一件事情。”萧靖西笑着继续抛饵。

萧靖琳坐在一旁听着，觉得这赌局听起来暂时也还算公平，便继续喝茶，没有插话。

任瑶期这次没有被萧靖西的笑容晃花眼，毕竟现在不是欣赏美色的时候。

她想了许久，然后认真地问道："萧公子刚刚说若是我赢了，你便让雷家替代韩家。请问你能代表整个燕北王府吗？"

萧靖西闻言一愣，然后扶额笑了："你还真是……一点亏也不吃。"

任瑶期看着他但笑不语。

或许这样的赌局对萧靖西而言，只是他无聊时心血来潮的玩笑，可是对她而言却很重要。所以即便她相信萧靖西的人品，也承认这人笑起来很好看，却不会跳入他的任何语言陷阱。

萧靖西看着任瑶期，淡笑道："我的话不能代表燕北王府，但是我从不食言。"

任瑶期终于也笑了，眨了眨眼："好吧，那我相信你。"

萧靖西闻言却是噎了一噎，长这么大还真没听人对他用这种语气和表情说出"好吧，那我相信你"这么勉为其难的话。

任瑶期看不见萧少爷完美表情下纠结的心情，问道："我们赌什么，萧公子请出题吧？"

"赌局就是，你想法子帮助雷家渡过这一劫。"萧靖西慢悠悠道。

任瑶期："……"

任瑶期觉得，其实她早应该意识到的。

她不是一个会让自己吃亏的人，难道萧靖西就是吗？

这个赌局看上去确实是对她没有什么损失，可是对萧靖西更没有什么损失。

雷家只要渡过这一劫，那就能占上风，燕北王府最后选定雷家也理所应当。

说白了，这个赌局的真正内涵是，她呕心沥血鞠躬尽瘁帮助雷家脱离危险，冲出重围，让燕北王府捡一个把柄明显的好棋子。然后萧二公子勉为其难地满足她一个小愿望。

即便是任家的煤窑，也没有签订过这么不要脸的卖身契。

尽管任瑶期在来的路上已经决定要帮雷家一把，可是现在看到萧靖西的模样，还是忍不住想要咬牙。

好在她修养极好，只是看着萧靖西笑了笑，半晌才道："萧公子有没有兴趣从商？”

萧靖西挑眉，不动声色：“主意不错，不过家里应该不会同意。”

任瑶期点了点头，语气十分遗憾：“真是可惜，你的算盘打得这么好，不从商太屈才了。”

萧靖琳噗的一声笑了出来。

萧靖西苦笑着摇了摇头，想了想，妥协道：“好吧，那我们换个赌局。”

他原本也没打算真的与任瑶期赌这个，任瑶期再聪明敏锐，也只是一个闺阁少女，年纪甚至比萧靖琳还小。雷家现在的情形连雷霆都焦头烂额，不是她能应付得来的。

不想坐在他对面的少女却是笑了笑，摇头道：“不用了，我们就赌这个。”

若是赌别的，她也没有把握能赢。

而且她不相信天上掉馅儿饼的美事，尽管她与萧靖琳是朋友，也不认为萧靖西会因为这个原因不计得失地帮助她。

萧靖西一愣，然后挑眉：“你确定？”

任瑶期没有立即回答，而是低头想了想。

萧靖西也不着急，坐在对面等她想明白。

其实有一点任瑶期想错了，萧靖西在知道韩东山与任家真的有恩怨之后，是愿意在力所能及的情况下给她一些帮助的。

只可惜这两个人，一个从未享受过别人无私的帮助，另一个则对无条件助人为乐的良善行为并不熟练。

“我想了解一下雷家的事情。”任瑶期道。

萧靖西想了想，转头吩咐红缨：“让同德进来。”

红缨应声退出去，不多会儿就领着一个面容普通中等身材的男子进来。

同德行了礼之后就恭谨地立在一旁，若是不刻意留意，一般人不会将目光停留在他身上。他的存在感极低，任瑶期却从他身上感受到一股奇特的气场。她也不知道该怎么形容，只是觉得对这种人若是以貌取人的话，后果会很严重。

“你有什么想问的，就问他吧。”萧靖西对任瑶期道。

萧靖西的话让任瑶期知道自己的判断没有错，可是即便如此，她也不免有些惊讶。难不成他这位属下还能什么都知道不成？

萧靖西似是知道任瑶期的想法，只是微微一笑，没有说话。

见他如此，任瑶期便问了：“雷太夫人的外家柳家的人什么时候能到云阳城？”

同德低头道：“回小姐，明日酉时之前能到。”

任瑶期看了萧靖西一眼，萧靖西笑着倒茶，不干涉他们的谈话。

想了想，任瑶期又问道：“雷家打算让雷太夫人搁棺几时？”

“七日。”

大周朝的丧葬习俗，只要条件允许，一般都是停棺七日，也有停十几日甚至几个月的，不过这是少数。尤其是夏日的时候，都是停七日。

任瑶期点了点头，然后抬头对萧靖西道：“雷太夫人是怎么死的？”

“为何要这么问？”任瑶期已经知道雷太夫人是自尽而亡，问的自然是她以何种方式自尽的。

任瑶期想了想，轻声道：“我猜雷太夫人的尸身上应该没有明显的伤处或者中毒迹象。”

萧靖西有些惊讶：“怎么猜到的？”

任瑶期偏头，虽然并未刻意，但是萧靖西还是从她晶亮的眸子里捕捉到了一丝灵慧和笃定：“这不是很明显吗？柳家是来认人的，且明日就到了，即便雷太夫人已经去世，谁知道他们会不会想法子看一下遗容？明知来者不善，雷家还敢让雷太夫人在家中停足七日再下葬，说明从雷太夫人的尸身上应该看不出来她是自尽而亡的。”

萧靖西看着任瑶期，忽而笑了，支着下颌道：“有道理，而且你也猜得不错。”

萧靖西叹道：“雷太夫人虽然出身寒微，但是也确实算得上一位人物。我派人去查证，得出的结论是她死于心脉断裂。无论是因病，还是因为外力，心脉断裂从面上都看不出端倪。”

任瑶期知道一些年纪大的人也有可能会因为意外导致心脉断裂而亡，不过听萧靖西的意思，雷太夫人的心脉可能是因为外力作用而断的。至于是怎么查出来的，任瑶期就不知道了，不过这也不是重点。

“我没什么要问的了。”任瑶期点了点头，谢过同德。

萧靖西虽然有些惊讶她只问了这么两个看似无关紧要的小问题，却也没有说什么，让同德退下了。

“你若是为难，我们可以下棋定胜负。”萧靖西提议道，“我让你五枚棋子如何？”

萧靖西知道任瑶期的实力，若是他让她几枚棋子，任瑶期不是没有赢的机会。

任瑶期正在思考着什么，闻言回过神来，还是摇了摇头：“还是赌原来的那个吧。”

淡定如萧靖西，这会儿也不由得好奇起来：“你想如何帮雷家？”

任瑶期眨了眨眼，竟是带着些顽皮：“我要是让雷霆明日一早安排雷太夫人下葬的话，他会有什么反应？”

其实民间也有停棺三日的，但是世家大族不会这么做。

萧靖西没有说话，一直在一旁看热闹的萧靖琳却皱眉道：“你想要雷家在柳家人到来之前让雷太夫人入土？这样的话确实暂时是避开了柳家这个麻烦，不过……韩家会允许吗？”

萧靖西原本也是这么以为的，不过看到任瑶期狡黠的笑意，他不由得心中一动，垂眸细细琢磨片刻便有些明白了。

他再次抬眼的时候，看着任瑶期的目光不由得有些复杂：“果然好手段。”

任瑶期见他只是这么一瞬就想明白了她的计划，不由得有些挫败，万一敌人也像萧靖西一样心有九窍，她岂不是只能引颈就戮？

“让你这么一说，我反倒不确定起来。”任瑶期半真半假地道。

萧靖西微笑，安慰道：“当局者迷，旁观者清。”

萧靖琳瞥了萧靖西一眼，然后转头对红缨道：“他该吃药了，端上来吧。”

任瑶期看了萧靖琳一眼，忍不住想笑。她知道萧靖琳可能是闹别扭了，只是不知道是气萧靖西反应比她灵敏，还是气他们只顾着自己说话而忽略了她。

红缨立即就端了一碗药过来，这个速度让任瑶期觉得她们等这个机会已经等很久了。

萧靖西默不作声地盯着药碗片刻，然后淡定地将药一饮而尽，没有跟萧靖琳一般见识。

任瑶期趁着他喝药的时候，与萧靖琳解释了几句。

红缨将药碗收拾出去之后，回来说掌柜的刚刚上来问，可不可以上菜了。

他们之前说话耽误了不少时间，这时候正好到了吃饭的点儿。

萧靖西点头吩咐道：“传吧。”

一说到吃，萧靖琳立马就打起了精神，对任瑶期道：“上次说了要与你来吃烤鸭的，不想被事情耽搁了。谭记的烤鸭十分有名，京都里还有他们的分店，不过萧靖西说京都的那一家还没有云阳城里的这家味道地道。”

菜很快就上来了，是红缨与萧靖琳的另外一个丫鬟去外间布的桌，并不假手酒楼的人，任瑶期相信厨房一定也有人盯着。

上几次与萧靖琳吃饭的时候并没有这么多的讲究，任瑶期看了萧靖西一眼，然后有些了然，感叹燕北王府还真是个奇怪的地方，养儿子比养闺女要讲究多了。

萧靖西十分敏锐，任瑶期看过去的视线立即就被他捕捉到了，不由得有些莫名其妙。

萧靖琳看外头布置得差不多了，便拉着任瑶期起身，然后面无表情地对萧靖西道：“她只是觉得你太娇贵，没有我好相处，没有别的意思。”

任瑶期默默地撇过头。

郡主，你真的是在好心帮我解释吗？

任瑶期不知道是不是自己眼花，她看到萧靖西完美笑容下额角的青筋跳了跳。

任瑶期轻咳一声，觉得自己似乎应该说两句缓和一下气氛：“我是想要跟萧公子道一声谢，因为多了我这一位女眷，让他费心了。”她承认娇贵的是她，不是那位不好惹的公子。

萧靖琳张嘴又要说什么，任瑶期害怕她列举萧靖西的“娇贵”之处，忙拉着她快走几步，一边笑着打断道：“我极少在外头的酒楼里用饭，说起来两次出来还都是跟郡主一起呢。”

萧靖琳倒也没有继续，只顺着她的话道：“云阳城里能吃的酒楼也不太多，不过两三家而已，以后我们都去试一试。”

萧靖西慢吞吞地走出来，脸上已经不见丝毫窘迫。

因为他们有男有女，还不尽是血脉至亲，不好在一张桌上用饭。所以丫鬟们搬来了三张案几，任瑶期和萧靖琳的两张案几并排摆着，萧靖西坐对面，与一些宴席上的安排差不多。

想必萧靖琳不喜欢这样吃饭，所以才对萧靖西的安排颇有微词。

不过任瑶期觉得，虽然在场除了他们三人和几个丫鬟没有外人，但是适当的规矩还是要守的，对于萧靖西的安排，她并不觉得不好。因为总的来说，她还是一位循规蹈矩的人。

谭记的招牌菜是烤鸭，配着烤得松脆的馕片，看上去就能让人食指大动。

她和萧靖琳的矮几上除了一盘片好的烤鸭外，还有几样热菜，荤素都有，颜色也漂亮。

倒是萧靖西那一张案几上摆着的菜色都极为清淡，一眼看去见不到一点红红绿绿的颜色，都是清汤寡水，且大部分还是素食。

任瑶期想起来，萧靖西身体不好，想必平日里吃饭需要忌口。

这一顿饭吃得并不算难受，即便是有了萧靖西在场。

从头到尾，萧靖西都是安安静静地坐在那里低头吃饭，自己夹菜，并没有让人伺候，也不知道是不是因为萧靖琳刚才说的话的原因。

任瑶期觉得萧靖琳吃得很满意，因为等他们用完膳的时候，萧靖琳的案几上基本上已经没有剩余的菜了。她想起来萧郡主似乎有一个不会浪费粮食的好习惯。

三人就这么各自悄无声息地用完了午膳，然后丫鬟进来伺候他们漱口净手，收拾盘盏。

坐到里间喝茶的时候，任瑶期道：“萧公子，不知可否借用你手下之人一用？”见萧靖西看过来，任瑶期忙补充道，“只是请他给我送个信罢了。”

“让红缨去吧。”萧靖琳在一旁道。

任瑶期闻言一愣，随即想到萧靖琳身边的丫鬟也都是会武的，身手应该不比冬生差。

“红缨的身手是不错，不过若是要潜入内宅的话，还是用我的人吧。”萧靖西微笑道，“递信这种事情，他们也不是没有做过。”

他笑着看了任瑶期一眼。

任瑶期被他这种意有所指的眼神一看，不由得有些尴尬。

上一次她让冬生去替她送信的时候，就没有问过萧靖西这个主子的意思。萧靖西看上去不像是要与她计较的模样，倒让她觉得自己问的这一句有些装模作样。

萧靖琳没有注意萧靖西和任瑶期之间的气氛，想了想便没有再说什么。她的丫鬟一直跟着她在边关，武功虽然好，但是对云阳城里各家各户的情形确实没有萧靖西身边的人熟悉。

这个大包间平日里想必都是些有身份的人在用，包括一些文人雅士，所以靠墙摆着一个两尺来高的红木书案，上面放着文房四宝。

任瑶期走过去拿起纸和墨看了看，都是好东西，不过也都是一些能在云阳城的笔墨铺子里买得到的，并不特殊。

红缨忙走过来，小声问道："任小姐要用笔墨吗？"

任瑶期点了点头，原本想要将在外间站着的苹果叫过来，红缨却已经走上前来帮她磨墨。任瑶期也就随她了。

片刻，任瑶期左手执笔，就那么立在书案前低头蘸墨写了起来。

有光线从半开的窗口照进来，正好照在她执笔的左手上，指尖晶莹剔透，如素雪一般，乍一看竟有些晃眼，握笔的力道却沉稳得没有丝毫凝滞。

萧靖西不知道什么时候走了过来，立在一旁看她写字。

任瑶期闻到一股清冽的药香，却更让她凝神静气专注于笔下。

直到最后一笔落下，萧靖西的声音才在近处响起："你习惯用左手写字？"

萧靖西不动声色地将目光从任瑶期的指尖收回。

他之所以这么问，是因为任瑶期用左手写的字虽然没有什么特色，却十分工整，一看就是练过很多年的。以任瑶期的年纪，若是平日里大多数时候用的是右手写字，应该不可能将左手字练得这么好，也没有这个必要。

可是他记得任瑶期握筷子的时候，拿棋子的时候，用的明明是右手，所以难免有些好奇。

任瑶期回眸看了萧靖西一眼，想了想，将笔换到右手，然后重新拿出一张白纸，在上面写了一个"靖"字。

虽然只有一个字，却与她左手写出来的字不似出自一人之手。任瑶期的字写得极好，清隽中带着一股洒脱大气，十分有名家风范，这一点连她的父亲都十分满意。

“用左手写，只是不想让人认出来。”任瑶期笑着解释道。

右手字她已经练了二十几年，就算是想要换一种笔迹，也能让熟悉之人认出来。好在她左手字也能见人。

萧靖西却看着那个“靖”字愣了愣。

其实任瑶期写的时候只是随手写的，可能因为萧靖琳正站在书案的对面。因为两人已经是朋友了，所以她并未顾忌所谓的姓名避讳。只是她忘了萧靖西的名字里也有个靖字。

好在萧靖西的面容很快就平静下来，若无其事地将那张纸拿起来，又与任瑶期手上那张写好的信对比着看了看：“右手字比左手字好。”他客观地评价道。

任瑶期闻言微笑着转头看了他一眼，半真半假地道：“这是自然，我平日里都是用的右手，左手写字多半是在做坏事的时候。”

萧靖西看着近在咫尺的笑脸，听着她对自己的打趣，也不由得笑了起来。

书案后的两人，一位君子如玉，一位温婉秀美，那画面竟是万分的和谐，让人不忍心打破。鬼使神差的，从不喜爱诗词歌赋也不喜伤春悲秋的郡主，竟喃喃念道：“从此绿鬟视草，红袖添香，眷属疑仙，文章华国。”

她的声音很小，所以任瑶期没有听见。任瑶期也没有看到站在她身边的萧靖西脸上的表情突然变得十分古怪。

等到她注意的时候，萧二公子早已经变脸般地恢复正常。只是他的耳朵尖不知怎么的突然莫名其妙地红了。

任瑶期正在与他说之后的安排，并未注意他的表情。

萧靖西低下头看着任瑶期一边说话，一边轻轻颤动的眼睫，传入耳中的声音很轻很轻，柔和动听，让他原本想要走开的步子定在原地，动不了。

这种感觉很奇怪，就像是突然间听觉、视觉和嗅觉都格外灵敏起来，可是也陷入了某种梦魇，所听、所见、所闻的只与那个特定的人有关，所以身体的动作反而被禁锢住了。

萧靖西突然间有些茫然，按常理，这种表情是不可能出现在算无遗策谪仙一般的萧公子脸上的。

“萧公子？”任瑶期见萧靖西没有回应她的话，不由得转头唤道，却见萧靖西正看着她一动不动，不知道在想什么。

好在她喊的这一声让萧靖西回了神。萧二公子垂了垂眸子，不动声色地道：“还是让同喜去吧。”

任瑶期表情有些古怪地看了萧靖西一眼，她刚刚问萧靖西能不能让冬生去送信。然后萧靖西想了很久，回了她一句让同喜去。

难道冬生和同喜不是一个人吗？任瑶期不由得抽了抽嘴角。

还是萧靖西这人有怪癖，觉得用他的人就必须接受他起的名字？神仙的世界果然不是一般凡人能懂的。

任瑶期沉默了一会儿，温顺地点头笑道：“好。”

只要萧靖西肯帮忙，她不介意迁就一下他的癖好。

萧靖西让红缨把冬生叫进来，任瑶期将已经风干的纸折好，交给冬生，然后细细嘱咐了他几句。

萧靖西没有干扰他们说话，走到桌旁坐下，自顾自地喝茶。

萧靖琳也坐回他的对面，难得若有所思地盯着萧靖西的脸仔细看。

“你刚刚又脸红了。”萧靖琳这次声音很小，只有她和萧靖西两人能够听见。

“你看错了。”萧靖西拿茶杯的手一顿，语气却依旧平静温和，半点心虚也没有，还回了妹妹一个温柔而笃定的笑容。

萧靖琳撑着下颌，仔仔细细看了他半晌，然后面无表情地得出结论：“你撒谎。”

萧靖西：“……”

任瑶期嘱咐完冬生，看到坐在桌旁的兄妹两人都不说话，气氛有些奇怪，不由得问道：“怎么了？”

萧靖琳正要开口说话，却被萧靖西先一步温和地打断：“没事，只是琳儿想起不久之后的千金宴，正为到时候表演什么才艺而烦恼。”

任瑶期看向萧靖琳，却见萧靖琳脸上似乎僵了僵。

正要问一句，却听萧靖西一面笑着，一面温和地道："母亲特意请了一位琴师进府，还打算亲自教授她书画。所以，以后她想要出门的话……怕是会困难一些。"

说着，萧靖西别有深意地看了萧靖琳一眼，笑得俨然一副宠爱妹妹的兄长模样。

萧靖琳看了萧靖西半晌，抿了抿唇，然后移开了视线。

萧靖西脸上的笑意更深了一些。

任瑶期看了看萧靖西，又看了看萧靖琳。虽然觉得有些古怪，不过她还是顺着萧靖西的话道："这么说，下次要再见得等到千金宴的时候了？"

萧靖琳叹了一口气，想了想，抬头道："不会，哥哥会帮我的。今日我能出来也是因为他帮的我。"

然后，萧郡主认真地看着她哥哥，认真而信赖地道："是不是这样，哥哥？"

萧靖西不由得莞尔："这是当然。琳儿向来乖巧听话，我自然不会拒绝这种小小的要求。"

兄妹两人相视一笑，笑容里的意思只有两人能懂。

任瑶期却敏感地觉得，气氛突然间变得有些剑拔弩张。

她来来回回地打量了兄妹两人几眼，最后十分理智地决定当作什么也没发现，因为她觉得眼前的这种所谓的剑拔弩张带着些让人无语的孩子气。

好在这种气氛并没有持续太久，在任瑶期的刻意调节下，三人坐在一起喝茶聊天。

不过基本上都是任瑶期和萧靖西说话，或者任瑶期和萧靖琳说话。

任瑶期与萧靖西谈论棋艺和书画，与萧靖琳则讨论京都的名菜和点心。这么一聊下来，倒也气氛融洽。

"你怎么会想到练左手字？"萧靖西问道。

其实当初起意练左手字纯属好玩。父亲收藏了一幅惯用左手的书法大家高凤翔的字，对着她赞不绝口，所以她便起意练了。不过真正练起来还是到了京都后，有一次她不小心伤了右手，只能用左手写字。后来好了以后，也一有空就练上几笔。

“我父亲喜欢高凤翔的字。”任瑶期含糊地回道。

萧靖西点了点头，没有再追问。

冬生在一个时辰之后回来复命了。

“小的已经将信送到雷家家主手中。”

萧靖西的视线在他身上一转，然后问道：“他发觉了？”

“这次雷霆很警觉，小的将信扔给他的时候，他立即就追了上来。小的便带着他在城中巷子里绕了几圈，然后才将人甩开。主子请放心，他没有看到小的。”

冬生说得十分自信，他功夫虽然算不上多好，甚至可能还比不上雷霆，但是论起逃跑的本事，却是没有几个人能追得上他。

萧靖西点了点头，让他退下了。

事情告一段落，任瑶期终于松了一口气。

略坐了一会儿，任瑶期便打算告辞。

萧靖琳突然道：“瑶期，你会弹琴吗？”

任瑶期愣了愣：“会一些。”

“琴棋书画都会？”

想了想，任瑶期点了点头。并不是她不想谦虚，这些她确实都会，而且尚算精通，也当得起一句“会”。

萧靖琳立即道：“那好，以后你来王府教我吧。”顿了顿，她又道，“我娘给我请的琴师，她说的每一个字我都能听懂，可惜凑到一起我就不怎么明白了。”

萧靖琳说起这些来，难免有些心情浮躁，她的手握刀握枪都灵活得很，偏偏那些风雅的玩意儿实在不在行。

见她沮丧，之前提起这件事情的萧靖西也安慰道：“你只是在这上面花的时间少，上次听你弹了一曲，还是……咳……也不是一点天分都没有的。”

萧靖琳皱了皱眉：“我哪有那么多的时间荒废在这种女子的事情上。”

萧靖西：“……”

萧二少爷就很不巧地精通这些“女子的事情”。而且这些也是世家公子们必须会的，并不是只有女子才需要学。

偏偏萧靖琳又面无表情地加了一句："我还听到娘与辛嬷嬷抱怨，儿子和女儿能掉个个儿该有多好！"

"咳咳……"任瑶期突然喝水呛到了，放下茶碗掏出手帕。

任瑶期不敢抬头，她怕自己会笑出来，然后被萧靖西看见。不知道为何，她觉得萧靖琳是故意的。

有这种感觉的不只是任瑶期，萧靖西好整以暇地看了萧靖琳一眼，然后十分理智地当作什么也没有听见，低头喝茶。

不过他这样不置可否的态度反而让萧靖琳顿了顿，然后极快地遵从本能，面无表情地加上一句："我也觉得萧靖康身为咱们燕北王府的世子爷，却整日里沉迷于琴棋书画，最后连骑射都荒废了，十分不应该！"

任瑶期："……"

萧靖西似笑非笑地看了萧靖琳一眼。

萧靖琳转头继续与任瑶期说话："你有空教我吗？"萧靖琳觉得自己跟任瑶期处得来，如果是跟她学，那么学起她讨厌的东西来或许不会那么乏味。

任瑶期在云阳城其实也没什么事，不过她没有立即就应下。能被燕北王府请来给郡主教授的人肯定不是泛泛之辈，若是萧靖琳将别人辞了换她去的话，难免会给人留下轻狂的印象。

萧靖西适时开口道："依我看，那位琴师最好也留下。任小姐毕竟不能每日都有空闲，若是她哪一日能去的话，不妨与你一同跟着琴师学一学。那位琴师为人或许古板，在琴艺上却有她独到之处。文无第一，武无第二，其实技艺也与文同，适当的交流反倒能让技艺更为精进。"

这一点任瑶期也赞同，不由得点头道："萧公子说得不错。"

于是就这么定了下来，任瑶期有空闲的时候，萧靖琳再派人去接她。不过任瑶期坦言明日要去探望外祖，不能过去。

见时候不早了，任瑶期终于起身回府。

雷霆站在一条小弄当中，将四周都细细打量了一遍，最后还是不得不承认自己将人跟丢了。

他追出来的时候身上还穿着孝衣，难免让路过的行人往他身上看那么一两眼，好在刚才那人一直挑着狭隘的巷子走，一路上并未遇上太多人。

雷震将那人扔给他的东西拿出来。那是一张折好的纸，出现在他面前的方式与上一次相同。同样的，他也不知道两次给他递信的人是谁，有什么目的。

沉默片刻，雷震还是沉稳地将手中的信展开。果然是上一次那人的字迹。

只是看着看着，雷霆的脸色就变了。等看完之后，他依旧立在原地，没有动。

年轻的雷家家主此刻的心情很复杂，又是惊讶，又是迷惘，甚至还有些戒备。

半晌，他终于收起手中的信，将之折好收到袖子里，然后头也不回地往回走。

没有走多远，刘贵就带着几个护院找了过来。

雷霆止住刘贵的询问，打发走了护院。

回去的路上，雷霆一直没有说话，快走到家门口的时候才突然顿住。

“吩咐下去，准备明日一早出殡。”雷霆说这句话的时候虽然依旧冷静，刘贵却感觉他像是从牙缝里挤出来的一样。

不过他更多的还是震惊：“爷，明日下葬的话，岂不是只停棺了三日？这不妥吧？而且柳家的人明日下午应该就能到，上午下葬的话，怕是会引起更多的流言。”

刘贵没有说出口的是，现在外面已经闹开了，有说雷太夫人是做了什么亏心事自尽而亡的，还有人说雷太夫人是被人害死的。很明显是有人在背后推波助澜。

所以雷霆即便是十分厌恶横插一脚进来逼得雷太夫人自尽而亡的柳家人，也还是打算等柳家人来了之后才下葬，这也是雷太夫人交代过的。

若是雷家赶在柳家人来之前匆匆忙忙地将雷太夫人下葬，那么外头的流言就更加难以制止。雷家什么都能丢，面子却是丢不得的，因为若是连面子都丢了，那就什么也不剩下了。

雷霆眯了眯眼，沉声道：“我知道，照我说的做！”

虽然不知道给他递信的人的目的是什么，但是他已经别无选择。

他想起了祖母临终前执拗的疯狂眼神，那个倔强强硬了一辈子的老人，紧紧拽着他的手，一字一顿地道：“雷家，不能毁在我们手里！不能，死也不能！”

见雷霆坚持，刘贵还是低头应下了，只是问道：“若是有人阻挠怎么办？”

他们越是想要息事宁人，有人越是不会让他们如愿。

雷霆嘴角勾出一丝冷笑：“就怕他们不来。”

“爷？”刘贵再沉稳，也还是有些惊了。

雷霆闭了闭眼睛，脸上的疲倦再也掩饰不住：“并不是真的明日出殡，不过让他们相信我们为了掩盖所谓真相而提前出殡而已。只是因为我的无能又要让祖母她老人家受罪了，连死了也不得安宁。”

刘贵摇头道：“爷，您应该明白太夫人的。只要能保住雷家，太夫人不会计较这些。”

“是啊，她不在乎。可是作为儿孙却不能不在乎。终究是我无能了。”雷霆声音暗哑道。

他能同意信中的计策，也是因为他了解自己的祖母。在她心里，没有什么比他们这一支能重拾祖宗荣耀更重要的了。她认为为了这个目的，什么都是可以牺牲的。

第二日，雷太夫人突然要下葬的事情在云阳城里激起了不小的风浪。

尽管雷家已经刻意低调，还是引起了不少人的关注。

雷家家主解释道，是因为祖母晚上托梦，让他请得道高僧算了一卦，得出的结论是停棺三日比停棺七日要好。

雷家在几十年前是燕北数一数二的大家族，雷氏一族的族人也异常团结，一遇上大事就由族长定夺，然后举族共进退。雷家祖训让他们能在燕北的世家大族中脱颖而出，但是，也让他们一族在几十年前的那一场人祸中遭遇灭顶之灾，被辽人几乎杀尽。

所以到了如今，雷家的名头虽然依旧响亮，却只剩下雷霆这一脉。

雷霆让雷太夫人今日出殡，但凡雷氏一族还有一位身份和辈分说得过去的长辈在世，都会站出来阻挠。

可惜，在雷太夫人去世之后，现在的雷家，雷霆最大。

所以，即便外头已经传得沸沸扬扬，雷家上上下下也变得惊疑不定，天亮之后，准备出殡的事情还是在有条不紊地进行着。

雷家二爷雷震这一日也格外安静，抱着侄女站在灵堂，年轻的脸上再没了平日里灿烂的笑容，只有肃穆。

“小叔叔，曾祖母今天就要去当神仙了吗？”雷盼儿靠在雷震怀里，一直看着那具已经合上的棺木，努力忍着眼中的泪水，不让它们掉下来。

才四岁的孩子，还不懂什么是死亡，她只知道曾祖母要先离开自己出远门了，虽然小叔叔告诉她曾祖母要去的地方比家里好，他们以后也都会去，她还是觉得有些难过。

雷盼儿这副小模样让人看了就心疼，雷震回过神来，努力让自己脸上带上笑意，低头小声安慰侄女。

只是他心里却在想昨晚兄长告诉他的那些话。

雷震当时听说祖母要在今日出殡的时候，忍不住跟兄长吵了起来，这还是这么些年来兄弟两人头一次吵架。

可是当兄长告诉他全部事实的时候，雷震已经一句话都说不出来了。

祖母的自尽，兄长肩膀上的重担，雷家的未来，这些东西就像是凭空出现的大山突然朝他压了过来，让他喘息困难。

他不会忘记，向来沉稳的大哥红着眼眶单手握住他的肩膀，手上的力道像是要把他的肩骨捏碎：“现在的雷家就是一艘外表看起来平稳的大船，其实内部已经千疮百孔，半点风浪也禁不住了。二弟，现在的雷家已经容不得你慢慢长大成人。”

这时候，管事刘贵从外面匆匆跑进来，没有看到站在旁边的雷震和雷盼儿，径直往雷霆那里走去。

雷震知道刘贵是哥哥的心腹，见他这般模样，立即想到是外面的事情有了变故，连忙一把抱起雷盼儿，往雷霆那里走去。

就算他现在懂的东西还不多，无法为兄长分忧，但是他想要参与雷家的事情，他从来没有如现在这般迫切地希望自己能迅速成长。

他走近的时候，正好听见刘贵在向雷霆禀报：“……突然塌了，路被堵了大半。”

“出什么事了？”雷震忍不住问道。

雷霆一早就看到雷震走了过来，不过他没有说话。自从昨夜将雷家的事情告诉雷震之后，他就不想再隐瞒雷震什么了。

苦难和挫折才能让人真正的成长。他可以做到的，他相信他的弟弟也能做到。

雷霆转头看了弟弟一眼，面无表情道：“通往穷极山的山路塌了一段。”

穷极山在燕北很有名，算得上风水宝地。

不过公子小姐们踏春游玩是不会选择这座山的，不仅仅因为穷极山山势平缓，连个能歇脚的寺庙道观都没有，还因为这是一座阴山，专门给死人住的。

云阳城里凡是有名望的本地家族，都在穷极山圈有祖坟，祖祖辈辈都埋在那里。

听说当年辽人占领燕北的时候，一个辽人贵族曾打过穷极山墓葬中陪葬品的主意，可惜最后不知为何摔死在了山脚下，且在一年之内，这名将领家中老幼全都得了怪病，死光了。

从此以后，再也没有人敢打穷极山墓葬的主意。

雷家的祖坟也在穷极山上。真正的雷太夫人柳氏早就客死他乡，如今连坟都找不到了，这位本为外室的“雷太夫人”却要进雷家祖坟。

“塌了？那还能过去吗？”雷震愣了愣，皱眉问道。虽然哥哥跟他说今日可能会不太平，但是真的遇上了，还是心里不痛快。他的祖母人都死了，那些人还要在她身上做文章。

刘贵低头道：“小的已经派人过去将山石泥土挖开，不过看样子至少需要两个时辰。”

雷霆看向灵堂中的棺木，漆黑的眸子中看不出任何情绪，半晌他道：“多派些人过去，尽快将路挖开。另外，你亲自带人去探探，看有没有别的路能上山。”

刘贵已经知道整个计划，这个时候虽然出殡被阻挠，雷家也要想尽办法克服，让人以为雷家想要尽快将雷太夫人的棺木送上山。

刘贵应声退下。

雷震招手让丫鬟过来，让她们先把雷盼儿带回院子吃点东西。

等雷盼儿一走，雷霆和雷震兄弟两人不知怎么吵了起来。

后来外面就在传，雷二爷反对哥哥将祖母仓促下葬，这会儿路突然塌了，说明是祖宗震怒，让雷大爷延迟祖母出殡时间。

可惜雷霆不肯，所以兄弟两人吵了起来，最后还是雷大爷怕丢人，一把将弟弟拉走，私下里解决。

韩东山这会儿还在云阳城里，听属下禀报完雷家的事情，脸上露出了笑意：“柳家的人什么时候才能到？”

属下回道：“怕是还得三四个时辰才能抵达云阳城。柳家那个婆子年纪大了，路上还病了一场，马车不敢走太快。”

韩东山眉头一皱：“我要在未时之前看到人！”

“可是……”

韩东山眼睛一看过去，那属下就不敢说话了，忙应声退下去。

“父亲，雷太夫人是自尽而亡，这一点应该错不了。”韩东山的独子韩显仁一直站在韩东山旁边，这会儿出声说道。

韩显仁是一位面容清俊的中年人，气质比较儒雅，看上去就是一副很好说话的样子。他大部分时候都在云阳城处理韩家在燕北的事务。

“这是自然。我问过给那老婆子请平安脉的大夫，她身子骨比我都硬朗多了，哪能说死就死？不过是想要以死躲避柳家的人罢了。”韩东山冷笑道，那一张端正的脸上满是阴霾，让人看了觉得恐惧，“可惜，这只是垂死挣扎，雷家必须要败！谁让它挡了路呢！”

对于雷太夫人的死因，韩东山不是没有派人查过。不过雷家也在防着他们，所以雷太夫人死后，极少有人见过她的尸体。

但是现在雷家狗急跳墙，让雷太夫人停棺三日就草草下葬，韩东山已经可以确定，雷太夫人的死绝对跟雷家脱不了干系。

“现在雷家急着出殡，定是知道柳家的人已经离云阳城不远了，想要赶在柳家人来之前将雷太夫人入土，这样雷太夫人的死因就会被掩盖，且她的身份就不会被揭穿了。”韩显仁推测道。

韩东山对这个判断也是赞同的。

“那我们之后要怎么做？还是按计划等柳家人来了之后揭穿她是个冒牌货，真正的雷太夫人其实早就已经死了？”

韩东山想了想，微微一笑，眸子中却是闪过冷酷的光芒。

“不，哪有那么简单！”

韩显仁皱眉看向父亲，有些不解。

对于自己的父亲，韩显仁是有些惧怕的，就连他这个当儿子的，很多时候也不知道自己的父亲在想什么。

“雷家的老太婆已经死了，就算我让柳家人揭穿她，现在也是死无对证，最多让世人对他们雷家产生疑虑罢了。想要让雷家彻底败落，之后还必须另外布局，乘胜追击。不过现在好机会来了，雷家这次怕是要死在自己手里了。这就是自作孽不可活！”

韩东山说着，便愉悦地笑了起来。

命运和幼时的生活经历，让韩东山的性子早就扭曲了。即便雷家与他除了利益之争外并无其他仇怨。

“父亲的意思是？”韩显仁的资质算不得太好，论聪明才智，他不但比不上自己的老子，连儿子都比不上。所以这些年，他向来是按照韩东山的吩咐做事。

韩东山对这个儿子其实是不满意的，但资质这种东西是天生的，没有办法改变，只能庆幸孙子是个有出息的。所以这些年，韩东山对待儿子向来是对下属管事的态度，对唯一的孙子却是当作继承人来培养的。

韩老爷子今日心情好，并没有给儿子甩脸色，反而笑着道：“我要让柳家将雷家告上公堂！”

韩显仁一愣，下意识问道：“告他们什么？”

“谋杀。”

第二十章
惊　心

任瑶期在林家用完早膳就出门了，今日她要去宝瓶胡同探望外祖一家。

雷家的事情这时候已经闹开了，任瑶期的马车行到半路的时候，就听到外头连贩夫走卒都在谈论这件事情。

对于雷家家主做出的决定，她并不意外，因为雷家现在别无选择。

雷太夫人的身份问题在这个时候若是得不到及时解决，雷家以后的麻烦只会越来越大。

“小姐，宝瓶胡同就在前面，老夫人派了倚红姑姑等在胡同口。”香芹放下手中的车帘子，转头向任瑶期禀报。

任瑶期掀开帘子打量了一下，马车驶进来的这一条巷子不算宽，不过也能让两三辆马车并行。巷子两边是大都关闭着的蛮子门和如意门，门面都不大。有些门口还放置着拴马石或者石狮子。

任瑶期有些明白当初献王一家将宅子选在这里的原因，跟随献王的人不少，这些人都要有地方安置，所以宅子要大，但是以献王的处境，住的地方又不能太张扬。

包括宝瓶胡同在内的桂西坊是一个四通八达的胡同串，胡同巷子看上去井然有序，其实却错综复杂，万一遇上紧急情况，要逃命也方便。

马车在一座有前檐的金柱大门前停下。这座大门显然比之前看到的那些规格要高，显得更气派，如果忽视那缺了半个耳朵的石狮子和大门上斑驳的红漆的话。

一般而言，马车都是从侧门或者角门进出，但是这座宅子两边的侧巷很窄，马车进出不方便，所以任瑶期只能从正门下车，再让人将马车赶到后门进院子。

斑驳的红漆大门开了半扇，倚红早就躬身等候在阶下。

任瑶期一下马车，她就迎了过来，屈膝行礼。

“倚红姑姑。”任瑶期回了她半礼，笑着唤道。

“知道表小姐今日要来，主子早就在等着了，表小姐请随奴婢来。”倚红扶着任瑶期进门。

一绕过影壁就是一个大庭院，任瑶期特意环视了一周，发现院子里干干净净的，一个人影也没有。

“今日好像很……安静？”任瑶期惊讶道。

她记得献王府的戏班子平日里都是在这里练习基本功的，有人吊嗓子，有人练马步，有人耍大刀，热闹非凡。

倚红笑了笑：“今日知道您要来，主子让他们去后院了。”

任瑶期想起来，上一次李氏带着她和任瑶华一起回娘家，一进门就看到一院子的热闹，一根带着流苏的马鞭正好朝着任瑶华的门面飞过来，幸好倚红反应快，一把抓住了。尽管是虚惊一场，任瑶华却发了大火，在外祖家大闹了一场，非要逼她们外祖父将一院子的“戏子”都卖出去，最后闹得不欢而散。

再后来任瑶华就说什么也不肯进门了。这次来云阳城，任瑶期原本也打算和任瑶华一起过来，不过总是被任瑶华找借口回避了，最后还是她自己来了。

进了垂花门后院子，虽然有些老旧，却也还算工整，青石板的缝隙里钻出来一两丛青草，并不显得杂乱，反而多了一些活泼的生气。

献王府的这座宅子里看不到假山奇石雕梁画栋，没有花园，只有一间间普通的屋子。倒是每一进的庭院里都种了些花花草草，也不是什么名贵的品种，只有燕北常见的芭蕉、海棠、石榴，甚至是一丛丛胡乱长着的朝颜花。

献王和献王妃住在第三进的正房，任瑶期过去的时候，献王妃容氏正拿着一把小剪子在庭院里修剪一株开败了的茉莉花。

“你来了。”容氏抬头温和地笑着，将剪子递给身后的楚楚。

任瑶期上前给容氏问安："外祖父和舅舅不在家？"

容氏拉着任瑶期往正房走："不管他们，中午吃饭的时候就回来了。"容氏笑了笑。

任瑶期虽然来外祖家的次数并不多，但是也知道自己的外祖父和舅舅是什么性子，这会儿想必不是在哪里喝茶听小曲儿，就是在外头与人逗蟋蟀。

容氏住的正房里也没有什么摆设，唯一值钱的就是梨花木的架子床以及八仙桌和四把太师椅，还是陈旧的。一对插着花的半人高的美人瓶瞧着很精致，不过也只是普通民窑出的。

容氏携着任瑶期在炕上坐了，楚楚将茶端上来。

"倚红呢？"容氏问楚楚道。

任瑶期接过茶，闻到竹叶青的味道，听容氏问倚红，便道："来的时候姑姑给准备了一些东西，我让倚红姑姑去后院里收拾了。"

因为任瑶期救了林岑，任时佳对任瑶期越发亲近。今日任瑶期出门的时候，任时佳吩咐嬷嬷给准备了一马车的礼，全是上好的人参、燕窝、鹿茸等补品，还有一些衣料和便于储存的食材，说是代替母亲去看外祖不能太随便。任瑶期实在推辞不过，就收下了。

容氏闻言虽然有些惊讶，但还是笑着道："你回去代我谢谢她。"

任瑶期应了。容氏又对楚楚道："你去夏生那里把那两个孩子领过来吧。"

听说是夏生帮忙找的那两个小丫鬟，任瑶期来了兴致，问容氏道："外祖母，您觉得她们如何？我还没有见到呢。"

容氏温和地道："我找来问过话了，那两人模样周正，人也机灵。你是要来当丫鬟的，会些拳脚功夫还不够，所以我让倚红每日带着她们学些大家里的规矩。她们年纪还不大，好好调教几年，以后可当大用。"

不多会儿，楚楚就领着两个六七岁的小姑娘进来了。可能是因为之前正跟着夏生练武，她们穿着一身灰扑扑的衣衫和裤子，袖口和裤脚都用带子束了起来。

两人脸上都流着汗，红扑扑的，身体看着比同龄的女孩子要健壮。夏生说她们是卖艺的出身，想必以前也是练过的。

她们进来的时候有些战战兢兢的，行完礼就跪在地上不敢动，头也不敢抬起来。

“咦？你们抬起头来。”任瑶期看着她们的脸有些惊讶。

两个小姑娘闻言不敢不听，缓缓将头抬高了，竟是一模一样的两张脸。

“她们是双生姐妹？”任瑶期有些惊讶。

容氏让她们起身站着说话：“没错，因为她们是双生姐妹，且两人自幼吃住在一起，十分亲密，不但能将对方扮得惟妙惟肖，还能心意相通。这也是夏生看中她们的原因。”不然以这姐妹俩的出身，夏生也不会挑中她们。

虽然早就知道夏生的本事，不过今日见到了这两姐妹，任瑶期还是很惊喜。

“你们叫什么名字？”任瑶期和善地问道。

右边的小姑娘先开口道：“奴婢两人没有名字，以前都是被人叫大丫和二丫，求小姐给奴婢们赐名。”

果然是机灵的丫头。

虽然任瑶期选丫头首先是选忠诚的，不过聪明一些也不是坏事。

容氏笑道：“你给她们起名吧。”

两个小姑娘终于稍稍抬了抬头，虽然不敢看向任瑶期，不过两双晶亮的眼睛满含希冀，看上去甚至有些激动。

任瑶期想了想，“你们谁是姐姐，谁是妹妹？”

这次是左边的小丫头答话：“奴婢们也不知道谁大谁小，我们还没记事就被爹妈卖了，一开始收养我们的师父还总把我们搞混，所以谁是姐姐谁是妹妹也不得而知了。”

“那你叫乐山。”任瑶期先指着左边的这个，又指着右边的那个，“你就叫乐水。”

新得了名字的姐妹闻言欢欢喜喜地又跪下谢恩。

容氏笑着打趣道：“智者乐水，仁者乐山。你这名字起得也太大气了，哪里像是丫鬟名字。”

任瑶期撑着下颌笑得灿烂：“名字就是给人用的嘛，喜欢就好。”

任瑶期又问了姐妹两人一些问题，发现姐妹两人不但人机灵，性子也沉稳不浮躁，不由得越发满意。

正说着话，任瑶期看到门口站着的香芹朝着她使了个眼色。

任瑶期对容氏道：“外祖母，我能去院子里逛逛吗？”

容氏不知道看没看到两主仆的互动，不过她很宽和地笑了笑：“想逛就逛吧，让楚楚跟着你。”

任瑶期看了看那两个小姑娘，笑着道：“还是让她们跟着吧，我去去就回来，您身边不能离了人。”

倚红是舅舅李天佑的侍妾，平日里贴身伺候容氏的只有楚楚一个。还有几个后来买进来的小丫鬟，都是在外头伺候，并不近身。献王和容氏身边贴身的只用旧人。

任瑶期从容氏房里出来，香芹有些好奇地看了看那两个小丫鬟，见任瑶期没有将人打发走，才继续道：“小姐，苹果带人来了，从后门进来的，正在后院。”

任瑶期点了点头，一言不发带着几个丫鬟往后院走。

其实任瑶期今日出门还有别的事情要办，比方说她出门后就打发苹果离开，去找祝若梅。

祝若梅虽然大部分时间都在白龙寺，不过他为萧靖西做事，现在在云阳城里也买了一座小院子，把母亲和妹妹都接了过来。任瑶期之前从冬生那里打听到了祝若梅的住处，并知道他最近几日正好在云阳城，所以让苹果去请人过来见见。

在林家见祝若梅不方便，到了献王的地盘就方便多了。

两个小丫鬟在后面亦步亦趋地跟着，香芹一边回头看，一边小声问道：“小姐，她们是……”

任瑶期道：“她们是我让外祖母帮我找的丫鬟，先养在这里。”

香芹不明白五小姐找丫鬟为什么要通过外祖家，还不带回任家，不过她自己也是丫鬟，这事情不好多问，所以十分明智地没有再问。

任瑶期到后院的时候，苹果已经领着祝若梅坐到后院的西厢喝茶。任瑶期过去的时候，虽然只有苹果和祝若梅两人在敞开门的西厢，不过春生正带着两个猴儿似的孩子一边在庭院里打扫，一边翻跟斗。

任瑶期知道献王府的特殊性，她只能把人带到后院。祝若梅若是想要再往里走是不能的，春生虽然在庭院里扫地，后西厢这边的动静却是一直看在眼中。

直到看到任瑶期过来，春生带着两个孩子远远地朝着任瑶期行礼，然后站得远一些，不过人依旧没有离开。

不知谁在练戏，唱的是《生死恨》中的一段，只听其声，不见其人。咿咿呀呀加上二胡瑶琴声不断，带着些缥缈的不真实的热闹。

祝若梅手指敲着茶几，正听得入神，抬头见任瑶期进来了，忙起身行礼。

任瑶期笑着点了点头，示意祝若梅不用多礼，然后坐到主座上。

乐山和乐水自觉地留在门外，一人一边当门神，香芹想了想也没有跟进来，她毕竟是三小姐的丫鬟，不是五小姐的。

任瑶期知道，在外祖家说话是最安全的，完全不用担心谁不怀好意来偷听。献王府养的那些人都不是白养的。就连她从林家带来的那些人，除了她贴身伺候的，其余人都被倚红领着不知道去了哪里喝茶用点心。

“这唱得比起德馨班的台柱子也不遑多让。”祝若梅忍不住赞叹道，他刚刚听入神了。他母亲喜欢听戏，所以祝若梅也跟着喜欢。

“我外祖父极爱这些，所以养了个戏班子。”这是燕北人都知道的。

献王府的戏班子比献王本人都要名声在外。只不过这个戏班子只在献王府唱，别人没有这个福气听。

祝若梅也是知道的，所以闻言只是夸了几句，也不深问。

“五小姐今日找小的来可是有事？”祝若梅问道。

任瑶期点了点头：“我有一件事需要你帮忙。”

祝若梅忙道：“小姐尽管吩咐就是。”

任瑶期想了想：“我想让你帮我找两个人，一个七十来岁的婆子和一个八九岁的小姑娘，她们前几日从白鹤镇任家宅子里出来后就失踪了。”

“失踪？”祝若梅一愣。

“确实是失踪，我已经让人将白鹤镇都找遍了，她们原本只是要出府逛逛，不想一出门就没有再回来。”见祝若梅要问，任瑶期主动道，“我找那婆子来，是想问韩东山的来历，那婆子应该知道些什么，所以你帮我查查她们失踪与韩家有没有关系，若不是韩家所为，那就是她们自己害怕躲起来了。”

祝若梅知道任瑶期和韩家有些恩怨，上一次韩家的事情也是他去办的，所以听了这话后倒也不那么惊讶，只点头道："我立即就去找人，五小姐请放心，只要人还在燕州，小的就一定能将她们找出来。"

祝若梅这话说得很自信，任瑶期听了却是心中一动。

若是以前，祝若梅绝对没有这种自信。如今他敢这么打包票，应该是寺庙的事情很顺利，而祝若梅可能掌管着燕州或者燕州部分地区寺庙里军队的势力。

虽然知道眼前的人不是池中之物，不过他能在短时间之内取得萧靖西的信任并站稳脚跟，任瑶期还是有些惊讶的。她也有些惊喜，因为这意味着她以后也能多一些便利。

其实之前任瑶期也想过将祝若梅的母亲和妹妹接到自己身边照顾，不过后来想想，若是如此的话，不管她本意是不是好的，在祝若梅这种真性情快意恩仇的汉子面前终究是小人了。而且祝若梅的亲人在她身边的话，祝若梅真正的主子对他的信任或许会受到影响。

所以任瑶期最后还是坚持了君子约定。

"五小姐若是没有其他吩咐，小的就先去找人了。不然等会儿城里热闹起来，出城也麻烦。"祝若梅利落地告辞。

任瑶期点了点头，也跟着起身，随口道："城里有什么热闹？"

祝若梅叹道："想必五小姐也知道雷家太夫人去世了，才停棺就要出殡，偏偏今日一早穷极山下的一段山路塌了，现在外面说什么的都有。小的刚听说，雷太夫人外家柳家的人正在路上，听说了这事后，正玩命地往云阳城里赶路，到时候怕是会闹上一闹。"

任瑶期也知道现在外头的热闹是冲着什么来的，在听到山路被堵之后心下冷笑，韩家果然出手了。

让苹果将祝若梅送出去，任瑶期便带着丫鬟回容氏那里。

再听到雷家的消息是快午膳的时候。

倚红进来与容氏小声说话，任瑶期在一边听到她提到雷家，不由得出声道：“雷家又出什么事了？”

倚红看了容氏一眼，见容氏点了点头，声音便稍大了一些：“柳家的人已经进城了，现在正往雷家去。”

而这个时候，柳家的人正好已经到了雷府，从马车上下来之后直奔灵堂。

打头的是一个与雷太夫人差不多年纪的老太太，一边走路，一边喘气，脸色看上去有些惨白，就跟水土不服一样，进门的时候几乎是被两个身强体壮的媳妇一人一只胳膊抬进去的。

老太太柳氏一进门就像是突然惊醒了一般，还没站稳就开始哭，哭得上气不接下气，让人担心一口气下去，下一口气还能不能提得上来。

“六姐，我命苦的六姐啊，你死得好惨啊——”

她身后看上去像是侄儿侄孙的也开始跟着哭，一时间，雷家的祠堂好不热闹。

雷霆和雷震兄弟听到消息，立即赶了过来。

柳氏抬眼看见，哭得更狠了：“六姐啊，你造孽啊，你看看你养的都是些什么畜生啊——”

雷震忍不住皱眉喝止道：“住口，你们是什么人？胡言乱语些什么！”

老太太柳氏正喊得起劲儿，雷震这半大少年的一声呵斥让她的声音顿都没有顿一下，依旧在那里哭天抢地。

这会儿，与柳氏一起进来的一位中年男子站了出来，打量了一下雷家的两位兄弟，端着架子道：“我们是柳家的人，这位是我母亲，也是雷家太夫人的亲妹子。”

原以为雷家两兄弟会上前来唤他一声“舅舅”，不想雷震一脸怀疑地看着他们，而雷霆则皱着眉头想了想，才淡声道：“前些年我派人回去打听过，柳家我曾祖母那一支已经没人了。”

中年男子还没有说什么，那位正哭着的老妇人却转过头来瞪着眼睛道：“谁说柳家没人了！我就是柳家嫁出去的女儿，现在我二儿子跟着我姓了柳，在柳家的祖宗牌位前磕了头，他今后会继承柳家香火。”

雷霆看了看他们，皱着的眉头依旧没有放松，显然对他们的话不怎么相信。

这时候，一直扶着柳老太太的那位看上去就很厉害的中年妇人高声道：“娘，您别跟他们说这些有的没的。我们今儿来可不是为了认亲戚的，而是为了给姨母撑腰的。她老人家死得不明不白，雷家可不就是欺负我们柳家没人吗？今儿我们就是要让他们看看，我们柳家是不是没人！杀人偿命，姨母可不能这么白死了！”

这妇人的话一说出口，四周看热闹的人就是一阵哗然。

虽然关于雷老太太的死因，外头有一大堆传言，不过从据说是雷太夫人的外家人口中说出来的就是不一样。

有人出声道：“这位夫人，话可不能乱说，你有什么证据吗？”

那妇人闻言也不怯场，反而愈加言之凿凿：“要证据还不简单？我们柳家已经打算报官了，到时候让官老爷派人来查查我姨母的尸身，还有什么不明白的？”

此言一出，又是一阵哗然。

雷震气冲冲道：“不行！我祖母已经不在了，应当入土为安，你们怎么能这么作践她！”

中年妇人冷笑着针锋相对：“我们作践？怕是你们雷家做贼心虚吧？”

这时候场中已经乱了，围观的人由之前的窃窃私语变成了正大光明的议论。有人说，这不知道哪里冒出来的柳家血口喷人，不知安的什么心；也有人说，雷家果然有问题，说不定雷太夫人猝死真的与雷家的人脱不了干系；还有一部分人只站着看热闹。

眼看着场面就要乱，雷霆举起手摆了摆，示意大家安静。他人虽然年轻，不过板着脸的时候还真有雷家当家人的威势，加上大家也想知道雷霆这会儿想要说什么，所以场面就安静了下来。

“你们要报官？”

场中一静，大家都看向柳家的人。

柳家这一次一共来了十几个人，有男有女，有老有少。不过大家都看明白了，主角应该是那个据说是雷太夫人妹妹的柳老太太和发言的中年男子以及中年妇人。

柳老太太一进来就只顾着哭，想必身体也不怎么好，之前说了那么几句话后就歪在那里，有些气喘吁吁，一直靠另外一个妇人扶着她。说话的中年男子和中年妇人应该是她的儿子和媳妇。

雷霆这一声问话，出来回答他的还是中年男子："没错，我们要报官！告你们雷家逼死我姨母。不等我们外家人赶到就想要将人埋了，好来个毁尸灭迹。好在老天有眼，听说山路塌了，路给堵死了。"

雷震正想说什么，被雷霆伸手拦住了。他冷冷道："你们想以什么身份报官？"

中年男子嗤笑："当然是以雷太夫人的娘家人身份。不是说了吗，我母亲是雷太夫人的亲妹子。"

雷霆不为所动："抱歉，自从雷家来了燕北之后，来认亲的人家就多了起来。我没见过你们。"

那位中年男子闻言也不着急，好像是早就预料到他们的身份会被怀疑一样，轻哼一声，从自己的袖袋中拿出一张纸，施施然递到雷霆面前："看清楚了，这是柳家族长的信，上面对我们是什么身份写得清清楚楚，还加盖了族里的章以及柳家几位老叔公的私章。我们就是柳家的人，雷太夫人是我六姨母，你若是有什么疑问，尽管回去族里问清楚。只是到时候别怪别人笑话你们。"

雷霆身后的管事刘贵忙上前从中年男子手中将那张纸接过去，展开后递给雷霆，雷霆仔细看了看后脸色终于好看了一些："原来真的是柳家的人。"

柳家来的人顿时腰杆子都直了。

柳家在几十年前虽然是江南首屈一指的世家大族，不过毕竟已经败落许久，现在还在的柳家人大多数都是当年没有被牵连上的远支，世家气度早就被磨失殆尽。

雷霆往人群中某处看了一眼，然后就听见有人道："哟，怎么又有柳家的人来认亲了？之前不是有人传这位雷太夫人的出身吗？有说雷太夫人不是柳家嫡系的，只是个偏房庶女。有人说雷太夫人只是一个投奔柳家的来路不明的孤女。甚至还有人说这个雷太夫人根本就是有人假冒的，连雷家两位爷也是来历不明的野种。"

这人虽然看上去是在与人讨论，不过声音着实不小，在场不少人都听到了。

雷震气得浑身发抖，正要吩咐人将那些胡说八道的人赶出去，雷霆倒是满脸的不为所动，仿佛只听到有人在大庭广众下放了个屁，只是他却时刻注意着柳家人的动静。

因此他没有忽视中年男人和中年妇人在这时候对了一下眼色。

其实，这时候夫妻两人心里都在想着进来雷家之前听到的事情。

他们在雷太夫人去世之前就已经从家乡出发了，那时候那人给他们的命令是让他们揭穿雷太夫人的身份。

那人告诉他们，这个雷太夫人是个冒牌货，根本不是柳家的那位老姑奶奶。

不过半路上就听到了雷太夫人过世的消息。再接着，他们又接到了命令，说是要让他们以娘家人的身份告雷家逼死雷太夫人。

他们原本也没有多想，总归是拿人钱财为人办事。雷太夫人是真的还是假的，与他们都没有关系。

不过今日赶路快到云阳城的时候，他们母亲有一次实在撑不住了，便又中途休息了一会儿。

就在那个时候，他们听到外头正好有人在议论雷家的事情。

原来雷太夫人死得不明不白的事情，不少人都知道，都说是雷家大爷和雷家二爷给逼死的。

但是谈着谈着，他们就听到外头的人讨论起了雷家的家产。

雷家是一户什么样的人家，他们在来之前自然也是打听过的。虽然说现在的雷家已经比不上几十年前，但是因为这一任家主雷霆有几分本事，所以也为雷家挣了不少家业。

听着外头的人一件一件地细数雷家名下的产业的时候，他们忍不住羡慕嫉妒了。

这时候就有人感叹了一句，雷家两兄弟若是都因为逼死雷太夫人的罪名入狱，雷家这些产业谁能继承？

要知道雷家除了雷霆和雷震兄弟两人，就只有雷霆所出的一个独生女儿。

这时候又有人开玩笑般地说了一句：“不是说雷太夫人的外家人来了？雷

家已经没人了，那雷太夫人的外家就算得不了全部的财产，分些好处总是能的吧？”

就这么一句话，让夫妇两人惦记了一路。

所以，这会儿听人说雷太夫人是冒牌货的时候，第一个不依的不是雷家人，而是柳家这对夫妇。

若是雷太夫人根本就不是柳家人的话，他们就算是把雷家兄弟告到牢里，雷家的家产也跟他们半点关系都没有。

而且那人的第二道命令，只是让他们告雷家兄弟，没再提雷太夫人身份的事情。可若雷太夫人是假的，他们还能以什么身份去告人？

所以中年妇人大声道：“谁在那里胡言乱语！雷太夫人怎么不是我们柳家人了？我娘跟她老人家是嫡亲的姐妹！”

中年男子也道：“就算我们柳家现在不比当初，也不是谁想踩几脚就能踩几脚的！雷太夫人前一阵子还给我们捎了信去，让我们过来探望她老人家。接到她老人家死讯的时候，我们已经在路上了。”

这时候大家又想起来，雷太夫人才死了三日，柳家人显然不是在得闻死讯后才从江南出发的。

这时候，雷府外头又是一阵喧哗，众人便看到一队官差走了进来。

原来柳家说的报官不是随便说说的。

而雷霆看到官差的时候，却是一脸平静。

任瑶期这一个中午过得也不怎么太平。

她和容氏等了许久，也不见李乾和李天佑两人回来吃饭，容氏派出去的人也没有消息传回来。

最后在容氏决定不等了的时候，倚红终于进来禀报说两人回来了。

废献王李乾，依旧是任瑶期印象中的样子。

这位爷身上穿着一件玉色绣仙鹤瑞草五福祥云纹的袍子，系着五色同心绦，脚上一双海水纹四缝干黄靴，即便已经过了知天命之年，依旧面容白皙，少有皱纹。他身上有一种与生俱来的优雅闲散气度，是一般世家出身的爷们身上都没有的。他和一身皂色袍子的李天佑站在一起，不像父子，倒像兄弟。

李乾看到任瑶期的时候愣了愣。

任瑶期起身上前给他行礼，唤了一声“外祖父”。

李乾干巴巴地“啊”了一声，眨了眨眼，见容氏看他，他脸上露出一个柔和的笑，“这是，瑶期来了？”

任瑶期松了一口气，总算没把她和姐姐搞混。

“是，外祖父。”

李乾见这个外孙女今日似乎很乖巧，便多打量了几眼，然后道：“嗯，赏！容氏，打赏那对翡翠蜜蜡佛珠手串。”

容氏有些无奈，正要说话，李天佑一边接过倚红递上来的茶，一边疑惑道：“爹，那什么手串在很久以前不是被你换了一对红点颏。”当时他也在场来着。

李乾也想了起来，然后指了指任瑶期道：“那就打赏那只和田灵芝花叶佩。”

容氏没有接话，李天佑又想插嘴，任瑶期已经抢先道：“谢外祖父赏。”

李乾很满意地点了点头，李天佑被倚红拉去净手了。

容氏叹了一口气，等那父子两人净了手，便吩咐开饭。

都是骨肉至亲，容氏没有另外安排席位，只拉了任瑶期和李乾父子同桌吃饭。

“让厨房加个熘鱼肚儿、五彩炒驼峰、鲜蘑菜心，我记得香儿小时候爱吃。”李乾看了一眼桌上的菜色，对容氏道。

任瑶期的母亲闺名李元香，香儿是她的小名。

任瑶期忙笑道：“外祖父，今日桌上的菜都是孙女喜欢的，您不喜欢吗？”

李乾又认真看了看：“唔，江米酿鸭、一品豆腐、三仙丸子、金菇掐菜，这几样尚可。既然你喜欢，就不换了，你娘今日也没回来，那下次吧。”

于是，总算没有再出什么状况，一顿饭就这样平平安安地吃完了。

用完了饭，任瑶期坐在容氏身边，与李乾、李天佑一起在正房里喝茶。

李乾道：“容氏，等会儿记得交给秋生三千两银票。”

容氏端茶的手一顿，然后淡定又温和地问道："爷有什么需要添置的吗？"

李天佑闻言，眉飞色舞地说了起来："娘，我和爹看中了一只斗鸡。那只鸡威风得很，据说从未有过败迹，被封为常胜将军。我们好不容易才将价钱讲到三千两，说好了下午去买。"

容氏笑了笑，"哦，原来是想吃鸡了。晚上我就让厨房做，香酥鸡，还是用罐子煨汤？"

李天佑一愣，然后道："娘，不是用来吃的鸡，是用来……"

容氏手中的茶碗不轻不重地往炕几上一放，弄出的清脆声响却让李天佑下意识地顿住话头。

"哦？不是用来吃？那是用来做什么的？"容氏的声音依旧很温和，还带着些循循善诱的味道。

李天佑咽了咽口水，说不出话来，只敢偷偷朝李乾使眼色。

容氏也顺着李天佑的目光看向李乾。

"爷，鸡不是用来吃的，还能用来做什么？您与妾身说道说道？"容氏笑容柔和地道。

李乾看了看儿子，低头喝了一口茶，然后道："容氏……"

"嗯？"

"用来吃的，煨汤吧，别忘了加些海参。"李乾淡定地接道。

李天佑目瞪口呆，眼睛差点挤得抽筋，不过他爹似乎没有看到，只低头喝茶。

容氏笑了，温声道："是的，爷，妾身知道了。"

李天佑看了看他爹，又看了看他娘，最后抽着嘴角捂住了脸。

任瑶期想笑，又觉得不太合适，只能将头低下。

从容氏屋里出来的时候，任瑶期正好遇见李乾和李天佑父子两人借着尿遁躲在墙角说话。

"爹，您已经答应了文三爷，说要买下那只鸡，现在怎么办？去晚了就被别人买回去了。"李天佑有些着急。

李乾的声音依旧淡定，从骨子里透露出一丝优雅的味道："佑儿，你着相了。"

“啥？”

“不过是一只鸡，煨汤和红烧的区别。被别人买了就买了，何必执迷不悟。”

李天佑顿了顿，片刻后终于爆发，指着李乾悲愤道：“爹！你这辈子就没信过佛，装给谁看呢！你儿子我好歹还有个当尼姑的姘头，比你离佛祖近！承认吧，你就是怕娘让你半夜跪算盘！”

“放肆！”李乾眉头一挑，斜睨着李天佑，“容氏她敢！爷休了她！”

李天佑的回答是白眼一翻走人了。

任瑶期正面色古怪地想着要不要先退回正房，那边李乾转头就看到她了。

任瑶期轻咳一声，上前去打招呼。

李乾看到她，面色柔和一些，背着手站在那里问了她几句话，这样子倒是极有一番亲和儒雅的长辈风范。

正问到她母亲身体好不好的时候，楚楚从正房出来了，走过来行礼道：“爷，主子请您进屋。”

任瑶期看到站在她面前的外祖父眼角迅速地跳了跳，顿了顿之后才面色淡定地问道：“容氏找我何事？我下午约了人下棋，这就打算出门，若无要事就等回来再说。”

楚楚低着头恭顺地站着，没有吭声。

这时候帘子又是一掀，却是容氏出来了。她站在门口看了看几人，微微一笑，柔和的目光先落在任瑶期身上：“期儿先去厢房休息会儿，我已经吩咐楚楚换过被褥了。”

任瑶期因为心里有事，昨夜未曾睡好，今日又坐了马车，刚刚在容氏面前说话的时候显得有些困倦，所以容氏才让她去休息一下。

任瑶期应了一声，正要退下，容氏已经将目光放在李乾身上，脸上的笑容依旧柔和：“听说爷下午要出门？”

李乾看了容氏一眼，又抬头看了看天色，沉吟道：“原本有这打算，不过瞧天色，说不定等会儿会下雨。罢了，今儿就先不去了，回去歇着吧。”

李乾说着就带头往正房走，走到容氏身边的时候，淡声道：“容氏，你也进来。”

容氏顺从地躬身应了，低头跟在李乾后面往正房去了。

任瑶期看着他们的背影，抬头看了看一碧如洗的天空，嘴角抽了抽，快步离开正房这个是非之地。

“表小姐，夏生回来了。”倚红从角门走出来，见任瑶期正站在檐下，便立即禀报道。

任瑶期想了想，对陪她去厢房的楚楚道：“我先去一趟后院。”

楚楚低眉顺目，一句话也没有多说，只应声退下。

任瑶期又去了后院，这一次是见夏生。她之前听闻柳家人来了之后，就找容氏借了夏生一用，让他去雷家探听一下消息。这会儿夏生回来，说明那边已经闹上了，任瑶期也想知道结果。

夏生站在后院的庭院里，见任瑶期过来，忙上了台阶隔着两三步行礼，然后将雷家刚刚发生的事情说了一遍。

任瑶期听着，不由得笑了，心中也暂安。

“香芹，你带着那几个林家来的嬷嬷回去，与姑母说我外祖母想要留着我在这里多住两日。”任瑶期转头对香芹吩咐道。

雷家那边还闹着，任瑶期回林家就不好时刻注意那边的动向了，最好还是在宝瓶胡同多住几日，万一遇上突发状况，她也好及时做出回应。

她难得来云阳城，在外祖家住几日也是人之常情。任时佳现在对她很疼爱，不会拒绝这种小要求。

香芹忙应声退下。

任瑶期又吩咐夏生：“那边继续让人盯着，一有消息就赶紧报回来让我知道。”

夏生没有多说什么，低头应了，然后想起来道：“表小姐，小的之前在雷家看到冬生了。”

任瑶期点了点头，没有多说什么。冬生应该是奉了萧靖西的命令过去的。

夏生见她没有别的吩咐，就退下了。

任瑶期回了前院，去了容氏给她准备的厢房。

容氏对她很宽容，没有过问她用夏生等人的事，只睁一只眼闭一只眼。

香芹下午就回来了，任时佳那边果然没有说什么，只告诉她回去的时候知会她一声，她好让人派车过来接。

夏生那边则是傍晚的时候才来的消息。被柳家人这么一闹，雷太夫人这一日果然是出不了殡了。柳家人一纸状书状告到了燕州府衙，雷家家主被请进衙门，之后雷家和雷太夫人的灵柩被官府派人看管起来。

任瑶期倒不怕韩家这会儿做什么手脚，只要燕北王府不插手，韩家也没有那个胆子和本事把手伸到燕州府衙。何况萧靖西那边已经答应会派人看着。

萧靖西虽说自己不插手，不过行为上明显是偏帮她。对此任瑶期感觉到了，但是又想不出他这么做的用意，只是形势对自己有益，任瑶期便不动声色。

不管萧靖西有没有在暗中打什么算盘，任瑶期都是感激他的。

晚上吃饭的时候，任瑶期依然与李乾和容氏一起。不过她舅舅李天佑没有回来用饭。

对于任瑶期说要多住几日，容氏和李乾都表示很乐意。

第二日，雷家那边又有消息传来，官府的人为了查证雷太夫人的死因，开了棺材验尸。

到了下午，结果就出来了。雷太夫人之所以会猝死，是因为患有心疾。

之前为太夫人把过脉的一位大夫也站出来作证。原来雷太夫人一早就发现自己时常有心悸的毛病，不过为了怕孙儿们担心，所以让大夫隐瞒了自己的病情，并没有将这些记录在脉案中，所以连雷家兄弟也不知道其实他们的祖母身体并不好。

至于说雷太夫人是被人所杀或者自尽，纯粹是无稽之谈。

听到这个消息，任瑶期才真正松了一口气，同时也不由得微微一笑，这个雷霆办事果然利索。

这个结果一出来，柳家人开始是不敢置信，不过事实摆在他们眼前，闹也没有用。闹得凶了，官府要将他们绑了打板子。

好在雷家大人不记小人过，反而看在雷太夫人的面上为他们求情。

不过柳家的人不知道好歹，在回去的路上，一位中年妇人突然嚷嚷说雷太夫人是假冒的，不是他们柳家人，雷家两位兄弟是野种。

这一次却再没人信了，谁叫他们是以雷太夫人娘家人的身份递的状纸，还画了押验明了正身。现在官司打输了，就翻脸不认人，云阳城里的人都对他们这种行为表示鄙视。

是可忍孰不可忍，雷霆一怒之下要与柳家断绝往来，并让人将柳家人送回江南，再也不准进雷家的门。

云阳城韩家的别院里，韩东山一怒之下砸了自己的书房。

韩显仁等到韩东山砸完之后才敢出声安慰："爹，您别气，下次还有机会。"

韩东山一听，火气更甚："雷家老太婆已经死了，这回没闹起来，等到她埋了化成土还怎么闹！让人指认一堆黄土说是假的吗！"

"那再把柳家的人追回来？"韩显仁小心道。

"哼，你以为雷霆是死的？"韩东山眯了眯眼，恶狠狠地道，"雷霆，我倒是小看了他，竟然着了他的道！"

韩显仁看到韩东山的表情，暗叹一声，低下了头，不敢再说出什么话来挑起韩东山的火气。

韩东山回头看了韩显仁一眼，看到他这般模样越发不快："谦儿呢？不是让他来云阳城吗？这都几日了，还不见人影？"

韩显仁怕儿子被迁怒，忙道："他母亲病得越发重了……"

韩东山闻言不耐烦地打断道："做大事之人，怎能如此妇人之仁！谦儿又不是大夫，留在内宅能做什么？去把他给我叫过来！"

韩显仁心中苦笑，面上却恭谨地低头应了一声"是"，而后从书房里退了出来。

招手叫来自己身边的小厮，韩显仁眼中带着几分忧心和急躁："谦儿在白鹤镇到底有什么事？你再回去一趟，这次务必把他叫过来。"

小厮低声应了一声，匆忙走了。

而此刻的韩云谦也没有闲着，他之所以没有去云阳城，是因为他在找人，只可惜找了几日，一直没有消息。

说来也巧，韩云谦那一日亲自送大夫出门，在门口看到一老一少像是祖孙模样的两人，瞧着十分眼熟。

韩云谦记性向来极好，立即就想起来这两人自己在端阳节那一日曾在任家见到过。这原本也没有什么，他打量了几眼正想转开视线，不想那年纪大的婆子在对上他的视线时却面露惊恐之色，然后拉着身边的孩子就跑，甚至因为慌不择路而撞上了后面行来的一辆马车。

韩云谦心下惊异，便走下去想看看究竟，而那被撞倒的婆子却迅速爬了起来，一瘸一拐地拉着吓哭了的孩子往巷子里跑，终究因为受了些伤走得慢了，被韩云谦追上了。

“你……”韩云谦看着狼狈的祖孙二人，皱着眉头正要说话，不想那婆子却张口哆哆嗦嗦地道出了一个字，让韩云谦愣怔当场。

韩云谦听到的是一个“翟”字。

这时候有韩家的家丁跑过来，韩云谦回过神来，心下一迟疑，那婆子却又跑走了。

看着追来的家丁，韩云谦想了想，还是叫来自己的心腹小厮，让他偷偷带人将那祖孙带回来，不要惊动别人，还吩咐人等在任家附近。不想竟然让那对祖孙跑了，且她们没有再回任府。

想到那婆子看着他惊恐地吐出那个“翟”字，韩云谦更加认定那个婆子是知道些什么的。

韩云谦想起自己是在任家见到那个婆子的，那么任家人是不是已经知晓韩家的底细了？略微思索他便否定了这个猜测，因为瞧着那婆子到任家也不是一日两日了，而从任家今日的表现来看，并不像是知情的。

不过韩云谦脑海中突然浮现一个少女的身影。他想起那人从第一次见到他就对他有一种莫名其妙的敌意，曾经让他十分不解，现在想想，有没有可能是因为她知道了些什么？

不知为何，他没有在第一时间将这件事情告知自己的祖父，而韩老爷子那日正好去了云阳城。

为了弄清楚真相，韩云谦只能暗中去找那对祖孙。只可惜找了两日都一无所获，直到第三日，一名下属回来禀报说有了那对祖孙的下落，他正要亲自前去见人的时候，那对祖孙竟又不见了。还是在被他的人严密控制起来之后不见的。

韩显仁派回来的人正好是这时候找到韩云谦的。

韩云谦听过之后，淡淡地点了点头："我正好要去云阳城。"

任瑶期并不知晓这些，正陪着容氏和李乾打马吊，因为三缺一，倚红也被拉来凑数。

正在这时候，一个婆子进来说有客来访。

这倒是让在场之人都愣了一愣，因为宝瓶胡同的献王住处，一年到头也没有一个访客。

"是何人？有没有名帖？"容氏淡然地接了李乾一张炮，推翻手中的牌，问道。

燕北的人不屑来结交献王府的人，同样献王府也不怎么热衷于搞邻里关系。

"无，不过小春子说昨日那人来过我们后院。"那婆子还是一身老旦的装扮，闻言若有似无地往任瑶期那里看了一眼，随即恭谨地回道。

任瑶期一愣，随后立即想到了祝若梅。难道罗婆子这么快就有消息了？不过祝若梅要找她，怎么不是从后门进来，而是从前门？还正儿八经地来拜访？任瑶期不由得讶异地挑了挑眉。

容氏看了看任瑶期，似是在过问她的意思。

任瑶期忙道："可能是来找我的，我之前让一位朋友去帮我办一件事。"

容氏点了点头，想了想温声道："请进来吧，说起来我们府上倒是已经有许久未进过客人了。"说着起身，让楚楚将牌桌收起来。

任瑶期虽然觉得有些古怪，不过并没有拦着容氏。现在她很想快些找到罗婆子祖孙。

既然人家是正儿八经地从正门进来拜访，那自然要将人领进来见一见宅子的主人。

不多会儿，李乾和容氏已经在上座坐下，外面也响起了脚步声。

接着帘子一掀，任瑶期转头一看，果然是祝若梅。

她笑了笑，正想起身打招呼，不想却见祝若梅身后又出来一位少年。

这少年容貌清俊非凡，举手投足优雅贵气，身上只着一件看上去普普通通没有纹饰的青衣，也没有挂金玉之饰，明明是再普通不过的打扮，却让人瞧着觉得风华耀目。

任瑶期不由得愣在那里："萧……二公子？"

屋里其他人也愣住了。

萧靖西朝着任瑶期点了点头，然后彬彬有礼地上前与献王夫妇见礼。

容氏很快就收起了眼中那一抹讶然，看着萧靖西的脸上是得体温和的笑容："原来是萧二公子，是我们失礼了。"

李乾打量了萧靖西几眼，然后又看了看站在一旁没有说话的任瑶期。在萧靖西对他见礼的时候淡淡地点了点头，并无更多表示。

任瑶期看着萧靖西的背影，下意识地皱了皱眉，然后将不解的目光投向祝若梅。

祝若梅收到任瑶期的视线，微微摇了摇头，似是安慰任瑶期无事，不要担心。

那边萧靖西与容氏和李乾寒暄起来，任瑶期暗中打量萧靖西，想要从他脸上看出他今日前来的目的。

萧靖西似是注意到了任瑶期的目光，在与容氏说完一句话的空当转眸朝她这里看了一眼，遂又微笑着转开目光。

"期儿，去准备些茶点来。"容氏对任瑶期柔和地道。

任瑶期顺从地应了，退了出来。

准备茶点自然是不用任瑶期亲自忙活，楚楚跟在任瑶期身后出来，任瑶期知道这不过是容氏的托词，想打发她出来。尽管对萧靖西前来的目的有些好奇，任瑶期也还是退了出来。

茶水准备好之后由楚楚端了进去，任瑶期想了想，没有再跟进去。正好这时候祝若梅从里面出来了。

任瑶期看到他后松了一口气，而祝若梅应该也是出来找任瑶期说话的，于是两人点了点头，十分有默契地往一旁的廊檐下走去。

"五小姐，罗婆子和她的孙女找到了。"这是祝若梅对任瑶期说的第一句话。

这个消息让任瑶期很高兴："在哪里找到的？她们如何了？"

"找到她们的时候，她们正被人暗中监视着，看样子之前是自己藏起来的，刚好被人找到了。罗婆子受了点伤，小的将她们安置后，请了大夫给她医治，应当不会有大问题，五小姐请放心。"

"找她们的人是谁？"任瑶期淡声问道。

"小的让人将她们带离之后回去看了一眼，正好看到了韩少爷。"祝若梅沉声道。

"韩云谦？果然是韩家的人。"任瑶期不由得皱眉。

"五小姐，这婆子既然是从您府上出来的，那么您今后行事当小心才是。毕竟这一次双方算是打了个照面。"祝若梅想了想，担心道。

这一点任瑶期早已经有了准备，其实她倒不怕韩家和任家撕破脸。

现在任家又起了与韩家结亲的心思，韩家这个敌人暴露到明面上也好。

不过在那之前，她需要先弄清楚韩东山和任家的恩怨。

"她们在何处？我要见她们。"

祝若梅道："小的将她们安排在了我娘和妹妹的住处，小姐随时可以见她们。"

任瑶期点了点头，看了正房方向一眼，问道："萧公子今日怎么会来这里？"

祝若梅闻言不由得抓了抓头："小的做的事情瞒不过公子，您也说过无需隐瞒。所以小的今日出门的时候就碰见了公子，他知道小的要过来找您，便道了一声顺路，然后就一起来了。"祝若梅的脸上也有些疑惑。

这个回答自然是无法帮任瑶期解惑，所以她想了想，最终也没有得出什么结论。不过总会知道的，任瑶期看着正房的门帘想。

任瑶期站在廊下往正房方向看去，午后稍嫌炽热的日光洒在庭院里，金光均匀地镀在满庭的姹紫嫣红与葱翠绿意之上，瞧着少了几分燥热。

在屋里伺候的楚楚一早就被打发了出来，现在屋里只有李乾、容氏和萧靖西。任瑶期在心中猜测了良久，也终究没有猜出个端倪来。

与祝若梅该说的话也都说完了，任瑶期想了想，吩咐自己的丫鬟带着祝若梅去喝茶，自己先回了西厢，又让苹果注意着正房的动静，等人出来后唤她。

萧靖西在正房待的时间不算长，任瑶期坐在炕上翻了会儿书后，苹果就回来了。

“萧公子出来了？”任瑶期抬头问道。

“是楚楚姐姐让奴婢来唤小姐过去的，说是老夫人传唤。”苹果答道。

任瑶期闻言不敢怠慢，立即起身出门。

回到正房的时候，萧靖西还没有走，楚楚也进来伺候茶水了，想必该聊的都聊完了。任瑶期不着痕迹地打量了在座的几位几眼，却看不出什么来。

李乾正与萧靖西两人有一句没一句地聊乐理，气氛还算融洽。

说起来，李乾这位龙子凤孙，别的本事没有，吃喝玩乐琴棋书画却是十分精通，这种天赋应该遗传自他的母亲宛贵妃。所以在很久以前，任瑶期的父亲任时敏与李乾的关系也曾很好，两人都是文雅人，能聊得起来。

如此，惊才绝艳的萧二公子能与李乾聊起来也没有什么好令人惊讶的。

任瑶期看不出个所以然来，索性打过招呼后就老老实实地回到容氏身边。

萧靖西并未在宝瓶胡同坐太久，又过了半盏茶工夫，他便提出告辞。

李乾对萧靖西的态度虽然不错，却并未亲自送萧靖西出门，只起身送了几步。任瑶期一个女子也不能去送男客，既然萧靖西没有说是来找她的，她便乐得一声不吭。

萧靖西临走之前目光在任瑶期这里略一流转，微微一笑，便转身出门了。

任瑶期却有些头疼，她本就是一个喜欢思虑的人，偏偏对上了萧靖西这种七窍玲珑心的，难免会因为他每一个平常或者不平常的眼神动作而多想。不过终究还是一头雾水。

“期儿，你与萧二公子熟悉？”容氏突然问道。

任瑶期回过神来，见李乾和容氏两人已经坐下，两人的神色与往日并无不同，容氏也像是随口一问。

“因郡主的关系见过几面。”任瑶期选择了一个比较稳妥的回答。并非她不信任容氏，只是她终归是一名女子，有些事情说出来怕容氏多想或者担心。

容氏若有所思地点了点头：“我想也是如此。”顿了顿，“不过你与郡主交好倒是没什么，萧二公子这里该避嫌的时候还是避嫌好。”

任瑶期看向容氏，容氏看着她的目光并无不悦或者猜疑，仅仅是怜惜和忧思。

任瑶期明白了容氏的意思，容氏不过是担心她吃亏。萧靖西的身份对她而言太高了。万一要是传出个什么，最后吃亏的只能是她。

虽然不知道容氏为何会看出来她和萧靖西之间有牵绊，不过任瑶期还是点了点头道："我明白，外祖母。"

容氏摸了摸她的头，终究还是叹息了一声。

她从容氏那里出来之后，让香芹去后院安排马车，准备出门去见罗婆子。

出了宝瓶胡同，任瑶期吩咐赶车的夏生往祝若梅之前给她的地址去。说起来她到了外祖家确实要自由不少，容氏虽然不放心她，但是有夏生跟着出门，倒也没有拦着。

总的来说，容氏其实很纵容她，算得上是有求必应。

祝若梅的院子离着宝瓶胡同说远不远，说近不近。这里虽然也是杂巷纵横交错，却比宝瓶胡同要热闹不少，处处透露出一种市井生活气息。

马车刚停在一扇红漆如意门前，门就"吱呀"一声开了。祝若梅的身影出现在门口。

任瑶期下马车之后，祝若梅点了点头，没有说话，等任瑶期进了院子后，他才出声唤了一声"五小姐"。

这里只是一个一进的院子，任瑶期下意识地打量，眼睛不过是一转，就看到了那位正站在庭院里微笑地看着她的少年。

见任瑶期愣了愣，祝若梅忙道："小的与公子一起从宝瓶胡同出来后就回来了。"出于对这位公子的敬慕，祝若梅没有问萧靖西来的原因，不过他也隐隐觉得应该与任家五小姐有关。

任瑶期已经走上前："萧公子，又见面了。"

其实任瑶期心里这会儿应该不高兴的，因为她现在算是在处理家事，韩家和任家的事情她直觉有些不光彩。偏偏这位出现在了这里。

不过面对萧靖西，任瑶期实在是生气不起来。

毕竟能找出翟家，找到罗婆子，她都是借了萧靖西的力。

萧靖西轻笑一声，看了任瑶期一眼，并未多言，只点了点头。

任瑶期摸不准萧靖西的态度，两人沉默着。好在这会儿西厢房的门开了，两个姑娘出现在门口。

一位是祝若菊，而在她身后探头探脑的却是水艾。

祝若菊看到任瑶期，立即牵着水艾跑过来，高兴道：“五小姐，您来了？”

任瑶期笑着点了点头，目光看向有些好奇又有些恐慌的水艾。

“五……五小姐。”水艾不复上次见到任瑶期时候的活泼，有些战战兢兢的。

“先进屋吧。”萧靖西转头看向任瑶期。

任瑶期轻叹一声，点了点头。

“小姐，罗婆子在西厢，您现在要见吗？”祝若梅道。

任瑶期点了点头，这是她今日来这里的目的。

于是祝若梅领着人进屋。

门一推开，任瑶期便闻到了一股药味。罗婆子因为受了伤，正躺在床上，坐在她身边的还有一位老妇人。

罗婆子并未睡着，听见动静吓了一跳。床沿上坐着的那位老妇人立即起身，看到任瑶期的时候又惊又喜，连忙上来行礼：“这位可是任五小姐？”

任瑶期笑着点了点头：“祝嫂子。”任瑶期从她的容貌轮廓看出来，这位看上去十分显老的妇人是祝若梅和祝若菊的母亲。

祝嫂子拉着女儿一起要跪下磕头，任瑶期忙伸手拦了。

“娘，您带着妹妹和这丫头去烧些茶水来。”祝若梅知道任瑶期今日来是有事情的，就打发了他娘和妹子出去。

祝嫂子一手一个牵着人走了，祝若梅想了想退到门口。萧靖西虽然一直没有说话，不过他也没有走。

任瑶期看了他一眼，还是走到罗婆子面前。

“你与翟家有什么关系？”任瑶期的声音平淡轻缓，却让罗婆子吓得脸色一白，差点从床上滚下来，然后目瞪口呆地看着任瑶期。

任瑶期直截了当的这么一句话，见罗婆子的反应，哪里还有不明白的。

“五……五小姐，我……奴婢……”罗婆子看上去真的有些害怕，嘴唇也有些发抖。

任瑶期轻声一叹：“现在韩家已经知晓你的存在。”

罗婆子似是想起了什么让她害怕的事，又是一抖。

这时候门“吱呀”一响，任瑶期回头，看见祝若梅轻声退了出去。不过萧靖西依旧慢条斯理地坐在一旁，没有主动离开。任瑶期赶不得他，也不知他心中所想，只能当作没看到。

“五……五小姐，您能不能救救奴婢的孙女。”罗婆子哭着道。

任瑶期微微一笑，重复道：“你与翟家有什么关系？”她没有回应罗婆子的请求。

这次罗婆子愣怔许久，久到任瑶期都以为她晕了过去的时候，罗婆子总算是说话了，她的声音带着老人特有的喑哑和沧桑：“奴婢当年是翟家少奶奶身边的二等丫鬟。”

“韩东山的本名是什么？”

罗婆子看了任瑶期一眼，又是挣扎了半天：“他是翟家小少爷翟耀祖。”

任瑶期想到夏生说韩东山以前被人称为祖哥儿，名字对上了。

“他当年离开燕北的时候还很小，你记得他的相貌？”

“翟……韩老爷，奴婢只在那一日躲在一边看了一眼，不过我最先认出来的是韩公子，他长得与翟少奶奶极像，尤其是眼睛。”罗婆子顿了顿，“上次在任家遇见韩公子后，奴婢吓了一跳。奴婢确实不认识什么瞿家的人，不过奴婢觉得您想要问的其实是翟家的事情。那日水艾闹着要出府看看，奴婢想到那位韩少爷，越想越不安心，便打听到了韩家的住所。韩家也是大户人家，奴婢自然是进不去的，原本也只是碰碰运气，不想正好瞧见翟……韩老太爷从府里出来……奴婢当年照顾过翟家小少爷一阵子，所以认得他。当时奴婢吓了一跳，便跑走了。只是奴婢心里总是有些不安，所以下午还想去看看，确认一下。不想却被韩少爷发现了，追了上来。”

任瑶期沉默了许久，最后还是问道：“翟家与任家当年到底有什么恩怨？”

罗婆子的脸色越发苍白。她原本肤色很暗沉，这会儿脸上血色全无，看上去就像是蒙了一层死气。

“五小姐，奴婢年纪大了，本也没有几年好活，不过活到奴婢这个岁数，也已经够本了。只是奴婢实在是放心不下水艾，这孩子是奴婢捡回来的，等奴婢两腿一蹬，她就无依无靠了。您能不能……能不能大发慈悲收留她在身边当个丫鬟？”

罗婆子现在提出这种要求，很明显就是想要与任瑶期谈条件。任瑶期若是愿意收留水艾，她就将自己知道的说出来。

上位者都不喜欢被人威胁，任瑶期也不例外，何况罗婆子本就是任家庄子上的奴仆。不过对上罗婆子那浑浊又期盼的目光，任瑶期还是淡声道：“我可以留下她，今后瞧着若是合适的话，我就把她放到我屋里。”如果不合适，她也不会要。

她可以理解罗婆子的心情，任家大宅里也无所谓多一个丫鬟，不过要到她身边伺候，需要先得到她的认同，贴身丫鬟不是谁都可以当的，任瑶华当年的下场就是教训。

罗婆子见任瑶期没有回绝，忙道：“五小姐放心，水艾天性纯良，人也不笨。您让人教教她，她定是什么都能学会的。”

任瑶期点了点头：“我会找人教的。”

罗婆子松了一口气，脸色也好看一些。

“你伤得重吗？”任瑶期记得之前祝若梅说她的伤并无大碍的，不过罗婆子的脸色却不是很好，所以看上去她就像是在交代后事。

罗婆子摇了摇头：“奴婢的伤不重，只是年纪大了。”

任瑶期想着，等会儿还是再找个大夫过来看看，罗婆子却已经嘶哑着开口：“小姐，您想问翟家和任家的恩怨？”

任瑶期点了点头。

罗婆子叹息一声，偏过头来，视线却越过任瑶期的肩头，投射到她身后。

任瑶期跟着回头，看到的自然是萧靖西。

萧靖西看了任瑶期一眼，淡淡一笑，然后从容地站起身来，脸上丝毫没有被人嫌弃的尴尬。

不过见他要出去，任瑶期却出声唤住他道：“萧公子，请留步。”她转过头来对罗婆子道，“你说吧，无碍。”

罗婆子有些讶异地看了萧靖西一眼，虽然猜不中他的身份，不过听称呼也知道不是任家的人。罗婆子不由得有些犹豫，看着任瑶期欲言又止。

罗婆子其实是好意，接下来她要说的话，相信任家的人绝不希望被外人知晓。

任瑶期明白罗婆子的意思，不过她还是摇了摇头：“我心里有数，你说吧。”

萧靖西看着任瑶期，挑了挑眉，又坐下了。

罗婆子见任瑶期这么说，也不好说什么，缓缓开口道：“现在已经没有人记得翟家了，不过在几十年前，翟家在白鹤镇算得上是数一数二的大户。尽管翟家人为人低调，但是在燕州，也是排得上号的。”

罗婆子的声音喑哑沧桑，就像是喉咙里裹了沙粒。

“翟老爷学识渊博，为人乐善好施，可惜临到中年却丧了妻。翟老爷膝下只有一位嫡子，也才成亲不久，少奶奶长相十分出众，且知书达理，待人宽和，只不过身子骨不是很好，大夫说想要孩子需要好好调理一两年。翟老爷想来想去便续了弦，因怕儿子媳妇委屈，所以娶的是镇上一个普通人家的女儿。这位新进门的太太自幼丧父，家中只有一位卧病在床的母亲和尚未成家的弟弟，她是个能干人，以一人之力养家糊口，还要供弟弟读书。翟老爷也是听了她的贤名，才不顾族里反对娶了她进门，还让人将太太的母亲和弟弟接到府里，让她没有后顾之忧。不过这位新进门的太太也是个没有福气的，进门不过两年就病故了。她母亲听闻噩耗，也跟着去了。翟老爷和翟大爷都是仁厚人，见太太病故，只留下一位舅爷，便依旧让那位舅爷留在府中，还张罗着给他娶了妻，并给了一间铺子当家业。”

罗婆子顿了顿，似是在回想，也像是在发愣：“少奶奶成亲第二年，终于有了身孕，并生下小少爷翟耀祖。可是没过几年，辽人就打了过来。当时燕北有不少人家准备南迁，翟家也是有这个打算的，只是因为少奶奶又有了身孕，所以翟家就耽搁下来，想要等到孩子稳定些再走。好在当初翟家人为了避难从祖屋里搬了出来，找了一处比较安全的地方暂时住下。那时候舅爷那一家也一起搬了来。恰好这时候西山那边发现了上好的煤矿。我们少奶奶的陪嫁中就有几座西山的荒山头，原本也没有当一回事，不想却因为发现煤矿而水涨船高。”

任瑶期这时候才发现，这位罗婆子应该是认得一些字的，她情绪虽然不好，说话却语句清晰，与她本身粗糙的形象十分不符合。

“翟家人原本决定等少奶奶身子好些就南下往江南去的，少奶奶便想将手中的煤山卖了，因为当时有不少人想买，价格也十分合适，我们少奶奶又不会经营，翟家也不贪图媳妇手里的东西。最后这件事情就交给了那位舅爷去办。

“没多久，舅爷回来说已经帮少奶奶找好了买家，价格很公道。翟家和少奶奶信任舅爷，就将这件事情全权交给了舅爷处理。可是，山卖出去了，银子却一直没有拿回来。因为翟家已经与其余几家人定好了南下的日子，这边不能再等了，舅爷就说他暂且留下帮少奶奶等银子，等钱拿到手了再去江南寻他们。翟家人自然是不肯让舅爷冒这个险。”

任瑶期一直没有说话，仔细听着罗婆子回忆往事。那边萧靖西也一直没有动静，甚至连呼吸声都轻不可闻。

“正在这时候，燕北王带着人马打回来了。燕北王的军队有神灵庇护，那些辽人自然是不敌，只能节节败退。眼见着辽人就要被赶回关外，燕北人都忍不住欢欣鼓舞。可是辽人不甘心就这么回关外，偏偏燕北的军队又追得紧，所以他们打算在燕北大肆劫掠一番再走，抢走燕北的财物和女人。”

似是想到了那一段血雨腥风的生活，罗婆子的声音有些抖。

“燕北王快打回来了，翟家人就不想走了。毕竟翟家的根基还在燕北，去江南又要重新开始，谁也不乐意。可是突然有一日，辽人找到了翟家人藏身的地方。那些辽人一进来就翻东西，把翟家人身上的细软和银钱都抢走了。翟老爷是豁达人，吩咐家人不要反抗，钱没了就没了。可是……可是那帮畜生抢了财物还不甘心，他们看上了我们少奶奶。”

罗婆子说着说着眼泪就下来了，语不成调。

“少奶奶当时已经身怀六甲啊！翟老爷和翟大爷自然不能看着少奶奶被那帮畜生抢走，开始拼死抵抗，最后都……都被杀死了。少奶奶被当众……当众……呜……”

任瑶期没有经历过那段岁月，也无法想象。可是现在听罗婆子这么说起，总觉得心里堵得慌，难受得紧。

罗婆子哭了许久才勉强止住：“当时我和妹妹春儿跟着少奶奶的大丫鬟丽娘带着小少爷出去了，侥幸逃过一劫。回来的时候便看到一地的尸首，少奶奶更是被凌辱致死，一尸两命。大少奶奶身边的刘嬷嬷当时被砍了一刀，装死逃过一劫。好在她身上的伤不致命。原本我们想先找个地方躲起来的，但是丽娘是少奶奶的陪嫁丫鬟，与少奶奶自幼一起长大，感情颇深，说要回去给老爷少奶奶收尸。我们虽然害怕，可是想着主子平日里待我们不薄，便又回去了一趟。不想，这次却看见了那位舅爷和他的夫人。我们原本以为他们是来给老爷收尸的，想要上前，却听到了一番令人胆战心惊的话。”

罗婆子已经是一脸的麻木：“他们夫妻是来看府里的人死绝了没有，还因为没有找到小少爷的尸身吵了起来。那帮辽人根本就是他们引来的。他们告诉辽人翟家的藏身处，还告密说翟家很有钱，且翟家有一位容貌出众的女人，以达到借刀杀人的目的。原来这位舅爷早就不知从哪里知道了燕北王快打回来的消息，他们原就不想跟着翟家人去江南，而且看上了少奶奶手里的矿山。”

明明是夏日，这间屋子里的通风也不够好，可是任瑶期却感觉到一股彻骨的冷意，这股冷意从心底一丝一丝爬上来，就像是被毒蛇吐出的信子搔痒一样，让人忍不住打冷战。

“我们几个捂着小少爷的嘴躲在暗处。我当时往小少爷那里看了一眼，发现他很乖巧地靠在丽娘怀里，但是那双眼睛却一动不动地盯着正在争吵的夫妻两人。我当时还以为他是被吓傻了……我忘了小少爷当时已经不小了，且老爷素来夸他聪颖机警，学什么都快。”

屋里陷入一阵沉默。罗婆子是陷入回忆中一时不能回神。任瑶期垂着眼盯着自己的手，不知道在想什么。从罗婆子开始讲过去的事情，她就一直没有说话。

这时候，一道温和的声音打破了沉默：“你既然是翟家的侍女，又与翟耀祖有过这样一番渊源，为何会怕韩家的人？”

萧靖西的声音很好听，不温不火，说话的时候总是带着某种特殊的韵律，可以在关键时刻蛊惑人心，也能让人从情绪中惊醒过来。

任瑶期抬了抬眸子，看向从回忆中回过神来的罗婆子。

“我年轻时候长得不好，人也笨，少奶奶没有嫌弃我，还让我跟着丽娘她们一起认字。等我们年纪都大了，少奶奶安排丽娘伺候大爷，并许诺只要生下孩子就抬为妾室。春儿被指给香料铺子大掌柜的儿子，少奶奶也为我找了人家，是厨房大管事的独子，还说等我和春儿出嫁的时候给我们抬个一等丫鬟的身份，让我们风光出嫁。她是个好人。”罗婆子低低道，“可惜辽人来了，一切都毁了，也浪费了她为我们谋划的苦心。”

罗婆子叹了一口气，很轻，却让人觉得有些悲凉：“我们当时听到那样的话都吓到了，不敢出面与舅爷对峙，等舅爷夫妇走后才敢出来。我们几个带着少爷躲了起来。关于去哪里，我们的意见出现了分歧。丽娘说要带少爷去江南，投奔少奶奶的娘家。我和春儿自幼长在翟家，则希望等翟家的族人回来为少爷主持公道，虽然曾听闻翟家的其他族人在南迁的时候遭遇了辽人，都死了。不过当时眼见着燕北王就要打回来，我和春儿都不想轻易远离故土，毕竟少奶奶的娘家是什么情形谁也不知道，而且路上就我们几个弱质女流带着少爷，怕是不安全。少爷还在，如果翟家的族人回来，他也是要留在翟家的。不过丽娘很坚持，我和春儿想了许久，最后想着少奶奶待我们那么好，为少爷去少奶奶娘家搬救兵冒些风险也是值得的。可是在这个关头却出事了。”

罗婆子说到这里，声音越发颤抖得厉害：“那日我与春儿出门去弄吃食，回来的时候发现舅爷夫妇带着人找来了，就赶紧回去通知丽娘和少爷，却发现他们已经逃走了。我和春儿也躲了起来，舅爷夫妇只能无功而返。我们知道他们定是来找小少爷的，便出去悄悄寻丽娘他们。第二日我和春儿总算是找到了丽娘，刘嬷嬷却不知道去了哪里，而小少爷生病了，发了高热。丽娘看到我们的时候什么也没说，很冷静地吩咐我去外面打些水回来，又让春儿留下生火。打水的地方有些远，我打完水往回走的时候，发现丽娘站在我身后不远处等我。我有些奇怪，正想上前问她为何丢下少爷不管，却看见她袖子里有东西滴落，是血。我当时不知为何有些害怕，就停了步子，不想丽娘却突然朝我扑过来。她手里握着一把滴着血的匕首。我拼命躲闪，丽娘却像是疯了一般，她骂我们忘恩负义，说要把我们都杀了。我才明白丽娘怀疑是我们把少爷的行踪泄露了出去，所以想要杀了我们。因为我幼时干过些粗活，丽娘却是自幼与少奶奶养在一处，她的力气没有我大，所以在被她伤了胳膊后，我逃走了。等我逃了很远才想起来，春儿没有出来，回想丽娘手里那把滴血的刀，我心里越发恐惧。春儿是我妹妹，亲妹妹，我不能扔下她不管，所以我还是决定偷偷回去找春儿，说不定她也侥幸逃走了呢。可是当我回到原来的地方，却只看到了春儿的尸体。她倒在地上，胸口被扎了三刀，死不瞑目。丽娘和小少爷却不见了。

“我很害怕，怕丽娘又突然回来杀我。我把春儿草草埋了之后就躲了起来，再不敢露面。我一直在想，我和春儿并没有把少爷的藏身之处泄露出去，丽娘也不可能，那么就只有刘嬷嬷了。从舅爷出现之后，刘嬷嬷就一直没有露面。我不想背这个黑锅，就想着去找刘嬷嬷对质。我想起来刘嬷嬷有一个女儿嫁到了离白鹤镇不远的李家庄，她曾与我提过想去投奔女儿女婿，于是我便去了李家庄。”

罗婆子闭了闭眼，苍老的声音里似乎压抑着令人恐惧的情绪：“刘嬷嬷确实是回了女儿女婿这里，可是我怎么也没有想到会再看到那种场面。刘嬷嬷包括她女儿女婿一家六口全都死了，倒在地上的还有一个三岁的孩子和一个尚在襁褓中的婴孩。之前丽娘用来杀我的那把匕首正插在那个三岁孩子的胸口。我终于意识到，丽娘其实已经疯了。刘嬷嬷和春儿都死了，再也没有人能证明我的清白，不过就算是有人能证明，丽娘想必也不会听。我很害怕，夜里睡觉也总是梦到丽娘拿着匕首站在我床边。不过从那以后，我再也没有见过丽娘和小少爷。

“我后来总是在想，丽娘那个样子怎么能带好小少爷？孩子总是单纯的，你教他什么，他就学到什么。有丽娘的教导，小少爷心中一定会有恨，会想要复仇。我是个怕死的，不想再搅和到这些恩怨里。不久之后，燕北王果然打了回来，很多逃走的人也陆续回来了。我害怕丽娘没有离开，便躲到乡下混了几年饭吃。后来听说很多庄子上要人干活，我就找了个庄子待着。却不想过了几年，那庄子阴差阳错被那位舅爷家买去了，只是我已经签了卖身契，想走也走不成了。那位舅爷凭借着手里的矿山发了家，成为燕北的新贵。好在他们家庄子多，主子们一般不会露面，我战战兢兢地过了一段日子，最后还是留了下来，这一留就是这么些年。”

罗婆子说到这里，事情的轮廓已经大致清晰起来。

想必那位舅爷姓任。

任瑶期扯了扯嘴角，笑容有些嘲讽，有些苦涩。原来任家人的自私不是没有缘由的，从根子上就是烂了的。

任瑶期已经不知道用何种心情来面对了。她在这一刻甚至觉得，翟耀祖回来报复任家是应该的。欠的债总是要还的，血债血偿。

可惜她的曾祖父和曾祖母早已经死了，而她的父母并没有做过坏事。即便要父债子偿，也不能算到他们头上。

困扰了两辈子的所谓真相就这么血淋淋地摊在眼前，却让人觉得无力。

“任家现在的宅子是不是当年翟家的祖宅？”任瑶期的声音依旧淡淡的。

罗婆子看了任瑶期一眼，点了点头。

“那宅子中间还转了两次手，所以倒没人提起翟家了。”

任瑶期简直要为她家曾祖父的大胆和贪婪鼓掌了。害死了人家全家，还敢住到人家的祖宅里，难怪任家会落到那种下场。

在她看来，任家的宅子风水很好，而且是太好了，却不是什么人家都有命住的，翟家和从前的任家就是前车之鉴。

该问的都已经问完，任瑶期站起了身。

“你好好休息，等伤好些了，我让人来接你。”任瑶期说话时声音里已经听不出什么情绪，还是如往日般温和。

罗婆子撑起身子坐正：“小姐还有什么想问的吗？”

任瑶期摇了摇头。

该知道的都已经知道了，她无暇再打听翟家的什么隐秘，那些与她又有何干？

“小姐，今日可以让水艾跟您走吗？”罗婆子看着任瑶期的目光含着祈求。

任瑶期想了想：“不如等你伤好了之后一起回去吧。你受了伤，她想必不会愿意这会儿离开你。”

罗婆子忙道：“奴婢劝劝她就是了，小姐，您还是带她走吧。”罗婆子就像是想要抓住最后一根救命稻草一般，想必是当年那位刘婆子一家惨遭灭门的事情让她十分忌惮翟耀祖。

任瑶期本也是体贴她们祖孙之情，见罗婆子坚持，便也没有说什么，只点了点头。

萧靖西看了任瑶期一眼，起身先走一步。

任瑶期原本也想出去，罗婆子却突然叫道：“五小姐请留步。”

任瑶期回头，见罗婆子艰难地往她的方向移动着身子，便往回走了几步，不想罗婆子突然伸手抓住了她的衣袖，身子贴过来，在任瑶期惊讶的当口，小声而迅速地在她耳边道："翟家当年打算南迁避祸，家中有不少家财不方便带走，便留在了祖宅。"

任瑶期将自己的袖子从罗婆子手中抽离，淡淡地看着她，不说话。但是她的目光却极冷，让罗婆子不由得一阵心悸，缩了缩手。

"小……小姐，奴婢说的是真的。当年那位舅爷也是知道的，不过他不晓得东西藏在哪里。也不知道这么些年了，那些东西是否被取出来了。"

"罗嬷嬷。"任瑶期冷淡地打断她的话，"翟家少夫人当年待你不薄。"

罗婆子脸色一白，然后看着任瑶期苦笑道："小姐教训得是，奴婢对不住旧主。"

她顿了顿："奴婢告诉小姐这些，也没有别的意思，只是希望您从中周旋或者提防一二，以免当年惨剧重演。丽娘也知道这个秘密，且知道得比奴婢多。她必定会将此事告知小少爷。奴婢想着小少爷既然回来了，必不会善罢甘休。奴婢瞧着如今的韩家也是大户人家，耀祖少爷若是放下仇怨，也能活个福禄双全。少奶奶他们已经死了，当年的舅爷夫妇也早入了土，冤冤相报何时了，好好过日子才是正经。奴婢承认奴婢是个胆小的，原本打算就这么在庄子上终老，让这些往事烂在奴婢的肚子里，可惜人算不如天算啊。"

任瑶期静静地看了罗婆子片刻，淡声道："那就继续烂在肚子里吧，刚刚你与我说的那些不必再让人知晓。"

罗婆子叹息一声，点了点头。

任瑶期转身出门。

外面充足的光线让任瑶期一阵晃眼，等适应过来的时候便看到萧靖西站在廊下正与祝若梅说话，灿金的光线斜洒在他的侧脸上，静谧而美好。听见任瑶期出来，他转头看来，清浅一笑。

任瑶期不由得闭了闭眼，今日的阳光真刺眼。

祝嫂子带着水艾和祝若菊从充作厨房的耳房那边走来，手中提着茶壶和一盘青黄的杏子。

"小姐怎么不进屋坐？"祝嫂子忙招呼道，"家里也没有什么好东西，这杏子瞧着没怎么熟透，味儿却是不错的。"说着还从盘子里挑了一个最大的递给任瑶期。

任瑶期接过，笑着道了一声谢。

祝嫂子从来没有在宅门里当过差，不知道宅门里的规矩，今日在她面前的若是别家小姐，怕是不会接她的杏子，好在任瑶期不忌讳这个，倒是挺喜欢祝嫂子爽利的性子。

祝若梅走过来接过茶水和果盘："屋里闷得很，还不如院子里凉快呢。"他们才搬来这里不久，桌椅家具都是旧的，有些还蛀了虫，祝若梅没好意思提让两位主子进屋用茶，倒是院子的阴凉处有个小石桌和几个小石凳，瞧着有几分野趣，他便将茶水放到了院子里。

祝嫂子怕他们有事情要商量，便带着水艾和祝若菊进了西厢，去看罗婆子。

萧靖西已经在院子里坐下，祝若梅提壶给他倒了一杯茶，那杯子是很普通的粗瓷，瞧着就挺简陋，茶水也不够澄亮。

任瑶期不由得看了一眼，突然想起上次萧靖琳说萧靖西为人讲究，难伺候。任瑶期觉得他肯定不会喝。

萧靖西倒是注意到了任瑶期的视线，低头看了看茶，然后万分淡定，十足优雅地拿起杯子，抿了一口。

尽管任瑶期现在的心情实在算不得好，可是不知道为何，她还是不由得弯了弯嘴角。她发现，原来萧谪仙其实还挺要面子。

任瑶期走过去坐下，祝若梅给任瑶期也倒了一杯茶，然后默不作声地退下去。他人长得虽然魁梧粗犷，心思却是极细的，知道两位主子不可能是到他家来喝茶的。

任瑶期将茶杯拿在手里，手心有些凉，还有些汗。尽管今日的天气说不上凉爽，任瑶期却觉得自己需要点什么来暖一暖手。

"你们去给夏生送些茶水。"任瑶期对跟在自己身后的两个丫鬟道。

苹果二话不说低头应了，香芹却转着眼珠子暗中打量萧靖西。注意到她的视线，萧靖西挑眉看过去一眼，香芹一愣，红着脸跟着苹果跑了。

任瑶期很明显是想支开两个丫鬟，她极少做这种不妥当的事情，以往也都会留苹果在身边的。

两人静坐片刻，谁也没有先开口说话。

“我出来的时候，罗婆子告诉我，翟家的祖宅里还有些家财当年没有来得及带出去。听她的语气，还不少。”任瑶期的声音淡淡的，温和舒缓，并没有家丑被人撞破的尴尬和羞愧。

萧靖西看着任瑶期，忽而一笑，温声道：“你不必告诉我这些。”

任瑶期故作惊讶地看了他一眼：“我以为你想知道。”

说完这句任瑶期就后悔了，她这不是在打萧靖西脸吗？就差直接骂他太过八卦多管闲事了。很明显任瑶期没有表面上这么若无其事，还是迁怒了。

正想说几句话来补救，萧靖西倒是先笑了。他支着下颌看着任瑶期，悠然道：“这是你第三次对我发火。”

任瑶期：“……”

为什么她觉得这话有些不对呢？她怎么敢对萧靖西发火？什么时候的事？她的素养已经差到这种地步了？任瑶期简直不敢相信这种污蔑。

“萧公子是不是误会了？”任瑶期回过神来，十分诚恳地道。

“唔。”萧靖西笑了笑，不置可否，下意识地拿起茶杯，却没有入口。修长白净的手指映衬得那只粗茶杯越发粗糙。

又是一阵沉默。

这次是萧靖西先开的口。

“雷家的事情很顺利。我们的赌局，你赢了。按照约定，我会让雷家替代韩家。另外，你还可以差遣我一件事情。”

萧靖西的话却没有让任瑶期高兴起来，她用手指轻抚茶杯边沿上的豁口，许久后才道：“我……是不是做错了。”

萧靖西闻言有些讶异，他以为任瑶期从来都是淡定而自信的，天塌下来也会想办法利用高个子的顶在她前面。

这还是他第一次见到任瑶期迷惘。任瑶期就连生气都生得十分含蓄克制。

“为什么会这么想？”

任瑶期看了萧靖西一眼：“听了故事，你不觉得韩东山的恨意其实是任家应该承受的？即便是站在正义的一方，你也不应该帮我。如果你想取消我们之间的赌局，我不会介意。”

萧靖西淡声道：“翟家与任家的恩怨与我无关。”

那你还跟来听别人家的家族辛秘！任瑶期忍不住心中腹诽。

“我想知道韩家的目的，毕竟他们现在还在为燕北王府做事。用了人家当手中的刀，总不能不明不白的。”萧靖西似是看出来任瑶期的腹诽，似笑非笑地道。

任瑶期知道萧靖西确实有资格听，因为没有他，她也不会知道得这么顺利。

“燕北王府从大周朝开国初就已经存在，第一任燕北王萧明湛与太祖皇帝一起打江山，军功显赫到威胁了太祖皇帝的皇位。那时候，萧明湛与太祖皇帝手中的军队一南一北分庭抗礼，眼见又是一场混战。太祖皇帝说服裴家和夏韦明站在他那一方，最后第一任燕北王只能接受封赏，退回燕北做一位藩王。”萧靖西温和的声音总能让人心情平静。

不过任瑶期却有些惊讶，萧靖西竟会与她说这些？

史书上提起第一任燕北王与太祖皇帝的时候，倒是明君名将，一片祥和，堪称君臣关系的典范。不想从萧靖西口中说出来，却是这般剑拔弩张。

“燕北王府一直是朝廷卡在喉间的一根刺，很疼，却又死活拔不出来。到了第三任燕北王继位后，已经是高祖皇帝的天下。高祖皇帝是一位很有魄力的皇帝，雄才大略。恰逢当时第三任燕北王子嗣众多，光嫡子就有五个，一窝子正为了世子之位争得你死我活。高祖皇帝暗中挑拨，结果就是十几位公子互相残杀，内斗中死了一半，燕北军中大乱。朝廷在这时候乘机发难。燕北王府所有人口，包括第三任燕北王在内，几乎被高祖杀尽，侥幸逃出来的只有最小的一位公子。可惜高祖那时候已经老了，继位的高宗资质平平，性格软弱，燕北没了燕北军的镇守，最终落入辽人手中，直到侥幸出逃的那位公子萧岐山自立为王，卷土重来，将辽人赶出关外。中宗那时候已经被吓破了胆，整日忧心辽人会一举南下，京都往南迁了又迁。第四任燕北王萧岐山一掌控燕北，圣旨就发下来了，燕北王府再一次得以名正言顺地存在。”

萧靖西笑了笑，笑容平和，既不激动，也无讽刺，仿佛说的只是一个故事，而不是自己家族的历史。

任瑶期还是有些不懂，萧靖西为何会突然与她说起这个。

萧靖西看着任瑶期，悠然一笑：“好了，现在我们扯平。”

“什么？”

“你也知道了我的家族隐秘。”萧靖西慢条斯理地道。

任瑶期：“……”

她总算知道，为何萧靖琳一看到萧靖西，就忍不住想伸爪子挠一挠。

萧谪仙很多时候真的很欠揍。

“其实我是想告诉你。”萧靖西顿了顿，眼中的笑意温和，“祖宗的恩怨是祖宗们的事情，人死如灯灭，什么仇怨都消了。你看李家曾灭我萧家满门，我祖父不照样娶李家的女儿？我不还是要管仇人家的女子叫祖母？”

任瑶期：“……”

“就说你……”萧靖西打量任瑶期的目光带着些戏谑，“你不是也有李家的血统？我与靖琳也没有把你怎么样吧？”

任瑶期：“……”

任瑶期终于知道什么叫作哭笑不得，同时她觉得人长得再好看也没有用，惹人厌的时候丝毫不能增加好感。

但是不可否认，被萧靖西这么一搅合，任瑶期心中的烦闷之感早已经散了大半。

“多谢萧公子开解。”任瑶期微微一笑，十分没有诚意地道。

萧靖西轻笑着接受谢意：“嗯。”

“你今日去我外祖府上所为何事？”

嫡谋

[3]

面北眉南 著

江苏凤凰文艺出版社
JIANGSU PHOENIX LITERATURE AND ART PUBLISHING

嫡谋

目录 ③

第二十一章

图　谋

不知为何，再开口的时候，任瑶期感觉自己的语气随意了许多。

萧靖西作势想了想：“你拿什么来换？”

任瑶期：“……”

萧靖西好整以暇地看着任瑶期笑：“你看，我知道了你的家族秘史，然后拿了我家的秘史来跟你换。你现在想知道我的私事，是不是需要拿什么来换？”

任瑶期再一次觉得，萧靖西这只狐狸是惹不得的！不过是一时没控制住刺了他一句，他就在这里等着了。

任瑶期斜睨萧靖西一眼：“其实我也不是很想知道，萧公子不必说出来了。”

萧靖西闻言，面露遗憾。

任瑶期打算起身告辞，萧靖西却笑道：“你放心，我可没算计你外祖一家。”

任瑶期看了他一眼，没说话。

这时候西厢的门开了，水艾走了出来。

小姑娘不知道刚刚和祖母说了什么，眼睛红红的，眼泪还没干。看到任瑶期，便走过来，规规矩矩地跪下给任瑶期磕头：“五小姐。”

任瑶期点了点头，让她起身。

“时候不早了，我回去了。这次多谢萧公子。”任瑶期回头对萧靖西道，这次的道谢诚恳许多。

萧靖西点了点头：“靖琳问你什么时候去找她，她派人去接你。”

任瑶期想起来自己和萧靖琳约好了，去燕北王府陪她学琴。

“后日吧，我明日回林家。”

“林家的水也不浅，你自己小心些。”萧靖西温声道。

任瑶期愣了愣，看了萧靖西一眼。萧靖西低头看茶杯，像是就随口那么一说。

任瑶期也不是不知好歹的人，知道他是有意提醒，屈膝行了一礼，然后让远远站着的苹果和香芹过来。

告别祝家人，任瑶期打道回府。

在马车上，香芹一脸的纠结，时而看向任瑶期。她想起自己小姐的嘱咐，让她看好五小姐，所以刚刚五小姐单独与那位萧公子说话，让她有些担心自己是不是没有完成好主子交代的任务。

可是看着一脸淡定的五小姐，和面无表情的苹果，香芹觉得如果自己问出口的话，压力有些大。

最后在快下马车的时候，香芹才想起来，好像三小姐只是要她看住五小姐，不要让五小姐与云二少爷有接触，可没说不让五小姐与别人说话啊！

作为一个需要侍奉两个主子日理万机少有空闲的丫鬟，管闲事好像不是什么好的品质？于是香芹与苹果一样淡定了。

第二日，从宝瓶胡同回林家的时候，容氏很不舍，拉着任瑶期说了好一会儿话。

任瑶期其实也不想回去，住在外祖家比住在林家方便多了。可是她留在云阳城是任时佳开的口，虽然任时佳都依着她，她行事也不好太过。

即便她不喜欢自己的祖母，可是她现在不得不受丘氏的掌控。

一回到林家，任瑶期就觉得气氛有些不对。

一路上，林家的丫鬟婆子们似乎连呼吸都谨慎不少，脚步轻得跟猫似的。

任瑶期很惊讶，难道她不在的这段时间林家发生了什么事？

对于任瑶期今日回府，任时佳很高兴，把孩子交给丫鬟，拉着任瑶期坐到炕上嘘寒问暖。任瑶期也将容氏回礼的礼单交给任时佳的嬷嬷。

“府里可是出了什么事？”任瑶期轻声问道。

任时佳瞧着心情十分不错。

“相公昨日把那些人都处置了。”

任瑶期一愣：“哪些人？”

任时佳脸上的笑意带了些讽刺：“还有哪些？不就是那几个敢害我岑哥儿的刁奴吗？相公在一个厨房管事的房里搜到了那种药。还牵扯出来几个嬷嬷和丫鬟。那些人现在都被相公打了一顿板子，正要发卖出去。”

任瑶期有些惊讶，林琨这是已经打算与林家大房撕破脸了吗？

正在这时候，外头响起嘈杂声，并夹杂着女子的哭声。

任时佳眉头微微一皱，脸上的表情有些复杂。

“姑奶奶，您救救奴婢！姑奶奶，奴婢冤枉啊……”那女子的声音越发大起来，似是有人想将她拉走。

这一声姑奶奶让任瑶期愣了愣，不由得看向任时佳。

任时佳叹息一声，最后还是道：“让她进来。”

不多会儿，一位女子跌跌撞撞地跑进来，扑通一声跪到任时佳面前：“姑奶奶，奴婢是冤枉的……”

她满脸是泪地抬起头来，任瑶期认出来她是任老太太给姑爷准备的通房丫鬟青柳。

青柳脸上有些脏污的泪痕，头发也有些乱，不过身上没有什么伤，看她动作也很利索，应该没有挨过板子。

“青柳，并非我不相信你。只是那几日乳娘的吃食确实是经过你的手的，还有人看到厨房的那个管事给你塞过银子，犯事的那几个丫鬟也与你走得近。她们招供的时候也将你招了出来。因为你是娘给我的人，相公对你手下留情了，没有让你受刑。只是我身边再也容不得你，你还是回我母亲那里吧。”

“姑奶奶，您也说奴婢是老太太给您的人，奴婢一家子都在老太太手中，奴婢怎么可能背叛您？奴婢是被冤枉的。”

任时佳闻言有些犹豫。

青柳继续道：“定是那帮子人为了混淆主子视听，故意将脏水泼到我们任家人头上。姑奶奶，您可要为奴婢做主啊。”

任瑶期不由得打量了几眼这位平日里低调和顺的丫鬟，没想到关键时刻，嘴皮子也挺利索的。她还敢将任家扯进来。

个人行为上升到家族行为，倒真的不好动她了。

任时佳叹气：“你先下去吧，别闹了。我与相公商量一下再说。”

青柳不肯走，呜呜地哭个不停。

春兰板起脸教训了她几句，最后总算是让人将她拖下去了。

任时佳又是一声叹：“她是我娘家人，还是娘亲自挑给我的，我还真的不好处置她，只能把她送回去，交给娘来发落。”

这时候，外头有人禀报说：“大太太来了。”

任时佳皱了皱眉。

不多会儿，林大太太就进来了，脸上的表情一如既往地端庄亲和。

“哟，姑侄两人说悄悄话呢，我是不是打扰了？”林大太太开口说话，总是让人讨厌不起来。

任时佳打起精神来应付她。

林大太太与任时佳寒暄几句，然后对任瑶期笑道：“好孩子，我要与你姑母说几句贴心话，你给行个方便？”语气有些打趣。

任瑶期顺势起身：“那我先回去了。”她本来也无意参与林家的争斗。

任时佳原本想要留下任瑶期，不过林大太太都这么说了，她也不好说什么，想起林琨出门前交代她的话，她暗中给自己鼓气加油。

任瑶期从任时佳房里出来后，回了自己房间，因见隔壁任瑶音那里没有什么动静，任瑶期不由得问：“我四姐姐呢？不在府里？”

回答的是香芹：“奴婢打听过了，四小姐据说去云家了。”

任瑶期不由得挑眉：“她一个人去的？”

香芹神秘兮兮地压低声音：“听说是给云家大小姐送了信，然后云家大小姐就请她过府谈论诗词。”

任瑶期闻言不由得失笑，她这位四姐还真有些本事。

那边林大太太与任时佳不知道说了什么，中午任瑶期去任时佳那里用饭的时候，任时佳脸色便有些不好，任瑶期也没有多问，吃完饭就回去了。

下午，祝若菊突然来了，且带来了罗婆子突然病逝的消息。

听到这个消息的时候，任瑶期愣了许久。

“昨日不是还好好的吗？”

祝若菊眼睛有些红：“原本是好好的，可是今日一早她看起来脸色很不好，上气不接下气的，连句话都说不出来。我请了大夫回去，大夫说她年纪大了，原本身体上的一些小毛病都没在意，经年累月的引发顽疾，还说她郁结于心，心存死志。大夫说要我们准备后事，可是大夫前脚一走，她后脚就不行了。我娘原本还想把水艾叫回来送她一程的，不想却连最后一面都没有看到。”

任瑶期并没有把水艾带回来，而是让她暂时留在宝瓶胡同，让楚楚教教她规矩。她现在在林家，也不好突然带个丫鬟回来，想等回白鹤镇的时候再带她走。

任瑶期忍不住想，若是她当时没有把罗婆子硬从庄子上接来，罗婆子是不是能活得久一些？

任瑶期知道，这种事情不能多想，不然很容易陷入魔障，所以她让自己不要去想。

任瑶期让苹果拿出三十两银子给祝若菊，安排罗婆子发葬，还派了两个嬷嬷过去帮忙。她又让人去宝瓶胡同接水艾回去。

第二日，任瑶期用完早膳后不久，萧靖琳就派了人来接她过府。

燕北王府位于云阳城正中，坐北朝南，有东西南北四个正门，外加八座辅门，占地五百多亩，所有建筑多分布于左中右三条轴线，远远看去宏伟磅礴。

燕北王府虽然没有京都皇宫大，却是按照皇宫的规制而建，也分前殿和后殿。

任瑶期是坐燕北王府的马车进去的，所以一路上畅通无阻。在马车上，任瑶期不好多看，下车的时候随意打量了一眼，发现要去的地方在王府西轴线附近。

燕北王府的建筑很少用金砖、汉白玉、琉璃，大多用的是整块的大青石，色彩上很暗沉。说不上美轮美奂，却处处透露出霸气和沧桑。

萧靖琳的住处位于王府西面的燕居院，名字很美，院子却除了大没有什么特别之处，也没有种花花草草，只有两棵上了年纪的梧桐树。

任瑶期进去的时候，萧靖琳正在庭院里等她，手里还握着一杆长枪。她脸色沉静，面上无汗，任瑶期也不知道她是练完了枪，还是正要练。

看见任瑶期过来，萧靖琳眼神一闪，然后出乎所有人意料地提起手中的枪，突然就冲着任瑶期而来，枪头直指任瑶期面门。

走在任瑶期身边的丫鬟苹果吓了一跳，惊呼一声就要挡在任瑶期前面，却被萧靖琳一避一推，用巧劲将人推出好几步远，然后长枪继续朝着任瑶期而来。

在这过程中，任瑶期一直带着笑意看着萧靖琳，直到枪头贴着她的鼻尖停下，任瑶期连眼皮子都没眨一下。

萧靖琳枪还没拿开，人却先笑了起来："好胆量。"

任瑶期摇了摇头，看着萧靖琳将枪头移开："开始也吓了一跳，不过我知道自己躲不开，索性不躲。"

萧靖琳将枪抛给自己的丫鬟，又看了苹果一眼，难得地夸赞道："丫鬟不错，就是人笨了点。"这绝对是好话。

苹果擦了擦额头上的冷汗，朝着萧靖琳行了一礼，退到任瑶期身后。

"我带你去见我母妃。"萧靖琳拉着任瑶期的手就要往外走。

"靖琳，你不换一身衣裳吗？"任瑶期看着她那身为了练武方便穿的男装。

萧靖琳看了看自己，想了想，又拉着任瑶期转头往自己屋里去了："那就换一身吧。"这语气真勉强。

萧靖琳的房间除了当中挂着的那块"淑德顺和"的牌匾外，完全看不出是女子的闺房。房间布置简朴得令人发指。

萧靖琳很快就换好了衣裳，然后拉着任瑶期走："教琴的先生在我母妃那里，你没有带琴吗？"萧靖琳见任瑶期的丫鬟两手空空。

任瑶期摇了摇头："我的琴放在家里。没事，我看着你练。"

萧靖琳皱眉："那怎么成，红缨，快去找一架琴来，去二哥那里吧，他肯定有。"

燕北王妃住的地方离燕居院不算太远，位于王府中轴线上的九阳殿，这里是燕北王府历代王爷与正妃的居处。虽然这里依旧与华美不怎么沾边，不过殿里的树木倒是不少，映衬着暗沉的青石砖，有一种别样的古朴雅致。

燕北王妃正坐在殿中与人说话，萧靖琳在进去之前放开了任瑶期的手，以免让人看到她们拉拉扯扯。

燕北王妃长得很美，任瑶期第一眼看到云秋晨的时候就觉得云家大小姐果然国色天姿，不过比起她的姑母燕北王妃来，云秋晨还是差了一些。萧靖西与燕北王妃倒是有几分像。

任瑶期上前去给燕北王妃见礼。燕北王妃温和地一笑，让她起身。

"这位就是任家五小姐吗？常听靖琳提起你。"

萧靖琳在燕北王妃面前像是收敛了些性子，说话声也低了几度："我让瑶期来陪我练琴的。"

王妃点了点头，指着她之前说话的那位中年妇人道："那你好好跟着邹先生学。"

这时候，外头有婆子进来禀报说老王妃那里叫王妃过去说话。王妃交代了萧靖琳几句，就进去换衣服，准备出门。

王妃说的邹先生是一位琴师，相貌很普通，还有些胖，不过她的名声很响亮。任瑶期也听闻过此人。

"郡主、任小姐，我们开始吧。"邹先生生得圆润，说话却一板一眼的，难怪萧靖琳嫌她无趣。

萧靖琳和任瑶期跟着邹先生去了偏殿，屋子当中的矮案上相对摆着两架琴。

萧靖琳让人又搬了个案几来，三人围坐成一个"凹"字。不一会儿，去借琴的红缨也回来了，手里果然抱着一架琴，然后小心翼翼地放在任瑶期的案桌上。

"咦？你怎么把二哥的'大圣遗音'拿来了？"萧靖琳惊讶道。

红缨道："二公子让拿的。"

萧靖琳看了看琴，缓缓眨了眨眼，什么也没说。

任瑶期学过琴，自然是知道"大圣遗音"的，忍不住多看了几眼。想着自己借这把价值不菲的名琴来陪萧靖琳练琴是不是有些不合适，不过抬眼看到萧靖琳和邹先生都在认真地调弄琴弦，就把推辞的话咽下去了。

邹先生先细细讲了一段技巧，然后让两人练。

不得不说，萧靖琳的琴音实在是很……特别。

就像她能把基调静美的《平沙落雁》弹出琵琶曲《十面埋伏》的效果，杀气腾腾得让人实在招架不住，任瑶期的手指不由得有些打滑。

末了，邹先生十分淡定地夸赞道："很好，今天只错了八个音。"

萧靖琳抬头朝着任瑶期一笑，隐隐得意的样子。

任瑶期觉得萧靖琳曾说这位先生很严格，绝对是误会人家了。

相对于萧靖琳的魔音穿耳，任瑶期的琴艺就不必说了。

任三爷是一位琴棋书画样样精通的才子，她自幼就得父亲亲自教导，底子就比寻常人要打得好。后来她又跟在才华横溢的裴先生身边十年，时时得到指点，这些风雅之事都没有落下。

任瑶期弹了一曲，邹先生也不由得夸赞道："任小姐琴艺十分了得。"

虽然因为邹先生对萧靖琳的夸赞，让任瑶期觉得这位先生要求实在是不怎么高，不过她还是很谦逊地应了几句。

不过邹先生大半生都浸淫此技，毕竟是有几分真本事的，还耐心地点拨了几句，让任瑶期受益匪浅。

任瑶期知道今日的主角是谁，只弹了一曲就不怎么弹了，专心当陪练。

有了任瑶期陪着，萧靖琳倒是觉得学琴也不是那么难熬了。

她素来喜欢舞刀弄枪，风雅之事一窍不通，也从来不喜欢。

不过那日二哥对她说了一句："既然你有心与任五小姐结交，那便有必要培养一些共同的爱好，不然坐到一起的时候，岂不是话不投机半句多？日子久了，这份友情也就无以为继。"

萧靖琳想了想，觉得萧靖西说的也是有些道理的，便真的下定决心打算要学一两样。不求精通，只求与朋友谈论起来的时候不是一头雾水。

两人练了大半日，燕北王妃回来了，见萧靖琳学习态度端正，十分满意，对任瑶期也十分温和。

不过任瑶期注意到燕北王妃面上有些疲态，刚刚是去老王妃那里，想起老王妃和燕北王这一系的龃龉，让她不由得若有所思。

之后有人来求见燕北王妃，王妃便去正殿召见，让萧靖琳和任瑶期两人继续在偏殿练琴。

“千金宴上，郡主想弹哪首曲子？”邹先生问道。

萧靖琳看了邹先生一眼，又看向任瑶期：“瑶期，你说呢？”

任瑶期想了想：“郡主练得最熟练的是哪一首？”虽然接触也不算太多，任瑶期对萧靖琳还是有些了解的，知道她会的肯定也不太多，没有太多选择余地。

“只有刚刚那一首能弹完。”萧靖琳眨了眨眼，顿了顿，说道。

那你还问我！任瑶期无语。

邹先生在一旁四平八稳地道：“郡主可以挑选一首喜欢的，在这些日子里勤加练习。”

萧靖琳皱了皱眉，有些嫌麻烦：“那还是《平沙落雁》吧，上次听你弹，觉得还不错，我才学的，我也练了不短时间了。”

邹先生看了萧靖琳一眼，没有说话。任瑶期却从邹先生眼中看出一丝无奈和为难。

想起萧靖琳的琴艺……任瑶期明白邹先生是在婉转地提醒萧靖琳，这一首对她而言难度太大，希望她能换一首简单的，以免到时候达不到预期的目标。

想了想，任瑶期抬手拨弦，一串低沉浑厚的古琴音在她手指下流泻而出，瞬间吸引萧靖琳的注意。她不由得认真听了片刻，直到任瑶期手停下来，才好奇地问：“这首很好听，叫什么名儿？”

“《月满关山》，郡主要学吗？”任瑶期看着她笑吟吟地问。

萧靖琳看着任瑶期温柔恬静的笑容，点了点头：“嗯，就这首吧。”

邹先生若有所思地看了任瑶期一眼，沉吟道：“这首倒真的适合郡主。”

任瑶期微笑着将一曲弹完。

她刚刚看到萧靖琳手指挺灵活，只是技巧生疏，而且总是会快上几分节奏。她挑的这首恰好调子比较快，但是又不需要用到太多的技巧，手指灵活的人来弹奏最适合不过。

邹先生便开始给萧靖琳细细讲解这一曲要如何弹奏，好在萧靖琳也肯认真听着。

抬手试了一小段之后，萧靖琳点头："嗯，比之前那首要简单。"眼中也兴起几分弹奏的兴趣。

直到萧靖琳搓了搓自己的手指，揉了揉手腕，邹先生十分善解人意地道："今日就先到这里吧，郡主进步很快，明日再接着练。"

萧靖琳点了点头，自然是应允。

起身送邹先生离开后，萧靖琳邀请任瑶期去外头逛逛："你是第一回来，我带你走走，免得以后你来找我的时候迷路。"

任瑶期跟着萧靖琳出了偏殿，在经过正殿的时候，任瑶期随意往那边望了一眼，待看到候在廊下等着燕北王妃召见的两位妇人的时候，不由得愣了一愣。

萧靖琳见任瑶期停下来，觉得有些奇怪："怎么了？"

任瑶期笑着摇了摇头："没事，就是看到了一个熟人。"

萧靖琳也往正殿方向看了一眼，然后看向自己的丫鬟红缨。

红缨上前低声道："应该是哪位官员的女眷，最近来找王妃请安的官员女眷不少。等在外面的，想必是官阶不高的。咦？进去了？"

王妃身边的辛嬷嬷出来，将候在门口的两位妇人带进正殿。

每日来给王妃请安的女眷不少，不过王妃并不是谁都会召见。一般都是召见一两个，其余未得召见的就候在外面，等王妃的一两句话罢了。

而任瑶期刚刚看到的是方姨娘的弟媳，方雅存的妻子刘氏。

刘氏这些日子一直住在任家的别院，任瑶期让人盯着那边，知道刘氏自从来了云阳城后就很活跃，每日都四处走动奔波。只是任瑶期这些日子因为雷家和韩家的事情，无暇顾及到她。

不想今日倒是遇上了。

这位刘氏倒真有些本事，居然还真的找门路找到燕北王府来了，且还顺利见到了燕北王妃。

方姨娘最大的靠山是方家和方雅存，以任瑶期的立场来看，方雅存官运亨通对她而言还真不是一件好事。

因为想着刘氏的事情，任瑶期跟着萧靖琳闲逛的时候便有些心不在焉。不过也总算能将燕北王府认个大概，萧靖琳等女眷都是住在王府西边，萧靖西他们则住在东边。这让任瑶期不由得想起了东宫西宫。

再回到九阳殿的时候，任瑶期陪着萧靖琳又坐了片刻，与她谈起琴曲。两人一个说，一个认真听，倒也算相宜。萧靖琳不由得觉得二哥那话说得没错。

现在她感觉自己跟任瑶期之间的共同话题果然又多了一个，之所以说“又”多了一个，是因为萧靖琳觉得她们原本就有一个共同爱好，那就是吃。

郡主觉得是个人就要吃饭，她自己就是个爱吃的人，所以任瑶期既然也要吃饭，那么这么一个共同话题就跑不了了，这也是她三番两次找任瑶期吃饭的原因。

她虽然算不得什么雅致人儿，但是也不笨，这点与人交往的常识还是有的。

直到任瑶期觉得时间差不多了，便提出要回府，想起萧靖西借给她的琴：“帮我谢谢二公子，麻烦你派人替我把琴送回去。”

“你明日不是还要来陪我练琴？先放着吧，反正也丢不了，我见到二哥与他说一声便是。”萧靖琳不在意道。

这时候王妃回来了，还不忘过来问萧靖琳琴弹得怎么样了，顺便也问了任瑶期几句。

任瑶期倒不好立即就走人了。

“母亲，最近来府上的夫人太太好像多了很多？府里热闹不少。”萧靖琳问道。

王妃笑了笑，温声道：“你不是最烦这些事情吗？今日怎么问起来了？”想了想，还是道，“她们有些是从别的州府过来的，还有从江南过来的，说不定以后会留在燕北。”

燕北最近有几个肥缺，加上今年正好官员换届，所以来燕北王府走动的人不少。

虽说女人不管前朝事，但是燕北王妃的身份摆在这里，需要她出面应酬的地方很多。

萧靖琳转头问任瑶期："你们家在江南和别的州府也有亲戚吗？刚刚那位夫人你认得？"

燕北王妃挑了挑眉，看向任瑶期。

任瑶期微笑道："刚刚远远瞧着等在外头的一位夫人好像我祖母娘家的一个亲戚。我祖母的姐姐嫁到了江南。"

燕北王妃端着茶碗想了想："是周夫人，还是方夫人？"

"方夫人。"任瑶期应道。

燕北王妃看了任瑶期一眼，笑了笑："方夫人很健谈。"

燕北王妃随口提了这么一句，也不想多谈。

任瑶期却接口随意道："是啊，方夫人娘家姓刘，我听我祖母说方夫人的娘家出了不少才女，有一位在京都也是很有名气的，被称为'簪花夫人'。这位方夫人健谈一些倒也正常。"

说者无心听者有意，王妃倒是有了兴趣："哦？可是那位一幅字卖了百两金子的夫人？"

这世上有许多有名的女子，她们或因美貌，或因才能，或因许多偶然的原因，名声在外。任瑶期所说的"簪花夫人"刘素一就是其中一个。

刘素一原本只是一位普通的闺阁妇人，职能就是相夫教子、管理内院。她的父亲是户部主事刘显，嫁的是一位老御史的孙子。

有一日，老御史因为牵连进一桩考场舞弊案而被罢官抄家，刘素一跟着夫家一起遭了罪。原本刘素一是可以带着丈夫去寻求娘家接济的，无奈她亲生母亲已经去世，父亲再娶，俗话说有了后娘就有了后老子。这句话在很多时候都是正确的，刘素一就有深刻的体会。

最后刘素一只能跟着傲气的御史公子在京都旧巷里租了个破旧院子，拮据度日。屋漏偏逢连夜雨，御史公子遭受一连串的打击之后病倒了，夫妻两人身无余钱，连看病的银子也没有。

眼瞧着自己的相公就要一病不起，刘素一也想死了算了，不想却出现了转机。

原来刘素一三岁开始练字，别的才能没有，唯独临摹前朝李夫人的簪花小楷临摹得可以以假乱真。原本这只是打发时间的爱好，不想有一日她临摹的字被隔壁一个书画铺子掌柜的媳妇看到了，以为那幅字是李夫人真迹，得知是她仿写之后便提议让刘素一将字画放到自家铺子里寄卖，赚些银子补贴家用。

原本刘素一是万万不肯的，毕竟她一个女子将手书流露在外，万一被有心人知道，难免污了名声，不过眼见着自己的丈夫连病都瞧不起，自己也不得不为了五斗米而折腰，便将自己的字放到书画铺子里寄卖。

不想没过几日，还真有人来买，且出价一百两金子。

字卖了高价，家中生活得到改善，刘素一丈夫的病也治好了。不久之后老御史的案子得以平反，被抄没的家财也被发还。御史公子想起来自己妻子还有一幅字流落在外，便想法子要将字给买回来。

最后那幅字有没有回来不知道，不过刘素一才女的名声却传扬了出去。恰好当时刚刚入主后宫的颜太后不知道因为什么愿意捧刘素一，还给她赐了个“簪花夫人”的号，刘素一的名声便因此传开了。

说起来，刘素一的娘家虽然算不上太显赫的家族，不过因为出了一个被太后赞誉的才女而备受世人注目。至于方雅存的妻子刘氏，认真算起来的话，与刘氏还真有些七拐八拐的亲戚关系，只是血缘已经离得太远，勉强只能说一两百年前算是一家。

任瑶期这时候偏偏点出这位“簪花夫人”，自然是有她的用意的。

太后当年愿意捧刘家的这位才女，那是因为刘家嫡系是太后一系，就连那位老御史也是当年宛贵妃和颜太后斗法的牺牲品。

现在京城与燕北的关系看上去很平稳，其实正好是处于一种微妙的平衡状态。燕北王府不会喜欢皇帝或者太后的人插手进来。所以任瑶期是故意让刘氏与京城的刘家扯上关系的。

任瑶期也不怕燕北王妃查出什么拆穿她，原本刘氏与京城刘家也不过是个同姓。但是这年头，攀亲攀亲，亲戚都是攀上来的，刘氏和刘家的关系太明显，她也不敢来燕北，但是人家想攀也能攀得上。

这个手段并不高明，但是简单的手段也不一定就没有用处。

任瑶期笑道：“原来王妃也听说过这位夫人啊？我是上次听方夫人在我祖

母面前提了几句才知晓。”

燕北王妃若有所思地笑了笑，低头喝茶。

任瑶期见好就收，也不再提方夫人的事情，转而继续与萧靖琳说起弹琴的事情。

再略坐了会儿，任瑶期便起身告辞。

萧靖琳与任瑶期商量好明日去接她的时辰，然后与王妃交代了一声，亲自送她出门。

因来的时候是燕北王府的马车去接的人，不过任时佳心细，怕任瑶期回去不方便，等任瑶期走了之后又派了府里的马车跟着过来等人，任瑶期便上了自家的马车。

当马车在半路上停下来的时候，任瑶期还觉得有些奇怪。

她看了苹果一眼，苹果正要掀开车帘子看个究竟，却听到外面一个沉静温润的声音道：“车里坐着的可是任五小姐？”

任瑶期闻言眉头一皱，掀开帘子看了一眼的苹果已经快速禀报道：“小姐，是韩公子。”

不用苹果提醒，任瑶期已经认出来韩云谦的声音了。

韩云谦一人一马立在路中间，堪堪挡住马车的去路。

任瑶期没有说话，一旁的香芹很机灵地回道：“正是我家小姐的车驾。对不住韩公子了，挡了您的路。”

作为任瑶华身边的首席丫鬟，香芹这丫头从来就不是好欺负的。说完这句，香芹还看了任瑶期一眼，见任瑶期神色冷淡地坐在那里，没有搭话的意思，心里有了些底，直接吩咐外头赶车的婆子道：“还不把车让一让，让人先行，可别挡了韩公子的路。”

赶车的婆子很无辜，即便她本事再好，这路只有这么宽。而且就算她让开了，人家的马不动弹，她也没法子啊，所以只能眼巴巴地看着突然冒出来挡路的公子。

韩云谦看着眼前的马车，目光暗沉无波，温润的脸上也看不出来任何情绪。

不过双方并没有僵持太久，韩云谦收紧手中的缰绳，控制着坐骑，让了半边道路出来。

马车又缓缓行进起来，韩云谦却没有走，而是掉转马头跟在马车旁边。这倒也没有引起别人的注意，很多马车出行的时候，旁边都会跟着骑马的男性亲属或者护卫。

“我有几句话想与五小姐说。”韩云谦的声音在车帘子旁响起，声音不大，却足以让任瑶期听清楚。

任瑶期依旧没有答话。

韩云谦等了片刻，见没有声音，又道：“不知道五小姐身边走失的那个婆子找到没有？”

对于韩云谦的出现，任瑶期其实是有准备的，不过不知道为什么她感觉有些疲惫，所以她不答话并不是因为对韩云谦的偏见，故意漠视他，让他难堪，而是她不知道与韩云谦有什么好说的。

一方是回来报仇的，一方是被莫名其妙牵连的。谁都不可能看谁顺眼，为何不见到就绕路走，来个眼不见为净？

“韩公子消息倒是灵通，多谢你操心。我一直在云阳城姑母家，家里发生的事情并不清楚。”任瑶期淡声道。

韩云谦闻言也不生气：“我来找你并无他意，只是觉得五小姐聪明绝顶，实在让人佩服。”顿了顿，又道，“只是五小姐再如何聪慧，毕竟也只是一女子，很多事情也并非是想当然耳。韩某希望五小姐在做什么事情之前先考量再三。”

任瑶期笑了笑，神色却是淡然：“韩公子这是在警告我什么吗？”

一声微不可察的叹息从韩云谦嘴边溢出，轻到让人忽略：“韩某并无此意。”

任瑶期闭上眼睛靠在车壁上养神，不肯再搭话。

香芹见状对着外头喊道：“怎么回事？怎么这么慢？还不快些赶车！我们还坐着马车呢，怕是人家骑着王八都能跟上我们。”

香芹原本也就是这么一说，说完发现自己话里有语病，不由得一窘。其实她真的没有刻薄到当面骂人家公子哥儿啊！

倒是外头赶车的婆子被她吓得有苦说不出，手下鞭子一狠，马车速度陡然快起来。

韩云谦没有跟着加快马速，静静地看着任瑶期的马车走远，带起一片灰尘。他立在原地许久，然后才掉转马头离开。

韩云谦一回到云阳城里的韩家别院，就被韩老爷子叫到了书房。

韩东山一看到孙子，眉头就是一皱：“最近在忙什么？来了云阳城也找不到人！”

韩云谦顿了顿，低头道：“拜访几位同窗好友。祖父有什么要吩咐孙儿的吗？”

韩东山审视的目光却没有离开韩云谦。韩云谦面色不改，与往常一样一副虚心听教的模样。

半晌，韩东山才移开目光：“听说你最近在找什么人？”

韩云谦派出去找罗婆子的人都是他自己的心腹手下，但是为何他找人的消息会被韩东山知晓，他对此没有表现出半点惊讶，只是低头回道：“朋友找我帮个忙，只是小事，祖父不必挂心。”

韩东山看了孙儿片刻，温声道：“那些小事我不管你。只是你也是我翟家的子孙，许多事情还需要多上心才是，要分清楚主次轻重。”

韩云谦低低应了一声“是”。

“最近似乎诸事不顺。”韩东山转身坐回自己的椅子，伸出手指按捏一下自己的眉心，“好像有一股力量在暗处与我们韩家作对似的。”

韩云谦沉默了片刻：“想必是雷家有所警觉。”

韩东山想了想，冷笑一声：“或许吧，这个雷霆年纪轻轻，本事却还是有些的。”

任瑶期已经陪着萧靖琳练了几日琴，萧靖琳在这方面的天赋虽然并不怎么高，不过好在她认真起来也肯花费心思，又专心致志只练一首曲子，所以进步很快。

这一日，任瑶期才从燕北王府回去，就发现任时佳的院子里热闹不少，原来是白鹤镇来人了，去正房便看见任瑶华和任瑶英陪着任时佳坐在南炕上说话，任瑶音也在一旁陪坐。

见任瑶期回来，任时佳笑眯眯地招手道："期儿，快过来，你三姐姐和九妹妹来了。"

任瑶期看了任瑶英一眼，又看向任瑶华。

任瑶英最先站起身子，忙朝着任瑶期行礼，脸上带着温顺乖巧的笑意："五姐姐回来了，刚才姑姑还与我们提起你呢。"

任瑶英自从再次出现在大家面前后，原本浮躁的性子沉淀下来不少，为人也低调起来，身上渐渐有了一些她生母方姨娘的影子。

任瑶期温和地一笑，与她们各自见礼，然后才道："三姐和九妹妹今日来怎么不提前捎个信儿？早知道我就不出门了。"

任瑶英抿嘴一笑："自家姐妹，五姐这么说就太见外了。听姑母说，五姐和四姐在云阳城里很受欢迎呢，以后可要多多关照我与三姐。"

这意思就是要在云阳城里常住？任瑶期笑了笑，没有说什么，想着等会儿没人的时候问问任瑶华到底是怎么回事。

又说笑了几句，任时佳吩咐大丫鬟去厨房那边交代晚上多加几个菜，然后对任瑶华和任瑶英道："你们不愿意住我这里，我也不勉强，只是今日的晚膳还是要在我这里用的，不然我这个做姑姑的可要不高兴了。"

任瑶华和任瑶英忙应了。

任瑶期讶异道："三姐和九妹妹不住在姑姑这里吗？"

任瑶华看了任瑶期一眼："祖母让我和九妹妹过来陪表婶几日，所以我们要住在任家的别院里。"

任瑶华口中的表婶，是如今正借住在任家别院里的刘氏，方姨娘的弟媳。

倒是任瑶音笑着道："说到表婶，我那日去云家的时候正好遇见她，当时表婶正与几位夫人一起见了云老太太出来，因离着有些远，我还没有来得及打招呼。等到拜见过云家老太太后，再想去寻她的时候，她已经离开了。"

任时佳道："听说方太太有两位闺中好友正好也嫁到了燕北，想必是这几日那几位友人带着方太太在四处走动吧。方老爷要来燕北做官，这些应酬是少不了的。"任时佳也听说了刘氏最近在云阳城里很活跃。

任瑶英笑道："姑母说的正是，表婶说了明日还要来姑母府上呢，要请姑母陪着她去会会林三太太。"

任时佳一愣，然后反应过来，林三太太也就是她三嫂袁氏。袁氏的叔父袁评是燕北王府的一名长史，长史说起来只是一名五品官，但是袁评因为跟在燕北王身边多年，深得燕北王的信任，手中实权并不少，关于燕北一些小官员的任免，他也有些话语权。

这些日子恰逢燕北官员们官职更迭动荡时期，也不是没有那心思灵活的人想要通过林家三太太搭上燕北王府长史这条线。

不过林三太太不知道出于什么考量，这一阵子正称病，不肯见外客。就连上次任时佳的儿子满月酒，她也只是一开始露了个脸。

任瑶英这么一说，即便是平日里心思简单的任时佳也明白过来方太太的意思。虽然她并不想在这个时候欠长房的妯娌什么人情，毕竟她已经打算好为了自己的儿子要与长房撕破脸。但是方太太是她嫡亲姨母的儿媳妇，虽然是庶出的，也算是娘家的情面儿。

何况方太太来燕北这么长时间才求到她头上，想必之前也是在林三太太那里吃过闭门羹的。

任时佳是个心善的，想要拒绝也说不出个理由来，所以也只能笑笑，模模糊糊地应下："表嫂要来，我这里哪里有不欢迎的。"

任瑶英在一旁抿嘴笑，又说了几句好话。

觑得空隙，任瑶华提出想要去看看任瑶期的卧房。任时佳想着任瑶华和任瑶期两姐妹想必是有什么私房话要说，便十分善解人意地只让姐妹两人离开了。

任时佳猜得也没错，任瑶华确实有不少话想要和任瑶期说。

两人一路无言地去了任瑶期暂住的厢房，关了门第一句话，任瑶华就道："刘氏打发人去接任瑶英，我怕刘氏与方姨娘又有什么算计，便求祖母让我也一起过来。说起来，这次还是我死皮赖脸硬要跟过来的，刘氏那里见了我，又听任瑶英说了些什么，对我自然也不怎么热络。”

任瑶华脸色冷淡，微微勾起的嘴角也只有讽刺：“不过我也不需要她热络就是了，也不看看她如今在谁家的地盘上，我才是任家的主子。”

任瑶期深知她这位姐姐的脾气，叹了一口气，温声道：“姐姐要不要与我一起在姑母这里住下？姑母脾气极好，而且这院子也大。”

任瑶华摇头：“我来云阳城本就是为了看住刘氏和任瑶英的，自然要住到别院里去。有我在，她们什么阴谋诡计也别想得逞。”

任瑶期想了想：“方家表婶这些日子在云阳城挺活跃的，我想我们料得也没有错，她确实是来替方雅存打前锋的。四姐说在云家见过她，我在燕北王府也见过她。这次又要来林家，想必云阳城里的达官显贵人家，她家家都走了一遍。”

任瑶华闻言不由得冷笑，然后又是皱眉：“不行，方雅存不能来燕北！”

任瑶华转过头来看着任瑶期，眼中有着毫不掩饰的焦躁：“你也知道母亲现在在任家是个什么样的地位，现在方家还远在江南，方雅存也不过是与我们八竿子打不着的一个江南小官，若是方雅存来了燕北做个父母官，并让方家的手伸到燕北来的话，我们和母亲要如何自处？你不知道，这次回去之后，祖母待方姨娘越加亲近了，不仅三番两次地赏吃食赏衣料，甚至还曾私下里与方姨娘说，等过些日子，让她接管我们三房的内务。”

任瑶华的眉眼中暗含着冰峰般的凌厉，抿起的嘴角看起来带着与她的年纪不相符合的嘲讽：“如今尚且如此，等到方雅存真的来了燕州，任家哪里还有娘的容身之处？祖母平日里就明明白白地教导我们，娘家的荣耀就是我们这些女子的荣耀，娘家的实力决定了我们女子将来在夫家的地位。我们的母亲说起来出身高贵，可是……呵，我们的外家是什么光景你也明白，平日里指望不上，等到关键时刻又能指望得了？此消彼长……所以方家不能出头。”

任瑶华的言语中流露出对自己的外家明显的不满，让任瑶期皱了皱眉：“姐姐的担心我明白，只是外祖一家有外祖一家的难处，很多事情不是我们想的那般简单……”

任瑶华伸手打断任瑶期的话：“你不必对我说这些。我并非不明白外祖一家因为身份的问题不得不韬光养晦，所以他们无法为母亲出头我也不计较。我只是……”任瑶华说到这里话语一顿，眼神也黯淡下来。

她只是恨既然外祖知道自己无法庇佑出嫁的女儿，又为何要将母亲嫁到任家这样的人家，商人重利是天性，母亲若是嫁一户普通的读书人家，不是简单多了？她听闻当年外祖一家初来燕北之时十分落魄，而任家给的聘礼实是解了他们的燃眉之急。后来母亲嫁了，每月都会偷偷地给娘家些银子补贴，他们才有钱养戏子吃喝玩乐。

尽管周嬷嬷曾偷偷与她说那些戏子的身份其实并不简单，她也无法释怀。有多大的头戴多大的帽子，既然已经落魄，就没有必要去摆什么王府的架子。

所以在她看来，母亲如今的艰难都是外祖一家造成的。这是她对外祖一家的心结，谁也无法开解。

不过任瑶华并不打算与任瑶期细说。她不喜欢外祖一家是她的事情，她不会用自己的理由去阻止妹妹与外祖亲近。

“你有没有办法阻止方雅存来燕北？”任瑶华不再与任瑶期纠结外祖家的事情，直接问道。

尽管她说出这话只是因为心中希冀，并没有抱太大的希望，毕竟任瑶期只是一个闺阁女子，想要左右燕北官场之事简直是痴人说梦，但是她又觉得任瑶期与普通的闺阁女子有些不同，对别人而言不可能的事情，在任瑶期身上未必不可能。

任瑶华隐隐感觉到自己的妹妹在外面有一些依仗，这个依仗或许就是燕北王府的那位郡主。不过任瑶期不说，她也并不想细究。

任瑶期看着任瑶华的神情唯有轻叹一声：“我知道姐姐的意思了。”很多事情，都只能尽人事，她现在无法夸下什么海口。

任瑶华点了点头，不再说这些，转而道：“对了，那走失的罗婆子和丫头如何了？”

任瑶期在找到人之后曾给家里捎了信，让他们不要再寻了，不过具体的却没有多说，也难怪任瑶华会有此一问。

任瑶期便将罗婆子不慎受伤最后身死，水艾被她寄放在外面的事情简短地说了，任瑶华问了几句也就作罢。

姐妹两人又说了些贴心话。

任瑶华和任瑶英两人在任时佳这里用了饭之后，任时佳就派人将她们送去任家别院。

倒是等任瑶华和任瑶英两人走后，任时佳留下了任瑶期说话，然后提到任老太太派来的婆子交给她的信。

任老太太之前给姑爷挑选来的通房青柳已经送回了任家，任老太太让任时佳暂时不用管这一茬，其余的事情都交给姑爷处置。

任瑶期听任时佳这么说，便想着姑父林琨可能已经暗中与任家达成了什么协议。不过任老太太并没有与任时佳细说这些事情，所以任时佳告诉任瑶期的时候也比较含糊。

任瑶期只希望林家的风波最好等她回了白鹤镇再被挑起来，不然她住在这里也不自在。

第二日上午，任瑶英又来了，只是这次与她们同来的还有方家表婶刘氏以及方家小少爷方曙舟，昨日任瑶英那句话果然是来投石问路的。

任瑶期与萧靖琳约的下午去燕北王府，所以刘氏她们来的时候，任瑶期被任时佳叫去正房见客。

刘氏一如初见时那般，面容平凡，气度却不凡，才坐下没有多久就与任时佳相谈甚欢，且让任时佳对她很有好感，交际手腕可见一斑。

“表婶，我三姐姐今日怎么没有来？”任瑶期进来见只有刘氏母子以及任瑶英来了，任瑶华却没有过来，不由得问道。

刘氏看了任瑶期一眼，叹息一声，温声道：“刚才我已经与你们姑母说了，瑶华今日一早不小心摔了一跤，扭伤了脚腕。”

任瑶期一惊：“三姐受伤了？”

刘氏忙安慰道：“别急，我已经请大夫去给她看过了，大夫说只是扭伤，并未伤到筋骨，等休养个三五日就能好。我出门的时候把我身边的嬷嬷以及两个大丫鬟留下照顾她，她们都是我身边的老人，知冷知热，经验丰富，万万不会出岔子的。”

任瑶英也道："是啊，五姐姐，你就放心吧，三姐姐伤得并不重，很快就能好。原本表婶想着今日留下来照顾三姐姐的，只是我想着昨日我已经将表婶要来拜访姑母的事情告诉了姑母，若是表婶今日不来的话，怕失了礼数，所以便劝着表婶来了。"

任瑶期看着眼神晶亮，语气柔和的任瑶英，又看了看气质恬静，一脸温和的刘氏，忽而一笑，点头道："既然三姐姐有表婶照顾，我就放心了，辛苦表婶了。我这里有一瓶上好的伤药，专治跌打损伤的，还是郡主送给我的，我这就让丫鬟给三姐姐送去，顺便帮我看看三姐姐。"

刘氏看了任瑶期一眼，转而对任时佳笑道："我刚刚说什么来着？还是生女孩儿好，女孩儿贴心。"

任时佳不由得一笑，对任瑶期道："我正要派人去看看华儿，你让你的丫鬟拿着伤药一起去吧。"说着又对刘氏道："你远道而来，身边也只带了那几个得用的，她们都去服侍华儿，你这里就不方便了。还是从我身边派几个人过去吧。"

刘氏闻言也没有反对，顺水推舟地应了。

任时佳招手叫来自己的心腹大丫鬟杜鹃："你去叫上李嬷嬷，并带着墨香一起去任家别院。这几日你们就待在别院里照顾三小姐，一定要服侍好了。别院里若是缺了什么，立即让人回来报我。告诉华儿，让她好好养伤，我和期儿明日过去看她。"

杜鹃领命退下。

任瑶期也跟着起身："姑姑，我去给姐姐找药。"

任时佳点了点头："去吧。"

任瑶期从任时佳屋里出来，等到身边没有别人的时候，脸上原本的笑容立即消失，跟在她身后的苹果看了一眼主子漆黑的眸子，低下了头。

回到自己屋里，任瑶期叫来香芹。尽管任瑶华来了，香芹也还暂时在任瑶期身边伺候。

"你去看看三姐姐，问问她摔倒到底是怎么回事。另外，交代芜菁，用药除了自己身边的几个以及姑母派过去的两个信得过的丫鬟，最好不要假他人之手。"任瑶期低声交代道。

香芹也是一脸焦急，得了吩咐忙点头：“五小姐放心，奴婢记住了。”

这时候杜鹃已经把人都叫来了，并准备好了马车，站在外头等香芹。

任瑶期点了点头，让香芹出去了。

人一走，她的眉头却紧紧地皱了起来。

任瑶华好好的怎么会摔伤？任瑶华是个沉稳的性子，平日里走路都是稳妥的，怎么偏偏会在别院里受伤？

任瑶期再回到任时佳屋里的时候，正赶上任时佳准备带着刘氏去见林三太太，这是刘氏今日前来林家的目的。

任时佳之前因为对林家长房心中存有芥蒂，所以有些犹豫不决，只是现在被刘氏一番婉言相求，实在是抹不开面子拒绝，只能勉强应下。

这不是任瑶期发表意见的时候，所以她只规规矩矩地跟在任时佳身侧。

长幼有序，要去见林三太太，自然就要先去拜见林老太太。

林老太太最近身子也不好，正在养病。原本最热闹的院落冷冷清清的。不过听说是任时佳陪着娘家表嫂来了，林老太太也很给面子地见了人。

说起来林老太太也是刘氏婆婆的姑母，所以也算是亲戚，只是因为林老太太出嫁得早，刘氏的婆婆因为远嫁与林老太太的关系远没有任老太太与林老太太的关系亲近，这些年林家与方家的来往也不怎么密切。

相比之前几次见面，林老太太精神有些不好，对任时佳和刘氏的态度不比往常热络，不过也没有冷着一张脸让人难堪，总体而言还算得上温和。

堪堪说了几句话，林老太太就精神不济了，任时佳和刘氏也不好多待。在退出来前，刘氏软语关怀了几句，倒是林老太太临别前的那几句唉声叹气的话有些耐人寻味。

“我倒是想多活些日子，好看着林家枝繁叶茂，看着子孙们团结友爱，可惜啊，儿大不由娘。他们不懂你的苦心，总觉得你做什么事情都是要害了他们。哎！一个个的也都为人父母了，怎么就想不通长辈们只有想着念着他们好的？”

刘氏温婉地笑着，不好多言，面上看不出来听懂了没听懂。任时佳看了老太太一眼，咬了咬唇，低下头一言不发，让人也看不出来什么表情。

任时佳是个不善于掩饰自己情绪的人，所以她一遇到不知所措的情形就会低下头不言语。

林老太太摆了摆手又躺下休息，任时佳带着刘氏去了林三太太的院子。

林三太太是交代了不见客的，不过院子里的婆子见是任时佳带着人过来，还是立即回去禀报了，然后恭谨地请众人进去。

林三太太倒是没有与林老太太一样真的“卧病在床”，而是坐在次间的炕上看着孙女绣花，偶尔还出声指点一两句，大儿媳妇站在一边伺候着捶腿。

林三太太不像林大太太那般性子爽利，倒是与刘氏这样的性子有些像。只是看她媳妇在她面前低眉顺眼不敢多言的模样，却能看出来这位林三太太并不像是她面上看起来那么好相与。

见来了这么多客人，林三太太笑着招呼众人坐了，又让媳妇亲自去准备茶点，还让媳妇将孙儿叫过来，陪着方曙舟去逛林家的园子。

原本老老实实坐着绣花的林宝玲见到任瑶期她们十分高兴，将手里的活儿放下，一溜儿就下了炕，十分自来熟地上前来与她们说话，惹得林三太太笑骂她没有规矩，却也没有真的苛责。

林三太太姿态闲适地与众人说笑，却不提任时佳带刘氏过来的原因，就好像她们过来只不过是为了与她喝茶聊天一般。

刘氏倒也好耐性，半句不提方雅存的事情，尽心尽力地陪着林三太太说笑。她人长得一般，话语却很风趣，说得林三太太笑了好几回。

到最后，茶都喝了两碗，大家说话的内容还是云淡风轻。从城西李家的寿宴规模说到城北高家新娶的新妇。

孩子这边倒也热闹，任瑶英与林宝玲很聊得来。林宝玲将自己这些日子绣的几个荷包拿出来，任瑶英见了，一阵惊叹。

“宝玲妹妹，你这绣功可真好！瞧这‘年年有余’，上头这两尾鲤鱼都绣活了。”

林宝玲捂着嘴笑，很开心的模样。小姑娘很喜欢这样捂着嘴笑，这是她的招牌动作。

任瑶英见她高兴，又兴致勃勃地请教她针法，一副虚心请教的模样。

“瑶英姐姐喜欢就挑一个回去吧，我这绣了好几个呢。上次岑哥儿满月的时候，李家姐姐、陈家姐姐、苏家姐姐她们来见了，都说好看，太太们也都说好呢，这上面的花样我都是自己亲自改过的哦，只此一家。”

那边林三太太听着，拿眼睛瞪了过来：“你这孩子，哪有你这样自卖自夸的？没规矩，让姐姐们笑话你。”

任瑶英忙道：“怎么会，宝玲妹妹绣得真的很好，不像我，无论姨娘怎么手把手教，就是绣不好。”

好话谁都爱听，林三太太见自己孙女被夸赞，脸上的笑意也深了不少。

“瑶英姐姐，你挑一个呀，你要哪个？”林宝玲笑嘻嘻地问，想到这里还有几个姐妹，又转头来问任瑶期几人：“瑶音姐姐、瑶期姐姐，你们也挑一个。”

见林宝玲兴致颇高，几人便笑着一人挑了一个。任瑶英还一脸为难地问林宝玲：“这个‘必定如意’和‘嫦娥奔月’都好看，你说我挑哪一个好？”

逗得林宝玲又是捂嘴直笑，最后将两个都送给了她。

那边刘氏与林三太太聊得也越发熟了，话语里渐渐透露出亲密熟稔。刘氏借机道：“袁姐姐，听闻你对书画鉴赏也极为擅长，我这里新买了一幅字画，不知道是不是真迹，不知袁姐姐可否为我鉴定一二？”

林三太太一愣，她虽然也算出身书香门第，但是说她擅长鉴赏书画倒是抬举她了，不过她看了看刘氏的面色，立即就反应过来这是刘氏想要与她私下里交谈找的借口。

想了想，林三太太还是笑着应了：“那就去书房如何？”

刘氏忙笑着起身：“多谢袁姐姐。”

任瑶期正坐在一旁与林宝玲她们说话，见林三太太和刘氏起身往外走，不过看了一眼，笑了笑，便转开了眼。

任瑶英也往刘氏那边看了一眼，嘴角忍不住弯了弯，视线扫过任瑶期的时候，从她面上看不出任何不妥，便又转头与林宝玲凑在一处说话，时不时发出笑声。

刘氏与林三太太谈的时间也不长，不过是一盏茶的工夫便回来了。

从两人面上看不出来什么，刘氏的神色算得上舒展。

又略坐了会儿，刘氏便主动提出告辞：“我过几日再来拜会袁姐姐，这次就有劳袁姐姐费心了。”

林三太太的回答倒是很谨慎：“什么有劳不有劳的就别说了，我也帮不上什么大忙。”

刘氏笑道：“你有心就是帮了我的大忙。”

林宝玲对任瑶英还有些不舍，拉着她的衣袖道：“瑶英姐姐下次也记得要来玩啊。”

刘氏看着任瑶英笑得和蔼，对林宝玲道：“难得你们两人有缘。”

从林三太太院子里出来之后，任时佳邀请刘氏再去她那里坐坐，刘氏婉拒了。

任时佳挽留了几句便也作罢，倒是还问了一句：“表嫂这次可是事成了？”

她自然知道刘氏找林三太太的真正原因。

刘氏轻叹道：“哪有那么容易，不过林三太太也没有把话说死。”却也没有详细解释。

刘氏暗示性地许了不少的好处，林三太太只答应有机会的话会在自己的叔父面前提一提方雅存这个人，话也没有说死。不过刘氏对这个结果也还算满意。她各方面都做了准备，只是要林三太太的叔父在关键时刻为她相公说几句话罢了。

任瑶英自然是跟着刘氏走了。刘氏也没有亏待她，正打算带着她多走几户人家，让她露露脸，与云阳城里的诸位官家小姐、名门闺秀们交往交往。这正是方姨娘母女求之不得的，所以在帮助刘氏的时候也不遗余力。可以说方姨娘母女的利益与方雅存夫妇的利益是绑在一起的，是同盟。

任瑶期回到自己院子后不久，香芹就回来了。

“你怎么这么快就回来了？”任瑶期之前还交代香芹继续在任瑶华身边伺候的，不想这丫头又回来了。

香芹忙道：“奴婢是怕小丫鬟们交代得不清楚，等奴婢回了话就回去。”

任瑶期点了点头，知道香芹定是有话要说，便让自己身边的丫鬟婆子们都出去，只留苹果在身边。

“小姐，三小姐说她摔得有些蹊跷。”等人都走了，香芹忙道，脸上满是愤慨的神色。

任瑶期脸上看不出来什么表情：“哦？怎么个蹊跷法？”

香芹倒豆子一般地将芜菁告诉她的事情都说了出来。

原来自任瑶华和任瑶英去任家别院与刘氏一起住之后，任瑶华对刘氏的行踪总是关注着，甚至还在她和任瑶英的院子里安排了人。

昨日夜里，刘氏很晚了还叫任瑶英过去说话，任瑶华便安排人去打听消息。不想她安排的丫鬟在偷听的时候被刘氏身边的一个嬷嬷发现了，吓得立即就猫腰跑了。

这样自然惊动了刘氏，只是刘氏并没有立即派人去追，就跟什么事情也没有一样，只交代任瑶英几句话就让她走了，然后一夜无事。

任瑶华想着，可能是因为刘氏在任家别院里是客居，不好意思这么大张旗鼓地得罪任家，毕竟任家别院里就住着刘氏母子、任瑶华和任瑶英几个，刘氏派人大张旗鼓地去追偷听的人，不是明摆着要给任瑶华难看？

想通这一点，任瑶华也不急了。她一向天不怕地不怕，也不在意与刘氏撕破脸，反正刘氏也找不出来什么证据。

却不想到了第二日，任瑶华起来去用早膳的时候,摔倒在了连接抄手游廊的廊门筒子下。原来那里的台阶上有油，因为廊门筒子那里光线比较暗，所以任瑶华没有看到。任瑶华虽然被走在身后的丫鬟扶了一把，还是将脚脖子给扭伤了。

后来任瑶华让人去查那里的油是谁弄上去的，却查到了厨房。原来那条游廊通往厨房，而清早正好从外头送了油进来。不过厨房的管事赌咒发誓，油不是厨房的人抹在那里的，抬油桶的婆子也不承认是她们的疏忽。最后查来查去也查不出个所以然来。

香芹愤愤道：“哪里就有那么巧合？别的地方都没有，就那里的台阶上有油？谁不知道我们小姐早上用膳的时候总是会抄近路从那里经过！小姐派人查到她们那里，不想九小姐身边的婆子这会儿跑来告状，说昨日夜里方夫人院子里进了小贼，说不定是别院里有奴才不干净，跑到厨房去偷油，还说要派人去白鹤镇找老太太多要几个得用的人过来，免得家宅不宁。”

任瑶期听了只得轻叹一声，任瑶华终究还是太嫩了。

香芹看着任瑶期有些委屈道："五小姐，您说她们是不是太嚣张了！住着我们任家的地方，还敢伤了我们姑娘！我们不能就这么算了！"

任瑶期看了香芹一眼："不然呢？你能抓住人家的把柄吗？"

香芹瘪了瘪嘴，哼了一声。

"这件事我知道了，你先回去吧。告诉三姐一声，好好养伤，暂时先把方夫人和九妹妹那边的事情放下，也别想着去找人家的麻烦。"

香芹终究还是不甘心，嘟囔道："那三小姐的亏不是白吃了？"

任瑶期似笑非笑地看了她一眼："争这点长短做什么？小孩子的玩意罢了！真有出息！"

香芹原本还有些蔫蔫儿的，听了这话突然回过神来，眼睛一亮，讨好地问道："莫非五小姐有高明的法子？"

任瑶期没有立即说话，凝眸想了想，不知道是在权衡什么。半晌她才叹了一口气，转过眼眸，朝着香芹招了招手。

香芹高兴地上前，凑到任瑶期身边，听自家五小姐的高明法子。她一边听，一边点头，到最后竟神采飞扬起来。

"去吧，这次可别让人抓住把柄。"任瑶期摆了摆手。

方夫人刘氏倒是个有些本事的人，自从来到云阳城里就没怎么闲过。方家在江南也算有些家底，刘氏到了云阳城里，与各家交往起来出手很大方，加上她又擅言谈、会做人，所以有不少人家愿意与她走动。

从林家回去之后的几日，刘氏便带着任瑶英和自己的儿子四处走动起来，想要让儿子和外甥女多结交些朋友。

方家少爷方曙舟忙得不得了，不管他自己愿不愿意去参加那些与各家公子小姐们的茶会，方夫人都给他安排得满满的。

这一日，苏家二公子苏允琛邀请不少名门世家的公子哥儿去苏家以诗会友。公子们能不能真作出几首好诗来不知道，不过参加诗会所带来的雅致名声倒是实实在在的，所以就算斗大的字都不认得的公子们也对这种诗会情有独钟，这还是从京都那边流传过来的，算得上一种时髦。

刘氏便想法子给方曙舟要来了苏家二公子的帖子。

方曙舟读书尚可，吟诗作对虽然算不得出彩，倒也不至于一棍子打不出个屁来，比一些纯属混进来混个名声的纨绔要好多了。

轮到方曙舟的时候，他闷不作声地在纸上写了一首。说起来这种诗会上的命题基本都是常见的，今日是梅花，明日就是菊花，后日就成了雪花，总归离不开那些个风花雪月，比如今日的命题就是一株“酒醉杨妃”的牡丹花。

方曙舟以前在自己先生的指导下就作过不少，这会儿便是信手拈来。在收笔的时候，方曙舟不小心碰到身边磨墨的丫鬟。小丫鬟手一抖，就溅了几滴墨汁在他身上。

丫鬟吓了一跳，忙低声请罪。不过在座的今日都是来附庸风雅的，打骂丫鬟这种煞风景的事情没有人会做。方曙舟平日里虽然木讷，却也不是连最起码的怜香惜玉也不懂，所以皱了皱眉头之后也就作罢了。

丫鬟低声道：“公子要换一身衣裳吗？”这些公子与小姐出门的时候一样，也会在马车上备些衣物，以防某些意外。

方曙舟低头看了看那几滴溅到玉色绸衫上的碍眼墨汁，点了点头，吩咐自己的小厮去马车上取衣裳。然后他就让丫鬟领着走了。

今日收到苏家帖子的不只名门公子哥儿们，云阳城里的大家闺秀，家中与苏家交好的，也都收到了帖子。

只不过少爷公子们收到的是苏家二少爷苏允琛诗会的帖子，闺秀们收到的则是苏家大小姐苏芳菲开茶会的帖子。

林家小姐和任瑶期、任瑶音也收到了苏家的请帖。

任瑶期手里的帖子还是任家七小姐任瑶亭遣自己身边的大丫鬟送来的。林家的四位小姐都去，任瑶音也去，任瑶期便派人去与萧靖琳那边说了一声，让她第二日不要派马车过来接人了。

任瑶期是与任瑶音一起来苏家的，与她们同行的还有林家的四位小姐。

林宝玲还兴致勃勃地问任瑶期和任瑶音：“瑶英姐姐今日会来吗？”

任瑶音笑着解释道：“表婶带着九妹妹去燕北王府了。”

林宝玲闻言一脸惊讶："燕北王府？表婶与王府哪位主子相熟吗？"

任瑶音笑了笑："这我也不清楚，不过听说是表婶的一位手帕交与王府的哪位书记官夫人相熟。原本表嫂和九妹妹也是要来苏家的，后来因为那位书记官夫人派人来说有事相商，便去了燕北王府。表婶遣人来与姑姑打了声招呼。"

林宝玲捂嘴笑道："说起来我也去过燕北王府几次呢。"说着便与任瑶音几人说起了燕北王府的构造，只是说了几句后又突然停了。

她看了任瑶期一眼，红着脸嗫嚅道："呀，我忘了，瑶期姐姐去燕北王府的次数比我多多了，这里倒是轮不到我来介绍。"

任瑶期闻言一笑："我每次去都只是陪郡主练琴，倒是没有在王府走动过，我胆子小，燕北王府又那么大，怕胡乱走到什么不能去的地方，又怕迷了路。宝玲妹妹说的那几个地方，我都没去过，要我说也说不出个所以然来。"

林宝玲闻言瞪圆了眼睛一脸的惊讶："瑶期姐姐连老王妃那里都没有去过吗？"

任瑶期摇了摇头："不曾去过，宝玲妹妹与我们说说？"

林宝玲便又笑弯了眼睛，兴致勃勃地说起上次随着自己的曾祖母和祖母去拜见燕北王府老王妃的事情。

几人正一边走一边说着话，远远地就听见有人喊道："五姐姐，你可算是来了！"

任瑶期抬头一看，便看到一位身穿浅绿色袄裙的少女一脸笑意地走过来，不由得也笑起来，快走几步迎上去："七妹妹，你特意来信相邀，我怎么敢不来？"

来人正是任家二房的七小姐，任瑶亭。任瑶亭这些日子也一直在自己的外祖苏家，好几次邀请任瑶期去苏家玩，都被任瑶期找借口推掉了。

任瑶亭与任瑶音、林家四位小姐也打了声招呼，然后才一把挽住任瑶期的胳膊，作势捏了捏她的腰，一面笑着一面瞪眼道："你还好意思说呢！我都邀请你几回了，每次都不来。你若是再不来，我以后也不与你好了。"话虽如此，语气却是愉悦的，看得出来她对任瑶期的出现十分高兴。

与任瑶亭一起过来的是一位与她们年纪差不多的少女，相貌清秀，这会儿便笑着出声道："表妹，母亲是让你来迎客的，不是让你来赶人的。把客人们都吓跑了，看你怎么交代！”

原来这位少女便是苏家大小姐苏芳菲。

林宝玲与苏芳菲也是平日里玩熟了的，这会儿便凑到了一块。林宝玲是个活泼的性子，挽着苏家大小姐就是叽叽喳喳说个不停，一边说话，还一边捂着嘴乐，没心没肺的样子。

苏家大小姐笑眯眯地听着，偶尔小声回几句，两人之间十分默契，看上去私交很好。

一行人说笑着去了苏老太太的院子。

不管是以什么名义去人家拜访，首先要见的就是这一家的长辈，先请完安之后，在长辈的允许下才能走动，这是规矩和礼数。

苏老太太是苏老爷子的继室，苏家大老爷苏克勤和任家二太太这位姑奶奶皆是原配所出。现在的这位苏老太太则生了苏家二老爷苏克俭和苏家三老爷苏克己。

苏芳菲和任瑶亭都算是长房的人，虽是迫于礼数带着几人去见苏老太太，态度却说不上怎么亲热。

苏老太太面容虽然和蔼，却也不过是面子情，说了几句就打发她们出去了。

接着苏芳菲和任瑶亭又带着她们去了苏家大太太那里。苏家大太太的院子倒是热闹多了，除了她们之外，还有好几位与她们年纪相仿的少女，也有几位太太。

如今的苏家内宅虽然苏老太太辈分最大，但是真正当家的是苏家大太太。

听说苏家这对婆媳当年也是龙争虎斗过一番的，血雨腥风不足为外人道，反正结果就是如今苏老太太偃旗息鼓，苏大太太春风得意。

“表嫂，你与舅母说说，让我们去园子里玩吧？”见一位气质柔和的少妇走进来，任瑶亭放开任瑶期的手，迎了上去，小声撒娇道。

任瑶期的目光也定在那位少妇身上，面上的笑容未变，笑意却没有到达眼底。

苏家大少夫人曾氏。

曾氏伸出手指在任瑶亭鼻子上轻轻一刮，脸上的笑容柔和宠溺：“机灵鬼，就会使唤我。你想要出去，怎么自己不与婆婆说？”

苏芳菲也走上来，拉住曾氏的另外一只手，轻轻摇了摇，笑得狡黠：“嫂嫂，娘最疼你，你去说肯定十拿九稳。我与表妹去的话，说不定会被母亲骂呢。”

曾氏看了看她们，忍住笑意，叹了一口气，面带无奈道：“小姑子得罪不起，我还能说什么呢？”

苏芳菲和任瑶亭两人对视一眼，笑作一团。

曾氏走到任瑶期身边的时候下意识地往她这边看了一眼，对上任瑶期微笑的面容，她也笑着点了点头，然后便往苏大太太那里去了。

见曾氏又走了回来，任瑶亭第一个迎上去，迫不及待道：“怎么样，怎么样？舅母怎么说？同意没有？”

曾氏叹了一口气，莞尔一笑，眨了眨眼：“幸不辱命。”

任瑶亭顿时笑容满面。

苏芳菲倒是还记着自己是主人，忙去招呼其他几位小姐一起去逛园子。

小姐们闻言都在一边笑，不过谁也没有拒绝说不去，有几位面薄的还悄悄红了脸。

都知道今日来苏家的不只小姐太太们，苏家二公子正在办诗会，今日来苏家的世家公子、博学才子们不在少数。

所以说是去逛园子，其实也都是抱着去偷瞄两眼才子们的风仪的念头的，大家都心照不宣。

第二十二章

借　力

苏家大少奶奶和苏芳菲招呼几位小姐们走在前面，任瑶亭特意拉了拉任瑶期的袖子，两人落后几步走在后头。

“五姐姐，听说今日他也会来呢。”

任瑶期看着苹果悄悄退下了，听到任瑶亭的话有些心不在焉地问道：“谁会来？”

问完之后，看到任瑶亭轻轻扯着自己的裙摆一脸羞涩的模样，立即就反应过来了，任瑶亭口中的“他”除了韩云谦不做第二人想。

许是因为任瑶期知道她心仪韩云谦的事情，任瑶亭对任瑶期向来比对别的姐妹要亲厚，什么事情都愿意与她偷偷说。

“五姐姐，韩公子今日肯定也会赋诗。”说着她看了看四周，压低声音道，“我等会儿让人把他写的诗偷出来。”

任瑶期一愣，看着身边脸色绯红，眼眸却晶亮的任瑶亭，想了想，还是劝道：“七妹妹，你要他写的诗作甚？万一被人发现了怎么办？”

任瑶亭皱了皱眉，噘嘴道：“发现就发现吧，发现了最好！舅舅舅母平日里最疼我，发现了肯定不会骂我，还会想法子帮我把事情圆回来。而且，因为盐井的事情，最近舅舅和韩家走得也比较近，若是舅舅出面的话……五姐姐，你说我是不是有机会？”

任瑶期看着任瑶亭一脸不撞南墙不回头的模样，实在是有些头疼。

她与任瑶亭说不上姐妹情深，但是也不会想着要看她倒霉。毕竟任瑶亭是任家的人，她的名声毁了，对其他任家女子而言也是有影响的。

“七妹妹，你说得对，韩家如今与苏家交好，若是由苏家大老爷提出来的话，你未必没有机会。”任瑶期点头道。

任瑶亭闻言眼睛一亮，盯着任瑶期一脸高兴：“五姐姐，你说真的？你也是这么认为的吗？”

任瑶期点了点头：“只是我觉得，正因为你如今有了机会，所以要更为小心才是。不然若是这时候出了岔子，你以前的谋划岂不是功亏一篑？比如今日，你就不应该为了一首诗冒着名声被毁的危险。试问谁家愿意娶一个名声不好的姑娘进门？就算苏家要与韩家交好，苏家难道就没有合适的姑娘能与韩家结亲了？”

任瑶亭闻言皱起眉头，有些犹豫不决：“你说的也有道理，可是我……”

这时候走在前面的林宝玲回头道：“你们两个，怎么这么慢！说什么悄悄话呢！”

任瑶期闻言一笑，拉着任瑶亭赶紧跟上去。她该说的都说了，希望任瑶亭不要太傻。

苏家的诗会是在苏家园子里的湖心亭上举行的。

众人远远地就看到湖心亭里人影攒动，稍微走近了些还能听到不知哪一家的公子吟诗的声音。

那位正在吟诗的公子想必正在变声期，声音粗嘎，实在是与悦耳无缘，偏偏小公子吟起诗来感情充沛、抑扬顿挫，那股子认真劲儿让人不忍苛责。

走在前面的几位小姐，都在那儿笑。

亭子里的人也看到这边有人来了，那位吟诗的公子的声音明显大了起来，惊飞了湖中一对正在交颈梳毛的鸳鸯。

任瑶期也忍不住笑起来，愉快的事情总是能引起大家的共鸣。

曾氏并没有领着小姐们往湖心亭里去，而是绕着湖转起圈来，与湖心亭的公子少爷们总隔着两丈多宽的碧绿湖水。

微风吹来裙裾飞扬，香风绮丽，笑声如银铃。

那位处于变声期的公子总算是吟完了诗，不过立即就有人接了下去。

下一位公子的声音明显好听许多，可惜一首七言律诗总是三个字三个字地往外蹦，剩下最后一个字往往落单，平平仄仄全乱了套，说不出的古怪。

小姐们又笑成一团。

林宝玲更是笑嘻嘻地凑过来，小声道：“我猜这位吟诗的公子肯定是那位古家小少爷。”

任瑶亭也不是云阳城人，闻言不解道：“哪位古家小少爷？我们在这里看不到亭里的人啊，你是怎么猜出来的？”

林宝玲捂着嘴笑：“你们不知道，这位古家小少爷自幼就说话结巴。后来他母亲就教他一种说话不会被人耻笑的法子，就是将一句话断开成三个字三个字地说。不想这法子还真有用，练得久了，只要他说得慢，也听不大出来了。可是听说这位古少爷结巴好了之后偏偏有了个要命的爱好，那就是吟诗作对……噗……”林宝玲没有说完就笑出了声。

旁边听着的几位小姐也都忍俊不禁。

大家正在说说笑笑，却见一旁的小径里一位身穿宝蓝色湖绸直裰的少年走了出来，似是正要往湖心亭里去。

这位少年皮肤白皙，面容却极为普通，只有一双丹凤眼瞧着添了几分颜色。

见到这么多姑娘出现在眼前，那位少年也是吓了一跳，忙弯腰作了一揖，然后微微侧过身回避，不敢往这边看，礼仪上倒是十分周到。

几位姑娘没有想到会有人过来，原本也是吓了一跳，有些羞涩，不过看到那位少年避在一旁，耳朵红得滴血的模样，却又忍不住笑了起来。

少年的脸色更加红了，连头也埋了起来不敢抬，只肯以头顶示人。

这下小姐们越发往他那边看了，少年面容虽然普通，但是这副拘谨又守礼的模样让人觉得并不讨厌，甚至还有几分可爱。

苏家大少奶奶曾氏也笑了起来，正要让婆子将那位被小姐们笑得手足无措的可怜少年领去湖心亭，任瑶音“咦”了一声，犹疑着唤了一句：“方家表弟？”

方曙舟抬了抬头，看到任瑶音和任瑶期，立即认了出来，又作了一揖，红着脸道：“任家表姐。”

曾氏笑道："方公子可是要去湖心亭？"

方曙舟点了点头："嗯，是，是的。"

曾氏也不再为难他，唤了自己身边的婆子，让她领着方曙舟过去。

方曙舟忙又躬身行礼，惹得小姐们又是捂嘴笑。

在方曙舟从众人身边走过的时候，林宝玲突然惊呼了一声。

林宝玲一脸呆怔地看着方曙舟，张着嘴，也忘记用手捂住自己稍微有些参差的牙齿。

"宝玲，怎么了？"苏芳菲立即走过来问道。

林宝玲回过神来，脸色唰地一白，眼圈却是红了。

苏芳菲狐疑地顺着林宝玲的视线看过去，正好对上方曙舟不知所措的眼神。然后她的视线往下，扫过方曙舟的腰侧，接着便是一愣。

"咦？"

方曙舟不知道是怎么回事，不过他实在不敢再多留，硬着头皮快步走开了。

等方曙舟走后，苏芳菲有些狐疑地看了林宝玲一眼，林家其他三位小姐互相看了一眼，也都有些面色古怪。

林宝玲原本有些白的脸色突然又染上了些红晕，张了张嘴，却是什么话也说不出来了。

"怎么了？"走在前面的曾氏发现有些不对，走过来问。

林宝玲深吸一口气，摇了摇头，勉强道："没事，我……我只是突然有些不舒服。"

曾氏看了看林宝玲，又看了一眼林家另外几位面色古怪的姑娘，然后看了自己的小姑子一眼。

林家几位姑娘都不说话，苏芳菲看了自家大嫂一眼，也没有说什么。

曾氏见了便十分自然体贴地对林宝玲道："林小姐不舒服吗？要不要去歇一歇？虽然是夏日，这临湖的园子风也大着呢，想必是吹了些风才不好受？"脸上的关心恰到好处。

林宝玲忙点头。

曾氏便吩咐婆子送林宝玲先去苏大太太的园子里歇会儿。

林家几位姑娘对视一眼，表示要陪着林宝玲一起去。

苏芳菲想了想，对曾氏道：“嫂嫂，我陪着宝玲去。”

曾氏点了点头，没有反对。

苏芳菲便带着林家几位姑娘一起走了。

任瑶亭看着她们走远，小声与任瑶期道：“怎么回事？林宝玲身体不好吗？”

任瑶期摇了摇头，表示自己什么也不知道。

任瑶亭原本也就是随便问问，她的注意力根本就不在这点小事上头，正在努力寻找韩云谦韩大公子的行踪，期望来个不期而遇。

曾氏一面继续带着小姐们沿着湖岸走，一面听大家说笑。

眼见着一圈都要走完了，任瑶亭招手叫来自己的丫鬟，低声吩咐：“跟着送茶水的丫鬟去湖心亭上看看，看韩公子在不在。”

在一旁听得清楚的任瑶期努力忍住了叹气的冲动。

等到园子快逛完了的时候，任瑶亭派出去的丫鬟终于回来了，小声回禀道：“小姐，韩公子不在亭子里。”

任瑶亭闻言一脸失望之色，皱眉道：“表哥不是说他会来的吗？”想了想，又交代丫鬟道，“你去外头那条道上守着，若是人来了就立即打发人来告诉我。”

丫鬟苦着脸走了。

小姐们也终于走累了，热闹也看累了，曾氏提议大家一起去林大太太院子前的花厅里喝茶。

快要走出园子的时候，任瑶期若有所感地回头看了一眼，正好看到一个宝蓝色的身影匆匆自湖心亭中走出来，任瑶期嘴角勾起一抹笑意，不动声色地转过头去。

等出了园子，却正好碰见林宝玲身边的一个嬷嬷带着她的一个大丫鬟匆匆走过来。

曾氏不由得问道：“嬷嬷这是……”

嬷嬷赔笑道：“奴婢刚刚走得匆忙，将我家太太打赏的手镯弄掉了，想要去找一找。”

“那我派几个人帮你一起找。”曾氏对待别人家的奴才也是一副好性子。

嬷嬷忙道："奴婢也就是为着个心安，或许是掉在别的地儿了也说不准。奶奶不用管奴婢，您忙。"

曾氏便也作罢，点了点头，带着人走了。

任瑶期跟着曾氏去花厅坐下喝茶的时候，之前悄悄离开的苹果已经回来了，对着任瑶期点了点头之后便悄无声息地又站回她身后。

任瑶期不动声色地端起茶碗喝茶。因是夏日，刚端上来的茶水稍微有些烫口，任瑶期却依旧喝得从容不迫。

虽然已经坐下来歇着了，小姐们兴致仍旧未减，凑在一起你一言我一语地谈论起湖心亭里的一帮才子。诗会这种听起来就高雅的聚会给了她们正大光明谈论男子的机会。

林宝玲正在苏芳菲的厢房里休息。苏芳菲没有独立的院落，一直住在苏大太太的院子里，好在苏大太太住着的是个小三进的院子，宽敞得很。

屋子里的气氛有些凝滞，半晌没有人说话，林宝玲毫无预兆地捂着嘴哭了起来。她向来喜欢捂着嘴笑，这么一哭倒是让在座之人都无措起来。

林家另外三位小姐你看看我，我看看你，犹豫了一会儿，终究还是没有上前去与林宝玲说话。她们姐妹平日里并不亲厚，或者说林宝玲与其他三位姐妹之间并不亲厚。第一次见到这个平日里万千宠爱集于一身的姐妹哭，实在是有些不知道如何反应。

反倒是苏芳菲轻叹了一口气，起身走到林宝玲身边，轻轻拍了拍她的肩，"宝玲……"叫了一声名字，却也不知道该说什么好。

苏家大小姐也是个聪明人，她与林宝玲自幼相识，平日里来往也算密切，说起来关系还是不错的。不过生在她们这种家族，亲生姐妹之间藏着掖着也是常事，更不用说与别人交什么心了，所以她与林宝玲实在也算不上知心姐妹。

不过今日的事情她已经看到了，且人还在她苏家，苏大小姐也不能装作什么都不知道。

想了想，苏大小姐还是努力组织了语言，并且让自己的神态看起来依旧若无其事："宝玲，你的荷包怎么会在那位方少爷身上？"

苏大小姐再如何聪慧，也不过是个还未出阁的姑娘，说到这里的时候面色虽然看不出来什么，耳朵却是有些红了。

她在方曙舟身上看到那个荷包的时候也惊呆了，因为她认出来那个绣着笔锭如意图案的绛紫色荷包出自林宝玲之手。

说起来林宝玲算得上是一个很好相处的姑娘，性格开朗活泼，嘴巴又甜，与谁都能聊得起来，还很自来熟。不过林宝玲有个缺点，那就是很喜欢显摆，并且有着爱听好话的虚荣心。

林宝玲最近几年跟着自己的祖母学针黹，说实话水平也算不得太好，只不过她的针法是林三太太袁氏亲自教的，听说是袁家祖上传下来的，且林宝玲喜欢在花样上下功夫，所以从她手里出来的绣活儿还真有那么几分独特。

所以只要是与林宝玲走得近一些的，都会被她拉着去看她手中的绣品。上次林家为林岑办满月酒的时候，林宝玲就在几个姐妹面前展示过自己的绣品，收获了不少的夸奖。

偏偏今日方曙舟身上戴着的那一个荷包就被在场的几位欣赏过，因此印象深刻。

林宝玲闻言抽噎道：“我不知道，我明明把那只荷包送给了任家的瑶英姐姐，不知怎么的就到了他身上。我真的什么也不知道。”

苏芳菲闻言原本想要再说些什么，话到嘴边又咽了下去，转口道：“那可能是不小心戴错了吧。你不是让你身边的嬷嬷去找他要了吗？没事的。”苏芳菲忍住没有多问。她虽然有好奇心，这好奇心却也有限，何况她也害怕麻烦。

内宅的事情她如今也懂了不少，知道很多事情看起来简单，其实未必就简单。就连在她面前哭相凄惨的林宝玲，也未必就真的什么也不懂。

她会跟着林宝玲过来，是因为她看到了，而林宝玲和林家的几位姑娘也知道她看到了，躲着反而以后不好择干净。

林宝玲听了她的安慰，哭声小了一些。

这时候林宝玲心里是真的害怕的。她没有少听别人向她灌输的私相授受的下场，荷包算得上贴身之物，一般男女之间都不会乱送。她害怕自己的名声会被毁。

林宝玲自幼就得长辈们喜欢，在她这一辈的姐妹们中算得上是头一份，甚至有时候连兄弟们都没有她受宠，所以她的前途很被林家看重。说实话，方曙舟那样的她还有些看不上，没有功名，又没有长相的。

不知道过了多久，林宝玲派出去的嬷嬷回来了。林宝玲差一点从自己的椅子上跳起来，有些结结巴巴地问："怎么样？要回来没有？"

嬷嬷面上也有些着急："小姐，奴婢过去的时候，方少爷已经走了。"

"走了？"林宝玲瞪圆了眼睛，咬着唇不知所措。

那嬷嬷是林三太太特意放到林宝玲身边的，也是经过些事儿的，想了想便道："小姐，这事儿可大可小。我们还是先回去告诉太太吧。"

林宝玲闻言连忙点头："好，我们回去吧。"说着往苏芳菲那边看了一眼。

婆子也顺着林宝玲的目光看到了苏芳菲，忙堆了笑上前："苏小姐，今日多亏了有您。原本这事儿实在是不好让外人知道，不过我们小姐与您自幼相识，她十分信任您，所以也不介意您知情……"

苏大小姐笑了笑："嬷嬷客气了，我与宝玲妹妹交情不浅，自然是盼着她好，今日的事情我会烂在肚子里，不会乱说的。只是……宝玲妹妹的绣品见过的人不少，我答应了不说，别人可没答应，你们还是做好两手准备的好。"

嬷嬷不由得心中暗叹，这姓苏的姑娘，倒是厉害的。不过面上却是道："苏小姐说得是。其实今日的事情也没什么，我家小姐平日里没有别的爱好，就是喜欢绣几个荷包。赏出去的也不少。"

苏芳菲笑了笑，又安慰了林宝玲几句，送她们出门。

出了门，嬷嬷对林宝玲道："奴婢派人去与任家两位小姐说一声，就说小姐身子不舒服先走了。小姐，任家两位小姐是不是也见过那个荷包？"

林宝玲红着眼睛："见过，不过刚刚她们好像没有注意。"

嬷嬷想了想，也就暂且作罢，等回去之后禀报了太太再说。

任瑶期和任瑶音那里接到林宝玲要先走的消息，还关心地问了几句。

任瑶期不知道任瑶音当时有没有看到方曙舟身上的荷包，她的表情毫无变化。连任瑶期也不得不感叹，任瑶音这样的的确是个厉害的。

之后，那些少爷所作的诗被丫鬟婆子们用托盘呈了进来，请诸位小姐们品评。

任瑶期与任瑶音凑在一起也看了几首。任瑶期虽然不算太喜欢诗词歌赋这些需要伤春悲秋的玩意，但是被父亲和裴先生熏陶出来的鉴赏能力还是在的，看了几首之后便觉得乏味，实在是找不出能令人眼前一亮的，便索性低头专心饮茶。

任瑶音倒是对诗词歌赋很有兴趣，平日里去找云家大小姐云秋晨的一个由头就是品评诗词，因此看得十分认真，还会随口与人评论几句。

最后总算是评出了状元、榜眼、探花出来，男男女女们才都尽兴。

任瑶亭出去了一趟，许久都没有回来。任瑶期想着她出去时候的样子，猜到可能是韩云谦来了。不过任瑶亭出去的时候没有与她打招呼，很显然并不喜欢她的逆耳忠言，害怕被她阻止。所以任瑶期最后也懒得去管这些事情了。

对任瑶期而言，其实好戏已经落幕，她不想再在苏家待下去，因此快到中午的时候便告辞了。

任瑶音与几位喜欢诗词的小姐相谈甚欢，所以并没有与任瑶期一起走。

任瑶期请辞之后，带着人出了二门，不想走到回廊的时候，却遇上了正从花园小径中走出来的韩云谦。

任瑶期下意识往他身后看了一眼，并没有看到任瑶亭。

韩云谦抬眼看到任瑶期，眼眸中很快闪现一抹复杂之色，不过对于任瑶期出现在面前却并没有表现出太多的惊讶。

任瑶期朝着他的方向行了一礼，然后抬步就走，走了没几步远才发现韩云谦追了上来。

等到韩云谦走到任瑶期身边的时候，任瑶期偏头看了他一眼，韩云谦依旧是一副沉稳矜贵的模样，并没有往任瑶期这边看。

两人默不作声地走路，好像真的是半路突然遇上，然后同走一段路一样。

直到韩云谦的声音打破两人之间的静默："任五小姐果然好定力。"他的声音低沉悦耳，让人听不出情绪。

任瑶期缓缓地叹了一口气，有些无奈："韩公子有事？"

韩云谦这才转头看了任瑶期一眼，这一眼让任瑶期感觉到了有如实质般的尖锐。任瑶期不为所动，韩云谦反而缓和下来。

"我记得以前曾问过五小姐，是不是有什么地方不小心得罪过你，以致让你这么讨厌我。直到最近我才明白是什么原因。”

任瑶期摇了摇头：“韩公子误会了。说起来我与公子并不太熟，说讨厌实在无从说起。”

韩云谦闻言竟是弯唇一笑，笑容带着些不明的意味：“哦？那五小姐为何一开始就设计让你的父亲和任三少爷对我有成见？又为何会想方设法拿回你父亲送给我的画？”

任瑶期脚步微微一顿，学着他的模样弯了弯嘴角：“那韩公子能否告诉我，向来低调的你当初为何会想方设法与我父亲和三哥结交？若说是因为你们韩家初来乍到想要寻找生意上的同盟，你难道不知道我父亲与三哥向来不管俗务？若说是因为兴趣相投……在燕州，比我父亲和三哥有才学的人多了去了，不说别的，单单云阳城里就有萧二公子、云大少爷这些与你年纪相当又才高八斗的人物，甚至有些还是你的同窗。俗话说‘害人之心不可有，防人之心不可无’，韩公子，你自己行事诡异，就别怨别人处处防着你。至于那幅画的事情……”任瑶期睨了韩云谦一眼，下颌扬起一个矜傲的弧度，语气带着些含蓄的鄙夷，“那是韩公子你技不如人！”

韩云谦：“……”

沉默半晌，韩云谦才叹道：“任五小姐牙尖嘴利，韩某自愧不如。”

任瑶期淡声道：“承让了。”

韩云谦觉得自己虽然不是一个多话的人，但是到了关键时刻也算得上能言善辩的，可是不知道为何，到了任瑶期面前却只能憋闷着，差点造成内伤。

饶是向来沉稳温和的韩公子也有些火气了：“那么五小姐是不是还要说你从头至尾没有插手过雷家的事情？”

韩云谦黑沉的目光定在任瑶期身上，似是想要将她看穿。

任瑶期面色惊讶，带着些好笑的意味问道：“韩公子，这种莫名其妙的指控我不否认，难不成你还指望我承认？雷家与我有什么关系，什么事情又轮得到我插手？春天不是读书天，夏日炎炎正好眠，你确定你出门的时候睡醒了？”

韩云谦深吸一口气，努力忽视任瑶期脸上的嘲讽和揶揄。他知道自己问得莽撞了。他感觉到任瑶期插手了雷家和韩家的争斗，但是也仅仅是他的猜测而已，根本没有证据，虽然他认为自己的猜测并没有错误。

“我不想与你口舌之争，有些事情彼此心知肚明就好。”再次开口的时候，韩云谦已经恢复沉稳，“我只是想提醒五小姐一声，你再聪慧也只是一个闺阁女子，没有必要把事情往自己身上揽，否则总有你吃亏的时候。”

这次换任瑶期沉默了。

她沉默是在琢磨韩云谦的态度。

韩云谦的话让她从中觉出几分好意。韩云谦对报仇似乎没有他的祖父那么执着，否则他也不会在她故意激怒他的情况下，还能说出这种话。

不知能否在韩云谦这里找到转机？

她从未想过要帮助任家斗倒韩家，任家并不是无辜的，她只是想要让自己的亲人活命而已。

“韩公子，若是你站在我的立场，你当如何？”任瑶期淡声问道，语气也没有之前的针锋相对。

韩云谦倒是愣了愣，然后沉默了。

任瑶期看了他一眼，忽而一笑：“我并不想将事情往自己身上揽，可是树欲静而风不止。你能给我指一条明路吗？”

韩云谦眼中的神色愈加复杂，却没有办法开口。

身为翟家子孙，翟家的灭门之仇不能不报。何况即便是他能放下，他的祖父也不可能放下，报仇是他祖父这一生的执念，谁也阻止不了。

任瑶期心里有些失望，却没有表现出来。

回廊再长也有尽头，任瑶期的马车已经停在前面不远的平地上。任瑶期看了看马车，脚步一顿，转头看了韩云谦一眼。

韩云谦停下步子。

任瑶期朝他礼貌地点了点头，然后头也不回地往自己的马车走去。

韩云谦站在回廊的廊檐下，静静地看着任瑶期的背影。他看着她走入阳光下，看着她在丫鬟的搀扶下上了马车，看着马车缓缓驶出视野。

韩云谦的目光似乎一直落在马车上，又像是透过马车看向一片虚无。他站在树下暗影里，任谁也瞧不清楚他脸上的神色。

林宝玲回去之后，立即去找自己的祖母林三太太哭诉。林三太太听完之后又惊又怒，一边抱着林宝玲安抚，一边转头问跟着林宝玲的嬷嬷：“你可是看清楚了？”

嬷嬷点头：“奴婢当时就站在旁边伺候小姐，确实是小姐的荷包。”

林三太太脸上的神色极冷。

林三太太的大儿媳，也就是林宝玲的母亲穆氏这会儿也急了，忙道：“母亲，这位方少爷也太混了，怎能这么乱来！他一个男子倒是没事，我们玲儿可怎么办？”

嬷嬷道：“我瞧着那位方少爷倒像是个老实的，应该没有这么大的胆子吧？”

林三太太冷笑道：“这事儿我瞧着也不简单。”

穆氏道：“母亲，那荷包得赶紧拿回来，若是他以后出门都带着玲儿的荷包，这像什么话啊！若是被人知道了，我们玲儿还要不要见人。”

“先别急，方夫人现在还住在任家的别院吧……”林三太太想了想，吩咐嬷嬷道，“你去库房拿些尺头送到任家别院去给方夫人，就说是你们奶奶给的回礼，另外暗中探一探。”说着林三太太又低声吩咐了几句。

嬷嬷听了，忙应声下去。

到了下午，嬷嬷才回来。方夫人今日并不在别院，留在别院里的管事嬷嬷替方夫人收下了回礼，并且给林家过去的嬷嬷丫鬟们准备了一桌席面。

“太太，奴婢们今日过去的时候，虽然方夫人不在，管事给安排的席面却是招待贵客的份例。奴婢探了探口风，竟然听到他们下人在底下私传我们林家和方家有意结为亲家，上次方太太带他们少爷来我们府上，是给您相看的。”

林三太太闻言惊怒交加：“真真是无耻！”

穆氏一脸焦急：“母亲，这方家也太过分了，婚姻大事是他们想如何就如何的吗？”

林三太太平日里注重修身养性，向来以温婉的面目示人，骂了一句之后也就渐渐平复下来，脸色却有些冷：“上次方夫人来求我在叔父那里为方雅存美言几句，如今燕北那些个好位置，僧多粥少，想要个肥缺哪里是那么容易的？我的话就没有说死。想必方家以为与我们结亲，攀上了袁长史，以后方雅存在燕北就多了条门路，毕竟方家的根基在江南，要在燕北站稳脚跟，结亲是最好最快的方法。”

穆氏气道：“那也要我们看得上他们方家！方家在江南虽然也算得上是富户，可是这里是燕北，方雅存也不过是方家的庶子，还是个六品小官，来这里没根没底的。何况我瞧着那位方少爷实在是太平凡了些，瞧着就没什么出息。”

林三太太看了媳妇一眼：“方家若是坐实了我们林家要和方家结亲，你能如何？到时候玲儿清白毁了，除了嫁方家少爷，还能嫁给谁？”

穆氏不由得目瞪口呆：“这……这也太无耻了！”

林三太太轻哼一声：“这种事情多了去了。所以我要你平日里好好管着玲儿。”

穆氏咬了咬唇：“母亲，那现在怎么办？”

林三太太吩咐那嬷嬷道：“你再去一趟任家别院，这次等着方夫人和任九小姐回府，然后拿两个丫鬟绣的荷包将小姐绣的那两个换回来，敲打一下方家。以后她们识相便罢了，否则……我们林家也不是好欺负的。”

那嬷嬷忙又去了，这次等到天色见晚才回来。

“太太，任九小姐说荷包丢了。”嬷嬷一头大汗地禀报道。

林三太太手里的茶碗啪的一声砸到地上。

在院子落匙之前，香芹回了林家，将今日的事情细细与任瑶期说了。

任瑶期瞧着她一脸喜形于色的模样，不由得好笑。

“小姐，您不知道，今日林家派过去的嬷嬷一见方夫人和九小姐回来就讨要荷包，九小姐脸色虽然不大好看，也还是让丫鬟下去拿了，荷包自然是不见了。您当时没有看到那个林家嬷嬷的脸色。哎哟，可乐死奴婢了！”

任瑶期笑睨了她一眼：“这次没有落下把柄吧？”

香芹忙正色道：“五小姐放心，这次绝对不会出错。何况方夫人和九小姐都出门了，这事儿绝对是神不知鬼不觉。说起来那位方少爷还真是呆，连身上的荷包被人调换了好几次都不晓得。”说到后来，香芹还是忍不住乐了。

“好了，你今日也辛苦了，下去歇着吧，明日再回去。”任瑶期笑道。

香芹应了，笑容满面地下去，临走之前还笑嘻嘻地道：“五小姐出马就是不一样，看她们以后还敢不敢欺负我们三小姐！”

而此时任家别院里，任瑶英还指挥着一屋子的丫鬟四处寻荷包，可惜将屋子翻了个底朝天，还是连个影儿也没有找到。

任瑶英的丫鬟椿儿一脸沮丧：“奴婢明明记得收在柜子里的，怎么会不见了呢。一个荷包还有人偷吗？”那荷包用的料子虽然好，绣工其实马马虎虎，若不是林小姐送的，她们小姐连收都懒得收，直接赏人了。

任瑶英皱着眉头，耐着性子吩咐：“再仔细找找，看看有没有在衣服里包着。”

“衣服奴婢都一件一件打开看过了……”

一直坐在一旁不做声的方夫人突然出声打断道：“算了，别找了。”

任瑶英看向刘氏：“舅母，林家这是什么意思啊？怎么突然想起来问我要荷包了？这送出去的东西还往回要的道理，我还是第一回听说呢！可偏偏就这么巧，荷包不见了！”

刘氏垂了垂眸子，半晌，叹息一声：“我们怕是被人算计了。”

任瑶英一愣：“舅母，您是说……”

刘氏摇了摇头，正要说话，她身边的一个婆子走进来，凑到刘氏耳边小声说了几句。

刘氏眉头不由得皱起来，且越皱越紧，使她平凡的五官增添了几分严厉。

任瑶英走近了些，只听到那婆子最后一句：“……只查到这些，我们带来的人不多，大部分今日都跟着出门了。”

刘氏、方曙舟和任瑶英今日都不在府里，留下来守院子的自己人并不多。

任瑶英却是由着这话回过味儿来，狐疑道：“舅母，是不是三姐那边在捣鬼？”

刘氏挥手让那婆子出去，叹了一口气看向任瑶英，语气虽然温和，却带了些责备：“你娘之前说她们不足为虑，看来还是看走眼了。我之前就说让你忍一忍，不要在这个关头与她争那一时之气，你偏不听。”

任瑶英咬了咬唇，有些委屈道："我做得很小心，三姐不也没有找到证据吗？何况她们与我们本就是死对头，就算没有这次的事情，她们也不会让我们好过的。"

刘氏看了任瑶英一眼，又是一叹，终究没有再说什么。

她来云阳城之前，夫君曾千叮咛万嘱咐，一定要好好为小姑子谋划，尽量满足她们的要求。

她相貌平凡，好在夫君不是那等浅薄之人，见她尽心尽力为他经营内院，在嫡母面前辛苦周旋，这些年也没有薄待过她。所以对于夫君要她做的事情，她向来是尽心尽力的。

好人都已经做到这个份上了，她自然不想多此一举惹外甥女厌烦。毕竟不是自己的女儿，不能随便教训。

只能明日再上林府一趟，亲自找林三太太和林家小姐道歉。

第二日上午，任瑶期正在任时佳屋里逗岑哥儿玩，外面门房来报说方太太刘氏又来了。

刘氏今日还是来见林三太太的。

任时佳是个软绵的性子，最后还是推托不得带着刘氏去了林三太太的院子，这次任瑶期没有跟着一起去，不过没过多久任时佳就回来了。

林三太太今日身体微恙，不愿见客。

任瑶期惊讶道："三太太怎么突然病了？我们在府里也没听说啊。"

任时佳净了手，从奶娘手里接过岑哥儿，在他稚嫩的小脸上轻柔地亲了一下。林岑打了个秀气的呵欠，看着他娘乐呵。任时佳心里软得一塌糊涂，对着儿子傻笑。

任老太太又给岑哥儿找了一个奶娘，已经不需要任时佳再亲自喂养，不过任时佳不愿意儿子晚上跟着奶娘睡，而是在自己的床前准备了一张小床安顿儿子，半夜林岑饿了的话，任时佳就亲自喂。

经历过那些事情后，任时佳不愿意宝贝儿子离开自己的视线一步。林琨对妻儿向来好脾气，并没有反对，甚至有时候还会帮着给儿子换尿布。细心体贴得连任瑶期也找不出他半点不好来。

"我瞧着三嫂应该没有病，就是不想见表嫂罢了。刚刚我把表嫂送走之后，三嫂遣了她身边的大丫鬟来与我说，让我有空带着岑哥儿过去与玲姐儿玩。这是在暗示我，以后不要带外人过去呢。”

任时佳逗弄着林岑，漫不经心道：“我也不愿意搅和进她们这些事情里，这下最好了，落得个清净。”

任瑶期闻言一笑，坐到任时佳身边与她一起戳林岑吐出来的泡泡，不再谈刘氏的事情。

下午，任瑶期应约去了燕北王府。

萧靖琳依旧在外头等着任瑶期，见了她就道：“我还以为你今日也不来了呢。”

任瑶期笑着上前挽住萧靖琳的手臂，跟着她往王妃的九阳殿走，小声在她耳边道：“我当然要来，不然郡主弹琴又要偷懒了。还有昨日，多谢郡主帮忙。”

昨日方夫人和任瑶英没有去苏家而是来了燕北王府，是因为任瑶期给萧靖琳捎了信，让她帮个忙。不过方夫人等了半日，最后还是没有见到王妃。

萧靖琳摇了摇头，对昨日的事情并不在意，只道：“我可没有偷懒，先生说我琴艺大有进步，一日千里！”

萧靖琳表情认真。

任瑶期扑哧一笑，戏谑地睨了她一眼：“那正好，我一日没听你弹琴了，看看有没有千里之别。”

两人正说说笑笑地往九阳殿走，半路却被一个丫鬟拦住了，萧靖琳看着那丫鬟就是眉头一皱。

“郡主，老王妃请您去一趟寿安殿。”

“祖母可有说找我何事？”萧靖琳恢复了面无表情的模样，刚刚的鲜活神色仿佛只是别人的错觉。

丫鬟低头道：“奴婢不知，老王妃只是让奴婢来请郡主。”

萧靖琳不再多言，转头对任瑶期道：“我去去就来，你先去九阳殿等我吧。”

任瑶期正要答应，不想丫鬟却道：“老王妃请任家小姐与郡主一同去。”

萧靖琳看了那丫鬟一眼，又看向任瑶期，皱起了眉头。

任瑶期忙笑道：“一直没有机会拜见老王妃，我与郡主一起过去吧。”

她最近几乎日日来燕北王府，有时候是上午，有时候是下午，每次都在九阳殿，从来没有见过老王妃，也没有见过那位云太夫人。王妃和萧靖琳都没有让她去给老王妃请安的意思，她自己自然不会多事。

萧靖琳没有再说什么，带着任瑶期绕过九阳殿，往寿安殿走去。

快到寿安殿的时候，萧靖琳在任瑶期耳边轻声交代道：“等会儿见了我祖母，你尽量少说话，少说少错。若是有不好回答的，你也别怕，我会帮你答。”

任瑶期闻言，心中不由得升起一股暖意，看着萧靖琳点头一笑。

寿安殿的规模比九阳殿要小一些，却很气派，也坐落在王府的中轴线上。

任瑶期跟着萧靖琳进去的时候，殿中已经坐了几个人。

老王妃坐在上首，穿着一件泥金色底子万字不断头镶边绣百鸟朝凤纹的通袖褙子，虽然上了年纪，皮肤却保养得很不错，十分白皙，只是气质有些威严，看上去不好亲近。

坐在她下手的是一位面容与老王妃有几分相似的妇人，三十岁左右的年纪，一身大红色十样锦妆花褙子富丽堂皇，明艳的颜色与她的容貌气势相得益彰。无论是容貌，还是举手投足，都与老王妃有些相像，让人不得不相信再过个二十年，她定又是一个活脱脱的老王妃。这位妇人就是老王妃的独女，宁夏总兵吴萧和的妻子。

而依着老王妃坐的身穿紫色衣裙的少女是曾经与萧靖琳大打出手的吴依玉，此时正似笑非笑地看着萧靖琳。

任瑶期跟着萧靖琳上前行礼。

“听说琳儿最近在练琴？练得如何了？”吴夫人看着萧靖琳，笑着问道。

即便吴夫人的笑容已经刻意表示亲近，却总还带着些纡尊降贵的味道。

萧靖琳淡声道：“还在练，弹得不好。”

吴夫人看着老王妃笑：“我就说回来这么久了，也没见着琳儿几回，怪想她的。”

老王妃看了萧靖琳一眼："别说你没见着她几回，我想要见她也是难。每次还要三催四请的。"

吴夫人在一旁笑："母妃说笑了，我瞧着琳儿是个孝顺的。前日依玉还在云太夫人那里见过她一回。"

任瑶期看了萧靖琳一眼，见她面不改色地站在那里，当没有听到这些夹枪带棍的话。

老王妃冷笑一声，转过头去喝茶。

吴夫人的视线转到任瑶期脸上，笑道："哟，这丫头长得倒是水灵。不过……瞧着怎么有几分眼熟？难不成我以前还见过？"

老王妃也朝任瑶期看过来，若有所思道："她年纪比玉儿还小，你哪里见过了，不过是与你见过的人面容有些相似罢了。你就是废献王的外孙女？"后面一句话是对着任瑶期问的。

任瑶期微微低头："是的，老王妃。"

老王妃转头对吴夫人道："你幼时，我曾带你去京都给先皇祝寿。那时候你年纪还小，想必是不记得了。"

吴夫人稍作回想，便恍然大悟："您不说，女儿倒是忘了。"她的目光在任瑶期身上转了一圈，别有深意地道："这么瞧着，还真是与那人有几分相像呢。"

任瑶期虽然站在那里装哑巴，心里却跟明镜儿似的。

这对母女说的人应该是献王的生母，她的曾外祖母，宛贵妃。

老王妃是先皇的女儿，与她外祖父献王是兄妹，自然是见过宛贵妃的。

吴依玉坐靠在老王妃身上，狐疑道："外祖母、娘，你们在说谁？她与谁长得像？"

老王妃摸了摸她的头，目光柔和许多，笑道："说了你也不认得，外祖母带你娘回京的时候，她也就是你这般大。"

吴依玉噘了噘嘴，在外头强势泼辣的少女，这会儿瞧着也有几分娇憨："那你们什么时候也带我去京都玩？"

吴夫人在一旁笑骂："你去京都做什么？娘当初去京都，还是奉了先皇圣旨的。"语气带着几分矜傲。

老王妃对吴夫人道："好了，你不是有话要问琳儿？"

吴夫人想起正事，也不与女儿说笑了，转头看向萧靖琳，一边对老王妃道："母妃，您瞧孩子还站着呢。"

老王妃摆了摆手，让萧靖琳与任瑶期坐下，任瑶期跟着萧靖琳坐到她下手。

"琳儿回来也有好些日子了吧，以后会在云阳城里常住吗？"吴夫人想了想，笑着问道。

萧靖琳看了她一眼，淡声道："靖琳会听从父王安排。"

吴夫人喝了一口茶，笑容愈发和煦："说起来琳儿年纪也不小了，又是个女孩子，还是跟在父母身边比较好。边关都是些粗野的汉子，你年纪小的时候倒也没事，年纪大了还总往那儿去，以后名声可怎么办？"

萧靖琳闻言面不改色，想了想才点头道："多谢姑母关心。说到粗野的汉子……也不光嘉靖关有，宁夏那种地方也不少。姑母与表姐能在宁夏待这么些年，且名声还好好的，靖琳自然也不会怕。"

"放肆！"老王妃冷了脸呵斥道，"你怎么与长辈说话的！"

吴夫人的脸色也很难看，吴依玉一双眼睛像是刀子一样射在萧靖琳脸上，脸色阴沉。

萧靖琳看了她们三人一眼，弯了弯嘴角："对不起，姑母。我自幼在边关长大，说话比较直，您别与我这个晚辈计较。不过我想，您应当明白我的话与您说的话一样没有恶意才对。"

吴夫人深吸一口气，脸上强露出一个微笑："你明白姑母是好意就好。"她也不想再在这个问题上与萧靖琳纠缠。萧靖琳平日里看上去不声不响的，一张嘴却实在是厉害得很。

"琳儿，姑母这次回来燕北是因为之前王爷曾给你姑父送了一封信，你可曾听说过？"

萧靖琳摇了摇头："不知，父王没有与我提过。"

吴夫人笑道："哦？我可是听说王爷对你这个女儿信任得很，还允许你像你二哥那样进出书房。你也知道，世子远在京城，你父王身边只有你二哥一个儿子，偏偏他的身子又……"

萧靖琳皱了皱眉，直接道："姑母想问什么不妨直言。您绕一大圈子，我怕我听不懂。"

她最讨厌这种试探来试探去，半天说不到点子上的说话方式。若不是在座的是她的长辈，她早就走了。

吴夫人面上一抽，忍着脾气道："王爷在信上说，近期会去一趟宁夏。因信中没有写明确日子，便让我回来问一问，等我回去了好早做安排。"

其实吴夫人想问的是，燕北王曾有意让一部分燕北军并入宁夏，但是这么久了，也不见燕北这边有动静，所以吴夫人这次回娘家其实是来探听消息的，想得燕北王一个准信，这样她回去之后也好向夫家交差。

萧靖琳一脸疑惑道："父王要去宁夏？我怎么不知道？"

吴夫人深吸一口气："你父王不是一个人去宁夏，你想想看，有没有听他提起过？"

萧靖琳讶异道："姑母为何不直接去问父王？"

不想吴夫人一听萧靖琳提起这个就来气，她回娘家不久，燕北王就离开了，一直没有回府。她打听了许久，也不知道燕北王去哪里了，只能在娘家干等。

吴夫人也曾想要从萧靖西那里入手打听消息，可是萧靖西是什么人？吴夫人能从他那里占到便宜就怪了。

最后实在没有法子，只有将目光投向这个侄女。

可是现在看来，萧靖琳也不是省油的灯。

这时候老王妃冷着脸插嘴了："琳儿，问你话的是你的嫡亲姑母，她问你什么，你就老老实实答什么。一家人，你还防备什么？别让外人看了笑话。"

萧靖琳点了点头，低声道："是，祖母，孙女知道了。"态度良好。

想了想，萧靖琳回答姑母的上一个提问："父王没有向我提起过要去宁夏的事情，也没说其他什么人要去宁夏，姑母是不是会错意了？"

"会错意？"吴夫人抓住萧靖琳话里的关键词，忍不住道，"军中也……"

萧靖琳立即打断道："姑母，您是我嫡亲姑母，您问什么我答什么，不过也仅限于家事。军中之事就算是国事了，我若是信口开河，就不是别人看我笑话这么简单了。您向来通情达理，想必会明白侄女的苦衷。"

任瑶期却在吴夫人说出“军中”这两个字的时候，电光石火之间明白了吴夫人遮遮掩掩地想要打听什么事情。

从前，燕北王府为了应付朝廷削减燕北军，将一部分燕北军调入了宁夏。当时恰遇党项族为了与宁夏边境的居民争抢牧草资源与马匹，与宁夏军队发生了几场战事，因此燕北军入宁夏也就顺理成章。

不过这一回，因为她给萧靖西出了个主意，一部分燕北军被打散养在寺庙，上次听祝若梅的意思，大致已经安排得差不多了，那么就没有宁夏什么事情了。

不过很显然，宁夏方面不愿意“哪里凉快哪里待着去”，所以萧微回娘家来探听虚实。

萧微被萧靖琳一通抢白，脸色十分难看。吴依玉抬着下巴冷笑着道：“萧靖琳，你在我们面前摆什么少将军谱？少拿军中那一套规矩来压我娘，你当我就没进过军营？别人都打到家门口了，还不许人议论几句？”

萧靖琳看了吴依玉一眼：“什么别人打到家门口了？”

吴依玉鄙夷地看了萧靖琳一眼：“我不信你没接到消息，前几日党项族抢了我们好几个马场！”

“玉儿！”萧微皱眉打断女儿的话，想了想，看向任瑶期，“任小姐先出去吧。”

萧靖琳看了任瑶期一眼，也跟着起身：“我也先回去了。”

“我准你走了？”老王妃冷冷地道。

萧靖琳站在那里没有动，许久才转头对任瑶期轻声道：“你去九阳殿等我会儿，我一会儿就去。”

任瑶期点了点头，半句废话也没有地走了。

任瑶期一边走一边想，老王妃这对母女让她跟来是想做什么？她们只是单纯满足一下好奇心，然后得出一个她与宛贵妃长相相似的结论？

可真够闲的。

不过刚刚吴依玉提到党项族争夺马场的事情……她之前一直以为，从前是燕北王府与吴家商量好的，来一招引狼入室，好给燕北军一个西调的借口，现在看起来，燕北王府未必就参与了这件事情。

不过若说纯粹是党项族人来得巧合，她却是不信的。

那么就有可能是吴家单方面使诈求兵了？

而在宁夏拥有好几个大马场的苏家，在这件事情里又充当了一个怎么样的角色？

任瑶期从寿安殿里出来之后，候在外头的红缨便迎了上来。

听说郡主被老王妃单独留下后，红缨便一边领着任瑶期往九阳殿去，一边想着是不是要去通知王妃一声，让她来接郡主回去。

红缨倒不怕郡主吃什么大亏。萧靖琳平日里虽然冷冷的，不怎么喜欢说话，却不是个会吃亏的。红缨怕的是郡主忍无可忍不愿意忍了，然后让王妃吃亏。郡主被逼急了可以不管不顾躲回嘉靖关去，王妃却是要待在王府里的。

之前去寿安殿的时候还不觉得，出来以后任瑶期才发现，寿安殿更像是南方的庭院，里面装饰用的花花草草颇多，殿后好像还有些假山奇石。

而出了寿安殿之后，一眼望去，所看到的建筑更加庄严宏伟，处处都是合抱粗的大树，常常抬头看不见天空，只见苍郁的枝叶。

前面的绿荫下突然缓缓走过来一人，斑驳的树荫投射在他身上，让他的身体几乎都淹没在暗影里，让人看不清楚他的容貌。可是这人举手投足之间却能轻易地将别人的目光吸引过去，想要忽视他都不可能。

这世上，有人天生就是发光体。

任瑶期几乎在看到来人的同时就认出来了。等走近了，那人清俊的容貌终于清晰了。

任瑶期敛眸屈膝行礼："萧公子。"

萧靖西停下步子，看了任瑶期片刻，颔首微笑："靖琳还在寿安殿？"

"老王妃和吴夫人似乎想要问郡主什么话，我便先出来了。"

萧靖西并不意外，微笑着道："哦？问的可是燕北军务？"

任瑶期闻言下意识地留意周围一眼，萧靖西是独自来的，她身边只跟着苹果和红缨，难怪他问得这么直接。

想了想，任瑶期道："吴姑娘提到了党项人入侵，这是家国大事，我不便在场，吴夫人便让我出来了。"

萧靖西若有所思，然后随意道："前些日子西境打了几场小仗。"

说到这里，萧靖西话语一顿，看向任瑶期笑道："我姑母怕是回来借兵的，依你看燕北王府当不当应？"

任瑶期忍住翻白眼的冲动，军队都被你藏得差不多了，显然你自己也是不愿意借的，这会儿却偏要装模作样地来不耻下问。

"萧二公子说笑了，我不过是个见识浅薄的闺中弱质，不懂这些。"任瑶期面色不变地道。

萧靖西似笑非笑地看了她一眼，倒也不再为难她。

"我去带靖琳回来。"萧靖西往旁边移了一小步，让任瑶期先行。

任瑶期行了一礼，在擦肩而过的时候步子一顿，转头轻声道："萧公子，听说这次党项人入侵，宁夏不少马场都遭受了损失，不知道苏家的几个马场如何了？"

萧靖西闻言眼中的讶异一闪而逝，随即缓缓笑了，看着任瑶期道："苏家倒是没事。"

任瑶期点了点头，犹豫了一下才道："听闻吴夫人与苏家大太太关系颇好。"这一句她说得很轻也很慢，语气却是笃定的。

萧靖西没有说话，看着任瑶期的目光却别有深意。

任瑶期与他对视一瞬，萧靖西漆黑明亮的眸子里似是含有某种魔力，能将人吸进去一样。

任瑶期先行转开眼眸，点了点头，径直走了。

萧靖西看着她的背影，眼中的神色让人看不分明，忽而他摇头失笑，轻声喃喃道："这世上怎么会有这样的……"

最后的几个字极轻，消散在唇舌间。

任瑶期走得远了，远离萧靖西的视线才突然脚步一顿，呼出来一口气，然后没有回头，继续前行。

她刚刚暗示萧靖西吴家与苏家有勾结，这次党项人入侵有可能与苏家有关系。

任瑶期知道自己这样做冒险了，这样的事情根本就不是她一个女子可以置喙的。可是她必须借助萧靖西的力量来压制将来有可能会进驻宁夏并与苏家勾结的曾潜。

任瑶期回到九阳殿不久萧靖琳就回来了，对于吴夫人留下她的事情，萧靖琳没有多提，练琴的时候倒是与平常一样很认真。

因最近王妃让萧靖琳跟着自己身边的管事嬷嬷学一些庶务，任瑶期从燕北王府离开的时候天色尚早，谢绝了萧靖琳为了躲清闲送她出门的提议。

从九阳殿里出来后，任瑶期正好与一行人撞上。

吴依玉带着几个丫鬟婆子从另外一条道上匆匆转出来，瞧着也是想要往外殿去的。任瑶期见到她便停住步子，让她先走。

吴依玉从她身边走过的时候停顿了一下，神情倨傲，任瑶期笑了笑，低头立在一边。

吴依玉冷哼一声，便又趾高气扬地走了，好像是有急事，没有空为难她。

任瑶期并不在意她的态度，故意放慢步子，等她走远了才跟在她身后出去。

走到停马车的地方，任瑶期不由得一顿。

她看到前面不远处的吴依玉，而与吴依玉站在一起的还有云家两兄弟，云文廷和云文放。

任瑶期已经有些日子没有见到云文放了。前阵子云文放曾经派人给她送过一次东西，不过还没有报到她面前就被严防谨守的香芹给挡了回去。号称小姐们面前第一丫鬟的香芹时刻谨记着自家小姐派她来五小姐身边的目的，尽职尽责。任瑶期也就配合地当作自己什么也不知道，甚至没有问送的是什么。

任瑶期想了想，还是决定装作自己没有看到人，想要上马车，不想那边云文放早就注意到她了，在她上马车前出声道："任五小姐，请留步。"

任瑶期叹了一口气，突然有些想念香芹。

云文放一边说着，一边走过来。他练过功夫，所以步子很快，任瑶期想要装作没有听见都不行。

最后只能放开丫鬟的手，屈膝行礼："见过云公子。"

云文放打量她几眼，弯唇一笑，语气却带着几分冷意："我不叫住你，你是不是就要当作没有看到？"

任瑶期低头道："云公子言重了。"

云文放缓缓往前走了两步，离着任瑶期仅仅一步之距。任瑶期下意识地想要后退，云文放看到她的动作冷笑着道："你后退试试！"

任瑶期衡量了一下形势，想着云文放的性子，最后还是强忍着没有往后退，只是侧过身子，让自己与云文放不再是面对面，用侧脸对着他，以免别人看到他们的样子觉得暧昧。

云文放斜睨着她，轻哼一声："我送你的画怎么不收？"

任瑶期这才知道云文放上次送给她的是一幅画。

"那是我好不容易让人找到的吴轻鸿的真迹，你不是很喜欢他的画吗？"云文放说着说着就有了火气。

想他云二少爷什么时候刻意放低身段去讨好过别人？任瑶期是头一个。

这种事情云二少爷没有做惯，以前也不屑去做。不过他上次与兄长出去喝酒的时候，听到邻桌几个年长的男子说，女人都是要哄的，平日里要投其所好，送些东西。

云二少爷那日回府之后想了一夜要送什么才能让任瑶期喜欢，金银珠宝这些俗物云二少爷自然是不屑送的，最后想起来自己在任家小住的时候曾经听下面的人说，任三爷和任五小姐托人四处搜集前朝画师吴轻鸿的画。

云二少爷第二日就托了他大哥去找画，最后还是借着他父兄的面子从一位叔伯那里死乞白赖买来的。

可是他没有想到，自己兴冲冲地让人给她送画，最后送画的人连任瑶期的面儿也没有见着，还被她的丫鬟奚落了一顿。

云文放气了个半死，觉得任瑶期这丫头太不知道好歹了。他毕竟是个要面子的，拿热脸贴了冷屁股之后也就不再给任瑶期送东西，想着任瑶期或许会反省自己，然后找他道歉。

可惜理想是美好的，现实却惨不忍睹。云文放没有再见到任瑶期，倒是听说任瑶期每日都往燕北王府跑，这下子他坐不住了。

任瑶期看着云文放盯着她的目光中情绪变幻莫测，明白这位少爷心里不太爽快。任瑶期头疼得紧。

正要说什么，云文廷和吴依玉走过来了。

任瑶期借着给他们见礼的机会，悄悄往旁边移了一步。

云文廷礼貌地微笑点头，吴依玉一改自己平日里刁蛮跋扈的作风，站在云文廷身边一副温良恭俭让的模样，脸上也红扑扑地带着些羞涩。

不过在看到任瑶期和云文放的时候，吴依玉还是若有所思地来回打量了两人几遍，只不过没有开口说话。

任瑶期正想着要怎么脱身的时候，苹果站了出来，低着头面无表情道：“小姐，姑奶奶还有急事找您呢。”

任瑶期忙顺着杆子道：“家中还有急事，我先回去了。”说着又屈膝行了一礼，转身要走。

不想云文放脚步一移，堪堪挡住任瑶期的去路，也不说话，只是冷冷地看着她。

任瑶期皱了皱眉，也有些生气了，深吸一口气，正要说话，后面却响起一人略带着笑意的声音：“听说子睿和子舒来了，王妃等了许久也不见人，便让我出来瞧瞧，原来你们在这里。”

任瑶期转头，便看见萧靖西站在他们身后不远处。

见她看过去，萧靖西的视线在她身上微微一顿，然后转开眼笑着对云文廷道：“王妃和靖琳都在九阳殿等着。”

云文廷上前来与萧靖西见礼，笑道：“正要进去呢，让姑母久等了，是我与子舒的不是。”

萧靖西与云文廷寒暄了几句，请云文廷进内殿。见云文放站在任瑶期面前不动，萧靖西转过头来微微一笑：“子舒？”

云文放看向萧靖西，正要说什么，却被云文廷打断了：“子舒，你刚刚不是还说想念王妃小厨房里的糕点了？”看着云文放的目光却含着几分警告和严厉。

云文放抿唇看了任瑶期一眼，握了握拳，最后还是让出了路，跟上云文廷。

吴依玉走到任瑶期身边的时候还看了她好几眼，眼神中含着怀疑和审视。任瑶期面不改色地笑了笑，礼貌地点了点头。

等他们一行人都离开了，任瑶期才扶着苹果的手上了马车。马车帘子一放下来，任瑶期脸上的笑容就渐渐淡了，眉宇间显露出几分疲惫。

任瑶华在别院里将养几日，脚上的伤便好得差不多了。任瑶期和任时佳之前去探望过她一次，这一日任瑶期趁着无事独自去别院看她的时候，任瑶华已经能自己走路了。

见任瑶华走路的姿势已经与之前无异，任瑶期不由得松了一口气："我还在想，若是等到千金宴你还不好可怎么办。"

任瑶期自己对千金宴没什么想法，却希望任瑶华能顺利参加。任瑶华已经到了说亲的年纪，任瑶期希望任瑶华能摆脱从前的命运，找到合适的婆家。

"摔倒的时候芜菁拉了我一把，所以伤势并不严重。离千金宴不是还有四五日吗？"任瑶华不在意地道，一边招呼任瑶期进屋去坐。

"你来的时候衣裳和首饰都准备好了吗？"难得今日天气好，任瑶华的脸色看着也不错，任瑶期便与她拉起了家常。

任瑶华摇了摇头："祖母正在找人赶制，说等过几日将我们姐妹的衣裳头面送过来。"

任瑶期倒是多虑了，对于这次任家姑娘们能参加千金宴，任家也是极为重视的。老太太一回去就开始张罗着给几个孙女准备行头。

这时候，一个小丫鬟进了屋，禀报道："三小姐、五小姐，九小姐派人来问你们要不要与她一同出游。"

任瑶期不解地看向任瑶华。

任瑶华冷笑一声，对任瑶期道："之前也不见她这么热情，倒是我这几日伤了脚，她来请我出游了。"转头对丫鬟道："没空，不去！"

丫鬟闻言正要退下，任瑶华眼眸一转却又改了主意："等等，今儿天气不错，既然九妹妹诚心相邀，我和五妹妹就给个面子吧。”

丫鬟虽然不知道为何三小姐突然又改了主意，不过碍于三小姐平日里的威势，她在任瑶华话音刚落的时候就立即应声，急忙出去回话。

任瑶期惊讶道：“三姐，你真要跟她们出门吗？”

任瑶华看了任瑶期一眼：“去啊，为何不去。不去不是糟蹋了她的心意？”

任瑶期无奈地道：“三姐，你的脚才好，还是再养养的好，何必与她争这一时之气。”

任瑶华瞪了任瑶期一眼：“谁赌气了？我在别院闷了这么些日子，就不能出去走走？等回了白鹤镇，要出门就难了。”

任瑶期原本还想要劝劝她，可是听了这句话，又说不出来什么了。任瑶华毕竟也还是十几岁的孩子，平日里再沉稳要强也正好是爱玩的年纪。从前她被设计在任家失了宠，常年被拘在院子里，很少有机会出门。

于是任瑶期也不再劝了。

任瑶华换了一身银红色二色金绣百蝶穿花纹的短袄，配上一条银灰色襕裙。任瑶华容貌明艳，肤色白皙，无论什么红色穿在她身上都极好看。这身衣裙一上身就让人觉得眼前一亮，移不开眼。

任瑶期由衷地赞叹：“这身很配你。”而后忍不住促狭着打趣，“难怪你一定要出门，这么好看，不穿出去与人比比实在是浪费。”

任瑶华冷着脸走过来，然后趁着任瑶期不备伸手在她头上狠狠一敲，接着便绕过任瑶期径直往外走。

任瑶期捂着自己的头一呆，许久才反应过来，自己又被打了。

任瑶华走到门口才转过头来，骂道：“还愣着干什么，走啊！”

任瑶期回过神来，气道：“三姐，你怎么又打我！我要告诉母亲！”

任瑶华满脸鄙视地看了任瑶期一眼：“瞧你这点出息。”然后不等任瑶期就趾高气扬地走了。

香芹和芜菁两人一边回头看任瑶期，一边捂着嘴乐。

任瑶英见到任瑶华和任瑶期出来，不管心里是怎么想的，迎上来的时候还是带着笑的。

“三姐姐脚终于好了，这下我也放心了。”

任瑶华瞥了她一眼，扯了扯嘴角道："多谢挂心，不是要出游吗，走吧。"

方夫人已经坐上马车，方曙舟候在马车旁，身边还跟着个牵马的小厮，瞧着似乎要骑马出行。见任家姐妹来了，便上前见礼。

因为任瑶华是临时要来的，之前并没有给她准备马车，而现在再准备又显得任瑶英去请人虚伪。好在方夫人的马车很大，所以任瑶期和任瑶华与任瑶英一起上了方夫人的马车。

方夫人见两人上来，笑着与她们寒暄了几句。任瑶期察言观色，看出来方夫人有些心不在焉。

看来，这次的燕北之行并没有方夫人想的那么顺利，任瑶期不由得微微一笑。

任瑶期猜得并没有错，方夫人最近确实不怎么顺利。

林三太太那边自上次的事情过后就不愿意见她，送礼过去也不收，还说什么无功不受禄，收了让人误会。袁长史那边自然也搭不上线了。

再就是燕北王府那边，她之前在自己的手帕交的引见下见过燕北王妃一次，当时燕北王妃还与她说了几句话，问了她一些家常，她看得出燕北王妃对她的印象还不错。

可是自那以后她就没有机会再见王妃的面了，让手帕交在王妃那里探了探口风，也没有探出来什么，上次好不容易燕北王府那边有消息来说王妃有可能愿意接见她一次，不想等了大半日还是没有见到人。

至于燕北其他的高门大户，平日里她上门拜访也是亲亲热热的，愿意与江南方家来往，但是人脉要经营起来也不是一朝一夕的事情，若是她相公最后不能来燕北，这些人情以后也就慢慢淡了。

眼见着离回去的日子越来越近，相公已经来了好几次信，这里却还是没有什么进展，稳重如方夫人也不由得有些着急了。

那边，任瑶英正细声与任瑶期说话："五姐姐来云阳城也有些日子了吧？有没有去过日月泉？"

任瑶期摇头："听是听说过，倒是没有机会去。听说云阳城的人到了冬日很喜欢去附近的庄子上避寒，可惜我们来云阳城的时候已经是夏日。"

日月泉是云阳城城外的一处温泉，有不少人家在日月泉周围建了别院，并将日月泉的泉水引入，冬天那里也比较温暖。

任瑶英笑道：“我们今日就是去日月泉呢，周太太有一处陪嫁庄子恰巧在那附近，所以特意邀了表婶。其实那里不只是冬日里的好去处，夏日去游玩也别有一番滋味。”

周太太就是刘氏的手帕交，周太太的夫君在燕北王府当一名书记官，虽然只是一位没有品级的小官，却因为能在王爷的书房里露一露脸而有些体面。

日月泉附近寸土寸金，周太太的陪嫁庄子并不大，且离着日月泉已经有些远，不过这庄子也是她娘家给她的难得的体面。

马车在庄子前停了，早有婆子等在门口，见刘氏带着任家姐妹们下车便迎了上来，领着她们进去。

这位周太太就是上次任瑶期在燕北王府看见的与刘氏一起去见燕北王妃的那位夫人，年纪与刘氏差不多，容貌却比刘氏要秀美许多，说话的时候有一种江南水乡女子特有的温柔。

燕北的女子不太愿意远嫁江南，不过燕北的男子却喜欢娶南边的女子。别的不说，温婉柔情这一项就比较讨男子的喜欢。

周太太有一个儿子和一个女儿，恰好年纪与方曙舟和任瑶英接近，四个孩子之前应该已经见过好几次了，一见面就十分熟稔地聊到一起。任瑶期和任瑶华上前去与周太太见了礼之后就坐在一旁，插不进什么话。

周太太与她们说了几句话，叫丫鬟上前来伺候茶水，然后就找了个由头与刘氏去旁边屋里说体已话，让自己的一双儿女招待她们。

周太太的儿子周汶是个健谈的少年，生得也算是一表人才，与方曙舟在一起都是他在说话，方曙舟听着。

这个年龄的少年正处于尴尬的年纪，见到同龄的女孩子，尤其是接触过几次的长相出色的同龄女孩子，总会生出些朦朦胧胧的心思。

周汶一边与方曙舟说话，一边偷偷地往任瑶英脸上瞧，时而还会看任瑶期和任瑶华几眼。

平心而论，任家的几个女孩儿长相都很不错。任瑶华明艳，任瑶英娇弱，任瑶期清丽，站在一起让人瞧着十分养眼。

任瑶华性子傲气，感觉到周汶的视线之后有些恼怒，不过更多的是不屑。

而在任瑶期眼中，周汶只是个乳臭未干的孩子，所以她根本就没有在意。

倒是任瑶英，可能之前就已经隐隐感觉到了周汶对自己有些心思，有些羞恼，又有些说不清道不明的欣喜，脸上便带了些红晕，在与周家小姐周蓉说话的时候就有些刻意的矜持。

周蓉长得也是清秀可人，性子活泼开朗，拉着任瑶英在一边叽叽喳喳地小声说话，脸上笑出了一对深深的酒窝。相对于对任瑶英的热情，她在面对任瑶期和任瑶华的时候就有些冷淡，不过是在刚见面的时候当着周太太的面打了声招呼，然后就不怎么搭理了。

任瑶华和任瑶期怎么会看不出来周蓉是想要给任瑶英出头，两人倒是不怎么在意，一边喝茶，一边自己聊着。

虽然受了冷遇，不过任瑶华今日的心情倒是没有受到影响，可能是因为脚伤在床上躺了几日，今日第一次出门游玩的缘故。

因为天热，任瑶华早上没有胃口，吃得很少，来到日月泉又是一番车马折腾，便有些饿了。她也不肯委屈自己，周家丫鬟端上来的一道点心松子百合酥很合她的胃口，便就着茶水吃了两块。

那边周蓉突然出声道："瑶华姐姐喜欢吃松子百合酥？这道点心是我们云阳城如今最有名的点心铺子福满楼里的招牌点心之一呢，瑶华姐姐如果喜欢，等会儿我便让人给你收拾一匣子带回去如何？"

周蓉的语气虽然很柔和，却带着一股子优越感，就跟暗讽任瑶华没有见过世面一样。

不过任瑶华经过任瑶期几番明里暗里的调教，虽然离圆滑隐忍还差一大截，却也不是以前让人一挑衅就暴躁的性子了。

加上她今日心情颇佳，又在别人的地盘上，因此在面对周蓉的挑衅的时候忍了下来，只是弯了弯嘴唇，不冷不热地道了一声："那多谢周小姐了。"

周蓉平日里应该也不是个尖酸刻薄的人，见讨了个没趣也就继续与任瑶英说话，不搭理她们。

倒是任瑶华趁着拿帕子擦手的机会，小声对任瑶期道："看来平日里九妹妹没少在别人面前提我们啊。"

任瑶期闻言笑了笑，也刻意小声道："那又如何？若是我的话，就不会与那些背后道人不是的人深交。她能在我面前道别人是非，焉知不会在别人面前非议我？聪明的人都明白这个道理，所以她能结交到的不是心术不正的，就是愚蠢无脑的。你还担心什么？”

任瑶华闻言仔细琢磨了一下任瑶期的话，而后露出一个明艳的笑容：“你这话说得还真的不错，看来我以后不能在外面说她不好了。”

任瑶期眨了眨眼：“这是自然，你是我们的长姐，在外人面前只能说我们的好话，处处护着。对九妹妹这个年纪最小的幼妹，更是要夸得天花乱坠才对。”

任瑶华斜睨任瑶期一眼，眼中却带着笑意，心领神会。

一个逮着机会就说长姐不是的妹妹，和一个处处为妹妹说好话的姐姐，谁更有心胸，明眼人一看就明白，根本就不需要任瑶华为自己辩护。

那边周汶被任瑶华脸上突然绽放的明艳笑颜晃了眼，有些愣怔。

任瑶英不小心瞧见了，心下便有些不悦。

任瑶英也不是看上了周汶，只是周汶是第一个对她表示好感的同龄少年，长得也不差。前几次见面的时候，他没少在她面前刻意表现，且愿意处处捧着她，很好地满足了任瑶英的虚荣心，这种感觉是任瑶英以往十几年都没有体会过的。

现在她见周汶的视线被任瑶华吸引了去，就好像属于自己的东西被别人抢走了一样，何况还是她处处喜欢与之攀比的嫡姐。

于是任瑶英破天荒地对周汶道：“周家哥哥，听蓉儿姐姐说这庄子附近的景色极好？”之前周蓉就与她说过，来庄子上可以让她哥哥带着她们四处走走，她这话是暗示自己想要出去瞧瞧。

周汶见任瑶英主动与他说话，立即转移了注意力。他本就算得上是个机灵的少年，闻言眼睛一亮，立即道：“是啊，尤其是离着我们这庄子大概两里远的一处瀑布。日月泉因在燕北王府别院里头不能进去看，不过这处瀑布还是可以去瞧瞧的。瑶英妹妹若是想要去的话，我这就去与母亲说。”说着就有些期盼地盯着任瑶英，等着她回答。

任瑶英的虚荣心得到了满足，却故意踟蹰片刻，惹得周汶一直紧张地盯着她看，唯恐她说出个“不”字来。

还是周蓉拉着任瑶英道："瑶英妹妹，你难得来一次，我们就去瀑布那里看看？那里不比日月泉的景致差呢。"

任瑶英架子端够了，这才矜持地点了点头："那……好吧，不过如果表姉不同意的话，就算了。"

周汶喜笑颜开，忙道："怎么不同意？我这就去与我娘以及刘姨妈说。瑶英妹妹等着就是。"

任瑶英低头微笑，却在周汶转身要走的时候突然像是想起了什么似的，对任瑶期和任瑶华道："呀，忘记问三姐姐和五姐姐的意思了，若是姐姐们不愿意去，我也不去的。"

任瑶期哪里不明白她的那点小心思，看着她轻声笑了笑。任瑶英被她这一笑笑出些心虚来，脸上有些红。

任瑶华似笑非笑地道："九妹妹想去，做姐姐的怎么会扫兴？如果长辈们同意，那就去吧。"

周汶立即拉着方曙舟去隔壁求自己的母亲。

不多会儿，周汶就兴奋地回来了："母亲和刘姨妈同意了，不过让我们多带些人，我这就去安排，几位妹妹在这里等着。"说着就出去安排了。

周汶有心在任家几位姐妹面前表现，不多会儿就将车马人都安排好了，亲自前来请任家姐妹出去。

这次用了周家的马车，因为路途不远，所以任瑶期、任瑶华和任瑶英、周蓉同乘一辆，周汶与方曙舟骑马护在马车一侧，又安排一些膀大腰圆的婆子随侍在一旁。临行前周夫人还过来交代了几句，见儿子安排得还算稳妥，便也放了心。

这日的天气极好，不算太热，还有微风。同龄人出行，就算关系不像表面上那么和美，一路上也都是高高兴兴的，连任瑶期也觉得这日月泉附近的景致十分优美，从镂空的竹帘窗围里吹进来的风吹散了沉重郁闷的心情。

周汶想要在任家几位姐妹面前表现，挺直腰板骑在马上，还要与方曙舟比即兴赋诗。也不知道他是真的有些墨水，还是出来之前就做过准备，倒真的吟了两首诗，比方曙舟作的一首要出彩一些。

他们在外头声音不小，周汶又是刻意表现，坐在马车里的少女们自然都听见了，周蓉与有荣焉地道：“我哥哥在云阳书院读书，他的先生也经常夸他呢，去年还考了个秀才。”

任瑶英眼神一闪，面带惊讶道：“周家哥哥真厉害，年纪不大就考上了秀才。以后考举人不也是手到擒来？”

周蓉抿嘴一笑，眼中带了些骄傲：“他先生也是这么说的，对他期望颇高呢。不过我爹怕他少年得志会性子轻浮，说让他缓一缓再考，静一静心。”

周蓉不知道是不是看出来自己哥哥对任瑶英有意，一路上都在说周汶的事情。任瑶英面上虽然不显，暗地里倒也听得认真。

马车行得很慢，不过因为路途短，不多会儿就到了。

周汶在外头扬声道：“到地方了，你们先在马车上坐坐，我让人将地方收拾一下，你们再下马车。”

周蓉让丫鬟揭开车帘子，众人就瞧见前面不远处有一处瀑布，如同白练一般从十几丈高的悬崖上溅落，引起一片嘈嘈水声，水汽弥漫。

瀑布下方是一个看不出深浅的水潭，被四周苍郁的绿景映出一片流光溢翠。

周汶让周家的婆子在离着瀑布不远处铺上毡毯，并摆上小几锦杌，茶水点心，十分周到。

对比着性子老实木讷的方曙舟，周汶能干体贴不少。

等到婆子们都准备好了，周汶亲自过来请她们下马车。马车上的少女早已经被眼前的景致吸引。任家姐妹第一次来，也是第一次看见瀑布，心中惊叹不已。

周汶一边殷切地请任家姐妹过去坐，一边与她们介绍这瀑布的景致。

之前他没有机会到任家姐妹面前说话，如今有了表现的机会，自然不肯放过。周汶口才倒是真的不错，也有些学识，出口成章之外还能引经据典，就连性子高傲的任瑶华都听得津津有味，对这个她之前觉得轻浮的少年改观不少。

任瑶英瞧着周汶侃侃而谈的模样，脸上的红晕越发明显，嘴角的笑意也一直不断。周汶见了，心中暗自欢喜，也越发殷勤体贴。

“五妹妹，我们去潭边走走吧？”那边周汶正因为任瑶英提的一个问题侃侃而谈，任瑶华没有什么兴致听，便与任瑶期道。

周汶虽然在与任瑶英说笑，不过作为一个合格的主人，对别的客人他也都时刻注意着，闻言话语一顿，看了看任瑶华和任瑶期，又看向任瑶英：“要不我们一起去潭边走走？”

任瑶英垂了垂眸子，然后带着羞怯的微笑道：“刚下马车，我还有些累……不过三姐姐要走走，我们便走走吧，我也不打紧的。”

她气质本就偏柔弱，这么一笑，语气也软软的，让人忍不住心生怜惜。周汶见了便有些犹豫。

任瑶华看了她一眼，觉得她这副装模作样的姿态与方姨娘像足了十成十，心中便觉得十分厌恶，淡声道：“九妹妹还是在这里歇着吧，可别累出个好歹来。我与五妹妹去走走就是了。”

任瑶英欲言又止地看了任瑶华一眼，神色有些踌躇，又有些歉意。

周蓉立即道：“那我和哥哥以及方家哥哥陪瑶英妹妹，瑶华姐姐、瑶期姐姐请便吧。”

周汶看了看任瑶华和任瑶期，觉得这样让两位姑娘自己去走走，他这个做主人的有些不太合格，不过这时候周蓉瞪了他一眼，而任瑶英又红着脸柔柔弱弱地往他那儿看去，他话到嘴边又咽了下去。

任瑶华受不了他们黏黏糊糊的样子，拉着任瑶期起身，朝周蓉点了点头：“多谢周小姐照顾我九妹妹，我们去走走就回来。”

说完不等周汶再说什么，就拉着任瑶期走了。

第二十三章

救　治

周汶心里过意不去，打发周家的婆子跟着去伺候，任瑶华不领他的情，将人打发回来，只带着自己和任瑶期的几个心腹丫鬟。

周蓉见了，冷笑一声对她哥哥道："让你乱献殷勤，人家可不领情！"

周汶脸上有些尴尬，任瑶英忙笑着打圆场："周家哥哥只是尽地主之谊罢了，哪里有什么错。我两位姐姐怕是有些体己话要说，所以不想让人跟着。我代她们给周哥哥和周姐姐赔礼了，还请两位莫怪。"

周蓉挽着任瑶英的手笑道："你赔什么礼啊，又不是你不好相处，是有些人架子太大，心思太多。有什么话当着人面不能说的？非得要背着人。咱们自己玩自己的，不理她们就是。"

周汶张口想要为任瑶期和任瑶华说几句话，一转眼看到任瑶英垂眸含笑的娇俏模样，不由得失了神，想要说什么也都忘记了。

任瑶华和任瑶期缓步走到潭边，氤氲的水汽迎面扑来，带来一阵令人心旷神怡的凉风。

"这次倒是出来对了。"任瑶华脸上露出一个纯粹的笑容，不同于以往或嘲讽或傲慢或尖刻的笑，倒是带了一丝难得的孩子气般的满足。只是接下来她又加了一句："如果没有一些不知所谓的人就更好了。"

任瑶期不由得轻笑："世上哪有事事顺心？而且这次若不是九妹妹，我们也看不到这里的美景。"

姐妹两人正说着话，突然看见她们之前来的路上有一群人步行而来。

走在前面的是一位小女娃。

小女孩四五岁的年纪，穿着一身杏色素绸褂子，生得玉雪可爱，正努力迈着小短腿往这边跑。她身后一群丫鬟婆子跟着她跑，生怕她摔伤。一个奶娘模样的妇人刻意快步走在她前头，半蹲着身子张开双臂一边倒退，一边面朝着她小心翼翼护着。

"小姐，慢一些，慢一些，注意脚下。"

任瑶期和任瑶华两人皆是一愣，不由得停住话头。等那一行人走近了，便认出来那走在前面的小女娃与她们有过一面之缘。

小女娃跑近了也看到了她们，不由得脚步一收，站在离她们五六步远的地方，咬着手指头好奇地盯着她们。

她似是对任瑶期和任瑶华也有些印象，偏偏又想不起来，眉毛眼睛挤成一团，让人瞧着好笑得很。

香芹瞧着她的样子忍不住笑出了声，接着几个丫鬟都笑了。小女娃扑闪着一双大眼睛莫名就有些委屈，不由得瘪了瘪嘴，却忍着没有哭。

任瑶华转头瞪了自己的丫鬟一眼，丫鬟们立即收了声。

任瑶期笑着弯下身，对小女娃道："你是雷盼儿对不对？"

小女娃闻言眼睛一亮，刚刚的委屈立马不翼而飞，噔噔噔地跑过来，一把抱住任瑶期的腿："姐姐，你认得盼儿？"

小女娃虽然年纪小，却长得肉嘟嘟的，这么一下子扑上来，扑得任瑶期一时不妨倒退一步，好在苹果就站在主子身后，一把将任瑶期扶住，才没让任瑶期摔倒。

任瑶期看着自来熟的小女娃哭笑不得。雷盼儿的奶娘立即上前将雷盼儿拉开，不住地给任瑶期道歉。

雷盼儿一边在奶娘手中扑腾着要往这边来，一边可怜兮兮地看着任瑶期和任瑶华，小猫一样地叫唤："姐姐，姐姐……"

任瑶华皱了皱眉，对奶妈道："让她过来吧，我们是任家的小姐，曾经在林家的满月宴上见过她。"

奶妈听她这么一说也想起来了，林家的满月宴过去也没有多久，上一次雷盼儿也自来熟地爬到了人家身上，扯都扯不走。

奶妈见雷盼儿挣扎得厉害，怕伤了她，只能又将她放下。

雷盼儿立即又跑到任瑶期和任瑶华面前，不过这次她没有一上来就抱腿。

“姐姐，姐姐，盼儿想起来了，你给盼儿剥过花生。”雷盼儿扯了扯任瑶华的裙摆，笑得见牙不见眼。

任瑶华的眼神也柔和起来，伸手摸了摸她的头。雷盼儿乖巧地蹭了蹭她的手，就跟柔软温顺的小动物一般。

任瑶期上前拉住她的小手：“盼儿怎么在这里？”

雷盼儿扑闪着眼睛回答：“盼儿跟着爹爹一起来的。爹爹忙，盼儿就自己玩。”

在场之人想起雷家情形，听到雷盼儿这一句，都有些心酸。

“盼儿真乖。”任瑶期轻轻捏着她柔软的小手，笑着道。

雷盼儿有些羞涩地冲着她笑。

“盼儿要留下来与我们玩吗？”任瑶华见到雷盼儿如此，也不由得有些心软。

雷盼儿闻言，睁着一双大眼睛点头如捣蒜：“要的，要的，盼儿要跟姐姐们玩。”

周汶也看到了这边的动静，特地走过来问了几句，听说是雷家的小姐，逗弄了几句。

没说上几句话，周蓉就在那边叫了起来：“哥哥，你快来，蚂蚁爬到案几上，吓到瑶英妹妹了。”

周汶立即又跑了回去。

雷盼儿探头看了看不远处被蚂蚁吓到的两位千金小姐，皱着小眉头认真问道：“姐姐，蚂蚁也能吓到人吗？盼儿还敢用手捉呢，那位姐姐胆子真小。”

任瑶华原本还对任瑶英和周蓉的惺惺作态有些不快，听了雷盼儿的童言童语，忍不住笑出了声。

“这里湿气重，小孩子怕受不住，我们去那边走走吧？”任瑶期提议道。

任瑶华正看着那几人不爽，闻言立即就同意了。至于雷盼儿，只要两位姐姐陪她玩，哪里她都去。

让婆子过去与周汶说了一声，任瑶期和任瑶华一人牵着雷盼儿一只手，带着她往另外一个方向走。

雷家的丫鬟婆子看上去对这一带并不陌生，非但没有提出异议，还有两个丫鬟主动走到前面带路。

“雷家的庄子在这附近？”任瑶期问一直跟在雷盼儿身边的奶娘道。

“是的，任小姐。沿着这条道再往前走，不到一里路就是我们的庄子。燕北王府的别院也离这不远。”

原来这条路是去雷家别院的，难怪丫鬟婆子们都不着急。

香芹将一个草草编成的花环戴在雷盼儿头上，雷盼儿兴奋地咯咯直笑，奶娘不由得也露出笑容，一边问她们道：“两位小姐要不要去庄子里歇会儿？”

任瑶期摇了摇头：“我们等会儿就要回去，今日就不叨扰了。”雷家庄子里这会儿也没个主子在，冒冒失失地去难免失了礼数，奶娘也就随口那么一说，任瑶期没有当真。

果然，一行人没有走多远就看到了雷家的庄子。雷家的庄子也不大，不过比起周家的要好上许多。雷盼儿说庄子里面有个会冒热气的池子，有一个屋子那么大。

从雷家的庄子前面绕过去，任瑶期正逗着雷盼儿说话，突然从雷家的庄子里头跑出来一个人。

众人不由得停住脚步往回看，正小跑着过来的是一个十六七岁的女子，因跑得急了些，等她到众人面前的时候便有些香汗淋淋，衬得她的肌肤晶莹剔透，白里透红。这姑娘的长相仅仅是中等偏上，倒是一身欺霜赛雪的肌肤有些难得。

这女子穿着打扮比一般的丫鬟要体面许多，甚至比一般人家的小姐都要强一些。不过任瑶期不记得雷家还有十几岁的女主子，难道是雷霆的通房？可是看她的头型，却还是梳的姑娘头，而不是妇人头。

任瑶期正猜测着来人的身份，那姑娘一边叉腰轻喘，一边皱着眉头对奶娘道：“我才走开一小会儿，你就带着小姐跑了。爷再过一会儿就要回来了，到时候若是找不到小姐着急了怎么办？你是怎么当奶娘的！”

奶娘忙赔笑道：“月桂姑娘，小姐她闹着要出去玩，这不正好遇上任家两位小姐……”

名为月桂的姑娘闻言看了任瑶期和任瑶华一眼，速速行了一礼，笑着道：“奴婢替我们家主子多谢两位小姐。我们小姐性子活泼好动，想必给两位小姐添麻烦了。等我家主子回来，定备礼相谢。”

原来是个丫鬟，听口气倒是个能主事的。

同为丫鬟的香芹上前来笑眯眯地答话：“不麻烦，不麻烦，我们小姐与雷小姐很投缘呢，雷小姐非常讨人喜欢。”

月桂闻言又打量一眼任瑶期和任瑶华，寒暄了几句，然后蹲下身对雷盼儿柔声道：“小姐，时候不早了，该回去了，老爷就快回来了。”

雷盼儿噘了噘嘴，偏头对自己的奶妈道：“我不回去，不回去，我要与姐姐一起玩。”

月桂耐着性子温声哄道：“小姐听话，不然老爷回来没看到小姐会生气的。”

雷盼儿做了个鬼脸：“爹爹生气，盼儿就不跟他玩了，盼儿以后就跟着二叔，二叔可好了，什么都会。”

说着她还掰着手指头细数道：“二叔会放风筝，二叔会做竹蜻蜓，二叔会讲故事……对了，二叔院子里的姐姐也比你好看！”

月桂面色一僵，顿了顿，越发放柔了声音，同时还伸手来抱她：“小姐快别闹了，还是跟奴婢回去吧。”

雷盼儿连忙扑到奶妈怀里，不肯出来，耍赖道：“不要，不要，盼儿不回去。月桂姐姐最讨厌了！”

任瑶期忙打圆场：“盼儿，姐姐今日出来得久了，也是时候该回去了，盼儿也早点回去好不好？下次我们再一起出来玩。”

雷盼儿这才偷偷抬头，噘着嘴想了许久，问道：“真的吗？下次你们会来找盼儿玩？”

任瑶期看了任瑶华一眼，任瑶华点了点头：“嗯，你可以来找我们玩。”雷家连个正经的女眷都没有，她们是不好去雷家的。

雷盼儿不懂这些，只想着以后还能与两位姐姐一起玩，又高兴起来。乖乖地让奶娘将她抱起来。

月桂想要上前将她接过去，雷盼儿抱着自己的奶娘不肯撒手，还小大人似的皱着鼻子嫌弃道：“盼儿不要你抱，你身上的香味让盼儿打喷嚏。”

奶娘忙道：“还是我抱着吧，小姐沉了不少，月桂姑娘你抱不动她的。”

月桂看了奶娘一眼，眼中的不悦一闪而逝，却只能对着雷盼儿柔声哄道：“那月桂下次不用熏香了好不好？”

“那好吧。”雷盼儿不情不愿地应道，一边与任瑶期和任瑶华两人挥手道别。

目送着雷家的人走远，任瑶期才收回若有所思的目光，看向任瑶华道：“现在回去，还是……”

任瑶华摇了摇头：“我们再走走，他们想必也不会急着回去。”

任瑶期倒是无所谓，便又陪着任瑶华在附近走了走。这里都是云阳城里有些名望的人家的别院庄子，寻常人不让进来，她们带的丫鬟婆子也不少，倒是不怕。

这样走走停停的大概一炷香的时间，任瑶华终于有些累了，任瑶期又陪她走回去。

不想走回到雷家的庄子前面的时候，却见雷盼儿的奶娘和那个叫月桂的丫鬟带着几个人跑了出来。

“任小姐，你们有没有看到我们家小姐？”奶娘急急忙忙问道。

任瑶期和任瑶华闻言皆是一惊。

“盼儿刚刚不是回去了吗？”任瑶期皱眉道。

奶娘急得脸都白了：“小姐让我们给她抓蛐蛐儿，我一个没留神，她就跑了出来……”

月桂冷声打断她道：“还说那么多废话作甚！还不快去找小姐！平日里仗着小姐让你这个奶娘伺候习惯了，什么事情都不让别人插手，现在好了，连个孩子也看不住！若是小姐有个什么好歹，你就别想要你这条命了！”

奶娘心里虽然着急，却也忍不住为自己分辩：“若不是姑娘你正好把画眉和黄鹂几个丫鬟都叫走了，我们也不至于分不出人手来看着小姐……”

月桂冷笑道：“好啊，还攀扯到我头上来了？你平日里不是不乐意让丫鬟们接近小姐，嫌弃她们笨手笨脚，凡事都要亲力亲为吗？现在又怪丫鬟们看不住人……”

任瑶华在一边听了这么会儿，见她们不急着去找人反而互相指责，推卸起责任来，心里不由得有些为那个活泼可爱的孩子心疼，当即沉下脸色：“都闭嘴！”

任瑶华自幼就能替她母亲当任家三房的主，紫薇院里的丫鬟婆子们没有不怕她的，自是有一番当主子的威严，这会儿脸色冷下来疾言厉色的样子，让知道她脾气和手段的任家丫鬟下意识地低下头，个个噤若寒蝉。

雷家的奶娘和月桂不由得也受到周围气氛的影响，不敢再说话。

任瑶华还记得她们是雷家的人，因此见她们不吵了也只是冷冷地看她们一眼，然后吩咐自己的丫鬟道：“芜菁，你带几个人在这附近找一找，她一个小孩子应该走不太远。”

芜菁立即带着好几个丫鬟婆子分散着去了。

月桂总算想起来是自己家小姐丢了，也忙吩咐雷家的丫鬟婆子去找人，然后才勉强对着任瑶华笑了笑：“多谢任小姐，等我们主子回来……”

任瑶华看都没有看她一眼，叫住正要自己去找人的奶娘：“你们庄子上没有能主事的主子？”

奶娘看了月桂一眼，然后摇头：“今日只有老爷带着小姐过来，老爷临时有事情要忙，现在还没有回来。”

月桂面子上有些挂不住，又不能对任瑶华发火，握了握拳忍住气，脸色都忍白了。

任瑶期看了看四周，然后问道：“庄子里头有没有派人去找？”

奶娘正急得四处张望，闻言一愣：“小姐定是跑出来了，怎么会在庄子里？”

雷盼儿顽皮，之前已经试着偷偷溜出来好几回了，也正因为这样，她才会带雷盼儿出来玩耍，所以当她们发现雷盼儿不见了，第一反应就是雷盼儿偷偷跑了出来。

任瑶期觉得雷盼儿虽然顽皮，却也很聪明。她还是个孩子，这庄子外头连个人影也难见，她跑出来自己一个人也玩不成。

而且这附近视野开阔，没有什么能藏人的地方，一个小小的孩子在这么短的时间里又怎么可能自己跑远？

除非是有人带走了她，或者将人藏了起来。

任瑶期本就喜欢比寻常人思虑更多一些，看出来雷家因为没有个能主事的女主人，这些丫鬟婆子们都有些各自的小心思。

比如这个叫月桂的丫鬟，看上去似乎在主子面前有些体面，一副自己能做得了内宅的主的模样，却总是在言辞中对雷盼儿亲近奶娘而不亲近她颇有不满。

而雷盼儿的奶娘对雷盼儿的感情倒不像有假，却也不太乐意别的丫鬟婆子接近雷盼儿，因为雷盼儿对她的亲近和信任是她在雷家内宅立足的根本。

说白了，任瑶期觉得雷家的丫鬟婆子们不怎么靠得住。她们为了自己的利益而出些幺蛾子再正常不过了。

毕竟一个四五岁的小姑娘要在一群丫鬟婆子眼皮子底下消失，并不是一件容易的事情。

这么想着，她不由得又看了月桂一眼，总感觉这丫鬟对于雷盼儿的失踪其实并不怎么着急。

任瑶期在人前的时候向来是温和的，身上没有任瑶华那种动不动就咄咄逼人的气势，就连她的敌人站到她面前，也不会从她身上感觉到攻击性。

但是月桂在感觉到她的视线的时候不知怎么的有些心头发麻，那一刹那的感觉就像是自己偷偷做了什么事情以为自己能神不知鬼不觉，却没有注意到一直有一双洞若观火的眸子始终盯着自己。

她有些心惊胆战地看向任瑶期，却发现任瑶期早已经转头去与奶娘说话："你带些人去庄子里头找找看吧，我们的人帮着在庄子外头找。"

月桂闻言，心中那种奇怪的感觉又来了，想也不想就拒绝道："怎么好意思麻烦任小姐，奶娘还是走远些找找看，我们小姐向来顽皮，说不定跑到瀑布那里玩去了，奶娘最知道小姐的习性，找起来也容易一些。庄子里头还是我去找吧。"

奶娘被她这么一说，急得不行，小姐若是真的去了瀑布那里，万一不小心掉进潭里可怎么办，可是又不好反驳任瑶期的话。

任瑶华与任瑶期姐妹连心，见任瑶期这么说，也觉得有些不对劲，不由得冷冷道：“都什么时候了，还怕什么麻烦？等找到人，自有你们主子来我们府上道谢。”

任瑶华压根儿没把这个动不动就要代替自己的主子表达感谢的丫鬟放在眼里。

“奶娘若是担心就去瀑布那边看看吧，我们带着人去庄子里找。”任瑶华不想再跟她们废话，直接做主。

任瑶期看了任瑶华一眼，虽说她们这么插手雷家内院的事情有些不合适，不过雷盼儿还没有找到，那么可爱的一个孩子若是就这么牺牲在下人们的争权夺利中，就太可惜了，所以她没有说话反驳。

奶娘闻言立即应声走了，跑得又急又快，差点左脚绊右脚摔倒。

月桂却急得脸上一阵红一阵白，想要拦着这多管闲事的人，又有些怵任瑶华。

任瑶华扫了一眼奶娘留下来的一个小丫鬟：“愣着做什么，还不带路？”

小丫鬟看了看月桂，终究还是抵不住任瑶华身上散发出来的威势，忙走在前面带路。

月桂看着她们的背影，咬了咬牙，快步跟上去，心里又怒又急。

不得不说，任瑶期的洞察力是极好的，普通人想要当着她的面装神弄鬼，基本上不可能。

月桂不满雷盼儿的奶娘久矣。

自从雷太夫人去世以后，雷家内宅就没有名正言顺的女主子。她作为雷霆妻子乔氏的陪嫁丫鬟，雷霆院子里的事情向来是她说了算，雷家内院的丫鬟婆子们也都以她马首是瞻。

原本她想要在雷太夫人去世之后趁机接过雷盼儿的照料权，再找借口将雷盼儿的奶娘打发出去。

她想着只要将雷家唯一的大小姐控制在手中，再想办法让大爷将她收房，以后就算是大爷娶了新妇进门，她在内院里的地位也是无法撼动的。雷盼儿就是她手中最坚不可摧的盾牌。

月桂丝毫没有觉得自己是白日做梦，原本雷太夫人在世的时候就有打算让大爷纳了她。她本是雷盼儿生母乔氏的丫鬟，雷太夫人想着等以后大爷娶了继室，她便能照应雷盼儿。

只是大爷坚持要为妻守孝，不肯收丫鬟进房，雷太夫人只能将这件事暂缓。她原本以为给大爷当妾只是时间问题，却不想还没有等到她如愿，雷太夫人就突然去世了。

雷太夫人虽然不在了，月桂却没有忘记自己是有当姨娘的命的。

可是之后的事情并没有像她想的那么顺利。

雷盼儿的奶娘表面上看着憨厚忠心，却是个极有心计的。

在雷老太太去世第二日，她就利用雷盼儿与她亲爹并不太亲厚的关系，撺掇着雷盼儿住进二爷的院子，不肯回正院。

雷盼儿与她亲生父亲不太亲厚，却与她叔叔雷震感情极好。

月桂原本以为雷盼儿在二爷那里住一阵子就能回去，可是这些日子以来她旁敲侧击地问了好几次，她们都没有要搬回正院住的意思，连大爷也没有提出让女儿回来住。

雷大爷的院子她可以做主，却也没有嫂子的陪嫁丫鬟去管小叔子的院子的道理，所以她管不到跟着雷盼儿住到二爷院子里的奶娘头上。

奶娘便趁着这段时间，让雷盼儿只习惯自己一个人伺候，不怎么肯让别人插手雷盼儿的事情。甚至奶娘还有可能暗中在雷盼儿面前说了月桂的坏话，以至于雷盼儿现在每次看到她都躲，不肯与她亲近。

月桂再也忍不下去了。

这次她好不容易想办法让大爷单独带着小姐来庄子上小住，给大爷和她自己一个和小姐相处的机会，培养一下感情，等回府之后就能让小姐搬回正房。

雷霆虽然带着女儿来到了庄子上，但是他毕竟是雷家的家主，每日里需要亲自处理的事情不少，所以能与女儿在一起的时间实在不多。而月桂依然没有机会接近雷盼儿。

月桂知道自己机会不多了，思虑再三之后，月桂决定在回云阳城之前将雷盼儿身边的奶娘解决掉。

奶娘在雷盼儿身边伺候了好几年，要让她走人不是件简单的事情，除非她失职不适合再在雷盼儿身边伺候。

今日雷盼儿和任瑶期、任瑶华分别后回了庄子上，月桂以奶娘之前说雷盼儿不喜欢太多人跟在身后为由头，将几个丫鬟调走。之后她又趁着奶娘带着几个小丫鬟蹲在地上给雷盼儿抓蛐蛐儿的当口，用一只断了翅的小八哥将雷盼儿引诱走，并偷偷藏起来。

月桂并没有想要把雷盼儿怎么样，毕竟她以后还有用到这位小姐的地方。她将人弄晕了之后也没有将人藏太远，就藏在庄子里，想要等到雷霆回来之后发落了失职的奶娘，再将“不小心”落到后院枯井里摔晕的雷盼儿找出来立功。

毕竟谁也不会想到，雷盼儿会在丁点儿大的庄子里失踪，所以等发现雷盼儿不见之后，雷家的丫鬟婆子们都以为小姐是顽皮跑出去玩了。

月桂的算计原本也没有出错，可是她没有想到她们一出来就遇上了正好返回的任瑶期和任瑶华。

任瑶期和任瑶华已经跟着小丫鬟进了门，雷家的庄子是个小三进的院落，不算太大，在这寸土寸金的地界儿上却是极为体面的。

“把你们庄子上的丫鬟婆子们都叫过来。”任瑶华想了想，还是没有直接带着自己的人去找，这里是别人家的庄子，不是她自己的地盘。

小丫鬟昏了头，也忘了任瑶华根本就不是她雷家的主子，二话不说就去找人了。之前奶娘已经将雷盼儿身边近身伺候的丫鬟婆子们都带走了，还留在庄子上都是一些做粗活的。

月桂见这情形就知道事情要闹大了，毕竟庄子上这些做粗活的下人原本就是庄子里的，对这里熟悉得很，让她们去找的话，说不定不用太久就会发现晕倒在枯井里的雷盼儿。

可是雷霆这会儿还没有回来，不让他经历女儿失踪的焦急和怒火的话，他对失职的奶娘的处罚也不会太重，这样的话，月桂的心机就白费了。

今日的事情，月桂下了很大的决心，并且筹划了许久，错过这次机会，以后奶娘必定会更加注意雷盼儿的安全。以奶娘的圆滑，她想要再动手就没有机会了。

这么想着，月桂的脸色也冷了下来，抬手拦住任瑶华和任瑶期：“任小姐，你们能帮我们找小姐，我们雷家很感激你们。但是这里是雷家的别庄，我们雷家现在也没有办法招呼两位，而且现在住在庄子上的是我们老爷，奴婢为两位小姐着想，两位还是避嫌的好。”

雷家的庄子上没有女眷，只有一个男主子，因此确实是不好招待女客人。月桂这话直接拿礼数和女子的闺誉说事，杀伤力不可谓不大。

月桂这话若是当着别的小姐的面说出来，定会让人红着脸落荒而逃。可惜今日站在她面前的是任瑶期和任瑶华。

任瑶期历经世事，心性坚定，哪里会被小丫鬟一句话说得乱了阵脚？她平日里守礼是因为她知礼，这并不能成为别人威胁她的把柄。

而任瑶华压根儿就没把一个丫鬟放在眼里，且月桂的反应如此怪异，已经令她心下生疑，越发不搭理月桂，一心想要把雷盼儿找到。

任家两姐妹不把月桂当回事，月桂气得浑身发抖。

这会儿那个小丫鬟已经将七八个粗使婆子叫了过来，等着任瑶华吩咐。

月桂立即将火气发到那几个婆子身上：“谁让你们出来的，还不给我滚回去!”

那几个粗使婆子吓了一跳，战战兢兢地看着找她们来的那个小丫鬟。小丫鬟平日里也不敢得罪月桂，这会儿便讷讷地看着任瑶华，一脸的尴尬。

任瑶华这才看向月桂，倨傲地道：“你是雷老爷院子里的丫鬟？你叫什么名字?”

任瑶华平日里以这种语气问任家的丫鬟名字的时候，基本上都是丫鬟犯了错，她让人去管事面前领罚。

月桂再如何厉害也不过是个奴才，听了这话心虚了一下后又有些难堪，不由得有些恼恨自己又被个莫名其妙的外人压住了气势。

倒是一旁的小丫鬟立即回道：“这是我们大老爷院子里的大丫鬟月桂。”

月桂狠狠地瞪了那丫鬟一眼，正要骂人，任瑶华冷声道：“不过是个奴才，谱儿倒是摆得比主子还大！我今日站在这里是因为跟你们家小姐投缘，我是你们小姐的客人！轮得到你个丫鬟来送客？至于身为丫鬟的你……小主子不见了，你非但不急着去找人，反而将前来帮忙找人的客人往外赶，我倒要问问看你是什么居心！”

周围不明所以的人闻言都不由得看向月桂。

月桂脸色一白，差点晕过去，指着任瑶华道：“你……你血口喷人！”

任瑶华看都不想看她：“你是个什么东西，也配我来冤枉你？你们还傻站着做什么？等着你们主子回来给你们治罪吗？每两人一拨，从第一进院子开始找。”后面的话是对那几个婆子说的。

雷家的婆子被她的气势所压，唯唯诺诺地应了。

月桂脑子有些发懵，眼睛也发红，也不知道怎么想的，上前就要拉扯任瑶华。

任瑶华没想到她会动手，躲避不及差点摔了，还好被任瑶期扶了一把。

任瑶华正要发火，一道低沉的男声突然出现在她们后面。

“这是做什么？”

在场之人闻言都回头，便看见一位二十来岁的青年男子站在她们后面，这名男子长相俊朗，气质沉稳，皱着眉头的模样很有几分上位之人的威势。

他的目光在月桂身上扫过，然后停在任瑶期和任瑶华姐妹两人身上，挑了挑眉头，没有说话。

任瑶期在看到来人的时候就立即认出他是雷家家主雷霆，雷盼儿的父亲。

任瑶期不着痕迹地捏了捏任瑶华的手臂，拉着她一起给雷霆见礼。

月桂看了看雷霆，又看了看任瑶华，然后突然半捂着脸哭得雨带梨花，跑到雷霆面前道：“老爷，您可回来了，小姐她刚刚跟着奶娘出去与任家小姐玩耍，回来之后就又不见了。奴婢正要安排人去找小姐，她们……她们就上门来了，奴婢说了今日不好待客，她们却不肯听劝，拦都拦不住……这要是耽误了找小姐，可怎么好？”

任瑶华还是第一次见到这么不要脸当众就敢颠倒黑白的奴才，当即气得冷下了脸。

月桂哭了一会儿不见雷霆说话，不由得偷偷抬眼看了他一眼，却见雷霆连看也不看她，脸上没有什么表情，心里不由得一突，哭声都顿住了。

任瑶期开口道："雷老爷，是我们姐妹唐突了。因令爱与我们很投缘，所以听说她突然不见了，你们别院里人手又不够，一时心急就自作主张来帮忙找人。是我们考虑不周，冒犯了你家的丫鬟，还请你不要怪罪。只是当务之急是找到令爱，奶娘带着人加上我们的几个丫鬟已经去庄子外头找了，我想着盼儿年纪小，一时肯定走不远，有可能还在庄子哪个角落里故意躲着，所以我姐姐让你们院子里的婆子们在庄子里四处找找。"

任瑶期说话很和气，任瑶华就没那么客气了，冷着脸道："你的丫鬟觉得盼儿不可能在庄子里，怪我们多管闲事。因关系到孩子的安危，我们就厚着脸皮多管了一次闲事。"

"我没说小姐不可能在庄子里，我只是……"月桂忙着辩解，她可是比谁都清楚雷盼儿在不在庄子里。

雷霆朝着任瑶期和任瑶华点了点头，然后对那几个婆子道："你们听这位任小姐的，去院子里四处找一找。"他回来的路上就已经听说女儿不见了。

他这话一出口，月桂脸上连最后一点血色都褪净了。

老爷在她们吵架的时候就回来了？也不知道他听到了多少。

雷霆年纪虽然不大，也是经过事的。在外面遇到奶娘的时候就已经问过了情况，也猜测女儿不会走得太远，因此虽然有些担心，却也不至于乱了阵脚。

等婆子们离开去找人之后，他才对任瑶期和任瑶华歉意地道："今日多谢两位小姐了，家中下人无状，还请不要见怪。"

向来吃软不吃硬的任瑶华见他是个明白事理的，脸色顿时就缓和下来，点了点头道："当时你们府上没有个能做主的，我们便自作主张了，也有不对的地方。"

任瑶期道："既然雷老爷回来了，我们就还是去外面帮忙找吧。"雷霆回来了，她们再待下去也不合适。有雷霆在，不怕有人再捣鬼。

雷霆又再三向她们道了谢，然后叫他身后的管事刘贵亲自送任瑶期和任瑶华出去。

任瑶华离开之前在雷霆面前停住脚步，看了月桂一眼，想了想道："雷老爷，盼儿虽然只是个四岁的孩子，却也不该成为那些上不得台面的东西们的踏脚石。她年纪小不懂事，难道大人也不懂吗？"

说着不等雷霆说话，她就抬步走了。

雷霆闻言一愣，看着任瑶华的背影半天没反应过来。

任瑶期无奈地看了任瑶华一眼，对敢于当面教训雷家家主不懂事的姐姐当真是无语了。

等出了庄子，雷家的管家一离开，任瑶期就对任瑶华道："三姐，你……"

任瑶华不等她说完就忙打断道："行了，别教训我了，我知道今日有些过分了。只是我一想到盼儿那么小就……实在是有些看不下去！"

说到这里，任瑶华叹了一口气："我知道我们自己家的事情都是一团乱麻，实在不应该去管别人的家务事，我答应你下不为例就是了。"

任瑶华这么干脆地服软，还主动认错，让任瑶期惊讶了一把。

"算了，我也不是怪你多管闲事。雷盼儿的情况确实有些特殊，能帮就帮吧。"任瑶期并不觉得心善是缺点，只要不用错地方就行。

"我们去奶娘那边看看。"任瑶华也不习惯认错，所以见任瑶期不教训她，立即就走。

奶娘带着人将附近都找遍了也没有找到雷盼儿，任瑶期和任瑶华又让剩下的丫鬟婆子们也都分散着去找人。

等她们回到潭边的时候，等在那里的就只有周汶一个人了。

见任瑶期和任瑶华回来，周汶急忙迎上来："听说雷家小姐失踪了，你们没事吧？"

任瑶华皱眉："我们能有什么事？不过是帮着找人罢了。周小姐和我九妹妹呢？"

周汶忙道："我见雷家四处寻人，怕这附近不安全，就让方兄弟护着任九小姐和妹妹先走了。我留在这里等你们回来。对了，雷家到底是怎么回事？好好的孩子怎么说不见就不见了？”

任瑶期摇头道：“可能是孩子顽皮，躲到哪里去了。”

正在这时候，雷家之前带她们进庄子的那个小丫鬟跑了过来，说雷盼儿找到了，雷老爷怕她们担心，便派她来告知一声，好让她们放心。

与此同时，帮忙去找人的芫菁等丫鬟们也都陆续回来了。

任瑶期和任瑶华闻言皆是松了一口气。

“在哪里找到的？人没事吧？”

那丫鬟闻言面色有些古怪：“是在后院的一口废弃的枯井里找到的，小姐头上磕破了些皮，身上还有些擦伤。老爷给小姐检查了一下，好在骨头没有伤到。”

任瑶华倒吸一口冷气：“怎么会掉到枯井里？”

丫鬟也有些奇怪：“奴婢也不知道，那后院平日里都没有人去，小姐也不知道怎么就钻进去了。也幸亏那几个婆子对庄子十分熟悉，才能这么快就把小姐找到。我们老爷说今日实在多亏了两位小姐，只是现在正当我们太夫人孝期，不好大张旗鼓地去府上道谢，等有机会，定要谢谢两位。”

任瑶期笑道：“人找到就好了，道谢倒是不用。我们与盼儿本就投缘，今日也不是看在雷家的面子才帮的忙，若是要谢，也该是等盼儿伤好了她来谢我们。”

丫鬟又说了几句好话，告辞离开。

一直在一旁听着的周汶惊奇道：“孩子好好的怎么会掉到自家的井里？亏得雷家的丫鬟婆子们还出来四处找。”

任瑶华和任瑶期对视一眼，没有说什么。

雷盼儿既然已经没事，任瑶期和任瑶华也都将心放下了，跟着周汶回周家的庄子。

回到周家的时候，刘氏和周夫人已经等了多时。

听说雷家小姐失踪的事情，也过问了几句，听说最后在井里找到了，都有些唏嘘。

周蓉撇嘴道：“我说你们怎么一走就不见了人影，害我们等那么些时候，原来是去当好人了。”

任瑶英柔声道：“原来三姐姐和五姐姐还认识雷家的人啊？”

任瑶华懒得与她们周旋，随便应付了几句。任瑶期坐在一边作木讷不善言辞状喝茶，不参与。

在周家的庄子上用过午膳后，刘氏才带着她们回城。

任瑶期回城之后，托任时佳的管事嬷嬷帮她找了些上好的药材和补药，打算以自己和任瑶华的名义送到雷家的庄子上，给雷盼儿用。

雷盼儿还是个孩子，用不上那些滋补的药材，不过是探病的礼节罢了。任瑶期便又借了任时佳小厨房的厨娘，让她做几样点心，还特别交代要做得好看一些。

任时佳平日里喜欢用点心，温嫂子走之后，林琨又托人从江南找了一个擅长做各式点心的厨娘。

最后任瑶期让大丫鬟桑葚带着药材和两匣子点心以及两坛子蜜饯去雷家的别院，替她和任瑶华探望雷盼儿。

桑葚探病回来之后告诉任瑶期，雷盼儿已经醒过来，身体没有什么大碍，她自己也不知道是怎么掉进井里的，只记得当时是在追一只不会飞的八哥，然后就什么也不知道了。好在她再次醒过来之后，人已经在自己床上了，因此也没有受到什么惊吓。

听说桑葚是两位任家姐姐遣去看她的，她还让桑葚进房里说话。见了桑葚带过去的点心和蜜饯，她高兴得不得了，说等自己伤好了以后就要来探望两位姐姐。

任瑶期听到雷盼儿依旧是那副活泼灵动古灵精怪的样子，心情也不由得愉悦起来。

“那个叫月桂的丫鬟如何了？”任瑶期想了想，问道。

“奴婢没有看到月桂，出来的时候问了奶娘，奶娘只道月桂被管家送回云阳城了，别的她也不知道。”桑葚回道。

任瑶期想着雷霆年纪虽然轻，又不管内院的事情，不过也不是个愚笨的人。这次雷盼儿出了事情，应该会让他对女儿的处境有些警觉。

第二日，任瑶华那边派了香芹过来，说雷家的管事一大早就往别院送了一些贵重的尺头和燕窝老参等物作为回礼。

雷家的回礼比任瑶期送过去的要贵重很多。因为任瑶期住在林家，雷家便将东西都送到了任家的别院。任瑶华让香芹将东西都给任瑶期送来了。

任瑶期让丫鬟挑了些尺头和燕窝给任时佳送去，其余的都让香芹收好。

离千金宴还有三日，云阳城里多了不少其他州县赶来燕州的小姐。

萧靖琳送信说，明日王妃要让她在客人面前抚琴，验收一下她这些日子以来练琴的成果，所以第二日上午会让人早些过来接她去燕北王府。

任瑶期收到信的时候还想着要回信取笑一下萧郡主竟然会怯场，不过在看到燕北王妃请来的那位客人的名讳的时候却愣住了。

云阳书院山长徐万里之妻，欧阳氏。

云阳书院作为燕北的最高学府，山长徐万里在燕北的读书人心中的地位极高，是清流的领军人物。

徐万里出身极好，是江南徐家上一任家主的嫡子。

徐家和裴家并为江南仕林之首。曾经有人掰着手指算过，近三百年间，出过宰相和阁臣的世家里，裴家居首，而徐家第二。

徐家的根底在江南。这位徐山长在先帝朝庆隆三十五年考中了状元之后拒绝入朝为官，开始四处游历。最后徐万里来了燕北，也不知怎么的就成为了燕北云阳书院的山长。

燕北与朝廷关系微妙，而徐家子弟在朝廷为官的不少，当今内阁首辅徐渊就是徐万里的堂兄。

徐万里来了燕北之后就再也没有回过江南。徐家对徐万里的态度也很冷淡，对外闭口不提这位在燕北享有极高声誉的徐家嫡子。

任瑶期却知道，在徐万里成为云阳书院的山长不久，徐家就已经将徐万里从族谱上除名，只是徐家和徐万里都没有将此事声张，所以外面的人虽然对徐万里和徐家的关系有着诸般猜测，却极少有人知道真相。

任瑶期还知道，徐万里之所以会离开江南来燕北，是为了他的妻子欧阳氏。

这位欧阳氏是再嫁之妇，原本是徐万里兄长之妻，徐万里的嫂子。

欧阳氏嫁入徐家不久丈夫就去世了，原本在徐家这样注重名声的世家里，欧阳氏是不能再嫁的，偏偏她最后还嫁给了自己的小叔子。

江南徐家容不下徐万里这样不顾伦常的不孝子孙，徐万里只能带着欧阳氏来到燕北。相比于江南，燕北这个地方对礼教要宽容许多，加上徐万里来燕北之后得到了当时的燕北王萧岐山的赏识，而徐万里本身也是才华横溢，学术素养极高，很快就在燕北仕林当中站稳了脚跟。

任瑶期之所以知道徐家的这一段隐秘，是因为徐万里和她的先生裴之砚是连襟。裴先生的妻子也姓欧阳，是徐万里之妻欧阳氏最小的妹妹。

徐万里与徐家的关系不怎么样，却与妻妹夫裴之砚很投缘。两人是多年好友，莫逆之交，平日里常有书信往来。

第二日，萧靖琳果然很早就派人来接任瑶期去燕北王府。

任瑶期去的时候，萧靖琳还在自己的院子里练枪法。

站在檐下看了会儿，等萧靖琳收了势，任瑶期才走过去笑着打趣道："郡主可是在紧张？"

萧靖琳一本正经道："怎么会？"

任瑶期眨了眨眼，凑过去小声道："郡主骗别人容易，骗我却是难。我可是知道郡主一个秘密。"

萧靖琳觑了她一眼："什么秘密？"

"郡主一紧张就喜欢耍棍子。"

萧靖琳沉默半晌："这是枪，不是棍子！"

任瑶期笑道："郡主知道我不会武，自然分不出棍子和枪的区别，还请您大人不记小人过。"

萧靖琳看了任瑶期一会儿，突然道："那我教你习武如何？"

任瑶期一愣，忙道："还是不要了，我不是习武的料。"

萧靖琳闻言挑剔地打量任瑶期几眼，甚至还围着她转了几圈，然后慢吞吞道："虽然没什么资质，不过也不是不能学。"

任瑶期不由得苦笑着讨饶："郡主还是饶了我吧，我认错还不行？我就不该不知道天高地厚地打趣郡主。”

萧靖琳弯起了嘴角：“不行！你就得学！”

“你的棍……你的枪我拿都拿不动，怎么学？”任瑶期看着她嘚瑟的笑容，欲哭无泪地抗议。

萧靖琳见任瑶期如此，却是得意得很。任瑶期陪着她练了这么久的琴，她英明神武的形象也差不多全都掉光了。

任瑶期平日里打趣她，她也都忍了，谁让她技不如人呢？

不过萧郡主作为一个习武之人，她的师父一早就教给她一个道理：一时输了不要紧，在努力提升自己武力的同时也要伺机找出敌方的破绽，然后从别处将场子找回来，这就是所谓的能屈也能伸。

萧靖琳作势想了想，大发慈悲道：“枪你拿不动，那就练剑吧。”

不等任瑶期抗议，她就愉快地对红缨吩咐道：“去把那柄‘雪衣’拿过来。”

不多会儿，红缨就捧着一个锦盒出来了，打开之后，里面是一把通体雪白长约八九寸的短剑。

萧靖琳朝着红缨手中的短剑扬了扬下颌：“你拿起来试试。”

任瑶期虽然不习武，也不懂武器，但是有着作为女子对美好事物的欣赏之情，这柄剑看上去就很精致，所以她当真从红缨手中接了过来。

“咦？这么轻？”任瑶期将剑拿到手中才发现，其重量也就相当于一把竹剑的重量，不由得有些惊讶。在她的印象里，武器都是很沉的，她爹爹当初练的那把她就舞不动。这把剑似铁非铁，似玉非玉，也不知道是什么材质。

“这是南边一个小岛国进献给朝廷的贡品，说是用他们岛上的一种特殊石头炼制的，皇帝把剑赏给了世子，世子又给了我。我试了试，还挺锋利的。你若是肯跟着我练剑，我就把它送给你怎么样？”萧靖琳见任瑶期喜欢这把在她看来花里胡哨不怎么实用的剑，开始利诱。

任瑶期忙道：“既是世子赠予你的，又是贡品，我怎么能要。”

萧靖琳不在意地道：“朝廷每年都要赏一大堆的贡品以示恩厚，总不能都供起来吧？世子就是喜欢送这些中看不中用的精致玩意儿，放我这里也用不上。”其语气极其鄙视。

萧靖琳对于自己那个远在京城手无缚鸡之力的兄长，向来是不怎么看得上。嫌弃人家娘们兮兮的，还比不上病秧子的二哥。

任瑶期不好接话。

萧靖琳将枪交给红缨，又从任瑶期手中接过短剑，随手挽了一个剑花，想了想又难掩鄙夷地看了任瑶期几眼：“我知道你定是怕练武粗鲁，打打杀杀的不好看。这样吧，我教你一段舞起来好看的。”

说着，萧靖琳手腕一抖，便在庭院中舞了起来。

不同于她耍枪时的凌厉和肃杀，萧靖琳似是为了让任瑶期看得更为清楚，动作极慢，却又流畅灵敏，将剑术与女子的柔美和谐地结合在一起，有一种说不出的优雅。

随着她的动作，庭院中的落叶也被她的剑风扬起来，给这一场剑舞增添了几分华丽与神秘。

任瑶期看得入神，直到萧靖琳收了动作才抚手称赞道：“这就是剑舞吗？舞得真好看。”

萧靖琳闻言却是不领情：“就知道你喜欢这种软绵绵又不实用的花把式。不过这是剑术，不是剑舞，只是我稍微改了一下，又放慢了动作。虽然对敌的时候没什么大用，强身健体却也够了。你生得柔弱，气血也虚，平日里练一练这个，对你身体有好处。”

萧靖琳还要说什么，王妃身边的大丫鬟素锦进来了，说徐夫人已经来了，王妃让萧靖琳过去。

萧靖琳只有打住话头，对任瑶期道：“就这么说定了，以后每日跟着我练半个时辰剑。这把雪衣剑先暂时放在我这里，等你学会了就拿回去。”

任瑶期知道萧靖琳让她练剑虽然存了捉弄之心，不过更多的也是为了她好。她的体质差，平日里虽然不怎么看得出来，秋冬天冷的时候却很容易着凉，且一病就不容易好。

所以萧靖琳这么说，任瑶期也就没有拒绝。

任瑶期跟着萧靖琳一起去九阳殿的时候，王妃正陪着一位看上去年纪大概四十出头的中年妇人说话。

任瑶期知道那名妇人应该就是徐夫人了，不由得有些惊讶。徐夫人欧阳氏应该已经年过五十了，不想看上去却是面嫩得很。

欧阳氏的长相也算不得太出色，仅仅是清秀而已。而且她的脸色有些苍白，嘴唇的颜色却有些暗沉，一看就是身体不怎么好。

不过欧阳氏身上有一种出身江南书香门第优雅温润的气质。

欧阳氏的这种气质与方姨娘、方夫人等江南女子又有所不同，她身上多了一种“腹有诗书气自华”的风采，让她原本只有六分的容貌又增色两三分，且随着年纪的增长气韵愈加沉淀。

任瑶期从前经常听到裴先生提及亡妻，她也曾好奇如裴先生那般风雅的人物，究竟是什么样的女子能令他发出“除却巫山不是云”的感叹，并在妻子去世后没有再娶。

现在她见到了徐夫人，徐夫人的形象与她脑海中对裴夫人的想象重合起来。

徐夫人与裴夫人虽然年纪相差了二十来岁，也并非是一母同胞，不过应当是有相似之处的。可惜这个时候，裴夫人已经去世近两年，她无缘得见裴夫人的风采。

因见过礼之后，任瑶期在欧阳氏身上投注的时间久了些，欧阳氏便朝她看过来。任瑶期反应过来后，颇有些不好意思，欧阳氏却朝她露出一个宽和安抚的笑，主动道：“这位是任家五姑娘？刚刚还听王妃提起你，说是琴弹得极好。”

欧阳氏的声音略有些低沉，语气极为柔软温和，令人如沐春风，很容易让人产生好感和信赖。

“只是在家的时候多学了些时日，是王妃谬赞了。”任瑶期道。

萧靖琳在一旁道：“我觉得你弹得很好。”

萧郡主虽然偶尔不满自己在任瑶期面前失了高手风范，不过在别人面前她还是很给任瑶期这个密友面子的。

不想欧阳氏却笑着打趣她：“在郡主眼里，怕是比你弹得好的都算好吧？你不夸还好，你这么一夸，我倒是想要听任五姑娘弹一曲了。”

萧靖琳闻言也不恼怒，反而笑了，还朝任瑶期眨了眨眼，难得地带了些她这个年纪的少女特有的活泼与灵动。

欧阳氏见了有些讶异，不由得又看了任瑶期几眼。

任瑶期也从萧靖琳的态度中看出来，她对这位欧阳氏与对别的后宅夫人态度不同。

若是别的夫人在场，萧靖琳只会摆出一副生人勿近的冷淡面孔，使人觉得萧郡主不好接近，让想要靠上来套近乎的人知难而退。

王妃在一旁笑道："先生听她们弹了再说，不过我可先将话说在前头，琳儿今日若是过不得先生这一关，接下来这两日每日都得给我练上四个时辰。"

萧靖琳脸色一僵。

欧阳氏笑着看了萧靖琳一眼，对王妃道："王妃今日是特意让我来当这个恶人的吧？这可不好。"

任瑶期在听到王妃对欧阳氏的称呼时有些惊讶，女子只有对对自己有教导之恩的师长才会尊称一声先生。

欧阳氏与王妃难道还有师徒之谊？

在众人移步给萧靖琳做琴房的侧殿的时候，萧靖琳在任瑶期耳边小声提点道："我母妃年少时曾拜在徐夫人门下，她的琴棋书画都是跟着徐夫人学的。徐夫人年轻的时候可是京都有名的才女，先皇曾夸她有状元之才。"

任瑶期这才了然。

今日欧阳氏是被王妃特意请来的，云家的千金宴每年都会让众家千金表演才艺，最后还会评出几名才艺出众的闺秀。

而欧阳氏则是给众位闺秀的才艺作评比的人之一，且由于她的地位和学识，她的意见是其他参加评比的夫人们的依据。

别的人家为了避嫌，自然不会在这个时候请欧阳氏进府，不过燕北王府是不用讲究这个规矩的。

除去燕北王妃与欧阳氏的私交，千金宴与上一次苏家端阳节的龙舟赛一样，只要燕北王府有人参加，这个冠首就会出自燕北王府，这是惯例。

而王妃请欧阳氏来听萧靖琳弹琴，不过是不想让萧靖琳的水平离着那个冠首的位置太遥远，从而被人背地里取笑。

毕竟虚名是给别人看的，真本事才是自己的。

萧靖琳最近这些日子苦练这首《月满关山》，弹得已经是十分熟练。她一开始挑弦，欧阳氏看见她抬手抚琴的姿势就不由得点了点头。

萧靖琳之前的琴艺在什么水平，欧阳氏是清楚的，看她今日这般模样就知道她这些日子里没有少下苦功。

当然，萧靖琳的水平与真正的高手是不能比的，不过至少她不会在千金宴上丢脸了。

萧靖琳一曲毕，欧阳氏就笑着道："看来今日我这坏人是当不成了，郡主琴艺大有进步。"

萧靖琳面上虽然没有什么表示，任瑶期却看出来萧郡主这会儿已经在默默地得意了，因为萧郡主特意往她这边看了一眼。

欧阳氏似乎看出来萧靖琳心中所想，话锋一转温声道："只是郡主须得明白，弹琴与这世上许多事情一样，不是一蹴而就的。权宜之计终究只是权宜之计，踏实稳健才是长存之道。万不可想着有捷径可走而荒废了基本功。否则一旦遇上真正的高手，就要吃大亏了。"

萧靖琳闻言忙收起自己那点自得，颔首听教："是，夫人，靖琳谨遵教诲。"

王妃对女儿今日的表现也很满意，心想只要女儿静下心来肯学，也并非朽木不可雕。

作为一个母亲，王妃还是希望萧靖琳能像普通女子那样，学一些琴棋书画，懂一些内宅的生存之道，因为女儿再强势再巾帼不让须眉，最终也还是要嫁为人妇，她的下半生还是要在内宅里度过。

燕北王妃明白近朱者赤的道理，知道萧靖琳能静下心来弹琴很大部分是任瑶期的功劳。

经过这一段时日的旁观，王妃觉得这位任家五小姐虽然只是出身商贾，不过可能因为有一部分皇家血统的关系，身上并没有普通商户人家女子的小家子气，反而待人接物十分有分寸，个性沉稳温和，多才多艺,琴棋书画样样拿得出手。

燕北王妃年轻的时候也是以才女自居，不怎么赞同"女子无才便是德"那一套，所以对聪慧的女孩子比较有好感。

但凡是个当母亲的，都不会讨厌女儿与任瑶期这样的孩子接触。所以燕北王妃这些日子来，对任瑶期很亲切。

王妃有心要抬举任瑶期，便笑着道：“琳儿过了先生这一关，瑶期也来弹一曲？只要得了先生一声夸赞，千金宴上能不能得个好名声倒是其次了。”

徐夫人笑着摇了摇头，温和又鼓励地看向任瑶期。

任瑶期抿嘴一笑，起身行了一礼，然后才坐在琴案旁。

她也不挑太难太晦涩的曲子，只弹了一首平常的《流水》。

她往琴案旁一坐，身上那种优雅静宜的气质越发明显，看着就像是一幅赏心悦目的山水画。

任瑶期的指法熟练，泛音轻灵清越，散音沉着浑厚，按音时而舒缓，时而激越，时而凝重。

欧阳氏微微偏着头听得认真，还无声地用手指打着拍子。

等任瑶期一曲完毕，欧阳氏便笑着抬头看向她。

任瑶期站起身来低头听教。

“你今年多大了？”

“虚岁十二了。”

“十二岁啊……”欧阳氏看着任瑶期若有所思。

“我若是闭着眼睛听你弹琴，还真是听不出来。孩子，想必你平日里花了不少时间刻苦练习琴艺吧？琴艺能靠熟能生巧，琴意却是不能，我觉得你的琴意比琴艺更能打动人。”

王妃在一旁听了笑着对任瑶期道：“还不快谢谢徐夫人？能得她这么一句称赞的人可不多。”

任瑶期忙谢过欧阳氏。

萧靖琳见任瑶期受到表扬，对自己之前被教训也并不以为意，朝着任瑶期眨了眨眼。

欧阳氏似是还有什么话想说，但是话到嘴边终究还是端起手中的茶碗，抿了一口。

欧阳氏又与王妃说了会儿话，在燕北王府待了小半个时辰，然后才告辞。燕北王妃见她神色间有些疲倦，也不留客。不过欧阳氏才出九阳殿就被老王妃请了过去。

辛嬷嬷回来报给王妃知道，王妃想了想便明白老王妃应该也是为了千金宴的事情请徐夫人过去。今年燕北王府有萧靖琳、萧靖媛和吴依玉三位姑娘参加千金宴。按理应当是郡主萧靖琳夺魁的，不过老王妃怕是希望自己的外甥女能独占鳌头。

王妃倒不想与老王妃争这个长短，萧靖琳的成绩只要能在前面几名，就不算给燕北王府丢人。萧靖琳自己则根本不在意这些虚名。

所以燕北王妃也就由着老王妃去了，只是交代辛嬷嬷去库房里取药材，等徐夫人从老王妃那里出来后，让她跟着徐夫人的马车亲自走一趟徐家，把徐夫人送回去。

任瑶期在一旁和萧靖琳说话，正好听到辛嬷嬷小声与王妃道："……早收拾好了……三七、海藻、灵芝、葛根、麝香、牛黄、肉桂、冰片这些府里都有上好的……就是蟾酥的分量不够，另外原本您特意让人收回来的那几根年头刚好适合配药的人参，吴夫人拿了两根去赏人，奴婢已经另外让人去寻了，等过几日再给徐夫人送去不迟。"

王妃点了点头，没有说什么。

任瑶期却从这一溜药名中听出一点门道来，这些药材合到一起让她想到了"保心丸"，这种药是宫里用来治疗心疾的。

辛嬷嬷提到的这些药材并不都是名贵难寻的，王妃却准备得这么齐全，可见不是寻常的人情往来，而是徐家当真需要这些。

任瑶期想到徐夫人的脸色和唇色，应该是徐夫人有心疾的毛病。

想到这里，任瑶期又不由得想起了裴夫人，裴之砚的夫人当初也是因为得了心疾去世的。徐夫人和裴夫人是姐妹，不知道两人得的病症是不是一样，这么猜测着，任瑶期不由得若有所思。

见辛嬷嬷下去，任瑶期略坐了会儿也起身告辞。

萧靖琳亲自送任瑶期出门。

自从上次任瑶期出门的时候遇见云家兄弟，萧靖琳后来知道了，虽然没有说什么，不过每次任瑶期来府上都是她亲自送出去的。萧郡主虽说平日里总是冷冰冰的一副拒人于千里之外的样子，骨子里其实是一个非常体贴的人。

不想两人才从九阳殿出来，迎面就遇见了萧靖西。

萧靖琳看了她哥哥一眼，皱眉道："什么时候来的？"

萧靖西也不计较她的态度："本来要去见母妃，后来听到你们在弹琴，就没有进去。"

说着萧靖西轻声笑道："弹得还不错。"

萧靖琳挑了挑眉："谁弹得不错？"

萧靖西看了看她，又看了看任瑶期，皱着眉头想了想，正色道："你是要听真话，还是要听客套话？"

萧靖琳："……"

沉默半晌，萧靖琳正要回击一句，萧靖西却突然收敛了脸上打趣的神色："我有事情要与你说。"这么一来，萧靖西身上的气势就变了，就连萧靖琳也不得不住了口，正色看向他。

任瑶期见状，正想要回避，不想她还没开口，萧靖西就已经道："苏家的马场出事了，一队党项人深入大周腹地袭击了苏家的马场，大部分战马被抢，苏家损失惨重。"

萧靖琳一惊："苏家的马场并不在边境上，守军怎么会一点消息也没有收到就让党项人进来了……"想到这里萧靖琳觉得有些不对，这种事情就算萧靖西想要与她商议，也不会等在这里与她说。

萧靖琳不由得狐疑地看了萧靖西一眼，却正好看到萧靖西看向任瑶期。

萧郡主虽然平日里冷冰冰的，但是不代表她就是个愚笨的人，相反她很聪明。所以，几乎是在电光石火之间她就明白了，恐怕萧靖西真正想要说事情的人不是她。

想明白了的萧靖琳似笑非笑地看着萧靖西，难得学着她最为不屑的那些内宅女人说话的样子高深莫测地来了一句牛头不对马嘴的话："次数多了，我也是会不高兴的。"

萧靖西似乎压根儿就没有听懂萧靖琳的话。

不过萧二公子耳根处的红很能说明点什么，虽然他表面上依旧是一脸的温良恭俭让的模样。

任瑶期没有注意到兄妹两人的官司，一开始听到萧靖西说苏家被袭的时候很是震惊了一把。

难道她的判断是错的？苏家与党项人并无牵扯？

不过再仔细想了想，她就觉得不对了。

党项族不比辽人，他们部落分散且各自为政，没有统一的首领。大周开国以来虽然也与党项人有过战争，不过大都是小打小闹，西北军对党项族的震慑作用十分明显。即便是当初辽人占领燕北之时，党项人趁火打劫占据了西北大片马场，后来萧岐山收复北地与宁夏吴家交相呼应，党项族立即就败退了。

党项族为何要小队人马深入宁夏？只是为了袭击苏家的马场？

想了想，任瑶期开口道："萧公子……"

只是在看向萧靖西的那一刹那，任瑶期突然福至心灵般地想到了什么，声音蓦然低下来："苏家的马场……真的是党项人？"

萧靖西漆黑明亮的眸子看着任瑶期，笑叹："果然瞒不过你。"

原来苏家的马场被袭，真的与燕北王府有关。

只是，燕北王府的动作未免也太快了吧？她前几日才与萧靖西提到苏家和吴家以及党项人之间可能有牵扯，而且现在雷家或者韩家都没有办法与苏家抗衡，这个时候撕破脸好吗？

似是明白任瑶期心中的想法，萧靖西道："这件事情不是我吩咐人去做的。"

既然不是萧靖西做的，那就是燕北王？若是如此，燕北王府之前未必就没有察觉到苏家的异动，想要趁着这个机会给苏家一个警告。

萧靖琳接口问道："我猜是闵将军手下那名叫作杨鹏的副将做的吧？"

萧靖西挑眉："哦？怎么猜到的？"

说起军事上的事情，萧靖琳丝毫不露怯，扯了扯嘴角："父王手下那几个将军，除了闵文清和夏百川以外，大多数都是祖父留下来的人，那些老将军才不会自降身价去做这种事情。夏百川早前被你叫回来，人还在燕州，不会是他。而闵文清这人自诩是儒将，平日里吃个烤羊腿都要用刀片下来摆盘子里才肯入口，喝酒也娘们兮兮的不干脆。”

萧靖西失笑：“那你还猜是闵文清？强盗这种粗鄙的活儿他就会去做？”

萧靖琳慢悠悠地瞥了萧靖西一眼：“我话还没说完呢。别看闵文清平日里人模狗样装得跟圣人似的，其实就是一个外光内黑的芝麻包子，里头黑透了！面子他要，好处他也要。所以这事他不会亲自干，而是会派他的副将杨鹏去。对了……闵文清上次还与我师父说，他这辈子要学荆轲，为知己者死。他的知己你们知道是谁吧？”

任瑶期在一旁好奇地眨眼：“是谁？”

萧靖琳别有用心地看了萧靖西一眼，暗示意味极浓。

萧靖西：“……”

任瑶期忍住笑，知道这两人又在进行兄妹式的“耍花枪”。未免被波及，她很理智地明哲保身，不敢开口。

“要说这杨鹏啊，命可真不怎么好。”萧郡主摇了摇头，接着道，“你若是问燕北军里的人，谁是最冷血无情无赖无耻的人，十个有八个告诉你是杨鹏。可是杨鹏何错之有？他唯一的错误就是投入闵文清麾下。他家将军要当谦谦君子，卑鄙小人做的事情就只有他代劳了。”

萧靖琳难得说这么多话，还全是损人的话。

萧靖西不由得好奇道：“闵将军得罪过你？”

“没有。”萧靖琳很干脆地否定，觑了萧靖西一眼，慢吞吞道，“不过我见不得这种明明一肚子坏水偏偏还喜欢装圣人的人，所以见一回骂一回。”

事实证明，萧郡主不是任人欺负的软包子。惹她不痛快了，她也是会反击的，不但会反击，还会指桑骂槐。

萧靖西自然是听明白了萧靖琳明着是在拿闵文清开涮，暗地里却是在骂他，不由得哭笑不得。

萧靖琳骂爽了，心情无比愉悦。尽管她面上依旧是一副冷淡模样，眼中却含了笑。

“时候不早了，我送瑶期出门，二哥你自便。”

萧靖西点了点头，然后对任瑶期道：“不必担心。”

萧靖西说的是让任瑶期不要担心苏家的事情，虽然抢夺马匹的事情是闵文清私下里做的，不过现阶段苏家还翻不出什么大浪来。

任瑶期心思灵敏，自然是听明白了，朝着萧靖西颔首一笑。

萧靖西往旁边让了一步，看着任瑶期和萧靖琳离开才转身往九阳殿去。

任瑶期与萧靖琳在内外殿相隔的广元门分别，任瑶期乘马车出府。

马车行驶进燕北王府外不远的一条小街的时候，突然减了速。

任瑶期原本没有在意，不想却隐隐约约听到马车外面有嘈杂声，然后一个高亢的妇人声音焦急道："快，快去王府找王妃请大夫来，夫人……夫人快醒醒……"

任瑶期眉头一皱，叫了一声"停车"，然后立即拉开马车帘子。

这条小街并不宽敞，堪堪能容纳两辆马车并行。刚刚马车突然减速的原因任瑶期已经知道了，旁边差不多与她的马车并排的另外一边的街道停了三辆马车，其中一辆还是燕北王府的。

一个穿着体面的嬷嬷从第一辆马车里探出头来，朝着一个随车侍卫道："你快马回去，禀报王妃徐夫人突然发了病，我们随后就到。"

任瑶期一眼就认出来这个嬷嬷正是王妃身边的辛嬷嬷。

任瑶期只是犹豫了一瞬，然后立即起身下车。

"小姐，您这是……"桑葚惊了一跳，苹果已经二话不说跟在任瑶期后面下车，还敏捷地扶了任瑶期一把，桑葚也忙跟上去。

任瑶期快步走到徐夫人的马车旁，徐家的人还没有反应过来的时候，她已经掀开了马车帘子。

马车里徐夫人蜷着身子歪在车里，一个嬷嬷抱住她的头急得一边掉眼泪，一边唤"夫人"。

辛嬷嬷在旁边一边满头大汗地掐徐夫人的人中，一边急急道："夫人这样子不知道能不能受得了马车的颠簸，要不要移到王府的马车里回燕北王府？在这里等着又怕……"

这么说着，辛嬷嬷抬头看见了任瑶期，不由得一愣。

“任小姐……”

任瑶期让苹果扶着自己上了马车，匆匆朝着辛嬷嬷点了点头，然后半跪在徐夫人身边检查她的情形。徐夫人脸色苍白，唇色发紫，已经人事不省。

任瑶期越看越心惊。

徐夫人的症状竟与裴之砚的夫人如出一辙。

裴先生曾经给自己的夫人写过一本起居注，上面细细记录了裴夫人每次发病之时的症状。

“任小姐，您这是……”因任瑶期的动作，愣住的辛嬷嬷已经回过神来。

任瑶期知道必须要让徐夫人醒过来，否则等到大夫来了就晚了。

她抬手拔下自己头上一根缠丝嵌珠凤尾银簪，握住徐夫人的左手，往她手上的少冲、内关、合谷三个穴道狠狠刺进去。

抱着徐夫人的嬷嬷惊呼一声：“你……你干什么……”

任瑶期又握住徐夫人的右手，一边继续刺右手上的那三个穴位，一边轻声道：“别担心，我曾经见到别人这么救过患心疾晕厥的人。”

任瑶期的声音温和平静，握簪的手也很稳，没有一丝颤抖，让两位嬷嬷不由得住了口，奇迹般地平静下来。

这个时候的任瑶期一点也不像是一个虚岁十二的少女，身上有一种能让人信服的力量，让别人忽视她的年龄。

当年裴先生的那本《起居注》写得很详细。

裴夫人是在裴之砚离家的时候突然发病去世的。裴之砚没来得及见她最后一面，这是他耿耿于怀的事情，是他这一生的遗憾。

在夫人去世之后，裴之砚潜心研读医书，想要找出能够医治心疾的方法。

那几年裴先生正主持朝廷的修书，翰林院收集了不少的医书孤本和历代太医们行医的手札。最后虽然依旧没有找到能根治心疾的法子，不过倒是找到了一些缓解之法。

裴先生将这些都记录在《起居注》中，最后烧给他的夫人，希望他的夫人在九泉之下不要再遭受病症折磨的痛苦。

任瑶期也是在那一段时间给裴之砚打下手的时候看了不少医书，对用药和穴位知道了些皮毛。只不过她没有想到自己还真有一天能用得上。

任瑶期的话音才落下不久，又用簪子刺了徐夫人的人中穴。

晕厥过去的徐夫人突然轻哼一声，眼睫动了动，然后睁开了眼睛。

“夫人，您醒了！”抱着徐夫人的那位嬷嬷大喜。

徐夫人才醒过来，还说不出话。

任瑶期手中的动作没有停，不过她将簪子插回自己的鬓间，继续用手指掐揉徐夫人手腕上的内关穴，一边头也不抬地对辛嬷嬷道：“嬷嬷，麻烦你帮我像这样按揉一下徐夫人另外一只手的穴道。”

辛嬷嬷眼见着任瑶期将徐夫人弄醒了，知道她是真的有本事的，这么吩咐定是有用处，因此二话不说握住徐夫人的左手，一边看着任瑶期的动作，一边在徐夫人的穴道处小心按揉。

“是这样吗？”

任瑶期见她动作熟练，知道是平日里习惯伺候人的，笑着点了点头：“这一处是手厥阴心包经穴，通阴维脉，平日里经常揉按，可以保中虚、稳心脉。”

听她这么说，扶着徐夫人的嬷嬷也认真看过来。

“你还会医术？”徐夫人已经彻底清醒过来，一边看着任瑶期给自己揉按穴道，一边问道，声音还有些虚弱。

任瑶期专注着手中的动作没有抬头，轻声道：“因自幼身体不好，看过一些医书，只粗陋懂得一些医理和药理，治病是不会的。今日也恰好是我与夫人的缘分，夫人这种病症我曾经在外祖父家中一本前朝太医的手札中见过，因那位太医写得一手极好的柳体，我便多看了几眼，还临摹了几遍。”

这也太过巧合了，徐夫人有些惊讶。

不过想着任瑶期的外祖父是废献王，献王的生母宛贵妃曾经宠冠后宫，他来到燕北的时候手里有几本不外传的医书也很正常。

徐夫人身边的嬷嬷忙道：“任小姐，不知那本医书还在不在？能不能……能不能……”

“高嬷嬷。”徐夫人打断道，轻轻摇了摇头。

徐夫人自然知道高嬷嬷想要借那本太医手札，不过这种医书一般都是不外传的，不然人家献王也不会千里迢迢带来燕北。

她虽是个女子，却也是明事理的，不想让一个孩子为难。任瑶期姓任，又不姓李，如何做得了李家的主？就算要借，也是徐家出面去跟献王府借。

高嬷嬷闻言眼睛一暗，不敢再说话，眼眶却是红了。

任瑶期见了不由得叹了一口气，有些歉意地道："那本书……怕是找不到了。"

任瑶期说到这里脸上还带了些无奈，有些吞吞吐吐起来："我外祖父带来的书，每年都要少上几本，这些年下来基本上……基本上不剩什么了。"

徐夫人看任瑶期的神态，立即就明白了。想着献王父子平日里的作风，若是手上真有什么书画孤本，定是卖了。

徐夫人见任瑶期的样子，不由得起了几分怜惜，温声安慰道："没有关系，万事都要讲究一个缘法，强求不来。若是我今日倒在这里起不来了，那也是缘法，是因果。可是我今日遇见了你，而你恰好能救我，那这就是你和我的缘分。"

任瑶期打量徐夫人的神色，见她依旧坦然平和，不由得对她的为人产生几分敬仰。

能看透生死的人，除了聪慧，还需要豁达。

任瑶期笑道："夫人说得对，这就是缘分。不然那一本书记录了好几种疑难病症，为何我就偏偏将有关心疾的那一页临摹了好几遍？"

徐夫人一愣。

任瑶期眨了眨眼："那位太医除了记载您这种病症之外，还写了一副药方，我当时写了几遍记住了。不过可惜的是这药方并不能根治您的病，只能减缓症状。"

说着，任瑶期问那位高嬷嬷："车上有没有笔墨，我这就将方子写出来。"

高嬷嬷喜出望外，不等徐夫人开口就起了身："有的，有的，任小姐您稍等，奴婢去拿。"

徐夫人看着任瑶期笑道："多谢你了。"

见高嬷嬷已经将纸笔铺在马车里的小几上，任瑶期一边起身过去，一边道："夫人不必谢我，这方子不是我的。'人命至重，有贵千金，一方济之，德逾于此'，医术就是为了治病救人的。"

任瑶期接过高嬷嬷递给她的笔，提笔悬腕，手中如行云流水，很快就将方子写了出来。

“夫人还是要先将这方子给信得过的大夫看过后再决定要不要用药，就算是能用，在剂量上也需酌情增减。毕竟您的病症与那位病人就算是再像，也会有些微出入。”

徐夫人接过任瑶期手中的方子低头一看，却是先道了一声：“好字！”

任瑶期见徐夫人拿到方子第一眼就是看字，不由得一愣，继而失笑。

徐夫人反应过来也笑了：“我只是勉强能看懂方子，却对药理一窍不通。倒是看到写得好的字，忍不住要多看几眼。”

这时候马车外头，急切的马蹄声由远及近，辛嬷嬷立即掀开车帘子。

原来是之前辛嬷嬷派回燕北王府搬救兵的那名侍卫回来了，还带来一位大夫。

辛嬷嬷看向徐夫人：“夫人，王府的大夫来了，让他再给您把一把脉吧？”

任瑶期见欧阳氏的脸色已经好看多了，知道她暂时没有什么大碍，便道：“夫人，还是让大夫瞧瞧吧，我先回自己的马车。”

不过任瑶期也没有先走，而是让车夫将马车停到路边，等徐夫人的诊脉结果。

这时候，又有人骑马往这边来了，竟是素锦。想必是王妃担心徐夫人有什么好歹，所以让侍卫带着大夫先赶到。素锦一下马就急急上了徐夫人的马车。

苹果和桑葚陪着任瑶期在马车上等着，桑葚一脸崇敬地看向任瑶期：“小姐，徐夫人是您救活的？”任瑶期救欧阳氏的时候，她正守在马车外面，听到了里头的动静。

任瑶期笑了笑：“不过是恰好想起来以前在书上看到的法子，将徐夫人弄醒了。治病还是要靠大夫。”

“那也很厉害。”桑葚认真道。

徐夫人那边的诊脉也没有太久，大夫很快就从马车上下来了。辛嬷嬷和高嬷嬷也跟着下了马车，还与大夫说着什么。

大夫被侍卫扶着上了马，辛嬷嬷和高嬷嬷却往她这边来了。

两位嬷嬷上了马车，高嬷嬷哽咽道：“任小姐，今日多亏了您。我们徐家会记着您的情。”

任瑶期摇了摇头，温声道：“大夫诊过脉了？怎么说？”

高嬷嬷一脸感激：“大夫说我们夫人是心疾发作，幸好您施救及时，我们夫人现在已经没有什么大碍了。王妃已经派人去请牟太医，我们夫人平日里也都是让牟太医诊治，只是牟太医年事已高刚刚赶不过来，所以来的是他的徒弟。等牟太医去了我们府上，再让他看看您写的方子。”

高嬷嬷又道：“夫人让奴婢来给您道谢，她身子不便就不下车过来了，等日后她身子好些了，再与您相聚。夫人说，徐家离着宝瓶胡同不远，若是小姐什么时候得空，随时欢迎您上门喝茶。”

徐夫人这话是愿意将她当作小友，与她结交的意思了。这对任瑶期来说，百利而无一害。在燕北，能攀上徐家结交到徐夫人的人可不多。

任瑶期笑着点头：“等夫人身子好些了，瑶期必登门拜访。”

高嬷嬷说完这些就下了车。

辛嬷嬷道：“奴婢也要回去向王妃禀报一声，以免王妃还记挂着徐夫人的病情。任小姐今日救了我们王妃的客人，燕北王府也记着任小姐的情。”

说完这句，辛嬷嬷行了一礼，也下了马车。

任瑶期回去没多久，燕北王妃的赏赐就到了，来送东西的是王妃身边另外一个大丫鬟绮罗。

任时佳不敢怠慢王妃身边的人，连忙亲自接待。林家老太太和林大太太那边都惊动了，派人来问。

王妃送来的是两套头面，一套是赤金镶嵌八宝满池娇式样的，头面上镶嵌的红宝石、蓝宝石、蜜蜡、金刚石、猫眼石颗颗不似凡品，华贵非常，匣子一打开，几乎晃花屋里人的眼。

另外一套头面是素净一些的翡翠珍珠的，其中翡翠水润欲滴，粉色、金色、白色和黑色四色珍珠颗颗饱满润泽，大小皆有。乍一看普通低调，识货的人却能看出奢华。

两副头面款式都很新颖，正是如今南边流行的。

绮罗也不提任瑶期今日救徐夫人的事情，只笑吟吟道：“王妃说这两副头面是给任五小姐参加千金宴的时候配衣裳的。从款式到上面所用的宝石珍珠都是王妃亲自带着奴婢们挑选的。我们郡主也有两套差不多的。”

任时佳是识货的，觉得燕北王妃送的头面太贵重了，拿不定主意该不该让任瑶期收下。任时佳看了看任瑶期，想了想，还是试探着替她推辞了一番。

绮罗却道：“林太太有所不知，我们王妃说了，她向来是把任五小姐当作自家姑娘看待的，喜欢得紧。所以也想看着任五小姐打扮得漂漂亮亮的，她瞧着也欢喜。”

绮罗这么一说，任时佳也不好再说什么拒绝的话，示意任瑶期收下。她又再三道谢。

绮罗这才笑了，又对任瑶期道：“后日就是千金宴了，五小姐明日在家好好休息。后日一早，王府派马车来接您与我们郡主一同赴宴。”

任瑶期笑着应了，又谢过王妃和郡主。

绮罗见该交代的事情都交代了，便告了辞。

等她一走，任时佳便欢喜地对任瑶期道：“期儿，王妃待你真好，连给郡主打头面都记着给你打一份呢。”

林大太太身边的一个大丫鬟还没有走，看了那两个首饰匣子几眼，笑着道：“可不是，待亲生闺女也不过如此。任五小姐可真是个有福气的。”

任瑶期是任时佳娘家侄女，这话她爱听，所以脸上的笑意更甚。

让任瑶期没有想到的是，徐夫人下午派人来了，来的还是高嬷嬷。

高嬷嬷心情极佳，在给任时佳请安之后到一边对任瑶期道，牟太医在看完任瑶期写的那个方子之后很兴奋，说可以给徐夫人用，还问方子是哪里来的。不过徐夫人没有透露方子是任瑶期给她的，只说是一位友人特意为她寻来的。

任瑶期见方子有用，也很高兴。

高嬷嬷还给任瑶期带来一本琴谱和一本字帖，说是徐山长和徐夫人送给她的。

任瑶期接过一看就知道那本琴谱是一本十分难得的孤本，而字帖更是前朝有名的一位书法家的真迹。无论哪一样都价值不菲。

不等任瑶期说出什么拒绝的话，高嬷嬷就道：“夫人说，这些东西在真正喜欢它们的人的眼里才是有价值的，否则就是一堆废纸。任五小姐您是有资格接受的，万望您能收下。”

任瑶期没有再推辞，收下了徐家的礼。

第二十四章
密　谈

千金宴前一日，任家大太太和任家五太太母女来了云阳城。

今年任家几位小姐无论嫡庶都收到了千金宴的请帖，算是云家对于任家之前照顾云文放之事表示的感激。

任老太太不知因为何事没有提前一日就过来，倒是大太太王氏不放心自己的女儿任瑶音提前来了，同时还带来任家给几位姑娘准备的行头。

任时佳带着任瑶期和任瑶音去了任家别院。任家大房五位小姐都到齐了。二房的任瑶亭没有过来，大太太吩咐人将她的那一份送去苏家。

一屋子女眷齐聚别院的正房挑选衣裳和首饰，好不热闹。其中五太太林氏最为积极，拿着一身草绿色销金缠枝花纹的袄裙冲着女儿任瑶玉不停地比画，脸上的神色有些不满意。

“这色儿不衬我们玉儿的肤色。”

林氏又瞧了瞧其他几位姑娘手中的衣裳，看到任瑶音手中那一身胭脂色的袄裙上一朵朵碗口大的芙蓉花端庄又不失俏丽的时候眼睛一亮。

“音儿手里这一身就不错。大嫂，不如让音儿和玉儿换一身？我瞧着音儿肤色白，穿绿色的话更好看些。”

任瑶音眉头几不可察地皱了皱，很快就放下了。她冲着林氏抿嘴一笑，也不说话，只看了她母亲一眼。

大太太王氏对五太太向来能让就让，不过这次却没有那么好说话，缓缓道："弟妹，我记得当初玉儿的衣料子是你亲手挑的？这草绿色销金的衣料还有那匹大红销金的料子都是托江南织造顾家弄来的，说比照着贡品的式样织的，池儿总共也就找来这两匹。大红色的那匹老太太要去给了华儿，草绿色的原本是要给音儿的，是弟妹你说玉儿穿绿的好看，从我这里巴巴地求了去，这会儿衣裳都做好了，你又说不要了？她们姐们身量不同，就算是换了也不合身啊。"

千金宴对女儿的重要性，大太太心里清楚得很。那两匹贵重的布料是大太太之前特意写信托了长女，嫁到江南织造顾家的任大小姐任瑶池找来的，想要让小女儿在千金宴上出彩。

后来老太太给任瑶华要了那匹大红的，任瑶华穿大红色比任瑶音适合，王氏便爽快地给了。

五太太林氏不知道从哪里听说了，非要那匹草绿色的给任瑶玉。因为任瑶池在送衣料来的时候还送来一位手艺出众的绣娘，加上任瑶音平日里也不是很喜欢穿绿色的衣裳，所以大太太就将料子给了五太太。

不想那位绣娘绣的芙蓉花栩栩如生，使得原本不甚出彩的胭脂色料子做成衣裙后变得异常端庄富贵，很适合任瑶音的气质。

五太太如今见了又想换了。

大太太再好的性子，这会儿也有些不快。

五太太也知道理亏，轻咳一声道："不合身改一改就是了，我们又不是没有会针线的。我就是喜欢那绣工。"

大太太笑了笑："绣工确实是好，绣娘还是池儿特意找来的，差不多半个月也就绣出这一件。弟妹要是喜欢的话，回去我把人借给你就是。"

五太太听她这话就是不想换衣裳了，不由得酸溜溜道："池姐儿也是，要找绣娘怎么不知道多找几个回来？音儿是她妹妹，我们玉儿就不是她妹妹了？"

即便这些年下来大太太对于五太太的胡搅蛮缠已经深有体会，这会儿也有些恼怒了，不由得皱了皱眉。

任瑶音轻笑一声，柔声道："五婶婶有所不知，一般的绣娘好找，大姐姐给找的可不一般，是江南织造府退下来的。"

任瑶音的丫鬟寒露插嘴道："听说给当今圣上绣过龙袍呢。"

林氏闻言，语气便有些泛酸："哟，那可真是金贵人儿。说起来我们任家几个姑娘，也就是池姐儿嫁得最好，江南顾家是什么样的人家啊，都是常年与宫里的贵人们打交道的，大嫂是个有福气的。"

大太太不欲与林氏再言这些事情，只笑了笑，敷衍两句，便小声与任瑶音说起衣裳要不要修改。

一直没有说话的任瑶英忽然道："听说五姐姐的衣裳云家一早就准备好了？四姐姐经常出入云府，又与云家大小姐交好，想必也有吧？"

任瑶音动作一顿，随即微微一笑："我倒是没有。平日里去云府，也就是与云小姐聊一聊诗词。"

任瑶期挥手让桑葚将自己的两套衣裙收好，淡声道："九妹妹来云阳城不久，消息倒是灵通得很。我也是去云家的时候正好遇上云老太太给云小姐和郡主准备新衣，郡主匀了我两件，我推辞不过罢了。"

林氏闻言，打量着桑葚手里的衣裳："哟，云家准备的肯定比我们任家的要好，期姐儿怎么不拿出来让我们看看？不过，既然你有了更好的，那这两身想必就不需要了吧？"

林氏越看越觉得手里那身草绿色袄裙俗气，想要给女儿换一身。任瑶期分到的是一身姜黄色和一身湖绿色的，她想要过去给任瑶玉试试。

任瑶期对于林氏随时想着要占便宜的性子已经见怪不怪了，闻言好脾气地笑了笑："听说衣裳都是祖母、大伯母和大嫂亲自挑选的料子和式样，长辈们一番心意，我自然是需要得很。不过如果八妹妹衣裳不够的话，我借出去一两件也无妨，都是一家人。"

林氏闻言露出一个"算你识相"的笑容，正要拉着任瑶玉过来，任瑶华却皱眉训斥任瑶期道："胡言乱语什么！我们任家又不是穷酸破落户，任家小姐哪里就缺了那几身衣裳穿？八妹妹是五婶婶的掌上明珠，比你金贵着呢！穿了你的衣裳，不怕别人骂她寒酸，骂我们任家小家子气？"

林氏生生顿住脚步，瞪着任瑶华，气得脸色都扭曲了。

任瑶期叹息一声，点了点头，从善如流道："是我说错话了。"然后不再言语。

这时候外面有人进来报说云家派人求见。

众人有些惊奇，不由得看向任瑶音。最近任家也就是任瑶音与云家大小姐接触频繁一些，不过任瑶音也是一副不知情的样子。

待来人进来一看，果然是云秋晨身边的大丫鬟南珠。

“可是你家小姐让你来寻我？”任瑶音一脸柔和地问道。

南珠点了点头，笑道：“明日就是千金宴了，这几日我们大小姐跟着大太太忙碌，没有时间招待任四姑娘，今日小姐想起来还有一些明日宴会上的事情想要交代您，请您过府一叙。”

任大太太见女儿与云秋晨这般交好，心中十分满意。

任瑶音之前提过自己是第一次参加千金宴，请求云秋晨得空的时候提点自己一二。不过云秋晨最近几日一直没有空，不想今日却派人来了。

任瑶音虽然心里也高兴云秋晨的亲近，面上却依旧是一副大方温婉、不卑不亢的模样：“既然这时候叫我过去，那必是重要的事情了。我正在挑选明日要穿的衣裳首饰，南珠姑娘还请稍等片刻。”

林氏向来就不是个识相的，这会儿便又插嘴道：“云大小姐只邀请我们音姐儿一个？我们玉儿对云大小姐也敬仰得很呢。”

南珠是云老太太特意调教好给云秋晨的陪嫁丫鬟，也是见过世面的，闻言顿都不顿，立即就笑眯眯道：“奴婢之前以为任四小姐还在林家，赶过去却扑了个空。我家小姐也想到任家几位姑娘都是第一次参加千金宴，既然邀请了任四小姐过去，又怎么好厚此薄彼呢？几位姑娘若是不嫌弃的话，不如一同跟来？”

任五太太没想到自己随口一句话，人家云家还真的邀请了，不由得心花怒放。

“哟，那敢情好。我正打算带着玉儿上门拜访呢。就想着云大小姐神仙般的品貌，让我这傻女儿也沾一沾仙气。”

之前几次任瑶音去云家的时候，云秋晨也提过让任瑶期一起去玩。不知出于什么考虑，任瑶音并不热衷妹妹与云秋晨相熟，而任瑶期因为云文放的原因根本就不想去云家。不想今日这么巧，云家来请云秋晨的时候遇上了任五太太。

任瑶期心下无奈至极。

不过在场的人想要去云家的占了多数，毕竟明日的千金宴是云家举办，这时候云大小姐要告诉任瑶音什么规矩，自然是对明日有益的。

任家大太太和任瑶音虽然心里恼怒任五太太，但是主家都发话了，她们阻止别人去云家势必会得罪人，便忍了下来。

于是最后由任大太太拍板，任家几位姑娘乘着三辆马车，去了云家。

任家五位小姐原本是要先去给云老太太问安的，不巧今日正好云家的姑奶奶苏大太太回娘家，云老太太母女两人难得关了门谈话，院子外头守了人不让打扰。

于是云秋晨便带着众人去了她的院子。

任瑶音这次来云阳城后，经常借着与云秋晨谈论诗词歌赋的名头来云家。她本身就有几分才气，加上对云秋晨不着痕迹地刻意逢迎，两人之间的友谊便突飞猛进。

云家对云秋晨的培养不遗余力，她平日里也经常要帮着宴客，所以任家今日来了五位小姐做客，却不显得手忙脚乱。

云秋晨领着几人在会客厅坐了，相互间序过齿，见过礼。

“本该早日请你来的，可惜我最近要帮母亲处理明日千金宴的事，一直不得空。”云秋晨含着歉意对任瑶音道。

任瑶音忙道：“我本该想到你最近要忙的，说起来其实还是我的不是。今日不知有没有耽误你的正事？”

云秋晨摇了摇头：“今日已经无事了，剩下的我母亲和两位婶婶会安排好。”说着又转头看向任瑶期，温声道：“瑶期妹妹好些日子不见了。之前我一直让瑶音邀请你一起过来玩，瑶音说你每日要去燕北王府陪郡主练琴。不知郡主的琴练得如何了？”

任瑶期笑道：“郡主最近很用功，听教琴的先生说进步很大。”

云秋晨闻言一笑：“那就好。说起来郡主自幼就不爱这些琴棋书画，之前王妃要她为千金宴做准备的时候，她还不情愿，不想最后倒真的下苦功练这么些日子，我都等不及想要听她弹一曲了。”

与任瑶音和任瑶期寒暄完，云秋晨怕任家其他几位姑娘感觉被冷落，又将任瑶华几人一一问过一遍。

任瑶期发现，云秋晨对任家几位姐妹的喜好都有些了解，与她们说话的时候有意无意地挑她们喜欢的话题或者擅长的事物，不知道这些是从任瑶音口中得知的，还是在她们来之前有过一番打探。

从这一点来说，任瑶期不得不感叹云秋晨的用心，以及云家对云秋晨的培养。之前听说云家是将云秋晨当作下一任燕北王妃来培养的话，应该不是空穴来风。

接下来云秋晨又与她们说起了千金宴的事情，任家的几位姑娘都是第一次参加千金宴，因此都听得十分认真。

千金宴虽然都是由云家筹办的，举办千金宴的地方却是由燕北王府提供的。因为来参加千金宴的是整个燕北的名门闺秀，且宴会要持续三日，只有燕北王府有那么大的地方。

今年燕北王府安排的地点是日月泉的温泉山庄。

任瑶英今日也十分活络，听云秋晨说起日月泉的温泉，便道：“上次我与三姐姐、五姐姐也去过那里呢。可惜我们没有见到燕北王府的温泉山庄，也没有见到日月泉。”

云秋晨温声解释道：“燕北王府的温泉山庄平日里是不接待外人的，日月泉被围在山庄里，因一大一小两个温泉而得名。明日去了，我可以带你们去看日曜泉。”

任瑶音饶有兴致道：“日曜泉就是‘日’泉吧？那‘月’泉又是什么泉？”

“大的叫日曜泉，小的那个叫月华泉，不过月华泉我也没有见过，想必是王爷王妃沐浴用的。日曜泉在园子当中，因为泉水常年温热，园子里的花卉四季不败，也算是一处奇景。”

诸人闻言都对明日之行十分期待。

几人正相谈甚欢，南珠走过来，附耳在云秋晨耳边说了几句。

云秋晨面色不变，等南珠说完之后笑着对众人道：“我刚邀了二妹妹和三妹妹过来，我们这么些人在这院子里干坐着未免无趣了些，不如移步水榭吧？”

云秋晨这么一说，自然没有人有意见，起身跟着云秋晨去水榭，走到半路上就遇见云家二小姐云秋苹和云三小姐云秋芳。

云秋晨向两位云家小姐介绍任家几位小姐，都以表姐妹相称，一路寒暄着去了水榭。

云家的宅子总体而言端庄大气，就连大户人家向来注重的用来显示脸面的花园子也建得中规中矩，只见严谨，不见花哨。

倒是园中半月形水塘边的一处水榭修得玲珑别致，十分有雅趣。夏日里，水榭四面的窗户都大开着，就如一个临水凉亭。身在水榭当中便感觉一阵清风拂面，凉爽宜人，确实是避暑的好去处。

“二妹妹、三妹妹，替我招待一下几位表姐妹，我去看看茶点准备得如何了。”等众人落座，云秋晨笑着道。

云秋芳看了一眼云秋晨，扯了扯嘴角：“大姐姐说这话可见外了，我和二姐姐是主，任家几位表姐妹是客，你不说我们也当招待好了，莫非在大姐姐心里就只有自己是云家小姐，我们都是外人不成？”

云秋芳一路上虽然也是说笑着，不过很明显只是出于礼数和客套，仔细看的话，她的脸色并不好看。这会儿抓住云秋晨那一句话，她便忍不住借题发挥起来。

任家姐妹也听出来云秋芳话里有些不对劲，不过谁也不是傻子，便都当作没有听出来。

云秋晨修养极佳，被云秋芳这么一刺半点恼怒也没有，只微笑着冲众人点了点头，便带着自己的两个大丫鬟出去了。

待离开水榭，云秋晨才停下脚步，微微蹙眉问大丫鬟南珠：“母亲已经回来了？”

南珠低头道：“是的，小姐，大太太刚刚进府已经往老太太院子里去了。”

云秋晨点了点头，微微敛眸看着面前的池塘。两个大丫鬟知道自家小姐这副模样定是在思量事情，也不打扰，都安安静静地站在她身后。

半晌，云秋晨问道：“派去打探的人可有听到姑母与祖母说了什么？”

“上次因为老太太院子里的管房嬷嬷收了三太太的银子，将云家的一本祖传药膳方子抄了去，老太太发作了一批人，几个大丫鬟也放了出去。只有一个二等丫鬟进去送茶的时候听到姑太太提到了马场。”

“苏家在边境的马场？”云秋晨有些讶异。

“昨日太太不是说苏家的马场这次因为党项人入侵损失惨重吗？想必姑太太就是回来与老太太说这件事情的。”

云秋晨微微沉吟道：“这是苏家的家事，姑母不会为了此事特意回来云家诉苦，还屏退众人，定是还有其他的事情。”

“那奴婢再派人去打听一下？”

云秋晨摇了摇头：“算了，母亲既然已经回来了，我们还是等母亲那边的消息吧。”

“小姐，老太太院子里要不要让太太再安排几个人进去？”南珠道。

云秋晨想了想，还是摇头：“算了，祖母现在正忌讳这个，没必要这会儿撞到枪口上。”

这时候园中小径上传来脚步声，有人朝这边来了。

云秋晨皱了皱眉，回头一看，便见云文放从一丛灌木后快步走出来。云秋晨不由得松了眉头，笑道：“二哥，你怎么来了？”

云文放看到云秋晨仅带着两个丫鬟在这里，也是一愣，随即往水榭那边看了一眼，挑眉道：“怎么？你来得，我来不得？早晨起来听到麻雀叫，应该是有客来访？”

云秋晨知道云文放的心思，看了他一眼，见他有些心不在焉，便叹道：“二哥，我和二妹妹、三妹妹正在招待任家几位表姐妹。”顿了顿，云秋晨又温声道，“来者是客，又都是女孩子，你等会儿见了，言行上还需注意一些。”

云秋晨听说了上次云文放在燕北王府拦住任五小姐的事情，原本还想着今日要替这位二哥向任五小姐表示一下歉意。不想云文放自己过来了，自己想必是赶不走的，便只有想着等会儿一定要好好看住这个平日里肆意妄为的二哥，不让他惹祸，失了云家的脸面。

云文放扯了扯嘴角：“少爷长得面目可憎不成？你还怕吓着客人。”

云秋晨知道自己二哥的性子，不怎么好相与，不过她与云文放是一母同胞，也是真心为他打算，只能温声劝道：“二哥，你知道我不是这个意思。你的心思我明白，只是你如果还像上次在燕北王府的时候那样冒冒失失，怕是最后非但不能得偿所愿，反而会将人越推越远。”

云文放轻哼一声，脸色微冷。

云秋晨也不怕他，继续劝道：“就拿上次你给她送画的事情来说，她若是收了你的画，岂不是私相授受？就我与她接触的几次来说，任五小姐绝对是个端庄正派的闺秀，她怎么可能收你的东西坏了自己的名声？”

云文放有些烦躁地问：“这也不行，那也不行，那你说说要怎么办？”

云秋晨想说婚姻大事向来是父母之命，哪里轮得到自己做主，不过她知道二哥肯定不耐烦听这个，只能委婉道：“任五小姐自己也做不得自己的主，你与其在她那里碰壁，不如在母亲和祖母那里下下功夫。”

云文放皱眉：“祖母之前不是已经答应我的妻子人选由自己定？”

云秋晨闻言有些无奈，她这位二哥聪明是聪明，可是对于内宅之事真的是一窍不通。

云家二少爷的亲事哪里就那么简单？祖母说由着他自己决定，不过哄哄他罢了，偏房的人选可以随他自己喜欢，正妻却是万万不可能的。

不过这话云秋晨可不敢这会儿与他说，免得他在府里闹起来。

云文放对于妹妹的话总算也听进去一些，想着任瑶期对他避之唯恐不及的态度，恼恨之余也觉得是不是自己的作为真的如他们所说的有些不妥。

云二公子不知道，这会儿还真有人正在打他婚事的主意。

云大太太从外面赶回来之后就往老太太院子里去了，让人进去通报一声，云老太太让她进了正房。

云大太太进去的时候正好听到苏大太太在说：“……芳菲是您的外孙女，

也是您和大嫂看着长大的，品性如何自不必我多言。文放这孩子……”

苏大太太说到这里正好看到云大太太进来，不由得停住话头，从南炕上起身，亲亲热热地唤了一声：“大嫂。”

云大太太听话只听到这么一句，也不知道苏大太太葫芦里到底卖的是什么药。她笑着回了礼，又给云老太太请了安。

云老太太和苏大太太都坐在西屋的南炕上，云大太太便在丫鬟搬过来的交椅上坐下。

“老大媳妇，你来得正好，我正要找人去叫你呢。”云老太太即便是与女儿坐在自家炕上，也是腰背笔直。

云大太太低头道：“不知母亲有何事吩咐？”

云老太太看了苏大太太一眼，慢声道：“淑和想要与你谈谈放儿的亲事。”

云大太太心中一惊，想起来进来的时候听到的那两句，难不成苏家想要把苏芳菲嫁给自己儿子？苏家大太太虽然是云家女，但是因为燕北王府老王妃和云太夫人的恩怨，苏云两家向来不是一路。

苏家这是什么意思？

云大太太抬了抬眼，看了老太太一眼，想要从云老太太那里看出她对此事的态度。可是云老太太面上半点情绪也不露，实在是看不出来她对这桩婚事是赞成还是反对。

云大太太只能笑道：“有母亲和父亲在，放儿的亲事自然是二老做主，媳妇不敢置喙。”

云老太太闻言便道：“你觉得芳菲这孩子如何？”

苏家大小姐苏芳菲是苏大太太的嫡长女，也是云老太太的外孙女，云大太太自然不能说苏芳菲不好：“芳菲长相出众，品性和善，极好。”

苏大太太闻言笑了，又看向云老太太。

云大太太也看向云老太太，虽然云老太太问她的意见，不过她也知道儿子的亲事不是她一人能做主的，最后还是要看云老太爷和云老太太的意思。虽然她并不希望儿子娶苏家女。

云老太太似是没有看到自己的女儿和媳妇都在等着她发表意见，悠悠然地端起茶碗喝了一口，然后放下茶碗对云大太太道：“茶凉了，让人进来换下去。”

云大太太应声去了。

等茶换完，云老太太接过云大太太亲手递过去的茶碗，撇了撇茶沫子，对苏大太太淡声道：“难得回来一趟，留下用午膳吧。”

苏大太太今日回娘家就是为了儿女婚事。原本她作为女方长辈是不该主动提出的，好在云家是她娘家，云老太太是她亲娘，这才没有了这些忌讳。

不过云老太太现在这态度明显是不想给个准话，苏大太太的面子也有些挂不住了。

“娘，一家人不说两家话，您到底是个什么意思，能不能给女儿个准数？”

苏大太太在闺中的时候也是被云老太太捧在手心里宠大的，当年云大太太进门的时候可比不得她这个亲闺女在云老太太面前有脸面。如今时过境迁，她当着大嫂的面被自己的亲娘敷衍，饶是平日里再厉害，这会儿也装不出端庄贤淑了。

云老太太对女儿面上的委屈视而不见，只淡声道：“苏家和云家什么时候成一家人了，我怎么不知道？”

苏大太太面上一僵，云大太太却是松了一口气，嘴角都忍不住微微上扬了半分。云大太太真怕云老太太顾忌自己女儿的脸面随便应下与苏家的亲事。

与和苏家结亲相比，她更倾向于和燕北王府结亲。虽然苏大太太和燕北王妃都是她的小姑子，苏家却是老燕北王妃那一派的，以云家如今的地位，与其左右逢源，还不如坚定立场。

不过终究是自己的亲闺女，云老太太也不好让苏大太太面上太难堪，微微缓和了声音道：“放儿是我最喜欢的孙子，他的亲事不可儿戏，也不是我一人可以做主的。等你父亲和大哥回来商量之后再说吧。”

苏大太太的脸色也好看了些，想起出门之前苏老太爷和自己相公的嘱咐，叹息了一声，转头与云大太太道：“大嫂，您以为我今日为何会突然提及芳菲和放儿的亲事？我家闺女虽然只是蒲柳之姿，但好歹也是苏家嫡出的大小姐，即便是还未及笄，暗地里打听的人也不少，我难道非要将她往我娘家送？您说句实话，芳菲配给放儿，放儿吃亏不吃亏？”

苏大太太这话说得自信，不过也是实话。苏家大小姐容貌品性都不错，嫁给云家二少爷也不算是苏家高攀。

云大太太忙道："芳菲自然是极好的，是我们放儿高攀了。"

苏大太太笑着摇头："大嫂，你也不必说这些场面话，我的性子你清楚，若是放儿高攀我闺女，我压根儿就不会提这茬儿。"

说到这里，苏大太太叹道："想必大嫂也知道了，前些日子我们苏家马场的事情。"

云大太太看了云老太太一眼，沉吟道："我听你大哥提过一句，说是有两个马场被党项人劫掠了。"

苏大太太闻言冷笑一声："党项人？党项人若是有这能耐，金銮殿的那位怕是都坐不稳了。"

云大太太一惊："这话可不能乱说。"

朝廷在燕北的影响力虽然远远比不上江南，但云大太太年幼之时在京都生活过，对李氏王朝还是很忌惮的。不过她仔细想了想苏大太太话里的意思，立即就明白了苏大太太意有所指。

"难道劫掠苏家马场的不是党项人？宁夏吴家的军队虽然及不上燕北王府，但是也没有听说过有能劫掠苏家的悍匪出现。"

"悍匪？在燕北什么悍匪有那个能耐？倒是千防万防内贼难防，怕就怕有人监守自盗，悍匪哪里比得过官匪？"苏大太太不屑道。

云大太太将苏大太太的话在心里过一遍，猛然一惊，再不敢接话。

苏大太太这话里的意思太明显了，在燕北能"监守自盗"的"官匪"除了宁夏的吴家，就是燕北萧家。

云老太太皱眉训斥道："闭嘴！你当这里是什么地方，由得你胡言乱语。"

苏大太太却是眼眶一红："娘，我当然知道这里是什么地方，这里是我娘家，在座的只有我亲娘和大嫂，难不成我连一句大实话也说不得了？就算是嫁出去的女儿泼出去的水，等我百年之后牌位上也是写的'苏门云氏'！"

见她如此，云老太太也只能闭眼叹息一声。

苏大太太接着道："当初老王爷将辽人赶出燕北之后，燕北百废待兴一片乱象。老王爷在燕北诸多家族中选出我们苏家和云家作为领头，这些年来，我们两家对燕北的贡献自不必多说，对燕北王府也算是鞠躬尽瘁，可是有一句话叫作‘飞鸟尽,良弓藏,狡兔死,走狗烹’，还有一句话叫作‘功高盖主’。近些年，燕北王府对我们两家的态度远不如从前，我们苏家就不必多言了，我不信云家就没有一点察觉。就拿文廷和郡主的亲事来说，若是从前，燕北王府会是这种态度？燕北王府这是逼着我们两家功成身退呢！”

说到云文廷和萧靖琳的亲事，云大太太也没有话说了。

云家和燕北王府几代联姻，原本云家是想要将云秋晨嫁给世子萧靖康，当年燕北王也是暗许过云家世子妃之位的，可惜萧靖康进京为质后，朝廷立即就将萧靖康的婚事定下了。云家退而求其次，想要让云文廷娶萧靖琳。

可是眼见着云文廷到了适婚之龄，云家也几次在燕北王面前提起云文廷和郡主的婚事，燕北王那里却没有什么表示。现任燕北王妃虽然出自云家，但是云家和燕北王府的关系却远不如当年。

苏大太太看着云大太太的脸色，继续道：“功成身退？说得倒是简单！我们也想功成身退，可是这几十年来我们两家为了燕北王府得罪过多少人？坏人是我们在做，好处是王府拿，等到我们失势的那一日，怕是会被啃得骨头都不剩！且我们两家到了如今这个地位，可谓牵一发而动全身，就是我们想退，依附于我们的那些家族可愿意让我们退？”

苏大太太当年也是被云家重点教养过的，脑子灵活，口才极佳，即便是向来不喜欢她的云大太太听了她这一番话，也不免心有戚戚焉。

云老太太开口问道：“那你当如何？反了萧家不成？”声音无悲无喜。

苏大太太知道云家的立场，自然不会在这时候说要反了萧家的话：“娘，您这话严重了！萧家虽然只是一个王府，在我们燕北却是相当于南边的朝廷。萧家是君，我们是臣，不到万不得已，谁又愿意做出叛逆之事？只是我们无过却要我们引颈受戮，也没有这个道理不是？今日我回云家提出结亲的事，也不过是为了自保。只要苏家和云家联姻，即便是燕北王府也需要顾忌，不会轻易将我们两家当作弃子。这对我们两家而言，都是有利无害的。”

云老太太沉默半晌：“此事事关重大，不是我们几个内宅妇人能决定的，等你父亲回来，我会告诉他。既然你不想留下来用饭，就早些回去吧。”

云大太太听了苏大太太的话，也是心事重重，这会儿也没有心情留客。

苏大太太见自己今日回娘家的目的已经达到，而云家确实需要时间考虑，便很爽快地提出告辞。

云大太太亲自送苏大太太出去，然后又返回老太太的院子。

云老太太自女儿走后一直坐在那里闭目养神，云大太太看着自己的婆婆，几番欲言又止。

云老太太虽然没有睁眼，却像是知道云大太太有话要说的样子，靠坐在引枕上问道："你想说什么？"

云大太太其实很想问云老太太对于苏云两家联姻的态度，不过苏大太太是云老太太的亲闺女，她只是儿媳妇。当年她初嫁到云家的时候，与苏大太太这个争强好胜的小姑子也有过几番较量，当初云老太太虽然明面上没有什么表示，暗中却还是偏帮自己的闺女的，所以有些话她不知道该不该问。

云大太太沉吟不言，云老太太却笑了："你怕什么？你才是云家大太太，是我的嫡长媳，淑和的话说得再漂亮，她也是苏家人，你还怕我偏心？我虽然老了，却还没有糊涂，谁是自家人，谁是外人，还分得清。"

云大太太闻言一愣，忙道："母亲，我不是……"

云老太太摆了摆手："行了，当年我偏心她是因为她是我闺女，还不是苏家的媳妇，自然是她亲你疏，所以我偏帮她。"

云大太太的心思被戳破，不由得有些尴尬。

云老太太睁开眼看了她一会儿，说道："我希望等到云家交到你手中的时候，你还能记住我今日的话。我知道你疼秋晨，什么事情都不瞒她，只是等到有一日需要你在儿媳妇和亲闺女之间分出个亲疏远近的时候，你要想明白谁才是云家人。"

云大太太沉默片刻，低头道："儿媳记住了。"

云老太太点了点头："你是想要问芳菲和放儿的亲事吧？我不同意。"顿了顿，云老太太又加重了语气，"不是我不同意，是云家不会同意。云家和苏家从来就不是一荣俱荣一损俱损的关系，以前不是，以后也不会是。"

云老太太的话让云大太太彻底放心下来，倒是云老太太话语里的笃定让她有些踌躇：“可是母亲，淑和那边要怎么交代？”

云老太太皱了皱眉：“交代什么？云家不需要向谁交代。苏家这会儿想要与我们云家结亲，不过是不忿被燕北王府摆了一道，想要将我们也拉到他们那条船上，让燕北王府头疼罢了，云家就这么好利用不成？”

“母亲，您的意思是，这次苏家出事真的是燕北王府……”

云老太太想了想，继而冷笑：“我猜是八九不离十。近几年苏家不仅在燕北的手越伸越长，连南边的生意也想沾，怕是犯了燕北王府的忌讳。苏家是跟着老燕北王萧岐山起家的，当年算是燕北王府的家臣，谁都可以与京都沾边，就是苏家不能。不然，他们还想当两姓家奴不成？这心未免也太大了。奴才不听话，主子自然不能放任不管。”

云大太太若有所悟道：“难怪母亲您说我们与苏家不是一路。”

在云家人眼里，苏家不过是燕北王府的家奴，而云家却是燕北王府的亲家。当初云家之所以和苏家结亲，也不过是燕北王府想要调和世家和新兴贵族的矛盾，是权宜之计。

云老太太想了想，叹了一口气：“不过，淑和有一句话倒是说对了。我们云家与燕北王府也远没有老王爷在世的时候那般亲近了，不然廷儿和郡主的婚事也不会这般难为。只是有些事情并不是我们能控制的。我们云家这几十年来一直都是燕北第一世家，依附于我们的家族不计其数，枝繁叶茂便免不了乱枝虬结。就拿上次与苏家争夺西北盐场之事来说，不是我们不退，而是不能退，退了一次就会退第二次、第三次，直到退无可退，让底下的人寒了心。到那时，云家只会落得个任人鱼肉的地步。”

云大太太皱眉道：“我们云家这些年来对燕北没有功劳也有苦劳，若真到了退无可退的那一日，燕北王府难不成见死不救？”

云老太太哼笑一声，看着云大太太道：“我刚刚说的话你还是没有听进去。”

“母亲……”

“我说了云家与苏家不是一路，你以为是什么意思？苏家是燕北王府门下之犬，云家可不是。既然我们要求燕北王府给云家高人一等的地位，那云家便要有拿得出手的本事。真到了那一天……真到了那一天也只能怨我们本事不够。燕北王府袖手旁观又如何？就算是落井下石也不能说他们是错的。没了一个云家，还会有百千个云家顶上来。”

云老太太的话让云大太太听得心中微震，沉默半晌，她才开口道：“母亲，那燕北王府迟迟不肯同意廷儿和郡主的亲事，是不是也是对我们云家的警告？”

这次轮到云老太太不说话了。

云大太太等了半晌，张了张嘴正要说话，云老太太却开口了：“你也不必太过忧虑，我们云家既然能做燕北第一世家，就说明不会那么容易被击垮。这次千金宴全燕北的名门闺秀基本上都到了，这些日子来云家拜会的也不少，你有没有见到合意的？”

云老太太的话题转得太快，让云大太太愣了愣：“倒是有几个不错，母亲的意思是……”

云老太太端起茶碗，垂眸饮了一口，缓声道：“放儿的正妻人选该定了。”

“母亲，您之前不是说将放儿的亲事暂且放下，先忙廷儿的吗？这长幼有序……”云大太太犹豫道。

云老太太摇了摇头：“我之前是见放儿心性未定，便想先由着他去。只是如今形势逼人，放儿的亲事拖不得了。苏家狼子野心，云家与之结亲有害无益，不过如果是别的家族，倒是可以结上一结。”

云大太太闻言不由得担忧道：“如母亲所言，燕北王府如今已经颇为忌惮我们云家势大，若是再与别的显赫家族结亲，岂不是越加为燕北王府所不容？”

云老太太却笑了：“云家与燕北王府是亲家，与苏家也是亲家，紧要关头你可见我们三家同气连枝？”

云大太太语塞，又有些摸不透云老太太的心思。

云老太太看了云大太太一眼，叹息着摇了摇头，想着这个儿媳妇平日里能干是能干，终究还是少了几分阅历。

“我们云家向来是结亲不结势，这也是燕北王府愿意代代与云家结亲的原因。我为放儿挑选的岳家，并不是为了将来能与之同气连枝，而是因为云家如今已经是高处不胜寒，退又退不得，为今之计只能拉别的家族上来。这也是燕北王府愿意看到的，如果我们不这么做，燕北王府就会替我们做。”

被云老太太这么一点拨，云大太太总算是明白了。

“那依母亲所见，给放儿挑一个怎样的岳家合适？”

云老太太淡声道：“燕北世家，名声要好。”

云大太太闻言，不由得将自己最近见过的姑娘在心里过了一遍。

云老太太叹道：“原本我看中的是雷家，可惜雷家没有适龄之女。倒是雷家兄弟两人一个妻死，一个未娶，可惜雷太夫人去世，雷家兄弟两人须得守孝。且雷霆这个人年纪虽轻，性子却是强硬，不好相与。加上雷家凭空就这么冒出来，着实让我觉得不怎么踏实。”

云大太太想了想：“听廷儿说韩家韩云谦这个后生倒是不错，也有个妹妹，可惜出身低了些。”

云老太太点了点头，忽然像是想到了什么，似笑非笑地看了云大太太一眼：“既然提到了韩家，接下来是不是要提任家？”

云大太太一愣，反应过来之后忙道：“母亲，您别怪放儿，他年纪还小，又胡闹惯了。”

云老太太睨了云大太太一眼：“你果然是知道的。”

云大太太不敢吭声。

云老太太轻哼一声：“放儿自幼在我身边长大，他肚子里有几条弯弯道道，我清楚得很。之前不过看他年纪不大，由着他胡闹罢了。只是闹归闹，该明白的时候还是要明白。你这个当母亲的，以后要多看着他点，他也该明理了。”

云大太太闻言不由得在心中腹诽：您孙儿的脾气您又不是不知道，当着他的面您万事依着他，得罪人的事情就交给我去干，这话您怎么不亲口与他说？

云文放自幼在云老太太身边养大，是老太太的命根子。他又不是要继承家业的长孙，老太太便惯着他的性子，从来不当着他的面说一句重话。云文放会养成如今这种无法无天的性格，云老太太要担负主要责任。

“母亲，这件事情不如还是先瞒着放儿些，不然依着他的性子，若是闹起来，亲事怕是不成了。”想起之前那几次云文放的胡闹，云大太太十分无奈。

云老太太想了想，点了点头：“那就先瞒着吧，反正成亲也要等两年。他现在年纪小，不过是看任家那个丫头长得好看，上了心。你仔细留意着，若是有看见跟任五小姐长得相似的丫头，就买回府来，放到他身边给他做通房。等过个两年，新鲜劲儿一过，他就不惦记了。”

“燕州没有合适的人选，别的州府倒是有几个。”云大太太将话题拉回正轨。

“说来听听。”

“蔚州郭家家主的嫡长女，顺州姜家的八小姐，还有就是蓟州丘家的二姑娘。”云大太太将这些日子见过的印象比较好的几个闺秀说了出来。

“丘家二姑娘，丘新民的孙女？”云老太太皱眉道。

丘家是云老太太的娘家，她父亲是上一任族长，可惜无子，最后过继了远房族亲之子丘新民，也就是任老太太的嫡亲兄长，接任族长之位。

不过丘新民过继之时，云老太太早已经出嫁，所以她与丘家现任族长虽然有人情往来，熟悉却说不上。

丘家怎么说也是云老太太的娘家，云大太太自然是仔细留意了丘家的姑娘。

“丘二姑娘是丘老太爷嫡长子的独女，她还有一位兄长在云阳书院读书，与放儿是同窗，来我们府上给您请过几次安，母亲应该有印象才是。”

云老太太自然记得与云文放交好的丘韫，点了点头：“丘新民当年虽然只是丘家的一个旁支之子，好在我父亲给他留了几个可用之人，这些年丘家也没有被他败了。丘家的小子我见过，是个好的，想必丘家的丫头也差不到哪里去。”

丘二姑娘来给云老太太请安的时候，云老太太因为近日拜会的人太多，见不过来，便称了病，将客人都交给三个媳妇招待，所以她没有见过丘家那位侄孙女。

“明日得空你让人领了她来见我，我仔细瞧瞧。”云老太太道，“另外两个姑娘也给我说说，若是可以，我们云家倒是不见得非要与丘家结亲。”

其实说白了，云老太太还是有些瞧不上丘家偏支出身的丘新民。别看这位丘家族长如今威风了，当年在她父亲挑选嗣子的时候，丘新民十分胆小懦弱，自幼也没有受过世家的教育，在云老太太眼里，实在是属于半路出家。

“蔚州郭家在蔚州的地位就如同我们云家在燕北的地位。这位郭家大小姐今年十三岁，长相出众，性子活泼爽利，她的母族也是出身武州的大族。顺州的姜家虽然比不上郭家势大，倒是真正的书香门第。姜家在迁来燕北之前也曾出过几个状元探花，虽然比不上裴家和徐家，倒也是大周朝人熟知的以诗书传家的名门世家。姜家这位八小姐今年十二岁，相貌比不上郭家和丘家的那两位小姐，不过性子十分柔顺，也有几分才气。”

云老太太满意地点了点头：“你挑的这几户人家都不错，这样吧，趁着千金宴的这几日，让这三个丫头多来我面前坐坐。”

云大太太忙应了，想了想又道：“那廷儿的亲事就这么放着？”

云老太太摩挲着手中的茶碗似是在沉思，语气却没有半分犹豫：“放着，郡主一日未说亲，廷儿的亲事就定不了。”

自己的儿子自己心疼，云大太太心里终究还是有些不满的：“这算是什么事呢！放儿这个做弟弟的反而先定亲……若是一直这么拖着，以后外头还不知道要怎么笑话廷儿呢。”

云老太太倒是不担心这个：“若是放儿的亲事定下来那日，廷儿这边还没有定下，就放出消息说我请高僧给廷儿算过命，廷儿的命格适合晚婚。郡主等得起，我们云家更等得起。何况男子汉大丈夫，何患无妻？不是我说大话，以廷儿的人品相貌，放眼整个燕北能与之媲美的也只有燕北王府的二公子了。”

云大太太再不满意，也只能作罢。

“只见你操心两个儿子，晨儿怎么不见你操心？”云老太太抬眸道。

说到女儿，云大太太脸上终于露出一丝笑意：“倒不是媳妇偏心儿子，晨儿还真轮不到我操心，这孩子自小就聪明又听话。”

云老太太也笑了：“晨儿这性子倒是像极了王妃当年。”

云大太太正要凑趣说两句，云老太太的话锋突然一转，语气转冷：“只是王妃当年没有她的胆量，敢在长辈屋子里放眼线。”

此话一出，云大太太的笑容立即僵在脸上，脸色唰地一白。

屋子里一片寂静，落针可闻。

最后云大太太低头跪在云老太太面前，艰涩地开口：“母亲……”

云老太太面无表情道：“这世上聪明之人多了去了，而最终没有好下场的也往往是那些聪明人，因为他们顺遂惯了，却总是忘记人外有人天外有天。所以他们不是死在别人手里，而是死在自己的自命不凡之下。”

云大太太跪在屋子当中，连气也不敢出。

云老太太看了云大太太一会儿，看到云大太太心惊胆战的模样，终于抬了抬手：“起来吧！我若是想要发作你们母女，当初就不会拿老三家的开刀，我这心终究还是偏的。”

云大太太这才明白，原来之前三太太因为偷了老太太房里的方子被老太太发作之事其实是在给她们警告。

云老太太看云大太太吓得站了两次都没站起来，脸色终于缓和了些：“你是云家内宅以后的掌权人，晨儿是我最疼爱的孙女，我不能让你们没有脸面，所以这事我以后也不再提。好在晨儿也不是无药可救，在我把两个大丫鬟发配出去之后，她没有再往我屋里塞人。”

云大太太一头冷汗，张了张嘴，还是说不出话来。

往长辈房里放眼线，这事可大可小。若是云老太太真的有心发作她，给她一纸休书也没人敢说二话。好在云老太太终究还是看重这个儿媳妇，对云秋晨这个孙女也是真心疼爱。

“母亲，媳妇知错了。晨儿……晨儿，媳妇以后会好好管教。”云大太太声音干涩地道。

“嗯，你先下去吧。”云老太太没有再与媳妇计较。

云大太太躬身退下，可是在临出门之前，她不知怎么地想到云老太太对云家女孩儿的教导，忍不住就转过身来出声问道：“母亲，您向来最重视门第出身。可是媳妇以为，世家大族之所以为世家大族，靠的就是相互联姻，同声共气，这样一代一代繁衍生息下来，才能将根儿扎稳，让后世子孙好乘凉，这样的根基有时候甚至连皇权也无法撼动。可是我们云家虽然号称是燕北第一世家，有姻亲却等于无姻亲，因为云家规定女子一旦出嫁就不准过问娘家事。媳妇不明白这是为何？”

片刻，云老太太的声音隔着珠帘子传了出来，带着些老迈沧桑：“世家？燕北哪里还有什么真正的世家！真正的世家早已经死在当年的辽人铁骑之下。你以为当年萧家手握几十万军队为何还会如同丧家之犬一般被老皇帝赶出燕北？当年那些盘根错杂的世家可是为皇帝出了不少力呢！萧家好不容易重掌燕北，又怎么可能允许当年的事情重演？如今的燕北不需要根深蒂固能撼动皇权的庞大世家，世家的存在不过是燕北王府的脸面。”

这还是云大太太第一次听到这些话，让她不由得怔愣当场。

“这也是为何我们云家能成为燕北第一世家，因为云家已故的太爷早就认清了自己的位置，从未想过要云家当什么大树。”云老太太哼笑一声道。

“至于你说的有姻亲等于无姻亲，也不尽然，你以为我为何非要让廷儿娶郡主？”云老太太缓声道，“云家的女儿出嫁从夫，不再干涉娘家之事没错，不过我问你，与我们已故太老爷一样早一步就认清自己位置的所谓世家也不算少，比如蔚州郭家和顺州姜家，可是为何世人一致认定我们云家为燕北世家之首？”

云大太太想了想，试探地道：“因为我们云家出了一位正妃一位侧妃？”

“没错。”云老太太微微一笑，“行端坐正不结党营私是给燕北王府看的，而结一门好的姻亲是给世人看的。有了燕北王府的信任，又有了燕北诸家的肯定，云家又怎么会败落？所以我们云家结亲，向来不借力，只借势。”

云大太太一直以来藏在心里的疑惑，今日终于全都解开了。

她之前一直不能理解云家“嫁出去的女儿泼出去的水”这一定论。她觉得她的女儿聪慧能干不输男子，等到将来出嫁之后便能借夫家之力扶助兄长，所以一直以来对于女儿的教导她也与云老太太不同，她实在没有想到云家对于姻亲是这种想法。

云大太太从云老太太房里出来的时候，竟有一种自己这个当家太太这些年都白做的感觉。

一屋子姑娘相谈甚欢。

云秋芳正在问任家几位小姐明日千金宴上准备的才艺表演，任瑶音说自己不是作诗就是填词，任瑶华写字画画诗词歌赋都不怎么拿手，倒是吹笛子吹得不错。

轮到任瑶期的时候，她想了想，笑道：“我还是画画吧。”

她原本想写字的，毕竟写字比画画方便，不过五太太林氏一早就打招呼说任瑶玉练字练了好几日，暗示她到时候不要抢妹妹风头。任瑶期不想与林氏计较，她也不是非写字不可。

只是任瑶期没有注意到她说完之后，坐在她身边的任瑶英眼神微闪。

云秋芳问任瑶英：“九表妹，你呢？”

任瑶英低头一笑：“我还没有想好，我不比几位姐姐多才多艺。表婶倒是说我的字写得马马虎虎尚能见人。”

任瑶英话音刚落，任瑶玉就狠狠瞪了她一眼。不过总算是碍于还在别人家的地盘，任瑶玉没有当即出声。说起来，任瑶玉经历上次的事情，也或多或少长进了些。

任瑶英似是没有看到任瑶玉的脸色，转过脸微笑着问云家两姐妹：“不知云姐姐明日要表演什么？”

云秋苹不怎么爱说话，不过出于礼貌还是答道：“明日再说吧，我各项才艺平常，不过是凑个趣儿。”

云秋芳不怎么在意地一笑：“我们倒是无所谓，反正每两年就要办这么一次，你们瞧着新鲜，我们倒是觉得人来人往的累得慌。”

话是这么说，不过在座的任家姑娘还是从云秋芳的话里听出了几分优越感。

任瑶英抿嘴一笑：“这倒是，之前听云大小姐说这几日她跟着长辈们在忙千金宴的事情，想必你们也没有闲着。云家作为主家，是要忙些的。”

不想任瑶英的话音才落下，云秋芳的脸色却突然不好看了。

云秋苹看了云秋芳一眼，低头玩自己腰间的络子。

任瑶英看到了云秋芳的脸色，不明白自己哪一句话说错了。她自然不知道，在云家三位小姐中，云老太太只让云大小姐分管了千金宴上的茶点一项，云二小姐和云三小姐相比云秋晨而言清闲得很。

任瑶音却是知道云家三姐妹之间的龃龉的，见气氛冷下来，微笑着转开话题：“九妹妹难道听不出来云二小姐和云三小姐是在自谦吗？我听说云家几位小姐自幼就跟着家中女先生学习针黹女红琴棋书画，云二小姐一手双面绣可以媲美京城的巧手娘子慕英娘，云三小姐更是在上一次的千金宴上以一首埙曲技压群芳。”

云秋芳的脸色总算是好看了些。

这时候云秋晨回来了。

云秋芳抬眼看到她，撇了撇嘴道：“茶水点心已经上来半天了，大姐姐这是打哪儿来啊？”

云秋晨闻言一笑：“出去的时候不想正巧遇上二哥，说是原本约好了与大哥和丘公子来水榭避暑的，见我们先过来占了地方，他们正要另找去处呢。”

云秋晨的话音刚落，云文放便走了进来，视线在水榭中扫了一圈，挑眉道：“原来真有客人在。”

云秋晨摇了摇头：“自然是有客人，我还能骗你不成？”

云文放叹了一声：“如此，我和大哥、晋元只能另找去处了。”

“水榭这么大，大哥、二哥以及丘公子想来就来呗。”云秋芳不在意道。

丘韫来云家的次数不少，长相俊俏，言语风趣，云家几位小姐对他的印象都不错。

任瑶音也道：“算起来云大公子、云二公子以及丘公子都是我们的表兄，倒也不算失礼。”

云秋晨看了云文放一眼，心中一叹，正要应下，任瑶华却突然开口道：“时候不早了，明日千金宴上要注意的事情云表姐也已经与我们说明白，我们也该告辞了。”

任瑶华一看到云文放进来眼皮就是一跳，想到这位云二公子对任瑶期的心思，自然不愿意让自己的妹妹与他同处一个屋檐下。

至于任瑶音那点小心思，任瑶华在心里冷哼一声，她还真怕别人不知道不成？

云秋晨闻言忙道：“难得来一次，还是再坐坐吧。”

云大小姐想着可能是任家姐妹不想与男子共处一室，她毕竟是要脸面的大家闺秀，只能对云文放道：“二哥，你和大哥、丘公子还是去那边的凉亭吧。”怕云文放又使性子，还暗中朝他使眼色。

云文放看了任瑶华一眼，视线定在任瑶期脸上，任瑶期事不关己地低头饮茶。

云文放似笑非笑地道："凉亭就凉亭吧。"说完就转身走了。

云文放一走，任瑶华也不坚持要回去了。

倒是云文放前脚一走，云大太太后脚就过来了。

云大太太刚从云老太太的院子里出来，途经花园，听说女儿在水榭这边，便过来看看。见到任家姐妹，云大太太态度慈爱地与她们说了会儿话。

见到云大太太来了，想着云大太太可能是有什么事情要交代云秋晨，略坐了一会儿，任瑶华又提出告辞，云大太太派了自己身边的嬷嬷送她们出门。

只是她们才出花园，任瑶音突然停住步子道："呀，秋晨说要借我一本诗册，我忘记拿了。"

任瑶华皱眉道："让丫鬟回去一趟拿吧。"

任瑶音摇了摇头："这本册子是秋晨的珍藏，她宝贝得很，还是我自己回去一趟吧。"

送她们出来的嬷嬷忙道："奴婢陪任小姐回去。"

任瑶音笑道："嬷嬷还是送我几个姐妹出去吧，我来云家好几次，这园子也逛了好几回，熟悉得很。秋晨现在应该还在园子里没有走远，我去去就回。"

众人拗不过她，只能让她自己带着贴身丫鬟回去找云秋晨。

任瑶华看了一眼任瑶音的背影，若有所思。

第二日，两年一次为期三日的千金宴正式开始。

任瑶音在前一日晚上就搬回了任家别院，好方便与姐妹一起出门。任瑶期却因为接到燕北王妃的邀请，依旧住在林府，等燕北王府的马车来接。

燕北王府辰时一到就来接人了，任瑶期上的是萧靖琳的马车。

看到任瑶期上车，萧靖琳眼前一亮，毫不吝啬地称赞道："瑶期，你今日很好看。"

任瑶期今日穿的是上次云家送给她的那一身桃红底子白色镶边折枝桃花纹的短袄和白绫裙，原本有些轻佻妖娆的颜色穿在她身上却只让人觉得柔美俏丽。头面是上一次燕北王妃送来的那套翡翠珍珠的，低调又不失华丽。

任瑶期抿嘴一笑，上下打量一番萧靖琳：“彼此彼此。”

萧靖琳今日也是经过一番隆重装扮的，穿着一身湖水绿交领金色滚边绣飞凤纹的长袄和同色百褶裙，翡翠包金的流苏簪垂在额间，遮住一双浓黑的剑眉，让她看起来多了几分平日里不见的柔美。

萧靖琳平日里并不在意装扮，今日一早起来被王妃盯着打扮的时候也是迫于无奈，不过现在让任瑶期这么一说，心里还是有几分高兴的。毕竟好友美丽抢眼，她走在旁边也不能太丢面子。

萧靖琳的马车是特意抄小路过来接人的，到了大马路正好与王妃的马车会合。燕北王府的车队十分庞大，一路行驶过来，动静却不是很大。别家的马车一看到燕北王府的徽记就回避，给车队让路。不过路旁也站了不少看热闹的行人，只是被燕北王府车队的庄严肃穆感染，谁也不敢出声喧哗，皆是低头束手地贴边儿立着，等车队过去之后才敢抬头。

在路过桂东坊的主干道的时候，任瑶期看到任家的马车也停在旁边一条巷子里，等燕北王府的马车先过去。看样子任瑶期要比任家的人先到温泉山庄。

云家的人比燕北王府的车队到得早，想必是早一步来做安排的。

任瑶期跟着萧靖琳下车的时候，远远看到云老太太带着云家一干女眷站在前面迎接老王妃和王妃等人，萧靖琳的马车坠在车队末尾，所以离着她们有些远。

萧靖琳并没有快走赶上那群人，依旧携着任瑶期悠闲地跟在后面，任瑶期也不想上前去引人注目，萧靖琳的做法正合她意。王妃不见萧靖琳，打发了绮罗过来叫她过去。

任瑶期正想着已经进了庄子，要不要等任家的人来，跟着她们一起。这座温泉山庄是燕北王府的别庄，王妃和萧靖琳要去主院安顿。其余的人会被安顿在客院，任瑶期不好跟着萧靖琳了。

不想萧靖琳却先一步开口道：“今年来参加千金宴的人不少，一群人挤在一处实在不便，你还是跟着我住吧？我的院子大，空得很。”

任瑶期刚想拒绝，绮罗已经笑道：“任小姐，王妃说让您跟着郡主一起，两人也好有个伴儿。”

萧靖琳以前也没有正式参加过千金宴，王妃怕萧靖琳不耐烦这种环境，最后临阵脱逃，便想着要任瑶期陪着她一起，至少萧郡主在任瑶期在场的时候耐性脾气都会好不少。

任瑶期便不好再拒绝，由着萧靖琳拉着她走。

这座温泉山庄很大，如果不是看到零零散散分布在庄子里的屋顶院墙，任瑶期几乎分辨不出自己已经进到了山庄里头。山庄的景致倒是十分好，表面上几乎看不出来人工雕琢的成分，却又能在布局和细微之处看出精致和巧妙。

山庄里的主院是一个稍微庞大的建筑群，坐落的地势较高，一溜的青砖高墙琉璃瓦，远远瞧着就十分气派，走近了能看到里外三层的重兵把守。

任瑶期跟着萧靖琳去了揽月阁的西跨院，西跨院并不大，只有三间房，北面的一间是卧室。

萧靖琳拉着任瑶期大致打量了一遍："你认床吗？跟我住一起没关系吧？不习惯的话，你睡床，我睡榻。"萧靖琳向来没有郡主的架子，和任瑶期在一起的时候也是习惯性地照顾她。

房间里还有一张软榻，虽然瞧着还算宽敞，不过一般是给丫鬟值夜用的，任瑶期哪里能让萧靖琳睡，连忙道："还是一起住吧。"

萧靖琳自然不会让任瑶期睡榻，所以任瑶期也很实事求是。萧靖琳也不是矫情的人，事情便这么定下了。

千金宴来的人很多，燕州因为占据地利优势，来参加的千金们条件要松泛一些，别的州府的请帖没有燕州发放的多，所以来的都是真真正正的名门千金，大家闺秀。饶是如此，也来了一两百号闺秀。

名门公子也来了不少，不过不会住在燕北王府的温泉山庄里。好在日月泉附近有不少庄子，并且大多在这些世家贵族的名下，这几日也是住满了的。任家几位公子据说也来了，不过任家在这附近没有庄子，所以借住在丘家的庄子上。

云家安排这种大宴驾轻就熟，所以不到中午就已经将各家来人都安排好了。

因为千金宴算是变相的相亲宴，所以宴会第一日是有结亲意愿的那些人家交际往来相互探底，各家千金出来混个脸熟。第二日和第三日就是各位小姐们争奇斗艳，赢个好名声。据说历年来能在千金宴上出风头的千金们都能找到好婆家。

陆续也有人过来拜见王妃，王妃挑着些紧要的人家见了。萧靖琳不耐烦去与那些夫人小姐你来我往，和任瑶期躲在偏院的一棵菩提树下看书。王妃派人过来看了她几次后也不管她，由着她去了。

两人午饭也是在偏院里吃的。王妃带了王府的厨子过来，不过萧靖琳嫌弃王妃的厨子做菜口味太淡，也不知道什么时候吩咐了人出去，用饭的时候红缨提了两大食盒的吃食过来。除了云阳城里几个大酒楼的特色菜之外，竟然还有诸如鸭血汤、藕粉丸子、锅贴之类的小吃。

繁多的种类让任瑶期叹为观止。

萧靖琳看到任瑶期目瞪口呆的模样，十分自得，面上却是平淡道："你来我这里做客，我总要想法子让你吃香的喝辣的才是。我母亲现在用的那个厨子做出来的菜，用我师父的话来说，就是吃了嘴里能淡出个鸟来。"

任瑶期哭笑不得，但还是小声道："郡主，这话你可别让人听见了。"让王妃知道了，不但萧靖琳要遭殃，她那个师父也要倒霉。

萧靖琳眨了眨眼，带了几分狡黠："放心，你可见我被人抓住把柄过？"

两人安安静静地用完一顿丰盛的午饭后，依旧坐在菩提树下的竹榻上喝茶看书，即便是谁也不说话也并不觉得无聊，只感觉到宁静安怡。

任瑶期原本觉得这样清净地过一日也不错，可惜天不从人愿，下午的时候云秋晨过来了，和云秋晨一起过来的除了云秋苹和云秋芳，还有任瑶音。

"我就说怎么不见你们两人露面，原来是在这里躲清闲。"云秋晨看着她们，笑吟吟地道。

萧靖琳摆手让给她行礼的几人都起身，闻言也不辩白，只是微微一笑，"表妹是来见我母亲的？"

将云家和燕北王府的亲事撇开不提，王妃对云秋晨这个侄女素来是极喜爱的，云秋晨也时不时会去王府请安。上一次去云家的时候，任瑶期听萧靖琳唤云老太太舅祖母，其实是从她祖母云太夫人这一辈唤的。

任瑶期也是后来才知道，燕北王妃虽是云老太爷兄长的女儿，自幼却是跟着云老太太长大。云老太太将她同自己的女儿养在一处，共同教养。在出嫁之前，王妃与云老太太情同母女。

云秋晨笑道："我们是来给王妃请安的，瑶音说来了之后还没见她五妹妹，我便让她也一起来了。王妃让我们过来叫你们一起出去，别在这里闷坏了。郡主，你们要不要与我们一起去日曜泉那边走走？好些闺秀在那边呢。"

云秋芳也道："是啊，郡主，跟我们一起去吧？你在云阳城里待的时间本就不多，很多人都还不认得你呢。"

萧靖琳其实真不想出去，嫌弃这些人聒噪又麻烦。不过云秋晨说是王妃让她们过来叫她的，她又不好拒绝。

萧靖琳想了想便看向任瑶期："出去走走吗？"眼中暗含无奈。

任瑶期点了点头："走走也好。"

云家姐妹闻言都很高兴，想必她们来的时候王妃交代过让她们想办法把萧靖琳带出去。

一行人离开揽月阁。主院里只住了王府的人，还算清净，只是一出主院，任瑶期和萧靖琳就感觉到了一园子的热闹。

三三两两或者成群结伴的闺秀让山庄里的空气都弥漫着一股飘之不散的幽香，耳中隐隐能听到一些娇声软语，却又不显得太嘈杂混乱。

任瑶音对任瑶期道："三姐姐她们好像也出来了，现在应该在日曜泉那边。"

任瑶期看了看四周，听到大部分的人应该是聚集在东南方向那一块，想必传说中的日曜泉就在那附近。

果然，云秋晨接下来就带着她们往东南方向走去。

一路上也遇上了一些闺秀，她们中有些认识云秋晨，上前来打招呼。倒是萧靖琳一路默不作声的，别人也从来没有见过她，所以没有人过来打扰她。云秋晨应该是清楚萧靖琳的性子，所以并没有刻意介绍她。

越接近日曜泉，人越多起来。日曜泉是一个大的温水泉，四周种着不少奇花异草，四季不败。泉的周围用红漆木围栏围了起来，远远地就能看到蒸腾缥缈的水汽。虽然已经是夏日，这里却并不闷热，只让人觉得暖风拂面，温柔绵软，很是奇特。

围栏外有不少的石桌石椅，闺秀们或坐或站地分布在四处，各自有各自的圈子。萧靖琳这一群人走过来吸引了不少人的目光，尽管这些闺秀打量人的眼神比较含蓄。投注在萧靖琳身上的目光也多起来，虽然见过萧郡主的人不多，但是她出色的容貌和在人群中的时候不自觉带上的那种生人勿近的气场让一些明眼人猜到了几分。

不远处，一位身穿粉色衣裙的美貌少女正靠在围栏上与几位同龄少女说话，清脆婉转如银铃般的声音吸引了不少人的注意。待看到这边的时候，少女视线一顿，立即迎了上来，惊喜道："秋晨姐姐，你可算来了，我们都在等你呢，你要是再不来，我就要去寻你了。"

云秋晨看到她就笑了："不知郭家妹妹找我有何事？"

郭小姐噘了噘嘴，娇俏道："秋晨姐姐不是说了要带我们四处逛逛的吗？还说要带我们去看王妃养在这里的孔雀。秋晨姐姐莫非是忘了？这可不成！姜家妹妹也是听到了的，你可不能耍赖。姜家妹妹，你快过来！"

郭小姐说着便转身往后招手，之前与她站在一处的几人中，一位身穿鹅黄色衣裙的少女犹豫了一下，慢慢走出来，朝着这边点头笑了笑，然后被郭小姐给拉了过来。

云秋晨笑着向萧靖琳介绍道："这是蔚州郭家的大小姐，这一位是顺州姜家的八小姐。她们之前去给我祖母请安，祖母很喜欢她们，便吩咐我带她们在山庄里四处看看。"

郭小姐见云秋晨特意将她们介绍给她身边的少女，却没有立即表明这名少女的身份，不由得有些惊讶。

按规矩，介绍陌生的双方认识的时候是先将身份低的一方介绍给身份高的，然后再将身份高的一方介绍给身份低的。

云秋晨看了看萧靖琳的神色，见她并没有表现出不耐烦，才继续对郭小姐和姜小姐道："这位是郡主。"

郭小姐和姜小姐一惊，忙屈膝行礼。

萧靖琳点了点头，虽然没有说话，面色还算是温和，让几日来听了有关郡主的某些传言而有些紧张的两位小姐放松不少。

接着云秋晨又介绍任瑶期和任瑶音与郭姜两位小姐认识。

郭小姐性子活泼，见云秋晨一口一个“郭大小姐”地介绍她，便道：“我们年纪都差不多，你们还是喊我玉娇吧，姜八小姐你们可以叫她沅娘。”

郭玉娇直接替姜沅娘做了主，姜沅娘也没有表露出不悦，笑着点了点头。

在场的几人便也都报了自己的闺名，加上大家都有意相互结交，气氛十分融洽。

郭玉娇上前挽住云秋晨的手臂摇了摇，亲热地道：“秋晨姐姐，你带我们去看孔雀吧？我还没有见过孔雀呢。”

云秋晨看向萧靖琳，虽然千金宴是云家办的，但是这里毕竟还是燕北王府的人做主。有萧靖琳在，云秋晨不好越过她去。

郭玉娇和姜沅娘也都有些不安地看向萧靖琳。

萧靖琳颔首道：“你带她们去吧。”

云秋晨笑道：“郡主也一起去吧？总不好才出来这么会儿就回去。”

萧靖琳看了任瑶期一眼，见任瑶期没有反对的意思，便应下了。

云秋晨不由得松了一口气。虽然是王妃要她叫郡主出来的，可是郡主若是当着这么多人的面拒绝她的话，也会让她失了颜面，被别人看了笑话。

果然，见云秋晨说动了萧靖琳，郭家大小姐对云秋晨更加亲热了一些。

“丘小姐呢？之前不是与你们在一处？”才走了几步，云秋晨想起来什么，往四周看了看问道。

云老太太让云秋晨多与郭玉娇、姜沅娘还有丘家小姐丘虹接触，了解一下她们私底下的性情。云秋晨结合云老太太和云大太太之后的对话，隐隐明白是云老太太想要给她二哥物色正妻人选。云秋晨便对这份差事上心起来，毕竟云文放的妻子人品如何今后将会直接影响云家的内院。

郭玉娇撇了撇嘴，隐含着不悦道：“不知道，她说有事要离开一下，之后就不见踪影了。想必她是不愿意与我和沅娘待在一处吧。”

云秋晨看了看郭玉娇，又看了一眼姜沅娘，心下有些了然。

今日在云老太太面前，云老太太对这三位小姐都很和蔼，与她们说了许久的话。在郭玉娇聊到翡翠的时候，云老太太甚至让人将她收藏的几件翡翠摆饰和配饰拿出来给三位小姐鉴赏。

这三位小姐都出身大富大贵之家，对翡翠鉴赏也或多或少能说出几句评价的话来。云老太太最喜欢当中的一个翡翠扳指，玩笑说谁能猜出翡翠的来处，就将扳指送给谁。

表现对翡翠极有研究的郭玉娇没有猜出来，倒是丘虹猜出来了。最后云老太太把那只扳指给了丘虹做见面礼，其他两位小姐虽然没有猜对，云老太太也给了她们一人一根金簪，虽说也很体面，但到底比那只翡翠扳指逊色不少。

云秋晨当时就注意到郭玉娇脸上有些不好看。

云秋晨之前还有些不明白祖母为何在这几位小姐才一见面就挑起她们的矛盾，直到她被祖母叫过去嘱咐一番之后才恍然明白过来。

云老太太是故意的。

而她这么做的原因就是想要借助她们的冲突看清楚她们的为人处事。毕竟这些千金小姐们平日里在人前都是一副或温婉或开朗的模样，也只有在某些时刻才会流露出真性情。

不得不说，对于云文放的亲事，云老太太也是用心良苦。

这么想着，尽管知道郭玉娇不悦，云秋晨还是笑着道："我可是答应了要带你们三人一起去看孔雀的，少了阿虹的话，祖母会责备我的。银珠，你去找丘小姐，找到了就带她往奇珍园这边来。"

姜沅娘忙道："你去她住的院子瞧瞧，我之前听她说要回去一趟。"

郭玉娇瞪了姜沅娘一眼，姜沅娘似是有些不明所以，不过还是好脾气地笑了笑。

银珠立即应声去了。

郭玉娇有些不满地抱怨道："秋晨姐姐，你叫她阿虹，却叫我郭大小姐。"

云秋晨闻言一笑，想着要不要按照祖母的意思让郭玉娇和丘虹之间的矛盾再闹大一些。姜沅娘却轻声道："玉娇姐姐，算起来阿虹还是秋晨姐姐的表妹，她们应该认识许久了。而且秋晨姐姐不是也叫你玉娇了吗？"

郭玉娇这才想起来云家老太太的娘家就是蓟州丘家，心里不由得越加气闷。

云秋晨却看了姜沅娘一眼。

姜沅娘冲着她抿嘴一笑，还点了点头，依旧是温顺乖巧的模样，云秋晨也笑了笑转开目光。

任瑶期在一旁不动声色地看着她们之间的暗潮汹涌，不由得在心中琢磨了会儿，想着这是演的哪一出。

第二十五章

竞　艺

温泉山庄的奇珍园离着日曜泉并不远，只是因为园子的大门开在与日曜泉相反的方向，所以走过去费了些时间。

奇珍园里养着一些奇禽异兽。云秋晨在路上与众人介绍园子里除了有孔雀，还有其他的一些小动物，都是些燕北难得一见又性情温顺的。

当一只猴子从奇珍园门口不远处的一座假山上蹿下来，跳挂到她们旁边一棵低矮的树上的时候，有人不由得惊呼出声。

云秋晨显然来过这里不止一次，忙安抚道：“别害怕，它们不会伤人的。”

果然，那只猴子对着她们龇牙咧嘴地恐吓了一番，却没有真的上来袭击。假山后面走出来一个婆子，吹了一声哨子，那只偷跑过来的猴子就立即跳下树，转身跑了。

吹哨子的婆子忙跑过来，给萧靖琳行礼请罪：“郡主恕罪，是奴婢疏忽，让那畜生惊扰了郡主和几位小姐。”

“让人将院子里的动物都看好了，不要伤到人。”萧靖琳道。

那婆子忙应了一声：“郡主放心，院子里本来还有老虎和熊那些大家伙，按王妃的吩咐都提前送走了。剩下的都是些性情温顺的小动物，不会伤人的。”

王妃怕人多出意外，千金宴的时候会将园子里养着的危险动物都送走。

萧靖琳点了点头，让她下去。

云秋芳失望道：“每次来都看不到老虎。”

郭玉娇道："我倒是见过一次，是被关在笼子里的。也没有什么好看的，就像是一只身上有斑纹的大猫。"

任瑶音笑道："郭小姐果然见多识广，我们都没有见过呢。"

郭玉娇听了十分愉悦，还朝任瑶音笑了笑。

云秋芳却有些不高兴了："是没有什么好看的，不然等你们都回去了，我们求王妃让我们再进一次园子就能看到了。"

郭玉娇虽然有些好强任性，却也不是个笨的，听云秋芳这话就知道她是对自己有什么不满。她看了云秋晨一眼，还是忍了下来没有与云秋芳争论，面上却难免有些讪讪的。

云秋晨忙打圆场："还是去看孔雀吧，我记得在那边。"

可能是因为很多动物被王妃下令转移了出去，奇珍园里留下来的动物并不多，她们一路上看到了葵花鹦鹉、麋鹿、白狐、袋鼠。

等看到一个放在草丛中的笼子里有一只肥大的猫时，大家都有些惊讶。郭玉娇道："怎么会把家猫放到这里？"

任瑶期仔细看了一眼，认出来这并不是一只猫。她和萧靖琳对视了一眼，然后两人都十分默契地什么也没有说。任瑶期不想出这个风头让人不快，萧靖琳则是不耐烦给这些屁点大的事就能闹起来的人普及常识。

这时候一个略显清冷的女声出现在她们身后："这不是猫，它叫猞猁，虽然算不上太珍贵少见，不过它的皮毛很受人欢迎。"

任瑶期回头便看到一位容貌秀美的少女正朝她们走来，这位少女身穿一件浅蓝色绣银线广玉兰花的短袄，下身是一条银色的月华裙，头饰十分简单，只有一支金簪，金簪上缀着的一颗东珠却十分名贵。

郭玉娇当即嗤笑一声道："我当是谁呢，原来是丘家妹妹啊。丘家妹妹还真是见多识广。"这个词原本是任瑶音用来夸她的，她当时听着觉得很受用，现在却忍不住拿来讽刺丘虹。

丘虹当作没有听到，上前去给萧靖琳行礼，又与云秋晨等人见礼。

云秋晨笑道："可算是来了，刚刚还念着你呢。"

姜沅娘也道："之前你说不舒服，现在可好些了？"

云秋晨闻言也关切地看着丘虹，丘虹朝姜沅娘友好地点了点头，解释道：

“不过是在马车里颠簸了些时候，有些晕，刚刚奶娘给我抹了一些薄荷膏，已经好多了。”

郭玉娇道：“丘妹妹身子真弱，这园子里风大，你待久了不会着凉吧？”

丘虹皱了皱眉正要说话，那边却又有人往这边走了过来。

众人回头都不由得惊讶，这次来的是吴依玉和云家两兄弟。

吴依玉走在云文廷身边，正高兴地说着什么，云文廷脸上带着温和的微笑，似是正认真听着。云文放则有些心不在焉的，蹙起的眉头表达了他心里正不悦着。

云文廷最先看到这边一行人，或者说他最先看到了萧靖琳，面上的笑容虽然没有太大的改变，却到达了眼底，走过来的步子迈得大了一些。

吴依玉一愣，看到萧靖琳的时候脸色立即就沉了下去。她这一迟疑，云文廷就走到她前面去了，咬了咬牙，吴依玉快走几步跟上去。

云文放也看到了任瑶期，然而视线却没有停留太久，反而看向与云秋晨站在一起的郭玉娇和姜沅娘，幽深暗沉的眸子盯了她们片刻，让看到的人忍不住心中发冷。

最先注意到云文放的目光的却是云秋晨，云秋晨心里一突，想着是不是云文放知道了什么，有些犹豫自己现在是应该帮长辈隐瞒，还是对这位二哥提点一二。

在场之人各自见了礼，因为多了三人的加入，奇珍园之行越加热闹起来。

云文放走到任瑶期身边的时候顿了顿，然后狠狠瞪了她一眼。任瑶期一愣，有些莫名其妙，不知道自己怎么又得罪这位爷了。云文放却已经从她面前走过，走到了云秋晨身边。

云秋晨见云文放的模样，知道他有话想要与自己说，便刻意放慢脚步，让其他人走前面，自己和云文放落到最后。

奇珍园养着一对孔雀，并没有关在笼子里，就放养在小花园里。众人瞧见的时候不由得有些失望，郭玉娇还小声嘀咕了一句：“真丑。”

任瑶期差点忍不住笑出了声。

郭玉娇这话还真没有说错。

现在正是孔雀换毛的季节，这两只孔雀身上的翎毛已经掉得差不多了，给孔雀喂食的嬷嬷也不知是怎么的，让其中一只开了屏，孔雀稀稀拉拉的翎毛支起来就像是一把破蒲扇。更好笑的是，这只孔雀是背对着她们的，所以她们能看到孔雀光溜溜的……

任瑶期忍着笑偏过头，却对上了云文放那双幽深的眸子。任瑶期一愣，云文放也是一愣，然后不知怎么的脸色更难看了。

任瑶期默默地将头又转回去，落毛的孔雀也比某位少爷的脸色好看。

云文放正在逼问云秋晨云老太太是不是要给他定下一门亲事，并且是在丘郭姜三家中挑选，云秋晨犹豫了一瞬就坦白了。她二哥会这么问，自然已经有知道消息的渠道，她若是再欺骗，只会坏了兄妹感情，得不偿失。

云文放心中极为愤怒，忍不住看着任瑶期发呆。正巧这会儿任瑶期笑着转过头来，云文放便被她的笑容晃花了眼，愣住了。回过神来之后云二少爷恨得咬牙切齿，想着自己为了亲事急得上火，她倒是笑得开心。

萧靖琳看了云文放一眼，小声问任瑶期："你与云文放有什么过节？"她不止一次看到云文放找任瑶期麻烦了，上次在燕北王府云文放还敢拦人。

任瑶期十分无奈，虽然她明白云文放可能对她有些不一样的心思，但是云文放行事十分诡异，实在不像是爱慕者，倒比较像是仇人。只是这话自然不好与萧靖琳说。

"我也不知道，可能有些人天生就是八字相冲吧。"任瑶期叹道，从当年的结局来看，云文放真的是她的对头。

萧靖琳想了想，也不再问了，心里却想着有机会的话一定要警告一下云文放，免得任瑶期在他手上吃亏。

而那边，任瑶音和吴依玉竟然也搭上了话。

原本因为任瑶期和萧靖琳关系好，吴依玉也不待见任瑶音。不过任瑶音和云秋晨交好，吴依玉又不想得罪云家人，所以也没有明着给任瑶音脸色看。

吴依玉的视线一直痴痴地跟着云文廷。

云文廷却立在萧靖琳身边，正低着头注视着萧靖琳说话，笑容认真温柔，这种笑容是他在面对别人的时候不曾有的。

吴依玉看得有些愣住。

任瑶音忽然出声道："云公子和郡主关系真好，难怪……"

吴依玉回过神来听到前半句正要发火，却见任瑶音又不开口了，不由得接道："难怪什么？"

任瑶音似是这才意识到吴依玉在她身边一样，抱歉地笑了笑："没什么，就是之前听我五妹妹……也就是瑶期说了些话，有些感叹罢了。听说郡主和云公子自幼一起长大，云公子也曾去过边关一些时日。前几日我五妹妹遇见云大太太去了王府见王妃，聊起郡主和云公子幼时的事情……后来云大太太离开的时候挺高兴的。"

任瑶音说得含糊其辞，吴依玉心中却是惊骇不已。

任瑶音难不成真的从任瑶期那里听到了什么风声？

云家想要同燕北王府结亲的事情她也是知道的，不过王爷和王妃一直也没有对云文廷和萧靖琳的亲事明确表过态。现在云文廷和萧靖琳都到了说亲的年纪，难不成王妃那边已经松口了？这么想着，吴依玉忍不住又看向云文廷，云文廷不知说了什么，把萧靖琳和任瑶期都逗笑了，云文廷看着萧靖琳的眼睛明亮了不少，吴依玉心中一痛，指甲掐进了肉里。

"你很高兴？"吴依玉平板的声音响起，似是在问任瑶音，又像是随口这么一问，只是想要试试看自己能否发出声音来。

任瑶音笑着道："高兴也说不上吧？只是郡主与我五妹妹关系很好，两人经常同进同出的，我五妹妹很为郡主开心。"

吴依玉看了任瑶期一眼，任瑶期正对着萧靖琳小声说着什么，萧靖琳脸上的笑容更加大了一些，云文廷也站在一边看着她们笑。

吴依玉面无表情地冷冷道："你五妹妹笑得这么开心，难不成也有了好归宿？"

任瑶音闻言有些惊讶地看了吴依玉一眼，然后笑了笑，含含糊糊道："这个……各人有各人的缘法，我五妹妹自然也有她的缘分。"

说着，任瑶音的目光往云文放那里看过去。

吴依玉注意到任瑶音的视线，也看向云文放，发现云文放虽然在与云秋晨说话，视线却若有似无地停在……

吴依玉挑了挑眉，缓缓露出一丝冷笑。

任瑶音看了吴依玉一眼，微微一笑，又看向云文廷和萧靖琳，脸上的笑意一直没有变，漆黑的眸子却深不见底。

其实任瑶期今日一看到任瑶音就觉得她有些不对劲，她的视线总是若有似无地投注在萧靖琳身上，那种视线让人很不舒服。任瑶期不由得猜想昨日在云府的时候，任瑶音后来到底听到了什么。

难道萧靖琳要嫁到云家？任瑶期忍不住看了萧靖琳一眼。

萧靖琳正奇怪任瑶期怎么突然不说话了，转过头就对上她的视线："怎么了？"

任瑶期看了云文廷一眼，摇了摇头，笑道："这园子里还有什么好玩的？"

萧靖琳想了想："那边有个蝴蝶园，虽说冬天来看才比较稀奇，不过园子里也种了些奇花异草，不如我带你过去看看？"

说到这里，萧靖琳又刻意压低声音道："她们太吵了，我们自己过去，不带她们。"

任瑶期哭笑不得，也小声道："我们跟她们一起来的，有什么借口丢下她们单独走？"

萧靖琳想了想，招手叫红缨过来吩咐了一声，任瑶期离着近，听到萧靖琳对红缨说她要去更衣，让红缨去跟云秋晨说一声。

云文廷离着萧靖琳也很近，萧靖琳吩咐完红缨之后皱着眉头看向云文廷，云文廷面不改色地偏头看云秋芳和郭玉娇喂孔雀，似是什么也没有听到的样子。萧靖琳满意了，又转过头来看任瑶期。

任瑶期正想笑，却又对上吴依玉的视线。

吴依玉的嘴角微微弯着，看上去像是在笑，那笑容却又没有半分温度。

任瑶期忍住不适，淡定地撇开目光，对萧靖琳道："那走吧。"

"你们自便，我有事走开片刻。"萧靖琳说完这句，拉着任瑶期就走。

倒是云秋晨听了红缨的话之后，为萧靖琳解释了几句。

萧靖琳拉着任瑶期往另一个方向去了，其余人都被丢给云秋晨。一离开众人的视线，萧靖琳就轻松下来，脸上的表情也多了，开始给任瑶期介绍园子里的动物和植物，倒是个很称职的向导。而身边只剩下一个萧靖琳的任瑶期也终于体会到了一丝游园的乐趣。

萧靖琳带着任瑶期去了蝴蝶园，因为是夏季的关系，园子里的蝴蝶不少，任瑶期看不出来蝴蝶园和别处的区别。两人走马观花般地逛了会儿。

萧靖琳道："你喜不喜欢猴子？喜欢的话，我们去喂猴子？或者喂别的也行。"

萧靖琳实在不知道闺秀们都喜欢玩什么，她瞧着郭玉娇她们都喜欢喂小动物，便想着或许任瑶期也喜欢。

任瑶期想着这也不失为打发时间的好办法，便同意了。

萧靖琳唤来园子里的管事婆子，让她先去猴山那边打扫一下，留下几只性情温顺的等着投喂，然后又带着任瑶期去园子里一处可供休息的亭子喝茶。

不多会儿，那管事婆子回来了。萧靖琳以为她安排好了正要起身，待她走近才发现这婆子提着一只大竹篮子回来了。

萧靖琳挑了挑眉："这是什么？"

那管事婆子将竹篮子放到亭中的石桌上，行礼道："郡主，这是二公子让人送过来的。"

听说是萧靖西让人送来的，萧靖琳不由得有些好奇，任瑶期也放下茶碗饶有兴致地盯着那只大竹篮子看。

竹篮子上盖了一层松江布，萧靖琳正要伸手去揭，任瑶期却看到那层布下面有东西在动，不由得吓了一跳，一把拉住萧靖琳的手："里面有东西在动。"

萧靖琳看了那站在一旁微笑着看着她们的管事婆子一眼，想了想还是一把掀开了那层布，却见一只毛茸茸的憨态可掬的"大胖猫"趴在篮子里，正睁着乌圆的大眼睛和萧靖琳大眼对小眼。

任瑶期一愣："咦？这是……"

萧靖琳伸出两指捏住"大胖猫"的后颈将它提到眼前，"大胖猫"无辜地看着萧靖琳。

这只白色的"大猫"身上有黑色的条纹，任瑶期凑上来仔细研究片刻，忍不住惊道："这是……老虎？"

萧靖琳提着小家伙在眼前晃了晃，点头道："嗯，是只小白虎。"说着，她问那管事婆子道："萧靖西从哪里弄来的？王妃不是让人把园子里的危险动物都迁到别处去了吗？"

管事婆子笑道："这只小白虎是二公子的一位朋友从大理送来的，原本有两只，可惜在路上死了一只，这只也是好不容易才养活的。二公子说小老虎不咬人，让奴婢送来给郡主和任五小姐解解闷。"

萧靖琳看了手里的老虎一眼，又看了看任瑶期，将小老虎放回篮子里，推到任瑶期面前，忍不住小声嘀咕道："不知道哪里学来的哄人手段！"

任瑶期见小白虎乖顺可爱，正伸手给它顺毛，听到萧靖琳在小声说话，她没听清楚便抬头问道："什么？"

萧靖琳想了想，还是把话咽了下去："没什么。你喜欢它？那给它取个名字吧。"

"这是二公子的老虎吧？还是让二公子取吧，说不定它已经有名字了。"任瑶期笑着摇头拒绝。

那管事婆子立即道："没有名字，没有名字。二公子说了，小老虎就送给郡主和任五小姐玩，任小姐想起个什么名字都可以。"

萧靖琳露出一个"果然如此"的高深莫测的表情，嘴上却道："我不会起名字，要我取，我就会叫它'混球'，还是瑶期你来吧。"

任瑶期拨弄着小老虎的爪子，玩笑道："我也不会起名字，让我取，我就叫它'傻妞'。"

萧靖琳立即拍板道："好名字！那就叫'傻妞'！"

傻妞："嗷呜——"

萧靖琳戳着小老虎的头，龇牙笑道："看，它也喜欢。"

任瑶期："……"

任瑶期想，我真的只是在开玩笑，萧靖西，你别怨我！

管事嬷嬷几番欲言又止，最后只是隐秘地露出个牙疼的表情。

她想她还是不要告诉郡主和任小姐这只老虎是只公的好了，维护主子的脸面是每个奴才应尽的本分，反正小老虎又不会说话。

两人有了小老虎便也不想着要去喂猴子了，直到红缨过来说云秋晨派人来问她们要不要一起去划船。

任瑶期想着之前吴依玉和任瑶音的表情，怕她们会使坏，她不想冒这个险。所以萧靖琳在问任瑶期要不要去的时候，任瑶期拒绝了。

萧靖琳本就不愿意与她们待在一起，就让红缨去回话说她们逛园子逛累了，不想去。

红缨下去之后不久，萧靖西过来了。

萧靖琳撑着下巴打量了萧靖西许久，缓缓露出一个笑："我还想着，你什么时候会出场呢。"

萧靖西似是听不懂萧靖琳的话，脸上的笑容不变："有些事情需要处理，所以来得晚了。"

他看向抱着小老虎的任瑶期，伸手在小老虎头上摸了摸："喜欢吗？喜欢的话就带回去。"

任瑶期原本想把小老虎递给萧靖西，听到这一句吓了一跳，忙道："还是二公子养着吧，我带回去也没地方养。"

任瑶期是很喜欢这只可爱的傻妞，不过小老虎毕竟不是猫，总会长大，到时候她要把这只大老虎怎么办？就算任家愿意帮她养着，她也承不起任家这个人情。

萧靖西原本是想着老虎现在还小，让任瑶期养着玩也没事，等长大了再送回来。不过他想起任家的情形，还是作罢了："那我帮你们养着吧。"

萧靖琳轻哼一声。

萧靖西对她笑了笑："对了，名字取了没有？"

萧靖琳伸手把站在桌上的小老虎戳了个跟斗："嗯，瑶期说叫傻妞。"

任瑶期："……"

萧靖西面不改色道："好名字，估计会好养活。"

正说笑着，几个丫鬟端着茶水点心过来了，萧靖琳以为是萧靖西让人送过来的，也没有在意。

傻妞在萧靖琳一而再再而三地推倒下锲而不舍地爬起来，双爪始终扒拉着竹篮子上的松江布不放，咬得不亦乐乎。

萧靖西提起傻妞放回竹篮子里，交给那位园子里的管事嬷嬷："带下去把它喂饱了。"

管事嬷嬷立即接过篮子，正要下去，萧靖琳道：“把东西拿过来喂吧。”

管事嬷嬷忙应下，吩咐站在亭子外头的丫鬟几句。

那几个丫鬟进了亭子，将食盒里的点心一碟一碟地端出来，又将任瑶期和萧靖琳面前的茶碗换下。

萧靖琳有些奇怪道：“怎么只有两碗茶?”这里明明有三个人。

丫鬟们面面相觑，其中一个机灵的立即道：“云大小姐让奴婢们送些茶点过来给郡主和任五小姐用，奴婢们不知道二公子也在这里，还请主子们恕罪。奴婢这就去再端一碗过来。”

听说是云秋晨让送来的，萧靖琳便不再说什么。萧靖西进园子的时候想必没有惊动别人。

“给你喝吧，我不渴。”萧靖琳把自己面前的茶推到萧靖西面前，见丫鬟将小老虎吃的食物拿了过来，她起身就要去看。

任瑶期刚刚那碗茶没怎么喝，现在倒真的有些渴了，见丫鬟又下去端茶，便也没有客气，端起了自己面前的茶碗。

捏住茶碗盖的时候任瑶期还有些奇怪，茶水好像不是很烫，她也没有在意。可是当碗盖揭开的时候，任瑶期却惊觉有什么东西从茶碗里爬了出来，还来不及细看是什么，下意识的恐惧和警觉让她轻呼一声，立即将茶碗扔到石桌上，起身离桌。可是茶碗里的东西四散逃窜之下，有一只速度极快地跳上了她的前襟。

萧靖西原本也正要喝茶，不过茶碗一入手他就感觉到了不对，正要出声阻止任瑶期，却听见哐当一声，任瑶期扔了茶碗站了起来。

“别动!”等看清楚爬在任瑶期衣襟上的是什么的时候，萧靖西脸色一变，立即制止任瑶期用手去拍。

那是一只桂圆大小的黑蜘蛛，萧靖西一眼就认出来它含有剧毒。

任瑶期忍住不动，尽管脸色苍白，甚至忍不住有些颤抖。

可是她不动不代表蜘蛛不动，那只毒蜘蛛正迅速沿着她的衣襟爬，她今日穿的桃红底子白色镶边折枝桃花纹的短袄是交领的，眼见着那只毒蜘蛛就要爬到她的衣襟里面，萧靖西出手如闪电般捏住那只毒蜘蛛，甩到地上。

萧靖琳立即上前一脚将毒蜘蛛踩死了。刚刚从茶碗里爬出来的蜘蛛有三只，另外两只爬到萧靖琳那边的时候立即就被萧靖琳和红缨弄死了。

任瑶期天生就怕这种多脚的动物，这是本能，与她的阅历无关，而且这种蜘蛛一看就是有毒的。

她脑子里有一瞬间的空白，不知道该如何反应。

萧靖西迅速扫视了一眼任瑶期身上，见她没有被咬伤才松了一口气。

“没事了，别害怕。”他的声音前所未有的柔和，带着安抚人心的力量。

任瑶期毕竟不是小孩子，控制情绪的能力也很到位，立刻试着放松身体，尽管脸色还是有些不好看，却仍是回了萧靖西一个笑容：“我没事，谢谢你。”

刚刚若不是萧靖西冒险帮她把那只毒蜘蛛抓下来，毒蜘蛛就会钻进她的衣襟里。要找出来必定要立即将衣服脱下来，可是这是室外，若是衣裳不整被传了出去，她的名声也毁了。可若是等回到内室再找蜘蛛，她也不知道还有没有命在。

萧靖琳见任瑶期没事松了一口气，却又立即皱着眉头看向萧靖西：“让我看看你的手。”

萧靖西一顿，对萧靖琳笑道：“我没事。”

任瑶期闻言也紧张地看向萧靖西，刚刚萧靖西是徒手去抓那只毒蜘蛛的。可是萧靖西的手被衣袖遮挡住了，看不出来有没有伤到。

萧靖琳眼睛不眨地盯着萧靖西，一字一句地重复道：“让我看看你的手。”

萧靖西还想说什么，萧靖琳已经不耐烦地闪身上前，直接动手了。

萧靖西想要避过，却又立即停住动作，有些无奈地看向萧靖琳：“好吧，别动手，我让你看。”

萧靖琳停了手，只是依旧盯住萧靖西不放。

萧靖西笑叹一声，将自己的右手伸出来，温声道：“这种蜘蛛是特别培养出来养蛊用的，所以全身都是毒。不过你们别害怕，它还毒不死我。”

任瑶期看到萧靖西的手的时候倒吸了一口凉气，萧靖西右手的食指和拇指已经肿起来了，仔细看的话，他的脸色也有些苍白。

萧靖琳一把拉过萧靖西的手，紧皱着眉头看了看，然后抬头对萧靖西冷笑道：“是毒不死你！大不了右手不要而已！”

任瑶期闻言吓了一跳，顾不得避嫌，上前一步拉住萧靖西的手，一边检查，一边急急地对一旁的红缨道："快准备些靛青叶、雄黄、明矾和醋来。我虽然没见过那种毒蜘蛛，不过这种针对毒虫的解毒方子应该也有些用处。"

她一边仔细查看萧靖西的伤势，一边绞尽脑汁回想所看过的医书上还有没有别的用来解毒的方剂。

萧靖西的手原本有些疼，现在被任瑶期握在手里却感觉到有些痒有些麻，也不知道是不是中毒的迹象，不过他并没有将手抽出来。

只是萧靖西的耳根不受控地红了，尽管如此，他还是面不改色地安慰任瑶期道："我真的没事。我每日喝的药就有解毒的功效，那种蜘蛛普通人或许受不住它身上的毒，于我却是没有大碍的。手上的红肿过几个时辰就消了，不信的话，到时候我再让你看。"

任瑶期闻言一愣，萧靖西每日里喝的药是解毒用的？难不成萧靖西身体不好并不是自娘胎里带来的不足之症，而是中了毒？

任瑶期虽然还是很担心，不过她敏感地觉得这个问题还是不要再继续下去的好。

萧靖琳闻言意味深长地看了萧靖西一眼。

萧靖琳知道萧靖西从未对外人说起过他中毒的事情。所有人都以为萧靖西是天生体弱。

任瑶期不由得看向萧靖琳，却见萧靖琳眉头虽然依旧皱着，但并没有太过担心的样子，她甚至没有急着去叫大夫。而萧靖琳带过来的几个丫鬟婆子也没有太过惊慌失措。管事婆子正指挥着人将萧靖西没有揭开的那只茶碗小心收起来，并将地上那几只已经面目全非的死蜘蛛收拾了。

而刚刚端茶点上来的四个丫鬟早就被红绡赶到亭子外头，全身发抖地匍匐在地上，一点声音也不敢发出来，更别说求饶了。

亭子里只剩下萧靖琳的几个心腹丫鬟和那个管事嬷嬷。

任瑶期关心则乱，之前一直没有注意到这些细节，萧靖琳一说萧靖西的右手不要了，她就只顾担心萧靖西的伤势了。

不过任瑶期觉得萧靖西的手还是请大夫来看看比较好，她正要将自己的提议说出来，却突然听到一个男声愤怒道："你们在做什么！"

任瑶期转头便看到云文放不知道从哪里站了出来，正惊怒地看着她……的手。

任瑶期低头才发觉，因为刚刚一直在担心萧靖西的伤势，她还抓着他的手没有放下来。

脸上不受控制地一红，任瑶期尽量面不改色地将手松开。

云文放快步走过来，红缨错开步子上前要拦他，云文放眼中积聚着狂怒的风暴，身子一侧，格挡住红缨的手臂反掌一推，将红缨推了个踉跄。

萧靖琳大怒，上前想要将这狂妄的家伙扔出去，可是脚步才动又突然想起了什么，往萧靖西那边看了一眼，然后默默地收回步子，甚至还不动声色地微微后退了些，让云文放顺利地逼到任瑶期眼前。

红缨和红绡等几个丫鬟都是跟随萧靖琳多年的，自然看到了萧靖琳的动作。虽然她们心中有些不解，不过也都没有再动。

"任瑶期！你给我滚过来！"

云文放伸手要来拉任瑶期，萧靖西身子一侧，抬手挡住云文放的手，微微一笑："子舒，你这是做什么？"

云文放看向萧靖西的目光像是含着刀子："萧靖西，你让开。"

云文放总算还是有些理智，态度虽然十分恶劣，却也忍住没有对萧靖西动手。

萧靖西笑容不变，人也没有动分毫："我刚刚伤了手，让任五小姐帮我看看伤势。"

萧靖西的话也算是解释了，他不想任瑶期的声誉受损。可惜云文放这会儿脑海中只有任瑶期拉住萧靖西的手的刺目画面，压根儿什么也听不进去。

"我再说一遍，你给我让开！"

云文放冷冷地盯着萧靖西，两只手用力握拳，在场之人能清楚地听到关节咔咔响的声音，加上他脸上修罗般的表情，威胁意味十足，让人忍不住心生惧意。凉亭中的气氛因为云文放的话和动作而凝固。

任瑶期的脸色也很不好看，云文放这个样子让别人看到了，还以为他们之间有什么私情。她看了挡在自己身前的萧靖西一眼，想着自己和云文放的事情不应该将燕北王府的人牵扯进来，万一云文放发疯打了萧靖西，局面只会越来越糟。

她定了定神打算上前去与云文放谈一谈，为了大局着想，只有先安抚云文放的情绪，否则事情一旦闹大，吃亏的只会是她。尽管她现在已经气得发抖，但毕竟已经不是意气用事的孩子了。

不想任瑶期脚步才动，萧靖西像是后背长了眼睛一样，立即回头看了她一眼。

这一眼一如既往的温和，带着安抚人心的力量。可是不知怎么的，被萧靖西这么一看，任瑶期的动作却不自觉地顿住了。

云文放一直死死盯着萧靖西和任瑶期，他们之间的互动彻底激怒了他。

云文放想要伸手推开萧靖西，将任瑶期拉过来，可是这一推竟然没有把萧靖西推开。

云文放眉头一皱，脚步一错，想要故伎重施，却听见萧靖西缓声道：“子舒，你确定要在我跟前动手？”

萧靖西的声音依旧是温和的，仔细听甚至还带着一丝笑意，凉亭中的其他人却都低下了头，束手站得越加恭谨。

云文放的动作一僵，等他反应过来自己因为萧靖西的一句话而心惊之后有些恼羞成怒，瞪着萧靖西狠狠道：“萧靖西，你凭什么插这一脚！就凭你燕北王府二公子的身份吗？别以为你姓萧我就怕了你！”

萧靖西闻言有些玩味地打量着云文放：“说到身份，我姓不姓萧没关系，而你应该感谢你姓云，这个姓氏救了你不止一次。”

萧靖西的话让云文放的脸色更加难看，他咬了咬牙正要说什么，萧靖西的目光却越过他含笑看向亭外不远处的小径。

云文廷从小径里快步走出来：“子舒，我找你许久，你跑这里来做什么？”看到萧靖西和萧靖琳都在，云文廷似是没有看到云文放的脸色，一边往凉亭走来，一边笑着道：“庭桢、郡主，原来你们也都在这里。我说怎么一个个的都不见了踪影，让我好找。”

萧靖西微笑着颔首：“你来得正好，子舒怕是迷路了，所以有些乱了分寸。”

云文廷看了云文放一眼，笑着摇了摇头，然后对萧靖西认真作了一揖说道：“他在家被我祖母和母亲惯坏了，小孩子脾气，冒犯之处还请庭桢不要放在心上。”

萧靖西但笑不语。

云文放转过头瞪向云文廷：“哥——”

“闭嘴！”云文廷语气很平静，看向云文放的那一眼却暗含警告和冷厉。

云文廷对云文放这个弟弟向来都是和颜悦色，极少给他脸色看，也因此云文廷难得强硬的态度让云文放不自觉地将话咽了下去，只是冷冷哼了一声，撇过头。

云文廷没有再看云文放一眼，而是看向亭子外头依旧跪着的几个丫鬟，有些惊讶地转移话题：“她们这是……”

萧靖西笑道：“刚刚正在处理一桩小事。”

云文廷很识趣地没有再问下去，从善如流道：“既然你们还有事情要处理，我就先带子舒出去。”

萧靖西点了点头：“请便。”

云文廷对云文放道：“祖母正让人四处找你，跟我回去吧。”

云文放却看着任瑶期，倔强地紧抿着唇不动。

云文廷几不可闻地一叹，然后走向云文放，在众人还未反应过来之前出手狠狠劈向云文放后颈，咚的一声，毫无防备的云文放立即软倒在地上。

在场之人，除了萧靖西和云文廷以及已经晕过去的云文放，都目瞪口呆。

云文廷低头看了云文放一眼，然后朝任瑶期躬身作揖，温声道：“任五小姐，今日之事我代舍弟向你致歉，他性子素来莽撞，行事也有些冲动，今后我会好好管教他的。”

任瑶期忙屈膝向云文廷回了一礼：“云公子言重了，都是误会。”

云文廷看了一直没有说话的萧靖琳一眼，又看向萧靖西。

萧靖西似是没有看到倒在地上的云文放，轻笑一声道：“既然是误会，说开了就好。希望下次看到子舒的时候，他能不再莽撞。毕竟若是因为他的行为而引起了什么闲言碎语，对他而言是小事，对别人来说就未必了。”

云文廷闻言若有所思地看了任瑶期一眼，然后冲着萧靖西点了点头：“我知道了。”顿了顿，他又道，“今日之事，不会出现什么闲言碎语。”

萧靖西笑着冲自己身后的某处道：“云二公子中暑了，替我送云二公子回去。”

萧靖西的话音刚落，一个面容平凡的灰衣男子突然从某棵树的树干后现身，行了一礼之后一把扛起了云文放。

云文廷看了一眼头朝下被人扛麻袋一样扛在肩上的弟弟，嘴角一抽，好不容易才忍下拒绝的话，转身走了。

灰衣人扛着云文放面无表情地跟上去。

直到云文廷和云文放都消失在了视线里，亭中众人才回过神来。

萧靖西像是什么也没有发生过一样，转头对任瑶期笑道：“站了这么久，不累?”

任瑶期轻咳一声，低头跟着萧靖西坐下，一直装木头的萧靖琳也坐了过来。

萧靖西意味深长地看了萧靖琳一眼。

萧靖琳装作没有看到，伸手想拿茶碗转移视线，摸了个空才想起来茶碗让人收起来了。于是她看向亭外跪得两眼发昏的几个人，面色威严道：“怎么回事？说!”

四个丫鬟中领头的一个，脸色惨白地抬起头来：“奴婢们……奴婢们不知道是怎么回事。茶点都是园中茶水房里事先准备好的，奴婢也不知道那些蜘蛛是怎么进到茶碗里去的。”

虽然是云秋晨让她们送茶点过来的，但是她们是燕北王府的人，本就不是云秋晨能使唤得动的，就算云秋晨不吩咐她们，她们也会在那个点送茶水，说是云秋晨让送的，不过是顺便卖云大小姐一个好。这一点她们明白，云秋晨明白，萧靖琳也明白。

所以萧靖琳没有怀疑是云秋晨做的手脚。云秋晨没有那个必要来害她，而这里也不是云家的后花园。

萧靖西往那个管事婆子那里看了一眼，管事婆子立即心领神会地上前一步，低头道：“奴婢已经让人查过茶水房，今日除了我们的人之外，只有云大小姐和吴小姐身边的丫鬟进茶水房要过茶水。”

萧靖琳面无表情道：“不用查了，是谁在捣鬼我心里有数。没有抓住现行，查下去也不能把她怎样，说不定还会被人反咬一口。”

管事嬷嬷看向萧靖西。

萧靖西想了想，笑道：“都下去吧，茶水房那边你处理好。今日之事暂时不要声张，等千金宴之后再说。”

管事嬷嬷低头应了，让人将那几个吓得丢了半条命的丫鬟带下去。

萧靖西和萧靖琳兄妹两人像是默认自己吃了个哑巴亏，不约而同地选择对这件事情保持缄默。

不过从他们脸上都看不出来受了委屈的样子。

任瑶期知道他们指的人是谁，不过王府的纷争她不好插嘴。只是她还记挂着萧靖西的手，等闲杂人等都退下后忙问：“你的手，要不要找大夫来看看？”

萧靖西闻言，将自己的右手伸出来放到任瑶期眼前。

任瑶期惊讶地发现，萧靖西原本红肿的拇指和食指竟消了肿，只微微有些发红。

“我说了没事，这下放心了？”萧靖西看着任瑶期，微笑道。

任瑶期看了看萧靖西的手，又看了看他，最后还是将满心的疑问咽了下去，只道：“没事就好。不过……回去还是让大夫看看吧。”

萧靖西不由莞尔：“好。”

他答应得这么爽快，任瑶期反而不知道该说什么了。

反倒是萧靖西笑道：“一般的毒对我都没有用。”

任瑶期眨了眨眼，心想这种秘密您就不要告诉我了吧？不过看到萧靖西脸上淡定的笑容，任瑶期不知怎么的却有些心酸，为了驱散这种不愉快的心情，她开玩笑道：“传说中的百毒不侵说的就是你这样的吗？”

萧靖西闻言一愣，然后微微一笑，看着任瑶期十分温和地缓缓道：“所以说你又知道了我一个秘密。”

任瑶期：“……”

萧靖琳看了看这个，又看了看那个，想了想，保持沉默。

她想着，师父教的如何在探入敌营的时候隐藏自己的气息，原来还有别的用法，就如现在，她可以让自己的存在感降得很低。

“你记性真好。”任瑶期无可奈何道。

“所以我也记得自己还欠你一个赌注。”萧靖西笑道。

任瑶期想了想：“那我今日就讨回来如何？”

“但请吩咐。”萧靖西十分好奇任瑶期想要什么，萧靖琳也十分感兴趣地看过来。

任瑶期道：“千金宴期间，我想让你帮我盯着几个人。”

任瑶期三人从凉亭里出来的时候太阳已经西斜，三人就这么在亭子里喝茶聊天逗傻妞消遣了一个下午，直到王妃派人来寻。

这一下午园子外头姹紫嫣红一片热闹的景象，似乎一点也没有影响到园子里宁静怡然的气氛。

任瑶期时不时地注意一下萧靖西的伤，在他们出园子的时候萧靖西的手指已经彻底消肿了，这种变化让任瑶期惊奇不已，不由得在心中猜想萧靖西身上究竟中了什么毒。

当年陪着裴先生给朝廷修书的时候，她没少看医书药典。尽管大都是走马观花，但是她对这世上大多数的疑难杂症也都有些了解。可是任瑶期实在想不出有什么毒或者什么药能让人变得百毒不侵。

“瑶期？瑶期？”

萧靖琳的声音让任瑶期回过神来，她们正穿过蝴蝶园要往外走。

“你想什么想得这么入神？”萧靖琳问道。

稍微走在前面几步的萧靖西也停住脚步回头看了过来，任瑶期不好说自己正在想萧二公子的病，含糊地转移话题：“走了一下神，你们刚说什么？”

萧靖琳手里抱着傻妞，傻妞虽然瞧着不大，重量却不轻，任瑶期刚刚试着抱了一下，实在是有些沉手，至少比岑哥儿要重不少，可是萧靖琳抱着却一点也没有吃力的样子。

“在说你的名字，你有没有小字？”萧靖琳将自己的腰佩从傻妞嘴里拽出来，随手给了它一掌。

傻妞懵懂地看着萧靖琳："嗷呜……"

萧靖琳在熟人面前不拘小节，一点也没有觉得在萧靖西这个男子面前提起任瑶期的闺名有什么不对，反正周围全是她的人，多嘴者死。

倒是萧靖西轻咳一声，有些不自在地回过头去，一副并没有留意的样子，步子却迈得极慢。

任瑶期也不在意："小字……我还未及笄，并没有取。"

任瑶期说着神情有些怅然，从前她是有小字的，还有两个。一个是及笄的时候爹爹给她取的"无双"。后来跟了裴之谦，裴先生给她取了小字"必清"，出自庄子的"必静必清，无劳女形，无摇女精，乃可以长生"。

萧靖琳看到任瑶期脸上的神色有些奇怪，便道："我也没有小字，等我们及笄的时候给对方取一个怎么样？"

任瑶期闻言一愣，随即笑着点头："好。"

燕北这边的规矩，一般小字都是及笄的时候长辈赐的，也有夫妻之间相互称呼的，像萧靖琳说的这样同辈友人之间互相赠与的倒是少见。不过萧靖琳不在意这些规矩，任瑶期也不怎么在意。

萧靖琳高兴了，给傻妞捋了一下毛。

萧靖西摇了摇头，回头看了萧靖琳一眼，正要说她不懂规矩，萧靖琳却看着萧靖西静静地笑了，意味深长地道："可惜了我文采一向不好。"所以到时候说不定需要请教那些文采好的人。

任瑶期以为萧靖琳是在和她说话，笑着道："没有关系。"

萧靖西顿了顿，默默地回过头继续走路。

萧靖琳微微眯眼，得意地顺手敲了傻妞一记栗子。

傻妞："嗷呜……"

快走出奇珍园的时候，萧靖西先停了下来，转身笑道："你们先走，我还有些事情需要处理。"

任瑶期看向萧靖西，知道他是不想与她们一同出现在人前被人看见而惹上什么闲话。刚刚在园子里，云文廷等人走后，周围伺候的人都换上了萧靖西和萧靖琳的人。

对于萧靖西的体贴，任瑶期很感激，对他屈膝行了一礼。

萧靖琳点了点头，拉着任瑶期出了园子。萧靖西看到她们离开才转身从另外一条路走了。

回到揽月阁之后，没有人提起今日奇珍园茶杯里的毒蜘蛛一事，王妃也没有派人过来询问。也不知道是萧靖西和萧靖琳兄妹两人保密工作做得太好，这件事情没有外传，还是因为现在温泉山庄人太多，大家都不想将事情闹大。

这一日就这么平平静静地过去了。

第二日，是众位千金表演才艺的日子，也是千金宴正式开始的日子。

一大早，王妃就派了自己身边的丫鬟婆子过来给萧靖琳梳妆打扮，还算宽敞的屋子被丫鬟婆子们围了个水泄不通。

萧靖琳冷着脸隐忍地坐在梳妆台前，听着辛嬷嬷将一屋子的人指挥得团团转，场面之宏大让任瑶期叹为观止之余忍俊不禁。

任瑶期占了辛嬷嬷让人搬进来的另外一个梳妆台，一边不急不缓地让苹果和桑葚给自己换衣梳妆，一边听萧靖琳在屋子另一侧忍无可忍地道："我不戴那个!"

辛嬷嬷苦口婆心地劝说："郡主，今日众位闺秀都是盛装打扮，您就忍上一忍吧。这只凤冠王妃又让人拿去改过一次，已经不算重了。"

萧靖琳难得孩子气地愤愤道："母亲总说我粗鲁得不像个女孩子，那些每日面不改色顶着十几斤重的头面首饰的闺秀们才是真勇士吧！将士们的朴刀都没有那么重!"

任瑶期笑得差点从凳子上掉下去，屋子里也是一片嘻嘻哈哈声。

辛嬷嬷哭笑不得地看着萧靖琳："我的好郡主呀……"

到最后，萧靖琳还是戴上了那套证明她是真勇士的头面。没办法，王妃下了死命令，萧靖琳也违背不得。

萧靖琳今日的装扮比昨日要隆重一些，身上是一件真紫色绣飞凤翟纹的华丽长袄，头上的凤冠镶嵌着一颗硕大的夜明珠，看起来华贵端庄，很符合她郡主的身份。

辛嬷嬷又跑过来看任瑶期梳妆得如何了。

任瑶期今日穿的是任家给她准备的那身湖绿色绣粉色荷花的袄裙，戴的也是任家准备的头面首饰，衣服首饰都算不得太出彩，不过一上身依旧让她看起来亭亭玉立如一株含苞待放的新荷，就算站在萧靖琳身边也没有被她通身的气派遮掩住。

辛嬷嬷原本想着也要帮任瑶期隆重打扮一番，可是看到她这模样也就作罢了。

今日千金宴的场地是温泉山庄后面的一片桃林，温泉山庄的这一处桃林不知是什么品种，还正在花期，粉色的桃花挂满枝头，目之所及，落英缤纷。

桃林中摆着几十张黄花梨木的矮几，每张矮几上都摆着果盘、果酒和杯盏，有些像任瑶期听说的宫中赐宴的场景。

桃林中已经来了不少人，任瑶期看见任家的几位姐妹都已经到了，位置还比较靠前，想必云家对任家特殊照顾了。

“你随我坐吧？”萧靖琳看了看，对任瑶期道。

任瑶期瞧着是两个人共一个案几，王妃和老王妃她们坐在上首，萧靖琳应该是跟着王妃坐的。任瑶期不想在这个时候引人注目，便拒绝了。

“我还是去那边坐吧。”任瑶华正往这边看过来，任瑶期便指着任瑶华几人道。

萧靖琳想着，今日她要跟老王妃、萧微她们坐在一起，任瑶期跟着她一起说不定会被人当靶子，便也没有勉强。

“那我过去了，有事的话让人去找我。”

任瑶期点了点头，等萧靖琳走了之后，她去了任家人那里。

任瑶华一早就看到她了，见她过来，示意她与自己共用一张矮几。

任瑶英笑道：“五姐姐回来了？我还说你今日会不会与郡主坐在一处呢。”

任瑶玉看了那边正上座的萧靖琳一眼，撇嘴道：“上头坐着的都是王府的人，五姐姐坐上去算什么事儿？没得让人笑话我们任家的女子没有规矩。”

任瑶华看了她们一眼，冷冷道：“你们是嫌位置太好了？那就坐回去！”

任瑶英笑了笑不再说话，任瑶玉张了张嘴，最后也将话咽了下去。

任瑶期不由得惊讶地看了任瑶华一眼，几日不见这些人这么乖巧了？

任瑶华冷笑不语，在任瑶华身后侍立的香芹立即凑上来在任瑶期耳边道：“五小姐，原本我们是坐在后头的，王妃身边的一个嬷嬷让云大太太给我们换到了前面来，大家都是沾了您的光。”

原来如此，任瑶期了然。

任瑶亭是跟着苏家的人一起过来的，苏家的位置被安排在主座右下方，比任家的位置好，任瑶亭便跟着苏芳菲坐了。看到她们，任瑶亭点头打了招呼。

与任家的座位相邻的是丘家大小姐丘虹的座位，而昨日见过一面的郭玉娇和姜沅娘则坐在她们斜对面。

见了面，都相互点头打了招呼。

最后王妃和萧微扶着老王妃过来了，原本在低声谈笑的闺秀们都停住话头，站了起来。

云老太太和云大太太随侍在侧，老王妃脸上一直都淡淡的，看不出来喜怒，坐上主座之后就摆了摆手，王妃微笑着朝云老太太和云大太太点了点头，云大太太便扶了云老太太坐到主座旁边的偏座上。

主座上原本坐的是老王妃、王妃和郡主，每人一张矮几。老王妃让萧微坐到自己旁边，吴依玉便与萧靖琳同案。王妃让云大太太给萧二夫人和萧靖媛母女也加了座。

主座两旁还偏放着几张矮几，现在坐了一个云老太太，任瑶期正猜测着剩下几张是给谁坐的，却见徐夫人欧阳氏与几位夫人一同过来了。那几位夫人与老王妃和王妃见过礼之后就坐到了云老太太旁边的矮几旁。那里一共坐了六个人，任瑶期只认得徐夫人、云老太太和苏老太太，剩下的三位夫人都与徐夫人差不多的年纪，容貌先不说，气质都十分温雅。

原本都站着的闺秀们齐齐屈膝行礼。

王妃温和地颔首道：“都坐吧。”众人这才坐了下来。

“人都来齐了？那就开始吧。”老王妃抬了抬眼，对王妃淡声道。

王妃应了一声，冲着徐夫人点了点头。

往年的千金宴虽然都是云家筹办，考查众位千金才艺之事却都由徐夫人欧阳氏主持。

欧阳氏站起身来，缓声道：“今日比试的规矩想必你们都清楚，我便不再赘述。琴棋书画君子六艺，无论是什么才艺，只要你们认为是自己所擅长的，都可以拿出来展示。最终我们将裁定出最优的十位不栉进士，作为今年千金宴的魁主。圣人言：‘君子无所争，必也射乎？揖让而升，下而饮，其争也君子。’只要你们能明白这个道理，那么结果如何并不重要……”

欧阳氏的声音并不大，也不铿锵有力，甚至还带着些病态的中气不足，但是却有一种独特的魅力能让人静下心来听她说话。

欧阳氏已经说完话坐下了，任瑶期却发现原本端端正正坐着的闺秀们似乎有些骚动，虽然那点骚动被努力克制着。坐在她邻座的任瑶玉就总是时不时地悄悄往对面的桃林里看。

任瑶期便也抬头看了一眼，却发现桃林里似乎有人头攒动。转眼看了看诸位闺秀羞涩含怯又跃跃欲试的神情，任瑶期便明白了。想必与上次苏家的茶会一样，那些少爷公子们这会儿正在林子里聚会。

听闻仅仅是昨日一日的往来，就已经有十几户人家相互间有了结亲的意向，这些公子小姐们想必也十分想知道将要与自己定亲之人的相貌，毕竟下次若是再见面的话，很可能就要等到洞房花烛了。只是隔着大半片的桃林雾里看花，也不知道能不能认清楚人。

瞧着上座的包括老王妃在内的诸位长者都没有对此表现出不愉快，想必这也是千金宴的惯例了。

任瑶期正心不在焉地想着这些有的没的，却听欧阳氏在上面道：“郡主，今日就由你先开始如何？”

任瑶期不由得抬头去看萧靖琳。萧靖琳原本正面无表情地坐在那里背人体经脉穴位图，听到欧阳氏叫她便抬起头，然后下意识地往任瑶期那里看了一眼。任瑶期朝她笑着眨了眨眼，并点了点头。

萧靖琳想着反正早晚要弹一次，第一个就第一个吧，早些完事她就学那些一日病三次的女人们称病先走。

这么想着，萧靖琳正要点头的时候，却听到坐在她旁边的吴依玉先一步出声道：“靖琳怕是还没有准备好，不如今日就由我抛砖引玉吧。”说着也不看萧靖琳说什么，先她一步站了起来。

萧靖琳皱了皱眉，王妃正要说什么，老王妃却笑眯眯道：“既然依玉想要先来，那就让依玉来吧。靖琳今日压轴也不错。”

老王妃开了口，王妃也只能将话咽下，微笑着点了点头：“让依玉先来也一样。”

吴依玉转头朝着萧靖琳露出一个微笑，背着众人，笑容里含着毫不掩饰的得意和恶意。

萧靖琳撇开眼，视她如无物。

当两个丫鬟抬着一张琴案放到主座下方的时候，任瑶期就隐隐感觉到不妙。

吴依玉缓步走到琴案前坐下，嘴角扬起一个傲慢的笑容，然后抬手拨弦。

熟悉的琴音从吴依玉的指尖流泻出来，任瑶期皱着眉头朝萧靖琳看了过去。

萧靖琳面无表情地看着下方的吴依玉。

吴依玉今日穿的也是一身紫色的袄裙，通身用金线绣着一只展翅的飞凤，没有绣翟纹，袖口裙裾上的滚边绣的是“轮螺伞盖,花罐鱼长”的八宝纹。头上戴的是一只华贵的白玉嵌宝莲花冠，这一身的装扮竟然与萧靖琳有七八分相似。

萧靖琳平日里并不注重衣着打扮，所以之前也没有注意到吴依玉的穿着。而现在，吴依玉先她一步弹了她练了许久的那一曲《月满关山》，她若是还没有意识到吴依玉的故意挑衅，那她也白活了。

萧靖琳本性洒脱，对今日的千金宴的输赢其实并不怎么在意，只是吴依玉这么做让她觉得有些对不起自己的母亲这些日子以来为她花费的那些心思，也浪费了任瑶期陪她练琴花费的时间和精力。

萧靖琳不由得看了王妃一眼，王妃面上的笑意淡了不少，端起茶杯漫不经心地撇着茶叶沫子。

而老王妃则微微眯着眼，似是沉浸在吴依玉的琴声里，并没有注意到周围的气氛。萧微微笑着看着女儿，右手的食指尖轻轻在矮几上打着拍子。

她们好像都没有意识到吴依玉的行为有什么不对，只是萧靖琳在燕北王府练琴的事情王府的人都知道，连王府里扫地的婆子都知道郡主每日里弹的只是那一首曲子。

萧靖琳最后对上了任瑶期有些担忧的眸子，想了想，朝任瑶期安慰地笑了笑。

欧阳氏也皱了皱眉，不过今日的比赛是由她主持，她不好说什么。毕竟一开始就说了，展示什么才艺都任凭各位闺秀自己的意思。

吴依玉终于弹完了曲子。

平心而论，吴依玉弹得还不错，至少比起临时抱佛脚的萧靖琳来说琴艺要高超不少。如果萧靖琳还是坚持弹这一曲《月满关山》的话，无论弹得怎么样都难免落了下乘，想必这也是吴依玉抢先一步弹了萧靖琳的曲子的用意。

吴依玉起身回到自己的位子，坐下的时候顺着动作微微偏过身子在萧靖琳耳边轻声道："我弹得如何？"

萧靖琳转头看了她一眼，眼神就像是在看一只入不了眼的蝼蚁，然后什么也没有说就转过了头，不再搭理她。

萧靖琳已经决定不上场了，虽然内心深处稍微有那么一点点的不甘心。

吴依玉被她的眼神刺激得面色一冷，随后像是想起了什么，嘴角挑起一个冷笑。

"你若是不上场，别说是今日的魁首了，就连那十个魁主你也一个都得不到，到时候燕北王府和王妃的脸面就要被你丢尽了。哦，我忘了燕北王府的脸面还有靖媛在，不过王妃的脸面就不容易挽回了。你不在意，王妃也不在意？"

萧靖琳继续不动如山，她知道吴依玉这么说是想要挑起她的怒气，让她在大庭广众之下失控发怒，她要是如了吴依玉的意就傻得没救了。

尽管在心里，萧靖琳已经默默地将吴依玉的祖宗十八代一一问候了一遍。

吴依玉见无论自己怎么说，萧靖琳都一点反应也没有，心里不由得有些遗憾，不过她等着看热闹的心情还是很不错的。

接下来诸位闺秀按座次一一上前表演才艺，这次的座次原本就是按诸家的家世地位排的，所以没有人有意见。倒是任家的姑娘们因为被王妃特意关照而排得比较靠前，让她们兴奋不已。谁都知道，越排在前面夺魁的机会越大。

吴依玉之后，便是云家大小姐云秋晨出场。不过云大小姐早就在上一次的千金宴上夺得了魁首，这次有萧靖琳她们在，云秋晨很自觉地只是走走过场，当众作了一首诗就退了下来。

苏家大小姐苏芳菲表演的是双手书法，写完之后大家传阅的时候，任瑶期也看了几眼，苏大小姐的左手字应该是最近两年才开始练的，虽然瞧着似模似样，终究是少了几分韵致，倒是右手字写得不错。

任瑶亭坐在苏家的位置上，苏芳菲表演完了之后就轮到了她。

任瑶亭各项技艺都学过一些，只是太过出彩的却没有。她弹了一曲琵琶，可能是最近花心力练了不短的时间，听着倒是不错，比她平日里精进不少。

只可惜她恰好是在苏芳菲之后表演，苏家大小姐一手双手字镇住了不少人，众人忙着传阅苏芳菲的字，静下心来听的人不多。

任瑶期看到任瑶亭放下琵琶的时候一脸的懊恼，估计是有些后悔坐到了苏家的位置上，让自家表姐抢了风头。

轮到郭家大小姐郭玉娇上场时，侍女们鱼贯而出，抬来了案几、泥炉、瓦煲、松枝，原来郭玉娇今日要表演的是烹茶。

郭玉娇平日里性子活泼，今日正正经经地往案几前一坐，慢条斯理地煮水、碾茶、筛末……倒是颇有几分沉静端庄的气质。等到水沸三沸，茶汤煮好时，众人都闻到了扑鼻的浓香。因为烹茶时加了香料，这味道像是带了茶香的羹汤。

时人平日里喝茶，已经少用烹煮之法，烹茶更多是世家公子小姐们的一种高雅才艺。从欧阳夫人等人品鉴完茶汤之后的表情来看，郭玉娇这一手烹茶的才艺，展示得还算不错。王妃也夸奖了郭玉娇几句，郭玉娇坐下来的时候掩不住地志得意满。

轮到姜沅娘的时候，她竟然也表演了双手写字。因为在她之前已经有苏芳菲珠玉在前，众人对她能写出什么样的字十分好奇，若是写得不如苏大小姐，姜沅娘便要闹笑话了。

姜沅娘动笔之前还很是歉意地朝苏芳菲笑了笑，苏大小姐在这种场合风度还是极佳的，也点了点头回了她一个微笑。

等到这位姜小姐动笔的时候，众人才明白她为何敢在苏大小姐之后还选择用双手写字。姜沅娘默写的是《女诫》。她左右手在一张纸上同时动笔，等她写完两句之后众人才发现完全看不出来她左手写出来的字与右手写的有什么区别。

等通篇写完之后，那一张纸上就像行云流水般一蹴而就。姜沅娘的一手簪花小楷确实写得隽秀婉转，极有神韵。

徐夫人接过去看了，也点了点头，递给王妃和几位夫人传阅。

上面坐着的几位夫人中，有人叹道："姜家果然家学渊源。"

苏芳菲之前的风头都被姜沅娘抢了去，这会儿虽然仍保持微笑，脸色却有些苍白。

姜沅娘回座的时候脸上红红的，似乎有些受不住众人投注到她脸上的视线，不过她还是很努力地朝着打量她的人微笑。郭玉娇有些不快地噘嘴道："沅娘，你太狡猾了。我昨日告诉你我今日要表演烹茶，你却不告诉我你今日要表演什么。"

姜沅娘忙道："我不是告诉你说要写字吗？"

姜沅娘昨日确实是与郭玉娇说过自己今日打算当众抄一篇《女诫》，还被郭玉娇暗地里笑话了一番。不过姜沅娘没有说自己会用左右手一起抄。

郭玉娇有些不满，还想说什么，却听姜沅娘道："呀，下一个轮到丘小姐了，不知道丘小姐要表演什么。"

郭玉娇的视线立即被正起身的丘虹吸引了过去。

丘虹在蓟州也是小有名气的才女，长相也好，气质带着些清冷，让人觉得她这个人性子冷傲，所以在女孩子们当中人缘很一般。

丘虹今日表演的是作画。她当众画了一幅水墨荷塘，难得的是她半炷香的时间就将自己的画作完成了，最后还题了一首自己作的咏荷诗。

无论是画作还是诗作，在她这个年纪都算是十分难得了。

任瑶华与任瑶期道："你今日也作画？可有把握比得过丘小姐？"

任瑶期倒是没有想要真的与十几岁的姑娘比，赢了也胜之不武，不过她还是道："我不画水墨画就是了。"

任瑶华以为任瑶期说不画水墨画，是打算画工笔，便点了点头没有说什么。

丘虹下来之后就轮到了任家的姑娘们。

任瑶华接过香芹递给她的短笛打算上去，任瑶期笑着给她打气："三姐，不要想太多，垂着眼睛谁也不看，专心一口气吹完就行。”

任瑶华白了她一眼，镇定地走了。

任瑶华不是腼腆扭捏的性子，上去认认真真地吹了一曲《梅花三弄》，因为前面几位小姐表演的都是书画类的，任瑶华的笛声倒是给人耳目一新的感觉。

任瑶期正坐在那里认真地听任瑶华吹笛子，坐在旁边的任瑶英突然转过身来。

“五姐姐，我有些紧张，你与我喝一杯吧。去给我五姐姐倒一杯。”任瑶英手里捏着一个酒杯，里面装的是果酒，说是酒，其实并没有酒味，是燕北女子常用的一种饮品。她小声吩咐自己的丫鬟椿儿过来给任瑶期斟酒。

任瑶期挑了挑眉，看了任瑶英一眼，又看向低着头快步走过来的椿儿。还不等任瑶期说话，椿儿突然脚下一滑，摔了下去，手中的酒壶也没有拿稳，酒壶里的果酒竟然有一半倾倒在了任瑶期的裙裾上，湖绿色的裙摆立即就被沁色的果酒染湿了一片。

任瑶英小声惊呼出声：“五姐姐——”

椿儿立即跪了下去，战战兢兢道：“五小姐恕罪，奴婢不是故意的。”

小小的骚乱引起了周围几个闺秀的注意，与任瑶英同一矮几的任瑶音也看到了，立即小声对任瑶期和任瑶英道：“先让丫鬟起来，别让人看笑话。五妹妹，你先下去换一身衣裳再来。”

任瑶玉看了任瑶英一眼，又看了看任瑶期的裙子，弯了弯嘴角：“很快就要轮到五姐姐了，九妹妹，你这酒倒得还真是时候。”

任瑶音道：“让人去与云大太太说一声，五妹妹，你换了衣服再来也一样。”

苹果一脸忧心地蹲下身来用帕子擦任瑶期裙子上的洒渍，香芹急得快哭了：“这怎么行，排在前面比排到后面好！五小姐，这下怎么办啊？”

任瑶英看着任瑶期，一脸的自责：“五姐姐，我真的不是故意的。”

任瑶期一直没有说话，先看了看自己的裙子，这副模样势必是不能上去的，不然就太失礼了。

抬头看到任瑶英一脸受害者般的委屈模样，任瑶期觉得有些啼笑皆非。她细细地打量了任瑶英半晌，像是在看一件令人惊讶又可悲的物什，直到看得任瑶英脸上的表情越来越僵。

“下去吧。”任瑶期看了跪在地上的椿儿一眼，脸上看不出半点生气的样子。

椿儿松了一口气，心里又有些得意，心想果然如小姐所料，三小姐不在，在这种场合就算五小姐要发火，也会被四小姐拦下。等到一会儿宴会结束，小姐就把她送回白鹤镇，白鹤镇有姨娘在，姨娘已经给她挑了一门好亲事。等五小姐回去之后想起她这么个人来，她早就去嫁人了。

任瑶期只消一眼，就看清楚了这个丫鬟脸上的算计，不过她什么也没有说，吩咐香芹道：“等三姐回来，你让她帮我去与云大太太说一声，就说我去换衣裳了，让她将我的比赛顺序延后。”

香芹恨任瑶英和椿儿恨得牙痒，却只能委屈地应下。

任瑶期带着苹果起身离座。

任瑶英看了一眼任瑶期离去的背影，缓缓呼出一口气，慢慢勾起了嘴角。

任瑶期离开座位并没有惊动太多的人，席间也有一些闺秀暂时离座去净房如厕。任瑶期却在走出不远就停住了步子，小声吩咐苹果道：“你去找郡主身边的红缨姑娘，让她告诉郡主我在这里等她。”

萧靖琳来得很快，任瑶期离席的时候她就看到了，心里奇怪就快轮到任瑶期上场了，她这会儿要去做什么，所以自己也起身跟了过来。她走到半路就遇上了去找她的苹果，然后才得知任瑶期的衣服脏了。

“我的衣裳你应该也能穿，就是不知道合身不合身。若是不行，我帮你去找云秋晨要吧。”萧靖琳以为任瑶期是因为衣服的事情找她来，一边打量着任瑶期的身量，一边道。

任瑶期摇头道：“不用，我还带了几身衣裳来，够穿了。”

说着任瑶期不由得笑了，眨了眨眼道：“刚还想着怎么找借口晚些时候再上场，没想到有人急我之所急，帮我把借口都想好了。”

任瑶期的话萧靖琳有些不懂，不过她还是抓住了重点："你是说你是故意要拖延上场时间的？"

任瑶期闻言笑着一把拉住萧靖琳的手，拉着她往外走，一边道："我要赶紧把衣服换了，不然就真的没有时间了，我们还是边走边说吧。"

"走这边，这边有个小院子。你的衣裳收在哪里，红缨去拿，她的脚程快。"萧靖琳反手拉住任瑶期，拉着她往另外一个方向走去。

苹果忙将任瑶期放衣裳的箱子告诉红缨，红缨正要离开，任瑶期却叫住她，问萧靖琳道："你给我的那把雪衣剑呢？带来没有？"

萧靖琳原本想着要借着这两三日住在一起的机会教任瑶期练剑，所以那把雪衣剑她还真的带来了。

"我让红缨收着呢，你要剑做什么？"

任瑶期忙对红缨道："那你等会儿顺便把雪衣剑也一并带来吧。"

红缨看向萧靖琳，萧靖琳点了点头，红缨立即去了。

红缨不愧是练过武的，那速度果真比一般人要快上不少。

任瑶期这才对一脸莫名的萧靖琳道："等会儿你上前舞剑。"

萧靖琳闻言一愣，随即有些迟疑道："可是我母亲不喜欢我打打杀杀，你也看到了，那些名门闺秀别看着人人都能顶着十几二十斤的头面首饰面不改色，我要是真在她们面前舞刀弄枪，她们能立马就晕倒在地。"

任瑶期虽然感觉萧靖琳的形容十分好笑，仍正色道："谁说我们要舞刀弄枪了！我们要表演剑舞！是剑舞，不是剑术！"宫廷表演中也有剑舞，在京都很流行。

萧靖琳一脸纠结："我不会……"

这么说着，她们已经走到了萧靖琳说的小院。这座小院就在桃林深处，一共有四间房舍，外表看上去倒是很精致，像是煮酒品茶的地方，周围也没有什么人，环境十分清幽。

任瑶期顿住脚步，看着萧靖琳微笑道："谁说你不会，上次你说要教我舞剑的时候演示的那一套剑法就是，今日就舞那一套。"

萧靖琳仍垂死挣扎："这个不行……"

任瑶期看着她耐心道："为什么不行？"

萧靖琳眉头打了个死结："要是被我师父知道了，会说我有辱门风……"

任瑶期笑问："你师父在哪里？"

萧靖琳下意识道："嘉靖关……"

任瑶期笑容加深，却摇了摇头有些惋惜道："那么远啊？真可惜……那就不要让他知道了。"

萧靖琳："……"

见萧靖琳不说话了，任瑶期握住萧靖琳的手道："你可不许马马虎虎应付了事，因为我会在一边弹琴。"

萧靖琳一愣："你要跟我一起？"

任瑶期眨了眨眼："这可是我期盼许久的事情。"

萧靖琳皱眉："还是不要了，万一我丢了丑，岂不是连累你也一起遭罪。"

任瑶期脸上的笑容带着几分自信和笃定："比剑法，在场之人没有能胜过你的，比琴技，我也自信在场没有几个能胜过我的，我不信我们会丢丑。"

任瑶期向来都是温柔低调的性子，萧靖琳还是第一次见她如此张扬的神色。这样的任瑶期身上有一种难以言喻的魅力，萧靖琳瞧着有些反应不过来。

沉吟了片刻，任瑶期看着萧靖琳眨了眨眼道："至少我弹《月满关山》弹得比别人好。"

萧靖琳回过神来："你也要弹《月满关山》？"

想了想，萧靖琳立即就明白了任瑶期这是想要为她在吴依玉那里扳回一局，她摇了摇头："换一首！吴依玉的性子我清楚，你要是与她对上的话肯定要吃亏的。我不想你以后因为我的事情在她那里受罪。"

昨日吴依玉在她们的茶碗里放毒蜘蛛的事情就把她惹火了，今日又弹她的曲子来明目张胆地挑衅，萧靖琳对吴依玉已经忍无可忍了。

那些账，她会记着，以后慢慢算，但是她不想把任瑶期扯进自己和吴依玉的恩怨里。

任瑶期闻言也不坚持，点了点头道："那就换一首好了，我前几日新得了一本琴谱，当中有一曲很适合你的剑舞。"

萧靖琳正要说什么，小院正中一间房的房门被推开，萧靖西从里面走了出来，有些惊讶地看着她们。

任瑶期有些奇怪萧靖西怎么在这里，等看到他手里拿着一册书的时候才明白过来，这里环境清幽，想必萧靖西之前是在这里看书的。任瑶期不由得低头看了看自己裙裾上的酒渍，脸上有些红，想着自己真是失礼了。

萧靖琳正心情不好，忘了自己才是后来的闯入者，很不客气道："怎么去哪里都能遇上你？"

萧靖西无奈地看了她一眼："温泉山庄太小了。"

这时候红缨手里提着一个包袱回来了，萧靖西的视线正好扫到任瑶期裙摆上，又看到她脸色有些尴尬，立即就明白了她们是来找地方换衣服的。

萧靖西指了指自己刚刚出来的那间房的隔间道："你们进去吧，我正好要离开。"

萧靖琳拉着任瑶期往萧靖西指的那间房走去，任瑶期忙朝萧靖西道了一声谢。

萧靖西微微一笑，点了点头，然后转身出了院子。

任瑶期换上了一身姜黄底子蓝色滚边绣百蝶穿花纹的袄裙。这一套衣裳任家几位姑娘都不喜欢，是她们挑过剩下来才分到任瑶期手里的，任瑶期因为还有云家送给她的两身衣裳，所以也没有在意。

不过任瑶期肤色白皙，容貌清丽，换上这一身之后竟然也十分好看。

萧靖琳在她换好衣裳出来之后，打量了几眼，点头由衷道："很好看。"

任瑶期笑着上前拉着萧靖琳往外走："时候不早了，我们快回去。"

萧靖琳点了点头，与任瑶期一起出了院子。

实际上，她们离开的时间并不算太久，所以当她们回去的时候，任瑶音和任瑶玉刚表演完下场，而任瑶英正跪坐在场地中央的案几边，手里拿着一支笔专注地写画着什么，案几上放了一个笔架，还有画画用的颜料。

任瑶期微微挑眉，原来任瑶英是要画画？

这些年任瑶英为了要与任瑶期争长短，也为了得到父亲的关注，在学画的时候很是下了一番功夫。虽然比之任瑶期而言，任瑶英缺少了几分天赋，不过她的画技在同龄女子之中还是能拿得出手的。

只是任瑶期在与萧靖琳分别后回到自己的座位上的时候觉得气氛有些不对劲。

任瑶华正面目冰冷地看着任瑶英，香芹低着头，连个大气也不敢出。

任瑶音最先看到任瑶期，有些惊讶道："五妹妹这么快就换完了衣裳？"

任瑶期笑着点了点头。

任瑶华闻言终于将视线从任瑶英身上收了回来，看了坐到她身边的任瑶期一眼，压着火气低声道："不是与你说了要防着点人吗！怎么还让别人泼了酒水在身上，你还能再笨点吗？"

任瑶期小声安抚道："别生气了，三姐，也没怎么耽误工夫，等九妹妹回来我就上场。"

任瑶华闻言火气非但没有下去，脸色反而更加冷了："蠢材！你以为她费尽心机要在你前头上场是为的什么！"

任瑶期被骂了也不生气，她往任瑶英那里看了一眼，任瑶英应该快画完了，正在仔细地给画润色。

"她怕我比她画得好？"任瑶期笑问。

从前任瑶英就比不过她，现如今想要在画画上胜过她就更难了。不过任瑶期今日本就不打算画画，任瑶英心机白费了。

任瑶华冷笑道："她画的是《雪景图》。"

任瑶期觉得这名字有些熟悉。

任瑶华看了她一眼："你还记得去年她也画了一幅《雪景图》吗？可惜父亲说她画技是进步了，在布局构图上却缺少灵气，后来在父亲书房的时候你帮她改了那幅画。"

任瑶期想起来了，确实有这么回事。

"你是说她今日照着我帮她改的那一幅，画了一幅一模一样的？"

任瑶华瞪了她一眼，露出一个"你终于明白过来了"的表情。

任瑶期试着往任瑶英的案几上看了一两眼，不过什么也看不到，不由得有些奇怪道："三姐，你怎么知道的？"坐在这里根本就看不到。

一旁的香芹低着头小声插话道："是刚刚奴婢去给九小姐送朱砂的时候看

到的。”

“怎么是你去给她送东西？椿儿呢？”任瑶期左右看了看，才发现椿儿不在这里了。

任瑶华看了她一眼，面无表情地冷冷道：“有些事她敢做，就要敢承担后果。你难道还要等她跑了才去找别人要人，让别人给你主持公道吗？”

于是任瑶期知道了，椿儿这丫鬟算盘打得再精，最后也还是没有逃出任瑶华的五指山，对于胆敢以下犯上的人，任瑶华向来不会手软。

因为云家准备的朱砂调出来的朱红不是任瑶英惯用的那个颜色，任瑶英便让椿儿去给她拿自己事先准备的朱砂，不想椿儿却一去不回。

任瑶华吩咐香芹去叫了两个婆子在椿儿回来的路上等着，等到人之后直接敲晕抬走，半步没停地让马车径直送回白鹤镇交给周嬷嬷。任瑶华吩咐了让周嬷嬷赏椿儿三十个板子再发卖出去。

之所以送回白鹤镇发落而不是送去任家在云阳城的别院，是因为任老太太和方姨娘的嫂子此刻正在别院里，任瑶华怕任老太太顾及方姨娘和方家的脸面，阻止她发落椿儿。

任瑶华认为，椿儿这种行为如果不能及时惩戒，以后就会有人上赶着效仿。所以她快刀斩乱麻地将人解决了，以儆效尤。

椿儿被送走之后，任瑶华对云家的人只道是丫鬟中了暑，并让香芹去给任瑶英送朱砂，任瑶英看到香芹的时候脸色很难看，不过此时她除了静下心来画画，什么也不能做。

香芹顺便将任瑶英画的画记在了心里，回来细细描述给任瑶华知道。

任瑶期听任瑶华说完之后哪里还有不明白的。

任瑶华低声交代任瑶期道：“等她下来你就上场，你认真画，肯定比这个小贱人画得好！”

任瑶期摇头：“我今日不画画了。”

任瑶华皱眉：“为何？你还怕输给她不成？”

任瑶期失笑：“她也就能使些不入流的手段罢了。”任瑶期从没想要与任瑶英决出个什么高下。

“那你为什么……”

任瑶期忙打断任瑶华道："我已经与郡主说好了，我弹琴，她舞剑。"

任瑶华听说任瑶期要与郡主一起上场，反对的话就不好说出口了，虽然她觉得任瑶期画画比弹琴好，而且她实在是不想看到任瑶英如意。

任瑶期一看任瑶华的脸色就知道她在想什么，小声安慰她道："你若还是怕任瑶英这次会出头的话，那就大可以放心，这个头她怕是出不了。"

任瑶华闻言有些不信："就凭她原本的画是出不了头，不过你改过之后就不一定了，父亲当时不是也说你改得好吗？"

任瑶期想了想："你确定她是按照我改的画的？一笔不差？"

任瑶华看了正瞪大了眼睛看着她们说话的香芹一眼："这丫头别的优点没有，眼力倒是还不错。"

别的优点没有……别的优点没有……

香芹扁着嘴耷拉下脑袋。

任瑶期看着香芹的模样忍不住笑，然后对任瑶华道："那就是了，她今日就算画得再好也没有用。"

任瑶华一脸不信的样子，任瑶期也不多言。

正好这时候任瑶英完成了自己的画作，云大太太让人将画呈了上去。

画先是到了老王妃手里，老王妃像以往一样不过随意看了一眼就作罢，然后画又到了王妃手里。

任瑶英一脸紧张地看着王妃的脸色。

王妃年轻的时候也是一位才女，只要是她觉得好的，便会夸赞或者指点几句，另外几位夫人就算是为了卖王妃一个脸面，也会说几句好话给个高一些的评价。

王妃先是扫了那幅画一眼，似乎觉得有些意趣，又让人拿近些多看了两眼。

任瑶英眼中一喜，心怦怦直跳。

可是就在这时候，王妃看着她的画突然皱了皱眉。

沉吟片刻后，王妃小声交代了绮罗几句，然后就让绮罗拿着画去了欧阳氏那几位夫人那里，也没有再看她一眼。

任瑶英有些茫然无措，她刚刚明明看到王妃对她的画有些欣赏的，为何什么话也没有说？之前王妃看见出色的字画都会点评几句的。

任瑶英又去看那几位正在传阅她的画的夫人，她们与王妃一样，也只是看了几眼就放下了，倒是徐夫人看到她的画时笑了笑，不过什么话也没有说。

再然后任瑶英的画就被绮罗收了回去，也没有让闺秀们传阅。

“坐了这么久，先休息休息吧，半炷香之后再继续。”王妃笑着说道，然后起身让丫鬟婆子扶着去更衣。

任瑶英的画没有引起谁的注意，众人也只当画画得十分平常。

任瑶英站在原地，久久没动，低垂着头，也不知道在想什么。

任瑶音若有所思地看了任瑶英一眼，又看了看任瑶期和任瑶华。

任瑶玉在一边嗤笑道：“还以为她有多大本事呢，还不一样是别人的陪衬！”说着就拉了任瑶音一起去更衣。

任瑶华等她们走了之后惊讶地问任瑶期：“怎么回事？”她觉得能得到父亲夸奖的画，肯定很不错。

任瑶期道：“你还记得我当时给她改画的时候添了一对竹上去吗？”

任瑶华当时也在场，还记得这些细节：“记得，是一对被大雪压弯了的双竹，父亲还说你添得极好极有意境。”

任瑶期摇了摇头：“当时加上那一对竹有点睛的作用，自然是极好，不过今日却是不好了。”任瑶期也不卖关子，小声解释道，“双竹有一种意思是形容女子再嫁的。”

任瑶华一愣，然后想起来自己曾经听说的关于那位徐山长夫人欧阳氏的传言。

这时候有人走到她们面前停住了步子。

任瑶期抬头，便看到是任瑶英回来了。

任瑶英面色苍白一言不发地死死看着她们，咬牙道：“这到底是怎么回事？”

任瑶期看着任瑶英也有些无奈了。

她当初给任瑶英改画的时候还真没有料到会出现今日这种情况。

如果任瑶英上场之前不是要手段将她支开，而是透露出一点自己想要画那一幅画的风声，她说不定还会提醒一下。倒不是为了任瑶英，而是为了不让徐夫人尴尬。

现在只能说任瑶英是自作孽不可活。

任瑶华冷笑道："你还有脸问我们怎么回事？你自己做了什么自己不知道吗？我们怎么知道怎么回事！"

任瑶英咬了咬唇，红着眼睛走开了。

任瑶华见任瑶英没有占到便宜心里舒服了些，便也不计较她的态度了，只是闲闲地道："她自己心术不正，最后搬石头砸了自己的脚，倒还好意思质问起别人来了，真是莫名其妙。"

任瑶期不再管任瑶英的事情，因为红缨过来找她了。

第二十六章

陷　阱

王妃正和萧靖琳在一边说话，见任瑶期过来了，便笑着朝她招了招手，示意她过去。

“琳儿说她要舞剑，你弹琴？我倒是不知道她还会剑舞？”

萧靖琳主动去找王妃说自己要上场的，这让深知女儿性情的王妃惊奇不已。不过对此结果，王妃还是十分乐见的。只要萧靖琳肯上场，场面就不会太难看。

任瑶期笑道：“我也是之前无意间见郡主舞过一次才知道的。”

萧靖琳面无表情道：“快点开始吧。”

萧靖琳倒是没有觉得自己紧张，就是有些别扭。学武多年，她从来没有想过还能用来彩衣娱亲。

王妃看了看萧靖琳，又看向任瑶期，关心地问道：“还需不需要准备什么？”

任瑶期想了想问道：“山庄里有没有琴？我没有带琴来。”

王妃笑道：“这倒是小事。”说着，王妃转头吩咐辛嬷嬷道：“去把我的琴拿来。”辛嬷嬷立即领命下去。

任瑶期忙道了谢。

王妃又仔细问了她们几句，直到绮罗过来说老王妃她们已经更衣回来了，时间差不多了，王妃才拍了拍她们的手，转身去了上座。

辛嬷嬷带着两个丫鬟将一架琴摆到场中的琴案上，闺秀们当中有不少都是见多识广的，当场就有人认出来那是一架古琴。

“咦？是‘太古遗音’。”丘虹出声道。

任瑶期走过去看到辛嬷嬷拿过来的琴的时候也有些惊讶，她记得自己在燕北王府的时候借用过萧靖西的那一架“大圣遗音”，眼前的这一架却是与“大圣遗音”齐名的“太古遗音”。

辛嬷嬷笑着道：“这是二公子寻来给王妃的，王妃喜欢得紧，平日里都好好收着的。”

任瑶期忙道：“多谢王妃。”

辛嬷嬷笑了笑，带着丫鬟下去了。

任瑶期对投注在自己身上的诸多打量探究的视线视而不见，低头调了调琴弦，然后转头看了萧靖琳一眼，萧靖琳冲她点了点头。

任瑶期回过头来，缓缓垂眼，不过是一眨眼的工夫，身上的气势就变了。这种气势并不凌厉，也不咄咄逼人，甚至还让人有如沐春风之感，却又让人不由自主地被吸引过去，连呼吸声都清浅了许多，生怕扰乱了什么。

任瑶期对自己周围的变化似乎毫不知情，挑弦拨弦，琴声从她手指间流泻出来，时而低缓沉静，时而清亮悠远，无不引人沉浸其中。

四周一片寂静，渐渐地，似乎是有风声在耳边响起，由远而近，如泣如诉。

突然一声大雁的悲鸣划破空寂，久久回荡。目所能及之处皆是一片荒凉景象。

野草悲风，断壁残垣。

琴声忽然转低，急切又铿锵起来，马嘶人吼，隐约可闻金戈铁马肃杀之声。

就在这时，风中扬起了一片艳极、丽极的裙角，少女绝美的容颜在一片风舞狂沙中若隐若现，似是一朵开到极致美到极致的夕颜花。曼妙的身姿，轻盈的步伐，踏着一路的累累骨山，淙淙血河，踏着刀光剑影，一路舞来。

琴声渐渐轻缓，云起雪飞，珠落玉盘。少女手中的雪白短剑，如同一条宝练，轻得不能再轻，柔得不能再柔，没有杀气，只让人感觉到优雅，甚至带着一种献祭般的端庄肃穆。

所有人的视线都被场中舞动着的轻灵身影吸引，天地间仿佛只剩下她一人。

可是就在这时，琴声又是一变，银屏乍破，声如裂帛，凌厉的剑气让在场之人心中一紧。

舞剑的少女手中的剑势也随之一变，㸌如羿射九日落，矫如群帝骖龙翔。来如雷霆收震怒，罢如江海凝清光。

尖锐的琴音划破耳际，如雪剑光一闪。

琴声在这一刻戛然而止，舞剑的少女也停下了动作。

场中一片寂静，大家都看着已经收了剑的萧靖琳和正从琴案边起身的任瑶期，半晌回不过神来，所有人都还沉浸在刚刚的氛围中。

任瑶期和萧靖琳相视一笑，这是她们第一次合作，甚至连练习的时间都没有，结果却是出人意料的好。

萧靖琳虽然不太懂琴，但是刚刚任瑶期每一个琴音，每一个细微的神情，她都能听明白看明白，舞剑的时候更是心随意动，两人配合得天衣无缝。

这就是所谓的知己间的心有灵犀吧？这一刻，两人同时在心里这么想到。

还是王妃最先回过神来，惊讶地出声道："这是失传已久的《悲风曲》?"

据传《悲风曲》是几百年前的一位无名氏所作，曲子记载的是一位美丽的少女在敌国军队兵临城下的时候在战场上踏着刀锋翩翩起舞。

她绝美的容貌，优美的舞姿迷惑了敌国的军队。最后沉醉在少女舞姿中的敌国将领被这名少女出其不意地刺杀了。虽然少女也死在了敌人的乱箭之下，不过被困城中的将士们却等来了援兵。

这个故事的出处已经不可考，或许是人们杜撰的，不过这首《悲风曲》却是十分有名。可惜的是这首曲子对弹琴之人的技巧要求十分高，一般人根本驾驭不了。就算勉强能将曲子弹完，也表达不出曲子的韵味。

到最后，这首曲子甚至失传了。

王妃这一出声，场中也热闹了，闺秀们小声议论起来。

"《悲风曲》不是失传了吗？她怎么会弹？"

"我刚刚还以为自己站在了战场上，吓了一跳……"

“没想到郡主的剑舞跳得这么好，不知道是哪位教习教的?”

…………

徐夫人欣喜地站起身，走过来问任瑶期道：“我记得我给你的那一本琴谱上的《悲风曲》是残篇，并不完整。后面的是你自己补作的?”

任瑶期抿嘴一笑：“补得不好，让您见笑了。”她今日弹的这一首曲子确实是徐夫人之前给她的那一本琴谱上的，因为是残本，并不完整，所以她自己补全了后面一小部分。

徐夫人笑叹道：“我就知道我的书没有送错人。不，你补得很好，真的很好。能不能把你写的曲谱抄给我一份？我与几位夫人正在整理一些古旧的残谱，打算把后人补写得好的琴曲也记载其中。”

任瑶期点头：“我等会儿就写给您。”

徐夫人又看向萧靖琳，笑着打趣道：“看到郡主的剑舞，我几乎以为是看到了《悲风曲》中那个一舞倾城的巾帼女子。想必今日以后这云阳城里会多上许多想学舞剑的女子。”

萧靖琳闻言倒是没有半点不好意思，只是笑了笑。

王妃笑道：“我说她们怎么会失传的《悲风曲》，原来是先生给了瑶期曲谱。”

一位与徐夫人坐在一起的夫人笑道：“徐夫人，你什么时候又收了个徒弟？我记得王妃当年在闺中的时候也是拜在你名下，郡主虽然没有正式拜师却也称你一声‘先生’。咱们燕北数一数二的灵秀女子都成你的门生了。”

其余几位夫人也都笑着附和。

众人都以为徐夫人将自己收藏的琴谱送给了任瑶期，定是因为任瑶期已经拜在她门下的缘故。

王妃倒是知道一些原委，不过并没有点破。

徐夫人也没有否认，反而笑道：“今日你们也都看到了，咱们燕北的灵秀女子又何止一个两个？你们羡慕我，也忒没有道理。”

众位闺秀看着任瑶期的目光就有些复杂了。

欣赏的有，羡慕的有，嫉妒的有，不屑的自然也有。

而坐在上头看着萧靖琳出风头的吴依玉气得脸色发白，盯着萧靖琳和任瑶期的眼睛红得能滴出血来。

萧微往老王妃那边使了个眼色，老王妃出声道："时候不早了，早些比完吧，下一个轮到哪家的闺秀了？"

王妃和几位夫人便也停住了话头。

任瑶期回到任家姐妹当中的时候，看到的也是各不相同的脸色。

香芹最先迎上来，挤开苹果十分殷切地扶住任瑶期入座后狗腿地问："五小姐，您渴不渴？要不要喝水？饿不饿？吃不吃点心？"

任瑶华瞪了香芹一眼，把香芹给瞪退下了。

任瑶音笑着冲任瑶期点了点头："弹得很好，五妹妹的琴技又进益了。"

任瑶玉撇了撇嘴："什么《悲风曲》的我还是第一次听说，算是开眼界了。"

任瑶英的脸色白得有些透明，衬得她的眼珠越加漆黑。她看向任瑶华，扯了扯嘴角露出一个有些虚弱的笑："五姐姐什么时候多了个名师，怎么都没有听说过？"她话语一顿，复又笑，"我们不知道倒也不奇怪，三姐姐想必是知道的吧？拜师也是大事一件，三姐对妹妹们向来爱护有加，想必五姐姐肯定不会瞒着三姐姐了。"

任瑶期一听这话，就知道任瑶英在记恨任瑶华为了给自己出头弄走了她的丫鬟，想要挑拨她和任瑶华之间的矛盾。

任瑶期不由得看了任瑶华一眼，刚想要说什么，任瑶华却冷笑道："我知不知道关你何事？一歇下来就想要挑拨是非，难怪比什么都技不如人，只能靠些见不得人的手段搏出位，最后还没什么运气。我若是你，早回家躲着不见人了，丢人现眼的玩意儿！"

任瑶华声音不大，这话却说得极重，任瑶英当场面色一变，原本惨白的脸染上了红晕，又羞又怒之下控制不住地泛出泪来。

"你——"

任瑶英努力深吸了几口气，想让自己看起来自然一些，却怎么也收不住眼泪。

当着几位姐妹的面，任瑶华太给她没脸了，任瑶玉看着她鄙夷至极又幸灾乐祸的表情让她羞愤欲死。

可是任瑶华积威已久，在老太太面前又比她得宠，她实在不敢正面与之相争，最后还是匆匆起身，离席而去。

因为她们之前说话都注意着音量，能听见的只有周围几个任家的姑娘，任瑶英这一走倒也没有引起太多人的注意，大家只当她是要去净房更衣。

任瑶音有些担心地道："她这么走了，要不要派个人跟着？"

任瑶华闲闲道："你刚也看到了，她嫌弃我的丫鬟笨手笨脚，不乐意让丫鬟伺候，你若是担心的话就派人跟着吧。"

任瑶音看了看任瑶华口中那个"笨手笨脚"的丫鬟。

正麻利地给任瑶期端茶递水的香芹动作一僵："……"

任瑶音叹了一口气，只有吩咐自己的丫鬟去追任瑶英。

接下来又有几位闺秀上场，不过因为任瑶期和萧靖琳珠玉在前，后面的几家闺秀并没有得到太多的关注。

快到午时，老王妃说时候不早了，王妃便让众人先去用午膳，下午再继续比赛，闺秀们这才散去。

闺秀们走了之后，桃林里另一边的名门公子们才散了。

不少人还在回味刚刚隔着半个桃林朦朦胧胧看到的身影。

丘家大公子丘韫与几位私交不错的同窗走在一起。他一边摇着手中的折扇，一边戏谑地问走在自己身旁的少年："古俊男，你刚才看到你未婚妻没有？"

古俊男秀气的脸立即红透了，气急败坏地跳脚指着丘韫道："你……你胡……胡说……说什么！我……我哪里有……"

他话还未说完，周围就是一阵哄笑。

有人道："古俊男，我刚刚可是看到你给你未婚妻偷偷写诗了，什么'烦子指间风雨，置我肠中冰炭，起坐不能平’，倒是难得没有见你念啊。”

又是一阵哄堂大笑。

有人听出来不对：“咦？我记得你的未婚妻是周家小姐，周汶的妹妹。好像还没有轮到周家小姐上场吧？周汶，你说……嗯？周汶哪里去了？刚刚还在这里。”

“可能是先走了吧，不过古俊男……你刚刚的诗是给谁写的？”

古俊男下意识地捂紧了衣袖，鼓着脸颊快步往前走：“与……与你们……何干！”

余下众人相互看了一眼，彼此露出一个心照不宣的表情。

这句诗说的可是弹琴之人……

众人沉默了一瞬，有人轻咳一声：“之前听人说起过郡主的一些传言，依今日所见传言果然是不能轻信的。”

有人接道：“我还是第一次听到那首传说中的《悲风曲》，不愧是名曲，果真是绕梁三日。”

“这也全赖那位任小姐的琴技。”

丘韫悠悠然地含笑听着这些名门公子在人后七嘴八舌地议论，话题虽然是他挑起的，却不见他多言。

突然他视线一转，看到有两人从桃林里出来往另外一条路上走去。他脚步一顿，想了想，与几位同窗打了一声招呼，便快步跟了过去。

萧靖琳表演完之后，云文廷看到了萧靖西，不由得有些惊讶。虽然他之前有派人去邀请，不过并没有想到萧靖西竟然真的会来。云文廷平日里与萧靖西关系还算不错，便主动上前打招呼。

萧靖西面上瞧起来温文尔雅，其实并不好亲近，只是今日萧二公子的心情似乎很不错，云文廷竟然能与他一边喝茶一边天南地北地聊上些时候。

最后在路上，云文廷见气氛尚好，便与萧靖西说起了云文放的事情，再一次代表自己的弟弟向萧靖西和萧靖琳表达了歉意。

“我昨日已经让人将他关到了外头的别院里，等过几日他的亲事定下来再放他出来。”云文廷一副拉家常的语气。

萧靖西玩笑道：“不怕老太太心疼？”

云文廷苦笑：“这是祖母授意的，子舒向来任性，祖母怕他知道了定亲之事后把人家姑娘吓跑了。”这种事儿云文放又不是没有做过。

萧靖西微微一笑，也不作评价。

云文廷主动道：“祖母和母亲都属意姜家八小姐，等千金宴结束之后应该会去过问王妃的意思。”

这时候不远处有人说话，两人转眼看去，便看到是丘韫来了，不过被萧靖西的侍卫拦了下来。如萧郡主所言，她这位二哥的规矩还是很多的。

萧靖西看了身后随侍的同贺一眼，同贺走上前去把丘韫领了过来。

云文廷微笑着道：“晋元，你怎么来了？”

丘韫朝萧靖西行了一礼，然后笑道：“从昨日起就一直没有看见子舒，便过来问问。子舒怎么了？身体不适吗？”

丘韫与云文放关系极好，对他那点小心思也知道一些，所以对于今日云文放竟然没有出现的事情很惊讶。

云文廷道：“家中有些事情交代他去办，他昨日就离开了。”

云家有什么事情不交给云文廷，而是要交给向来不干正事的云文放？丘韫转了转眼珠子，却将自己的疑问吞回了肚子。

这时候，云家的一位小厮匆匆走了过来，云文廷见了，与萧靖西打了声招呼后，主动走了过去。

那位小厮看上去脸色有些惶急，不过说话的声音却压得很低，萧靖西和丘韫两人站在那里只能听到一开始小厮说的“二少爷”“别院”几个字。

云文廷不动声色地听完之后将那小厮打发了，然后回来道：“庭桢、晋元，别院里还有些事情需要处理，我先走了。”

萧靖西知道定是云文放那边又闹了起来，笑着点了点头，丘韫也没有多问。

下午众人再回到桃林的时候，老王妃和萧微母女都没有来。燕北那些分量大一些的家族的姑娘们基本上都在上午就已经露过脸了，老王妃只出场半天也不算失礼。这也是为何任家几位姑娘对于她们的比试顺序能排到前面而感到兴奋，先出场的人能得到的注意更多。

任瑶音在去净房的路上被吴依玉拦下来的时候一脸的惊讶。

“吴小姐，你这是……”

吴依玉冷着一张脸，居高临下地打量了任瑶音一番：“昨日回去之后我打听过你，听说云大公子曾经救过你一次，你之后与他见过几次面。”

任瑶音脸上的笑意顿了顿，随即脸色也冷了下来，强压着悲愤道：“吴小姐，你这是什么意思？我从未私下见过外男，与云大公子遇见的几次也都是在众目睽睽之下的碰巧而已！你此言将我的名声置于何地！”

吴依玉却是一点账也不买，勾唇冷笑，带着些轻蔑：“别在我面前来装腔作势这一套！名声？你的名声值多少银子？”

说着，吴依玉从自己的衣袖里拿出了一张被揉得皱巴巴的纸狠狠地摔到任瑶音脸上，任瑶音下意识地接住了，正要发火，待看到纸上的内容时却是僵了僵。

这张纸任瑶音自是认得的，正是她上午当众填的一首“蝶恋花”。她知道自己的书画皆比不上任瑶期，所以在诗词歌赋上格外用心，今日这首词填出来之后也确实是得到了几位夫人的称赞，连王妃也夸了她两句。

吴依玉冷眼看着她将那张纸慢慢抚平，嘲讽道：“怎么？没话说了？”

任瑶音冷冷道：“吴小姐想听我说什么？”

吴依玉走近她，凑到她耳边缓缓道：“别以为我不知道，云文廷曾经也写过一首词感叹知音难觅，而你的这一首‘蝶恋花’每一句都是在回应他的那一首词。你想做什么？用这种方法表达你的爱慕之意？”

吴依玉的声音低低的冷冷的，任瑶音却感觉到了仿佛毒蛇在自己耳边吐信子一般的战栗感，瞬间变了脸色：“你……”

任瑶音不知道吴依玉是怎么知道云文廷那首词的，那首词是任瑶音去年来云阳城从云秋晨那里借一本书的时候发现夹在书中的。

她对云文廷的字迹很熟悉，所以立即就认了出来。后来任瑶音暗中试探过云秋晨，而云秋晨对那本书里夹了张纸的事情并不知情，想来是云文廷某日填好之后随手夹到书里的。

像云大公子这种在燕北极富盛名并四处受人追捧的才子，他的每一篇新作都会在第一时间流传出来供世人赏评，云秋晨熟知云文廷的所有诗词，记得外头流传的并没有这一首。

所以任瑶音暗自欣喜之下，将它视为自己与云文廷之间的一个意外缘分。

任瑶音也是被逼急了，来参加千金宴之前她听到自己的母亲和嬷嬷的对话，知道家里有意在千金宴之后与丘家商量结亲之事，而祖父所属意的嫁到丘家的人选是她。

而她，是不想嫁到丘家的。

云文廷是个温润如玉的公子，任瑶音与他仅有的几次见面，云文廷对她都十分和善，甚至还知道她擅长写诗作词。她忍不住想要探知，如果自己表明心意的话，云文廷心里会不会认同她这个“知己”。

任瑶音今日当众填词的时候，心里是忐忑的，虽然这种忐忑中又隐含着一种不能对外人道的甜蜜。她知道云文廷今日一定会来，也知道自己所作的词能流传到竹林的另外一边，但是她不知道云文廷看到之后心里会是一种什么想法。

可是她没有想到自己这么隐秘的心思竟然会被第三个人知道，这个人还是吴依玉。任瑶音觉得，自己此刻就好像当着吴依玉的面被扒光了衣裳。

任瑶音无论是在任家姐妹还是在与闺秀们的交往中，向来是游刃有余的。而这一刻是她这些年来最为难堪的一次。

吴依玉欣赏够了她脸上的表情，慢声道：“怎么？没有想过自己那不要脸的心思会被人知道？”

许久之后，任瑶音脸上的神情才渐渐平静下来：“我若是说我不知道云公子那一首词呢？云公子所作的文章诗词，在燕北只要是读书之人都会知道，不知道吴小姐指的是哪一首？”

吴依玉眯了眯眼睛，然后扯了扯嘴角露出一个笑的模样，拍掌道：“好你个任瑶音，真是好样的！”说着她的脸色又突然冷了下来，“可惜你别想在我面前蒙混过关！云文廷所作的文章诗词，只要是出自他之手，不管是公诸于世的，还是他私下里写的，我全都知道！”

任瑶音闻言有些不敢置信，看着吴依玉半晌才惊愕道：“难道你买通了他的近侍？你怎么能这样！”

吴依玉靠近她，伸出手轻轻地拍了拍她的脸，威胁意味十足地道：“这些都不是你该管的！”

任瑶音皱了皱眉，避开她的手，却抓住了她的话头：“那依吴大小姐高见，什么又是我该管的？”

吴依玉又打量了她半晌，恶毒地道：“你说我若是将你这件丑事宣扬出去，云家上下会怎么看你？云秋晨会怎么看你？你还能在任家立足吗？”

任瑶音闻言心中一动，警觉地问：“你想借此要挟我做什么？”

吴依玉笑了：“我就喜欢与聪明人说话。”

任瑶音看着她不说话。

吴依玉毫不在意任瑶音答不答应，仿佛料到了任瑶音一定会按照她说的去做一般地直接命令道：“我要你帮我把任瑶期带出来！”

任瑶音闻言狐疑道：“你找我五妹妹做什么？”

吴依玉毫无预兆地抬手甩了任瑶音一个巴掌，清脆的巴掌声和脸上火辣辣的疼痛让任瑶音半晌没有回过神来。

“让你做什么就做什么！这一巴掌让你长点教训！”

任瑶音怎么也没有料到吴依玉会说打人就打人，她平日里接触的都是些温柔和婉的大家闺秀，彼此再不和，面子上也都还过得去，玩的全是心眼，她还从没有遇见过吴依玉这种喜怒无常、暴躁狠厉的女子。

任瑶音气得发抖，面上反而冷静了下来：“我若是说不呢？”赶在吴依玉再次发怒前她又道，“你若是把这件事情宣扬出去，害我名声尽毁，就不怕他对你反感？云公子可是位谦谦如玉的君子。”说不定还会因此对她产生怜惜，任瑶音忍不住想。

吴依玉闻言，十分鄙夷地看了任瑶音一眼：“就凭你？我知道你在想什么，实话告诉你，像你这样的我还真没有放在心上，因为与你一样自不量力肖想自己不该想的东西的贱人多得是！不过我倒是可以应允你，等到我心想事成的那一日，我不介意自己的夫君身边多你这么一个解闷的小玩意儿。”

任瑶音看得出来，吴依玉说的这句话并不是敷衍她，是真的不在意自己夫君的后院多纳几个女人。这倒不是吴依玉心胸宽广，而是在她眼里，她们这些女子对她而言根本构不成威胁。

任瑶音闻言沉默了片刻，然后有些迟疑道："你说的是真的？"

吴依玉眼中的鄙夷越加明显："自然是真的！"

任瑶音又是一阵犹豫，在吴依玉等得不耐烦的时候终于点头："好，我帮你把五妹妹约出来。不过我五妹妹与你无冤无仇，你不要伤了她。"

吴依玉诡异地一笑："我伤她做什么？我是想帮她！她不是与云文放好吗？云家可不会允许她进门，我有办法让他们成了好事！她以后会像你一样感谢我的！"

任瑶音还想问什么，吴依玉不耐烦地打断道："照我说的做就是了，酉时把人带到温泉山庄西北角的秋鸿院，否则我就让你名声尽毁！你应当明白，即便是为妾，云家也不会要一个败坏门风的妾！"

这时候吴依玉的大丫鬟走了过来，似乎是有事情要向吴依玉禀报，吴依玉撂下那一句话之后就带着丫鬟扬长而去。

任瑶音站在原地，直到吴依玉的背影消失在视线里，才慢慢抬手抚了抚自己被扇红的脸颊，眼睛黑得像是化不开的浓雾，含着彻骨的冷意。

突然她的唇角缓缓扬了起来，嘴唇微启："蠢货！"

吴依玉带着丫鬟避着人尽量走人迹罕至的地方，去了西北角的秋鸿院。

温泉山庄西侧是一些客院，用来安顿这次来参加千金宴的夫人小姐们，由于山庄够大，西北角的几座小院落便空置了下来，秋鸿院就是其中的一座，它的背面是山庄外的一片林子。

此时，一个身体修长，剑眉星眸的少年正抱着手臂斜靠在秋鸿院中的一棵玉兰树的树干上，抬着头，微蹙着眉头看着院子里四角的天空，不知道在想什么。

即便是爱慕着云文廷的吴依玉，进来的时候也忍不住多看了他几眼。不可否认，云家人的长相都是出色的。

云文放在吴依玉进来的时候就发现了，偏过头来看了她一眼，懒懒道：

“你让我过来，有何贵干！”

吴依玉面对云文放的时候比对着任瑶音的时候要和蔼多了，她笑道：“自然是好事！说起来你是不是应该先谢谢我？若非是有我给你打掩护，你要想从别院里出来可没这么容易。”

云文放冷哼一声，斜睨了吴依玉一眼：“别以为我不知道你为什么会那么巧合地发现我被困在了别院。”这女人定是派人时刻盯着别院，想要掌握云文廷的一切动向。

吴依玉也不否认，笑着走近道：“所以我还知道你为何会被云家关起来。”

云文放闻言眯起了眼睛。

吴依玉忙道：“先别生气，我可是好心来帮你的。”

云文放挑了挑眉：“帮我？怎么帮？”

吴依玉眨了眨眼：“我想办法安排你见你想见的人。”

云文放嗤笑道：“哦？那你想要我拿什么来交换？把我大哥绑来送给你？”

吴依玉闻言眼睛一亮，随后却有些遗憾地摇了摇头：“那倒不用，你只要记得你欠我一个人情就行，当然我也不会让你做什么为难的事情，你不必担心我会害你。”

云文放不置可否。

吴依玉打量着他的神色道：“怎么样？没有我的帮忙你是见不到人的，萧靖琳那贱人时时刻刻都跟着她，等到千金宴之后她离开云阳城，你要见她就难上加难。云家已经打算给你定下姜家小姐，而任五小姐这次在千金宴上风头大盛，任家肯定会趁着这个机会给她定下亲事，你能眼睁睁地看着她嫁给别人？”

云文放脑海中突然浮现昨日看到任瑶期和萧靖西两人执手相望的画面，猛然一拳挥到身边的树干上，红着眼睛一字一顿地狠声道：“她、休、想！”

吴依玉笑了，满意道：“这就对了！云家势必是要让你娶姜家小姐了，你娶了也就娶了，反正云家也不会让任瑶期当云家的媳妇。不过你若是想要任瑶期这么个人，那可就是再简单不过的事情了。”

云文放没有回应，只道：“这样做对你有什么好处？”

吴依玉偏头想了想，认真道：“没办法，我就是想要萧靖琳难过。从小到大萧靖琳身边就没有过一个亲近的人，而任瑶期算是第一个。你可能不了解萧靖琳这个人……我却是知道怎么样做才能让她痛不欲生！”

她已经迫不及待地想要看到，萧靖琳得知自己最好的朋友成了一个男人的玩物时的心情，想起来她就忍不住想要笑出声来。

云文放看着吴依玉眼中的疯狂之色，忍不住啧了一声。

他之前还有些恨他哥，现在不知怎么的却有些同情了。

“你只要等在这里，等会儿配合好就行，其余的我都已经安排好了。”吴依玉见云文放不说话，继续交代道。

云文放抚着下巴想了想，又看了看吴依玉身边的丫鬟：“知道这件事的人有多少？会不会泄露出去？这里可是燕北王府的地盘。”

吴依玉不悦道：“我只带了这个丫鬟，外面还留了两个望风的，都是我的心腹，不可能泄露。燕北王府可不止一个主子，一个小小的秋鸿院我还能做主！”

吴依玉想着，云文放真是白瞎了一副好容貌，做事瞻前顾后的，一点男人的担当都没有。若不是看在云文廷的面子上，依着她的性子，早敲晕他了事，哪里还会与他费这么多的口舌。

她自幼长在民风彪悍的西北，看不上云文放这种磨磨叽叽的性子，云文廷只能说是一个意外。

云文放若有所思地点了点头：“那就好。”

“这么说你答应了？”她也不是非要云文放不可，要找个男人还不容易？

云文放点了点头，露出一个懒洋洋的笑：“答应，怎么不答应？”

吴依玉满意了，正要再说什么，突然感觉后颈一疼，眼前一黑，然后就什么也不知道了。

云文放出手如电，一掌劈晕了吴依玉。

吴依玉的丫鬟愣了一瞬，正要惊叫把人引过来，云文放一把卡住丫鬟的颈子不让她出声，在她窒息之前把她劈晕了。

主仆两人一前一后倒在地上。

云文放活动了一下手指，心想这一招倒真的很好使。

他偏头打量着地上的两人，然后用脚踢了踢吴依玉的脸，嘴角露出一丝略显邪气的笑："少爷的人轮得到你来动？还想把少爷当枪使？啧……脑袋被驴踢坏了吧？"

顿了顿，云文放想起了自己还放在吴依玉脸上的脚，若无其事地收了回来。

云文放靠在树干上想了片刻，然后伸展了一下手臂，弯腰将吴依玉和丫鬟一手一个拖起来，直接拖到秋鸿院的西厢房里。

秋鸿院虽然没有住人，从正房到厢房里一应家具物什却都是备齐了的，早晚还有人打扫，若非吴依玉为了行事方便将秋鸿院里的人都打发走了，院子里原本还应该有两个粗使婆子看守着。

云文放将两人拖到内室，扔到床上。

这次他皱着眉头盯着吴依玉看了更久，似乎在做一个十分艰难的决定。

最后还是啧了一声，走上前去伸手去解吴依玉的衣扣。

云文放情窦初开就看上了任瑶期，别人都没有入过他的眼。他祖母和母亲放了几个温柔标致的丫鬟在他房里，就等着他到了年纪好教他通人事，云文放都没有动。

所以说这还是云二少爷第一次解女人衣裳，难免有些手生，解了半天才把吴依玉的上衣解开，期间还崩坏了一枚金镶玉的鸳鸯扣。

他勉强把吴依玉的上衣给脱了，亵衣也半解，只留下肚兜。好在云二少爷虽然没有什么底线，总归不是登徒子，吴依玉的裙子他没有动。不过仅仅是如此，躺在床上云鬓散乱，衣裳不整的吴依玉也够令人浮想联翩的了。

解决完了吴依玉，面对吴依玉的丫鬟的时候云文放就没有那么小心翼翼了，他直接把那丫鬟的衣裳给撕了，还故意撕得惨不忍睹，甚至还用丫鬟的汗巾子将那丫鬟的双手绑到了床头。

云文放将两人摆放好之后，满意地出了西厢。

稍远一些的院落已经能听到一些人声，参加千金宴的人应该已经回来了。

云文放想了想，反正已经这样了，不如将麻烦一次解决。

他走到秋鸿院外，不费吹灰之力地将吴依玉留在外面望风的两个丫鬟找到了，吩咐其中一个道：“你们小姐让你去把姜家八小姐带到这里来。”

丫鬟有些犹豫道：“我们大小姐身边的双喜姐姐呢？怎么是公子您出来吩咐？”

云文放不耐道：“她另有要事，你把人带来就是，人来了之后就说你们小姐与她有要事相商，闲杂人等就不要进去了。”说着也不等两个丫鬟再说什么，径自又回了秋鸿院。

两个丫鬟相视一眼，想着大小姐还在院子里没有出来，应该是大小姐的吩咐。她们知道吴依玉的脾气，不敢再耽误，当即就去喊人了。

姜沅娘从桃林里回来之后刚沐浴完，正打算应云秋晨的邀请去云家住的院子。这次云秋晨只邀请了她一人，并没有让她叫上郭玉娇和丘虹。想着祖母派来她身边的嬷嬷所说的话，姜沅娘有些明白云家的意思。

当吴依玉的丫鬟过来找她的时候，姜沅娘十分意外。她与吴依玉并无私交，不知道这位眼高于顶的大小姐找她有什么事情，不过眼前这个丫鬟确实是吴依玉的贴身丫鬟。

姜沅娘虽然从未想过与吴依玉有什么牵扯，不过也不想与她交恶。若是吴依玉派了丫鬟来请，她找借口不去的话，势必会得罪这位老王妃的外孙女。

想着秋鸿院也不算太远，姜沅娘考虑了片刻之后还是跟着吴依玉的丫鬟去了。

走到秋鸿院门口的时候，吴依玉的丫鬟拦住了跟在她身后的两个贴身丫鬟。

“姜小姐，我们小姐不喜欢闲杂人等，你的丫鬟能不能暂且等在外头？”

姜沅娘有些意外。她是个小心谨慎的人，所以立即有些腼腆地道：“那我只带一个丫鬟进去可好？我身边没有离过人，怕不方便。”

吴依玉的丫鬟皱眉道：“有什么不方便的？这院子里又不是没有人伺候，你还怕我们小姐光天化日下吃了你不成！”

姜沅娘想想，觉得也有道理。她被吴依玉邀请过来的事情，身边的嬷嬷是知道的，路上也遇见了几个人，而且她们姜家虽然及不上吴家、云家，却也算是燕北数一数二的门第，她又与吴依玉无冤无仇的，吴依玉犯不着害她。

不过姜沅娘还是觉得有些奇怪，所以她一边向自己的丫鬟使了一个眼色，一边笑着对吴依玉的丫鬟道：“我不是这个意思，既然如此，那我自己进去便是了。”

姜沅娘的丫鬟也是自幼就伺候在她身边的，领会了她的意思之后，不着痕迹地点了点头。

姜沅娘这才放心地进了院子。

院子里静悄悄的没有人，姜沅娘皱了皱眉头，正想出去叫那丫鬟带她去找吴依玉的时候，才一转身就眼前一黑晕了过去。

云文放熟能生巧，将姜沅娘敲晕之后下意识地低头看了她一眼，然后啧了一声，再也不看第二眼了。

将姜沅娘也拖到西厢房之后，云文放故伎重施把姜沅娘的衣裳也脱了，想着长辈罔顾自己的意愿就是想要这个女人给自己当正妻，云文放嘲讽地扯了扯嘴角，恶劣地将姜沅娘的上袄和下裙都脱了，露出大片的雪白肌肤。

姜沅娘长相一般，皮肤却嫩得能滴出水来，看得出是平日里悉心保养过的。云文放一不小心就在她的胳膊上留下了些红痕。

就在这时候，姜沅娘眼睫一动，皱着眉头睁开了眼睛。姜沅娘的视线与云文放对上的时候愣了愣，等意识到云文放在做什么的时候，吓得想要尖叫，又被云文放一掌劈晕了。

云文放将姜沅娘推到吴依玉身下，摆弄好了两人之后摸着下巴打量了一眼。

这场面着实香艳，只是云二少爷这个罪魁祸首瞧着却没有产生半点情欲。他伸了一个懒腰，施施然地从厢房里走了出去。

姜沅娘的丫鬟在外面等了一小会儿，其中一个丫鬟捂着肚子对吴依玉的丫鬟赔笑道：“这位姐姐，我肚子有些疼，能不能借这院子里下人用的净房方便一下？我走路会小心点儿，不会惊扰主子们的。”

吴依玉的丫鬟皱了皱眉：“这可不成，我们大小姐规矩多，你还是忍忍吧。”

姜沅娘的这个大丫鬟名唤秋香，是姜家精心培养出来将来要给姜沅娘做陪嫁的，因为姜沅娘相貌很平常，陪嫁丫鬟便特意挑了几个相貌好的，将来可以用来笼络姑爷，这个秋香不仅容貌好，人也很聪明，是姜沅娘的心腹。

“哎哟，这要怎么忍？等会儿在主子面前丢了丑可不得了。”秋香弓着腰捂着肚子看了看四周，然后对姜沅娘的另外一个丫鬟道，“你在这里等着小姐，我去前面不远处那个院子方便一下，我记得那是唐家几位小姐住的地方，也认得唐三小姐身边的两个姐姐。”

那丫鬟应了一声，吴依玉的丫鬟看到她憋得脸色绯红的模样忍不住想笑，也没有阻止她。

秋香立即捂着肚子小跑着走了，等跑到唐家的院子前，往后看了一眼，见没有人注意她，才直起身子绕过院子前门快步跑了。

秋香没有回姜家住的院子叫人，反而往云家住的院子跑去。

秋香琢磨着若是真有什么事情，别人肯定不愿意为了个不相干的人去得罪吴依玉，姜家这次来的长辈是长房的大太太，大太太自己的闺女生了急病，所以现在正在城里的别院住着，并没有来温泉山庄，在这里姜家没有能做主的长辈。

而千金宴是云家筹办的，云家也算是半个主家，云家大小姐又与自家小姐交好，她去求了云家大小姐过来看看应该是可以的。

那边任瑶音见完了吴依玉之后，为了怕自己脸上的巴掌印被人看见，没有再回桃林。她让人过去与任瑶华说了一声就回了任家住的院子，细细地给自己再敷了一层粉，好让人看不出端倪。

刚做完这些不久，任家的几个姑娘也都回来了。大太太派人来叫她们去她房里说话。

任瑶英是最后一个到的，大太太有些不悦地道：“听说你今儿上午一早就走了，下午也是如此。我也没在院子里看到你，你去了哪里？”

任瑶英往任瑶华那边看了一眼，抿着嘴低下了头，一脸委屈的模样，讷讷地道：“我……我只是去找椿儿了，没有她在我身边伺候，我不习惯。”

任瑶华连眼皮子也没抬，只在大太太看过去的时候道：“那贱婢胆敢以下犯上，为免她再出什么幺蛾子让我们三房的人蒙羞，我已经让人送回去给我母亲发落了。”

大太太也听说了她们姐妹的争端，虽然对于任瑶英的所作所为不以为然，不过任瑶华连声招呼也没有跟她打就悄无声息地把人处置了，她还是有些不快的。

但是任瑶华也说了，这是她们三房的事情，而且事情都已经发生了，她也不想再费什么口舌，只淡声道：“希望你们都能明白自己现在身在何处，在这关头若是丢了人，那可就不是你们哪一人哪一房的事情了。这件事情我回去之后会禀明老太太，你们姐妹都好自为之。”

任瑶华低头应了一声“是”，任瑶英也没有再说什么，甚至对于大太太没有再追问她今日去了哪里而松了一口气。

大太太又问任瑶音：“听说你不舒服？要不要请大夫来瞧瞧？”

任瑶音摇了摇头，笑道：“我无事，只是吹了些风有些头疼，躺一会儿就好了。”

大太太见她脸上妆容虽然有些重，不过确实不像是有病的样子，便也没有再说什么。任瑶音向来聪慧懂事，很少让她操心。

“对了，母亲，明日千金宴结束之后，我们是立即起程回白鹤镇吗？”任瑶音问道。

大太太想了想：“往年千金宴到第三日中午就结束了，你祖母和我都来了云阳城，家中事务也没有人主持，还是早些回去的好。”

任瑶音皱眉：“我和五妹妹还有不少东西在姑母府上，是不是要早些派人回去收拾？”

“明日一早，你们派两个丫鬟回去收拾。实在赶不及的话，你们两人晚一日再回去也没有什么，你们姐妹两人自己商量吧。”

任瑶音点了点头：“那就让人去请五妹妹过来一趟吧？今日就让五妹妹留在这里吃饭好了，明日怕是没有时间商量这些。”

大太太同意了。

几人从大太太房里出来的时候，任瑶音对任瑶华道：“三姐姐，椿儿不在，我让霜降暂时去九妹妹身边伺候，不如你派个人去请五妹妹吧。”

她们进山庄的时候每个人身边只带了两个丫鬟，任瑶华把椿儿送走之后，任瑶英的另外一个丫鬟吓得不敢出现在任瑶华面前，故意装了病，任瑶音就将自己的丫鬟派了过去给任瑶英使。

任瑶华想不出来这当中有什么诈，便吩咐芜菁去请任瑶期。

任瑶期得知任瑶华派人过来请她去任家住的院子的时候有些惊讶，外头的人轻易进不了揽月阁，任瑶期还派了苹果出去看了一眼，苹果说来的人确实是任瑶华身边的芜菁。芜菁将消息带到之后就回去了。

任瑶期想了想，对正坐在一旁欺负傻妞的萧靖琳道："我之前请二公子帮我盯住几个人，现在我能不能见见他们？"

萧靖琳将自己的衣袖从傻妞嘴里往外扯，傻妞咬住不肯放，最后吊在她的衣袖上，任瑶期眼见着萧靖琳的衣袖就要被撕掉，忙上前抱住傻妞，在它脖子上轻轻挠了挠，傻妞眯了眯眼睛松了口。

萧靖琳赏了傻妞一掌，然后起身道："这有何难，我带你去。"

傻妞嗷呜一声，在任瑶期怀里蹭了蹭，死巴着不肯下去。任瑶期抱不动它，一脸无奈。

萧靖琳捏着它颈子上的软肉提了起来，扔给红缨，嫌弃道："抱着它一起出去吧，以后不许它再跟辛嬷嬷养的那只叫'白雪'的猫一起玩，不然过些日子连它自己的亲娘都不认得它是只老虎了。"

傻妞趴在红缨怀里，欢快地舔着爪子。

任瑶期忍不住想笑。

萧靖琳才与任瑶期出了揽月阁，却见萧靖西出现在前面不远的回廊里。

萧靖琳和任瑶期两人对视了一眼，停下步子，等萧靖西走近的时候，萧靖琳问道："你怎么过来了，我们正要去找你呢。"

萧靖西微微一笑，又看向任瑶期："你让我派人盯着的人那边有消息了。"

任瑶期连忙问道："可是出了什么事？"

萧靖西示意她们走几步，去一旁的亭子里说话。温泉山庄仿江南园林的风格而建，当中有不少的凉亭水榭可供休息。亭子里视野开阔，又不怕人偷听。

萧靖西言简意赅地将属下汇报上来的消息说给任瑶期听。

任瑶期听完之后一脸惊讶："云二公子敲晕了吴小姐、姜小姐和一个丫鬟放到一座院子的厢房里，然后自己出去了？”

云文放想做什么？

事已至此，任瑶期还是不要参与到这件事里的好，何况本来就与她没有什么关系。

“姜小姐的丫鬟已经请了云家大小姐过去，你们现在还是不要去的好。”

这种事情萧靖西身为男子也不好插手，只分别派了人去云老太太和王妃那里。

王妃接到消息之后，只派了辛嬷嬷去找云老太太，她自己并没有出面，也没有表现出对此事知情的样子。王妃已经可以预见，若是让她出面处理此事，无论结果如何，老王妃和萧微都会给她记上一笔。

而姜沅娘的丫鬟与云秋晨正好在半路上碰到了，所以云秋晨应该是最早到的。

任瑶期闻言不由得若有所思，心里隐隐有了些猜测。

对于云文放的恶劣性情，没有人会比她更有发言权，毕竟她从前就是栽在他手里的。

萧靖琳道：“盯着任瑶音的人呢？任瑶音与吴依玉见了一面，被威胁一番就回去了？”

萧靖西看向任瑶期：“她没有派人来带你去秋鸿院？”

萧靖西想到吴依玉的打算，微微皱了皱眉，心里有些不舒服。对于云文放做出来的事情，他并不是没有机会制止，却什么也没有做。

任瑶期苦笑着摇了摇头：“她没有亲自派人来，刚刚是我三姐的丫鬟过来请我去梧桐苑。”梧桐苑是任家人住的院子。

萧靖琳皱眉道：“她倒是心思缜密，让你亲姐姐来请你，你必不会防备。西园那边院落非常多，你又没有去过梧桐苑，只要她让人在路上等着你，故意引着你走错路去秋鸿院，她就能对吴依玉交差，最后自己也撇干净了。还好你早有防备，不然怕是会中计。”

萧靖琳突然有些为任瑶期难过，谁又愿意对自己的血脉亲人防备至此？可任瑶期若是不这么步步为营，恐怕早就被啃得连骨头也不剩了。

任瑶期看到萧靖琳的神色，自然知道她在想什么，反而对她安抚地笑了笑。

“就是姜小姐无辜，受了无妄之灾。”任瑶期想着，只希望云家能把这件事处理好，至少不要牵连姜沅娘太深。

她正想再问一问萧靖西，抬眼看过去的时候却发现萧靖西正看着她，漆黑如墨的眸子专注而温柔。任瑶期不由得有些愣怔。她想，这世上能被萧靖西这样看着而不脸红心跳的女子大概还没有吧？至少连经历了两世的她，也会有那么一瞬间被迷惑。

萧靖琳看了看萧靖西，又看了看任瑶期，正纠结着自己要不要咳嗽一声打破这莫名其妙的气氛，却有人，或者说有东西比她先一步觉悟了。

傻妞：“嗷呜——”

萧靖西若无其事地收回视线，微笑着看向红缨手中抱着的傻妞，缓缓走过去几步，摸着傻妞的头：“这世上并没有那么多的无辜之人，你不用想太多。很多事情从她们自己做出某种决定那一刻起就注定了，你的决定左右不了任何人的结局。这些事情其实与你没有什么关系。”

任瑶期一愣，萧靖西这话像是别有含义？不过萧靖西似乎并不想再多言，任瑶期便没有再问，只是心里却好受了一些。

萧靖琳道：“既然没有我们什么事情，那我们这便回去，随他们怎么闹吧。”萧靖琳虽然不喜欢吴依玉，不过也没有半点想要去看热闹的意思。吴依玉算计她的事情，她会以自己的方式找回来，幸灾乐祸落井下石的事情她是不做的。

萧靖西却是问任瑶期道：“你不想看看她接下来的打算？”

萧靖西既然说了吴依玉和云文放的事情与她没有关系，那么他口中的“她”自然指的是任瑶音。相比较于云文放和吴依玉，任瑶音才是那个危险的人。而且她与任瑶期同在一个屋檐下，简直防不胜防。让她从暗处走到明处才好。

萧靖琳皱了皱眉：“怎么看？让瑶期按照她说的过去？”

萧靖西微笑道：“那倒不必，只是我想以她的谨慎必定不会亲自出面，这里是燕北王府的别庄，要让她相信任五小姐已经按照她的意愿去赴约了并不难。”

萧靖琳恍然，然后嫌弃地看了萧靖西一眼：“其实有你在也有一个好处。”

萧靖西一看萧靖琳的样子就觉得自己可能一点也不想听到萧靖琳接下来的“夸赞”，任瑶期却很感兴趣地看向萧靖琳。

萧靖琳面无表情地道：“那些阴险小人算计来算计去，最后也算计不过你！”

比阴险小人还能算计的那是什么人？

萧靖西面不改色地回了萧靖琳一个温和的笑容：“这世上之人若是都像你一般，那该多好，一遇上争端全都用拳头来解决，谁赢了听谁的。”

萧靖琳翻了个白眼，别以为她听不懂萧靖西是在骂她有勇无谋，四肢发达，头脑简单。不过萧靖西不是一向骂不还口，脾气好到几乎没有脾气吗？这恼羞成怒的架势是怎么一回事？

任瑶期看到他们兄妹两人又要开战，哭笑不得之余立即出声打断：“那我和靖琳先回去等着，那边的事情就交给二公子了。”

萧靖西看向任瑶期，点了点头：“你们回去吧。”

任瑶期拉着萧靖琳回揽月阁，想了想，又转头对萧靖西轻声道：“谢谢。”

萧靖西没有说话，只回了她一笑。

这一笑，让人不由自主地想起那句“色授魂与，心愉于侧”。

任瑶期和萧靖琳回到揽月阁不久，外面就有人进来禀报任家三小姐和四小姐来了，求见郡主。

萧靖琳看向任瑶期：“来找我的？”

任瑶音还是不忘把任瑶华也牵扯进来，任瑶期摇了摇头：“你见见她们吧，我去内室等着。”

萧靖琳点了点头，看着任瑶期进了内室之后才让红缨去带任瑶华和任瑶音两人过来。

任瑶华一进来就问道：“郡主，请问我五妹妹是不是还没有回来？”

萧靖琳看到她们脸上的薄汗一脸莫明：“瑶期她怎么了？”

任瑶华刚刚是跑过来的，她看向任瑶音，皱眉道：“我之前派人来请她去一趟梧桐苑，后来四妹妹说有人看到我五妹妹没有去梧桐苑，而是被个陌生的丫鬟带到西北角的秋鸿院，我们刚刚想要去秋鸿院看看，却被人拦住了。”

任瑶华当时也有些着急，若是任瑶期出了什么事情，她回去以后没有办法向自己的父亲和母亲交代，所以被两个婆子拦下的时候她想要硬闯，最后被任瑶音拉住了。任瑶音提醒她来求郡主，她们便跑了过来。

任瑶华道：“郡主，您能不能过去看看？”她被人拦下的时候就感觉到不对劲了，现在心里有些着急上火，恨不得把萧靖琳拉了去。可惜身份有别，而且萧靖琳会武，也不是她能拉得动的。

萧靖琳沉吟不语。

任瑶音却是一副欲言又止的样子。

任瑶华转眼看见了，感觉到有些不对：“四妹妹，你想说什么？”

萧靖琳也看向任瑶音。

任瑶音沉默了一瞬，才道：“三姐，我刚刚想了想，这件事情可能与吴大小姐有关。”

任瑶华一愣：“什么？吴大小姐？吴依玉？”

萧靖琳也有些惊讶，不过她惊讶的是任瑶音怎么会这么快就把吴依玉抖了出来。她不由得往内室的方向看了一眼。

任瑶华和任瑶音都没有注意到萧靖琳的神色。任瑶音在任瑶华的逼问下开始道：“其实今日下午我去净房的路上曾不小心听到了吴小姐和她的一个叫双喜的丫鬟的对话。吴小姐似乎对于今日上午郡主和五妹妹联手抢了她风头的事情耿耿于怀，说要暗中找五妹妹麻烦，看五妹妹以后还敢不敢帮着郡主与她作对。”

任瑶华气道：“你怎么不早说！”

任瑶音苦笑：“我原本想着等今日五妹妹过去的时候提醒她一声的，而且我也没有想到吴小姐真的会在这个时候对五妹妹动手。我刚刚若是告诉三姐姐这件事情，三姐姐怕是会直接去找吴小姐，那样你势必会吃亏，所以我只能提醒你来找郡主帮忙。郡主，我五妹妹向来与您交好，吴小姐那边还望您帮忙周旋。”

萧靖琳想着，若是自己不知道这当中的弯弯绕绕，依着她的性子这会儿肯定会冲出去救人的。毕竟按照任瑶音的意思，吴依玉之所以会想要找任瑶期麻烦，完全是因为任瑶期帮了她的缘故，这样她对吴依玉的不满会更甚。

那么当自己赶过去看到被吴依玉欺负侮辱的瑶期的时候会有什么反应？她肯定会当场和吴依玉打起来，甚至会打伤她。

任瑶期在内室听着任瑶音的话也瞬间明白了任瑶音的算计。

任瑶音想要嫁给云文廷，最大的障碍就是萧靖琳。所以任瑶音的真正目标其实是萧靖琳，而她这个妹妹只不过是她达成目标的一枚棋子而已。

萧靖琳在这么多世家夫人小姐面前，一怒之下打伤了吴依玉，老王妃和吴夫人能善罢甘休吗？即便是有王妃护着，萧靖琳也吃不了兜着走，最后说不定会被王妃送回边关避祸。

任瑶音打得真是一手好算盘。

任瑶期觉得自己这般被亲姐妹算计，理应生气的，可是现在她心里却是一片平静。她只是有些想不通，任瑶音哪里来的自信觉得萧靖琳嫁不成云文廷之后能轮得到她。

从前任瑶音不也只是给云文廷做了妾吗？

想到这里，任瑶期不由得想起来自己好像真的不记得从前云文廷的正妻是哪一位了，按理云家大公子成亲她怎么也会听得一点风声的。难道云文廷在她离开燕北之前一直没有娶过正妻，只纳了任瑶音这个妾？

任瑶音还在言辞恳切地试图说服萧靖琳去秋鸿院。

任瑶期已经不想看她表演了，掀开内室的珠帘走了出去："四姐姐，多谢费心了。"

任瑶音看到任瑶期的时候怔住了："五……五妹妹，你怎么……"

任瑶华看到任瑶期从内室走出来也是一愣，回过神来之后立刻绕过萧靖琳向任瑶期走过来，上下打量了她一番，见她完好无损才终于松了一口气，脸上却显出了怒容，指着任瑶期的鼻子骂道："任瑶期，你今年只有三岁吗？好端端的你惹吴依玉做什么！"

任瑶期知道任瑶华今日是真的为她担心，所以乱了分寸，否则她对任瑶音应该会有防备。任瑶期顺势拉住任瑶华指到她鼻子上的手，讨好地摇了摇："三姐，我没事，你不要担心。"

任瑶华冷着脸把手扯回去，嫌弃地道：“谁担心你！若不是怕回去之后没法对娘交代，谁管你死活！”

任瑶音脸上的神色一阵变幻，意识到萧靖琳一直在打量她的时候，她脸上露出一个松了一口气的微笑：“五妹妹，你没事就好，刚刚我和三姐姐都被吓了一跳。”

任瑶华这会儿也想起任瑶音来了，狐疑道：“你不是说有人看到五妹妹被吴依玉的人骗走了吗？”

“我……”任瑶音的脑子极速地转着，想要找出一个合适的说法将任瑶华敷衍过去。

任瑶华却是想起来了什么似的看向任瑶期，任瑶期淡淡地看着任瑶音不言语。任瑶华之前只是关心则乱，才会被任瑶音当枪使，但她毕竟不笨，眯起眼睛打量了任瑶音一番：“四妹妹，该不会是你故意骗我的吧？”

任瑶音否认：“三姐姐，你这是什么话，我骗你这个对我有何好处？我也只是被人误导了，一时心急……”

一直没有说话的萧靖琳突然开口打断：“好处就是让我和吴依玉因为瑶期打起来，两败俱伤。吴依玉说你钟情于云文廷，看来她并没有说错。”

任瑶音整个人一僵，不过几乎是立刻的，她深吸了一口气，有些愠怒道：“郡主，我向来敬你巾帼不让须眉，却不想你也是这等信口开河之人！你说我是故意陷害你们，你可是有证据？如果没有证据，即便你是郡主，我只是一介小小的商户之女，我也是不依的！”

任瑶华看了看任瑶音，又看向萧靖琳。

任瑶期正想要说话，萧靖琳用眼神适时止住了她，然后冷淡地看着任瑶音道：“你要证据？要人证，还是要物证？人证就是吴依玉安排的那个与你暗地里接过头，要引瑶期去秋鸿院的丫鬟，我燕北王府想要个人开口说实话方法多得是，你别忘了这里是燕北王府的地盘，吴依玉可不姓萧。至于物证么……”

说到这里，萧靖琳有些玩味地看着任瑶音：“云文廷的那首词算不算？”

任瑶音脸上的表情一变。

萧靖琳学着萧靖西的样子，淡淡一笑：“吴依玉能弄到手的东西，我难道就弄不到？”

任瑶音没有想到原本以为只是自己和云文廷之间的秘密的那首词竟然会有这么多人知道，甚至还成为别人一而再威胁她的手段。

任瑶华这会儿哪里还有不明白的？她想起来自己也被任瑶音利用，心里气得翻江倒海，两眼发红。她二话不说，两步走到任瑶音面前，狠狠地甩了她一个耳光。

任瑶音被打蒙了，差点摔倒在地。可惜任瑶华向来不是什么怜香惜玉的主儿，她一句话也不说，拽着任瑶音站稳了，然后双手开弓，对着任瑶音的脸就是一阵猛抽。

啪啪啪的声音在屋子里不断响起。

任瑶期和萧靖琳都被惊住了，连萧靖琳的两个向来自认彪悍的丫鬟也被吓到了。

任瑶期最先回过神来，忙走上前去拉住任瑶华："三姐别打了，不然等会儿出去要让人看热闹了。"

任瑶期也没有想到任瑶华的反应会这么大，她几乎都要拉不住，任瑶华把任瑶音的头发都给扯散了。

萧靖琳也不知道自己是应该上前去拉架，还是装作什么也没看见，不过对于任瑶期的这个亲姐姐，萧靖琳今日总算有了一番新的认识，这姑娘要是跟了她上战场，绝对也是个狠角色。最后出于对勇猛女子的由衷欣赏，萧郡主还是很好心地面无表情地轻声提醒了一句："别打……脸了……"

任瑶华总算是停下来了，而任瑶音已经瘫倒在地上，连话也说不出来了。她的两边脸颊都肿了起来，还因为嘴唇磕破，流出了些血迹，花容失色，惨不忍睹。

"你自己下贱就算了，连自己的亲姐妹也要拿来陷害当踏脚石！任瑶音，你要不要脸？你的良心被狗吃了吗！像你这种人，活着都是浪费粮米，嫁谁谁家鸡犬不宁！我劝你以后见到那个什么云大公子最好还是绕着走，给他家积积福，他八辈祖宗都感激你！"

任瑶华口才向来了得，萧靖琳和红缨、红绡两个丫鬟听得心下佩服，她们还是第一次见到这种架势。

任瑶期一边抱住任瑶华，一边猛向听得正起劲的萧靖琳使眼色。

萧靖琳只能遗憾地吩咐红缨上前去把任瑶音扶起来。

任瑶音还是第一次遭受这种罪，今日吴依玉打她的时候都没有下过这种重手，她此刻连站都站不起来，身体的重量几乎都依靠在红缨身上。

而屈辱感让任瑶音恨不得晕厥过去再不用醒来，对下狠手的任瑶华也是恨得直发抖。任瑶华的话更是一句一句戳着她的心，钻心的疼。

只是想到自己的计划被萧靖琳识破，今后的路怕是会更加难走，她更多的是感到一种无望的愤怒。

任瑶华看到任瑶音凄惨的模样，总算是消了一些气。

任瑶华和任瑶期的母亲李氏的性子懦弱无争，任瑶华作为长女不得不替母亲去争，她已经习惯了自己作为三房的保护者而存在，见不得别人因为她们的母亲失势而欺负她们母女。所以见任瑶期被任瑶音陷害，自己被任瑶音利用，她才会这么生气。

“你好好在这里待着，我带着她回去找祖母讨个公道！”任瑶华对任瑶期道。

“我与你一同回去，我留在这里也没有什么事情。”

任瑶期知道任瑶音的心计，回到任家见了任老太太，任瑶华难说不会被任瑶音反咬一口，她回去至少能有法子治得住任瑶音，让任瑶音百口莫辩。而且任瑶华还对任瑶音动了手，老太太再宠爱她也不能不顾长房的脸面。

任瑶华皱了皱眉：“你还是留下来吧，我们都走了算什么事？而且你今日与郡主很出彩，说不定明日……”

任瑶华正说着话，却听见外头有个嬷嬷求见，任瑶华和任瑶期便都停住了话头。

萧靖琳看了看任瑶音的模样，想了想还是让红缨出去看看。

红缨出去不过片刻就回来了，还将门外那个求见的嬷嬷也带了进来，任瑶期抬眼看去，发现这个嬷嬷正是昨日在奇珍园里抱着傻妞过来的那个管事嬷嬷，好像是萧靖西的人。

那位管事嬷嬷一进来就目不斜视地行了礼：“郡主、任五小姐，主子让奴婢过来将任四小姐送回去。”

任瑶期一愣，看向萧靖琳，任瑶华更是不明所以。

萧靖琳看了那管事嬷嬷一眼："他还说什么了？"

管事嬷嬷道："主子还说让红缨姑娘与奴婢一同去一趟任家别院，见一见任老太太，今日任四小姐所为之事，燕北王府看在任五小姐和郡主的面子上就不加以追究了，但是我们王府希望任老太太今后能好好管教一下任四小姐，若是再有下次，燕北王府必严惩不贷。任五小姐和任三小姐还请留在温泉山庄，明日再与别的闺秀一同离开，以免任家三位小姐同时离开，让外面之人妄加猜测，传出什么不好的流言。"

言下之意就是在不惊动他人的情况下把任瑶音弄走，也算是给任家留了脸面。

萧靖琳想了想，点头道："这样也好。"

任瑶期毕竟是任家的人，若是由任瑶期和任瑶华姐妹两人来揭穿任瑶音，难免会得罪长房的人，何况任瑶音的生母还是任家现在的当家太太，这样的话，今后任瑶期在任家说不定会被她们暗中报复。

若是由燕北王府出面就不一样了，毕竟任瑶音算计的是她萧靖琳这个郡主，这样任老太太和任家长房的人非但不会怪罪任瑶期，还会感激她，因为若不是有任瑶期和她的交情，燕北王府必定不会就这样轻易放过任瑶音和任瑶音身后的任家。

为了任瑶期，萧靖琳也不介意当一回仗势欺人的郡主。

这么想着，萧靖琳不得不佩服她哥。

任瑶期是何等聪慧通透之人，自然也想明白了萧靖西此举的用意，心里不禁因为他的细心体贴而有所触动。

萧靖琳让红缨带着任瑶音出去。萧靖西想得很周到，早就备了一顶轿子在揽月阁门前候着了，避免了任瑶音那副模样出现在人前引起风言风语。

任瑶华道："我先回去了，大伯母那边我还要交代一声。"上次她暗自将任瑶英的丫鬟送走，没有与大太太打招呼，那毕竟只是个丫鬟，任瑶音却是大太太的亲闺女。

萧靖琳道："刚刚那位嬷嬷应该已经与任大太太打过招呼了。"

萧靖琳不用问也知道，萧靖西既然已经插手，必定会面面俱到，肯定会想办法把任瑶期姐妹两人摘个干干净净。

任瑶华性子再傲，这会儿也不由得感激道："这次多亏了王妃和郡主。"

萧靖琳一愣，随即反应过来任瑶华定是以为刚才那个嬷嬷是王妃的人，是她和王妃在帮任瑶期。

不过萧靖琳也没有点破，刚才段嬷嬷进来的时候称呼萧靖西为主子，而不是二公子，显然也是有他的用意的。

任瑶华还是没有在揽月阁多待，与任瑶期说了几句话，又向郡主诚挚地道了一次歉后就走了，大太太那边肯定是要找她问明情形的。

任瑶华用不容置疑的语气对任瑶期道："你留在这里不用去了，我就跟大伯母说郡主和王妃大发雷霆，你要留下来给任瑶音善后。"

任瑶华教训起任瑶期来能狠得下心，护起短来也是真护着。

任瑶期今日被所有人当作柔弱受委屈的孩子一样护了起来，心里感觉怪怪的，却又从里到外都泛着暖意，这种暖意蒸得她眼眶都要热起来了，让她觉得当一回弱者的感觉似乎也不坏。

任瑶华走了。萧靖琳对任瑶期道："你姐姐有没有学过武？"

任瑶期以为萧靖琳是觉得任瑶华在打任瑶音的时候下手重了，摇头道："没有，她今日只是气急了。"

萧靖琳撑着下巴面露可惜之色。

"怎么了？"任瑶期觉得有些莫名其妙。

萧靖琳缓缓眨了眨眼道："我之前一直想要建一支女骑兵的，今日瞧着你这位三姐很有些风范。只是可惜她没有练过武，这个年纪再重新学的话已经晚了。"

任瑶期："……"

如萧靖琳所料，任家大太太已经被萧靖西派人告知任瑶音因为陷害郡主而被送回云阳城的事情，刚一听到的时候差点两眼一黑晕过去。

在千金宴的中途被送走，这是要在全燕北的名门世家面前丢人啊，任瑶音这一生就算是毁了。而且得罪了燕北王府，不说任瑶音了，她们任家一门都要遭殃。

等任大太太回过神来，想要再问清楚情况的时候，那位嬷嬷已经走了。任大太太急得不行，一边派人追到云阳城别院，一边想起任瑶期住在燕北王府的院子里，便找人去叫任瑶期回来，想让任瑶期带她去王妃和郡主面前给任瑶音求个情。

不想任瑶期没有请回来，任瑶华回来了。

任瑶华来找任大太太的时候，脸色比她还难看。她把任瑶音因为恋慕云文廷，利用任瑶期陷害萧靖琳和吴依玉，最后被郡主和王妃的人发现的事情说了一遍。任大太太之前已经听了一遍，那时候有些云里雾里，又有些不敢置信，这会儿却是听得再清楚明白不过了。

她想起了任瑶音平日里虽然乖巧，但是对于嫁到丘家的事情有些抵触，想起她曾经在任瑶音的书房看到的云家大公子的诗集和墨宝。当时被任瑶音搪塞说是自己三哥的东西，她便没有深究，现在想想益均的东西向来不会外借，又怎么会把那些东西放到妹妹的书房里。

任大太太感到一阵天旋地转，这回是真的晕了过去。

任瑶华忙让大太太的嬷嬷帮忙把大太太弄醒，大太太一个激灵坐了起来，然后一把拉住任瑶华的手，红着眼睛道："华儿，期儿在哪里，她与郡主交好，让她帮音儿求求情。音儿不能就这么完了！这次是音儿的错，大伯母以后会好好补偿期儿的，可是你们毕竟是骨肉血亲，一荣俱荣一损俱损啊！"这个时候的大太太哪里还有半分当家主母的派头。

任瑶华面露不忿道："这句话大伯母应该对四妹妹说才对！她拿自家姐妹当垫脚石的时候可没有顾忌过骨肉血亲！"

大太太想要说话，任瑶华打断道："依着我的脾气，肯定要让害我的人吃尽苦头的。不过任瑶期像我母亲，总是心软，刚刚已经找王妃和郡主求情了。"

大太太见事情有转机，不由得眼前一亮，"那王妃和郡主怎么说？"

任瑶华撇了撇嘴道："王妃原本是想要给四妹妹一个大教训的，不过任瑶期说动了郡主，郡主帮着向王妃求了情。最后王妃答应不追究四妹妹陷害郡主之事，只是让自己身边的一个嬷嬷把四妹妹送回了府里，说是要让祖母好生管教，明日大伯母对外就称四妹妹病了，所以先回了云阳城。"

大太太之前被吓得不轻，几乎以为女儿这一生就要被毁了，现在听到这个结果终于松了一口气，甚至还有些庆幸。

她由衷地道：“这次多谢你和期儿了，等回去之后大伯母会让音儿向期儿赔礼道歉。”

任瑶华还是有些不痛快：“任瑶音是应该谢谢我，若不是我先出手打了她几巴掌，教训了她一顿，郡主和王妃兴许也不会那么容易消气，只是大伯母见了她之后不要心疼她，怪我手重才是。”

大太太听说任瑶音被任瑶华打了，哪里不心疼，不过现在这个结果已经是好的了，等回了任家她还需要任瑶华和任瑶期帮着任瑶音向老太太求情，所以只能道：“你是音儿的姐姐，她做得不对，你教训她是应该的。”

任瑶华的嘴角微不可察地一勾，面上却是道：“大伯母，你不舒服就歇一歇吧，我先出去了。”说完就行了一礼，退了出去。

大太太这才缓缓坐倒在座椅上。

当任瑶音被红缨扶着跪倒在任老太太面前的时候，任老太太半晌没有回过神来，等回过神来听清楚王府派来的嬷嬷所说的话之后更是惊怒交加。

“桂嬷嬷，去请家法来！”任老太太甚至没有等任瑶音出言辩驳，就吩咐桂嬷嬷去拿家法，要对任瑶音动刑。至于任瑶音脸上惨不忍睹的伤，任老太太更是视而不见，以为是王府的人动的手。

段嬷嬷不急不缓地道：“老太太，您要动家法是你们任家的事情，不过能否等奴婢将主子们的话转达完了再动手？”

任老太太之所以急着要发落任瑶音，也是为了在王府的人面前表态，闻言立即道：“老身也是气急了，让嬷嬷看笑话了，嬷嬷请说。”

段嬷嬷垂眼看了任瑶音一眼，淡声道：“我们郡主看在任五小姐求情的面子上，答应了不追究府上四小姐，也不将此事公布于众让四小姐名声受损，不过我们王府不希望再看到类似的事情发生。”

任老太太赔笑道：“还请嬷嬷回去转告王妃和郡主，任家不会再让这种事情发生，她若是再敢造次……”任老太太瞥了任瑶音一眼，“任家首先就容不得她。”

任老太太后面那一句话虽然听着平和，却泛着彻骨的冷意，连任瑶音也不由得心中一颤。

段嬷嬷点了点头："奴婢把人送到，话也带到，这就告辞了。"

任老太太立即站起身来要亲自相送，又向桂嬷嬷使眼色让她给段嬷嬷和红缨封红。

桂嬷嬷忙走进内室，拿了两个装着上等封红的荷包，想了想又将荷包里的银锞子倒出来，拉开老太太床头柜的抽屉，将里面的一只羊脂玉的玉蟾小把件和一个翡翠扳指分别装进两只荷包里，急急拿了出去。

桂嬷嬷将两只荷包分别塞给段嬷嬷和红缨，红缨常年跟着郡主，很少进出别家的内院，见任家给打赏下意识地抬手拦了，桂嬷嬷脸上不由得有些尴尬。

段嬷嬷看了红缨一眼，对她使了个眼色，红缨回想起来内宅那些已经忘得差不多了的规矩，终于没有再推拒，让桂嬷嬷将荷包小心地塞到了她的袖子里。

桂嬷嬷和任老太太都松了一口气。

王府的管事嬷嬷和郡主的贴身丫鬟可不是轻易能见得着的，有机会接触的话，自然要好生打点，就算以后用不着，能结个善缘也好。

段嬷嬷接过荷包就知道任家给的是重赏，不过她脸上的神色丝毫未变，就好像接的是再普通不过的赏银一般。

只是在走了两步后，段嬷嬷突然停住步子，转头对任老太太意味深长地说道："都说龙生九子，各不相同。说起来府上的四小姐和五小姐奴婢都见过，四小姐奴婢就不说了。倒是五小姐为人知书达理，才华出众，与我们郡主好得就跟一个人似的，不仅王妃喜欢她，连云阳书院徐山长的夫人都对五小姐极为爱重，非但指点她琴艺，还以自己收藏的琴谱相赠，徐夫人可是连我们王妃都要尊称一声'先生'的人物！奴婢在王府几十年，自诩还算有些见识，府上五小姐将来必定是有大造化的！就拿今日之事而言，若非是有五小姐的面子在，我们王府又岂能容忍别人欺负到郡主头上?"

任老太太闻言先是一惊，仔细想想后心里又是一喜。她原本还以为经过今日之事，燕北王府即便是不对任家加以追究，今后恐怕也会对任家有所不喜。所以尽管段嬷嬷表示燕北王府不会再追究任家和任瑶音，她心里也还是有些七上八下。

但凡燕北王府对哪一家不喜，只要稍稍露出点意思，那一家就肯定再无法在燕北的世家豪门当中立足，这是任家无论如何也承受不住的。

可是现在听段嬷嬷提起瑶期还是赞不绝口，那就是说王妃和郡主对瑶期的态度没有变，只要瑶期还能讨得王妃和郡主的欢心，任家在燕北王府面前的形象就还有机会补救。而云阳书院山长夫人对瑶期看重，今后也能让任家在燕北世家贵族们面前有脸面。

这么想着，任老太太心里不由得也松泛了些，面上笑着道："王妃和郡主喜欢她，那是她的福气。期儿这孩子在家中也素来乖巧懂事。"

段嬷嬷微微一笑："可不就是福气么，也是老太太您的福气。"

任老太太闻言，脸上的笑意更盛。

将段嬷嬷和红缨亲自送出门之后，任老太太问桂嬷嬷："打赏的荷包可有加封？"

桂嬷嬷忙道："奴婢自作主张用抽屉里的羊脂玉玉蟾和翡翠扳指替换了二十两银子的打赏。那位红缨姑娘奴婢上一次见她与郡主一同去过我们府上，是郡主房里的大丫鬟，那位段嬷嬷看穿着气派肯定也是王妃身边得脸的管事，奴婢怕她们看不上那点打赏的银子。"

任老太太不以为忤，反而点头称赞道："很好，你想得很周到。她们都是燕北王府的主子们面前说得上话的，打赏重一点没什么，我只怕轻了。"

桂嬷嬷觑着任老太太的脸色："四小姐那边要如何安排？"

任老太太原本还笑着的脸立即就沉了下来，冷冷道："这个蠢货，我们任家一门老小差点就要因为她做的蠢事而被牵连，枉我平日里对她诸多栽培，花费的心思也最多。我和她祖父一心为她谋划，想要把她嫁到丘家，她就是这么回报我的？"任老太太越说越气。

桂嬷嬷忙上前一边安抚，一边小心试探道："老太太息怒，四小姐现在这般心思……嫁到丘家还合适吗？"

任老太太气道："我原本就更加属意华儿……算了，先给我将人关到柴房去，我现在不想看到她，让她饿上一两日清静清静，看她还有没有力气胡思乱想，至于其他的事情还需回去之后与老爷商量。"

第二十七章

交　易

云秋晨当时正从郭家大小姐院子里出来，想顺路去请姜沅娘，不想在半路上就遇见了秋香。

听秋香说完始末之后，云秋晨只略微思考了一瞬便跟着秋香往秋鸿院去了。

千金宴是云家主办的，现在姜沅娘的大丫鬟求到她头上来了，她若是不管的话，实在站不住脚，而且姜沅娘已经是云老太太内定的孙媳妇，云秋晨也想与她打好交道。

加上云秋晨觉得吴依玉和姜沅娘无冤无仇，应该不会有什么大事。

若是云大小姐知道自己将要面对的是什么场面的话，肯定不会这么轻易就跟秋香走。

而且云秋晨不知道的是，从别处回来的云秋苹和云秋芳远远就看到云秋晨在见到一个丫鬟之后突然转道往西北角走去，心里不由得有些奇怪，那个丫鬟她们也见过，是姜沅娘身边的大丫鬟。

刚刚那丫鬟与云秋晨说话的时候神色焦急，更是让两人惊讶，最后云秋芳硬是拉着云秋苹悄悄跟了上去。

云秋晨走到秋鸿院的时候自然也被吴依玉的两个丫鬟拦了一下，吴依玉的丫鬟脸上的神色让云秋晨觉得有些不对。

而秋香则灵机一动，干脆绕过那两个丫鬟跑进了院子，一边道：“奴婢进去替云大小姐禀报一声。”

那两个丫鬟想要把秋香拉回来，姜沅娘的另外一个丫鬟立即上前帮忙拦住。云秋晨则带着人趁机进去了。

偷偷跟在云秋晨后面的云秋芳和云秋苹见了越发一头雾水，她们想要走上前去再看清楚一些，不想却被两个不知道从哪里冒出来的婆子拦住了。

云秋芳原本还只是因为好奇心起才跟来的，这会儿被拦住却有些不高兴了：“你们是谁的人？拦住我们做什么？我们是跟大姐一起的，你们怎么不拦住她？”

拦路的婆子只道：“请云三小姐不要为难奴婢，奴婢们也是奉命行事。”

云秋芳问她们是奉谁的命令行事，她们又不作声了。

云秋苹不想惹事，扯了扯云秋芳的衣袖：“算了，三妹妹，我们还是回去吧。”她胆子小，这里毕竟不是云家的地盘，她不想惹事。

云秋芳心中极为不满。

今年云秋晨虽然因为郡主要参加千金宴而选择避其锋芒，不过她已经是上一次千金宴的魁首，真正的实力如何无人不知，所有人都只会觉得云家大小姐懂分寸知进退，没有人敢小瞧了她去。

这次的千金宴上，云老太太又让云秋晨帮忙打理，分管宴会上的酒水茶点以及各家的膳食安排，云秋晨也没有出过错，不动声色地在众人面前展示了一个合格的内院主母应该具备的管理才能。

燕北世家大族的太太小姐们没有不夸赞云大小姐的，可是从来没有人想起云家除了大小姐云秋晨之外，还有云二小姐和云三小姐。

现在云秋芳瞧着前面的情形，很可能是什么地方出了岔子，云秋晨又不想让别人知道。

云秋苹又拉了拉云秋芳的衣袖，云秋芳眼珠子一转，然后瞪了那两个婆子一眼，气愤道：“不让过去就算了，等会儿大姐回来我们问她就是了。”说完反手拉着云秋苹就走了。

倒是云秋苹见云秋芳今日这么好说话有些惊讶。

云秋芳走远了几步，才眼中含着些兴奋地对云秋苹悄声道：“我知道芳泽院与秋鸿院的后院只隔着一条夹巷，我们悄悄从芳泽院过去，芳泽院没有住人，夹巷的偏门肯定没有人看守。”

云秋苹忙道：“这样不好吧？”

云秋芳白了她一眼：“有什么不好的！大姐能进去，我们怎么就不能进去了？”她眼睛微眯，露出一个小狐狸般的狡猾笑容，“你若是怕被责备，我们再叫上几个人与我们一同去就是了，所谓法不责众嘛。”

云秋芳不由分说拉着云秋苹就跑向西院那边拉人去了。

云秋晨进了秋鸿院之后发现庭院里没有人，连个伺候通报的婆子丫鬟也没有，不由得越加狐疑。她打量了一下四周，发现正房和东厢的屋子都紧闭着，倒是西厢房的门开了一条缝隙。

云秋晨抬步走到廊下，站立在门口听了片刻，见里面没有一点动静，皱了皱眉转头看了自己的丫鬟南珠一眼。

南珠会意，贴着门朝屋里喊道：“吴小姐，我们大小姐求见！”

里面还是没有动静，南珠不由得看向云秋晨。

云秋晨心里有了不好的预感，又转身看了看东厢和正房，都没有人出来应答。

秋香已经快急哭了，转头问另外一个丫鬟道：“小姐是不是进来之后就没有出去？”

那丫鬟也是脸色发白，点头道：“奴婢一直与那两位姐姐在外头候着，小姐没有出去。”

云秋晨看向吴依玉的两个丫鬟，那两个丫鬟对视一眼却不肯说话，其中一个甚至转身跑了出去。

云秋晨往后退了两步，对自己身后的两个婆子道：“你们进去看看。”君子不立危墙之下，吴依玉的丫鬟行事古怪，屋里形势未明，云秋晨自然不会莽撞地自己先冲进去。

那两个婆子轻轻地推开门走了进去，片刻之后又慌慌张张地跑了出来，脸上俱是一副受了惊吓的模样。

云秋晨一惊，忙问：“怎么回事？吴小姐和姜小姐在屋里吗？”

两个婆子满脸通红，互视了一眼，点了点头：“在……在里面。吴小姐和姜小姐都在。”

云秋晨心里一冷，强作镇定地问："都还……活着吗?"

两个婆子又点了点头，其中一个想了想，还是走上前来，附在云秋晨耳边小声说了几句。

云秋晨惊得倒退了一步，半晌反应不过来。她平日里再如何老成世故，也不过是十三四岁的少女，哪里经历过这种场面，难得的有些不知所措。

姜沅娘的两个丫鬟却是急得直掉泪，秋香哭着问："云小姐，我们小姐怎么了?"

云秋晨面上有些尴尬，不由得有些进退两难。这时候云大小姐还不知道这事是她二哥云文放搞出来的，所以拿不定主意该不该插手，这种事情一不小心沾上了，非但讨不了好，还会惹得一身腥。

吴依玉那个留下没有走的丫鬟也觉出来了不对劲，面上带了些忐忑。吴大小姐若是在里面的话，不会见两个婆子闯进去还一言不发，可是刚刚进去的婆子却又说吴大小姐在里面，那么肯定是出了什么事情。

那丫鬟越想越害怕，最后推开姜沅娘的两个丫鬟跑进了屋子。

"啊——"片刻之后屋里传来一声惊恐的尖叫。

这会儿姜沅娘的两个丫鬟也站不住了，秋香二话不说也跑了进去，然后又是一声尖叫，紧接着是哭声。

云秋晨叹了一口气，心想自己怕是要去禀报自己的祖母和母亲一声，不过她也知道这种事情必定是不能传扬出去的，否则吴依玉和姜沅娘的名声若是受了损，就会怪到她头上了。

她轻声吩咐刚刚进去的那个婆子："你去将这里的事情禀报我祖母和母亲知道。"

等那婆子匆匆去了，她又吩咐银珠："让人守住院门口，先不要放人进来。"银珠带着两个人去守门了。

云秋晨做完这些便走到庭院中，思考接下来要怎么处理。她不打算这会儿进屋里去，至少要等她们的丫鬟把她们弄醒，把衣裳都整理好了，免得大家都尴尬。

云秋晨没有想到云秋芳会在这个时候突然出现在廊下，她还不是一个人来的，身后跟着云秋苹、郭玉娇、丘虹，还有两个与她交好的小姐，拉拉杂杂一堆的人，云秋晨甚至没有看到她们是从什么地方进来的。

“二妹妹、三妹妹你们……”

另外几位被莫名其妙地拉过来看热闹的小姐们则是一头雾水，看到云秋晨的时候还想过去向她打招呼。

而云秋芳看到云秋晨站在院子里，银珠正领了两个婆子去堵院门，姜沅娘身边的那个丫鬟则不见了踪影，便觉出了古怪，不由得一边走一边四处打量着。

不想正在这个时候，西厢那边传出了一声惊叫，接着是什么东西被碰倒在地的哐当一声，然后又是呼疼声和哭声，乱成一团。

云秋晨正要上前去把几个闯入者哄出去，这会儿不由得在心里叫了一声“不好”，她听出来怕是吴依玉醒过来在里面发作了自己的丫鬟。

云秋芳正发愁要往哪里钻，西厢传出来的动静给她指了一条明灯。她眼睛一亮，不等云秋晨出声阻止，一把拉住与她最近的郭玉娇，如同泥鳅一样钻进了西厢。

“三妹妹，不可——”云秋晨一惊。

云秋芳认定了云秋晨干了什么不好的事情，兴冲冲地拉着郭玉娇闯进了西厢，跑到传出动静的内室。

可是一眼看到屋里的情形的时候，云秋芳吓得僵住了。

吴依玉手里正拿着一根不知道哪里找来的鸡毛掸子在狠抽自己的丫鬟，那丫鬟正疼得满地打滚。这时候吴大小姐的形象也不怎么好，衣裳虽然已经上了身，不过腰带却没有系上，里面小袄的襟口也半敞开着。

更让人惊得失了言语的是，屋子西面的架子床上还有一个衣裳被撕破以至于衣不蔽体的丫鬟被绑在床头，正挣扎着想解开束缚。

云秋芳回过神来之后就是一声尖叫。

云秋苹和另外几位跟在云秋芳后面的姑娘原本还犹豫着不敢进去，被云秋芳这么一喊也跑了进去，倒是丘虹看了云秋晨一眼，然后停在门口没有跟进去。

几位小姐进去之后也都吓了一跳，没有想到自己会看到这种状况。

吴依玉恼羞成怒，手里的鸡毛掸子朝着尖叫的云秋芳就挥了过去，啪的一声重重抽在云秋芳的脸上，云秋芳牙齿被抽松了两颗，剧烈的疼痛让她发出一声尖锐的惨叫。

吴依玉正在气头上，不管不顾地扬起手里的鸡毛掸子就往云秋芳身上招呼，还专门挑头、脸和脖子，饶是郭玉娇闪得快，胳膊上也不小心挨了一下。几位闯进来的姑娘都尖叫着往外跑。

云秋晨这会儿不想进来都不行了。她看到云秋芳的惨状，忙让南珠将云秋芳拖出来。

云秋晨进来的时候就感觉到有些不对劲，这会儿突然想起来，她一进来并没有看到姜沅娘，目光在床上一扫，床上只有一个丫鬟，秋香和姜沅娘的另外一个丫鬟正一脸紧张地站在床尾。

云秋晨的目光不由得往床下看了一眼，正好看到围着床底的床围子微微一动，不由得心下了然。

姜沅娘在云秋芳几人闯进来之前先一步躲进了床下，所以刚刚大家进来的时候都没有发现她。

不得不说这位姜小姐是个脑子灵活的，在这种情形下都没有一味慌乱哭泣，而是想到将对自己的伤害降到最低。

刚刚没有让人看到她，以后就算有传言出来，也仅仅是传言而已，眼见为实耳听为虚，吴依玉才是被人亲眼目睹衣裳不整的那个。

云秋芳被南珠扶了出去，吴依玉意味不明地死死盯着云秋晨。

云秋晨被她看得心里有些发怵，害怕她不分青红皂白拿自己出气，尽量放软了声音道："依玉，你先把自己整理好，我刚刚已经让人去拿了薄披风来，等会儿你罩在衣服上。"

吴依玉似是没有听到云秋晨的话，扔了手里的鸡毛掸子，看着云秋晨一字一顿地问："云文放在哪里？"

云秋晨一愣："什么？"

吴依玉重复道："我问你云文放在哪里。"她几乎是一个字一个字咬出来的，带着强烈的怒火和恨意。

云秋晨小心道："我二哥今日不在温泉山庄，你问他做什么？"

吴依玉冷笑："问他做什么？问他做什么？"她说着气没处发，抬脚就将刚刚才爬起来的丫鬟又一脚踹倒了，那丫鬟闷哼一声，忍着疼不敢动。

“你不如问问他做了什么好事！”

云秋晨开始还有些不明白，仔细想了想之后心里一惊，心想不是自己想的那样吧？她看了看吴依玉，又看了看躺在床上的丫鬟，下意识地摇头：“郡主，这当中是不是有什么误会？”

“误会？”吴依玉转过身两步走到床前，在秋香的惊呼声中，弯腰伸手一把将躲在床底下的姜沅娘拉了出来。

“是不是误会，你问问她就知道了！”

姜沅娘这会儿也是衣裳不整，满身狼狈，脸颊和额头上还蹭了些灰尘。她抖着唇满脸屈辱地看了云秋晨一眼，将头撇了过去，伏在秋香怀里轻轻抽泣。

云秋晨震惊得说不出话来，她之前也有想过吴依玉是被人算计的，可是她没有想到算计她的人会是云文放，可是云文放为什么要这么做？

云文放这么对待姜沅娘或许是因为他知道了云家想要他娶姜沅娘，可是他为何要把吴依玉拖下水？云秋晨以前只是觉得自己的二哥肆意霸道，胆大妄为，可是她从来没有想到他能无法无天到这个地步。

云秋晨首先想到的是这件事情要怎么善了，吴依玉愿不愿意善了，若是让老王妃和吴夫人知晓了该如何应对，这件事对云家有没有什么影响，姜家那边要怎么交代……

这时候外面又有脚步声响起来，姜沅娘身子一僵，下意识地又要往床底下躲，这回却是银珠在外头道：“小姐，太太带人过来了。”姜沅娘便没有再动。

云秋晨听见母亲来了，也顾不得吴依玉，连忙迎了出去。

云大太太一脸冷凝地匆匆走了进来，看到云秋晨的时候脸色也没有回转，只低声道了一句：“这个孽障！他怎么敢！他怎么敢！”

这一句话就让云秋晨明白了，吴依玉对云文放的指控并非是信口开河。

云大太太问了云秋晨，知道吴依玉和姜沅娘还在屋里，便让身边的嬷嬷先把自己带过来的两身衣裳送进去。

云大太太顿了顿，对云秋晨道："等会儿你就别进去了，听说刚刚秋芳她们闯了进来，唉！一个个的都不省心。你在外头帮着善后吧，这件事情不要再传出去，尤其是不要让外人知道你二哥他……不然更麻烦。"

云秋晨往屋里看了一眼，轻声道："若真是二哥做出来的事，麻烦怕是小不了。"云文放将人家姑娘家的衣裳脱了，也就毁了人家的清白。她实在有些弄不懂她二哥，他难道还想把吴依玉和姜沅娘都娶回去吗？他若是不肯娶，吴家和姜家又怎么可能善罢甘休？

云大太太知道云秋晨的意思，不由得摇了摇头："所以老太太说了，这件事情只能大事化小。"

"怎么个大事化小？"云秋晨一愣。

云大太太看了看女儿，有些犹豫不知道该不该讲，毕竟要讲的话会涉及一些男女之事，不过她想了想，还是道："我们云家教导女儿向来是要求言行端庄，大方得体，所以那些个乱七八糟的事情没有人敢在你耳边嚼舌根。两个女子之间关系再亲密，最后到了年纪还不是都各自婚嫁了？并不影响什么。倒是如果是被男子坏了清白，想要找个好人家那可就难了。"

云大太太说得虽然含糊，但是意思还是很清楚明白的。就是说与其让人知道是云文放把吴依玉和姜沅娘脱光了放到一起，还不如让人以为是女子之间嬉闹。毕竟前者影响女子婚嫁，而后者并不影响。

云秋晨半晌无言。

云大太太道："毕竟再如何放儿也只能娶一个，总不能让谁屈就做妾吧？就算我们愿意，吴家和姜家会愿意吗？"

云秋晨明白了云大太太的意思，云家怕是会让云文放娶姜沅娘。姜沅娘原本就是云老太太和云大太太替云文放看中的正妻人选，倒也没什么可说的。就是吴依玉那边……

这时候给吴依玉和姜沅娘送衣裳的嬷嬷出来了，云大太太叹了一口气，对云秋晨示意了一下，走进了屋子里。

吴依玉穿好衣裳就走了出来，差点和正要进去的大太太撞个满怀。

云大太太扶了吴依玉一把，吴依玉下意识地甩开她的手，待看到云大太太的时候，脸上的怒火总算是收敛了一些，抿着唇看了云大太太一眼。

云大太太歉意地看着吴依玉："衣裳是晨儿的，你穿着可能有点小……"

吴依玉打断了云大太太的话："今日之事是我与云文放之间的私怨，不会波及云家，所以您不必为难要怎么劝说我。"

云大太太一愣，随即一喜，她没想到吴依玉会这么好说话，正要说些什么的时候，却被吴依玉接下来的那句话噎住了。

吴依玉满脸煞气地道："等我杀了云文放，此事自然就一笔勾销了。"

"依……依玉……"云大太太想要叫住吴依玉，可是吴依玉头也不回地走出了院子。

吴依玉的两个丫鬟相互搀扶着跟了出来，也离开了。

云大太太连忙转身喊住还没有离开的云秋晨，拽着她的手道："快，快去通知你大哥，让他找到放儿之后告诉放儿，千万先别回来。"

吴家大小姐的脾气，云大太太有所耳闻，也是个不管不顾的主儿。她再气恨儿子做事混账，也不能真的眼睁睁看着他被吴依玉杀了。

云秋晨走了之后，云大太太才深吸一口气，放松神情进了西厢，她没有忘记屋里还有一个在等着。

姜沅娘已经穿戴好了衣裳，正坐在椅子上让秋香给她重新梳头。她眼睛红红的，脸上还有些泪痕，身上却已经都打理整洁，让人看不出一点不妥当。

看到云大太太进来的时候，姜沅娘还撑着站起了身，朝着云大太太屈膝福了福，礼数依旧周到，让人挑不出错处，大家小姐的风范可见一斑。

云大太太以前还觉得姜沅娘的性子过于腼腆，比不得郭家大小姐活泼爽利，现在瞧着却觉得姜沅娘这样的性子也不错，遇到事情的时候至少不会出什么乱子。

云大太太一边这么想着，一边上前握住姜沅娘的手，红着眼眶道："好孩子，今日实在是对不住你，那个孽障……那个孽障他……"

姜沅娘闻言，原本已经收了的眼泪又忍不住了，索性双手捂住眼睛哭了出来。

云大太太瞧着，想着姜沅娘之前肯定是刻意装作镇定，心里肯定也是又怕又羞的，脸上的怜惜不由得更真切了几分，上前揽住姜沅娘的肩膀，用手轻轻拍着，一边说着安慰的话，一边表达了云家对她的歉意。

过了好一会儿，姜沅娘才缓过来，接过秋香递给她的帕子，一边揩着眼泪，一边抽噎。

云大太太看她终于冷静了些，才说道："好孩子，你别怕，今日之事都是我家那孽障做出来的糊涂事，等找到了他，自然会给你出气。你向来乖巧懂事，也知道我和老太太都很喜欢你，恨不得你能生在我们家，今日之事我们云家自会给你一个交代，你放心就是！一切都有我和老太太给你做主！"

原本站在一边愁眉苦脸跟着抹眼泪的秋香闻言动作一顿，眼中一喜，忙道："大太太，您当真会给我们小姐做主？"

"做主"这个词儿学问大了，不过云大太太口中的做主屋里几个人都明白是让云二公子娶姜沅娘的意思，秋香之前一直在为自家小姐的前程着急，生怕因为今日之事影响了姜沅娘的姻缘，现在云家愿意让姜沅娘嫁到云家，那是再好不过的了。

云大太太道："既然是说出来的话，那自然是真的，我们老太太也是这个意思。"

姜沅娘看向云大太太，脸上并没有秋香那么欢喜，反而还有些忐忑和犹豫。

云大太太见了，知道她是想起了云文放的手段，便拍着她的手安慰道："你放心，我不只这一回给你做主，以后也都给你做主，绝不会委屈了你。"

姜沅娘垂着眼睛低下头，脸上慢慢地有些红了。

云大太太瞧着她这个模样，就知道这是个听话的，也能听劝，心里松了一口气，脸上的笑容越发和蔼："听说你这次是与你大伯母一起来的云阳城？"

姜沅娘轻轻点了点头："我六姐姐生病了，大伯母留在别院里照顾她。"

云大太太沉吟片刻，试探着问："那这件事情需不需要与你大伯母商量一下？这次姜家也就只有她一个能主事的长辈过来吧？"

姜沅娘摇了摇头，又点了点头，顿了顿才道："原本我祖母是要来的，不过曾祖父那边有些事情需要我祖父和祖母去办，我祖母便留在了家中，让长房的大伯母过来了。大伯母因为要照顾我六姐姐，已经很辛苦了，我昨日让人回去看过她们，大伯母似乎也有些不舒服，不怎么吃得下饭，这件事情……这件事情还是不要让她知道了。"

姜沅娘这样说就是不想让她家的长辈知道今日发生的事情了，也是，女孩子遇上这种事情只有遮着掩着的，哪里会想要闹得人尽皆知，何况据云大太太所知，姜沅娘的这位大伯母并不是她们这一房的。

这正合了云大太太的意，她心里更满意了，握住姜沅娘的手道："好孩子，你真体贴懂事。不过我也觉得有些事情我还是与你祖母和你母亲她们商量的好。对了，你大伯母和姐姐病得重吗？燕北王府有几位医术了得的大夫，若是需要的话，我去求了王妃，让她派个大夫过去瞧瞧。若是药材什么的缺了，你也与我说。"

姜沅娘道："多谢大太太，大伯母已经请了好几位大夫看过了，都说我六姐姐是水土不服，休养一阵就能好了。至于我大伯母，则是因为衣不解带地照顾了我六姐姐两宿，受了些风寒又有些疲累所致，也是不打紧的。"

云大太太这才放心地点了点头："若是有什么需要，你尽管与我说。这时候也不早了，我们先回去吧，这里也没有热茶水。"

姜沅娘顺从地点了点头。

云大太太对姜沅娘则是越来越满意，儿媳妇自然是听话乖巧的最讨喜。

表面上看来，这件事情算是暂时被平息了，至少当事的两位都表示了不会特意去找云家的麻烦。

云大太太把姜沅娘送回去之后就回去给云老太太复命了。

云老太太先是听了姜沅娘的情形，满意地点了点头："我就知道这个丫头是个知轻重的，你先前还嫌弃人家相貌平常。"

云大太太叹道："媳妇之前也是想到，姜家也不是只有姜沅娘一个适龄的姑娘，所以想要等那位姜六姑娘病好些了再看看的，听说姜家那位六小姐也是才艺出众，且相貌生得比姜沅娘要好。"

云老太太不以为然道："相貌好又有何用，为人妻子最要紧的是温婉柔顺，知道进退。"相貌好的姑娘心气儿难免会高些，云文放是次子，不需要继承家业，给他挑选妻子的标准与挑选嫡长媳的标准不同，加上云文放那个性子，自然是柔顺一些的好。

云大太太点了点头："还是母亲说得是，媳妇现在瞧着这位姜八小姐也挺好的。而且姜六小姐这么容易就生病，怕是身体不怎么好，在生养上会差一些。”

云老太太闻言沉吟了片刻：“姜六小姐是什么病？怎么会突然在这时候病了？”

云大太太道：“说是水土不服，身上长了疹子。”

云老太太皱了皱眉：“你找个大夫过去瞧瞧，瞧明白了回来禀报一声。”

云大太太一愣：“母亲，您是担心姜六小姐的病来得蹊跷？”

云老太太淡声道：“查清楚了才安心，你当了这么些年的家，内院那些个弯弯道道看得还少吗？”

云大太太心中一凛，立即道：“是的，母亲，媳妇知道了。”

“吴依玉那里，她说了要放儿的一条命来抵？”云老太太面色淡然地问道。

“她是这么说的，吴大小姐那脾气……媳妇实在是有些担心。”云大太太皱眉道。

云老太太看了她一眼：“你不是已经让人去给放儿通风报信了吗？”

云大太太哑然。

云老太太轻哼一声道：“不过，我们家放儿一条命也不是她想要就能要得起的。”

云文放从秋鸿院翻墙出去之后并没有离开温泉山庄，等在揽月阁去西园的必经之路上，因为他听吴依玉说任瑶期会被人带去秋鸿院，虽然他觉得任瑶期不会那么容易上吴依玉那疯女人的当，可他还是在这里等着。

果然一直等到吴依玉说的酉时，他都没有等到任瑶期，倒是看到任瑶期的两个姐妹急匆匆地去了揽月阁。

再之后，云文放就等来了他的大哥云文廷。

云文放看到云文廷的时候眯了眯眼，身体虽然没有动，却暗中摆出了防备的架势，他知道自己这位大哥看起来虽然温文儒雅，若真要动起手来，他也未必能打得过。

云文廷应该是很生气的，不过云文放从他的表情中却看不出来任何情绪。

“你怎么知道我在这里?”云文放抱着手臂靠在一旁的树干上，斜觑着云文廷道，实际上却是一种防备的姿势。

云文廷不答反问：“你记不记得你小时候养过一条狗?”

云文放挑了挑眉，没有说话。

云文廷接着道：“那是一条獒犬，你听人说是从狼窝里抱出来的，便花大价钱买了回来。你很喜欢它，谁找你要都不肯给，连去先生那里读书都要带着。可是有一次你给它喂食的时候，它不小心咬伤了你，你当时很生气，过后却还是当没事儿一样养着它。老太太得知之后，让管事将那只獒犬偷偷杖杀了。你知道之后在老太太面前一句话也没提，可是转眼出了老太太的院子就将那管事的双腿打折了。”

云文放皱眉想了想，好像是有这么一回事：“你想说什么？我以为你是来找我动手的。”

云文廷摇了摇头：“你能跑出来第一次，就能跑出来第二次，除非我废了你的四肢。”

云文放闻言，看着云文廷的时候更加戒备。

云文廷对云文放的戒备视而不见，只是问道：“你能否告诉我，为何会执着于任五小姐?”

这是云文廷真正不解的地方，任瑶期的相貌是很标致，从今日看来也颇有才艺，可是比任瑶期优秀的也并非没有。云文放与任瑶期的接触，也仅仅是他去任家避风头的那段日子而已，且他还特意打听过，就是云文放在任家的那段日子，他们的接触也只是寥寥几次，那位任五小姐也从未刻意往云文放身前凑，甚至很多时候还会避嫌。

云文放闻言倒是沉默了片刻。云文廷也不催他，只是站在那里静静地看着他。

云文放终于嗤笑一声，然后有些狂傲地看着云文廷道：“我若是说我从能记事起就经常梦到她，你信不信?”

云文放的表情是戏谑的，但是云文廷从他的眼神中看到了几分前所未有的认真和迷惘。

云文廷一愣，他没有想过会是这么一个答案，皱了皱眉道：“你以前见过她？”

云文放抬头望了望天，似乎是在回想什么，然后摇了摇头，扯着嘴角道：“没有。”

其实云文放在第一次见到任瑶期之前也不知道自己梦里经常梦到的那个女子是谁，因为他总是看不见她的脸，只记住了她看向他的眼神，哀伤的、恳求的，甚至有几次还是凶狠的，但是在梦里她从来没有与他说过话，他只记住了每次梦醒之后心里闷痛的感觉。

他以为他只是被梦魇住了。

直到那一次他与丘韫去任家，看着她从九曲回廊下向他走来的时候，甚至还没有看清楚她的脸，就知道那是她。他当时的心情是惊讶的，还带着一丝自己也觉得莫名其妙的欣喜，那是一种类似于失而复得的感觉。

他以为她既然会出现在他的梦里，就一定会与他一样有过类似的经历，可是在几次试探之后却发现她并没有，她甚至有些刻意地疏远他，得知这一点之后让他很不舒服。

自从那一次在任家见过她，她就再也没有出现在他梦里了。

云文廷没有想到，会从云文放口中听到这种玄之又玄的答案。他没有想过云文放会骗他，云文放是那种错也能错得理直气壮的人，从不屑于说谎骗人。

云文廷道：“那你也不应该用那种手段对吴姑娘和姜姑娘，对于女子而言，名节重于性命。你可有想过要如何收场？把她们都娶回家？”

云文放笑得没心没肺：“我只是让吴依玉那蠢女人自作自受而已，她凭什么以为自己可以动我的人？这里可不是宁夏。而且我也是为了你好，她对付任瑶期的目的可是为了针对萧靖琳。等这件事情闹大了，她就只能回宁夏去，没空来缠着你了。说起来哥你还真能忍，要是我知道连自己每夜起夜几次都有人打听得一清二楚的话，我非得把那人剁碎了喂狗不可。”

云文廷皱了皱眉，淡声道：“那姜家小姐呢，她可没有得罪过你。”

云文放摸了摸下巴：“姜沅娘？谁说她没有得罪我？她得罪得狠了！”

云文廷有些惊讶：“你能记得她的名字？”

云文放对待自己不在意的人，是看都懒得看一眼的，他没想到云文放还能记住姜沅娘的名字，而且……

似是想到了什么，云文廷狐疑地问道：“你怎么知道云家定下来的人是姜沅娘？”云老太太就防着云文放知道之后使坏，除了云家极少数的几个人之外，并没有人知道云家最终确定下来的人选是姜家八小姐，连老太太房里的丫鬟婆子们都不清楚。

“自然是有人向我通风报信。”云文放懒懒地道。

云文廷以为云文放说的是云老太太的院子里有谁猜透了主子的心思，悄悄告诉了他，想着回去之后定要好好查一查：“既然你知道长辈想要你娶姜小姐，就更不应该对她下手，被你这么一闹，现在你不想把她娶进门都不行了。”

云文放闻言却毫不在意，似乎是早料到结果会如此：“反正现在你们不塞个人给我不会消停，既然如此，那就她吧。”

他也看明白了，云家现在势必是要让他定亲的，就算不是姜沅娘，也会是别人。

既然如此，还不如就是姜沅娘。

别人的话他到时候反倒不好打发，姜沅娘嘛……

云文放冷笑。

云文廷觉得云文放的态度很奇怪，他不觉得云文放是这么容易屈服于长辈的人。而且现在知道了云文放和任五小姐之间的纠葛，他更加不觉得云文放会放手。

所有人都看到云家二少爷骄横霸道，却不知道云二少爷也有一项优点，那就是执着。但凡是他认定的，即便是碰个头破血流也绝不会回头。

说得难听一点就是死心眼。

这也是云文廷为他对任瑶期的感情担心的原因。

云文放突然道：“吴依玉是不是很生气？气得恨不得杀了我？”

云文廷看了他一眼：“你说呢？”

云文放耸了耸肩膀：“所以这一次我又不得不逃了？不然老王妃母女定不会放过我。”

云文廷倒是被他气笑了，正想说什么，却听见云文放突然看着他认真道：“我要去嘉靖关。”

云文廷愣了愣：“什么？”

云文放又说了一遍，一字一句，脸上的神情笃定又坚决：“我说我要去嘉靖关。”

云文廷也正色道：“你应该知道嘉靖关是什么地方，那里可不是能让你玩乐的地方。你在云阳城惹了什么祸事，别人看在云家的面子上还会让你三分，到了嘉靖关就只能军法处置了。”嘉靖关治军之严，云文廷在边关的那几年深有感触。

云文放嗤笑一声，对云文廷道：“你能好端端地回来，我就不能？而且这次我祸闯大了，除了嘉靖关，还有别的地方能去吗？京城倒也是吴家鞭长莫及的地方，不过云家子孙不能去京都的家规我倒是记得。”

云文廷皱眉道：“事情也没有你想的那么糟糕，老王妃和吴夫人现在还不知情，吴依玉那边……”

云文放戏谑地打断道：“怎么？你要牺牲自己的色相来救我？可别！吴依玉那种毒妇，你能忍她，我还怕她一不高兴就灭了我满门呢。而且……”

说到这里，云文放坏坏地一笑：“谁说她们不知道的？说不定现在已经知道了。”

“你又做了什么？”云文廷忍不住怒道。

云文放笑得一脸欠揍的模样：“我只是让该知道的人都知道吴大小姐做的‘好事’而已！”

云文廷听完之后再好的修养也被气得说不出话来。

云文放依旧是一副什么也不在意的样子。

云文廷突然想到了什么：“你是故意的？你想要去嘉靖关，又怕家里不同意，所以才把事情弄到这般无可收拾的地步？”

云文放痞痞地一笑：“可别把我说得与你们一样精于算计。”却也没有否认云文廷的话。

云文廷正想着要不要故伎重施，上前把这个唯恐天下不乱的小混蛋敲晕了扛回去执行家法，却见从揽月阁的方向抬了一顶轿子出来，段嬷嬷和萧靖琳身边的大丫鬟红缨跟在轿子旁边。

云文廷看着轿子以为是萧靖琳要出门，可是想了想又觉得不是，萧靖琳连马车都不耐烦坐，更别说是坐轿子了。

又过了片刻，任瑶华也匆匆从揽月阁里出来了。云文放之前是看到任瑶华和任瑶音一起进了揽月阁的，现在出来的却只有任瑶华一个人，云文放不由得挑了挑眉，若有所思，想起了吴依玉口中那个出卖任瑶期的姐妹。

云文放往揽月阁方向又看了一眼，心想看来他今日是见不到她了，不免有些遗憾，也不知道在离开云阳城之前能不能见她一面。

心里这么想着，云文放上前一步揽住了云文廷的脖子，笑容极其欠揍："你不是来找我的吗？走吧。"这时候被吴家的人抓住就不好办了。

云文廷十分无奈，没好气道："走去哪里！你跟我回去乖乖当新郎官？"

云文放不在意道："就算你们现在给我定下了个人来，要成亲不也得等个三年两年的？"

至于三年两年之后，娶不娶就是他的事情了。这就是他要去嘉靖关的原因，留在云家，留在云阳城，他连自己想要娶谁都做不了主。

被关了一日，云文放也不是什么长进都没有，至少他想明白了硬碰硬如果行不通的话，可以试一试迂回战术。

秋鸿院发生的事情在之后不久就以极快的速度传扬了出去，老王妃的剪雪阁也得到了消息，而之前从秋鸿院跑走，回来搬救兵的那个丫鬟见出了这么大的事情，就将云文放的事情也一股脑儿地抖了出来。老王妃和萧微一听就知道吴依玉是让云文放给设计了，老王妃差点没晕过去，萧微也气得直发抖。

萧微叫来了人要去云家抓云文放泄恨，母女两人就要匆匆赶去秋鸿院，刚走出剪雪阁就看到吴依玉一脸煞气地回来了。

这时候云文放和云文廷已经从偏门出了温泉山庄，云文放甚至还极有闲情地指使等在外头的一个云家随从道："刚刚从里面出来的那顶轿子里的人，去给少爷跟着，看去了哪里。"

云文廷把云文放从温泉山庄里带出来之后直接乘马车回了云阳城，温泉山庄里的烂摊子留给了女人们去闹腾。

任瑶期和萧靖琳一直在揽月阁里没有出去，得知外头已经闹了个天翻地覆之后更是关起门来两耳不闻窗外事。

老王妃这次是真的气狠了，派了人去找云家要人，可是云文放已经不见了踪影，云家上下的态度倒是极好，再三保证只要云文放一回来就让他去给老王妃请罪。更气人的是，老王妃和萧微还不敢将云文放陷害吴依玉的事情向外头抖出来，怕毁了吴依玉的贞洁，被打落了牙齿只能和血吞了。

最后老王妃和萧微实在是气不过，就让人把王妃叫了过去。

老王妃冲着王妃发了一通大火，若非是王妃身边的丫鬟灵活，老王妃差点将手里的热茶带着茶杯一起泼到王妃的脸上。

王妃修养极好，看了一眼丫鬟身上的茶水和碎裂在地上的茶碗，眉头也没有动一下，低着头温声道："我已经派人去找云文放了，等找到了人之后就送过来让您审，若真的是他做了这种糊涂事，自然是由您处置，云家这次不会包庇他。只是如今当务之急还是将外头的那些传言压下来，以免有人捕风捉影闹得越发无法收拾，对依玉不好。"

萧微气得也顾不得高门贵女的形象，骂道："说的比唱的还好听，若不是你和云家暗中护着那小畜生，他能跑得这么快，让我们派出去的人怎么找也找不到？我要是信了你会乖乖把人给我送过来领罪就好笑了。什么燕北第一世家，什么名门风范，尽生出些没脸没皮的混账玩意儿！"

萧微还未出阁之时就事事都被还是云家大小姐的王妃压过一头，又因为她的母亲身为公主却比不得那位出身云家的云侧妃在老王爷面前受宠，她更是看云家不顺眼，也因此她与王妃从来就不对付。

王妃闻言皱了皱眉。

萧微转头对老王妃道："娘，你赶紧派人去把王爷叫回来，让他下令把云家给围了！我就不信，到时候云家还敢不交出人来。"她看了王妃一眼，"王爷他就算不是从您肚子里出来的，您也是他的嫡母，我是他亲妹妹，玉儿是他亲外甥女，他不能不管！"

老王妃看向王妃："王爷人在哪里？"

王妃低头回道："前一阵子听说北面的辽人有异动，王爷去了武州。"

萧微道："戍城军的将领是谁，你让他过来！王爷不在，云阳城总有人留守吧。让他们封了四座城门，我就不信云文放那个小畜生还能插翅飞了！"

王妃淡声道："请恕我无能为力。我只掌管王府内务，军政大事插不了手。”

老王妃拍桌怒道：“那就叫个能做主的人来见我！”

萧微跟着一唱一和：“我听说王爷不在，燕北的军政向来是萧靖西帮着处理的。”

老王妃道：“王爷也真是，萧衡难道不是他弟弟？靖岳如今也大了，能帮他分担的人多得是！靖西身子不好，不好好在府里养病，操什么闲心！你有工夫还不如想法子让靖西留个后。”

王妃闻言猛然抬头看了老王妃一眼，片刻后缓缓屈膝行了一礼，淡淡地道：“我身体有些不适，就先退下了。云文放那边若是找到了人，我会让人把他带过来。要找王爷的话，我这就派人捎信去武州。”

王妃说完这一句，就转身带着人离开了。

老王妃愣了半晌，才不可置信地抖着手指着门口问萧微道：“她这是在给我脸色看！她怎么敢！怎么敢！”

萧微冷笑：“她儿子本来就是病秧子，还不让人说了！娘，您也别找他们了，直接让人去把戍城将领叫过来，他若是不来，就让人把他一家老小叫过来！”

老王妃还有些顾忌，萧微却是道：“娘，您怕他们做什么？您在燕北的靠山可不是他们任何一个人，犯不着看他们谁的脸色过活。您的靠山坐在南都的金銮殿上，只要南边坐着的皇帝还姓李，您就是把燕北的天给捅个窟窿，也依旧是燕北的老王妃，谁敢动您？”

恰好在这个时候，下头来人禀报说有人看到云家大公子和二公子回云阳城了。

老王妃怒不可遏，当真让人去把戍城将领叫了过来。

不想无论老王妃派去的人怎么威逼利诱，将领以一句硬邦邦的“入内院不合规矩，恕末将不能领命”为由不肯离开岗位半步。

让他下令封城拿人，他则是道：“请出示印有王爷印鉴的手令，否则请恕末将不能领命！”

来人威胁道，老王妃已经让人去请他的家眷入府了。

戍城将领一脸莫明地呆愣片刻：“末将父母双亡，且尚未娶妻。”然后在来人扭曲的脸色中，他突然像想到了什么一样恍然大悟，红着黝黑如炭的脸扭捏道：“老王妃若是想要把哪位姑娘指给末将为妻，请恕末将不能领命！末将心里已经有人了。”

老王妃接到派出去的人回来的禀报，又是一番怒火。

萧微道：“娘，我早就提醒过您，不能事事都由着他们，您看现在连个守城门的人都使唤不动了，当年要是让二弟当了燕北王，我们娘儿俩也不会被欺负至此！”

老王妃恼火道：“那就让萧衡来一趟！我使唤不动他们，还使唤不动自己的庶子吗！”

萧衡是苏太姨娘所生，幼时一直养在老王妃膝下。

老王妃让萧衡去找云文放，萧衡倒是很爽快地应下了。

老王妃怕找到云文放之后王妃和云家从中作梗，带着萧微和吴依玉连夜赶回了云阳城，亲自坐镇。

事实上，吴依玉被外面传成那样，也确实是不好留在温泉山庄了，那些闺秀原本也只是觉得吴家大小姐眼高于顶不好接近，现在见了她却都想要绕着走。

王妃什么也没有说，她还要留下来主持明日的千金宴。云家除了云文廷和云文放两兄弟，其他人也都没有离开，似乎是不关心云文放被老王妃找到之后还能不能活。

倒是他们都走了之后，温泉山庄总算是清净了。

第二日是千金宴的最后一日，所有的比试基本上在午时之前就能结束。老王妃、萧微和吴依玉都没有到场，发现了这一点的众位闺秀暗中用眼神相互示意，更有不少人窃窃私语，场面比前两日还要热闹，真正将心思放在比试上的人寥寥无几。

毕竟在她们乏味的闺阁生活中，能遇上这种事情的机会并不多。

只是令人惊讶的是，原本也处在流言中心的姜家八小姐姜沅娘今日竟然出席了。

姜八小姐今日穿了一件浅粉色妆花短袄，石榴红襕裙。她长相虽然平常，却胜在肌肤晶莹透彻，这么看着气色倒是好得很。

且姜沅娘面容平静，该说的时候说，该笑的时候笑，没有半点受到惊吓的样子，连昨日去过现场的郭玉娇看到她如此，都觉得或许昨日姜沅娘在她们过去之前已经在丫鬟的帮助下逃走了，毕竟她们进去的时候只看到了吴依玉、吴依玉的丫鬟和姜沅娘的丫鬟，并没有看到姜沅娘本人。

而原本只是抱着看热闹的心态的不明真相的人们看到姜沅娘如此，更是摸不准传言的真实性了。

虽然今日大部分人的注意力都不在千金宴上，不过到了最后徐夫人要宣布这次千金宴评选出来的十位魁主的时候，众人的心思又都回来了。

结果在众人的意料之外，又似乎在情理之中。

萧靖琳毫无疑问夺得了魁首，任瑶期得了第二。

任瑶期听到这个结果的时候还惊讶了一下，往年能进前五的闺秀除了才艺要好，最重要的还是要家世好。闺秀们的排名基本上是按照本身所在家族的排名来的。

任瑶期后来才知道，在徐夫人把她提出来之后王妃没有反对，其他几位夫人也没有意见，因为她不是作为任家五小姐这个身份被人认可的，而是作为徐夫人欧阳氏的关门弟子。

第三位魁主倒是让人意外了一下，竟然是姜沅娘。

任瑶期却并不觉得意外，出了昨日那样的事情，这是王妃和云家对姜沅娘的补偿。

之后是云秋晨、郭玉娇、丘虹、苏芳菲、萧靖媛，还有两位是云州和武州的闺秀。吴依玉没有再被人提起，包括王妃在内的所有人似乎都忘了还有一个吴家大小姐的存在。好在老王妃和萧微并没有在场，所以今年的千金宴就这么平静地结束了。

千金宴结束，各家闺秀被安排分批离开温泉山庄。任瑶华与任瑶期打过招呼，让她在千金宴结束后与郡主道别先去梧桐苑，再与她们一起去云阳城的任家别院。萧靖琳送任瑶期从揽月阁出来："你什么时候回白鹤镇？"

任瑶期道："今日或者明日。"任老太太和大太太她们应该不会在云阳城多待，而她离开白鹤镇的时间也有些久了。

萧靖琳想了想：“你明日再走吧，我带傻妞去送你。”

任瑶期失笑：“不过是不到两个时辰的车程。”不过她最后还是没有拒绝萧靖琳的好意，与萧靖琳在一起的时候总是开心快乐的。

任瑶期到了任家人住的梧桐苑，却发现气氛有些不对。

她先是去见大太太，却被大太太的丫鬟秋分拦住了，说大太太正与曹嬷嬷商量事情，请任瑶期先去三小姐的屋里坐会儿。

任瑶期分明听见了从大太太屋里传出来的哭声，而秋分在与她说话的时候眼睛还是红的，很显然不久之前哭过。

任瑶期不由得奇怪，她还从未见过大太太哭，大太太向来是持重而沉稳的。虽然并不算强势，但是也很有当家太太的威严，难道她还在为任瑶音的事情难过？

任瑶期走到任瑶华住的屋子的时候，看到香芹和芜菁正站在门口小声说着什么。看到任瑶期来了，立即上前来行礼。

香芹脸上笑得跟朵花儿似的：“五小姐，您真厉害，我们任家还是第一次有姑娘当魁主呢，并且是榜眼。咱们这些丫鬟以后出了门也威风八面的。”

芜菁在一旁悄悄对她翻白眼。

任瑶期笑了笑，问道：“今日发生了什么事情吗？”

不想香芹听了之后，倒是收敛了笑容，难得正经地道：“五小姐，还真出了一件怪事。不过奴婢怕说出来会吓到您！”

这时候任瑶华的声音在屋子里响起：“又在外头乱嚼什么舌根？还不给我进来！”

香芹吐了吐舌头，忙侧身请任瑶期进屋。

任瑶期看了一眼任瑶华，有些奇怪地问：“真出了什么事情？”

任瑶华看了香芹一眼，香芹低下头迈着小碎步后退了。

任瑶华道：“嗯，是四妹妹出事了。”

任瑶期一愣：“四姐姐？她不是被送回云阳城的别院了吗？”任老太太或许会对任瑶音发一通脾气，不过任老太爷不在云阳城，她也不会对任瑶音处置得太过，毕竟还要顾忌着任大老爷和任大太太的脸面。

任瑶华却是看着任瑶期，见她当真是一副毫不知情的样子才皱了皱眉道：“四妹妹昨日被送回别院之后，祖母让人将她关在了柴房里。今日一大清早，扫院子的婆子听到柴房里传来了四妹妹的惨叫声，吓得立即去禀报老太太身边的桂嬷嬷。桂嬷嬷怕出事，当即带着人拿着钥匙去了柴房，你猜她看到了什么？”

任瑶期心里有不好的预感：“看到了什么？”

任瑶华脸色有些古怪：“桂嬷嬷看到一个姑子昏倒在柴房里，她正觉得奇怪，一个胆大的嬷嬷凑上前去看，却发现那个姑子竟是四妹妹。”

任瑶期一头雾水：“姑子？四姐姐？”

香芹终于忍不住在一旁小声又快速地补充道：“四小姐昨儿半夜被人剃光了头发她早上醒来之后发现了吓得尖叫一声就晕过去了桂嬷嬷进柴房的时候以为看到了庵里的姑子却不想那姑子是四小姐！”

任瑶华气得瞪了她一眼：“你是不是要回去跟周嬷嬷重新学学该怎么说话断句！”

明明是一件诡异又让任家上下人心惶惶的事情，从这个丫鬟嘴里说出来怎么就多了些莫名其妙的欢乐？

香芹也很委屈：“我不是怕您不让我说完吗？憋在心里多难受啊？”

“四姐姐昨夜在任家别院的柴房里被人剃光了头发？什么人这么大的胆子？”任瑶期震惊道。

任瑶华摇了摇头：“祖母已经让桂嬷嬷将别院里的人一一叫过去盘问了一遍，却没有问出个所以然来。柴房的钥匙一直收在祖母房里，今日一早才被桂嬷嬷拿出来，可是那柴房的锁好好的，并不像是被人动过的样子。而且柴房附近昨夜一直有人值夜，值夜的婆子说她们没有偷懒睡觉，但是也没有听到什么声响，不可能有人从她们眼前过去她们还发现不了。我觉得不会是别院里的人，你怎么看？”

任瑶期点了点头，她也不认为是任家的人做的。

别院里现在只住了任老太太和方夫人母子，方夫人与任瑶音无冤无仇的，不会对她下手，而且方夫人就算是想下手也做不到。

至于任家的下人，那就更无可能了。老太太来了，下面的人只有小心伺候的，哪里会在这个时候出来作乱？以下犯上，任是哪一家都不会姑息。而且任瑶音无论本性如何，在任家的丫鬟婆子们眼里还是个性情温和没什么脾气又极好伺候的主子，人缘极好。

但是如果是外面的人的话，谁又会吃饱了撑着跑来任家的别院，就为了剃光任瑶音的头发？这也太匪夷所思了。

任瑶华道："我原本以为是郡主为了给你报仇派人去的，不过如果是她的话，你应当会知情。"

任瑶期摇了摇头："郡主不会做这种事情的。"对付吴依玉或许还会，对付任瑶音却不会。

"你说会不会是吴大小姐想要报复她，所以派人做的？"任瑶华皱眉道。

任瑶期想了想，有些不确定道："吴大小姐的话倒是有可能，不过她现在想的应该是找云二公子算账，其次是我和郡主，四姐姐就算是要被她报复，也应该不是现在才对。"

而且任瑶期觉得，对吴依玉而言，剃头发顶多只算是开玩笑般的捉弄，她要报复的话，应该会直接划花了任瑶音的脸，不然当初也不会因为看她和萧靖琳不顺眼就送她们剧毒蜘蛛了。

任瑶华道："都不是，难不成还真是犯了什么鬼神？"事实上，别院里的丫鬟婆子们都说四小姐是犯了邪祟，被不知哪一路的妖魔鬼怪瞄上，剃了她的头发。

身体发肤受之于父母，自古就有以发替身的说法，剃了头发就等于是用头发代替了任瑶音这个人。

任瑶期突然想到了一个人，一个有能力做到夜入任家别院而不被人发现，又恶劣无聊到能干得出这种事情的人。

当年那个少年就曾经抱着手臂站到她面前一边打量着她的头发，一边不怀好意地道："任瑶期，你不乖乖地让少爷把那一巴掌打回来，少爷就半夜跑到你房里把你的头发剃光，让你变成姑子！"

似乎只要一提起云文放，任瑶期能想到的都是些不好的记忆。

不过这位少爷好端端的去招惹任瑶音做什么？

任瑶华看到任瑶期若有所思，便问道："你想到什么了？"

任瑶期摇了摇头，只是猜测罢了。

“出了这种事情，老太太肯定不愿意再在别院里多待，我们可能今日就要赶回白鹤镇。”任瑶华道，“你的行李是不是还在姑母那边？要不要现在就派人过去收拾？”

任瑶期想了想：“我想再多留一日，明日再走。姑母那边我要道一声别，郡主那里也还有些事情要与我交代。”

任瑶华闻言皱了皱眉，然后道：“算了，你自己的事情自己看着办吧，祖母那边应该会允了你。就是路上要注意安全。”

这时候外头来了人，说可以安排任家的马车离开了。

因为任瑶音出了事，任大太太想要早些离开，就派人去与云大太太打了一声招呼，所以任家人离开的时间比较早。

等丫鬟婆子们将东西搬上马车，任瑶期也跟着任瑶华上了车。

大太太从屋子里出来的时候眼睛是红肿的，一副疲惫不堪的样子。任瑶期还没有见过这么憔悴的大太太。她扶着曹嬷嬷的手急匆匆地上了马车，连任瑶期给她行礼都没有看见。

任瑶英和任瑶玉应该也听到了些风声，毕竟大太太今日的情绪太外露了，不过任瑶音平日里与她们的关系还算不错，所以她们倒没有露出幸灾乐祸的神情。

马车出了温泉山庄，一路驶回任家别院。

大太太一下车就急匆匆地走了，剩下的几位姑娘对视一眼，然后都去了老太太的院子。

任老太太也被昨夜发生的事情惊得不行，查了一上午都没有查出个所以然来。她也不敢再把任瑶音关柴房了，让婆子将人抬回了任瑶音在别院的房间。

任瑶期几人进去给任老太太请安的时候，她正闭目斜坐在炕上，让金莲给她揉按太阳穴，见孙女们行完了礼，她摆手让金莲退下，睁开眼睛看了她们几眼，然后将视线停留在任瑶期身上。

“你们都先退下吧，回去收拾收拾，准备回白鹤镇，期儿和华儿留下来，我有话与你们说。”

任瑶英和任瑶玉退下了。

任老太太露出一个和蔼的笑，对任瑶期招了招手，任瑶期低头走上前去。

任老太太摸了摸任瑶期的头，任瑶期努力忽视自己全身上下争先恐后地冒出来的鸡皮疙瘩，表现出低眉顺目的模样。

“听说你在千金宴上表现不错，还得了个榜眼回来？”

任瑶期低头回道：“这次是沾了郡主的光。”

任老太太点了点头，笑道：“不管如何，这次你为任家赢了脸面，想要什么就对祖母开口，祖母都赏给你。”

“谢祖母，孙女在家什么都不缺。”

任老太太失笑：“你这孩子。罢了，既然你不愿意开口，等回去之后我赏你几样压箱底的首饰如何？”

任瑶期轻声谢过了。

任老太太点了点头，突然问道：“郡主那边可是还有什么想法？”

任瑶期不解：“祖母指的是？”

任老太太沉吟着道：“你四姐姐的事情想必你也听说了，她做出这种丑事，理应受到些教训，我和你祖父也不会护短。若是郡主还有什么想法的话……”

这回任瑶期听明白了，任老太太也怀疑任瑶音头发被剃的事情是郡主偷偷派人做的。

不过任老太太的态度更让任瑶期寒心，老太太的立场很明显：郡主若是觉得任瑶音受到的惩罚还不够，任家也不会包庇她，孙女的性命若是能平息燕北王府的怒火，任老太太不介意把任瑶音交出去。

强忍着心中的不适，任瑶期道：“四姐姐的事情与郡主无关，我一直与郡主在一起，她做了什么我都会知道。王府的人也不会做出这种事情来。”

燕北王府要想教训任瑶音，任瑶音不可能只是掉了头发这么简单。

任老太太疑神疑鬼的心终于放了下来：“你们也下去收拾收拾吧。”

任瑶期便提出来自己要在云阳城多留一日，因为有郡主这个挡箭牌，任老太太几乎没有犹豫就点头了。

任时佳听说任瑶期在千金宴上得了魁主，很为她高兴，听说了任瑶音的事情之后又是一番叹气。

任瑶期一直觉得她这位姑姑不像是任家人，单纯又真性情，从来没有什么坏心眼。任瑶期倒是真心希望她能过得好。

下午，任瑶期正在房里仔细整理自己这段日子在云阳城里搜集到的一些书籍和字画，想着明日带回去送给她爹，任时佳抱着岑哥儿过来找她了。

“期儿，明日我与你一起回白鹤镇。”任时佳的脸上没有笑意。

任瑶期一愣：“姑姑，出了什么事？”

任时佳一边轻轻拍着怀里的林岑，一边叹了一口气：“韩家太太今日没了。”

“韩太太？”任瑶期惊讶。

任时佳点了点头：“林家也要去吊唁，明日你跟我还有你姑父一起走。”

任瑶期已经不大记得从前韩太太是什么时候去世的了，依稀是这两年。

难怪她在千金宴上一直没有看到韩攸和韩云谦，想必韩太太前几日就有些不好了。

第二日清晨，任瑶期跟着任时佳夫妇启程回白鹤镇。任瑶期与萧靖琳之前约好了在云阳城外的柳亭见面，不过任瑶期的马车才出了云阳城城门，还在行驶中的马车车壁就被什么东西敲了一下，桑葚把车帘子揭开一条缝往外头觑了一眼，然后咦了一声赶紧道：“小姐，是郡主，郡主在外面。”

任瑶期闻言揭开车帘子往外看去，果然看到萧靖琳和红缨正站在城门外不远处的一棵大槐树下，衣饰都极为普通。

任瑶期喊了一声“停车”，然后让桑葚下车去与走在前面的任时佳说一声。桑葚很快回来了，说任时佳在三里外的那条岔道处等她。

任瑶期便让自己的马车脱离了林家马车的队伍，往萧靖琳所在的那棵大槐树下驶去。

城门处有不少来来往往的马车和商贩，萧靖琳因为不想惹人注意，所以刻意站在没有什么人的地方。

“不是说在前面的亭子里等吗？你什么时候来的？”任瑶期笑着问。

“刚来没多久。”萧靖琳走过来道。

任瑶期看了看她，又看了看红缨，故意面带失望道："不是说傻妞要来与我道别吗？怎么没瞧见？"

萧靖琳道："傻妞还养在山庄里，我昨日就回来了。萧靖西正好今日早上才回城，会把傻妞一起带回来。"

任瑶期有些不好意思了："太麻烦二公子了。"她真的只是说说而已。

萧靖琳面无表情地看着通往温泉山庄的那条岔道道："嗯，我早就应该料到他很麻烦。傻妞要上他的马车，必定会被同贺洗上几遍澡，不知道要掉多少毛。约好了辰时在城门口会面，现在都没到！"

红缨小声提醒："郡主，现在离辰时还差一刻钟。"

萧靖琳看了看红缨，皱眉，"是吗？"

任瑶期："……"

正在这时候，通往温泉山庄的那一条路上，有几辆马车驶了出来，马车上面还有燕北王府的徽记，红缨立即跑了过去。

萧靖琳趁着这个时间与任瑶期道："我祖母和姑母正四处找云文放，差点把云家给围了，不过还没找到人。"

任瑶期并不惊讶，云家在燕北经营这么久，要藏个人还不简单。却听萧靖琳继续道："你注意一些，身边要时刻跟着人，即便是在任家的时候也不能自己待着。"

任瑶期一愣。

萧靖琳问任瑶期道："任家别院前天晚上是不是出了什么事情？"

任瑶期遂将任瑶音的头发被人剃光的事情告诉给了萧靖琳。

萧靖琳沉默了一瞬，然后认真道："我之前还以为云文放一无是处，现在看来是我有失偏颇了。他能当一名合格的斥候，至少潜入敌人内院的本事是有的，说不定还能带回敌人首级。"

任瑶期想笑，不过忍住了。

萧靖琳看了一眼正从马车上下来的萧靖西，然后道："不过你也不用太担心，云文放那边一直有人盯着，他伤不了你的。"老王妃和萧微找不到云文放，可不代表所有人都找不到。

任瑶期正想问什么，转眼也看到了萧靖西和他怀里抱着的傻妞。

任瑶期忙行了一礼，萧靖西笑着点了点头。

傻妞趴在萧二公子怀里出人意料地乖巧，连放在他手臂上的爪子都有一种小心翼翼的感觉，不得不说野兽的直觉还是很灵敏的，它们用鼻子就能嗅出来什么人会容忍你，什么人绝对不能招惹。

傻妞睁着湿漉漉的眼睛看了看任瑶期，又看了看萧靖琳，小声地嗷呜了一声，却不敢动。

萧靖琳看了傻妞半晌，然后皱眉看向萧靖西："你对它做了什么？"

萧靖西当真无辜，低头看了傻妞一眼，屈指在它脑门上轻轻弹了一下："刚刚同贺给它洗澡的时候不是还挺闹腾的？溅了同贺一身水。"

萧靖琳看向任瑶期，露出一个"看吧，我没说错吧"的眼神。然后在傻妞可怜兮兮的视线下，把它拖走了。

傻妞嗷呜一声，又活过来了，扒拉着萧靖琳的衣袖啃。

"对了，剑带来了吗？"萧靖琳嫌弃地把傻妞扔给红缨，问萧靖西道。

萧靖西点了点头，不待他发话，同贺就转身从马车里捧了一个盒子出来，呈给萧靖琳。

萧靖琳又把盒子递给苹果，对任瑶期道："雪衣剑给你，我教给你的那几式，你每日练上两次。下次见面我再教你别的。"

任瑶期点了点头。

"时候不早了，我送你去与林家的人会合。"萧靖琳顿了顿，有些闷闷地道。

任瑶期想着要与萧靖琳分别，也有些不舍。不过她也不能一直留在云阳城。

萧靖琳上了任瑶期的马车，萧靖西的马车跟在她们的马车后面。

一路上，任瑶期和萧靖琳说了些体己话，可惜这段路并不长，很快就看到了林家停在前面岔道旁的马车。

任瑶期的马车缓缓停了下来。

这时候车外传来任时佳的声音："期儿？"

任瑶期掀开帘子，便看见任时佳抱着岑哥儿和林琨两人正从旁边的一条小路出来，他们身边没有带丫鬟婆子，任时佳抱着儿子走在前面，林琨在她身后微微张开手臂小心地虚抱着他们，这画面瞧着和睦温馨。

任瑶期和萧靖琳下了马车，任时佳和林琨忙向萧靖琳行礼。等萧靖西从后面的马车走出来的时候，林琨愣了愣，有些意外，然后又立即行礼道："草民林琨见过萧二公子。"

萧靖西虽然极少出现在人前，不过林琨曾经远远看到过他一次，所以认得，毕竟萧二公子的容貌见过之后是很难让人忘记的。

萧靖西浅浅一笑，举手投足之间优雅天成："林六爷这是要去白鹤镇韩家吊唁？"

林琨有些受宠若惊，忙道："草民当不起公子一声'爷'，您唤我林六就好。韩家与林家有些生意上的往来，内子也曾与新丧的韩太太有过些交往，我们夫妇二人此番去白鹤镇一是为了吊唁，再就是送侄女回任家，顺便探望草民的岳父和岳母。"

萧靖西点了点头，又看向萧靖琳，温声道："话别的话快点说，别让人家久等。"一副护送妹妹出门会友的模样。

萧靖琳直在心里翻白眼。

林琨忙道时候还早，又招来远处的婆子让她们从马车上搬桌子凳子在树下摆好，小心翼翼地请萧靖西去坐。

萧靖西倒也真的给面子过去坐了。

任时佳抱着已经睡着的岑哥儿回了马车上。

任瑶期与萧靖琳说着话，忍不住往萧靖西和林琨那边看了几眼，虽然听不到他们在说什么，不过萧靖西的态度还是很好的。

等到任瑶期和萧靖琳说完了话，萧靖西那边也站起身走了过来，林琨则回到马车里，很识相地没有跟过来。

"该走了？"萧靖西看着她们，微笑道。

萧靖琳问出了任瑶期想要知道的话："你们刚刚在说什么？"

萧靖西笑道："不过是闲聊罢了。"说完想了想，却又将头微偏，看向任瑶期，"你姑父这人，不简单。"

任瑶期有些好奇，忍不住问道："哦？'不简单'的意思是什么？"

萧靖西只是随口提点一句，倒没有想到任瑶期会追问，不过他眼中的笑意更深了：“这世上有一种人，只要肯给他机会，他就能自己成全自己的野心。不过野心这种东西，并不全是坏处，端看你怎么想了。”

任瑶期偏头想了想，然后笑道：“我只想知道，一个人的野心能让他甘愿牺牲多少东西来成全他自己。对上位者和他本身而言，他的野心不是坏处，对亲近之人则未必。”因为亲近之人可能是最先被牺牲的，不过这一句任瑶期没有说出来。

萧靖西闻言不由得若有所思，然后轻笑道：“你这么一说，我倒是想起了几年前顺州曾经发生过的一桩趣事。”

“哦？”

“顺州有一男子从父母手中继承了一间小南货铺子，娶妻生子，日子过得倒也平静。后来他与人一起倒卖江南的蚕丝，又低价收购关东的毛皮卖到江南，因此发了家。”

“之后是不是这名男子有了银子之后就变成了负心人，休了妻子，另娶高门？”萧靖琳难得插了一次嘴。

萧靖西有些惊讶地看向萧靖琳。

萧靖琳轻哼一声：“之前跟着母亲看了几场戏，戏文里都是这么说的。”她嫌弃地看着萧靖西，“没想到你跟那些妇人们的爱好一样。”

萧靖西面色不变，继续与任瑶期道：“这男子倒是没有机会休妻另娶，他的妻子在得知他为了一桩大生意要将她送给别人做妾之后，先一步帮助对家对付自己家的商铺，最后这名男子血本无归。”

萧靖琳点头叹道：“好气魄！”

萧靖西失笑，却对任瑶期道：“所以说与其担心什么时候会沦为被牺牲的对象，不如把别人的野心掌控在自己的手里。”

萧靖西的话让任瑶期不由得一怔。她看向萧靖西，萧靖西也正嘴角噙着笑意看着她，眼中含着令人微醺的暖色。

任瑶期突然感觉到萧靖西仿佛能明白她此刻所有的烦恼忧心和步步为营，但是他用轻描淡写的方式告诉她，可以把别人的野心掌控在自己手里，好像那些令她夜不能寐的种种，真的都没有什么大不了的。

任瑶期不着痕迹地略偏过身子，努力眨了眨眼，将自己眼中突如其来以致令她有些措手不及的热意逼退。

她微微扬起嘴角，低头小声道："多谢！"

萧靖西回想起她刚刚如蝶翼般轻颤的眼睫，心里涌起一股前所未有的冲动。他不知道这种冲动是什么。他动了动手指，突然感觉心里的某一处似乎有些空，很微妙的感觉，说不上难受，也说不上好受，只是觉得像是缺了些什么。

萧靖西小的时候活得很痛苦，每一次体内的毒发作的时候都是煎熬，一开始他还会哭会闹，等到后来每一日忍受痛苦已经成为他的习惯的时候，他学会了微笑，以致等他渐渐长大之后，几乎没有什么事情可以撼动他了。

现在看来，也不尽然。

"时候不早了，我要走了。"任瑶期笑着对萧靖西和萧靖琳道。

萧靖琳点了点头："我有空会去白鹤镇看你。"

任瑶期笑着颔首，又低头摸了摸傻妞的头，傻妞伸出小舌头舔了舔她的手掌，"嗷呜——"

最后任瑶期对萧靖西笑了笑，转身扶着苹果的手上了马车。

林家的马车缓缓动了起来，很快就驶离了萧家兄妹的视线。

上马车的时候，萧靖西的视线一偏，眯着眼睛往远处的一座小山头看了一眼。

同贺注意到了，立即道："公子，小的派人过去查探。"

萧靖西却是微微一笑："不必了，我不是吩咐过吗，只要他不出现在任五小姐面前，别的地方随便他去，反正也不怕没人收拾烂摊子。"

同贺看了萧靖西一眼："是，公子，小人明白了。"

对面的矮山山头上，云文放瞪着云文廷道："云文廷，你整天闲着没事是不是？我走哪儿你跟哪儿！"

云文廷淡声道："你若是肯乖乖听话，好生躲着，我又何必找你？"

云文放有些烦躁地抱臂原地走了几步："我现在不会惹事了！你以为我想

被吴家的人抓住啊！”

云文廷不为所动：“哦？那你与我说说任家四小姐是怎么回事？难道半夜里偷溜出去装神弄鬼剪人头发的不是你？这就是你所谓的‘乖乖听话’？”

云文放嘲讽地看着云文廷：“你还说我？任四小姐不是你惹出来的风流债？而且她要不是昏了头地去陷害任瑶期，我吃饱了撑着去吓唬她？”

云文廷皱了皱眉：“我与任四小姐并无瓜葛。至于任五小姐，她们姐妹之间的纠纷哪里轮得到你这个外男插手？你真是太胡闹了！”云文廷也没有想到，老王妃和萧衡的人四处在找云文放，闹得云家都差点顶不住了，云文放却还有闲情在这个时候偷溜进别人的后院，去捉弄一个小姑娘。他实在是不明白云文放的脑子里都在想什么。

云文放斜睨着云文廷：“嫌我胡闹，就早点放我去嘉靖关！”

“你说得倒是简单，嘉靖关的将领全是萧家嫡系，别的家族根本就插不进去手，你以为是谁想去就能去的？”

看着云文放倔强不语的模样，云文廷叹了一声气，稍微放软了语气：“葛老将军与祖父还有点交情，我已经给葛老将军去了信，你再在别院里忍上些时日，等葛老将军那边来了消息，我就安排你去嘉靖关。”

云文放闻言总算是来了精神：“祖父祖母他们同意我去嘉靖关了？”

云文廷苦笑：“不然还能如何？你以为吴家的人真是那么好惹的？何况还有一个萧衡。京都和江南都是不能去的，你还是先去嘉靖关避一避风头吧。”

云文放要求得到满足，总算是顺了毛，反过来安慰云文廷：“你们有什么好担心的？少爷我又不是孩子了，说不定我还能给云家挣功名呢。”

云文廷在心中道：谁家孩子都比你这祖宗好伺候多了。不过他口中却只道：“长辈虽然同意你去嘉靖关了，不过有一件事情你也需要先应下。”

云文放扬了扬眉。

“你和姜家八小姐的亲事今年就会定下来，你不许再从中作梗！”云文廷道。

云文放闻言却是嗤笑一声，挥了挥手：“知道了，知道了，定就定吧，我不捣乱就是了。”

云文廷还想说什么，他的随从恰好匆匆跑了过来：“公子，吴家的人刚刚已经找到了桂东坊的院子，把里面翻了个底朝天。”

云文廷淡然道：“知道了，给二公子再换个地方住就是。我记得我在云阳书院附近的宝瓶胡同还有一处宅邸，就去那里吧。”

云文放闻言笑了：“都说狡兔三窟，哥，你宅子可真多，被他们翻了一座又一座的，也难为你不生气。”

云文廷不理他，只对那随从道：“宝瓶胡同的宅子许久未住人，也没有安排人打扫，不知道里面的家具被褥都被虫蛀了多少。你先带人去看看，洒扫一下，缺了什么都换上。”

“那我今日去哪里？”云文放扬眉。

“先回云家吧，祖父还有事情要交代你。吴家的人也不会这么快就杀一个回马枪。你晚上再去宝瓶胡同。”云家的宅子老王妃才让萧衡带人围过。

云文放无可无不可，难得乖巧地跟着云文延回了家。

云老爷子不在家，云文放没见到，不过他在见完了云老太太回到自己的院子想要睡一觉的时候，他的大丫鬟金珠立刻跑了过来。

“二公子，您可算是回来了。”金珠欣喜道。

云文放伸手让金珠伺候他换衣裳，金珠看了看四周，见没人注意她，立即凑到云文放耳边小声道：“公子，今日一早奴婢出了一趟门，上次那个小丫鬟又来找奴婢了。”

云文放扯了扯嘴角：“哦？还是她派来的？这次又有什么事情要你转告？”

“昨日大太太派人去瞧了姜家太太和姜六小姐，过去的嬷嬷暗中打探了姜六小姐生病的事情。”

“哦？那姜家的人是怎么回的？”

金珠小声道：“那小丫鬟说，姜六小姐说了姜八小姐一堆好话，还说她生病是因为自己贪嘴吃了些发物，身上才会长疹子。姜六小姐并未把自己真正生病的原因告诉嬷嬷。”

云文放嗤笑：“她倒是个聪明的，知道现在还不是时候。”

金珠好奇道：“那什么时候才是时候？”

云文放没有搭理金珠的问话，伸展了一下四肢：“下次你出门的时候若是再遇见那小丫鬟，就让她与她主子说一声。只要她能等，我答应她的事情自然作数，少爷我要离开云阳城一段日子。”

金珠忙道：“公子，您要离开多久？”

云文放沉默片刻，然后懒洋洋又带着些迷惘地挑唇一笑：“谁知道呢，也许一两年，也许两三年。不过总归会在姜沅娘嫁到云家之前回来。”

第二十八章

阴　谋

任时佳夫妇与任瑶期先一起去了任家，给任老太爷和任老太太请安，然后再去韩家吊唁。

任瑶期离开家也有些日子了，想要快些回紫薇院看自己的父母，可是任老太太却拉着她说了好一会儿话，若是没有从前的经历，任瑶期真的要受宠若惊了。回到紫薇院之后，任瑶期先去了正房，李氏早就得了任瑶期回来的消息，派了鹊儿在门口看着，任瑶期走到门口就被迎了进去。

任瑶华也在正房，正陪着李氏坐在东次间的炕上说话，任瑶期进去的时候听到任瑶华似乎正在说千金宴的事情。

“哟，看我们家的女榜眼回来了，快过来让我瞧瞧。”李氏的心情很愉悦，看到任瑶期就笑着打趣道。

周嬷嬷和喜儿、雀儿几个丫鬟都笑了起来。

任瑶期笑着上前给李氏磕头行礼，李氏弯下腰把她拉起来，让她和任瑶华一左一右坐在自己旁边。

她认真打量了任瑶期几眼：“怎么瞧着瘦了些？”

任瑶期笑道：“哪里会瘦，在云阳城的时候，姑母家的厨子做菜很合女儿胃口，女儿每餐多用了半碗饭呢，不信你问问苹果她们。”

任瑶华瞥了她一眼，对李氏道：“上次拿去的衣裳她穿着都有些紧了，再让她胖就要看不见腰了。”

任瑶华的话是玩笑话，李氏被逗得直乐。任瑶期也不以为意，跟着她们笑了一会儿。

之后母女三人又聊起了韩家太太的事情。李氏提到韩太太一脸唏嘘和惋惜。她昨日也去韩家吊唁过了。“韩家小姐怪可怜的，瘦得快皮包骨头了，眼睛哭得肿得像桃子。听说自韩太太病后，她就一直留在韩太太身边侍疾，是个孝顺的好孩子。你们以后瞧见她，多开导开导。”

李氏虽然听自己的母亲来信说了韩家老太爷的事情，但仍觉得孩子是无辜的，不该牵扯到祖辈们的恩怨里。她也是当母亲的人，虽然不再肖想韩云谦这个女婿，对正经历丧母之痛的韩攸却很同情。

任瑶期又陪着李氏说了一会儿话，然后问道：“爹爹在哪里？好像也不在书房。”

李氏脸上的笑容一顿，然后继续笑道：“这会儿怕是在姨娘的芳菲院吧。”

任瑶期挑了挑眉。

周嬷嬷道：“姨娘托方家老爷弄来了两幅古画，听说是地下的玩意儿，所以有些残缺，老爷这几日在芳菲院帮着修补那两幅古画。”

任瑶华冷笑：“尽出些幺蛾子。”

任瑶期笑道：“方雅存现在还有闲心弄这些东西？”

周嬷嬷闻弦音知雅意，“五小姐，那位是真的确定不会来燕北了？”

任瑶期摇头：“调令已下，下一次机会只能等到三年后了。”

周嬷嬷松了一口气，然后皱眉道：“既然方老爷没空，那这古画想必是方姨娘自己找来的，怕是下了些功夫。只是借着修画的借口把老爷留住终究也留不了多久，她这么煞费苦心又是为何？”

周嬷嬷不相信方姨娘这种人会花心思做无用功。

任瑶期道：“祖父祖母那边的态度如何？”

周嬷嬷道：“之前方家太太到燕北的时候您也看到了，老太太天天把方姨娘叫到跟前伺候，还带她去了一趟云阳城，隔两日赏赐一回。有一回，我们太太早上请安的时候脸色有些不好，老太太甚至说了些若是太太觉得力不从心就让方姨娘帮着分担一些三房事务的话。好在我们太太只是因为前一日天稍热了些，用了些冰，晚上有些闹肚子，所以没有睡好。要不然，这请神容易送神难啊！”

虽然是之前发生的事情，任瑶华气也气过了，现在听了还是气得直咬牙。李氏反而倒过来安慰任瑶华。

“不过前阵子云阳城陆续有消息传来，方老爷因为某些原因为王府中一位大人所不喜，所以不能来燕北为官，任家还特意派人去云阳城打听过。再之后老太太对方姨娘的态度就渐渐不如之前那么热乎了，虽然也偶尔让她过去伺候，赏赐却是少了，也没有再提让她为我们太太分担的事情。”

任瑶期在一旁听着，点了点头：“这就对了。”

不过方姨娘在任家多年，对任老太太这个人也是清楚透彻地了解过的。

方雅存官场失利，任瑶期却攀上了燕北王府。

方姨娘在任老太太渐渐改变的态度中已经意料到自己以后的日子不会那么好过了，而方雅存之前一门心思要来燕北，现在这边出了岔子，正忙着在江南寻找退路，能顾及方姨娘的地方也要少许多，所以方姨娘现在急着自救。

任瑶期有些好奇方姨娘到底想要做什么。

于是她起身道：“我许久没有见到爹爹了，现在就去芳菲院找他，也瞧瞧方姨娘找来的那幅画。”

说着，任瑶期笑着问任瑶华道：“三姐，你要不要一起去？”

任瑶华冷笑着起身：“去，我也开开眼界去。”

于是姐妹两人便出了正房，李氏忙在她们身后嘱咐：“不要在你们父亲面前顶撞姨娘，有话好好说，尤其是华儿你……”

“知道了，娘。”任瑶华不耐烦道。

方姨娘住的芳菲院虽然没有紫薇院大，不过也是一座独立的院落，以方姨娘的身份而言，任家对她也算是特别优待了。

任瑶期和任瑶华过去的时候被芳菲院守门的婆子拦了一下，说是要先进去禀报一声。

任瑶华居高临下地看了她一眼，冷冷道：“我没听清楚，你再说一遍你叫什么名儿？”

那婆子吓得直冒汗，就差给任瑶华当场跪下。

任家的丫鬟婆子就没有不怕任三小姐的，偏偏三小姐对芳菲院的人最没有耐性，一个应对不当就会遭罪。连四小姐身边的大丫鬟椿儿都被三小姐下令打板子卖出去了，老太太回来之后连问都没有问一句。椿儿还是被姨娘定了人家的，听说连礼都过了，就等下月过门，三小姐一个不高兴照样撵人。

这种主子谁敢得罪啊？

那婆子看向另外一个守门婆子，不想另外一个守门婆子是个油滑的，早觑空溜进去禀报了。

守门婆子不敢再应答，老老实实地低着头站开身子。

任瑶华冷哼一声，带着任瑶期进去了。

任瑶期在一边偷笑。她带任瑶华来果然没错，要是她自己来，说不准连院门也进不来。

芳菲院不大，任瑶期一进门就看到东厢的门开着，刚刚偷溜进来的那个婆子正连滚带爬连哭带唱地扑倒在东厢的廊下，给她们通报。

好像她们是土匪强盗，是进来烧杀抢掠的一样。

任瑶期不由得失笑，任瑶华的脸色却很不好看。

一个温雅磁性的男声不悦道：“说话就说话，你号叫什么！吓得爷手里的笔都打滑了！你说谁来了？”

方姨娘柔和的声音也适时响起：“我不是交代过老爷在修补古画，正在关键的时刻，不能让人打扰的吗？”

任瑶期轻笑着扬声道：“爹爹，女儿回来了！”

不多会儿，任时敏的身影出现在东厢的门口，看见任瑶期还有些奇怪，“瑶瑶？你怎么今日回来了？”

任瑶期拉着任瑶华走上前去给任时敏行礼，一边笑着道：“我与姑父姑母一同回来的，听说爹爹在姨娘这里修补一幅古画，就与三姐姐过来看看。”

任时敏一听任瑶期提到古画，眼中的光芒大亮，朝着任瑶期招了招手：“瑶瑶，你快过来看，是蒋元益画的两幅美人图。”

“蒋元益的画？”任瑶期有些惊讶。

蒋元益是三百多年前的一名宫廷画师，最擅长画美人图。据传他一生中共画了两百多张美人图，大多数被收藏在皇宫里。只可惜后来改朝换代的时候皇宫中起了大火，烧了不少的书画，其中蒋元益的画被烧毁了大半，以至于最后流传下来的只有二十来幅。

蒋元益的画画风华丽，人物鲜活，且他曾发下过宏愿，要画尽天下美女，所以长相不好的还入不了他的画。好在他当时是一位宫廷画师，皇帝的后宫三千给他的佳作不断问世提供了保障，而在当时，宫妃们也都以能入蒋元益的画而引以为傲。

蒋元益死后，不少人模仿他的画风，只可惜几百年来依旧无人能出其右。倒是出现了“蒋派”这一学派。“蒋派”画作有两个共同的特点，那就是画风华丽，且入画之人都得是美人。

任时敏年少的时候曾经迷恋过一阵人物画，恰好也是“蒋派”画风的拥趸。虽然现在任三老爷已经转而迷恋上山水画，但是蒋元益的画对他而言还是很有些不同的。

任瑶期记得当年任时敏好像也得了两幅蒋元益的画，不过那一次他没有亲自修补，而是交给云阳城一家老字号书画铺子来做，只是后来不知道因为什么原因那两幅画没有拿回来，好像说是毁了。

任瑶期也不太记得了，因为提起那两幅画的时候任时敏都不太高兴，她便没有再问。

任瑶期已经跟着任时敏进了东厢。

芳菲院在正房里也布置了一间书房，可能是任时敏嫌弃那间书房太小，怕施展不开，所以让方姨娘把东厢其中两间相通的房间收拾了出来。

东厢的正中摆着两张并在一起的黄花梨大书案，上面放着两幅画、笔墨颜料，还有一些修补工具。

方姨娘见任瑶期和任瑶华进来，也没有说什么，温婉地一笑，转头轻声吩咐自己的丫鬟去端茶点过来。

任时敏已经走到了书案边，转头与任瑶期道：“我已经仔细鉴定过了，是真迹。只是这画当初没有保存好，听说是战乱的时候被主人草草埋在了后院，一埋几十年，挖出来的时候差点碎成碎片。从命纸揭裱时的层次来看，这幅画之前应该修补过一次，只是那修补之人手法太粗糙了，差点毁了这幅好画！”任时敏说到这里的时候，表情有些愤愤。

任瑶期正要凑过去细看，却听见一道陌生的女声说道：“老爷请放心，小妇人揭裱之时会再当心一些。”

任瑶期这才发现，有一名女子刚刚一直弯着腰站在书案边。这会儿这女子转过头来说话，任瑶期便看清楚了她的脸，并确认并不曾见过。

这名女子三十出头的年纪，梳了妇人髻，从侧面看上去相貌很不错，倒是正面瞧着有些平常。刚刚听她的自称，也不是仆妇。

那妇人将手中拿着的一只小巧的竹镊子放下，朝着任瑶期和任瑶华行了一礼：“见过两位小姐。”

行动间体态婀娜，倒是很有一番风韵。

任瑶华皱着眉头打量了她几眼，没有动。她对出现在方姨娘院子里的人都不会有好感。

“这位是……”任瑶期朝那妇人笑了笑，问任时敏道。

任时敏对那妇人的态度倒是很和善：“她是我请来帮我修补书画的，祖上都是做这个的。这次也多亏了有她，不然我之前还差点犯一个大错误。”

请个女人来内院修补书画？任瑶期想，这事儿恐怕也只有她爹做得出来了。

不过这个女人出现在方姨娘的院子里，倒是容不得人不多想。

“哦？女修画师倒是少见，而且能得到爹爹您的赞誉，肯定是有真本事的，爹爹是从哪里找到人的？”任瑶期走上前去低头看画，一边漫不经心地问。

“我不放心把画交给书画铺子来修补，又担心自己一个人不能完成，方姨娘就找了孙十一娘过来。”任时敏用自己的食指小心翼翼地搓托底纸上残留的纸屑。

果然是方姨娘找来的。

可是方姨娘找一个三十来岁的妇人来做什么？如果是为了固宠，也应该找更年轻貌美的才是。这位孙十一娘长相虽然不算差，但也不是顶美，且年纪也大了。

任瑶期一时也有些摸不着头脑，心想只有再去查查这孙十一娘的底细了。

“爹爹，等到全色的时候女儿来帮你吧？”任瑶期坐到书案前，支着脸颊偏头道。

任时敏闻言有些犹豫地看了任瑶期一眼。

全色是整个修补过程中最为重要的步骤，是用笔墨颜料把古画上的残缺之处一一修补好，再将褪掉颜色的部分重描，极其考验修补之人的绘画功底。

这一部分任时敏是想要自己做的，不过小女儿提出来了，他又不好说不相信小女儿的画工。

任瑶期露出一个大大的笑：“我不管，我也要来修画，你不答应，我就把画偷走自己来。”

任时敏头上冒出了冷汗，想要生气说教几句，可是看到小女儿那张笑脸又发不出脾气来。

方姨娘端着茶盘进来，微笑着打圆场：“五小姐，老爷很喜欢这幅画，你还是让他自己来做吧。五小姐若是也想要试试修补古画，改明儿姨娘帮你找一幅回来就是。”

任瑶华凉凉地道：“我记得五妹妹喜欢前朝温周子的画，既然姨娘这么热心，就多送她两幅吧。对了，她只喜欢真迹。”

任瑶期期盼地看向方姨娘。

方姨娘脸上的笑容微僵。

任时敏见她们闹得不成样子，心里惦记着他的画，便向任瑶期妥协道：“你要跟着来可以，不过要动笔的话必须得爹爹允许，到时候简单的部分就给你画。”

任瑶期立即点头，笑眯眯的样子：“知道啦，爹爹。”

方姨娘趁机笑道：“九小姐也说想要学呢，老爷能不能让她也跟着来看看？她也不动笔，只是跟着爷和五小姐多学点东西。”

任瑶华很不给面子地道：“让她在学画之前先学做人吧！上回说要向五妹妹请教作画，五妹妹给她修改了那幅《雪景图》，结果这次千金宴上她照着五妹妹改的画了一幅，连作画和临摹都弄不清楚！”

方姨娘拽着帕子的手一紧。

任时敏皱眉看向方姨娘："真有此事？"

任时敏一向奉行名士风流那一套，最见不得那些为了博名利而耍的下作手段，从来不屑于与这种人为伍。

所以上次韩云谦与他下棋的时候故意输给他，他才对韩云谦的人品有了怀疑。任瑶玉画任瑶期改过的画只为了在千金宴上出风头，这让任时敏十分不齿。

方姨娘脸色微微发白，强笑道："老爷，九小姐年纪小，还不太明白……"

任时敏冷淡道："那就好好教，教到她明白为止！以后也不要再提让她跟我学画的事情了。"

方姨娘咬了咬唇，低下头，泫然欲泣。

任时敏不再看她。

任瑶华弯了弯嘴角，心情很愉悦。看到方姨娘吃瘪，她不再觉得待在这里看什么修画是一件无聊的事情了。

任瑶期和任瑶华又在芳菲院的东厢待了些时候。因为她们之后没有再开口说话打扰任时敏，任时敏就没有赶人。

快中午的时候，孙十一娘离开了任家，据说是家中有事要明日再过来。任时敏见她将修画的琐碎事情做得一丝不苟，对她越加和颜悦色，还让方姨娘赏了她十两银子。

任瑶期和任瑶华被老太太派来的人叫去老太太院中用饭，走出芳菲院的时候，正好听见两个洒扫婆子在说话。

"……你这么一说，我瞧着也有些像。"

"可不是像么，前儿个第一次看到的时候，我还以为是方家那位小姐又过来府上做客了。"

"现在不知道是哪家的太太了吧。"

任瑶华走过去问道："你们在说什么？什么方家小姐？"

那两个说话的婆子一转头看到任瑶华，吓了一跳，又看到任瑶华不耐烦的样子，连忙回道："奴婢是说刚刚从芳菲院里出来的那位妇人长得有些像好些年前来我们府上住过几次的方家表小姐。"

方家表小姐？方雅慧？

方雅慧是方姨娘嫡母的女儿，任瑶期没有见过，不过曾听说这位表姑姑在当姑娘的时候与任家的来往十分密切，还曾在任家小住过几次。

任瑶华挥手让两个婆子下去，脸上的神情却有些变幻不定。

"怎么了？"任瑶期问道。

任瑶华犹豫了一下才道："我之前在荣华院住的时候，曾经听到几个婆子说起十几年前的旧事。"

任瑶期笑道："哦？与这位表姑姑有关？"

任瑶华点了点头，小声道："祖母曾经想要让父亲娶方雅慧，方家也有这个意思，所以方雅慧当年曾有好几次来燕北避暑，祖母与她的关系也很亲密。"

任瑶华的视线投向芳菲院的方向："方姨娘找个长得像方雅慧的人来做什么？难道当年方雅慧和父亲……"说到这里，她顿了顿。

任瑶期想了想，刚刚父亲对那个孙十一娘的态度确实是比一般的仆妇好多了，不过这也可能是因为孙十一娘不是任家的家仆，且还能帮助任时敏修画的缘故。至于有没有因为孙十一娘和他年少时的某位恋人相似的原因，任瑶期就不知道了。

至少在任瑶期的记忆里，任时敏从来没有对哪一位女性表现出过不同寻常的喜爱。他所有的时间基本都用在写字作画上，出门应酬也是与志趣相投的友人们谈论文章诗词。

他是一位才子，却并不风流。

不过……

想到这里，任瑶期突然记起来了，自己的爹爹也不是完全没有风流韵事的。

当年曾经有过一个传言，说是任家三老爷在外头养了一房外室。任瑶期之所以会知道这件事，是因为有一次任家几个姐妹出门做客的时候听到了这个传言，任瑶玉正与任瑶华不和，就偷偷跑到任瑶华面前，用此事刺激她。

当时任瑶华因为方姨娘的几次算计在任老太太面前不那么得宠了，可是在一些别有用心的人的挑拨下，她还是带着几个紫薇院的婆子把那座传说中是任时敏用来金屋藏娇的宅子砸了。

只是后来又听说那座宅子里的女人其实并不是她们父亲的外室。那个女人不但已经有了夫婿，还有了孩子，因为任瑶华不分青红皂白的一番打砸，让那名女子的名声彻底毁了，最后悬梁自尽了。

那次以后任瑶华暴戾的名声就彻底传扬出去，不单单是白鹤镇，整个燕州的人一提起任家三小姐，就没有不摇头的。任时敏那一次也是大为恼火，对任瑶华更加不喜，连带着李氏也吃了挂落。

那件事情过后不久，任瑶华就被关了起来，极少能见到任老太太的面，加上方姨娘在老太太面前时不时地挑拨，祖孙之间的感情渐渐淡薄。要知道任老太太从来就不缺能够承欢膝下的小辈。

而没有了任瑶华作对，方姨娘渐渐接管了三房事务。

任瑶期当时正因为得罪了云文放而被任家禁足，这些事情都是听底下的丫鬟们传的。

现在想想，任瑶华的性情虽然火爆，但是也并非没有脑子，又怎么会那么容易轻信外头那个女人就是父亲的外室？究竟是什么人什么事情影响或者说引导了她的判断？

而任瑶华这件事情发生的时间与任时敏当初得到那两幅蒋元益的美人图的时间间隔并不太远，这当中有没有什么联系？

孙十一娘是从前那个因被任瑶华羞辱而悬梁自尽的女人吗？

任时敏当初没有把画拿回家来修，可能是在书画铺子里找到了孙十一娘，而那一座所谓金屋藏娇的宅子很可能就是当初用来修画的场所，所以外头的人才会误会他养了外室。

不然依任时敏的性子，是不会因为风花雪月而与一个女子走得太近的。

想了这么多，任瑶期越来越觉得从前任瑶华最后嫁进曾家其实并非偶然，针对她的算计从一开始到最后就没有停止过。

因为敌人很明白，只要毁掉了任瑶华，就没有人能阻止她掌控三房了。若是让任瑶华有一个好名声，再嫁一个如意郎君，以任瑶华的性子就算是嫁出去的女儿泼出去的水，她也会在李氏需要她的时候回娘家给李氏撑腰。

可是难道任瑶华嫁给了曾奎她就不担心了？毕竟曾奎是宁夏总兵的独子，尽管在容貌上有些缺陷，却不是任家能得罪得起的。

难道说当年任瑶华的死也不是意外，而是有人一开始就给她布了一个必死之局？

可是这个局是什么？又是从什么时候开始布置的？她有没有想过最后局面会失控，导致任家的灭顶之灾？

任瑶期越想越心惊。

她预感到，或许孙十一娘的事情并不像她想的那么简单，一定还有什么事情是她现在还没有想到的。

“你怎么了？”任瑶华察觉到任瑶期走着走着就不动了，脸色也有些不好，不由得惊讶地问道。

任瑶期收拾起自己烦乱的心绪，摇了摇头：“没事，只是想着那个孙十一娘既然是方姨娘找来的，那就得好好查一查她的底细。”

任瑶华点头：“这是自然，这件事我让人去查，有结果了再知会你。”

任瑶华办事很有效率，到了晚上她们一起去李氏房里请安的时候，消息就传了回来。

“孙十一娘的祖父和父亲都是云阳城一家书画铺子的装裱匠。那家书画铺子也接一些修补书画的活计，她自幼耳濡目染，所以就学会了。方姨娘那两幅美人图就是通过那家书画铺子的掌柜帮忙买到手的。在得知孙十一娘也是装裱高手之后，方姨娘就把她带回来推荐给了父亲。孙十一娘的丈夫原本是一个药铺的掌柜，后来有一次入山向山民收药的时候不慎从山上摔了下来，双腿都摔断了。那家药铺给了他一笔银子就让他回家了。现在他正带着他和孙十一娘的女儿住在老家蓟州的刘家庄，而孙十一娘不得不出来接些活计养家糊口。”任瑶华小声与任瑶期说着她让人打听回来的消息。

“方姨娘待孙十一娘很不错，给她的工钱也比别人多一倍，还留她在院子里喝了两回茶，用了一次饭，除此之外，并没有什么特别的。”任瑶华已经将自己今日打听到的都说完了。

任瑶期若有所思地点了点头，然后又交代任瑶华道：“如果有什么人到你面前来说什么乱七八糟的话，你一定不要轻举妄动，要先把事情弄清楚了再说。”

任瑶华有些莫名其妙：“谁会到我面前来说什么乱七八糟的？什么事情弄清楚了再说？”

任瑶期笑了笑：“我只是觉得凡事小心为好，免得中了别人的圈套。”

“放心吧，若是有事情我会找你商量的。”任瑶华现在在对待方姨娘的事情上也很慎重。她喜欢时不时找方姨娘一点小茬，给方姨娘添一添堵，并不代表她乐意接受方姨娘的报复。

第二日，任瑶期照旧去芳菲院找任时敏，这一次任瑶华没有跟着去。

但是任瑶期过去的时候，任时敏和孙十一娘并没有在修画，孙十一娘正与任时敏商量要把画带到云阳城里修，任时敏倒是无所谓，只要能把画修好就行。

在任时敏正要应下来的时候，任瑶期走过去笑着问孙十一娘：“修复好这两幅画还需要多久？”

孙十一娘道：“小妇人与三爷合力的话，大概还需要一两个月。”

任瑶期点了点头，孙十一娘估计的时间并不算长，她曾见裴先生修复一幅古画用了近一年的时间。修补古画是一件细致活儿，尤其对于爱画之人而言，一丝一毫的偏差导致的损毁都是他们不能忍受的。

“为何要去云阳城？在任宅修不可以吗？”任瑶期问道。

孙十一娘轻声解释：“三爷要将画修补得与原画一模一样，就需要找与这两幅画一模一样的纸张、颜料等等。蒋元益的画用到的几样颜料成分有些特殊，还带了些十分罕见的香料，我需要找些材料慢慢调配一一试验才行，而这些材料白鹤镇上的书画铺子里买不到，我若是云阳城和白鹤镇两头跑的话，怕是会耽误不少工夫……”

任瑶期笑着打断道：“除了在白鹤镇不好找修画所用的材料之外，还有别的原因吗？”

孙十一娘犹豫了一会儿，又看了看任时敏，见任时敏没说话，然后道：“没有了。不过那些材料……”

任瑶期笑道：“孙掌柜是我父亲花重金请来的修画师父，只需要管修画的事情就好，那些琐碎事怎么能让你操心？不如你将你需要的东西列出个单子来，我让人出去找。”

孙十一娘皱了皱眉，有些不以为然道：“多谢五小姐的好意，并非是小妇人不愿意让人帮忙，只是我需要的材料可能与外头卖的普通材料有区别，就算是我列出个单子来，不了解这些的人认都不认得，更遑论知道去哪里找了。”

孙十一娘这话说得不客气，任瑶期却没有半点生气的样子。

她笑了笑，走到那两张并排着的书案旁，微微弯下身打量其中一幅画。

蒋元益的画画风华丽说的并不只是他的画画技巧，他在画画时所用的材料也十分挑剔讲究，有些颜料十分难得。也正因为他的画有那些近乎病态的讲究，所以才对了皇室中人和名门贵族的胃口。而外面的人即便是想要仿画，也很困难。

任瑶期用右手食指轻轻点了点画上那名勉强可以看出容貌的宫装妇人华丽的服饰：“这妇人襕裙上的红色还是这般鲜亮，用的是辰砂、鸡血石、赭石、动物的血和蓖麻油混合调制而成的。”

孙十一娘一愣，看着任瑶期，忘了接话。

任瑶期低头打量画上的妇人头上那一对绢花继续道：“紫色不常见，一般人作画所用紫色颜料不过是用的紫草汁兑制，这样的话，非但色彩会显得寡淡，还容易脱落，这对绢花上用的紫色却是一种被北越当地人称为紫石的少见矿石调制而成的。极少有人会用紫矿来作画，蒋画师倒是对这种颜料情有独钟，与他同一时代的词人余晥曾经在自己那首《醉花阴》里提到过蒋画师这一爱好。”

屋子里静悄悄的，任瑶期手指微停，偏头笑道：“这青色颜料有些复杂，倒不是说材料难得，用的只是藏青。藏青色这种颜料看起来比较粗糙，要调出这种平滑的青色在过程上会有些复杂。我记得《博杂广纪》上记载过，将藏青调入浓胶后将之晾干，再调入淡胶涂抹上去再次晾干，之后涂上层清水，等彻底干透后用玛瑙石打磨，这样调制出来的青色将会十分平滑浑厚，没有粗糙感。”

孙十一娘已经呆立当场，完全无法反应了。

任时敏哈哈大笑地站起身来，拍了拍任瑶期的脑门：“行了，别在这儿卖弄了，知道你是个懂行的！”

话虽是这么说，任时敏神情是忍不住的得意，这可是他亲手教出来的小女儿！

孙十一娘也回过神来，忙道：“五小姐博闻强识，小妇人佩服。”

任瑶期说的那些可不是单单只会画画的人能知道的，就连她也是与任三老爷推敲琢磨了好几日才将画上所用的材料摸了个大概。她没有想到这位任五小姐会有这等见识，只看了几眼就能猜出其中几样主要的颜料，甚至还知晓调配方法，让她不由得吃了一惊，并收了些之前的小瞧之心。

任瑶期给任时敏大大地长了脸，他手掌一挥拍板道：“那材料的事情就交给瑶瑶了！孙掌柜需要什么东西就列出来交给她。”又对任瑶期道：“银子爹爹等会儿让人送去给你，五日之内给找齐了！”

孙十一娘道：“有些材料并不好找，还是小妇人……”

任瑶期笑道：“一个地方找不到，我让人多找几个地方就好。我在云阳城也认得几个朋友，实在不行就找她们帮忙，孙掌柜尽管放心。”

任时敏对孙十一娘的话也不以为然：“再难得也不过是些矿料和药材罢了。”有些颜料是用矿石制作的，而有些颜料本身就是药材。

在任老爷眼里，找东西之类的琐事向来不是什么大事，他只要发话出去，自然有人捧到他眼前来，而他负责给银子就是了，所以他还真没有觉得有多难。他之前之所以答应孙十一娘去云阳城，也不过是怕外行人找错了东西最后耽误了他修画。

现在让自己的女儿去找，他倒没什么不放心了，女儿这么厉害也都是他手把手教出来的。

任三老爷已经发话，孙十一娘就不好再说什么了。她也不好拿任五小姐还年少的借口来说事，刚刚任五小姐的一番表现让人大大惊叹的同时，也很容易对她的办事能力产生信任。

她不由得往方姨娘站的地方看了一眼。

方姨娘在这里给任三老爷端茶递水，刚刚一直没有说话，此刻微微低头站在那里，不知道在想什么，倒是能看到她嘴角依旧挂着温柔清浅的微笑。

任瑶期笑着拊掌："那就这么说定了，以后爹爹修好了这两幅画可也得给女儿记上一功啊！"

任三老爷笑道："事儿还没成就想要先领功了？办成了有赏，办砸了如何？你领罚吗？"

任瑶期做了一个鬼脸："办砸了有爹爹兜着，我可不怕！"

任时敏哭笑不得："尽会耍赖皮！"

孙十一娘和方姨娘看着这对父女目无旁人地亲热互动。

任瑶期离开的时候问孙十一娘："孙掌柜现在住在何处？"

昨日孙十一娘虽然回了一趟云阳城，不过她不可能每日都回去，任家必定给她安排了住处。

孙十一娘低头道："方姨娘让小妇人暂时住在芳菲院。"

任瑶期想了想："芳菲院虽然样样都不缺，不过地方实在是小了点，西厢三间住了九妹妹，东厢挪了两间用来修画，我六弟住了一间，正房又不能用来待客，孙掌柜来了只能和丫鬟婆子们挤在南房，实在是有些委屈你。"

孙十一娘刚想说不委屈，任瑶期已经道："何况我爹爹在这里进出也不怎么方便。"孙十一娘就将到嘴的话咽下去了。

任瑶期继续道："这样吧，我让人给你安排一个客院，再让管事拨给你两个使唤的丫鬟。"

"姨娘有安排人照顾小妇人的起居，还是不要麻烦了。"

任瑶期笑眯眯地看了方姨娘一眼："我姨娘她可能是怕再安排人过来太让我母亲费心了，所以把自己的丫鬟给你用了。我姨娘这个人啊，向来是心善又热心，上次我生病了，母亲不在身边，还是她没日没夜地照顾我呢。我可是把这件事情记到心上了。所以我也不能看着孙掌柜用了她的丫鬟，让她短了人伺候啊。"

方姨娘忙笑道："五小姐言重了，那是婢妾应该做的，不值当您记着。"

任瑶期冲她一笑，然后转头对孙十一娘道："那就先这么着吧，我等会儿让人来给你收拾东西，送你去客院。爹爹，您说呢？"

任时敏向来不管这些，问他自然是点头：“如此甚好，只是委屈孙掌柜多走两步了。”

任瑶期闻言又道：“这还不简单，我们把修画的地点移到外院的临仙阁如何？爹爹，您在这里修画，占了六弟的书房，他现在读书还要跑到外书房，这样可不好。还是将六弟的书房让出来吧。临仙阁地方大，环境清幽，爹爹以前也喜欢在那里见客会友，里面又什么东西都有，用来做修画的场所再好不过了。”

孙十一娘动了动嘴唇，见方姨娘没有说话，她也就什么也没有说。很显然，现在已经没有她插话的余地了。

任时敏从某一程度上来说是一个很好说话的人，所以他毫无异议地点头：“那就把东西都搬去临仙阁吧。”

任瑶期笑了：“女儿等会儿就让人安排。”

方姨娘这时候的脸色如何，反正外人从表面上是看不出个所以然的，但是她的手还是不受控制地抖了抖，然后便将手指掩在宽大的袖子里。

任瑶期的动作很快，她从芳菲院出来之后就知会了周嬷嬷，让周嬷嬷给孙十一娘在外院安排一个客院，再派两个信得过的丫鬟贴身伺候，并暗中吩咐两个丫鬟把人看紧了。不管她是方姨娘找来的帮手，还是无辜的路人，看好了总没错。

任瑶期从云阳城回来之后，任老太爷和任老太太对她的态度越发和蔼可亲，任家的丫鬟婆子们对三房的人也恭敬许多，毕竟就算李氏生不出儿子，两个女儿却都不是好招惹的，也因此周嬷嬷去外院布置人手的时候很顺利。

然后任瑶期又让人把临仙阁收拾好，将任时敏修画要用到的东西都从芳菲院搬了出来。

方姨娘作为内院妇人，以后想要再见住到外院客房的孙十一娘，就要麻烦很多，想再借修画之事做什么文章也不容易了。

任瑶期虽然还没有摸清楚方姨娘的真正打算，不过釜底抽薪这一招却是屡试不爽的。

方姨娘要是再动，不在她自己的地盘，露马脚的机会就大了。

任瑶期还就怕她不动！

安排好了孙十一娘的事情，任瑶期才暂时放下了心。

任瑶期回到紫薇院之后，徐嬷嬷告诉她，三太太让她回来之后去一趟正房。任瑶期稍稍收拾了一下就过去了。

任瑶期以为李氏要问她任三老爷修画搬院子的事情，不想李氏见了她就道："夏生昨日来了白鹤镇。"

任瑶期闻言略想了想："夏生可是为韩家的事情来的？"

她离开云阳城之前曾经派苹果去过一趟宝瓶胡同，外祖母容氏让苹果交代她先不要插手韩家的事情，怕她一个小孩子说出口的话任家不会相信，反而让韩东山有了防备，且韩家的事情又牵涉到任瑶华的婚事，所以这件事情由外祖母想办法。任瑶期也应下了。

李氏点头道："确实是为了韩家的事情而来，你外祖母说这件事情再拖下去也不好，必须要让任家对韩东山有所警觉。"

容氏的原话是，韩云谦虽然因为韩太太去世正当孝期，但是韩家如今在燕北风头正盛，他又是极为出色的一个后辈，只要韩家有心与任家结亲，任家最后还是会应下。任瑶华现在正当议亲的年纪，又刚刚从千金宴上回来，她怕任家为了韩家这门亲事而让任瑶华等上一年，以致耽误了任瑶华。

李氏深以为然。她知道现在任老太太因为偏心任瑶华，有心想要任瑶华嫁给丘家家主的嫡孙。丘家那个孩子她见过，是个聪明灵活的，相貌也不差，瑶华要是能嫁到丘家倒也不错。她怕任老太爷不知道韩家底细，仍旧不改初衷，想要把任瑶华嫁给韩家公子。而且就算不是瑶华，还有排行在瑶华后面的瑶期呢。

韩家少爷虽好，李氏却不想让两个女儿搅进任家和翟家祖辈的恩怨中。

不过李氏并没有与任瑶期细说，想着她毕竟还是个未出阁的女孩子。

只是聪慧如任瑶期，她看到李氏的神情就大概明白李氏在想什么了。

任瑶期这阵子也考虑过任瑶华的亲事。

原本任老太爷应该是想让任瑶音嫁给丘韫的，现在任瑶音在千金宴上行为不检点，虽然燕北王府没有将这件事情公布于众，全了她的脸面，但是之后她又被剃了头发，丘家作为任家的姻亲，若是想要查，也能查出蛛丝马迹。任家这时候若还是想瞒天过海将任瑶音嫁给丘韫，丘家怕是会有意见，结果反倒亲家结不成，结成仇家。

这样与丘家联姻的人选就落到了任瑶华身上，任老太太本来就偏心任瑶华，自然愿意将这个自己最宠爱的孙女嫁到娘家去。

可是任瑶期对丘家也有心结。

从前是任瑶音与丘韫定亲，只是后来任家败落，丘家就舍弃了任家这门姻亲，丘韫最后另娶他人。任瑶期觉得任瑶华从前的结局已经很惨了，这一回她希望任瑶华能幸福美满，所以她不想让任瑶华冒丘家这个险。

只是这种话与李氏她们肯定是说不通的，在世人眼里，丘韫的确算得上一位如意郎君。

想着任瑶华的婚事也不是李氏能做主的，任瑶期便没有挑明，只是问道：“夏生要怎么将韩东山的身份挑明？”

由献王府的人直接挑明是不行的，这样会暴露献王府的实力，而容氏很显然也不希望由她们母女来做这件事情。

果然，李氏道：“你外祖母说，韩东山的身份最好借由其他人的口说出来。”

“其他人？”任瑶期挑了挑眉，这个其他人如果关系与任家太远的话，即便是发现了韩家的秘密，也不会想着告诉任家。

想到这里，任瑶期心中一动，突然明白过来：“林琨？”

任时佳和林琨这会儿正在白鹤镇，还是因为韩家的丧事回来的。不过在给林太太吊唁之后，这夫妻两人并没有急着回云阳城。林琨打算陪着妻儿在岳家住两日。

李氏有些惊讶地看了女儿一眼：“你知道？”

任瑶期摇头：“我猜的。”心里却在想，夏生既然昨日就来了，那么必定是在林琨去韩家吊唁的时候做了什么引起了林琨的怀疑，然后引着林琨或者任家去发现韩东山的秘密。

李氏觉得二女儿真是聪明，她不过是略微提起，二女儿就能猜中大半。

而任瑶期所料的也丝毫没有错。

林琨昨日在去韩家的时候发现了一些古怪之处，然后被人一步步引导着发现了韩东山和翟家的秘密。

当然，韩家绝对不会这么不小心，所以林琨的“发现”都是夏生的安排。作为献王府第一护卫，夏生的能力是不容小觑的，这种事情对他而言简直小菜一碟，毕竟林琨和韩家人都不是什么武林高手，调虎离山、障眼法之类的他使起来毫无压力。

林琨从韩家回来之后越想越觉得古怪。

恰好第二日丘家有人来了白鹤镇，任老太爷叫上儿子女婿一起待客，在客人离开之后，任老太爷、儿子和女婿提起任家和丘家要联姻的时候，就顺便说起了韩家。林琨就将自己在韩家的发现告诉给了任老太爷。

任老太爷在听到“翟”这个姓氏的时候呆怔了半晌，然后急切地问了林琨在韩家所见的一些细节。再之后任老太爷就将儿子女婿都打发了出去，自己在书房里待了半日，然后又将儿子女婿都叫了过去交代他们不要把林琨在韩家看到的事情泄露出去，任家老爷们和林琨都应下了。

任老太爷自然是知道翟家的事情的，他父亲任宝明弥留之际曾经告诉了他一个关于这座祖宅的秘密。

这座宅子原本是白鹤镇一个姓翟的大户人家所有，宅子里的某一处有一间密室，里面藏着翟家祖上留下来的财物。

而且不知道是不是因为自己快要死了，又疑心翟家有后人总有一日会回来找自己的子孙复仇，任宝明将自己与翟家的恩怨事无巨细地告诉给了任老太爷任永和。

即便是时隔几十年，任老太爷想起来自己的父亲当时在叙说这件往事的时候脸上扭曲的表情，以及将他手腕掐出青紫的不断痉挛的手的时候，也依然胆战心惊。

虽然这么多年以来，翟家人都没有出现过，但是翟家对任老太爷而言就是一根戳在他心口上的尖刺。

这一晚，任老太爷去了任家的祠堂，一个人在任家祖宗的牌位下立了一个时辰。

此后，任老太爷没有再提韩家的事情，仿佛韩家依旧还是韩家，且两家还是保持着比较亲密的交往。在韩太太出殡的这一日，任家还让管事在路上搭了棚子给韩太太送行。

而丘家和任家结亲之事也摆到了台面上来。

丘家和任家结亲的事情虽然进行得很低调，只有任家的几个当权人知道，任瑶期却是时刻关注着的。她自己不好去打听，就到任时敏面前说是想要为自己的母亲打听的，让任三老爷将他从任老太爷那里听来的消息传回来。

丘家的亲事关系到任瑶华，而任瑶华是任时敏的亲闺女，所以尽管任三老爷心里仍时时刻刻惦记着自己尚未修复完的古画，在丘家来人之时他还是次次都到场，每日清早和傍晚任老太爷召集儿子们进行男人之间的严肃对话的时候，他也听得上心。

任三老爷不上心也不行，任瑶期每日追着他问，答不上来就各种闹腾，威胁要拿斧头把他书房里藏在暗格中的一个檀木匣子劈了。那只檀木匣子是任时敏书房里唯一不让任瑶期碰的东西。其实任时敏不知道的是从前任瑶期已经将匣子偷偷打开看过了，里面是一卷出自蒋元益之手的春宫图，是任三老爷年少之时在京都弄到的。当时他正迷恋人物画，这卷春宫图对于他而言意义非凡。

任三老爷头疼得很。就连他身边伺候的小厮和丫鬟们也受到了关照，当任三老爷哪一次想要尿遁的时候，都会小心翼翼地提醒一句：“老爷，五小姐那边……”

十分怕麻烦还怕女儿闹腾的任三老爷只能认命。

丘家老太爷与任老太太一母同胞，总归还是有些兄妹情义的，所以对于和任家结亲之事丘老太爷没有反对，甚至在任家去信之后派了人过来与任家协商。

相比于丘家老太爷的态度，丘家老太太和丘家大太太就没有这么积极了。丘家老太太看上了蔚州郭家的嫡长女，就是这次在千金宴上也被评为魁主的郭玉娇。丘老太太的娘家也在蔚州，与郭家老太太还是手帕交。丘韫的母亲丘家大太太则想要让儿子娶自己娘家的侄女，据闻这位丘家表妹与丘韫还是青梅竹马。

不过无论如何，一个家族当家做主的还是男子，尽管丘老太爷年轻的时候在丘氏前任族长面前有些窝囊，但是随着年纪越大，脾气也越发见长，尤其是对丘家的家事，最见不得人忤逆他。

正因为丘老太太和丘大太太看不上他亲妹妹的孙女让他觉得愤怒，觉得是妻子和儿媳妇看不上他的出身，所以反而坚定了要与任家结亲的态度。

而任家这边则因为人选问题进行考量。任老太爷再偏心长房，任瑶音这次的事情毕竟是闹大了，加上丘家老太太和大太太正愁找不到理由拒绝任家的姑娘，任老太爷只能将人选定为任瑶华，这正合了任老太太的意。任大老爷和任大太太虽然有些为女儿发愁，但是也不敢在这个时候提起任瑶音，任老太爷没有让任瑶音出家做姑子就已经是顾及大房的脸面了。

这些都是任瑶期从任时敏打听回来的消息里判断出来的。不得不说任三老爷也并不是一无是处，至少他在用心的时候，也能将收集消息这种事情做得一丝不苟。

相比较于任瑶期的在意，任瑶华这个当事人倒是没有对这件事情做过多的关注。丘家来人了，任老太太叫她好生打扮去见人，她也听话，但是不见得有多积极，最多是表现出对长辈之命的顺从。

任瑶期有时候也会反省，是不是因为自己受了从前的影响，所以成了惊弓之鸟？这世上的婚姻哪里就有十全十美？从前是任瑶音与丘韫无缘，或者是任瑶音自己作孽，但是并不代表任瑶华嫁到丘家不会有一个好结局，毕竟各人有各人的缘法。

虽然任瑶期偶尔会这么安慰自己，但是对于丘家，她还是会忍不住关注。

这日一早，任瑶期与任瑶华在荣华院里陪任老太太和任时佳说话，任老太太正问着任时佳打算什么时候回云阳城，外头有婆子进来禀报说丘家三少爷来了。

丘韫这时候来任家做什么？按理说现在任家正与丘家议亲，他理应避嫌。不过因为这议亲之事只是丘家和任家私下里进行的，并没有对外声张，而丘韫来任家也是来惯了的，他的到来倒也没有太过引人注目。

至少任老太太对于这个侄孙的到来还是很高兴的，未来孙女婿与她亲近，她再满意没有了。

因为是至亲，任老太太也没有让任瑶期和任瑶华避嫌。丘韫进来之后先是一番请安，依旧嘴甜得很，几句话就将任老太太和任时佳哄得眉开眼笑。

任瑶华脸上并没有表现出羞涩，也不怎么开口说话，与以前丘韫来任家时的态度没有半点不同。任老太太看见倒是极为满意，觉得瑶华越加沉稳了，正适合做当家主母。

几人陪着任老太太说了许久的话，直到任老太太脸上有了些倦意，丘韫才主动提出告辞，说要去外院找任家几位表兄弟。

丘韫走后，任瑶期和任瑶华也起身告辞回紫薇院。

不想两人才从荣华院出来，就看到原本应该已经离开内院的丘韫正站在从荣华院到紫薇院的必经之路上的一棵龙爪槐下。

看到她们走过来，原本正悠闲地摇着折扇的丘韫手中一顿，合起扇面后姿态优雅地朝她们作了一揖，笑容满面地道："见过两位表妹。"

瞧这架势，是为了堵她们来的?

任瑶期对丘韫没有什么好感，回了他一礼就不说话了。

任瑶华看了看四周，见丘韫身边只跟了一个总角小厮，并没有其他伺候的人，皱眉道："表哥不是要去外院吗？这是迷路了不成？我让婆子送你出去。"

丘韫缓步走过来，打量着面容严肃的任瑶华却是一笑："三表妹对我总是这般不假辞色，这可真让人伤心哪。"说着他还装模作样地摇了摇头。

这话就有些调戏的意味了，任瑶华心下有些恼火，不过想着两家的脸面，她还是忍住了，只是冷声道："表哥休要胡言！免得传出去大家脸上都不好。"

丘韫失笑，正要再说什么，任瑶期却微笑着打断他道："丘家表哥，有什么话不妨直言，你今日特意等在这里，不是为了想让我们最后叫婆子抬着你出内院吧?"

丘韫脸上风流俊雅的笑容一僵，不可置信地看向任瑶期。

任瑶期已经将目光投向不远处几个膀大腰圆的婆子身上。

丘韫轻咳一声，僵笑道："五表妹真会开玩笑。"

任瑶华冷冷道："我五妹妹从不开玩笑。"

丘韫看着任瑶华的神色，觉得自己要是真的当众被婆子抬着扔出内院，的确是挺丢人的。于是他终于正色道："我今日来确实有事。"

说着他的视线停留在任瑶期身上，诚恳地道："其实我是有话想与五表妹说，不知可否借一步说话？"

任瑶华皱了皱眉，看向任瑶期。

任瑶期面色冷淡："不可。凡事无不可对人言，表哥有什么话就在这里说吧，不然被长辈知道了，我少不得会被训斥。"

对丘韫的人品，她可信不过，而且他们也没有熟悉到能单独会面的程度。

任瑶华就站在那里不动，看向丘韫的目光还带着些审视。

丘韫苦笑着摇了摇头，只能退而求其次："那能否让你们身边伺候的人稍作回避？"

任瑶期想了想，让苹果将几个婆子和二等丫鬟打发得稍微远一些，不过也能看清楚他们的一举一动，只是听不见他们具体的谈话内容，并把苹果、桑葚、香芹和芜菁几个大丫鬟留下了。

"规矩不可废，还请表哥体谅。她们几个是我和三姐的贴身丫鬟，绝不可能乱嚼舌根，表哥有话不妨直言。"任瑶期语气温和诚恳地道。

丘韫虽然有些不满意，但是也不好再说什么。规矩这种东西，人家要是想认真跟你讲，实在是没什么可反驳的。

于是丘韫点头，看着任瑶期意味深长地道："其实我今日来白鹤镇是受人所托。"

任瑶期心中一动，立即就想到了云文放。也不怪任瑶期会想到云文放，毕竟在从前，云文放欺负她，丘韫负责望风的事情也是发生过的。

倒是任瑶华眼睛微眯，警觉地问："受何人所托？"

丘韫笑而不答，只道："对了，子舒后日要启程去嘉靖关了。"

任瑶期闻言一愣。她也从郡主那里知道这些日子老王妃和萧微一直在找云文放，可是没有找到。原来云文放打算去嘉靖关了。

丘韫为什么要告诉她这个？

丘韫看了看四周，然后借着两个丫鬟的身体遮挡，从自己的衣袖中拿出一封信，递给任瑶期："你看了就知道了。"

任瑶期看了一眼丘韫手中的信，没有伸手去接。

任瑶华冷冷地看着丘韫，眼中的意思很明显，丘韫若是敢无礼，她绝对会让人把他扔出去。

好在丘韫向来是个识时务的，只是笑眯眯地站在原地不动，保持着将手递出的动作。

双方这么僵持了一会儿，就在任瑶华心有不耐想要有所动作的时候，丘韫将手收了回去，看着任瑶期遗憾地摇了摇头："五表妹，我真的没有恶意，写信之人也没有恶意。"

任瑶期点了点头，冷淡地道："我相信你没有恶意，也相信让你送信之人没有恶意。不过你们难道没有想过，你们这一件没有恶意的行为本身会伤害到我？表哥，这世上有很多人都是好心办坏事。"

丘韫闻言若有所思，然后很干脆地将手里的信又收回袖子里，重新摇开他的折扇，笑容满面地道："表妹说得对，这次是愚兄考虑不周，还请表妹原谅则个。"

伸手不打笑脸人，任瑶期也放缓了脸上的神色，正想说告辞的话，丘韫却又眨了眨眼以扇遮唇小声道："信上说，他要去嘉靖关，等挣得了功名就回来娶他想娶的姑娘，让那姑娘想办法等他……绝不相负。"

丘韫说完这一句就反应极其迅速地往后退了一步，以防任瑶华会扑上去挠他的脸，听说泼辣的女子打架喜欢用这一招。

可是任瑶华却和任瑶期一起愣住了，一时没有反应过来。

任瑶期回过神来之后有些想笑，绝不相负？

她实在没有办法不将当年的情绪带到现在来。

任瑶期脸上没有半点感动的样子，也没有别的女子听到这种话时的羞意或者怒意，她的脸色很冷淡。丘韫看了她半晌都没有从她脸上看出来什么，不由得为云文放叹了一口气。

任瑶华转身对香芹吩咐道："去叫几个婆子过来。"

丘韫顿时头皮发麻，对任瑶华道："三表妹，有话好好说，君子动口不动手。"

任瑶华冷笑："君子？在哪里？请恕我眼拙！这里除了妇孺，就是小人！"

丘韫在心里默念：莫要与头发长见识短的女子一般见识。

“三表妹，身为女子理应端庄柔顺，你这样动不动就口出恶言甚至要动手扔人是怎么回事？难不成将来你的夫婿有那么一两句话不合你的心思，你也要喊打喊杀的吗？这成何体统！”

任瑶华骂道：“有体统的人才有资格与人说体统，丘三公子，您今儿起来的时候没有照镜子吧！”

丘韫一噎。

香芹已经雄赳赳气昂昂地领着那几个膀大腰圆的婆子过来了。

丘韫眼珠子一转，小声道：“三表妹，我今儿也算是明白你的态度了，我觉得我们还是有必要好好聊一聊。”

任瑶华冷笑。

丘韫道：“比如聊一聊任家与丘家结亲的事？”

任瑶华一顿。

任瑶期转头看了香芹一眼，正摩拳擦掌要过来扔人的香芹立即停住步子，虽然她满脸满眼都是遗憾，还是立即朝着身后几个婆子摆了摆手，让她们先退到一边去。

“什么意思？”任瑶华看着丘韫，冷冷道。

丘韫见那几个婆子没有过来，心里松了一口气，笑着道：“三表妹看来也知道任家要与丘家结亲的事情了，丘家的人选自然是区区在下我了，你可知道任家的人选？”

丘韫与云文放不愧是一对狐朋狗友，这种拦着姑娘家谈亲事的事情他做起来面不改色，毫无压力。

任瑶期对他的印象更差了，正想要拉着任瑶华走人，却被任瑶华止住了。她看着丘韫讽笑道：“男子汉大丈夫，说话却总学后宅妇人那一套欲语还休，丘三少爷，不如我让人搭个棚子给你唱大戏？”

欲……欲语还休？唱大戏？丘韫深吸一口气，极力想要维持住自己的风度，却憋得面孔更加扭曲：“看来任三小姐是对区区在下很不满意了。”

任瑶华轻哼一声。

丘韫点了点头，怒道：“看来我们两人是不谋而合！不如任三小姐去与长辈们说一声，这门亲事就此作罢如何？任三小姐这样牙尖嘴利的女子，请恕在下实在消受不起。”

任瑶期闻言心中一动，见任瑶华正要说话，就把手放到任瑶华背后轻轻掐了她的后腰一把，然后对丘韫笑着道：“丘家表哥说什么呢？我们可听不懂。”

看来丘韫这次来任家并不是他刚刚所说的给云文放送信这么简单，他知道了丘家和任家要结亲的事情，却并不想娶任瑶华。

丘韫应该也是知道任瑶华的性情的，知道她个性骄傲，所以想要激得任瑶华先闹起来。

他之前让任瑶华回避应该也不是真的想要她回避，因为他知道依她的性情绝对不会单独见他，只是想让任瑶华对他产生警惕和不满。然后他又故意把信递给她，还故意在她不接之后把信里的内容说出来，只是想要一步一步地惹出任瑶华的怒火。

而只要任瑶华闹起来，不满意这桩婚事的丘老太太和丘大太太就有机会在背后借题发挥。

丘韫看了任瑶期一会儿，突然笑出了声：“哎呀，不好，被发现了……五表妹，你可真聪明！”

对于任瑶华骂他的话，他是很恼怒，不过也没有到令他失态的地步，身为丘家长房嫡孙、丘氏一族未来的族长，丘韫很早就已经学会了控制自己的情绪。

不过被任瑶期看穿了，丘韫也没有半点不好意思的样子。

任瑶华也明白自己刚刚是被算计了，不由得想若是没有任瑶期制止，她或许真的会被丘韫气得去求祖母不要让她嫁到丘家，倒不是因为被他的话激的，而是她实在看不上丘韫这人的人品。

当然，现在她更看不上了！不过她不会笨得再中计。

“身为一个男人，自己无法决定自己的婚姻，却想要利用女子去抗争，丘三公子，你到底是有多弱小？”

任瑶华鄙夷的视线让丘韫暗地里有些咬牙切齿，他是能忍，也能微笑着做到唾面自干，可是忍字头上一把刀，忍的过程当真很辛苦啊！这世上怎么会有任瑶华这种嘴毒的女人？他诅咒她一辈子嫁不出去！

任瑶华可听不到丘三少爷内心恶毒的诅咒，继续讽笑道：“不过，怎么人人都想要利用我冲动的性情来生事？到底是我蠢得太明显，还是你们这些恶心的人自有恶心的相似之处？所以，为了你们这些人，我决定从今往后每日自省三次，早中晚念上三次佛经，沉淀沉淀自己的性情。就当是你们在布道了！”

丘韫看了一眼站在不远处正虎视眈眈盯着他的一个奇怪的丫头和她身后的几个婆子，很识时务地当作没有听到任瑶华的话，尽管他忍得牙根都要出血了。

“既然如此，那也没有什么好说的了，丘某就此告辞。”丘韫收起扇子，转身要走。

“丘家表哥请留步。”任瑶期突然出声道。

丘韫有些意外任瑶期会叫住他，不由得停下来听她想要说什么。

任瑶期微笑着看着丘韫，缓声道：“我知道丘三表哥是个有本事的人，想要做什么就没有做不到的。不过今日既然我们已经将话摆开了来说，那么我也说一句话。丘家表哥要做什么，我们不会阻挠，但是有道是‘万事留一线，日后好见面’，希望表哥在行事之时能做到利己不损人，我们姐妹两人自当感激不尽。”

丘韫想要不结这门亲事办法有得是，任瑶期不想他以损害任瑶华的名声为代价。

丘韫看了看任瑶期，又看了看脸色冷硬的任瑶华，脸上露出一个笑：“五表妹这话是威胁？”

任瑶期诚恳道：“怎么会？商家有句话叫和气生财，我们都是骨肉至亲，自然巴不得对方都好。”

丘韫轻笑一声，转身走了，手中合拢的折扇还在空中轻轻晃了晃，也不知道是什么意思。

任瑶期看着他的背影半晌无话。

她在想，丘韫是不满意任瑶华，还是不满意任家的姑娘。如果是后者的话，又是因为什么。丘韫这个人应该不像他面上表现出来的那么简单，个人喜好在他的婚姻里比不上家族利益的分量。

而当年，丘韫和任瑶音订婚又解除婚约，两人之间是不是暗中达成过什么协定？否则任瑶音在任家那种情况下去云家为妾也太顺利了一些。

这一次丘韫会用什么方法来阻止任家和丘家的联姻？

“你怕他耍阴招？”任瑶华见任瑶期站在那里不说话，不由得皱眉问道。

任瑶期只是想到了任瑶华从前的经历，不想任瑶华重蹈覆辙而已。

任瑶华看了丘韫离开的方向一眼，冷笑道：“他若是敢来阴的，就别怨我不顾亲戚脸面！到时候谁也别想好过！我就是死也要拖个垫背的。”

任瑶期闻言无奈地摇了摇头。

“哪有那么严重？我也不过是那么一说。有祖母和丘老爷子在，他不敢做得太过分，不然之前也不会想要让你先将此事闹出来。”任瑶期笑了笑，说道。

任瑶华点了点头：“对了，我听说大伯母要送四妹妹去大姐姐那里。”

任瑶期一愣：“江宁织造顾家？”任瑶音的嫡亲姐姐任瑶池嫁给了江宁织造顾家的二房嫡子。

“大伯母已经给大姐姐去了信，让大姐姐派人来接。不过江宁在江南，顾家的人来燕北也需要些时日。”任瑶华道。

任瑶期想了想却是笑道：“四姐姐是未嫁之女，要出远门自然不能自己走，让人来接才能全了脸面，说是大姐姐想四姐姐了，想要接四姐姐去作陪一阵子，谁也挑不出理来。不过，顾家是个大家族，仅仅是大姐夫那一房就有五个兄弟，人多嘴杂，四姐姐这个样子去顾府肯定是不妥的，我猜想大伯母不是真的让四姐姐去顾家，而是会先在江宁找一个住处，可以让大姐姐就近照顾的，等过一阵子再让大姐姐带着四姐姐熟悉江宁的太太小姐们。”

现在的任瑶音头上没有头发，肯定是不能出门见客的。这也是任大太太要把任瑶音送走的原因，在任家待着的话，久了难免会传出去些闲言碎语。

任瑶音在江宁待上两年，这边云大少爷或许已经定下了亲事甚至成了亲，任瑶音也就没有了念想，到时候她回燕北嫁人或者干脆嫁到江宁的某一大家族都是好的。任大太太对这个女儿也算是费尽心思了。

任瑶华自上次的事情之后就对任瑶音厌恶至极：“她那么阴险，若是留在家中，谁知道还会不会想出什么法子害我们？所以走了也好，否则我可不知道等她再出来见人的时候，我会不会忍不住再打她一次！”

丘韫没有在白鹤镇久待，下午就回了云阳城。

在回云阳书院的路上，丘韫遇见了云文廷的马车。云大公子从马车上下来，微笑着朝丘韫点了点头，依旧是一副翩翩公子的样子，即便被人围堵了好些日子，也没有显出一点狼狈之态。

丘韫看到云文廷似乎也不意外，笑眯眯地迎上前去与云文廷见礼。

“从白鹤镇回来？”云文廷瞧着他一脸风尘仆仆的模样笑问道，丘韫是骑马回城的，白色的儒衫上难免会沾染些尘土。

丘韫将马鞭随手扔到马背上，掏出衣袖里的折扇打开扇了扇。他知道这位云大公子是个本事的，因此也不隐瞒：“去帮子舒送信。”

云文廷一点也不意外，点了点头，然后向丘韫伸手，很温和地道：“信呢？”

丘韫想了想，笑眯眯地把信拿出来递到云文廷手上：“你知道我这信送不出去？”

云文廷接过信之后看也没看，就递给身后的小厮，吩咐道：“烧了它。”

丘韫饶有兴致地看着，也不阻止，只道：“你不怕子舒知道了发脾气？”

云文廷看着丘韫，温和地一笑：“我知道就算那位小姐不肯接子舒的信，丘公子也能想法子将消息带到，不是吗？既然如此，这信留着也没有用处，说不定以后还会惹来些不必要的麻烦，再者……”云文廷语气一顿，“子舒后日就要离开云阳城了，我不希望再节外生枝，丘公子觉得呢？”

丘韫闻言眨眼一笑：“这是自然，我原本也是打算回去之后就告诉子舒说信已经送到了，反正他的意思我确实是带到了，免得云二少爷生起气来杀去白鹤镇，然后闹得兵荒马乱。这封信你若不找我要，我也打算回去之后就毁掉的。不过子舒能有你这样处处为他着想的哥哥，倒真是他的福气。”

云文廷闻言笑了笑，看着丘韫道：“他能有你这样的朋友也是他的福气，丘三公子说对不对？”

丘韫干笑两声。

两日之后，在云文廷的安排下，云文放悄无声息地离开了云阳城。

云老太太怕他在边关吃苦，给他安排了两个贴身伺候的丫鬟，和满满两车的衣物吃食用具，不过云文放将丫鬟和马车都留在了别院里，自己只带了一个自幼在他身边伺候的小厮就上路了。

在离开云阳城的时候，云文放下马在通向白鹤镇的岔路上站了许久。

他这一去就要几年，很想在离开之前再去白鹤镇看看她，亲口对她说一声“再见”，让她等他回来。可是在犹豫许久之后，他最终还是狠了狠心，掉转马头向西北走了。

云文放离开云阳城之后，老燕北王妃和萧微那里才得到消息，气得老王妃立即命令萧衡带人去追，可是云文放在出城之后不久就在官道上失去了踪迹，别说是老王妃的人找不到他，就连云家派过去一路暗中保护他的人也没了他的踪影。

萧微更是一日三次地闹到王妃那里，问她燕北王什么时候回来给她们做主，有几次甚至撺掇着老王妃去逼萧靖西下令拦截燕北的大小关卡，只可惜去了几次都扑了空，萧二公子向来是神龙见首不见尾。

就在老王妃母女在燕北王府闹得不可开交的时候，萧微留在宁夏的一个嬷嬷跑来了，说吴总兵在外面养了个外室，在萧微离开宁夏这一阵子，吴总兵将那外室带回了吴家，百般疼宠。那位被带回来的外室脾气刁钻、性子张扬，偏偏吴总兵每日都离不开她的身，听说连召集下属处理军务的时候都将她带在身边。

很多萧微留在吴家的心腹都在那女子面前吃了亏，吴家的后院眼见着就要变天。

萧微一听见这个消息两眼就是一黑。

吴萧和只有萧微这一位正妻，这些年来连个通房都没有要过，甚至萧微生不出儿子他都没有起过外心，所以萧微还以为自己听错了。

可是那个婆子连鼻涕带眼泪的一番控诉，说得有鼻子有眼的，由不得萧微不信。

萧微在燕北王府再也待不住了，接到消息当日就要收拾东西回宁夏。

萧微现下是心急如焚，也没有心情去找云文放的麻烦了。

她这次来找燕北王商量宁夏驻军的事情最后也不了了之，根本就没有什么机会与萧衍谈话。

老王妃在得知萧微要回宁夏的原因的时候也气得不行，将吴萧和狠狠地骂了一顿，可是也只能让萧微母女离开。

萧靖琳坐在云阳城的某一家酒楼二楼的窗边，面无表情地抿着杯子里的甜酒，看着吴家的马车浩浩荡荡地驶出云阳城，又面无表情地将头转回来。

“好甜。”萧靖琳将手中的酒杯放下道。

坐在她对面的身穿墨色衣衫的男子闻言莞尔，提起手边的玉壶又给萧靖琳面前的酒杯斟满，动作优雅自如，远观着就如同一幅雅致的水墨山水画。

“可是你喜欢。”他笑着道，“不过不能过量，饮完这一小壶就作罢。”

萧靖琳皱眉，有些不满道：“都说了很甜，一点也不像酒。”

对面男子不为所动：“不像酒也是酒，且后劲很大。若是以后你自己出门，不许饮这种桃花酿。没人看着你，不知不觉就会醉倒。”

萧靖琳一口将杯中的酒饮完，抿了抿嘴唇转换话题：“萧靖西，宁夏那边是你做的手脚？我还苦恼着吴依玉那毒蜘蛛之仇怎么报呢，你这么把人弄走了，让我怎么出气？”

萧靖西轻轻拍开萧靖琳去拿酒壶的手，自己执壶给她斟上个五分满：“你想要怎么出气？打架她可能不是你的对手，但是若要比耍花招阴人……还是给她一个足以与她匹敌的对手比较好。你不必花无谓的心思在这些事情上，毕竟各人有各人的战场，以己之短攻彼之长并不可取。”

萧靖琳想了想，觉得萧靖西说的有道理。她能想到的最直接的手段就是趁着风高月黑的时候将吴依玉揍个鼻青脸肿。但是有云文放的事情在前，她虽然不惧萧微母女，却怕王妃会被老王妃为难。

“宁夏的狄昊是你的人？”萧靖琳问道。

萧靖西放下手中的小玉壶，轻笑着说：“是不是我的人又有什么要紧？能用的也不一定非要是自己人。你读过兵书，也读过史书，应当知道无论是臣属，还是将领，都需要适时的调动轮换，因为在一个地方待久了，就容易生变。吴家在宁夏也延续四代了吧？”

萧靖西端起自己身前的酒杯闻了闻，轻抿一口：“一朝天子一朝臣，宁夏的血液也是时候换一换了。”

萧靖琳闻言想了想，皱眉道：“可是父王那边，可能会顾忌到老王妃和姑母。燕北王府毕竟是姑母的娘家。”

萧靖西闻言微微一笑，有些戏谑地道：“哦？姑母不是一直都认为她的娘家在京都，金銮殿上坐着的那一位才是她的娘家靠山？”

萧靖琳静默片刻，端起自己的酒杯一口饮了，面无表情道：“你说得也是，说不定是父王自己想多了。”

所以是时候让某些人明白她的娘家在哪里，并且看清楚京都的那些远水能不能救得了近火。免得总是三天两头地跳出来给人添乱，真是闲得慌！

“你师父给你来信了？”萧靖西无视萧靖琳的眼神，让同贺将已经空了的小酒壶收走，拿起筷子夹了一块芸豆卷放到萧靖琳面前的碟子里。

萧靖琳又将目光转移到糕点上，随口道：“嗯，这一阵子辽人那边有些异动。”

“你要回嘉靖关？”萧靖西挑眉问道。

萧靖琳把碟子里的芸豆卷两口吃完，又自己伸手夹了一块：“还不一定，现在还不到非回去不可的时候。”

萧靖西耐心地问：“那什么时候是非回去不可的时候？”

萧靖琳想了想：“母亲现在肯定不会愿意让我走的。”若不是有王妃拦着，她早就离开云阳城了，好在她这次回来认识了任瑶期这个朋友，不然她也不知道自己能不能在一群外表和善内心凶悍的妇人们中间忍受这么久。

想到这里，萧靖琳突然道：“我们什么时候去白鹤镇看瑶期？”

萧靖西给萧靖琳夹点心的筷子一顿，上面的一块凤梨酥差点掉下来，好在萧二公子心理素质过硬，所以在外人看来除了他的筷子很细微地颤了一颤之外，还真看不出什么不对来。他脸上的笑容也很完美，无明显破绽：“我们？”

萧靖琳的视线从萧靖西的筷子上慢慢移开，然后主动拿起自己的碟子接住萧靖西的点心，面无表情道：“哦，我随口这么一说，我的意思是我什么时候要去白鹤镇一趟，看看瑶期。”

萧靖西："……"

萧靖琳的心情突然变得很好："对了，我之前让你帮我找的几样颜料找到了吗？"

萧靖西放下筷子，温文尔雅地一笑，淡定的萧二公子又回来了："找到了，今日一早已经让同喜送去了白鹤镇。"

萧靖琳也放下手中的筷子，撑着自己的下巴打量了萧靖西几眼："我有告诉你要送去白鹤镇？是我自己要用的！"

萧靖西无奈了，看着萧靖琳不说话。

萧靖琳放下手，继续拿筷子吃点心。直到一盘芸豆卷都吃完了，她才慢条斯理道："萧靖西，你是不是有意中人了？"

萧靖西淡定地端起自己面前的酒杯抿了一口，正要说话，萧靖琳却静静地一笑，然后很高兴地吩咐同贺道："让人再去拿一壶桃花酿来，没瞧见你们公子的酒杯早已经空了吗？"

萧靖西垂眼看了看手中之前就已经滴酒不剩的酒杯："……"

萧靖琳欣赏够了萧靖西难得窘迫的模样，才道："萧靖西，你有没有发现自己因为某一个人而失态的次数越来越多了？"

萧靖西缓缓平复了自己耳根处的臊热，说话的声音依旧是他惯有的淡然："是又如何？我从来不用别人来提醒我自己的状况。"

萧靖琳接过同贺送上来的酒壶，给自己斟满了一杯，然后道："我师父说，他当年知道自己喜欢上我师母之后就开始攒聘礼，花了五年的时间尽了自己所有的努力才凑齐师母想要的那几样世间极其罕见的珍宝，在那之前我师父一贫如洗。而那几样罕见的珍宝只是他第一次见到我师母的时候听到她唱的一首歌中提到过，歌词大意是她等着意中人拿着那几样东西去见她，然后她就会带着自己的嫁妆跟他走。我师母是丁零族人，那首歌的歌词我师父听得只是一知半解，但是他当真了。所以当五年之后他拿着那些宝物去见我师母的时候，我师母吓了一跳，还叫来自己的四个哥哥把我师父揍了一顿。"

萧靖西认真听着，不由得莞尔。

萧靖琳抿了一口酒道："很多人自以为为自己钟意之人付出许多，其实那许多也不过是他所拥有的东西中极少的一部分罢了，再多就不肯给了。而我师父拥有的虽然不多，但是倾尽自己所有。区别就在于，那些自以为付出许多的人，在遇到非做不可的选择的时候会衡量、会取舍，但是我师父这种人就不会。”

萧靖西有些惊讶萧靖琳竟然会说出这么一番话来。

他并不是觉得萧靖琳身为女子，开口闭口谈私情不妥当。萧靖琳自幼长在边关，跟的又是她师父那种随性之人，对待亲近信任之人向来是有什么说什么，当然也有今日多喝了几杯的缘故。

他只是不知道萧靖琳会认真思考这类事情。

原来萧靖琳并不是不明白云文廷的心思，甚至还认真仔细地琢磨过，只可惜云大公子的感情可能被萧靖琳归类到“在遇到非做不可的选择的时候会衡量、会取舍”的那一类中去了。

萧靖琳突然冲着同贺不满道：“这不是桃花酿!”

同贺好声好气地道：“郡主，您已经喝完一壶桃花酿了，这是小人找来的果酒，您尝尝看，也很好喝的。”

萧靖琳看着手中的酒杯嘟囔道：“哪里是什么酒？明明是糖水！你跟你家主子一样狡诈!”

同贺欲哭无泪。

萧靖西看着萧靖琳的模样却是知道，她喝醉了。

那壶桃花酿，后劲果然很足。

好在喝醉的萧靖琳也只是比平常话稍微多那么一些，外表上看起来并没有什么异样。不然萧靖西可能要烦恼怎么把她带回去了。

但是话稍微多了那么一些的萧靖琳也依旧让萧靖西头疼。

比如说在萧靖西要带她离开的时候，她固执地盯着萧靖西的眼睛道：“二哥，你不会让我失望吧?”

萧靖西示意红缨扶萧靖琳下楼，答非所问道：“走吧，装一匣子芸豆卷回去给你当点心?”

萧靖琳挥开红缨的手，自己稳稳地站起来，一边脚步无异地往外走，一边面无表情地对萧靖西道：“要两匣子芸豆卷，还要一匣子凤梨酥，十坛桃花酿。”

萧靖西笑了笑，吩咐同贺："让他们装两匣子芸豆卷，一匣子凤梨酥。"

萧靖琳不满地回头补充："还有桃花酿！"

萧靖西没有理她。

萧靖琳一边走，一边一本正经地讨价还价："九坛？"

…………

萧靖西看着萧靖琳上了马车，萧靖琳还是不依不饶地隔着车帘子道："两坛！"

萧靖西无奈地笑了笑，却是道："不让你失望不能包括惯着你喝酒。"

萧靖琳在车里不吱声了。

第二十九章

名　声

云阳城发生的事情任瑶期并不知情，任家也不怎么太平。

首先是任瑶华与方姨娘母女又掐了起来。

事情的起因还是上一次在千金宴上因为泼了任瑶期一身酒水而被任瑶华发卖出去的椿儿。

椿儿被任瑶华送回白鹤镇，又被周嬷嬷打了板子卖了出去。按理来说是任瑶华做得过分了，毕竟椿儿是她妹妹的丫鬟，不是她的，轮不到她发落，且当时在云阳城里的还有一个能做主的长辈大太太。

不过因为任瑶期在千金宴上给任家大大长了一回脸，任瑶华的表现也算是可圈可点，任老太爷和任老太太又想在这个时候让任瑶华定亲，所以这件事情也就睁一只眼闭一只眼地过去了。至于大太太，因为任瑶音算计任瑶期和任瑶华的缘故，她回来以后也没有在任老太太面前提起此事。

现在任瑶英身边少了一个大丫鬟，自然要将原先身边的二等丫鬟提一个上去，再添一个三等丫鬟进来。

若是按以前的规矩，方姨娘的面子大，她们母女的丫鬟婆子都是她们按照自己的意思挑的，谁也不会刻意驳了她们的面子。

不过这一次，任瑶华一早就让周嬷嬷将任瑶英的丫鬟人选定好了，直接送到了任瑶英面前。其实方姨娘母女也是三房的人，她们的人手安排都由着正房太太那边做主也无可厚非，可是任瑶英却怎么也咽不下这口气，若不是方姨娘替任瑶英做主把丫鬟收下了，任瑶英非得让人把那丫鬟赶出院子不可。

虽然有方姨娘的弹压，任瑶英还是气得一晚上都没有睡好。到了第二日那新来的丫鬟到任瑶英面前伺候之后，就被任瑶英新提上去的大丫鬟萍儿告到了内院管事那里，说那新来的三等丫鬟手脚不干净偷了九小姐的一支金发簪，还有一个丫鬟看到她偷偷动过九小姐的梳妆匣子。

新来的丫鬟吓得哭天抢地，赌咒发誓说自己没有偷东西，也不知道小姐的发簪怎么会出现在她的包袱里。可是证据确凿，容不得那丫鬟抵赖。

内院管事对于这种事情也没少见，正要按规矩将那丫鬟打了板子卖出去，不想却正好遇见了任瑶华。

任瑶华看了那丫鬟几眼，轻描淡写地道："不过是根簪子就喊打喊杀的，让外人知道了还以为我们任家的人都是些眼皮子浅的。且我瞧着这丫鬟是个忠厚老实的，可能是得罪了什么人被设计了。这样吧，把她发还到庄子上就行了，就当是积点恩德了。"

如今任瑶华在老太太面前越加有脸面了，加上她的性情，任家很少有丫鬟婆子敢得罪她，就连内院管事听了任瑶华的话，也只能赔笑说要先去请示一下大太太。

大太太现在正忙着为任瑶音准备行李，哪里有空管任瑶华和任瑶英之间的恩恩怨怨，听了内院管事的话想也没想就应了。

于是任瑶华很顺利地把那小丫鬟救了下来。

任瑶英知道之后更加气恨，跑到方姨娘面前道："娘，以后这个家还有我们的容身之处吗？我的丫鬟，她想处置就处置，我自己要打发自己的丫鬟倒是不行了？"

方姨娘正坐在书房里的书案后提笔写字，任瑶英气急败坏的声音没有影响到她分毫，直到她写完放下笔后才抬头看向任瑶英，淡声道："我不是说了让你先不要动那个丫鬟吗？"

任瑶英有些不服气："难道让我忍受她在我身边安插眼睛和耳朵？"

方姨娘皱了皱眉，还是耐心道："人到了我们身边，她未必能使唤得动。英儿，你性子太浮躁了。"

任瑶英有些委屈："娘，以前我们在家也不用如此看她的脸色，她现在真的是越来越不将我们当一回事了！是不是因为舅舅不能来燕北的缘故？还有就是因为祖母要让她嫁到丘家，听说丘家以后是要传到丘家表哥手上的，到时候她就是丘氏一族的族长夫人。现在家中的丫鬟婆子们没有不讨好她的。”

方姨娘叹了一口气，从书案后起身，缓步走到任瑶英面前，摸了摸她的脸颊柔声道：“既然你知道原因，为何不能忍一时之气？姨娘以前就教过你，不要与势头比你强的人硬碰硬。”

任瑶英咬了咬唇，将手贴在方姨娘抚着她脸颊的手上：“娘，我就是咽不下这口气！她现在就这样对我们，等她真的嫁到丘家，祖父和祖母一定更加重视她，我们哪里还有好日子过？祖母偏心她，父亲眼里只有任瑶期一个女儿……娘，能不能不让她嫁到丘家去？只要让她晚几年出嫁……到时候舅舅说不定也来了燕北，我们的日子或许就好过多了……”

方姨娘将任瑶英抱到怀里，轻轻拍着她的背，久久没有说话。她的视线停在投射在窗棂上母女俩的影子上，似乎在出神。

也不知道过了多久，方姨娘温柔的声音才在书房中响起：“你是我的女儿，我会尽我所能给你最好的，你一定会过得比她们都如意。”

任瑶期在得知了任瑶华和任瑶英的冲突之后问她道：“三姐，你这次是故意招惹任瑶英的？”

任瑶英的性子或许没有任瑶华傲气，但是可能因为她是庶出的，最受不了两位嫡姐比她强。这次千金宴上任瑶期大出风头，她下了大功夫却没有引起半点注意，还赔了一个丫鬟，已经让她大受刺激了，偏偏回来之后又遇上任瑶华议亲的事情。

任瑶华在这个时候借着挑丫鬟的事情羞辱她，任瑶英一定忍不下这口气。

任瑶华嘲讽地一笑：“她们不是都觉得我性子冲动不给人留情面吗？我就仗着得势欺负她们一两次又有何妨？不能总是我被她们算计吧？”

任瑶期叹气：“三姐，你在这个时候惹上她们，不是逼着她们去破坏任家和丘家的联姻吗？方姨娘的手段我们都清楚，万一她耍阴招怎么办？”

任瑶华冷哼一声道：“丘家也未必想结这门亲，我又何必送上门去让人轻贱？破坏了更好！就让我们看看方姨娘的本事吧。”

任瑶华想要借方姨娘之手破坏她和丘韫的婚事这个想法虽然没有错，但是任瑶期还是有些担心方姨娘的手段，实在是怕任瑶华当年的悲剧重演。

任瑶期正要说什么，任瑶华却道："反正已经对上了，现在反悔也晚了。我知道你比我聪明，但是……我不能什么事情都依仗你为我解决，你能帮我一次，还能帮我一世？"

任瑶华的话说得也不是没有道理，任瑶期现在能护着任瑶华，等任瑶华出嫁之后她还能去任瑶华婆家护着？到时候任瑶华只能自己面对。而且任瑶期知道任瑶华有自己的骄傲，这让她把反对的话又咽了回去。

任瑶期心想，授人以鱼不如授人以渔，让任瑶华试着去面对这些内宅的伎俩也不是不行，她在一旁仔细盯着就是了。

过了两日，临镇一户姓李的人家找上门来了。

椿儿在去云阳城之前就已经许了人家，那人是临镇一个小商户人家的儿子，虽算不上大富大贵，也是衣食无忧，对一个庶女身边的丫鬟而言也算得上是一个好的出路了。

李家原本是给过聘礼的，只等媳妇进门，可是如今眼见着婚期将近，椿儿人却不见了，李家自然要来找任家要人。

说起来也算是巧了，恰好任老太太和任大太太今日出门去参加一个寿宴，不在府上。

来的是李家的当家李四两，李四两的媳妇李婆子，以及李家已经出嫁的大女儿马李氏。

任家在白鹤镇也算得上是数一数二的大户人家，李家人想要进任家的门也不是那么容易的，他们在门口就被门房拦了下来，连通报都不与。

李家的人就在任家的门口闹开了。李婆子和马李氏不愧是母女，两人的大嗓门把门房吓得差点摔了个跟斗。

马李氏叉着腰，比着个兰花指边骂边哭："俺爹娘为了给俺弟娶这么个媳妇，省吃俭用好几年，结果你们收了聘礼之后就翻脸不认人，将俺那可怜的未过门儿的弟媳妇卖了，还卖到南边儿的窑子里！这是造的什么孽啊！俺命苦的弟媳妇儿啊！谁来给俺们家评评理啊！”

李四两见女儿在一边哭天抢地，已经将几个从任家门前路过的路人吸引了过来，站在一边指指点点地看热闹，有些担心地扯了扯自家婆娘的衣袖，小声道：“你让咱闺女差不多就得了，若是闹大了，弄得主家脸上不好看，别银子拿不到手，反而被家丁们揍一顿。”

李婆子正一边哭天抢地一边看热闹，闻言想了想，觉得李四两说的也对，便偷偷给自己女儿使了个眼色。

不想马李氏正说得起劲，压根儿就没有注意到她娘的眼神：“……说是因为不小心得罪了你们家的三小姐，最后被打得只剩下半条命撵出去的，怎么就能那么狠心呐！苍天呐！造孽啊！俺可怜的弟媳妇啊！”

眼看着凑热闹的人越来越多，门房也吓蒙了，有婆子发觉不对，立即跑进府里向主子们禀报。

李婆子在一旁听着觉得有些不对，不由得上前几步去扯女儿的袖子。不是说来要银子的吗？怎么还扯到人家小姐身上了？

李家是卖胭脂水粉的，李婆子当了几十年的老板娘，也不是什么都不懂。

马李氏给了李婆子一个少安毋躁的眼神，与她咬耳朵道：“娘，这些大户人家最怕丢脸面了，我这么说，等会儿他们为了堵我们的嘴给的银子就更多。弟弟若是想要娶个好媳妇，还得多准备些聘礼不是？大不了到时候我再哭号几嗓子，说刚刚我说的都是误会。”

李婆子想着家里的儿子，便犹豫着把拉着马李氏的手放下了。

马李氏暗中得意，她今日回去撺掇自己的爹娘过来是因为暗中收了别人五十两银子，那人说好了等她演完这场戏还有五十两给她，一百两银子可是一大笔钱。想当初她出嫁的时候，爹娘为了省钱给弟弟娶媳妇，给她置办的嫁妆连二十两银子都不到，他们家的家底她是知道的，所以她一直怪自己的爹娘太过偏心。

所以爹娘今日能不能从任家手中拿到银子她是不在乎的，反正那些银子也与她没有什么关系。她只要把事情闹大，将任家那位三小姐的名声抹黑了就是。

想到这里，马李氏越加卖力地干号起来，任家的门匾都差点给她震塌了。

任瑶华当时正从花园子里出来，恰好撞上慌慌张张进来禀报的门房婆子。任瑶华冷笑一声："我倒是要看看，她们耍的什么花招！"然后径直带着自己的丫鬟婆子往大门走去。

方姨娘那边听到消息却是皱了皱眉，把任瑶英叫了过去。

"李家的人是你找来的？"

任瑶英看了方姨娘一眼："娘，不扳倒任瑶华，女儿实在咽不下这口气！我不想看见她再在我眼前耀武扬威！你不帮我出气，我就自己来。我倒是要看看得了个暴戾狠毒的名声后，她还怎么嫁去丘家！"

方姨娘叹了一口气："英儿，你怎么这么不听话！姨娘说了只让你再忍一忍，姨娘总会帮你打算的。你今日这么做太过鲁莽了！任瑶华性子虽然冲动，但是她并不笨，一不小心被她反咬一口，吃亏的就是你了。"

任瑶英心里不以为然，上前去抱住方姨娘的手摇了摇，软声恳求道："娘，你就帮帮我吧。有你在，女儿哪里还怕她算计？"

方姨娘满脸的无奈。

任瑶期听到消息的时候正在临仙阁看任时敏修画，孙十一娘为人如何虽然还不好断定，但是她装裱的技艺还是很高超的。任瑶期每日都过来看，孙十一娘负责揭画心和补底纸，任时敏则负责给画全色，两人配合得还算默契，预计再有不到一个月的时间两幅画就都可以修补完了。

听到苹果进来禀报外头出了事的时候，任瑶期没有惊动正专心致志修画的任时敏，悄悄从临仙阁出来了。

"三姐已经过去了？"任瑶期问道。

桑葚点了点头："老太太和大太太今日出门了，三小姐一接到消息就过去了。"

任瑶期点了点头："去将内院大管事找来，另外把周嬷嬷也叫过来。"

桑葚应声去了，任瑶期带着苹果和其他几个丫鬟往外走去。

任瑶华才一走到门口就听到外头马李氏的干号声。她立在影壁后面静静听了一会儿，越听脸色越冷，不过她总算是有些分寸，没有自降身份跑出去与那不知所谓的泼妇辩论，不然就真的要闹笑话了。

她招手让香芹过去，附耳在香芹耳边交代了几句。

香芹原本也正义愤填膺，恨不得小姐让她出去把那女人咬上一口才好，听着任瑶华的交代连连点头，然后带着两个婆子迈着步子雄赳赳气昂昂地出门了。

任瑶华没有露脸，依旧站在影壁后面听着。

片刻之后，香芹清脆又利索的声音在外头响起："这是哪里来的不知所谓的婆娘？任家大门口也是随你撒野的？还有你们！看着别人来无理取闹难道就不会赶人吗？难不成我们任家门前成菜市场了，谁要闹就让她闹？"

马李氏偷偷打量了香芹一番，知道这不过是一个有些脸面的丫头罢了，因此也不怵她，反而将任家卖了椿儿的事情又说了一遍，让任家交出人来。

李婆子见终于有人出来松了一口气，态度也比自己的女儿好太多了："这位姑娘，俺们今日也不过是想来讨个说法罢了。任家收了俺们的聘礼，却又将椿儿发卖了，这让俺儿子娶谁过门啊？"

香芹很有气势地瞪眼道："爱娶谁娶谁去！你口中的椿儿是我们九小姐身边的大丫鬟吧？她犯了大错才被我们太太身边的周嬷嬷惩戒之后卖出去的！什么时候我们任家处置个犯事的丫鬟也要给你们交代了？要交代找官府里的青天大老爷去！"

"我们给了聘礼……"马李氏立即道。

香芹毫不客气地截断道："什么聘礼？她收了你们家的聘礼吗？她一个丫鬟，连自由身都不是，哪里有本事决定自己的婚配？如果她真的收了你们家的聘礼，我这就让人去报官，将她抓回来！难怪她会被赶出任府，这丫头本身就心术不正！"

李婆子忙道："不是，不是，是你们家主子许了婚之后她才收的聘礼，并非是瞒着主家私自嫁娶。"

"哦？"香芹斜觑了李氏一眼道："我们家三老爷和三太太并不曾许过婚，她是被哪一位主子许嫁的？"

"是方姨娘。"李婆子立即道。

香芹闻言扑哧一声笑了："这位大嫂，你是来逗乐儿的吧？方姨娘虽说也是半个主子，但是哪家有姨娘许婚的？"

此言一出，看热闹的人们也窃窃私语起来。姨娘是算不得正经主子的，就算是要给丫鬟体面，也必须经过主母的同意。

外人不知道，方姨娘在任家的地位向来有些特殊，在任老太太面前甚至比三房的正经太太还有脸面，在一些小事上头当家的大太太王氏也会卖方姨娘面子。方姨娘想要笼络人心嫁个把丫鬟，也不是什么了不得的事情。

李婆子和马李氏互看了一眼。

香芹接着道："我们府上既然能将椿儿发卖出去，那她的卖身契就在我们主子手中。你们要不要回去查一查大周律例？"

大周律例《户律·婚姻》中规定：奴婢婚配俱由家主，凡不问主子私自婚配，鞭一百，不论久暂，曾否生子，断其离异。

这个家主自然是指握有奴婢卖身契的主子。

马李氏狡辩道："即便如此，你们也不能将椿儿卖到窑子里！再怎么说椿儿也在你们府上伺候过几年，没有功劳，也有苦劳，你们府上三小姐也忒狠心了些！"

马李氏再三强调椿儿被卖到了窑子里，又攀扯上任瑶华，显然是不安好心。

香芹听她当众提起那肮脏之地，脸上红了红，心下更加恼怒起来。

"你是从哪里听说椿儿被卖到……卖到那地儿的？简直是胡言乱语！椿儿是让我们府上的管事妈妈交给人牙子带走的。"

马李氏不依不饶："我自然是去打听过了的，椿儿就是被卖到了窑子里！你个小丫头在这里信口雌黄哄我们！"

椿儿早已经被卖到不知道什么地方去了，现在肯定是追不回来的，马李氏自然是知道这一点，所以才一口咬定椿儿是被卖到了窑子里。反正她的任务就是抹黑任三小姐，所以贼喊捉贼说香芹是信口雌黄。

香芹还没有见到这么无赖的无耻之徒，气得差点儿要将银牙咬碎。想要让门房将李家的人赶走，又怕她们越加有理由说三小姐仗势欺人。

这时候任瑶期也赶了过来，见任瑶华冷着一张脸立在影壁后面没有出去，放心了些，走到任瑶华身边正好听见外头马李氏撒泼的嚷嚷声。

任瑶华转头看了任瑶期一眼，冷笑道："这就是方姨娘的手段？找了个泼妇来抹黑我的名声？我瞧着也不怎么样！"

任瑶期想了想，摇头道："我倒是觉得这不像是方姨娘的手笔。"方姨娘不会这么大张旗鼓地与任瑶华对上，只会暗中下套子，让人防不胜防。

任瑶华皱了皱眉，然后了然道："那就一定是任瑶英那个蠢货了！"

任瑶期想着任由他们在大门口这么吵闹让人看笑话也不像回事儿，正要把已经赶过来的内院管事叫过来，却见方姨娘身边的于嬷嬷从廊下匆匆走了过来。

于嬷嬷跑得气喘吁吁的，上前给任瑶期和任瑶华见礼："三小姐、五小姐，我们姨娘听说李家的人闹过来了，急得不行，特意让奴婢过来将她们打发了。姨娘说这事儿本就是她考量不周，给府里惹了麻烦，等老太太回来之后她会去老太太面前请罪。两位小姐千金之躯还是别与这些市井小人接触为好，奴婢这就赶她们走，奴婢保证以后不会再让这些不知所谓之人上门来闹腾。"

任瑶华冷笑道："哦？让你去赶人？我这儿还什么都没做呢，就有人上来指责我心狠手辣把妹妹身边的丫鬟往绝路上逼，等你出去这么一'解释'，不知道会不会立即就有人站出来说我刁钻跋扈，连姨娘身边的嬷嬷都能使唤？"

于嬷嬷擦了擦额头上的汗，赔笑道："三小姐说笑了。"

任瑶华轻哼一声。

任瑶期打圆场道："让他们这么闹下去总不像个样子，既然于嬷嬷来了，那外面的人就交给你去打发了。"

于嬷嬷忙道："是，奴婢这就去。"说完就忙行了一礼，绕过影壁出去了。

于嬷嬷一出去打量了李家的几人一眼，然后径直走到李四两面前道："请问是李老爷吗？"

李四两是个小生意人，迎来送往的事情做过不少，见于嬷嬷打扮体面，又见自她来了之后原本那个嘴皮子利索的丫鬟也不说话了，以为是任家的管事，想着自己今日是来要钱的，不能将人得罪狠了，便道："家中不过是做些糊口的营生，当不起老爷的称呼，邻里乡亲都叫我李四，嬷嬷也这么喊吧。"

于嬷嬷点了点头，声音不大不小地道："令郎与椿儿的事当初是院子里的刘嫂子做的媒。姨娘见刘嫂子为人踏实，令郎听着也是个好的，想着要给椿儿一个出路，便说可以考虑一下，不过要先与我们府上的大太太打一声招呼。不想我们姨娘还没有将事情报上去，刘嫂子这个急性子就往你们家报了喜讯。刚刚听说椿儿那丫头还私下里收了你们聘礼？这可真是……”

李四两想着，做媒的那个妇人家中有个亲戚是他的街坊，因为那街坊带着她去他家铺子里买过几次胭脂水粉才搭上线的，妇人也确实是让他们唤她刘嫂子，后来下定送聘也是通过这位刘嫂子。

“不知这位刘嫂子……”

于嬷嬷道：“刘嫂子那边倒是没有私拿你们的银子，只是好心办了坏事。”

李四两闻言有些急了，李婆子也连忙凑过来想插嘴，于嬷嬷却打断道：“不过不管怎么说，这事儿也是我们姨娘思虑不周所致，所以你们那三十两银子的聘钱我们替椿儿赔给你们。”说着于嬷嬷就从自己的衣袖中掏出来一个藏青色的钱袋，递给李四两。

李四两打开一看，里面确实是三十两银子。

李四两和李婆子夫妇两人满意了，正要说几句客套话，马李氏却抢先道：“虽然银子还了我们，但是椿儿怎么办？那位三小姐……”

于嬷嬷厉声打断道：“这位嫂子，你休得胡乱攀咬我们家小姐！椿儿原本是我们九小姐身边的丫鬟，当初确实是犯了大错才会被任家的管事嬷嬷叫来牙婆卖了出去！你若是不相信，我可以去找那位牙婆来与你对质！”

马李氏挣开她娘偷偷扯她的手，眼珠子一转，说道：“既然椿儿是九小姐的丫鬟，怎么轮得到三小姐来做主给她定罪？”

于嬷嬷不慌不忙道：“我们九小姐和三小姐都是三房的人，三小姐是九小姐的嫡亲姐姐，出门在外的时候自然万事由长姐做主，这也没有什么不对的。我们三小姐处事向来极为公允，九小姐也是服气的。”

任瑶华是嫡姐，任瑶英是庶妹，妹妹年纪小让嫡姐帮忙处置丫鬟也说得过去。既然连方姨娘身边的婆子都这样说了，那就应该不是任三小姐欺凌庶妹。

马李氏也有些词穷。

于嬷嬷却是眼神一利，看着马李氏道：“所以今后请这位嫂子不要再说出这等言论，让别人听见了还以为我们三小姐和九小姐不和，若是再让我们府上听到这种话，我们可就要报官了！”

听说于嬷嬷要报官，李家的人都吓了一跳。李婆子不由分说上前把马李氏拖走，赔笑道：“她不过是听了些谣言，既然嬷嬷解释清楚了实属误会，那我们以后肯定不会再乱说话，这就告辞！这就告辞！”

李四两也立即上前与李婆子两人合力将马李氏拖走，见马李氏似乎还想说什么，李婆子忙捂住她的嘴。

李家人就这么被于嬷嬷打发走了，任家门前又恢复了安静。

任瑶期和任瑶华在里面听着外面的动静都没有说话。

于嬷嬷进来以后又向任瑶华小心翼翼地赔笑道歉了几番，然后才回去向方姨娘禀报。

任瑶华微眯着眼睛看着于嬷嬷的背影：“她这么一露面，一解释，别人倒真不好将今日的闹剧算到她头上了，就连祖母回来听了此事，也没有理由太过责备她，顶多是怪她乱点鸳鸯谱。且她还自己承认了驭下不严。现在连我都要领她这一份情，我若还是执意要以此事为由找她麻烦，别人都会说我不知好歹。这个女人果然是个厉害的角色！”

任瑶期想着，任瑶英这一手笔肯定没有征求过方姨娘的意见，方姨娘这一出除了给任瑶华解了围撇清了自己，还帮任瑶英收拾了烂摊子。

就是不知道方姨娘接下来还会不会出什么阴招。毕竟她是一个见不得儿女受一点委屈的人。

下午任老太太回来之后，方姨娘果然主动去荣华院请罪。

老太太知道今日有人闹上门的事情之后很生气，说了方姨娘一通。方姨娘一句话都没有辩驳，反而极力承担一切责任。最后任老太太见方姨娘态度诚恳顺从，又及时派于嬷嬷出去阻止了闹剧，还维护了任瑶华的名声，也不好再苛责她什么，只罚了她两个月的月俸。

倒是任瑶华晚上去荣华院请安的时候吃了老太太一记挂落，当初任瑶华越过大太太和在云阳城里的任老太太将椿儿送回白鹤镇发落的事情被老太太旧事重提了，毕竟今日李家闹上门来任瑶华也要承担一部分责任。

由此又可以看出方姨娘的高明之处。

今日她若是坐等李家将事情闹大，让任瑶华毁了名声，任瑶华或许会吃亏，但是等老太太回来之后，盛怒之下必定会追究这件事情，到那时候任瑶英说不定才是最倒霉的那一个，方姨娘也会吃不了兜着走。

现在方姨娘主动站出来花钱消灾，让大事化小，还在外人面前极力维护任瑶华，维护任家名声，别人都会说她这个姨娘是个厚道人。

好在任老太太始终是偏疼任瑶华的，只是骂了她几句，并罚她抄了几卷经书就作罢了。

即便如此，任瑶华也觉得憋气，对方姨娘母女越加厌恶。

李家的事情似乎就这么平息了，因为于嬷嬷的那些话，外面也没有传出对任瑶华不利的言论。

又过了几日，晚上任时敏来紫薇院的时候告诉李氏道："今儿下午丘家来人了，说丘家三少爷和华儿的亲事需要再斟酌。"

李氏正在给任时敏奉茶，突然听到这么一句，手差点一抖："丘家说要斟酌？老爷，是不是出了什么事情？之前不是好端端的吗？怎么突然要斟酌了？"

事关任瑶华的婚姻大事，李氏不担心是不可能的。

任时敏看了一眼李氏手中的茶碗，皱了皱眉，示意一旁伺候着的周嬷嬷帮李氏把茶碗接过去，等李氏手中的茶碗离了手之后才道："今儿丘家的人在父亲的书房说，丘家老太太找人合了华儿和丘家少爷的八字，结果是不相宜。"

李氏闻言不由得大惊，连脸色都白了："老爷，丘家说华儿的八字不好？"八字不好可是要命的事情，若真是任瑶华的八字有问题，以后找婆家可就难了。

任时敏摇了摇头，抬手示意周嬷嬷再端一碗茶上来。周嬷嬷这会儿正着急，想要听任时敏说下文，见他要茶，也只能朝喜儿使了个眼色，让她快去端。

"倒不是说命不好，算命之人说华姐儿的命格也极贵重，就是与丘家公子的八字合在一起是男土女木之命，说什么'土木夫妻意不同，反眼无情相克冲，有食无儿克夫主，半世姻缘家财空'。"

李氏闻言吓了一跳。

周嬷嬷忙道："怎么会这么严重？老爷，难道没有什么化解的法子吗？"

任时敏接过喜儿递过去的茶水："算命之人也提过几个化解的法子，不过丘家老太太和丘大太太还是不放心，所以才派人来说要再斟酌。"

周嬷嬷又道："那丘老太爷那边怎么说？"

"丘家老太爷没说行，也没说不行，不过丘家老太太派人过来的时候他并没有拦着。"

李氏不由得有些失望。

八字不合即便是能想办法化解，丘家那边想必心里也会有疙瘩。丘韫在丘家金贵着呢，不然一直想要促成这门亲事的丘老太爷也不会不作声了。

任瑶华和丘韫的亲事怕是成不了了。

任时敏对这门亲事能不能成倒是无所谓，品了一口茶，想了想道："丘家的亲事结不成就结不成吧，那位丘三少爷我瞧着是个庸才，身上没有半分灵性，还不如韩家那小子呢，所以也没什么可惜的。华儿虽然没有瑶瑶的才学，性子倒是端直正派，又是三房嫡女，还愁找不到好姻缘？"

任三老爷说这话也算是难得的在安慰人了，李氏听了心里也好受了一些。

周嬷嬷也道："老爷说得对，太太，算命的不也说我们三小姐命格好吗？三小姐不是一般人可以配得上的，老太太疼我们三小姐，以后定会给她找一门好亲事。"

这时候喜儿在外头禀报说五小姐来了。

任瑶期到正房来自然是没有什么人会拦她，所以她走进来的时候正巧听到了周嬷嬷最后说的那一句。

给任时敏和李氏行完礼之后，任瑶期直接问道："是不是丘家那边有什么变故？"

李氏不好意思与任瑶期谈这些，任时敏倒是没有这顾虑，又将今日丘家来人的话说了一遍。

任瑶期听完之后若有所思："丘家请过去合八字的那个人是谁，爹爹知道吗？"

任时敏想了想："好像是姓肖。"

任瑶期心中一动："可是那位肖大姑？"

任时敏又想了想，才点头道："丘家的人好像是这么称呼的。"

任瑶期不由得想，这件事情与方姨娘是不是有什么关系。别人或许不知道，她却是知道肖大姑与方姨娘的关系的。

丘家老太太本来就不满意与任家的亲事，方姨娘若是这个时候交代肖大姑去一趟丘家，对丘家老太太而言不就是打瞌睡的遇上了送枕头的？

任时敏见任瑶期皱着眉头不说话，以为她也在为任瑶华和丘三公子的婚事担心，安慰道："你祖母说会再去请几个高人帮忙看看。况且这命格之事信则灵，不信则不灵，实在没什么好在意的。"

任瑶期点了点头，没有说什么。

丘家要的只是一个婚事不成的借口，就算今后有高人说任瑶华与丘韫的八字很合，丘家只要一口咬定肖大姑的说法就是了。

就是不知道任家会不会想要换一个人代替任瑶华嫁到丘家，任家除了任瑶华之外，有资格给丘韫做正妻的还有她、任瑶亭、任瑶玉和京城的任瑶凤。

不过丘家好不容易把任瑶华剔除在外，应该不会再轻易答应与任家的亲事。

之后任瑶华也知道了这件事，经过上次肖大姑进府说她本命年犯太岁，让她搬出荣华院的事情之后，任瑶华也从任瑶期这里得知了肖大姑的底细。

她嗤笑道："她倒是个仁慈的，还肯说我的命格贵重，我还以为她会给我批个'天煞孤星'之类的，让我这辈子老死在任家。"

任瑶期摇了摇头："宁毁一座庙，不拆一门亲，我猜肖大姑在与丘家说你和丘韫八字不相宜的时候也肯定是极为隐晦的，至少不是什么'土木夫妻意不同，反眼无情相克冲，有食无儿克夫主，半世姻缘家财空'之类的话，然后肯定还说了不少化解的法子。"

任瑶华闻言了悟道："而丘家老太太要的就是这么个意思，至于他们派人过来与祖父说的那番话是在危言耸听？"

任瑶期点头："肖大姑也算是我们任家的常客了，这次若不是有人特意暗示，她就算是真的看出来你和丘韫八字不合，也会先私下里给我们祖母通个气儿。所以她绝对不会把你的命格说得不堪，不然她之前来我们府上的时候怎么没有看出来？事出反常即为妖，她要是那么做，只能让任家对她心生怀疑，以后燕北也不会再有人家会相信她。"

所以任家平时给肖大姑这种人银子并不是白给的，当然，肖大姑之流也不是能轻易得罪的。

之后丘家和任家的亲事要告吹的消息在任家也传开了，毕竟之前丘家来任家的几次，大家都心知肚明是怎么回事。

任老太太那边则将肖大姑叫进了任家，问她给任瑶华和丘韫合八字的事情。

肖大姑不愧是个见多识广的，一开口就头头是道，让任老太太也挑不出她半点错处来，且肖大姑也说了，她当时在丘家人面前并没有将话说死，两家若是真要结亲，也不是没有办法化凶为吉，可是丘家老太太和丘大太太听了她只字片语之后就不愿意听了。

任老太太哪里有不明白那位大嫂的心思的，心里气得牙痒，可是丘家一口咬定任瑶华和丘韫八字不合，她也没有办法。

任老太爷让她试着向丘老太爷提一提八小姐任瑶玉和东府的任瑶亭，六小姐任瑶凤在京城，二老太爷任永祥和任四老爷任时序的意思是想为她在京城找一户合适的人家。而五小姐任瑶期，看任老太爷那意思似乎是另有谋算。

可是任家算盘打得好，丘家那边却没有消息再传过来。

任瑶池的夫家顾家那边终于来人接任瑶音了。

任瑶池身为任家长房嫡出的大小姐，当年任家给她找婆家的时候当真算得上是打着灯笼找的，而江宁织造顾家在南边也算得上是数一数二的高门，有实权，又有银钱。任瑶池嫁的虽然不是今后能当家的长房嫡长子，她的夫婿也是顾家小一辈当中能干实事的那一种，家族给安排的差事也很不错，任家近年在江宁开的几家煤栈还仰仗过这位姑爷和姑爷的家族的照顾。

任瑶池比任瑶音大了八岁，出嫁的时候任瑶音还小，但是两人毕竟是一母同胞的亲姐妹，任瑶池对任瑶音的事情还是很重视的，特意派了自己从娘家带过去的嬷嬷和丫鬟回来接人，还给任家带来整整五辆马车的礼物，任家上下都有份。

任瑶期得了四匹江宁出产的羽缎，四匹妆花绸缎，一盒子江南最新式样的缀了珍珠和各种宝石的华丽绢花，还有一整套赤金镶嵌宝石的头面。

任瑶期觉得自己得的礼物有些重了。她以往每年也收到过这位大姐姐送回来的礼，不过这次收到的是最为贵重的。

她问了任瑶华，发现任瑶华与她得到的差不了太多，就是那套赤金头面在式样上有差别。

不过她后来得知，任瑶玉和任瑶英等人所得的礼物就远远不如她们姐妹贵重，不过是两匹妆花缎子，两匹羽缎，一盒子式样新颖却并不贵重的普通绢花，并没有她们两人的金头面。

任瑶期便明白了，任瑶池这是在为任瑶音的事情向她们表示歉意，同时也是向她们表个态，任瑶音是她的亲妹子，还有她给撑腰。

顾家的婆子丫鬟们没有在任家待太久，当日下午到的白鹤镇，第二日一早天一亮就走了，任瑶音自然也与她们一同离开了白鹤镇。

任瑶期算是松了一口气。

前有狼后有虎的日子可不是好过的，现在总算是走了一个。希望今后任家的日子能太平一些。

只可惜任瑶期的希望没有达成，任家并没有因为任瑶音的离开而真正平静下来。

这一日，一位上街去买针线的婆子回来说自己看到了原本在任家做事的一个丫鬟。

这丫鬟原本是三房紫薇院里伺候的，两年前因为犯了错事得罪了任瑶华，而被任瑶华下令发卖了出去。

这原本也没什么。

可是据那位出门买针线的婆子所说，看这个丫头的穿着打扮就不像是正经人，她出于好奇跟了丫鬟一段路，最后竟然发现丫鬟进了白鹤镇最著名的那条花街柳巷。

这消息一经传出，就让任家的丫鬟婆子们都震惊了，看向任瑶华的目光越加敬畏。

之前李家来人说椿儿被卖到了窑子里，她们其实大多数还是不信的，可是现在有人看到曾经因为得罪三小姐而被赶出任家的丫鬟成了窑姐儿，尽管这个丫鬟不是椿儿，也不由得让人心里产生了不好的联想。

这丫鬟难道真的是被三小姐让人卖去窑子的？那椿儿这会儿定也是凶多吉少了吧？

任瑶期和任瑶华听到这件事情的时候，消息已经在任家下人当中传开了。

任瑶期找来了周嬷嬷："她们口中的那个丫鬟是谁？"

周嬷嬷也正因为这件事情焦头烂额。她协助李氏打理三房内院十几年，对这些人事了如指掌，立即回道："应该是三小姐和太太还没有去庄子上的时候院子里的一个三等丫鬟，叫梅红。"

周嬷嬷一提，任瑶华也想起来了，皱眉道："梅红？是她？"

任瑶期对这个名字是一点印象也没有了，在她们眼里两年前的事情，在她这里已经过去十几年了，且还是一个没有近身伺候过的三等丫鬟。紫薇院里有四个主子，二三等丫鬟加起来少说也有二三十人，每过个几年还会放出去几批。

"三姐记得她？"

任瑶华想了想："原本她一个并不近身伺候的三等丫鬟也犯不着我，只是她总是喜欢有事没事就往我跟前凑，我一开始还觉得她是手脚勤快想要讨好我这个主子，可是有一次院子里其他几个丫鬟看到她在方姨娘面前献殷勤，我听了心生厌恶，就找了个借口让管事把人给卖了。"

丫鬟们分了等级也分了工，按理一个三等丫鬟没有特殊情况是接近不了主子的，梅红行事太过积极本来就引起了任瑶华的注意，之后她又与方姨娘有接触，任瑶华就以为她是方姨娘的人。

谁都知道三小姐任瑶华最厌恶的人就是方姨娘，敢与方姨娘沾边的人到了任瑶华这里全都没有好果子吃。

任瑶期摇了摇头："我倒是觉得这件事情你做得鲁莽了，方姨娘那种人行事最是小心，若梅红真的是她的人，怎么可能让人看到她们有接触？还是让好几个人瞧见。我看这丫鬟心思灵活是真，巴结方姨娘倒未必。"

周嬷嬷叹气道："老奴当初也劝过三小姐的。梅红一个三等丫鬟整日里想法子要在主子们面前露脸，还成功地让三小姐注意到了她这个人，可能会引起院子里其他三等丫鬟的嫉妒，被人陷害也不是不可能，毕竟谁都知道三小姐最恨人吃里扒外。”

任瑶华这会儿想起来，也觉得自己当初行事有些鲁莽。她那会儿刚在方姨娘面前吃了瘪，与任瑶期也是三天两头地吵架，所以梅红正好撞到她枪口上来了。

“我当时想着，宁可杀错也不放过，就当是杀鸡儆猴了。不过那名女子当真是梅红？嬷嬷，你知道梅红当初被卖到哪里了吗？”

周嬷嬷仔细回想了一下：“府里打发出去的丫鬟都是交给牙婆，一般不会卖到临近的州县，至于具体会被卖到哪里，就只有找当初卖她的牙行问了。不过因为梅红并没有犯过什么大错，太太怕三小姐您冤枉了好人，让我交代牙婆尽量卖到好人家做丫鬟。”

任瑶华冷笑道：“这么说不管那名女子是不是梅红，这都是特意针对我的？”

任瑶期也认为，这可能是方姨娘的后招。

周嬷嬷道：“那现在要怎么办？总不能任由这流言继续传下去吧？”

任瑶华冷笑道：“她既然费这么多心思设了这么一局，哪里有可能会让我轻易逃脱？你瞧着吧，这件事情说不定已经传出去了。怕什么？大不了我这一辈子就老死在内院，不过她们母女可就要当心了！反正我已经有了这么一个‘恶毒’的名声，以后对付她们，我还要顾忌什么手段么！”

周嬷嬷闻言不由得心中一跳：“三小姐，这万万不可！”她又看向任瑶期：“五小姐……”

任瑶期朝周嬷嬷安抚地笑了笑，对着任瑶华时面色却冷淡了些：“三姐，你是什么身份，她又是什么身份？同归于尽？她配吗？之前对上九妹妹的时候，你是怎么对我说的？结果你就这点本事？”

任瑶华闻言不由得瞪向任瑶期，任瑶期不为所动：“才开局你就认输，还不让人说？”

“我没有认输！”任瑶华恼怒道。

任瑶期摇了摇头，慢条斯理道：“在我眼里，平局就是你输了！你是嫡女，她是小妾，难不成你认为一位将军和一个无名小卒同归于尽还是赚了不成？”

任瑶华闻言愣了愣，然后顾不上生气了，有些哭笑不得道：“你这是打的什么乱七八糟的比方？”

任瑶期看着任瑶华正色道：“三姐，你要好好活着，且要活得比她好，这才算是你赢！人死了就什么都没有了，还谈什么输赢？”

任瑶期不是第一次从任瑶华口中听到类似于逼不得已就“同归于尽”的话了，这不是她希望看到的。

任瑶华看着任瑶期，嘴唇抖了抖，似是想要说什么，可是没有说出口，然后偏过头去，冷哼了一声，语气不善道：“这还用你说！”

周嬷嬷在一旁看着这对姐妹，不知怎么的觉得眼睛有些发酸，不由得偏过身子提起衣袖揩了揩眼角，心里却是欢喜的。

正在这时候，芜菁进来禀报说老太太院子里的小丫鬟奉了老太太之命过来请三小姐去荣华院一趟。

任瑶华朝芜菁点了点头，然后对任瑶期道：“可能是梅红的事情被祖母知道了，这会儿过去肯定少不了一番教训。”

任瑶期也不意外这件事情会传到老太太耳中。

既然老太太都知道了，任家肯定会采取手段来制止流言。不过任瑶期能想到这点，背后布局之人不可能想不到。

还是说任家的反应和应对之策也在她的算计当中？

这么想着，任瑶期对任瑶华道：“这个时候叫你过去，我猜也是这件事，我与你一起去。”

任瑶华皱眉：“我是去挨骂的，你去做什么？”

任瑶期摇了摇头：“你去挨你的骂。我是过去看看任家打算怎么应对，敌人走一步算三步，你要想赢，就只能走得比她更远，不然只会一直被动。”

任瑶华听到任瑶期前一句话的时候嘴角抽了抽，听到她后面的话后却不由得若有所思。

姐妹两人来到荣华院的时候，果然看到任老太太正怒火中烧。

看到任瑶华进来，任老太太这次也没有什么好脸色，指着她骂道：“你看看你又惹了什么好事！”

转眼见任瑶期也跟了进来，不由得皱了皱眉，不过她也没有赶人，而是继续骂任瑶华：“早就与你说过，你那脾气要改一改！不过是个丫鬟，她开罪了你，你想要她吃苦头也不是不行，直接交给刑罚嬷嬷就是了，你偏要搞出那么些花样儿来！现在你又能得了什么好？连任家的脸都要被你丢光了！”

任瑶华等老太太骂完之后才有些恼怒地道：“祖母，当初我只是不喜欢那个丫鬟，所以让牙婆卖给别家，我真的没有让人把她卖到不好的地方去！不信的话，您叫当初带她走的牙婆来问问？”

任老太太不由得半信半疑，不过转念一想，瑶华不是个喜欢撒谎的，她也找人问过了，当初瑶华只是交代把人卖出去，连板子都没有打，若是那个丫鬟真的犯了什么大过错的话，依着瑶华的性子，不可能不让那个丫鬟受点皮肉之苦。

“难道是认错人了？”任老太太的脸色还是有些不好看。

“祖母有没有找那个说看到梅红的婆子来问话？”任瑶华问道。

任老太太没好气道：“自然是问过了！看到的人还不止一个！两个婆子出门买针线的时候遇到的，都一口咬定与那个被你赶出去的丫头长得一模一样。”

这时候任瑶期开口道：“祖母，听说这件事情传得府里的丫鬟婆子们都知晓了？”

任老太太皱了皱眉：“都是这两个碎嘴的婆子传出去的！我已经赏了她们一人一顿板子关了起来，等这件事情过去之后再处置她们。府里的人我也都交代了下去，不让她们再乱传，若是被发现还有谁碎嘴，就直接打死扔出去！”

任瑶华冷哼道：“这两个婆子倒也是能干的，捕风捉影的事情竟然能让她们传得府上人尽皆知。”任瑶华这是暗示有人在暗地里捣鬼。

任老太太却是道：“我也让人查过了，她们是昨儿下午遇见的人，正好晚上荣华院里有个嬷嬷过生日，摆了酒席叫她们去吃酒，两人喝醉了把不住嘴，在酒桌上说了这件事情。当时在座的有各房各院的丫鬟婆子，于是这事儿就这么传开了。”

这还真是凑巧！任瑶期和任瑶华对视了一眼。

任瑶华问道：“祖母，梅红那边怎么办？”

任老太太听任瑶华提起，火气又上来了：“还能怎么办！你祖父已经派人去找了！不管是不是从我们府上出去的，都不能再让她留在白鹤镇。不然以后她一出现，就又是风言风语的，任家可丢不起这个脸！”

任家知道了果然不会坐视不管，不分青红皂白将人送走是最为保险的。

不过任家能想得到的事情，方姨娘会想不到吗？她还有什么后招？

任瑶华被任老太太狠狠地骂了一顿，又被罚抄写经书。

任瑶期没有留在荣华院，出来之后立即回到自己的房里用左手提笔写了一封信，然后叫来苹果吩咐道：“你去找袁大勇，让他尽快把这封信送给祝若梅。”

苹果不是第一次与袁家人接触，送了信之后很快就回来了。

“小姐，袁大勇接了信已经去了，他说今日午时之前一定把信带到。”

任瑶期看了看外头的天色，离午时不到两个时辰了，点了点头道：“袁家那边你多注意着点，若是他们有什么需要就告诉我知晓。”

袁家人帮了她不少忙，投桃报李，她在自己的能力范围之内照顾着点他们也理所应当。之前托了三老爷任时敏的关系，任瑶期已经将袁大勇由煤矿里的小账房提拔到了白鹤镇上的任家煤栈当二掌柜。最后发现袁大勇竟然还是个可造之才。因为之前只是煤矿上的一个小账房，到了白鹤镇煤栈来当二掌柜，自然有人不服他，只是不过短短几个月，他竟然就站稳了脚跟，并与煤栈里的管事伙计们打成一片，让大掌柜对他赞不绝口，还在任大老爷面前表扬了他。

任瑶期不由得感到欣喜。

任瑶期原本想让苹果退下，不想苹果却说道：“小姐，袁家人若是有什么需要，您能帮他们？”

任瑶期闻言一愣，然后笑着点头道：“你先说来听听，能帮上忙我自然会帮。”

苹果道：“之前几次我见到袁嫂子，听她说想要给袁大勇定一门亲，原本袁大勇时常待在西山的煤矿不好说亲，现在他来镇上了，袁嫂子就想给他找个媳妇。今儿袁大嫂还向我打听了一下院子里的姐妹们。小姐，您能不能去求求太太？”

苹果平日里差事办得一丝不苟，不过却不爱说话，今日倒是难得说了这么多。

任瑶期觉得袁大勇很不错，袁家的人也很好相处，心肠都是极好的。若是可以，她还真想把袁大勇留下当个左膀右臂，让母亲给他指个好丫头倒是没有什么问题。

不过袁嫂子为什么向苹果打听这些？

任瑶期想了想，问苹果道："袁嫂子有没有问过你年纪，家里有什么人？"

苹果一呆，像是反应了过来，脸上唰地红了，说话也支支吾吾起来："没，好……好像……有……"

任瑶期看到她这模样觉得有些好笑，故意逗她道："是有，还是没有？"

苹果低头："有吧……"

任瑶期哪里还有不明白的，袁嫂子怕是看上了苹果这个傻丫头。

只是苹果以为袁嫂子是向她打听紫薇院里的丫鬟，所以回来请她去求她母亲给袁大勇指一个丫头。

苹果已经窘迫得不敢抬头，觉得自己真的太笨了！现在想想袁嫂子和她说这些话时候的表情和语气，以及她介绍院子里的姐姐的时候袁嫂子脸上的无奈和失望，心里全明白了。

她一直以为自己长相一般，人也木讷不讨喜，除了小姐之外没有人会喜欢她，所以完全没有往自己身上想过。

任瑶期看了看苹果难得羞窘的模样，又觉得她似乎没有厌恶排斥的样子，便笑着道："你下次遇到袁嫂子的时候告诉她，我身边的丫头我还打算多留几年，他们家若是能等的话就等等，若是等不了，我就让母亲给袁大勇指一个年纪大一些的。"她母亲房里也有两个丫鬟到了该放出去的年纪，相貌都不错，人也本分。

苹果咬了咬嘴唇，红着脸应下了，任瑶期怕真的羞坏了她，笑着让她退下了。

到了下午，袁嫂子那边来了消息说袁大勇已经把信送到了祝若梅手中，祝若梅看完信之后让他带话说"定不辱命"！

消息还是苹果带进来的，小丫头也不知道是本性使然，还是怎么的，又恢复了一脸严肃的模样，只是在提到袁大勇的时候脸色有那么一点点的不自然，任瑶期便知道她已经将自己之前说的话转告了袁嫂子，苹果并不是个扭扭捏捏的人。

果然在退下去之前，苹果低头道："小姐，袁嫂子说他们家能等。"

苹果好不容易平复下来的脸又有些红了，想起袁嫂子拉着她的手说这句话的时候一脸欣喜的笑。

晚上，任瑶华领完了罚回来，任瑶期过去找她说话。

任瑶华让香芹给她揉了揉有些酸疼的手腕，对任瑶期道："今儿下午祖父回来过，我听到他与祖母说，那名女子竟真的是当年那个梅红，问她几个问题都对上了。"

任瑶期皱了皱眉，倒不意外，不过方姨娘还真是有本事，竟然能找这么一个人出来，还是说她一早就开始布局了？如果真是如此，那她当真是处心积虑。

"她是怎么回燕北的，又是怎么沦落到那种地方的？"任瑶期问道。

任瑶华挥手示意香芹可以了，然后说道："她倒没有说是任家把她卖到那种地方的，只说自己之前被卖到一户人家家中做丫鬟，后来因为得罪了那家的主母被赶了出去，再之后又被人转手卖了两次，最后回了燕北。不过她说这些话的时候颠三倒四的，时间上也模模糊糊，祖父说只能信个两三分。"

任瑶期想了想："祖父让人把她赎出来送走了？"无论梅红是受人指使，还是自己无意间被卖了回来，又是怎么跟任家人交代的，都不是重点。嘴长在她脑袋上，什么时候都可以变卦。

任瑶华点了点头："下午就送走了。"

正在这时候，芜菁匆匆跑进来，脸色发白地道："三小姐、五小姐，不好了。刚刚我们院子里有婆子听说外头不知道怎么的也传起了这件事情，还有别家的丫鬟偷偷跑到我们府上打听。甚至有人胡言乱语说梅红当年是三小姐身边近身伺候的丫头。"

这些都是明面上的话，背地里还不知道怎么抹黑呢。

任瑶华脸色也青了："知道是谁传出去的吗？"

任瑶期冷静地道：“祖母已经下了严令不准外传，所以这消息能散播这么快，怕是有人在外头布置好了的。”

任瑶华道：“好在梅红已经送走了，不然她若是被人收买了胡言乱语，就更加解释不清了。”

任瑶期却摇了摇头：“我瞧着未必好。”

任瑶华皱眉。

任瑶期看向任瑶华：“祖父之前只是交代把人送走吗？现在事情已经闹大了，你觉得任家会怎么做？”

任瑶华想了想之前听到的那些话和祖父当时的语气，又想了想任家平日里的行事风格，脸色一变：“梅红怕是要活不成了？”

任家手里有梅红的卖身契，她是贱籍，任家想要让梅红死再简单不过了，到时候只要给官府一笔银子入档，官府也不会过问这种主家打死奴婢的事情。

任瑶期笑了笑，叹道：“好算计！她料到了任家会把人送走，然后在人真的被任家带走后将事情闹得更大，这时候任家为了平息谣言就算不让梅红死，也不会再让她出现在白鹤镇。”

“那然后呢？”任瑶华问。

“然后当然是想办法把传闻坐实了。梅红死了，还死不见尸，这不是最好的证据吗？”任瑶期缓声道。

“好毒的计策！她就不怕遭报应吗？”任瑶华咬牙道。

任瑶期回想起从前众人的结局，低声叹道：“或许是不怕现世报吧。”

任瑶华看着任瑶期的样子，似乎并不怎么着急，想起她之前说过要走一步多看几步的话，不由得狐疑道：“你留了什么后招？”

她今日一整日都在荣华院里，倒不知道任瑶期在暗地里做了什么。

任瑶期眨了眨眼道：“她下了这么多的功夫，我们就将计就计！”任瑶期凑到任瑶华耳边小声说了几句。

任瑶华听完之后眯起眼睛，脸上带了一丝不易察觉的笑意，斜睨任瑶期道：“你有把握她会上当？”

任瑶期笑了笑：“有些人如意的次数多了就容易自以为是，以为所有的事情都能掌控在自己手中，是时候让她醒醒了。”

梅红悄无声息地消失了，任家以为这件事情就这么平息了，不想到了第二日外头就开始传春风阁的一个姑娘在任家赎出去之后被悄悄灭口了。

再结合之前的那个传言，完整版的就是，任家三小姐性子暴戾，因为不满意自己的贴身丫鬟就将丫鬟卖到了窑子里，结果那丫鬟阴差阳错回了白鹤镇，进了春风阁，眼瞧着任家三小姐狠毒残暴的真面目就要被揭开，任三小姐为了维护自己的声誉，让人偷偷将这个丫鬟从春风阁赎了出去，然后害死了。

尽管当初任家去春风阁赎人的时候没有报出真正的身份，不过外头还是传得有鼻子有眼的，就像是众人亲眼看到了一般。

任瑶华从前一日开始就没有再出过院子，连荣华院也没有去过。听香芹每隔几个时辰就回来向她描述一番外头的新动向，任瑶华恨不得将这个聒噪的丫鬟扔出去。

任瑶期过来看任瑶华，见她竟然悠闲地躲在书房里练字，不由得惊讶道："你这次倒是沉得住气。"

任瑶华头也不抬："你若是进来看到我上蹿下跳的，不就又有机会对我说教了？听说练字能让人平心静气，我瞧着确实是有些道理的，比方说我现在心里就舒服多了。"

任瑶期正往书桌那边走过去，想看看任瑶华的字进步了没有，结果低头一看不由得扑哧一声笑了出来。她看着任瑶华戏谑地道："难怪你说心里舒服多了，原来怒气都发泄到这上面了。"

只见书案上平铺着十几张已经被任瑶华写得密密麻麻的宣纸，每一张纸上都是大大小小的"杀"字，笔力浸透纸背，杀气十足。

任瑶华将手中的笔扔进笔洗中，一边低头打量自己一上午的杰作，一边道："你怎么来了？该收网了？"

任瑶期摇了摇头："再等等，外头还不够闹腾。我可不信她就这点本事。"

任瑶华冷笑道："也是，她知道若是一招弄不死我，以后可就有她好看的了。"

这时候香芹又快步跑进来，一脸激动加愤恨地说："小姐，外面那些人太过分了！他们竟然说我们任家与丘家结不成亲，是因为丘家知道了你的真实性情，所以找借口将亲事回绝了。"

跟在她后面进来的芜菁狠狠地白了她一眼："这些闹心的事情你跟小姐说这么仔细做什么？"

香芹一脸理所应当地道："别人怎么踩我们的当然要记仔细记牢靠了，不然若是忘记了的话，以后还怎么连本带利地还回去？"

芜菁哑然。

任瑶华看着香芹冷冷道："行了！托你的福，我已经记得够牢靠了！"

香芹吐了吐舌头，快速地躲到芜菁身后。

"小姐，周嬷嬷来了。"外头守门的小丫鬟禀报道。

任瑶华看了芜菁一眼，芜菁忙出去把周嬷嬷请进来，见到任瑶期也在任瑶华房里，周嬷嬷并不意外。

任瑶期道："如何？"

周嬷嬷气也不喘一口就道："五小姐，查不出来消息是怎么泄露出去的。昨儿老太爷回来的时候，老太太将丫鬟婆子们都打发了出去，连个奉茶的都没有留下来。按您说的，老太爷应该是在与老太太说梅红的事情。按理说梅红已经死了的事老太太和老太爷并没有让下面的人知晓。"

任瑶华皱眉："可是梅红死的事情还是被传了出去？依着她的性子，若不是确切得知梅红已经被杀了，她是不会冒险弄出这么大动静的。"

任瑶期倒是并不觉得意外，只出声问道："桂嬷嬷呢？"

周嬷嬷一愣："桂嬷嬷？老太太与老太爷说话的时候，她应该是守在门口的，不过没有人能证明她听到了老太太和老太爷的话，也没有人看到她去给方姨娘送信。"

任瑶期漫不经心道："可是也没有人能证明她没有听到祖父和祖母的对话不是吗？"

周嬷嬷闻言不由得愕然："五小姐，您的意思是……"

任瑶期笑道："别人可以信口开河，我们难道就不可以？方姨娘这个人平日里就是太过小心了，所以这一次我要让她输在太过小心上头。我们证明不了是方姨娘的人将消息传出去的，可是这消息是自己长了腿的不成？它总需要一个人来背这个黑锅。”

梅红已死的消息，方姨娘或许不是从老太太房里得到的，她信方姨娘有这个能耐，可是任老太爷和任老太太却不会信。那她就帮他们推一个内鬼出来！

这个内鬼的任务就是将方姨娘拉下水。

周嬷嬷犹豫道：“小姐，您能确定桂嬷嬷是方姨娘的人？”

周嬷嬷还是很惊讶方姨娘竟然能买通任老太太身边最为信任的老嬷嬷。桂嬷嬷虽然不是任老太太的陪嫁，不过也在任老太太身边伺候了近三十年。任瑶期眨了眨眼，偏头道：“当然，我不但能确定，还有证据！”

她当然不是随意将一个无辜之人拖下水，之所以会在这个时候选择把桂嬷嬷推出去，是因为桂嬷嬷本身就不清白。

任瑶期回来之后想起从前的种种，一开始也只是怀疑。依着方姨娘喜欢掌控全局的性情，任老太太身边肯定会有她的人，不然很多事情都说不过去，方姨娘毕竟不是能掐会算的神仙。

任老太太身边的几个丫鬟婆子她都留意过，将其他人一一排除之后，最后才将目光锁定到桂嬷嬷身上。不过当时任瑶期也仅仅是怀疑而已，并不敢肯定。因为方姨娘和桂嬷嬷两人都十分小心，平日里也没有太多交集。

说起来这件事情她还需要感谢她身边曾经的一个大丫鬟雪梨。

雪梨是当初方姨娘安排在她身边的人，不过这丫鬟人聪明又识时务，任瑶期曾打算将她调教一番之后留在身边伺候。后来徐嬷嬷来了之后找个借口打发走了青梅，虽然在任瑶期的示意下徐嬷嬷并没有动雪梨，雪梨却始终不安心。

雪梨知道青梅被打发走表面上瞧着是得了个不错的差事，可是待了一阵子之后就因为能力不足而犯了几个小错。青梅见回紫薇院无望之后偷偷回去找过方姨娘身边的金桔，两人不知为何还有过一番小争执，之后没有过多久青梅就因为一桩错事而被桂嬷嬷发卖出去了，听说被卖去了南边。

雪梨也明白了，现在紫薇院已经逐渐得势，而她因为许久都没有消息传给方姨娘，方姨娘也放弃了她这个眼线，她以后若是想要过得好，就只有取得任瑶期的信任。

上一次方姨娘对任瑶玉下药，让任瑶玉对上康姨娘，徐嬷嬷去外头找到了药渣。徐嬷嬷不知道的是那一次雪梨偷偷跟上了她，虽然不知道徐嬷嬷找回来那些药渣给任瑶期看是什么意思，不过雪梨还是留了个心眼。

当时府里头吃药的主子就那么几个，除了老太太的补药用的自己的小厨房，三少爷的药是大太太让丫鬟在自己的院子里支炉子熬的之外，府里其他人的药都是在大厨房里煎的。雪梨结合当时发生的事情仔细思量，便知道那药渣是八小姐的。

雪梨既然对这事儿上了心，便开始时时留意厨房那边的动静，直到她在厨房发现了牛嫂子。

牛嫂子与老太太院子里的桂嬷嬷有亲戚关系，她的小姑子是桂嬷嬷的长媳。上次李氏和任瑶华母女搬去庄子之后，牛嫂子被安排来了紫薇院，之后又被任瑶期设计连同其他被方姨娘安插进来的人一块儿赶了出去。

原本桂嬷嬷嫌儿媳妇娘家人上不得台面扶不起，不乐意再搭理她娘家的事情，偏偏之后没过多久牛嫂子这位小姑子有了身孕，牛嫂子伺候小姑子伺候得勤，夫妻两人还天天在小姑子面前求她再去桂嬷嬷面前给自己央一个差事。

小姑子推托不得，又求到了桂嬷嬷面前。这次桂嬷嬷看在儿媳妇有孕的分上，又勉为其难给牛嫂子在厨房里安排了一个添柴看火的活儿，虽然每日弄得灰头土脸的，却因为管着厨房的柴炭而有些油水。

雪梨当时看到牛嫂子也没有多想，可是回来一番回想之后总觉得有些不对劲儿。然后她求见了任瑶期。

雪梨将自己的怀疑说了，并说自己在做方姨娘的眼线的时候曾经见到桂嬷嬷和方姨娘的丫鬟金桔避着别人偷偷会过面。

其实任瑶期在看过徐嬷嬷给她找回来的药渣之后也查过厨房，对方姨娘对任瑶玉的药下手之事有过一番猜测，只是并不敢肯定，而且当时时机并不成熟，因此她没有想过在那个时候揭发方姨娘。

现在雪梨到她面前一番述说，倒是让她想到了一条计策。

“雪梨，你今年多大了？”

雪梨一愣，不知道五小姐为何会在这会儿问她的年纪，但她还是很快回道：“奴婢虚岁十四了。”

任瑶期想了想：“十四岁了？倒是可惜了……”

雪梨不解。

任瑶期笑道："我见你聪明伶俐，很是得用，想要一直把你留在身边的。不过你今年已经十四了，等过个几年怕是不能跟我了……"

雪梨闻言不由得有些黯然。

她比任瑶期年长两三岁，等任瑶期出嫁的时候肯定是不能选她当陪嫁丫鬟的。

按照燕北的规矩，有些陪嫁丫鬟将来是要准备给姑爷做通房的，但是在主子有身孕之前肯定不会让她开脸，所以陪嫁丫鬟一般都是比小姐小或者与她差不多年纪。

不过雪梨也不是奔着当妾去的，所以她仔细想了想之后跪下去恳求任瑶期道："五小姐，那您在出嫁前把奴婢随便配了人吧，奴婢给您当陪房。"

她不是任家的家生子，在任家无亲无故的，原本依着她的背景是当不了小姐身边的大丫鬟的。若是任瑶期出嫁之后她留在任家，肯定没有什么好出路。

任瑶期示意她起身，看着她笑道："你不会后悔？"

雪梨立即摇头："奴婢不后悔，奴婢今后一定好好伺候小姐，绝无二心，只求五小姐不要抛下奴婢。"

任瑶期看她的神情不似作伪，便点了点头："那好，不过养兵千日用兵一时，我以后会有一件重要的事情交由你去办，但是现在我需要你暂时离开紫薇院一阵子。"

雪梨闻言问道："小姐，是什么事？不能现在做吗？"

任瑶期笑道："现在啊？现在还不是时候啊！"有时候想要一个人一件物发挥到最大的价值，就必须等待时机。

"那奴婢要离开您多久？"

任瑶期想了想："应该还要几年，不过等我离开任家那一日，我会带你走。你可以仔细考虑一下，我也不会勉强你，若是你不愿意的话，那就还是同以前一样，等我离开任家的时候，我会交代周嬷嬷给你安排另外的差事。"

雪梨只是稍微想了想，就点头应下："小姐，奴婢愿意。"

任瑶期笑了，逗她道："你不怕我食言？或者干脆把你忘了？"

雪梨道："奴婢在您身边伺候的时间虽然不长，却知道您的为人。如果五小姐有一日食言，那也定是奴婢做得不够好，奴婢会努力让五小姐记住奴婢的。”

任瑶期想，这丫头果然是个聪明的。她也不怕用聪明人。

与雪梨进行这么一番对话之后不久，雪梨就因为犯了一桩不大不小的错事而被赶出紫薇院，去了外院当差。

而方姨娘母女那边果然没有让任瑶期失望。

外头现在不仅仅在传任瑶华对丫鬟狠毒暴戾，还传她对自己的同胞姐妹粗暴专横。

赶走了庶妹的贴身丫鬟不说，连庶妹姨娘身边伺候的人都要经过她的手安排。甚至任瑶华一不高兴就会动手打妹妹出气，也因此连她的嫡亲妹妹都与她合不来，两人时常一言不合就大打出手。

再之后，任瑶华当初推庶出弟弟落水的事情也被翻了出来。

方姨娘太想让任瑶华倒霉了，所以这次她不打算给任瑶华翻身的机会，有些无所不用其极。

外面的戏正唱得热闹，五太太林氏带着女儿任瑶玉看热闹看得也高兴，觉得反正这把火烧不到她头上。

反倒是如今任瑶音出了怪事被送走，任瑶华眼见着也要失宠，这下还不轮到任瑶玉在任家诸位姐妹当中出头吗？

所以这一次五太太又带着任瑶玉出去串门子，顺便听听外头越发有意思的传闻，不想在上马车的时候却被一个外院的丫鬟拦了下来。

五太太心里有些不痛快。

“你是哪里的丫头，懂不懂府里的规矩！来人啊！给我叉出去！”

那丫鬟一身二等丫鬟的衣裳，看穿着打扮有些寒酸，一看就知道不是主子面前得力的人。

不想那丫鬟却立即求道：“五太太，奴婢雪梨，有一件要紧的事情想告诉您。”

五太太今日约了两条街外的高太太打叶子牌。这几日不知道怎么的，别人在倒霉，她手气倒是火了，赢了不少银子，让原本不好这一项的五太太也热衷起来。

“你一个外院的二等丫鬟能有什么可跟我说的？”五太太不快道。

雪梨立即道：“五太太，奴婢之前是在内院伺候的，只是前一阵子因为惹了主子不快才会被赶出来。”

任瑶玉瞧着她有些眼熟，想了想道：“啊，我想起来了，你之前不是在五姐姐身边伺候吗？雪梨？对，娘，她以前是五姐姐的大丫鬟。”

五太太这才正眼看向雪梨，不过任瑶期的丫鬟与她有什么好说的？

任瑶玉却有些感兴趣：“你想告诉我娘什么事情？是跟五姐姐有关的？”

雪梨黯然地摇了摇头：“奴婢之前虽然是伺候五小姐的，但是因为奴婢是方姨娘给五小姐的丫鬟，所以并不曾得五小姐欢心，五小姐的事情怎么会让奴婢知道。”

五太太听说她是方姨娘的人，立即有些厌恶地皱了皱眉，对她越发不耐：“都愣着做什么？还不把人给我赶开！”

雪梨却是不肯走，央求道：“五太太，奴婢真的有要紧的事情想要告诉您，奴婢知道您向来是菩萨心肠，奴婢只求您给奴婢一条活路！”

任瑶玉对打叶子牌不感兴趣，又有些厌恶高家几位小姐总喜欢当着她的面提她们无论吃多少点心都不会胖，以为她听不懂她们是在笑话她喝水都长肉，所以她对雪梨的话比较有兴趣。

“娘，时间还早，听她说说又有何妨？说不定她真的有要紧的事情呢。”

五太太想着也对，就让婆子都退下，招了她到自己面前：“你有什么话要与我说？”

雪梨看了看四周，低声道：“事关重大，还请五太太屏退左右！”

林氏有些狐疑，不过她也不怕一个小丫鬟在她面前捣什么鬼，便让几个小丫鬟和婆子退远一些，只留了自己近身伺候的两个大丫鬟。

雪梨这才道：“五太太、八小姐，你们还记不记得当初康姨娘的事情？”

此言一出，五太太和任瑶玉都变了脸色。任瑶玉这一辈子都忘不了当时康姨娘浑身是血倒在地上的样子，而五太太最不愿听见这个曾经企图夺走她夫婿的女人。

母女两人都以为雪梨是存心来找茬的，正要发火，雪梨却抓紧时机道："五太太、八小姐息怒，奴婢只是想告诉你们，八小姐当初是被人陷害的！康姨娘滑倒并不是八小姐的过失！"

此言一出，林氏和任瑶玉都呆住了。

林氏先反应过来，厉声道："你是什么意思？谁陷害我家玉儿？"

"嘘——"雪梨以手抵唇，又看了看四周，"五太太不要声张，奴婢还想要活命呢。"

林氏勉强没有再大喊，目光死死盯住雪梨。

雪梨道："五太太，您听我说，当初是有人瞅着您不在八小姐身边，偷偷给八小姐下了药。这种药对人的身体没有太大的损害，只是会让人易暴易怒。八小姐被人连着下了好几日的药，所以才会与康姨娘几次三番地争执，甚至失手推了她，让她掉了孩子。八小姐，您仔细想一想，那一阵子是不是总是控制不了自己的脾气？明明有时候您不想动怒的。还有就是您的药吃了不是一时半会儿了，那一阵子的药是不是与平时有些不同？"

林氏立即看向任瑶玉。

任瑶玉想了想："好像是这样的！那次推她的时候，我……我都不知道自己在做什么。而且有一阵子的药比以往的几次要苦，我以为是娘交代过厨房又给我换了新方子。我提过一次，后来吃的药又不苦了，我就没有在意了。"

林氏吓了一跳："换什么方子，这方子已经吃了快一年了！"看向雪梨的时候她又变得怒气冲冲："是谁在害我们母女？是谁？"

任瑶玉一想起自己当初那一阵子受的苦心里也是恨极："你快说！是谁？"

雪梨沉默了一瞬才道："五太太、八小姐，其实今日奴婢来找你们也是因为逼不得已想要自救。若是奴婢告诉了你们这件事情的幕后主使，五太太您能不能保证奴婢不会被人赶出任家，还有就是……就是奴婢现在过得很不好，需要……需要一些银子……"

任瑶玉不耐道："你放心说就是了，我看谁敢赶你走！银子也好说！"

雪梨看向林氏。

林氏点头："你说就是了！有什么事情我给你担着！就算我说话不管用，

还有我们五老爷呢！他也不能看着自己的闺女被人这般陷害！”

雪梨这才松了一口气：“有五太太和八小姐这些话，奴婢就放心了。当初害了您和八小姐的人……正是方姨娘。”

任瑶玉尖叫：“是她？她为什么要……”任瑶玉想要问方姨娘为什么要这么做，可是她立即想到当初自己设计任瑶英打翻恭桶的事情。

林氏也想起来了，依着方姨娘的性子，知道是她们母女在背后害了任瑶英，确实不可能善罢甘休。

果然雪梨道：“方姨娘是记恨您当初害了九小姐的事情，九小姐当时被吓坏了，把自己关了大半年不敢出门。”

林氏已经有些信了，不过还是道：“你有什么证据吗，我也不能听你一面之词。”

雪梨从自己的衣袖中掏出来一个纸包，递给林氏。

林氏接过来打开一看，只见纸包里是一些已经干了的药渣。

“奴婢以前是方姨娘的人，被方姨娘派去监视五小姐，奴婢也是某一次去找牛嫂子的时候，无意中撞破牛嫂子鬼鬼祟祟地往一个药罐里加了些东西，所以才起了疑心。后来见这罐药熬好之后被送给了八小姐，等牛嫂子去处理药渣的时候，奴婢偷偷捡了些回来，后来奴婢又出去找个游方郎中辨识这些药材，才知道加进去的那几味药是害人的，短时间服用让人容易暴怒，服用久了能让人丧失心智。奴婢吓了一跳，想回去偷偷提醒八小姐和五太太，不过那时候康姨娘已经小产了，牛嫂子也没有再动八小姐的药。”

“你既然是方姨娘的人，怎么会沦落到去外院？”

雪梨闻言有些不甘道：“奴婢和另一个丫鬟青梅都是三太太不在的时候方姨娘送给五小姐的，方姨娘让我们把五小姐平日里的一举一动都报给她。之前五小姐和方姨娘关系还好，所以倒也无事，只是后来三太太回来之后，五小姐在周嬷嬷和徐嬷嬷的挑拨下开始看奴婢和青梅不顺眼。青梅最先被徐嬷嬷打发了出去。她出去以后过得不好，就去求方姨娘，想求方姨娘念着旧情帮帮她。方姨娘却害怕自己指使青梅监视五小姐的事情被人知道，所以想办法将青梅卖了出去。奴婢当时就想，早晚有一日会轮到奴婢自己，果然没多久奴婢也被徐嬷嬷赶出了紫薇院。奴婢虽然是个丫鬟，可是一直是在小姐跟前伺候的，现在到了外院，那些嬷嬷们总是给奴婢安排粗活儿重活儿，您看看奴婢的一双手。”

雪梨将自己的手伸出来给林氏看，只见原本一双骨肉均匀的纤纤玉手已经粗糙得如同乡野农妇的手，实在有些惨不忍睹。

看到林氏和任瑶玉眼中的神色，雪梨觉得自己的狠心还是值得的，接着道：“这便罢了，不过是吃些苦头，奴婢忍忍就过去了。可是外院那些丫鬟婆子知道奴婢是被主子赶出内院的之后，个个都笑话奴婢，还想方设法从奴婢这里讹银子！奴婢听说外院又要放一批丫鬟出去，想着之前青梅的下场……奴婢真的很害怕被赶出去啊！奴婢只会伺候人，别的活儿都不会干，出去之后也不知道有没有活路。”雪梨说着就嘤嘤哭了起来。

林氏打断她道：“你刚刚提到了牛嫂子？她是方姨娘的人？”

雪梨点了点头，又摇头：“牛嫂子是不是方姨娘的人我不清楚，不过她小姑子的婆婆桂嬷嬷与方姨娘很有交情，桂嬷嬷帮方姨娘做了不少事情。奴婢也是因为这个关系才知道了牛嫂子这个人。”

任瑶玉惊讶道：“桂嬷嬷？祖母身边的管事桂嬷嬷？”

雪梨肯定地点了点头：“奴婢和青梅曾几次见到桂嬷嬷与方姨娘身边的金桔背着众人偷偷会面，奴婢还曾听金桔提到过桂嬷嬷。”

雪梨的话真假参半，林氏这会儿却已经全信了。

她怒焰冲天地冲远处几个婆子叫道：“快去给我把牛嫂子抓起来！”然后又吩咐任瑶玉：“去让人把你爹叫回来，这次老太太不给我们母女一个交代，这个家谁都别想好过！”

任瑶玉这会儿也是热血沸腾，想起自己的冤屈就要得雪，也忘了可以打发丫鬟婆子去叫五老爷，自己撒腿就往外跑，好在被她的管房嬷嬷拉住了。

“八小姐，奴婢去喊五老爷，您陪着五太太。”

雪梨见林氏和任瑶玉都气哄哄地要走，忙急道：“五太太，您……您之前答应给奴婢的赏钱……”

林氏摆了摆手：“过后再来我院子里拿，少不了你的！”

雪梨这才一脸放下了心的表情。

第三十章

毁 容

这会儿不是饭点，牛嫂子正与一帮婆子媳妇坐在天井下面嗑瓜子儿聊天，四五个膀大腰圆的婆子凶神恶煞地闯进来，问明了谁是牛嫂子之后，提起她就往外走。

牛嫂子吓了一跳，一路上拼命挣扎叫骂，惹来一群看热闹的人。众人都不明白这是怎么回事。

直到牛嫂子被提到琉璃院五太太林氏面前。

牛嫂子看到五太太满眼怒气地瞪着她，吓了一跳，也忘了喊叫挣扎："五……五太太……"

五太太冷笑一声，指了指摊开在桌上的一个纸包："你瞧瞧认不认得这是什么东西！"

牛嫂子下意识地往桌上看了一眼，一开始她还没有看出来那一团是什么玩意儿，不过当初任瑶玉的药渣都是她亲自处理的，总还有些印象，因此多看了两眼之后就认出来了。

这一认出来不要紧，牛嫂子以为自己东窗事发了，吓得脚一软跪在地上，连话都说不出来了，显然是吓傻了。

五太太一看她的怂样就明白了，雪梨的话应该是真的。

这还得了！五太太气得指着牛嫂子尖叫道："给我拉出去打板子！打死这个恶毒的刁奴！"她连听牛嫂子辩解的耐性都没有了。

林氏话音刚落就有两个婆子上来要拉牛嫂子下去，牛嫂子看到五太太的样子，意识到自己的小命可能真的要交代在这里了，就不管不顾地一边磕头，一边哭叫道："五太太饶命！五太太饶命！这不关奴婢的事情，奴婢只是奉命行事，奴婢根本就不知道这是什么药啊！"

她话音才落，男子压抑着怒火的声音就在门口响起："你是奉了谁的命令！"

众人回头一看，就见五老爷任时茂沉着一张脸站在门口。

五太太一看到五老爷来了，立即起身扑到五老爷怀里，也不管满屋子的人看着，刚刚还是凶神恶煞的母老虎，这么一会儿立即哭得凄凄惨惨戚戚起来："五郎，我们玉儿真是太可怜了！怎么会有人这么狠毒用药来害她！五郎，你一定要为我们娘儿俩做主啊！呜呜呜……"

一屋子的丫鬟婆子们似是见惯了，都低下头眼观鼻鼻观心。

五老爷安慰了五太太几句，又看了看站在一边一脸委屈的女儿，再看向牛嫂子的时候眼中的怒火更盛："爷问你话呢！你是奉了谁的命令换了八小姐的药！"刚刚在路上的时候，任瑶玉的管房嬷嬷已经将事情的经过都告诉了他。

牛嫂子被五太太这么一哭却是缓了一些过来，便有些支支吾吾了，她听说五老爷性子比较和善，不像五太太那般脾气暴躁，或许……

不想平日里很好说话的五老爷这次却不那么好说话了。他也是出门见过些世面的，一看牛嫂子的神色就知道这妇人在偷偷打主意，当下冷笑一声："罢了，来人，把这刁奴绑了送到衙门去，就说她胆敢用毒药谋害主子，让衙门审吧。"

林氏哭叫道："只要她一条命？哪里有这么好的事情！给我去问清楚她的家人还有没有在任家做事的！都给我绑了来！她若是有孩子最好，给我照着这服药抓了来，煎了给她孩子喂下，我要让她看看我的玉儿当初吃了什么苦！"

牛嫂子闻言一惊，脸都白了，她只有一个儿子，今年才四岁，是她的命根子。

"不要啊，五太太……这不关我孩子的事情啊……五太太……五老爷，五老爷，您行行好吧。"牛嫂子磕头磕得砰砰作响。

林氏和任时茂都不为所动，林氏甚至还对她冷笑了一下。

眼见着就有婆子要奉命去抓人，牛嫂子实在是没有办法了，立即道："奴婢招，奴婢都招了，要奴婢做什么都行，求五老爷和五太太饶了奴婢的儿子。"

五老爷这才招了那几个婆子回来。

林氏却是道："先去把人给我抓起来，谁知道他们会不会听到风声逃了？到时候这刁奴怕是又要不老实！只要她敢有半句隐瞒或者虚言，我就拿她儿子试药！"在这种折磨人的事情上面，林氏竟然十分有天赋，无师自通。

见五老爷没有说话，那几个婆子立即去抓人了。

牛嫂子瘫坐在地上。

"还不快说！"

牛嫂子一抖，想到自己儿子就要落在五太太手里，咬了咬牙道："奴婢当初是奉了我家小姑子婆婆的命令换了八小姐的药。"

"是老夫人院子里的桂嬷嬷？"林氏立即问道。

牛嫂子点了点头。

林氏露出一副"果然如此"的表情，看来那个叫雪梨的丫鬟没有骗她。

"那桂嬷嬷又是奉了谁的命令？"任时茂冷声道。

牛嫂子摇头："这个奴婢就不知道了。"

见林氏不满意要发火，牛嫂子立即道："奴婢真的不知道，奴婢只是奉命换药，而且奴婢也不知道这药是做什么用的。"

林氏哼了一声："那我留着你有什么用？"

牛嫂子绞尽脑汁想了想，突然想起了什么，立即道："不过奴婢当时偷偷向奴婢的小姑子打听过此事，小姑子虽然也说不知道，只是她后来有一次说漏了嘴，抱怨她婆婆明明已经是老太太屋里的管事了，却还要为一个姨娘办事，实在是自降身份。"

"姨娘？是不是三房的方姨娘？"林氏逼问道。

牛嫂子当时也只是听她小姑子嘀咕了一句，并没有听明白，后来她再问的时候，小姑子已经什么都不肯说了，不过这会儿她还是胡乱点了头："对，好像就是方姨娘，就是她。"

五老爷和林氏对视一眼，然后吩咐婆子道："把人绑了，带去荣华院见老太太。再去把三哥、三嫂请过来。"

五老爷夫妇又带着牛嫂子去见老太太，刚走出院子就遇上了闻风赶来的大太太王氏。

任老太太今儿一早起来右眼眼皮就一个劲儿地跳，后来只能剪了一小块红纸贴在眼角上。

后来又听到下面的丫鬟来报说五太太不知怎么的又闹了起来，还抓了个厨房的小管事回琉璃院，任老太太现在正为任瑶华的事情焦头烂额，哪里还有空去搭理林氏又发什么疯，就让底下的丫鬟去请大太太过去琉璃院瞧瞧。

可是今儿任老太太是注定无法舒心了，之后不久大太太就和五老爷夫妻一起回来了，后面还有一个被提溜进来的五花大绑的妇人。

“这是做什么？”老太太皱眉道。

大太太看了看任时茂和林氏，想了想，没有先开口。虽然在路上她听林氏将事情的始末说了一遍，不过这事儿不算小事，还是让五房和三房的人自己解决的好。

林氏对于告状的事情是很拿手的，当即当仁不让地将事情的经过又说了一遍，五老爷还跟着不轻不重地补充了几句，夫妻两人一唱一和，配合默契，将桂嬷嬷和方姨娘的罪行一一抖搂出来。

任老太太听了有些不敢置信，又亲自盘问了牛嫂子一遍，牛嫂子儿子还在五太太手里，半点花样也不敢耍，问什么答什么。

“去把桂嬷嬷和方姨娘都给我找来！”任老太太这会儿也觉得事关重大，脸上不由得严肃起来。

任时茂将那一包药渣放到桌上：“娘，儿子之前回来的时候已经让人去请大夫进府了，也让人去请了三哥和三嫂。”

任老太太点了点头，没有说什么，又看了看那些药渣，看不出个所以然来。

“你说这是一个丫鬟给你的？那丫鬟呢？”老太太问林氏。

林氏立即道：“这丫鬟以前是方姨娘的人，被她派去紫薇院监视瑶期，后来因为瑶期不喜欢她，所以被赶出了内院。这丫鬟怕被方姨娘弄出府去，才找到了我这里。说是以前还有一个与她一起被派去紫薇院的丫鬟已经被方姨娘交代桂嬷嬷远远卖出去了。娘，您要见她吗？我这就让人叫她过来。”

任老太太道：“等会儿再说吧……”

这时候被派去找桂嬷嬷的珊瑚回来了：“老太太，找不到桂嬷嬷。”

任老太太皱眉，桂嬷嬷去哪里一般都会交代一声，找不到人的情况还是很少见的，难不成真的是她让牛嫂子换了任瑶玉的药，这会儿听到风声已经逃了？

任五老爷道：“娘，您放心，儿子就怕她逃了，之前已经让人守住任府大大小小的门，她出不了任府的，而且跑得了和尚跑不了庙，您派人去她家人住的院子瞧瞧。”

桂嬷嬷一家老小都在任家，她一时半会儿是跑不了的。

任老太太对着珊瑚点了点头，珊瑚又出去了。

三老爷任时敏是跟三太太李氏一起过来的。

看到一屋子的人，三老爷还有些云里雾里：“五弟，你急着找我来母亲这里有何事？”

任时茂平日里与任时敏的关系还不错，若是给任瑶玉换药的事情真的是方姨娘做的，他势必不会轻易饶了那个女人，可是方姨娘是任时敏的妾，还给任时敏生育了一双儿女，这么想着，任时茂心里又有些犯难。

任五太太倒是没有这种顾虑，当下又当着任时敏和李氏的面将方姨娘伙同桂嬷嬷害任瑶玉的事情又说了一遍，这件事儿她说了不止一遍，越说越顺口，不过想到方姨娘这次肯定不会有好下场，林氏心里又有着隐隐的兴奋。

任时敏听完之后眉头大皱，看了看李氏，又将目光投向任老太太。

任老太太正想说什么，珊瑚禀报说五老爷请的大夫来了。

老太太看了还在对着李氏趾高气扬喋喋不休的林氏一眼，林氏终于暂时闭了嘴。

大夫被请了进来，老太太让他去检查一下药渣。在大夫看药渣的过程中，屋子里没有人说话，家丑不可外扬大家都知道，就算林氏可以不管不顾，有老太太在，她也不敢太造次。

大夫将药渣仔细查验了几遍，脸上不由得露出惊诧的模样，拱手道：“敢问老太太，府上有谁在用这服药？得的是何病症？”

老太太四平八稳地道：“是府上的下人用的，可能是用错了药，所以找你来问问。”

任老太太这话大夫是不信的，不过他什么也没说，只是沉吟着道：“不管是什么人在用，最好立即就停食！这里头有几味药混合在一起非但不能治病，反而能害人，服用者轻则狂躁易怒，重则……会患失心疯。”

五太太之前还没有觉得怎么样，这会儿亲口听大夫这么一说，忍不住捂住自己的嘴轻泣起来。五老爷忙握住她的手，可是他自己的眼睛也有些红了。他没有想到那一段时间因为自己的过错，竟然害得妻女受了这种苦。

任老太太看了五老爷夫妻一眼就撇过了眼，当作他们不存在。

大夫也跟什么都没有瞧见一样，只是打开自己的药箱，拿出笔墨提笔写了个方子，边写边道：“老夫写个药方给府上那位误食了此药的下人，照着这个药方服用可以中和药效，若是病症轻的话，并不碍事。”

五老爷立即问道：“若是已经服用了一段时日呢？当时确实是出现了您说的症状，不过现在瞧着似乎已经没事了，只是不知道这样对今后会不会有影响。”

大夫闻言又提笔将药方修改了几次，直接递给任时茂：“应该没有大碍，不过为了保险起见，还是照着这方子吃几剂为妙。”

任时茂接过大夫开的方子，并道谢。

任老太太又让人将大夫送回去。

大夫前脚才出了院子，桂嬷嬷就被请进来了。

桂嬷嬷是被抬进来的。她脸色惨白，双目无神，歪在一个婆子肩膀上站都站不住。

珊瑚走到老太太面前轻声道：“老太太，奴婢去桂嬷嬷家的院子找到她的时候，她已经口吐白沫倒在了地上。奴婢在地上发现了一些老鼠药。奴婢让人给她灌了一碗草木灰水，她吐了一阵已经好些了。”说着珊瑚小心地将自己用帕子包裹起来的一包东西拿出来。

桂嬷嬷这是要自尽？她是等于默认了任瑶玉的药是她换的了？任老太太脸色难看地瞪着半死不活的桂嬷嬷。

五太太挣开五老爷的手就要上前发飙，被五老爷一把拉住了。他看了看任老太太，安慰妻子道：“母亲在这里，这件事情母亲会处理的。”

任老太太闻言，脸色却更加不好看了。

她也不让人去把大夫叫回来，只是低头看着桂嬷嬷道：“是你让牛嫂子换了玉儿的药?”

桂嬷嬷已经恢复了些神志，任老太太的话她都听见了，不过她却低着头一声不吭。

“没死就说话!”任老太太也发了怒。

桂嬷嬷跟了她三十年，一直都很了解她的心思，办事情也利落，她以为桂嬷嬷对她是忠心的，也给了桂嬷嬷应有的体面，不想现在居然给她来了这么一出。任老太太越想越生气。

桂嬷嬷身子抽搐了一下，也不知道是因为药效，还是因为害怕，不过还是没有开口说话。

五太太看了跪在一边的牛嫂子一眼，故伎重施地喊道：“你今儿若是不说实话，我就让我们爷把你们全家都绑了，女人全都卖去窑子里给人糟蹋，男人就给他喂这种你给玉儿吃的药！你孙儿也快要出世了吧？等他生下来，我就给他吃个饱!”

桂嬷嬷立即抬头，原本已经蒙上死气的眼睛清明了一些，不敢置信地看着五太太，然后流着泪去看任老太太，满脸的祈求。

任老太太虽然觉得五太太的话太粗鲁，不过这会儿却对桂嬷嬷的眼神视而不见。

桂嬷嬷颓然地闭上眼睛，张了张嘴，嘶哑的声音就像是破了的风箱：“是，是奴婢。不过这些都是奴婢一个人做的，与奴婢的家小无关。”

五太太立即道：“是谁指使你做的!”

桂嬷嬷沉默了片刻：“没有谁，是奴婢自己要做的。因为五太太曾经得罪过奴婢，奴婢怀恨在心，所以……”

“你放屁！”林氏跳了起来，又被任时茂按回去。

任时茂看了看任时敏，然后对桂嬷嬷道：“你何必为他人受罪？你背后有没有人我们都心知肚明。而且若要人不知，除非已莫为，你的家人难道一点也不知道你是与谁暗中勾结？我们可是听说了，你儿媳妇似乎知道些什么，还对你不顾身份结交某人心有怨怼。要我把你儿媳提上来审问吗？”

桂嬷嬷的儿媳妇这会儿正怀着身孕，刚刚已经被桂嬷嬷突然自尽的举动吓晕了过去，若是再叫过来折腾，孩子肯定保不住了。桂嬷嬷心中对五老爷夫妇恨极。

这时候一直没有开口说话的三老爷任时敏开口了，他直接走到桂嬷嬷面前，皱着眉头打量了她几眼，问道：“在背后指使你的人可是方氏？”

桂嬷嬷闻言眼睫颤了颤，低头不言。

任时敏叹了一口气：“看来是她没有错了。”

五老爷现在最想做的是让方姨娘出来认罪领罚，所以他打断道：“方姨娘怎么还没来？”

不会也与桂嬷嬷一样自尽了吧？后面一句话五老爷没有说出来。

不过任老太太也想到了这一点，脸色一变。

可是他们都低估了方姨娘，方姨娘这种人是绝不可能主动寻死的，在她的人生字典里从来没有“认输”这两个字。

在任老太太派人去找她之前，她就得了消息。她立即让丫鬟去把六少爷任益鸿叫回来，又交代任瑶英待在自己的屋子里不要出来。

不过方姨娘不知道的是，她的一举一动在雪梨拦住林氏之前就已经被任瑶期让周嬷嬷派人盯住了。

所以任益鸿在回来的半路上就被芜菁拦了下来，芜菁以三老爷召唤为借口将任益鸿带到了紫薇院，让他在三老爷的书房里等着。

方姨娘没有等来任益鸿，明白自己今日可能是被人算计了。

想了想，方姨娘对自己的丫鬟道：“快让人去请老太爷回来。”

任瑶期这边得到消息，方姨娘的丫鬟去了外院。

任瑶华皱眉道：“派人去外院做什么？六弟来了紫薇院，父亲去了荣华院……”

任瑶期也在想这个问题，方姨娘这会儿肯定已经意识到自己这次很难全身而退，她要想办法自保。

那么她还能做什么呢？

任瑶期将任家众人和各种利害关系快速地梳理了一遍，突然心中一动，想到了什么。

周嬷嬷问道："五小姐，要不要奴婢派人去将那小丫鬟也拦下来？管她要做什么，只要我们把她的人都控制住，看她还怎么翻了天去！"

任瑶华也点头道："说得对，管她要做什么，只要让她做不成就是了。"

任瑶期摇头："把六弟拦下来还可以说是因为父亲和母亲事先交代过的，把她的人都拦下来，到时候祖父和祖母肯定会知道是我们在暗中捣鬼。"

不过这都不是重点，重点是任瑶期想到了方姨娘手中可能会有什么筹码，而这个筹码能在紧要关头保她一命，所以方姨娘现在要去找的应该是任家能够做主的人。就算是拦住了方姨娘的人，只要她手中的筹码还在，就不怕她见不到人。

对于任家长辈们的秉性，任家没有谁比任瑶期更清楚了。

不过方姨娘手中能有什么筹码呢？她再聪慧擅钻营，也不过是个姨娘罢了。如果她有筹码，那么这个筹码一定与方家有关系，或者说是方雅存手中的筹码。

任瑶期仔细回想从前的事情，只可惜她当初在任家的时候对任家的事情并不关注，而且已经过去了这么些年，能想到的实在是有限。

任瑶华道："如果这一次还不能将方姨娘一棍子打死，那么以后想要彻底废了她怕也是难了。这会儿还正是方雅存官场失利，她没有靠山的时候……"

不想任瑶华的话却提醒了任瑶期。

方雅存真的官场失意了吗？他明明在南边好好的，虽然现在官阶还不大，但是因为深受上峰赏识，前途必定无量。可是他放着南边的大好形势不要，非要来燕北做什么？

经过这次方夫人来燕北的事情，任瑶期越发明白了燕北虽然名义上还属于大周朝版图，但是燕北王府早就已经有了自己的一套官员任免规则，京城那边想要插手进来很难。

方家在燕北只有一个什么忙也帮不上的姻亲任家，根本就没有根底和足够宽广的门路，要不然也不会被她几个小计策就坏了好事。

方雅存就算是为了方姨娘，也不可能拿自己的前途冒险。就算方雅存想这么做，也得为自己的妻儿考虑。而且离开南边，方雅存对方家的掌控力也会弱下来，当真值得？

可是从方夫人来燕北的时候各家走动的那股热切劲儿来看，她是觉得值得的。

难道说方雅存来燕北还有别的原因不成？

任瑶期觉得，或许方雅存这个人比她想象中的要更复杂一些。

“你说话呀！”任瑶华跟任瑶期说了半天话不见她回应，不由得提高了声音道。

任瑶期回过神来：“说什么？”

任瑶华嘴角抽了抽，觉得自己又要暴躁了：“问你方姨娘那边要怎么办！”

周嬷嬷也看着任瑶期，等她回答。

任瑶期道：“先不要轻举妄动，看看再说。”见任瑶华面露不忿，任瑶期笑着安慰她，“这么长时间都忍了，也不差一时半刻的。”

方姨娘还没有请回任老太爷，外头望风的小丫头就回来禀报说任老太太派人过来了。

方姨娘想了想，现在五太太林氏还在荣华院，以林氏的泼性，她若是先去了老太太那里，定会惹得一身狼狈，于是她交代金桔道：“我先从后门出去，你拦着她们一会儿，就说我今儿不舒服，还未起身，等穿戴好了之后再与她们走。”

金桔应了一声“是”，方姨娘立即披上一件藏青色的薄绸披风悄悄从芳菲院的后门离开了。

方姨娘离开芳菲院之后避着人抄小路去了二门，远远地就瞧见二门的垂花门门口已经被几个婆子把守住，好在方姨娘也没有打算出去，悄悄躲在假山后面，在那个位置能看到从外头进来的人。

方姨娘等了许久，甚至看到那几个被派过去找她的婆子丫鬟似乎已经发现了她不在芳菲院，急匆匆地往荣华院跑去，而她的丫鬟金桔也被她们拉了去。

方姨娘看着她们走过去，动都没有动。

直到她看见任老太爷从二门进来了。

方姨娘忙从假山后走出来，匆匆迎了上去。

任老太爷看到方姨娘的时候皱了皱眉，等她行完了礼之后道："内院的事情你应当去荣华院见老太太。"

方姨娘派人过去请任老太爷，他其实未必会回来，不过他同时也听说了内院出的事情，所以还是赶了回来。

方姨娘低头道："老太爷，婢妾知道来找您不合规矩，但是婢妾确实有要事想要与您商量。"

任老太爷依旧皱着眉头，没有说话。

方姨娘看了任老太爷一眼，又道："老太爷，婢妾听雅存前一阵子来信说起任家在京都周围开的几家煤栈似乎一直是亏损的？"

任老太爷闻言很惊讶，倒不是惊讶方雅存会与方姨娘说起这些，而是任家在京都周围的煤栈亏损的事情一直是秘密，就连任家也只有他和长子以及在京都的二房父子知道，方雅存是从哪里得知的？

方雅存虽然在南边当官，但是并不是京官，且官职也不大。

方姨娘见任老太爷的神情就知道自己所说不差，接着道："老太爷，我听雅存说任家在南边的煤矿之所以经营得不如燕北，并不是任家的煤不好，卖不出去，而是因为每年都要应付一批大小官员，所以才导致入不敷出。"

方姨娘这话说得没有错，任家是在燕北起家，在南边的人脉就差了很多，二房的老太爷虽然一直在京都那边经营，但是怎么也比不得地头蛇，所以尽管任家煤栈所出的煤质量比别的煤栈要好，也仅仅是艰难维持。

任老太爷也曾想过放弃江南那边的生意，但是作为一个生意人，任老太爷的野心还是不小的，江南那一大片的市场任家舍不得放弃，尽管它如同鸡肋。

这时候方姨娘接下来的一句话让任老太爷惊讶不已。方姨娘道："婢妾可以让雅存帮任家引荐一人，只要有了这人的关系，任家在南边的煤栈必定可以起死回生，要同京城的万家煤栈一样开遍整个大周也是早晚之事。”

万家煤栈是南边第一大煤栈，总店就设在京都，也是任家在南边开设煤栈的最大阻力。万家在南边经营了好几代才有了今日的规模。

“什么人？”尽管方姨娘身为一个姨娘，用这么大的口气说话是一件很怪异的事情，任老太爷也还是忍不住顺着她的话问道。

方姨娘微微一笑，向来温柔似水的眸子带了一丝笃定：“此人姓卢，是一位公公。”

任老太爷闻言一惊：“公公？宫里的太监？”

方姨娘点了点头：“老太爷一直在燕北，可能没有听说过这位卢公公。他可是颜太后身边的一等大红人，已经服侍了颜太后十几年，深得颜太后信任。”

任老太爷心里的震惊已经无法用言语来表达了，顿了许久才问道：“雅存是怎么结识这位卢公公的？”

方姨娘道：“具体的婢妾也不是十分清楚，好像是雅存的上峰认了这位卢公公为义父，而雅存的上峰对他素来赏识，所以雅存才有幸结识了卢公公。上次雅存来信就提到过，打算为任家引荐这位卢公公。在京都，大大小小的官员谁不卖卢公公几分面子？卢公公的面子就是颜太后的面子。”

任老太爷听了虽然很心动，不过他终究还是一个谨慎之人，有些狐疑道：“既然雅存贤侄在京都有这等门路，为何还会想方设法要来燕北做官？有了这位卢公公当靠山，他去京都岂不是前途无量？”

“这……”方姨娘一顿，似乎是犹豫了一下才道，“官场之事婢妾这个妇道人家并不清楚，不过婢妾想着，雅存来燕北自然有他的考量。”

任老太爷对方姨娘这个说法似乎并不怎么满意。

方姨娘想了想，才小声说道：“不过婢妾听说这位卢公公以后很有可能会被派来燕北当钦差。”

任老太爷闻言心中一动，如果真是这样的话，似乎也能解释方雅存为什么会想方设法来燕北了。

方雅存过来，是奉了自己的上峰或者卢公公的命令，为将来卢公公来燕北做准备。

任老太爷心里开始盘算起来。

虽然这次方雅存来燕北的事情并不顺利，但是也不代表他以后就没有机会来，如果他真的攀上了那位颜太后身边的大红人的话。

方姨娘将任老太爷脸上细微的变化尽收眼底，心里略微松了一些。她知道只要任老太爷心里有一丝犹豫，就不会放任别人擅自处置她，她今日的目的就达到了。

别人不清楚，方姨娘可是看得明白，虽然说内院之事都应该由任老太太管，但是任老太爷的意思才是起决定性作用的。

任老太爷在心里一番思量，然后才淡声道："我知道了，你先下去吧。"

方姨娘突然眼眶一红，怯怯地道："老太爷，婢妾从来都是一心为任家着想，没有二心，还请老太爷救婢妾一命，婢妾这辈子、下辈子都给任家做牛做马。"

任老太爷皱了皱眉："今日之事我刚刚也听到了，若是瑶玉的事情不是你做的，你回去好好与老太太说道就是，哭哭啼啼的像什么样子！"

方姨娘摇了摇头："有人处心积虑地要陷害婢妾，婢妾再解释也无用。何况因为英儿上次那件事情，婢妾心里对五太太并不是没有怨的……"

这时候，从荣华院的方向又走过来几个丫鬟婆子，还是之前去请方姨娘的那几个，原来她们回去之后向老太太禀报说方姨娘不在芳菲院，老太太又命令她们出来四处找找。

方姨娘和任老太爷说话的地方并不算偏，所以有眼尖的婆子看见了方姨娘，正想要跑过来，却看清楚了站在方姨娘身边的竟然是任老太爷。那几个丫鬟婆子的脚步不由得一顿，互相看了看，也不知道是该过来，还是该避开。

任老太爷也看到了荣华院的那几个人，脸色丝毫不变，淡声道："是老太太让你们来请姨娘去荣华院的？"

领头的婆子忙上来回话："回老太爷的话，是老太太让奴婢们来的。刚才奴婢们去芳菲院，不想姨娘却不在院子里，所以老太太让奴婢们再来找找。"她眼角的余光还在暗中打量眼睛微微发红的方姨娘，心中有一丝怪异的感觉。

任老太爷点了点头："带方姨娘过去吧。"

方姨娘看向任老太爷，眼中有一丝祈求。

任老太爷道："你去吧，若不是你做的，任家自然会还你一个公道。"就算任老太爷因为方家的关系想要维护方姨娘，也不会在众目睽睽之下，不然成什么样子了。

方姨娘也明白这一点，不由得在心里叹了一口气，林氏闹起来可是个不管不顾的性子。好在听老太爷的意思似乎会保住她，她今日也算是逃过一劫了。

至于背后算计她的人……那就走着瞧吧！

方姨娘朝任老太爷屈膝行了一礼，低头顺从地跟着那几个丫鬟婆子们走了，一路上一句多余的话也没有。

任瑶期那边也得到了消息。

周嬷嬷一脸震惊地道："她去找老太爷做什么？她……这不合规矩吧？"

任瑶华冷笑道："我算是看明白了，在任家规矩就算个屁！"

周嬷嬷无奈地看了任瑶华一眼，也没有空去说教了，只是叹道："难怪我们总是在她那里吃亏，这个女人当真不简单呐！"她心里已经有了不好的预感，这次极有可能会被方姨娘逃脱掉。

任瑶期原先已经猜到了方姨娘的动作，所以并没有太惊讶，只是还在想方雅存手中的筹码到底是什么。

看到任瑶华脸上的不忿和周嬷嬷眼中的不安，任瑶期笑着安慰道："怕什么，就算她这次说动了老太爷，想要全身而退怕是难了。"

就算有任老太爷给她撑腰，这次方姨娘可是连任老太太都得罪了，即便任老太太最后要顺从任老太爷的意思，心里又怎么可能会没有疙瘩？加上一个唯恐天下不乱的林氏，这一出大戏还是很有看头的。

至于方雅存手中的筹码，既然方姨娘敢拿它当诱饵抛出来，那离着浮出水面就不远了。

方姨娘这次的反应还提醒了任瑶期一件事，那就是斩草不除根，春风吹又生，方雅存这颗棋必须彻底废掉。

她之前终究还是不够狠。

方姨娘才一走进荣华院的正房，林氏就要挣开任五老爷扑上去，却被任五老爷一把拉住了。

刚刚去找方姨娘的那个婆子走到任老太太面前，小声在她耳边说了几句，任老太太皱了皱眉，狐疑地看了方姨娘一眼。

方姨娘小心翼翼地避开林氏，走上前去给任老太太磕头，又给任三老爷和李氏见礼，甚至遥遥对着五老爷夫妇屈膝行了礼，礼数依旧周到。然后她欲语还休，含泪怯怯地看了三老爷一眼，就站在屋子当中不说话了。

要说方姨娘那一眼，可真是脉脉含情，隐含千般意，任是哪一个男人见了都会不由得心生怜惜。不过任三老爷不是凡人，虽然偶尔也会用欣赏美人的目光欣赏一下方姨娘的美，却天生少了一些感知某些情感的敏锐性。

任老太太开始问药的事情，方姨娘一概摇头不认，只说自己是被冤枉的，把林氏气得边哭边发抖。

任老太太便让还跪在一旁满脸虚弱的桂嬷嬷当着方姨娘的面将她之前说过的话再说一遍。

桂嬷嬷虽然不知为何对方姨娘有些忌惮，不过因为任五老爷和林氏的威胁，还是认命而麻木地将方姨娘指使她给任瑶玉下药，让任瑶玉和康姨娘起冲突的事情说了一遍。

方姨娘一脸震惊："桂嬷嬷，我与你无冤无仇，你为何要害我？"

只是事到如今，屋里的众人已经都不相信方姨娘的话了，就连任老太太也不信。

任五老爷看了任三老爷一眼。

任三老爷皱眉道："方氏，证据确凿怎还能抵赖？你好生给五弟、五弟妹认个错，看在你在任家多年又孕育子嗣的分上，我不将你送官就是了。你回去之后好好收拾一番，与瑶英和益鸿道别，等明日我让人送你回方家！"

方姨娘原本低着的头猛然抬起，有些不敢置信地看着任三老爷："老爷，您要送我走？"

任三老爷皱了皱眉，他的意思难道还不够清楚吗？因为方氏孕育了一儿一女，对任家有功，他这么做已经是在袒护她了，这让他觉得有些对不住五弟和五弟妹。

方姨娘怔怔地看着任三老爷，脸上慢慢浮现出绝望忧伤："爷，婢妾离开之后鸿儿和英儿怎么办呢？婢妾伺候你十几年，向来事事顺从，难道就不能得到你一丝半点的怜惜？”

任三老爷皱眉道：“教导子女本该是正妻的责任。”

方姨娘噎住了。

她看懂了任时敏的表情，脸上的绝望和忧伤有了一些真实，虽然她有时候会自欺欺人，但是这一刻已经彻底醒悟过来，在这个男人眼中，自己自始至终都只是一个可以召之即来挥之即去的妾。

即便她给他生儿育女，即便她陪他挑灯夜读，他也从没有把她放在心上过。甚至他身边那个软弱无用的正妻都比她有分量得多，至少他还会给她尊重和体面。

而她方雅茹这一生唯一不如人的也只是身份而已，凭什么她就要被人踩在脚底如同烂泥一般地践踏？

在娘家的时候，有狠毒的嫡母和样样不如她却还瞧不起她的嫡姐，当初嫡姐方雅慧的夫君第一眼看中的明明就是她，而方雅慧也一心想要嫁给与她自小就有情的任时敏。

可惜最后任时敏娶了李氏，方雅慧却理所应当地抢了本该属于她的正妻之位，还假惺惺地表示可以让她一起嫁过去做媵妾。

以她嫡母的性子，怎么可能会让她和方雅慧共侍一夫？这是在要她的命！所以她选择来任家，为了弟弟方雅存，也为了她自己。

到了任家有愚蠢的五太太林氏，假清高的大太太李氏和事事与她作对的任瑶华。这些人一个一个地压在她头上，让她连睡觉都会觉得喘不过气来。

这一辈子她最恨的就是那些仗着自己是嫡出的身份就敢来欺辱她的人，她发誓要将她们一个一个地从自己头上拽下来，让她们跌落在泥里！

方姨娘微微低头闭上眼睛，掩住眼中翻滚的怒意和憎恨。

任三老爷的话让五老爷感到满意，他也是看在这个方氏给任家生育了男丁的分上，不然肯定不会让她就这么轻松地被赶出任家。

林氏却还是有些不甘心，觉得只是把方姨娘扫地出门，太便宜她了！不过任五老爷一直在一旁安抚她，她也不好反驳。林氏想着等这贱人离开任家再找她算账，一定要报这个仇！到时候可没人能拦得住她了！这么想着，林氏心里也稍稍平静了一些。

任老太太对任三老爷的决定还有些犹豫，毕竟这中间还要牵扯上一个方家，老太爷那边不知道是什么意思，刚刚方姨娘找老太爷不知道说了什么。

虽然任老太太也有些不满方姨娘越过她去找任老太爷，并且还敢收买她身边的心腹，但是在任家大事上还是需要任老太爷做决定。

想了想，她招来珊瑚交代道："去瞧瞧老太爷是不是去书房了，请他过来一趟。"

珊瑚应声下去。任老太太对任时敏道："方氏虽然是你的姨娘，同时也是任家的良妾，为我们任家孕育子嗣有功，她娘家又是任家的姻亲，所以这件事情还需要慎重。"

任五老爷不以为然："方家是我们的姻亲没有错，但是任家与方家的姻亲关系可没一个姨娘什么事情，自来姨娘家的亲戚可不是正经的亲戚。就算她为三哥孕育了一子一女，孩子也是算在三嫂名下，与她何干？最多让三哥打发她些银子就是！也算得上是仁慈了！方家若是有什么意见，让他们来与我们说道！"

这时候任老太爷训斥的声音在门口响起："你连自己房里的事情都捋不顺，还敢管你兄长的事情？"

刚刚还威风凛凛的五老爷看到任老太爷立马就蔫儿了，想起自己前一阵子的荒唐事，这会儿脸上有些挂不住，说到底还是他没用才会惹来麻烦。

屋里众人皆起身给任老太爷行礼，任老太太等任老太爷坐下之后才在他身边坐下。

"老三的意思是把方姨娘送回方家，您看呢？"任老太太小声道。

方姨娘这时说话了："婢妾愿意离开任家！"她说这话的时候眼中含着泪，面上满是凄楚和绝望。

五老爷夫妇松了一口气。

不想任老太爷却问任老太太道："这件事情已经证据确凿了？方氏也认了罪？"

任老太太看了一眼已经昏倒在地的桂嬷嬷，低声道："大致是这样的。"

方姨娘难得反驳了老太太的话："不，婢妾只是同意离开任家，但是婢妾不认罪！婢妾是被冤枉的！"

任老太太皱眉。

任老太爷淡声问道："哦？那你是被何人冤枉的？"

方姨娘用眼角的余光往李氏那边看了一眼，李氏接触到她的目光不由得一愣。方姨娘却没有说什么，又将头低下了。

任老太爷看了李氏一眼，眼中带了些思索之色，然后缓缓道："既然这件事情还有疑点，那就再查查吧，总不能冤枉好人。方姨娘毕竟是个生育了子女的良妾。"

任老太爷这话明显是想要和稀泥。

在场之人都很震惊，就连任老太太也感觉到了任老太爷想要偏袒方姨娘，只有方姨娘嘴角不着痕迹地往上扬了扬。

任三老爷不解道："父亲，人证物证俱在，怎么算是冤枉好人？若是如此，怕是也查不出别的来了。"

任老太爷看了任三老爷一眼，成功地让他闭了嘴。

林氏终于忍不住了："父亲，媳妇不服！您这是偏帮她！"

任五老爷吓得想要去捂林氏的嘴，但还是晚了。下一刻，任老太爷冷厉的目光就朝他们看了过去。

"放肆！"任老太太叱道。

林氏还是不服，咬了咬唇，又要哭了。

任老太爷不为所动地冷声道："方氏先回院子里闭门思过，等事情水落石出之后再做惩处。时茂和时敏留下，其余人都先退下吧。"

任五老爷看了看怀中哭得差点背过气去的妻子，心中对自己的父亲也有了一丝怨怼，不过是个姨娘，任老太爷竟然看得比自己的亲孙女还重。

任三老爷越发觉得对不起五弟了，可是这会儿在任老太爷面前也不好再说什么，想着等出去之后再与任时茂好好商议一番，对五房做一些补偿。

李氏顺从地行礼退下，方姨娘看了看李氏，又看了看正怨恨地盯着她的五太太，站起身来，低头跟在李氏后面，一起出了正房。

林氏从正房出来就想要去找方姨娘算账，不想方姨娘出了正房之后就别了李氏，匆匆往院外走。林氏咬了咬牙跟了上前："方雅茹，你这个贱人，给我站住！"

走在前面的方姨娘充耳不闻，脚步更快了。李氏见状，回头看了看正房，又看了看林氏和方姨娘离开的方向，有些犹豫要不要跟上去。

喜儿道："太太，您刚刚不是扭了一下脚吗？肯定是追不上她们的，这里是荣华院，不如去跟老太太身边的珊瑚姐姐说一声，让她派人过去瞧瞧？奴婢们扶您回去。"

李氏根本没有扭伤脚，不过喜儿的意思她还是听明白了，想了想，点头道："那你快去与珊瑚说一声。"喜儿应声去了。

那边别看方姨娘平日里柔柔弱弱的，这会儿林氏累得气喘吁吁也追不上她，气得林氏直顿足。

方姨娘打定主意不搭理林氏，一回去就让人关了院门，老太爷不是让她闭门思过吗？不想她才走到花园里就听到前面传来争吵声，原想要绕过去的，却发现争吵的声音里有一个是任瑶英的。

方姨娘脚步一顿，急忙循声跑过去，正好瞧见任瑶英被两个婆子一人抓着一只手臂挣脱不开，而任瑶玉从衣袖里掏出一把匕首，对着任瑶英的脸一边比画，一边恶毒地道："你姨娘不是要害我成疯子吗？我就疯给她看看！等我把你的脸划成一个丑八怪，看你还怎么见人！"

任瑶英吓哭了："不要，你走开！祖父和祖母不会饶了你的！"

任瑶玉闻言一把扯住她的头发，将匕首抵在她的脸上："那我就试试看他们会不会饶我！"

方姨娘见了这种状况，吓得差点魂飞魄散，立即跑过去："住手！"

任瑶玉原本也就是想要吓唬一下任瑶英，真划花任瑶英的脸她还是不敢的，不过方姨娘这一声凄厉的喊叫惊得她手一抖，匕首一弯划到了任瑶英的脖子上。虽然只是细细的一条伤口，并没有伤到颈脉，但还是流了些血，任瑶英吓得翻了白眼，这下把任瑶玉也吓得呆住了。上次康姨娘下身不住流血的样子浮现在她眼前，让她身体有些发软。

方姨娘见了，越发像发了疯一般地跑过来，重重推开任瑶玉。任瑶玉一个踉跄扑倒在地上，闷哼一声，摔折了手腕，匕首也掉在地上。

方姨娘推开那两个也吓坏了的婆子，小心地把任瑶英抱起来，一边查看她的伤势，一边唤道："英儿？英儿？"

这时候林氏也跑了过来，看到倒在地上捂着手腕呻吟的任瑶玉，也急了："玉儿，怎么了？"

"娘，我的手……"任瑶玉看到林氏，委屈感立即就上来了，哇的一声哭了。

林氏低头去看任瑶玉的手，不由得也吓了一跳，任瑶玉的右手手腕整个儿地肿了一圈。她刚刚远远地就看到方姨娘狠狠地把任瑶玉推在了地上，没有想到会这么严重。

任瑶玉手上钻心地疼："呜呜呜……娘，我的手断了……"

林氏转头冷冷地看向一旁的方姨娘。

简直欺人太甚！

林氏心中对方姨娘的恨意以及刚刚在荣华院产生的憋屈和不甘，加上现在看到女儿手上的伤的心疼和害怕，让她从心底激发了一股疯狂的怒火。

林氏事后甚至想不起自己当时干了些什么。

任瑶玉却看到自己的母亲捡起地上的匕首，几步冲到方姨娘母女身边，然后一言不发，扬起匕首就往方姨娘的脸上划去，一刀，两刀，三刀……

血溅到了一旁的粉色月季花瓣上，像一滴一滴的美人泪。

任瑶玉吓得连疼痛都忘记了，整个儿呆住了。

方姨娘从丫鬟婆子们的惊叫声中回过神来。

她只感觉到自己脸上火辣辣地疼，有黏稠的水沿着自己的下巴滴落下来，滴在她的裙裾上，嗒嗒嗒的声音仿佛能撞破她的耳膜。

方姨娘这个时候想到了自己那个短命的姨娘。她正用那只与她的年纪毫不相称的干瘦的手揭开蓝色的厚重粗布幔帐，探出满脸沧桑与病态的头颅，往方姨娘手中捧着的痰盂中吐浓痰，只是那一口带着浓重血腥气的浓痰最终却落在了方姨娘的青布鞋上。

方姨娘那时的感觉就如现在，厌恶的，惊慌的，绝望的……

她就如同傻了一般地低着头怔怔地看着自己的鞋尖，似乎没有反应过来到底发生了什么事情，反倒是在方姨娘脸上划了四五刀的林氏慢慢回过神来，看着已经成了一个血人的方姨娘，又看了看自己沾了血的手，突然脸色煞白地扔了手中的匕首，尖叫起来。

被方姨娘抱在怀里的任瑶英感觉到黏稠的液体顺着衣襟滑进她的脖颈，明明是温热的，却让她冷得禁不住打战。她张了张嘴也想尖叫，可是最终两眼一翻晕倒了。

园子里乱成一团，还没有被吓傻的都在尖叫，任瑶玉看了看方姨娘母女，又看了看她那还在尖叫不止的娘，咬了咬牙爬起来，冲到林氏面前用没有受伤的那只手拉起她娘就跑。

林氏已经吓坏了，任瑶玉拉着她跑她就跑，母女两人跑了半个院子的时候突然听到方姨娘发出一声凄厉的惨叫声，皆是心中一颤，然后跑得更快。

林氏和任瑶玉没有办法形容自己当时听到方姨娘的惨叫声的时候是一种什么样的心情，后来回想起来就有一种身后仿佛有厉鬼在追的感觉。

荣华院里任老太爷和任老太太还在教育两个儿子，当听到外头进来禀报说方姨娘和五太太出事了的时候，任老太太还很淡定地说："老五媳妇就是那性子，火气发出去就好了。"

这次是方姨娘理亏，任老太太想着，就算是让方姨娘吃林氏一些小亏也没什么，不然林氏肯定会闹腾不休，所以她原本还想着要睁一只眼闭一只眼就算了。

不想珊瑚却是一副快要晕厥的样子："老……老太太，五太太用匕首在方姨娘脸上划了好几刀，方姨娘流了一地的血，已经晕过去了！九小姐也吓晕过去了！"

任老太太猛地坐直了身子："你说什么！"

任老太爷和两个儿子也惊住了。

任五老爷疾步走上前，急急地问珊瑚道："五太太人呢？"

珊瑚忙道："听婆子们说，五太太划伤了方姨娘之后，就被八小姐拉着跑了。"

任时茂松了一口气，又看了任时敏一眼，心里不知道是什么感觉。道歉也不是，不道歉更不是，最后只能叹了一口气，重重拍了拍任时敏的肩膀，然后什么话也没有说就转身出去了。

任时敏看了任老太爷一眼，又看了看任老太太，然后行礼告退了。

任老太太见事情闹大了，也无暇顾及两个儿子，忙连声吩咐丫鬟婆子去请大太太，让她把方姨娘和任瑶英弄回去，并控制住不要传出什么不好的流言，又安排人去请大夫进府。

任老太爷在一旁听着任老太太的安排，皱着眉头不知道在想什么。

一直派人盯着方姨娘这边动静的任瑶期这会儿也知道了院子里发生的事情，不由得愣怔了一会儿。她虽然能想到林氏肯定会去找方姨娘麻烦，或者会像任瑶华对待任瑶音那样狠狠地打方姨娘几巴掌，但是她没有想到林氏竟然会以这种惨烈的方式进行报复。

连周嬷嬷都道："这……这五太太也太……容貌对于女子是何等的重要，尤其还是方姨娘那样的人!"

方姨娘其实是一个很爱美的人，也很懂得装扮自己，尽管在容貌上她可能还及不上李氏，可是她的装扮和神韵举止都会让府上的小丫鬟们暗地里争相效仿。

任瑶华看了看任瑶期和周嬷嬷，然后道："可能是我这个人没有什么同情心，或者天性凉薄，听到这个消息的时候，我心里很是舒爽了一阵。"任瑶华明里暗里在方姨娘手中吃的苦不计其数，恨方姨娘入骨，所以实在是挤不出半点同情心。

这时候门外传来了说话的声音。

任益鸿的声音隔着门在外头响起："我可以和三姐姐、五姐姐说话吗?"

任瑶期和任瑶华对视一眼，任瑶华皱了皱眉，示意芜菁去开门。

任益鸿是木讷守礼的人，见门开了却不进来，只冲着任瑶期和任瑶华作揖行了一礼，然后问道："三姐姐、五姐姐，请问父亲有没有说过什么时候会来?"

他在书房里等了许久，原本父亲没有来，他就应该继续老老实实地等着，可是不知道为何他心里总是有些不安，刚刚还听到外头有丫鬟婆子们急匆匆走过的声音，好像是出了什么事情，所以他考虑再三之后还是决定过来问问。

任瑶期看着任益鸿，突然一阵语塞。任益鸿虽然是方姨娘所出，但是与任瑶英不同。方姨娘对任益鸿期望甚高，从来不让任益鸿沾染内宅的事情，只让他跟着先生安心读书，所以任益鸿是个名副其实的书呆子。

虽然因为方姨娘的缘故，任瑶期实在没有办法对这个弟弟产生什么好感，但是她也做不到恶语相向，就连任瑶华在面对任益鸿的时候都有些无力，所以大多数时候都只是对他视而不见。

任瑶华向来不喜欢拐弯抹角，直接冷冷地道："刚刚外头有人进来禀报说方姨娘和五太太起了冲突，被五太太用匕首划伤了，父亲可能暂时不会过来了，你若是想回去，就先回去吧。"

任益鸿一愣，急忙问："我姨娘她伤得重不重？"

周嬷嬷道："大太太已经把姨娘送回芳菲院了，还派人去请了大夫，伤势……性命是无虑的。"

任益鸿没有听出来周嬷嬷刻意的避重就轻，稍微松了一口气，然后有些犹豫道："那我……我先……"

任瑶华皱眉："要走就走，一个男人这么忸怩做什么！"

任益鸿脸上一红，作揖行了一礼，然后离开了。

周嬷嬷看着任益鸿的背影摇了摇头："造孽啊！"然后又对任瑶期和任瑶华道："方姨娘是我们三房的人，太太肯定要去一趟芳菲院，奴婢还是跟着的好，奴婢先告退了。"

周嬷嬷离开之后，任瑶华瞪着任瑶期讽笑道："怎么？你心软了？"

任瑶期苦笑着摇了摇头："并没有，所以我也是凉薄之人。"虽然方姨娘被划伤了脸在她意料之外，但是她并不会因此而同情方姨娘，反而会对方姨娘更加防备。

这次方姨娘在林氏手里吃了大亏，若是能挺过去，势必会报复。而她们暗中的动作肯定也会引起方姨娘的注意，所以她们谁也饶不了谁。

林氏被任瑶玉拉着回了琉璃院。她早已经醒神了，明明是行凶之人，却吓得如同惊弓之鸟，一回去就让丫鬟婆子把院门关上，不要放人进来。

然后林氏开始收拾行李。

任五老爷赶回来之后好不容易叫开了门，林氏已经收拾了好几个大包袱。任时茂一愣：“你这是做什么？”

林氏的精神一直很紧张，衣裳都没有来得及换下，任时茂还能看到她衣襟处溅上的两滴血迹。

任时茂的出现让林氏的心里总算安稳了一些，她哭着道：“相公，我这次闯大祸了，我……我要带着玉儿回娘家住些日子。”

任时茂却不以为意，握着林氏的手安慰道：“她不过是个妾罢了，伤了就伤了！连三哥都没有说什么。而且这次的事情很明显就是她要害我们女儿在前，父亲处置不公在后，他们若是要因此而罚你，首先要过我这一关。”

尽管林氏还是觉得害怕，但是任时茂的话依然让她心里发暖发软：“五郎……我……我好害怕。我也不知道自己为什么会那么做，我只是看见她推玉儿，害玉儿折了手……玉儿？玉儿呢？”林氏突然紧张起来。

任时茂忙道：“玉儿在她自己房里呢，我刚去瞧过了，她的手只是伤了经络，并不曾伤到骨头，推拿一下，休养个三五日就能好了。”

林氏松了一口气，却还是道：“多派几个人去她门口守着，对了，还有健儿！健儿呢？健儿在哪里？”

林氏也不知道自己害怕的是什么，反正就是很不安，生怕方姨娘追过来报复。她觉得方姨娘肯定会报复的。再让她重来一次，她是怎么也不敢往方姨娘脸上动刀子，就算她想要让方姨娘好看，也不会自己亲自冲上去动手。

任时茂有些不能理解林氏的恐惧，可能是因为他没有林氏对方姨娘这个人了解得深，尽管林氏的恐惧也只是潜意识的。

不过任时茂还是尽力安抚了林氏一番，并且保证不会让她被任老太爷罚，林氏最后也还是丢不下自己的相公和儿子，答应了暂时不走。

任时茂安抚完妻女之后又回了荣华院，替林氏请罪。

任老太爷一直沉着一张脸，表示有必要送林氏回娘家住一阵子。任时茂却硬邦邦地道：“父亲，明明是方氏那毒妇害玉儿在前，刚刚在园子里又差点害玉儿摔断了手，惠君她身为玉儿的母亲，一时失控做出错事也情有可原！身为长辈不应该护着自己的孩子？难道还要向着一个不相干的贱妾？这要是传出去，可会让人笑掉大牙！”

任五老爷的话让任老太爷眉头一皱，看向他的目光也变得锋利起来。

在任家，任老太爷向来是说一不二的，家中子孙对于任老太爷这个当家人也皆是无条件地服从。任五老爷平日里是不敢反驳父亲的，但是今日任老太爷却被两个儿子反驳了好几次，这一点让任老太爷十分不悦。

顶着任老太爷的目光，任五老爷下意识地低下了头，不过立即又抬了起来，勉强顶着他父亲的目光。

任老太太对小儿子向来要偏疼一些，见情形不对，怕父子两人闹僵，立即先一步沉下脸斥责任五老爷道：“还不给我闭嘴！越发没有了规矩！方氏是毒妇，林氏就不是毒妇了？哪有动不动就往人脸上动刀子的？若是还由着她的性子，会不会哪一日长辈没有如她的意的时候将刀子动到长辈脸上？亏你还向着她，我瞧你也是被猪油蒙了心！”

林氏今日的手段确实是过激了一些，所以任五老爷张了张嘴，最后也没有辩驳，只是僵立在那里不动。

任老太太心里生气，看了看任老太爷的脸色，冷着脸赶人：“还杵在这里做什么？看着就心烦！还不滚出去！”也没说要赶林氏回娘家的事情。

任老太爷冷哼一声，正要说话，金莲掀帘子进来了。

任老太太赶紧问：“芳菲院那边如何了？她伤势严重吗？”

“回老太太的话，大夫已经给方姨娘瞧过了，五道刀口都划在脸上，没有伤到别的要害。”金莲想起自己刚刚在芳菲院看到的方姨娘脸上的惨状，脸色有些发白。她定了定神才又道：“不过那几道刀口划得很深，而且匕首上还不干净，现在又是夏日……大夫说伤口愈合需要一段不短的时间，且就算是愈合了，那些疤痕怕是也去不掉了，方姨娘的脸算是……算是毁了……”

任老太太闻言不由得吸了一口气：“竟然这么严重？”她瞪了也有些呆住的任五老爷一眼：“你瞧瞧！你瞧瞧！这下手得有多狠！”

任五老爷顿了顿，咬牙道：“娘，这件事情一定不能传出去，您就算是不为惠君着想，也要为健儿和玉儿想想吧，若是别人知道了，两个孩子以后的婚事怕是会受影响。”

任老太太气道：“你还提！若不是他们有那么一个不知轻重的娘，会发生这种事情吗？我真后悔当初让你娶了一个这么不着调的进门！”

任五老爷想要出口反驳，金莲却是道：“刚刚三老爷让人去交代过三太太，说这件事情对外就说是方姨娘自己不慎摔倒在碎瓷片上刮伤了脸，还说等以后方姨娘伤好了之后就在自己的院子里静养，不让她出门。”

任五老爷闻言一喜，然后对老太太道：“三哥说得没错，娘，您也要让大嫂好好管束一下下面的人，我院子里的婆子丫鬟我会仔细敲打一番的。”任五老爷觉得他三哥不愧是自家兄弟。

好在当时在园子里的都是林氏和任瑶玉身边的丫鬟婆子，其他人就算是看到了手上沾了血狼狈跑出去的林氏，也没有亲眼瞧见她动刀子。

任老太太压根儿就不搭理他，直接挥手让他滚。

任老太爷却是在任五老爷离开之前淡声道：“既然你护着林氏，也不愿意让她回娘家，那就陪着她一起受罚吧。京城也暂时不要去了，与林氏在院子里闭门思过三个月，琉璃院所有人的月例停发一年！”

任五老爷皱了皱眉，他和林氏花钱从来都是大手大脚的，也就是仗着每年任家都会给银子，现在突然停了他一年的月例，任五老爷虽然觉得今后可能会有些不方便，但是只要林氏不会被赶回娘家，他就放心了。

等任五老爷离开之后，任老太爷冷笑一声：“翅膀还没有长硬就知道违抗长辈了，就让他好好想明白自己今日的一切都是谁给他的！”

他一边起身往外走，一边冷声道：“不要让我发现你暗地里给他银子，不然就与他们一同受罚。”

任老太太叹了口气，低头应了一声“是”。

方姨娘和林氏的事情随着方姨娘静养，林氏禁足，面上瞧着似乎是告了一段落，之后府里虽然也曾出过一些传闻，不过任家的主子都统一口径，并且严厉惩处了一两个乱嚼舌根的下人，后来便没有人敢再提起了，因为当事人都没有露头。

外头关于任瑶华的谣言，因为传谣言的人暂时消停了，所以那些谣言也没有再扩散的趋势，毕竟在没有确凿证据的支撑下谣言传久了也会疲软的，任家的大小主子们也都很低调，连门都极少出去。

就这样过了一个月，一个原本在白鹤镇传得沸沸扬扬的谣言不攻自破了。

之前那位据说是前任家丫鬟后来被任三小姐灭口的青楼女子梅红完好无损地回来了。她不仅回来了，还是风风光光地回来的。

据说这又是一个惊天地泣鬼神的故事。

原来这位梅红姑娘当初会卖身青楼，是为了供自己自幼定亲的未婚夫读书，以期有一日他能金榜题名。只可惜未婚夫最终没有考上举人，还凭空失踪了。后来梅红在心灰意冷之下被辗转卖来燕北，却突然从一位恩客口中得知自己的未婚夫就在顺州，且已经娶了娇妻。

梅红是一个烈性女子，当即用自己卖身赚来的钱托人帮自己赎了身，然后赶去顺州寻找未婚夫。

她的未婚夫果然在顺州，也果然已经娶妻，且还靠着她曾经的资助发了家。梅红要与未婚夫割袍断义，未婚夫却哭着说了自己的苦衷。原来他在落榜之后曾想轻生投河，最后被一对商人父女所救。因为落水得了风寒，大病了半年，等他回去找自己的未婚妻的时候却已经没有了未婚妻的消息，还有人说她已经死了，于是他在一年之后娶了当初救他的那位姑娘。

两人说开了之后就抱头痛哭，而这位男子的妻子也是个通情达理的，当即欢欢喜喜地让男子纳了梅红为妾，来了一个大团圆。

梅红这次回来是来拿自己寄放在白鹤镇一家酒楼里的行李的，过几日她就要与夫君一起回江南老家。

这个过程曲折离奇结局符合当时人审美的故事很明显比任瑶华那个要受欢迎多了，所以外头把这个故事传得沸沸扬扬，至于之前说任瑶华把丫鬟卖去青楼的谣言自然是不攻自破了。

任瑶期在听到外头传的这个关于痴情青楼姑娘寻夫的故事之时嘴角不受抑制地抽了抽。

她让祝若梅给梅红重新安排一个合理的身份，但是没有想到他竟然想出这么一个戏剧化的故事。

任瑶期不知道，祝若梅虽然是个五大三粗的大男人，却非常爱听戏，偏偏还不喜欢听打打闹闹的武戏，最喜欢这种才子佳人有情人终成眷属的套路，这个故事编出来可是费了他不少心力，并且是跟自己的母亲、妹妹好好讨论之后的结果。祝若梅都被自己编的这个故事感动了。

任瑶华听到这个故事的时候冷哼了一声道："娇妻美妾，坐享齐人之福？我瞧着这个男人就是忘恩负义的伪君子！这故事不是你编的吧？"任瑶华看向任瑶期的目光含着很明显的怀疑和鄙视。

任瑶期轻咳一声："当然不是。"她可没有看过这种乱七八糟的戏，就是想编也编不出来。

任瑶华蹙眉道："有了这么一出戏，外面的人真的会忘了之前的谣言？"她平日里虽然表现出毫不在意的样子，其实身为女子，谁会真的完全不在意自己的名声？

任瑶期想了想："这只是开一个好头而已，不过日久见人心，他们慢慢会明白的。你以后也要尽量控制住自己的脾气，若是想要发作人，也不是不行，但是理由必须要站得住脚，要证据确凿，绝不可随心所欲。"

任瑶华的本性就强硬，且还雷厉风行，任瑶期不想给她套上一个温柔贤淑的外壳，这样的话，任瑶华以后的人生会过得很累，因为任何一次控制不住自己脾气的时候都有可能让人对她之前好不容易树立起的温婉形象产生怀疑，进而成为别人攻击她的把柄。所以任瑶期想要让外头的人看到一个正直端庄的任瑶华。

并不是所有人家都想要一个温柔婉约的媳妇，任瑶华的严肃端庄其实更符合大户人家当家主母的形象。

任瑶华知道任瑶期的意思，心里也渐渐明白这个妹妹其实很为她着想，不过面上她还是很别扭地偏过头去撇嘴道："我哪一次发作人是没有缘由的任意妄为？"

而那边任老太爷和任老太太在得知原本已经死了的人突然活过来的时候大吃了一惊。任老太爷还派人过去与梅红接触过，想要看看这个女人打算搞什么鬼，是不是回来报仇的，不想梅红却像是一点儿也记不得任家的样子，一口咬定自己娘家姓陈，闺名福姐儿，是江南人，那般笃定的模样倒是把任家派过去的人弄得一头雾水，不知真假。

任家又去查她那个所谓的未婚夫，竟然也查不出一丝半点儿的破绽。任老太爷还以为是见了鬼，任老太太也连续吃了几日的斋。

这件风波过后，任家罕见地平静下来。

任瑶音远走江宁，林氏夫妻被罚闭门思过，而方姨娘自从那一日被送回芳菲院之后就再也没有在人前出现过。她醒过来后，除了贴身伺候自己的一个丫鬟和于嬷嬷以外，不见任何人，就连任瑶英和任益鸿过去探望都被挡了出来。

雪梨后来被任老太太召见过一次，虽然还是免不了被卖出去的命运，好在没有受什么皮肉之苦。

不过任瑶期早有准备，在雪梨被牙婆领走之后，立即安排祝若梅将人买了回去，并让她暂时在祝家跟着祝若梅的母亲和妹妹一起生活。任瑶期依旧每月给她大丫鬟的月例，还额外奖励了她几样金首饰和一些银子。

雪梨是一个聪敏灵活又坚定上进的丫头，离开任家之后也没有失望气馁。她知道这段时间对她而言也是一段考验，而她总还会回到五小姐身边。她本就是苦孩子出身，去了祝家后从来不摆什么小姐面前大丫鬟的款儿，每日都抢着给祝嫂子干活儿。

这样一个相貌好、性情好，又勤快知礼的姑娘，让祝嫂子每日里瞧着都乐得合不拢嘴，对她比对自己的亲闺女还亲。

而之前被任瑶期想法子弄到外院的孙十一娘因为方姨娘的消停，也没有再出过什么幺蛾子。

眼见着那两幅画就要修完了，孙十一娘也没有什么借口再留在任家。这一日下午，任瑶期去临仙阁看任五老爷给两幅美人图做最后的润色，快走到临仙阁的时候，看到孙十一娘正在和一个人站在不远处的游廊下说话。

“咦？是徐嬷嬷？她怎么在这里？”桑葚指着被孙十一娘挡住半个身子的那个妇人道。

任瑶期仔细一瞧，与孙十一娘说话的人可不是她的管房嬷嬷徐嬷嬷吗？

任瑶期皱了皱眉，这两人认识？她怎么没有听徐嬷嬷提起过？可是看两人站在大庭广众之下说话的样子，也不像是有什么不可告人的秘密。

不过想起从前的事情，任瑶期心里还是有了警觉。

她们走过去的时候，孙十一娘和徐嬷嬷也瞧见了她，连忙停住对话，向她屈膝行礼。

任瑶期脸上不动声色，笑着点了点头："徐嬷嬷怎么在这里？"

徐嬷嬷忙低头回道："奴婢与孙娘子是旧识，过来找她打听一位故人。"

任瑶期看了徐嬷嬷一眼，徐嬷嬷脸上并没有半点闪躲和不安，倒是孙十一娘脸上露出一丝嘲讽的笑，虽然又很快收敛了。

任瑶期若有所思，却没有在这里多做停留，微微颔首之后就离开了。

任瑶期到临仙阁的时候，任三老爷早就已经到了，正认真地调着今日要用的颜料。任瑶期站在他身边看了好一会儿，他才发现，然后欢喜地道："瑶瑶，再过两日这幅画也要完成了，云阳书院的徐山长不知道从哪里听说了我在修补这两幅画，还特意给我来了信，说等完成之后希望我能带着画去云阳城给他瞧瞧。"

云阳书院的徐万里徐山长虽然对画画不算太擅长，却是一位鉴赏名家。任三老爷对于徐山长这样有真材实料的学者还是很敬服的，也希望能得到他的肯定，所以这一阵子他对这两幅画的修补越加上心。

任瑶期看着她父亲高兴得如同一个得到长辈肯定的孩子，不由得失笑。

任时敏在修古画的事情是任瑶期给徐夫人送琴谱的时候提到的，任瑶期知道任时敏这一生都醉心于画画，对于不通庶务的他而言，这也没什么不好，至少他比任家绝大部分的人都要干净纯粹。她只希望这一世他能一直这样专注于自己喜欢的事物，平安快乐地活着。

而任时敏也有他自己的优势，闷在任家这一方小天地里孤芳自赏，最后只会被任家这一摊子污秽拖下水。她希望他能走出这里，走进世人的视线。

名望这种东西，任时敏不在乎，可是很多时候它会是一把极为好用的保护伞。

"爹爹，画要修完了，孙掌柜也要离开了吧？"任瑶期随口问道。

其实孙十一娘只是前一段时间修补底托重新装裱的时候能帮上忙，真正修画的工作，任时敏一直坚持自己动手。

任时敏点了点头，一边提笔，一边道："嗯，她过两日就会离开。"

任瑶期松了一口气，不想任时敏接下来却道：“对了，她求我给她相公安排一份差事。”

任瑶期皱了皱眉：“哦？她相公不是在老家吗？”她记得孙十一娘的相公摔断了腿，现在和女儿住在老家的祖宅。

任时敏道：“说是想要一家人在一起，她相公虽然摔断了腿，但以前就是做掌柜的，能写会算。”

任瑶期问道：“那爹爹答应了？”

任时敏见任瑶期又开始打破砂锅问到底，干脆将手中沾了颜料的笔放下，好好跟她说话：“我说先要去问问你大伯父。”

任时敏一点儿也不觉得在别人面前承认自己在任家只是一个吃闲饭的有什么不好，任家的事情他都是极少管的。

上次任瑶期说要提拔袁大勇回白鹤镇当二掌柜，任时敏也去跟任大老爷说了一声。因为任时敏难得开口，任大老爷就很爽快地应了，反正袁家人都是任家的家仆，任时敏提的不过是一个二掌柜，这点面子任大老爷还是愿意给的。

只是现在孙十一娘的相公想要来任家做事就要麻烦些，因为无论是孙十一娘，还是她相公，都不是任家的人，且听说他以前还读过一些书，不一定同意跟任家签卖身契，何况他还身有残疾。就算任大老爷不说什么，被任老太爷知道了也会被责备的。

知道任时敏没有一口应承下来，任瑶期松了一口气。不过她猜测或许从前任时敏最后还是替孙十一娘的相公谋到了任家的差事，并且还去了任时敏名义上管着的那几家煤栈，接触到了账务。方姨娘可能是想要借着孙十一娘夫妻两人的手插手任三老爷手下的几家煤栈，而任瑶华也就是因为得知了这件事情，才会认定孙十一娘是方姨娘找来勾引父亲的。

让孙十一娘的相公来任家当差，这一步想必是在孙十一娘进府之前方姨娘就与她商议好了，现在方姨娘虽然因为受伤不能露面，孙十一娘还是走出了这一步。

“爹爹，女儿想着让孙掌柜的相公来任家做事可能不太好。”

“为何？”任时敏只是觉得他父亲可能会不同意，所以想去问问长兄，他自己倒是无所谓孙十一娘的相公能不能来。

任瑶期道："她不是说想要一家团聚吗？若是她相公来了任家做事，还怎么一家团聚？而且祖父肯定不会同意的。"任瑶期暗想，若是她爹一意孤行，要可怜那一家三口，她就去利用一下任老太爷的残忍无情，让她爹知道什么叫作无理取闹。

好在任时敏对女儿向来言听计从，闻言只点了点头："说得也没错，那依你之见当如何？"

任时敏只想快点将聒噪的女儿打发掉了。

任瑶期想了想："孙掌柜前一阵子也帮了我们不少忙，既然她开口求了爹爹，总不好反驳。不如爹爹打赏她一笔银子，让他们一家能盘下个小铺面做点小营生？虽然可能会辛苦一点，也不能大富大贵，但养家糊口也够了，最重要的是他们一家三口能够团聚。"

任时敏连忙点头："瑶瑶说得没错！就这么办吧！"

任瑶期笑道："爹爹给我买颜料的银子还剩不少，这件事情就交给我去办吧？爹爹向来不管这些的，以后若是还遇到这种事情，就都告诉我，或者交给母亲，免得你自己为难。"

任时敏听了，觉得女儿果然很贴心，也不好意思嫌弃她烦了，伸手摸了摸她的头，应下了。

任瑶期咬牙忍下任时敏满手的颜料味。

孙十一娘不多会儿就回来了，任时敏已经继续去弄他的画了。

任瑶期笑着对孙十一娘道："孙掌柜，听说你想要与自己的相公女儿团聚？"

孙十一娘看了任时敏一眼，任时敏一心在画上，根本就没有注意这边，他说了交给任瑶期，就真的当了甩手掌柜。

任瑶期注意到她的神色，微微收敛脸上的笑意："孙掌柜，这一阵子辛苦你了，不过你向雇主提出这么一个要求着实让我们有些为难。"

孙十一娘脸上不由得有些难堪。

任瑶期又笑了笑，看着她道："不过这一回我就帮你一次吧，等你离开任家的时候我给你五十两银子，这点钱够你和你相公在燕州开一个小铺子了。"

五十两银子能做什么？铺面都买不下来。

孙十一娘皱了皱眉："多谢五小姐好意，如果实在不方便，还是算了吧。"

任瑶期很爽快地点了点头："那孙掌柜什么时候想要的话，尽管来找我就是。只是我需要提醒孙掌柜一句，我父亲向来不过问任家在外头的那些生意，也不管琐碎之事，你求到他头上极为不妥，我希望这是最后一次。从今往后，你需要什么，可以来找我或者是我的母亲，孙掌柜可能不知道我们家的规矩多，且男女有别，让人说了什么闲话就不好了。"

孙十一娘知道自己是被一个小姑娘教训了，可是任瑶期说话时笑吟吟的，还很和气，让人想发火，却又觉得是自己无理取闹。

孙十一娘忍下心头的火气："小妇人明白了，多谢五小姐指教。"

任瑶期点了点头："很好，我就知道孙掌柜是个聪明人。"

说着，任瑶期招来负责伺候孙十一娘的小丫鬟，当着孙十一娘的面交代道："孙掌柜离开任家之前，你要给我伺候好了，若是她有什么需要，你去报与我知道，或者让人与周嬷嬷说，若是还让孙掌柜找错了人，你就自己去周嬷嬷那里领罚吧。"

小丫鬟有些埋怨地瞥了孙十一娘一眼，谁知道这孙掌柜会逮着她拉肚子去厕所的机会跟三老爷说话啊，害她被五小姐责备。小丫鬟暗暗发誓，以后就算是拉肚子，也要让信得过的人替她守着！

孙十一娘敢怒不敢言，只能借口自己不舒服离开了。

任三老爷也没有再提过孙十一娘的事情。

任瑶期回紫薇院之后，徐嬷嬷就主动过来了。

任瑶期笑看了她一眼："徐嬷嬷有事？"

徐嬷嬷低头道："是的，小姐，奴婢是来与小姐说孙娘子的事情的。"

任瑶期挑了挑眉，等徐嬷嬷接下来的话。

徐嬷嬷沉吟道："奴婢曾欠了孙娘子相公一个大人情。奴婢的儿子当年得了怪病，病了好几日都不见好，后来得幸遇到一位老大夫开了个古方，只可惜当中有一味用作药引的药材不常见，奴婢寻遍燕州的大小药铺都没有寻到，后来遇上了孙娘子的相公，他当时正要去收药，说会顺便帮我找找看。"

说到这里，徐嬷嬷叹了一口气，脸色有些晦涩："后来那味药寻到了，可是俞相公为了帮我采药不小心摔下了山，腿被摔断了……"

任瑶期想起孙十一娘看徐嬷嬷的奇怪眼神，又联想到徐嬷嬷说的话，不由得问道：“你与那位俞相公一早就认识？”

徐嬷嬷脸上有些尴尬：“是的，自幼就认识。”

任瑶期看到徐嬷嬷的样子，想到她与孙十一娘夫妇之间说不定是有些故事的，不过任瑶期对这些故事不感兴趣，反而想到了另外一件事情。

“孙十一娘有一个女儿？多大年纪了？叫什么名儿？”

徐嬷嬷想了想：“今年应该十二了，叫晴娘，俞晴娘。”

任瑶期一惊，随即豁然开朗。